ROBERT
MUSIL

没有个性的人

[奥] 罗伯特 · 穆齐尔 著　张荣昌 译

Der Mann
ohne
Eigenschaften

上海译文出版社

目 录

卷一

卷二

卷　一

第一部

一种序言

一

显然没有任何结果

大西洋上空有一个低压槽，它向东移动，和笼罩在俄罗斯上空的高压槽相汇合，还看不出有向北移避开这个高压槽的迹象。等温线和等夏温线对此负有责任。空气温度与年平均温度，与最冷月份和最热月份的温度以及与周期不定的月气温变动处于一种有序的关系之中。太阳、月亮的升起和下落，月亮、金星、土星环的亮度变化以及许多别的重要现象都与天文年鉴里的预言相吻合。空气里的水蒸气达到最高膨胀力，空气的湿度是低的。一句话，这句话颇能说明实际情况，尽管有一些不时髦：这是一九一三年八月里的一个风和日丽的日子。

汽车从狭窄、深邃的街道急速驶进明亮、平坦的场所。片片纤云给步行者送来阴影。速度表上的指针有力地晃动，后来在经过不多几次振荡后便又恢复其均匀的跳动。成百个声音被缠绕成一种金属丝般的噪声，个别极高的声音从这个噪声里突显出来，沿着其劲头十足的边缘伸展出来并重新舒平，清晰的声音从噪声分裂出来并渐渐消逝。虽然这个噪声的特征难以描绘，但从这个噪声上，一个数年不在此地的人闭上眼睛也能听得出，他是置身在帝国首都维也纳了。城市和人一样都可以从其步态上分辨出来。一睁开眼睛，他就会从街上运动行进的方式上看出这同样的结果，远比他通过某一个有特色的细节发现这一情况要早得多。如果他只不过是自以为有这个能力，这也没什么关系。对于人们自知置身于何地这个问题的过高估计源出于游牧时代，那时人们必须记住饲料场。也许重要的是要知道为什么人们碰上一个红鼻子便笼笼统统地满足于晓得这鼻子是红的，而从不过问这鼻子是哪种特殊的红色，虽然这完全可以用微毫米波长表述出来；而人们若遇到某些一如逗留于一座城市这样错综复杂得多的事情，则总想完全精确地知道这是哪座特殊的城市。这转移了对更重要的事情的注意力。

所以还是不要特别注重这城市的名字吧。和所有的大城市一样，它也由不规则、更替、预先滑动、跟不上步伐、事物和事件的碰撞、穿插于其间的深不可测的寂静点，由道路和没有被开出的道路，由一种大的有节奏的搏动和全部节奏的永远的不和谐和相互位移组成，并且总的说来像一个存放在容器里的沸腾的水泡，那容器由房屋、法律、规定和历史沉积的经久的材料组成。两个人在这座城市里顺着一条宽阔、繁华的大街向上走去，他们自然丝毫没有这样的印象。他们显然属于一个特权阶层，衣着考究，举止和相互谈话的方式优雅，身穿的内衣上意义深远地绣着他们姓名的首字母，并且同样地，在他们意识的精致内衣上，他们知道他们是谁，知道他们置身在一个大都会的广场上。假定他们叫阿恩海姆和埃尔梅琳达·图齐，可这不对呀，因为图齐夫人正在她丈夫陪同下在巴特奥塞度假，阿恩海姆博士则还在伊斯坦布尔，所以人们猜不透他们是谁。生性活跃的人经常会在街上感觉到这样的谜团。值得注意的是这些谜团常以这样的方式解开：人们会忘记他们，如果不能在此后的五十步内回忆起曾在哪儿见过这两个人的话。如今这两个人突然停住脚步，因为他们发现前方聚集起了一堆人，先前的一个瞬间出了什么乱子，一种横向的骚动；什么东西一旋转，滑向一边，现在看出来了，那是一辆载货很重、突然刹车的载重卡车，它和一辆自行车一道，搁浅在人行道的镶边石上了。顿时人群就像蜜蜂附着在蜂房出入口四周那样附着在这一小块地方的四周，他们把这块地方团团围住。从车上下来后，那位司机便站在人群中间，脸色像包装纸一样灰白，打着粗重的手势解释事故的经过。刚刚来到的人们盯住他，随后便小心翼翼低垂头朝这窟窿的纵深望去，看到人们已经在那儿把一个像死人般躺着的男子安放在人行道边上。他是由于自己不小心才出事的，大家普遍这样认为。人们交替着在他身旁跪下，和他搭讪着什么；人们打开他的上衣，又给他系上，人们试图扶起他来或相反，让他重新躺下；其实人们做这些不为别的，就为度过救护队派来负责的专门救护人员赶到之前的这段时光。

那位女士和她的陪同者也已走近过来并从头顶和弯下的后背的上方看了看在那儿躺着的那个人。然后他们退回，迟疑着。女士觉得心窝里有某种不舒服的感觉，她有权认为这种感觉是同情；那是一种拿不定主意的、折磨人的感觉。男士在沉默片刻后对她说：“这里用的重型载重卡车制动距离太长。”女士听了这话感到宽心并投以关切的一瞥以示感谢。她大概已经听过几次这句话，但是她不知道制动距离是什么，并且也不想知道；她满足了，这个可怕的事件反正会处理好的，而且会变成一个不再与她直接相干的技术问题。现在人们也已经听见一辆救护车的喇叭发出尖锐刺耳的声音，这辆救护车的快速到达令所有等候的人们感到满意。这些社会公益机构值得钦佩。人们把出事的人抬上担架并把他连着担架一起推进救护车。穿统一制服的男人在他四周照看他，一眼可以望到底的救护车内部看上去像一间病房那样干净和井然有序。人们几乎带着这样合理的印象离去：发生了一件合法的、按照规章制度办的事件。“按照美国的统计数字，”男士这样说道，“那里每年因汽车致死十九万人，致伤四十五万人。”

“您认为他死了吗？”他的同伴问，她还一直有一种没有什么道理的感觉，好像经历了什么特殊的事。

“我希望，他活着，”男士回答，“人们抬他进车的时候，情况看上去完全就是这样。”

二

没有个性的人的房屋和寓所

发生了这起小小事故的那条街属于那些长长的、迂回曲折的交通要道之一，这些街道从市中心四散辐射出去，通过外侧各市区并进入各郊区。这一对高雅的男女若顺着那条街继续朝前走一会儿，就会看到某种准保会中他们的意的东西。那是一座部分还保存完好的十八世纪或甚至十七世纪建成的花园，倘若人们从它那锻钢栅栏旁边走过，那么人们就会透过树林，看到在精心修剪过的草坪上有某种宛如一座短窗扇的小宫殿般的建筑，一座过去年代里的狩猎或风月小行宫。准确地说，它的拱形主体始建于十七世纪，公园和上部结构则是十八世纪的建筑风貌，正面在十九世纪修缮过并且已经有些毁坏，所以这整个儿给人一种有些被搞模糊了的感觉，就像重叠拍摄的照片；

但它却会使人不容置疑地站住脚并说“啊”。当这座白色、低矮、漂亮的小宫殿打开它的窗户，人们就会看见一所雅致、安静的学者寓所内部沿墙摆着的书柜。

这个寓所和这幢房子是没有个性的人的。

他站在一扇窗户的后面，透过花园空气的嫩绿滤色镜望着那带褐色的街道，十分钟来一直对着表在数小卧车、汽车、电车和行人那被距离冲洗得模糊不清的面孔，它们快速旋转着进入他的视野；他估算着从一旁移动过去的群体的速度、角度、活力，它们像闪电一样快地把视线吸引、抓住、松开，它们在一段没有尺度可以衡量的时间里强迫注意力抵制，扯断，跳向下一个目标并全力以赴追踪它；简短说，他在头脑里盘算了一会儿之后，便笑着把表塞进口袋并断定自己是干了傻事。若是人们可以测量注意力的跳跃，可以测量眼部肌肉的功能、心灵的摆动和一个人为了在街道的流动中直起身子来而必须付出的种种辛劳，那么也许会出现——他曾这样想过，并像玩耍似的试图计算出这不可能计算出来的东西——一个数值，与这个数值相比，地图册为托起世界所需要的力量是微不足道的，人们就可以估计出今天一个人什么事也不干就可以做出多么巨大的成绩来。

因为没有个性的人眼下便是一个这样的人。

是一个干事的人吗？

“人们可以从中得出两个结论。”他暗自思忖。

一个平平静静行走了一整天的人，他的肌肉功效比一个一天把一个很重的杠铃举起来一次的运动员大得多；这已经在生理学上得到了证实，所以日常平凡的小成绩因其社会总量并因其适宜于这个总和大概也比英雄行为将多得多的能量投入这个世界；是呀，英雄的业绩简直显得微不足道，像一粒沙子，被人怀着巨大的幻想放到一座山上。这个想法颇中他的意。

但是必须补充说明，这个想法之所以中他的意，并不是因为他喜欢市民生活；相反，他只不过是爱给自己那以往曾经不同于此的爱好制造点麻烦罢了。也许恰恰正是那市侩，使他预感到一个崭新的、集体的、似蚁类的英雄主义即将开始？人们将会称之为合理的英雄主义并觉得这很美好。这种事今天谁会知道?！但这样的没有得到答复的极重要的问题当时有成百个。它们正在酝酿之中，它们让人坐立不安。时光在移动。当初还没出生的人不会愿意相信这一点，但当初时光就已移动得像一头骑乘的骆驼那样快；并非现在才如此。人们仅仅是不知道移向何方而已。人们也不太会区分什么是上和下，什么是前进什么是后退。“人们想干啥就能干啥，”没有个性的人耸耸肩膀心想，“在这团杂乱粘连在一起的力量中这根本就没有什么重要意义。”他像一个学会了放弃的人那样，甚至简直是像一个惧怕任何强烈碰触的病人那样转过身去，当他迈步走进毗邻的穿衣间、从挂在那儿的拳击球旁经过，他极快速、极猛烈地一击那个球，一个人怀着顺服的心境或处在虚弱的状态一般是不会做出这样的动作来的。

三

一个没有个性的人也有一个有个性的父亲

没有个性的人一些时候以前从国外回来时，其实只是出于任性和讨厌寻常的寓所才租了这座小宫殿，它曾是坐落在城外的一座避暑别墅，当这座大城市越出它向外扩展，它便失去了预定的用途，最后竟无非只是一块被闲置着等待地价上涨的地皮而已，没有人在这里居住。所以租金是低的，但是为了将一切重新修缮好并使之符合现代生活的要求，却出乎意料地花去了许多的钱；这变成了一桩冒险活动，其结果就是他被迫去向他父亲求援，这对他来说可不是件舒服的事，因为他喜爱自己的独立性。他三十二岁，他父亲六十九岁。

老先生惊愕了。倒不是因为这突然袭击，虽然也有这方面的原因，因为他讨厌做事欠考虑；也不是因为他不得不提供援助款，因为从根本上来说他赞同自己的儿子对家庭生活和自己的条理显示出了一种需求。但是占有这样一幢房屋——即便只用了指小词——人们还是不得不把它说成一座宫殿嘛，这伤害了他的感情，使他感到害怕，觉得这是一种预兆不祥的无理要求。

他自己是从在上层贵族家庭里当家庭教师开始的；当过大学生，接下去还当过年轻的律师助理并且毫无困难，因为他父亲就已经是一个富有的人。

当后来他当上了大学讲师和教授，他却觉得自己因此而得到了报酬，因为对这些关系的悉心维护如今使他渐渐擢升为几乎是他家乡的全体封建贵族的法律顾问，尽管他如今实在是不再需要一份兼职。是的，在他自己凭本事挣得的财产与儿子早逝的母亲结婚时从一个莱茵地区工业家家庭带来的嫁妆旗鼓相当之后很久，这些在青年时代获得并在成年时期得到加强的关系也没有冷落下来。虽然这位声誉鹊起的学者如今不再过问真正的法律事务，只是偶或还从事高报酬的鉴定活动，然而所有涉及他的前保护人圈里的事件仍还由他自己亲手仔细记录在案，极准确地传至儿孙辈，没有哪次嘉奖，没有哪个婚礼，没有哪个生日或命名日会不发去一份信函，怀着细腻地搀和着恭敬和共同纪念的感情向收信人表示祝贺。随即每一回都会同样准时地寄来简短的回信，向这位亲爱的朋友和受人尊敬的学者表示感谢。就这样，他的儿子从青年时代起便领教到了这种高贵的禀赋，这种禀赋带有一种几乎无意识、却有把握地权衡着轻重的高傲，它恰好正确地测定一种亲善的尺度，而一个无论如何总算是属于精神贵族的人对马匹、耕地和传统的拥有者们的这种低三下四的态度则曾一直引起他的兴趣。但并不是工于计算使他的父亲对此不敏感了；他完全是出于天然本能用这样的方式为自己安排下了一个锦绣前程，他不仅当上了教授、成为各学会和许多学术的和国家的委员会的成员，而且也当上了骑士、骑士团首领，甚至还成了高级骑士团大十字勋章获得者，最后国王陛下竟提升他进入世袭的贵族阶级并且在这之前就已经任命他为上院议员。在那里，这位受表彰的人加入了自由思想的资产阶级的一翼，这一翼有时与高级贵族对立，但是颇为奇特的是，他的贵族保护人里竟没有一个因此而见怪或哪怕只是对此感到惊讶的；人们从来也没有把他看作别的什么，只把他看作上升时期的资产阶级的英才。老先生积极参与立法的专门工作，甚至当一次势均力敌的表决中他站在资产阶级的一边，另一边的人也没有对此感到恼怒，而是反倒觉得他没受到邀请。他当时在政治上所做的无非是尽了自己的职责罢了，无非就是把一种卓越的、有时起着温和改良作用的知识和这样的印象结合在一起：尽管如此人们还是可以对他个人的忠诚坚信不疑；据他儿子声称，他便是这样没做根本的变动就从家庭教师升迁至上院议员的。

当他得知租宫殿这档子事，便觉得这侵犯了一个法律上未经划定、却因此越加应该受到尊重的界线，于是他责备他的儿子，这些责备比他在迄今各时期已经向他所进行过的众多责备更严厉，甚至听起来简直像是预言险恶的结果，这种结果已经露出端倪。他生活的基本情感受到了伤害。像在许多有所作为的人物身上那样，他的这种基本情感毫无利己的打算，由对几乎可以说是普遍和超个人功用的东西的一种深切的爱所组成，换句话说，由一种对构成人们利益基础的东西的真诚敬重所组成。人们之所以这样做，并不是要谋取利益，而是由于更一般的原因。这具有重要意义；连一条纯种的狗也在餐桌下寻找自己的位置，不受脚踢的干扰，并不是出于卑贱的狗性，而是出于依恋和忠诚，而那些工于计算的人在生活中所取得的成功还不及有着适当混合情感的人的一半，这些人对给他们带来利益的人和关系确实能够深切感受得到。

四

如果有现实感，那就一定也有虚拟感

如果人们正经八百从开启的门里进来，就必须尊重门有一个结实的门框这个事实：老教授过日子一直遵循着的这个原则简简单单是一个现实感要求。但是如果有现实感，那么就没有人会怀疑它有其存在的理由，而且一定也会有某种人们可以称之为虚拟感的东西。

谁有了它，就不会说：这里已经发生、将会发生、必定会发生这样或那样的事；而是虚设：这里可能、也许、一定会发生。如果人们向他解释什么事，说是这么一回事，他就会想：唔，事情也可能是另外一个样子。所以不妨把虚拟感说成是一种能力，能够料想得到一切可能会发生的事物，能够不把存在的事物看得比不存在的事物更重要。人们看到，这样的创造性资质的作用可能是值得注意的，可惜它们往往让人类所赞赏的东西显得虚假并让人类所禁止的东西显得是被允许的，或者大概也会让二者都显得无关紧要。据人们所说，这样的虚拟人物生活在一片轻柔的织物，一片雾气、想象、幻想

和虚拟的织物之中；人们着重让有这种爱好的孩子们戒除它并当着他们的面称这样的人为空想家、梦想家、懦夫和自以为是或爱挑剔的人。

倘若人们愿意称赞他们，便也称这些傻瓜为理想主义者，但是所有这一切显然只包括这些人中的弱者，这部分人不能领悟现实或者在缺乏现实感确实意味着一种缺陷的时候苦恼地躲避它。然而，这种虚拟的东西不仅包括了神经虚弱的人的梦，也包括了还没萌生出来的上帝的愿望。一桩虚拟的经历或一桩虚拟的实情不等于现实的经历和现实的真实，更不等于现实存在的价值，而是，至少按照它们的追随者的观点来说，包含着某种很有神性的东西，一团火，一次飞翔，一个建筑意愿和一种有意识的不害怕现实、却把现实当作任务和虚构对待的空想主义。说到底，地球根本就不古老，看来还从不曾处于这种幸福喜悦的状态。如果人们想不费什么力气就把持现实感的和虚拟感的人加以区别，那么，只需想想某一笔款项便可。譬如一千马克包含的种种虚拟性，不管人们拥有还是不拥有它，这一千马克毫无疑问是包含着的；某甲或某乙拥有这笔钱，这个事实就像不会给一朵玫瑰和一个女人添上什么一样，也不会给这笔钱添上什么的。但是，现实主义者们这样说道，一个傻瓜把这笔钱塞进袜子里，而一个聪明人则用它们创造出价值来；甚至连一个女人的美丽容貌也不可否认地会让她所拥有的东西添上或拿走点什么。这是现实，它唤醒种种可能性，没有什么比否认这一点更错误的了。尽管如此，在总量上或平均而言，仍将是那些同样的可能性在重复出现，直至一个人到来，对于此人来说一桩现实的事情比一桩想象的事情更具有重要性。是他，是他才使这些新的可能性有了自己的意义和使命，他在唤醒这些可能性。

但一个这样的人并不是绝对明确的。只要他的思想不是凭空幻想，这些思想就无非只是还没产生出来的现实，所以他自然也有现实感；但是这是一种对虚拟的现实的感觉，比大多数人特有的那种对其现实的可能性的感觉达到目的的速度要慢得多。他似乎是要森林，而别人是要树木；森林，这是某种难以表述的东西，而树木则是一定数量、一定质量的实积立方米的木材。或者我们不妨用另一种说法来表述，那个有寻常现实感的人像一条鱼，它咬钓钩，没看见那根线，而那个有那种人们称之为虚拟感的现实感的人则从水里把一根线拉起来而浑然不知线上是否有钓饵。与对咬钓饵的生命极端冷漠和态度相对应的，是他有着做出十分古怪的事情来的危险。一个不讲实际的人——他不仅给人以这样的印象，他也就是这样的人——在与人的交往中仍然是不可靠和难以捉摸的。他会做出某些行动来，这些行动于他具有某种不同于别人的含义，但一旦事情可以总括为一个异乎寻常的思想，便又会使他对一切感到放心。此外，今天他还离前后一致性远着呢。很可能会有这样的事：他会觉得一桩使别人受损的罪行仅仅是一种责任不在罪犯而在社会机制的社会性失误。而他是否会觉得自己挨着的一记耳光是一种社会耻辱或至少像被狗咬了那样不带个人特色，那是成问题的；也许他会先回报人家一记耳光，然后便认为自己本不该这样做。再者，如果人们夺走他的情人，那么到今天他还不能完全撇开这个事件的现实，并用一种使人惊异的新的情感来补偿自己。这种发展眼下正在进行之中，对个人既意味着一种弱点也意味着一种力量。

由于个性的拥有以对现实存在的某种乐趣为前提，这就让人预见到，某个对自己也不抱有现实感的人会突然遭遇到这样的事：有一天，他觉得自己是一个没有个性的人。

五

乌尔里希

这里所讲述的没有个性的人叫乌尔里希，而乌尔里希——对一个才这么初识一面的人一个劲儿称呼其教名，这是不令人愉快的！但是顾及他的父亲，我们应该把他的姓氏隐去——刚到青春期就在一篇课堂作文里对自己的品性进行了头一次检验，那篇作文要求论述爱国主义思想。爱国主义在奥地利是一个完全特殊的题目。因为德国人的子孙简直是在学习蔑视奥地利人子孙的战争，人们教导他们说，奥地利孩子是神经衰弱的浪荡子们的孙子，一旦一个蓄着一大把络腮胡子的德国后备军士兵朝他们走去，他们便会成千成百地一哄而逃。那些也曾常常得胜的法国、俄国和英国子孙们把角色互换并作些合意的改动，学习着完全同样的东西。如今，孩子们是爱吹牛的人，喜欢玩强盗和警察游戏并随时准备把某某大街的某某家族——如果他们偶然属于这个家族的话——看作是世界上最大的家族。所以他们是容易被争取过来赞成爱国主义的。但在奥地利情况有一点复杂。因为奥地利人在其历史上的所有战争中虽然也胜利了，但在大多数此类战争之后他们都不得不割让点什么。这发人深省，乌尔里希在他的论述爱祖国的文章里写道，一个严肃的爱祖国的人从来也不会觉得自己的祖国十全十美；他突然一闪念，觉得这个念头特别精彩，虽然他只是迷惑于它的光彩并非看到了其中的真谛，他还给这句可疑的话添上第二句话：也许上帝也最喜欢用虚拟语气谈论自己的世界（这里有人可能会反对），因为上帝创造世界并暗想：这完全可以是另外一个样子嘛。他曾对这句话感到很骄傲，但是他也许没有把自己的意思表述得十分清楚，因为这句话引起了轩然大波，人们差点儿没有把他从学校里撵出去，尽管人们下不了决心，因为决断不了他的这句放肆的话应该被理解为亵渎祖国还是亵渎上帝。当初他在特蕾西亚骑士学院高级文理中学就读，这是一所向国家输送栋梁人才的学校，他的父亲对自己不肖儿让自己丢人现眼大为恼火，便将乌尔里希送到国外，送进一所小规模的比利时寄宿学校，这所学校在一座不知名的小城市里，由于经营管理得聪明得法，它只收取廉价的学费，却照样吸引大批行为失常的学生来就读。乌尔里希在那儿学习用国际的眼光扩大他对别人的理想的藐视。

斗转星移，自那以后已经过去了十六或十七个年头。乌尔里希既不后悔这些岁月，也不为它们而感到自豪，他在自己生命的第三十二个年头上简直是在惊讶地回顾它们。这期间他去过这里、到过那儿，有时也在家乡待过短时间，到处都曾做过有价值的事和无用的事。已经暗示过他是数学家，对此还不需要再多说什么，因为如果人们不是为钱而是出于爱好而从事一门职业，那么在从事每一门职业时都会出现一个瞬间，在这个瞬间增长的岁月似乎导致虚无。在这个瞬间已经持续了较长时间之后，乌尔里希回忆起，人们认为家乡有一种使思索生根并有坚实基础的神秘能力，他怀着一个漫游人的情感在家乡住了下来，这个漫游人要永远地坐到一张长椅上去，虽然他预感到他将会立刻又站起来。

当他像《圣经》上所说的安排自己的家事时，获得了一个其实是一心期盼着的经验。他已经使自己处于愉快的境地，他必须从零开始任意重新安排他那荒废的小小产业。从风格纯洁的复制到彻底的严酷无情，全部原则都可供他调遣使用，从亚述人到立体派的各种风格全都呈现在他的面前。他该选择什么呢？现代人生在医院里、死在医院里：所以他也应该像在一座医院里那样居住！这个要求是一位有影响的建筑艺术家提出来的，而另一位内装修改革家则要求住房采用可移动墙，理由是人必须学会信任别人、与别人生活在一起，不可以把自己关在象牙塔里。当初一个新时代恰好已经开始（因为它每时每刻都在开始），而一个新时代就需要一种新风格。令乌尔里希感到庆幸的是，这幢宫殿式小房子，如他所发现的，已经拥有三种重叠在一起的风格，致使人们确实不能一切均按所要求的去规划；尽管如此，他还是感觉受到可以为自己布置一所房屋这一责任的巨大激励，而他一再在文艺刊物上读到的“告诉我你如何居住，我就告诉你你是谁”这句唬人的话则悬浮在他头顶上。在深入研读了这些刊物之后他决定宁可自己来掌管自己个性的发展，顿时便亲自动手设计起未来的家具来。但是当他刚刚设想好了一种粗重硕大的印象款式，便突然想起，人们完全可以用技术型的细长有力的实用款式去取代它嘛；当他起草一种细小的钢筋混凝土模式时，又回想起一个十三岁女孩子的瘦小的形体，便幻想起来，拿不定主意了。

这就是——在一件认真说来并不特别令他悲伤的事情上——大家都知道的奇思妙想的无关联性以及奇特思想的无中心扩展，这种扩展表明了当代的特征并形成奇思妙想的奇异算术，这种算术偏离本题，没有一种统一性。末了，他压根儿就只想象出不可能实现的房间，旋转房间、光怪陆离的布置、心灵转换装置，他的奇思妙想变得越来越没有内容。于是，他终于到了他为之所吸引的那个处所。他的父亲会大致这样来表述这件事：让谁做他想做的事，谁就会很快昏头昏脑、撞破脑袋。或者也会这样说：谁能为自己完成自己所企望的，谁不久就会不再知道自己应该企望什么。乌尔里希喜滋滋地给自己反复诵读这句话。他觉得这句老祖宗的至理名言是一个异常新的思想。人在其可能性、计划和情感方面必须先受到偏见、习俗、困难和局限的约束，就像一个穿拘束衫①的丑角，他所创造出的东西然后也许才会有价值、

① 一种给狂暴的疯子穿的紧上衣。

能经久、无可匹敌；事实上简直看不出这个思想意味着什么！唔，已经返回到自己家乡的没有个性的人也迈出了第二步，他要从外部，通过种种生活环境使自己增长知识，基于这一番考虑他干脆听凭他的供货商们的非凡创造力去布置他的房屋，他坚信他们会照顾到习俗、偏见和局限的。他自己只是整新原先就有的线条，整新小厅白色拱顶下的深色鹿角或客厅的斜天花板，此外还添加上一切他觉得适当和方便的东西。

在一切均告竣工之时，他大概摇了摇头并心中暗想：难道这就是生活，我就应该过这样的生活？这是一座令人心旷神怡的宫殿，如今他成了这座宫殿的主人；人们几乎不得不这样称呼它，因为它和人们心目中想象的这类宫殿毫无二致，一座美不胜收的官邸，可供一位恰如在各自领域里占首位的家具、地毯、装修公司所设想的总督居住。就只差这座迷人的钟表机构没上紧发条啦；否则马上就会有华丽马车载着达官贵人和优雅贵妇顺着车道辚辚而上，就会有仆人从踏板上跳下来并用疑惑的目光问乌尔里希：“老哥，您家的老爷在哪里？”

他从月球返回来了，立刻又把自己的住所安排得如在月球一般。

六

莱奥娜或一次远景移动

既然已经把家事安排停当了，也就应该娶一个妻子。乌尔里希在那些日子里的女友叫莱奥蒂娜，是一座小剧院里的女歌手；她个儿高，身材既苗条又丰满，神情呆滞，富有刺激，他叫她莱奥娜。

她引起他注意的是她那双湿漉漉的黑眼睛，那张端正秀美的长脸上的一种激情中透着痛苦的神情，以及她取代猥亵小调而唱的那些动情的歌曲。所有这些旧式的小型歌曲的内容都是描写爱情、烦恼、忠诚、孤独、森林呼呼和鳟鱼闪闪的。她巍然地、孤寂透顶地站在小舞台上，用一把家庭妇女的嗓音耐心地对着听众们歌唱，每逢歌唱中间出现小小的非礼举动，便显得尤其阴森，因为这个姑娘用同样的让人颇费揣度的表情支持心灵的悲惨的和戏谑的情感。乌尔里希觉得自己立刻回忆起旧照片或已查找不到的德国家政小报上的漂亮女人，就在细细揣摩这个女人脸庞的当儿，他发现这张脸上有一整堆小小的容貌特征，它们根本不可能是现实的，可是却组成了这张脸面。当然各个时代都有各种各样的面庞；但是某一种面孔会受到时代风尚的青睐并成为幸运和美，而所有其他的面孔则就会试图效仿这张面孔；就连丑陋的面孔也大致会做到这一点，凭借着发型和时装，只有那些天生具有取得奇异成功的脸才从来不屑这样做，这些脸庞毫不容让地显露出一个以往时代的堂皇和遭驱逐的美的样板。这样的面孔像早先的渴望的尸体漫游在广泛而空洞的爱情活动中，而掀动张口呆视着莱奥蒂娜唱歌、不知道自己会出什么事的男人们的鼻翼的，则是别的情感。乌尔里希不由地便决定叫她莱奥娜，他觉得值得渴望占有她，就像值得渴望占有一张被制毛皮衣工人剥下的大狮子皮一样。

但是在他们开始相识以后，莱奥娜还显示出来一个不合时宜的个性，她是个很饕餮的人，这是一种恶习，早已不时兴培养这种坏习惯了。按其形式来看，这是终于获得解放的渴望，当初作为可怜的孩子她就曾忍受过这种爱吃珍馐美味的渴望；如今这孩子拥有一种理想的力量，这理想终于砸碎了牢笼，夺取了控制权。她的父亲似乎是一个有名望的小市民，每逢她与爱慕者相好，父亲就打她；但她这样做没有什么别的原因，就只是因为她十分愿意坐在一家小糕点铺的前花园里，一边雅致地望着过往行人一边吃着冰激凌。因为虽然人们不能断言她不感性，但是如果许可的话，不妨说，一如在一切方面，她在这方面也简直可以说是懒惰的、无劳动兴趣的。在她那个开阔的身体里，每一个刺激需用极长的时间才会达到大脑，于是就有了大白天她的眼睛无端地迷糊起来的情形，而到了夜晚这一双眼睛又会一动不动地盯住房间天花板上的一个地方，仿佛是在观察那里的一只苍蝇似的。同样的，有时她也能在一片寂静中突然对一句笑话哈哈大笑起来，她现在才对这句笑话恍然醒悟，几天前她心平气和地听着这句话时，却没明白它的意思。如果没有什么特殊的理由要做出相反的事来，那么她也会很规矩正派的。她究竟是怎样干上这一行的，从她嘴里是从来也掏不出来的。似乎她自己对此也已然不甚了了。只不过事实表明，她认为一个女歌手的工作是生活的一个必要的组成部分并把她曾听到过的有关艺术和艺术家的一切珍闻美谈和这结合在一起，致使她竟觉得每晚登上一个小小的、缭绕着雪茄烟雾的舞台演唱肯定会产生感人效应的歌曲，这是完全正确的、有教育意义并且高雅的。当然她也并不畏惧一件偶或夹杂其间的不正经行为，为了振奋正经行为，这是势在难免的嘛，但是她确信，皇家歌剧院的首席女歌唱家完全会和她一样做出同样的事情来。

不过，如果人们愿意把这称作卖淫的话，如果一个人不是如同惯常的那样为钱而付出自己整个儿的人而只是自己的身体的话，那么，莱奥娜偶或也卖淫。但是，如果人们了解自她十六岁以来这整整九个年头里低级歌厅付给她的每日酬金有多么微薄，知道礼服和内衣的价格，还有种种扣除、老板的悭吝和专横、尽兴了的客人们的食物和饮料以及邻近饭店的房费回扣，如果人们天天要与这些事打交道，为此争吵并像商人那样精打细算的话，那么，那种作为放荡不羁行为而让外行感到高兴的事便变成一种职业，一种充满逻辑、客观和等级法则的职业。卖淫恰恰就是一件人们是从上面还是从下面看便会使结果有很大区别的事情。

但是，即使莱奥娜在性问题上有一种完全注重实际的看法，却也有自己的浪漫色彩。只不过就是，她身上的种种感情洋溢、虚浮、丰盛的东西，种种骄傲、嫉妒、欢乐、虚荣、献身的情感——简短说，人格和社会发展的推动力——通过一种奇妙的自然现象，不是和所谓的心灵，而是和 tractus abdominalis①、和用餐过程结合在一起，而且它们在从前通常就曾与这种过程相结合，这种情况人们今天还可以从未受过教育的人或从过奢侈生活的农民身上观察得到，他们能够通过举办一个宴会，让大家郑重其事地通过大吃大喝来显示高贵和种种其他人类的特征。莱奥娜在她的低级娱乐场所的桌子旁边履行自己的义务；但是她所梦想的是一个骑士，他通过一种关系解除了她的聘用合同并允许她采取优雅的姿势坐在一家优雅的饭店里读一份优雅的菜单。她恨不得一下子能吃遍菜单上的全部菜肴，又可以在同时显示出她知道必须如何点菜并搭配成一份精美的饭菜，这使她感到一种痛苦而充满矛盾的满足。在吃最后几道小菜时她才能让自己的想象驰骋，于是通常就会以相

① 拉丁文，腹部延伸。

反的顺序生出一份扩大了的第二顿晚餐来。莱奥娜喝不加牛奶的咖啡和大量促进食欲的饮料从而又恢复了自己的吸收能力并令人意想不到地食欲大振，最后使自己的激情得到充分满足。于是，她的身体便充满了高贵的食物，它简直就快要支撑不住了。她神态懒散、容光焕发地环顾四周，虽然她从来都不是很健谈，在这种情况下她却喜欢参与对她吃过的美味佳肴作回顾性的研究。如果她说意大利通心粉或法国梅尔里尔苹果，那么她总是说得轻描淡写，就像另外一个人矫揉造作地顺便提及他曾和侯爵或同名的英国勋爵说过话。

由于和莱奥娜一道在公开场合露面不怎么太合乌尔里希的口味，他通常就把给她喂食的地点迁移到自己的屋里，在这里她可以对着鹿角和简朴而独具一格的家具进食。可她却觉得自己因此而失去了可以抛头露面的满足感，每逢这位没有个性的人用一位小饮食店厨师所能提供的最最精美的菜肴惹得她独自无节制地大吃大喝，她便总是觉得自己完全像一个觉察到不是被人真心相爱的女人那样被糟蹋了。她漂亮，是个女歌手，她用不着藏藏匿匿的，每天晚上总有几十个男人热切渴望得到她，这些男人是会对她感到称心如意的。可是这个人，虽然他想和她单独待在一起，他却只会看着她，竟然不会对她说一声“天哪，莱奥娜，你的玉体……简直让我心花怒放”，也不会神魂摇荡地猛舔自己的小胡子，而她却对情郎们的这种反应已经习以为常。莱奥娜有点儿瞧不起他，虽然她当然忠实地粘住他，乌尔里希知道这个情况。此外，在莱奥娜身畔说什么话合适，这个他是知道的，可是他还能说得出这样的话来、他的唇上还蓄着一部小胡子的时代已成为遥远的过去。如果某桩从前能做到的事如今人们办不成了，而且还可能是件很愚蠢的事，那么，这完全就好像是一个人得了中风，手和脚麻木了。每逢他看到女朋友酒足饭饱、满脸通红，他的眼珠子便直晃动。人们可以小心翼翼揭下她的美貌。那是谢弗尔[①]的埃克哈特背进修道院去的公爵夫人的那种美貌，是戴着手套的手上托着鹰隼的骑士夫人的那种美貌，是充满传奇色彩的梳着沉重冠状发髻的伊丽莎白女皇的那种美貌，是一种使所有已经死去的人心醉神迷的美貌。说得精确一点，她也使人想起女神朱诺，但不是那个永恒的、不死的女神，

① Joseph Scheffel（1826 — 1886），德国作家。

而是那种一个已逝去的或正在逝去的时代称之为朱诺式的美的东西。就这样，这存在之梦只是松松地套在物质上。但是莱奥娜知道，人们既然接受了一个显贵的邀请，那么即便主人没什么愿望，客人也是欠着某种情分的，是不可以光让人呆呆地瞅着自己的；于是，一旦她又有了这个能力，便站起来并从容不迫、但声音洪亮地演唱起来。她的这位朋友觉得这样的夜晚就像一张撕下来的纸，有着种种突发的奇思妙想，但已干瘪，所有失去内在联系被硬撕扯出来的东西都会变成这样，并且充满了如今永远停止不前的人的那种专制，这种专制构成活的形象的阴森可怕的魅力，好似生命已经突然得到了一颗安眠药，如今它站立在这里，僵直、充满自在的联系、受到严格限制，但在整体上却极其没有意义。

七

在身体虚弱的情况下乌尔里希搞上了一个新相好

一天早晨，乌尔里希回到家里，被人打得鼻青脸肿的。他的衣服被撕成了碎片披挂在身上，他不得不用湿毛巾敷在红肿的脑袋上，他的表和他的钱包都不见了。他不知道，它们是让那三个他与之争执过的男子给抢走了呢，还是在他失去知觉躺在石子路面上的短时间里被一个悄没声的仁爱者偷走了。他在床上躺下，就在疲乏无力的肢体感到给裹上毯子抬上救护车的当儿，他把这段奇异的经历又想了一遍。

那三个人突然站在了他的面前；他可能是夜阑人静时在街上碰撞了其中的一个，因为他思想不集中，心里想着别的事，可是这几个人顿时便一脸怒色，扭歪着脸走进路灯的光圈里。这时，他犯了一个错误。他本应做出害怕的样子立刻朝后惊退，并同时用后背狠狠撞击已经走到他背后的那个人，或者用肘捅他的腹部，力求在同一瞬间逃脱，因为和三个身强力壮的男子打架是绝不会有好果子吃的。可他却迟疑了片刻。这是年龄在作怪，他的三十二岁的年纪；有了这种年纪的人需用较多一些时间才会生出敌意和爱意来。他不愿意相信这三个蓦地在半夜用愤怒和轻蔑的目光盯着他的人只是看上了他的钱，而是一味地觉得仇恨向他涌流过来并变成了具体的形象；就在这几个无赖已经在用难听的话辱骂他的时候，他高兴地想到，他们也许根本就不是什么无赖，而是像他一样的公民，只不过多喝了几杯，便忘乎所以起来，他们见他从一旁走过便将他缠住并将一种仇恨发泄到他身上，这种仇恨就像大气层里的雷阵雨，随时都准备着向他和每一个陌生人倾泻下来。因为他有时也感觉得到某种相似的情绪。如今，极其多的人觉得自己与极其多的别的人处于令人惋惜的对立之中。人极不信任生活在自己圈子之外的人，所以不仅一个日耳曼人认为一个犹太人，而且一个足球运动员也认为一个弹钢琴的是不可理解的和劣等的人，这是文化的一个基本特征。说到底，事物只是通过自身的限度，进而通过对其周围环境的一种有几分敌对的行为而存在的；没有教皇也就不会有路德，没有异教徒也就不会有教皇，所以明摆着的，人对自己的同类的深切依傍就存在于对其同类的拒斥之中。这一点他当然没想得这么透彻；但是他知道存在一种不确定的、气氛上的敌对，在我们这一代，空气中充满了这种状况，而如果这件事突然发生在三个不相识的、事后又永远失去踪影的男人身上，生出如雷鸣和闪电那样的结果来，那么，这就几乎是一桩令人感到欣慰的事了。

无论如何，他似乎总还是面对三个无赖而作了有些过多的思考。第一个向他扑过来的人由于乌尔里希抢先给他的下颌来了一拳踉跄着退了回去，但是本应在这之后迅捷解决掉的第二个人却只是被他的拳头擦着了一点皮，因为这时一个重物从后面狠狠一击，几乎炸开了乌尔里希的脑壳。他腿一软，被抓住，随着通常继最初的衰竭出现的那种几乎是不自然的身体的苏醒而再次振作起精神，朝陌生人堆里乱砍乱打，被越来越沉重的拳头击倒在地。

由于如今他所犯的错误已经确定，这错误仅仅是在身体方面的，恰如人们难免会有失手的时候，所以还一直有着健全神经的乌尔里希便安然入睡，一丝不差地带着在遭败绩时就已隐约感觉到的那种对飘浮而去的螺旋形意识衰退的喜悦。

又醒来时，他确信自己受的伤无关紧要，并对他所经历的这件事又进行了一番思考。一次殴斗总会留下一种令人感到不舒服的回味，在某种程度上可以说有过于匆忙的亲近的味道；尽管自己是遭攻击的人，乌尔里希还是觉得自己举止不得体了。但是有什么不得体了?!紧挨着这些街道——这些每隔三百步便有一个警察惩罚最轻微违反秩序行为的街道——是另外的街道，它们像一座原始森林那样需要同样的力量和思想。人类创造出《圣经》和步枪、肺结核和结核菌素。人类对国王和贵族讲民主；建造教堂并针对教堂又建了大学；把修道院变成兵营，但把这些兵营分配给战地牧师。当然人类也把装满铅块的橡皮管送到无赖们的手里，以便用它把一个同类的身体打出病来，随后就为这孤独、受虐待的身体准备好鸭绒被，就像乌尔里希此刻裹着的这样的鸭绒被，仿佛这鸭绒被里装着的尽是敬意和关怀似的。这就是大家都知道的生活的矛盾、不连贯性和不完美性这档子事。人们对此微笑或叹息。但是现在乌尔里希恰恰不是这样的心境。他憎恨这种混合着放弃和溺爱的人生态度，这种态度容忍生活的矛盾性和不彻底性，一如一个老处女般刻板的姑妈容忍一个年轻侄女粗野无礼的举止。只是即便事实表明待在床上是从世情的杂乱无章中谋取好处，他也并不立刻从床上跳下来，因为在某种意义上这是以世情为代价用道德心作了一种过于匆忙的补偿、一次短路、一种向私人领域的躲避，如果说人们总是自顾自趋利避祸，而不是去努力维护总体的秩序的话。是的，乌尔里希按自己的非自愿获得的经验甚至觉得，如果这儿废除掉步枪，那儿废除掉国王，如果随便哪个小的或大的进步在减少蠢事和丑行，这是绝对不会有什么价值的；因为讨厌的事和丑行的容器会即刻又让新的装满，仿佛这世界的一条腿总是向后滑动，如果另一条腿向前移动的话。人们自然必须认清个中的缘由和秘密运行体制！这当然比按正在过时的原则做一个好人重要得多，所以从道德观念上来说乌尔里希不喜欢日常做好事的那种英雄主义，而喜欢参谋本部的职位。

现在他把昨晚那桩惊险活动的后续部分也回忆了一下。因为当他在那场进行得不成功的殴斗之后苏醒过来的时候，一辆出租汽车在人行道附近戛然停住，司机试图抓住受伤的陌生肩膀将其扶起来，这时一位女士露出天使般纯洁的神情向他俯下身来。在这样从心底向上升起意识的时刻，人们看一切就像是在儿童书籍的世界里；但是不久昏厥便给现实让出位置，一个用心照料着他的女士的音容笑貌春风般吹拂着他，像科隆香水那样发出沁人心脾的淡淡清香，致使他当即也就知道自己十之八九没受什么伤，并试图正正经经地站立起来。他未能马上就得遂心愿，于是那位女士便忧心忡忡地自告奋勇，要开车把他送到什么地方去进行救治。乌尔里希请求把自己送回家去，由于他确实还显得神志迷乱、身体虚弱，女士便满足了他的请求。后来在车里，他的神志迅速清醒了过来，他感觉到了自己身边有某种母亲般性感的东西，一片乐于助人的理想主义的纤云，现在，就在他又成为男子汉的当儿，怀疑和对一个仓促行动的恐惧的小冰晶在这片纤云的温暖下开始形成，而这些小冰晶则充满空气，使空中飘下柔和的雪花。他讲述事情的经过，而这位只比他年轻一点点、也许年龄在三十岁的美丽妇女则谴责世人的粗鲁并觉得他极其令人同情。

接下去，他当然就开始对这件事进行热烈辩解，并对自己身边这位惊讶不已的慈母般的美人儿解释说，在这样的打斗事件中人们不可以按成败来论英雄。它们的魅力也确实在于，人们在一般极短的时间里，以一种在市民生活中任何别的领域里均不会有的快捷并受到几乎感受不到的信号的指引，必须做出这么多的、各种各样的、强有力而相互严密协调一致的动作来，所以完全不可能用意识去检查这些动作。相反，每一个运动员都知道，人们必须在比赛前几天就停止训练，而这样做没有任何别的原因，仅仅是为了好教肌肉和神经达成最后的默契，而不使意志、企图和意识参与其中或者甚至横插一杠。乌尔里希描述说，在行为的瞬间情况也始终都是这样的：肌肉和神经跳动并与自我搏击；但这个自我，这整个身体、灵魂、意志，这整个儿的、从民法上与周围环境划清界线的主要的和整体的人，却只是十分愉快地受到肌肉和神经的裹挟，像骑在公牛背上的欧罗巴，一旦这个自我情况不是这样，如果不幸地哪怕只是最微弱的深思熟虑的光束照进这黑暗之中，那么事情通常就不会成功。乌尔里希说得振振有词。从根本上来说这是——他断言说——这个有意识的人的几乎完全丧失意识，或者说突然显现的事件是与那些各种宗教的神秘教徒们所熟悉的、已失传的事件相似的，说是因而这在一定程度上是对永恒的需要的一种同时代的代用品，即使是一个坏的代用品，但总还算是一个代用品；所以拳击或把这纳入一种合理的体系之中的类似运动项目便是一种神学，尽管不能要求大家普遍认识到这一点。

乌尔里希多半也是有点儿出于爱虚荣才对女伴这么夸夸其谈，好让她忘掉她发现自己所处的这种可叹的处境。在这种情况下她难以区别他是在严肃地讲话还是在讥讽。无论如何，从根本上来说，他试图通过体育运动来解释神学，这在她看来多半是十分自然的事，也许这甚至还挺有趣呢，因为体育运动是某种合时宜的东西，而神学则是某种让人摸不着头脑的东西，虽然不可否认地确实还一直存在着许多教堂。不管怎么说吧，她觉得，一个幸运的偶然事件让她救了一个非常有才华的男子，不过其间她倒也不由得在心中暗想，他会不会得了脑震荡了。

这时乌尔里希正想说些明了易懂的话，便趁机顺带指出爱情也属于宗教的和危险的事件之一，因为爱情把人抬出理性的怀抱并使人处于一种真正无端飘浮的状态。

是的——女士说——但是体育运动粗野。

当然是的——乌尔里希急忙承认——体育运动是粗野。可以说，这是一种分布得极精细的、普遍的仇恨的表现，这种仇恨在竞赛中被引发出来。人们当然也会断言相反的话，说体育运动加强了解、增进友谊以及诸如此类的话；但从根本上来说这只是证明了，粗野和爱情相互之间的距离并不比一只大的彩色的不出声的鸟的一个翅膀和另一个翅膀之间的距离更远一些。

他把重音放在翅膀和彩色的、不出声的鸟上了——一个没有恰当意义的想法，但带着一丝生命在其无节制的肉体里用以同时满足各种互相角逐的对立的那种巨大的性感；这时他发现，他的女伴丝毫也没听懂这些话，但她在车里散布的软雪花仍还是变得更稠密了。于是，他把身子完全转向她并问，她是不是厌恶谈论这类身体方面的问题？说是身体的活动确实太过于时兴，从根本上来说这包含一种令人恐惧的感觉，因为如果身体是经过严格训练的，那么这身体就会失去平衡，就会不问青红皂白，用它那自动磨准过的动作对每一个刺激作出反应，使得占有者只有吃亏受损、不舒服的感觉，而他的性格则简直是控制了身体的某一个部分。

看来这个问题确实深深触动了这位年轻的妇人；她显得被这一席话打动了，急促呼吸着并小心谨慎地把身子挪开一点点。一种类似于方才所描绘的程序，一阵喘气、皮肤一阵泛红、心的怦然跳动，也许还有一些别的症状似乎已经在她身上露出了端倪。但是恰恰在这个时候，汽车在乌尔里希的寓所前面停住了。他只能赶快微笑着请求女救命恩人留下地址，好让他登门致谢，但让他感到惊讶的是，他没有得到这个恩惠。黑色的锻钢栅栏在一个惊奇的陌生人的后面砰地关上了。大概此后一座古老旧公园高大和暗黑的树木还曾在电灯光下出现，窗户亮起灯光，剪短了的、绿宝石般的草地上一座绣房般的小宫殿的低矮侧翼已经伸展开来，已经能看到一点墙壁，墙上挂着图片，摆着一排排杂色的书籍，这位被送走了的汽车上的伙伴被一派意想不到的美好的生活图景接纳了。

事情已经这样发生了，而就在乌尔里希还在考虑，如果他又不得不把时间耗费在一桩他早已腻烦了的风流韵事上，这会多么令人感到不舒服，就在这个节骨眼上，有人向他报告一位女士来访，这位女士不愿说出自己的名字并且是蒙着面纱走进他的寓所来的。这正是她本人，她不曾说出自己的名字和地址，却以这种既浪漫又仁慈的方式借口为他的健康担心而专擅地将这风流艳遇继续下去。

两个星期以后，博娜黛婀[1]便已经当了十四天他的情妇了。

八

卡卡尼[2]

在人们尚把裁缝和剃头匠的事看得很重要并喜欢照镜子的那个年龄，常常也乐于想象一个愿意在那里度过一生的地方，或者至少是一个值得驻足的地方，即便人们感觉到，就自己个人而言不见得喜欢待在那里。一种这样的社会的强迫观念很久以来所想象的就已经是一种超美国式的城市，那里人人都手握跑表匆匆奔走或静静站住。空气和泥土构成一种蚁穴，交织着一层层交通繁忙的街道。空中运输工具、地上运输工具、地下运输工具、管道风动送人装置、汽车链水平方向急驰，快速电梯用泵把人群垂直方向从一个交通平面打入另一个；在交通连接点上，人们从一个运输器械跳进另一个，被它

① Bona Dea，拉丁语的意思是“仁慈女神”，意大利的丰饶女神。罗马帝国时代，庆祝丰饶女神节变为放荡不羁的狂欢密祭。

② 作者虚构的地名，取自奥匈帝国正式名称 Kaiserliche und Königliche Monarchie 的缩写字母。

们的节奏，被在两个轰鸣着的速度之间形成一种中略、一种休止、一种二十秒的小裂口的节奏吸附和卷入，在这个一般性节奏的间歇里互相急促交谈几句。问题和回答的声音像机器的部件那样交错连接，每一个人只有完全明确的任务，职业在一定的地方成群地聚拢在一起，人们边吃边行进，休闲娱乐集中在别的市区，又是在别的什么地方耸立着塔楼，人们可以在那里找到女人、家庭、留声机和情感。紧张和松弛、劳作和爱情在时间上被严格分开并按彻底的实验室经验被掂出分量。人们在从事这些工作中的任何一桩时遇到了困难，就干脆扔下不管；因为人们找到了另外一件事或者碰巧找到了一条更好的途径，或者是另外一个人找到了人们错过了的途径；即使没有任何东西比自以为有能力不放松某个个人目标更能挥霍掉共同的力量，这也无关紧要。如果人们不过久地踌躇和思虑，那么，在一个交融着各种力量的团体里，每一条道路都通向一个好的目标。目标是定得短暂的；但生命也是短促的，这样人们就可以向生命索取所能取得的最高价值，在自己的幸福之外，人并不需要别的什么，因为人们所取到的东西可以塑造灵魂，而那种人们不做什么事就想得到的东西则只会扭曲灵魂；对于幸福来说，重要的不是人们想得到什么，而是取到它。此外，动物学教导我们说，一个天才的整体很可能由一个缩减了的个人的总数组成。

完全不能有把握地说，事情准保会这样发生，但是这样的观念属于旅行梦幻之一，这些梦幻反映出那种携带着我们的不休息的运动的感觉。它们是肤浅的、不宁静的和短促的。天知道，什么会变成现实。人们会以为，我们每一分钟都必须控制住开端并为我们大家制订一个计划。倘若我们不喜欢速度这件事，那么我们就干另外一件事！譬如一件极缓慢的事，带着一种谜一般飘浮的、海蜗牛般神秘的运气和古希腊就已经如醉如痴地谈论过的那深邃的牝牛目光。但是情况完全不是这样的。事情控制着我们。人们日夜行驶在其中并且也还在其中做着种种别的事情；人们刮胡子，人们吃饭，人们相爱，人们读书，人们从事自己的职业，好像四堵墙壁静静地站住了似的，而那叫人感到无名恐惧的则仅仅是：墙壁在行驶，而人们却没觉察，而且它们把自己的路轨向前投抛，宛如长长的、摸索着的弯曲的线，人们却不知道它们伸向何方。此外，人们大概还愿意属于那些决定时代列车的力量之一。这是一个很不清楚的角色，而如果人们在较长时间的间歇之后向外面观看，那么就会发生这样的事：原来景色已经变了；在那里从一旁飞驰而过的一切之所以从一旁飞驰而过，是因为不可能有别的办法，但是尽管满心顺服，一种不舒服的感觉还是越来越强烈，仿佛人们驶出目的地以外去了或者误入了歧途了似的。有一天，有了这强烈的需要：下车！跳下去！对被拦住、不进展、卡住、返回到一个错误岔路以前的地点的渴望！在还存在着奥地利帝国的昔日美好时代，遇到这样一种情形，人们可以离开这时代列车，坐到一条普通铁路线上的一列普通列车里并驶回家乡去。

那儿，在卡卡尼国，在这个此后已衰亡的、未被理解的国度里，在这个在许多方面未受到重视却堪称模范的国家里，那儿也有速度，但没有太多的速度。人们在异国他乡一想到这个国家，眼前便顿时会浮现出徒步行走和特快邮车时代的那些白色、宽阔、富裕的街道，它们像秩序的河流，像浅色的士兵粗亚麻布做的带子向四面八方贯穿这个国家并用行政部门的纸一样白的胳臂搂住各个国家。什么样的国家啊！那儿有冰川和大海、岩溶和波希米亚的庄稼地、亚得里亚海滨的夜晚、不安的蟋蟀嚯嚯鸣叫，还有斯洛伐克的村庄，烟雾像从向上翻起的鼻孔里那样从那儿的烟囱里袅袅升起，还有这座蹲在两个小山丘之间的村子，仿佛大地微微张开了双唇，以便暖和它唇间的这个孩子。这些街道上当然也行驶着汽车；但没有太多的汽车！人们准备着要占领空中，这里也这样；但并没有投入全副精力。人们时不时向南美或东亚发出一艘船；但次数不太多。人们没有争当世界经济强国的野心；人们坐落欧洲的中心，古旧的世界轴线在这里相交；“殖民地”和“海外”这样的字眼人们听起来就像是在听某种还未经确定可行的和遥远的东西。人们追求奢侈；但断非像法国人那样过分讲究。人们进行体育运动；但不像盎格鲁-撒克逊人那样痴迷。人们支出大笔军费；但只是刚刚多到足以保持大国中的第二弱国地位。首都也比世界上其他最大的城市小一些，不比那些仅仅是大城市的城市大得相当多。以一种开明的、不太感觉得到的、小心翼翼磨掉全部棱角的方式管理着这个国家的，是欧洲最好的官僚主义，这种官僚主义只有一个毛病会受人指责：它觉得那些不是因出身高贵或一项国家使命而崭露头角的个人，它觉得这样的个人身上的天才和独创的创业精神是多管闲事、僭越职权。可是谁乐意让未被授权的人对自己的事说三道四的呢！再者，在卡卡尼国始终只是一个天才被认为是一个粗人的国家，却从来不会像在别处发生的那样，粗人被当作是一个天才。

咳，关于这个被遗忘的卡卡尼国有多少奇特的话要说啊！譬如它是皇帝-国王的，是皇帝的和国王的；那儿的每一件事、每一个人都带有 K. K. ①或 K. U. K. ②这两个标记中的一个。但是尽管如此，却还是需要有一种秘密学问，方能总是稳妥地区分，应该把哪些机构和人叫作 K. K. 、哪些叫作 K. U. K. 。它书面上称自己是奥匈帝国，口头上叫奥地利；所以是用了一个它用庄严的国家誓言已经抛弃了的、但在各种只能体会不可言喻的事情上仍保留着的名字，以表示情感和国家法一样重要，规章制度并不意味着真实的严肃生活态度。按其宪法它是自由主义的，但它受教会的统治；它受教会的统治，但人们却过着思想自由的生活。在法律面前所有的公民都是平等的，但是并不是所有的人正好都是公民。有一个议会，这议会如此强暴地使用自己的自由，以致人们通常都将它关闭；但是也有一个紧急状态法，凭借着它的帮助，人们没有议会也能行，而每一回，一旦大家已经对专制政体感到愉快了，王室便会命令重新实行议会统治。在这个国家里有许多这样的事件，那些国民争斗也属于这些事件之一，它们理所当然地引起了欧洲的好奇心，而今天人们却对它们作了完全错误的描绘。那些争斗是如此激烈，以致国家机器因此而每年停止运转好几次，但是在这些间歇的时间里以及国务活动停顿的时间里人们相处得好极了，并且装出一副仿佛什么事也没发生的模样来。也是没发生什么实实在在的事嘛。仅仅是每一个人对每一个别人的努力的厌恶，我们大家今天都一致认识到的这种厌恶在这个国家里已经早早地发展了起来，不妨说，已经早早地形成为一种升华了的礼仪，这种礼仪本来还可能会有严重后果的，倘若不是一些时候以前一场灾难阻止了它的发展势头的话。

不仅是对同国人的厌恶在那里增强成为集体精神，而且对个人以及对个人的命运的不信任也带有深度自信的性质。在这个国家里人们的行动——有时产生极大的激情和严重后果——总是不同于人们的思想，或者思想不同于行动。不知就里的观察家曾以为这是他们所认为的奥地利人性格的可爱之处或者甚至是这种性格上的弱点。但是这是错误的；简简单单用其居民的性格去解释一个国家里的种种现象，这永远都是错误的。因为一个国家的居民至

① “皇帝-国王的”的缩略写法。

② “皇帝和国王的”的缩略写法。

少有九种性格，一种职业的性格、一种民族的性格、一种国家的、一种阶级的、一种地理上的、一种性的、一种意识到的、一种没意识到的以及也许也还有一种私人的性格；他集这些性格于一身，但它们溶解他，他实际上无非就是一个小小的、受到这么许多涓涓细流冲蚀的洼地，它们渗进这块洼地，又从那儿溢出，和别的小溪一道注入一个新的洼地。所以地球上的每一个居民也还有一个第十性格，这个性格不是别的，正是消极幻想未曾充满的空间；这个性格允许人做一切事，唯独不允许做这一件事：认真看待他的至少是九个别的性格所做的事和对它们所作的处置；换句话说，恰恰不允许做那件会将他充满的事。这个我们必须承认难以描绘的空间，在意大利同在英国有着不同的色彩和造型，因为那和它形成鲜明对照的东西有着不同的色彩和形态，可有时候却是同样的空间，恰好是一个空洞的、看不见的空间，现实屹立于其间，像一座失去了想象力的小小的用积木搭起来的城市。

就大家的目力所能见到的而言，这事在卡卡尼已经发生了，而在这方面卡卡尼是最进步的国家，只不过就是这一点世人还不知道罢了；这是个还在以某种方式忍受自己的国家，人们在其中是消极自由的，经常感受到自己没有充分的存在理由，像受到孕育出人类的海洋的气息那样受到对未曾发生的事或者并非不容改变地已发生的事的丰富想象的冲刷。

在别人在别的什么地方以为发生了什么了不起的事的时候，那儿的人却说，事儿出来了；这是一句独特的、在德语或一门别的语言中一般不太会出现的话，在它的氛围中，事实和劫数变得轻如鸿毛和思想。是的，尽管有着许多不利的方面，卡卡尼也许仍然是一个适宜天才成长的国家；它多半也是让这一点给毁掉了的。

九

变成一个著名人物的三次尝试中的第一次

这个已经归来的人记不得自己一生中什么时候不曾心心念念想成为一个

著名人物；这个愿望似乎是乌尔里希与生俱来的。这是真的，这样一种要求可能也反映出虚荣和无知；尽管如此，这还是相当真实的，是有一种很美好、很合理的追求，没有这样的追求大概也就不会有许多著名的人物了。

在这件事情上糟糕的仅仅是，他既不知道怎样变成一个著名人物，也不知道什么是著名人物。在学校里念书的时候，他把拿破仑看作是这样的人；部分是由于年轻人天然就赞赏铤而走险的行为，部分是因为教师强调指出这个把欧洲弄得天翻地覆的暴君是历史上最最作恶多端的人。结果就是，乌尔里希一逃脱学校就在一个骑兵团里当了见习士官。倘若问起这样择业的原因，当初他多半就只会回答说：为了当暴君。但是这样的愿望难以启齿。拿破仑的天才是在他当上了将军之后才开始展现出来的，而乌尔里希作为见习士官该怎样让他的上校相信这个条件的必要性呢?！在做骑兵中队操练时就已经显示出上校有着和他不同的看法。尽管如此，乌尔里希若不是有很重的虚荣心的话，便不会为这练兵场懊悔，在练兵场的平和的地面上非分要求和天职是难以区别的。对于像“国民武装教育”这样的和平主义的套话他丝毫也不予重视，而是沉浸在一种对男权主义、暴力和自豪的英勇状态的热烈回忆之中。他赛马，决斗，只区分三种人：军官、女人和平民；后者是身体不发达、智力鄙陋的一类人，他们被军官们从自己身边夺走了妻子和女儿。他沉湎于一种出色的悲观主义：他觉得，既然士兵这一行当是一种锋利、炽热的工具，那么人们就必须也为了造福世界而用这种工具煅烧和切割世界。

他感到庆幸，因为他没出什么事，但是有一天，他经历了一件事。他在一次社交聚会上与一位知名的银行家发生了一起小小的不愉快事件，他本想以自己那种洒脱的方式了结这件事，但事实表明，在平民中也有善于保护自己女眷的男子汉。那位银行家和他认识的国防部长作了一次交谈，结果就是，乌尔里希和自己的上校进行了一次较长时间的谈话，这次谈话让他弄明白了大公爵①和普通军官之间的区别。从那时起，他便不再喜欢军人这一行当。他曾企盼着置身在一个震撼世界的惊险活动的舞台上，成为舞台上的主角儿，而一下子却看见一个喝醉酒的年轻人在一个空旷的广场上发酒疯，只有石头和他搭腔。当他醒悟到这一点，便告别这段才使他获得少尉头衔的忘

① 对奥国皇太子的称呼。

恩负义的生涯，退出了军界。

一〇

第二次尝试。没有个性的人的一种道德的征兆

但是，乌尔里希从骑兵转向技术时只不过换了一匹马而已；这匹新马是钢肢体，跑起来快十倍。

在歌德的世界里，织布机的格格声还是一种扰乱，在乌尔里希的时代人们已经开始发现机器车间、铆钉锤和工厂汽笛的曲调。当然绝不可以以为，人类不久会发现，一座摩天大楼比一个骑在马上的人伟大；相反，今天还是这样，倘若人们想炫耀点什么特殊的东西，他们不是骑在摩天大楼上，而是骑在高头大马上，像风一样快捷并且目光锐利，不像一座巨型折射望远镜，而是像一只鹰。他们的感情还没有学会使用自己的理智，而在这两者之间却有一个发展上的区别，这个区别几乎与盲肠和大脑皮层之间的区别一样大。所以，如果人们一如乌尔里希在少年气盛的年岁中断之后就已遭遇到的那样，会想到人在被自己视为神圣的一切方面行为远比他的机器更落后于时代，那这就意味着一种颇不容小觑的幸运哩。

乌尔里希一走进机械学课堂，当即就蒙住了。如果眼前摆着一台涡轮发电机的新模型或一套蒸汽机调节装置，那么，人们干吗还要观景楼上的阿波罗呢！如果事实已经证明，这根本就不是“常数”而是“机动值”，致使机械装置的性能要依着历史的情况而决定，人的好坏要依着人们用以评价人的个性的应用心理学技巧而决定，那么，关于什么是善什么是恶的千年说教还能把谁吸引呢！假若人们从技术的立场出发看世界，这世界简直滑稽可笑；人与人之间的全部关系均不实际，人们所使用的方法极度不经济、不准确；谁惯于用计算尺处置自己的各项事务，谁干脆就不能严肃地对待人类全部论断的整整一半。计算尺，这是两个由数字和线条无比机智地组合在一起的体系；计算尺，这是两根涂上白色油漆、相互交错滑动、带低矮梯形横截面的

小棍，凭借着它们的帮助人们一转眼间就能解开最复杂的计算题，绝不会无谓地失去一个思想；计算尺，这是一个小小的象征，人们在上衣胸前的里袋里装着它，觉得它是心窝上的一条坚硬的白色线条：如果人们有一把计算尺，当有人带着重要的论断或怀着激昂的感情前来时，人们就会说：请稍等片刻，我们要先计算一下误差范围和所有这一切的可能值！

这无疑是关于工程事业的一种有力的想象。它构成一幅富有吸引力的、未来的自画像的框架，自画像上是一个口衔烟丝烟斗、头戴运动帽、足蹬漂亮马靴、在开普敦和加拿大之间的旅途上的男子，他要实现自己商号的宏伟蓝图。此间，人们始终还有时间从技术思想中获取一个安排和驾驭世界的主意或制作格言，像埃默森[①]将会挂在每一个车间上方的这句话："人类作为对未来的预言在地球上漫行，他们的全部行为是尝试和问题，因为每一个行为都可能会被下一个超过！"严格地说，这句话甚至是乌尔里希的，只不过用好几句埃默森的话编排起来。

很难说清楚，为什么工程师们并不完全是与这种特性相吻合的人。譬如他们为什么经常佩戴一条表链，这表链在一侧成陡弧形从背心口袋伸向一个位于高处的纽扣，或者让这表链在肚子以上形成一个隆起部和两个沉降部，好似一首诗的强音和低音？为什么他们喜欢用鹿齿或小马蹄铁把胸针别在领带上？为什么他们的西服设计得像最初的汽车？最后还有，为什么他们除了谈论自己的职业很少谈论别的什么；如果真的谈论起别的什么来，为什么他们就会有一种特殊的、生硬的、不确切的、外向的讲话方式，而它向内达到的深度绝不超过会厌？这自然远非涉及所有人，但这涉及许多人，而乌尔里希初次到一家工厂办公室上班时所结识的那些人便是这样的人，他第二次结识的那些人也是这样的人。他们表明自己是和自己的制图板紧紧联结在一起、热爱自己的职业并且在职业上显得特别精明能干的人；但是若建议把他们的思想上的勇敢精神不是用在他们的机器上而是用在自己身上，那么，他们就会觉得这个建议是一种无理要求，就像是要他们违反常情地用一个锤子去杀人。

乌尔里希为了在技术的道路上成为一个不寻常的人而作的第二次和比较成熟的尝试就这样结束了。

---

① Ralph Emerson(1803 — 1882)，美国哲学家和诗人。

一一

最重要的尝试

对于到那时为止的这段时间，乌尔里希今天会摇头，一如人们给他讲述灵魂转世时那样；对他的第三次尝试他却不会摇头。一个工程师不汇入到自由和广阔的思想境界，却沉迷于自己的特殊性之中，虽然他的机器一直被供应到地球的尽头，这是可以理解的；因为就像一台机器不需要有能力去把作为它的基础的无限小方程式用到自己身上那样，他同样也不需要有能力把他技术的灵魂中大胆和新颖的东西传送到自己私人的灵魂上。但是对于数学就不可以这么说了；数学里有许多逻辑学，有许多才智，有时代的根源和一种巨大变革的起源。

如果能够飞行和与鱼儿一同旅行，钻通巍峨的大山，以神奇飞快的速度传递信息，看见看不见的和遥远的东西以及听见讲话，听见死人讲话，使自己沉入可以创造奇迹的康复睡眠之中，能够用活生生的眼睛看见人们在自己死后二十年将是什么模样，在星星闪烁的夜晚知道有关这个世界的天空和地下的千百种从前没有人知道的事情，如果这些就是实现原始梦想的话，如果光明、温暖、力量、享受、舒适是人类的原始梦想的话——那么，今天的研究不仅是科学，而且也是一种魔术，一种具有高度心力和脑力的仪式，它让上帝一点一点地渐渐显现；是一种宗教，它的教义学为严酷、勇敢、灵活以及像刀那样冷森和锋利的数学逻辑所渗透和支撑。

当然，不可否认，按照非数学家们的意见，所有这些原始梦想是以一种完全不同于人们原始设想的方式被实现的。明希豪森[①]的邮车号角比批量生产的录音带更美，七里靴[②]比一辆汽车更美，劳林[③]的王国比一条铁路隧道

① Baron Münchhausen(1720—1797)，德国漫游探险家，以喜欢讲述夸大和令人不可思议的诙谐故事而著称于世。

② 童话中一步能跨七里的靴子。

③ 中古高地德语史诗《小玫瑰园》中的侏儒国王。

更美，曼德拉草[①]比传真电报更美，吃自己母亲的心和理解鸟语比对鸟声的表现性动作进行动物心理学研究更美。人们赢得了现实、失去了梦幻。人们不再躺在一棵树下，从大足趾和二足趾之间凝视天空，而是在创造；如果人们想精明能干，就不可以饥肠辘辘、耽于空想，而是必须吃牛排、干实事。这完全就像是古老的、能力低下的人类在一个蚂蚁堆上睡着了，当新的人类醒来时，蚂蚁已经爬进他们的血液里了，从此他们就必须做最剧烈的动作，却不能摆脱这种动物性勤劳的可怜巴巴的感觉。人们确实不需要对此说很多的话，今天大多数人反正都清楚数学像一个恶魔已经进入我们生活的各个领域。也许并不是所有的这些人都相信人们可以将自己的灵魂出卖给魔鬼的故事；但是所有必须懂一点什么是灵魂从而作为教士、历史学家和艺术家从中获取丰厚收入的人，所有这样的人均证明他们让数学给毁了，数学成为一种恶性的理智泉源，这种理智虽然使人变成地球的主人，却也变成机器的奴隶。有报导称，内心的荒芜，由个别的锐利和整体的冷漠组成的巨大混合体，在一个由细节组成的荒漠里的人的极大孤独感，他的无与伦比的不安、恶意、心灰意冷、金钱欲、冷酷和残暴，这些都标明着我们的时代的特征，它们完完全全都是心灵的一种逻辑敏锐的思维所造成的种种苦果！就这样，当初乌尔里希成为数学家时就已经有一些人曾预言过欧洲文化的崩溃，因为人的心里已不再有信仰、爱情、质朴、善意，而颇能说明问题的则是，这些人在青少年时代和在校学习的时代都曾是蹩脚的数学家。所以后来就为他们而证明了数学，精确的自然科学之母、技术的祖母，也是最终推出毒气和战斗机来的那种精神的始作俑者。

对这些危险懵然不知的其实只是数学家们自己以及他们的学生们，像猛踩油门、在这世界上什么也看不见、只看见前面那个人的后轮的赛车运动员们那样在心中对这一切毫无感觉的自然科学家们。而对于乌尔里希，人们可以断言这样一点：他爱数学，为了那些不能忍受它的人的缘故。他不是从科学的角度而是从人性的角度爱科学。他看到，科学在认为属自己主管的所有问题上均与普通人有着不同的想法。如果人们用人生观代替科学的观念，用实验代替假设以及用行动代替实情，那么，就没有哪个受人尊敬的自然科学家或数学家的毕生事业会在勇气和变革的力度上不远远超出历史上最伟大的

---

① 一种麻醉用草药。

行动。世界上还没有哪个人会对自己的信徒们说：你们偷盗吧，杀人吧，奸淫吧——我们的学说是如此强大，以至于它会把你们泡沫状的罪孽的污水变成清澈的山溪；但是在科学领域每隔几年都会发生某种直到那时为止一直被认为是错误的东西突然把全部观念翻转过来或一个不显眼的和受蔑视的思想变成一个新的思想王国的主宰的事，而这样的事件在科学领域不仅是变革，也像一架天梯那样通向高空。科学和童话世界一样，就是这么强烈，这么无忧无虑，这么美妙。乌尔里希感觉到：人们只不过就是不知道这一点罢了；他们浑然不觉人们已经能够如何思维，如果人们会教他们新思维，那么他们也会以不同的方式生活。

哦，人们自然会在心里暗想，世界上的事是不是都颠三倒四到必须永远把世界翻转过来看了呢？但是对此世界早已自己作出了两种回答。因为自从世界存在以来，大多数人在青年时代都是主张翻转的。他们觉得上了岁数的人留恋现存事物并且不是用脑，而是用心、用一块肉；思维，这真是滑稽可笑。这些年纪较轻的人总是发觉，上了岁数的人道德上的愚笨和寻常知识上的愚笨一样，都是缺乏新的联结能力的表现，而他们自己觉得理所当然的道德则是一种功利、英雄主义和变革的道德。然而，一旦进入实现的年代，他们还是不曾多知道一些有关这方面的情况并且根本就不想知道。所以，许多把数学或自然科学视为职业的人也觉得像乌尔里希那样出于这样的原因选定一门科学，这是一种滥用。

尽管如此，按专家的评价，自若干年前开始从事这个第三职业以来，他已经做出了颇多的成绩。

一二

一位女士——在一次关于体育运动和神秘教义的谈话之后乌尔里希便赢得了她的爱情

情况表明，博娜黛婀也追求高尚的思想。

博娜黛婀就是在那个不幸的拳击之夜救了乌尔里希并在第二天早晨严实地蒙着脸来探望他的女人。他给她，这个仁慈的女神，取了博娜黛婀的名字，因为她就是这样闯入他的生活的，他也是按着贞洁女神的名字给她取了这个名，那位贞洁女神在古罗马曾拥有过一座神庙，由于一种奇异的倒转那神庙最终成了种种放荡行为的中心。她不知道这个情况。她喜欢乌尔里希授予她的这个响亮的名字，她像穿一件漂亮的绣花便服那样带着这个名字来幽会。“那么我是你的仁慈女神喽？”她问，“你的博娜黛婀？”她一边字正腔圆地说出这两句话，一边用两条胳臂搂住他的脖子并微微向后仰起脑袋、满怀深情地注视着他。

她是一位有声望的人物的夫人，两个俊美男孩的温存的母亲。她的口头禅是“十分正派”；每逢她想对人、用人、活动和情感说点什么好听的，便总是用这句话。她能够像别人说星期四那样频繁和自然地说出“真的、善的和美的”来。最深刻地满足她的意念需求的，是想象在一个由丈夫和孩子组成的圈子里的一种宁静、理想的生活方式，可是“别诱惑我”这个黑暗的王国却在内心深处悬浮并以其恐怖把闪耀的幸福之光抑制成柔和的灯光。她只有一个毛病，这就是，她一看见男人就会极不寻常地激动起来。她绝不是淫荡；她是个具有强烈性要求的人，就像别人有别的毛病，譬如两手出汗或轻微改变脸色，这似乎是与生俱有的，遇到这种情况她从未能顶住过。当她在这种小说般的、极大地激起想象来的情况下结识了乌尔里希的时候，她从最初一刹那起便注定要成一种激情的猎获品，这种激情开始时以同情的面目出现，在短时间的、却激烈的内心斗争后便渐渐变成见不得人的隐蔽活动并以罪孽与悔悟变化交替出现的形式继续进行下去。

但是乌尔里希在她的一生中天知道是第几个了。男人们一旦弄清楚了这个情况，通常都习惯于以不比对待可以让人用最愚笨的手段诱使着一再在同样的事情上摔跤的白痴更好一些的态度对待这样的色情狂女人。因为较温柔的男人献身的情感大致就像一头美洲豹对一块肉发出的咕噜——受到任何扰乱，豹子会很见怪的。这就使得博娜黛婀常常过着一种双重生活，像某一个可尊敬的普通公民，他在自己意识的幽暗间隙里是铁路线上的窃贼，而这个寂静、华美的女人一旦没让谁搂着，便会受到自我蔑视的压抑，而这种自我蔑视则是由谎言和她为了被搂抱而遭受到的污辱引起的。性欲一被激发起来，她便抑郁、善良，她甚至在其混合着热情和眼泪、残忍的质朴和不可避免地来临的悔悟的情感中，在对已经涌上心头的抑郁情绪的躁狂逃避中，显出一种魅力，这种魅力像一只镶上了黑纱的鼓不停地发出的咚咚声那样激动人心。但是在感情没有冲动起来的间歇，在使她感到自己无可奈何的两次软弱表现之间的悔悟中，她心中满怀着正经的要求，这时就会让人感到和她打交道并不是一件简单的事。人们就必须真和善，同情一切的不幸，热爱皇室，尊重一切受尊重的事物，对她关怀备至、体贴入微，像是在护理病人。

如果没这样，那么这也丝毫不会改变事态的进程。她已经编好了这样的无稽之谈作为托辞，说什么她是在无辜的头几年的婚姻生活中让她的丈夫带进这种令人遗憾的状态中来的。这位丈夫，他年纪比她大得多，身量也比她高，这位丈夫似乎是一头毫无顾忌的猛兽，在交上新欢的最初几个时辰里她就已经对乌尔里希悲伤而会意地谈到这一点。稍晚一些他才得知，原来这个人是一个知名的、有声望的法学家，在职业方面颇有工作能力，而且是并无恶意地杀死动物的狩猎爱好者和法学家们的各种聚餐会上受欢迎的客人，在这类聚餐会上大家谈男人的问题而不谈艺术和爱情。这个有点儿循规蹈矩、性情温和、豁达乐观的人的唯一的失误就是，他和他的妻子结了婚并由此而比别的男人更频繁地与她处于在不法行为的语言里被称作露水夫妻的那种关系之中。多年来顺从着一个她不是出于内心的渴望而是由于精明才成为其妻子的人的意愿，由此而生出的心理影响已经使博娜黛婀产生一种错觉，觉得自己的身体极易受刺激，并且几乎已经使这种错觉不受她的意识左右了。一种她自己也不理解的内心的强制把她和这个由环境促成的男人连在一起；由于自己意志软弱，她便蔑视他，为了能蔑视他，她便觉得自己软弱；为了逃避他，她就欺骗丈夫，却在最不适宜的时刻谈论丈夫或她和丈夫生的孩子们，而且从来也没有能力完全挣脱他。和许多不幸的女人一样，最后她从对自己的坚强屹立的丈夫的厌恶中领受自己在一个通常相当动荡的生活区域里的态度，把自己与他的冲突传进应使她摆脱他的每一个新的艳遇之中。除了使她迅速从抑郁状态进入躁狂状态以外，几乎没有任何别的办法可以让她的哀诉沉寂下来。随后，她就否认那个做了这件事并滥用了她的弱点的人有任何高尚的思想，但是每逢她如同自己惯于用科学术语所表述的那样“爱慕”这个男人的时候，她的痛苦便总是给她的眼睛蒙上一层湿润、温柔的阴翳。

一三

一匹天才的赛马加深了要成为一个没有个性的人的认识

乌尔里希可以宣称在自己的学科里做了不少的事，这可不是一件不重要的事。他的工作也使他得到了人们的承认。要得到赞赏，这就未免是要求过分了，因为即使在真理的王国里人们也只会对有权决定一个人是否可以获得在大学里授课资格和教授职位的上了年纪的学者大加赞赏。准确地说，他依然是个被人称为有前途的人的那种人，而在有才智的人的共和政体里人们称那些拥护共和政体者为有前途的人，这是那些自以为人们可以将自己的全部力量奉献给事业的人，他们并不是把自己的大部分力量用在外部的进步上；他们忘记了，个人的成绩是微小的，而社会的进步却是大家的愿望，他们疏忽奋斗的社会责任，作为追求名利的人他们必须一开始就有这种责任感，好在成功的年代里能成为一种支撑和依傍，别人也好借此而努力追求事业上的发展。

有一天，乌尔里希也不愿意再当一个有前途的人了。人们开始谈论足球场或拳击比赛场上的天才们的时代在当时便已经开始了，但是在报纸的报导中，至少要报导十个天才的发明家、男高音歌唱家或作家，才会报导一个天才的中锋或网球运动大战术家。新精神感到自己还不完全稳当。但是恰恰在这时候乌尔里希在什么刊物上像嗅到一股提前吹来的夏熟气息那样突然读到“天才的赛马”这个词组。它出现在一篇关于一场引起轰动的赛马比赛的报导中，而文章作者也许根本没意识到从他笔端流露出来、透着集体精神的思想的重要意义。但乌尔里希却一下子领悟到，他的整个儿的事业发展过程与这匹天才赛马有着无法摆脱的联系。因为马向来就是骑兵的神圣动物，而乌尔里希在年轻当兵时则几乎没听说过别的，只听说过马和女人。他逃脱这匹马，为了成为一个著名的人，可就在他付出了变化多端的辛劳如今也许本可以感到已接近努力攀爬的顶峰的时候，这马却抢在他之前采取了行动，从那儿在招呼他了。

这肯定在时间上有其合理性，因为曾几何时，人们还把一种值得钦佩的男性精神想象成为这样一种气质：这种气质的勇气是道义上的勇气，它的力量是一种信念的力量，它的坚定是心灵和德行的坚定；它曾认为敏捷是某种带男孩性格的东西，虚招是某种不合法的东西，灵活和活力是某种与尊严相抵触的东西。最后，这种气质当然不再是活生生的，而是只在高级文理中学的教师身上和各种书面意见中出现，它变成为一种意识形态的怪影，而生活则必须为自己寻觅一个新的男性的形象。待到它向四周察看，却发现一个有创造才能的人在做一种逻辑计算时所应用的动作和计谋确实和一具经过严格训练的身体的战斗动作有很大的不同，而且有一种一般的心灵的战斗力，不管它惯于猜到的是一项任务的还是一个实体敌人的易受攻击的一面，都会因困难和难以想象而变得冷酷和聪明。倘若人们对一位杰出人物和一位全国拳击冠军进行心理分析，那么，事实上他们的机智、勇气、精确和推理以及在对他们来说至关重要的领域里的反应速度多半都是同样的，甚至在构成他们特殊成就的德行和能力方面，他们很可能和一匹著名的障碍赛马没有什么区别，因为人们绝不可以低估跳越一个矮树篱时有多少个重要的个性在起作用。可是除此之外，一匹马和一位拳击冠军还有一个一位杰出人物所没有的优势，这就是他们的成就和重要意义可以无可指摘地被测量出来，他们之中的最优秀者也确实会被认为是最优秀者，就这样，如今已经按功应得地轮到体育运动和求是精神来取代关于天才和大人物的陈旧观念。

就乌尔里希而言，人们甚至不得不说，在这件事情上他比自己的时代超前了几年。因为就在人们多破了一次纪录、超出纪录一厘米或一公斤的时候，他恰恰是以这同样的方式搞了科学。他的思想将会被证明是敏锐和强有力的，它已经做了强有力的人的工作了嘛。这种对精神力量的兴趣是一种期望，一种军事上的游戏，一种对未来的不确定的专横的要求。他觉得捉摸不定，不知道自己可以凭借这股力量完成些什么；人们可以用它做一切事，也可以什么事也不做，可以成为一个救世主或一个罪犯。一般来说，人的精神状态也大致都具有这样的性质，由于存在着这种精神状态，机器和发明的世界才会不断得到新的补给。乌尔里希曾把科学看作是一种准备、一种锻炼和一种训练。如果事实证明这种思想太枯燥、苛刻、狭隘和没有远见，那么，人们还就得这样接受它，宛如接受身体强壮、意志力坚强的人脸上的那种匮乏和紧张的表情。他持续好几年一直喜爱精神匮乏。他憎恨不能按尼采的话变成“为真理而忍受心灵饥渴”的人；憎恨倒打一耙的人、气馁的人、软弱的人，这些人用关于灵魂的胡言乱语来安慰自己的灵魂，并且用宗教的、哲学的和虚构的情感，用这种像在牛奶里浸软的小面包那样的情感，喂养自己的灵魂，因为据说理智给它吃石头而不是面包。他的意思是，人们在这个世纪里对一切人性的东西都处在一种探索的阶段，自豪感要求他们用一句“还没有”来挡住一切无益的问题并过一种带有过渡性原则的生活，却也意识到一个后来人将会达到的目标。实际情况是，科学已经阐明了一种严酷、冷静的精神力量的概念，这概念使人类旧的形而上学的道德观念变得干脆不可忍受，虽然它只能用这样的希望来取代它们：希望有朝一日，一个精神占领者人种将会降临到心灵的丰饶山谷。

但是只有在人们不被迫把目光从预言的远方移到当前的近处上来，并且并非是不得不读到这期间“一匹赛马已经变得很有天才了”这句话的条件下，这件事才会进展顺利。第二天早晨，乌尔里希用左脚着地下床，用右脚犹豫不决地去钩拖鞋。这是在另一个城市、另一条街道上，不是在他现在所居住的城市和街道，但才是不多几个星期以前的事。在他的窗户下面，栗色沥青的光泽上，小轿车已经在疾驰而过；清晨的纯净的空气开始充满白日微酸的味道，而他则觉得这简直荒唐已极，如今借着从窗帘照进来的乳白色的光，他开始了动作，像往常那样向前和向后弯曲自己那赤裸裸的身体，用腹肌把身体从地上抬起又放下，最后用双拳劈劈啪啪猛击一个拳击球。许多人在这同一个时刻里都在这样做，做完他们才去上班。每天一小时，这是有意识生活的十二分之一，它足以让一具训练有素的身体保持一头准备进行任何冒险活动的豹子的那种状态；但是这一小时只能献给一个徒然的期待了，因为从来不会有配受到这样一番准备的惊险活动。爱情的情况和这完全一样，人类以难以置信的方式对这爱情作好了思想准备，而末了，乌尔里希还发现，他在科学上也像一个已经爬过了一座又一座山脉却没见到一个目标的人。他拥有一种新的思维以及感觉方式的断片碎块，但是这在开始时显得如此鲜明的新景象已经渐渐消失在日益众多的细小事件之中，如果说他曾经自以为是在喝着生命源泉之水的话，那么现在他几乎已经把自己的全部期望喝光了。

这时，他中止了这项伟大而大有前途的工作。他觉得他的那些同行专家部分像有着无情迫害狂的检察官和逻辑严密的安全主管，部分像吸鸦片者和吸食一种灰白得出奇的药材的人，这种药材用数字和不现实境况的幻象充满他们的世界。“天哪！”他想，“我从来也未曾有过一辈子当数学家的打算吧？”

但是他究竟有过什么打算呢？在这个瞬间他恐怕只有专心致志于哲学的份儿了。但是处于当时那种情况下的哲学却使他想起了狄多[①]的故事：一张牛皮制成带子，而依然很不明确的则是，人们是否也确实用它另套一个王国；从新事物中所生成的东西，具有与他自己所搞的那种东西相似的特征，所以没有能力去诱惑他。他只能说，他觉得自己比起青年时代来离原来想当的那种人的距离更远了，如果说他并不是压根儿就一直不知道这是什么人的话。除了自己并不急需去挣钱以外，他以惊人的敏锐看到了所有为自己的时代所宠爱的能力和个性，但是他却失去了运用它们的可能性；既然足球运动员和赛马有天才，归根到底，一个人要拯救个性便只剩下使用其天才这一个途径，他便决定向自己的生命告一年的假，以便寻一种使用自己能力的适宜途径。

一四

青年时代的朋友

乌尔里希自返回以来已经拜会过几次他的朋友瓦尔特和克拉丽瑟，因为这两个人在夏季也没出外旅行，他已经多年没见过他们了。

每次他到来时，他们都在弹钢琴。在这样的时刻一曲没弹完便不去理会他，他们觉得这是理所当然的事。这一回是贝多芬的《欢乐颂》。像尼采所描写的那样，成百万人令人恐惧地跪倒在地上，敌对的界限被打破，世界和谐之福音、联合着分离的人；他们已经忘掉了行走和讲话，正要向着高空飞舞而去，脸面沾上污点，身体弯曲，脑袋一上一下地颤动，张开的爪子敲击

① Elissa Dido(前 840 —前 760)，据古希腊和古罗马史料记载，曾是古迦太基女王，迦太基城的建城者。

出腾跃而起的音响。无法测度的事发生了；一个界限模糊的、充满热烈感情的气泡膨胀至爆裂，从激动的指尖、额头神经质的皱痕、身体的抽搐中不断闪耀出新的情感，激起内心的巨大震荡。这种情形已经反复出现过多少次了？

乌尔里希一向就不喜欢这架经常龇着牙张着嘴的钢琴，这头大嘴、短腿、由达克斯狗和叭儿狗杂交而成并控制了他的朋友们的生活的宠物，也不喜欢墙上的那些画和那些骨瘦如柴的工厂成批生产大众货家具的图样；连没有女仆而是只有一个做饭和清扫的打杂女工这个事实也属于他不喜欢的事物之列。这一家的窗户后面，缀有一丛丛古树和三三两两歪斜小屋的葡萄园渐渐升高直至那一片片弧形的树林，但是在近处一切都杂乱无章，光秃、零散、受腐蚀，就像大城市边缘向前推进到乡村周围一带的地区那样。在这样的近处和优美的远处之间，这件乐器张开弓；它闪着幽黑的微光将温存和英勇的火柱穿过墙壁遣送出去，虽然它们被搓碎成极细的声音灰烬，在不多几百步远处就掉落了下来，连那座长着一片松林的小山丘都没达到，那儿有一家小酒店，就坐落在那条通往森林去的道路的中途。然而，这架钢琴可以使这寓所发出轰隆声，并且成为灵魂借以像一头发情的鹿似的向宇宙呼喊的扩音器中的一个，除了千百个别的孤单地向宇宙发情鸣叫的灵魂那同样的竞相呼喊外，没有任何声音对那头鹿作出回答。乌尔里希在这一家之所以有强有力的地位，是因为他宣布音乐是一种意志的软弱和精神的错乱并且以比自己实际上所认为的更轻蔑的态度谈论音乐；因为在那个时代，对于瓦尔特和克拉丽瑟来说音乐是最大的希望和恐惧。他们有时因此而鄙视他，有时则像崇敬一个恶魔那样崇敬他。

这一回乐曲弹完时，瓦尔特依然迷惘和若有所失地坐在钢琴前那张半旋转过来的矮凳软垫上，但克拉丽瑟站起来，热烈问候闯入者。她的手上和脸上还在颤动着弹奏钢琴的电荷，笑容里透着一种既振奋又厌恶的紧张心情。

“青蛙国王！”她说，脑袋指了指自己身后的音乐或瓦尔特。乌尔里希感觉到自己与她之间的那根有弹力的带子又绷紧了。上一回来访时她曾给他讲述了一个可怕的梦；一头滑溜的活物想趁她熟睡时制服她，它鼓胀而软乎，多情而令人恐惧，而这只大青蛙就意味着瓦尔特的音乐。这两位朋友对他不保守多少秘密。克拉丽瑟刚和他打过招呼就马上又转过身去，迅速回到瓦尔特身边，再次发出“青蛙国王”这一瓦尔特似乎并不理解的惊呼声，并用那双还震颤着音乐的手带着痛苦的神情使劲扯他的头发。她的丈夫露出一副亲切和惊愕的神色，从滑溜、空虚的音乐中退回一步。

然后，克拉丽瑟和乌尔里希撇下他在晚霞的余晖中去散步；他留下待在钢琴旁边。克拉丽瑟说："能够不做某种有害的事，这是对生命力的考验！精疲力竭的人受到有害的事的引诱！你对此有什么看法？尼采声称，一个艺术家过分拘泥于他的艺术的道德性，这是一个懦弱的征兆？"她在一个小土堆上坐了下来。

乌尔里希耸耸肩膀。当克拉丽瑟三年前嫁给他这位青年时代的朋友时，她二十二岁，是他自己把尼采的作品当作结婚礼物送给她的。"倘若我是瓦尔特，我就要和尼采决斗！"他笑着回答。

克拉丽瑟细长的、在连衣裙里显出柔和线条悠荡着的后背像一张弓那样绷紧，她的脸也绷得极紧；她胆怯地把脸扭开，不去看朋友的脸。

"你还是一直既有女孩气又有英雄气……"乌尔里希添上一句；这是一个问句，或许也不是，有点儿开玩笑，但也有点儿诧异中透着多情；克拉丽瑟不完全明白他这话的意思；但是他使用了那两个词儿，那两个词儿深深刻进她的内心，宛若一支纵火的箭扎在茅草屋顶上。

时不时地，一阵无目的的音响向他们这边传过来。乌尔里希知道，她数星期不准瓦尔特接近，如果他弹奏瓦格纳的话。尽管如此，他还是弹奏瓦格纳，心里怀着鬼胎，像一个嗜男色的人。

克拉丽瑟真想问问乌尔里希，他了解多少这方面的情况；瓦尔特从来也保守不住什么机密；但是她羞于启齿。这时，乌尔里希也在小土堆上坐到她的身旁，于是，她终于说了完全不同的话。"你不爱瓦尔特，"她说。"其实你不是他的朋友。"这话听起来带着挑衅，但是她脸上挂着笑。

乌尔里希作出了一个出乎意料的回答。"我们的确是青年时代的朋友嘛。在你还是个孩子的时候，克拉丽瑟，我们就已经处在一种行将结束的青年时代友谊的明白无误的关系之中。我们在不知多少年以前曾彼此钦佩，现在我们怀着深切的了解而互相猜疑。每一个人都想摆脱这个难堪的印象：他曾一度将对方混同于自己。就这样，我们用准确无误的哈哈镜为我们自己效劳。"

"那么你是不相信，"克拉丽瑟说，"他还会作出什么成绩来？"

"一个有才华的年轻人收缩成为一个普通的老年人，他提供了一个不可逃脱性的榜样，这样的榜样是找不出第二个来的；没有命运的打击，只通过萎缩，事先便注定了他会遭受到的这种萎缩！”

克拉丽瑟抿紧嘴唇。信念优于体谅，他们之间青年时代达成的一致激荡着她的心胸，但她的心作痛。音乐！那声响不断地涌动过来。她侧耳细听。现在，在缄默不语的时刻，人们清楚地听到激越的钢琴声。倘若人们不注意，它似乎就像“喷薄的火焰”从土堆里升起。

瓦尔特究竟是个什么样的人，这也许实在难以说清楚。他是一个可爱的人，长着一双富于表情、内涵丰富的眼睛，今天还依然如此，这是可以肯定的，虽然他已经三十四岁出头，自一些时候以来就供职于某个艺术处。他的父亲给他弄到了这个公务员美差，并威胁说，若不接受这个职位，他就要撤销对儿子的金钱资助。因为瓦尔特其实是画家；他曾经一边在大学攻读艺术史一边在国立研究院的一个绘画班上学绘画，后来曾在一间画室里居住过一段时间。当他同克拉丽瑟一道迁进郊外的这所房屋的时候，他在这之前不久和她结了婚，他也曾经是画家；但是现在，看样子他又是音乐家了，在十年恋爱中，他时而是这一个，时而又是另一个，而且还是诗人，出版过一份文学期刊，为了能结婚而当上了剧院营业部职员，不多几个星期后便放弃了，为了能结婚，过了一些时候又当上了剧院小乐队指挥，半年以后也看透了这是不可能的事，曾干过图画教师、音乐评论家、隐居者和某些别的营生，直至他的父亲和未来的岳父再怎么慷慨大度也实在无法容忍这种状况。这样的上了岁数的人常说他就是缺乏意志力；但是不妨这样说，他一辈子就只是一个具有多方面兴趣的半瓶醋，而令人感到蹊跷的恰恰是，总也会有那么一些音乐、绘画或著作方面的专家对瓦尔特的前途作出热情洋溢的判断。作为相反的例子，乌尔里希虽然已经作出了一些其价值不容否认的成绩，可是在他的一生中从未发生过这样的事：一个人会来到他身边并说：“您就是我一直在寻找的，我的朋友们正期盼着的那个人！”在瓦尔特的一生中，这样的事每一个季度就发生一次。尽管这些人不见得就是最权威的评论家，但他们却都是拥有某种影响，拥有一个大有希望的建议，事业有成并拥有地位、友谊和支持的人，他们将这些东西提供给被他们所发现的瓦尔特使用，并恰恰因此而使得瓦尔特的生活走上了一条如此丰富多彩、曲折发展的道路。不知什么东西悬在他的头顶上，它似乎比某一个成就意义更重大。也许那是一种让人认为自己有优秀才干的特殊才干，如果说这是半瓶醋的话，那么德意志民族的大部分精神生活便是以半瓶醋为基础的，除了确实很有才干的人，各层次的人当中都存在着这种才干嘛，因为从种种迹象看，恰恰是确实有才干的人一般可能都缺少这种才干。

连看透这一层意思的才干瓦尔特也有。虽然他当然像每一个人那样准备相信自己的成就是一种个人的功绩，可是，如此轻而易举地受到每一个机遇的青睐，他的这个长处却向来就像一样令人惊恐的劣等货似的使他感到惴惴不安，不管他多么频繁地更换自己的工作和人际关系，这都不是由于性格上的反复无常，而是由于受到巨大的内心的诱惑和一种恐惧的驱使，生怕自己不得不为了心志纯洁的缘故而一直漫游下去，直至在虚假的东西显露出来的地方扎下根来。他的人生道路是一连串震动人心的经历，从中产生出一场心灵的英勇斗争，这个心灵顶住了种种动摇不定的态度，却不知道它这是在为自己的动摇不定效劳。因为就在他像一个天才理应的那样为自己的精神行动的道德而受苦、斗争，并为自己那不足以成大气候的才干支付全部押金之际，他的命运悄悄地在内部兜了一圈把他引回到了虚无。他终于到达再也没有什么东西会妨碍他的场所；这种平静的、深居简出的、可以避开艺术市场的种种污泥浊水的、他那半学者地位式的工作，使他得到充分的独立性和充裕的时间，去全身心地倾听自己内心的呼声，对情人的占有去掉了他心头的疙瘩，他在婚后和她一同迁入的这所“孤独边缘”的房屋特别适合于从事创作；但是，当再也不存在什么必须被克服的东西时，意想不到的事发生了，久已渴望从他的高尚思想中产生出来的作品却没有产生出来。瓦尔特似乎再也不能工作了；他隐藏和销毁；每天早晨或下午回家后，他接连几小时把自己关在屋里，拿着合上了的绘画速写本作数小时路程远的散步，但是从中所产生出来的那少量的成果他藏而不露或加以销毁。他这样做有成百个不同的理由。但是总的说来，在这段时间里他的观点也开始明显地改变了。他不再谈论“时代艺术”和“未来艺术”，这些对于克拉丽瑟来说自她十五岁起便和他联结在一起的观念，而是在某个地方画上了一笔——譬如在音乐方面画在巴赫那儿，在文学方面画在施蒂夫特[①]那儿，最后在绘画方面画在安格尔[②]

① Adalbert Stifter(1805 — 1868)，奥地利作家。

② Jean Ingres(1780 — 1867)，法国画家。

那儿——并宣称，一切后来者都累赘、蜕化、过火和走下坡；事情甚至变得越来越激烈，他竟声称，在一个像当前这个时代这样已经在其精神之根上受到毒害的时代里，必定蕴含着一种纯洁的创作才干。虽然这样严酷的意见出自他的口中，但是他一把自己关进房间，瓦格纳的音乐就日益频繁地从里面传出来，这就泄露出了天机，因为早年他曾教导克拉丽瑟把瓦格纳的音乐当作一个充满市侩气的、蜕化了的时代的典范而加以蔑视，可是现在他自己却沉溺于其中，宛若沉溺于一种醇厚、浓郁、醉人的美酒。

克拉丽瑟进行抵抗。她因他那件丝绒上衣和他那顶扁平礼帽的缘故早已经憎恨瓦格纳了。她是一位画家的女儿，这位画家的舞台布景世界闻名。她在一个有着浓郁舞台气氛和颜料气味的环境中度过了自己的童年，置身在三种不同的艺术行话之间，戏剧、歌剧和画家工作室的行话，四周为丝绒、地毯、天才、豹皮、小装饰品、孔雀羽毛拂尘、衣箱和琉特琴所围绕。所以她打从整个心眼儿里厌恶种种浓重艳丽的艺术并感到自己受到种种清淡而严酷风格的吸引，不管这是无调性的新型乐曲的超几何学，还是剥去了皮的、像一个用肌肉标本那样变得清楚明了的古典形式的意志。瓦尔特往她的处女的受约束的氛围注进了第一个有关于此的信息。她管他叫“光明王子”，当她是个孩子的时候，瓦尔特和她就互相发誓，他不当上国王，他们就都不结婚。他的变化和行动的历史同时也是极大的痛苦和喜悦的历史，她便是这场竞赛的优胜奖品。克拉丽瑟不像瓦尔特那样有才干，这一点她一直有所感觉。但是她认为天才是一个意志问题。她曾鼓起极大的干劲试图攻读音乐。她可能压根儿就没有音乐才能，但是她有十个瘦长有力、适合弹钢琴的手指和坚强的毅力；她连续几天练习，像驱赶十头瘦牛那样驱动她的手指，要它们从谷底拽拉起某种极其沉重的东西。她以同样的方式从事绘画。自十五岁起，她就一直认为瓦尔特是个天才，因为她始终就只想嫁给一个天才。她不允许他不当天才。当她察觉到他不灵了，她就拼命抗拒这个令人窒息的、缓慢的变化。恰恰是在这种时候，瓦尔特本来是很需要体贴入微的关怀的，每逢他为自己的无能所困扰便向她趋近，像一个寻求乳汁和睡眠的婴孩，但是克拉丽瑟的纤小的、神经质的身体却并不慈爱。她觉得自己让一条寄生虫给糟蹋了，这条寄生虫想寄生在她体内，她拒绝了。她嘲笑这蒸汽翻腾的洗衣房里的温暖，他居然在这种温暖中寻找安慰。也许吧，这残忍。但是她想当一个大人物的伴侣，她在和命运搏斗。

乌尔里希给克拉丽瑟敬了一支香烟。他已经如此毫无顾忌地说了自己心里所想的，还有什么话要说呢。香烟的烟雾尾随着晚霞的光束，在离他们有一些距离的地方联合在一起。

“乌尔里希了解多少这方面的情况？”克拉丽瑟在自己的土堆上想，“啊，这样的斗争，他会了解些什么呀！”她回想起，每逢音乐和肉欲的痛苦缠扰他而她又毫不容情地奋力抵抗的时候，瓦尔特的面容如何变得憔悴，露出痛不欲生的神态；不——她猜想——一场以爱情、蔑视、恐惧和高度的责任为基础的，像在喜马拉雅山上的情爱游戏，对这场阴森古怪的游戏乌尔里希一点儿也不知道。她对数学没有什么很好的评价，她从来也没有认为他和瓦尔特有同等的才干。他聪明、有逻辑性、见多识广；但是这比未开化强多少了吗？从前他倒是网球打得比瓦尔特好得无法比拟，她记得，看到他那凶狠的击球时自己有时曾心潮起伏，感觉到此人将会达到自己想要达到的目的，而她面对瓦尔特的绘画、音乐或思想则从未有过这样的感觉。她暗自在想：“也许我们的事他全知道，可就是什么也不说？！”毕竟他先前曾完全清清楚楚地影射过她的大无畏精神的嘛。他们之间的这种缄默这时显得紧张已极。

但是乌尔里希在想：“十年前克拉丽瑟多可爱呀；这个对我们仨的前途怀着狂热信念的大孩子。”其实他只有唯一的一次对她感到不快，那是在瓦尔特和她结婚的时候；那时，她表现出了那种令人不愉快的双人利己主义，这种利己主义往往令别的男人觉得年轻的、满怀虚荣爱恋着自己的丈夫的女人简直难以忍受。“在这期间，这种情况已经好多了。”他暗自在想。

一五

精神崩溃

瓦尔特和他，在最近的世纪转折点之后已被遗忘的时代里，都曾年纪轻轻的；当时许多人便以为，这个世纪也年轻。

那个已被埋葬的世纪在其下半叶没显出多大的特色来。它在技术上、商业上以及研究上是明智的，但是除了这些焦点问题以外，它寂静和虚假得像一片沼泽。它像古希腊罗马人那样画画，像歌德和席勒那样作诗并用哥特式和文艺复兴的风格盖了自己的房子。崇高目标的要求以一个警察局的方式支配着生活的各个方面。但是由于那个秘密的法则，那个不把模仿和夸张联结便不许人模仿的法则，当初的一切都被做得十分合乎艺术规律，这是那些受到钦佩的榜样们永远也不曾做到的，这样的痕迹人们甚至今天还能在街道上和博物馆里看到，而且，不管这一点和这有没有关系，那个时代的既贞洁又胆怯的妇女们不得不身穿从耳根一直拖垂到地面的衣服，却要同时显现出一个隆起的胸脯和一个丰满的臀部来。此外，出于种种的原因，人们对以往的任何一个时代所了解的情况都没有像对处于自己二十岁和父辈们二十岁之间的那三十至五十年所了解的情况那样少的。所以这可能有用，人们不妨记住，在恶劣的时代里那些糟糕已极的房屋和诗歌都是按照和在最好的时代里完全相同的美好原则制造出来的；所有参与破坏以前美好时期的成果的人都觉得是在改善这些成果；一个这样的时代的无血色的年轻人像所有别的时代的新人一样都对自己的青春朝气感到十分自负。

在一个这样的平平淡淡、渐渐沉没的时代之后，突然来一个心灵的小小高潮，每一回这都像是一个奇迹，当初便发生了这样的事。一种催人奋进的激情突然在整个欧洲从十九世纪最后二十年那油亮光滑的精神中崛起。没有哪个人明确知道，什么东西正在成形之中；没有哪个人说得清楚，这是一种新艺术、一个新人、一种新道德呢，抑或也许只是一种社会阶层的改组。所以每一个人都在说些合自己心意的话。但是到处都有人奋起，为反对旧事物而斗争。到处都有适当的人突然出现；至关重要的是，有求实的进取心的人和精神上有进取心的人聚集在一起。从前被扼杀了的或者根本就不曾参与过公共生活的才干施展出来了。它们异彩纷呈、各不相同，而它们的目标的对立是不可超越的。超人受到爱戴，低等人受到爱戴；健康和太阳受到崇敬，患肺病的姑娘们的柔情受到崇敬；人们倾心于英雄信条和阿勒曼尼[①]信条；

① 日耳曼人中的一支。

人们既虔信又抱怀疑态度，既自然主义又矫揉造作，既强健有力又孱弱病态；人们憧憬古老的宫殿林荫路、秋天的花园、清澈的池塘、钻石、大麻、疾病、魔力，但也憧憬北美洲中部大草原、宽阔的视野、憧憬锻造和轧钢车间、赤露的战士、苦役劳工的起义、人的原始交配和社会的分裂。诚然，这是矛盾和极其不同的交战喊杀声，但是它们有着一种共同的气息；人们若剖析过那个时代，就会发现这荒诞无稽得像一个有棱角的圆，它自称由木制的铁组成，但实际上一切都已融合成一种发出微光的意识。这个幻觉体现在世纪转折的神奇日期中，它是如此强烈，致使一些人兴奋地冲进这个新的、还未被利用的世纪，而另一些人则还像在一所人们反正就要迁出去的房屋里那样迅速地在这个旧的世纪里过把瘾，他们并没有感觉到这两种态度有很大的不同。

如果人们不愿意，那么也就不必过高估计这个过去的“运动”。它反正只在那个稀薄的、多变的知识分子阶层中进行，这个阶层受到那些今天谢天谢地又振作起精神来、有着牢不可破的世界观的人——尽管这种世界观有种种区别——一致的蔑视，而且它不对大群的人起作用。但是不管怎么说，即使没有成为历史性事件，它也不失为一个小小的事件，而瓦尔特和乌尔里希这对朋友在年轻时恰好还浮光掠影般经历了这个小小事件。当初某种东西贯穿着这杂乱无章的信仰，犹如许多树在一座树林里弯下，一种教派的和改良者的精神、一种心安理得的开端和觉醒、一种小小的新生和改革，这样的事只有在最好的时代里才有，如果人们当初走进这个世界，那么在第一个街角就会感觉到这股精神气息扑面而来。

一六

一种神秘的时代病

想当初，在根本不很久远的时间之前，他们确实是两个年轻小伙子——乌尔里希又独自一人时，心里这样想——奇怪的是，这两个人不但首先在所有别人之前想到那些最重要的认识，而且还是同时想到，只要一个人张开口，准备说点什么新鲜的，另一个马上就会作出同样的惊人发现。这是青年人友谊上的某种怪异现象。他们像一个蛋，这个蛋在蛋黄里就已经感觉到自己那美妙的鸟的前途，但是除了一种有些缺乏表情的、与别的蛋纹路没有什么区别的蛋纹路以外，它还没向世界显示出任何别的东西来。他眼前清晰地浮现起那间少年以及大学生时代的房间，每逢他外出郊游几周回来后，他们便在房间内相聚。瓦尔特的摆满了图画、笔记和活页乐谱的写字台，预先放射出一位著名人物的未来的光彩，以及对面那个窄小的书架，瓦尔特有时像塞巴斯蒂安①站在桩子旁边那样热忱地站在那书架旁边，灯光照在那一头一直偷偷为乌尔里希所赞叹的好看的头发上。尼采、艾腾贝格②、陀思妥耶夫斯基，或者他刚刚读过的随便哪一个作家，便只有一直摆在地上或床上的分儿，倘若它们不再被使用，而滔滔不绝的谈话又不容许稍有停歇因而无暇将它们好好放回原处的话。为了可以随意利用青年人的自负，大人物们相当地喜欢青年人，此刻他则觉得青年人的这种自负简直可爱已极。他试图回忆那些谈话。它们像梦，就像人们醒来时抓住睡梦中的最后几个思绪。他略感惊讶地想到：我们当初提出一些论断，它们也还另有一个目的，不只是图正确这个目的；这就是，保住我们的地位！就这样，在青年时代，自己发光的欲望比在灯光下看人的欲望强烈得多；他感觉到对这种好似在光线上飘浮的青年时代情感的回忆是一种痛心的损失。

乌尔里希觉得，他在壮年开始时陷入一种普遍的气势颓静的状态，尽管有偶或出现、迅速平静的漩涡，它还是逐渐淡薄下来变成一种越来越无精打采的、杂乱的脉搏跳动。几乎没法说出这种变化有些什么内容。著名人物一下子变少了？不是的！何况，问题根本就不在于他们嘛；一个时代的高度并不取决于他们，譬如六十年代和八十年代的人的文化修养的匮乏没能够压制黑贝尔和尼采的成长，这两个人也没能够压制同时代人的文化修养匮乏。公众的生活停顿了吗？没有；它变得更强劲有力了！折磨人的矛盾比从前更多了吗？这简直是不可能的事嘛！从前人们就没有做过颠倒黑白的错事？大量的！我们私下里说吧：人们为懦弱的人出力，不理会坚强的人；会有蠢材扮

① Saint Sebastian(256 — 288)，天主教圣徒，为弓箭射死而殉教。

② Peter Altenberg(1859 — 1919)，奥地利作家。

演领袖角色、很有天赋的人扮演怪僻人角色的事；德国人不顾种种被自己说成是颓废的和病态的夸张的阵痛，继续读自己的家庭杂志，大批德国人参观水晶宫和脱离派[①]的艺术家家园；政治根本就丝毫不把新人物们以及他们的杂志的观点放在心上，公共机构对新事物依然像是被一条瘟疫警戒线围住了一样。人们不可以直截了当地说，打那以后一切都已经变好了？从前只是小宗派头头的人如今已经变成老年著名人士；出版商和艺术美术品商人富了；新机构层出不穷；全世界的人都在参观水晶宫和脱离派以及脱离派的脱离派；家庭杂志已经把头发剪短；国务活动家们喜欢显出自己在文化艺术领域知识渊博，报刊都在登载文学史。那么是什么给丢失了呢？

某种难以领会的东西。一种预兆。一种幻想。就像一块磁铁放开铁屑、铁屑又陷入一片混乱。就像线从一个线团里掉落出来。就像一列火车的车厢已经松动。就像一个乐队开始错误演奏。你找不出任何细小的毛病，它们不是从前也有可能会出现的，但是所有的关系都已经有一些改变。从前效力微薄的观念变得丰厚起来。各种人物获得荣誉，要是在从前人们才不会把这些人放在眼里。粗暴生硬的东西变得温和，已分离的又汇合，有独立思想的人向赞誉让步，已经形成的审美力重新遭到风险。鲜明的界线到处都已消失，某种新的、无法描绘的结成姻亲的能力把新人和新观念高高举起。这些新人和新观念不坏，肯定不坏；不，只不过是有点儿过多的坏东西搀和进好东西，谬误搀和进实情，调整搀和进重要性了。简直就好像有一个这种搀和的优惠百分比，这个百分比在世界上传播得最广泛；一种小小的、足以够用的代替物配料，它让天才显得有才智、让有才能的人显得前途无量，就像某种无花果或菊苣根代用咖啡添加剂按某些人的看法赋予咖啡以正宗的、味道浓郁的咖啡口味那样，而所有精神领域的受偏爱的和重要的职位一下子全被这样的人占据了，于是所有的决断全按他们的心意作出。人们不能把这个责任推在任何别的事物身上。人们也无法说清一切是怎样变成这个样子的。人们既不能为反对人物也不能为反对思想或某些现象而斗争，既不缺乏才干也不缺乏良好的愿望，甚至连刚强的性格也不缺。只不过就是既什么都缺又什么也不缺罢了；这情形，就仿佛血液或空气已经变了似的，一种神秘的疾病已

① 十九世纪末德国的一个艺术流派。

经耗尽了从前时代的小小的天才的征兆，但是一切都闪耀着新奇，最后人们不再知道，是世界确实变坏了呢，还是只不过人们自己变老了。然后，一个新的时代终于来临了。

就这样，时代已经变了，像一个白天，开始时闪耀着湛蓝的光，后来便慢慢变得阴暗起来，这个时代并不曾怀有等待乌尔里希的好意。他便这样回报他的时代：他认为耗尽天才、构成时代疾病的那些神秘变化，其原因就是寻常已极的愚蠢，完全不是在侮辱人的意义上。因为如果愚蠢不是从内部看和才能酷似，如果它从外部看不是可能会显现出进步、天才、希望、改善的样子来，那么大概也就没有人愿意愚蠢了，也就不会有蠢事了。也许反对愚蠢至少不是一件很容易的事吧。但是可惜愚蠢却有着某种极讨人喜欢和自然的特性。譬如如果人们觉得一幅印刷复制的油画比一幅手画的油画更有艺术价值，那么，这里恰恰也包含着一种真实，这种真实比凡·高是一位大艺术家这个真实更有把握加以证明。同样的，作为戏剧家比莎士比亚还强劲有力，或者作为小说家比歌德还情绪稳定，这也是很容易和值得一做的事，一句说得恰到好处的空洞套话总是比一个新发现含有更多的人情味儿。简直就不会有哪个重要思想愚蠢会不善于利用，它具有各方面的灵活性并能穿上各种真实的衣服。而真实则总是只有一件衣服和一条道路，并因而总是处于劣势。

但是过了一段时间，与此相关联地，乌尔里希有了一个奇特的想法。他想象，死于一二七四年的大教会哲学家托马斯·阿奎那，在无比艰辛地把他那个时代的思想整理得井然有序之后，更彻底地深入钻研了那些思想，刚刚才结束这项研究工作；受到特殊的恩宠保持着青春的活力，如今他腋下夹着许多大开本的书从他那半圆拱形的住房大门里走出来，这时恰好一辆电车从他面前疾驰而过。这位万能博士——过去人们曾这样称呼著名的托马斯——的莫名惊诧逗得他发笑。一个骑摩托车的人顺着空荡荡的街道行驶，他罗圈着双臂，罗圈着双腿轰隆隆驶来。他的脸上呈现出一个装腔作势吼叫着的孩子的严肃神情。看着看着，乌尔里希便回忆起几天前在一份杂志上见到的一位著名女网球运动员的照片；她踮着脚尖，把大腿一直裸露到长袜松紧带以上的部位并将另一条大腿向自己的脑袋甩去，与此同时，她手举球拍向后摆荡，准备接一个球；她脸上同时还现出一副英国家庭女教师的模样。在同一期上还登了一张女游泳运动员的照片，她在比赛后接受按摩；脚跟前和头前各站着一个在一旁认真观看的穿日常便服的女子，而她则裸体仰卧在一张床上，一个膝盖向上曲起，摆出一个委身的姿势，旁边的按摩师双手放在她膝盖上，穿一件医生白外套，从照片里把目光投出来，仿佛这一堆女人肉已出皮，正挂在钩子上似的。这样的东西人们当初已经开始看了，不管用什么方式人们都得承认它们，就像承认高层建筑和电车。乌尔里希觉得："人们不能自己没遭损失就生自己时代的气。"他也随时准备着去爱所有这些活生生的形态。他所永远办不成的，仅仅是，像社会的舒适感所要求的那样，全力以赴地去爱它们；很久以来，一丝反感便一直笼罩着他所做和所经历的事，一种无能为力和孤独的征兆，一种普遍的反感，对这种反感他无法找到与之相辅相成的好感。有时他的心情简直就像是知道生来就有一种才干，现在却没有这才干要追求的目标。

一七

一个没有个性的人对一个有个性的人的影响

乌尔里希和克拉丽瑟闲谈着，这两个人没察觉他们身后的音乐暂时中止了。随后，瓦尔特走到窗口。他看不见这两个人，但是他感觉到他们就站在他视界边沿很近的地方。嫉妒使他烦恼。浓重感性音乐的醉意诱使他回去。他背后的钢琴敞开着，像一张床，让一个睡着的人弄得乱七八糟，他不愿意醒来，为的是可以不必面对现实。一个感觉到健康人迈步行走的瘫痪者的嫉妒折磨着他，他没有勇气和他们待在一起；因为他的痛苦使他不可能进行自卫反击。

每逢瓦尔特早晨起床并不得不匆匆上班，每逢他白天和人谈话，每逢他下午挤在人群中往家中走，他便感觉到自己是一个重要的人物，负有特殊的使命。于是他就以为自己看待一切事物均有不同的眼光；别人漫不经心、不予理会的事物，他见到了会深受感动；别人漫不经心地抓取一个物件，而对他来说自己的胳膊的移动就已经充满精神冒险或自我爱恋的麻痹。他是敏感的，他的情感总是受到冥想、坑穴、起伏的山谷和群山的推动；他从来都不冷漠，而是把一切看作一种幸运或不幸，从而经常有机会去做生动的思考。这样的人对别人产生一种不寻常的吸引力，因为他们不间断地处于道德的运动之中，这感染着这些人；在他们的谈话中一切都具有一种个人的意义，而由于人们在与他们交往时可以不间断地研究自己的心事，所以他们给人以一种愉快、一种人们否则只能付报酬在精神分析学家或个性心理学家那儿得到的愉快，况且还有这样的区别：人们在那儿觉得自己是病人，而瓦尔特则协助别人，让他们出于迄今为止没觉察的原因而以为自己了不起。凭着传布精神自我研究的个性，他也征服了克拉丽瑟，随着时间的推移击败了所有的竞争者；因为他觉得一切均变成伦理学的运动，所以他能够令人信服地谈论装饰花纹的不道德、平滑形式的卫生以及瓦格纳音乐的啤酒气味，这符合新的艺术趣味，而连他未来的岳父大人，一位踌躇满志的画家，也让他的这种观点给吓了一大跳。所以毫无疑问，瓦尔特可以回顾成就。

尽管如此，他满怀着也许以前从未这样成熟和新颖的印象和计划一到家里，心境便会发生一种令人沮丧的变化。他只要把一块亚麻布铺到画架上或者把一张纸放到桌子上，这就成了一种可怕的逃离自己内心世界的预兆。他的头脑依然明白事理，头脑里的计划似乎飘浮在一种很透明和清澈的空气里，计划分裂了，变成两个或更多的计划，它们简直要争风吃醋起来了；但是脑袋与为实施计划而必不可少的初步的运动之间的联系就像被切断了。瓦尔特下不了决心，哪怕只是一个手指也动不了。他在什么地方一坐下，就干脆不从那位置上站起来，他的思绪就像在下落的瞬间便融化的雪触及不了他给自己提出的任务。他不知道，这时间被什么所充满，但是一眨眼，天黑下来了，由于他在有过一些这样的经历之后就已经怀着对它们的恐惧往家里走，所以一连好几个星期便开始滑动着像一种迷乱的半睡半醒状态那样消逝。因灰心丧气而放慢了作出自己的全部决断和运动的速度，他身患痛苦悲伤症，而他的无能为力则变成一种痛苦，只要他想下定决心做点什么事，这种痛苦就往往像鼻出血一般死死缠住他。瓦尔特害怕了，他在自己身上感受到的这些现象不仅妨碍他工作，而且也让他感到心惊胆战，因为它们似乎完全不受他意志的影响，以致常常给他留下精神正在开始崩溃的印象。

但是就在他的状况在过去的一年里变得越来越糟糕的时候，他从一个从前从未予以足够重视的思想上得到了一种神奇的援助。这个思想不是别的，就是他被迫生活在其中的欧洲已经无可挽救地蜕化变质了。从外表看是境况颇好的时代，从内部看却在经受一种故态复萌，这种故态复萌多半是每一件事都会经历的，所以精神发展也同样会经历，倘若人们不为它付出特殊的努力、不为它输送新的思想的话。在这样的时代，最先想到的问题其实势必就是人们对此能做些什么；但是恰恰在这样的时代，这缠成一团的聪明、愚蠢、平庸、美丽是如此浓密和纷乱，致使许多人显然觉得还不如干脆就相信一个秘密，所以他们宣布某种无法准确判断的、具有庄重的不精确的东西正在不可阻挡地衰落。这涉及种族、植物性生素食还是灵魂，这从根本上来说完全是无所谓的，因为正如遇到每一种健康的悲观主义时那样，关键只在于，人们有着某种逃脱不掉的东西，某种可以依傍的东西。虽然瓦尔特在春风得意的年代里曾经能够做到嘲笑这样的理论，但是当他自己开始试验它们时，不久便发现它们有很大的好处。如果说到那时为止他一直无劳动能力、觉得身体不好的话，那么现在便是时代无能而他自己身体健康。他一生一事无成，如今他这一生一下子找到了一种非凡的解释，一种异乎寻常规模的自我辩解，这种辩解和他的生活很相称，甚至，当他拿起铅笔或钢笔并又搁下，这简直带有作出一种重大牺牲的性质。

然而，瓦尔特还须在内心作思想斗争，而克拉丽瑟却折磨他。批判时弊的谈话她不参与，她直截了当地相信天才。天才是什么，她不知道；但是只要一谈起天才来，她的整个身体便开始颤抖、绷紧；不管人们感觉到这一点还是没感觉到这一点，这反正是它的唯一证明。对于他来说，她始终仍然是那个矮小、残忍的十五岁的姑娘。不是她从来也不曾完全理解他的情感，便是他从来不曾能够控制住她。但是冷漠、严酷如她这般，况且又如此激情满怀、有着无谓激昂的意愿，她作为这样的人具有一种对他施加影响的神秘的能力，仿佛从一个在三维空间里无法定位的方向传来一股力在推动着她似的。这有时几乎达到叫人感到无名恐惧的地步。尤其当他们共同演奏乐器的时候，他总是感觉到这一点。克拉丽瑟的演奏生硬、呆板，遵循着一个他感到陌生的激动法则；当身体发热到灵魂隐约可见的程度，它便非常吓人地向他传导过来。随后，某种辨别不清的东西从她体内挣脱出来，并且有同她的精神一道飞离而去的危险。它来自她生命的一个秘密空穴，人们不得不战战兢兢地一直锁住这个空穴：他不知道自己从什么上感觉到这一点以及这是什么；但是它用一种说不出的恐惧折磨他，让他感到需要对此采取什么决定性的行动，可是他却没有能力去做这件事，因为除了他以外谁也没觉察到什么。

他透过窗户看到克拉丽瑟返回来时，他心里隐隐约约意识到，他又将抵御不住说乌尔里希坏话的欲望了。乌尔里希回来得不是时候。他伤害克拉丽瑟。他邪恶地恶化着她体内瓦尔特不敢触动的难治的空洞，恶化着克拉丽瑟身上那可怜的、病态的、招灾惹祸而锋芒毕露的特性，那个秘密的空洞的空间，那里的链条被使劲拽动，有一天它们会完全松开。如今她光着头站在他面前，刚走进来，手里拿着那顶遮阳小帽，他看着她。她的眼睛含着讥讽、明澈、温存；也许有点儿太明澈。有时他觉得好像她简直就是具有一种他所没有的力量。小时候他就已经感受到过这力量，觉得它就像一根硬刺，会让他不得安宁的，可是自己显然不曾希望它起变化；这也许就是他生活的秘密，另外这两个人不懂这个秘密。

“我们的痛苦是深重的！”他想，“我认为，两个人像我们不得不做的这样互相如此深切地相爱，这样的事不经常发生。”他冷不丁开口说道：“我不想知道，乌洛对你讲了些什么，但是我可以告诉你，你所惊叹的他的力量，无非是空虚而已！”克拉丽瑟望着钢琴微微一笑；他已经不由自主地又在敞开着的钢琴旁边坐下了。他继续说：“如果人们天生就不敏感，那么，像英雄那样去感知，这准是一桩轻而易举的事；如果人们根本就不知道，每一毫米可以隐藏多少东西，那么想象几千米可以隐藏多少，这也准是一桩轻而易举的事！”他们有时说到他时用“乌洛”，在青年时代他们就是这样称呼他的，所以他爱他们，一如人们对自己的乳母保持着一种微笑的敬畏。“他陷在泥坑里了！”瓦尔特添上一句。“这个你没觉察到；可是你大可不必以为我不了解他！”

克拉丽瑟怀疑。

瓦尔特气冲冲说：“今天一切都在崩溃！一个无底的智力深渊！他也有才智，这我同意你的看法；但是对一颗完整心灵的力量他一点儿也不懂。歌德称之为人格的、歌德称之为灵活秩序的，他一窍不通。‘这个美好的观念，权力和极限，专断和法律，自由和中庸，灵活秩序——’”

诗行起伏着从唇间飘浮出来。克拉丽瑟含笑而惊讶地注视着他的嘴唇，仿佛它们放飞了一只可爱的玩具鸟似的。然后，她回过神来，家庭小主妇似的插话说：“你要啤酒吗？”“噢？干吗不要？我随时都可以喝一杯。”

“可是家里没啤酒！”

“可惜你问过我了，”瓦尔特叹息道。“要不我也许根本不会想到这上面去的。”

对于克拉丽瑟来说，问题到此也就了结了。但是瓦尔特失去了平衡，他茫无头绪。“你还记得我们关于艺术家的谈话吗？”他疑惑不定地问。

“哪次谈话？”

“几天前的那次。我给你解释了一个人身上的活的造型原则意味着什么。你不记得了，我得出了结论，认为从前处于支配地位的不是死亡和逻辑机械化而是血和智慧？”

“不记得了。”

瓦尔特不自在，寻觅着，犹豫着。他突然脱口而出：“他是一个没有个性的人！”

“这是什么？”克拉丽瑟嗤嗤地笑问。

“什么也不是。这就是什么也不是嘛！”

但是克拉丽瑟已经被这个词儿勾起了好奇心。

“这种人今天几百万人里有一个，”瓦尔特断言，“这一类人是当今时代所造成的！”这个意外蹦出来的词儿他自己就很喜欢；仿佛是在作一首诗似的，这个词儿驱动他向前，直至他找到它的意义。“你看他这样子！你会认为他是干什么的？他看上去像医生、像商人、像画家或外交家吗？”

“这些他倒也都不是。”克拉丽瑟淡淡地说。

“得，他看上去也许像一个数学家？！”

“这我不知道；我不知道数学家该是什么模样嘛！”

“这话你算是说对了！数学家根本就什么模样也没有；这就是说，他看上去具有如此一般性的才智，以至竟没有任何具体的内容！除了罗马天主教神职人员以外，今天压根儿就没有哪个人看上去像他这副模样的了，因为我们使用我们的脑袋比使用我们的双手还更客观；但是数学，这是顶峰，这种人对自己就已经知之甚少，就像有朝一日会不吃肉和面包而吃强力药丸的人，他们哪还会知道草地、小牛犊和母鸡！”这期间，克拉丽瑟已经把简单的晚餐放到桌上，瓦尔特已经津津有味地吃了起来；也许是这给了他灵感作这个比喻吧。克拉丽瑟观察他的嘴唇。它们令她回忆起他已故的母亲，那是强健而女性的嘴唇，它们吃起饭来像干家务活，在最上面蓄着一撮小小的、修剪过的胡须。他的眼睛像刚去壳的栗子那样闪亮，虽然他只不过是在碗里找一块干酪。虽然他身材矮小，体态与其说是温柔不如说是有女性特点，可是却给人留下深刻印象，属于那种总是显得很有光彩的人。他继续侃侃而谈。“你从他的形象上猜不出他的职业来，不过他看上去也不像一个没有职业的人。现在你考虑一下，他是怎么回事：他总是知道他该做什么；他能够盯着一个女人的眼睛看；他能够每时每刻对一切作深入思考；他能够打击。他有才华，有毅力，没有偏见，有勇气，有耐力，大胆无畏，深谋远虑——我根本就不想一一审察这些特性，这些个性他可能全都有。因为他没有这些个性嘛！这些个性已经把他变成了现在的样子，这些个性规定了他的道路，可是这些个性却与他无关。他发怒时，就是他心里的某种东西在笑。他悲伤时，就是他在准备着什么。他受到感动时，就是他在拒绝什么。每一个坏的行为在他看来都显得有其好的一面。总是只有一种可能的关联才会替他决定，他该如何看待一件事情。对他来说没有任何事物是固定的。一切都是能变的，是一个整体的部分，是无数个整体的部分，这无数个整体大概属于一个超整体，而他却一点儿也不知道这个超整体。所以，他的每一个回答都是一个局部的回答，他的每一个感觉只是一种见解，而他做任何事都不看重这是什么，只在乎某种居次要地位的‘怎么样’，只看重某种配料。我不知道我能不能把我的意思向你说清楚？”

“能说清楚的，”克拉丽瑟说。“可是我觉得他这样很好。”

瓦尔特不由自主地带着越来越大的厌恶讲了这一席话；作为一对朋友中较虚弱的那一方，那种旧有的男孩气的情感增强着他的嫉妒。因为虽然他确信乌尔里希除了做过几次赤裸裸的判断力检验以外从未做成过什么事，而自己私下里却摆脱不掉总是在身体上逊于他的这个印象。他勾勒的这幅画像犹如做成了一件艺术品那样让他释然了；他不是从自己心里往外竖起了这幅画像，而是和一个开端的神秘成功联结在一起后，虽然从外表来看他一句句脱口而出，而在他的内心却渐渐浮出某种他没意识到的东西。当他讲完时，他已经认识到，乌尔里希不表明任何别的东西，只表明了今天所有现象都有的这种杂乱无章的性格。

“你喜欢这个？”他问，既痛苦又诧异，“你不会是当真说这种话！”

克拉丽瑟正在啃软干酪面包；她只能用眼睛微笑。

“啊，”瓦尔特说，“这样类似的想法我们也许从前也曾有过。但是人们只可以把这看作是一种预备阶段！这样的人不是人！”

克拉丽瑟吃完面包了。“这话是他自己说的！”她断言。

“什么话他自己说的？！”

“啊，我知道什么？！他说今天全都杂乱无章。他说，现在全都停止不前，不单单是他。但是他不像你对这生这么大的气。有一回他给我讲过一则长篇故事：如果人们分解一千个人的性格，那么就会遇上两打个性、感受、行事方式、构造形式等等，大家都由此组成。如果人们分解我们的身体，那么只会找到水和几十种在水上漂浮着的小堆物质。水像进入树身那样进入我们体内，它构成动物躯体，如同它构成云那样。我觉得这挺有意思。只不过就是人们听完后不太明白该对自己说什么，又该做些什么。”克拉丽瑟嗤笑。“随后我就告诉他，你一有空，就接连几天去钓鱼，躺在河边。”

“唔，噢？我倒想知道，他会不会也哪怕只坚持下来十分钟？！但是人类，”瓦尔特坚定地说，“几千年来就这样做，凝视天空，感觉地温，并且不分解这个犹如人们不分解自己的母亲！”

克拉丽瑟忍不住又嗤嗤地笑了起来。“他说，后来情况变得错综复杂了。一如我们漂浮在水上，我们也漂浮在一个火的海洋上，一阵电的风暴中，一个磁力的天空中，一个热量的沼泽地上，如此等等。但一切全不可感觉。说到底，压根儿就只剩下公式。这些公式对人类意味着什么，这人们就没法说清楚了；这就是全部内容。我已经忘记在女子学校里学了些什么，但是不管怎么说这话大概有一定的道理。他说，如果今天一个像圣弗兰齐丝库斯或你这样的人想对鸟儿们称兄道弟，那么他不仅可以十分舒心地过日子，而且也必须能够下定决心，钻进炉子里，通过一辆电车的电线杆跳进大地或通过一个洗涤装置倾泻进渠道。”

“是，是！”瓦尔特打断这汇报，“四要素①先变成了几十个，最后我们只还漂浮在关系上，过程上，过程和公式的污水上，某种人们既不知道是否是一个物件、一个过程、一个思想幽灵或连老天爷也不知道是什么的东西上！于是，一个太阳和一根火柴之间就没有什么区别了，作为消化道的一端的嘴和消化道的另一端之间也就没什么区别了！同一件事情有一百个方面，每一个方面有一百个关系，别的情感有赖于每一个关系。后来人脑成功地把这些事物分开了；但这些事物把人心分开了！”他跳了起来，但他依然站在桌子后面。“克拉丽瑟！”他说，“他会危害你的！瞧，克拉丽瑟，今天每个人最迫切需要的莫过于简单、朴实、健康——对，毫无疑问，你愿意说什么就可以说什么——也需要一个孩子，因为一个孩子就是那把一个人牢牢拴在地面上的东西。乌洛对你说的，全都是没有人情味的。我向你保证，我往家中走时，我总是有勇气，简简单单和你一道喝咖啡，观看鸟儿，散散步，与邻居们交谈几句，消消停停地度过这一天：这就是人生！”

这些构想的柔情已经把他渐渐带近她身边；但是父亲的情感从远处一发出那轻柔的男低音，克拉丽瑟便变得倔强。就在他向她移近过来的当儿，她阴沉着脸，作出一种自卫的姿态。

当他到达她身边，他像一只高效的农家取暖炉散发出一股暖洋洋的柔情。克拉丽瑟在这股暖流中摇晃了一下。随后她便说：“不，我亲爱的！”她急忙从桌上抓起一块干酪面包，迅速吻了吻他的额头。

“我去看看，那儿有没有蝴蝶。”

“可是克拉丽瑟，”瓦尔特恳求，“在这个季节里没有蝴蝶了嘛。”

“啊，这可说不准！”

房间里只留下了她的笑。她拿着那块干酪面包漫步走过草地；这地方安全，她不需要有人陪同。瓦尔特的柔情像一块在不合适的时刻撤离炉火的烤饼那样渐渐凉了下来。他深深叹了口气。然后他迟迟疑疑地又坐到钢琴前，按了几个键。不管他是有意还是无意，弹出来的是瓦格纳歌剧主题的幻想曲，在这种他在傲慢时期曾放弃了的放纵涌出的物体的飞溅声中，他的手指头下汩汩地流出涌动的声音。让人们从老远就听到它吧！他的脊髓受到这音

① 古代哲学中的水、火、风、土。

乐的麻醉而麻痹了，他的命运得到了宽恕。

一八

莫斯布鲁格尔

在这段时期里，莫斯布鲁格尔案件牵动着公众的心。

莫斯布鲁格尔是一个木匠，一个高个儿、宽肩膀、没有多余脂肪的人，长着一头像棕色羔羊毛皮的头发和温和、粗壮的手。他的脸也透着温和的力量和合理的意愿，即使人们没有看见，也会嗅到它们的，从那粗俗、诚实、枯燥的工作日气味上，这种气味属这个四十三岁男人身上所特有，它来自于和木材打交道、来自于一种既要求从容不迫也要求辛勤努力的工作。

每逢人们第一次遇见这张带有上帝赐予的种种善良标志的脸，便会一动不动地站住，因为莫斯布鲁格尔通常由两个武装法警陪伴，一双紧紧捆绑在一起的手搁在身子前面，拴在一条结实的钢制小链条上，一个法警手里握着钢链的套索棒。

他一发现人们在注视他，那张宽大、温和、头发蓬乱、蓄着两撇八字胡的脸上便掠过一丝笑意；他穿一件黑色短上衣和浅灰色长裤，他两腿叉开，具有军人风度，但是最让法庭上的记者们捉摸不透的是这种微笑。这可能是一种尴尬的笑，或者是一种诡计多端的笑，一种嘲讽的、阴险的、痛苦的、困惑的、嗜杀成性的、叫人感到无名恐惧的笑——他们显然在搜索矛盾的脸部表情并且似乎在这丝笑意中绝望地寻觅着他们显然在这整个儿的诚实的人物形象上哪儿也没找着的某种东西。

因为莫斯布鲁格尔以令人胆寒的方式杀害了一个女人，一个下等的妓女。记者们详细描绘了一个从喉头一直延伸至脖子上的伤口，还详细描绘了胸部两个刺透心脏的伤口，后背左侧的两个伤口以及两个乳房的切割，这两个乳房人们几乎可以拿下来；他们表达了自己对此所感到的厌恶之情，可是他们不停地详细描绘，直到他们计算出了肚子上有三十五个刺伤并对几乎从肚脐延伸至骶骨的切割伤口作了解释，这个伤口连同一连串无数较小的伤口顺着后背向上延伸，而脖子却有被掐过的痕迹。他们找不到从这样的可怕景象返回到莫斯布鲁格尔的温和面容去的归路，虽然他们自己是性情温和的人，尽管这已发生的事他们描述得客观、内行并且怀着明显的迫切而紧张的心情。连人们面对着的是一个精神病人——因为莫斯布鲁格尔已经因相似的罪行进过几回精神病院——这个最简单的解释他们也不使用，虽然一个好的记者今天非常精通这样的问题；看上去，就仿佛他们暂时还不肯放弃这个恶人，不肯撒手让这个事件从自己的世界进入病人的世界，在这一点上他们和那些曾时而宣布他身体健康时而又宣布他不能对自己的行为负责的精神病专家是意见一致的。此外，也发生了这样的奇怪的事情：莫斯布鲁格尔的病态暴力行为在刚刚诉诸报端的时候就已经被上千个谴责报刊追求轰动效应的人觉得是“终于出了点儿趣闻”；他们之中有公事繁忙的公务员们，也有十四岁的儿子们和为琐屑家务所困扰的夫人们。人们虽然对这样一个畸形产物唉声叹气，但是人们对它又比对自己的终身职业还倾心。是呀，可能会发生这样的事，这几天一个正经的司长先生或者一个银行襄理可能会在上床睡觉时对自己的睡眼蒙眬的夫人说：“假如我是莫斯布鲁格尔……你现在会怎么办？”

当乌尔里希一看见手铐上方这张显出一副上帝子女神态的脸，他便迅速折回去，送给近处这家地方法院的一位卫兵几支香烟并打听不久前才离开法院大门的那个车队；就这样，他了解到——然而这么说来，这种情况一定从前就曾发生过，因为人们常读到这样的报导，而乌尔里希则几乎自己就相信这件事，但是同时代的真实是，他仅仅是在报上读了这一切。还过了好久，他才结识莫斯布鲁格尔本人；只是有一回在审案过程中，他才得以事先实实在在地见到了他。通过报纸了解某种不寻常的事物的概率远远大于亲历其境的概率；换句话说，今天在抽象中发生着更为本质的事物，而比较无足轻重的事物则发生在现实中。

乌尔里希通过这个途径所了解到的有关莫斯布鲁格尔的情况，大致是这样的：

莫斯布鲁格尔小时候是个可怜鬼，一个小村庄里的小牧童，这个小村庄小得可怜，连一条街道都没有，他穷得可怜，从来也不和一个女孩子说话。

他永远只能看女孩子；后来当学徒以及随后甚至在漫游期[1]依然如此。不妨想象一下，这意味着什么。某种人们自然地像渴求面包或水那样渴求的东西，他却总是只可以看。过了一些时候他便不自然地渴慕它了。她从身边走过，衣裙绕着小腿肚摇晃；她跨越篱笆，一直裸露到膝盖。他盯住她的眼睛，那双眼睛让人看不透；他听见她笑，便迅速转过身去，顿时就盯住一张脸，这张脸一动不动、圆圆的像一个刚刚有一只老鼠溜了进去的地洞。

所以，莫斯布鲁格尔在谋杀了第一个女孩子之后就辩白说，他经常受到鬼怪的追击，这些鬼怪们白天黑夜都在呼喊他，这种说法人们可以理解。鬼怪们在他睡觉时把他从床上扔下来，还在他干活时骚扰他；后来他听见鬼怪们白天黑夜也都在交谈和争论。这不是精神病，莫斯布鲁格尔不喜欢人们这样来谈论这件事；他有时用回忆教会的说教来美化自己或者按人们在监狱里得到的装假的建议装扮自己，这方面的材料他时刻都准备着；只不过就是给人的印象有点淡薄，如果人们对此不怎么注意的话。

漫游期的情况也是这样。冬季木匠很难找到活儿干，莫斯布鲁格尔常常接连几个星期在街上闲逛。他徒步行走了一整天，来到一个地方，却找不到落脚处，不得不继续行走，直到深夜。他没有钱吃饭，便只好喝烧酒，直喝到两眼直冒金星，光是躯体在行走。他不愿意到“收容站”去投宿，尽管有热汤喝，部分是因为那儿有虱子、跳蚤，部分也因为在那里憋气窝火；所以他宁可讨得几个小钱，钻到一家农户的干草堆里。当然，不去请求这农民，因为不然就得被无休无止地盘问，受尽侮辱。第二天早晨，自然就常常会因行为粗暴、流浪行乞而招致口角和告发，最后这样的犯罪前科便越积越多，每一位新法官都煞有介事地把他的前科抖搂出来，仿佛管中窥豹，可见一斑了似的。

可是谁会想到，接连几天、几个星期不好好洗脸洗身，这会意味着什么。皮肤变得那样僵硬，你简直只会做粗暴的动作，你想做温和的动作也做不出来，在一层这样的硬表皮下活生生的心灵凝固了。理智可能没因此受到多大触动，必要的事人们相当理智地做了；理智可能恰似一小盏灯在一座巨大的流动灯塔里点亮着，这座灯塔充满被踩碎的蚯蚓或蝗虫，但是一切人格均在其中被搓碎了，只剩那激动的有机物质在漫行。后来，当穿过一个个村庄或在偏僻

---

① 手艺匠人外出一面干活一面学习和交流手艺的时期。

的街上行走时，漫游中的莫斯布鲁格尔便往往会遇见整队整队女人的宗教仪式行列。这会儿走来一个女人，虽然半小时后才又有一个，但是即使她们隔着这么大的间隙并且相互根本没有任何关系，从整体来看，这却是宗教仪式行列。她们从一个村庄走到另一个村庄或者只是刚刚朝屋前看了一眼，她们围着厚厚的披巾或短上衣，它们弯弯曲曲盘旋在髋部，她们走进暖和的房间或驱使着她们的孩子们朝前走或孤零零在街上，人们简直可以用石头像打击一只乌鸦那样打击她们。莫斯布鲁格尔声称，他不可能是强奸杀人犯，因为他心里总是只怀有对这些女人的厌恶的情感，这种说法似乎并非不可信，因为人们也是愿意理解一只猫的嘛，它蹲在一只鸟笼前，一只胖乎乎的金黄色金丝雀在笼子里跳来跳去；或者将一只老鼠扑击，放开，又扑击，只是为了再一次看它逃跑；一只狗，它跟在一个滚动的轮子后面奔跑，只是嬉戏着撕咬，它，人类的朋友，它在干什么？！从对活生生的、活动着的、一声不吭在前滚动着或轻快奔跑着的事物的态度中触及到了一种对自己周边沾沾自喜的活物的秘密厌恶之情。如果她大声喊叫，人们到头来该怎么办呀？人们只能醒过神来，或者，如果硬是做不到这一点的话，也就只好把她的脸摁在地上并把泥土塞进她的嘴里。

莫斯布鲁格尔只是一个木工、一个形影相吊的人，虽然在所有工作场所他都颇受伙伴们的喜爱，可是他没有一个朋友。最强烈的欲望时不时残忍地向外展示他的本性；但是也许确实如他所说的那样，他只是缺乏教育和机会，所以才没有成为别的什么人，没有成为剧院纵火犯或死亡天使，没有成为大无政府主义者；因为那些联合结成秘密社团的无政府主义者们，他鄙夷不屑地称他们是假无政府主义者。他显而易见是有病；但是即使他的病态的天性使他有别于其他人，显然说明了他怪异行为举止的理由，他仍然觉得这就像是对他的自我的一种更强烈、更崇高的情感。他的整个一生就是一场令人发笑和惊愕的笨拙的战斗，目的是为了强求自己的生命的价值。当学徒时他就曾打碎过一个雇主的手指头，当时那位雇主想惩罚他。对另一个雇主他卷钱潜逃；据他说，出于必不可少的公平原则。在哪个工作场所他也干不长；只要他如同一开始惯常发生的那样，以他那少言寡语、带着友好平静和宽大肩膀干活的方式让人感到畏惧，他就留下；一俟他们和他交往时开始变得过分亲密和失敬，仿佛已经把他看透彻了似的，他便卷铺盖走人，因为他被一种阴森可怕的感觉攫住，就好像他的处境不安全了。有一回他行动得太晚了；在一个建筑工地上四个泥瓦匠密谋策划，要给他点厉害瞧，要从最高一层把支架推下去；他已经听见他们在他背后嗤笑着走近，他竭尽全力向他们猛扑过去，把其中的一个推下两道楼梯，还把另外两个人的胳臂划得伤痕累累。他居然因此而受到惩罚，据他说，这使他大为震动。他移居外国，移居土耳其；后来又回来，因为世界上的人到处都结合在一起反对他；没有什么咒语、没有什么善心对付得了这种阴谋活动。

这样的话他在精神病院和监狱里都勤奋学习过；他还学了几句支离破碎的法语和拉丁语，他讲着讲着会在不合适的场合甩上那么几句，因为他发现，正因为会讲这几种语言，统治者才有了“决定”他的命运的权力。由于同样的原因，他在庭审中竭尽全力讲一口漂亮的规范德语，譬如，“这必须充当我的残忍的基础”或者“我曾经比我平时估价这类女人时更残酷无情地想象过她们”；但是如果他看到连这也不奏效，往往就会振作精神做出一种一本正经演戏似的姿态来，用嘲讽的口吻宣称自己是“理论上的无政府主义者”，随时可以让社会民主党人们来拯救他，如果他想接受这些剥削无知劳动民众的最恶劣的犹太人的什么馈赠的话：所以他也有一门“学问”，一个领域，这是令博学、傲慢的法官也不敢望其项背的。

这通常招致法庭检查他的“值得注意的智力”，使他在审讯期间受到光荣重视和较严厉的惩罚，但是从根本上看来，他的虚荣心觉得这些庭审是他生命的光荣时期。所以他最刻骨铭心地憎恨的也就莫过于那些精神病医生了，他们竟然以为用几个外来词便可轻而易举地把他的整个难对付的性格处置掉，仿佛这对于他们来说是一桩平平常常的事务似的。一如在这类案件中惯常的那样，对他精神状况的医学鉴定迫于上级司法机构的压力总是动摇不定，而莫斯布鲁格尔则不放过任何一个这样的机会，在公开审讯中证明自己比精神病医生强并揭露他们吹牛行骗的愚蠢行为，说是他们完全无知，在他装病时不是把他送进他应去的监狱，而是送进疯人院。因为他不否认他的所作所为，他愿意看到它们被理解成为一种伟大人生观的不幸事件。嗤笑的女人们尤其对他不怀好意；她们都有自己的相好的人；一个严肃的男人的正直的话她们认为一钱不值，她们不认为是一种侮辱便是万幸。他尽量避开她们，好不让自己受刺激；但是这不是任何时候都可以做得到。有些日子里，他作为男子脑袋里浑浑噩噩，什么事也干不了，心神不定得双手都出了汗。

如果说他后来不得不屈从的话，那么可以确信的是，在迈出第一步时就已经有这样一种流动的毒物像一支别人派出的前哨巡逻队那样在远处路边徘徊，这是一个女骗子，她一边私下嘲笑男人，一边削弱他并在他面前装腔作势，如果她不是肆无忌惮地还会对他做出糟糕得多的事来的话。

于是，那个夜晚就产生了这样的结局，那是一个狂饮了一通闷酒的夜晚，用喧哗吵闹抚慰着内心的焦灼不安的夜晚。即便没喝醉，这世界也可能孕育着危险。街道两旁的房屋像舞台布景那样摇晃，布景后面的演员等提示语一发出就要出场。在城市边缘，在进入空旷的、月光明亮的原野的地方，四周更安静了。莫斯布鲁格尔必须从那儿折回，拐一个弯找到回家的路，就在这时候，在铁桥附近，那姑娘与他攀谈。那是这样一个姑娘，像那些在下面草地里把自己出租给男人的那种，一个失业的、逃跑出来的女佣，一个小女人，只露出头巾下面那两只诱人的小眼睛。莫斯布鲁格尔拒绝她，加快了步伐；但是她乞求他把她带回家去。莫斯布鲁格尔走自己的路；一直向前，沿街角转弯，最后无可奈何地来回走；他跨大步，她跟随在身边；他站住，她像影子一样停住。他硬是甩不掉她，就是这么回事。他还作了一次尝试，企图吓走她；他转过身，朝她脸上啐了两口。但是这无济于事，她是不受伤害的。

这事发生在那座几小时路程远的公园里，他们必须在由狭窄地段穿过这座公园。这时，莫斯布鲁格尔才猛然省悟，原来这姑娘需要身边有一个保护人；因为否则她哪儿来的这勇气，死乞白赖定要跟着他呢？他将手伸入裤袋抓住那把水果刀，因为人家想戏弄他呀，也许又要袭击他；女人后面总藏着另一个男人，另一个嘲笑人的男人。压根儿，他不觉得她像一个乔装成女子的男人吗？他看见影子在移动并听见木柄发出喀嚓声，而这个诡计多端的女人则在他身旁像一只作着大弧形摆动的钟每隔一小会儿便重复一遍她的请求；但是找不到任何东西让他的巨大力量猛扑上去，于是他开始惧怕起这种叫人害怕的平安无事来了。

当他们走进第一条街道，一条还很幽暗的街道，他额头上直冒汗，他发抖。他目不斜视，转身走进一家还在营业的咖啡馆。他一口气喝下一杯不加牛奶的咖啡和三杯白兰地，可以安心坐一坐了，也许坐上一刻钟；但是当他付账时，心头又产生了这想法：如果她在外面等候，那他该怎么办？有这样的想法，它们像扎物的细绳，它们结成无数个活套缠在胳臂和大腿上。他刚在这黑暗的大街上迈出几步，他便感觉到那姑娘在自己身边。她现在根本就不再低声下气，而是狂妄、稳健；她也不再请求，而是一味地缄默不语。于是他认识到，他将永远摆脱不掉她，因为拽着她跟在自己身后走的是他自己。一种带着哭诉的憎恶充塞他的喉咙。他行走，而这几乎跟在他后面的却又是那第二个他。与他总是遇到的宗教仪式行列完全一样。有一次，他曾自己动手切割下一大块卡进大腿的碎木片，因为他太心急，没顾得上等医生来；现在他怀着完全相似的心情感觉到他的那把刀，它又长又硬，在他的裤兜里。

但是莫斯布鲁格尔凭着一种简直是超自然的道德力量突然想到，另外还有一条出路。在这宽厚的板条后面，现在这条道路的边上，有一个运动场；在那儿不会被任何人看见，于是他一拐弯。他在那间窄小的账房里躺下，把脑袋挤在最黑暗的角落里；那个温和的、该死的第二个自我躺到他身旁。所以他装出好像立刻就睡着了似的，以便一会儿可以偷偷溜走。但是当他双脚前伸着轻轻往外爬行时，那姑娘又来了，她用胳臂搂住他的脖子。这时，他感觉到她的或他的衣袋里有某种坚硬的东西；他把它拉出来。他不太清楚，那是一把剪刀呢还是一把小刀；他用它刺过去。她曾说过，那只是一把剪刀，但那是他的小刀。她一头栽倒在这间小屋里；他把她拖出来一段路，拖到松软的地面上，他一刀一刀扎她，直到完全把她从自己身上分离开。然后他也许还在她身旁站了一刻钟并端详她，这时夜晚又平静了下来，显得少有的滑溜。现在她再也侮辱不了哪个男人了，再也不能缠磨他了。最后，他背着尸体走过街道，把尸体放在一丛小树前面，据他称，好教它更容易被人发现和掩埋，因为如今这不能怪她了嘛。

在审讯中，莫斯布鲁格尔给自己的辩护人制造了种种最意料不到的麻烦。他大模大样像个旁听者坐在自己的长凳上，每逢检察官对他的危害治安提出某种在他看来他理应受到的指控时便向检察官大声喝彩，并向证人们分发赞许性的书面证明材料，这些材料声言，从未在他身上发现过什么特征，可以让人推断出他神经错乱。“您是一个可笑的怪人。”主持审讯的法官时不时恭维他并认认真真地抽紧着被告已经套在自己身上的圈套。随后，莫斯布鲁格尔惊讶得像一头在圆形竞技场上受挑唆的公牛那样站立片刻，用眼睛扫视四周并由四周坐着的人的脸上看到了他所不能理解的事，这就是他已经又一次加深了一层自己的罪过。

尤其吸引乌尔里希的是，对他的辩护显然是以一个隐隐约约可以辨别的计划为基础的。他既不怀有杀人的意图，为了他尊严的缘故也不可以说他有病；至于性欲则根本就谈不上，有的只是厌恶和蔑视：因此这必定是一起故意杀人案，是一个女人的，用他的话来说，是“一个女人的这幅漫画”的这种可疑的举止引诱他犯下了这起杀人案。如果人们正确理解他的话，那么他甚至要求人们把他的谋杀看作是一种政治罪行，有时给人以这样的印象，好像他根本不是为自己，而是为这种法制体系奋斗。法官对此所采用的策略是惯常的那种，这就是把一切只看作是一个杀人犯想逃脱罪责而惯用的笨拙伎俩。“为什么您洗了您那双血迹斑斑的手——为什么您把那把刀扔掉——为什么您作案后穿上了干净衣服、干净衬衣——因为是星期天吗？不是因为它们有血迹吧？为什么您去闲聊了？那么这犯罪行为没妨碍您去做这件事喽？您压根儿感到后悔了没有？”乌尔里希清楚地懂得莫斯布鲁格尔在这样的时刻控制自己不充分的教育时的那种深刻的舍弃，由于他受的教育不充分，所以他无法解开这张用不理解编织成的网，但用义正词严的法官的话来说这就是：“您总会把罪责推给别人！”这位法官把一切归结为一点，所依据的是警察局的报告和这流浪汉之前的生涯，并把这一点说成是莫斯布鲁格尔的过错；但是对于莫斯布鲁格尔来说，那纯属由个别事件组成，这些事件相互毫无关联，每一个事件都另有原因，这原因在莫斯布鲁格尔以外、在整个世界上的某一个地方。在法官看来，他的罪行是他主动犯下的，在他看来它们像飞过来的鸟儿那样找上他的门来的。对于法官来说，莫斯布鲁格尔是一个特殊案例；对于他自己来说，他是一个世界，要就一个世界说些令人信服的话，这是很困难的。这是两种互相斗争的策略，两种统一且合乎逻辑的行动；但是莫斯布鲁格尔处于不利的地位，因为他那些奇特的虚无缥缈的动机连一个比他更聪明的人也说不清楚。它们直接来自他那纷乱而孤独的生活，所有的别人的生活都为成百个人存在——过那样生活的人都这样看，所有别的认可那样生活的人也这样看——而他的真正的生活只为他而存在。这是一层薄雾，它不断变形，变换形态。诚然，他本可以问他的法官们，他们的生活本质上是否就不一样？但是这样的问题他根本想都不想。在司法面前，一切依次排列起来曾是十分自然的东西，无意义地并排排列在他心中，他竭尽最大努力，要使其具有一种意义，一种丝毫也不应有逊于他的显贵对手们身份的意义。法官显出几乎亲切友好的样子，竭力支持他并把种种观念提供给他，哪怕它们是些会让莫斯布鲁格尔遭受最可怕后果的观念。

这就像一个影子和墙的斗争，最后莫斯布鲁格尔的影子还在拼命闪跃。乌尔里希旁听了最近那次庭审。当庭长宣读鉴定书宣布他应负有责任时，莫斯布鲁格尔当即站起来，通知法庭："我对此感到满意，我达到我的目的了。"周围的人用嘲讽而不信任的眼光回答他，他愤怒地补充说："由于是我迫使进行了这场控告，因此我对庭审是满意的！"庭长露出一脸严厉执法的神色，叱责他说，法庭才不管他满意还是不满意呢。接着，他向他宣读死刑判决书，完全就像对在整个审讯期间莫斯布鲁格尔为取悦所有在场的人而说的一套胡话如今作出一番认真严肃的回答。莫斯布鲁格尔听罢什么话也不说，好不至于显得像是受了惊吓。然后，审讯结束，一切都成为过去。但这时他的精神动摇了；他向后退去，对这些无理解力的人的傲慢束手无策；法警就要把他带出法庭，这时他转过身来，挣扎着想说什么话，他伸出双手，一边甩开看守们的推搡，一边大声喊道："我对此感到满意，即使我不得不向您承认，您判决了一个神经错乱的人！"

这是一种前后不一致的态度；但是乌尔里希屏息凝神地坐着。这显然是神经错乱，并且同样也显然只是我们自己的存在要素的一种被扭曲了的关系。这支离破碎、迷雾重重。但是乌尔里希不知怎么地竟想到：如果作为整体的人类会做梦的话，那么莫斯布鲁格尔便一定会出现。这位"可怜的辩护人小丑"——忘恩负义的莫斯布鲁格尔有一回在审讯过程中曾这样称呼过他——在高个子当事人被押解走的时候宣布要为某些细节而提出上诉，这时他才醒过神来。

一九

书信劝诫和获得个性的机会；两种登基的竞争

时光便这样消逝着，后来乌尔里希收到了他父亲的一封来信。

我亲爱的儿子！一晃又几个月过去了，从有关你的一鳞半爪的消息中还是没看出你在事业的发展道路上向前迈出了最微小的一步或已经准备好要迈出这样的一步。

我愿意愉快地承认，在最近几年里我从好几个可靠的渠道满意地听到人们称赞你的成绩并据此断定你前途无量。但是一方面是你的——当然不是从我这儿继承来的——爱好，就是说，如果一项任务吸引你，你就会迅猛地迈出头几步，但随后便仿佛完全忘记你对自己以及对那些对你寄予希望的人负有什么责任；另一方面的情况是，我从有关你的消息中也看不出丝毫迹象，表明你对自己今后的行动有什么计划，这些都不由得让我感到忧心忡忡。

不单单是你已经到了别的男子已为自己在生活中谋到了一个稳当职位的年龄，而且我随时都会死，我以同样的份额留给你和你妹妹的财产虽然将不会是菲薄的，但在今天的情况下它也不会如此丰厚，以至于单凭它你就可以获得一个牢靠的社会地位，这个地位你也许最终必须自己去谋取。想到你自获得博士学位以来只是完全泛泛地谈到涉及最广泛领域的、你以你那惯常的方式也许极其高估了的计划，却从未写及一种一份大学任教委任状将会给你带来的满足，既没听说你为这样的计划而与哪所大学取得什么联系，也没听说你和权威人士有过什么别的接触，一想到这些，我有时心里不由得深深感到惶恐不安。我当然不会遭受嫌疑，以为我想贬低科学的独立性，四十七年前在我的那部你熟悉的、现在印了第十二版的著作《萨穆埃尔·普芬多夫的责任能力学和现代法学》中我揭示出真正的内在联系，第一个和较旧的刑法学派在这方面的偏见决裂了嘛，不过按照一个饱经世故的人的经验我同样也不能赞赏人们只依仗自己的力量而忽视科学的和社会的关系，它们给予个人的工作以支持，凭借着这种支持个人的工作才会取得丰硕而有益的成果。

所以我满怀希望地期待着尽快听到你的消息并看到我为你的进展而付出的心血得到酬报，看到你在返回家乡后建立起这样的关系并且不再忽视它们。我也是本着这个精神给我多年的真正的朋友和保护人，稽核部前部长和内廷总监办公厅所属最高家庭地方法院现任主席，施塔尔堡伯爵阁下，写了信，请他友好地接受你即将向他提呈的请求。这位身居高位的朋友也已经满怀善意地立刻给我写来了回信，你还真幸运，他不仅将接待你，而且对你的由我向他描述的成长过程，表现出热烈的兴趣。就这样，只要我力所能及并且判断正确，只要你善于引起伯爵阁下对你的好感并同时巩固住权威的学术界人士对你的看法，你的前程是有保证的。

至于这请求，你一旦知道这是怎么回事，一定会乐意向伯爵阁下提出的，具体内容是这样的：

德国将于一九一八年，在六月十五日前后的日子里，举办一个大型的、把德国的伟大和力量印入世人脑海的庆祝活动，庆祝威廉二世皇帝执政三十周年；虽然在这之前尚有好几年，但是，人们却从可靠方面获悉，对方如今就已经在作这方面的准备工作了，尽管理所当然地，暂时完全是非官方的。你大概也知道，在这同一年我们的值得尊敬的皇帝将庆祝他登基七十周年，这个庆典的日期是十二月二日。鉴于我们奥地利人在所有涉及自己祖国的问题上都显示出过分的谦逊，人们不由得担心，我们，这话我不得不说，我们又将经历一次克尼希格雷茨，这就是说，德国人将用他们那训练有素的方法先我们一着，就像当初他们采用了一种新式步枪给了我们一个措手不及那样。

幸好我刚才所说的我所担心的事，别的有良好社会关系的爱国人士也已经想到了，我可以向你透露，维也纳正在酝酿一个行动，以便消除这种忧虑，充分显示出一个七十年的、多福祉多忧患的周年纪念日比一个仅仅是三十年的具有更重的分量。由于十二月二日自然无法被挪到六月十五日之前，人们便想到了这个好主意，要把一九一八年全年扩大成一个纪念我们的和平皇帝的周年纪念年。我当然是仅仅由于我所属的团体有机会对这倡议发表看法才得以了解到一些情况，详细情况你一见到施塔尔堡伯爵就会知道的，他已经在筹备委员会给你谋好了一个尊重你青春朝气的职位。

另外，我还得劝你，别再以那同样的、简直令我难堪的方式不去同皇室和外交部司长图齐一家建立关系，而是立刻去拜访他的夫人，这位夫人，你是知道的，是我的已故兄弟的妻子的一位堂兄弟的女儿，所以算来竟是你的表妹呢，你得去拜访她，因为有人告诉我，在我方才在信里向你谈及的这个项目中她占有一个卓越的位置，而我尊敬的朋友，施塔尔堡伯爵，则已经怀着极大的好意向她预告你即将登门造访，所以你切不可贻误时机，快把这事办了吧。

关于我没什么可说的；修订、新版我所说的那本书占去了除讲课以外的全部时间和上了年纪的人尚还拥有的剩余劳动力。人们必须利用好自己的时间，因为这时间不多了。

关于你的妹妹我只听说，她身体健康；她有一个能干、正直的丈夫，即使她永远也不会承认她满意于自己的命运并觉得自己快活。

祝你好运。

你的爱你的父亲

第二部

如出一辙

二〇

接触现实；尽管没有个性乌尔里希却精力充沛而热情洋溢

乌尔里希果真决定去拜见施塔尔堡伯爵，这有种种原因，其中的一个便是他急于想知道个究竟。

施塔尔堡伯爵在霍夫堡皇宫里供职，而卡卡尼的皇帝和国王则是一位有传奇色彩的老先生。迄今为止已经写了许多论述他生平事迹的书，人们清楚地知道，他做了什么、阻止或放弃了什么，但是当初，在他和卡卡尼的生命的最后十年里，熟悉科学和艺术发展状况的较年轻的人有时不免要怀疑究竟有没有他这个人。人们见到的他的肖像的数量几乎和他的帝国的居民数一样多；给他过生日和给救世主过生日会吃、喝掉同样多的东西，山上火光熊熊，成百万人齐声保证，他们爱他如父亲；最后，一首向他表示敬意的歌成为诗歌和音乐的唯一形象，这首歌每一个卡卡尼人都会哼唱一两句：但是这种通俗性和大众化极度令人信服，简直可以说，对他的信仰的情况完全就像星星，人们如今看见这些星星，虽然自几千年来就不再有它们了。

乌尔里希乘车到霍夫堡皇宫去时所发生的第一件事，是送他去那儿的马车在外面的庭院里便停住了，马车夫要求付给报酬，他声称，他虽然可以驶过这外面的庭院，却不可以在里面的庭院里停住。乌尔里希生这马车夫的气，认为他不是骗子就是胆小鬼，企图催促他；但是他对此人的胆怯拒绝无能为力，他突然在马车夫的拒绝中感觉到一股力量在起作用，这股力量比他更强大。当他走进内部庭院时，数量众多的红色、蓝色、白色和黄色的上衣、裤子和花翎便立刻引起了他的注意，他们像沙滩上的鸟儿那样直挺挺站立在那儿的阳光下。迄今为止他一直认为“陛下”是一个没有意义的习语，人们保留住了这个词儿，完全就好像人们可以是一个无神论者，却说“上帝保佑，你好”；但是这时，他的目光顺着高墙向上望去，看到这里是一座灰色、封闭、带武装的岛，城市快速运动着毫无所知地箭一般从它旁边疾驰而过。

他通报了自己的来意后，便有人带领他走过楼梯和过道，穿过房间和厅堂。虽然他穿着得很好，却边走边觉得自己受到他所遇到的每一束目光的堂而皇之的掂量。这里似乎没有一个人会把精神的尊贵跟现实的尊贵混淆，除了通过讽刺抗议和公民批评而得到的满足以外，乌尔里希得不到任何别的满足。他发觉自己正穿行于一幢摆设很少的大房子里；厅堂里几乎没有什么家具，但是这种空寥的味道不带有高贵风格的苦味；他从一列松散站立着的卫兵和仆人身旁走过，他们构成一种与其说是华丽不如说是笨拙的护卫，让五六个报酬丰厚、受过专门训练的侦探来担任这种护卫工作效率一定更高；尤其是那些像纸币那样穿灰衣戴便帽的仆役，他们在仆从和卫兵之间走动，让他想起一个不充分将办公室和私人寓所分开的律师或牙医。“人们清楚地感觉到，”他想，“这种华丽过去可能曾吓唬住过毕德迈耶尔派①的人物，但是今天它连一家饭店的华美和舒适都比不上，所以就相当机灵地表现出高贵而又节制和拘谨的态度。”

但当他走进施塔尔堡伯爵的办公室时，伯爵阁下却在一间比例协调的中空大棱柱体房间里接待他，这个不显眼的、秃顶的人，身体略微前俯，罗圈着双腿，站在房间中央，瞧他那样子，就像一个出身高贵家庭的宫廷执事，不可能显现出自己的本来面目，而是只会仿效别人的举止动作。他的双肩往下塌着，嘴唇垂下来；他像一个年老的法警或一个正派的监察审计官员。突然，对于他像谁，再也不存在什么怀疑了；施塔尔堡伯爵变得显而易见了，乌尔里希领悟到，这个自一八七〇年来一直是最高权力的最高中心的人必定会从退到自身后面并像臣仆中最顺从者那样自我观望中感到某种满足；于是，在这位至高无上者身边的良好举止和谨慎风范干脆就是不要显得比他更有个性。这似乎曾经是国王们也十分喜欢称自己是国家的头号仆人的含意之所在，迅速一瞥后乌尔里希便确信，伯爵阁下确实蓄着卡卡尼的所有法警和铁路员工都有的那种灰白、下巴剃干净的短连鬓胡子。人们曾以为，他们在外貌上努力仿效他们的皇帝和国王，但是在这种情况下这种更深切的需要是以互惠为基础的。

① 一八一四至一八四八年间流行于德国的一种文化艺术流派，表达资产阶级脱离政治、自鸣得意的庸俗生活。

乌尔里希有时间进行这番思考，因为他得等候一会儿伯爵阁下才会和他说话。演员演戏似的化装和变形的原始本能，这种属于生活乐趣之一的原始本能，不带一丁点儿异味地，甚至完全没有做戏预感地呈现在了他的眼前；如此强烈，以至于他竟觉得，除这种无意识的、经常的自我表现艺术之外，盖剧院和把戏剧变成一种人们租用几小时的艺术的这种市民习惯是某种完全不自然的、迟到的和分裂破碎的东西。伯爵阁下终于将一片嘴唇抬离另一片并对他说了声“您亲爱的父亲”就顿住，但在这声音中却含有某种让人感觉到那双相当漂亮的淡黄色手的东西以及某种像笼罩在整个人物周身的一种绷紧的端庄态度的东西。这时，乌尔里希觉得这颇吸引人，便犯了一个有才智人很容易犯的错误。因为伯爵阁下随后就问他，他是干什么的，当乌尔里希回答说是数学家时对方便说：“啊，很有意思，在哪所学校？”乌尔里希明确声言，他与学校毫无关系，于是伯爵阁下便说：“啊，很有意思，我懂，科学，大学。”这话让乌尔里希听了觉得十分亲切和正派，完全就像人们想象中的一段文雅的对话，以致他竟不由得做出仿佛这里是自己家里一样的行为来，不遵守客观情况和社交礼仪的规定，却按自己的思绪行事。他突然想到莫斯布鲁格尔。有权减刑的人就近在咫尺，他觉得最简单的做法莫过于试一试，看人们能不能使用这权力。“阁下，”他问，“我可以趁这个有利的机会为一个被不公正地判处死刑的人说句话吗？”

一听到这个问题，施塔尔堡伯爵惊异得目瞪口呆。

“一个强奸杀人犯，的确，”乌尔里希承认，但是这时他认识到自己举止失礼了。“当然是个精神病患者，”他试图迅速纠正自己，他几乎要补充说“阁下知道，我们上个世纪中叶的立法在这一点上落后了”，但他不得不话到嘴边又收住。指望和这个人进行一次讨论，这是一种失常行为，注重精神活动的人常常会莫名其妙地做出这种事来。这样几句话，恰到好处地插入进来，可能会像松软的园圃泥土那样丰饶，但是在这个地方它们就犹如一小撮被人不小心随着鞋子带进房间来的泥土。但是施塔尔堡伯爵察觉到了他的困窘，便向他显示出很大的善意。“是呀，是呀，我想起来了。”乌尔里希说出了那个名字之后，他带着几分勉强地说，“您是说，这是一个精神病人，您想帮助这个人？”

“他帮不了自己的忙。”

“是呀，这一直都是特别麻烦的案件。”施塔尔堡伯爵似乎很为这类案件的麻烦感到苦恼。他一脸无可奈何的神色，望着乌尔里希，仿佛没有任何别的指望了似的问他，是否已对莫斯布鲁格尔作出终审判决。乌尔里希不得不否认。“啊，您瞧，”他松了口气，继续说道，“那就还有时间嘛。”他开始谈论起“父亲”来，客客气气、不明不白地把莫斯布鲁格尔案撂在了一边。

乌尔里希因自己的失常行为曾慌了一会儿神，但奇怪的是这个错误居然没给伯爵阁下留下什么坏印象。施塔尔堡伯爵虽然起初几乎缄默不语，好像人们当着他的面脱掉了上衣似的；但是随后他便觉得一个如此深受欢迎的人的这种单刀直入的作风显出此人精力充沛、热情洋溢，他高兴找到了这两句话，因为他有意要在自己心中形成一个好印象。他把它们（“我们有望找到一个精力充沛和热情洋溢的助手”）立刻写进了给这一伟大爱国行动的首脑人物的介绍信里。当乌尔里希过了一会儿拿到这封介绍信时，觉得自己像一个被人往小手心里塞了一小块巧克力打发走的孩子。于是，他一边在指缝间夹着什么，一边接受着另作一次拜访的指示，这些指示既可以是一项委派的任务也可以是一项要求，不容他进行任何分辩。“这实在是一种误解，我丝毫也不曾有这个意图……”他真想这样说；可是这时他已经走在穿过宽大过道和厅堂回去的路上了。他突然站住脚，心里在想：“这简直是把我像一块软木那样举起来并放在一个我根本不想去的地方嘛！”他好奇地思索着这种狡猞而又简单的安排。他可以平心静气地对自己说，这现在也没给他留下什么印象；这仅仅是一个没有被清除掉的世界。但是这个世界已经让他感觉到哪种强烈的、特殊的个性了呢？见鬼，人们几乎没有别的词儿来表述它：它简直就现实得叫人吃惊。

二一

莱恩斯多夫伯爵真正发明平行行动

但是，这个大型爱国行动的真正推动力——从现在起，为了省略并且由于它“要充分显示出一个七十年的、多福祉多忧患的周年纪念日比一个仅仅是三十年的具有更重的分量”，这个行动也就叫平行行动了——却不是施塔尔堡伯爵，而是他的朋友，莱恩斯多夫伯爵阁下。就在乌尔里希造访霍夫堡皇宫的当儿，秘书正手捧一本书站在这位达官显贵的漂亮、高窗户的办公室里——在层层的寂静、虔敬、金丝绶带和庄严光荣的氛围中——给伯爵阁下诵读书中的一个段落，这是伯爵要他找的。这一回是费希特[①]的一段话，是他在《对德意志民族的演讲》中设法找出来的，他认为这段话很合适。“为了从懒散的原罪，”他朗读，“及其伴生物怯懦和虚伪中解放出来，人们需要这些榜样，这些榜样给他们先设计好自由之谜，它们通过宗教创始人已经复活。对道德信念的必不可少的谅解在教会中实现，教会的象征不应被视为教材，而是应该被视为宣布永恒真理的教学用具。”他特别重读了“懒散”、“先设计”和“教会”这几个词。伯爵阁下露出赞许的神色倾听着，把书拿过来看了看，但随即便摇起头来。“不，”这位直属皇帝和中央的伯爵说，“这本书倒是不错，但是这个讲到教会的新教段落不行！”秘书像一个不得不被董事会把一项行动计划第五次退回给自己的小公务员那样露出闷闷不乐的神色，小心翼翼表示异议说：“但是费希特给各界国民的印象将会是很好的吧？”“我看，”伯爵阁下回答，“我们必须暂时放弃这个。”随着书啪的一声合上，他的脸也合上，看到这张无声地下着命令的脸，秘书也啪的一声顺从地一鞠躬，接过费希特，把它收起来，在隔壁图书馆里把它重新排进世界哲学体系的分类中去；有些人自己不做饭，而是让手下人去料理。

“所以，”莱恩斯多夫伯爵说，“暂时仍然守住这四点：和平皇帝、欧洲里程碑、真正奥地利以及产业和教育。您必须按这四条撰写这份通函。”

伯爵阁下在这一瞬间心里曾产生过一个政治的想法，用话语来表示这个想法大体就是：他们会自动来的！他指的是他的祖国的那些个阶层——他们觉得自己不隶属这个国家而是隶属德意志民族——他们使他感到不快。倘若他的秘书找到了一段迎合他们情感的合适引文(因为就是为了这个目的才选中了费希特)，那么这段话也就被写下来了；但是此刻，一个扰人的细节妨碍

① Johann Gottlieb Fichte(1762 — 1814)，德国哲学家。

他这样做，莱恩斯多夫伯爵轻松地舒了口气。

伯爵阁下是这个大型爱国行动的发明人。当从德国传来这个激动人心的消息时，他首先想到了和平皇帝这个词儿。它立刻就和一个八十八岁统治者、一个各民族真正的父亲以及一个连续掌权七十年的政府的概念联结在一起。这两个概念都带有他所熟悉的他的皇帝老爷的特性，但是笼罩在这两个概念上的却不是陛下的，而是这个骄傲的事实的光辉：他的祖国拥有这位世界上年纪最老、在位时间最长的统治者。不明事理的人可能会觉得自己倾向于把这仅仅视作对一种稀罕物件的喜悦（就仿佛莱恩斯多夫伯爵会把罕见得多的横条纹的带透明水印花纹和缺一个锯齿的撒哈拉钟摆放在比一幅格列柯[①]的画更高的位置上，实际上他也这样做了，虽然他拥有两幅后者的画并且不是完全无视自己家宅的这些著名藏画。），但是他们愣是不理解，一个譬喻甚至会比最大的财富还更具有何等充实的力量。对于莱恩斯多夫伯爵来说，这个关于老统治者的譬喻中同时蕴含着他所热爱的祖国和应把他的祖国视为模范的世界。莱恩斯多夫伯爵胸中激荡着巨大和痛苦的希望。他恐怕说不出个究竟：这更多的是对自己的祖国感到痛心——因为他看到它在“各国人民的家庭”里没有完全取得理应得到的荣誉席位呢，还是说激荡着他的心胸的，是对普鲁士的嫉妒，是普鲁士把奥地利从这个席位上推了下去（一八六六年，通过阴险、奸诈手段），抑或不过是对一个古老国家的贵族的自豪感和要证明这贵族堪称典范的渴望充满于他的内心；因为按照他的意见，欧洲各国人民都在一种唯物主义的民主中随波逐流，而一个崇高的象征则浮现在他的眼前，对于他们来说这将既是提醒又是反躬自问的标志。他明白，必须做出点使奥地利崭露头角的事来，以便使这一“奥地利的光辉的生命公告”成为全世界的“一个里程碑”，从而为全世界效劳，使它重新找到自己的本真，而这一切是和拥有一位八十八岁的和平皇帝联结在一起的。更多或更详细的情况莱恩斯多夫伯爵确实还不知道。但是可以肯定的是，一个伟大的思想已经将他攫住。这个思想不仅激起他的热情——对此，一个受过严格和负责任的教育的基督徒毕竟是不得不依然抱怀疑态度的——而且显而易见地直接倾注进诸如统治者、祖国和现世幸福这类十分崇高和闪光的观念中。尚附

① El Greco（1541 — 1614），西班牙画家。

着在这个思想上的模糊不清的东西并不使伯爵阁下感到不安。伯爵阁下很熟悉模糊神性观察这个神学原理，这种模糊的神性本身是无限清楚的，但是对于人类的悟性来说却耀眼和黑暗；此外，这是他的终生信念：一个做大事的人一般不知道为什么。克伦威尔就说过："一个人若不知道自己去哪儿，他就永远不会有出息！"莱恩斯多夫伯爵心满意足、津津有味地品味着他的这个譬喻，一如他所感觉到的，这个譬喻的不可靠性比其可靠性更强烈地让他感到振奋。

撇开譬喻不谈，他的政治观点却具有一种不寻常的坚定性和一个大人物的那种自由，只有通过全然不存疑心才可能取得的那种自由。他凭长子继承权当上上院议员，但既不积极从政，也不在宫廷或国家机构担任任何职务；他是"纯粹的爱国者"。但恰恰是由于这个原因以及他独立的财富，他成了所有其他忧心忡忡注视着帝国和人类发展的爱国者们的中心。不当漫不经心的旁观者，而是对事态发展"从上面伸出援助之手"，这个道德职责贯穿着他的一生。他深信"人民"是"好"的；不仅因为他们当中的许多公务员、职员和仆人，而且因为在经济上无数的人也都有赖于他们。除了星期日和节假日里看到百姓们成群结队、熙熙攘攘，像一个歌剧合唱队从幕后冒出来，他从未看到过他们有什么别的模样。所以，凡是和这个观念不一致的，他一概归于"挑唆分子"；在他看来，这都是不负责任的、不成熟和"有制造轰动效应瘾"的人干的。莱恩斯多夫伯爵受过宗教和封建教育，在和平民交往中从未遭到过反对，并非不博学，但是由于受到呵护了他的青年时代的教会教育学的影响而一辈子都受到阻碍，除了协调一致或错误偏离他自己的原则之外，绝不会在一本书里看出一点别的名堂来。就这样，他只从议会、斗争和报刊论战中了解合时宜的人们对世界的认识；而由于他有足够的知识，可以分辨出其中众多的浅薄知识，所以他每天都加深着自己的偏见，以为真正的、被较深刻地理解了的市民世界无非就是他自己所以为的那个。"真正的"这个政治观点的搀和剂压根儿就是他的一种辅助手段，好使自己适应于一个由上帝创造的、但过于频仍地弃绝他的世界。他坚信，甚至连真正的社会主义都是与他的观点一致的。架设一座桥，让社会主义者们在这座桥上迈步走进他的阵营，这简直一开始就是他的一个最有特色的想法，他甚至还对自己部分地隐瞒着这个想法。明摆着的嘛，帮助穷人是一项高贵的任务，对于真正的上层贵族来说，一个资产阶级的工厂主和他的工人之间不可能有多大的区别；“我们大家在内心深处都是社会主义者嘛”是他的一句口头禅，其含意不多不少，大致是说在来世没有社会地位方面的区别。但在现世他却认为这些区别是必要的事实并期盼着，一旦人们在物质福利问题上满足劳工的要求，他们就会放弃不明智的、已被印入他们脑海中的口号并领会自然的世界秩序，在这种世界秩序中每一个人在为他规定的那个范围内恪守义务和得到发展。所以在他看来真正的贵族和真正的手工业者一样重要。其实，对于他来说，政治和经济问题的解决将通向一个被他称为祖国的和谐的幻象。

伯爵阁下大概也无法说明，他在自秘书离去之后的一刻钟内对此想了些什么。也许什么都想到了。这个中等个儿、年逾花甲的男子一动不动地坐在写字台前，双手交叉在膝上，竟不知道自己在微笑。他穿一件矮领衬衫，因为他有患甲状腺肿的倾向，并且不是由于同样的原因便是由于他由此可以少许有点儿像华伦斯坦时代波希米亚贵族的画像而蓄着一部翘胡须。一间高大的房间把他围住，而这间房间又被前厅和图书馆大而空荡的房间围住，在这些房间的四周又层层叠叠围着别的房间，围着寂静、虔敬、肃穆和两道弧形环状石头楼梯；在这两道楼梯与大门入口的交接处站着一个身穿沉甸甸、披挂着金银丝绶带大衣、手握木棒的高个儿门卫，他从门拱的洞里看外面空蒙的白日雾气，行人们像在一只金鱼缸里那样漂游而过。在这两个世界的交界处，一幢洛可可式房屋正面，纤巧的藤蔓攀缘而上，这幢洛可可式建筑的正面在艺术学专家们中间不仅因其美丽而著名，也因为它的高度大于宽度；今天它被认为是第一次尝试，将一座宽大舒适的乡村小宫殿的皮绷紧在高高耸立于受资产阶级束缚的背景上的市政厅的骨架上，从而被认为是从封建领地主权向资产阶级民主风格的过渡中的最重要的一环。在这里，莱恩斯多夫家族的存在通过艺术书籍的认证而转入世界精神之中。但是谁若是不知道这一点，谁就会像急速向前喷射的水滴看不到渠道壁那样看不到这一情况；他只注意到平素固定不变的街道上这柔和、带点灰色的门洞，一个令人惊异的、几乎令人激动的凹陷处，在那凹陷的洞穴里闪耀着绶带和门卫木棒圆头的金光。遇到风和日丽的天气，这个门卫来到大门进口处；然后他就站立在那儿，宛如一块彩色的、光芒远射的宝石，包含在一排房屋里，这排房屋不进入任何人的意识之中，虽然是这排房屋的墙壁使得不计其数、没有名字、飘移而过的熙熙攘攘的人群升格为一条街道的秩序。可以打赌，大部分让莱恩斯多夫忧心忡忡、日夜牵挂在心头的“百姓”一听到有人说起他的名字，除了回想起这个门卫，恐怕不会有任何别的联想的吧。

但是伯爵阁下恐怕并没有把这看作是受歧视的表现，他反倒觉得拥有这样的门卫是“真正的无私”，这和一个高贵男子的身份颇为相称。

二二

平行行动以一位有影响的、具有难以形容的优美才智的女士的形态准备吞下乌尔里希

按照施塔尔堡伯爵的愿望，乌尔里希应该探访这位莱恩斯多夫伯爵，但是他决定不去探访他；他反倒拿定主意按父亲所建议的去拜访他“卓越的表妹”，因为他很想亲眼看看她。他不认识她，但是自一些时候以来他就对她怀有一种极特殊的嫌恶之情，因为反复出现这样的情况：了解他的这位亲戚的情况并对他怀有好意的人劝他：“这个女人您一定得结识一下！”说这话时总是带着那个特别重读的您，这一重读声调是想强调被称呼的人尤其适合于认识这样一块珠宝，并且既可意味着一种真诚的恭维也可意味着一种隐藏的信念——相信这人是个傻瓜，正适合认识这样一个女人。所以，他曾频频打听过这个女人有些什么样的特殊个性，但从未就此得到过令人满意的答复。人们不是说“她有一种难以形容的才智上的优美”便是说“她是我们的最美丽、最聪明的女人”，而有些人干脆就说：“她是一个合乎理想的女人！”“这个人多大年纪？”乌尔里希问，但是没有人知道她的年龄，而且被问的人一般都惊讶于自己居然还没想到要知道她多大年纪。“那么现在究竟谁是她的情人呢？”乌尔里希最后不耐烦地问。“一个情人？”这位没有经验的年轻人经他这么一问，感到莫名惊诧。“您说得对，简直没有哪个人会作这样的猜想的。”“原来是一个有才智的美人儿，”乌尔里

希心中暗想，“狄奥蒂玛[①]第二。”从这一天起，他便在心中暗暗叫她狄奥蒂玛，那个著名的爱情女祭司的名字。

但是实际上她叫埃尔梅琳达·图齐，其实甚至只叫赫尔米娜。埃尔梅琳达虽然连赫尔米娜的译名都不是，但是有一天她却通过直觉的灵感获得了取这个漂亮名字的权利，这个名字突然以无法抗拒的真实在她的有才智的耳畔响起，虽然她的丈夫也还继续叫汉斯不叫吉奥瓦尼。乌尔里希对这位图齐司长的偏见并不比对他的夫人的更小一些。他在一个作为皇家外交部比其他政府部门封建色彩浓重得多的部里是唯一担任要职的平民公务员，领导部里这个最有影响的司，被认为是部长们的左膀右臂，据传闻甚至还是他们的智囊，而且属于不多几个对欧洲命运有影响的人物之一。但是如果一个平民在一个如此值得骄傲的环境中晋升到一个这样的职位，那么人们完全有理由可以推断出此人具有某些个性，它们必定是以一种有利可图的方式把个人的不可或缺和谦逊退让结合在一起，而乌尔里希也并非无意于把自己作为无可指摘的、必须指挥当一年志愿兵的上层贵族的骑兵中士介绍给这位很有影响的司长。与这相配的是一个作为贤内助的终身伴侣，尽管人们交口称赞她的美貌，他还是想象她不再年轻、虚荣心重并且受过狭隘的市民教育。

但是乌尔里希大吃了一惊。当他拜见她时，狄奥蒂玛露出宽容的微笑接待他，这是那种有名望的女人的笑，这个女人知道自己漂亮并且不得不原谅肤浅的男人们总是先想到这一点。

“我已经在等您了，”她说，乌尔里希不太清楚，这语气是和蔼可亲呢还是含着谴责。她伸给他的那只手丰腴而没有重量。

他紧紧握住这手，握得久了一会儿，他的思绪不能马上离开这只手。它宛如一叶花瓣安放在他的手中；尖尖的手指甲像翅鞘，似乎有能力随时和她一起飞进一片迷茫之中。女人手的过度奋激已经把他制服，这是一个从根本上看来相当不知羞耻的人体器官，它像一张狗嘴那样什么都触摸，但在公众场合却集忠诚、高贵和温柔于一身。在这几秒钟里他发现狄奥蒂玛的脖子上有好几个鼓块，蒙着最细嫩的皮肤；她的头发挽成一个希腊式的发髻，它硬

① Diotima，柏拉图《会饮篇》中的人物，传说她是希腊曼提尼亚的女祭司，曾向苏格拉底讲授爱的真谛。

邦邦地翘起来，完全像一个马蜂窝。乌尔里希感觉到自己心中怀着某种敌意，一种想激怒这个笑眯眯的女人的欲望，但是他不能完全无视狄奥蒂玛的美貌。

狄奥蒂玛也久久地、几乎用审视的目光望着他。她曾听说过某些有关这位表兄的事，这些事在她听来带有一种轻微的私人丑闻的色彩，此外，这个男人和她是亲戚。乌尔里希发现她也不能完全摆脱他给她留下的身体上的印象。他习惯于这种印象了。他的脸上胡须刮得光光的，身材高大，身体受过良好的锻炼，柔韧而肌肉发达，他的脸光亮却让人看不透；一句话，有时他觉得自己就像一种偏见，大多数女人对一个给人印象深刻的尚还年轻的男人所抱有的那种偏见，只不过就是他并不总是拥有可以使她们及时改变这种偏见的力量罢了。但是狄奥蒂玛抗拒着，她在精神上同情他。乌尔里希可以观察到，她一个劲儿地端详他，显然心中并没有不愉快的情感，也许她心里正在暗想，他如此显而易见地拥有着的高贵的个性，它们一定受到一种恶劣的生活的抑制，不过是能够得到拯救的。虽然她并不比乌尔里希年轻多少并且处在身体敏感的成熟少妇时期，但是她的外貌却透着某种才智上尚未开垦的处女地的气息，这和她的自我意识形成一种特殊的对照。甚至在他们已经讲起话来之后，他们还这样相互端详着。

狄奥蒂玛开始阐述，她认为平行行动简直是一个实现人们认为是最重要、最伟大的东西的千载难逢的好机会。“我们必须并且愿意实现一个无比伟大的思想。我们有这个机会，我们绝不放过这个机会！”

乌尔里希天真地问：“您有什么具体想法吗？”

没有，狄奥蒂玛没有什么具体想法。她怎么会有什么具体想法呢！没有哪个谈论最伟大和最重要的事物的人认为真有其事。但是这比得上世界的哪个特殊个性呢？一切均导致这一件事比另一件事更伟大、更重要或者也更美丽、更可悲，就是说导致一种顺序和一种比较级，那么此外就没有尖顶、没有最高级了吗？然而，人们一旦让某个正好想谈论最重要和最伟大的事情的人注意这个情况，这个人便顿生疑窦，以为自己是在和一个无感情和非理想主义的人打交道。狄奥蒂玛的情况便是这样，乌尔里希便是讲了这样的话。

作为一个才智备受惊叹的女人，狄奥蒂玛觉得乌尔里希的异议是对她的失敬。片刻过后她微微一笑，回答说："有这么多伟大和美好的事还没有实现，所以实在不容易作出选择。但是我们将任命由各阶层人士组成的委员会，这些委员会协助我工作。抑或阁下，您不认为，这具有一种巨大的优越性，可以趁这样一个机会号召一个民族，实际上甚至是号召整个世界在追求物欲的时候也想着精神的东西？您可别以为，我们是在追求某种在早已被用滥了的意义上的爱国主义的东西。"

乌尔里希用一句玩笑话支吾搪塞。

狄奥蒂玛没有笑；她只微笑。她习惯于有才智的男人，这些男人通常也还有点名堂。像这样的自相矛盾性她觉得不成熟，这使她觉得有必要向她的这位亲戚指出现实的严肃性，这种严肃性给予这个伟大的爱国行动尊严和责任。于是，她用另外一种语气讲话，带着总结性和展示性；乌尔里希情不自禁地在她的话语之间搜索那种在各个部里用来装订并捆扎文件的黑黄双色细绳。但是从狄奥蒂玛嘴里说出来的并非仅仅是有执政能力的，而且也是有才智的行家的话，诸如"没有感情的、只受逻辑学和心理学支配的时代"或"当代和永恒"，其间也突然谈到柏林和"情感的宝藏"，跟普鲁士相反，奥地利精神如今还保存着这个宝藏。

乌尔里希作过几次尝试，企图扰乱这个有才智的国王议会演说；但是眼下，高等官僚主义的法衣室气味掩盖住这干扰，轻柔地遮掩住她的不策略。乌尔里希惊讶不已。他站起来，他的初次拜访显然已告结束。

在这个退却的时刻，狄奥蒂玛以从她丈夫那儿学来的那种温柔的、为谨慎起见、并且明显带一点夸张的殷勤对待他；她丈夫在和眼下是他的下属但有朝一日可能会成为他的部长的年轻贵族打交道时就采取这样的态度。在她邀请他再来的态度中蕴含着才智对比较粗鲁的生命力感到的某种自负和不安全。当他将她那只柔和的、没分量的手又握在自己的手中时，他们互相盯住对方的眼睛。乌尔里希分明感觉到，他们注定了要通过爱情互相增添烦恼。

"真的，"他想，"一头美丽的海德拉[①]！"他打算表面上应付一下这个大

① Hydra，希腊神话中长着蛇身的多头怪物。

规模爱国行动，可是它在狄奥蒂玛心中已经有了轮廓并且决意要把他吞没。这是一个颇有点引人发笑的印象；尽管有了一把年纪和一定阅历，他却觉得自己像一条有害的小蠕虫，一只大母鸡正专心致志地注视着它。“天哪，”乌尔里希心想，“千万别受这精神女巨人挑衅做出什么小不轨的行为来！”他腻烦了自己和博娜黛婀的关系，执意要极其克制。

在离开这寓所时，一个他来时就已经愉快地感受到的印象令他感到欣慰。一个带着出神的眼睛的小侍女送他。方才在黑乎乎的前室里，她的眼睛像一只黑蝴蝶，第一次从他身边翩然向上飞去；现在，在离去时，她的一双眼睛像黑色的雪花在黑暗中降落。某种阿拉伯或阿尔及利亚犹太人的情调，一种他模糊不清地得到的概念如此未被注意、妩媚可爱地笼罩住这个小姑娘，以至于乌尔里希现在也忘记仔细端详她；他到了街上，这才感觉到，这个小姑娘的样子在狄奥蒂玛的形象之后是某种极其生动和令人神清气爽的东西。

二三

一个大人物的初次干预

乌尔里希离去后，狄奥蒂玛和她的侍女仍然处在一种轻微兴奋的状态。但是这只小黑蜥蜴每一回送走一位贵客，心情就愉快得仿佛可以飞快地从一堵发出微光的大墙上蹿上去似的，而狄奥蒂玛则以一个并非不喜欢看到自己受到不适当触动的女人的那种认真态度来对待对乌尔里希的回忆，因为她在心中感觉到了那股温和斥责的力量。乌尔里希不知道，同一天另一个人已闯入她的生活，他像一座巨大的观景山从她脚下耸然而起。

保罗·阿恩海姆博士在抵达后不久便来拜见她。

他极其富有。他的父亲是“铁的德国”的最强有力的统治者，而且甚至是图齐司长屈尊作了这个文字游戏；图齐的原则是，人们必须节用言辞，文字游戏即便在才智横溢的交谈中不可完全没有，但绝不可随便滥用，因为这带有平民气息。他自己就曾建议他的夫人对这位客人要另眼相看；因为如果说这类人在德意志帝国今天还没有爬到最上面、对皇室的影响无法和克虏伯家族相比的话，那么，按照他的观点，明天无论如何情况可能就会是这样，他还添加上一则秘闻：据说这位儿子——他已经四十好几了——绝不仅仅谋求他父亲的地位，而是依仗着时代的特征和自己的国际关系，正准备着要获取帝国部长的职位呢。按图齐司长的意见，这自然是完全不可能的，除非世界末日先期到来。

他料想不到，他这几句话在他夫人心中激荡起多少幻想的巨浪。不过高评价“杂货店老板”，这自然属于她那个圈里的人的信念之一，但是和所有持平民思想的人一样，在完全不依赖于信念的内心深处她赞呗财富，与一个如此异乎寻常地富有的男人私人相会犹如金色的天使翅膀已经向她降落下来那样对她产生着影响。埃尔梅琳达·图齐自其丈夫发迹以来就惯于与荣誉和财富来往；但是人们一和荣誉的获得者交往，这荣誉，这因智力上的成就而获得的荣誉便流散得出奇地迅速，而封建财富则要么带有大使馆年轻参赞的愚蠢债务的形式，要么受到一种沿袭的生活方式的束缚，任何时候也不会获得自由堆积起来的钱山的奔放气质和金子迸发出的那种震颤，大银行或世界工业界便是借此来料理他们的交易的。狄奥蒂玛对银行业所了解到的唯一一个情况就是，连中级职员出差旅行也是坐头等车厢，而她却总是不得不坐二等车旅行，倘若不是有丈夫作陪的话；而她正是据此想象出，一个这样的东方企业的最高暴君们势必为何等的奢侈包围着。

她的小侍女拉喜儿——不言而喻，狄奥蒂玛喊她时总是按法语发这个名字的音——曾听说过梦幻般奇异的事情。她会讲述的最起码的事就是，这位大富豪是坐着自己的专列到达的，租了整整一座饭店并且还带着一名小黑人奴隶。实际情况要朴实无华得多：单就保罗·阿恩海姆举止行为从不引人注目这一点，他也绝不会如此张扬。只有那黑人男孩是真有其事。他是阿恩海姆若干年前在意大利最南端的旅行途中从一队舞蹈者中挑选出来并领养的，既有想美化自己的成分，也搀和着一时高兴的成分，愿意从水深火热中拯救一个生灵，并为他打开精神生活的大门，从而在身上做一件善事。但是后来他很快就失去了这种兴味，只还把这个现在已经十六岁了的小男孩当仆人使唤，而在十四岁前他却曾让他读司汤达和大仲马的作品。但是尽管侍女带回家来的种种传闻如此过甚其词而且带着孩子气，以至于狄奥蒂玛不得不报以微微一笑，她却还是让侍女逐字逐句复述这些传闻，因为她觉得它们天真无邪，只有在这座唯一的“浸透着文化气息”的大城市里才会发生这样的事。而奇怪的是，这黑人少年甚至煽起了她自己的思绪。

她是一位中学教师的三个女儿中的长女，这位中学教师没有什么财产，所以当她的丈夫什么也不是还只是一个不知名的平民副领事时，他就已经被认为是她的好对象了。除了自己的骄傲以外，她在自己的少女时代没有任何别的东西，而由于这骄傲又没有任何可以让自己骄傲得起来的资本，所以它其实只是一种带有伸出感伤触刺的、蜷缩起来的得体的举止。但是这样的一种举止有时也隐藏着虚荣和梦幻，可能是一种难以估摸的力量。如果说远方国家里的远方纠葛的前景起初曾吸引过狄奥蒂玛的话，那么随之而来的就是失望；因为不多几年后，这只还对羡慕她那一丝儿异国情调的女友们构成一种被审慎利用的优势并且无法抑制这样的认识：外国使领馆里的生活依然还是和别的行李一道从家里带来的那种生活。狄奥蒂玛的虚荣心在很长时间里几乎就要终止在显贵而又毫无希望的第五等级的官阶上，直至后来一个偶然的机会突然使她丈夫得到了晋升，一个好心的和有“进步”思想的部长把这位平民官员调进内阁总理府中央机关任职。由于处于这样的地位，许多有求于图齐的人便纷至沓来，从这一刻起，在狄奥蒂玛的心中几乎令她自己惊讶不已地活跃起珍藏着的大量对“有才智的美和伟大”的回忆，她声称自己是在充满浓郁文化氛围的父母家以及在世界的各个中心，而实际上则是在高级女子学校凭自己的勤奋好学获得了这笔财富，她开始小心翼翼地利用这笔财富。她丈夫平凡而极其可靠的理智不由得也把注意力放在了她的身上，而她则做得十分得心应手，就像一小块湿海绵，把没费多大劲便把储存在自身中的东西又释放出来。一觉察到人们发现了她的才智上的优势，她便在合适的场合怀着巨大的喜悦将小小的“极其富有才智的”想法插入她的闲谈之中。渐渐地，随着她丈夫的不断升迁，越来越多的人都来趋附他，于是乎，他们的家宅便变成一座被认为是“社交和才智”交相辉映的“沙龙”。现在，在与在各个不同领域有所建树的人的交往中，狄奥蒂玛也开始认认真真地发现起自我来了。她还一直像在学校里那样注意学习，好好记住所学的东西并将其联系成一个美好的统一体，她的这种得体的举止简直是通过扩展自动变为才智，而这幢图齐府则赢得了公认的地位。

二四

产业和教育；狄奥蒂玛和莱恩斯多夫伯爵的友谊以及使著名客人与心灵统一的职务

但是由于狄奥蒂玛和莱恩斯多夫伯爵阁下的友谊这才成为一个固定的概念。

就友谊借以取名的身体部分而言，莱恩斯多夫伯爵的部分位于头和心之间这样一个地方，人们只好称狄奥蒂玛为他的知心朋友①，如果这个词儿还通用的话。伯爵阁下敬仰狄奥蒂玛的才智和美貌，却并不怀有不可告人的意图。由于他的好意相助，狄奥蒂玛的沙龙不仅获得了一种不可动摇的地位，而且如他惯常所说的，还履行着一个职务。

就他个人来说，直属皇帝和中央的伯爵阁下“只不过是个爱国者而已”。但是国家不仅由王冠和人民以及其间的行政部门组成，而且在国家内部还有另外一些东西：思想、道德、观念！不管伯爵阁下多么虔诚信教，作为一个在自己的庄园上办工厂的充满责任感的人物，他并不孤陋寡闻，也不会没认识到，今天的才智在许多方面已经摆脱了教会的监护。因为他不能想象，譬如，一家工厂、一笔粮食期货交易如何可以按宗教原则加以经营管理，而另一方面，没有交易所和工业，一座现代化大农庄便无法合理运转；而如果伯爵阁下接到他的财务主管的报告，主管向他指出，如果与一批外国投机商建立联系那么一笔生意就比在国内的拥有土地的贵族一边好做，那么，伯爵阁下在大多数情况下必然会决定赞成前一种做法，因为客观情况有其自身的理性，人们不能简简单单按感情去反对这种理性，如果作为一家大型农庄的经营管理者人不仅为自己个人，而且也要为无数别人的生存承担责任的话。有某种类似专业良知的东西，它也许和宗教良知有矛盾，而莱恩斯多夫伯爵则深信，连红衣大主教碰到这样的事也不会采取和他不一样的行动。莱恩斯多夫伯爵

① 德文原文“Busenfreund”，由“胸脯”和“朋友”复合而成。

当然也时刻准备着在上院的公开辩论会上对这表示遗憾并表示希望生活将会重新找到回归基督教原则的简单、自然、超自然、健康和必然的道路。一俟他张开嘴巴要作这样的阐述，情形就好像人们把一个插头拔了出来，而他则在另一个电路里流淌。顺带说及，大多数人在公开表态时都是这样的情况；如果有人指责伯爵阁下，说他做了他在公开场合所反对的事，那么，莱恩斯多夫伯爵一定会怀着神圣的信念严厉谴责这种说法是煽动分子的蛊惑人心的谬论，这些人对生活的广泛的责任一窍不通。尽管如此，他自己却认识到，种种永恒的真理与种种比传统的、美好的简朴纷乱得多的商业活动之间的联系是具有极其重要的意义的事情，而且他也已经认识到，这种联系哪里也不会有，只有在加深了的平民教育中才有；它将自己那些在法律、义务、道德和审美领域里的伟大思想和观念一直伸展到日常的纷争和矛盾之中，他觉得这就像一座活的杂乱植物搭成的桥。人们立足于它虽然不像立足于教会的教条那样稳固和安全，但是这完全有必要而且责任重大，由于这个原因，莱恩斯多夫伯爵不仅是一个笃信宗教的，而且也是一个热情的平民理想主义者。

狄奥蒂玛的沙龙在其成分方面符合伯爵阁下的信念。狄奥蒂玛的社交聚会之所以出名，是因为人们在重大的日子会在那儿碰上平时无法与之谈上一句话的人，这些人在某一个专业领域太有名气，以致人们简直无法与他们谈论最新的消息，人们还从未听说过蕴含着他们的世界声誉的那个知识领域的名字。这里有各学科领域里的专家，会发生一位理论语法学家碰上一位半抗原研究员、一位核化学家碰上一位量子理论学家的事，艺术和文学新流派的代表人物不计在内，他们每年更换称号并且可以在他们出了名的专业同行身旁、在有限程度上经常出入那里的沙龙。一般来说，这种交往都是这样安排的：大家杂乱着来，和谐地混合在一起；通常只有年轻的有特殊才能的人狄奥蒂玛才用单独邀请的办法使其避离这种混杂的聚会，而对于罕见和特殊的客人，她就善于不引人注目地优先照顾、兼收并蓄。使狄奥蒂玛的府第比所有相似的府第显得更为出色的，如果可以这么说的话，恰恰就是那门外汉原理；那种实用观念的原理——拿狄奥蒂玛的话来说——从前曾分布在神学核心的四周，作为一群虔诚创作的人，其实是作为一个纯粹由未出家修士和修士组成的团体，简短说，就是那个行为基本原理；而在神学已经受到国民经济学和物理学的排挤、狄奥蒂玛的有待邀请的地球上英才代表名单逐渐增长至《英国皇家协会科学论文目录》的今天，未出家修士和修女因此也就由银行经理、技术员、政治家、政府各部高级官员以及上层社会和附属于它的社会的女士和男士们组成。对妇女们，狄奥蒂玛尤其表示关切，但是比起“有智力的妇女”，她更喜欢“贵妇人”。“今天生活受到知识过重的负荷，”她惯常说，“所以我们绝不可以放弃‘不屈的妇女’。”她坚信，只有不屈的妇女尚还拥有那种与命运抗争的力量，有能力用存在力去拥抱智力，按她的观点，这智力为使自己得救显然很有必要这样做。而且，她的这种关于拥抱妇女和存在力的看法也受到年轻男性贵族的高度评价，他们经常到她的沙龙做客，因为这被认为是习俗，而且图齐司长也并非不欢迎；因为没有分裂的存在如今颇合贵族的胃口，而尤其是对于谈情说爱、做长时间倾心交谈的人来说，图齐府比一座教堂还更受欢迎，在那里人们可以成双成对地深入交谈，而不会惹人注意，这倒是狄奥蒂玛不曾料想到的。

莱恩斯多夫伯爵阁下倒是没有把这两个本身十分丰富多彩的、在狄奥蒂玛这儿混合在一起的原理称作“真正的高贵”，他用“产业和教育”这个名称概括它们；但他更喜欢使用那个“职务”概念，它在他的思想上占有优先地位。他的观点是，每一项工作——不仅是官员的，还有工厂工人或音乐会歌唱家的——都是一种职务。“每一个人，”他惯于说，“在国家都有一个职务；工人、王公、手工业者都是官员！”这是他那始终并且在任何情况下都实事求是、独立不羁的思想的结果，在他看来，最上层社会的先生们、女士们和这些文人、学者或许多尖端学科的研究者们闲谈并仔细观看在场的财政巨头们的夫人，也就是在履行一个重要的、即便是无法清楚表述的职务。这个职务概念替他取代了被狄奥蒂玛称作自中世纪以来便已失落了的人的行为的宗教统一性。

从根本上看来，所有像她这儿的这种强制的社交聚会——如果它并不完全单纯和粗糙——也确实来源于这样一种需要：佯装人性的统一，这种统一应该包括人们极不相同的活动并且是永远也不会存在的。狄奥蒂玛称这种假象为文化，并且通常加上一个特殊的修饰语称之为古老的奥地利文化。自从她的虚荣心经扩展变成才智以来，她日益频繁地学着使用这个词儿。她把这理解成为：挂在皇家博物馆里的委拉斯凯兹[①]和鲁本斯的图画；贝多芬几乎

① Diego Velaguaz(1599 — 1660)，西班牙画家。

可以说是个奥地利人的这个事实；莫扎特、海顿、斯特凡大教堂、城堡剧院；传统上隆重的宫廷礼节；云集着一个五千万人口国家最雅致的服装店的第一市区；高级官员的谨慎行事方式；维也纳的烹调；认为自己是除英国贵族以外最高贵者的贵族，以及这贵族的一座座古老的宫殿；有时散发着真正的、通常则是散发着虚假的文艺灵感的社交聚会气氛。她也把这理解成为这样的事实：在这个国家里，承蒙一位像莱恩斯多夫伯爵这样的大人物看得起，把他自己的文化宏图移置到她的府上。她不知道，伯爵阁下之所以这样做，也是因为他觉得不宜对一种往往容易失控的革新打开自己的宫殿大门。莱恩斯多夫伯爵常常暗暗惊骇自己美丽的女友谈论由人们惹起的激情和纷乱或革命思想时的那种自由和宽容态度。但是狄奥蒂玛没察觉这一点。她遵循着一种分离，在几乎可以说是职务方面的不贞洁和私人的贞洁之间，犹如一个女医生或一个社会救济机构女工作人员；如果一句话触犯她个人，那么她总像被触及了一个受伤部位似的很敏感，但是她不带个人色彩地谈论一切并且在谈话时只能感觉到，莱恩斯多夫伯爵显得很受这种混合情感的吸引。

只是，生活若不在别处拆下砖瓦来便什么也建不成。令狄奥蒂玛感到既痛心又惊讶的是，一颗很小的、梦一般甜蜜的幻想杏仁核，当她的生活尚还不含有任何别的内容时曾包含过它；当她下定决心嫁给这个看上去像带着两只黑眼睛的皮旅行箱的副领事图齐时，它也还曾存在过；可在这成功的年代里它却消失不见了。诚然，她所理解的如海顿或哈布斯堡王朝这样的古老的奥地利文化，其中许多一度曾经只是一项麻烦的学习任务，而现在她觉得生活在这样的氛围中有着一种令人着迷的魅力，这和盛夏蜜蜂嗡嗡叫一样具有英雄气概；但是，这不仅逐渐变得单调乏味，而且也费力乃至毫无指望。狄奥蒂玛及其著名的客人们的情况与莱恩斯多夫伯爵及其银行界中间人们的情况没有什么不一样；不管人们还是多么希望使他们与心灵统一起来，这就是做不到。对于汽车和X光线人们可以说，这让人产生感情，但是试问如今每天都产生出来的这无数其他发明和发现，除了完全一般性地赞叹人类的发明才干之外，人们还能拿它们怎么样呢，久而久之这给人相当呆滞的印象！伯爵阁下有时来和一位政治家交谈或让人把一位新客人介绍给自己，他热情洋溢地谈论加深教育，讲得好不轻巧；但是如果人们像狄奥蒂玛那样深入探讨这个问题，情况便表明，不可克服的障碍不是深度，而是教育的宽度。如果人们和行家交谈，那么甚至像希腊的高贵的朴素或预言家的意义这样与人休戚相关的问题也化解成为形形色色无法消除的怀疑和可能性。狄奥蒂玛体会到，著名的客人们在她的晚聚会上也总是成双成对地叙谈，因为一个人早已经充其量只能和第二个人中肯和理智地交谈，而她则实际上和谁也不能进行这样的交谈。可是狄奥蒂玛却因此而从自己身上发现了人们称之为文明的这个大家都知道的同时代人的痼疾。这是一种不利的状况，充满了肥皂、无线电波、数学和化学公式的傲慢的信号语言、国民经济、通过实验进行的研究以及人们没有能力举办一次简朴而高雅的聚会的这个事实。蕴含在她自身中的智力的贵族与社会的贵族的这种关系，这种责成她十分谨慎行事并且不顾种种成果而带来某些失意的关系，她也逐渐觉得越来越具有不是什么文化时代，而只是一个文明时代所表明的那种性质。

据此，文明就是一切她的智力所不能主宰的东西。因此，这很久以来并且首先也就是她的丈夫。

二五

一个已婚女人的烦恼

她从自己的烦恼中省悟到许多并发现，她已经失落了某种先前并不曾清楚地知道拥有过的东西：心灵。

这是什么？这从反面是容易确定的：这就是那一听见代数级数就躲起来的东西。

但是正面呢？似乎是，它正在成功地躲避种种想把握住它的努力。可能是，当时狄奥蒂玛心中曾有过某种本真的东西，一种预兆不祥的善感，当初蜷缩进她的得体行为的那件浆洗得变薄了的衣裙里的，就是现在她称为心灵并在梅特林克[1]用蜡防法印染的形而上学中重新找到的东西，在诺瓦利斯[2]

① Maurice Maeterlinck(1862 — 1949)，比利时诗人，诺贝尔文学奖获得者。

② Novalis(1772 — 1801)，德国浪漫派诗人。

的诗歌中，但尤其是在机器时代作为对自己在精神上的和艺术上的抗议的表示而曾一度喷射出来的稀薄浪漫色彩和向往上帝的无名浪潮中。也可能是，狄奥蒂玛的这种本真作为一种寂静、温柔、虔诚和善良的东西可以更精确地加以确定，它从未找到过一条正确的道路并且在命运同我们一起做铅卜[①]的时候陷入她的理想主义的奇特形式之中了。这也许是幻想；也许是对一种本能的不从属于意志的工作的预感，它天天在身体保护下进行着，一个美丽的女人通过它深情地望着我们；也许只是出现了不可表述的时刻，她感到胸怀宽广和温暖，情感似乎比通常更有活力，虚荣心和意志沉寂，一种轻微的生命陶醉和生命力充沛的感觉将她攫住，思绪远离表面指向纵深，即便它们只是针对最微不足道的事物，而世上的事件像一座花园前的嘈杂离得远远的。随后狄奥蒂玛便以为自己没费什么劲便直接看见了自己的本真；还没有名字的敏感的经历掀起了她的面纱；她顿时便感觉自己——我们只从她在有关文献中找到的众多描述中略举几项——平和、通人情、虔信宗教、接近根源的深处，这深处使一切从她心中升起的情感变得神圣，让一切不是来自她本源情感的依然带着邪恶：但是即便这一切想得很美好，但就某一特殊状况而言，不仅狄奥蒂玛从未超越过这样的预感和暗示，就是被查阅的预言者们的书籍也同样没做到这一点，那些书用同样的、充满神秘色彩而不精确的话谈论同样的事情。狄奥蒂玛没有别的办法，只好也把这归咎于一个文明时代，在这个时代里通向心灵的入口给掩埋了嘛。

很可能，她称为心灵的，无非是她在结婚的时候曾拥有过的一小笔恋爱能力资本；图齐司长没为此提供合适的投资机会。他对狄奥蒂玛的优势一开始并且长时间内都一直是上了年纪的男人的优势；后来又添上了任神秘职位的卓有成效的男人的优势。这个男人不怎么让自己的妻子看到自己的内心世界，赞许地在一旁观看她做着的种种琐事。撇开新婚燕尔不谈，图齐司长始终是一个讲求实际和注重理性的人，他从不失去内心的平静。但他的四周还是围绕着他的行为和他的西服透出的那种得体合身的宁静，他的身体和胡子的那种可以说是礼貌而严肃的气味、他讲话时那种谨慎而坚定的男中音，带着一股气息，它刺激狄奥蒂玛少女的心灵，就像主人的身影刺

① 欧洲的一种迷信风俗，新年前夜把熔铅倒进水里，以其结块形状预卜未来。

激把嘴巴贴在他膝头上的猎狗的心灵。一如这条猎狗富有情感地跟在主人身后快步小跑，狄奥蒂玛也在严肃的、讲求实际的引导下涉猎了爱情的无限风光。

图齐司长在这方面喜欢走笔直的路。他的生活习惯是一个虚荣心重的工人的生活习惯。他大清早起床，骑马外出或是散一个小时的步，这不仅有利于保持活力，而且也是一个死板而又简单的习惯，它被一丝不苟地遵循着，和认真负责、成绩斐然者的形象十分相称。晚上，如果他们没有受到邀请也不接待客人，他便立刻躲进自己的工作室，这是不言而喻的，因为他不得不将自己广博的业务知识保持在那个使他对他的贵族同事和上司获得优势的高度上。一种这样的生活设置着牢固的限制，让爱情适应其他方面的活动。和所有想象力不受色欲损伤的男人一样，图齐在单身汉时期——虽然他为了外交声望的缘故时不时带着普通的剧院女合唱队员们参加朋友们的社交聚会——曾是个从容不迫的妓院常客并且把这一习惯的有规则的气息也传导到婚姻生活中来了。所以狄奥蒂玛了解到的爱情是某种激烈的、突然爆发式的、干脆利落的东西，它每星期只让一种更强大的力量释放出来一次。两个人的行为的这一变化以分秒计，不多几分钟便变为一次关于有待补充叙说的当日重要事件的简短谈话，随后便变成平和的睡眠，这是某种人们在这段时间里从不或至多用暗示和隐喻谈及的事（就如同人们对身体的“敏感部位”用外交辞令说了一句玩笑话），这一变化却对她产生了出乎意料的和充满矛盾的后果。

一方面，这变成她的过度膨胀的概念世界的原因；这个概念世界就是那种半官方的、转向外面的个性，它那爱的力量和心灵的渴望扩展到一切在她的周围可以看得见的伟大和高贵的事物上，并且如此深切地分布在这上面、与之相联结，致使狄奥蒂玛竟给人以那种使男人概念混乱的印象，一个火红火红、却是柏拉图式的爱的太阳的印象，乌尔里希正是听人描绘了这个印象而极想认识她的。但是另一方面，婚姻接触的缓慢节奏已经纯粹从生理学角度在她内心发展成为一种习惯，它为自身的发展铺平道路并且没有和她的本性中的更高的成分产生联系便像一个雇工饿得肚子直叫唤那样表现出来，这雇工的伙食量不足，但营养倒丰富。随着时间的推移，狄奥蒂玛的上唇忽然长出小茸毛来，在她少女似的气质中混杂进成熟女人偏男性的独立性，当她意识到这一点时，着实吃了一惊。她爱她的丈夫，但是其中混合着日益增长着的厌恶，甚至一种可怕的心灵受辱的感觉，人们终究只能把这和专心致志于自己的大规模研究活动的阿基米德可能会有的感受相比，倘若当时那个陌生的士兵不是把他打死，而是向他提出一个性方面的无理要求。而由于她的丈夫既没察觉到这一点也没想到会有这样的事，可她的身体最终却每次都违背意志把自己出卖给他，她便觉得自己屈从于一种强制的控制；这大概是一种并不被认为不道德的强制控制吧，但过程却完全和想象一个怪癖的出现或恶习的不可避免一样十分令人痛苦。狄奥蒂玛本来也许只会因此而变得有点儿忧伤，变得更合乎理想。可是不幸的是，这事恰恰发生在她的沙龙也开始给她制造心灵上的困难的时候。图齐司长很自然地奖掖他妻子才智方面的努力，因为他很快就已认识到它们给自己的地位带来多大的好处，但是他从未参与其中过，不妨说，他不认真对待它们；因为这个涉世颇深的人只认真对待权利、义务、高贵的出身以及与此隔着一些距离的理性。他甚至反复告诫狄奥蒂玛，不要往她文艺方面的政府事务里搀进太多的虚荣心，因为即使文化在某种程度上可以说是生活菜肴里的盐，上流社会说到底是不喜欢吃放盐太多的菜的；他说这话时完全不带讽刺，因为这是他的信念，但是狄奥蒂玛觉得自己受到了藐视。她经常感觉到空中悬着一丝微笑，她的丈夫就带着这种微笑看待她合乎理想的努力；不管他在家还是不在家，也不管这微笑——如果他确实微笑的话，这一点并不总是确定无疑——是以特殊的方式为她而发还是只是一个必须随时显示职业生涯优越性的男人的一种脸部表情，这微笑逐渐地变得越来越让她难以忍受了，她无法摆脱这微笑自以为有的那种不光彩的合法的外表。狄奥蒂玛有时认为一个唯物主义的历史时期应对此负有责任，它把世界变成一场凶恶的、没有意义的游戏，使得处在无神论、社会主义和实证主义夹缝里的一个充满热情的人得不到使自己升华到本真的自由；但是这也不经常奏效。

当这场伟大的爱国行动紧锣密鼓展开的时候，图齐府就处于这样的状态。自从莱恩斯多夫伯爵为了不突出贵族而把活动中心移置到他女友的府上，一种没有说出口来的责任感便主宰着那里的一切，因为狄奥蒂玛决心要么现在，要么永远也不向她丈夫证明自己的沙龙不是玩具。伯爵阁下曾向她透露说，这场伟大的爱国行动需要一个主导思想，她雄心勃勃，切盼着要找到它。想象到必须调动全国的力量并在众目睽睽下去实现某种将成为最大的文化内涵之一的东西，或者说得谦虚一点，也许是实现某种将显示奥地利文化最核心本质的东西——这个想象对她产生的影响，就好比她的沙龙的门猛地开了，无尽的大海像沙龙地板的一个延伸部向门槛涌来——不容否认，她最初感受到的，是一种无法测度的、瞬间正在开启的空虚。

最初的印象往往存在着某种正确性！狄奥蒂玛确信必将会发生某种非同凡响的事，并唤起她众多的理想；她动员自己作为小女孩上历史课时的那种激情，当初她学会用富人和世纪计算；她做了人们在这样的处境必须做的一切事，但是在这样过了几个星期之后，她不由得发现自己并没有想出什么高明的主意来。狄奥蒂玛此刻对她丈夫感受到的，很可能会是仇恨，倘若她压根儿还有仇恨——一种低下的感情冲动——的能力的话；所以这变成忧郁，一种到那时为止一直是陌生的“怨恨一切”的情绪在她心头油然而生。

就是在这样的时刻，阿恩海姆博士在他的小黑人的陪同下抵达这里，此后不久狄奥蒂玛便接受了他意义深远的来访。

二六

心灵和经济的联合。能做到这一点的人想品味古老奥地利文化的巴罗克艺术风格魔力，从而给平行行动生出了一个思想

狄奥蒂玛没有什么不适当的想法，但是也许这一天在这无辜的黑人小男孩的后面隐藏着许多事，她将侍女拉喜儿从房间里打发走后，便琢磨起这些事来。自乌尔里希离开，她又和蔼可亲地听了一遍侍女的讲述，这位美丽、成熟的妇人觉得自己年轻并且像是在玩一件叮当作响的玩具。贵族，出身高贵的人曾养过黑人；她想起了诱人的情景，挂三角旗的马拉雪橇、戴羽饰的仆从和披上白霜的树；但是高贵出身的这种富于幻想的一面早已收缩。“今天的社交生活已经变得没有生气了。”她想。这是她心里的某种东西在袒护

这个还敢于收养一个黑人的局外人，袒护这个高贵而不合规矩的平民，这个像知识渊博的希腊奴隶曾羞臊过他的罗马主子那样羞臊世袭权力的闯入者。她那让众多顾忌扭曲了的自我意识把他当作知音而投奔过去，而这一与她的所有别的情感相比极其自然的情感甚至使她不理会阿恩海姆博士——尽管谣传自相矛盾，可靠的消息还没有听到——可能有犹太血统：关于他的父亲肯定有这种说法，只是她母亲去世已经很久，得过一段时间才会了解到详细情况。况且也可能是狄奥蒂玛心里怀着一种悲世悯己的思想，根本不盼望有人会起来正式辟谣。

狄奥蒂玛小心翼翼地让自己的思想离开黑人而靠近他的主人。保罗·阿恩海姆博士不仅是一个富豪，也是一个举足轻重的有才智的人。他的声誉超出了作为遍布全世界的商行继承人的身份，他在自己的闲暇时间里写了在思想进步的人的圈子里堪称非同一般的书。构成这样的纯粹智力上的圈子的人是对金钱和平民的嘉奖都不介意的；但是人们不可以忘记，如果一个富有的人使自己成为和他们一样的人，这倒恰恰因此而对他们具有某种特殊的吸引力，而阿恩海姆则在自己的纲领和书籍里宣告的没有什么比恰恰是心灵和经济或思想和权力的联合更微不足道。感觉敏锐的、对未来的事物具有特别灵敏嗅觉的英才们散布消息说，他集在这世上一般都是分开的两极于一身，并推波助澜地散布谣言，说是一种时新的力量正准备着并且有能力有朝一日使国家的、也许乃至世界的命运向好的方向转变。因为旧有的政治和外交原则及方法正在把欧洲这驾马车驶进沟里，这是一种早就普遍扩散开来的感觉，在一切方面背弃专家的时期已经开始了。

狄奥蒂玛的状况可以用愤恨较古老的外交官学校的思维方式来加以表述；所以她立刻便领悟她的和这位天才局外人的地位之间的这种奇异的相似性。况且，一有可能，这位著名人物就拜见了她，她的府第绝对是第一个获得这番殊荣，而一位共同的女友的介绍信则谈到这座哈布斯堡王朝城市的古老文化和这里的人，这位辛勤工作的人希望在处理不可避免的事务的间隙享受一番这古老文化的情趣；当狄奥蒂玛从中得知这位著名的外国人了解她才智的声望，顿时便觉得受到了像作品第一次被翻译成外语的作家那样的嘉奖。她发现，他看上去丝毫也不像犹太人，倒像一个高贵而从容不迫的腓尼基-古希腊罗马类型的人。阿恩海姆也喜不自禁，他发现狄奥蒂玛不仅读过他的书，而且作为一个身材略显丰满的古希腊罗马式女子也符合他理想中的美女形象，这是古希腊式的，多了一点丰满，因而这古典的特征倒也就不那么呆板了。狄奥蒂玛不久便察觉到，她有能力在二十分钟的谈话中为一个在全世界有实实在在广泛联系的人彻底驱散一切疑虑，而她自己囿于有些过时的外交手段的丈夫正是怀着这些疑虑伤害了她的情感的。

怀着轻微的舒适感，她在心中默默重复这次谈话。谈话刚开始，阿恩海姆便说，他到这座古老的城市里来，只是为了使自己在古老奥地利文化的巴罗克魔力熏陶下从一个今天正从事创造性工作的文明人的计算、实利主义、荒凉的理性中稍稍恢复一些元气。

这座城市里有着如此活跃的感情丰富的生活——狄奥蒂玛回答说，她对这样的回答感到满意。

“是呀，”他说，“我们没有内心的呼声了；今天我们知道得太多，理智压制我们的生活。”

这时，她回答：“我喜欢和女人交往；因为她们什么也不知道，是不反射的。”阿恩海姆说：“尽管如此，一个美丽的女人远比一个男人懂得多，男人尽管懂逻辑学和心理学，对生活却一无所知。”这时，她告诉他说，一个类似使心灵摆脱文明这样的问题规模宏大，正牵动着这里的权威人士的心；“人们必须……”她说，阿恩海姆打断她说：“这真是妙极了”；“把新思想，或者，如果可以这样说的话(这时他轻轻叹息)，压根儿就先把思想注入权力范围！”狄奥蒂玛继续说，“人们想建立由各界人士组成的各种委员会，以便确立这些思想。”但是就在这个时候，阿恩海姆说了一些极其重要的话，而且他用这样一种友好中带着热情和尊敬的口吻说了这些话，致使这个告诫竟深深铭刻在狄奥蒂玛的脑海里：用这样的方式，他惊叫起来说，是做不成什么大事情的；不是一种委员会的民主，而是只有个别的强有力的人物，既在现实中也在思想领域有经验的人物，才能驾驭这行动！

直到这里，狄奥蒂玛一直是逐字逐句复述着这次谈话，但话说到这里谈话化为一片光华；她再也回忆不起来自己回答了什么。一种不明确的、紧张的幸福和期盼已经在整个这段时间里把她抬举得越来越高；如今她的精神就像一只已经脱了线的、小小的彩色儿童气球，它闪着华美的光彩在高高的空中向着太阳飘去。紧接着就是爆裂。

这时，伟大的平行行动获得了一个思想，一个它直到那时为止还一直不曾有过的思想。

二七

一个伟大的思想的本质和内容

说这个思想是什么，这倒容易，但是这件事的重要意义却恐怕没有哪个人能描述得了！因为这正是一个让人心动的伟大思想与一个普通的，也许甚至是普通和悖理得让人不可理解的思想的区别之所在，就是这个思想处于一种熔化状态，使得自我陷入无限的远方，而反过来世界的远方则进入自我之中，而且人们不再能认清什么属于自身、什么属于无限。所以让人心动的伟大思想由一个像人的身体那样敦实却衰弱的躯体和一颗永恒的心灵组成，这颗心灵构成思想的重要意义，但并不敦实，而是每当有人尝试用冷漠的言语去把握它时便化为乌有。

说明了这一点之后，还得再说，狄奥蒂玛的伟大思想不是别的，无非就是普鲁士人阿恩海姆必须担任这个伟大的奥地利行动的精神领导，虽然这个行动嫉妒的锋芒直指普鲁士-德国。但是这仅仅是思想的死的言语躯体，谁觉得它不可理解或可笑，谁就是虐待一具尸体。至于说到这个思想的灵魂，那么就必须说明，这是一个贞洁的、被许可的灵魂，为谨慎起见狄奥蒂玛可以说是在她的决定里还为乌尔里希留下了一句遗言。她不知道，她的表兄——在比阿恩海姆更低的平地并受到他的影响的遮蔽——已经给她留下了印象，而倘若她明白了这一点的话，她大概会鄙视自己的；但是，尽管如此，她还是本能地采取了一个相应的措施，她在自己的意识面前宣布他为"不成熟"，虽然乌尔里希年龄比她大。她拿定了主意要同情他，这让她坦然地确信，不挑选他而是挑选阿恩海姆领导这个责任重大的行动是她应尽的本分；但是另一方面，在她酝酿出了这个决定之后，心头也不由得生出一种女性的想法，觉得这位受冷落的人如今需要而且也配得上她的帮助。他若短缺什么，那么获得它的最佳途径莫过于在这个伟大行动中出一份力了，这给他提供频繁在自己和阿恩海姆身边逗留的机会。所以狄奥蒂玛也决定了这件事，不过这些当然仅仅是增补性的考虑。

二八

每一个对研究思维没有特殊看法的人都可以略过的一章

这当儿，乌尔里希正坐在家里的写字台前写着什么。他已经把这份研究材料拿了出来，几周前他决心回来时中断了这项研究；他不想把这项研究进行到底，他只是感到开心罢了，这一切他还始终都能办成。天气很好，但是在最近几天里他只是离开过这幢房屋不多几步远，他连外面的花园里都没去，他拉上了窗帘，在减弱了的光线下工作，像观众还没入场前在半明半暗的杂技场上向正厅前排座位上的行家们表演险而新的跳跃的杂技演员。这种在生活中无与伦比的思维的准确性、力量和可靠性使他心中几乎充满了忧郁。

他把那张写满公式和符号的纸推回去，最后在那上面写上了水的物态方程作为物理实例，以便应用一个他所描述的数学过程；但是他的思想开小差却已经有一会儿了。

“我没有给克拉丽瑟讲过什么关于水的事吗？”他暗自思忖，却不怎么回想得起来了。不过，这也无所谓，他漫不经心地遐想。

可惜在文学作品中再没有什么比一个思维着的人更难描绘的了。有一回有人问一位大发明家，他是怎么搞的，他怎么会想出这么多新东西来的，对此他回答说：因为我不停地想着它们。事实上，人们确实可以说，出乎意料的想法不是通过别的途径，而是通过人们的期待而产生的。其中相当一部分的想法是性格、持久的意向、坚忍的功名心和不间断的工作的结果。这样的恒定不变势必有多么的索然无味！在另一方面，一项智力上的任务解决起来又和一只狗嘴里衔着一根棍棒想通过一扇窄门没有多大的不同；这只狗左右转脑袋，直到棍棒从门里滑过去，我们的做法完全和这相似，区别仅仅在于，我们不是毫无选择地瞎碰瞎撞，而是凭着经验就已经大致知道应该怎么做。如果说一个聪明人很自然地在转动方面也远比一个笨人更熟练、更有经验，其实说到底连他自己也是颇感惊异的，居然一下子就滑过去了，人们分明感受到思想没等创立者便自行顺利拓展开来，对此心里有一种轻微的茫然不知所措的感觉。从前人们也曾把这种茫然不知所措的感觉叫作灵感，如今许多人把这叫作直觉，并且以为必须从中看到某种超个人特色的东西；但是这只是某种无个人特色的东西，也就是交会在一个头脑里的那些事情本身的亲和性和同属性。

脑袋越好，从脑袋感知到的东西也就越少。所以只要思维没结束，这其实便是一种相当可怜的状况，类似全部大脑回路的一种绞痛，而一旦思维结束，它也就不再具有人们借以经历它的那种思想的形式，而是已经具有了想到的事物的形式，可惜这是一种无个人特色的形式，因为思想随后便转向外面并作好了传导给世人的准备。在某种程度上可以说，如果一个人在思维，那么人们就不能捕获有个人特色和无个人特色之间的那个瞬间，所以思维显然让作家们感到无比困窘，他们都乐意避开它。

但没有个性的人却琢磨开了。人们应该从中得出结论嘛，这当中至少有一部分不是一件带个人特色的事情。那这是什么呢？消亡和熄灭的世界；世界的方方面面在一个头脑里形成。他根本没有想起什么重要的事情来；他把水作为例子加以研究之后就什么也没想起来，只想到水是一种客观实体，它的面积等于陆地的三倍，即使人们只考虑到每一个人所看到的那种水，即江河、大海、湖泊、溪泉。人们长时间里一直以为水和空气同源。伟大的牛顿这样做了，尽管他的大多数其余思想还像今天的人。按希腊人的观点，世界和生命起源于水；那是一个神：俄刻阿诺斯[①]。后来人们编造出女水怪、女精灵、女水神、仙女。人们在河岸湖滨建造了寺庙和神谕宣示所，但是人们也在泉源之上盖了希尔德斯海姆、帕德博恩、不来梅的大教堂。瞧，这些大教堂如今还在吧？人们如今还用水施洗礼吧？不是有好水的人和自然治疗法

① Oceanus，希腊神话中的大洋神。

信徒吗，他们的心灵有着某种特别幽暗深沉而健康的东西吗？原来世界上有一处地方像一处被抹掉的地方或遭践踏的草地。没有个性的人自然也在某种程度上意识到了这新时代的知识，不管他是否恰好想到了这一点。所以，水是一种无色的、只是在厚层里才显出蓝色的、无臭无味的液体，这些话人们在学校里经常背诵，是永远也不会忘掉的，虽然从生物学上来说其中也有细菌、植物质、空气、铁、硫酸的和重碳酸的石灰，而且从物理学角度来看所有液态的原型从根本上看来都不是液态，而是视情况不同分别是固态、液态或气态。最后，这整个儿化解为各种公式系统，它们彼此有着某种关联，而在这广阔的世界上甚至只有几十个人对一样简单如水的东西有着同样的想法；所有其余的人都用在今天和几千年之间的从前的某个地方通用的语言谈论它。所以人们必须说，一个人只要稍许想一想，那么在一定程度上便可以说正在陷入相当混乱的社会之中！

于是乌尔里希也回想起，他确实曾对克拉丽瑟讲述过这一切，她像一头小动物那样缺乏教育，但是尽管她有着种种错误看法，人们却模糊地感觉到与她有一种一致。这就像用一根热针刺了他一下似的。

他恼火。

这种大家都知道的、由医生们所揭示的思维的能力，这种化解和消释从自我的深沉领域生出的根深蒂固、纠结不清的争执的能力，很可能纯粹以它那社会的和外界的、把单个的人和其他的人和事物联结在一起的本性为基础；但是可惜那把它的疗效给他们的东西和那减少他们的个人经历性质的东西似乎是一回事。顺便提及，一个鼻子里的一根毛发，其分量比最重要的思想还重，而行为、感觉和情感在其重复出现时便给人以经历了一个过程，一个或多或少大的、个人的事件的印象，而不管它们是多么的寻常和不带个人特色。

“愚蠢，”乌尔里希心想，“但情况就是这样。”他就像那个既愚蠢又深刻的、令人激动的、直接触及自我的印象，人们一嗅他的皮肤就会有这个印象。他站起来，把窗帘拉向一边。

树皮还带着清晨的潮湿。外面街上弥漫着青紫色的汽油雾气。太阳照射进去，人们熙来攘往。这是一种秋天里的春天，秋天里的一个不合时令的春日，是城市用魔术变出来的。

二九

一种正常的意识状态的说明和中止

乌尔里希和博娜黛婀约定了表明他独自一人在家的信号。他总是独自一人，但是他不给这信号。他早就不得不对博娜黛婀戴着帽子蒙着面纱突然走进来做好了准备。因为博娜黛婀极端嫉妒。如果她拜访一个男人——哪怕只是为了告诉他，她蔑视他——她到达时总是满怀着内心的虚弱，因为一路上的印象以及她所遇到的男人们的目光在她心中摇荡，好像使她得了轻度晕船症。但是如果这个男人猜到这一点并径直向她走去，虽然他在这么长的时间里冷酷无情没搭理过她，那她就会在感情上受到伤害，责骂他，尽说些责备的话而推迟进行自己迫不及待期盼着的事，并且带有一只翅膀被子弹打穿了的鸭子的味道，这只鸭子掉进了爱情的海洋，想通过泅水而使自己得救。

有一回博娜黛婀果真突然坐在这里，哭泣并觉得自己受了奸污。

在这样的对自己的情人生气的时刻里，她情绪激昂地请求丈夫原谅她的失足。按照不忠实的女人为不致因说了一句考虑不周的话就暴露自己而使用的行之有效的老规则，她给他讲了那位有趣的学者的事，说是她有时在一位女友的家里遇见这位学者，但不邀请他，因为他在社交生活上太过于娇惯，不肯从自己的家到她的家里来，而她又不够尊重他，不会不顾一切地去邀请他。包含在这些话里的一半真话使她撒起谎来容易些，而那另一半她则归咎于她的情人们——她心里在想，如果她又突然减少与这位被推到前台来的女友的来往的话，她的丈夫会有什么想法呢？她该怎样使他明白这种爱慕之心的波动？！她尊重真实，因为她尊重一切理想，而乌尔里希则强迫她不必要地背离这些，从而污辱了她！

她和他大吵大闹，而当争吵过去后，责备、保证、亲吻便涌进这由此而产生的真空之中。当这些也过去之后，就什么事也没发生；回涌过来的日常琐谈填满空虚，时间像一杯淡而无味的水那样生出了小水泡。

“一撒起野来，她漂亮多了，”乌尔里希心里暗想，“随后这一切又进行得多么机械。”她的模样感动了他并诱使他做出温柔多情的举动；现在，在这已经发生之后，他又觉得，这和他多么不相干。这显示出使一个健康的人变成愤怒的傻瓜的这种变化快捷得简直令人难以置信。但是他觉得，这种意识上的爱的转化是一种带有某种一般性得多的东西的特殊情况；因为今天，一场戏、一场音乐会、一次礼拜，所有的抒发胸臆都是这样的迅速又被溶化的岛，都是一种暂时被推入寻常状态的第二意识状态之岛。

“不久前我还曾工作过，”他想，“我先到街上去买了纸。我和一个在物理学会里认识的男子打了招呼。不久前我曾和他进行过一次严肃的辩论。现在，如果博娜黛婀愿意快点走的话，那么我还可以去查阅一下我现在从门缝里看到的那几本书。但是这中间我们已经从一片精神错乱的云彩中飞过了，这相当地让人感到不舒服，不知道这些完好的经历现在将怎样在正在消失的缺口上重新合上并显示出自己的坚韧性来。”

但是博娜黛婀不急不忙，于是乌尔里希不得不想点别的事。他青年时代的朋友瓦尔特，已经变得有点儿脾气古怪的小克拉丽瑟的丈夫，有一次曾这样说他：“乌尔里希总是全力以赴地做他并不认为必要的事！”他恰恰在这个时刻想起这件事来；“今天对我们所有的人都可以这么说。”他想。他记得很清楚：一个木质阳台围绕着避暑别墅的四周。乌尔里希是克拉丽瑟父母的客人；那是在结婚前的不多几天，瓦尔特嫉妒他。瓦尔特嫉妒起来真了不得。乌尔里希站在外面的阳光下，克拉丽瑟和瓦尔特走进阳台后面的房间。他偷听他们，没有躲藏。顺带说及，今天他只还记得那一句话。然后还有那情景；深深的阴暗笼罩着房间，就像一只起皱的、稍稍打开的口袋挂在沐浴在耀眼阳光中的外墙上。瓦尔特和克拉丽瑟就在这只口袋的皱褶里；瓦尔特痛苦地拉长了脸，那模样就仿佛那上面有长长的、黄色的牙齿似的。或者不妨说，一对长长的、黄色的牙齿摆放在一只衬上黑丝绒的小盒里。这两个人则幽灵般地站在那儿。这嫉妒当然是胡闹；乌尔里希对朋友的妻子没有兴趣。但是瓦尔特一直都有一种很特殊的能力，一种强烈的感受能力。他从来也不会得到他想要的东西，因为他有这么多的感受。他心里似乎有一台悦耳的小幸运和小厄运的音响放大器。他总是支付小的金、银情感币，而乌尔里希则更多做大动作，在某种程度上可以说是用思想支票，支票上写着巨大的数字；但是这毕竟只是纸。如果乌尔里希想象瓦尔特的典型形象的话，那么他便躺在树林旁边。那么他就是身穿短裤并令人惊讶地穿着黑色长筒袜。他没有男子汉的大腿，既不是强壮有力、肌肉发达，也不是干瘦而结实，而是长着姑娘那样的大腿，一个不是很漂亮的姑娘，长着柔软的不漂亮的大腿。他枕着双手观望着外面的景色；天知道，人们后来干扰了他。乌尔里希记不得在一件什么让人铭记在心的事情上曾见过瓦尔特这副模样；这个形象是自己浮现出来的，像一个紧凑的印记，过了十五年之后。一回忆起瓦尔特当初曾嫉妒过自己，他心头便美滋滋漾起一股激动之情。所有这一切都是在一个人们尚还对自己感到愉快的时期里发生的。乌尔里希心想："现在我已经去过他们那儿几次，而瓦尔特却还没回访过我。但是，尽管如此，今晚我还是可以再拜访他们，我才不管这些呢！"

他打算等博娜黛婀一穿好衣服便通知他们；当着博娜黛婀的面不宜做这样的事，因为无聊的盘问将不可避免地接踵而至。

由于思想是快捷的而博娜黛婀还久久没穿好衣服，他便又想到了什么事。这一回是一种小小的理论；它简单明了，供他消磨时光。"一个年轻人如果才智活跃，"乌尔里希暗自思忖，大概还是指青年时代的朋友瓦尔特，"那就会不断地放射出各种倾向的思想。但是只有那引起周围共鸣的，才又向他反射回来并凝缩，而所有其他派出去的均散乱地消失在空间！"乌尔里希立即便以为，一个有才智的人拥有任何一种类别的才智，致使才智比个性更原始；他自己是个有许多矛盾的人并想象，在人类身上迄今已表现出来的所有个性都彼此相当靠近地蕴含在每一个人的才智里，如果他压根儿有才智的话。这可能不完全正确，但我们所知道的有关善与恶的生成情况，倒和这种情况完全相符：每一个人有自己的内心尺码，可以用这个尺码去衡量各种不同的衣服，如果命运给他准备好它们的话。于是乎，乌尔里希便觉得他刚才所想到的也并不是完全没有意义。因为如果随着时间的推移寻常的和不带个人特色的主意完全自动得到加强、不寻常的主意渐渐消失，以致几乎每一个人都以一种机械的联系使得所有可能性变得越来越平庸的话，那么这却说明了，为什么尽管我们面前有着千百种可能性，但普通人还是普通人！它也说明了，甚至在事业有成、获得好评的佼佼者们当中也有一种大杂烩，这部分人大约有百分之五十一的深刻和百分之四十九的肤浅，并且获得最大的成功，而很久以来乌尔里希就已经觉得这如此错综而又无意义、难以忍受而又可悲，以致他竟乐意继续对此作一番思考。

他受到了干扰，博娜黛婀还一直没发出已穿好衣服的信号；透过门缝仔细一看，他发现她已经停止穿衣。她觉得，既然是共度良辰美景的最后几个时刻，心不在焉就很要不得；对他的沉默她感到了委屈，她等待着，看他会做出什么事来。她已经拿起一本书来，幸亏书里有漂亮的艺术史插图。

乌尔里希再次作这样的观察时，觉得自己已经等得不耐烦，便陷入一种不明确的焦灼之中。

三〇

乌尔里希听见声音

他突然一凝神，仿佛是从一个已生成的裂口观看似的，他看见了克里斯蒂安·莫斯布鲁格尔，那个木匠，还看见了他的法官们。

对于一个不这样想的人显得可笑已极地，法官说道："为什么您洗掉了手上的血迹？为什么您扔掉了那把刀？为什么您在作案后穿上了干净衣服和衬衫？因为是星期天吗？不是因为衣服上有血迹吗？为什么第二天晚上您到一家舞厅跳舞去了？这罪行没妨碍您去做这件事？您根本就不觉得后悔？"

莫斯布鲁格尔心头一颤：牢房里的老经验，人们必须假装后悔。这心头的颤动扭歪了莫斯布鲁格尔的嘴，他说："当然觉得后悔！"

"可是您曾对警察说过：我不觉得后悔，而是只感觉到满腔的憎恨和愤怒！"法官立刻打断他的话。

"可能是，"莫斯布鲁格尔说，神态又坚定和优雅了起来，"可能是，我当初没有别的感受吧。"

"您是个身材高大、体魄强壮的人，"检察官插话，"您怎么会怕黑德维希呢！"

"检察官先生，"莫斯布鲁格尔微笑着回答，"她一个劲儿拍马屁。当时我想象她一定比我平时对这样的女人所估计的更残忍。我看上去确实身体强壮，我也是身体强壮……”

“那就对了嘛。”庭长咕哝道，一边翻阅着案卷。

“但是在某些场合，”莫斯布鲁格尔大声说，“我谨小慎微，甚至胆小怕事。”

庭长的眼睛飞快从案卷上抬起来；像两只鸟儿飞离一棵树枝似的，它们离开刚才蹲在那上面的那个句子。“想当初您和同事在建筑工地上发生争执时，可是一点儿不胆小怕事！”庭长说，“其中的一个让您扔下两层楼去，其他的人让您用刀……”

“庭长先生，”莫斯布鲁格尔厉声喊道，“我的看法今天仍然是……”

庭长一挥手。

“冤屈，”莫斯布鲁格尔说，“这必然就是我的残忍的基础。我是作为一个头脑简单的人来出庭受审的，我曾以为，法官先生们反正什么都会知道的。但是你们让我失望了！”

法官的脸早已又埋在案卷里了。

检察官面带微笑，和蔼可亲地说：“可是黑德维希却完全是一个清白无辜的姑娘！”

“我觉得她并不是这样！”莫斯布鲁格尔回答，一直怒气冲冲的。

“我觉得，”庭长最后强调指出，“您总是会把过错推给别人！”

“那么您为什么拿刀子捅她？”检察官和颜悦色地又从头开始。

三一

你认为谁对

乌尔里希曾旁听过庭审情况，抑或仅仅读过报导里的情况。这些情况他现在记得清清楚楚，仿佛听见了声音似的。他生平还从未“听见过声音”；老天爷作证，从前他可不是这样的。但是如果人们听见它，那么这就是像降雪那样静寂地降临的；这里一下子有了墙壁了，从地上直耸入天空；从前空荡荡的，如今人们迈步穿过柔软、厚实的墙，而所有在空气笼中从一处跳向另一处的声音如今却在直至中心都紧密相连的白色墙壁内自由行走。

他大概因工作和烦闷而受到过度的刺激，于是有时就会发生这样的事；但是他觉得听见声音根本就不是什么坏事。他突然小声说："人们有一个第二故乡，在那里他们所做的一切都是无罪的。"

博娜黛婀摆弄一根绳子。这期间她已经走进他的房间里来。她不喜欢这谈话，她觉得这味道不正，那个谋杀姑娘的凶犯的名字，在报上经常读到的那个名字，她早已忘记了，当乌尔里希谈论起它时，她这才勉勉强强地又慢慢想起这个名字来。

"但是如果莫斯布鲁格尔，"过了一会儿他说，"能够引起这个令人不安的无罪的印象，那么很可能倒是那个可怜的、无人照管的、忍饥挨冻的姑娘，那个头巾下面长着一双鼠眼的人，那个黑德维希，是她乞求到他的房间里栖身并因此而被他杀害了？"

"算了吧！"博娜黛婀建议，并抬起两个白肩膀。因为当乌尔里希转而谈论这个话题时，恰恰是那个被恶意选择好的时刻，他受了委屈并渴望复合的女友半已向上提起的衣裳在她来到这房间里之后重新在地毯上堆成了从中升出阿佛罗狄忒的那个小小的、带迷人神话色彩的泡沫凹穴。所以博娜黛婀准备憎恶莫斯布鲁格尔，对他的牺牲微微打一个寒战便算了事。但是乌尔里希不理这茬，一个劲儿向她描绘莫斯布鲁格尔所面临的命运。"两个男人将把绞索套上他的脖子，倒不是因为他们对他怀有一丝一毫的恶意，而仅仅是因为他们这是有偿服务。也许会有一百个人在一旁观看，有的是出于工作需要，也有的是因为每一个人都很想在一生中有机会看一个处决的场面。一个头戴礼帽、身穿大礼服、手戴黑手套的神情庄严的男子拉紧绞索，与此同时他的两个助手抓住莫斯布鲁格尔的双腿吊着，好让他一命呜呼。然后那个戴黑手套的男子便把手放在莫斯布鲁格尔的胸口，露出医生那样的忧虑神态检查心脏是否还在跳动；因为如果心脏还在跳动，那么这整个过程就得有些不耐烦地、少带一些庄严肃穆地重做一遍。现在你究竟是赞成莫斯布鲁格尔还是反对他？"乌尔里希问。

博娜黛婀已经缓慢和痛苦地像一个在不合适的时刻被叫醒的人那样失去

了“情绪”——她惯于这样来说自己一时兴起的与人私通。现在，在她的双手已经犹豫不决地扶了好一会儿正在掉落的衣服和已解开的紧身胸衣之后，她不得不坐下。一如每一个处于类似境地中的女人，她也坚决相信一种公共秩序，它是如此公正，以至于人们可以致力于自己的私人事务而不必去想着它；但是如今，有人提醒她注意相反的观点，对莫斯布鲁格尔，对这个牺牲品的同情态度便迅速在她心中确定下来，排除了对莫斯布鲁格尔、对这个有罪的人的每一个想法。

“原来你，”乌尔里希断言，“每一回都是赞成牺牲品、反对行为的。”

博娜黛婀说出了这种可以想见的感觉：在这样的场合这样的谈话是不得体的。

“但是如果你的判断如此彻底地针对行为，”乌尔里希不立刻道歉，反倒回答说，“那么你想怎样为自己的通奸辩护呢，博娜黛婀？！”

尤其是多数通奸都是味道不正的！博娜黛婀沉默不语，面带鄙夷不屑的神情坐到一把沙发椅上，气愤地抬头看着墙壁和天花板的接缝处。

三二

一位少校夫人的被忘却的、极重要的故事

觉得自己和一个显而易见的傻瓜相似，这是不适宜的，乌尔里希也不这样做。但是为什么一个专家断言莫斯布鲁格尔是个傻瓜，而另一个则断言他不是呢？新闻记者们哪儿来的这种敏捷和客观，竟如此精确地描绘出他使用刀子的细节？莫斯布鲁格尔因为有了哪些个性而引起那样的轰动、让人感到有点毛骨悚然，对于居住在这座城市里的二百万居民的一半来说，这大致就相当于一场家庭纷争或解除婚约，搅得人心神不安，抓住了心灵平素静止的领域，而他的案例在外省城市不过就是小菜一碟，在柏林或布雷斯劳更算不了一回事，那儿人们时不时不就有自己的、自己家庭里的莫斯布鲁格尔们？乌尔里希思索着社会和自己的牺牲品进行着的这场可怕的游戏。他感觉到这

场游戏正在自己内心重现。没有任何意愿在他内心颤动，既不愿意去解救莫斯布鲁格尔，也不愿意向公正伸出援手，而这种情感则像一只猫的头发那样竖立起来。因为有着某种陌生的东西，莫斯布鲁格尔比他所过着的他那自己的生活与他更休戚相关；他像一首朦胧的诗那样攫住他，在这首诗里一切都有点儿扭曲和错位并显示出一种破碎地在情感深处飘浮着的意识。

“惊险浪漫精神！”他打断自己的思路。他觉得，欣赏梦幻和神经官能症被容许形态中这种惊险或不容许的东西，这和市民时代的人似乎很相称。“非此即彼！”他想，“不是我喜欢你就是我不喜欢你！不是我为你的全部恶行辩护，就是我打自己的嘴巴，因为我在玩弄你的恶行！”末了，甚至连一种冷漠但有力的惋惜也是适宜的；今天已经可以做大量的工作，去防止出现这样的事件和人物，如果社会要求这样的牺牲品作出道义上的努力，而自己却只愿意付出其中的一半辛劳的话。但是随后也还会产生出一个完全不同的方面，不妨从这个方面去观察这件事，于是乌尔里希的心中升起奇特的回忆。

我们对一个行为的判断从来就不是对这行为的受上帝酬报或惩罚的那一面的判断：够奇怪的，这话是路德说的。大概是受了一个神秘教徒的影响，他一度和神秘教徒们过从甚密。很可能另有一些信教者也说过这样的话。按市民的说法，他们都是不道德的人。他们区分罪孽和尽管有罪但仍可未受玷污的灵魂，几乎就像马基亚维利①区分目的和手段那样。他们的那颗“人道的心”被人“偷走了”。“在基督身上也有一个外表的人和一个内心的人，一切他针对着外表的事物所做的，他都是以外表的人为基准做的，而那个内心的人却一动不动，孤寂地站在一旁。”埃克哈特②如是说。说到底，这样的圣徒和信教的人说不定是有能力甚至宣告莫斯布鲁格尔无罪的?！自那以来人类已经进步了；但是即便人类将杀死莫斯布鲁格尔，他仍还是喜欢尊敬那些也许会宣告他无罪的人。

这时乌尔里希想起了一句话，在说这句话之前就已有过一连串不愉快的事。这句话是这样的：“搞兽奸的人可能在人群中行走，而并不担心会出什么事，他的眼睛里可能含着一个孩子的那种显而易见的笑意；因为一切都取

① Niccolò Machiavelli(1469 — 1527)，意大利政治家、历史学家。

② Meister Eckehart(1260 — 1328)，德国神秘教徒。

决于一个看不见的原则。”这和头几句话没有多大不同，但是它在自己那小小的夸张中散发出甜丝丝的腐败的气味。情况表明，有一个房间和这句话相配，一个桌上摆黄色法语小册子的房间，挂着用连接起来的玻璃棒做的权当房门的帷子——一种感觉在胸中油然而生，就像一只手伸进一只开了膛的母鸡体内，把心掏摸出来那样的感觉：因为这句话是狄奥蒂玛在他登门拜访时自己主动说出口来的。而且这句话还是一位同时代的作家说的，乌尔里希在青年时代曾喜欢过这位作家，但此后便学会把他当作一个沙龙哲学家，而类似这样的话很不合人的心意，就像被浇上香水的面包难吃一样，以至于人们好几十年都不再愿意听到这样的话。

但是不管由此而在乌尔里希心头激起的嫌恶多么强烈，此刻他还是觉得，他一辈子受阻，没回到那门神秘语言的那些其他的、真正的原理上来，这是卑劣的。因为他对它们有一种特别的、直接的理解能力，简直可以说是一种超越理解的熟悉；然而他却还是从来也未能下定决心，完全信奉它们。它们就像——这样的原理用一种亲爱和睦的声音呼吁他，用一种柔和而模糊的与数学和学术语言的专横口吻相对立的丰富的精神生活，但人们却说不出，这是什么样的精神生活——坐落在他的职业活动之间的岛屿，与陆地不相连，人迹罕至；但是只要了解过这些岛屿，那么，稍一眺望它们，他便会觉得，人们能感觉到它们与陆地有关联，就好比这些只是互相稍稍分离的岛屿坐落在一个隐藏其后的海滨对岸，或者就是一个在史前时代毁灭的大陆的残余部分。他感觉到大海、雾和沉睡在黄灰色光中的低矮和幽黑陆脊的温和。他回忆起一次小小的海上旅行，一次按“旅行吧”、“想想别的主意吧”模式的逃避，并且清楚地知道，哪个奇特的、被荒谬地施以魔术的事件通过其威慑力量一劳永逸地挤到所有类似的事件的前面。一个二十岁的人的心在胸膛里跳动了一个瞬间，随着自那以来的岁月的推移，他的胸脯上长毛发的皮已经变厚变粗了。他觉得一颗二十岁的心在自己三十二岁的胸膛里的跳动就像一个少年被一个成年男子的猥亵的亲吻。尽管如此，这一回他不躲避这回忆。这是对他作为二十岁的人在一个年龄上以及尤其是家庭生活老练程度上都比他年长得多的女人那儿感受到的一种结局奇异的激情的回忆。

颇能说明问题的是，他只模糊不清地记得她的相貌；一张神态拘谨的照片以及他独自一人并思念她的时刻里的记忆，这担负起了直接回忆这个女人的脸庞、衣服、动作、语声的任务。在此期间，她对他来说已经变得如此陌生，以至于认为她是一位少校的妻子的这种说法让他感到有趣而不可信。“现在她大概早就是一位退役上校的妻子了吧，”他这样想。在团队里大家议论纷纷，说她是一个受过正规训练的女艺术家，一位钢琴独奏家，但按其家人的愿望从未公开显露过这一技艺，后来她一结婚这事反正也就不可能了。她确实在团队庆典上弹得一手漂亮钢琴，带着飘浮在情感深谷上空的金灿灿太阳的光辉，而乌尔里希则一开始就不是爱这个女人感官上的存在，而是爱她的概念。这位当初用着他的名字的少尉并不腼腆；他的眼力已经在普通女人身上练习过，甚至还在某些品行端正的女人那儿窥见过那条轻轻踩出的通向她那儿的秘密小径。但是对于这“炽热的爱情”，如果说这些二十岁的军官们压根儿有什么渴望的话，这对他们来说是某种别的东西，一种概念，超出他们力所能及的范围，像只有很大的概念才有的那种缺乏阅历并且正因如此才耀眼而空洞。当乌尔里希生平第一次看到自身有运用这一概念的机会时，这事也就必定会发生；少校夫人所承担的角色无非就是提供促使一种疾病爆发的最后契机罢了。乌尔里希患上恋爱病了。而由于真正的恋爱病不要求占有，而是一种温柔的袒露胸臆，人们乐意为此而放弃占有恋人的袒露胸臆，所以少尉以一种少校夫人还从未听说过的不寻常和坚忍的方式向她解释这个世界。星辰、细菌、巴尔扎克和尼采在一只思想漏斗里旋转，他越来越清楚地感觉到这只漏斗的尖端针对着某些按当时时尚不合乎规矩的差别，这些差别将她的肉体和他的肉体分开。她被爱情与按她的意见直到那时还从未和爱情有什么相干的问题的这种紧迫关系搞糊涂了。有一回骑马溜达，他们牵着马行走着，她让乌尔里希握了一会儿自己的手并惊骇地发现这只手像失去知觉了似的搁在了他的手里。霎时间从她的手腕至膝头熊熊烧起一阵火，一个闪电击倒这两个人，他们几乎跌倒在路边，他们在苔藓上坐起，狂热地互相亲吻，最后不知所措了，因为这爱情是如此炽热和异乎寻常，以至于他们感到惊异，除了人们在这样拥抱时惯常所说所做的以外，他们竟想不起什么别的新鲜的来。变得烦躁起来的马匹终于使两个相爱的人摆脱了这种处境。

少校夫人和太年轻的少尉的爱情就其全部过程而言也依然是短促和不真

实的。他们惊讶不已，他们还互相搂抱过几次，他们俩感觉到某种情况不对头，即便他们摆脱了衣服和伦理道德的一切障碍也不会在他们拥抱时让他们交媾。少校夫人不想拒绝一种她觉得自己无法判断的激情，但是她在内心暗暗激烈责备自己，为了她的丈夫和年龄差别的缘故，于是乎，当乌尔里希有一天用杜撰得并不充分的理由通知她，说他要开始度长假了，这位军官太太含着眼泪舒了一口气。可是乌尔里希当时已不再有什么别的愿望，他只想纯粹由于爱而尽可能迅速地远离这爱情的发祥地。他坐上火车盲目行驶，直至在一处海滨铁路到达尽头，他便坐一艘小船登上他所看到的最近的那座岛屿，在一个陌生的、意外发现的地方他停歇下来，凑合着住下并胡乱吃了点东西，当即在头一个夜晚便给情人写了一系列长信中的第一封，这些信他从来也没有寄出。

这些白日也充满于他内心的静夜信，后来让他给弄丢了；这大概也是它们命中注定。起先他在信里对他的爱情和由此而产生的种种想法还写得很多，但是不久这就越来越让位给风景描写。早晨，太阳把他从睡梦中唤醒，当渔夫们在水面上，渔妇和孩子们在屋子附近，他和一头在岛上这两个居民点之间的丛林和山梁上吃草的驴似乎就是这一块奇异地冒出来的陆地上仅有的较高级的生物了。他学这头伙伴的样，爬上一块石头，或者躺在岛屿边上与大海、岩石和天空做伴。这话说得并不过分，因为大小的差别渐渐消失，就像在这样的共处中精神、生物界和非生物界之间的差别也在渐渐消失，而且事物之间的每一种差别都在变小。说得客观一点，这些差别大概既没有消失也没有缩小，但是它们的重要性减弱了，人们“不再臣服于人性的分离”，这和为爱情神秘主义所攫住的信神的教徒们所描绘的完全一样，当初这位骑兵少尉对他们还一无所知。他也不思索这些现象——人们一般都会像猎人追寻野兽踪迹那样去探究一次观察的结果并对它进行认真考——他甚至都不去感知它，而是吸收它。他沉迷于景色，虽然这完全可以是一种非言语所能描绘的被支撑住的感觉，而如果世界超越他的眼力，那么它的意义便从内部乘着无声的波浪向他拍击过来。他已经到了世界的心脏；从它到远方的情人就和从它至最近的那棵树一样远；心灵感应联结没有空间的人，就像在梦中两个人可以步行穿越过对方，而又不互相混合，这心灵感应改变他们的全部关系。但是除此以外，这种状况与梦幻毫无共同之处。它是清晰的并且盈满了清晰的思想。只不过就是他心中丝毫也不思考原因、目的和身体的渴求，一切在总是更新的圈子里传播开去，就像一道没有尽头的光线射进一个水池里。他在信里所描写的东西，无非如此而已。这是一种完全改变了的生活形态；没有成为普遍注意的中心，没有鲜明的轮廓，这样看上去，一切属于这种生活形态的反倒有点儿弥散和模糊；但是显然它又让别的中心充满了柔弱的信心和明朗。因为生活的全部问题和事件都呈现出一种无法比拟的宽和、柔软和安宁，同时还呈现出一种完全改变了的意义。譬如一只甲虫从思维着的人的手旁走过，那么这就不是一种接近、走过和离去，这不是甲虫和人，这是一件难以描绘的激动人心的事件，甚至连一个事件都不是，而是虽然这事发生了，但仍还是一种状态。凭借着这样的寂静的经验，平素构成日常生活的一切内容均获得一种革命性的意义，而乌尔里希则总是碰上这样的事。他对少校夫人的爱在这种状况下也迅速呈现出命中注定的形象。有时他试图想象他不断思念着的那个女人的形象并设想，在这同一个时刻里她可能在做些什么事，他对她的饮食起居了如指掌，所以设想起来很是轻车熟路；但是一俟设想成功，一俟眼前浮现出这情人，他那变得极具预见性的感觉顿时便变得无识别能力，于是他不得不努力把她的形象迅速又减低到有一位高贵的情人在某地为他而存在这样一种极度快乐的信念。没过多久，她就完全变成了不带个人特色的力量中心，变成他的照明设施的已沉没的发电机，后来他给她写了最后一封信，在这封信里他向她解释，这种高贵的爱情生活其实和占有及结合的愿望一点儿也不相干，它们源出于储存、据为已有和贪食的范畴。这是唯一的一封被他寄出的信，大致上曾是他的恋爱病的高潮，不久，随之而来的便是结束和突然中断。

三三

与博娜黛婀决裂

在此期间，博娜黛婀已经伸展四肢仰面躺在沙发榻上，因为她不能老是看天花板嘛，她那柔滑的母亲的肚子在解开了紧身胸衣的白麻纱衣内微微起伏；她称这种姿势为思考。她突然想起来，她的丈夫不仅是法官，而且也是猎人，并且有时用闪闪发光的眼睛谈到猎狗追捕野兽的情景；她觉得，从中必定可以得出某种既有利于莫斯布鲁格尔也有利于他的法官的结论。但另一方面，她却并不希望看到她的丈夫因她的情人而显得理亏，除了在爱情这一点上以外；她的家庭责任感要求看到自个家里的一家之主有尊严、受人尊敬。就这样，她下不了决心。就在这种对立像两片奇形怪状、互相渗流的云彩阴沉遮蔽住她的视野的当儿，乌尔里希则悠闲自在地陷于沉思之中。这实在是持续得太长久了一些，而由于博娜黛婀没想起什么可以让事情出现转机的主意来，她对乌尔里希漫不经心的伤害所感到的悲痛情绪便又在心头泛起，他不做任何补救而白白耗掉的这段时间开始压在她身上令她烦躁不安。“那么你是觉得，我拜访你是冤屈了你了？”她终于缓慢地、有声有调地向他提出这个问题，神情悲哀，但带着昂扬的斗志。

乌尔里希沉默不语，耸了耸肩膀；他早就不再知道她在说些什么，但他觉得不可能在此刻听她絮叨。

“你果真要责怪我吗，为了我们的强烈的爱情？！”

“每一个这样的问题都会有许多个回答，多得就像一只蜂房里的蜜蜂，”乌尔里希回答，“人类的整个心灵紊乱，连同那些永远未曾解决的问题，都以一种令人厌恶的方式与每一个个人密切相关。”他这话当然无非是说出了他在这一天已琢磨过几回的想法而已；但是博娜黛婀却把心灵紊乱看作是针对自己的并觉得这话过分了。她倒是很愿意重新拉上窗帘，以这样的方式来消除纷争，但她同样也痛苦得直想大哭。她突然自以为明白乌尔里希腻烦她了。由于她的天性，除了以受到某种新东西吸引而把什么东西放错地方并丢失的方式以外，她还从未以任何别的方式失去过自己的情人；或者以那种别的方式，即看到自己以同样快的速度和情人们分离和结合，这尽管会有种种个人的懊恼，却给人以某种存在着一种不可抗力的感觉。所以一遇到乌尔里希的冷静反抗，她的第一个感觉就是自己已经老了。她的无可奈何的、猥亵的姿势，半裸着在一张沙发榻上遭受的种种侮辱，让她感到羞愧。她不假思索地一跃而起，拿起自己的衣服。但是这簌簌声，她重新穿上的丝绸裙子的簌簌声，并没有让乌尔里希产生悔意。博娜黛婀的眼睛里流露出因无能为力而感到的针刺般的疼痛。“他粗野，他故意伤害我！”她在心里反复说。“他无动于衷！”她这样确认。随着她系上的每一根带子，随着她扣上的每一个钩子，她深深地沉落进深不可测的井里，这是久已被忘却的遭遗弃的孩童痛苦之井。四周笼罩着一片漆黑；乌尔里希的脸像是在最后一线光亮中让人看见，在忧伤的暗色辉映下这张脸显得分外冷酷和粗野。“我怎么会喜欢这张脸的呢？！”博娜黛婀心中暗想；但是与此同时，“永远地完了”这句话揪住了她的整个心胸。

乌尔里希预感并猜着她决定不再来了，他不阻止她作这个决定。于是，博娜黛婀用有力的动作对着镜子理好了头发，接着她戴上帽子，系住面纱。现在面纱已经把脸遮住，一切全结束了；这像死刑判决那样庄严，或者就像一只旅行箱咔嗒一声锁上了。他不会再来吻她并且不会料到他失去了可以这样做的最后的机会！

所以她差点儿没出于同情而热烈拥抱住他痛哭一场。

三四

一束热光和变冷了的墙壁

当乌尔里希送走博娜黛婀又独自一人时，他没有继续工作的兴致了。他到外面街上去，打算找一个送信人给瓦尔特和克拉丽瑟送一张便条，通知他们自己晚上会去拜访。当他从小厅里走过去时，看到墙上有一只鹿角，它和博娜黛婀对着镜子系面纱时的那个动作颇为相似，只不过它并不露出失望的微笑。他环顾四周，打量着周围的摆设。所有这些O形线、交叉线、直线、曲线和编织物，它们构成住宅陈设的主要内容，在他周围堆聚了起来。它们既不是天然风光也不是内在的必要性，而是连每一个细小处都透着巴罗克式的过度华丽。不断流贯我们周围一切事物的流动和心跳停止了一个瞬间。我仅仅是没有被预见到而已，必要性露齿冷笑道；如果人们不带偏见地观看我，那么我的长相和狼疮病人的脸没有本质上的不同，美人承认说。从根本上来看，这根本不需要作许多解释；一层清漆已经脱落，一种感应作用已经消除，一系列习惯、期望、紧张中断了，感觉和世界之间的一种流动的、秘密的平衡就扰乱了一秒钟之久。人们所感觉到和所做的一切都以某种方式“按生活的方向”进行着，从这个方向引出的最小的运动也是艰难或吓人的。人们只要简简单单一行走起来，情况就完全如此：人们抬起重物，把它推向前并让它落下；但是一旦小有变化，对让自己落进未来感到少许胆怯或者仅仅是对此感到惊奇——人们就再也站不直了！人们不可以对此进行思考。乌尔里希突然想到，他生活中的所有具有某种决定性意义的时刻都和这个时刻一样，留下过一种相似的感觉。

他招手叫来一个差役，把信交给他。这时大约是下午四点，他决定慢慢地步行走这段回去的路。暮春略带秋意的日子使他心旷神怡。空气清新。人们的脸上都带有一些浮动的泡沫。经过最近几天紧张而单调的思索之后，如今他觉得自己被人从牢里放置进一个温水浴盆。他努力神情亲切和谦和地行走。在一个经过良好锻炼的身体内部蕴含着如此之多的运动和战斗的意愿，以至于今天这情况就像一位老戏子那张充满着常常是装出来的不真实的激情的脸，使他感到不愉快。对真实的追求以同样的方式使他的内心世界充满了精神的运动形式，将它拆成互相对着练习的一组组思想并给他留下一个严格说来不真实的、滑稽的印象，一切，甚至连正直自身也会在其变成习惯的那个时刻呈现出这种印象。乌尔里希这样思索着。他像一个波浪从兄弟波浪堆中流过，如果可以这么说的话；干吗不这么说呢，如果一个人孤独地辛勤工作了一番，如今返回到集体中并感到幸运，可以和这集体按同样的方向流淌！

在这样一个时刻，最模糊不清的恐怕莫过于这个观念了：生活，人们过着的生活，引导着人们的生活，这生活与人们并不很有关系，并不有什么内在的关系。然而，每个人，只要他年轻，还是都知道这一点的。乌尔里希回忆起，十年或十五年前在这些街上的一个这样的日子在他看来曾经是个什么样子。如今一切再度如此美好，然而在这种强烈的渴求中却有着一种对被俘的痛苦预感；一种令人不安的感觉：我自以为应够得着的一切，够着了我；一种折磨人的推测：在这个世界上，不真实的、漫不经心的以及就个人而言不重要的言论比最有特色的和真实的言论发出更有力的回响。这种美——人们曾想到过——很好，可是这是我的美吗？我认识的那种真难道就是我的真吗？这些目标，这些声音，这现实，所有诱惑人、招引人和指导人，由人们跟随着并冲进去的东西：这难道就是真正的现实，抑或显示出来的现实并不比不明显地搁在已呈现出来的现实上的多出一丝一毫？使人明显感到疑虑的，是生活的现成安排和形式，是这种同一类的东西，是这种由一代代人预先形成的东西，是这种不仅是口头的、而且也是情感和感觉的现成的语言。乌尔里希在一座教堂前站住。嗳呀，倘若在那阴影里坐着一个年高望重的巨大女人，腆着个皱皱巴巴的大肚子，背靠着房屋墙壁，脸上布满皱纹，长着小疣和脓疱，夕阳照在脸上：他会同样觉得这美吗？噢，天哪，多美呀！人们并不想避开这个事实：人们是带着欣赏这个的义务到世上来的；但正如已说过的，觉得一个年高望重的妇人身上这宽舒、平稳下垂的形式和金银丝编织的褶痕美，这也并不是不可能的事，只不过就是说她老更简单罢了。世人的这种从觉得老向觉得美的过渡和那种从年轻人的思想向成年人的较崇高道德的过渡大致是相同的，这种道德一直是一种教育剧本，直至人们突然自己有了它时为止。乌尔里希在这座教堂前只站立了几秒钟，但是它们却铭刻在内心深处并用全部原始抗力压迫他的心，人们原来是用这种原始抗力来抵抗这个硬结成千百万公斤石头的世界，抵抗这凝固、荒凉的情感世界的，人们没有自己的意愿地被推进了这个世界。

可能是，看到这世界上的事除了几件个人无关紧要的事以外都已完成了，这对大多数人来说意味着一种方便和支持，而这样一个事是绝不应该受到怀疑的：这从整体来看始终不渝的东西不仅是保守的，而且也是一切进步和革命的基础，虽然必须谈到一种内心深处的、朦胧的不愉快，一种过着独立自主生活的人感觉到的不愉快。就在乌尔里希怀着对精巧的建筑艺术的充分了解观看这神圣的建筑的时候，他突然十分强烈地意识到，人们可能会吃人的，这和建造或遗留下这样的名胜一样容易。旁边的房屋，上面的天穹，一种吸收并引导目光的在所有线条和空间中的非言语所能描绘的一致，下面从一旁走过的人们的相貌和表情，他们的书和他们的道德，街上的树……这一切有时就像屏风一样僵直，像一台压榨机的杵那样坚硬，并且如此——人们没别的说的，只好说完美，如此完美和成熟，以致人们在那旁边竟是一片多余的雾气，吐出的一小口气，谁也不予理会的一小口气。此刻他希望自己是个没有个性的人。但是压根儿在哪个人身上这大概也不会如此完全不相同的。从根本上来说，人到中年很少再会知道，他们究竟是怎样得到自我，得到他们的娱乐、他们的世界观、他们的妻子、他们的性格、职业和他们的成功的，但是他们有一种感觉，觉得如今再也不会有许多变动了。甚至可以断言说，他们受骗了，因为人们在哪儿也找不到充足的理由，可以说明为什么一切恰恰如同已经来临的那样来临了；本来也可能会产生另外一种结果的；事件至少是由他们自己引发出来的呀，通常它们均取决于种种情况，取决于完全不同的人的心情、他们的生、他们的死，并且简直仅仅是在适当的时刻向他们急速奔来。所以，在青年时代，生活还像一个不会枯竭的早晨那样展现在他们面前，向四面八方，充满机会和虚无，而在中午就已经突然出现了某种东西，它可以要求成为他们的生活，这从整体来看是如此令人惊讶，就仿佛一天这里突然出现一个人，人们和这个人通了二十年的信，却没见过他，因而完全把他想象成另外一个样子了。但是更加奇特得多的则是，大多数人并没察觉到这一点；他们收留了这个来到他们这儿、已经和他们打成一片的人，现在他们觉得他的经历体现了他们的个性，他的命运是他们的功绩或不幸。有什么东西像一张粘蝇纸对待一只苍蝇那样对待他们；它这儿粘住了他们的一根毫毛，那儿抓住了他们不让动，并且渐渐把他们裹住，直到他们被埋在一个厚厚的套子里为止，这套子只是略微有一点符合他们本来的形态。随后他们就只还模糊地想到那个青年时代，那时他们曾有过某种像反作用力的东西。这另一种力扯拉着，呼呼响着，它哪儿也不愿意停歇，引起一阵无目的的逃避运动的风暴；青年人的嘲讽，他们对现存事物的反抗，青年人愿意做出一切英雄业绩、愿意自我牺牲和犯罪的决心，他们的激昂和严肃以及他们的多变——所有这一切无非就意味着他们的逃避运动。从根本上来说，这些逃避运动仅仅表明了，这个年轻人所做的一切事情当中没有哪件让人从内心觉得是必要的和明确的，即使它们是以这样的方式来表明的：就仿佛这个年轻人恰恰在贪婪地攫取的一切完全是刻不容缓的和必要的似的。有个什么人正在发明一种优美的新的手势，一种外表的或内心的——这怎么翻译？一种生命的表情？一种模型，内心的东西流进这模型宛若气体流进一个球形玻璃烧瓶？一种内部压力的表露？一种存在的技术？可能是一部新的小胡子或一个新的思想。这是在做戏，但是和所有的做戏一样自然有一种意义——当前，年轻人像有人撒饲料时麻雀从屋顶上冲下去那样，纷纷扑了上去。人们只需把这件事想象一下：如果外面一个沉重的世界坐落在舌头、手和眼睛上，如果外面是由泥土、房屋、道德、图画和书籍组成的变凉了的月球，而里面只是一片飘忽不定的雾，那么一旦一个人做出一种让人们以为从中认出了自我的表情来，这势必意味着何等样的幸福。有什么比每一个感情强烈的人在普通人之前便占有这种新的模型更自然的呢?！它把存在的瞬间，内部和外部之间、被压散和飞散之间的应力平衡的瞬间送给他。没有什么别的依据——乌尔里希心中暗想，这一切当然也触及他个人；他的双手插在衣兜里，他的脸看上去是那样安详和平和，仿佛他在这旋转进去的阳光里因冻伤而温和地死去似的——他想，原来这永久的现象，这被人称作新的一代、父亲们和儿子们、精神变革、风格更迭、发展、时尚和革新的现象，原来这也没有什么别的依据。使这种生存的修复热变为一种永动机的，不是别的，正是这种不幸：在先行者们朦胧不清的自己和已经凝结成异样外壳的自我之间又插入一个假自我，一个大致合适的群体中的一员。人们只要稍微注点意，就总是能在刚刚抵达的最近的未来中看到正在来临的旧时代。新思想就只不过就是陈旧了三十年而已，但满足并且有点儿肥美或过时，宛如人们在一个姑娘的闪光的面容旁边看见了母亲的那张黯淡的脸；抑或它们没有获得成功，变得憔悴了并且萎缩成一个改良建议，这个建议受到一个老傻瓜的拥护，被它的五十个钦佩者称作伟大的某某。

他又站住脚，这一回站在了一处地方，他认出了这儿的几所房屋并回忆起那些公开的斗争以及随之而来的情绪上的激动。他回想起青年时代的朋友；他们都曾经是他青年时代的朋友，不管他认识他们本人还是只知道他们的名字，不管他们年纪和他一样大还是比他大，他们都是想创造新事物和新人的造反者，而不管这是在这里还是四散在各个他去过的地方。现在这些房屋就像老实本分、戴老式帽子的姨母那样沐浴在已经开始变得暗淡的晚霞里，十分可爱但无关紧要，丝毫也不激动人心。这诱人露出笑容。但是留下了这些已经变得容易满足的残余部分的人，他们在此期间已经成为教授、知名人士和社会名流，成为知名而进步的发展的一个知名的部分，他们在一条或多或少有些短的路上从雾里出来而进入僵化状态，所以他们的历史在遇到描绘他们的世纪的时机便会报导：那时在场的有……

三五

莱奥·菲舍尔经理和不充分理由原则

这时，乌尔里希被一个突然向他打招呼的熟人打断了思路。此人这天在自己的公文包里，就在早晨离开寓所前打开公文包时，在一个边角隔层里，颇感不快和意外地发现了莱恩斯多夫伯爵的一封信，他耽误了很多日子，竟忘了复信了，因为他那健全的商业意识厌恶高层人士发起的爱国行动。“这事有点儿蹊跷。”当时他曾暗暗对自己这样说过；这断乎不是他在公开场合对此会说过的话，但是，正如记忆力难免会有闪失，他的记忆力按带感情色彩的第一个非官方的委托行事，没等到作出深思熟虑的决断，便漫不经心地把这件事撂在了一边，从而狠狠地捉弄了自己一下。所以当他再次打开来函时，他发现其中有点什么东西让他感到极其尴尬，虽然他从前完全没有理会它；其实那只是一个词语，是三个小小的字，它们在这封信的各个段落里反复出现，但这几个字却使这个仪表堂堂的男人手里拿着公文包在出门前付出了好几分钟犹豫不决的代价，这几个字就是：真正的。

菲舍尔经理——因为这就是他的称谓，洛伊德银行经理莱奥·菲舍尔，其实只是带经理头衔的襄理——乌尔里希可以自称是他从前的一个较年轻的朋友，上一次在此地逗留时曾和他的女儿格达交往甚密，但自返回这里以来只拜访过她一次——菲舍尔经理知道伯爵阁下是一个让自己的钱生利息并跟上时代方法步伐的人，他一审核记忆中储存的信息，便如商务术语所说的那样，“估价出”他是个举足轻重的人，因为洛伊德银行是那些替莱恩斯多夫伯爵代办证券交易的机构之一。所以莱奥·菲舍尔无法理解，他怎么会以漫不经心的态度来对待一个如此动人的邀请，这是伯爵阁下邀请一批出类拔萃的人物随时准备从事一项伟大和共同的事业。他本人其实仅仅是由于完全特殊的、将在后文提及的情况才被纳入这一批人物之中的，这一切便是他刚一看见乌尔里希便向他猛扑过来的原因；他听说乌尔里希和这件事有关系，而且是以“显著的方式”参与此事——这是那些不可理解的、却并不罕见的传闻中的一种，这些传闻往往不幸言中——于是便像用一把小手枪顶住他胸膛那样向他劈头盖脸提出这三个问题，他究竟怎样理解：“真正的爱祖国”、“真正的进步”和“真正的奥地利”？

乌尔里希猛地惊醒过神来，但仍神思恍惚，他以与菲舍尔交往时惯有的那种方式回答：“PDUG[①]。”

“这——”菲舍尔经理不怀恶意地模仿拼读这几个字母，这一回并不认为这是开玩笑，因为这样的缩略语虽然当初还不像今天这样数目众多，但人们却是从学生社团组织联合会和最高联合会听来，它们散发出信任。但是随后他却说：“啊，请您别说笑话，我得赶紧去参加一个会议。”

“不充分理由原则！”乌尔里希重复说，“您是哲学家嘛，您会明白不充分理由原则是什么意思的。人们只是把自己当作一个例外；在我们的现实的，我这是说在我们的个人的生活中以及在我们的社会-历史的生活中总是在发生着这种其实没有什么适当缘由的事。”

莱奥·菲舍尔犹豫不决，不知道该不该反驳；洛伊德银行经理莱奥·菲舍尔喜欢推究哲理，在注重实际的行当里还有这样的人，但是他确实有急事；所以他回答：“您不愿意理解我。我知道什么是进步，我知道什么是奥地利，我大概也知道什么是爱祖国。但是也许我无法完全正确地想象，什么是真正的爱祖国、真正的奥地利和真正的进步。我请教您了！”

“好，您知道什么是酵素或者什么是催化剂吗？”

莱奥·菲舍尔只是一抬手做了个推挡的动作。

“这不产生任何物质上的利益，但它促使事件发生。您必定从历史上知道，从来就不曾有过真正的信仰、真正的道德和真正的哲学；然而，因了它们的缘故而被发动起来的战争、卑劣和敌意却有益地改造了世界。”

“改日再谈吧！”菲舍尔申明并试图做出一副真诚的样子，“您听着，我在交易所做的交易和这有关，我确实很想知道莱恩斯多夫伯爵的真实意图，他附加上这个‘真正的’目的何在？”

“我向您发誓，”乌尔里希神情严肃地回答，“我不知道，而且也没有哪

① “不充分理由原则”一语四个词的首字母。

个人知道这‘真正的’是什么；但是我可以向您保证，它正在被实现之中！”

“您是个玩世不恭的人！”菲舍尔经理说，就要匆匆离去，但迈出第一步后便再次折回并改口说，“我不久前才对格达说过您本来是可以成为一名出色的外交家的。我希望，您会很快再次来拜访我们。”

三六

由于前面提到的原则，平行行动在人们还不知道它是什么之前就明确存在

一如所有银行经理在战争之前所做的，洛伊德银行的莱奥·菲舍尔经理相信进步。作为一个熟悉自己的专业的人，他当然知道，人们只能在自己确实很熟悉的领域有一种自己想获得的信念；广泛开展的业务活动不容许在别处形成信念。所以能干和勤劳的人除了在自己那极狭窄的专业领域之外便没有什么感到外部压力而不会立刻放弃的信念；人们简直可以说，他们由于工作认真而不得不行动和思想不一。譬如菲舍尔经理便压根儿对真正的爱祖国和真正的奥地利就没有任何概念，而对真正的进步他倒有自己的看法，这个看法肯定不同于莱恩斯多夫伯爵的看法；让抵押贷款和证券或别的什么事耗尽了自己的精力，每周进一回歌剧院作为唯一的休养，他相信一种整体的进步，这势必会和他的银行不断赢利的形象有某种相似之处。但是当莱恩斯多夫伯爵自以为在这方面也比别人懂得多并开始对莱奥·菲舍尔的良知施加影响，此人便觉得简直是永远也不会懂（除了抵押贷款和证券事务以外），而由于虽然不懂，但另一方面却也不想错过机会，他便打定主意，要稍带着去询问一下他的总经理，看看他对这件事有什么看法。

但是当他这样做时，总经理出于完全相似的原因已经和国家银行的总裁谈过这个问题，知道了底细。因为不仅洛伊德银行总经理，而且国家银行总裁也理所当然地收到了莱恩斯多夫伯爵的邀请，而莱奥·菲舍尔只不过是个

部门经理，他得到邀请压根儿就只是得力于他妻子的家庭关系，她出身于高级官僚家庭并且从不忘记这一层关系，在自己的社交活动中以及在自己与莱奥的家庭纷争中都永不忘记。所以他在和上司谈论平行行动时满足于意味深长地摇晃脑袋，这意味着“伟大的事”，有朝一日也可以是意味着“棘手的事”；这绝不会有什么坏处，但是假如结果证明这件事情棘手，那么菲舍尔会为了自己的妻子而格外高兴的。

然而，受到总经理讨教的总裁迈埃尔·巴洛特眼下却有着极好的印象。接到莱恩斯多夫伯爵的“倡议”时，他走到镜子前面——当然，即使并非因此之故——镜子里大礼服和勋章绶带上方一位平民部长的五官端正的脸向他迎面望过来，这张脸上至多是在很后面的眼睛里还保持着某些金钱的冷酷，他的手指头像无风时的旗帜那样从双手耷拉下来，仿佛它们在一生中从未不得不做银行学徒的急促计算动作似的。这位受过高度官僚熏陶的金融寡头与交易所投机的那些饥饿的、信步漫行的野狗几乎没有什么共同之处，他看到自己面前展现出不明确的、但愉快调节好的可能性，在当天晚上便有机会加强自己的这个观点，因为他在企业家俱乐部里与前部长封·霍尔茨科普夫和维斯尼茨基进行了交谈。

这两位先生是了解情况的显贵而不引人注目的人物，他们曾担任过高级职务，当他们所属的两个政治危机之间的短暂的过渡政府又成为多余的时候，人们为拉拢他们让他们担任了那些职务；这是一辈子为国家和王室效劳的人，除非至尊的主子下命令，他们是不愿意显露头角的。他们知道这个传闻，说是这个伟大的行动将会得到一位可与德国匹敌的首脑人物。在使命失败前后他们都确信，当初就已经使双料君主国的政治生活成为欧洲的传染源的这些令人遗憾的现象是极其错综复杂的。但是正如只要向他们发出这样的命令，他们都曾觉得自己有责任认为这些困难是可以解决的，现在他们也不愿意认为用莱恩斯多夫伯爵所倡导的方法不可能做成什么事；他们尤其感觉到，一个“里程碑”、一种“生命力的辉煌显示”、一种“也对内部关系起着振奋作用的强有力的对外态度”，这些愿望被莱恩斯多夫伯爵表述得如此贴切，以至于人们简直无法躲避它们，就好像这是在要求每一个愿意做好事的人都来报名似的。

不过这倒是有可能的：霍尔茨科普夫和维斯尼茨基作为在公共事务方面

见多识广的人感到有某些顾虑，尤其是因为他们可能认为，他们已经被选定要在这一行动今后的发展过程中担任某一个角色。但是在地面上的人轻易就可以持批评态度并拒绝不合自己心意的东西；然而，如果人们置身三千米高空中那只生命吊篮，就不会轻易从里面出来，即便人们并不是对一切都表示同意。由于在这些个圈里的人确实是忠诚的，并且与先前提及的市民阶级的芸芸众生相反，不喜欢行动和思想不一，所以在许多情况下人们不得不满足于对一件事不作太过深入的考虑。所以总裁迈埃尔·巴洛特听了这两位先生的陈述便更加深了对这件事的好印象；即使就他个人而言以及由于自己的职业，他倾向于采取某种谨慎态度，但就凭这已听说的情况也足以让人作出这样的决断：人们是在和这样一件事打交道，人们都将——既肯定又观望地——参与这件事今后的进程。

然而，平行行动其实当时还根本不存在，它将会有些什么内容，这连莱恩斯多夫伯爵本人也还不知道。可以有把握地说的是，唯一已经确定了的，直到那个时刻为止他已经想到了的，是一系列名字。

但这也非常多了。因为此刻在没有哪个人有什么具体想法的情况下便已经存在着一张意愿之网，它罩住一层广泛的关系；不妨说，这是正确的顺序。因为先得发明刀和叉，然后人类才学会规规矩矩地吃饭，莱恩斯多夫伯爵如是说。

三七

一位政论家编造出“奥地利年”从而给莱恩斯多夫伯爵大添麻烦；伯爵阁下渴盼见到乌尔里希

莱恩斯多夫伯爵虽然向许多方面发出了将会“激发思想”的邀请，但是他也许本不会进展得如此之快的，倘若不是一位有影响的政论家设法打听到有什么事正在酝酿之中，迅速在自己的报刊上发表了两篇重要文章，把按他的推测正在形成过程中的这一切当作自己的倡议说了出来的话。他知道得不多——因为他会从哪儿了解到详细情况呢——但是人们觉察不出这一点来，而恰恰正是这一点才使他的两篇文章有可能产生扣人心弦的效应。实际上他就是“奥地利年”这个想法的发明者，他在文中写到了这个想法，而自己却说不出这具体是指什么，但总是不断提到这个词儿，致使这个词儿像在一个梦里那样与别的话结合在一起漫步，唤起一股巨大的热情。起初，莱恩斯多夫伯爵感到惊骇，但这没有根据。人们可以从“奥地利年”这个词儿上推断出，一个天才政论家意味着什么，因为这个词儿是正当的直觉发明出来的。它让本来——想到一个奥地利世纪就一直哑然无声的冲动发出声来，而敦促引来一个这样的世纪，这本来是会被理智的人看作是一种没有人会认真对待的古怪想法的。为什么会是这样，这恐怕难以说清楚。也许某种让人比往常更少想到现实的不精确性和譬喻性不仅仅激励着莱恩斯多夫伯爵的情感。因为不精确性有一种振奋力和扩展力。

看来正直、讲求实际的现实主义者在哪儿也不会完完全全热爱、认认真真对待现实的。儿时，他爬到桌子下面，以便用这个独创而又简单的策略，当父母不在家时使房间显得惊险离奇；少年时代，他渴望表；作为拿着金表的小伙子，他渴望与这金表相配的妻子；作为有表和妻子的男人，他渴望高的社会地位；当他幸运地实现了这一小圈愿望并像一个摆锤在其中平静地来回摆动的时候，他储存着的未曾得到满足的梦想仍还是似乎没有丝毫减少。因为如果他想振作自己的精神，他就用一个譬喻。显然是因为雪有时使他感到不快，他就把它比作女人的发出微光的乳房，一俟妻子的乳房开始让他感到无聊了，他便把它们比作发出微光的雪；他会感到惊骇的，倘若有一天女人的嘴被证明是有角膜的鸽子嘴或是镶嵌进去的珊瑚，但是这激起他的诗意。他是个万能的工匠——能把雪做成皮肤，把皮肤做成花，把花做成糖，把糖做成粉，把粉又做成淅淅沥沥的雪——因为他显然只在乎把某种东西做成什么不存在的东西，做成是一种证明的东西，证明不管他在哪儿都不会长期忍受得住它。但没有哪个真正的卡卡尼人会从内心忍受得住卡卡尼国的这种状况的。假如人们现在向他要求一个奥地利世纪，那么，他会觉得这像一种极大的惩罚，这是要他可笑地自愿作出努力让自己和世人接受这一处罚。而一个奥地利年就完全不一样了。这就是说，我们想显示一下，我们究竟能有什么出息；但在某种程度上可以说是暂定的并且至多一年。对此人们愿意怎么想就可以怎么想，这不是一桩永久性的事，这打动人心，人们不知道个中缘由。这使对祖国深切的爱变得生动活泼。

就这样，莱恩斯多夫伯爵获得了意想不到的成功。他起初也觉得自己的想法是一个这样的譬喻，但此外他还想到了一系列名字，他的道德本性超出不坚定状态；他有一个明确的想法，觉得人们必须把民众的想象，或者如他对一位忠实于他的记者所说的，把公众的想象引导到一个目标上来，这个目标清晰、健康、理智并且与人类和祖国的真正目标相符。这位记者受到他的同行所取得的成功的鼓励，立刻把这记下，由于他胜过他的前任，获得的是“第一手”材料，所以这是他的职业技巧：他用大号字援引这些“来自权威人士方面的信息”；这恰恰也正是莱恩斯多夫伯爵所期望于他的，因为伯爵阁下对不当政治理论家而当一个有经验的实际政治家相当重视，愿意看到在一位天才政论家的奥地利年和负责任的人物的谨慎周到之间画上一条细线。为了达到这个目的，他使用了平素并不被他乐意看作榜样的俾斯麦的技巧，借报刊文人的口说出真实的意图，然后就分别按一时之需承认或否认它。

但是就在莱恩斯多夫伯爵以如此明智的态度采取行动的时候，有一件事他没考虑到。因为不仅是一个像他这样的人看到了这于我们迫切需要的真正的东西，而是无数其他人也以为自己拥有它。人们简直可以把这称之为先前提及的状态的一种硬结形态，在那种状态下人们尚还做着譬喻。不知什么时候对譬喻的兴趣也会消失，于是最终未满足梦幻的储备遗留在人们心中。他们之中的许多人设法给自己找到了个地点，他们偷偷凝视这个地点，仿佛人们拖欠他们的世界是从那儿起始似的。在向报界发出信息之后的很短的时间内，伯爵阁下就以为已经发现，所有没有钱的人都在自己心中怀有一个讨人嫌的属于某一教派的人。人的内心中的这个固执己见的人每天早晨一起走进办公室，根本不可能以有效的方式对世道常情提出抗议，但是他却一辈子不再把目光移到一个别人谁也不愿意注意的秘密切点，虽然认不出自己的拯救者的这个世界的全部不幸显然正从那儿开始。让一个人的平衡中心与世界的平衡中心一致起来的固定切点譬如一只简单按一下手柄便可合上的痰盂，或者旅店餐桌上供人们用刀子去蘸盐的盐瓶的废除——从而一下子就可以阻止鞭笞人类的结核病的蔓延，或者厄尔速记法的采用——这大大地节省了时间从而也可以立刻解决社会问题，或者皈依一种依照自然法则的、制止荒漠化的生活方式。但也是一种天体运动的心灵学理论、管理机构的精简和性生活的改革。如果情况对人有利，那么他会自助，有一天他会为他的切点写一本书、一本小册子或至少一篇报刊文章并由此可以说是让人把他的抗议归入人类的档案，这就让人感到无比放心，即便没有人会去读这材料；但这通常会引诱来一些人，他们向作者担保，说他是一个新哥白尼，随后他们便把自己当作未被人理解的牛顿介绍给他。这种彼此百般逢迎的习俗很有益并且广为流传，但是它的效果不持久，因为过一会儿参与者们便吵翻，又归于完全孤独；不过，也会发生一个或另一个人在自己周围聚集起一小批钦佩者的事，他们以团结一致的力量控告对其被施过涂油膏礼的儿子支持不够的苍天。如果随后一束希望之光突然从高空坠落在这样的一小堆切点上——当初就发生了这样的事，那时莱恩斯多夫伯爵让别人公开说，一个奥地利年，如果确实将会有一个这样的年的话，这还不就等于是，一个奥地利年无论如何都必定会和生活的真正目标相吻合——那么他们就会像看到上帝显灵的圣徒们那样对待这件事。

莱恩斯多夫伯爵曾设想，他的事业应该是一种强有力的、产生自民众自身的意志流露。他想到了大学，想到了宗教界，想到了在有关慈善活动的报导上从未短缺过的几个人的名字，甚至还想到了报刊本身；他指望各爱国党派，指望在皇帝生日挂出旗帜来的市民阶层的“健康意识”，还指望财政巨头们的资助，他甚至也指望政治，因为他暗自希望凭借他的这项伟大事业恰恰使政治成为多余，办法就是把政治统一到祖国这个公分母上来，他企图以后用祖国去除以国家，以便把这位父亲统治者作为唯一的剩余部分留下①；但是有一点伯爵阁下干脆就没想到，他对这种广泛蔓延开来的立志改革世界的欲望感到惊讶，它像昆虫卵遇到一场火那样经一个大机会的加热而被孵化出来。这一点伯爵阁下没有考虑到；他曾期待着会涌现出巨大的爱国主义激情，但是他对各种创造才能、理论、世界体系和要求他解除精神枷锁的人没有思想准备。他们围住他的宫殿，赞美平行行动是促使真实最终获得突破的一个机会，而莱恩斯多夫则不知道该拿他们怎么办。由于意识到了自己的社会地位，他不能和所有这些人一道坐到一张桌旁，可是作为一个充满急切的道德心的有特殊才能的人他也不愿意避开他们，而由于他所受的教育是政治

① 德语中“祖国”（Vaterland）一词，由“父亲”和“国家”两个词复合而成。这里是说，“父亲”（即皇帝）加上“国家”便是祖国，这就是最大的政治。

和哲学方面的，绝不是自然科学和工业技术方面的，所以他捉摸不透这些建议有道理还是没有道理。

在这种情况下他越来越急切地渴望见到乌尔里希，此人恰恰是作为他可以用得着的人被推荐给他的，因为他的秘书或压根儿任何一个普通的秘书自然是满足不了这样的要求的。有一回他对自己的秘书非常恼火，之后他甚至向上帝祷告——虽然他第二天便为此感到羞愧——愿乌尔里希赶快到他这儿来一趟。当这个愿望没有实现时，伯爵阁下便有条不紊地自己寻找起来。他让人查通讯录，但那上面还没有乌尔里希。他当即去找他的女友狄奥蒂玛，她通常都有办法，这位令人赞叹的女人也确实已经和乌尔里希会过面，但她忘了让他留下自己的住址了，抑或是以这为挡箭牌，因为她想趁机向伯爵阁下为物色这一伟大行动的秘书人选提出一个新的、好得多的建议。但是莱恩斯多夫伯爵很激动，口口声声地说，他已经看上了乌尔里希，他不能用一个普鲁士人，即便是一个革新普鲁士人，他压根儿就不愿惹更多的麻烦。当他看到他的女友随即显出生气的样子，他感到震惊，并因此而产生了一个独立的主意；他告诉她，他这就直接驱车去找当警察局长的朋友，警察局长终究必定会查找出每一个公民的地址来的。

三八

克拉丽瑟和她的恶魔

当乌尔里希的信送到时，瓦尔特和克拉丽瑟正又在猛烈地弹钢琴，弹得细腿的工厂制造艺术家具直晃荡、墙上的罗塞蒂[①]铜版雕刻直颤抖。那位老差役因为房屋和寓所的门都开着没受任何阻拦，当他一直闯进起居室时，简直惊呆了，他看到自己不自觉地陷进这神圣的喧哗之中，便满脸敬畏地贴着墙站住。克拉丽瑟最后猛敲两个琴键，发泄出紧迫急促的音乐激情，解放了

① Gabriel Rossetti（1828 — 1882），英国画家。

他。就在她读信的当儿，中断了的情感倾诉还在从瓦尔特的手中蜿蜒流出；一个旋律像一只鹳那样颤动，然后展开翅膀。克拉丽瑟边读乌尔里希的信边狐疑地观察着。

当她告诉他朋友要来时，瓦尔特说："可惜！"

她又坐到他身旁那把弹钢琴时坐的小转椅上，一丝不知什么缘故让瓦尔特觉得残酷无情的微笑咧开她那显得性感的双唇。这是演奏者屏住自己的血液以便能用同样的节奏把它放出来的时刻，是眼轴像四根调整得一样的长柄从他们的头上伸出的时刻，这时他们紧张地抓住那小椅子的座面，那小椅子在木螺杆的长脖子上直摇晃。

紧接着，克拉丽瑟和瓦尔特便像两个并排着急速冲出去的火车头那样被释放了出去。他们弹奏的这支曲子像闪光的铁轨朝他们的眼睛飞奔而来，消失在如雷鸣般的机器里并作为发出响声的、被听见了的、以奇异方式留在眼前的景色躺卧在他们的后面。在这飞快行驶的期间，这两个人的感觉被紧紧压成唯一的一个；听觉、血液、肌肉都无意志地被这同样的经历所吸引；发出微光的、倾斜的、弯曲的音壁迫使他们的身体进入这同样的轨道，联合弯曲它们，扩展和压缩作着同样呼吸的胸膛。一瞬间，欢快、悲哀、愤怒和恐惧、爱和恨、渴慕和厌烦飞快流贯瓦尔特和克拉丽瑟全身。这是一种划一，宛如在受到一场大惊吓时的划一，好几百个刚刚还做着各种各不相同动作的人，如今做着同样的划船逃跑动作，发出同样的无意义的喊叫声，用同样的方式张大着嘴和眼睛，让一股无意义的暴力共同拉前扯后，左右挣扎，吼叫，抽搐，纷乱和颤抖。但是它没有生活拥有的那种同样的、麻木的、极强大的暴力，生活中这样的事件不轻易发生，却不遇任何阻力便熄灭掉一切个性。克拉丽瑟和瓦尔特飞快经历了的愤怒、爱情、幸福、欢快和悲哀不是完全的感情，它们不比激动得发狂的感情的身体外壳强多少。他们愣愣地坐在他们的小椅子上出神，没有愤怒，没有爱，没有悲伤，抑或每一个人都对别的什么感到愤怒、爱和悲伤，想着不同的事，各人想着各自的心事；音乐的命令把他们集于极大的激情之中，同时像在催眠状态的强制睡眠中那样给他们留下某种恍恍惚惚的感觉。

两个人都以自己的方式感觉到了这一点。瓦尔特快乐而激动。一如大多数有音乐天赋的人所做的那样，他认为内心的汹涌激昂、波澜起伏的情感，也即被昏天黑地地搅起来的灵魂的身体基础，是简单的、联结所有人的永恒语言。用原始情感的强劲胳臂把克拉丽瑟紧紧搂住，这使他心醉神迷。这一天他下班回家得比平时早。他做了对艺术品进行编目的工作，那些艺术品还具有伟大、不屈的时代的形式，并散发出一股神秘的意志力。克拉丽瑟对他颇友好，如今她在这庞大的音乐世界里已经和他牢牢拴在一起。今天一切都蕴含着一种秘密的成功，一种无声的行进，宛若有众神在一路护佑似的。“也许就在今天了？”瓦尔特想。他不愿意用强制手段使克拉丽瑟回到自己身边来，而是觉得这种认识应该从她自己的内心深处生出并使她缓缓地向自己这边倾斜过来。

钢琴将闪光的音符符头敲打进一道空气墙壁。虽然这个过程最初是完全真实的，但是房间的墙壁消失了，代之而起的是音乐的金门框，这个神秘的房间，自我和世界、感觉和感情、内部和外部在其中极不明确地相互交融，而他自己则完全由感受、明确性、精确性，甚至可以说由有秩序的细节的一种光辉等级组成。固定在这些感官细节上的是从心灵的波涛起伏的雾气中伸展出来的感觉之线；这种雾气映照在墙壁的精密上并且自以为是清晰的。这两个人的心灵像娇小的茧悬在这些线和光束之中。它们越是被裹得厚实，使散发得越广泛，瓦尔特便越觉得舒服，他的梦幻如此强烈地呈现一个小孩童的形态，以至于他有时竟弹出错误的、太富有情感的音来。

但是在这事出现并促使金色雾气中闪出的一个普通情感火花把这两个人带回尘世的相互关系中之前，克拉丽瑟和他的思想在性质上就已经有着那样的区别，这是只有两个带着极其酷似的绝望和巨大的幸福表情并排着奔跑而去的人才会有的那种区别。在飘动的雾气里一个个影像跳跃而起，融和，相互覆盖，消失不见，这就是克拉丽瑟的思维；她在这方面有自己的独特之处；往往是好几个思想同时出现、相互交织在一起，往往根本就没有任何思想，但随后人们便能感觉到思想像恶魔伫立在舞台后面，而这给人以一种真正支撑的时间上的并存在克拉丽瑟心中变为一块面纱，它时而打起重重叠叠的皱纹，时而化为一层几乎看不见的雾气。

这一回是三个人围着克拉丽瑟；瓦尔特，乌尔里希和谋杀妇女的凶犯莫斯布鲁格尔。

乌尔里希跟她谈过莫斯布鲁格尔的情况。

引力和推斥力在其中混合成一股奇特的魔力。

克拉丽瑟啃啮着爱情的根。她内心分裂，既有甜蜜也有悔恨，目光里既有依依不舍也有在最后刹那间痛苦的闪避。“互相和睦相处会滋生仇恨？”她在心中暗想。“规规矩矩的生活愿意做野蛮的事情？平和的事需要残暴？秩序渴求分裂？”这既是又不是莫斯布鲁格尔所激发出来的。在音乐的轰鸣声中，一场世界大战绕着他们飘荡，一场还没有爆发的世界大战；从内部蚀坏着屋梁构架。但是就如同在一种事物既相同但又完全不同的一致里那样，就如同从相同事物的不一致里以及从不相同事物的一致里升起两个烟柱那样，烤苹果和撒到火堆里松树枝的童话般的气味也是如此。

“人们永远也不可以停止弹奏。”乐曲弹完时克拉丽瑟心中暗想并急速翻动活页乐谱重新弹奏起这支乐曲来。瓦尔特拘谨地笑了笑，和着她弹了起来。

“乌尔里希搞数学是要干吗呀？”她问他。

瓦尔特边弹奏边耸耸肩膀，仿佛在驾驶一辆赛车似的。

“人们必须永远不停地弹下去，一直弹到结束，”克拉丽瑟想，“如果人们可以连续不断地弹下去，一直弹到生命结束之时，那么莫斯布鲁格尔会是个什么人？可憎的？一个傻瓜？一只上天的黑鸟？”她不知道。

她压根儿什么也不知道。一天——她几乎可以计算出发生这件事的日期——她从童年时代的睡梦中醒来，这时她也已形成了一种信念，认为她能有所作为，她是被选定了要扮演一个特殊的角色，也许甚至会成就一番重要的事业。当初她还根本不谙世事。人们对她所讲的有关这方面的话，包括父母、兄长所讲的，她根本一点儿也不信：这是老生常谈，很好很中听，可是人们无法按他们所说的去做；人们就是做不到，就像一种化学物质不容纳另一个不“适宜”于它的物质那样。后来出现了瓦尔特，这就是那个日期；从这一天起一切都“奇异”起来。瓦尔特蓄一部小胡子，一小撮上唇胡；他说：小姐；一下子世界不再是荒凉的、无秩序的、破碎的平面，而是一个闪光的圆，瓦尔特是一个中心点，他们是两个叠合成一个的中心点。土地、房屋、落下而不曾扫掉的树叶、疼痛的空中直线（她回想起那个时刻，幼年时代的一个最折磨人的时刻，那时她和父亲一道站在一个“观景处”，他，这位画家，无休无止地欣赏着美景，而她在沿着那些长长的空中直线远眺时却只感到疼痛，仿佛不得不用指头擦直尺的一个棱角似的）：从前生活由这样的事物组成，如今这一切突然变成她自己的生活，就像她自己的肉身。

如今她知道，她将做出某种泰坦[①]式的事情来；这将会是什么事，她还说不清楚，但眼下她却在音乐上最强烈地感觉到了这一点，她希望瓦尔特会成为一个比尼采还伟大的天才；乌尔里希就不用提了，他后来出现，只送给她尼采的作品。

从这时候起情况就有了进展。进展得多快，现在根本就没法说。从前她钢琴弹得多么糟糕，对音乐了解得多么少；现在她弹得比瓦尔特还好。她读了多少本书呀！那些书都是从哪儿弄来的？她看眼前这景象如同黑色的鸟儿，它们绕着一个站在雪地里的小姑娘扑翅飞翔。但是晚些时候她便看见一堵黑色的墙和其中的白色斑点；凡是她不了解的，全都是黑色，虽然白色汇聚成小的和较大的岛，黑色却依然不变、无限无尽。这黑色散发出恐惧和激动。“这是魔鬼吗？”她想。“魔鬼变成莫斯布鲁格尔了？”她想。现在她在白色斑点之间发现了细小的、灰色的路；在自己的生活中她便是这样从一条路来到另一条路；这是各种事件；启程，到达，激烈的辩论，与父母的斗争，结婚，房屋，与瓦尔特的闻所未闻的角斗。细小、灰色的路蜿蜒伸展。“蛇！”克拉丽瑟想，“圈套！”这些事件缠绕住她，拉住她，不让她去她想去的地方，它们又湿又滑，使她冷不丁急速冲向一个她不愿意去的地点。

蛇、圈套、湿滑：生活就这样进行。她的思绪开始像生活那样运转。她的手指的尖端浸入音乐的急流之中。蛇和圈套在音乐的河床里沉淀下来。于是，隐藏莫斯布鲁格尔的那座监狱开启，它像一个寂静的港湾那样解了围。克拉丽瑟的思绪打着寒噤迈进他的囚室。“人们必须奏乐，一直奏到结束！”她又说了一遍以鼓励自己，但是她的心激烈地颤抖。当心跳平静下来后，整个囚室便充满了她的自我。这是一种像创伤软膏那样的温和感觉，但是当她想将它永远握住时，它却开始开启，像一个童话或一个梦那样分散开来。莫斯布鲁格尔支着脑袋坐着，她解开他的镣铐。当她的指头转动的时候，力量、勇气、美德、好意、美、财富进入囚室，像一阵风，受到她手指的呼唤，从各个草地奔来。“为什么我愿意做这件事，这完全无所谓；”克拉丽瑟觉得，“重要的只是，我现在正在做这件事！”她把自己的双手、自己身体的一部分放在他的眼睛上，当她把指头移开时，莫斯布鲁格尔变成了一个英俊

① Titan，希腊神话中的巨神，因反抗宙斯而被宙斯推入地狱。

少年，而她自己则作为一个无比美貌的女人站在他身旁，这女人的身体像南方酒那样甜蜜和柔软。根本不像小克拉丽瑟平时的身体那样不愿服从。“这是我们的天真无邪的形态！”她在自己意识的一个思维着的底层深处断言。

可是为什么瓦尔特不是这样呢？！从音乐梦幻的深处升起，她回忆起，当初她十五岁，还何等幼稚，可是她却已经爱恋他，想用勇气、力量和善意拯救他，使他摆脱危及他的天才的种种危险。瓦尔特处处都看见这些深刻的精神上的危险，这多么美妙啊！她暗自思忖，是否这一切都只是幼稚可笑呢？结婚使一切蒙上了一层干扰光。从这门婚事中突然产生出一种爱情的大窘态。虽然最近这段时间依然神奇，也许比前一段时间内容更丰富，但是这场大火，这场闪烁着掠过天空的大火却变成一团怎么也烧不旺的炉火。克拉丽瑟不是很有把握，不知道她与瓦尔特的斗争是否确实还有重要意义。生活的进程犹如这在手的下面消失的音乐。它一眨眼便过去了！极大的恐惧渐渐袭上克拉丽瑟的心头。这时她发觉，瓦尔特弹奏得不稳了。他的情感像大的雨点拍打在琴键上。她立刻猜着他在想什么：孩子。她知道他想用一个孩子来拴住她。这是他们天天争吵的内容。音乐一刻也不停止，音乐不拒绝人。像一张她未曾觉察出其迷惑力的网，这网猛烈而飞快地抽紧了。

这时，克拉丽瑟弹着弹着突然一跃而起，砰地关上钢琴，差点儿没砸着了瓦尔特的手指头。

噢，痛哉！惊魂还未定，他便明白了一切。这是乌尔里希的来访，仅仅是得到了来访的预先通知，她的情绪便高度激动起来了！他这是害她，他残忍地激起瓦尔特本人几乎不敢触动的那种东西，克拉丽瑟身上的那种不祥的特殊才能，那秘密的空洞，某种不吉利的东西在那里用劲扯拉链条，有一天那些链条可能会放松。

他一动也不动，只是不知所措地望着克拉丽瑟。

克拉丽瑟不作任何解释，站在那里，急促地喘着气。

在瓦尔特讲过之后她担保说，她根本就不爱乌尔里希。说是如果她爱他的话，她立刻就会坦白的。但是她觉得自己像受到灯光照耀那样受到他的感染。说是如果他在身边，她便觉得自己又闪耀出更多的光亮、更有价值了。听到这话，瓦尔特只是随时都想关上百叶窗。说是她感觉到什么，这与谁也不相干，与乌尔里希不相干，与瓦尔特也不相干！

但是瓦尔特却在她话语中透出的愤恨和恼怒之间感觉到一颗麻醉的、致命的小颗粒散发出某种不是愤怒的香味。

天色黑了下来。房间里黑咕隆咚。钢琴黑乎乎的。两个相爱的人的影子黑乎乎的。克拉丽瑟的眼睛在黑暗中闪光，像一盏灯被点着了，在瓦尔特因痛苦而烦躁不安的嘴里，一颗牙齿上的珐琅质宛若象牙般发出微光。尽管外面世界里最大的国家行动正在进行，尽管他有着种种不愉快的事，如今似乎正是一个销魂的时刻，上帝正是为了这样的时刻才创造出人间。

三九

一个没有个性的人由没有人的个性组成

可是这晚乌尔里希没来。菲舍尔经理急匆匆离他而去之后，他便又在琢磨他青年时代的问题，即为什么所有非本意的和在更高意义上不真实的言语竟受到世人如此强烈的支持。“人们恰恰总是撒了谎才会前进一步，”他想，“我本来还应该对他说这句话的。”

乌尔里希是一个有激情的人，但是不可以把激情理解为人们所说的一个个具体的激情。一定有过什么东西一再驱使他进入这些激情状态，也许是情欲吧，但是在激动的和激动行为的状态本身中他的态度是既有激情又冷漠的。他就这样参与了几乎一切事情，并感觉到自己现在还随时都会投身于某种事情之中，这种事对他来说不必具有任何意义，只要激起他的行动欲望便可。所以关于他的生活他可以略带夸张地说，当中的一切都是这样进行的，就仿佛它们互相从属，甚于从属于他。一件事开了头，便总得干下去，不管这事发生在战斗中还是爱情中。就这样，他大概也一定以为自己获得的个性相互从属，甚于从属于他，可以说，如果他仔细检验自己，这些个性中的每一个单个的个性与他的关系并不比与也想拥有它的别人的关系更密切。

但是，尽管如此，人们毫无疑问地为它们所规定并由它们所组成，即使人们与它们并不协调一致。就这样，人们有时觉得自己取静止态度时与取活动态度时一样陌生。如果要乌尔里希说他究竟是个怎样的人，那么他会陷入尴尬境地的，因为和许多人一样，除了用一项任务和与此项任务相比，他还从未用别的方式检验过自己。他的自我意识既没受损害，也不柔弱、自负，不需要那种人们称为内心揣摩的修整和涂油。他是一个坚强的人吗？这个他不知道；对此他也许处于一种致命的错误认识之中。但是他肯定始终是一个相信自己的力量的人。现在他也不怀疑，是否有自己的经历和个性只是一种态度上的差别，在某种意义上来说是一种意志的决定或一般性与个性之间的一个精选的生活等级。简单说吧，人们可以对遭遇到的或所做的事采取更一般性或更有个性的态度。挨了打除了会感到疼痛，也会感到感情受到伤害，于是这打击便越来越厉害；但是人们也可以以运动员的方式来看待它，把它看作是一种障碍，如此既不可以让这给吓住了，也不可以因此而勃然大怒，后来便不时发生这样的事：人们压根儿就不理会它。但是在这第二种情况下没发生任何别的事，无非就是人们把挨打纳入一种一般性的关系之中，即战斗行动的关系之中了，其本质则被证明取决于他所要完成的任务。每一个不把经历看作简单的个人事件而看作一种对自己智力的挑战的人所揭示的恰恰就是这个现象：一个经历因其在一系列合乎逻辑的行动中的地位才获得自身的意义，甚至自身的内容。然后他也会对他所做的事产生较淡漠的感觉；但是奇怪的是，这种在拳击时被认为是优越的智力的东西，由于对一种精神生活的喜爱，一旦在不会拳击的人身上生成，人们便只将它称为冷酷和无情。在这方面还需区别种种不同情况，以便适当运用和要求一般性的或带个性的态度。一个杀人犯若从实际情况出发采取行动，这就会被理解成为特别野蛮；一个教授在自己夫人的怀抱里继续琢磨一道计算题，这就会被解释成感情僵化、单调乏味；一个踩着别人的尸体向上爬的政治家会按其成就的大小而被理解成为卑劣或伟大；而对于士兵、刽子手和外科医生则相反，人们直截了当地要求他们具有坚定的意志，在别人身上将会遭到谴责的坚定的意志。不需要进一步探讨这些例子的寓意，这种无把握性也会引人注目，人们每一次都是这样把握不定地在客观正确和主观正确的态度之间达到一种妥协。

这种无把握性给乌尔里希的私人问题提供了一个广阔的背景。从前人们做人比今天更是心安理得。人就像谷物里的草茎；他们大概比今天更剧烈地受到上帝、冰雹、火灾、鼠疫和战争的来回激荡，但是从整体来看，一座城市、一个地区，作为领域，除此之外在个人行动上尚还为单个草茎剩下的东西，这件事的责任是明确的并且是一件清楚划定界限的事。今天则相反，责任的重点不在人，而在实际关系之中。人们难道没有注意到经历已经摆脱了人？它们已经走进剧院，进入书本，进入研究机构和考察旅行的报告，进入志同道合者团体和宗教团体，它们像在一个社会实验中那样以别的种类的经历为代价而形成某些种类的经历，要是这些事件并非恰恰正在活动过程中，便干脆就是正在酝酿之中；今天谁还能说，在有这么多的人干预他并且比他更明白事理的情况下，他的愤怒确实是他的愤怒呢?！已经生成了无数没有人的个性，没有经历者的事件，看上去几乎是，在理想的情况下人压根儿就不再会有任何私人经历，个人责任的美好和重大化解为一个公式体系，表示可能存在的重要意义。长时间来一直把人类当作宇宙中心的、但自几个世纪以来就已经在渐渐消失的人本主义态度的瓦解大概终于已经波及自我本身，因为在经历上最重要的是人们正经历这件事，在行动上最重要的是人们正在做这件事，这种信念开始让大多数人觉得是一种幼稚。大概仍还有人生活得很有个性；他们说“昨天我在某某人和某某人的家里”或者“今天我们做这事和那事”，用不着还有什么别的内容和意义，他们一样感到高兴。他们喜欢一切接触他们的手指头的东西，所以只要有可能他们便尽量是纯粹的个人；世界和他们一有关系，便变成个人世界，并且像一道彩虹那样发光。也许他们很幸福；但是这类人在大多数人眼里看来通常荒谬绝伦，虽然还说不准这是为什么——蓦地，乌尔里希不得不针对这些疑虑而微笑着暗自承认，不管怎么说，哪怕他没有什么坚强的性格，却是个说话算数的人。

四〇

一个有种种个性的人，但他觉得它们无关紧要；一位精神王侯被逮捕，平行行动获得自己的名誉秘书

勾勒乌尔里希这个三十二岁男子的基本特征并不困难，虽然他只知道自

己对所有的个性都保持着同样的距离，不管所有这些个性如今已经成为他的还是没有成为他的，他都奇异地觉得它们无关紧要。在他身上还有某种好斗精神与简直是以一种形态很多样的资质为前提的头脑的灵活性结合在一起。他是一个具有男性特质的人。他不善于体会别人的情绪，很少设身处地为别人着想，除非是为了达到自己的目的而去结识他们。他不尊重权利，如果他不尊重拥有这些权利的那个人的话，不过这种情况很少发生。因为随着时间的推移他心中形成了某种否认的意愿，一种柔韧的情感辩证法，这容易诱使他在某种普遍受欢迎的东西中挑毛病却去护卫某种被禁止的东西，并怀着从尽责任的意愿中生出的不满拒绝负起职责。但是，尽管有这个意愿，除了某些他自己容许的例外情况，他直截了当地让骑士般的礼俗去处置道德品行，那种骑士般的礼俗在资产阶级的社会里在相当程度上指导着所有在正常的经济条件下生活的男人，他就这样怀着一个特别适合自己所做的事的人的那种傲慢、冷酷和马虎过着另外一个人的生活，这个人或多或少有些寻常、有益、有利于公益地利用自己的兴趣和能力。他习惯于本能地、不带虚荣地认为自己是实现一个并非不重要的目标的工具，他还打算要及时获悉这个目标呢，甚至现在，在这个已经开始了的不需寻觅的年份，在他看清了漂泊不定的生活之后，很快便又出现那种在寻觅之路上的感觉，而且他制订自己的计划没特别费什么力气。在这样一个人的身上看清驱动他的激情，这不是一件很容易的事；资质和环境从多方面塑造了这个人，他的命运还没有让真正严酷的反作用力揭示出来，但主要的是：要作出决断，这个人尚还短缺某种自己陌生的东西。乌尔里希是一个受到什么东西的强迫而过着跟自己过不去的生活的人，虽然他表面上无拘无束、自由散漫。

把世界看作一个实验室的比喻再次唤醒了他心头的一个旧有的想法。从前他曾常常把自己中意的生活想象成一个这样的大试验场所，在那里必定可以试验最好的做人的方式并发现新的方式。至于整个实验室工作得有些无计划，缺乏总体上的领导人和理论家，这便是另外一码事了。人们甚至可以说，他自己就曾想成为精神王侯、精神主宰这样的人物：可谁又不想呢?！所以精神被认为是最崇高和超越一切起主宰作用的东西，这是很自然的事。世道正在这样教导人。大凡能这样做的人，便都用精神装扮自己、掩饰自己。精神与某种东西一结合，就是世上最广为传布的东西。忠诚的精神、爱情的精神、一种男性的精神、一种有教养的精神、当代最伟大的精神、愿意高举这件事或那件事的精神，我们愿意本着我们的运动的精神行事：直至即便在最低的级别上这听起来都何等坚定和不失体统。与这相比，其余的一切，平日的罪行或获取利益的贪欲便显得就是那种不被公开承认的东西，那种上帝从脚趾甲里剔除出去的污秽。

但是如果精神单独存在，作为赤裸裸的主旨词，光秃秃像一个幽灵，人们真想借给这幽灵一条床单——那么，情况又会怎样呢？人们可以读诗，研究哲学，买画和在夜晚进行谈话：但这就是人们会从中获得的精神吗？假设人们会获得它：可是人们随后就占有它了吗？这种精神是与它出现时的那个偶然形态紧密相连的！它穿透想吸收它的那个人的身体，只留下少许震动。我们拿所有这些精神怎么办？它在大量纸张、石头、银幕上以简直是大得不可想象的规模不断被重新创造出来，同样持续不断地在极大的消耗神经能量的情况下被吸收和享用：可是随后它又怎么了呢？它会像一个幻象那样消失？它会化为微粒？它会逃脱尘世的维护法则？在我们心中向下降落并慢慢安定下来的尘埃微粒比消耗掉的多得多。它哪儿去了，它在何处，它是什么？倘若人们多了解一些这方面的情况，那么精神这个主旨词就会显得寂静得令人压抑？！

天色已晚；像从空间冒出来的房屋、沥青、钢轨，构成这个正在冷却的贝壳城市。这母贝壳充满儿童般的、欢乐的、愤怒的人的运动。在那里，每一滴水开始时是喷洒的小水珠；以一声小爆炸开始，被墙壁截住并冷却，变得更温和了、静止了，温柔地附着在母贝壳的外壳上并最后凝结成壁上的一颗小颗粒。“为什么，”乌尔里希突然想，“我没有成为朝圣者呢？”纯洁、无条件的，像整个清澈的空气那样无比健康的生活方式，浮现在他的脑际；谁不愿意肯定生活，谁就至少应该说圣徒的“不”：然而简直不可能认真考虑这件事。他同样也不可能成为冒险家，虽然那种生活可能会从一个永久的订婚期获得某种东西，他的肢体和他的心绪都会感觉到这种乐趣。他既没能成为诗人也没能成为一个只相信金钱和暴力的灰心丧气的人，虽然这些方面的资质他都有。他忘记了自己的年龄，他想象自己二十岁：尽管如此，他不会因此而能成什么气候，这一点在他内心却同样是明确的；某种东西把它拉向现有的一切，而一种更强有力的东西却不让他得到这一切。那么他为什么生活得不清不楚、狐疑不决呢？毫无疑问——他心想——把他吸引在一种孤寂和没有名称的生活方式上的，无非就是那种让人去解开和缚住世界的强制，人们用一个他们不喜欢单独听到的词把这称为精神。乌尔里希自己不知道为什么，但是他一下子心情悲哀地想："我干脆就不爱我自己。"在城市的冻僵了的、石化了的躯体里，他感觉到他的心脏在内心深处跳动。这是他心中的某种东西，它哪儿都不曾愿意停留，曾沿着世界的墙壁感知到了自己并以为，还有几百万堵别的墙壁；这一滴正在慢慢冷却的、可笑的自我，它不愿意发出自己的火焰，充当这微小的火红的核心。

精神已获悉，美可以让人变好、变坏、变蠢或让人着迷。它肢解一只羊和一个忏悔者并在两者体内找到恭顺和忍耐。它检验一种物质并认识到，这物质量大了是一种毒物，量较小时是一种享乐品。他知道嘴唇的黏膜与肠的黏膜相似，但也知道这嘴唇的恭顺与一切神圣的事物的恭顺相似。它搅乱、解开并重新连接。对它来说，善与恶、上与下不是不可信的相对的概念，而分明是一种功能的诸环节，是价值，取决于自身所处关系的价值，它历经一个个世纪而懂得了恶习可以变为美德、美德可以变为恶习，如果人们还不能在一生中把一个罪犯变为一个有用的人，那么从根本上来说它认为这只是一种笨拙。精神不赞赏任何不许可的事物，也不赞赏任何许可的事物，因为一切事物都可能有一种个性，有一天事物会因此而参与一种重大的新的联系。它暗暗地像憎恨死神那样憎恨一切装作仿佛一劳永逸、固定不变的东西，憎恨那些重大的理想和法则以及它们那小小的呆滞的翻版，憎恨那被包住的性格。它认为没有什么事物，没有哪个自我，没有什么秩序是牢固的；由于我们的知识每天都可能有变化，它便不相信任何约束，一切都拥有其自身的价值，只拥有到下一个创造行为开始为止，像一张脸，人们对这张脸讲话，而这张脸则随着言语而变化着。

所以精神就是大随机应变者，但是它自身却是哪儿也逮不着，人们几乎会以为，除了倾塌以外，它的效应没留下任何别的东西。每一个进步是个体上的一种收益和整体上的一种分离；这是一种权力增长，它导致一种无能为力的状态的不断增长，人们欲罢不能。乌尔里希觉得自己回忆起了这个几乎每小时都在增长的、事实和发现的身体，精神如果想仔细考察某一个问题，今天就势必会从这个身体上显现出来。这个身体正在脱离内核。健康和病态、清醒和梦幻头脑之各种形态的，各地区和各时期的无数观点、意见、有序的思绪，虽然像几千个敏感的小神经束那样充满他全身，却缺乏把它们联合在一起的闪光点。人们感觉到危险临近，他将重遭史前时期死于自己高大身材的巨兽族的命运；但是他不能罢休——乌尔里希由此而又想起了那个相当成问题的观念，他长期相信过这个观念，甚至今天也还没完全在心中把它抹掉：世界最好让一个行家里手组成的参议院去驾驭。认为有了病不让牧羊人而是让受过专业教育的医生诊治的人，身体健康时没有理由如他在处理自己的公开事务时所做的那样，去听牧羊人般的饶舌者瞎唠叨，这是很自然的事情，所以看重生活的主要内容的年轻人起初便认为世界上的一切既不真也不善也不美的事物——譬如一个金融部门或一场议会辩论——都是次要的东西；至少当初他们是这样的，今天由于受到了政治和经济的教育据说他们不一样了。但是即便是在当初，随着年龄的增长和对世人用商业油脂熏制肉类的精神熏制室更深入的了解，人们学会适应现实，而一个有文化教养的人的最终的状态则大致是这样的：他只局限于自己的"本行"并为自己的余生带走总体情况也许会不一样的信念，但对此进行思考根本就没有任何意义。在精神方面做出什么成绩的人，他们内心的平衡大致就是这个样子。整个儿这件事突然奇特地以这样一个问题呈现在乌尔里希的面前：既然肯定有着足够的精神，那么，说到底，莫不是就只差精神自己没有精神了吧？

他想嗤笑这种想法。他自己就是这些断念者中的一个嘛。但是颓丧的、尚还有生气的虚荣心像一把剑那样穿透他。此刻有两个乌尔里希在行走。一个微笑着向四下里望了望，心想："我曾想扮演一个角色，在如同这样的舞台背景之间。有一天我醒来，不是像在母亲怀里那样温和，而是带着坚定的信念，认为必须有所作为。人们向我发出了提示语，而我却感觉到，它们与我无关，当初一切像头晕怯场似的充满了我自己的决心和期望。可是这期间土地悄悄地旋转了，我已经往前走了一段我的路，如今也许已经站在出口处。我马上就会被旋转出去，关于我的伟大角色我刚刚说过：'马匹已备好。'你们大家都见鬼去吧！"但就在一个乌尔里希怀着这些思绪微笑着行走在夜色之中的当儿，另一个乌尔里希紧握双拳，怀着痛苦和愤怒；他不太容易被人看得见，他所思虑着的是找到一句咒语、人们也许可以抓住的一个把手、精神的本来的精神、弥合上破碎圆圈的那短缺的一块——也许只是一小块。这第二个乌尔里希找不到可供自己支配的言语。言语像猴子那样从一棵树跳到另一棵树，但是在人们生根的那个幽暗的领域里缺乏言语的友好中介。土地在他脚下流动。他几乎睁不开眼睛。一种情感能像一场风暴那样升起，然而却根本不是什么猛烈的情感吗？如果人们说到一场情感的风暴，那么无疑是指这样一场风暴，在这场风暴中人的皮层发出吱吱声，人的分支飞舞，仿佛要折断似的。但这是一场在表面完全保持着平静的风暴。近乎一种皈依的状态，一种逆转的状态；脸部表情没有丝毫变动，但是在内心却似乎没有一个原子还待在原来的地方。乌尔里希的神志是清楚的，然而眼睛对每一个殷勤的人，耳朵对每一个声音作出不同于平时的反应。人们不能说作出更尖锐的反应；其实也不是更深刻、更温和，不是更自然或更不自然。乌尔里希根本就没什么可说的，但此时此刻他想到“精神”这个奇特的经历宛如想到一个情人，人们终生受她的欺骗，却并不因此而少爱她几分，这把他和他遭遇到的一切事情联结起来。因为如果人们在爱，那么一切就都是爱，即使那是痛苦和憎恶。树上的小树枝和黄昏时苍白的窗玻璃变成一个被深深沉入自己本质之中的、几乎无法用言语来表达的经历。这些事物似乎不是由木头和石头，而是由一种了不起的和无限温柔的不道德所组成，这种不道德在与他相合的那个瞬间变为深刻的道德的震动。

这是边微笑边进行的思维活动，而乌尔里希方才在想：“我就待在命运把我送去的地方吧。”不幸的是，这种紧张关系让一个障碍给打破了。

现在所发生的事，事实上，来自另一个世界，这个世界完全不同于乌尔里希方才还像经历自己身体的一个敏感的延续部分那样经历了树和石头的那个世界。

因为一份工人报刊——莱恩斯多夫伯爵大概会这样说的——对这个伟大思想倾注了一大堆破坏性的唾沫，这份报刊声称，这个思想仅仅是紧接着最近的强奸谋杀案之后统治者们制造的一个新的头号新闻，一个正直的工人喝多了点，觉得怒火从心头升起。他走近两个公民的身旁，这两个人对当天所做的事颇感到满意，因意识到好的观念随时都会显现而相当大声地交换着同意这个爱国行动的看法，他们在报刊上读到了有关这一行动的消息。双方产生了口角，一个警察就在附近，这使两个有友好情意的人受到鼓舞，却也惹怒了那位进攻者，于是这场争吵便呈现出越来越激烈的形态。警察先从后面，继而从前面，最后就在近旁看这场纷争；他在一旁观战，宛如国家这座铁起重器的，这座终端是电钮和别的金属部件的铁起重器的一个凸出的杠杆。如今在一个秩序井然的国家里，生活中的经常性居住地点却完全有着某种鬼气森然的东西；人们不论到街上去，还是喝一杯水或登上电车，都会碰到一个巨大的法律和关系机构的那些调和杠杆，将它们开动起来或由它们来维持自己那宁静的生活；人们了解其中的占少数者，它们深深扣动人们的心弦，而在另一方面它们都沉入一个网络之中，这网络的全部成分压根儿还没有哪个人弄清楚过；所以人们否认它们，一如国家公民之否认空气并声称空气是一片空虚，但表面上看来这似乎恰恰表明，一切被否认的，一切像水、空气、空间、金钱和时间的消逝那样无色、无气味、无滋味、无重量和无道德的东西其实是最重要的东西，是生活的某种似鬼魂般的东西。有时人会像在没有自己意愿的梦中那样被一种惊慌情绪攫住，像一头陷进一张网的不可理解的机械装置的动物那样被一种狂乱出击的运动风暴攫住。警察的纽扣对那位工人施加着这样一种影响，而此刻那觉得自己没有受到应有尊重的国家机构便着手进行逮捕。

逮捕过程不无反抗和煽动性观点的反复显示。这引起来的轰动迎合了醉汉的虚荣心，一种直到那时为止一直秘而不宣的对同类的满腔厌恶发泄了出来。一场激烈的以求获得价值实现的斗争开始了。一种对他的自我的更崇高的情感与一种不可名状的感觉激烈争辩，仿佛他身体不健壮似的。世界也不健壮；它是一丝不稳定的气息，它不断地扭曲、变换形态。房屋歪斜着从空间冒出来；其间那可笑的、密集的、却亲如手足的糊涂虫便是人类。我有责任为他们建立秩序，这位不寻常的醉汉这样觉得。整个现场充满着某种闪闪烁烁的东西，事件的某一段道路清晰地向他移过来，但随后墙壁又旋转起来。眼轴就像从头上伸出来的叶柄，而脚掌则紧紧抓住地面。一种奇异的从嘴里向外的涌流已经开始；言语从内心深处泛上来，对于这些言语简直不可思议的是，先前它们是怎样进入那里面去的，它们可能都是些骂人的话。这无法加以严格分辨。外部和内部相互交融。愤怒不是内心的愤怒，而仅仅是激动得狂叫的愤怒的身体外壳。一个警察的脸极慢地趋近一只捏紧的拳头，直至终于流起血来。

但是在这期间警察的人数也翻了三番；人群和急忙奔跑过来的保安人员

一道聚拢过来，醉汉已经扑倒在地，拒不接受拘捕。这时，乌尔里希做了一件欠考虑的事。他听见人群里有人说了“亵渎君王”这句话，如今却发现，这个人在这样的情况下是没有能力犯什么亵渎的罪行的，人们应该让他去睡觉才是。他没有多作考虑，但是他向不公正的人们走去。这时那个人大声叫嚷，说是他才不把乌尔里希和国王……一个警察显然把这一反复的过错归因于乌尔里希多管闲事，便厉声呵斥乌尔里希，要他滚开。可是此君不习惯从另一个角度来观察国家，只会把国家看作一家理应给人们提供礼貌服务的饭店，他竟不许人家用这样的口吻对他讲话，这出乎意料地使警察们认识到，一个醉汉不够三个警察侍候，所以他们顺势就把乌尔里希也带走了。

一个穿制服的人的手抓住他的胳臂。他的胳臂比这侮辱人的扭抓强有力得多，但是如果他愿意和武装国家权力进行一场毫无希望的拳击比赛的话，大就可以挣脱这只手，所以他终究没有别的办法，只得客客气气地请求人家让他自己跟他们一起走。拘留所设在警察局大楼里，乌尔里希走进拘留所，他一看见地板和墙壁顿时便想到了兵营；不断被带进去的污秽和粗劣的洗涤剂之间的那种同样的阴沉沉的斗争充斥着这间拘留所。接着，他看到了其中还配有文官统治的象征，两张带一个小柱栏杆的写字台，栏杆上缺了几根小柱，其实是作写字台用的木箱，箱面上铺着撕破、烧焦的布，安放在极低矮的球状底座上并且在费迪南德时代漆过黄褐色油漆，如今油漆剥落，木头雕花上只剩最后几片树叶了。随后，房间里充满着这种浓重的感觉：人们在这里不可以发问，只有等待的分儿。他那位警察在报告了拘捕的原因之后便像一根柱子那样站立在乌尔里希身旁，乌尔里希试图立刻说明情况，这个要塞的警官和司令在护送人员走进来时从他已经写过字的案卷上抬起一只眼来，打量了打量乌尔里希，随后那只眼睛又垂下，这位官员一声不吭地继续在案卷上写着。乌尔里希觉得等候了无穷尽的时间。然后，警官把案卷推到一边，从壁架上拿起一本册子，登记上什么，撒上点沙子，把册子放回，拿来另一本，登记，撒沙子，从一摞相似的案卷里拿出一扎来，然后如法炮制地干了起来。乌尔里希觉得第二个无穷尽正在展开，这期间星辰正常旋转，而他则仿佛不在这世上似的。

从这间公事房经过一扇开着的门便可进入一条通道，禁闭室就在这条通道边上。人们立刻就把乌尔里希的被保护人带到那儿去了，而由于再也没听说他有什么动静，所以他大概是飘飘然进入睡乡了吧；但是可以感觉到正阴森森地发生着别的事件。禁闭室所在的那个过道必定还另有一个入口；乌尔里希一再听到人来人往的沉重脚步声、甩门声、压低的语声，蓦地，当又一个人被押解进来时，响起了这样一个声音，乌尔里希听见这个声音苦苦哀求："求您发发慈悲吧，您别拘捕我啦！"这声音突然变得尖锐刺耳，而这一声向工作人员发出的、要他发慈悲的呼喊，听起来出奇地不合时宜，几乎令人发笑，因为职能是要实事求是地行使的嘛。警官抬一抬头，眼睛没有完全离开案卷。乌尔里希听见许多只脚猛烈擦地的声音，显然是一些人在用身体推搡一个抗拒着的身体。接着便只听见像是在被人一推后两只脚踉跄行走的响声。随后便是一扇房门砰的一声关上，插销咔嚓一响，这时写字台后面那个穿制服的人已经又低垂下脑袋，空气中笼罩着一片沉默，仿佛已经在一句话后面正确的位置上画上了一个句号似的。

乌尔里希猜测他自己还没为警察的宇宙造就出来，但他似乎猜测错了，因为警官随即又一抬头凝视着他，最后写得的几行字仍还湿乎乎地闪亮着，它们没被吸干，而乌尔里希案件则一下子便显得自一些时候以来就已经归入警署受理的案件之列了。姓名？年龄？职业？住址？乌尔里希受到盘问。

他认为，在还没有哪怕只是谈一谈他有罪还是无罪之前，自己便已陷进一台机器之中，这台机器将他剖析为无个人特色的、一般性的成分。他的姓名，语言中最缺乏想象力、却最富有情感的词，它们在这里根本不说明任何问题。他的论文在一向被认为是响当当的学术界曾给他带来过荣誉，它们在这里这个世界里并不存在；人家一次也没向他问及它们。他的脸只被看作相貌特征的简要描述；他觉得以前从未想到过自己的眼睛是灰色的，现有的四种官方许可的眼睛之一，这样颜色的眼睛有几百万双；他的头发金黄色，他的身材高大，他的脸椭圆形，特别的特征他没有，虽然他本人对此另有看法。按他的感觉，他个头高大、肩膀宽阔、胸部像桅杆上一张鼓起的帆，一旦他生气、争吵或博娜黛婀偎着他，他身上的各关节便像狭窄的钢肢节那样把浑身的肌肉锁起来；但是一旦他读一本扣动他心弦的书或心头掠过一丝于这世上闻所未闻的无国籍的炽热爱情气息，他便瘦削、温柔、模糊，像一块在水里飘浮的水母那样柔软。所以即便在此刻，他也尚还懂得这些统计资料使个人失去了魅力，而警察机构对他使用的量度和描述方法则像一首撒旦编造的爱情诗那样陪伴着他。其中最神奇的是，警察不仅能够剖析一个人，剖析得他什么也不剩下，而且也会把这些微乎其微的构件又不出差错地装配成他并由此认出他来。要作出这一成绩，只需附加上某种不可衡量的东西，某种警察称之为嫌疑的东西。

乌尔里希突然领悟，他只能凭借清醒的理解才能摆脱自己因愚蠢而陷入的困境。人们继续询问他。他设想，如果在被问到住所时把一个陌生人的住所说成是自己的住所，或者对他为什么做了自己所做的事这个问题回答说，他总是做某种不同于他确实认为重要的事，这将会产生什么效果？但是他做出规矩本分的样子，说出了街道和房屋门牌号并试图编造一种替自己的态度辩解的托词。这时，才智的内在权威以一种极其令人难堪的方式对警官的外在权威表现出无能为力。尽管如此，最终他还是窥见一个转机。当被问及职业，他在回答“私人”的当儿——私人学者他没说得出口——便已经感觉到一束目光盯住了自己，这目光直勾勾地看着他，仿佛他说了“无家可归”似的；但是当他在个人履历里提到父亲并且情况表明，他父亲是上院的议员——这时，这目光顿时便变了样。它还始终带着狐疑，但不知什么东西立刻给乌尔里希一种宛如一个在大海的波涛里来回翻滚的人用大足趾触到了陆地的感觉。他精神为之一振，便充分利用了这个机会。他当即减弱已供认的一切，向这位已处于值勤宣誓状态的权威警官提出要接受警察局长亲自审问的强烈要求，而当这只引起对方微微一笑时，他撒谎——成功地装出自然的神态，很随便地并准备立刻再否认这个断言，倘若人们用这来设置圈套想从他嘴里套问出详细情况的话——自称是莱恩斯多夫伯爵的朋友和人们大概已在报刊上读到过的那个伟大爱国行动的秘书。他顿时便发现，这句话使对方开始进行那种他迄今一直未曾得到过的较为严肃认真的思考，于是便紧紧抓住这个优势。结果就是，这位警官恼怒地打量他，因为既不想承担过分长久扣留这个捕获物的责任，也不想放走他；而由于这时没有更高一级的官员在场，他便想到一个招儿，这一招儿给这位普通的警官开出一份绝妙的证明，证明他从上司处理棘手案卷的样式上已经学了一手。他做出一副一本正经的样子并神色凛然地表示猜测说，乌尔里希不仅犯有侮辱值勤人员和妨碍执行公务罪，而且如果考虑到他声称自己所居的地位的话，也有从事情况不明的、也许是政治方面的勾当的嫌疑，所以他得让自己了解清楚这方面的情况，以便把这件事交警察总局政治司去处理。

所以，不多几分钟以后，乌尔里希便乘坐一辆警察局提供的车辆向夜色中驶去，身边坐着一位不苟言笑的穿便服的警察。当他们驶近警察总局时，被拘捕的人看见二楼的窗户灯火辉煌，因为在这夜深人静的时刻，最高首脑还在主持召开一次重要的会议，这所房屋不是昏暗的厩房，而像一个部，他已经呼吸到一股更亲切的气息。他也很快便发现，自己被带到一位值夜班的官员面前，这位官员马上便察觉出，这家被激怒了的市郊机构告发此人实在是瞎折腾；然而，他却觉得从正义的魔掌中释放一个满不在乎自己闯进去的人，这很不合适。于是总局的官员也摆出一副铁机器的神态，向被拘捕者明确声言，说是他欠考虑的行为让人觉得很难对释放负责。被拘捕的人已经把情况陈述了两遍，这一切曾对分局的警官产生过很有利的影响，但是对这位地位更高的官员这就不管事了，可是正当乌尔里希对自己的事已不抱希望的时候，他的这位法官的脸部表情倏地现出一种奇异的、近乎感到高兴的变化。他把告发材料又仔细看了一遍，让乌尔里希又说了一遍自己的名字，问清楚了他的住址，彬彬有礼地请求他稍等片刻，就离开了这间房间。过了十分钟，他又回来，这时的他就像一个想起了什么很开心的事的人，竟出奇地礼貌地邀请被拘留的人跟他走。在楼上一间灯火通明的房间门口他没说什么别的话，只说了句“警察局长先生想亲自和您谈谈”，于是乌尔里希当即便站在了一位从邻近的会议厅里走出来的蓄着分开的络腮胡子的男子面前，这种络腮胡子他曾经见过。他决心用温和的指责把自己的到场解释成为警察分局的一个失误，但局长抢先一步向他表示欢迎说：“误会了，亲爱的博士，警长先生全对我讲过了。尽管如此，我们还是得让您受到一个小小的惩罚，因为——”说到这里他调皮地（倘使对一位官衔最高的警察官员可以用这个词的话）盯着他，仿佛要让他自己猜这个谜似的。

乌尔里希却根本猜不出来。

“伯爵阁下！”局长帮腔。

“莱恩斯多夫伯爵阁下，”他补充说，“不多几个小时之前还火急火燎地向我打听过您呢。”

乌尔里希这才明白了一半。“您不在姓名地址录上，博士先生！”局长用开玩笑的责备口吻解说道，仿佛只有这才是乌尔里希的罪行似的。

乌尔里希一欠身，仪态大方地微微一笑。

“我估计，为了一件具有重大社会意义的事情您明天必须去拜会伯爵阁下，所以我不忍心用监禁来妨碍您。”铁机器的主人这样结束他小小的玩笑。

人们可以认为，在任何一种别的情况下局长也会觉得逮捕是没有道理的，而警长则是偶然记起乌尔里希的名字不多几小时以前第一次在这所房屋里出现的前后经过，他完全照实向局长描述了事情的经过，所以谁也不曾任意干预过事态的进程。况且伯爵阁下从来就不知晓这件事情的来龙去脉。乌尔里希觉得自己应该在发生这起亵渎君王事件之夜的次日去参谒他，并因此而当即成为伟大爱国行动的名誉秘书。莱恩斯多夫若知道这件事的始末根由，恐怕也不会说什么别的话的，而只会说这是由一个奇迹促成的。

四一

拉喜儿和狄奥蒂玛

此后不久，在狄奥蒂玛府上举行了爱国行动的第一次重要会议。

客厅旁边的餐室变成了一间会议室。餐桌被拆开并铺上绿色桌布，摆放在房间中央。象牙白色的部级用纸和各种硬度的铅笔摆在每一个座位的前面。餐具柜已撤走。房间的四角空荡而严峻。四壁光秃得令人敬畏，只有一幅国王陛下的画像，是狄奥蒂玛挂上去的，还有那幅穿紧身胸衣的女人像，这是图齐先生当领事时不知从什么地方带回家里来的，虽然它完全可以被看作是一位女祖先的画像。狄奥蒂玛本来还很想在桌子的一端摆上一尊耶稣钉在十字架上的像，但是图齐司长出于礼节方面的考虑在这一天离开家之前曾嘲笑过她。

因为这平行行动一开始应完全以私人面目出现。没有部长或政府要员出席；也没有一位政治家到场；这是有意安排的；一开始在小圈子里只召集了这个思想的无私的仆人们。国家银行总裁，封·霍尔茨科普夫先生和维斯尼茨基男爵先生，上层贵族的几位贵妇，市民福利事业界的知名人士以及忠实于莱恩斯多夫伯爵的“产业和教育”原则的各高等学校、各艺术协会、工业界、本地房地产业和教会的代表将参加这次会议。各政府机关委派不起眼的年轻官员作全权代表，他们在社交方面适合这个圈里的人并且得到自己的首长的信任。这种组成成分符合莱恩斯多夫伯爵的愿望，他想到了一种无拘无束从民众内部流露出来的意愿，但在有了处置种种问题的经历之后便觉得知道人们得与谁打交道，这也是一种很令人欣慰的事。

小侍女拉喜儿自早晨六点起便忙碌开了。她架好了大餐桌，搭接上了两张纸牌桌，铺上了绿色桌布，如今正特别认真地拂拭灰尘并以极大的热情做着每一种繁重的工作。前一天晚上，狄奥蒂玛对她说：“明天我们这里也许将创造世界历史！”拉喜儿高兴得浑身火辣辣的，急切盼望着和女主人一道经历这样一个事件，这对这个事件很有利，因为拉喜儿的黑色小连衣裙下面的身体像迈森瓷器那样惹人喜欢。

拉喜儿十九岁，相信奇迹。她出生在加利钦地区的一所破旧茅草屋里，草屋的房门柱上挂着犹太教经文纸条，地板开着裂口，泥土从裂口冒上来。她受到诅咒，被赶出门外。母亲现出一脸无奈的神色，兄弟姊妹们神色惊恐地冷笑。她双膝跪地苦苦哀求，羞耻感使她的心缩紧了，但谁也帮不了她的忙。一个没良心的小伙子诱奸了她；她不再知道那是怎么回事；她不得不在陌生人家里分娩，然后便离开了那个地区。拉喜儿踏上了旅途；绝望随着她乘坐的破旧木板车的轮子一起滚动；哭干了眼泪，她看到她受某种本能的驱使向之逃奔而去的首都像一道大火墙出现在自己面前，她想冲进这道火墙，以求一死。但是，啊，真正的奇迹啊，这道墙分开并接纳了她；从此以后拉喜儿就不曾有过什么别的心绪，她只觉得仿佛生活在金色火焰的内部似的。偶然事件把她引到狄奥蒂玛的府邸，而这位主妇则觉得，既然她逃离了加利钦父母的家，那么因此而来到自己这儿，这便是很自然的事了。在她们彼此熟悉了之后，她有时便给小姑娘讲经常到府上来做客的那些显要人物的情况，拉喜儿能为他们效劳，这是莫大的荣幸；连有关平行行动的情况她也已经向她透露过一些，因为能欣赏拉喜儿的那双眼睛是一大赏心乐事，每听到一些情况那双眼睛便闪闪发光并像金色的镜子那样反射出女主人那容光焕发的形象。

因为小拉喜儿虽然因一个没良心的小伙子而受到父亲的诅咒，但是，尽管如此，她却是一个品行端正的姑娘，简直喜爱狄奥蒂玛身上的一切：她可以早晚梳理的那一头柔软的乌发，她帮她穿上身的那些衣服，中国漆器和印度小雕花桌，四处摆放着的、她一个字也读不懂的外语书籍。她也喜爱图齐先生，最近也喜爱上了那位大富豪，他在到本地后的第二天就拜访了她仁慈的女主人；拉喜儿在前室里满怀热情地像凝视从自己的金柜里爬出来的基督徒救世主那样凝视着他，唯一让她感到沮丧的是，他来拜访她的女主人时没把他的索利曼带来。

但是今天，在一个这样的世界性事件即将来临的时候，她确信一定也会发生什么与她有关的事，她估计这一回索利曼大概会陪同他主人一起来，这是因为这件事场面隆重需要这样做。然而，这一期待却并不是主要的事，而仅仅是恰如其分的纠葛、冲突或阴谋而已，这些东西哪一本拉喜儿为修身养性而读的小说里都不短缺。因为拉喜儿可以读狄奥蒂玛放在一旁的小说，就如同她也可以改裁狄奥蒂玛不穿了的衣服供自己使用。拉喜儿熟练地缝制和阅读，这是她的犹太人遗传特征，但是如果她手里捧着一部被狄奥蒂玛说成是伟大艺术品的小说——这样的小说她最喜欢读——那么，她就当然只如同人们从远距离或在异国他乡观看一个生动的事件那样去理解所发生的事情；她为她不理解的内心激动驱动、攫住，而自己却说不出个所以然，她很喜欢这样。如果人们派遣她上街或有贵宾来访，她便以同样的方式品味一座皇城的热烈和激动人心的姿态和多得异乎寻常的闪光的单个事件——她直截了当地通过置身于某个受偏爱的位置参与那些事件。她根本不想更好地理解这件事；她早期所接受的犹太教的基本教育、她父母家的那些聪明的格言，她因愤怒而全忘却了并且如今也不需要它们，犹如一朵鲜花不需要用羹匙和叉子去吮吸土地和空气的液汁。

现在她把全部铅笔再次集中在一起，把熠熠发光的铅笔尖端插进桌子边角上的一台小机器里，一摇曲柄，那机器便把铅笔头削得光滑锃亮，即便再削一遍也不会掉下一根细丝来；然后她又把铅笔放回到丝绒般柔软的纸张那儿，每一张纸旁边放三枝式样各异的铅笔，她想到，这台允许她操作的完美的机器来自外交部和皇室，是一个仆人昨天晚上从那儿拿来的，铅笔和纸也是如此。这时已经是七点了；拉喜儿迅速扫视四周，全面检查了一下各个细小环节，便急忙离开房间，去叫醒狄奥蒂玛，因为十点一刻会议就要开始，狄奥蒂玛在男主人离去后还在床上躺了一会儿。

这几个和狄奥蒂玛一道度过的早晨让拉喜儿感到特别高兴。爱情这个词儿解释不了这个；倒不如用尊敬这个词儿，倘若人们忆及这个词的全部意义的话，转义的敬意如此充盈一个人的心胸，使他直至内心深处都为它所充满并且简直被它在自己心中的特殊位置排挤掉。拉喜儿自从自己那桩在家乡的风流韵事以来便有了一个小女孩，这孩子现在已一岁半，她准时在每月月初的那个星期日把工资的一大部分付给一个养母，她也在这时见上女儿一面；虽然她不疏忽自己作为母亲的责任，但是却只把这看作一种偿还旧债，她的情感则还如贞洁的身体没有被爱情开启过的姑娘一般。她走到狄奥蒂玛的床前，目光像一个登山者在晨光熹微中看到微微闪着蓝光的雪峰那样敬慕地掠过狄奥蒂玛的肩头，接着她才用手指触摸那真珠母般细嫩的温暖皮肤。随后她品味手上微妙而错综的气味，这手迷迷糊糊从被子下面伸出来让她亲吻，还带着前一天的香水味道，也带有睡眠的污浊空气味；她把早晨穿的拖鞋向着寻找着的光脚递过去并感觉到了那正在醒来的目光。但是对这个极美丽的女人身体的感官接触对她来说本来本不会如此美妙的，倘若她不是被狄奥蒂玛的道德上的意义完全浸透了的话。

"你给伯爵阁下放上那把带扶手的椅子了吗？在我的座位旁边摆上那只小银铃了？在记录员的位置上放上十二张纸了？还有六支铅笔，拉喜儿，六支，不单单是三支，在记录员的位置上？"狄奥蒂玛这一回说。每听到一个这样的问题，拉喜儿便在心中对自己所做过的一切又屈指数上一遍，因虚荣心作怪而大吃一惊，仿佛一个生命遭到了危险似的。她的女主人已经披上了一件晨服并走进会议室。她教育拉喜儿的方式就是，不管做什么事或是放弃什么事，狄奥蒂玛都提醒她注意，人们永远也不可以把这只看作是自己个人的事情，而是必须想到普遍的意义。拉喜儿打碎一只玻璃杯，那么她便会得知，这损失本身完全微不足道，但是这透明的玻璃杯却是日常细小责任的一种象征，这些细小责任几乎不为眼睛所觉察，因为眼睛喜欢盯住更崇高的东西，而正因为如此人们恰恰就必须特别注意这些责任——每逢听到这种部长般的彬彬有礼的教诲，拉喜儿便一边收拾碎片，一边禁不住热泪盈眶，感到悔意和幸福。狄奥蒂玛要求女厨具体思考并认识已犯的错误，自拉喜儿受雇以来，女厨已经更换多次，但拉喜儿却真心诚意地爱听这些绝妙的说辞，就像她爱看皇帝，爱看天主教的葬礼和黑暗中那放光的蜡烛。为了摆脱困境，她有时会撒谎，但事后便觉得很后悔；她也许甚至爱说些小小的谎言，这时，与狄奥蒂玛相比她会感到自己的全部卑劣，但通常只有在她希望有能力私下里迅速把某种虚假变为真实的时候，才允许自己说这样的谎言。

如果一个人在各方面都如此景仰另一个人，那么就会发生这样的事：他的身体脱离自身并像一块小陨石那样坠落进另一个身体的太阳之中。狄奥蒂玛没有挑出什么毛病，亲切地拍了拍小侍女的肩膀；然后，她们便走进浴室，开始为这盛大的节日梳妆打扮起来。如果说拉喜儿搀和温水、让肥皂起泡沫或用浴巾像擦自己的身体那样大胆地擦狄奥蒂玛的身体，那么，这给她带来的快乐却远比打理自己的身体时多得多。她觉得自己的身体微不足道且不值得信任，她一点也没有哪怕只是以比较的方式去想到自己的身体的意思，当她触摸着狄奥蒂玛那塑像般的丰满躯体时，她觉得自己的心情就像一个农家小伙子当上了一个辉煌而美好的团队的新兵。

狄奥蒂玛就这样为迎接这一盛大的节日作好了准备。

四二

重要会议

规定时刻的最后一分钟刚一摆动过去，莱恩斯多夫伯爵便在乌尔里希陪同下来到。拉喜儿已是满脸绯红，因为到那时为止不断有客人前来，她必须给客人们开门帮他们宽衣，她立刻又认出乌尔里希并满意地注意到，他也不是一位无足轻重的来访者，而是一个把意味深长的关系带进女主人的府第的人，这一点现在正在显示出来，因为他陪伴着伯爵阁下又来了。她步履轻快地走到房门口，庄重地打开房门，此后便在钥匙孔前蹲下，想看一看将会发生什么事。这是一个宽大的钥匙孔，她看见了银行总裁刮掉胡子的下巴、高级教士尼多曼斯基的紫色领带以及施图姆·封·博尔特韦尔将军的佩剑缨子——他受国防部派遣而来，虽然国防部其实并未受到邀请；尽管如此，它却致函莱恩斯多夫伯爵，声言在一桩如此“高度爱国主义的事务中”，不想置身事外，即便它与这桩事务的起源及其期待中的进程没有直接的关联。而狄奥蒂玛却忘记把这一层关系告诉拉喜儿了，所以看到有一位军官出席会议拉喜儿心情非常激动，但暂时却一点也弄不清楚会议室里正在发生的事情。

这期间，狄奥蒂玛已经会见了伯爵阁下，对乌尔里希没显示出多大的注意，因为她正介绍在场的人并且首先把保罗·阿恩海姆博士引荐给伯爵阁下，她解释说，一件幸运的偶然事件把这位著名的朋友引到这儿来了，即使他作为外国人不需要参加各种形式的会议，她还是要请求让他当她的私人顾问；因为——说到这里她立刻添上一句温和而带威胁性的话——他在国际文化领域里以及在这些问题与经济问题的种种联系方面的丰富经验和关系对她来说是一种无可估量的支柱，说是迄今为止她一直不得不独自一人振导这方面的情况，将来大概也不会很快有人能取代她，不过，尽管如此，她还是十分清楚地意识到自己的力不从心。

莱恩斯多夫伯爵觉得自己受到突然袭击，自他们的关系开始以来，他第一次对这位平民女友的不策略感到惊讶。阿恩海姆也觉得愕然，像一个入场仪式没让人给安排妥当的君主，因为他曾坚信莱恩斯多夫伯爵知道自己受邀并对此是同意了的。但是狄奥蒂玛此刻满脸绯红并现出一副执拗的样子，她不松口，一如所有在婚姻道德问题上极其问心无愧的女人，在涉及一件合乎道德准则的事情时，她能够施展出女人软磨硬泡的功夫来。

她早就已经爱上了在这期间已拜会过她几次的阿恩海姆，但由于没有经验，她对自己感情的性质懵然无知。他们谈论感动心灵的东西，这心灵使脚掌和头发根之间的肉身显得高贵，并使杂乱的文明印象变成和谐的精神振荡。但是这也已经不简单了，而由于狄奥蒂玛惯于谨慎从事，一辈子都小心翼翼，绝不让自己出乖露丑，所以她觉得这份亲密来得太突然，于是不得不调动起十分高贵的感情来，简直可以说是绝对高贵的感情，那么人们最容易在哪儿找到这种感情呢？在世人将它们安排进去的那个地方：在历史事件里。对于狄奥蒂玛和阿恩海姆来说，平行行动在某种程度上可以说是他们那日益增长的心灵交往中的安全岛；他们把在一个如此重要的时刻使他们相聚在一起的那种东西看作是一种特殊的命运，而且他们之间没有丝毫意见分歧，一致认为这项伟大的爱国行动对于有才智的人来说是一种巨大的机会和责任。阿恩海姆也说这话，虽然他从不忘记补充一句，说是这件事首先取决于强有力的、既在经济领域也在思想领域有经验的人，其次才取决于组织的规模。就这样，在狄奥蒂玛的心目中，平行行动已经密不可分地和阿恩海姆联结在一起了，起先与这个行动联结在一起的思想空虚已经为一种丰富的想象所取代。事实无可辩驳地证明了，蕴含在奥地利精神中的感情宝藏可以通过普鲁士的思想培育而得到增强，这种期望是完全正确的，而这些印象是如此强烈，以至于这位无可指摘的女人在邀请阿恩海姆参加成立大会时并不觉得是在搞突然袭击。现在改变主意为时已晚；但是阿恩海姆约莫了解到这层关系，觉得其中有着某种本质上是和解的东西，尽管陷入这种境地使他感到恼火，然而伯爵阁下从根本上来说对他的女友太过友善，除了情不自禁流露出的惊讶之情，是不会有什么更严厉的表示的；他听了狄奥蒂玛的解释沉默不语，在尴尬的小小间歇之后，他亲切地向阿恩海姆伸出手，以自己惯有的那种极彬彬有礼和讨人喜欢的方式向他表示欢迎。其他在场的人多数大概注意到了这个小小的插曲，凡是知道他身份的人也都惊奇阿恩海姆的在场，但是在有良好教养的圈子当中，人们以一切都有其可靠的理由为先决条件，而好奇地探听根由则被认为是没有教养的行为。

其间，狄奥蒂玛已恢复了她那如画般的安详举止，稍过片刻便宣布会议开始并请求伯爵阁下为她的府邸增光，担任会议主席。

伯爵阁下讲话。这篇讲话他已经准备了好几天，他的思维有着太过于坚定的性格，所以未能在最后一刻对讲话内容作什么改动，只来得及把对普鲁士针击着火系统（它在一八六六年比奥地利的前膛炮阴险地抢先了一步）最不加掩饰的影射缓和了一下。“使我们相聚在一起的，”莱恩斯多夫伯爵说，“是这种一致的看法，我们都认为，一种强有力的、来自人民中间的意愿不可以听任其自然发展，而是需要对之施加一种具有广泛远见性的影响，并且是由一个能纵观全局的部门，即由上面来施加这种影响。陛下，我们亲爱的皇帝和主子，将在一九一八年举行造福社会登基七十周年世所罕见的庆祝活动；所以多亏上帝保佑，我们习惯于惊叹他的充沛精力和蓬勃朝气。我们确信奥地利各界感恩图报的民众将会以这样一种方式来举行这个庆祝典礼，这种方式将不仅向世人显示我们的衷心爱戴，而且也要显示出奥匈帝国坚如磐石般屹立在它的君主周围。”讲到这里，莱恩斯多夫伯爵犹豫不决，不知该不该提及种种分裂现象，即便在举行皇帝和国王的共同庆祝活动时这块磐石也遭受到分裂了；因为人们不得不考虑到匈牙利的反抗，匈牙利只承认一个国王。所以伯爵阁下本来想说两块磐石，它们岿然屹立；但是即便这种说法也还是没正确表达出他的奥匈国家情感。

这种奥匈的国家情感是一种具有如此特殊性质的东西，以致给一个没有亲身体验过它的人去解释它是什么必定会显得近乎徒劳。它并非由一个奥地利的和一个匈牙利的部分组成，像人们随后就以为的那样相得益彰，而是由一个整体和一个部分组成，也就是说由一个匈牙利的和一个奥匈的国家情感组成，而这第二种国家情感则在奥地利流行，这就使得奥地利的国家情感实际上成了无祖国的了。奥地利人只存在在匈牙利，而且在那里是受人嫌恶的；在家里他自称是在帝国参议会里有席位的奥匈君主国各王国和各州的国民。他并不是带着什么热忱做这件事，而是为了一个他所讨厌的观念，因为他不喜欢匈牙利人，匈牙利人也不喜欢他，这就使事情变得更错综复杂了。所以许多人干脆就称自己是捷克人、波兰人、斯洛文尼亚人或德国人，因此便开始了进一步的塌落和那些大家都知道的、如莱恩斯多夫伯爵所说“对内政策性质的令人不快的现象”，按他的观点它们是“不负责任、不成熟、渴望耸人听闻消息分子的作品”，这些人没有遭到政治上太缺乏锻炼的广大居民的应有的拒绝。听过这番提示之后——关于它们所提及的内容迄今许多知识丰富和聪明的书籍都曾写到过——人们将乐意接受这样的保证：这时候不会，将来也不会去作这可信的尝试，去画一幅历史画并和现实进行竞赛。如果人们发现，二元性(这是专业术语)的种种秘密至少像三位一体的秘密一样难以被人领会，这就完全足够了；因为历史的进程或多或少地到处都像一个有成百个附带条款、附属物、调解和抗辩的法律进程，注意力只应该被引到这上面去。平常人懵然无知地在此间生死，但完全只为了自身的康宁，因为如果他想弄清楚自己被卷入了一个什么样的进程，与哪些律师、附加费用和动机有关联，大概在每一个国家里都会让被追踪的妄想攫住。对现实的理解仅仅是一件历史一政治性思想家的事情。对于这位思想家来说，莫哈奇战役或吕岑战役之后是当代，就如同喝完汤吃烤肉，他熟悉全部记录，每一刻都觉得这是一种有法律根据的必然；如果他竟然像莱恩斯多夫伯爵那样是一位在政治-历史方面训练有素的贵族思想家，而且他的祖父辈、同宗族的人都亲自参与过先期的协商，那么对他来说这结果便像一条上升的线条那样一目了然。

所以莱恩斯多夫伯爵阁下在会议之前便暗自思忖过："陛下决心给人民以某种共同决定权去处置自己的事情，这还不是很久以前的事嘛，本来到处都会出现那种政治上的成熟了，这种成熟是配得上最高当局慷慨给予的信任的。由此可见，人们将不必像猜忌的外国那样，把这种本身该受诅咒的、可惜我们正在经受着的现象看作一种老态龙钟、寿终正寝的征兆，而是不妨把它看作奥地利人民尚不成熟的、因此就是不气馁的青春力量的一种象征！"他本来也想在会议上提醒大家注意这一点的，但是由于有阿恩海姆在场，他没有把自己考虑过的全部想法都说出来，而是仅限于就外国不了解奥地利的实际情况以及对某些令人不快的现象的过高估计作了一番暗示。"因为，"伯爵阁下最后这样说，"如果我们要对我们的力量和团结作出一种不容忽视的陈述的话，那么这样做也完全是符合国际的利益的，因为在欧洲各国大家庭内部的一种成功的关系是建立在相互尊敬和尊重别人权力的基础上的。"随后他只是又重述了一遍，说是这样一种天然的有效功率确实必然来自人民之中，因此必须受到上面的引导，而召开这次会议正是为了找到这方面的途径。如果人们想到，不久前莱恩斯多夫伯爵还只是想到了几个人的名字，仅仅是从外部接受了一个奥地利年的思想，那么现在则可以断言事情已经有了长足的进步，虽然伯爵阁下远没有把他所想到的全部讲出来。

在这篇演说之后，狄奥蒂玛讲话，阐述主席的意图。她说，伟大的爱国行动必须有一个伟大的目标，这个目标，正如伯爵阁下所说的，产生自人民之中。"我们今天第一次聚集在这里，我们不是觉得自己有责任就要定下这个目标，而是先聚一聚，建立一个组织，着手收集可以达到这个目标的建议。"说罢，她宣布讨论开始。

起先，大家都沉默不语。你若将不知道自己会出什么事的不同种和不同语言的鸟儿关进一只共同的笼子里，那么，它们最初也就是这样沉默不语。

终于有一位教授请求发言；乌尔里希不认识他，伯爵阁下大概是在最后一刻让自己的私人秘书邀请这位先生的。他谈历史途径。我们朝前看——他说道—— 一道不透明的墙！我们向左看和向右看：过多的重大事件，没有可辨识的方向！他说是只列举几件事：当前和门第内哥罗的冲突、西班牙人需在摩洛哥经受的艰难斗争、奥地利帝国参议会里乌克兰人的梗阻。但是如果人们向后看，那么像是有命运神奇安排似的一切都有秩序有目标……所以，如果可以这么说的话：我们在每一个时刻都在经历一种神奇指引的秘密。他赞成让一个国家的人民睁开眼睛，让人民自觉地看到天命，办法就是可以要求人民在某种特别庄严的场合……他就只想说这些。这就好比是人们根据同时代人的教育学让学生和教师一道学习，而不是把现成的答案摆在学生的面前。

与会者表情呆滞，却神态亲切地望着那块绿色桌布出神；连代表大主教的高级教士在参加这桩俗务时也像政府高级官员们那样只保持着同样的礼貌等待的态度，没有让自己的脸上流露出丝毫衷心赞同的神态。人们似乎有一种仿佛有人在大街上出乎意料地、大声地并对所有的人讲起话来的感觉；所有的人，也包括那些方才根本什么事也没想的人，随后便都突然觉得：他们正在为实现严肃的、实实在在的目标而努力或者正在滥用街道。教授在讲话的时候一直力图克制拘束，他讲起话来磕磕绊绊、断断续续，仿佛让风呛得透不过气来似的；但现在他等待着，不知自己的讲话会不会引起反响，并不无威严地又在脸上摆出等待的姿态。

在这起意外事件之后，皇室民事办公厅代表迅速要求发言并向与会者介绍在周年纪念年可望从最高当局内库中获得的捐赠和题词的大致情况，这时大家都有一种像是得救了的感觉。先是谈到资助建造一座朝圣教堂和提供一笔捐款支持贫穷的天主教副神甫，随后便是大公爵卡尔和拉德茨基老兵协会，一八六六年和一八七八年战役中的军人、寡妇和孤儿，接着是一个支持退役下级军官的基金会和科学院，如此等等；这份名单本身没有什么激动人心的东西；每逢遇到公开显示至高无上者的好意时它总有某个固定的过程和惯常的位置。当这份名单读完时，一位名叫韦格胡伯的女工厂主立刻站了起来，这是一位对慈善事业有重大贡献的女士，她完全不能想象还有什么事比她心里牵挂着的更重要，她向与会者建议搞一个“大奥地利弗兰茨·约瑟夫施汤所”，与会者们面带赞同之情倾听着。只有文教部的代表说，他们部里也有人提出了一个有些相似的倡议，这就是出版一部纪念碑式的作品《弗兰茨·约瑟夫一世皇帝和他的时代》。但是在开了这么一个好头之后会场上又出现了沉默，大多数在场的人都觉得自己陷入了尴尬的境地。

倘若在来开会的时候问他们是否知道什么是历史性的、重大的或诸如此类的事件，他们一定会给予肯定的回答，但是面对着要创造一个这样的事件，面对着这个急切的要求，他们渐渐地泄了气，他们受一种很自然的本性驱使，在心里小声抱怨了起来。

在这个危险的时刻，已经准备好冷饮点心的狄奥蒂玛毅然中止了会议的进行。

四三

乌尔里希与这位要人首次会晤；在世界历史上没发生任何不理智的事，但狄奥蒂玛提出自己的看法，认为真正的奥地利是整个世界

在休息的时候阿恩海姆发表意见说：组织越广泛，大家提的建议便越分散。这是只建立在理智基础上的当代发展趋势的一个标志。但是全体人民意识到意志、灵感和比理智更深邃的本质，恰恰因此就意味着一种要强制全体人民的巨大决心。

乌尔里希以提问作出反应，问他是否认为这个行动会有什么结果。

“毫无疑问，”阿恩海姆回答，“重大事件永远是一般形势的标志！”今天就出现了这种形势；在某个地方有可能举行一个像今天这样的聚会，这个事实本身就证明了这次聚会有其深刻的必要性。

乌尔里希说，但是在这方面却有着某种难以区分的东西。譬如说吧，假定最近一出世界著名轻歌剧的作曲家是个阴谋家并且以世界著名的总统自居，凭他深受大家的爱戴这确是可能范畴内的事：那么这是历史的一次跳跃，抑或是精神状况的一种标志呢?

“这是完全不可能的！”阿恩海姆博士神色凛然地说，“一个这样的作曲家既不可能是个阴谋家也不可能是个政治家；否则，他的音乐奇才便没法理解，而在世界历史上是不会发生任何不理智的事的。”

“可是在世界上却有这么多不理智的事？”

“在世界历史上绝不会有！”

阿恩海姆显然心烦了。在近旁，狄奥蒂玛和莱恩斯多夫伯爵站着进行小声而热烈的交谈。伯爵阁下向女友表示了自己的惊讶之意，居然会在这个具有浓厚奥地利特色的聚会上遇见一个普鲁士人。由于策略上的原因他认为一个异国人在平行行动中担任领导角色是完全不可能的事，虽然狄奥蒂玛指出这种不讲政治私利的做法必定会对外国产生有利和安定人心的影响。但是这时她改变自己的斗争方式并出其不意地扩大自己的计划。她谈到女人的策略，说这策略是一种对感情的自信并且不把社会的偏见放在心上。说是伯爵阁下应该听一听这种呼声。阿恩海姆是个欧洲人，一个在全欧洲知名的重要人物；正因为他不是奥地利人，所以由于他的参与便可证明这样的人物在奥地利倍感亲切，说着她突然提出真正的奥地利是整个世界这个看法。她解释说，只要各国人民在世界上不像奥地利各民族在自己的祖国这样生活在高度的和谐统一之中，世界便不会得到安宁。一个大奥地利，一个世界强国奥地利，在这幸运的时刻她让伯爵阁下想到了这个，这就是平行行动迄今所缺乏的顶峰思想——美丽的狄奥蒂玛楚楚动人、一脸平和地站在她显赫的朋友面前。莱恩斯多夫伯爵还不能下定决心放弃自己的不同看法，但他又一次赞叹这火辣辣的理想主义和这个女人的远大目光并在考虑，与阿恩海姆攀谈会不会比对如此重要的提议立刻作出答复更有利。

阿恩海姆心神不定，因为他预感到会有这场谈话，却不能影响它。他和乌尔里希被好奇的人围住，他们被这位大富翁吸引住了，只听见乌尔里希正在说：“有好几千种职业，人们完全献身于这些职业；那里蕴含着他们的聪明才智。但是如果人们要求他们具有普遍的人性和一切共同性，那么其实只能剩下三样东西：愚蠢、金钱或至多少许宗教的回忆！”“完全正确，宗教！”阿恩海姆断然插话说，并问乌尔里希是否认为宗教已经完全消失、被连根铲除了？他如此响亮地突出“宗教”这个词儿，好让莱恩斯多夫伯爵也听到它。

这期间，伯爵阁下似乎已经和狄奥蒂玛和解了，因为现在他正在这位女友的带引下向知趣地散开的人群走去，并和阿恩海姆博士攀谈。

乌尔里希看到自己一下子成了孤身一人并且可以咬嘴唇了。

他开始——天知道怎么回事，是为了消磨时光还是为了不如此孤寂地站在那儿——回想乘车来参加这次聚会的情景。莱恩斯多夫伯爵让他搭乘了自己的车，作为一个新派人物莱恩斯多夫伯爵有汽车，但是由于他同时也坚持传统，所以他有时也用一辆两匹漂亮栗色马拉的马车，他把这辆四轮轻便马车连同马车夫一道保存了下来，而当总管家来听取指令时，伯爵阁下觉得乘坐这样两头漂亮的、几乎已经是历史性的创造物的马车去参加平行行动成立大会，这样比较合适。“这是佩皮，这是汉斯，”莱恩斯多夫在途中解释说；人们看见蹦跳着的棕色土堆般的马屁股并且有时还看见一个摇曳的脑袋，它有节奏地向一边一晃，泡沫从嘴角飞出来。这些牲口心里在想些什么，这难以理解；这是一个风和日丽的上午，它们在奔跑。也许饲料和奔跑是马仅有的癖好，倘若人们考虑到，佩皮和汉斯是被骗过的，不知道爱情是具体的要求，而只知道它是一丝微风、一抹柔光，有时给它们的世界蒙上闪微光的云彩。对饲料的癖好保存在一只盛有可口燕麦粒的大理石马槽里，在一个有干草的饲草架上；聚拢在温暖马厩的烟雾气味里，含氨的强烈的自我感觉像针那样穿透它那浓郁、平滑的芬芳：这是马！奔跑起来的情形可能就有些不同了。在这方面，这可怜的家伙还和群体联结在一起呢，突然不知从什么地方，一股力注入马群前头那匹领头的牡马之中，于是马群便没命地飞奔起来；因为如果这牲口感到孤单，而无限辽阔的空间又向它敞开着，那么，一阵癫狂的震颤常常会掠过它的脑壳，它无目的地不断飞奔，可怕地尽情飞奔，东奔西突，漫无目的，直至无奈地站住、被人用一碗燕麦诱回为止。佩皮和汉斯是训练有素的驾车的马；它们奔驰，用蹄子拍击被阳光照耀、让房屋围住的街道；对它们来说，人类是一个灰色的群体，这个群体既不传布快乐也不传布恐惧，商店的五光十色的橱窗，容光焕发、光彩夺目的女人，一块块不可食用的草地；沿街的帽子、领带、书籍、钻石：一片荒野。只有厩房和小跑这两个梦中之岛从其中突现出来，有时汉斯和佩皮像在梦中或戏耍中受到一个阴影的惊吓，挤到辕杆边上，挨了一鞭才又抖擞起精神，感激地让缰绳把自己勒住。

莱恩斯多夫伯爵突然在软垫上挺直了身子问乌尔里希：“博士先生，施塔尔堡曾告诉过我，说是您在替一个人说情？”乌尔里希冷不丁没有回过神来，莱恩斯多夫继续说：“您做得很好。我全知道。我是说，没有多少办法，这真是一个可怕的家伙；但是每一个基督徒身上都有的那种不可理解的个性和需要宽宥的特性常常恰好在这样一个家伙的身上显现出来，而如果人们自己想做点什么重要的事，那么就应该最恭顺地想着那些无依无靠的人。也许可以让他再接受一次体检。”莱恩斯多夫伯爵在马车的颠簸上挺直身子发表完长篇大论之后，便又向后倒在软垫里并补充说：“但是不可以忘记，眼下我们应该把全部力量奉献给一个历史性的事件！”

其实，乌尔里希对这位还一直站着与狄奥蒂玛和阿恩海姆交谈的天真的老贵族颇有一点儿好感，而且几乎还有一点妒意。因为谈话似乎进行得很热烈；狄奥蒂玛微笑，莱恩斯多夫伯爵惊愕地睁大着眼睛倾听着，阿恩海姆高贵而从容地讲着话。乌尔里希偶然听这样的话：“在权力范围内获取思想。”他不能忍受阿恩海姆，一般来说，不能忍受这种生活方式，原则上来说，不能忍受这个阿恩海姆样板。这种才智、商业、奢侈生活和博览群书的结合是他极其难以忍受的。他确信阿恩海姆在前一天晚上便在心里全盘算好了，以便在早晨既不作为第一个也不作为最后一个抵达会场；但是，尽管如此，他却肯定没在动身前看过表，而是也许最后一次看了看表，然后就坐下吃早饭并听取他的秘书汇报情况、读他秘书递给他的邮件：这时他已经把可供支配的时间变成他在动身前的内心活动，而如果说他随后无拘无束地沉浸在这一活动之中的话，那么他确有把握，认为它将完全填满这时间，因为正确的事和他的时间通过某种神秘的力量互相关联，就像一件雕塑品和它应摆放于其中的那个房间，或者标枪投掷手和那他看也不看便投中的目标。乌尔里希已经听说过许多有关阿恩海姆的事并读过一些他写的书。在一本他写的书里有这样的话：一个对着镜子端详自己那身西服的人是没有能力采取一种坚定不移的行为方式的。因为那镜子，他这样阐述说，本来是应该给人带来快乐的，如今已经成为一种恐惧的工具，就像钟表，它是一种代用品，有了它我们的各种活动便不再自然地交替进行了。

乌尔里希不得不转移自己的视线，使自己不致无礼地盯着邻近的几个人，他的目光便停留在那个小侍女的身上，她在闲谈的人群之间穿行，面带敬畏的神情提供饮料。但是小拉喜儿没注意他；她已经把他给忘了，甚至都没端着托盘给他来送饮料。她已经走近阿恩海姆，把饮料像敬献给神那样敬献给他；当他那只短而安静的手伸出来接过果汁汽水、心不在焉地握住杯子却没喝时，她真想亲吻他的这只手。在这个高潮过去之后，她便像一台迷惘的小自动售货器那样继续履行自己的职责并迅速退出这间人人都在走动和交谈的世界历史性的房间，重又走进外面的前室。

四四

重要会议的继续和结束；乌尔里希喜欢拉喜儿；拉喜儿喜欢索利曼；平行行动有了一个固定的组织

乌尔里希喜爱这类姑娘，她们虚荣心重，举止有礼，在她们那有教养的畏缩态度方面就像小果树，有一天那成熟甘甜的果汁会掉进一位年轻情郎的嘴，如果他屈驾启开双唇的话。“这种姑娘一定像石器时代的女人那样勇敢和顽强，她们夜晚分宿军营，白天在行军途中背负兵士的武器和家用器具。”他心中暗想，虽然他自己除了在往昔男性觉醒的最初岁月以外，从未在这样的战争小道上走过。他叹息着坐下，因为会议又开始了。

在回忆时他注意到，人们让这些姑娘们穿在身上的黑白相间的礼服和修女服有着同样的颜色；他第一次发现这一点，他对此感到惊讶。但是这时神妙的狄奥蒂玛已经在讲话，她解释说：平行行动必须以一个伟大的标志为最高峰。这就是说，它不能随便定一个在广泛的范围内可以看得见的目标，哪怕它很有爱国主义的特色。这个目标必须打动世人的心坎。它不仅注重实际，而且必须有诗意。它必须是一个里程碑。它必须是一面镜子，世人一照这面镜子便会脸红。不仅脸红，而且像在童话里那样看到了自己真正的面容并不再将它忘怀。伯爵阁下为此而提出了和平皇帝的倡议。

既然已经有言在先，我们就不能不看到，迄今所讨论过的建议都是不符合这个精神的。如果说她在会议的前半段说到象征，那么当然不是指施汤所，而无非是指重新找到那种由于变得极其不同了的人的利益而已经丢失了的统一的人性。于是，不由得便产生这样的问题：当前的时代和今天的各族人民压根儿是否还有能力提出这样的极其重要的共同的思想？大家所提的建议全都是很好的建议，但是我们的意见有很大分歧，这表现在，这些建议中没有一个拥有关键性的起统一作用的力量。

在狄奥蒂玛讲话的时候，乌尔里希观察阿恩海姆。但是引起他恼怒的不是一个个具体的相貌特征。而是整个儿这个人。虽然这些具体的特征——腓尼基人的坚硬贵族商人脑壳，轮廓分明、但像是由于材料太少因而造得扁平的面庞，英国男服裁缝式的沉静，露在那一身西服外面的，是那双手指有些太短的手——真是够显著的了。激怒乌尔里希的，是一切均处于这种良好的关系之中。阿恩海姆的书也具有这种自信心；只要阿恩海姆观察了世界，世界就有了秩序。就在他在一旁观看此人怎样尽心竭力装作注视他们不得不参与的愚蠢进程的当儿，一种想用石头或街头污物扔向这个在完美和财富中长大的人的满街游荡的恶少般的念头在乌尔里希心头油然而生；他简直像一个行家那样品味着这些愚蠢的进程，这行家的脸在说：我不愿意说得太多，但是这是个相当高贵的家伙！

这时，狄奥蒂玛已经讲完话。就在休会后，他们刚刚又坐下来的时候，从所有在场人的表情上可以看出，他们确信现在会有结果了。没有哪个人在此期间考虑过这个问题，但是大家都持一种期待着发生什么重要事情的态度。这时，狄奥蒂玛结束她的讲话——如果有人提出这样的问题：当前的时代和今天的各族人民压根儿是否还有能力提出这样的极其重要的共同的思想，那么人们必须并且可以添上一句：提供这种拯救的力量！因为这是一种拯救。一种拯救性的发展。简短说：即使人们还不能确切想象这种发展。它必须来自全体，要么压根儿就不会来。所以她在征询了伯爵阁下的意见后冒昧地提出如下的建议作为今天会议的终结：伯爵阁下正确地注意到，其实政府各大部已经按其主要观点把世界分成宗教和教育、商务、工业、法律等等这样的部门。如果人们因此而决定建立各委员会，让这些政府部门委派一人来领导这些委员会，并选派各主管群众团体的代表协助委员会工作，那么，人们就要建立一种结构，它已经有序地含有世界上主要的道德力量，这些力量能够涌进这种结构并在其中得到筛分。然后将在总委员会里作最后的综述，而这种结构则还需由几个特殊的委员会和下属分委员会来加以补充，譬如一个宣传委员会、一个筹款委员会等等，而她本人则想自告奋勇负责筹建一个进一步研究基本思想的精神委员会，当然要与所有其他委员会取得协调一致。

大家又沉默不语，但这一回心情轻松。莱恩斯多夫伯爵不时点头。有人为充实理解而问，这个如此设想好的行动如何体现出奥地利特色来呢?

施图姆·封·博尔特韦尔将军站起来回答，而在他之前的所有发言者都是坐着讲话。他说，他深知士兵在会议室里应该扮演一个谦逊的角色。但是如果他还是要讲话的话，那么他这样做并不是为了插手于对迄今所提出的建议的无与伦比的评论，这些建议都是很好的。然而我仍想在最后听凭下面这个思想接受一次友好的检验。计划好的意向显示应该对外部产生影响。但对外部产生影响的，是一国人民的力量。欧洲国家大家庭里的形势，如伯爵阁下所说，也表明一个这样的意向显示肯定不会是毫无意义的。国家的思想就是权力的思想嘛，这是特赖奇克①说的；国家就是在国际斗争中保存自己的力量的权力。如果他提醒大家记住这种不能令人满意的状况，记住这种因议会的漠不关心而使我们的炮兵建设以及舰队建设所处的状况，那么他也只是在触动一个大家都知道的伤口。所以他请大家考虑一下，万一找不到别的目标，现在情况当然还不是这样，那么大众广泛关注陆军和陆军装备问题倒不失为一个有价值的目标。你若要和平，首先当备战！人们为和平而发展的力量可以防止战争或者至少缩短战争的时间。所以他可以肯定地说，这样一项措施也能起到使各国人民和解的作用，并成为一种给人深刻印象的和平意向的显示。

这时，会议室里出现了某种怪异。大多数与会者起初都有这样的印象，觉得这些话与他们这次聚会的本来的任务不相称，但是当将军越讲声音越洪亮时，这听起来就像排列整齐的步兵大队那种使人镇静的行军步伐。平行行动的“比普鲁士好”这个本意羞羞答答地显现了出来，仿佛远处一个团部小乐队吹响了向土耳其人进军的奥伊盖尼乌斯亲王的进军号。可是话说回来，倘若这时伯爵阁下，不过他根本就有这个意图，站起来建议人们让那位普鲁士兄弟阿恩海姆来领导这个团部乐队，那么人们在这种自己所处的不明确的内心的情绪高昂的状态中准保会以为在胜利者的桂冠里听到了欢呼声，也就几乎不会有什么反对意见。

---

① Heinrich von Treitschke(1834 — 1896)，德国历史学家。

在钥匙孔上，拉喜儿发出信号：“现在他们在谈论战争！”

她之所以在休息快结束时回到了前室，也有一点儿是因为这一回阿恩海姆真的把他的索利曼带来了。由于天气变坏，这小黑人便拿着一件大衣跟随在他主人的身后。拉喜儿给他开门时，他做了一副小鬼脸，因为他是一个被惯坏了的年轻柏林人，女人们以一种尚还让他感到不知所措的方式宠爱他。但是拉喜儿曾以为人们必须用黑人语言与他交谈，压根儿就没想到可以试试讲德语；由于她无论如何也要表述自己的心思，便干脆用胳臂搂住这个十六岁男孩的肩膀，把他带进厨房，推给他一把椅子，让他随便吃点心喝饮料。她一生中还从未做过这样的事情，当她从桌旁站起来时，她的心怦怦跳，仿佛糖在研钵里被捣碎似的。

“您叫什么？”索利曼问，他会讲德语！

“拉喜儿！”拉喜儿说完便匆匆离去。

这其间，索利曼在厨房里享用了点心、葡萄酒和小面包，点燃了一根香烟，和女厨师交谈了起来。当拉喜儿服务完毕回来时，这刺痛了她的心。她说：“那里面马上又要讨论什么非常重要的事情啦！”但是这没给索利曼留下什么印象，女厨师是个上了岁数的人，她哈哈大笑。“这也可能会变成一场战争的！”拉喜儿激动地补充说，说是事情几乎已经发展到这个程度了，她的这个钥匙孔报告极大地增加了紧张气氛。

索利曼仔细倾听。“有奥地利将军在场吗？”他问。

“您自己去看嘛！”拉喜儿说，“是有一个。”说罢，他们一起向钥匙孔走去。

在那里，目光时而落在一张白纸上，时而落在一个鼻子上，时而一个大阴影从一旁走过，时而一枚戒指闪闪发亮。生命分解为光亮的细节；他看见绿色的布像一块草地那样伸展；一只白手随意安放在什么地方，像蜡像陈列馆里的蜡制手；如果他们完全斜着往里看，便可以在一个角落里看见将军佩剑上的金缨子闪闪烁烁。连被惯坏了的索利曼也显得心情激动。生命童话般地、阴森森地增长，透过一个门缝和一种想象去看。这弯腰弓背的姿势使血液在耳朵里嗡嗡作响，门后的语声时而轰隆隆如岩块落地，时而又像在涂了肥皂的厚木板上滑行。拉喜儿慢慢直起身来。土地似乎在她脚下升高，事件的精神把她围住，仿佛她把脑袋钻到一块魔术师和摄影师利用的黑布里了。

接着，索利曼也直起身来，血液颤动着从他们的脑袋里向下沉降。小黑人微微一笑，蓝嘴唇后面顿时闪现出一口鲜红的牙龈。

就在前室里的这一秒钟在很有影响的人物们挂在墙上的外衣之间像吹喇叭那样缓缓消逝的当儿，在会议室内部，在莱恩斯多夫伯爵说应该万分感谢将军先生的极其重要的倡议，但暂且还不想讨论实质性问题而是只想确定基本组织原则之后，大家精神振奋，只等会议作出决定。但是，除了需按政府各部想法要点使计划适应世情外，还需作出一个最后决议，其内容是，与会者们一致同意，一俟通过他们的行动人民的愿望已经得到证实，便立刻向陛下陈述这种愿望并极恭顺地请求拥有出于至高无上的仁慈届时将筹集好的资金，以便从物质上确保该愿望的实施。这样做的优点是，人民能够给自己——然而却是通过至高无上的斡旋意志——定下那个被认为是最庄重的目标，而且这是按伯爵阁下的特殊愿望决定的，因为虽然只是一个形式问题，他却觉得这是至关重要的：人民做任何事都不单单从自身考虑出发、都不是没有第二个符合宪法的因素，也并不尊敬这个因素。

其他与会者大概没怎么太认真看待这件事，但正因为如此他们也就没什么要反对的。会议最后作出一个决议，这是对头的。因为人们最后是否动刀子了结一场殴斗或者在一首乐曲结束时是否用十个指头同时敲打几下琴键，或者男舞蹈者是否向他的女士鞠躬，或者人们是否决定作出一项决议：如果一个个事件无声无息悄悄溜走，不在最后再次毫不客气地使人确信它们已经发生，那么这就会是一个叫人感到莫名恐惧的世界；所以人们作出一项决议。

四五

两座山峰的沉默相遇

当会议结束时，阿恩海姆博士不引人注意地巧施手腕，让自己作为最后一个留下，这是狄奥蒂玛的主动提议；司长图齐遵守一个君子协定，肯定不会在会议结束之前回到家里来。

在客人们离去和巩固残局之间的这几分钟里，在从一个房间走进另一个房间的期间——这不时为小小的、横插进来的指示、考虑和一个刚发生的重大事件留下的不安所打断——阿恩海姆一直面带微笑目视着狄奥蒂玛。狄奥蒂玛觉得自己的寓所处于颤动之中；所有为了这个事件的缘故而不得不离开了自己原来的位置的物件如今一一依次返回原地，这情形，就仿佛一个巨浪从无数小坑和沟渠里涌出后如今又在沙滩上缓缓流淌。就在阿恩海姆神态高雅地默默等候直至她以及她四周的这种运动又平静下来的当儿，狄奥蒂玛回想起，尽管有许多人经常出入她的府第，但是除了图齐司长以外，还从未有一个男人和她一道这样单独待在家里，以至于让她感觉到这空荡寓所的那种无声的生活。蓦地，她的贞洁被一种极不寻常的想象搞乱了；她觉得，这个连她丈夫也不在的、变得空荡荡的寓所像一条阿恩海姆已经穿在身上的裤子。是有这样的时刻的，它们可能会像黑夜的畸形产物，发生在最贞洁的人身上，一种灵魂和肉体完全成为一体的爱情，这种爱情的奇异梦幻在狄奥蒂玛的心头闪现。

阿恩海姆对此懵然不知。他的裤子与锃亮的镶木地板构成一条无可指摘的垂直线，他的燕尾服、他的领带、他那颗安详微笑的高贵的脑袋不说话，它们是如此的完美无缺。他本来曾打算为来时的意外事件责备狄奥蒂玛并为将来作些预防措施；但是在这个时刻却有着某种东西，它使这个和与他同样地位的美国金融巨头来往并受到过皇帝和国王们接见的人，使这个大富豪，使这个能用白金抵偿每一个女人的大富豪没提出责备，反倒着了魔似的凝视着狄奥蒂玛，凝视着这个其实叫埃尔梅琳达，甚至只叫赫尔米娜·图齐并且只不过是一位高级公务员的妻子的狄奥蒂玛。在这里必须再次使用灵魂这个词儿来解释这种某种东西。

这是一个已经频繁出现的，却不是恰好在最清楚的关系中出现的词儿。譬如作为今天这个时代已经丢失了的或者与文明不协调的那种东西；作为与身体的欲念和婚姻习惯相悖的那种东西；作为将通过平行行动而获得解放的那种东西；作为被一个杀人犯不仅仅是勉强激发出来的东西；作为莱恩斯多夫伯爵的宗教思考和在神奇的雾中思考的东西；作为许多人的那种对譬喻的爱，如此等等。但是在灵魂这个词儿的所有特性中，最最奇特的却是，年轻人说到这个词儿的时候没有一个不笑的。连狄奥蒂玛和阿恩海姆也对贸然使用这个词儿有所顾忌；因为有一个伟大的、高尚的、怯懦的、勇敢的、卑劣的灵魂，这还好说，但是直截了当地说我的灵魂，这就难以启齿了。这是一个对上了岁数的人来说有鲜明特色的词儿，而这只可以被理解为，人们假设在生命的过程中有某种东西必须让自己变得越来越可以被人感觉到，人们迫切需要为这种东西找到一个名字，却一直没找到，最后便终于很勉强地用了这个本来就遭鄙薄的名字。

那么人们该如何描述它呢？人们可以随意站住或行走，重要的不是人们在眼睛和鼻子底下拥有、看见、听见、期望、抓取、克服什么。它作为地平线，作为半圆形体出现在前面；但是连接这个半圆形体的两端的是一个弦，这个弦的平面从正中央穿过世界。前面，脸和手从这个平面向外探出，感觉和努力在它前面奔走，没有人怀疑：人们在那儿所做的事永远是合理的或者至少是感情强烈的；这就是说，外部关系以一种每一个人都可以理解的方式要求我们采取行动，抑或如果我们囿于强烈的感情做出不可理解的事，那么毕竟连这也有其自己的方式方法。但是不管一切显得多么完整和自成一体，却总是伴随着一种模糊的感觉：这只是某种不完全的东西。有些缺乏平衡，于是人就向前推进，为了不致摇晃，一如走钢丝演员所做的那样。由于他渗入生活并在身后留下生活过的痕迹，尚有待去生活的和已生活过的便形成一堵墙，于是他的道路最后便像木头里的一条蛀虫的路，这条蛀虫可以随意曲折而行，甚至也可以折回，但总是在自己身后留下空洞的空间。从一切填塞物之后一个模糊不清的、被切断的空间的这种可怕的感觉上，从即使一切已是一个整体但仍还一直短缺的这一半上，人们最后终于觉察到了这种人们称之为灵魂的东西。

此外，人们当然还会随时思虑、预感、感觉到它；在各种极不同的替代物中，并各按其禀性不同而有所不同。在青年时代作为人们在做一切事时的一种清楚的无把握的感觉，虽然这件事做得对。在老年时代便作为惊讶的感觉，人们只做了本来计划要做的事中多么少的一部分啊。在这两者之间则作为一种慰藉，原来人们竟是该死的、能干的、正直的家伙，即使并不是人们所做的一切都有具体而正当的理由；抑或世界也不是像它所应该的那样，致使到头来人们所失误的一切还会形成一种公正的均衡；最后有些人甚至会超越一切地想到一个神，这个神在口袋里装着他们所缺少的一切。只有爱情在这方面占着一个特殊的位置；因为在这种例外情况下那第二个一半会被遮没。那个亲爱的人似乎站立在平素经常短缺什么东西的那个地方。灵魂几乎可以说是背靠背地联合起来，并使自己成为多余。因此大多数人在青年时代的一段大的恋爱经历消逝之后便不再感觉到灵魂的缺少，这种所谓的蠢事便是在完成一项值得花费工夫的社会任务。

狄奥蒂玛和阿恩海姆都不曾爱恋过哪个人。狄奥蒂玛的这个特点人们是知道的，但是这位金融巨头也拥有一个在扩大了的意义上的贞洁的灵魂。他一直都害怕他在女人身上激起的情感可能不是为他而发而是冲着他的金钱而来，所以只和也不要他付出情感只要他付钱的女人生活在一起。他从来不曾有过一个朋友，因为他担心自己的信任被人滥用，而是只有生意上的合伙人，即使这种生意上的交换是一种精神的交换。所以当他遇见命运为他选定的狄奥蒂玛时，他老谋深算，具有丰富的人生经验，却贞洁并处于独身的危险之中。蕴藏在他们心中的神秘力量互相碰撞。这只能与信风的吹拂，与海湾洋流，与地壳的火山震荡波相比；极大地胜过人的力量的、与星星相似的力量运动了起来，从一个人传动给另一个人，超越时日的界限；无法测度的流动。在这样的时刻里，讲什么话是完全无所谓的。从熨出的垂直裤褶儿向上，阿恩海姆的躯体似乎如高山般孤单屹立；通过山谷里的波浪与他联合在了一起，浑身闪着孤独光亮的狄奥蒂玛站在另一边，身穿时尚的连衣裙，这连衣裙在上臂形成皱裥，在胸脯上开出一个富于艺术性的褶皱口子并在腘窝下面又贴紧小腿肚。门帷上的玻璃绦带像池塘一样闪闪发亮，墙上的梭镖和箭颤悠悠发出装上羽毛的、致命的激情，而桌上的卡尔曼莱维出版的文集则像柠檬小树林一样缄默不语。我们怀着敬畏略过开始时所说的话。

四六

理想和道德是填满被人们称为灵魂的这个大窟窿的最好手段

阿恩海姆首先摆脱这股魔力。因为按他的观点，较长时间滞留在这样一种状态不可能不使人要么向下沉落去作一种含糊、无内容、安详的思考，要么把一个固定的思想和信念的框架强加于这专致凝神，而这种框架却不再与专致凝神有着完全相同的本质。

这样一种手段虽然杀死灵魂，但随后似乎将灵魂保存在小罐头里供普遍使用，它向来就一直是灵魂与理智、信念和具体行动的结合，所有的道德、哲学、宗教便都是成功地照本宣科的。这样说来，真是天知道，究竟什么是灵魂！只听从灵魂的劝告，这一强烈的愿望留下一个无法测度的活动余地，一种真正的无政府状态，对此根本不可能存在什么怀疑，而且人们有实例，证明几乎可以说从化学角度看，纯洁的灵魂在肆无忌惮地犯罪。一旦与此相反地，一个灵魂有了道德或宗教、哲学、职责和美的领域里的加深了的市民教育和理想，它便得赠一套规章、条件和施行条例，灵魂必须先执行这一套，然后才可以想到成为一个值得注意的灵魂，而它的火焰则像一座高炉的火焰那样被引入美丽的长方形沙盘之中。然后，基本上就只还剩下合乎逻辑的问题有待解释，即这一类问题：一个行动是否会受到这一戒律或那一戒律的约束，而灵魂则对大战后的战场一目了然，死者静静地躺在那里，人们立刻就能发现哪里还尚存一息生命。所以人便尽可能迅速地实行这一过渡。如果他像青年时代有时会出现的那样受到信仰方面的忧虑困扰，那么他便立刻转向迫害无信仰的人；如果他受到爱情的惊吓，便使爱情成为婚姻；而如果他被一种什么别的兴奋情绪攫住，便避开长久生活在这种激情中的不可能性，办法就是，他开始为这种激情而活着。这就是说，他用为自己的理想状态所做的工作，用众多达到目的的手段、障碍和可以可靠地担保自己永远不需要达到这个目的的意外事件，不是度过他的理想状态的，而是他每个日子的众多时刻——每一个这样的时刻都需要一种内容和推动力。因为只有傻瓜、精神病人和有固执念头的人才能长久坚持住这生气勃勃的激情；健康的人不得不满足于发表声明，说是没有一丝儿这种神秘的激情他便会觉得生命没有了生命的价值。

阿恩海姆的生活充满活力；他是一个讲现实的人，他面带友好的微笑并且不无感受力地倾听老派奥地利人的良好社交辞令，人们在这个他亲身参加的会议怎样谈到了一个弗兰茨·约瑟夫皇帝施汤所和责任感以及军事进军之间的关系；他丝毫没有像乌尔里希所做的那样对此进行取笑的意思，因为他确信，能理解伟大的思想远不如承认这样寻常而有些可笑、外貌好看的人是理想主义的动人核心显得更有勇气和优越性。

但是当狄奥蒂玛，这个带有一种维也纳人优势的古希腊罗马式女子在讲话中间提及世界-奥地利这个词儿，一个像火焰那样灼热和违反常情的词儿，某种情感袭上了他的心头。

人们讲述过一则有关他的故事。他在自己柏林的寓所里有一个厅，厅里摆满了巴罗克式的和哥特式的雕塑品。可是不同于天主教教会(阿恩海姆极其爱戴它)往往用很幸福的、甚至欣喜若狂的姿势来塑造它的圣徒和行善的先驱。那里的圣徒们则在各种状态中死去，灵魂拧一个个肉体犹如拧一件衣服，好像要拧干这件衣服的水。胳臂和扭转的脖子那如军刀般交叉的姿态，脱离了它们原来的环境并在一间陌生的房间里联合了起来，给人以精神病院里紧张症患者大聚会的印象。这一套收藏受到高度评价并把许多艺术学者引到阿恩海姆这里，使他得以与他们进行学术交谈，但是他也常常只身一人坐在厅里，于是心情便完全不一样了；他心中有一种像面对一个半癫狂世界的具有惊恐性质的惊讶感觉。他觉得，在道德中本来曾燃烧过一团难以描绘的火，连他这样一个有才智的人一看到这团火也不能有更多的作为，只有死死盯住这堆已烧尽的煤的分儿。全部宗教和神话通过讲述各种法律最初是由诸神赠送给人类而所表达的东西的这种模糊的现象，对灵魂的一种叫人感到无名恐惧，而势必令诸神感到喜爱的早期状态的约莫了解，这随后便在他那平素沾沾自喜展开的思维的四周形成一圈奇异的不安的痕迹。阿恩海姆有一个助理园丁，一个据他所称极纯朴的人，他常常和此人谈论花卉的生命力，因为人们从这样一个人那儿可以比从学者们那儿学到更多的东西。直至有一天阿恩海姆发现这位助理园丁偷他的东西。甚至可以说，他简直是在拼命弄走他到手的一切东西，并且把变卖所得的进款储蓄起来，以便使自己能独立自主，这是日夜盘踞在他心头的唯一念头；但是有一回丢失了一件雕塑品，叫来帮忙的警察搞清楚了来龙去脉。在阿恩海姆获悉这一发现的那个晚上，他让人把此人叫来，为他误入强烈获利欲望的歧途而责备了他整整一个晚上。人们讲述说，当时他自己很激动，有时简直快要躲进旁边一间黑暗房间里去哭泣。因为他羡慕这个人，出于他自己也无法解释的原因；第二天早晨他让警察把他带走。

这则故事得到了阿恩海姆的亲近朋友的证实，而这一回他的心情也和这相似，他和狄奥蒂玛单独站在一个房间里并感觉到某种像这四壁的周围世界在熊熊燃烧似的东西。

四七

把我们大家分开的，全集于阿恩海姆一身

在此后的几个星期里，狄奥蒂玛的客厅里宾客盈门、热闹非凡。人们来这儿，为了打听有关平行行动的最新消息，为了看看这位新的人物，据说狄奥蒂玛已经委身于此人，这是一个德国大富豪，一个富有的犹太人，一个怪人，此人写诗、控制煤炭价格并且是德国皇帝的私人朋友。不仅莱恩斯多夫伯爵圈里的和外交界的女士们和男士们来了，经济和文化界的平民人士也显示出越来越浓厚的兴趣。于是乎，相互还从未听见过什么音讯的埃维语专家和作曲家，企业家和神父，一听到 Kurs① 这个词儿便会想到竞赛路程、交易所行情或研究班课程的人，他们碰到一起了。

但是这时却发生了一桩从未有过的事情：有一个人，这个人和每一个人都谈得来，而这个人就是阿恩海姆。

由于在第一次正式会议开始时那个难堪的印象，从此以后他便躲开各种正式会议，但是他也不总是参加社交聚会，因为他经常不在城里。秘书职位一事当然不再谈论了；他自己就曾向狄奥蒂玛说明这个想法不合适，他也不宜当这个秘书，而狄奥蒂玛虽然一看乌尔里希便总觉得他是个篡位者，但还是听从了阿恩海姆的意见。他来了又走了，三天或五天悄然逝去，他从巴黎、罗马、柏林返回；狄奥蒂玛府上所发生的事，只是他生活中的一个小小的片断。但他喜爱这个片断并且全身心地沉浸其中。

他能够和大工业家们谈工业，和银行家们谈经济，这可以理解，但是他

① 这个词有“路程”、“行情”、“课程”等多种意思。

居然能够一样无拘无束地闲谈分子物理学、神秘主义或射鸽。他是个非同一般的演说家；他一旦讲起话来，便很少会轻易停下，犹如只有要说的话全说出来之后人们才能结束一本书；但是他有着一种平静、雅致、流畅的讲话方式，一种几乎对自己感到忧伤的方式，宛如一条两边都是幽暗灌木丛的小溪，而这便仿佛赋予多讲话以某种必不可少的性质。他的博览群书和他的记忆力确实已经达到异乎寻常的程度；他能够向专门家们发出他们那个知识领域里的最准确的提示语，但同样也熟知英国、法国或日本贵族社会的每一位重要人物，并了解不仅欧洲的、而且也包括澳大利亚和美国赛马场和高尔夫球场的情况。就这样，连来看一个怪诞犹太富翁的猎羚羊者、驯马者和宫廷剧院固定包厢拥有者们也都会怀着敬意摇一摇头，离开狄奥蒂玛的府邸。

有一回，伯爵阁下把乌尔里希拉到一边并对他说："您知道吗，上层贵族在最近几百年里和他们的家庭教师打交道尽碰上倒霉事儿了！从前这都是些后来大部分都进入百科全书的人物，他们一道带来了音乐和图画教师，为了表示感激便做了人们今天称为我们的古老文化的事情。但是自从有了新的和公共的学校，自从我这个圈子里的人，请您原谅，获得博士头衔，家庭教师们不知怎么就变坏了。我们的青年人射野鸡和野猪，骑马，寻觅漂亮女人，他们做得对嘛——如果人家年轻，那么对此就没什么可以说三道四的；但是从前家庭教师们把这种青春活力的一部分引导到让人们既爱护野鸡也爱护精神和艺术上去了嘛，而今天就缺少这种东西。"伯爵阁下想到哪儿就说到哪儿，他有时就会想起这样的事情来；他突然完全向乌尔里希转过身去并最后说："您瞧，这就是这灾难性的一八四八年，是它把平民和贵族分隔开来使双方受到损伤！"他神色忧郁地望着大家。每逢议会反对派的演说中发言人吹嘘平民文化，他总感到恼火，并巴不得看到在贵族身上找到真正的平民文化；可是可怜的贵族却觉得它没什么意思，它是一件贵族看不见的武器，人们用这件武器打击贵族，而由于贵族在这种事态发展过程中丧失了越来越多的权力，人们最后便到狄奥蒂玛这儿来探个究竟。所以有时他观察这里的活动，便总是感到忧心忡忡；他多么希望看到人们会以比较严肃的态度看待机会赋予这所宅第的使命。"阁下，今天平民阶级和知识分子们的情况与当初上层贵族和自己的家庭教师们的情况完全相同！"乌尔里希试图安慰他，"这是上层贵族所不熟悉的人。噢，您请看，大家多么惊叹这位阿恩海姆博士。”

但是，莱恩斯多夫伯爵在整个这段时间里都只注视着阿恩海姆。“顺便说及，这已经不再是什么精神，”乌尔里希就这种惊讶之情发表见解说，“这种现象像一条虹，人们能够抓住这条虹的脚并真正地触摸它。他谈论爱情和经济，化学和皮划艇竞赛，他是一个学者、一个庄园主和交易所经纪人；一句话，把我们大家分开的，全集于他一身了，所以我们才感到惊讶。阁下您摇头？但是我确信，没有人往里看一眼的所谓的时代进步之云已经把他搬上舞台了。”

“我并不是因为您而摇头，”伯爵阁下纠正说，“我是想到了阿恩海姆博士。总而言之，人们必须承认，他是一个有趣的人物。”

四八

使阿恩海姆出名的三个原因和整体的秘密

但是，这一切都只是阿恩海姆博士这个人物的寻常效果。

他是一个很了不起的人物。

他的活动扩展到地球上的各大洲，涉及知识的各个领域。他什么都懂：哲学、经济、音乐、世情、体育。他流利地操五门语言。世界上最著名的艺术家是他的朋友，明天的艺术他今天便提前收购，以还没有被抬高的价格。他出入皇室宫廷并和工人们交谈。他拥有一幢最现代风格的别墅，它的照片作为现代建筑艺术的样板被刊登在各种杂志上，他在最贫瘠的边界地区的某块贵族领地上也拥有一座破旧宫殿，它看上去简直就像普鲁士思想的腐朽摇篮。

这样的扩展和接受能力是很少会有什么特出的成就的；但是在这一点上阿恩海姆也是例外。他每年一两次躲进自己的庄园，在那儿写下自己的人生经验。他已经撰写了一大批这样的书籍和文章，它们都很走俏，出了许多版次并且被译成许多种语言；因为对一个患病的医生人们没有信任感，但是一个善于照料好自己的人有什么话要说，这当中准保会有某些真东西。这是他出名的第一个泉源。

第二个泉源发源于科学事业。科学在我们这儿享有很高的声誉，这是对的；但是即使科学事业确实完全占据了一个人的一生，人们献身于肾功能的研究，那么，也总会有某些时刻——不妨可以说是人道主义的时刻吧——有必要提醒人们注意肾和全民族的关系。所以，在德国，歌德频频受到引证。但是如果一个高级知识分子想以完全特殊的方式显示他不仅有丰富的知识而且也有生动活泼、乐观向上的精神风貌，那么，证明自己的最好办法是拿出一些作品来，熟悉这些作品不仅让人觉得是件荣耀的事，而且还会给他带来更多的荣耀，犹如一种正在升值的有价证券，于是在这种情况下保罗·阿恩海姆著作中的引文便越来越受到人们的青睐。他为了支持自己的一般性观点而涉足各个学术领域，这种做法当然并不总是符合种种最严格的要求。它们分明表明他轻松自如地便拥有了广博的知识，可是专家却必然会发现其中那些小疏漏和误解，从这上头人们分明看得出这是一件半瓶醋作品，就如同从针脚上就可以将一件由家庭女裁缝所做的衣服和来自地道的时装店的衣服区别开来。不过绝不要以为这会阻碍专家们钦佩阿恩海姆。他们沾沾自喜地微微一笑；作为具有某种完全现代气息的人，作为一个所有报纸都在谈论着的人，他令他们感到敬佩，他是一位经济巨头，与上了岁数的巨头们在精神领域里的成就相比，他的成就毕竟是卓越的，而如果他们还可以补充说明他们在自己的领域显示出某种与他极不相同的东西的话，那么，他们只会对此表示感谢，称他为一个有才智的人、一个天才或者干脆就是一个全才，这在专家们中间就好似在男人们中间议论一个女人，说她是一个符合女人口味的美人儿。

阿恩海姆出名的第三个泉源是经济。他和经济界的年老的、有航海经验的船长们的交情都不坏；如果要和他们洽谈一大笔生意，他便做出最精明的商人的样子。他们虽然不怎么瞧得起作为商人的他，并称他为“太子”以区别于他的父亲，后者尽管舌头又短又厚讲话不利索，却能在极广泛的范围内和从极细微的征兆上嗅得出什么买卖有利可图。对这个人他们既惧怕又尊敬；但是当他们听到那些富于哲理的要求，那些太子向他们这一行当提出的，甚至被纠缠到纯业务性的会谈中去的富于哲理的要求时，便报之以微笑。他有一件广为流传的荒唐事，这就是他在管理委员会会议上引用诗人的话并坚持认为经济是某种人们不能将其与别的人类的活动分开的东西，是某种人们只能统筹兼顾到民族的、精神的，乃至最内心世界的生活的全部问题方可加以处置的东西。但是不管怎么说，虽然他们对此一笑置之，却不能完全忽视这个事实：小阿恩海姆恰恰是用这些涉及生意经的语录不断吸引了公众舆论的注意。时而在各国各大报的经济版，时而在政治版或文化版上刊登出一则有关他的消息，评价他撰写的一部作品，报导他在什么地方作的一次值得注意的讲话，通告他受到某一位君主或某一个艺术协会的接待，于是很快平素悄然无声并在极端秘密的情况下活动的大企业家圈子里便没有一个人像他这样在外界受到如此普遍关注的了。人们绝不可以以为，各银行、冶炼厂、康采恩、矿山和航运公司的董事长监事、总经理和经理先生们在内心深处就是坏心眼的人，虽然他们常常被描述为那样的人。除了很强烈的家庭意识以外，他们生活的内在理性便是金钱的理性，这是一种牙齿很健康胃却很不好的理性。他们大都确信，如果直截了当地听凭世界去作供应和需求的自由游戏，不让装甲战舰、刺刀、君王和不懂经济的外交家们去主宰世界，那么这世界就会好得多；仅仅是因为世界就是现在这个样子，还因为怀着某种古老偏见，生活——它首先为自己的并由此而才为公共的利益效劳——受到比骑士精神和国家观念更低的评价，又因为国家订货在道义上比私人订货高贵，所以他们是绝不会不去考虑这一点的；众所周知，他们利用这些好处，这是武装关税谈判或镇压罢工的军队给社会福利提供的好处。但是通过这种途径事情往往会被引向哲学，因为没有哲学，今天就只有罪犯，人们甚至还敢损害别人，所以他们便习惯于把小阿恩海姆看作是他们事业中一种梵蒂冈的代表。尽管他们对他的种种爱好竭尽讥讽之能事，却颇感愉快，因为有了他就是有了一个既能在主教大会上也能在社会学家代表大会上代表他们需要的人；最后他对他们产生出一种类似一位美丽和爱好文艺的夫人所施加的那种影响，这位夫人贬低永恒的账房间的工作，却对做买卖有利，因为她受到所有人的赞赏。于是人们只需要想象一下梅特林克或柏格森的哲学应用到煤炭价格问题上和卡特尔组成政策上的作用，便可估量小阿恩海姆时而在巴黎时而在彼得堡或开普敦，在工业家大会上和在经理办公室可能会起到多么令人沮丧的作用，一旦他作为父亲的使节去到那里，人家便不得不自始至终听他滔滔不绝。生意上的成功既显著又神秘，从这一切中便生发出那则大家都知道的谣言，说他是个极端重要的人物，做什么事都得心应手。

就这样，或许还能讲述某些阿恩海姆的成功。可以由外交家们来讲述，这些外交家怀着必须照料一只不是完全靠得住的象的人那样的谨慎处理尽管不符合他们本性却至关重要的经济领域里的事务，而他则以天赋的护理员的那种漫不经心对待那只象。可以由艺术家们来讲述，他很少能帮这些艺术家什么忙，但是尽管如此，他们却有一种与一位艺术倡导者往来的感觉。最后还可以由记者们来讲述，他们甚至有资格先要求人们讲讲他们自己，因为是他们用自己的钦佩使阿恩海姆成为一个大人物，他们没有看到还会有这种反向的关系嘛；因为人们逗引他们，而他们就以为自己是当代绝顶聪明的人了。他的成功的基本形象到处都一样；在他财富的魔光和重要的谣传围绕下，他不得不总是与在自己的领域里胜过他的人往来，但是他作为拥有他们这一行里惊人知识的外行而中他们的意并使他们胆怯，他体现出他们的领域与别的他们懵然无知的领域的关系。就这样，作为一个整体和全面的人对一个专业人员团体产生影响，便成了他的本性。有时他眼前浮现出魏玛或佛罗伦萨的工业和商业时代，浮现出强有力的、增加着财富的人物们的领导集团，这些人必定是有能力将技术、科学和艺术的各个单项成就集于一身，并高屋建瓴地加以引导。他觉得自己有这种能力。他有这种才能：绝不在什么可以证实的事情上和个别的事情上逞强斗胜，却通过一种流动的、随时都在新陈代谢的平衡在任何情况下保持精神轻快，这也许确实是一位政治家的基本能力，但是此外阿恩海姆还确信一个深邃的秘密。他称它是“整体的秘密”。因为连一个人的美也几乎不在任何个别和可证实的东西之中，而在某种有魔力的东西之中，这种东西甚至可以使小小的丑陋为自己服务；同样地，一个人的深深的好意和爱、尊严和伟大几乎不依赖于他所做的事，它们能够使他所做的一切显得高贵。在生活中，整体以神秘的方式突现于各个部分之前。所以如果说无论如何小人物可能有其美德和缺陷的话，那么，大人物则先赋予自己的个性以应有的地位；如果说他成功的秘密就是这种成功不能从他的任何功绩和个性出发来加以正确理解，那么一定存在着一种力量，这种力量大于任何功绩与个性的表象，这恰恰就是支撑生活中一切伟大事物的秘密。在一本他自己撰写的书里阿恩海姆便是这样描述了这个秘密，而当他把这写下来的时候，他几乎以为在大衣的褶纹上把握住了非尘世的东西，并且也在字里行间流露出这种想法。

四九

新、旧外交间开始出现的对立

与生下来就是世袭贵族的人的交往在这方面并不成为例外。阿恩海姆抑制自己的高贵气派并且谦逊地满足于当个了解自己优点和局限的精神贵族，以至于一会儿以后有上层贵族姓氏的人在他身边便显得仿佛被这个姓氏的负担压弯了腰了似的。最清晰地看出这一点的，是狄奥蒂玛。她凭借一位艺术家的理解力看出了这个整体的秘密，这位艺术家看到自己终生的梦想已经以一种好得不能再好的方式得以实现。

她如今又完全和自己的沙龙协调一致了。阿恩海姆告诫大家别过高估计外部的组织；粗俗的物质利益将会压倒纯洁的意图；他更加重视这个沙龙。

图齐司长却表示担心，怕人们这样下去将陷入高谈阔论的深渊。

他跷起二郎腿并将青筋暴起、瘦削而黝黑的双手交叉在腿前；他蓄着一部小胡子，长着一双南欧人的眼睛，在身穿质地柔软、做工精致的西服，挺直上身坐在那儿的阿恩海姆身旁看上去就像一个近东窃贼在不来梅大商人身旁。两种高贵在这里互相碰撞，而奥地利的高贵符合一种由多种成分组成的最佳口味，喜欢做出一丝儿漫不经心的神态，它并不认为自己更卑微一些。图齐司长用一种和蔼可亲的方式打听平行行动的进展情况，仿佛他自己不可以直接知道家里正在发生什么事似的。“如果可以尽快了解到眼下的计划，我们会感到高兴的。”他说，面带一丝亲切的笑容望着他的夫人和阿恩海姆，那笑容好像是在说，在这种事情上我在这里是外人嘛。接着他又说，他的妻子和伯爵阁下的这项共同事业已经给各行政机构带来严重的忧虑。部长最近汇报工作时曾小心地探听陛下的口气，询问哪些外部周年纪念活动可能会获得陛下的批准，尤其是，由他本人抢在前面去担任一个国际和平行动的领导，这个计划在多大程度上会合陛下的心意——因为，图齐解释说，如果人们想从政治上领会已经在伯爵阁下脑海里浮现出来的世界奥地利思想，那么这也许是唯一的可能性了。但是陛下怀着他那至高无上、世界著名的认真精神和克制态度——他继续讲述说——立刻严辞拒绝了：“啊，我不想出这个风头。”于是人们便不知道，这到底是不是一种极明显地表示反对的、至高无上的意志宣示。

图齐就这样以一种委婉的方式不委婉地处理这些职业方面的小秘密，一如一个同时善于保守较大秘密的人所做的那样。最后他说，现在各驻外使团都得探究外国宫廷的气氛，因为人们对自己宫廷的气氛没有把握，可是却必须在某个地方获得一个牢固的地位。因为说到底，从纯业务角度来看许多可能性已经具备，从召开一次一般性的和平会议到一次二十国君主会晤，直至用奥地利艺术家的壁画装饰海牙宫或捐款救助海牙女佣的孤幼儿。紧接着他便提出问题，问普鲁士宫廷对这个周年纪念年有什么想法——阿恩海姆说是不了解这方面的情况。奥地利式的玩世不恭使他厌恶；他自己本是个十分善于优雅地与人闲谈的人，现在却觉得自己在图齐身边一本正经得就像这样一个人：一谈起国家事务来，这个人便要强调指出，这需要态度冷静和严肃。两种对立的高雅、国务活动方式和生活方式就这样略带醋意地呈现在狄奥蒂玛的面前。但是你若把一只灵缇放到一只哈巴狗的旁边，把一棵杨柳放到一棵白杨旁边，把一只酒杯放到一块翻耕过的田地上或者把一幅画像不是拿到画展上去而是放进一只帆船里，简短说，你若把两种受过良种培育和个性突出的生活模式并排放在一起，那么两者之间便会产生一种空虚、一种扬弃、一种深不可测的完全恶性的荒谬。这一点狄奥蒂玛虽然不理解，却用自己的眼睛和耳朵感觉到了，她惊骇地当即扭转谈话方向，毅然决然地向丈夫解释说，她打算通过平行行动首先取得某种精神方面的重大成果，让真正新派人的需要传入领导层!

阿恩海姆心怀感激地感觉到，这个思想又恢复了自己的尊严；因为恰恰由于不得不抵抗某些沉醉的瞬间，所以他不想拿可以堂而皇之为他与狄奥蒂玛相聚正名的事开玩笑，一如一个要淹死的人不拿自己的救生圈开玩笑。但是令他惊讶不已的是，自己竟声调中不无疑虑地问狄奥蒂玛，她打算挑选谁进入平行行动的最高领导层呢?

狄奥蒂玛对此当然还完全不清楚；与阿恩海姆相聚的这些日子给她带来了如此丰富的激励和思想，以致她竟没顾得及选择确切的结果。阿恩海姆倒是已经对她反复申述过几次，说是关键不在于各委员会是否民主产生，而在于是否有强有力的、有广泛代表性的名流，但是她听了简直有这种感觉：你和我——即使还不是这个决心，甚至连这个认识都不是；这大概恰恰就是那种东西，是阿恩海姆语声中的悲观主义使她想到的那种东西，因为她回答说："今天压根儿有什么东西可以被人们称为很重要、很伟大，要人们全力以赴去实现的呢？！"

"这是一个时代，一个丧失了健康时代内在自信的时代的标志，"阿恩海姆接过话茬说，"在这样一个时代里难得有什么可以渐渐成为最重要和最伟大的东西。"

图齐司长垂下眼睛看裤子上的一小撮尘土，不妨把他的微笑解释为同意。

"确实，这会是什么呢？"阿恩海姆用审视的目光继续说，"宗教吗？"

这时，图齐司长抬起他的笑脸；阿恩海姆虽然没有像当初在伯爵阁下身旁时那样有力和毋庸置疑地说出这个词儿，但是毕竟声音悦耳且透着严肃。

狄奥蒂玛抗议她丈夫的笑脸并插话说："为什么不呢？也是宗教！"

"当然是的，但是既然我们必须作出一个具体的决定：您可曾想过选一位主教进入委员会，让他为行动找到一个合乎时代的目标呢？上帝是极其不时髦的：我们无法想象上帝身穿燕尾服，刮光了胡子和留着小分头，我们按老祖宗的方式行事。除了宗教之外还存在什么？民族？国家？"

听到这里狄奥蒂玛高兴了，因为图齐通常把国家当作一桩男人的事务对待，人们是不跟女人谈论这种事情的。但是现在他沉默不语，只在眼睛里做出一种仿佛对此还有一些话要说的样子。

"科学？"阿恩海姆继续问，"文化？还有艺术。真的，说不定艺术是最早反映存在的统一以及内在秩序的哩。但是我们是了解艺术的现状的。普遍的支离破碎；没有关联的极端。在本世纪初，司汤达、巴尔扎克和福楼拜就已经为新的、机械化了的社会和情感生活创造了史诗，陀思妥耶夫斯基、斯特林堡和弗洛伊德则揭示了底层的魔力：我们这些今天活着的人深深感到在各方面已经没留下什么要我们去做的事了。"

这时图齐司长插话说，如果他想读点什么精纯的东西，他就读荷马，或者读彼得·罗泽格尔[1]。

阿恩海姆接过这个话茬："您还得加上《圣经》。有了《圣经》、荷马和罗泽格尔或罗伊特[2]事情就好办了！而且也就在问题的最核心区域了！假定我们有一个新荷马：扪心自问吧，我们压根儿有没有能力去听他吟唱呢？我以为，我们必须作否定的回答。我们没有他，因为我们不需要他！"阿恩海姆坐上马鞍骑行起来。"如果我们需要他的话，我们就会有他！因为归根结底世界历史上是不发生任何消极的事。所以我们把一切真正伟大和重要的东西安排在过去，这意味着什么呢？荷马和耶稣基督不会再有，更谈不上被超越；再也没有什么比《雅歌》更美的了；哥特式和文艺复兴在近代之前犹如平原人口前的山地；今天的伟大君主形象在哪儿？连拿破仑的事迹与法老们的事迹相比，康德的著作与佛祖的、歌德的与荷马的相比，也显得多么呼吸短促！但是我们毕竟活着，并且必须为某种东西而活着：那么从中可以得出什么结论呢？没有别的结论，只有……"话说到这里，阿恩海姆却顿住并声言，他迟疑着没把这话讲出来。因为只剩下这个结论，即人们认为重要、以为伟大的，全都与我们生命的核心力量毫不相干。

"那么这力量是？"图齐司长问；对于人们把大多数事物看得过于重要这一观点，他有少许反对意见。

"这个问题今天谁也说不好，"阿恩海姆回答，"文明的问题只能用心灵去解决。通过一个新人的出现。通过内心的想象力和纯洁的意志力。除了将伟大的过去减弱为自由主义，理智没办成什么别的事。但是也许我们看得不够远，太谨小慎微；每一个时刻都可能是世界转折的时刻！"

狄奥蒂玛本想表示异议说，那平行行动就压根儿没剩下什么事要做的了。但是奇怪的是她被阿恩海姆模糊不清的幻觉给吸引住了。也许"讨厌的练习题"的一丝残余留在了她的身上，每逢不得不阅读最新的书籍并谈论最新的绘画时，她总是心情沉重；对艺术的悲观主义使她摆脱了许多她其实根本不喜欢的美；对科学的悲观主义减轻她对文明、对大量很有价值和影响的知识的恐惧。所以，阿恩海姆对时代的绝望判断对她来说是一件好事，这一

---

[1] Peter Rosegger(1843 — 1918)，奥地利作家。

[2] Fritz Reuter(1810 — 1874)，德国作家。

点她一下子就感觉到了。阿恩海姆的伤感与她有某种关联，这个想法愉悦地袭上了她的心头。

五〇

继续发展。图齐司长决定弄明白阿恩海姆这个人物

狄奥蒂玛猜对了。自从阿恩海姆发现这个曾读过他论述灵魂书籍的神奇女人胸中激荡着一股人们不会误解的力量，自从这一刻起，他便沉溺于一种平时没有的沮丧情绪之中，用简短的话并按他自己的认识来说，这是一下子并出乎意外地在人间遇到了天堂的道德家的沮丧，如果人们想与他有同样的感受，那么只需想象，倘若我们四周尽是静静的蓝色水坑，上面漂浮着一包包柔软、白色的羽毛，那将会是什么情形。

就本身而言，有道德的人是可笑的、令人不愉快的，一如那些忠诚、可怜的人的名声所表明的，他们把道德称作自己所特有的；道德需要伟大的任务，从这些任务上道德感受到自己的重要意义，所以阿恩海姆总是在世界大事中，在世界历史上，在渗透自己行动的思想意识中寻找对自己的倾向于道德的本性的补充。在势力范围内支撑思想以及只把事务与精神方面的问题挂在一起加以处理，这是他最喜爱的一种观念。他喜欢借用历史上的比喻，并往其中注入新的生命；他觉得当代金融的作用类似天主教，这是一股在幕后起作用的、在与各统治力量的交往中既不迁就又迁就的力量，而他有时则在行动中把自己看作一位红衣主教。但是这一回，他其实更多是凭一时的兴致出门旅行；不过，如果真的完全无计划的话，连一趟旅行也不会成行，只不过他记不得，这个计划，这是一个重要的计划，究竟是怎样在他心中产生的。这趟旅行被某种事先预料不到的灵感和突然的决断所支配，大概就是这种短暂的自由心境使得一次到孟买去的假日旅行难以给他留下比无意之中来到的某座边远德国大城市更具异国风味的印象。他受到邀请在平行行动中扮演一个角色，这个在普鲁士完全不可想象的念头最后竟一锤定音，并像一个

梦那样使他产生富于幻想、不合逻辑的心绪，他虽然慧眼有识领悟到这个梦的荒谬，却不能抵御它童话般美景的魅力。他本来也许用简单得多的方式、走笔直的路也能达到他来的目的，但是他把一再返回这里看作是从理性中恢复过来的一次休养假，并因这种童话转换而受到自己的事业心这样的惩罚：他把一个他本应给予自己的道德上的黑色污点磨擦成普遍的灰色。

不过，像那次图齐在场时那样在朦胧中所作的广泛思考却没有过第二次；之所以没有，是因为图齐司长通常只是匆匆露一下面，而阿恩海姆则必须把自己的话语分摊到各个不同的人的身上，他觉得在这个美丽的国家里人们都具有惊人的悟性。在伯爵阁下在场时他称批评是无益的，现在这个时代是无神的，而且他还再次暗示，只有通过心灵人才能从这种消极的生存中被拯救出来，并紧接着对狄奥蒂玛断言说，只有文化高度发达的德国南部还可能会有能力使德意志民族，从而也许也使世界摆脱理性主义和计算本动的骚扰。在四周围着贵妇们时，他谈到必须想办法做到内心温柔，以便使人类免遭军备竞赛和感情冷漠。他向从事文艺创作的人解释荷尔德林的名言：在德国不再有人了，而是只剩职业。“没有哪个人在从事自己的职业时不带感情却能为一种高度统一做出什么成绩来；金融家最不能！”他结束这段论述说。

人们喜欢听他讲话，因为这是件美事，一个有这么多的思想的人还有钱；而每一个和他谈话的人都获得这种印象，觉得一桩像平行行动这样的事业是极其可疑的、附带着最危险的精神矛盾的事情，这种情况加深了大家的这一印象：除了他以外，再也没有哪个人更适宜担任这项冒险活动的领导的了。

只是如果图齐司长对阿恩海姆在他府邸上的全面存在毫无察觉的话，那么他也就不会神不知鬼不觉地成为这个国家居于领导地位的外交家之一了；只不过就是他不明白这是怎么回事。但是他不把这显露出来，因为一个外交家从不显露自己的真实想法。这个外国人让他感到极不舒服，个人感情上的，但在某种程度上可以说也是原则上的；他显然选中他妻子的沙龙作为实现某种秘密意图的行动基地了，图齐认为这是一种挑衅。他一刻也不相信狄奥蒂玛的保证，说什么这位大富豪之所以如此频繁地探访多瑙河畔的帝国直辖都市，仅仅是因为他在其古老文化的氛围里觉得神清气爽。但图齐司长首先面临着一项任务，他缺乏任何解决这项任务的依据，因为这样一个人在他的官方关系中还没出现过。

自从狄奥蒂玛向他说明她计划让阿恩海姆在平行行动中担任一个领导职位并抱怨伯爵阁下反对，图齐便感到事态严重。他既没把平行行动也没把莱恩斯多夫伯爵瞧在眼里，但他却觉得他妻子政治上的想法是如此惊人地不策略，以致此刻他心里竟然觉得，仿佛他做了多年、足堪自夸的男人的教育工作像一幢纸牌搭成的房子那样坍塌了。甚至连这个比喻图齐司长都已经在内心深处用上了，虽然他平时从不使用比喻，因为比喻太具有文学色彩并且有一股蹩脚社交的味道；可是这一回他深深受到了震动。

不过，后来狄奥蒂玛又用固执改善了自己的地位。她的声调变得既温和又粗鲁，她讲到一种新型的人，这种人再也不能无所事事地听凭职业控制者们去承担世道常情的智力上的责任。随后，她谈到了女人的策略，这种策略有时可能是一种先知的天赋，可能会比日常的职业工作更有远见。最后她说，阿恩海姆是个欧洲人，一个在全欧洲都著名的人物，欧洲在领导国政方面太缺乏欧洲特色、太没有文化艺术方面的修养，只要这世界没充溢着世界奥地利精神，一如古老奥地利文化盘绕在君主政体土地上各个不同语言的种族上那样，这世界便不会得到安宁——她还从不曾敢于如此果敢地对抗她丈夫的优势，但是图齐司长倒因此而暂且又安定下来了，因为他从来也没有把他夫人的这些努力看得比缝制衣服的问题更重要，看到别人欣赏她他便感到高兴，如今他也用较宽厚的态度看待这件事，大致就看作一个爱用鲜艳色彩的妇女有一回挑选了一条色彩太鲜艳的带子。他仅限于严肃而又礼貌地向她重述在男人们看来绝不可以让一个普鲁士人在众目睽睽下决定奥地利事务的理由，但另外也承认，与一个有着这样特殊地位的人结交，这可能有好处，并向狄奥蒂玛保证说，她若从他的疑虑中得出结论，认为他看到阿恩海姆如此频繁地与她相伴便在心里感到不舒服，那么便是曲解他的疑虑了。他暗暗希望，通过这个途径将会找到机会，给这位外国人设一个套。

当图齐不得不眼睁睁看着阿恩海姆处处都获得成功，才又重新想到，狄奥蒂玛太过于热心地和这个男人一道抛头露面，但是如今他再次体会到她不像平素那样尊重他的意愿，她反对他并认为他的忧虑是无中生有。他决定作为男子汉不再与一个女人的雄辩术争斗，而是静观其变，等待他的预见自动得胜的时刻到来；然而这时却发生了使他获得巨大推动力的事。因为一天夜晚，某种听上去无限遥远的啜泣声令他感到不安；这啜泣声起先几乎没怎么扰乱他，他根本没明白是怎么回事，但有时，当心灵的距离缩短一大截，蓦地，那危险的骚扰便贴近在他的耳畔，他突然从睡梦中惊起，在床上坐直身子。狄奥蒂玛向另一边侧身躺着，没有一丝动静，但他从不知什么东西上感觉到她醒着。他轻轻喊她的名字，重复着询问并试图用亲热的指头将她白皙的肩膀向自己这边扭转过来。但是当他一用力，当黑暗中的那张脸展露时，她竟恶狠狠地望着他，露出悖逆，而且曾经哭过。可惜这时图齐睡意正浓，又迷迷糊糊起来，顽固地向后一仰，倒在了枕头上，狄奥蒂玛的脸仍像一张浅色、痛苦的歪脸浮现在他脑际，只是他再也理解不了。“怎么啦？”睡眼蒙眬中他低声低气地哼哼，顿时耳畔便传来一声清楚、激动、令人不快的回答，这一声回答掉进他浓重的睡意里并停留在其中，宛如一枚闪光的硬币留在了水里。“你睡得这么不安稳，人家没法在你身边睡觉！”狄奥蒂玛用严厉而清晰的口吻说；他的耳朵已听出这口吻，但是这时的图齐再也醒不过来，无法进一步考虑这指责了。

他只觉得他遭到了严重误解。安安稳稳睡觉，按他的观点这是一位外交家的主要美德之一，因为这是每一次成功的先决条件。人们是不可以在这一点上侵犯他的，而他却觉得狄奥蒂玛的意见严重危及到了他自身。他醒悟到，她身上发生了变化。虽然睡眼惺忪中他根本没想到怀疑妻子有什么明显的不忠行为，然而还是一刻也不怀疑自己遭受到的不愉快必定与阿恩海姆有关。他简直可以说是怒气冲冲地一直睡到清晨，醒来时抱着坚定的决心，务必要弄清楚这个扰乱者的来龙去脉。

五一

菲舍尔一家

洛伊德银行的菲舍尔经理就是那个出于起先是不可理解的原因忘记对莱

恩斯多夫伯爵的邀请作出回答，此后便没再受到邀请的银行经理，或者说得更正确些，就是那个有经理称号的银行襄理。他受到第一次邀请也完全要归功他夫人克莱门蒂娜的种种关系。克莱门蒂娜·菲舍尔出身于一个古老的公务员家庭，她的父亲曾当过总会计署署长，她的祖父曾当过财政顾问，她的三个兄弟在各部担任要职。二十四年前她由于两个原因嫁给了莱奥；首先是因为高级公务员家庭有时孩子多财产少，但是其次也出于浪漫精神，因为与她父母家里的那种捉襟见肘的节俭相反，她觉得银行业是思想自由、符合时尚的职业，而且在十九世纪一个有教养人不按照对方是犹太人或是天主教徒来评价另一个人的价值；是的，在当初那种情况下，她几乎觉得，将普通百姓天真的反犹太主义的偏见置之不顾，这是某种特别有教养的表现。

后来，这个可怜的女人不得不眼睁睁看着民族主义的幽灵在全欧洲出现，而且随之也兴起了一股攻击犹太人的浪潮，这浪潮将几乎可以说是被她捧在怀里的丈夫从一个受尊敬的自由意志者变成一个异乡后裔和腐蚀别人灵魂的人。起先她以一颗“思想高尚的心灵”的全部愤懑奋起反抗，但是她逐渐地受到幼稚而残忍的、不断蔓延开来的敌意的消耗，受到普遍偏见的惊吓。是的，她甚至还不得不经历这样的事：一遇到这些在她和丈夫之间渐渐越来越明显显现出来的对立——由于他从来也不愿意正经说清楚的原因，他越不过襄理这一级并失去了有朝一日成为真正的银行经理的一切希望——她便总是耸耸肩膀对自己解释这些伤感情的事：莱奥的性格和她的性格就是不一样嘛，尽管她对局外人从不放弃青年时代的原则。

这些对立当然从根本上来说无非就是由于缺乏协调而生成的；犹如一俟许多婚姻不再呈现出虚假的幸福美满景象，就会有一种几乎可以说是自然的不幸浮现出来。自从莱奥的发展道路犹犹豫豫卡在交易所部门主管的职位上以来，克莱门蒂娜便不能再说什么他不是坐在一间宁静如镜的政府部级办公室里而是坐在“飞奔着的时代织布机”前，来为他的某些特性开脱，而且谁知道，她当初是不是恰恰因为歌德的这句话才嫁给他的呢？！他剃去了的络腮胡子连同架在鼻梁上的夹鼻眼镜曾让她想起一位得宠的英国勋爵，现在却让她觉得像一个交易所经纪人，而且一些举止言谈方面的习性开始让她觉得简直无法忍受了。起先克莱门蒂娜还试图纠正他，但是她碰到了特殊的困难，因为事实表明，世界上哪儿也没有什么标准可以衡量，一部络腮胡子会让人想到英国勋爵还是经纪人，鼻梁上是否适合架一副夹鼻眼镜，它加上一个手势便表达出热情或愤世嫉俗。况且，莱奥·菲舍尔也根本不是那种肯让人来纠正自己身上毛病的人。他认为想把他造就成内阁部级参事的基督教-日耳曼式的美的最高典范而做的种种指责是上流社会的笨拙无聊的戏谑，他认为这有失一个有理性的人的体面而拒绝进行这样的讨论，因为他的夫人越是对细枝末节有反感，他便越是强调理性的大的方针路线。因此菲舍尔家渐渐演变成两种世界观的战场。

洛伊德银行经理菲舍尔喜欢推究哲理，但是仅仅每天十分钟。他喜欢把人的生命看作合情合理的，相信精神的效益，他按一家大银行的层次分明的秩序来想象这种效益，他每天颇有兴致地关注着报上读到的新进步。这种对不可动摇的理性和进步的方针的信仰使他在长时间内有可能耸一耸肩膀或用一句尖刻的答话置妻子的责难于不顾。但是不幸的是，在他们的婚姻中，时代情调偏离那些旧的、于莱奥·菲舍尔有利的自由主义原则，偏离自由意志、人的尊严和自由贸易的伟大榜样，西方世界的理性和进步为种族理论和街头标语所代替，所以他也不能超然物外。起先他压根儿就不承认有这种趋向，一如莱恩斯多夫伯爵惯于否认某些“公众舆论的令人不愉的现象”那样；他等待着这些现象自动消失，这种等待是将将还可以感觉得到的一度恼怒折磨，是生活施加给思想正直的人的一种折磨。二度折磨通常叫作“毒药”，所以菲舍尔也这么称它。这毒药是一点一滴出现的道德、艺术、政治、家庭、报纸、书籍和交际方面的新观点，一种无可奈何花落去的感觉随之出现，人们愤怒否认的同时却又不能避免对客观存在的承认。但是菲舍尔经理还得忍受第三度和最后一度的折磨，眼看着新生的一阵阵蒙蒙细雨汇聚成一场持久的雨水，这逐渐变成一种最可怕的折磨，一个每天只给哲学十分钟的人所能经历到的最可怕的折磨。

莱奥了解到，人可能会在多少事情上有不同的意见。显示自己有理的欲望，一种几乎与人的尊严具有相同意义的需要，开始在菲舍尔家大显神威。这种欲望在几千年里催生了数千种值得钦佩的哲学、艺术品、书籍、事迹和同道中人，而如果说这种值得钦佩的、但也狂热和巨大的、人性中固有的欲望不得不满足于十分钟人生哲学或家政原则问题的辩论，那么它像一滴灼热的铅爆裂到无数伤人最甚的尖角和尖齿上便是不可避免的事了。它在诸如女佣该不该辞退、牙签该不该放在桌上这种问题上破裂；而且不管面对什么问题，它都会立刻充实变成为两种极其富具体内容的世界观。

这在白天还过得去，因为这时候菲舍尔经理在自己的办公室里，但是在夜晚，他是个普普通通的人，这就极大地恶化了他和克莱门蒂娜之间的关系。从根本上来说，今天的各种事物错综复杂，一个人只能完全熟悉一个领域里的情况，而就他而言这个领域就是抵押贷款和证券，所以他在夜晚乐意谦让一些。而克莱门蒂娜却在夜晚也仍然尖刻和毫不谦让，因为她在公职人员家庭有责任感的、坚忍不拔的氛围中长大，而且她的等级意识也不容许把卧室分开，使原本就不宽敞的住房变得更窄小。但是共同的卧室一旦变得阴暗起来，就会使一个男人处于类似演员的境地，这位演员必须在看不见的剧场观众面前扮演一位狮子般怒吼的英雄，这角色固然值得一演，但毕竟已经给演滥了。几年以来，莱奥的黑乎乎的观众厅对此既没发出些许喝彩声也没显出丝毫拒绝的迹象，可以说，这能够震撼最坚强的神经。早晨，按照可尊敬的传统，早饭是在一起吃的，克莱门蒂娜生硬得像一具冻僵了的尸体，而莱奥则浑身剧烈震颤。连他们的女儿格达也每次都有所察觉并满怀着恐惧和憎恶把这种夫妻生活想象成为漆黑夜晚的一场猫咬猫式的争斗。

格达二十三岁，首当其冲成了父母之间争斗的目标。莱奥·菲舍尔觉得，是时候了，她该让他许一门合适的婚事了。但是格达却说："你的看法过时了，亲爱的爸爸。"她在一群基督教-日耳曼同龄人中选择了自己的男朋友们，这些朋友没有丝毫糊口之计，却蔑视资本并教训人说，还从未有一个犹太人证明自己有能力提出一种伟大的人性的象征来。莱奥·菲舍尔称他们为反犹主义的无赖，想将他们拒之门外，但是格达说："这你不懂，爸爸，这仅仅是象征性的嘛。"格达神经过敏并且贫血，如果人们不小心对待她马上就会情绪激动起来。就这样，菲舍尔容忍这种交往，就像从前奥德修斯不得不在自己的家里容忍珀涅罗珀的求婚者们，因为格达是他生活中的一丝慰藉；但是他不默默容忍，因为这与他的禀性不符。他以为自己知道什么是道德、什么是高尚的思想，而且他一有机会就这样说，以便对格达施加有利的影响。而格达则每一回都回答说："是的，爸爸，倘若人们不必从根本上用不同于你的眼光来看待这件事情的话，那么你就无论如何都是对的了！"当格达这样说话时，克莱门蒂娜做什么呢？什么事也不做！她一脸顺从地不吭一声，但莱奥分明觉得她会在他背后支持格达的意愿，就好像她知道什么是象征似的！莱奥·菲舍尔经常有种种理由认为自己那颗上等的犹太人脑袋比他夫人的那颗强，再没有什么比看到她从格达的癫狂中得利更令他气愤的了。为什么他偏偏会突然不再能够适应现代化的思维了呢？这是一种指导思想！随后他回想起夜晚。这已经不再是毁人声誉；这是把声誉连根挖掉！在夜里人们只穿一件睡衣，睡衣下面立刻显出本性来。没有专业知识和专业才智会保护他。人们投入自己的全部身心。此外别无他物。那么，每逢谈到基督教-日耳曼观点时克莱门蒂娜脸上便现出一副仿佛他是个野蛮人似的模样，这算是什么意思呢？

可是人是像一张薄纸受不了雨淋那样受不了别人猜疑的生物。自从克莱门蒂娜不再觉得莱奥出色，她便觉得他难以忍受，而自从莱奥觉得自己受到克莱门蒂娜的怀疑，他便一直时刻窥探着自己家里的阴谋活动。在这方面，克莱门蒂娜和莱奥像受到道德和文学熏陶的世人那样囿于成见，总以为他们因其自身的激情、性格、命运和行为而互相依赖。可是实际上生活当然一大半不是由行为组成，而是由其意见为人们所吸收的论文，由意见和与之相对立的反对意见以及积贮起来的人们已听见、所知道的事物的那种无个性的特性组成的。这夫妇俩的命运一大部分取决于某些思想的阴暗、坚韧、杂乱的分层，这些思想根本不隶属于他们而是隶属于公众舆论并和公众舆论一道起了变化，而他们却无法使自己免受其害。与这种依赖性相比，个人的相互依赖性只是极小的一部分，一种被极大地过高估计了的残留物。他们虚妄地要对方相信有私人生活，并且对对方的性格和意愿提出质疑，可极大的困难却就在于这场争执的不现实性中，他们用种种令人恼怒的事情来掩盖这种不现实性。

莱奥·菲舍尔的不幸是，他既不打纸牌也不乐意带漂亮的姑娘外出游玩，而是忙于工作，疲于奔命，患有一种明显的家庭意识症，而他那位不做任何别的事、只是一味地日夜充当这个家庭的内核的夫人则再也不受这方面富于浪漫色彩的观念的迷惑。莱奥·菲舍尔有时受到窒息感的侵袭，这种感觉捉摸不定，从四面八方向他逼来。他是社会的躯体内的一个能干的小细胞，本分地履行着自己的义务，却只从四面八方得到毒汁。虽然这远远超出他对哲学的需要量，但是在遭到自己伴侣的遗弃之后，作为一个看不到有什么理由要放弃青年时代的合理时尚的上了岁数的人，他还是开始隐约感到精神生活的深刻空虚，感到自己那种永远变换着形态的无定形性，那种总是随着自身转动一切的缓慢、但动荡不定的变革。

在这样一个为家庭问题困扰着的早晨，菲舍尔忘记了回复伯爵阁下的来信，在随后的许多个早晨他听人描述了发生在图齐司长夫人圈子里的事，感到错过这样一个可以让格达进入上流社会的好机会实在是件莫大的憾事。菲舍尔自己并不是完全心安理得，因为他自己的总经理以及国家银行总裁都去了嘛，但是众所周知，人们在有罪与无罪的夹缝里心情越是紧张，便会越猛烈地反驳对他的指责。但是每逢菲舍尔怀着实干家的优越感试图取笑这桩爱国事务时，他总是被告知，一个像保罗·阿恩海姆这样站在时代顶峰上的金融家想法就是不一样。真是令人惊讶，克莱门蒂娜，还有格达——在别的方面她自然都是悖逆她母亲的愿望的——了解到了何其多的有关这个人的情况呀，而且在交易所里人们也在谈论他的某些奇闻轶事，所以菲舍尔被迫采取守势，因为他跟不上，可也不能对一个有着如此广泛商务联系的人妄下断语，说什么人们可以不认真对待他。

但是如果说菲舍尔被迫采取守势的话，那么这颇恰当地具有反坑道①的形态，这就是说，他对种种涉及图齐家、阿恩海姆、平行行动以及他自己的不顶事的暗示都讳莫如深地保持沉默，探询阿恩海姆的行为，暗暗等待着发生一个事件，好一下子暴露这种种事物内部的空洞并粉碎这件事高扬的家庭行情。

五二

图齐司长发现自己部里工作中的一个缺陷

图齐司长在下定决心要弄清楚阿恩海姆博士这个人的情况之后不久，便

① 军事术语，指自堡垒而出、用以毁灭围攻敌军的坑道。

满意地在建设他十分关心的皇家外交部上发现了一个重大缺陷：它不了解阿恩海姆这样的人的情况。文艺书籍中，除了回忆录以外，他自己只读《圣经》、荷马和罗泽格尔，为此他颇感得意，因为这使他避免分散精力；但是在整个外事部门找不到一个曾读过阿恩海姆的一本书的人，这他认为便是一个错误了。

图齐司长有权召见其余各负责官员，但是在那个被眼泪搅得心神不宁的夜晚之后的早晨他自己去找新闻司司长，心里怀着这样一种感觉：他不好把这个让他去找人交换意见的因由说成完全是出于公务需要。新闻司司长钦佩图齐司长知道大量有关阿恩海姆的个人情况，承认自己也曾常常听说这个名字，但立刻否定了他们司的档案里有此人材料的猜测，因为据他所知此人从未成为一份官方报告的对象，而报刊材料处理理所当然地不包括私人的一般言论。图齐承认这并不出乎自己的意料，但发表意见说，人物和现象的官方和私人意义之间的界线今天并不总是可以清楚地确定，新闻司长觉得图齐司长看问题目光敏锐，两位司长一致认为，这是体制方面的一个很有趣的缺陷。

这显然是一个欧洲稍微有点平静的上午，两位司长把办公室主任找来并让他建立一份卷宗，在封面写上“阿恩海姆，保罗博士”的标题，虽然这份卷宗暂时还空空荡荡。在办公室主任之后轮到了档案室和剪报资料室的各位领导，他们立刻凭记忆并颇得意于自己的精明地汇报说，他们没有收集过任何有关阿恩海姆的资料。末了，二人还把官方记者们一一找来，他们天天收集整理各报刊上的资料并编成摘要呈各位司长阅读，当他们被问及阿恩海姆时，全都露出一副煞有介事的神情，并保证说，此人的名字在他们的报刊上经常被提到而且名声还极好，然而对他的文章的内容却全然不知，因为他的活动——他们立刻就会说——不属于官方报告的任务范畴。一揿电钮，事实便证明外交部的机构运转得无可指摘，所有的官员离开这间房间时都觉得良好地显示了自己的可信赖性。“情况和我对您说过的完全一样，”新闻司长满意地对图齐说，“没有人知道什么情况。”

这两位司长面带庄重的微笑听取了这些汇报，坐在——简直像被环境制成了永恒的标本似的，像琥珀里的苍蝇——华丽的皮靠背椅里，在柔软的红地毯上，在这间还是从玛丽娅·特蕾莎时代传下来的白色和金色相间房间的深红色高大窗帘的后面，并认识到，他们如今至少已经发现了的这个系统中的空白将是难以填补的。“我们司，”这位司长自夸说，“收集整理每一样公众意见；但是公众舆论这个概念总得有一定的范围吧。我可以担保，一位议员本年度里在任何一个邦议会上插入的每一声呼喊在十分钟内便可在我们的档案资料里找到，最近十年的每一声插入的呼喊，只要涉及对外政策，至多在半小时内便可找到。这也适用于每一篇报刊政论文章；我的属员们工作认真负责。但这都是些具体的，几乎可以说是负责任的言论，它们与固定的关系、力量和观念相关联。如果纯粹从专业角度考虑，搞文摘或编目的官员应该把某人的一篇杂文登记在哪个词条下，仅仅是对他这个人……那么该举出谁的名字来呢？”

图齐乐于助人地举出与狄奥蒂玛往来密切的最年轻作家中的一个。

新闻司司长侧着耳朵、心神不安地抬眼望着他。“我们就说是这个人吧；但是人们所注意和所忽略的东西之间的这条界线应该划在哪儿呢？甚至也已经有过政治诗。人们就应该把每一个写诗的人……抑或人们也许只应该把维也纳皇宫剧院剧作家……”

两位司长都笑了。

“要怎么精确摘录出这种人的意见呀，如果他们都是席勒和歌德？！一种更崇高的意义自然总是有的，但是一遇到实际目标他们每讲两句话便都自相矛盾。”

这当儿，两位司长已经明白，他们有致力于某种“不可能的事情”的危险，如果也用对社交界荒谬事的那种鉴赏来对待这个词儿的话，外交家们对这种鉴赏力有一种很敏锐的感觉。“人们不能把一套书评家和剧评家班子并入到部里嘛，”图齐微笑着断言，“可是另外一方面，如果人们一旦注意到这一点，那么就不可否认，这样的人对在世界上占统治地位的观点的形成不无影响并且通过这个途径也对政治起作用。”

“世界上没有哪个外交部是这样干的。”新闻司长帮了他一把。

“没错。但是水滴石穿。”图齐觉得这句引文很好地表达了某种危险，“是不是也许还是得试着做点什么组织方面的事？”

“我不知道，我有阻力。”另一位司长说。

“我当然也有！”图齐补充说。他在这次谈话快结束时有一种如同舌上长了舌苔的痛苦感觉，并且不能正确区别自己谈到的是否都是废话，抑或事实是不是还会证明这是感觉敏锐的一种表现，他就是以感觉敏锐著称的嘛。新闻司长也不能加以区分，所以两位司长互相保证，这个问题他们以后还要再谈一次。

新闻司长委托属员给部图书馆订购阿恩海姆的全部著作，也算使这件事有一个了结，而图齐司长则来到政策研究室，他请求那里的人委托驻柏林大使馆搞一份关于阿恩海姆其人的详细报告。这是他目前唯一可干的事，在这份报告到达之前，想了解阿恩海姆的情况便只有找他的妻子，而这已经让他感到了十分的不愉快。他回想起伏尔泰的名言：人运用言语，只是为了隐瞒自己的思想，而使用思想，则只是为了说明自己不公正的理由。当然，这始终都是外交。但是一个像阿恩海姆这样的人为了把自己的真实意图藏匿在言语的后面而讲得这么多、写得这么多，这让他感到不安，也令他觉得有点新鲜，他必须探清这件事情的原委。

五三

人们把莫斯布鲁格尔送进一座新监狱

杀害妓女的凶手克里斯蒂安·莫斯布鲁格尔在各报刊停止刊登有关审理他的案件的报导之后不多几天便被忘却了，公众的兴奋情绪已经移往别处。只有一些专职人员还在继续和他打交道。他的辩护律师已经提出案件复审申请，要求重新审查他的精神状态，此外还做了几件别的事：处决不定期推迟了，人们把莫斯布鲁格尔送进另外一座监狱。

看到移监时狱方那样谨慎从事，他感到受宠若惊；荷枪实弹，许多人，手铐脚镣：人们重视他，人们惧怕他，莫斯布鲁格尔却喜欢这样。当他登上囚车时，他期盼着受赞叹，看了一眼过路人那惊讶的目光。顺着街道刮下来的冷风吹拂着他的鬈发，他有点弱不禁风。两秒钟之久；随后，一个法警在他屁股上推了一把，把他推上了车。

莫斯布鲁格尔爱虚荣；他不喜欢这样被人推上车；他担心卫兵会碰撞他，呵斥他或取笑他；被戴上了手铐和脚镣的巨人不敢看一眼他的押送人员，自觉自愿地挪移到车厢的前壁边上。

但是他不怕死。人活着就必须忍受许多痛苦，这一定比受绞刑更难受，多活还是少活几年，这是完全无所谓的事。一个长时间受监禁的人的消极的自尊心禁止他惧怕受惩罚；但是除此之外他也并不留恋生活。这生活他有什么可爱恋的？总不会是春天的风或辽阔的公路或太阳吧？这只会使人疲倦、炎热、生出灰尘。真正了解这情况的，没有一个人会喜欢的。“讲讲总可以的吧，”莫斯布鲁格尔心想，“昨天我在那儿的街角饭店里吃了一份极好的烤猪肉！”这已经不简单了。但是连这个人们也可以放弃。要是说有什么事会让他感到高兴的话，那恐怕就是满足他那一直遭到愚蠢的侮辱的虚荣心了。一阵杂乱颠簸从车轮经长凳传入他的身体；路面石块从车门栅条后面向后退去，载重马车落在后面，有时男人、女人或儿童踉踉跄跄横穿过栅条，一辆出租马车远远地从后面慢慢移近过来，越来越近，开始像锻砧溅出火花那样迸发出生机，马头似乎要冲破车门，然后马蹄声和橡皮轮胎软乎乎的声音便从车壁后面掠过。莫斯布鲁格尔慢慢扭过头去，又望着他面前与侧壁相接的盖板。外面的嘈杂声沙沙沙、嘟嘟嘟；像一块拉紧的布，时不时有某个事件的阴影从那上面掠过。莫斯布鲁格尔把这趟行程看作消遣，没怎么在意它的内涵。在两种幽暗、静止的监狱时间之间的冒着不透明白色泡沫的一刻钟。他也总是这样感知自己的自由的。不特别美妙。“最后的晚餐这则故事，”他想，“在一切完结之前，监狱神父、刽子手们和这一刻钟都不会有多大变化；它也会在自己的轮子上向前蹦跳，人们将会像现在这样不断地有事要做，以便在碰撞时不致从长凳上滑下，他们不会见到、听到许多，因为尽是所有人在围着一个人跳跃。如果人们终于放下一切而安静下来，这将是最明智的做法！”

一个已经摆脱了求生愿望的人，他的优越性是很大的。莫斯布鲁格尔回想起在警察局最早审问他的那位警长。那是一个举止文雅的人，他轻声讲话。“您看，莫斯布鲁格尔先生，”他说，“我简直是打从内心请求您：您高抬贵手让我获得成功吧！”莫斯布鲁格尔回答说：“好啊，如果您想获得成功，那我们现在就做记录。”法官后来不愿相信竟有这样的事，但警长在法庭上证实确有此事。“如果您不是自愿摆脱良心上的重负，那么行行好，就算为让我高兴这样做了吧。”警长在全法庭面前重述了这段话，甚至连庭长也怡然自得地笑了，莫斯布鲁格尔则站了起来。“我对警长先生的这段证词表示充分的敬意！”他大声宣称并潇洒地一鞠躬补充说，“虽然警长先生打发我走时说了这样的话：‘我们大概永远不会再见面了’，可我今天却荣幸和愉快地又见到了警长先生。”

一丝洋洋自得的笑意使莫斯布鲁格尔容光焕发，他忘记了坐在对面的士兵，他们和他一样随着车子的颠簸而来回晃动着。

五四

在与瓦尔特和克拉丽瑟的谈话中乌尔里希表现得反动

克拉丽瑟对乌尔里希说：“人们必须为莫斯布鲁格尔出点力，这个杀人犯有音乐才能！”

乌尔里希终于在一个空闲的下午补做了这趟因他的被捕而后果严重地被耽误了的访问。

克拉丽瑟在齐胸高处抓住他的上衣角；瓦尔特带着一副并不完全真诚的面孔站在一旁。

“你这是什么意思：有音乐才能？”乌尔里希笑问道。

克拉丽瑟脸上现出一副快乐而害羞的样子。不自觉地。仿佛满面羞惭似的，而她则必须快乐地绷紧脸，以便抑制羞惭。她松开他。“就是这个意思，”她说。“你现在成了一个很有影响的人了嘛！”乌尔里希并不总是猜得透她是什么意思的。

冬去春来。这里，在城外，还有积雪；白茫茫的田野，其间是黑水似的黑色泥土。太阳普照大地。克拉丽瑟穿一件橙色短上衣，戴一顶蓝色羊毛便帽。他们仨一起散步，乌尔里希不得不在这杂乱开裂的自然界给她讲解阿恩海姆的著作。这些著作涉及代数级数和苯环，涉及唯物主义历史观和普遍主义历史观，涉及桥墩、音乐发展、汽车精神、哈塔六〇六、相对论、布尔的原子论、气焊法，喜马拉雅植物志、心理分析、个性心理学、实验心理学、生理心理学、社会心理学以及种种其他成就，这些成就阻碍一个拥有这些成就的时代造就出善良、完整、统一的人。但是所有这一切以一种极其令人安心的方式出现在阿恩海姆的著作里，因为他保证，一切人们所不理解的东西仅仅是不结果实的理解力的一种越轨行为而已，而真实则始终就是简单，是人的尊严以及对超人的真理的本能，这种本能每一个人都能获得，如果他生活简朴并与星星联合在一起的话。“今天许多人都有类似的看法，”乌尔里希解释说，“但是人们相信阿恩海姆的观点，因为人们可以设想他是个大富翁，他肯定十分了解自己所谈论的事情，他自己就曾去过喜马拉雅山麓，拥有汽车和苯环，要多少有多少！”

克拉丽瑟想知道苯环是什么样子，一种对光玉髓环的模糊回忆驱使着她。

“你真可爱，克拉丽瑟！”乌尔里希说。

“谢天谢地，她不必明白每一句化学上的胡言乱语！”瓦尔特为她辩护。但是随后，他就为他读过的阿恩海姆的著作辩护起来了。说是他不想说阿恩海姆是人们能想象得到的最优秀者，但是他毕竟是当代所产生出来的最优秀者。这是新的精神！虽然是无可指摘的科学，但同时也超越出知识以外！散步就这样结束。对大家来说，最终结果便是湿乎乎的脚，兴奋的脑子，仿佛细小的、在冬日阳光下闪亮的光秃树枝作为碎片卡在视网膜上一般，喝杯热咖啡的共同愿望以及人性失落的感觉。

雪化成汽从鞋上升起，克拉丽瑟感到高兴，因为房间脏了，而瓦尔特则在整个这段时间里都噘着女性化而强健的嘴唇，因为他心里不痛快。乌尔里希讲述平行行动。一谈到阿恩海姆他们又争执起来。

“我将告诉你，我对他有什么看法，”乌尔里希重复说，“今天，科学的人是一件完全不可避免的事情；人们不能，不能视而不见！专家和门外汉的经验差别在任何时期也没有像在现在这个时期这么大。从一位按摩师或一位钢琴演奏家的能力上人人都可以觉察出这一点来；今天人们再也不会不作特殊的准备便将一匹马送上赛马场。只是在做人问题上人人还觉得自己有职责作出决断，而一个古老的偏见则声称，人们作为人而出生并作为人而死去！

但是如果说我知道五千年前女人给她们的爱人写着字面上与今天完全一样的信的话，那么我现在读这样的信时再也不能不想一想，情况是否该改变了！”

克拉丽瑟表示乐意赞同。而瓦尔特却像一个苦行僧那样微笑，即使拿一根扣帽饰针刺这个苦行僧的面颊，他也不会动一下眼睫毛的。

“这没有任何别的意思，无非就是说你暂时拒绝做一个人！”他插话。

“差不多吧。这上面带有一种令人感到不舒服的浅尝辄止的感觉！”

“但是我还愿意给你添上几句完全不一样的话，”略一沉吟后，乌尔里希继续说，“专家们永远不会尽善尽美。不单单是今天如此；而是他们根本就不能想象自己的工作会完美无缺。也许连这样希望也不会。譬如，人一旦学会完全从生物学和心理学角度去理解和对待灵魂，他还会有灵魂吗？可是我们仍在追求这种状态！情况就是这样。知识是一种行为、一种爱好，从根本上来说，一种未经许可的行为；因为一如饮酒欲、性欲和暴力欲，必须拥有知识的这种执着也培养出一种难以处于平衡状态的性格。认为研究者追求真理，这是完全不对的，是真理追求研究者。他忍受它。真实的东西是真实的，事实是实际存在的，这不关他的事：他仅仅是有这种爱好，热衷于真实，这勾勒出他的性格，至于他的论断会不会成为一种完整的、有人性的、完美的东西或者压根儿别的什么东西，这与他丝毫也没有关系。这是一个充满矛盾的、备受折磨而又极其精力充沛的人！”

“还有什么？”瓦尔特问。

“什么还有什么？”

“你总不会是想宣称，人们可以让它听其自然吧？！”

“我想让它听其自然，”乌尔里希心平气和地说，“我们对周围的人的观点，也包括对我们自己的观点，天天都在变。我们生活在一个过渡时期。如果我们不比迄今为止更好地抓住我们最深刻的任务，那么这段时期也许会延续到这颗行星的末日。尽管如此，当人们被放到黑暗中，他们本不应该像孩子那样害怕得唱起歌来。但是如果人们装作好像知道在这个人世间应该怎样规定自己的行为，那么这就是一首因害怕而唱出来的歌；你可以声嘶力竭地吼叫，然而这只是害怕而已！此外我还深信：我们在骑马疾驰！我们离目标还远，它们不移近过来，我们根本看不见它们，我们还将常常迷路并不得不更换马匹；但是总有一天——后天或两千年后——地平线会流动起来并向我们急速奔驰过来！”

天色暗了下来。“谁也不敢正视我的脸，”乌尔里希暗想，“我自己也不知道自己是否在撒谎。”他讲起话来就像人们在一个捉摸不定的瞬间总结几十年现实的结果。他回想起，他责备瓦尔特爱幻想，这种青年时代的梦幻其实早已变得空空洞洞了。他不愿意再说什么。

“难道我们应该，”瓦尔特厉声回答，“放弃任何一种生活的意义吗？！”

乌尔里希问他，他究竟需要意义干什么？这样不也行嘛，他说。

克拉丽瑟嗤笑。她并没有恶意，只是觉得这个问题实在古怪得很。

瓦尔特点着灯火，因为他觉得没有必要让乌尔里希在克拉丽瑟面前利用这种黑暗中的男人的优越性。恼人的耀眼灯光倾泻到三个人的身上。

乌尔里希执拗地解释说：“人们在生活中所需要的，仅仅是相信自己的事情会比邻人的更顺利。这就是：你的图画，我的数学，随便哪个人的孩子和妻子；所有这一切，它们向一个人承诺，保证他虽然不会成为什么不寻常的人，但他的这种做个寻常人的方式却是独一无二的！”

瓦尔特还没有重新坐下。他心里感到惴惴不安。胜利的喜悦。他叫喊：“你知道你在说什么吗？得过且过！你根本就是一个奥地利人。你在宣扬得过且过的奥地利国家哲学！”

“这也许不像你想象得这么糟糕吧，”乌尔里希回答，“人们会出于对机敏和精确或美的强烈需要而发现，得过且过比体现了新精神的种种努力更讨人喜欢！我祝贺你发现了奥地利的世界使命。”

瓦尔特想回答。但是事实表明，使他情绪高昂起来的那种感觉不仅是胜利的喜悦，而且——怎么说呢——也是要出去方便一下的愿望。他在这两种愿望之间犹豫不决。但是两者不可兼得，他的目光从乌尔里希的眼睛滑到通向门口的路上。

当只剩下他们时，克拉丽瑟说：“这个杀人犯有音乐才能。这就是说……”她顿住，随后诡秘地接茬说，“这根本不可言传，但是你必须为他出点力。”

“要我干什么呢？”

“释放他。”

“你在做梦吧？”

“你对瓦尔特说的，你全不是那个意思吧？！”克拉丽瑟问，她的眼睛催他作出一个他猜不着其内容的答复。

“我不知道，你这话什么意思？”他说。

克拉丽瑟任性地望着他的嘴唇，然后她重申：“尽管如此你还是应该按我说的去做。你会变样的。”

乌尔里希打量她。他不太明白。他准是漏听了什么，一个比喻或者说明她讲话意义的某个关键词。没有了这层意义，她如此自然地讲话，仿佛在讲有过的一个寻常的体会似的，这听起来很奇特。

但这时候瓦尔特回来了。“我可以向你承认……”他开了腔。这一打断，谈话便缓和了下来。

他又坐在钢琴旁边那把小椅子上并满意地望着自己那双粘着泥土的鞋。他想：“乌尔里希的鞋上为什么没粘着泥土？只有这泥土还能帮欧洲人的忙。”

但乌尔里希却在看瓦尔特鞋子上方的腿：它们穿着黑色棉袜，呈现出不好看的柔软的女孩子的大腿形状。“如果一个人今天还在力图成为某种完好的人，人们必须对此刮目相看。”瓦尔特说。

“这种情况不会再有了，”乌尔里希说。“你只需瞄一眼报纸。它充满了极大的不透明性。那里面谈到的事情如此之多，简直逾越了莱布尼茨的思维能力的界限。但是人们根本觉察不到这一点；人们变成另外一个样子了。不再是一个完好的人面对一个完好的世界，而是某种有人性的东西在一种一般性的营养液里移动。”

“非常正确，”瓦尔特立刻说。“再也没有符合歌德本意的那种完好的教育了嘛。但是因此今天有一个思想也就会有一个反思想，有一种倾向也就立刻会有与之相对立的倾向。今天，每一个行动和与它相反的行动都在悟性中找到最机智的理由，人们用这些理由既可以为它们辩护也可以批判它们。我不明白，你怎么会为这个辩护的！”

乌尔里希耸耸肩膀。

“人们必须完全引退。”瓦尔特小声说。

“这样也行，”他的朋友回答，“也许我们正在去蚂蚁国的途中或者正在用另一种非基督教方式瓜分成果。”乌尔里希心中暗想，原来人们既可以相争也可以一致。客套中含着的鄙视清晰得像肉冻里的一块肉。他知道，他最后这几句话一定会惹恼瓦尔特，但是他开始渴望与一个可望与自己意见完全一致的人谈一谈。这样的谈话在瓦尔特和他之间曾经有过。在作这样的谈话时，话语被一股秘密的力量从肺腑掏出，没有一句话言之无物。但如果人们怀着嫌恶讲话，那么话语便像雾那样从冰面升起。他不怀怨恨地望着瓦尔特。他确信对方也有这种感觉，觉得这场谈话越是继续下去便越是会在心中毁损自己的形象，但他确信此人把这归罪于他。“人们所想的一切，不是好感便是反感！”乌尔里希想。此刻，他无比清楚地觉得这种观点正确无误，以致他竟意识到这就像一种对身体的强制，类似于被紧挨着拴在一起的人的接触和摇晃。他四下张望，寻找克拉丽瑟。

但是克拉丽瑟看似早就不再听他们的了；她不知什么时候拿起了摆在面前桌上的报纸；然后她暗自思忖，为什么这让自己感到如此深切的愉快。她感觉到眼前是乌尔里希曾谈到过的那种无法测度的不透明性，双手之间是报纸。双臂展现出黑暗并自动张开。双臂和躯干一起构成两根十字形梁，它们之间挂着报纸。这就是这愉快，但是可以描写这愉快的言语没有在克拉丽瑟的脑海里出现。她只知道，她看着这报纸却没在读它，她觉得，乌尔里希身上蕴含着某种极其神秘的东西，一种使自己感到亲切的力量，可她对此没想起什么更确切的内涵来。她的双唇虽然已经张开，仿佛会微笑似的，但是这动作是无意识的，只显得有点愣怔。

瓦尔特继续轻声说：“你说今天再也没有什么东西是严肃、理智或哪怕只是可以看清楚的了，这话说得对；但是你为什么不愿意理解，这恰恰正是使整体充满瘟疫的增强着的理性的过错。变得越来越理智，比以往任何时候都更强烈地使生活合理化、专门化，这种要求已经植入到所有人的头脑之中，而同时却又没有能力去设想，如果我们把一切东西都认识了、分解了、典型化了、变成机器了、标准化了，我们会成为什么样的人。不能这样下去了。”

“我的天哪，”乌尔里希沉静地回答，“修道士时代的基督徒必须虔信，虽然他只能想象出一个天空，天上有云，有竖琴，有点索然无味；我们害怕这个理智的天空，它让我们回想起学生时代的那些直尺、长凳和可怕的粉笔图形。”

“我有这种感觉，似乎结果将是幻想的一种无节制的放荡不羁，”瓦尔特若有所思地补充说。这句话里包含着一种小小的怯懦和计谋。他想到了克拉丽瑟身上那种神秘的反理性的特性，而当他谈到理性造成放荡不羁的行为时，他想到了乌尔里希。另外两个人没感觉到这一点，这使他心头产生未被理解者的痛苦和胜利的喜悦。他真巴不得能请求乌尔里希只在城里待着，别再踏进他的家门，如果这有可能做得到，并且不会激起克拉丽瑟的激烈反对的话。

两个男人就这样在一旁默默看着克拉丽瑟。

克拉丽瑟突然发现他们不再争论了，便揉揉眼睛，眯缝着眼友好地望着乌尔里希和瓦尔特，他们在黄色灯光照耀下像在一只玻璃柜里那样坐在薄暮的窗玻璃前。

五五

索利曼和阿恩海姆

杀害姑娘的凶手克里斯蒂安·莫斯布鲁格尔还另有一位倾慕者。他的罪责或他的痛苦的问题在几个星期前像打动了许多别人的心那样深深地打动了她的心，她对这个案件的看法与法庭有所不同。克里斯蒂安·莫斯布鲁格尔这个名字颇中她的意，她想象一个孤独、魁伟的男子，坐在长满苔藓的磨坊旁边，倾听轰隆的流水声。她坚信人们对他提出的那些指控将会以一种完全意想不到的方式得到澄清。每逢她坐在厨房或餐室里做针线活儿，便觉得仿佛莫斯布鲁格尔抖落了身上的锁链，正朝她走来，接着便浮想联翩。其中不排除有这样的幻想：倘若他克里斯蒂安及时结识了她拉喜儿的话，那么就会放弃杀害姑娘这种勾当，并显示出自己原来是个很有前途的强盗头子。

这个可怜的男子在牢房里料想不到这颗心，这颗俯在狄奥蒂玛需要修补的内衣上方为他跳动着的心。图齐司长的府邸离地方法院根本就不远。一只鹰只需稍稍扑棱那么几下翅膀便从一个屋顶到了另一个屋顶；但是对于毫不费劲就使各大洋和各大洲沟通起的现代的人来说，要与住在附近街角处的人建立联系，却比登天还难。

就这样，磁流又消散了。自一些时候以来，拉喜儿不再爱莫斯布鲁格尔，倒爱上平行行动了。即便里面房间里事情进行得并不完全顺当，前室也会忙得不可开交。从前总有闲暇读从主人那儿弄到厨房来的报纸的拉喜儿，自从早到晚当小哨兵为平行行动站岗以来，便再也没这个工夫了。她爱狄奥蒂玛、图齐司长、莱恩斯多夫伯爵阁下、大富豪，而且自她发现乌尔里希开始在这个家里扮演一个角色，她也爱他了；一条狗就是带着这样一种感觉，但也带着各种不同的嗅觉——它们意味着激动人心的环境变换——爱它的家中的朋友的。但是拉喜儿是个聪明人。譬如从乌尔里希身上她分明察觉到，他总是与别人有一点儿对立，她的幻想已经开始认为他在平行行动中扮演着一个特殊的、还没弄清楚的角色。他总是和颜悦色地看她，小拉喜儿还发现，只要他以为她不知道，他便特别长久地端详她。她认为他一定是要她做什么事，那就等着瞧吧；她的白色小毛皮充满期望地收缩起来，从她那双美丽的黑眼睛里时不时有一束小而尖的金色光芒急速射向他那边！在她围着华丽的家具和客人们踅来踅去的时候，乌尔里希莫名其妙地感觉到这个小女人的咔嚓声，这使他有几分走神。

他在拉喜儿的注意力中的位置多半要归功于神秘的前室谈话，在这些谈话中阿恩海姆的统治地位受到了动摇；因为这个光彩夺目的人不知道自己除了乌尔里希和图齐之外还有第三个敌人：他的小仆人索利曼。这个黑男孩是平行行动束在拉喜儿的魔腰带上的闪光的扣子。一个滑稽的小男孩，跟着他的主人从童话国来到了这条拉喜儿当差的街上，他简直是作为童话中直接指定给她的部分而被她占有了；事情就是这样由社会地位规定好了的：大富豪是太阳，属于狄奥蒂玛，索利曼属于拉喜儿，是一块在阳光下闪亮的、惹人喜爱的彩色碎片，她把它珍藏了起来。但是这并不完全是这男孩的看法。尽管他身量小，但已十六七岁，是个充满浪漫精神、恶意和个人要求的人。阿恩海姆当初在意大利南方从一个舞蹈队里把他领出来并收留了他；这个特别神经质的小男孩，目光中流露出忧郁，扣动了他的心弦，于是大富翁便决定为他打开美好生活的大门。这是一种对真挚、忠诚的伴儿的渴望，这种渴望不时作为一种偏爱袭上孤独的阿恩海姆的心头，但他通常用增加工作来掩盖它，他一直这样不经意地把索利曼当作同等地位的人看待，直至索利曼十四岁，就像人们从前在富人家庭里抚养自己孩子的同乳母兄弟姊妹，他们可以参加一切游戏和娱乐活动。白天和黑夜索利曼蹲在写字台旁边，或者在主人与著名客人作数小时之久的谈话期间蹲在他的脚跟、背后或膝头。如果桌上恰好散乱地放着司各特、莎士比亚和大仲马，他就读，他借助简明词典学了拼写字母。他吃主人的糖果，在无人看见时也早早地吸起主人的雪茄来。主人专门为他请了一位教师——因为经常旅行所以有些不定期——上初等教学课。学这些功课时索利曼感到无聊已极，他最喜爱的莫过于干一个男仆的差使，他同样可以分担这些差事嘛，因为这是一种真正的、成年人的工作，这迎合他的干活的积极性。但是有一天，这还不是很久以前的事，他的主人把他叫到自己身边并友好地向他解释说，他所期望于他的，他还没有完全实现，说是他现在不再是孩子了，作为主人，他阿恩海姆有责任让索利曼，让这个小仆人成为一个正派人；所以他已经决定从现在起完全把他当作他必须成为的那种人来看待，使他可以及时习惯起来。许多卓有成效的男子——阿恩海姆补充说——都是从擦皮鞋和刷盘子干起，这方面恰恰是他们的力量所在，因为最最重要的是，人们一开始做什么事就全力以赴。

从一个不明确的高级宠儿被提升为享受免费膳宿并有一份微薄薪金的仆人的时刻在索利曼的心中造成一片荒芜，对此阿恩海姆却懵然无知。索利曼根本没听懂阿恩海姆向他说明的情况，但却分明凭感觉猜着了，自地位发生变化之日起，他便憎恨上了他的主人。他此后也没放弃书籍、糖果和雪茄，但是从前他只是喜欢什么便拿什么，现在却是完全有意识地偷阿恩海姆，并且即便如此也无法使自己的复仇情感得到满足，以致他有时就干脆把东西打碎、藏匿或扔掉，阿恩海姆隐约记得那些东西，可他感到纳闷，那些东西竟再也不出现了。一方面，索利曼宛若小精灵般进行报复，但另一方面，他竭力控制自己，履行公务尽心尽职、举止行为讨人喜欢。他仍然是所有女厨师、女仆、饭店雇员和女性客人的头号新闻，受到她们的目光和微笑的溺爱，受到满街游荡的男孩子们的讽刺眼光的盯视，依然习惯于觉得自己是个有吸引力的、重要的人物，即使他受到了压抑。连他的主人有时也还给他投去满意和得意的一瞥或说一句友好和贤明的话，人们一致称赞他是个伶俐、讨人喜欢的男孩，如果索利曼在这之前正巧刚犯下了特别该受谴责的事，那么他就会殷勤而带着嘲笑地品味自己的优越性，一如品味一个吞下肚去的通红而冷森的冰球。

拉喜儿在告诉他屋里也许正在酝酿一场战争时赢得了男孩的信任，打那以后她便不得不听他对她的偶像阿恩海姆说些难听的话。尽管索利曼自命不凡，他的幻象看上去就像插满剑和匕首的针插，在所有他向拉喜儿讲述的有关阿恩海姆的事情中，马蹄发出隆隆响声，火把和绳梯摇晃。他向她透露，他根本不叫索利曼，并给她说了一个长长的、怪声怪调的名字，这个名字他说得如此之快，以致她根本没法记住。后来他又添加上一个秘密，说他是一位黑人王公的儿子，他父亲拥有几千名武士，还有大批牛群、奴隶和宝石，他小时候被人从他父亲身边偷走了；阿恩海姆买了他，为了将来可以以昂贵得不得了的价格把他再卖给王公，但是他想逃跑，迄今为止之所以还没能这样做，仅仅是因为他父亲住在很远很远的地方。

拉喜儿没那么愚蠢，会去相信这些故事；但是她相信它们，因为对她来说在平行行动中没有哪个不可信事物的尺度是够大的。她也很想禁止索利曼这样谈论阿恩海姆；但是她不得不停留在仅仅对他的狂妄表示搀杂着畏惧的不信任，因为尽管有种种可疑，她不知怎么却总觉得，他的主人不可信赖这一论断是平行行动中的一种巨大的、正在临近的、紧张的复杂情况。

那是雷雨云，在长满苔藓的磨坊里的那个身量高大的男子在这雷雨云的后面消失了，一抹惨淡的光集拢在索利曼的小猴脸起皱的怪相上。

五六

平行行动各委员会的繁忙工作；克拉丽瑟致函伯爵阁下并建议尼采年

在这段时间里乌尔里希必须每周拜访伯爵阁下两至三次。那儿为他准备好了一间高而细长、作为办公室很惹人喜欢的房间。墙上挂着一幅暗色的画，画上有深沉闪亮着的红色、蓝色和黄色斑点，上面画着一些骑兵，他们把长矛刺进别的落马骑兵的两肋；对面墙上是一位孤零零的贵妇，她的两肋受到一件绣金紧身胸衣的严密保护。看不出人们为什么把她孤伶伶放逐到这道墙上，因为她显然曾经是莱恩斯多夫家庭的一个成员，她那张年轻的扑粉的脸看上去和伯爵的相似得犹如干巴巴的雪地上的一个脚印类似潮湿黏土地上的一个脚印。顺带说及，乌尔里希很少有机会端详莱恩斯多夫伯爵的脸。平行行动自最近那次会议以来便频频展开对外活动，以致伯爵阁下竟再也无暇静心思考重大问题，而是不得不以审阅呈文、接待来客、进行会晤和乘车出行来度过自己的时间。就这样，他已经和总理交谈过一次，会晤过一次大主教，到皇家办公厅去会谈过一次，并且还在上院与上层贵族和资产阶级显贵进行了几次接触。乌尔里希未曾受邀参加这些讨论，只知道各方人士均估计会遭到对立面的强烈的政治反抗，所以所有这些部门都声称，他们越少在其中抛头露脸，便能越有力地支持平行行动，所以他们暂时只派观察员参加各委员会。

令人欣喜的是，这些委员会的工作正一周一周地取得大的进展。它们已经如同在成立大会上所决定的那样从宗教、教育、商务、农业等等角度把世事进行了分类，每一个委员会里已经有了一个相关各部的代表，所有委员会已经开始致力于各自的任务，每一个委员会与所有别的委员会协同步调等待着职责范围内所属的各团体和民间组织的代表，以便听取他们的愿望、建议和请求并将其转达给总委员会。人们希望以这样的方式让国家“最主要的”道德力量有序和集中地流向总委员会，并且已经满意地看到这种书信来往正在增长。不久之后，各委员会发给总委员会的函件就可以援引别的已经给总委员会发去过的函件了，并且开始以一句一次比一次变得更重要的句子打头：“分别查找这个位数的数字某某某某号和某某号……”接下去又是一个数字，所有这些数字随着函件的增多而变大。这已经具有某种健康增长的特性，而且各公使馆也以半官方途径报告奥地利爱国主义的力量显示给外国留下的印象；外国使节已经在小心翼翼寻找机会探听情况；变得留神起来了的下议院议员们探询意图；私人的活动力在一些商号的询问中初露端倪，这些商号冒昧地提出建议，或者请求为他们的公司与爱国主义相结合提供有力依据。一个机构已经存在，而由于它已经存在，它就必须工作，又由于它工作，它便开始跑动起来；如果一辆汽车在一片广阔的田野上开始跑动起来，哪怕没有人在驾驶它，它也会跑完某一段路，甚至是一段给人印象很深刻的、特殊的路。

一股强大的推进力就这样产生了，莱恩斯多夫伯爵分明感觉到了这股推进力。他戴上他那副夹鼻眼镜，极其认真地把所有来信从头读到尾。这不再是起初事情还没上轨道时铺天盖地向他涌来的热情的陌生人的建议和愿望，而且即使这些呈文或询问来自百姓中间，它们也是由阿尔卑斯人合作社理事会签了字的，是由自由意志者联盟、处女联合会、工商业联合会、社交联盟、市民俱乐部以及其他那类小团体签了字的，那些小团体是个人主义向集体主义过渡的前导，一如一阵旋风卷起一小堆垃圾。即使伯爵阁下并不同意向他提出的全部要求，他还是基本上确认这是一大进步。他取下夹鼻眼镜，把来信送还给部员或移交给他的秘书，并满意地点点头，没说一句话；他觉得平行行动正在一条好的、有条理的道路上，会找到真正的道路的。

接过信的部员照例把它放在另一摞信件上，而如果最后一封信放在上面，他便会揣度伯爵阁下的眼神。随后他就会说出伯爵阁下想说的话："这一切好极了，但是只要我们对我们的中心目标还不知道任何原则性的意见，便既不能说是也不能说不。"但是这是部员读每一封在这之前已送到的信件时从伯爵阁下的眼神里所揣度出来的意思，而这也就完全成为他自己的意见，他手里握着一支镶金小铅笔，他已经用它在每一封来信的结尾写上"Ass."这句有魔力的套语。在卡卡尼各公务机关里正在使用的"Ass."实际上是"Asserviert"，大致相当于德语的"留待以后解决"，是谨慎从事和不急不躁的榜样。譬如被留待以后解决的有小公务员要特殊产妇补助的请求，这个请求一直拖到孩子长大成人并有了独立工作能力时才得以解决，没有别的原因，就因为也许只有到那时才能完成这方面的立法手续，而上司们心地慈善不愿意在这之前先拒绝这个请求；但是被留待以后解决的也有有影响的人物或行政机构的申请，人们不可以用拒绝来得罪人，虽然他们知道，另一个有影响的机构反对这些申请，而原则上凡是第一次向一个机构提出的申请都得留待有了类似情况的先例后才能得以解决。

但是取笑各机构的这种习惯，这就是完全错误的了，因为在这些办公室以外还有更多的事被留待以后解决。如果考虑到在人类历史上还从未有过一个句子，一个有时产生出那酷似一头长翅膀公牛的那种令人眼花缭乱的进步速度的句子，被完全删去或被完全写完，那么在国王们的登基誓言里还一直有与土耳其人或异教徒交战的诺言，这简直就没什么意义了。各机构这样做起码是会丢失一些东西的，但在这个世界上什么也不会丢失。所以留待以后解决是我们生命大厦的基本套语之一。但是如果伯爵阁下觉得什么事特别紧急，那么他就必须选择另一个办法。他会派人先把这倡议送呈宫廷，送呈他的朋友施塔尔堡伯爵，询问人们是否如他所以为的那样会认为这倡议是“暂时明确的”。一些时候以后总会有这样的答复反馈回来：目前还不能转达这方面的最高意志，可取的做法似乎还是先让公众舆论自己形成，并按公众舆论对该建议的接受情况以及其他应有的必要条件留待以后予以考虑。围绕着这倡议生成的一套卷宗就这样送达部里的有关科室并从那里又返回来并加上这样的附注：本科室认为自己无权对此单独作出决定。如果出现了这样的情况，莱恩斯多夫伯爵便会预先记上一笔，以便在总委员会的下一次会议上提议成立一个内部的分委员会来研究这件事。

只有在送来一份既没有一个协会理事会也没有一个国家承认的宗教、学术或艺术团体签名的文件时，他才毅然采取果断措施。这几天，克拉丽瑟就寄来了一封这样的信，她在信中引证乌尔里希并建议举行一个奥地利的尼采年，还建议人们必须同时为杀害女人的凶犯莫斯布鲁格尔做点什么事；说是作为女人她觉得自己有责任提这个建议，此外也由于这意味深长的一致：尼采曾患有精神病，莫斯布鲁格尔也这样。当莱恩斯多夫伯爵把此信拿给乌尔里希看时，乌尔里希当即从那特有的不成熟的、但充斥着粗体字和加重线的行文上认出了这封信，他几乎不能用一句玩笑话来掩饰自己的恼怒。然而莱恩斯多夫伯爵，当他以为觉察到了乌尔里希的困窘时，却严肃而和蔼地说：“这并非无足轻重。这是，我想说，这热情而有力；但是可惜我们必须将所有这类个人建议搁置起来，否则我们就达不到目标。既然您似乎认识这位写信的女士，也许就由您把这封信交给您的表妹夫人吧？”

五七

情绪高昂。狄奥蒂玛对伟大思想的本质有特殊体会

乌尔里希把信塞进自己的衣袋，准备把它扔掉，和狄奥蒂玛谈论这件事

本来就不会很容易，因为自从那篇论述奥地利年的文章刊登出来之后狄奥蒂玛便一直觉得自己被一种完全杂乱的高昂情绪攫住。不单单是乌尔里希有时看也没看就把从莱恩斯多夫伯爵那儿得来的全部文件交给她，而且邮局也每天送来一沓沓信件和剪下来的报纸文章，书商们给她寄来大量供试看的书籍，她家里社交来往的上涨，就像海水受到风和月亮联合吸引，电话铃声也一刻不停地响着，倘若不是小拉喜儿像天使长那样尽心尽力地守在电话机旁并自己回答大多数人的询问——因为她认识到不能让人没完没了地来打扰她的女主人——狄奥蒂玛简直会在这重压下崩溃的。

但是，这种永远不发生而总是在她体内颤动的神经崩溃却给狄奥蒂玛带来一种她还从未有过的幸福。那是一阵冷战，因自己地位重要而感到的一阵战栗，像国际大厦屋脊上一块砖头在重压下发出的一阵沙沙声，像人们坐在突出于远近群山之上的一座山峰时感到的虚无缥缈兴奋刺激感。一句话，那是一种地位感，一位普通中学教师的女儿兼平民副领事的年轻夫人——尽管她的地位有所上升，但迄今她在骨子里依然还是这样的身份——突然意识到的地位感，这样一种地位感是未被觉察、却极其重要的生存状态中的一种，犹如地球转动或我们为感官感觉所作的那一份个人贡献的未被觉察。由于人们被教导不可将自己的虚荣心存放在心中，所以他们便将绝大部分虚荣心携带在脚下，他们在一个伟大祖国的、在一种宗教的或所得税级别的土地上漫步，在没有这种地位的情况下甚至满足于人人会有的东西，即处于从虚无中升起的时间柱的临时最高点上，这就是说，恰恰生活在现在，生活在从前的虚荣心已经灰飞烟灭、后来的虚荣心还未形成的时候。但是，如果这种通常无意识的虚荣心出于某种原因一下子从脚部升至头部，那么这就能产生出一种轻度的癫狂，类似自以为胸怀着全球的处女们的那种癫狂。连图齐司长现在也对狄奥蒂玛表示敬意，向她打听情况并有时请求她接受这样和那样的小委托，以往他在谈到她的沙龙时惯有的那种笑容让位给了一种庄重和严肃。人们还一直不知道，站到一个国际和平主义运动的前列，这个计划会在多大程度上为至高无上的当局所接受，但是他一再对这种可能性忧心忡忡并附加这样的请求：希望狄奥蒂玛在对外政策领域不要事先不征求他的意见就有任何轻举妄动。他甚至立刻提出忠告，什么时候当真要发动一场国际和平行动倡议时得首先设法避免从中生出政治纠葛来。他向他的夫人解释说，人们不必拒绝一个如此美好的思想，甚至在存在着实现这个思想的可能性的时候也不必加以拒绝，但是一开始就给自己留好各种前进的路和退路，这却是绝对必要的事。随后他便向狄奥蒂玛阐述一次裁军会议、一次和平会议、一次首脑会晤往下直至那已被提及的捐款和用当地艺术家的壁画装饰海牙和平宫殿之间的区别，他还从未这样实实在在地和他的妻子谈过话。有时他甚至夹着皮公事包再次返回卧室，对自己的阐述作一些补充，譬如他忘记附带说明他个人理所当然地只是结合一项和平主义的或人道的事业才认为与世界奥地利这个名字相关联的一切是可能的，如果人们不应该被认为是危险而不可揣度的话，如此等等，不一而足。

狄奥蒂玛面带耐心的微笑回答："我将尽量考虑你的愿望，但是你不要把外交政策对我们的意义想象得过分重要了嘛。现在存在着一种简直是拯救性的高涨情绪并且来自人民的无名的内心深处；你不知道，每天有多少请求和建议向我涌来。"

她是值得钦佩的；因为她得不动声色地与巨大的困难作斗争。在大的、按宗教、公正、农业、教育等等观点建立起来的中央委员会各次会议上，人们对所有较重要的倡议都持那种冰冷和胆怯的克制态度，狄奥蒂玛就分明在她丈夫身上体味到这种态度，当时他还没这么关心这件事；有时她觉得自己焦急万分、沮丧已极，无法向自己掩饰这个事实：懒散的世人的这种抵抗将是难以粉碎的。虽然对她自己来说奥地利年将成为世界奥地利年、奥地利各民族将成为世界各民族的榜样是清清楚楚明摆着的，但是事实却清楚地表明，这对于慢性子的人来说还需有一些特殊的内容并且必须得到一个神来之笔的补充，这个想法得是个因为超越宽泛的意义而更加容易被理解的想法。狄奥蒂玛研读众多书籍数小时之久，想找到一个有这种功能的思想，而且这理所当然地也将是一种象征性的奥地利思想；但是狄奥蒂玛对伟大思想的本质有特殊体会。

事实表明，她生活在一个伟大的时代，因为这时代充满伟大的思想。但是别忘了，即便所有条件——包括人们所说的那个条件——具备，实现其中最伟大和最重要的思想会有多么困难：每逢狄奥蒂玛几乎已经下定决心选定一个这样的思想，便总是身不由己地发现，实现它的反面可能也有某种伟大之处。情况就是这样，人们对此无能为力。理想有着奇特的个性，其中也包括这样的个性：如果人们严格遵循理想，那么理想便会突然变成荒谬。就拿托尔斯泰和苏特纳[①]来说吧——这两位作家的思想人们当初大都经常听说——但是人类怎么可能，狄奥蒂玛心想，不用暴力就弄到烤鸡吃呢？倘若像那些人所要求的那样不应该杀戮，那么人们拿士兵们怎么办呢？他们就会失业，这些可怜的人们，罪犯们就会无法无天。但是还是有人提出了这样的提案，而且听说已经在收集签名了。狄奥蒂玛压根儿就从来也不能想象一种没有永恒真理的生活，但是如今她不胜诧异地发现，每一个永恒真理都有双重性和多重性。所以理智的人——在这种情况下这就是由此甚至得到某种名誉拯救的图齐司长——对永恒真理有一种根深蒂固的不信任；他虽然永远不会否认它们是不可缺少的，但却深信按字面去理解它们的人都是疯子。按他所了解的情况——他主动向他夫人提供了这些情况——人的理想包含大量要求，如果人们不是一开始就不完全认真对待它们，那么理想势必会走向毁灭。作为这方面的最好证明，图齐提出，像理想和永恒真理这样的词儿在正经八百的办公室里是根本不说的；说是一个部门负责人心血来潮在一份文件里用了这样的词儿，当即便有人建议他让官方医生检查身体、开证明去休假。尽管狄奥蒂玛神情忧郁地听他讲话，到头来却还是从这种性格弱点里又吸取了全力以赴投入研究之中的新的力量。

当莱恩斯多夫伯爵终于找到时间前来出席一次磋商时，也对她的旺盛精力感到吃惊。伯爵阁下要了解来自民众之中的意愿。他真诚希望查明民意并通过上面小心翼翼地施加影响净化这种民意，因为他不想把它作为一种谄媚逢迎的赠品，而是作为在民主漩涡中飘动的各民族的自我意识的征象呈示给陛下。狄奥蒂玛知道，伯爵阁下还一直坚持“和平皇帝”这个思想并坚持一种真正奥地利的光辉，只要一个集合在族长周围的各民族大家庭的情感在其中得以正确表达出来，他原则上就不会拒绝世界奥地利这个建议。不过，伯爵阁下却私下里不声不响地把普鲁士排除在这个家庭之外，虽然他对阿恩海姆博士个人觉得无可厚非并且甚至曾经明确地把他称作为一个有趣的人物。“我们当然不想要任何爱国主义方面的陈词滥调，”他告诫说，“我们必须唤醒国家，唤醒世界。我觉得搞一个奥地利年这个主意不错，其实我自己就曾

① Bertha von Suttner(1843—1914)，奥地利女作家、和平主义者。

对记者们说过，人们必须把公众的想象引到这样一个目标上去。但是您已经考虑过了吗，我亲爱的，如果要搞这个奥地利年，我们今年应该做些什么事？您看，就是这么回事！这件事人们也必须知道。人们必须在上面帮一把手，否则不成熟分子们就会占了上风。可我却实在找不出时间来过问这件事！”

狄奥蒂玛觉得伯爵阁下内心充满忧虑，便热烈地回答：“这行动必须以一个伟大的象征为最高峰，要不就根本不会有最高峰！这是肯定无疑的。它必须打动世人的心，但也需要上面施加影响。这是不容置疑的。奥地利年是一个极好的建议，但是我认为一个世界年更妙；一个世界奥地利年，这就可以让欧洲精神在奥地利看到自己真正的故乡！”

“小心！小心！”莱恩斯多夫伯爵警告说，他曾经常常受到他女友思想上的大胆的惊吓，“您的思想也许总是有一点儿太伟大了，狄奥蒂玛！您已经说过一回这个意思了嘛。可是怎么小心谨慎也不过分！您想出什么主意了，我们在这个世界年里应该做些什么？”

莱恩斯多夫伯爵受到那种使他的思维非常具有特色的率直的指引，恰好用这个问题触到了狄奥蒂玛的最痛处。“阁下，”她踟蹰了片刻说，“这是世上最难的问题，您要我对这个问题作出答复。我打算尽快邀请一批著名人士、诗人和思想家，我想看看这些人会提出些什么建议来，在这之前我不发表什么看法。”

“这就对啦！”伯爵阁下叫起来，对这种观望的态度立刻表示赞同，“这就对啦！怎么小心谨慎也不过分！要是您知道，现在我天天都听到些什么！”

五八

平行行动引起疑虑。但是人类历史上没有人自愿走回头路

有一回，伯爵阁下也有时间与乌尔里希深入交谈。“这个阿恩海姆博士

我看不太顺眼，”他向他透露，“不错，一个极有才智的人，您的表妹的态度并不令人惊奇；但毕竟是个普鲁士人。他那看人的眼神。您知道，那时我还是个小男孩，一八六五年，我已故的父亲的夏洛蒂宫里来了一位参加狩猎的客人，这个人也总是用那样的目光看人，一年后情况表明，没有人知道究竟是谁邀请他到我们这儿来的，后来才发现他竟是普鲁士总参谋部少校！我这话当然没有什么别的意思，可是我心里感到不痛快，我的事这个阿恩海姆全知道。”

“阁下，”乌尔里希说，“我感到高兴，您给我机会让我讲一讲心里话。是时候了，该采取点措施啦；我了解到一些情况，它们引起我深思，它们对一个外国观察家不合适。平行行动应该使所有的人感到幸福快乐，这也是阁下您所希望的吧？”

“嗯，是呀，当然啦！”

“但是恰好相反！”乌尔里希喊道。“我的印象是，平行行动让所有受过教育的人心生疑虑，感到悲伤！”

伯爵阁下摇摇头，用一个拇指绕着另一个拇指转，每逢他心情阴郁、沉思不语，便总是做这样的动作。事实上他也已经了解到一些情况，它们与乌尔里希如今向他报告的情况颇为相似。

“自从大家都知道我和平行行动有点关系，”乌尔里希说，“只要我碰上某个想和我随便拉扯几句的人，那么不出三分钟，这个人总会对我说：‘您搞这个平行行动究竟要达到什么目标？今天再也没有什么伟大的业绩、伟大的人物了嘛！’”

“对呀，只不过他们这话当然不是指他们自己！”伯爵阁下插话，“这情况我知道，我也听到过这种话。大工业家们骂政策给他们带来的保护关税不够，政治家们骂工业界给他们的竞选资金太少。”

“非常正确！”乌尔里希接茬解释道，“外科医生们完全明确地知道，自比尔罗特[1]时代以来外科学当然取得了进步；他们只不过是在说，其余的医学以及整个自然科学研究对外科学太没有用处了。如果阁下允许的话，我甚至想断言，神学家们也深信，今天的神学比耶稣基督时代更……”

[1] Theodor Billroth(1829 — 1894)，奥地利著名外科医生。

莱恩斯多夫伯爵举起手来做出宽容而抗拒的样子。

“如果我说了什么不合适的话，我请求原谅，这话本来也完全可以不说的；因为我想说明的是，这似乎有着某种完全一般性的含义。外科医生们，我已经说过了，他们断言，自然科学研究不能完全满足人们必然的诉求。可是如果人们和一个自然科学家谈论当代的问题，那么他就会抱怨说，自己一般来说喜欢将目光抬得高一些，却在剧院里感到无聊，也找不到可以使他得到消遣和激励的长篇小说。人们若和一位诗人交谈，那么这位诗人就会说，现在没有信仰。如果人们和——因为现在我想把神学家们放一放——一位画家交谈，那么他们可以相当有把握，这位画家一定会断言，在一个具有如此糟糕的文学和哲学的时代，画家们是不可能创作出什么优秀作品来的。一方向另一方推诿责任的顺序当然并不总是一成不变，但都具有某种推诿于人的特性；而作为其基础的规则或规律我却都弄不明白！我担心，不得不这么说，每一个人独独只对自己还算满意，但整个地说，出于某种无所不包的原因他对自己的处境不甚满意，看来平行行动是注定要使这暴露出来。”

“嗳呀！我的天哪！”伯爵阁下对这一席话这样回答，谁也不清楚他这话是什么意思，“无非是忘恩负义！”

“顺便说一句，”乌尔里希继续说，“我已经看了两满包一般性质的书面提议，还没找到机会将它们给伯爵阁下放回原处去。我已经给其中一包标上‘放回’的标题。多得出奇的人告诉我们，早先时代的世界已经达到比现在更好的水准，平行行动只需将世界带回到那个水准上即可。如果我不算回归信仰这个理所当然的要求，那么还有回归巴罗克式，回归哥特式，回归自然状态，回归歌德，还有回归德意志法律，回归道德纯正以及其他一些回归。”

“嗯，是的；但是也许其中确有一个真正的思想，我们不应该使它气馁吧？”莱恩斯多夫伯爵说。

“这倒可能；可是我们该怎么回答呢：多次认真考虑过您的尊贵提议，目前我们认为时机尚未成熟……或者：怀着兴趣读过贵函，请您详细说明有关重新建立巴罗克式、哥特式世界的愿望，如此等等？”

乌尔里希微微一笑，但是莱恩斯多夫伯爵觉得，他此刻有点儿太轻狂了，便面带愠色，聚精会神地将一个拇指绕着另一个拇指转。他那张有翘胡须的脸上的严厉神态让人想起华伦斯坦时代，随后他便发表了一个非常值得注意的见解。“亲爱的博士，”他说，“在人类历史上没有自愿的回归！”

这句话首先让莱恩斯多夫伯爵自己感到吃惊，因为他本来想说点完全与这不一样的话。他守旧，对乌尔里希感到恼火，本来想说市民阶层已经鄙弃了天主教的广博精神，如今正在自食苦果。赞美专制中央集权主义时代，赞美那时的世界尚还受有责任感的人按统一的观点领导，这是很可以理解的嘛。但是就在搜索词句的时候，他突然想起，如果他一天早晨醒来发现既没有洗热水澡的浴室，也没有铁路，没有晨报，却只有一个皇家宣布官骑马走街串巷，那么自己确实会感到惊讶和别扭的。莱恩斯多夫伯爵心中暗想“已经存在过的东西，是永远不会又以同样的方式存在的”，他一边这样想，一边感到非常惊讶。因为假定在历史上没有人自愿走回头路，那么人类就像一个受一种令人毛骨悚然的漫游狂驱策向前行进的人，这个人既不回头也达不到目的地，这是一种很值得注意的状况。

而伯爵阁下虽然具有一种非同寻常的能力，能很在行地将两个互相抵触的思想严格分开，永远不让它们在他的意识里相遇，但是这个思想，这个针对他所有原则的思想他本来是必须拒绝的。只是他已经对乌尔里希怀有某种好感，繁忙事务之余一有空闲，便很乐意给这个思想活跃、令他感到十分满意的人，给这个只是作为平民而有点儿偏离真正重大问题的人用严格的逻辑思维讲解政治话题。但是人们一旦讲起逻辑来，让一个思想自动紧跟前面的思想，那么人们便永远不会知道这将怎样结束。所以莱恩斯多夫伯爵不收回自己的意见，而只是恳切而沉默地望着他。

乌尔里希拿起第二只公文包，并利用这个间歇把两只包交给伯爵阁下。“我不得不给第二包标上‘呈送’的标题。”他开始解释，但是伯爵阁下猛地跳起，觉得自己的时间已经过去。他急切请求把这个问题留待下次继续商谈，以便有更多考虑的时间。“顺带说及，您的表妹将为此邀请一批著名人士进行座谈，”他说着已经站了起来，“您得去，请您务必要去。我不知道是否抽得开身去！”

乌尔里希收拾公文包，莱恩斯多夫伯爵在深色的门框处又一次转过身来。“一次大规模的试验当然会使所有的人气馁，但是我们会让他们振作起来的！”他的责任感不允许他不说一句宽心的话就把乌尔里希撇下。

五九

莫斯布鲁格尔沉思录

这期间，莫斯布鲁格尔已经好歹在新监狱里安顿下来。监狱大门刚关上，他便受到大声呵斥。如果没记错的话，他破口痛骂时人们曾威胁说要狠狠揍他。人们把他关进一个单间。在庭院里散步时他的双手被手铐铐住，看守们的眼睛死死盯住他。他的头发被剃掉了，尽管对他的判决还不具有法律效力；据称是为了给他量身高。人们用一种发臭的软皂给他擦了身，以消毒为借口。他是个老旅行者，他知道，所有这一切都是不允许的，但是在铁门后面维护荣誉，这不是一件简单的事。他们随心所欲地任意处置他。他求见监狱长并提出控告。监狱长不得不承认有些做法不符合规定，但是他说，这不是惩罚，而是谨慎。莫斯布鲁格尔向监狱牧师诉苦，但是此人是个好老头儿，他的友好关怀有个陈旧的弱点，这就是遇到性犯罪就失灵。他以连性犯罪的边也没擦过的身体的无知憎恶它们，并且甚至对此感到惊骇：莫斯布鲁格尔以诚实的外貌在他内心激起了私人同情心；他让他去找狱医，而他自己则一如在所有这种情况下所做的那样，仅仅是向上帝提出一个重要的请求，这个请求不考虑细节，如此一般地谈到尘世的纷乱，以至于在作祈祷的时刻莫斯布鲁格尔和自由思想家以及无神论者一样也包括在内了。但是狱医却对莫斯布鲁格尔说，他所诉说的一切根本就没那么严重，医生轻轻拍了他一下，对他的申诉丝毫不予理会，因为如果莫斯布鲁格尔明白事理的话，那么只要他是真有病还是装病这个问题没有得到专家们的回答，这便是多此一举。莫斯布鲁格尔气愤地预感到，这些人当中的每一个都在侃侃而谈，而且正是这种谈论给他们以随心所欲处置他的力量。他有着普通人的情感，觉得人们应该割下这些有教养的人的舌头。他望着那张有刀伤的医生面孔，那张从内部变干涸了的牧师面孔，那张收拾得干干净净的公事房主管面孔，看到每一张面孔都用一种别样的方式望着他的面孔，这些面孔上有着某种对他来说不可企及、但为他们所共有的东西，这种东西毕生都是他的敌人。

在外面，一股收敛的力量将每个人的自负费劲地挤进他们各自的身体；而在这所牢房里，尽管有着种种纪律的约束，这股力量还是稍稍软弱了一些，在这里大家都在等候中过日子，人和人之间的活生生的关系，即使粗俗、激烈也罢，均受到一个不现实的阴影的损害。莫斯布鲁格尔用整个强壮的身体对庭审斗争之后的松弛作出反应。他觉得自己像一颗松动的牙齿。他的皮肤发痒。他觉得自己受到传染，感到很不舒服。那是一种易伤感的、轻微神经质的过分敏感，有时他会突然过分敏感起来；那个躺在地下，给他惹来了这些麻烦的女人，每逢他拿她与自己作比较，他便觉得她是孩子面前的一个阴险毒辣的泼妇。尽管如此，总的说来莫斯布鲁格尔并非不满意；他能够从许多迹象上觉察到，自己在这里是一个重要人物，他心里美滋滋的。甚至连所有囚犯无区别地得到的那份照顾也使他感到满意。自从他们犯下了什么罪过以来，国家便给他们饭吃、给他们澡洗、给他们衣穿，还为他们的工作、健康、书籍和歌唱操心，而它先前却从未操过这份心。莫斯布鲁格尔享受着这份照顾，虽然它是严厉的，宛如一个孩子成功地迫使母亲一边生气一边为他的事操心；但是他不希望这份照顾旷日持久：一想到自己可能会被减刑为无期徒刑或者又被交给精神病院，他心中顿时便产生一种抵触情绪，这是一旦逃避生活的一切努力一再把我们引回到那同样的、可恨的生活处境之中时，我们会感觉到的那种抵触情绪。他知道，他的辩护律师正在尽力谋求重新审理他的案子，他将再次接受检查，但是他拿定主意要及时采取对策，坚持让人们处死他。

他必须死得与他的身份相称，这一点对他来说是肯定无疑的，因为他的一生就是一场为谋取自己的公理的斗争。在这间单人囚室里莫斯布鲁格尔在考虑什么是他的公理。这个他没法说。但是这是人们在他一生中都不曾给予他的那种东西。一想到这一点，他的情绪便激昂起来。他的舌头拱起，准备做一个像牡马遛蹄那样的动作，想如此显贵地强调指出这一点。“公理，”他异常缓慢地沉思，为了确定这个概念，他这样沉思，就仿佛在和什么人讲话似的，“这就是，如果人们不干什么不公正的事，对不对？”这时他突然想起：“公理是权利。”就是这样，他的公理是他的权利！他望着他的木床，随即便坐到床上，动作迟缓地转身，徒劳地在拧紧在地上的铺板上挪移并踌躇着坐定。他的权利人们没有给他！他回忆起那位师母，那时他十六岁。他做了个梦，梦里某种凉丝丝的东西向他肚子上吹来，随后这凉丝丝的东西便消失在他的体内，他大声喊叫，从床上掉落下来，第二天早晨他觉得筋疲力尽。可是别的学徒有一回曾告诉过他，说是如果向一个女人这样伸出拳头，让拇指在中指和食指之间露出来一点点，那么这个女人便会抵御不住的。他心里乱糟糟的；他们声称都已经试验过这一招儿，但是每逢想到这一点，他心里总是觉得发虚，要不就是他的脑袋开始以不同于他所习惯的那种方式安坐在脖子上，简言之，他身上发生了某种有一丁点儿偏离符合人类天性的秩序并且不完全可靠的事。“师母，”他说，“我想给您做点您喜欢的事……”他们单独在一起，她盯住他的眼睛，必定是从他的眼神中察觉到了什么并回答说：“你从厨房里滚出去！”接着，他便将露出拇指的拳头向她伸过去。但是这魔力只起了一半作用；师母满脸通红，迅速用手里拿着的木勺打他的脸，打了他个措手不及；当鲜血开始从嘴唇往下流淌时，他才明白过来。但这时他神志清楚了，因为鲜血一下折回，向上漫流，从眼睛上流出去；他向那个身强力壮的女人猛扑过去，她如此卑劣地侮辱了他，师傅闻声赶来，从这时起直至他摇摇晃晃站立在街上、行李卷被扔在身后的时刻，这期间所发生的事仿佛就是人们将一大块红布撕成碎片。他们就这样嘲讽和打击了他的权利，他又开始漫游了。人们会在大街上找到这权利吗？！所有的女人都已经是不知哪个人的权利了，所有的苹果和住宿地也都已属于别人；而警察和地方法官比狗还坏。

但是究竟是什么东西使得人们总是揪住他不放，他们究竟为什么将他投入一座座监狱和精神病医院，这一点莫斯布鲁格尔永远也弄不明白。他长时间愣愣地凝视着地板，使劲地盯着他这间囚室的一个个角落；他这时的心情就像某个人，此人把一把钥匙掉落到地上，可是他找不到这把钥匙；地板和四角又如同白昼般灰蒙蒙，它们刚才还像一个梦幻中的阁楼，只要说一句话，里面便会突然长出一个物件或一个人来。莫斯布鲁格尔集中自己的全部逻辑。他只能清楚地回忆起发生这些事的全部地点。他简直可以将它们一一列举并描绘一番。有一回是在林茨，另一回在布莱拉。其间隔着若干年。最后一次是在这儿，这座城里。他看见了眼前的每一块石头。如此清楚，通常石头根本就不是这样的。他也回想起每一回发生这种事时他的心情都不好。

可以说，仿佛他血管流着的不是血而是毒汁似的，如此等等。譬如他在户外干活，女人们从一旁走过；他不想看她们，因为她们妨碍他，可是不断有新来的女人从一旁走过；于是，他的眼睛便终于怀着厌恶跟踪起她们来，于是又是老样子，又是这种慢慢地来回转动眼睛，就像在沥青和凝固的水泥里搅动似的。随后他发现，他的思维开始变得迟钝起来。他的思维本来就慢，说话磕磕绊绊，从来就没有足够的词儿，有时他与某人谈话，谈着谈着对方突然惊讶地望着他，竟不明白莫斯布鲁格尔慢条斯理地说出来的一个单句究竟是什么意思。他妒忌所有在青少年时代便学会轻松自如地谈话的人；恰恰在需要口齿伶俐地说话的时候，他却往往像软腭让胶水死死粘住了似的笨嘴拙舌说不出话来，于是往往要过好长的工夫，他才会蹦出一个字来并又说上几句。这样的解释不容拒绝：这已经不再是生理上的原因了。但是如果说他在法庭上说是共济会成员或耶稣会会士或社会主义者在以这种方式迫害他，那么是没有人听得懂他这番话的。法学家们虽然讲起话来比他流畅并尽可能对他提出种种异议，但是对事情的真实原委他们却懵然无知。

如果这种情况延续久了，莫斯布鲁格尔便会害起怕来。叫一个人去试试看吧，叫他手上戴着手铐走到大街上去看大家会怎样对待他吧！他意识到他的舌头或某种仍还存在在他体内的东西像是让胶水粘住了，这在他心里引起一种可悲和不踏实的感觉，他不得不每天费力将其掩盖。但是随后突然出现一种清晰的、几乎也可以说是无声的界线。突然出现一丝冷气。或者在空中紧挨着他出现一颗大弹丸并飞进他的胸膛。与此同时，他感觉到自己身上、眼睛里、嘴唇上或脸部肌肉上粘住了某种东西；周围整个环境在消退，在变暗，就在一幢幢房屋压到一棵棵树上的当儿，也许从树丛里蹿出几只飞奔疾驰的猫。这种情景只延续一秒钟，随后便消失不见。

其实这时候才开始了他们大家都想了解并且不断谈论的那段时间。他们向他提出最无用的抗辩，可惜他只能不清晰地、根据意识回忆自己的经历。因为在这些时间里他的意识完全清醒！它们有时延续数分钟，但有时也持续好几天，有时则渐渐演变成别样的、相似的能延续数月的时间。先开始回忆这些事，因为它们比较简单，按照莫斯布鲁格尔的意见也能够为一个法官所理解，所以随后他便听见声音或音乐或一阵呼呼声和嗡嗡声，也听见嗖嗖声和丁零声或乒乓声、轰隆声，笑声、喊声、讲话声和耳语声。这来自四面八方；它在墙壁里，在空气中，在衣服里以及他的身体内部。他觉得，只要它沉默，他便在体内携带着它；它一逃逸出来，便隐匿在四周，但也从不离他很远。每逢他干活，这些声音便往往用很不连贯和很短的语句不断对他说话，它们骂他、批评他，每逢思考着什么，自己还没来得及张口，它们就把这讲出来，或者凶恶地说些与他想说的相反的话。对于人们想因此而宣称他有病，莫斯布鲁格尔只能一笑置之；他自己对待这些声音和幻觉的态度无异于猴子。听听、看看它们在干些什么勾当，他觉得这挺好玩；这比他自己有的那些坚忍、棘手的思想美好得无法比拟；但是如果它们很惹他生气，他便会愤怒起来，这说到底是很自然的事嘛。由于他经常十分留意人们说到他时所使用的各种话语，所以莫斯布鲁格尔知道，人们把这称作产生幻觉，并且同意这种看法：他在产生幻觉这个特性方面胜过其他没有这种能力的人；因为他也看到许多别人看不到的东西，旖旎的风光和地狱里的牲畜，但是他觉得人们极大地夸大了他这种特性的重要性了，每逢他觉得待在精神病院里不舒服了，便毫不犹豫地声称他感到头晕。头脑聪明的人问他，那声音有多响；这个问题没有什么道理：他所听见的，有时当然像一个霹雳那样响，有时是最微弱的耳语声。有时折磨他的那种疼痛也可能会难以忍受或者只是轻微得像一种错觉。这不是最重要的事。他常常不能精确描述看见、听见并感觉到了什么；然而，他还是知道那是什么。有时那是很不清楚的；幻觉来自外部，但是稍一观察他同时也就觉得，尽管如此，它们还是来自他自身。重要的是，某种东西在外部还是在内部，这根本就没有任何重要意义；在这种情况下这就犹如一道透明玻璃墙两边的光亮的水。

在他的这些重要的时间里，莫斯布鲁格尔根本不重视这些声音和幻觉，他沉思。他这样称呼这件事，因为这个词儿总给他留下深刻印象。他比别人思考得更好，因为他里外都在思考。他违背自己的意志在内心进行思考。他说，他是在进行被动思考。他虽然没有失去男性的缓慢从容，但连最琐屑的小事也能使他激动，这情形就如同一位乳房里奶水鼓胀的妇女。随后他的思绪便像一条受到数百条奔腾溪水浸润的小溪潺潺流过一片肥沃的草地。莫斯布鲁格尔耷拉着脑袋，从指缝间望着木床板。“这里的人管松鼠叫栗鼠！”他突然想起，“可是要是有人去试试，口齿清楚、一脸正经地去说‘栗鼠’！大家就会抬起头来，就仿佛在一阵放屁声中突然响起一声清脆的枪声！在黑森林他们管这叫树狐。一个走南闯北的人知道一点这种事。”精神病科医生们感到惊讶和好奇，每逢他们将一只松鼠的画像拿给莫斯布鲁格尔看，他总是回答说：“这是只狐狸，或许是只兔子嘛；这也可能是只猫什么的。”随后他们每一回都相当快地问他：“十四加十四是多少？”他从容地回答：“大约二十八至四十。”这个“大约”给他们制造了困难，莫斯布鲁格尔对此会心一笑。因为这简单已极；他也知道，人们若是从十四再往前走十四便到达二十八，但是谁说人家就必须站在那儿不走了呢？！莫斯布鲁格尔的目光继续往前扫视一段距离，就像一个人已经到达一座画在天空的小山脊，这个人如今看到，在这后面还有好几座相似的小山脊。如果一只栗鼠不是猫，不是狐狸，并且像狐狸吃的兔子一样有牙齿没有角，那么人们也就不需要这么认真对待这件事了，但是它以某种方式用种种材料缝合而成并一一从它们上面越过。按莫斯布鲁格尔的信念和体会，人们不能为自己挑选出什么东西来，因为一样东西有赖于另一样东西。在他这一生中也已经发生过对一位姑娘说“您这张可爱的樱桃小口”这样的事，但是这句话突然在接缝处减弱，于是便出现某种非常尴尬的情形：脸色变得灰白，像泥土，雾笼罩着泥土，在一根长长的树干上显现出一颗樱桃；然后便是这诱惑，禁不住要拿起一把刀把它割下或给它一击，以便让它又退回到脸上去，这种诱惑大极了。当然，莫斯布鲁格尔并不总是立刻就拿刀子；他只是在没有别的辙时才这样做。通常他总是使出全部的心神和力量去固定住这个世界。

他在心情好时可以望着一个人的脸并在这张脸上看到他自己的脸，犹如从一条浅溪的小鱼和光亮的石头间照见自己的脸；但在心情不好时他只需粗粗审视一个人的脸便会看清这就是他到处与之发生争执的那个人，尽管此人每次都把自己装扮成不同的模样。人们和他有什么过不去的？！我们大家几乎总是与那同一个人发生争执。如果调查一下是什么人让我们如此眷恋，那么情况必定会表明，是那个和我们过不去的人。在爱情方面吗？多少人日复一日地盯着那同一张可爱的脸庞，但如果他们闭上眼睛，便说不清这张脸是什么模样。或者也没有爱和恨：各种事物各按习惯、性情和立场而遭受到怎样的变更啊！欢乐何等频繁地湮灭，一个不可摧毁的悲哀内核便显露出来？！一个人何等频繁而冷静地打击另一个人，但同样也能不去打搅他。生活形成一个表层，它装出仿佛它必须是现在有的样子似的，但是在这表层皮下，事物在熙熙攘攘、忙忙碌碌地活动着。莫斯布鲁格尔总是双腿站在两块土块上并将它们固定住，明智地尽力避开一切可能会把他搞糊涂的东西；但是有时他嘴里蹦出一个词儿来，怎样的革命、梦幻随后便会从一个像栗鼠或樱桃小口这样变冷、变暗了的双关词中涌现出来！

就在他坐在囚室里同时也是他的床和桌子的条凳上的当儿，他抱怨自己所受的教育不曾教导他按应有的方式去表述自己的体会。那个长着一双小鼠眼的小女人早已躺在地下，可现在还在给他制造这么多的麻烦，那个小女人惹他生气。大家都站在她那一边。他慢慢腾腾地站起来。他觉得自己像烂木头一样老朽了。他又饿了；监狱里的伙食对于这个壮汉来说太差劲了，而他又没有钱去改善伙食。在这种情况下他不可能回想起一切人们想从他那儿了解到的情况。方才已经出现了一些变化，连续几天，连续几周，就像三月或四月的来临，后来就发生了这件事。他所知道的有关她的情况也并不比警察局审讯记录里的更多一些，他甚至都不知道，这些情况是怎么进入到那儿的记录里去的。他回忆起来的那些原因，那些考虑过的因素，反正都已经在审讯过程中说了；但是实际上发生的事，在他看来就仿佛是突然流畅地用一种外语讲了些什么话，这些话曾使他感到非常高兴，可是他现在却重复不出来了。

"但愿这一切尽可能快地了结了吧！"莫斯布鲁格尔心中暗想。

六〇

漫游逻辑-道德王国

按理说对莫斯布鲁格尔案件人们用一句话便可加以概括。莫斯布鲁格尔是那些介于两可之间难以确定的案例中的一个，从法学和法医学角度来看连门外汉们也知道这是降低了刑事上对自己的行动的责任能力的案件。

这些不幸的人的特点是，他们不仅有着劣等的健康状况，而且也患有劣等的疾病。造化有一种奇特的偏好，喜欢创造出大批这样的人来；它不跳跃，它喜爱过渡并且一般说来也将世界保持在一种低能与健康之间的过渡状态。但是法学对此并不在意。它说：non datur tertium sive medium inter duo contradic toria，译成德语：人要么有能力做违法的事，要么没有这个能力，因为在两个对立面之间没有任何第三者和中间地带。因具有这种能力他便成为可处刑的，因具有这种可处刑的特性他便成为法人，而作为法人他必须分担法律的超个人的善行。若不能立刻懂得这个道理，就请想一想骑兵。如果一匹马在人们每次试图骑它时都举止像发疯，那么它就会受到特别细心的照料，得到最柔软的绷带、最优秀的骑兵、最精选的饲料和最耐心的治疗。相反，如果一个骑兵犯了什么罪过，那么人们便把他关进一只充满跳蚤的笼子里，不给他吃，给他戴上手铐。这样区别对待的理由就在于，马只隶属动物的经验王国，而骑兵则分享着漫游逻辑-道德王国。在这个意义上人优于动物，不妨添上一句，人也优于患精神病的人，他凭着自己精神和道德的特性有能力去做违法的事，去犯一桩罪行；而由于可处刑性才是那个使他升华为有道德的人的特性，法律学家必须铁面无私地坚持这个特性便是可以理解的了。

可惜本来负有使命要与之抗衡的法院精神病医生通常在行使其职责时比法律学家们胆怯得多，他们只宣布这样的人确实有病，但不能治愈这样的人；这是一种适度的夸张，因为他们也治愈不了别人。他们区分各种不可治愈的精神病，区分在上帝的帮助下过一些时候病情会自动好转的精神病，以及最终医生虽然也不能治愈、但病人却可以避免的精神病，前提当然是，通过命运的安排正确的影响和考虑及时对他产生作用。对于这第二和第三群体的那些只不过是劣等的病人，医学天使虽然把他们当病人对待——如果他们到他的诊所里来就医的话——但却谨慎地让法律天使来决定他们的命运——如果他在法庭上与他们遭遇的话。

莫斯布鲁格尔就是这样一桩案子。在他为一种阴森森的嗜杀狂罪行打断的诚实的一生中，人们常常在精神病院里抑制或释放出他的情感；直至在最近那次审讯中两位法医把他的健康又还给他之前，他一直被认为是麻痹症患者、妄想狂患者、癫痫患者和精神错乱者。当初在那间挤满了人的大厅里当然没有哪个人，包括他们在内，会不相信莫斯布鲁格尔有什么病；但这不是那种符合法律提出的条件并可以为认真仔细的专家们所承认的那种病。因为如果一个人部分有病，那么按法学教师的观点他也就是部分健康；可是如果一个人部分健康，那么他也就至少部分有责任能力；既然部分有责任能力，那么就是完全有责任能力；因为据他们说，有责任能力就是人处于这样一种状态：在这种状态下，他拥有不受每一种强制他的必然性的影响、从自身需要出发为达到某一个目的而规定自身行动的力量，而这样一种确切性人不是可以同时拥有和缺乏的。

虽然不排除会有这样的人，这些人的状况和素质使他们难以如法学家们所说的抵抗“不道德的推动力”并找到“向善的内在动力”，而莫斯布鲁格尔就是这样一个人，他自身的那些情况根本触动不了别人，却会在他身上引起从事犯罪行为的“决心”。但是首先，按法庭的观点，只要用上了智力和理解力这罪行同样也可以不犯，那么他的智力和理解力就是没受损害，这样的话也就没有理由把他排斥在责任的道德规范之外。其次，每一桩罪行，如果是蓄意所为，就要受惩罚，这就要求有一种有秩序的司法。第三，司法逻辑认为，在所有精神病人身上——除了那些完全不幸的人以外，那些人在人家问他们七乘七是多少时伸舌头，或者在该说皇帝和国王陛下的名字时说“我”——尚还存在着一种最低限度的分辨能力和自决能力，本来只需鼓足智力和意志力便能认清行为的犯罪性质并抵御住犯罪的动机。但是这恐怕是人们可以向如此危险的人物提出的最起码的要求了吧!

法庭就像藏着一瓶瓶前人智慧的地窖；人们打开这地窖就想哭泣，人类的精确性努力的最高成熟度在最终完美无缺之前是何等地令人不堪忍受。然而它却似乎使未经受锻炼的人陶醉。医学天使听久了法学家们的阐述往往就会忘记自己的使命，这是一种大家都知道的现象。然后他就拍击翅膀，在法庭上的行为就像一个法学后备天使。

六一

三篇论文的理想或精密生活的空想

莫斯布鲁格尔就这样获得了死刑判决，只是多亏了莱恩斯多夫伯爵的影响以及此人对乌尔里希的友好情意才有希望对他的精神状态再次进行审查。不过乌尔里希当初并没打算进一步为莫斯布鲁格尔的命运操心。令人沮丧的残暴和忍受的混合物，这是这种人的本质，这和精确和疏忽的混合物——它构成人们惯于对这种人作出的那种判断的特征——一样都使他感到不快。他分明知道，如果实事求是地看待这个案件，他应该对莫斯布鲁格尔有怎样的看法；他也知道，对这样的人应该采取哪些措施，这种人既不宜被投进监狱也不宜获得自由，对于他们来说精神病医院也不够用。但是他同样也清楚地知道，成千上万个别的人也知道这个情况，每一个这样的问题都在被他们不间断地讨论着，从他们特别感兴趣的方方面面推敲着，国家终究将处死莫斯布鲁格尔，因为在这样一种不完备状态下这根本就是最明了、最合理和最稳当的解决办法。勉强接受这样的做法可能是一种不文明的行为，但是就连快捷的交通工具也比印度的全部老虎要求更多的牺牲者；使我们可以忍受这种状况的肆无忌惮、不讲道德和漫不经心的信念显然在另一方面使我们有能力取得别人无法对此加以否认的成绩。

这种精神状态对最近的事物洞察力极强、对整体则视而不见，它在一种理想中获得自身最重要的表露，人们不妨称这种理想为一种终身事业的理想，它由不多于三篇的论文组成。有一些这样的精神活动，它们让人为之感到自豪的不是大部头的书，而是小论文。譬如如果有人发现石头在迄今还未被观察的情况下能够讲话，那么他只需用不多几页纸便可描述并说明这样一个划时代的现象。而关于好的思想人们则可以一再写上一本书，这完全不只是一件高深莫测的事，因为这意味着一种方法，用这方法人们永远弄不清最重要的切身问题。人们可以按所需要的言语的数量来区分人的活动；所需的言语越多，他们的性格状况就越糟。反映人类从茹毛饮血到上天飞行这一过程的全部认识连同其处于完备状态的证明，不会多于一个阅览室的开架书；而一只和地球一样大的书柜却远远装不下剩余下来的一切知识，而且还完全不计那极广泛的讨论，那不是用笔而是用剑和镣铐进行的讨论。人们很容易有这样的想法：如果我们不按在方式上极有示范作用的各门科学的式样行事，那么就是在极不合理地进行人类的事业。

这也确实曾经是一个时代的——一些年，不到几十年的——情调和意愿，其中有一些还是乌尔里希曾亲身经历过的。当初人们想到这一点——但是这个“人们”是一种有意不精确的说明；人们没法说谁以及多少人这样想，无论如何，这事即将来临——人们也许可以精确地生活。今天人们会问，这是什么意思？回答大概会是，人们既可以把一桩毕生的事业想象成由三篇论文也可以把它想象成由三首诗或三个行动组成，而个人的工作能力则在其中得到了最大限度的提高。所以这大致就意味着，人们若没什么话要说，那就沉默不语；人们若没什么特别的事情要料理，那就只做必须要做的事情；而最最重要的则是，人们若没有要张臂并让一股创造浪潮提高情绪的感觉，那就保持无感觉的状态！人们会发现，这样一来我们的大部分精神生活势必将会停止，但是这也许也不见得是多么了不起的损失。肥皂销售量大证明人们普遍爱洁净，这个论点不需要适用于一种道德学，按这种道德学，显著的洗涤需要预示着并不完全干净的内部情况这一近代原理更为正确。如果人们愿意极度地限制伴随一切行动的道德消耗（不管哪种道德）并满足于只在值得这样做的例外情况下才使自己的行为符合道德准则，但在所有别的情况下对自己的行为不作不同于对铅笔或螺钉规格的看法，那么这将是一次有用的尝试。这样做当然不会收到许多好的效果，但会收到一些较好的效果；这样就不会剩下什么才能，而是只会剩下天才；单调乏味的移印下来的图画会从生活的图画中消失，这些图画产生自行为与美德所具有的那种微弱的相似性之中，它们那令人陶醉的虔敬与一致将美德取而代之。一句话，每一百公斤道德中将会剩下一毫克精髓，这一毫克中还有百万分之一毫克是极其令人喜悦的。

但是人们会提出反对意见，说这是一种空想！当然，这是一种空想。空想大致相当于可能性；一种可能性不是真实，这个命题所表达的无非就是，当前与一种可能性交织在一起的情况妨碍了它，因为否则的话它也就只是一种不可能性了；人们若解除它所受的约束并为它提供发展机会，那么便会产生空想。这是与研究者研究一个要素在复合现象中的变化并从中得出自己的结论相类似的过程；空想意味着实验，意味着在实验中观察一个要素的可能的变化和它在那个复合现象中将会引起的、我们称之为生活的那些效应。倘若这个被观察的要素十分精确，倘若人们突出这个要素并使它得以显示出来，倘若人们把它看作思维习惯和生活状况而且让它榜样的力量对一切与它接触的事物产生影响，那么，人们就被引导到一个人的身边，精确性和不确定性在这个人身上不合理地结合在一起。他拥有那种坚定不移的有意识的自制力，这种自制力体现出精确性的气质；但是超越出这个特性之外，其余一切便都是不确定的。由一种道德保证的、牢固的内部情况对一个想象力指向变化的人没有多少价值；此外，如果最精确和最圆满实现的要求从智力领域转到激情领域，那么就会如同已暗示的那样显示出这个令人惊异的结果：激情消失，代之而起的是某种类似原始火焰般的性能——这就是精确性的空想。人们将不会知道，这个人应该怎样度过他的日子，因为他不能持久地悬浮在创造行为中并将受限制的情感炉火供奉给一场想象中的大火？但是今天存在这个精确的人！作为普通人，他不仅生活在研究者之中，而且也生活在商人、组织者、运动员、技术员中；即使暂时只是在白天的时间里，在他们不是称作生活而是称作职业的时间里。因为认真细致、不带偏见地看待一切事物的他，最憎恶的莫过于认真细致看待自己这个想法了，可惜几乎不容置疑的是，他将会把自己的空想看作在认真忙碌着的人身上所做的一次不道德的试验。

所以，在人们该不该使其余的群体适应内部功率最强大的群体这个问题上，换句话说，在人们能不能为正在和已经发生在我们身上的事找到目的和意义这个问题上，乌尔里希一生一直是相当孤单的。

六二

凡人，尤其是乌尔里希，也崇尚杂文体空想

精确性作为人的品行也要求精确的行为和存在。它要求一种最大限度要求意义上的行为和存在。可是这里必须有所区别。

因为实际上不仅有幻想的精确性（实际上还根本不存在这种精确性），而且也有一种学究气的精确性，而这两者的区别就在于，幻想精确性坚持事实，学究精确性坚持幻象。譬如使莫斯布鲁格尔的特殊精神被纳入一个两千年的法律观念体系的精确性，就像一个想用一根针叉起一只自由飞翔的鸟儿

的傻瓜的那种学究的努力，丝毫也不关心事实，而是关心学究气的法律观念。而精神病专家在其对人们可不可以将莫斯布鲁格尔判处死刑这个重大问题上表现出来的那种精确性则相反，它是彻底精确的，因为它不敢多说一句，只敢说他的病象不确切符合任何迄今被观察到过的病象，它让法学家们去作进一步的决断。这是一种生活景象，是法庭趁此机会呈现出的景象，因为所有这些活生生的人物，他们觉得使用一辆车龄五年以上的汽车或让人按十年前的最好原则诊治一种疾病是完全不适宜的，他们反正把自己的全部时间自愿或不自愿地花在促进这种臆造上，并且想尽法儿使属于他们职责范围内的一切合理化，所有这些人物，他们最喜欢把美的问题，公正、爱情和信仰的问题，简短说，把一切人道问题，只要它们不带商务方面的成分，交托给他们的妻子去处理，倘若她们还不完全够用，便交托给一种男人，这种男人用千年的习语向他们讲述人生的得意和坎坷，他们漫不经心地、懊恼和满腹狐疑地听这些人讲述，并不相信他们的话，没想到会有这种可能性：人们也可以用别的方式去做这件事。所以实际上有两种精神状态，它们不但互相克制，而且通常——这更糟糕——相互并存，却不交谈一句话，它们仅仅互相担保，说它们俩都合乎人们的愿望，每一种都在自己的位置上。一种满足于精确并坚持事实；另一种不满足于此，而是总是看着整体并从中推导出他们的对所谓的永恒和伟大的真理的认识。一种成就越来越大，另一种范围和等级越来越扩大。非常清楚，一个悲观主义者也可能会说，一种精神状态的结果毫无价值，而另一种精神状态的结果不真实。因为在世界末日，在掂估人类著作的分量的时候，人们拿了篇论述蚁酸的论文派什么用场呢？而且哪怕是三十篇这样的论文？！另一方面，如果人们连到那时为止蚁酸能变成些什么都不知道，人们对世界末日会知道些什么呢？！

自人类第一次获悉在世界的末日将会有一个这样的精神法庭，在这约莫多于十八个和还不到二十个世纪的时间里，世界就一直在这种“既不也不”的两极之间来回发展。这符合这一经验：在这过程中总是向一个方向发展之后接着就向相反的方向发展。虽然可以想象，可以向往，这样一种逆转会按螺旋式进行，每转换一次方向螺纹升高一次，但是由于未知的原因发展所得到的很少会多于它因走弯路和遭毁坏所失去的。保罗·阿恩海姆博士当初对乌尔里希说，世界历史从不允许什么消极的东西，他这话说得完全正确；世界历史是乐观的，它总是热情地决定采取这一个步骤，事后才决定采取与此相反的步骤！所以即使在精确性的最初的幻想之后也不会出现实现这些幻想的尝试，人们倒是会任凭工程师和学者们对它们作无翼使用并又转向更庄重、更广博的精神状态。

乌尔里希还能清楚地回想起，这种无把握的东西是怎样又享有威望的。意见越来越多，从事一种有点儿不稳定行当的人、诗人、批评家、妇女以及从事新的一代人的那种职业的人抱怨说，纯粹的知识像某种不祥的东西，它撕碎一切崇高的人造物，却不能将它重新装配，他们要求一种新的人类的信仰，要求回归内心的原始钟楼，要求精神高涨和种种此类性质的东西。起先他曾天真地以为，这是些骑马擦伤了腿、跛着一条腿下马的人，边下马边叫喊，说是人们在他们身上涂灵魂；但是他必定是渐渐认识到，这反复出现的呼喊声，这种他起先觉得十分可笑的呼喊声，引起了广泛的反响；知识开始变得不合时宜了，这种不精确类型的人，这种控制住当代的人已经开始贯彻自己的意图了。

乌尔里希曾反对认真对待这件事，如今以特有的方式在进一步培养自己的精神爱好。

自培养起自信心的少年时代——以后又注视这个时代，这往往是件感人肺腑、动人心魄的事——至今还有种种一度被喜爱过的想象留在他的记忆之中，其中就有“按假设生活”这句话。这句话还一直表达出勇气和非自愿的不知生活——每一步都是一桩没有经验的冒险行动，表达出对重大关联的渴望和一个年轻人迟迟疑疑步入生活时所感觉到的那一丝儿可收回性。乌尔里希心想，其实其中没有任何东西是可以收回的。一种被选定去做什么事的紧张感觉是第一次用目光打量世界的那个人心中的美好的东西和唯一确切的东西。如果他看管好自己的情感，那么他就对任何事物都不能无保留地说是；他寻找可能存在的情侣，但不知道这是否就是个合适的情侣；他有能力杀人，却不确切知道他是否必须这样做。他自己的本性的那种发展自己的意愿禁止他信仰完美无缺的事物；可是他所遇到的一切事物都做出一副完美无缺的样子。他隐约感到：这种秩序不像它自称的那样稳定；没有哪种事物，没有哪个自我，没有哪种形式，没有哪个原则是稳定的，一切都处于一种看不见的、却永不停歇的变化之中，在不稳定中比在稳定中蕴含着更多带未来性质的东西，而现代无非就是一种假设，一种还没有为人们所超越的假设。除了在那种善良的意义上，在一位研究者对事实——它们想引诱他过于匆忙地去相信自己——所保持着的那种意义上避开尘世，他还能做出什么更好的事来呢?！所以他踌躇着不表现自己；一种性格、职业，一种坚强的本性，对他来说这就是种种表象，在这些表象下最后应从他身上剩下的那副骨架便显现了出来。他试图用别的方式来了解自己；怀着一种对一切丰富他内心世界的事物的爱好，即使它在道德或才智方面是不准许的也罢，他觉得自己像一个脚步，这一步可以向各个方向自由迈出，但是它从一个平衡状态导向下一个平衡状态并且永远通向前方。一旦他认为有了这个合意的想法，他便觉察到，一滴难以描绘的火焰已经坠落到尘世，它的光亮将使地球显出另一副模样。

后来，智力增长了，这便在乌尔里希心里变为一种观念，如今他不再把这个观念与“假设”这个看不见的词儿，而是出于某种原因与一篇随笔这个特有的概念结合起来。大致犹如一篇随笔按各段顺序从多方面考察一样事物，而没有从总体上把握这样事物——因为一样从总体上被把握住的事物会一下子失去其规模并融合为一个概念——他自以为能够最正确地观察并论述世情和自己的生活。一个行动或一种个性的价值，甚至连它们的本质和天性他觉得都有赖于它们周围的客观情况，有赖于它们所服务的目标，一句话，有赖于时而具有这种、时而又具有另一种性质的总体，它们所隶属的这个总体。再者，这仅仅是简单描绘了这个事实：我们可以觉得一桩谋杀是一种犯罪行为或一种英雄行为，爱情的时辰是一个天使翅膀或一只鹅的翅膀上掉下来的羽毛。但是乌尔里希使它们一般化。于是，所有道德的事件便在一个力场内发生，这个力场的态势使它们具有意义，而它们则包含善和恶，一如一个原子包含各种化学的化合可能性。它们在一定程度上就是它们所变成的那个东西；就如同艰辛这一个词儿按其分别与爱情、粗鲁、勤奋或严厉相连的不同情况表明四种完全不同的本质那样，他觉得所有道德的事件就其含义而言都是别的事件的从属功能。一张无尽的关系网就按这样的方式而产生出来，在这张关系网里根本就不再有寻常生活在一种粗略的初步接近中所赋予行动和个性的那种独立的意义；表面上的稳定在其中变成许多别的意义的不紧密的托辞，正在发生的事变成某种也许不曾发生，却整个儿被感觉到的事情的象征，而作为自己的种种可能性的缩影的那个人，那个潜在的人，他的生存的那首没有写出的诗则迎向那个作为记录、作为现实和性格的人。从根本上来说，乌尔里希觉得按照这种观点自己有能力去做任何有道德和不道德的事，而美德和不道德行为在一个平和的社会制度下一般地——即便不公开承认——都被人觉得同样讨人厌，这一点恰恰向他证明了这种在自然界处处都在发生的事：随着时间的推移，每一种力量的相互作用都在努力趋向一种中间价值和中间状态，一种均衡和一种凝固。对于乌尔里希来说，通常意义上的道德不再是一种力量体系的年龄形式，这种力量体系是不可以不损失道德的力量便与道德混同的。

可能在这些观点中也表现出某种生活不安全感；可是不安全感有时无非就是寻常的安全装置不够，此外大概也可以提请人们记住：连如此有经验的人类也是表面上按完全类似的原则行事。人类持续地撤销着自己已做的一切，并用别的事去取代它们，对人类来说罪行也会逐渐变为美德，反之亦然，人类建立起各种事件的重大精神联系并让它们在几代人之后又坍塌；只不过就是这是先后依次发生的，它们不是发生在一种统一的生活意识之中，而且人类的一连串尝试没有任何增强的迹象，而一种人类的有意识的随笔体手法却可能大致发现了需将世人的这种漫不经心的意识状态变成一种意志的任务。许多单一的发展轮廓表明，这样的事不久可能就会发生。一家医院里的女护士，穿一身雪白的衣服，用酸洗液在一只小白瓷盆里病人留下的污垢上擦抹，盆上现出一层紫色涂层，这层颜色是对她专注工作的酬报，这位女护士现在就已经——即使她并不知道这一点——置身在一个比在街上面对同样的污物吓得发抖的年轻女人更变化无常的世界。已经陷进自己行为的道德力场的罪犯只还像一个不得不在一条湍急的河流中随波逐流的游泳者那样活动，每一个自己的孩子曾被卷入其中的母亲都知道这一点；人们只不过就是迄今一直不相信她会知道，因为人们容不下这种信念。精神病学把极度的轻松愉快叫作一种轻松愉快的恼怒，仿佛这是轻松愉快的反感似的，并且已经让人觉察到：所有大的增长，贞洁和肉欲，认真和轻率，残酷和同情的增长都汇入病态之中；如果健康的生活只是把两种夸张之间的一种中间状态作为目标的话，那么它就会显得多么无足轻重！如果健康生活的理想确实无非就是对夸张其理想的否认，那么它就会多么贫乏？！这样的认识导致在道德规范中看到的不再是固定不变规章的静止状态，而是一种灵活的平衡，一种在每一个瞬间都要求为革新健康生活而作出成绩的平衡。人们开始总是觉得这太受局限，开始把不自觉获得的重复倾向归咎于一个人的性格，然后让这个人的性格对这些重复现象负责。人们学会看清内部和外部之间的相互作用，而且恰恰是通过对人身上的不带个人特色成分的认识人们才发现了个人特色的新的踪迹，发现了个人的某些简单的基本行为方式，发现一种筑自我欲，它像鸟儿的筑巢欲那样用许多种材料按几种方法筑起它的自我。人们已经如此接近于能够施加某些影响像挡住一条山涧那样挡住各种已经蜕变了的状态，以致如果人们不及时使罪犯变为大天使，这就几乎只还会导致一种社会的疏忽大意或一种残余的笨拙。所以许多东西都可以引证，涣散的东西、互相还没有接近的东西，它们共同起作用，使得人们厌倦在较简单条件下为其应用而产生的那种粗暴的亲近，使得人们渐渐体验到有必要在形式的基础上去改变一种道德，一种两千年来总是只在小处符合那可变的口味的道德，并将它换成另一种道德，换成较准确地贴近事实可变性的道德。

按照乌尔里希的信念，现在是万事俱备，只缺公式；只缺那种表达方式，还在一个运动的目标被达到之前，这个目标就必须在某个幸运的时刻找到那种表达方式，以使最后一段路程得以走完，而这总是一种大胆的、按事情的态势还不能被证明有道理的表达方式，一种精密和不精密的结合，精确性和激情的结合。但是恰恰是在本应使他感到鼓舞的那些年代里，在他身上发生了某种奇特的事。他不是哲学家。哲学家是运用暴力的人，他们没有军队可供自己使用，所以就以将世界关闭进一个体系里这样的方式征服世界。大概这也就是为什么在僭主政治时期曾经有过具有伟大哲学气质的人物，而在进步的文明和民主时期造就不出一门令人信服的哲学来的原因吧，至少按人们听到的普遍就此表示的惋惜之情来判断，情况就是这样的。所以今天讨论哲学的短篇文章多得惊人，以致现在只剩人们不讲世界观就可以买到什么东西的店铺了，而对大部头哲学著作人们却怀着极大的不信任。人们认为它简直不成体统，乌尔里希在这方面也不例外，他按自己在学术方面的实际知识对它抱有某种嘲讽的想法。这决定了他的态度，他的所见所闻一再促使他进行思考，可他却对太多的思考怀有某种畏惧。但是最后决定了他的态度的，还是某种别的东西。乌尔里希的性格中有着某种东西，它对逻辑整理，对明确的意愿、方向明确的功名心原动力起着一种涣散、麻痹、解除武装的作用，而且这也和他当初选择的杂文体这个名字有关，虽然他性格中的这种东西恰好含有他逐渐地、无意识谨慎地排除在杂文体这个概念之外的那些成分。据已有的情况来看，杂文这个词的译文，这种作为尝试的译文只是不准确地含有对这个文学样式的重要暗示；因为一篇杂文不是暂时或捎带着表达了一种信念，一种一遇良机就升华为真理、但同样也有可能被认为是谬误的信念(只有被有学问的人作为“他们的工场里的垃圾”拿出来供人阅读的那些文章和论文才具有这样的性质)；一篇杂文是一个人的内心生活在一个决定性的思想中所呈现出来的无可比拟、无可更改的形象。一篇杂文最感到陌生的莫过于人们称之为主观性的那些想法不负责任性和不完备性，但是真和假、聪明和不聪明也并不是可以用在这样的思想上的概念，这些概念却还是服从看似柔和已极、实则相当严酷的法律。曾经有过不少这样的内心飘忽不定生活的杂文家和大师，但是去列举他们的名字，这没有什么意义；他们的王国在宗教和知识之间，在范例和学说之间，在 amor intellectualis① 和诗之间，他们是带和不带宗教色彩的圣徒，有时他们也是普普通通的人，沉迷于一桩冒险奇遇的人。

况且再也没有比这非自愿的经验更说明问题的了，这是人们作有学术水平和合理的尝试时所获得的经验：人们尝试着去诠释这样的大杂文学，将现在这样的生命学说变成一种生命知识并从被感动者的感动中获得一种内容；从这一切当中所剩下的大致和从一个被人举出水平并放到沙滩上的美杜莎的细嫩彩色身躯上所剩下的一样多。受感动者的学说在未受感动者的理性中化为尘土、矛盾和荒谬，可是人们其实并不可以称它为温柔的和生活多变的，因为否则人们为了忍受得住一个没有空气的、不符合他的生活需求的空间，就也得称一头象是太温柔的动物了。如果这些描述会令人产生神秘的印象或者哪怕只是一种竖琴音响和叹息式阶进滑奏占主导的音乐的印象，那么这就很令人惋惜了。相反的话是真的，而乌尔里希则觉得以这些描述为基础的问题根本就不仅是概念，而且也完全平平淡淡地表现为如下的形式：一个愿意求真的人成为学者；一个愿意施展自己的主观性的人也许会成为作家；但是

① 拉丁语，智力爱神。

一个愿意谋求介乎两者之间的某种东西的人应该做些什么呢？但是这样的“介乎两者之间”的例子每一句道德警句都可以提供，譬如这句著名而简单的警句：你不应该杀人。人们一眼便看出，这句警句既不是真理也不是主观性。人们知道，我们在某些方面严格遵守它，而在其他方面则允许有某些例外，允许有数量很众多、然而却受严格限制的例外，但是在数量很大的第三种情况下，比如在想象中，在愿望中，在剧院看戏时或者在津津有味阅读报刊新闻时，我们完全无序地漫游于厌恶和诱惑之间。人们间或称某种既不是真理也不是主观性的东西为一种要求。人们已经将这个要求固定在宗教的教条上，固定在法律的教条上，并由此而使这个要求具有了一种派生真理的性质，但是小说作家们给我讲述各种例外情况，从亚伯拉罕的牺牲直至击毙其情人的那个最年轻的漂亮女人，并且又使其融化在主观性中。所以人们可以要么紧紧抓住桩子，要么在各桩子之间随着汹涌的波浪来回漂荡；但是怀着怎样的情感呀?！人对这句警句的情感是一种偏狭的服从(包括那“健康的天性”，它连想都不去想这样的事，但是，只要让酒精或激情稍稍挪移开了自己的位置，便会立刻做出这样的事来)和一阵充满可能性的巨浪中漫不经心的潺潺声的混合物。这句警句确实只应该被人这样来理解吗？乌尔里希觉得，一个全心全意想做点什么事的人按此方式既不知道他是否应该做也不知道他是否应该不做这件事。可他却隐约感到，人们可以用全部身心去做或放弃这件事。一个想法或一个禁令在他看来毫无意义。与一项法律的向上或向内的联系激起他的理智的批评，还不止于此，在这种通过一种起源使这个自信的瞬间变得高贵的需要中也含有一种价值贬低。尽管如此，他的胸腔依然缄默，只有他的脑袋在讲话；但是他感觉到，按另一种方式他的决定可能会和他的幸福一致。他会感到幸福，因为他不杀人，或者他会感到幸福，因为他杀人，但是他永远也不会漫不经心地接受向他提出的要求的。他在此刻所感受到的，这不是准则，这是一个他已经进入的领域。他领悟到，其中的一切已经确定并且像母乳那样安抚着心神。但是对他说这话的不再是思维，也不是寻常样式的、分成块块式的感觉；这是一种“完全领悟”，却也又仅仅是仿佛风将一个信息从远方捎带过来，他觉得这个信息既不真也不假，既不理性也不反理性，而是他深受感动，仿佛一股极度幸福的心绪微微注入了他的心胸似的。

人们不能使一篇杂文的各真实的部分成为一种真理，但是人们却能从一种这样的状态中获得一种信念；至少不会不放弃这种状态，就像一个恋人必须离开爱情方能去描写爱情。有时促使他无所事事的那种无限的激动心情同乌尔里希的活动欲有抵触，这种活动欲坚持限度和礼节。在人们让情感讲话之前先有求知的愿望，这很可能是正确的、自然的，而他则不自觉地想象，他有朝一日会发现的东西——即使不是真理——在坚定性方面将不会亚于这种激动心情；但是在他的特殊情况下他因此而就像一个人在掌握必要的知识和技能的同时渐渐淡忘了自己这样做的目的。不管人们什么时候在他撰写数学和数学逻辑学论文或在他研究自然科学时问过他什么目标浮现在他眼前，他都会回答说，只有一个问题确实值得思考，这就是正当生活的问题。但是如果人们长时间提出一个要求而不采取什么具体行动，那么脑子就会麻木，完全就和胳臂长时间高举什么东西就会麻木一样，而我们的思想则像夏天阅兵式上的士兵，同样也是不能长时间停住不动的；如果它们被迫等候得太久，它们干脆就会晕倒。由于乌尔里希大致在二十六岁时已经完成了自己人生观的构思，所以他在三十二岁上便觉得自己的人生观不再完全真诚。他没有进一步提炼自己的思想，除了人们闭上眼睛期盼着什么时会有的那种捉摸不定和紧张的感觉以外，自从那颤抖的最初认识的日子过去以来，他身上也没有显现出许多个人内心激动的迹象。可能这仍然还是一种具有这样性质的秘密的内心激动，这渐渐地延缓了他的科学研究工作并妨碍他将自己的全部心智投入其中。他因此而陷入一种奇特的内心冲突之中。人们不可以忘记，精确的精神状态从根本上来说比文艺的精神状态更虔信上帝；“他”一旦屈驾在它为承认“他”的真实性而规定的条件下向它显形，它就会服从“他”，反之，“他”一发表意见，我们的文艺爱好者们便只会觉得他的才能不够地道，他的世界观不够明白易懂，人们无法把他放到一个具有真正是得天独厚的天赋的级别上去。乌尔里希不能像这种类型的随便哪个人那样轻易地就沉溺于不明确的预感之中，但是另外一方面，他同样也不能隐瞒，他持续好几年只是违抗着自身生活在纯粹的精确性之中，他希望，某种未预料到的事会发生到他身上，因为当他做这种他略带嘲弄意味称之为“生活假期”的事的时候，不管是在这一个方向还是在另一个方向他都不拥有任何给他安宁的东西。

也许人们可以举出在某些年里生活流逝快得令人难以置信这一点来为他开脱。但是人们在谢世之前就得开始献身于自己的遗愿，这样的日子为期尚远，是不容挪移的。自从几乎过了半年也没有发生什么变化以来，他觉得这一点已经清清楚楚的了。他来回奔波于他已接受了的这平平常常、滑稽可笑的工作之间，他讲话，喜欢讲太多的话，他以一个将自己的网放入一条空荡荡的河里的渔夫的那种绝望的坚毅生活着，他不做任何符合他无论如何总算显示着的那种个性的事，他故意不做这样的事，在这期间他等待着。只要个性这个词儿表明一个人的由世情和生活经历塑造成的那部分的特性，他就躲在自己的个性的后面等待着，他那平静的、被拦阻在后面的绝望情绪与日俱增。他处在他生命的最严重的紧急状态之中并因自己的疏忽职守而蔑视自己。重大的考验是大人物的特权吗？他巴不得相信这一点呢，但是这是不对的，因为连头脑最简单的神经质的人也都有自己的危机。所以其实只在这大动荡中给他剩下那种所有英雄和罪犯都拥有的不可动摇性的残余部分，这不是勇气，这不是意志，这不是信心，而是简简单单一种坚韧的固定自我，它难以被驱除，如同生命难以从一只猫身上被驱除，哪怕这只猫已经完全被狗们咬碎。

如果人们愿意想象这样一个人独自一人时怎样生活，那么至多可以说，夜晚房间里的灯光照亮着窗户玻璃，而思想则在被使用过后懒散地闲坐着，就像一位律师的接待室里的当事人，他们都不满意这位律师。或者也许是，乌尔里希有一回在这样的夜晚打开窗户，愣愣地望着弯曲而光秃的树干，它们那螺旋形线纹黑乎乎、平滑滑奇异地伫立在树梢和地面的积雪层之间，他一时兴起，穿着身上的一件睡衣便要到楼下的花园里去；他想亲身体验一下这冷意。一到楼下，他便关灯，好使自己不致站在灯火通明的门前，只从他的工作间里有一个光亮的顶盖突现出来伸进阴影里。一条路通向对着大街的栅栏门，第二条路模糊而又清晰地与它相交。乌尔里希缓步向这一条路走去。随后在树冠间高耸的黑暗便突然奇异地让他回想起莫斯布鲁格尔的巨大身形，他惊讶地觉得这一棵棵光秃的树就像一个个躯体；丑陋和潮湿得像蠕虫，尽管如此却还是让人禁不住想拥抱它们并泪流满面地跪倒在它们身旁。但是他没这样做。多愁善感的感情冲动同时把他推回到触动他时的那个状态。这时，迟到的步行人穿过乳状泡沫般的雾气从花园栅栏前走过，在黑糊糊的树干间身穿红色睡衣，他这样离开这些行人而去，他这形象在他们看来本来可能会显得像一个傻瓜的；但是他迈着坚定的步伐走上这条路并相当满意地走回到他的屋里，因为如果说为他保存下来了什么东西的话，那么这必定是某种完全不一样的东西。

六三

博娜黛婀有一个幻觉

当乌尔里希在这一个夜晚之后的次日早晨很晚才四肢乏力地起床的时候，他被告知博娜黛婀来访；这是自他们反目之后第一次重新见面。

博娜黛婀在这段分离的时间里常常伤心地哭泣。博娜黛婀在这段时期里常常觉得自己被糟蹋了。她常常像一只蒙上薄纱的滚筒那样旋转。她有过许多艳遇，也有过许多失望。虽然在经历每次艳遇时对乌尔里希的回忆都沉入一口深井，但在经历过每次失望后这回忆便又从那深井里升起；束手无策、满怀责备，就像一张儿童脸上那被离弃的痛苦。博娜黛婀已经成百次地在内心里请求她的朋友原谅自己的嫉妒，惩罚了如她自称的她那“恶劣的自尊心”，末了，她终于下定决心，要主动与他缔结和约。

当她坐在他面前时，她亲切、抑郁和美丽，感到胃里不舒服。他“像一个年轻小伙”那样站在她面前。他的皮肤让她相信他会做出的那些外交活动磨得大理石般光洁。她还从未注意到，他的面容看上去显得多么有力和坚毅。她真巴不得能彻底投降，可是她不敢走得这么远，而他则不动声色，也丝毫没有鼓励她这样做的意思。这种冷漠令她感到说不出来的悲伤，却像一尊雕像那样高贵。博娜黛婀突然抓住他的下垂着的手吻了起来。乌尔里希若有所思地抚摩她的头发。她的双腿以世界上最富有女性的方式软绵了起来，她眼看就要跪下。这时，乌尔里希将她轻轻按到椅子上，拿来威士忌加苏打并点燃了一支香烟。

“女人上午不喝威士忌！”博娜黛婀抗议说。一眨眼，她又有了做出受委屈样子的力量，她的心跳到了嗓子眼，因为她觉得，乌尔里希让她喝一种如此烈性而且她自以为如此放荡不羁的饮料时的那种认为理所当然的心理包含着一种冷酷无情的暗示。

但是乌尔里希亲切地说：“你喝了会觉得舒服的；所有搞过重大政治活动的女人，也都喝过威士忌。”因为博娜黛婀为了把自己再次引荐给乌尔里希曾说，她钦佩这场伟大爱国行动并很想为此出一份力。

这就是她的计划。她总是同时相信好几件事，不充分的真实有助于她撒谎。

威士忌略带金黄色，像五月太阳一样暖人身体。

博娜黛婀有一种感觉，仿佛自己是七十岁老妪，坐在一所房屋前面的一张花园长凳上。她老了。她的孩子们在长大。最大的孩子现在已经十二岁。跟着一个根本不了解底细的男人走进一所住房，仅仅是因为这个男人长着一双仿佛在一扇窗后窥视她的眼睛，这毫无疑问是可耻的。人们清楚地分辨得出——她暗自思忖——这个人的那些可能不合人心意并可能是一种警告的底细；人们根本就可以——只要在这样的时刻有什么东西可以止住一个人——满面羞惭，甚至怒气冲冲地中止的；但是由于没有发生这样的事，这个男人便越来越迷恋起自己的角色来。在这过程中人们自己分明觉得就像一种受人造光照射的舞台背景；人们在眼前看到的，是舞台眼睛、舞台小胡子、正在解开的戏装纽扣，而从走进这房间直至这可怕的第一次又清醒的内心激动之间这些个时刻均发生在一种意识之中，这种意识已经从头脑走出去，如今正在给房间墙壁糊上一层幻觉壁纸。博娜黛婀没有完全使用这些同样的话，压根儿就只是部分地用言语在思考这件事，但是就在她力求回忆起这件事的时候，她觉得自己立刻又只得听任意识的这一变化摆布了。“谁能描写这种状况，谁就是一位大艺术家。不，他就是一个色情文学作家！”她一边望着乌尔里希，一边这样暗自想着。因为这些善良的意图以及崇尚端庄品行的最良好的愿望，即便在处于这样的状态期间她也一刻也没丧失掉。然后他们便站在外面等待着，他们对这个被肉欲改变了面貌的世界无话可说。博娜黛婀的理智归来之时，也就是她最感痛苦的时刻。性陶醉引起的意识变化，它被别人当作某种自然的东西而置于不顾，在她身上却因陶醉以及悔意的深刻和突然而达到一种她一返回到家庭的安宁氛围里便使她惊恐的强烈程度。于是她就觉得自己像一个狂人。她几乎不敢正眼看自己的孩子，她怕自己可能会用自己那堕落了的目光伤害了他们。每逢她丈夫用更亲切一些的目光打量她，她便总是大吃一惊，并害怕一人独处时的那种无拘无束状态。所以在分离的这几个星期里，她在心里酝酿成熟了这个计划：除了乌尔里希之外不再拥有任何一个别的情人；他应该给她提供支撑并保护她，别让她做出新的放荡不轨的行为来。“我怎么会冒昧地去责备他的呢，”如今她第一次又坐在他面前，她心中暗想，“他比我完美得多。”她在受他拥抱的这段时间里曾是个改过自新的人，她把这个功劳记在他的名下，她大概也想到，在举办下一次筹款慈善活动时他一定会将她引见给他的新的社交界里的人。博娜黛婀默默发下庄严的誓言，就在她思量着这一切的当儿，她眼里含着泪水。

但是，乌尔里希像一个必须增强一项艰难决心的男子那样慢吞吞饮完他的威士忌——他向她解释说，眼下还不可能将她引荐给狄奥蒂玛。

博娜黛婀理所当然地想了解详情，为什么这不可能。随后，她就想确切知道，什么时候这将成为可能。

乌尔里希不得不向她解释，说是她既没在艺术上又没在学术上，也没在福利事业上显露出什么头角，所以还得经过很长时间，他才能使狄奥蒂玛领会她有必要参与。

但是博娜黛婀在这期间内心已经充满了对狄奥蒂玛的特殊情感。她对这个女人的美德已有足够耳闻，所以倒也没生出什么醋意来；她反倒羡慕并欣赏这个女人，这个女人没向她的情人作出有失体统的承诺便将他吸引住了。她将她自以为在乌尔里希身上发现的这种沉着冷静的神态归因于这一影响。她称自己是个“感情强烈的人”，她既把这理解成为自己的寡廉鲜耻，也把这看作是对此的一种总算还是光荣的开脱；但是她怀着与不幸的永远湿手的人将自己的手放在一只特别干燥和漂亮的手上时同样的感觉赞赏冷淡的女人。“她是这样的女人，”她心想，“她使乌尔里希起了这么大的变化！”一把坚硬的钻头钻她的心，一把甜蜜的钻头钻她的膝头：当她遭到乌尔里希抵抗时，这两把同时而又彼此相对转动着的钻头几乎使博娜黛婀晕了过去。她打出她的最后一张王牌：莫斯布鲁格尔！

经过痛苦的思考她逐渐明白，乌尔里希对这个可怕的现象有着一种特殊的偏爱。她自己对她深信体现在莫斯布鲁格尔的行为中的这种“粗野的肉欲”反感已极；她在这个问题上的感受当然是不自觉的，完全就像，怀着完全不混合的情感、没有任何市民的罗曼蒂克把一起强奸杀人案直截了当看作是对自己职业的一种威胁的妓女。但是，她需要一个包括了她的不可避免的过失在内的有条理和真实的世界，而莫斯布鲁格尔就可以为她重建这个世界效劳。由于乌尔里希偏爱他，而她又有一个当法官并能够提供有用信息的丈夫，在她孤寂独处的时候一个想法便完全自动地在心中酝酿成熟，这就是通过她丈夫的中介将自己的偏爱与乌尔里希的偏爱联结起来，而且这个急切的想法具有一种有幸获得正义感的肉欲的安抚力。但是当她向她那位善良的丈夫作试探时，此人对她的这种法学热情感到惊讶，虽然他知道她动不动就会倾心于一切从人道角度看善良和崇高的事物；由于他不仅是法官而且也是猎人，所以他便用亲切而拒绝的口吻回答说，唯一正确的做法是不带着许多伤感地去除掉各地的猛兽，说完他就不再多说什么。当过了一些时候她作第二次尝试时，博娜黛娴只从他那里听到了这么一个补充意见，说是他认为生儿育女是女人的事，但杀人却是一件男人的事情；由于她不可以在这个问题上因过于热心而招惹嫌疑，她的这条法律之路暂时就给堵死了。这样，她便找到了这条得宠之路。她为讨好乌尔里希而想替莫斯布鲁格尔出把力，这是仅存的一条道路了。这条道路与其说是出人意外地不如说是颇具吸引力地通过狄奥蒂玛。

她在思想上把自己看作狄奥蒂玛的朋友并满足为这件不可避免的事情的缘故必须结识这位令人赞叹的情敌的愿望，即使她太骄傲，不会出于个人的需要去做这样的事。她已经打定主意，要争取狄奥蒂玛支持莫斯布鲁格尔，而正如她很快就已经猜着了的，乌尔里希显然未能成功地做到这一点，她想入非非，给自己描绘出各种美好的情景。冷漠而高贵的狄奥蒂玛用胳臂搂住博娜黛娴温暖的、罪孽深重的肩膀，而博娜黛娴则大致期盼着扮演用一滴脆弱剂去涂抹这颗美妙而贞洁的心灵的角色。她向她这位负心朋友作着解释的，就是这个计划。

但是今天无法让乌尔里希对拯救莫斯布鲁格尔的想法产生任何兴致。他了解博娜黛娴的这种高尚情感并知道，在她身上一种单一的美好的情感冲动多么容易地会变为一场烧及全身的大火的惊慌。他向她解释说，他丝毫也没有想插手人们向莫斯布鲁格尔提起的这桩诉讼案的意思。

博娜黛婀用感到受辱的漂亮眼睛望着他，眼睛里像冬去春来时水在冰面上那般漂浮。

不过乌尔里希从未完全丢弃对那个夜晚他们那稚气而美好的初次相会的知恩知报之情，当时他神志昏迷躺在铺石路面上，博娜黛婀蹲在他脑袋旁，世情、青春和情感的无把握而离奇的不确定性从这位少妇的眼里滴落进他那正在觉醒的意识里。于是，他便设法缓和这伤人感情的拒绝态度并将它化解为一次较长的谈话。“假设，”他建议，“你夜晚穿过一座大公园，两个无赖对你施行非礼。你会想到，这是值得怜悯的人，社会对他们的粗野行为负有责任？”

“但是我从不在夜晚穿行公园。”博娜黛婀立刻回答。

“但是如果来了一个警察，你会让警察逮捕这两个人吗？”

“我会请求他保护我！”

“这不就是他逮捕他们吗？”

“这个我不知道，我不知道他会拿他们怎么样。况且莫斯布鲁格尔也不是无赖嘛。”

“那么就假设，他在你寓所干木工活。只有你和他在屋里，他的一双贼眼来回滑溜了起来。”

博娜黛婀抗辩：“这真可恶，你要我去干什么呀！”

“没错，”乌尔里希说，“可是我是想向你说明，这种容易失去平衡的人是极其令人讨厌的。其实只有当别人受到打击时，人们才可以对他们采取不偏不倚的态度。当然随后他们就会激起我们的极其温柔的情感，他们就是一种社会制度或命运的牺牲品。你必须承认，如果人们用自己的眼睛看自己的过错，那么就没有哪个人对自己的过错负有责任；它们对他来说充其量也不过就是错误或一个整体上的坏特性而已，这个整体不会因为这些坏特性的缘故而变得不好；当然，他是完全对的！”

博娜黛婀要整一整她的长筒袜，便不得不因此而稍稍仰起脑袋望着乌尔里希，致使在没受她眼睛照管之下，衣服上的尖头贴边、平滑长筒袜、张紧的手指头以及轻轻放松的柔和皮肤在膝头上形成一种富有对照的活动。

乌尔里希迅速点燃一支香烟，继续说：“人不是善，人永远是善；这是一个很大的区别，你懂吗？人们取笑这种利己主义的诡辩术，但是人们却会从中推导出这样的结论来，即人压根儿就不会做什么恶事，他只会起恶的作用。认识到这一点，我们就算是对一种社会道德的认识有了一个正确的开端。”

博娜黛婀发出一声叹息，将她的裙子又捋回到合适的位置，直起腰来并试图喝一口那黯淡的金黄色火辣辣的饮料以镇静自己的心绪。

“现在我要给你解释，”乌尔里希微笑着补充说，“为什么人们可以对莫斯布鲁格尔有种种感受，但是，尽管如此，却爱莫能助。从根本上来说，所有这些案例像一截露出来的线头，人们一拽它，整个社会组织便开始拆开。我将先用纯理性的问题给你说明这个道理。”

博娜黛婀不可思议地竟然丢失了一只鞋。乌尔里希弯腰去捡，于是那只脚趾暖烘烘的脚便像一个小孩儿那样向他手中的那只鞋迎过去。“别，别这样，我自己来吧！”博娜黛婀边说边把脚向他伸过去。

“这首先是精神病治疗学兼法学方面的问题，”乌尔里希毫不留情地继续解释说，这时降低了的刑事责任能力的气息从那只大腿向他扑鼻而来，“关于这些问题我们知道，医生们几乎现在就已经有办法解决它们，只要我们愿意投入必要的资金，大多数这样的犯罪行为他们都能阻止。所以这只还是一个社会问题。”

“啊，你快别提这个！”当他已经第二次说到“社会”这个词儿时，博娜黛婀恳求说，“在家里一谈到这个，我就从房间里走出去，这让我感到无聊死了。”

“那好，”乌尔里希就势说道，“我本来是想说，就像人们早就已经有技术用兽类腐尸、垃圾、破烂和有毒物质做成有用的东西，心理学方面的技术几乎也能成功地做到这一点。但是世人在解决这些问题时太拖沓。国家出钱去干每一件蠢事，但是要解决这些最重要的道德问题它却一个子儿也没有。这是它的本性决定的，因为国家是所有的人当中最愚蠢、最凶恶的人。”

他说得斩钉截铁；但是博娜黛婀试图让他回到事情的核心上来。“最亲爱的，”她深情地说，“这恰恰对莫斯布鲁格尔最有利，他不负责任呀？！”

“处死某些负责任的人也许比防止一个不负责任的人被处死更重要！”乌

尔里希严词拒绝。

现在他紧挨着她面前走来走去。博娜黛婀觉得透着革命气息，而且有火药味；她抓住他的手，她把这只手放到自己的胸脯上。

“好，”他说，“现在我向你解释感情方面的问题。”

博娜黛婀张开他的手指，将他的手摊开在她的乳房上。眼里同时流露出来的目光会感动了一颗铁石心肠的；紧接着，乌尔里希便以为感觉到乳房里有两颗心，像一家钟表店里钟表敲打声那样咚咚咚乱成一片。他使出浑身的意志力整理好那只乳房并轻声说：“不，博娜黛婀！”

博娜黛婀几乎要流出眼泪来，乌尔里希赶忙劝慰她。“你为这一件事生气，因为我偶然给你讲了，而你对天天发生的成百万件同样大的不公正事件却熟视无睹，这岂不是太矛盾了吗？”

“可是这和这件事毫不相干嘛，”博娜黛婀抗辩说，“这一点我现在才知道！要是我还保持平静，那我就是个坏人啦！”

乌尔里希则说，人们应该保持平静；简直是暴风雨般地平静——他补充了一句。他已经挣脱开身，在离她不太远的前面坐下。“今天一切事都‘在这同时’和‘暂时’发生，”他说，“必须这样。因为我们被迫从我们的理智的有责任心变为我们的情感的一种可怕的无责任心。”这时，他已经又给自己斟了一杯威士忌并把双腿搁到长沙发椅上。他开始感到疲倦了。“每一个人都在对整个生命进行追本求源的思考，”他解释道，“但是他思考得越周密，这便收缩得越紧。如果此人成熟，那么你面对着的就是这样一个人，这个人像全世界至多另外二十来个人那样熟悉某一平方毫米的情况，这个人清楚地看到，所有不怎么十分熟悉情况的人怎样对他的事胡说八道，可是这个人却动弹不得，因为只要他离开自己的位置一毫米，他自己就会胡说八道，”现在他的疲倦像摆在桌上的那淡金黄色饮料一般纯真。“所以我也已经胡说八道了半个小时了，”他心中暗想；但是这种受贬抑状态是令人愉快的。他只担心这一件事：博娜黛婀会突然想起坐到他身边来。对此只有一个办法：说话。他支撑起了脑袋，像梅地塞教堂里的墓室像那样伸直四肢躺在那儿。他突然想到了这一点，而且在他采取这个姿势的期间确实有一种极妙的感觉流贯他的全身，一种宁静和飘浮，他觉得自己比实际上更强有力；他第一次以为从远方看懂了这些艺术品了，迄今为止他只像看陌生事物那样观看过它们。他不说话，他沉默不语。博娜黛婀也感觉到了什么。这是一个“瞬间”，人们就是用这来称谓人们无法表述的东西的。某种装出来的高雅情感把这两个突然哑然不语的人联合在一起。

“我身上还剩下些什么呢？”乌尔里希苦涩地暗自思忖，“也许是一个勇敢的不走俏的人，一个自以为为了内心自由的缘故只尊重不多几样外部法律的人。但是这种内心自由就在于人们可以设想一切，在于人们在每一种通情达理的情况下都知道，为什么人们不必受这种情况的约束，并且永远也不知道，人们想受什么情况的约束！”在这个不怎么幸运的时刻，在这个曾将他攫住过一秒钟的奇特的小小感情浪潮又消散的时刻，他真想承认，他什么能耐也没有，只有一种可以看到每一件事情的两面的能力，那种道德方面的矛盾感情，它使几乎所有他的同时代人都显得突出并形成他那一代人的资质或者也成为他这一代人的命运。他与世人的关系已经变得苍白、虚幻和否定。他有什么权利恶待博娜黛婀呢？总是这同样的令人不愉快的谈话，在他们之间重复着。这产生自空荡的音响效果，它让一声枪响发出双倍响亮的回响并不停地发出隆隆声；这使他心情沉重：他根本就再也不能以别的方式，只能以这样的方式对她讲话——由于这种方式的特殊的、由她给两个人带来的痛苦，他想起了“空虚的巴罗克”这个伴有深意的漂亮名字。他站起来，想对她说几句亲切的话。“现在有些事使我感到奇怪，”他向博娜黛婀转过身去，她还一直庄重地坐在那儿，“这是一桩怪事，一种奇怪的差别：刑事上对自己的行动有责任能力的人总也能有其他办法，没有责任能力的人永远不能！”

博娜黛婀回答了一句什么很重要的话。“你也是！”她回答说。这是仅有的一次中断，紧接着又是沉默。

每逢乌尔里希当着她的面谈论一般性的事物，她总是不喜欢。在自己的种种失足行为中，她正当地总是觉得自己是置身在一群与她相似的人之中，并且对他不用情感而用思想款待她，对他这种做法中的不合群、夸大其辞和孤僻有着一种正确的感觉。无论如何，罪行、爱情和悲伤现在已经在她心中联合成一个极其危险的观念圈子。如今她觉得乌尔里希远远不再像再次相会开头时那样令人胆怯和完美无缺了；但是作为补偿他获得了某种稚气，它像一个不敢从什么东西的旁边走过而奔向他母亲怀抱的孩子那样激起了她的理想主义。她早就对他怀有一种轻松愉快的、抑制不住的柔情。但是自从乌尔里希拒绝了她在这方面所作的初次暗示之后，她便尽力克制自己的情感。她还没有把她上一次来访时在这里脱衣并无可奈何地躺在他的长沙发椅上的情景从自己的记忆中抹掉，她已经拿定主意，必要时宁可戴着帽子蒙着面纱在自己的椅子上一直坐到底，好让他学会懂得，他面对着的是一个像对手狄奥蒂玛那样善于在必要时控制住自己感情的人。博娜黛婀觉得自己一挨着一个情人情绪便会极其激动起来，却缺少高贵的思想；自然这是某种人们大概针对多激动少意义的整个人生而言的东西，但是博娜黛婀不知道这个，她试图说出某一个思想。她觉得乌尔里希的思想中缺乏她所需要的那种尊严，看样子她在寻找一种更美好、更富于感情的思想。但是，理想的踌躇和普通的吸引，吸引和一种怕过早被吸引的恐惧，与沉默的推动力——失败的行动在其中颤动——以及对一种高贵的宁静的回忆——这种宁静曾把她和她的情人结合起来一秒钟之久——混合在一起。最后，这就好比一场雨挂在空中，而雨却下不起来：一种精神恍惚。它向全身蔓延开来并让博娜黛婀大吃一惊，她生怕自己会不知不觉地失去自制。

突然她灵机一动，幻想出一个有实体的形象，一只跳蚤。博娜黛婀不知道。这是真实还是幻想。她感觉到脑中一阵震颤，一个不可信的印象，仿佛一个想象摆脱了其余想象的幻影般的束缚似的，然而这只是一种幻想而已；她同时感觉到全身一阵毋庸置疑的、与现实相符的震颤。她屏住气息。如果什么东西踢踢踏踏上楼来，而人们知道楼梯上空荡荡，可人们分明听见踢踏声，人们就有这种感觉。博娜黛婀像受到一道电光照亮似的豁然醒悟到，这是在不情愿地继续丢失鞋子这一幕。这对一个女人来说意味着一种绝望的探问手段。然而，就在她想驱逐这个幽灵的时候，她还是感到一阵剧烈的刺痛。她轻轻尖叫一声，满脸通红，要求乌尔里希帮她寻找。一只跳蚤和一个情人一样都偏爱那些同样的地方；长筒袜一直被搜查到脚跟，衬衫不得不解开而露出乳房。博娜黛婀说，这跳蚤也许从电车上带来或者来自乌尔里希身上。但是这跳蚤找不着，它没有留下痕迹。

“我不知道这是怎么回事！”博娜黛婀说。

乌尔里希出乎意外地露出亲切的微笑。

这时，博娜黛婀像一个举止不得体的小姑娘那样哭泣了起来。

六四

施图姆·封·博尔特韦尔将军拜访狄奥蒂玛

施图姆·封·博尔特韦尔将军拜谒了狄奥蒂玛。这就是国防部派去参加那次重要的成立大会的那个军官，他在那次会议上作了一个发言，给大家留下了印象，却未能阻止在按各部的样式拟定促进这项伟大和平事业各委员会时，国防部出于明显的理由被忽视——他是一个不很魁梧的将军，长着一个小小的肚子，上嘴唇蓄着一撮小胡子。他对狄奥蒂玛说，在会议室里士兵只宜扮演一个谦逊的角色。组成各委员会时国防部不在被考虑之列，从政治角度来考虑这是不言而喻的。说是然而他还是要大胆声言，这个计划中的行动应该对外起作用，可是对外起作用的却是一个民族的威力。他重申，著名哲学家特赖奇克曾说过，国家就是在各国间的争斗中保存自己的那种威力。人们在和平时期展开的力量可以防止战争或者至少减弱战争的残酷程度。他还谈了一刻钟之久，引证了几句经典文句，他补充说，从中学时代起他就爱回忆这些名句。他还声言，在文科中学学习的这几年是他一生中最美好的岁月；试图让狄奥蒂玛感觉到，他钦佩她并对她主持那次重要会议的方式感到无比欣喜；只想再次重申，如果正确理解，那么扩建远远落后于其他大国的国防军可能就意味着最富有表现力地显示了和平信念，此外他还声称自己充满信任地期待着民众对陆军问题的一种广泛关注将会自动出现。

这位可爱的将军让狄奥蒂玛吓得要死。当初在卡卡尼有一些家庭里常有军官进进出出，因为它们的女儿们嫁给军官，也有一些家庭的女儿们或是因为没有结婚保证金或是从一定的原则出发而不嫁给军官，所以这些家庭里也没有军官出入；狄奥蒂玛的家庭出于这两个原因而曾属于第二种之列，结果就是，这位认真而又美貌的女子把一种对军队的想象带进生活之中，这种想象大致跟对挂着布块的死神的想象一样。她回答说，世界上伟大和美好的事物如此之多，以至于选择很不容易进行。说是在世界上一片实利主义的喧闹声中可以发出一个伟大的信号，这是一大优越性，但也是一种艰难的责任。而这种意愿最终应该自己从民众中间产生出来，所以她必须把她自己的愿望稍稍向后放一放。她小心翼翼遣词造句，像用黑、黄色细绳装订案卷那样，并细细品味自己的这一套透着高级官僚气味的说辞。

但是在将军辞别之后，这位贵妇的内心便昏厥、崩溃了。倘若她有能力拥有像憎恨一种低级的情感的话，那么她一定会憎恨这个眼睛滴溜溜转动、肚子上有金纽扣的矮胖男人的，但是由于这对她来说依然是件不可能的事，所以她模模糊糊的有一种受辱的感觉而说不出这是为什么。她不顾冬天的寒冷打开窗户，在房间里快步走了好几个来回。当她又关上窗户时，眼里含着泪水。她很惊讶。她无端地哭泣，这已经是第二次发生这样的事了。她回想起那天夜晚她在她丈夫身旁痛哭流涕，她竟说不出有什么因由。这一回，事情没头没脑的，这纯粹神经过敏的性质便更明显了；这个胖乎乎的军官像一个洋葱那样呛得她眼里流出了眼泪，谈不上有什么合理的情感在起作用。她有理由因此而感到不安；一种充满预感的恐惧告诉她，有一只看不见的狼悄悄地在她的牧羊场四周溜达，现在已经刻不容缓，必须立刻用思想的力量驱逐这只狼。于是乎，在将军来访之后她便下定决心，要加快行动步伐，以使拟议中的社会名流大会尽快得以召开，这次大会将帮助她确定这一爱国行动的具体内容。

六五

阿恩海姆和狄奥蒂玛谈话录

令狄奥蒂玛心情感到轻松的是，阿恩海姆恰好旅行归来，可以助她一臂之力。

“才在几天之前，我曾和您的表兄有过一次关于将军们的谈话，”他立刻回答说，说这话时脸上露出一个既暗示一种可疑关系可又不想将其捅破的人的那种神色。狄奥蒂玛感觉到这样的印象：她这位充满矛盾的、对行动的伟大思想不甚热心的表兄也还会给来自那位将军身上的不清晰的危险添油加醋哩，而阿恩海姆则继续说：

“我不想在您的表兄的面前使这件事受到嘲笑，”说罢，他话锋一转，“但是我要让您感觉到某种您作为不相干的人几乎不会自动想到的事情：商业和文学之间的关系。我指的当然是大范围内的商业，全球商业，我生就在这个位置上，是注定了来搞这种商业的；它与文学相近，它具有违背理性的、简直是神秘的特点；我甚至想说，商业尤其具有这些特点。您看，钱是一种极其不宽容的力量。”

“在人类全力以赴去做的一切事情中大概都有某种不宽容性。”狄奥蒂玛略带迟疑地回答，未完成的谈话的第一部分还在她脑际萦绕。

“尤其是在钱中！”阿恩海姆迅速说，“没有头脑的人自以为，有钱是一大乐事！其实那是一种很不舒服的责任。我不愿意谈那无数依赖于我甚至几乎由我为他们代表命运的人；您就让我只谈谈这个吧：我的祖父是从一座莱茵地区中等城市里的一家清除垃圾公司起家的。”

听到这里，狄奥蒂玛确实突然感到一阵战栗，她觉得这就像经济帝国主义；但这是一种混淆，因为她对她的社交圈里的人并不完全缺乏偏见，而由于她听到清除垃圾公司便按她家乡的语风想到了收集城市里粪便的农夫，她的朋友的这一番勇敢表白便使她脸红了起来。

“在这种垃圾加工制造运输业中，”这位表白者继续说，“我的祖父为阿恩海姆家族奠定了影响力的基础。但是我的父亲也还显得是个白手起家的人，如果人们考虑到他在四十年里将这家公司扩建成世界规模的公司的话。他在一所商业学校里读了不到两年的书，却一眼看透了世界上的最错综复杂的关系，知道了他需要知道的一切，比别人知道得早。我学过国民经济和各种可以想得到的学科，但是它们对他来说完全是陌生的，而人们则无法解释他是怎么干的，但是他从未有丝毫的闪失。这就是充满力量的、简朴的、伟大而健康的生活的秘密！”

阿恩海姆讲到他父亲时，他的声音带有一种不平常的、崇敬的语气，仿佛这训诫式的宁静语声在什么地方跳过一小段似的。这尤其引起狄奥蒂玛的注意，因为乌尔里希曾告诉过她，说人们把老阿恩海姆简简单单描绘成一个矮小、宽肩的家伙，骨头突出的脸上长着一个圆顶形鼻子，总是穿一身胸怀大敞开的燕尾服，像一个下棋的人对待自己的卒子那样坚韧和谨慎地对待自己的股票。片刻过后，阿恩海姆不等她回话便接茬说："如果一家商号的扩展达到我在这里谈及的不多几家商号的规模，那么生活中就几乎没有一件事会不和这家商号有千丝万缕的联系。这是一个缩小了的宇宙。您会感到惊讶的，如果您知道，我有时与老经理交谈时必须讨论那些看似完全非商业性的问题，讨论艺术上的、道德的、政治的问题。但是公司不再像我想称之为英雄式的开始时期那样蓬勃发展。和对于一切有机体一样，对于商业来说，尽管诸事顺遂，也仍还有一个神秘的增长的限度。您曾经考虑过吗，为什么今天再也没有哪种动物个头比象更大的了。您会在艺术史上以及在各民族、各种文化和时代生活的特殊关系中发现这同样的秘密的。"

狄奥蒂玛现在后悔她一听清除运输垃圾就大吃一惊，并感到困惑。

"生活充满了这样的秘密。存在着某种一切理性都对之感到无能为力的东西。我的父亲对此心领神会。但是一个像您的表兄这样的人，"阿恩海姆说，"一个总是满脑瓜子装着应该如何变更、改善各种事物的积极分子，就没有这样的感受。"

当乌尔里希的名字又一次出现，狄奥蒂玛便莞尔一笑表示，一个像她的表兄这样的人并没有权利来对她施加什么影响。阿恩海姆的匀净、有些淡黄色的皮肤，它在脸部平滑得像一只梨，这时却已经涨得满脸通红。他顺从了一种奇异的内心的需要，一种狄奥蒂玛较长时间以来就在他心头激起的不加防范向她倾吐肺腑的需要。这时，他又把自己关闭住，从桌上拿起一本书，视而不见地读了读书名，不耐烦地将书放回，用他那寻常的声音说，此刻这声音就像一个人拿起自己的衣服来遮身时的那个动作那样让她感到震惊，她从这动作上看出他曾赤身露体："我离题远了。关于这位将军我要对您说的是，您最好的做法莫过于尽快实现您的计划并通过人道精神及其公认的代表性人物的影响来提高我们的行动。但是您也不必从根本上拒绝这位将军。他本人也许有良好的愿望，而您是知道我的原则的：人们永远也不应该避开将精神注入一种纯权力范畴的机会。"

狄奥蒂玛抓住他的手，将这次交谈总结为这样一句告别辞："我感谢您的真诚！"

阿恩海姆犹豫不决地让这只柔和的手在自己的手中滞留了片刻，若有所思地凝视着它，仿佛他忘记说什么话了似的。

六六

乌尔里希和阿恩海姆有点儿不对劲

她的表兄当初常常乐滋滋地向狄奥蒂玛描述他在伯爵阁下身边办事所积累的经验，并特别注重一再给她看那一夹夹呈递到莱恩斯多夫伯爵那儿的建议。

“了不起的表妹，”他报告说，手里拿着一厚摞卷宗，“我一个人再也忙不过来啦。似乎全世界的人都在期待我们改善他们的状况，其中的一半以‘起始自……’这样的话开头，而另一半则以‘向前至……’开始！我这里有各种要求，从起始自罗马直至向前至蔬菜培养。您要看哪类的？”

将同时代人向莱恩斯多夫伯爵提出的愿望理出个头绪来，这不是一件容易的事，但是这些来信中有两类因其篇幅之大而显得突出。一类将时代弊端归咎于某一个细节并要求将其消除，而这样的细节无非是犹太人或罗马教会，社会主义或资本主义，机械的思想方法或忽略技术发展，人种混杂或种族隔离，大庄园或大城市，唯理智化或不充分的民众教育。另一类则标明了一个预定目标，达到这个目标便可万事皆休，而第二类的这些值得努力追求的目标，它们和第一类的值得毁坏的细节没有什么别的不同，只有表达方式和感情色彩上的不同，显然是，因为世界上就是有爱批评和爱肯定的人嘛。所以第二类来信大致是带着愉快的否定透露出但愿人们最终会与对艺术的可笑的狂热崇拜决裂，因为生活是一位比所有拙劣作家更伟大的诗人，这些信件要求汇编审讯报导和游记供普遍使用；而在同样情况下，第一类来信却带着愉快的肯定断言，登山者的登顶感觉高出艺术、哲学和宗教的全部山头，所以宁可赞助阿尔卑斯山各俱乐部也别去奖掖这些山头。人们要求按这种双重渠道方式像悬赏征求最优秀的文学作品那样放慢时代速度，因为生活不是令人不能忍受便是美好而短暂，而人们则希望既通过花园住宅区、使妇女摆脱被奴役地位、舞蹈、体育或住宅布置艺术也通过无数别的途径使人类获得解放。

乌尔里希啪的一声合上夹子，开始进行私人谈话。“了不起的表妹，”他说，“这是一个令人惊异的现象，一半人在未来中，而另一半人则在过去中寻求安康。我不知道人们应该从中推断出什么结论来。伯爵阁下会说现代是为人所不齿的。”

“伯爵阁下在教会方面有什么打算吗？”狄奥蒂玛问。

“现在他终于已经认识到，人类历史上没有自愿后退。但是令人感到困难的是，我们也没有适用的前进。请您允许我把这称为一种奇特的境况：既不前进也不后退，而且现在的这个时刻也被认为是不可忍受。”

每逢乌尔里希这样讲话，狄奥蒂玛便总是隐匿于她那高大的身躯之中，一如隐匿在导游手册上有三颗星的钟楼里。

“仁慈的太太，您以为某一个今天为拥护或为反对一件事而战斗的人，”乌尔里希问，“如果他明天通过一个奇迹成为拥有无限权力的世界的主宰，还会在当天就去做他毕生要求做的事吗？我确信，他会欣然拖延几天的。”

说罢，乌尔里希停歇片刻，这时狄奥蒂玛便出其不意地向他转过身来，不是回答他的问题，而是厉声问：“您出于什么动机让将军对我们的行动寄予希冀？！”

“哪个将军？”

“施图姆将军！”

“就是第一次大会上的那胖乎乎、矮墩墩的将军吗？我？打那以后我一次也没见过他，更谈不上允诺他什么了！”

乌尔里希的惊讶是令人信服的，并要求对此作出解释。但是由于一个像阿恩海姆这样的人也不可能讲假话，所以一定有误解，于是狄奥蒂玛便解释她的猜测有何依据。

“我会和阿恩海姆谈论过施图姆将军？这也是从来没有过的事呀！”乌尔里希担保说，“我和阿恩海姆——请您给我一点时间。”他想了想，他突然笑了起来。“这简直太让我感到荣幸了，阿恩海姆竟会如此看重我说的每一句话。最近我曾和他多次交谈过，如果您愿意这样称呼我们的矛盾的话，有一回我确实也谈到过一个将军，但没谈某一个将军，而只是泛指一般。我说，一个将军出于一个战略方面的动机把整营整营的士兵送上肯定无疑的死路，这个将军是一个杀人犯，如果人们把他和这挂上钩的话：这是千百个母亲的儿子；但他立刻变成别的什么，如果人们把他与别的想法联系在一起，比如与有必要作出牺牲或短促的生命无关紧要。我也举了大量别的例子。但是话说到这里，您得允许我讲几句题外话。出于很明显的理由每一代人都把自己所面对的生活当作固定存在的来对待，只有少数东西是例外，人们对这类少数情况的变化感兴趣。这是有益的，但这是错误的。世界可能随时也会向所有方向发生变化或向任意一个方向；这是它的本性决定了的。所以，这便是一种独特的生活方式，如果有人试图不像某个世界里——我想说，在这个世界里，只有几个纽扣可以倒卖，人们竟称这是发展——的某个人那样行动；而是一开始就像一个天生就有改变世界的才干的人那样行动，这个人为一个特别适合于改变的世界所环抱，也就是大致像一片云里的一小滴水。您鄙视我吗，因为我又讲不清楚了？”

“我不鄙视您，可是我听不懂您的话，”狄奥蒂玛说，“您把这个谈话讲给我听听吧！”

“好吧，阿恩海姆挑起了这场谈话，他拦住我，和我正式进行交谈，”乌尔里希讲述了起来，“‘我们商人，’他带着一种很自然的笑容对我说，这与他平素保持的那种安详的态度有些矛盾，却很威严，‘我们商人不像您也许以为的那样会计算。而是——我当然是指领导人物，小人物们毕竟是喜欢不停地计算的——学习把我们的确实卓有成效的想法看作某种不顾任何算计的东西，类似于政治家的个人成就以及最终还有艺术家的个人成就所显示出来的那样。’然后他要我以也许需要某种违背理性的宽容来判断他现在要说的话。他对我直言相告，说是自从他见到我的第一天起便在琢磨我，而据说您，仁慈的太太，据说您也给他讲过我的某些事情，可是他声言，他大可不必先听了您讲的那些事，他对我说，奇怪的是我选择了一个完全抽象的、与概念打交道的职业，因为不管我多么具有这方面的才干，我当科学家，这是走错了路，说是尽管我会感到惊讶，我的主要的才干还是在于行动和个人效果！”

“噢？”狄奥蒂玛说。

“我完全同意您的意见，”乌尔里希急忙回答，“我对什么事都没有才能，我只对我自己有才能。”

“您总是嘲笑，不献身于生活。”狄奥蒂玛说，她还在为文件夹的事生他的气。

“阿恩海姆说了与此相反的话。我觉得需要从我的思维中得出对生活的太彻底的推论——他这样断言。”

“您在嘲笑，您总是持否定态度，您总是闪闪烁烁，回避每一个现实的决定！”狄奥蒂玛明确地说。

“这简直就是我的信念，”乌尔里希回答，“思维是一种特殊机构，而现实生活则是另一种机构。因为现在这两者之间的等级差别太大。我们的大脑几千岁了，但是如果它一切都只彻底考虑一半而忘却其另一半，那么它的忠实的描绘便是现实。人们只能拒绝给予现实精神方面的同情。”

“这不意味着做事情太不费力了吗？”狄奥蒂玛问，她并不是想侮辱人，只不过就是像一座山俯视山脚下的一条小溪而已，“阿恩海姆也爱理论，但是我以为，他并不是不审时度势，一味凭自己主观臆断：您不认为，全部思维的意义就是加强联系实际的能力……？”

“不。”乌尔里希说。

“我想听听，阿恩海姆对此向您作了什么回答？”

“他对我说，今天精神是现实发展的一个无力的旁观者，因为它绕开生活提出的各项重大任务。他要求我观察各门艺术在论述什么，哪些琐碎小事占据了各个教会，连博学多才的人的视野也多么狭隘！我应该想到，在这当儿地球可真是正在被瓜分。随后他向我解释说，他恰恰正想对我谈这方面的问题！”

“那么您怎么回答的呢？”狄奥蒂玛急切地问，因为她自以为猜到阿恩海姆是想责备她的表兄对平行行动的各种问题采取漠不关心的态度。

“我回答他说，任何时候去实现一个思想都不如不曾被实现的思想对我更有吸引力，我这话不仅是指未来的事，而是尤其是指过去的事和错过的事。我觉得，我们历来都是如此，每逢我们些许实现了一个思想，便喜滋滋地将这个思想较大的剩余部分未完成地撂在了一边。出色的机构通常都是搞糟了的思想构思，而且出色的人物也是。这就是我对他说的话。这可以说是观察方向上的一种差别。”

“您真是好争辩得很！”狄奥蒂玛气恼地说。

“可是他却告诉我，每逢我为了某一个空缺着的想象中的总规定的缘故而否认活动力时，他觉得我像什么样子。您愿意听吗？像一个人，他不躺在为他准备好的床上，却躺在床旁边的地上。这是浪费能量，甚至是某种物理学上不道德的东西，他特意为我添加了这么一句。他一个劲儿规劝我，要我理解，大规模的精神目标只有利用现有的经济、政治以及精神的力量对比才能达到。说是就他个人而言，他认为使用它们比荒废它们更有道德。他一个劲儿规劝我。他称我为一个取防御态势、取局促不安的防御态势的很积极的人。我以为，他有某种有点儿叫人感到无名恐惧的理由，他想赢得我的尊敬！”

“他想帮您的忙！”狄奥蒂玛用责备的口吻叫喊。

“噢，不，”乌尔里希说，“我也许只是一小块卵石，而他则像一个华丽、凸肚的玻璃球。但是我的印象是，他怕我。”

狄奥蒂玛对此不置一词。乌尔里希所讲的可能是无知妄言，但是她突然想到，他复述出来的这次谈话并不完全与阿恩海姆在她心中唤起的那个印象相吻合。这甚至使她感到不安。虽然她认为阿恩海姆绝不会耍弄什么阴谋诡计，但是乌尔里希的话却越来越让人觉得可信，于是她便问他，他在施图姆将军这件事情上有何高见。

“避开他！”乌尔里希回答，而狄奥蒂玛则不能不对自己提出这一指责：这中她的意。

六七

狄奥蒂玛和乌尔里希

狄奥蒂玛与乌尔里希的关系在这段时间里因这种已习以为常的聚会而有了很大的改善。他们必须经常一道外出访客，他每星期多次并且往往事先不通知而且在不通常的访客时间来找她。在这种情况下他们俩感到很方便，他们可以从他们的亲戚关系中获得好处并用家庭气氛来缓和严格的社交规范。狄奥蒂玛并不总是在客厅并且从发髻直至衣裙贴边裹得严严实实地接待他，而是有时穿轻便松散的便服，即便这仅仅意味着一种很谨慎的松散。他们之间已经出现一种休戚相关的关系，这主要表现在交往的形式上；但是形式有一种向内的影响力，而成为形式组成部分的情感则也可以通过形式被唤醒。

乌尔里希有时十分迫切地感觉到狄奥蒂玛很美。于是他便觉得她像一头年轻、高大、丰满的良种牛，一边稳步行走一边用深沉的目光打量着自己正在拔除的干草。即便在这时候，他望着她时心里也不无那种恶意和讥刺，那种用动物界里的比喻报复精神贵族狄奥蒂玛并来自一种深层愤怒的恶意和讥讽；这不是针对这个没头脑的模范学生的，这是针对学校的，这学生的成绩在学校里取得了成效。“她会是个多么可爱的人呀，”他想，“假如她缺乏教育、马虎草率并且温和亲切犹如一个不自以为有特殊思想时的身材高大而温暖的女人身体的话！”遭许多人背后窃窃私议的图齐司长的这位著名夫人于是便从她的身体飘逸而出，而只有这个身体自身像一个梦留下，这个梦连同软垫、床和做梦者一起变成一片白云，这片纤柔白云孤零零在这世界上。

但是乌尔里希若从这样一次想象力遨游返回，那么他便总在自己面前看见一个有进取心的市民阶层的人物，这个人试图与高贵的思想交往。再者，强烈性格反差下的身体上的亲和性令人感到不安，而亲和性观念，这种自我意识也就已经足以令人感到不安的了；兄弟姊妹有时会以一种方式相互不能忍受，这种方式远远超出一切可以借此证明自己正确的东西，它仅仅来自于他们因自己的存在就互相怀疑并互相有一种反射影响。有时单就狄奥蒂玛不致和乌尔里希一样高大便足以唤起她与他相似的想法，并让他对她的身体感到反感。他已经委托给她——虽然带有一些变化——一项平素由他青少年时代的朋友瓦尔特承担的任务；实际上就是贬抑和刺激他的倨傲的任务，就像让重新见到自己的旧的讨人厌的画像在我们面前贬抑我们并同时挑起我们的傲气。由此可以推知，八成在乌尔里希对狄奥蒂玛表示的猜疑中也含有某种有约束力的和有凝聚力的东西，简单说就是一丝真正的爱慕之意，犹如从前的对瓦尔特的亲密情意还会在不信任的形式中继续存在下去。

这在长时间里使乌尔里希感到诧异，因为他并不喜欢狄奥蒂玛嘛，他不明白这件事的底细。他们有时一起短途出游；在图齐的支持下，风和日丽的天气被用来不顾不利的季节向阿恩海姆展示“维也纳近郊名胜古迹”——狄奥蒂玛从不使用别的词语，总是只用这个陈旧的用语——而由于图齐司长脱不开身，乌尔里希每次一同出游便不得不扮演一位年纪较长亲戚的角色，担负起护驾的责任，而后来情况则表明，在阿恩海姆外出旅行的时候，乌尔里希和狄奥蒂玛也单独出行。阿恩海姆为这样的郊游，后来也为直接为平行行动办事提供了车辆，要多少有多少，因为伯爵阁下的带有纹章装饰的马车在城里太惹人注目；而且那也不是阿恩海姆自己的汽车，因为富人总是找得到别人，让别人甘心情愿地为自己效劳。

这样的出行不单单为了消遣娱乐，而且也有谋求有影响或富有的人物参与这项爱国行动的目的，这种出行在市区范围内比在乡村还多。这两位亲戚在一起看到许多美好的东西：玛丽娅·特蕾莎时代的家具，巴罗克宫殿，还由仆人们用手抬着周游世界的人，有一排排大房间的新时代的房屋，银行宫殿和高级国家公务员住房里混合着西班牙的严谨和中产阶级生活习惯的设备。总的说来，大凡涉及贵族的，便都是一种没有自来水的上流社会生活状况的残余，而在富有的市民阶层的房屋和会议室里，这种生活状况则作为卫生状态改善了的、更美观但更苍白的复制品而重复出现。一个贵族阶层总是有点儿未开化的样子：没有被时代的余烬烧掉的残渣依然留在贵族的宫殿里，就在它们残留的地方，紧挨着豪华的楼梯，脚踩在软木地板上，而可憎的新家具则毫不在乎地伫立在奇异的旧家具之间。暴发户阶级则相反，他们迷恋自己的先辈们的壮观和伟大的时刻，不由自主地进行了严格而精细的挑选。一座宫殿若为市民阶层所占有，那么这座宫殿就不仅显得像一件家传纪念物，像一盏枝形吊灯，人们拉动电线操纵这盏吊灯，配备了现代的舒适设备，而且在内部设施方面也剔除了较少美好的东西、聚集了有价值的东西，不是按自己的选择，便是按专家们的无可争议的建议。此外，这种优雅化根本就不是在宫殿里，而是在城市住宅里表现得最为强烈，这些城市住宅合乎时代精神地配备了一艘远洋轮船的无个性的豪华设施，但在这个有教养的社会功名心的国家里却通过一丝不可复制的气息、一种几乎觉察不到的分开摆放家具或一幅画像在一面墙上的居高临下的位置而保持着一种久已消失的重大音响的柔和而清晰的回声。

狄奥蒂玛对这么多的“文化”感到心醉神迷；她早就知道她的家乡保藏

着这样的珍宝，但是它们居然如此丰满，连她见了也感到吃惊。他们应邀一起访问乡村，乌尔里希发觉，他不时看到人家不削皮用手拿水果吃等诸如此类的事，而在富有的市民家庭里则严格保留着刀叉礼仪；这种现象也可以从言谈上观察得到，几乎只有在市民家庭里才有完美而高雅的言谈，而在贵族圈子里那种著名的不拘束的、令人想起赶马车者的言谈方式占压倒优势。狄奥蒂玛热情为此辩护批驳她的表兄。她承认说，市民的乡间别墅有更多的卫生设备和更浓的文化氛围。在贵族的乡村宫殿里，人们冬天挨冻，狭窄、踩坏的楼梯并不罕见，而有霉味的、低矮的卧房则与豪华的客厅并存。没有饭菜升降机，也没有仆人洗澡间。但是这在某种意义上恰恰就更具本色，是经继承而得的，既了不起而又不修边幅！最后她这样兴奋地说。

乌尔里希利用这样的出行机会，研究把他和狄奥蒂玛联结在一起的那种情感。但是由于一切都充满着旁生的枝节，所以人们在获取真经之前不得不先稍稍跟随他们走一段路：

当时妇女都穿从脖子到脚跟都封闭的衣服，而男人们虽然今天还穿与当初相似的衣服，但在那时候他们却觉得妇女穿戴得颇合宜，因为她们还用生动的联系向外体现出无可指责的完整性和严格的矜持，这种矜持被认为是一个深通世故的人的标志。展现自己的赤身裸体，这种澄清如水的坦率，当初即便在一个没有什么偏见、在赏识脱去衣服的肉体时不受任何羞耻感阻碍的人看来也是一种向动物性的倒退，不是因为裸体的缘故，而是因为放弃了文明的服装爱情手段。其实人们在那时候可能说过，这是倒退到动物中间去；因为一匹三岁的良种马和一只赛跑的灵缇赤身裸体时比一个人的肉体所能达到的表现力丰富得多。而它们却不能穿衣服；它们只有一张皮，人当时却还有许多张皮。人们用那件高贵的衣裳，用它的褶子、皱裥、钟形褶痕和花边为自己建立了一个表面，它比原来的表面大四倍，形成一只多褶裥、难以接近、充盈着性爱紧张的高脚杯，它将那头瘦削、白皙的动物隐匿在自己的内部，那头动物惹人怜爱，着实叫人渴慕。这是那种已标明的方法，每逢大自然为了在爱情和惊恐中使至关重要的客观过程上升至非人世间的愚蠢行为而叫自己的创造物竖起皮毛或喷射昏暗云雨，便总是使用那标明的方法。

狄奥蒂玛生平第一次感到自己被这种游戏——即便是以最委婉的方式——深深地触动了。她不是不会卖弄风情，因为这属于一位贵妇必须掌握的社交任务之一；年轻男子的目光常常流露出某种不同于对她崇敬的神情，这也从未曾逃过她的眼睛，她甚至喜欢这样，因为当她强迫像一头公牛的角那样死死盯住她的一个男人的目光转向她的嘴说出的高尚话题时，这让她感觉到了温和女性指点正确方向的威力。但是在亲戚关系和无私协助平行行动的掩护下，在那则于他有利的遗嘱附言的保护下，乌尔里希有恃无恐，直捣她的理想主义的分叉编织网。就这样，有一回他们行车越过田野，汽车从风光旖旎的山谷旁边驶过，覆盖着郁郁葱葱松林的山坡从山谷之间向路边突显过来，狄奥蒂玛触景生情吟出了“美丽的森林啊，是谁把你培育，在那高耸的群山”这几行诗；这几句她当然是当作诗来引用的，与此相配的那首歌她连哼都没哼一声，因为她觉得这一哼起来就显得恶浊、毫无内容了。但是乌尔里希回答说：“是下奥地利土地银行。这个您不知道吗，表妹，这里的全部森林都属于土地银行所有？您想赞美的那位师傅是受雇于土地银行的一位林场主任。这里的自然景致是森林工业的一个有计划的产品，一座排成行的纤维素制品仓库，这也是不难看得出来的。”他频频作出这样性质的回答。如果她谈美，他便谈一层皮下脂肪组织。如果她谈爱情，他便谈显示出生率自动升降的年度曲线。如果她谈艺术中的伟大人物形象，他便谈把这些人物互相连接起来的那一连串借用语。反正情况总是这样，狄奥蒂玛一讲起话来，仿佛上帝在第七天把人当作珍珠放进世界贝壳里了似的，他马上便提醒说，人是一个小地球仪最外面那层外壳上的一小堆小点。乌尔里希说这话有什么企图，这不是轻易就看得透的；显然这是针对她对之心怀着感激的那个高贵的领域的，而狄奥蒂玛则尤其感到这是一种肆意侮慢和自以为是。她不能忍受在她看来已是个坏孩子的表兄竟自以为比她还懂得多一些，而他的那些实利主义的异议——对此她一窍不通，因为这是他从算计和精确性的低级文明中得来的——则极大地惹怒了她。“谢天谢地，总算还有人，”有一次她厉声回答他说，“尽管见多识广却仍然能够相信普普通通的事物！”

他们养成了习惯，常常以一起谈论阿恩海姆的方式来交流各自的思想。因为和所有恋人一样，狄奥蒂玛也觉得谈论自己爱恋的对象而又如她至少以为的那样不露出马脚是一件惬意的事；而由于乌尔里希觉得这犹如对于每一个对自己的后退不怀有隐蔽动机的人那样是不堪忍受的，所以一遇到这样的情况他往往就会对阿恩海姆大肆诋毁。把他与这个人一结合，便产生出一种独特的关系。如果阿恩海姆没有出外旅行，他们便几乎天天碰面。乌尔里希知道图齐司长怀疑这个外国人，一如他自己从第一天起就一直在观察此人对狄奥蒂玛的影响。只要一个第三者能作这样的判断，那么这两个人之间似乎也就还没什么不合理的事，这个第三者坚定了自己的这个推测，因为这一对情侣之间存在着太多的合理的成分，它们虽然竭力效法柏拉图精神共同体的最崇高的榜样。在这方面，阿恩海姆却显示出一种引人注意的意向，他愿意让他的女友(抑或也许是情妇？乌尔里希暗自思忖；他认为很可能是某种胜过女友像是情妇的关系，介乎两者之间的关系)的这位表兄也共享这层亲密关系。他常常用一位年长朋友的口吻对乌尔里希说话，这种口吻因年龄差别是许可的，但因地位的差别却带上了一种令人不愉快的居高临下的味道。乌尔里希对此也几乎总是报之以拒斥的口吻并且态度中含着相当的挑衅，就仿佛他丝毫也不知道珍视与这样一个人的交往；这个人可以不和他而是和国王们和总理大臣们讨论自己的想法。他常常不礼貌地并且以不恰当的讽刺口吻反驳他，而且自己就对这种失态感到恼怒，因为他本来是完全可以愉愉快快地采取沉默观望态度的。但是令他自己感到惊诧的是，他觉得自己被阿恩海姆大大地给激怒了。他把他看作一种他所憎恨的精神发展的、备受宠遇的、模范的个别情况。因为这位著名作家相当聪明，足以领悟人类自从不再在溪水的反光里而是在自己才智的锐利断面上寻找自己的形象以来已经使自己陷入的这种可疑的处境；但是这位著书立说的钢铁大王把这归咎于才智的出现，而不归咎于才智的不完美。在这种煤炭价格和精神的结合中存在着一种欺诈，这种结合同时也是一种有用的分离，是阿恩海姆有意识所做的事与他怀着朦胧预感所讲和所写的话的分离。除此以外，还有一件事在乌尔里希心中激起更多的不愉快，这对他来说是件新鲜事，这就是精神和财富的结合；因为如果阿恩海姆近似一位专家那样谈论某一个个别问题，随后又突然带着一种懒散的姿态让受到“一个崇高思想”光辉照耀下的个别部分一一消失，那么这多半来源于一种并非不合理的需要，但是这种向两个方向的自由支配却同时让人回想起这个干一切善事和宝贵事的富豪。在一种总是有点儿让人想起实际财富处置的意义上来说，他是有才智的。也许这也还不是那种东西，不是最刺激乌尔里希惹得他要给这位著名人物制造麻烦的那种东西，这也许是一种爱好，是他的精神对一种宫廷和家庭事务表示出来的爱好，这种爱好自动导致与传统事物及不寻常事物的精髓的结合；因为在它那善于品味的鉴赏能力的镜子里，乌尔里希看到了一张装腔作势的鬼脸，如果人们从中去除掉那些不多而确实强烈的激情和思维的相貌特征，那么这便是时代的面孔；乌尔里希因此而几乎找不到机会更好地去研究这个人，人们大概也会在背后说这个人有种种功绩的。这当然是一场完全没有意义的战斗，他在进行这场战斗，在一个人们一开始就承认阿恩海姆正确的环境里，为了一项根本没有什么重要意义的事业；充其量人们可以说，这种无意义具有彻底自我浪费的意义。但是这也是一场完全没有希望取胜的战斗，因为如果有朝一日乌尔里希果真得以伤害他的对手，那么他就必定会看到他打中了那虚假的一面；如果精神人阿恩海姆似乎被战败而躺在地上，那么随后现实人阿恩海姆便会像一个长翅膀的人那样，面带一丝宽宏的微笑站起来，摆脱掉这种废话连篇的谈话，飞快采取行动奔向巴格达或马德里。

这种不可伤害性使他得以用那种此人自己也弄不清楚其来源的同志式友好情谊来对抗这个年纪较轻的男子的失礼行为。当然，乌尔里希自己心中有数，绝不会去过分贬低他的对手，因为他决心不这么随随便便又投身于什么冒险活动，他以往的生活中充盈着这种不完整和有失体面的冒险活动，而他所觉察到的阿恩海姆和狄奥蒂玛之间关系的进展情况则大大增强了他的这种决心。所以他通常这样安排他攻击的矛头，一如花剑的尖端，它们柔韧弯曲并且为一层友好减弱撞击的小小外壳所包围。顺便说及，这个比喻是狄奥蒂玛找到的。她与她的表兄的情况颇有些奇特。他的率直的脸和那明净的额头，他的平静起伏着的胸脯，他那潇洒自如的举止动作，这一切都向她显示，这个身体中不可能潜伏着恶意、阴险、扭曲而淫欲的需要；她对自己家族一个成员的这种非凡仪表也并非完全没有自豪感，并且在他们刚刚相识时便立刻下定决心，要将他纳入自己的引导之下。假如他长着黑头发、溜肩膀、不干净的皮肤和低矮的额头，那么她就会说，他的观点跟他的相貌相称；但是看他现在实际上的这副相貌，只有与他的观点的某一个不一致处引起了她的注意并让人在心中感到莫名其妙的忧虑。她那著名的直觉的触须徒劳地搜寻原因，但是这种搜寻却在触须的另一端令她感到舒心愉快。在某种意义上，当然不是在一种完全认真的意义上，比起与阿恩海姆来，她有时甚至更喜欢与乌尔里希交谈。她在优越感方面的需要在他身上得到更大的满足，她更牢靠地掌握着自己的命运，而她认为是他的轻佻、古怪或不完全成熟的那些东西给她以某种满足，这抵消了那种变得日益危险起来的理想主义，她眼看着这种理想主义在自己对阿恩海姆的情感中正令人难以估摸地增长着。灵魂是一件极其艰难的事情，因此实利主义便是一件愉快的事情。她调节自己和阿恩海姆的关系和安排好自己的沙龙一样感到很吃力，而对乌尔里希的藐视则使她的生活变得轻松些。她不明白自己是怎么回事，却分明看到了这种作用，而这就使她有可能在她因她的表兄的一句话而对他发怒的时候从侧面给他投去一瞥，这一瞥只是眼角的一丝微笑，而眼睛则理想主义、无动于衷地，甚至略带轻蔑地直视前方。

总之，不管是什么原因，狄奥蒂玛和阿恩海姆对待乌尔里希的态度就像两个战斗着的人，他们抓住一个第三者，他们怀着变化不定的恐惧在自己之间拉动他，而这样的情形对他来说并非没有危险，因为这个问题因狄奥蒂玛而变得生气勃勃：人是不是必须与自己的身体协调一致？

六八

离题话：人必须与自己的身体协调一致吗

不管脸上的表情说明着什么，车辆的晃动在长时间行驶过程中摇动着这两位亲戚，使他们的衣服互相触动，略微重叠，又互相分离；人们只能从肩膀上看出这一点来，因为别的情况让一条共同使用的毯子给遮住了，但是身体朦朦胧胧地感觉到这种受到衣服抑制的接触宛如人们透过夜晚的月光隐隐约约看事物。乌尔里希对这种爱情游戏并非没有接受能力，也就是并不特别认真看待它罢了。渴慕从肉体传导到衣服、从拥抱传导到抗拒或者一句话从目的传导到途径，这种极精细的传导迎合他的本性；她受肉欲驱使而成为妇人，但受到更崇高的力量的节制而避开这个陌生的、与她不相称的人，如今她突然无比清晰地看见这个人就在自己面前，使她总是处于好感与嫌恶的深刻矛盾之中。但这就是说，肉体的崇高美、人性美，精神的旋律从天性的乐器中升起的那个瞬间，抑或身体像一只为神秘饮料充满的高脚杯的另一瞬间，这是他毕生所不熟悉的，如果不计及那些梦幻的话——它们涉及少校夫人并久已在他心中消除了这样的爱好。

打那以后，他所有的与女人的关系便都是不合理的，可惜只要双方都有几分良好的意愿这事就很简单。只要男人和女人一开始就有这个想法，愿意占有情感、行为和纠葛，那么就会有一个这样的模式，男人和女人的模式，而这却是在内涵上反转的过程，在这个过程中最近的事件向前突现，不再是泉水涌流；这种两个人的纯粹相互喜欢，这种最朴素和最深刻的恋爱情感，这种一切别的情感的自然起源，在这种精神上的反转过程中压根儿就不再出现。就这样，乌尔里希在与狄奥蒂玛一起出行途中也不时回想起他初次造访时他们告别的情景。当初他用自己的手握住了她那只柔和的手，一只矫揉造作、高贵完美、轻飘飘的手，他们一边握着手一边相互对视；他们俩想必都感到嫌恶，但都想到，他们可能会互相渗透，融为一体。某种带有这一幻觉的东西在他们之间滞留了下来。于是乎，在上面两个脑袋把一片可怕的冷漠倾注给对方，而下面的身体却无抵抗地、炽热地互相融和渗入。一如在两头神和魔鬼的脚爪里存在着的某种恶毒神秘的东西，它曾把在青年时代时常有此体验的乌尔里希频频引入歧路，但是随着年龄的增长，事实便证明这无非就是一种极其富市民色彩的爱情诱导剂，与用脱光衣服代替赤身裸体完全具有同样的意义。任何东西也不会像这个讨人喜欢的体验一般勃然激发起市井小民的爱情：人们拥有把一个人驱入兴奋状态的力量，让他兴奋得如此癫狂，以致人们简直得成为杀人犯，如果他们想按第二种方式成为这样的变化的原因的话——确确实实，存在这样的文明人的变化，这样的作用出自我们自身！这种疑问和诧异不是就在所有那些人大胆而呆滞的目光里吗，那些人在肉欲的孤岛上停靠，他们是这个孤岛上的杀人犯、命运和神，并以极其悠闲的方式经历着最高程度的反理性和冒险性?

他渐渐滋生的对这种样式的爱情的嫌恶最后也扩展到他自己的身体上，他对女人装出一副通常的男性的样子——对此乌尔里希拥有太多的才智和内心矛盾——从而使自己的身体总能够促进这种反转结合的完成。有时他简直嫉妒自己的形象宛如嫉妒一个手段蹩脚而不诚实的对手，这暴露出了一种矛盾，这种矛盾也在别人身上存在，但这些人感觉不到。因为是他自己从事体育锻炼保养这个身体并赋予它形态、表现力、行动意愿，这种行动意愿对内的作用并不太微小，人们完全可以将它和一张永远微笑或严肃的面孔对情绪的影响加以比较；令人惊讶的是，多数人不是有一个缺乏保养的、由偶然事件塑成并扭曲了的身体、一个与其精神和气质似乎几乎毫无关联的身体，便是有一个被体育运动的假面具遮盖住的身体，这个假面具使他具有休养生息中的那种相貌。因为这是人们继续做一个愿意具有某种外貌的白日梦的时刻，是人们继续做一个从上流社会期刊里捡起的白日梦的时刻。所有这些皮肤晒黑、肌肉发达的网球运动员、骑马者和驾驶者，这些有望创造最高纪录的人，虽然他们通常只是掌握好自己的事情——穿着上等衣服或在脱衣服的女人——他们是白日做梦者，与普通白日做梦者的区别仅仅在于：他们的梦不是留在脑子里，而是共同留在野外；作为群众心理的一个产物它被人作实体的、戏剧性的刻画，联想到极其可疑的神秘现象，不妨说，它被人作表意形象刻画。但是他们和普通的梦幻编造者一样，其梦幻都有某种浅薄的特性，不仅就梦幻接近觉醒而言，也就梦幻的内容而言。总体外貌问题似乎今天还在潜伏；虽然人们已经学会从笔迹、语声、睡姿和天知道什么东西中推断出人的性格，这些推断有时甚至惊人地正确，但是对于作为整体的身体而言眼下只存在时兴的模式，人们按照这些模式塑造自身的形象，或者至多有一种道德的自然医疗哲学。

但是这是我们精神的，我们观念、预感和计划的身体或者——漂亮的包括在内——我们用来做蠢事的身体吗？乌尔里希曾经喜爱过并且至今还部分地拥有这些蠢事，这并不妨碍他在这个由它们所创造的身体中觉得不自在。

六九

狄奥蒂玛和乌尔里希。续

尤其是狄奥蒂玛，是她以一种新的方式增强了他心头的这种感觉：他的生命形象的表面和深处不一致。在与她出行的途中，在有时像在月光中行驶的出行途中，这位少妇的美貌从她的整个形象脱离出来并像一个幻象片刻遮住他的眼睛的出行途中，这种感觉便清晰地突显出来。他分明知道，狄奥蒂玛将他所说的一切和普世的言论——即便是在一般性的某个高度上——作比较，而她觉得这“不成熟”，这令他感到愉快，致使他经常犹如坐在一架反向对着自己的望远镜前。他变得越来越顺从并且每当和她谈话时便以为，或至少差不多要以为，当自己充当恶人和实用主义的拥护者时自己从中听到了他本人求学时代后期的谈话，当初他和他的同学们之所以如醉如痴地谈论世界历史上的种种作恶者和坏蛋，仅仅是因为这些人被教师们带着理想主义者的厌恶打上了诸如此类的标记。每逢狄奥蒂玛心怀不满望着他，他便总是更顺从些并且通过英雄主义和膨胀欲的道德到达少年气盛时那些倔强虚伪、放浪不羁的年月——自然只是用很譬喻的方式来讲，犹如人们在一个表情上、一句话里能够发现一种与早已被自己抛弃掉的表情或言语，甚至还是一种只容人们梦想或不情愿地在别人身上见到的表情的轻微相似性；但是至少在他触怒狄奥蒂玛的欲望中是带着这种情绪的。这个若没有她的才智本会显得无比美丽的女人，她的才智在他心中激起一种不近人情的情感，也许是一种对才智的恐惧，一种对所有卓越事物的反感，一种情感，一种极微弱的、几乎无法分辨的情感——也许对于如此呵出的气息来说情感已经是一个太过于苛求的词语！但是如果人们将它放大成话语，那么这些话语必定是说，他有时在自己眼前不仅具体地看到了这个女人的理想主义，而且也看到了整个世界的理想主义，看到了这种理想主义的分岔和传播，在希腊一手宽的头顶上方飘浮着；倒不见得就是魔鬼头上的角！然后他又一次变得更顺从些并返回到，还是用譬喻的方式来说，童年时代激昂的第一道德，在这种道德中，无论诱惑还是惊恐，都仿佛闪在一只羚羊的眼睛里。这个时代的温存感受能够在唯一的献身的时刻点燃整个的、此时尚还微小的世界，因为它们既没有什么目标也没有促成什么事情的可能，是地地道道无限的激情；这跟乌尔里希很不相配，但是按照童年时代的情感——他已经几乎无法想象这种情感，因为它们与一个成年人的生活条件很少有共同之处——他终于渴望与狄奥蒂玛做伴。

有一回他差一点儿便向她承认这一点。在一次出行途中，他们弃车步行走进一个小山谷，在那里，草地上陡峭的河岸覆盖着森林的河口并形成一个弯曲的三角形，在这个三角形的中间是一条蜿蜒前进的、已经轻微冻结的小溪。山坡上的树木差不多要伐光了，只剩下零星几棵，在光秃的轮伐区和小山脊上看来就像种植的羽毛信号旗。这一景致诱使他们继续步行；这是那些动人的无雪日子中的一天，不妨把冬天里的这种光景看作一件褪色的、已不时兴的女式夏装。狄奥蒂玛突然问她的表兄：“阿恩海姆究竟为什么称您是一个唯意志论者呢？他说，您脑袋里总是装满着应该怎样用别的和更好的方法去做各种事情。”她突然回想起，她和阿恩海姆议论乌尔里希和将军的谈话没有谈出什么结果来就结束了。“我不明白这是怎么回事，”她接茬说，“因为我觉得您很少认真对待什么事情。但是我必须问您，因为我们共同承担着一项责任重大的任务！您还记得我们最近的一次谈话吗？谈话中您说了些话，您曾断言说，没有哪个人，即便他完全有这个力量，会实现他想干的事的。现在我想知道，您说这话是什么意思。难道这不是一个可怕的思想吗？”

乌尔里希先是沉默不语。在这段寂静的时刻里，在她尽可能俏皮地说出了她的话之后，她明白了，自己正在多么热切地琢磨着这个未经许可的问题：阿恩海姆和她是否会实现两人暗地里想做的事。她突然觉得在乌尔里希面前暴露了自己。她脸红了，又因为试图阻止脸红，脸更红了，便力求带着尽量无动于衷的表情把目光从他身上移开，顺着山谷向前望去。

乌尔里希观察到了这一过程：“我很担心，阿恩海姆如您所说称我是一个唯意志论者的唯一的原因就是，他高估了我在图齐家里的影响，”他回答说，“您自己知道，您多么不在乎我说的话。但是此时此刻，您问了我倒是让我明白了，我可能会对您有什么影响。我可以把这告诉您吗，您不会立刻又责备我吧？”

狄奥蒂玛默默点头，以示同意，并试图在精神涣散的背后重新敛起神来。

“我曾断言说，”乌尔里希开了腔，“没有人会实现他想做的事，即使他可以这样做。您记得我们那些装满建议的文件夹吗？现在我问您：一个人不会陷入窘境吗，倘若突然就要发生一件他一生孜孜以求的事情？倘若譬如天国突然降临到天主教徒的头上或者未来的理想国降临到社会主义者的头上？但是也许这什么也证明不了；人们惯于提出要求，却并不准备马上去实现要求；也许许多人都觉得这是理所当然的事。那么我再问您：毫无疑问，音乐家把音乐、画家则把绘画看作是最重要的事；也许一个混凝土专家甚至会把建造混凝土房屋看作是最重要的事，那么您以为，后者会因此就把亲爱的上帝想象成为一个钢筋混凝土专家，而另一些人则宁愿要一个画出来的或用次中音号吹出来的世界也不愿要这个现实的世界吗？您会认为这个问题荒唐，但是全部严肃性就在于，人们必定会要求这种荒唐的！现在请您别以为，”他神色凛然地向她转过身去，“我无非是想说，难以实现的东西引起每一个人的兴趣，而同时他们却鄙弃确实能得到的东西。我想说：在现实性中潜伏着一种对不现实性的荒唐要求！”

他毫不顾惜狄奥蒂玛，带着她走进小山谷的纵深；也许是由于山坡上渗下雪来，越往上走，土地便越湿，他们不得不从一个小草丛跳到下一个小草丛，这就把话语分成段落并使乌尔里希能够一再跳跃式地继续讲话。所以也就使狄奥蒂玛对他所说的话有了如此之多的异议，以致竟一时无法择定。她弄湿了自己的脚，无奈而胆怯地稍许撩起一点衣裙站定在一处土块上。

乌尔里希向后转过身来，笑道：“您已经开创了某种极端危险的事业，高贵的表妹。人人都会高兴得了不得的，如果就这样随他们的便，放任他们可以不实现自己的思想的话！”

“那么您将会做些什么呢，”狄奥蒂玛气恼地问，“假如您执掌一天统治世界的大权的话？！”

“我大概没有什么别的办法，只好废除现实！”

“我确实想知道，您怎么着手进行这件事！”

“这我也不知道。我甚至都不太清楚这话是什么意思。我们极大地高估了现代的东西、现代的情感和现在存在的一切；我认为，这就像现在您和我在这个山谷里，仿佛被塞进一只筐里，瞬间的盖落在了上面。我们高估了这一切。我们记住这一点吧。一年以后我们也许还能够讲述，我们曾怎样在这儿站立过。但是那种真正引起我们，至少引起我思考的东西却止步不前——姑且这样慎重地讲，我不想为这寻找解释和名称——总是与这种经历的方式处于某种对立之中。这被排挤出现代；按这种方式它不可能带有任何现代特性！”

乌尔里希所说的话，在这峡谷里听起来显得响亮和混乱。狄奥蒂玛突然感到无名的恐惧并企图回到汽车那儿。但是乌尔里希拦住她并让她观赏周围的景色。“这里在几千年前是冰川。即便是现在世界也并不完全就是它眼下假装出来的这副样子，”他解释说。“这个略带圆形的有生命物体有一种神经质的性格。今天它正在扮演进行哺育的市民母亲。当初世界像一个奸刁的姑娘那样缺失性感、冷漠无情。再往前推几千年，它到处都是酷热的幼牡牛森林、炽热的沼泽和着魔的动物。人们不能说，它经过了一个臻于完美的发展阶段，而且这也不是它的真实状态。这对它的女儿、对人类也同样适用。您只要想象一下在时间推移过程中人类站立在我们现在所站立的地方时所穿的那些衣服。用疯人院的概念来表述，这一切就像持续不断的伴随着突然出现的意念飘忽的强迫观念，照这些强迫观念看来一种新的生活观念已经出现。您一定看到了吧，现实正在把自己废除！”

“我还想对您说几句，”片刻过后乌尔里希重新开腔说，“有了依傍和得到保障的感觉，大多数人觉得十分自然的这种感觉，在我身上并不很强烈。您想一想，您小时候是怎样的：极其温和的炽热感情。然后是豆蔻年华，少女憋不住要说出自己的渴望。至少在我心中某种东西在奋起反抗让所谓的成熟的男子壮年时期成为这样的发展的顶峰。在某种意义上是，在某种意义上又不是。假如我是蚁幼虫的话，那么我会对此感到非常害怕的：一年前我是蚁蛉，是宽阔、灰色、退行的蚁蛉，它生活在森林边缘一个圆锥形沙堆顶端下的一个洞里，它先通过一阵神秘的沙粒轰击耗尽蚂蚁的体力，之后便用那把看不见的钳子夹住蚂蚁的腰。有时我确实对我的青年时代有完全相似的害怕的感觉，即使我当初是一只蜻蜓，现在将成为一头怪兽。”他自己都不太知道想说什么。他稍稍仿效了一下阿恩海姆的渊博。可是他却忍不住想说：“赠我一次拥抱吧，纯粹出于亲切爱意的拥抱。我们是亲戚；不完全分离，不完全一致；无论如何应该是一种庄重、严格的关系的对立面嘛。”

但是乌尔里希想错了。狄奥蒂玛属于这样一种人，这种人对自己感到满意，因此也就把自己的年龄阶段看得像是一道从下向上的楼梯。乌尔里希所说的，她完全听不明白，尤其因为她不知道他没有说出口的话；可是这当儿，他们已经到达汽车旁边，于是她便感到心神宁静，便又甘心把他的话看作是她熟悉的、摇摆在娱乐消遣和惹人生气之间的饶舌，对这种饶舌她不屑一顾。其实这时候，他对她完全没有什么影响，除了让她清醒以外。一片拘束的纤云，从她心田的某个角落升起，已经化成枯燥和空虚。也许是头一遭，她一清二楚地看到了这个事实：她与阿恩海姆的关系迟早会让她作出一个抉择，这个抉择可能会改变她的整个生活。本来就不能说这件事现在会使她感到幸福；但是这有着一座确实存在着的大山的重量。一个弱点克服了。那种“不做人们想做的”瞬间已经有了一种极其荒唐的、她不再理解的光辉。

“阿恩海姆完全是我的对立面；每逢时间和空间在当前时刻与幸福会面，他便经常过高估计它们有的幸福！”乌尔里希叹息着笑道，感到极有必要把自己已说出的话说完；但是关于儿童时代他不再谈论，所以狄奥蒂玛能结识他富有情感的一面。

七〇

克拉丽瑟访问乌尔里希，为了给他讲一个故事

重新装饰旧宫殿是著名画家封·黑尔蒙德的特殊能力，这位画家的天才作品是他的女儿克拉丽瑟，而有一天后者出其不意地来到乌尔里希的府上。

“爸爸派我来，”她说，“要我看看，你是不是也可以利用了不起的贵族关系少许为他谋一点好处！”她好奇地四下打量这房间，一屁股坐在一把椅子里，把帽子扔到另一把椅子上。随后，她把手伸给乌尔里希。

他正要说“你的爸爸对我评价过高”，但是她打断了他的话。

“啊，胡说！你知道，老头子总是缺钱花。生意今非昔比啰！”她笑道，“你住得很雅致嘛。漂亮！”她再次打量四周，随后便望着乌尔里希；她的整个态度中带有某种小狗亲切而又不定心的神态，这只小狗浑身发痒，心中不怀好意。“好啦！”她说，“你能干就干，不能干就别干！我当然答应他了。但是我来是由于另外一个原因；他提出这个请求倒让我想起一个主意。因为我们家里出了点事，我想听听你对此有什么看法。”嘴和眼睛迟疑、颤动了片刻，然后她猛一使劲越过了起始时的障碍，“如果我说美容医生，你能想

象出什么来吗？画家是美容医生。”

乌尔里希明白了；他了解她父母这一家。

“深沉、高雅、卓越、骄矜、营养良好！”她继续说，“爸爸是画家，画家某种程度上是美容医生，所以与我们交往，这在社交界犹如到温泉浴场去疗养，始终被认为是一桩时髦的事。你明白，装饰宫殿和乡村别墅从来就是爸爸的一项主要收入。你认识帕黑霍芬一家人吗？”

这是一个城市新贵家庭，但是乌尔里希不认识他们；只有一位帕黑霍芬小姐他几年前曾在克拉丽瑟的陪伴下见过一面。

“那是我的女友，”克拉丽瑟说。“当时她十七岁，我十五岁；爸爸装饰和改建那座宫殿。”

“怎么？唉，当然是帕黑霍芬的宫殿。我们大家都受到邀请。瓦尔特也第一次和我们在一起。还有迈因加斯特。”

“迈因加斯特？”乌尔里希不知道谁是迈因加斯特。

“哎，你也认识他的呀；迈因加斯特，他后来去了瑞士。当初他还不是哲学家，而是所有有女儿待字闺中的家庭里的唯一男子。”

“我从未和他谋过面，”乌尔里希断定，“但是现在我大概知道他是谁了。”

“那好吧，”克拉丽瑟使劲在心里计算着，“你等一等：瓦尔特当初二十三岁，迈因加斯特年纪稍大一些。我认为，瓦尔特私下里极度钦佩爸爸。他第一次应邀到一座宫殿里来。爸爸内心经常有这种像是穿上了一件王袍的感受。我以为，瓦尔特起先爱恋爸爸甚于爱恋我。而露茜——”

“天哪，慢点，克拉丽瑟！”乌尔里希请求。“我想，我简直摸不着头脑了。”

“露茜，”克拉丽瑟说，“就是帕黑霍芬小姐，帕黑霍芬夫妇的女儿，我们大家都受他们的邀请。现在你明白了吗？现在你明白了；当爸爸用丝绒或锦缎裹住露茜并用一条长拖裙把她放在一匹马上，她便产生错觉，以为他是提香或丁托列托。他们互相热恋着。”

“那么就是爸爸热恋露茜，瓦尔特热恋爸爸喽？”

“你且慢！当初有印象主义。爸爸的画风老派而带音乐性，他今天还这样作画，棕色酱汁和孔雀尾巴。可是瓦尔特喜欢空旷的野外、线条清晰的英国应用模式、新的和诚实的东西。爸爸在心底里像不喜欢新教的布道演说那样不喜欢他；而且他也不喜欢迈因加斯特，可是他有两个待嫁的女儿，总是入不敷出，对这两个年轻人便相当忍让。而瓦尔特却悄悄爱恋爸爸，这话我已经说过了；但是他必须公开蔑视他，为了新艺术流派的缘故，而露茜则压根儿就对艺术一窍不通，可是她怕在瓦尔特面前出乖露丑，而且担心要是瓦尔特说得对，那么爸爸看来就只像一个滑稽老头儿了。现在你明白了吗？”

为达此目的乌尔里希还想知道妈妈在哪里。

“妈妈当然也在那儿。他们一如既往天天争吵，不比往日多些，也不比往日少些。你明白，在这种情况下瓦尔特占有着有利的地位。他成为我们大家的一种交叉点，爸爸怕他，妈妈煽动他，而我则开始爱上了他。但露茜谄媚他。所以瓦尔特对爸爸有某种控制力，他开始怀着谨慎的欢乐尽情享受这种控制力。我认为，当初他已经醒悟到自己的价值了；没有爸爸和我他就成不了什么气候。你明白这些关系吗？”

乌尔里希以为能对这个问题给予肯定的回答。

“可是我想讲点别的事情！”克拉丽瑟说。她略一沉吟说：“等一等！你先只想着我和露茜：这是一种激动人心而错综复杂的关系！我当然为父亲捏了一把汗，看样子他在热恋中是会把整个家庭毁了的。我当然同时也想知道这种事究竟是怎么发生的。他们俩爱得发狂。在露茜心里，对我的友谊中自然搀和着这样的情感：这个男人是她的情人，而我却还得唯命是从地管这个男人叫爸爸。她对此颇有些自鸣得意，但在我面前也感到十分羞愧。我认为，这座旧宫殿自其建造以来还没见过这样纠缠不清的事情呐！白天，露茜尽可能地整天和爸爸厮混，夜晚她便到钟楼里来向我忏悔。我睡在钟楼里，我们几乎整夜点着灯。”

“露茜和你父亲的交往关系究竟有多深？”

“这是唯一一件我永远未能获悉的事。但是想想这样的夏日夜晚吧！猫头鹰已经哀鸣过，夜已经呻吟过，每逢我们感到太阴森可怕，便躺到我的床上继续讲述。我们想象不出别的情景来，只觉得一个男人若是被一种如此不幸的激情攫住，便只有一枪打死自己的分儿了。实际上我们真的天天等待着——”

“可是我觉得，”乌尔里希打断她的话，“他们之间没出什么事。”

“我也认为：不是什么事都发生过了。但还是发生了某些事。你立刻会看到的。露茜突然必须离开宫殿，因为她的父亲出其不意地到来，要带她到西班牙去。你真该瞧瞧那时的爸爸，瞧他怎样孤零零地留下来！我觉得，有时他简直就要掐死妈妈。他把画架系在马鞍后面，带着它从早到晚骑着马四处游逛，却一条线条也不画，如果他待在家里，也不摸画笔。你想必知道，他以往像一架机器那样画画，但是那时我经常看到他拿着一本书坐在空荡荡的大厅里，却不曾将书打开。有时他就这样一连冥想好几个小时，随后他站起来，于是在另一个房间里或在花园里便又发生同样的情况；有时整天都如此。毕竟他是个老头儿，年轻人把他抛弃了；不是吗，这可以理解吧？！我心想，那景象，他经常看见露茜和我，两个女友，互相用胳臂搂着身躯、亲昵地互相闲谈，那景象当初必定已在他心头生根发芽——像一粒野生的种子。也许他也知道露茜总是到钟楼里来找我。简单说，有一回，夜晚十一点左右，宫殿里所有的灯火全已熄灭，他来了！嘿，真带劲儿！”克拉丽瑟现在被她自己的故事的重要意义强烈地吸引住了，“我听见楼梯上的摸索和嚓啦声，却不知道是什么在响；然后我听见笨拙地按门把手的声音和房门奇异的开启声……”

“你为什么没有呼救呢？”

“这事真奇怪。我从第一个响声起便知道他是谁。他一定一动不动在门口站住了，因为好一阵子我什么响声也没听见。他大概也吓坏了。然后他小心翼翼随手拉上房门并轻声呼唤我。我的脑袋嗡嗡作响，我不想回答他，但是奇怪的是：完全从我内部——仿佛我是一个很深的空间——发出了一个声音，它像一声哀求。你懂这个吗？”

“不懂。继续讲下去！”

“很简单，接着他便无限怅惘地紧紧抓住我；他几乎倒在了我的床上，他的脑袋枕在了我的脑袋旁边。”

“眼泪？”

“干巴巴的抽搐！一个老朽的、被离弃的身体！现在我明白这个道理了。噢，我对你说，如果人们事后可以说出自己在这样的时刻想了些什么的话，那么这便是某种极厉害的东西！我认为，他因自己错失良机而完全被对一切端庄品行的冲天愤怒攫住了。我一下子觉察到，他又觉醒了，虽然房间里漆黑一团，但我立刻便知道，因不顾一切渴望得到我，现在他的心完全揪起来了。我知道，现在不会有什么顾惜和体谅了；自我的呻吟以来房间里还一直寂静无声；我的身体既灼热又干燥，而他的身体则像一张让人放到火边的纸。这身体变得极其轻柔；我已经感觉到，他的胳臂怎样沿着我的身体蜿蜒而下并脱离我的肩膀。有些事我想问问你。因此我就来了——”

克拉丽瑟顿住。

“什么？可是你什么也没问呀！”稍过片刻，乌尔里希提醒她。

“不。我还得先说点别的：一想到他必定会认为我的静止不动是认可的表示，我便憎恶我自己；可是我完全无可奈何地依然躺着，一种冷酷的恐惧已经压在我的心头。对此你有什么想法？”

“我根本没什么好说的。”

“他用一只手不停地抚摩我的脸，另一只手游移着。打着颤，带着假装出来的和善，你是知道的，像一个吻那样掠过我的乳房，随后，这只手仿佛在等候并倾听着回答似的。最后这只手就要——现在你一定明白了吧，他的脸同时偎近着我的脸。但是这时我却用尽最后一丝力量挣脱了他并向一侧转过身去；这时从我胸中又发出了我平时不曾听见自己发出的声音，它介乎请求和呻吟之间。原来我有一块胎记，一块黑色圆形斑痕——”

“你父亲是什么态度？”乌尔里希冷冰冰地打断她的话。

可是克拉丽瑟不让别人打断自己的话。“这里！”她神情紧张地微微一笑，指了指衣裙里面臀部上一处部位，“他一直摸到这里，这里是个胎记。这个斑痕有一股神奇的力量，或者说它有一种特殊性能！”

她突然满脸涨得通红。乌尔里希的沉默使她头脑清醒过来并化解了将她拘禁住的思绪。她神情尴尬地笑了笑并迅速总结说：“我的父亲？他即刻便坐起身来。我无法看见他脸上的表情；我想，多半是一副窘相。也许是感激。我在最后一刻解救了他。你必须想到：他是一个老人，而一个年轻姑娘则有这种力量！我一定让他觉得奇怪了，因为他相当温柔地握了握我的手并用另一只手抚摩了两回我的头，然后他没说什么话就走了。那么你会尽你所能为他做点什么事的吧？！最终我不得不把这件事也讲给你听了。”

她站立在这儿，穿一件进城时才穿的定制连衣裙，紧身而符合习俗。她就要离去，伸出手与乌尔里希握手辞别。

七一

庆祝陛下在位七十年起草主导决议委员会开始开会

关于她给莱恩斯多夫伯爵的信以及要求乌尔里希挽救莫斯布鲁格尔的事，克拉丽瑟均只字未提；她好像把这一切都已经忘却。但是乌尔里希也没这么快就又想起这件事来。因为狄奥蒂玛终于做好了一切准备工作，现在可以在“庆祝陛下在位七十年起草一个主导决议暨确认有关各界人士的愿望工作会议”范围内召集特别的“庆祝陛下在位七十年起草主导决议委员会”了，狄奥蒂玛为自己保留了领导这个委员会的权利。伯爵阁下亲自起草了邀请，图齐进行了修改，而阿恩海姆则从狄奥蒂玛那儿看到了他的修改稿，然后这修改稿才被批准。尽管如此，其中还是包含了一切使伯爵阁下心神俱往的东西。“促使我们召集这次会议的，”信中这样写道，“是对问题的一种共识，即我们不能对强有力的、来自民众中间的意愿听其自然，需要有人施加一种极具远见的并且是来自一个可以纵览全局的位置的，也即来自上面的影响。”接下去就是“极为罕见的造福社会的登基七十周年庆典”、“满怀感激之情的”各族民众、和平皇帝、缺乏政治上的成熟、世界奥地利年，而最后则是提醒“产业和教育界”，要把这一切塑造成“真正”奥地利精神的一种光辉的意愿显示，但对这一切均要进行慎重考虑。

一方面，在狄奥蒂玛的清单上，艺术、文学和科学各组显得尤为特出并经广泛努力而得到认真周到的补充，而另一方面，在那些可以参加这次会议但人们并不指望他们作出具体行动的人当中，经过严格筛选只剩下了一小批人；然而，受邀请者的数目仍然如此之多，以致在绿桌子旁正式宴请来宾根本就不可能，于是就不得不选择冷餐招待会这一较松散的形式。人们可以随意地坐着、站着，而狄奥蒂玛的一个个房间就像一座营房，供应夹肉面包、蛋糕、葡萄酒、利口酒和茶的数量之大，恐怕只有图齐先生在预算中给了他夫人特别拨款才能办齐；必须补充说明，这没矛盾，从中可以推断出，他一心想着要采用新的精神外交方法。

安排好这一大群人聚会，这向狄奥蒂玛提出了很高的要求，倘若她的脑袋不是像一个华美的果壳，不断有话语从中大量涌流出来，有些事她也许还真的应付不过来；这是家庭主妇用以欢迎每一位来客并以对其最近著作的熟识而令来宾欣喜若狂的话语。这方面的准备工作是异常充分的并且只有在阿恩海姆的帮助下才得以完成，此人将自己的私人秘书供她使用，协助她整理材料并摘编最重要的资料。这股火一般热的神奇沉淀便是一大批藏书，是用莱恩斯多夫伯爵为启动平行行动而投入的那批资金购置来的。和狄奥蒂玛自己的书加在一起，它们作为唯一的装饰品摆放在腾出来的房间中的最后一间里，房间里依稀可辨的布满花卉的糊壁纸显示出这是一间内室，一种关联，一种激起人们对居住这间内室的女子作谄媚思考的关联。但这批藏书也还以另外的方式证明自己是个有利可图的设置；因为每一个受邀请的人在接受了狄奥蒂玛极为殷勤的欢迎致词后便游移不定地漫步穿越这些房间，一看到这间位于尽头的藏书室，便必然会被它吸引；总会有一些人后背上下起伏，打量这些书，宛如蜜蜂麇集在花丛前，而如果说原因也只是每一个创作者对藏书都怀有的那种高贵的好奇心的话，那么当观看者终于发现他自己的著作时，一股甜蜜的满足之情便会顿时从心头泛起，而狄奥蒂玛的爱国事业则从中获益匪浅。

在会议思想指导方面狄奥蒂玛先是听任自流，即使她郑重其事地特别向诗人们保证，说是一切生命基本上都奠定在一种内在的文学创作上，甚至连商业活动也是，如果人们“豪爽地看待”它的话。这并不使人感到惊奇，只是事实却表明，大多数受到这样简短致词嘉奖的人都是怀着一种信念来的，他们深信人们邀请他们，是为了让自己简明扼要地，这就是说在大约五至四十五分钟内，给平行行动出主意，她听从了这个主意就不再会有什么失误，哪怕后来的发言人是在用无意义和不恰当的建议浪费时间。狄奥蒂玛起先简直因此而陷入一种欲哭无泪的心境之中，费了好大劲儿才保持住了自己那种不拘谨的态度，因为她觉得，每一个人都各说各的，她无能为力，无法将它们统一起来，在驾驭如此密集的文艺、学术界精英集会方面她还没有经验，而由于大人物们如此之多的聚会也不是这么容易举行第二次的，所以也就只有一步一步、多费心思并按一定方法才能理解它。况且世界上有许多事情，它们单独时与聚在一块儿时相比，具有某种完全不同的意义；譬如大量的水与少量的水相比是一种较小的享受，小就小在饮水和溺水的差别上了，而毒药、玩乐、闲暇、弹钢琴、理想的情形则与此相似，也许甚至一切事物的情形都与此相似，于是某种东西会怎么样，这完全取决于它的密集程度和别的情况。所以只需补充说明一点，即便天才也不例外，以便使得人们不致把下面的印象看作是对无私地为狄奥蒂玛效劳的那些大人物们的一种贬抑。

因为人们会立刻在首次聚会时便获得这样的印象：每一个杰出的人物一离开山顶巢穴的保护并且要在普通的地面上与人交往，便会觉得自己处于一种极端不安稳的境地。只要她与这些了不起的人物中的一个单独谈话，那么这种宛如天象般从狄奥蒂玛头顶掠过的异乎寻常的话语，在有第三者或第四者插入从而使得好几个人的话语陷入相互矛盾的情况下，就让位给一种不能建立井然秩序的难堪处境，而谁若不害怕这样的比喻，就不妨想象一只天鹅，它在作完骄傲的飞行之后在地上继续蹒跚前进。然而在相识了较长时间之后这也很好理解。杰出人物的生活如今是建立在一种“人们不知道为什么目的”的基础上的。他们受到莫大的敬仰，在他们的五十周年或一百周年诞辰时这种敬仰便表现出来，或者在一所农业大学成立十周年庆典上，当它拿名誉博士们来炫耀自己，但此外也有各种不同的场合，在这些场合人们是必须谈论德意志精神财富的。我们在历史上曾有过伟大的人物并把这看作一种与我们休戚相关的机构，恰似监狱或军队；如果存在这个机构，那么人们就必须投入人力。因此人们便带着某种这样的社会需要所特有的下意识动作启用刚好碰上的那个人，并对他表示尊敬，这些敬意已经具备了赐予的条件。但是这种敬仰并不完全真实；在它的底部显现出这众所周知的信念：实际上没有一个人配受到这种敬仰，而且人们也难以区别嘴巴张开是因为感动还是要打呵欠。如果今天一个人被称作天才，这就具有某种敬仰死者的特性，还要加上一个无声的附注，即现在根本就不再有这种天才了，而且这还具有某些那种神经质爱情的特性，人们之所以闹哄哄显摆这种爱情并非出于别的因由，而是因为它实际上缺乏感情。

这样一种状况对于感觉敏锐的人来说自然是不愉快的，于是他们就想方设法摆脱它。一部分人因绝望而变得富裕起来，他们学会利用这种需求，这种不仅对伟大人物而且也是对野性的人物、有才智的小说家、新一代愈来愈扩大着的不谙世故者和领导人的需求；另一部分人头上戴一顶看不见的王冠，他们绝不摘下这顶王冠，他们还怨恨而又谦逊地担保说，在三至十个世纪之后才愿意让人对他们创作出来的东西的价值作出评价；可是所有的人都觉得这是德国人民的一场可怕的悲剧：真正的伟人从不成为德国人活着的文化财产，因为他们太超越人民了。然而必须强调指出，迄今为止谈到的是所谓的文学艺术，因为在精神与世界的关系上有一个很值得注意的区别：一方面，纯美艺术爱好者必须受到如同歌德和米开朗琪罗、拿破仑和路德那样的欣赏，另一方面，今天却几乎没有哪个人还会知道那个把难以用言语描绘的迷醉福祉赐给人类的人的名字，没有人研究高斯①、欧拉②或麦克斯韦③的生平，探寻一位封·施泰因夫人④的行踪，很少有人关心拉瓦锡⑤和卡尔达诺⑥在哪里出生又死于何地。可是人们却学习他们的思想和发明是如何通过别的、同样没有趣味的人的思想和发明得以发扬光大的，并不断地研究他们的成就，在人格力量早已泯灭之后这种成就便在别人身上继续存在下去。当人们察觉到这个区别多么鲜明地把两种人类的行为方式互相分隔开，起先是感到惊讶，但随后便出现相对的范例，这种区别便愿意以一切界限之中最自然而然的面目出现。熟悉的习惯向我们担保，说这是人和工作之间、人的伟大和一项事业的伟大之间、教养和知识以及人性和本性之间的界限。工作和勤勉的天才并不增加道德的重要意义和不可分解的生命学说，这种学说只在榜样们的身上得以继承下来，他们是国务活动家们、英雄们、圣徒们、歌唱家们，当然也有电影演员们；这正是那种强大的、非理性的力量，诗人只要相信自己的话并坚持认为自己按照生活境况分别道出了良知、天性、内心、国家、欧洲或人类的呼声，那么便也觉得自己分享了这种力量。这就是那神秘的整体，他觉得自己是这个整体的工具，而别人则仅仅是在可以理解的事物里拱来拱去，而人们则必须在能学会看到这个使命之前便相信这个使命！使我们确信这一点的，毫无疑问是一种真理的呼声，可是这个真理上不是粘附着一种特殊性吗？因为奇怪的是，哪儿的人们见事不见人，那儿便总是会重

① Carl Friedrich Gauss(1777 — 1855)，德国数学家。

② Leonhard Euler(1707 — 1783)，瑞士数学家、物理学家。

③ James Clerk Maxwell(1831 — 1879)，英国物理学家。

④ Charlotte von Stein(1742 — 1827)，歌德女友。

⑤ Antoine Lavoisier(1743 — 1794)，法国化学家。

⑥ Girolamo Cardano(1501 — 1576)，意大利数学家。

新出现一个新人，把事情向前推进；反之，哪儿的人们注重人，那儿在达到某种高度之后便会出现这样一种感觉：现在不再存在够用的人，真正伟大的东西属于过去！

他们纯粹都是完好的人，这些人聚集到狄奥蒂玛的府上了，一下子聚集了许多。创作和思维，这于每一个人来说都十分自然，宛如游水之于一只雏鸭，他们做这事如同从事职业活动，并且做起来也确实比别人强。但是目的何在？他们的所作所为美好、崇高、无与伦比，但是这么多的无与伦比就像墓地情调和集中的短暂性气息，没有笔直的意义和目标，没有来源和继续。对事件，对大量互相交叉的精神振荡的无数回忆已经聚集在这些头脑里，这些回忆像地毯编织者们的针插在一件织品里，它在他们四周、在他们前面并向他们没有接缝和边缘地伸展开来，而他们则在某处编织一个花样，这花样在别处以相似的形式重复出现，但还是稍稍有些不同。可是把这样一个小斑点永远留存下来，这是正确的使用方法吗？

说狄奥蒂玛理解了这个道理也许太言过其实了，但是精神领域里的这阵坟场怪风她感觉到了，这第一天越是临近结束，她便陷入越深沉的沮丧之中。幸好她同时回忆起某种绝望情绪，当初在另一个场合谈到类似的问题时阿恩海姆曾表现出来的那种绝望情绪，当时这对她来说并不是完全可以理解；她的朋友到外地去了，但是她想到，他曾告诫过她不要对这次集会寄予过高的希望。所以她如今陷入的，其实是这种阿恩海姆式的忧郁，但是说到底这还是给她带来了一种美好的、几乎是在感官上既悲伤又舒心的愉快感觉。“从根本上来说，这难道不是，”她推敲着他的预言，暗自思忖，“行动的人接触言语的人的时候总会感受到的那种悲观主义吗？”

七二

科学的暗自窃喜或对恶的初次详细描述

现在必须对一种微笑说几句话，而且还是一种男人微笑，并且还蓄着一部胡子，这胡子是为对着胡子窃笑这种男性活动而造就的；这是接受了狄奥蒂玛的邀请并倾听文艺爱好者们讲话的学者们的微笑。虽然他们微笑，人们却绝不可以以为，他们是含着讽刺意味这样做的。相反，这是他们的敬重和无权过问的心态的表露，这是已经谈过的话题了。但是人们也不可因此而受迷惑。在他们的意识中这是对的，但在他们的下意识里——姑且就用这句习语——或者说得更正确些，就他们的总体状况而言，他们是向恶的习性像一只锅炉下的火焰在胸中翻滚着的人。

这看上去自然就像一种似非而是的意见，要是有人当着一位上奥地利大学教授的面提出这样的看法，那么教授也许会回答说，他只为真理和进步服务，对别的事一概不知；因为这是他的职业意识形态。但是所有职业意识形态都是高尚的，譬如猎人就绝不会称自己是森林的屠宰工，反倒自称是动物和自然符合狩猎规则的朋友，恰似商人们胸怀可敬利益原则以及窃贼们称商人们的神，即那高贵的、联系各民族且带国际性的墨丘利，也是他们的神。描绘一种活动并意识到从事这一活动的人，这不是什么值得重视的事情。

人们若不带成见地考虑科学是如何获得今天这个形态的——这就其本身而言是至关重要的，因为它支配着我们，连一个文盲也会受到它的侵害，因为他学会了与无数天生高深莫测的事物共处——那么人们就会获得另一种印象。按照可信的传说，这在十六世纪，在一个心灵强烈动荡的时代就已经开始了，人们不再如在这之前的两千年宗教和哲学思辨过程中所做的那样试图去探究大自然的秘密，而是以一种只好被称为肤浅的方式安于研究它的表面现象。在这方面伟大的伽利略总是第一个被提及，譬如他放弃了这个问题：出于哪个根本的原因，大自然畏惧空洞的宇宙空间，致使它竟然让一个落体这么久地穿过并填充一个又一个空间，直至终于到达陆地；他满足于一个普通得多的论断：他简单地探究了一个这样的物体下落得多快，走过哪些路程，耗费掉多少时间以及达到怎样的加速度。天主教会犯了一个严重错误，它不是直截了当地将他处死，而是以死威胁这个人并强迫他收回自己的观点；因为由他的以及与他观点相似的人观察事物的方式中，此后——如果人们用历史的时间尺度来衡量的话，便是在极短的时间内——便产生出了火车时刻表、工作机械、生理心理学以及天主教会再也无法与之抗衡的当代的道德败坏。天主教会大概是由于太聪明才犯了这个错误，因为伽利略不仅是自由落体定律和地球运动的发现者，而且也是一位拿今天的话来说会令大资本家感兴趣的发明者，此外他也不是当初唯一为这新精神所侵袭的人；相反，历史报导表明，他身上那种实事求是精神广泛而迅猛地像一种传染病那样传播开来，而称某人饱含求是精神，这在今天听起来尽管不合礼仪，因为我们自以为已经具有太多这种精神，但是当时从形而上学到严格按各种证书观察事物的觉醒过程想必一定是这种精神的醉意和冲动！但是如果人们考虑，人类是怎么啦，干吗要如此改变自己的模样，那么回答就是，人类所做的无非就是每一个明白事理的孩子所做的事，这孩子过早地试图走路；人类坐到地球上并用可信赖的和不太高贵的身体部分触及这个地球，必须说明：人类这样做时用的正是那个人体部分，他们就坐在它上面。因为奇怪的是，地球显得极其容易接受这方面的影响，并且自这种触及以来便一直在让人从自身诱出数量多得惊人的发明、舒适的设备和认识。

按照这个史前史的情况人们可能会并非完全没有道理地认为，这是反对基督者的奇迹，我们如今正置身于这个奇迹之中；因为这个用过的接触譬喻不仅可以作可以信赖，而且同样也可以作不得体和遭禁忌的解释。在有才智的人发现自己对事实的兴趣之前，确实只有武士、猎人和商人，也就是说恰恰是狡猾和冷酷无情的人曾拥有过这种兴致。在求生存的战斗中没有思维方面的感伤之语，而是只有以最简捷、最实际的方式杀死敌手的愿望，在这方面每一个人都是实证主义者；在利润归根到底意味着在心理上和按客观情况的需要制服别人的时候优柔寡断、当断不断，这在生意场上同样也不是一种美德。另一方面，如果人们留神观察是哪些个性导致新发现，那么就会看到自由接受顾忌和拘谨的权利、勇气、同样多的创造精神和破坏精神、排除道德方面的考虑、为蝇头小利耐心地讨价还价、必要时在通往目的地的道路上坚韧不拔地等候，以及对尺度和数字的敬意，这种敬意是不信任一切不明确事物的最强烈的表示；换句话说，人们看见的无非正是旧日猎人、士兵和商人的恶习，它们在这里仅仅是被传导进精神领域并被重新解释为美德。这样一来，虽然脱离了对个人的和相对普通的利益的追求，但是即便在这变形的时刻他们也不曾丢失人们所说的原始凶恶形态的要素，因为它看似牢不可破和长久永存，至少像一切人道和崇高的东西那样长久永存，它不是什么更微不足道的或别的什么，它无非就是给这崇高的东西使坏并看它失败的欲望。

谁不知道这狡黠的诱惑呢，在观看一只漂亮大釉罐的时候它便蕴含在这样的想法之中：人们可以一棍子把它打成粉碎？一旦被提高到了悲情英雄主义，致使人们在生活中不信赖任何别的东西，只信赖用铆钉钉牢的东西，那么它便是一种被包括在科学的实事求是精神里的基本情感，而如果人们出于公道不愿意称它为魔鬼，那么这上面至少有一股轻微的烧焦的马鬃的气味。

人们可以马上就谈到科学思维对机械的、统计学的、物质的解释所抱有的特殊偏爱，这种偏爱的心似乎已经被戳坏了。把善意只看作一种特殊形式的利己主义；把情绪和内部的排泄物联系起来；确认人体十分之八或九由水组成；把著名的合乎道德的性格自由解释为一种自动生成的自由贸易的思想火花；把容貌美丽归因于良好的消化和有条理的脂肪组织；用年度曲线表示出生率和自杀率，它把这种似乎是最自由决断的东西显示为强制；觉得心醉神迷和精神错乱性质相似；将肛门和嘴当作同一事物在直肠和口部的两端而置于同等地位——这样的在人类幻想的魔术中揭穿窍门的观念总是会找到一种有利的舆论支持，从而被认为特别具有学术性。人民所热爱的，当然是真实；但围绕着这种光洁的爱的，却是一种对幻灭、强制、无情、冷酷恐吓和严厉斥责的偏爱，一种不怀好意的偏爱或者起码也是一种类似性质的不自愿的情感流露。

换句话说，真理的声音带有一种可疑的杂音，但是最亲近的参与者不愿意听到任何这种声音。嗯，心理学知道许多这种被压制的杂音，它也准备好了这样的忠告：人们应该发挥它的作用并尽可能直言不讳，以便阻止它的有害的影响。倘若人们想作这个试验，想试一试，将这种对真理的模棱两可的爱好以及它那恶意的憎恶人类的和冥府看门狗式的杂音公开表露出来，简直是充满信心地把这种爱好用到生活中去，又会怎么样呢？那么，恐怕就会显出缺乏理想主义，缺乏已经在精确生活的空想这个标题下被描述过的理想主义，一种供试验并随时可以撤回的观念，但隶属于精神占领的铁的战争法则。这种创造生活的态度自然并不让人得到呵护和安宁；它绝不会只怀着敬畏看待值得生存的东西，而是倒不如说像一条分界线，一条被争取内部真实的战斗不断移动着的分界线。它会怀疑世界瞬间状态的圣洁，但不是出于怀疑论，而是怀着攀登时的那种信念：牢牢站稳的那只脚在任何时候都是较低的那只。而在这样一个战斗的教会的火焰中——它为了还没启示的东西而仇视这学说并以对自己最亲近的形态的一种苛求的爱的名义把法则和有效的东西排除在一边——魔鬼将会找到回归上帝的路，或者，说简单一点，真理在那儿又会是美德的姊妹并且不必再对美德干那些隐蔽的、恶意的勾当，年轻的侄女对老处女姑妈所策划的那种勾当。

一个在知识厅堂里的年轻人或多或少有意识地吸收了这一切，此外他还熟悉了一个重大的建设性观念的诸要素。这个观念轻松自如地搜集那被去除的东西，一如搜集一块坠落的石头和一块旋转的石头，并且将某种看似一致和不可分的东西，如一个简单行动从意识中心的生成，分解成其内在源头有着几千年差别的河流。但是如果有人想冒险使用这样获得的特别专业任务界限以外的观念，那么他立刻就会领会到，生活的需要是不同于思维的需要的。生活中发生着大致与一切受过训练的人的习惯相反的事。自然的差别和共性在这里很受赏识；存在的东西，不管它是什么，都在一定程度上被认为是自然的并且不乐意受到侵犯；正在变得必不可少的变化只是迟疑不决地并且似乎是在一种来回辗轧的过程中进行着。譬如如果有人出于纯粹素食主义的观念对一头母牛说“您”（正确考虑到了这一情况，即人们对一个可以对之说‘你’的有生命之物会容易得多地便采取肆无忌惮的态度），那么人们即便不骂他愚蠢，也会骂他迂腐的；但不是由于他爱好动物或素食主义的观念——人们觉得这种观念很通人情——而是因为这种观念被直接应用到现实中去了。一句话，在精神和生活之间存在一种错综的均衡，而在这种均衡中精神至多收回一千项债款中的一半并因此而获得名誉债权人的称号。

但是如果精神呈现出它最后找到的那个强有力的形象，像先前那样被接受了，哪怕是一个很男性化的带有武士和猎人的微不足道的坏习惯的圣徒，那么就可从所描述的情形中推断出：蕴含在精神中的向恶的习性既不会通过其毕竟出色的整体在任何地方呈现出来，也不会找到靠现实改过自新的机会，所以可能会在种种相当奇异且不受控制的、可以让自己逃脱徒劳拘禁的道路上出现。至此为止一切是不是一种幻想游戏，这也许是个悬而未决的问题，不过不容否认的是，这个最后的推测得到了特别的证实。有一种无名的生活情调，今天不少人对此具有天生的才能，这是一种对更凶恶事物的预料、一种骚动的决心、一种对人们所敬重的一切事物的不信任。有这样的人，他们抱怨青年人没有理想，但在必须行动的时刻却完全自我放任，作出不同于某个人的决断，这个人出于对理念的最健康的不信任，借助某一根棍棒的作用加强这理念的温和力量。换句话说，有哪个好心的目标不是必须带有一点点低级人类个性的腐败和计算，才能在这个世界上被认为是真诚的呢？像束缚、强迫、施加压力、不畏惧破碎的窗玻璃、强有力的方法这类词语都有一个可信赖的好名声。最伟大的人物被塞进一座兵营，跟一个中士学八天跳跃，或者一个少尉和八个士兵就足以逮捕世界上每一个演说家议会的全体议员，这样性质的观念虽然后来在这样的发现中才找到了自己经典的特征，即灌给一个理想主义者几羹匙蓖麻子油便能使最不屈不挠的信念变得滑稽可笑，但是它们早就有了阴森梦幻的狂烈激励，虽然它们遭人愤怒唾弃。情况就是这样，每一个面对着一个动人心魄现象的人，哪怕这个现象是通过它的美撼动他的心魄，这个人的每两个想法中至少有一个是这样的：你休想蒙我，我会给你点厉害瞧的！一个不仅自己久经磨炼而且也磨炼人的时代的这种缩小的愤怒几乎违背人类天性地被平分成粗野和崇高，倒更是一种精神的自我折磨的特征，对类似情景的一种非语言所能描绘的兴趣：善可以贬低自己并简单得出奇地毁灭自己。这看上去与一种感情强烈的“想戳穿自己的谎言”不无相似之处，而相信一个时代，一个屁股已经先来到世上，如今只需让造物主的双手翻转的时代，这也许根本就不是什么最索然无味的事。

所以一种男人的微笑将表达各种各样这类性质的内容，即使它躲开自我观察的眼光或压根儿还从未被意识到，而大多数受到邀请的著名专家迎合狄奥蒂玛值得称赞的努力时脸上所露出的那种微笑就带有这样的性质。这笑意痒痒地顺着大腿向上升起，而大腿却不太知道自己应该转向何方，于是这笑意便怀着好意和惊讶到达脸上。人们为见到一位熟人或一位较亲近的同事并能与之攀谈而感到高兴。人们有这种感觉：在回家时，在离开大门之后，他们将几次试着迈出坚定的步子走路。但是这集会却是相当美好的。这样一般性的活动当然是某种永远不会具有适当的内容活动，一如所有最一般的和最崇高的想象；正如对于狗，您就想象不出来，它只是说明某些狗和狗的特性的一个指示，而爱国主义或最美好、最爱国的思想您就更加想象不出来了。但即便这没有内容，它还是有一种意义的嘛，而时不时地唤醒一下这种意义，这无疑是桩好事！大多数人就这样互相交谈着，不过更多地还是在沉默的下意识里；但是一直站立在总接待室里、向迟到者打招呼致意的狄奥蒂玛，却惊讶和隐约地听到，四周的人开始热烈交谈了起来，如果没完全听错的话，从这些谈话中传到她耳朵里来的，有不少甚至是在讨论波希米亚和巴伐利亚啤酒的区别或出版者酬金。

可惜她不能站在街上观看这次社交聚会。从那儿看起来这聚会显得奇异而美好。一排高大窗户的窗帘光彩熠熠，灯光显得越发光亮，因为等候的车辆投射出充满权威和优雅的灯光，还因为路过的人站住脚并抬头向上看了一阵，投来了好看热闹的目光，虽然他们也不太知道为什么向上看。狄奥蒂玛若是看到这番情景一定会感到高兴的。总是有人站在这庆典洒到街上的半明半暗的光亮里，而在他们的背后则是黑乎乎的一片，稍远一些便很快变成漆黑一团。

七三

莱奥·菲舍尔的女儿格达

乌尔里希这一阵忙乎得久久不得闲暇去兑现给菲舍尔经理许下的诺言：看望他的家人。是的，说得对，要不是遇到了一件意想不到的事，他压根儿不会有这个时间的；这是菲舍尔的夫人克莱门蒂娜的来访。

她打电话预约了时间，乌尔里希不无忧虑地期待着她的到来。三年前他最末一次与她家有过来往，那时他在这个城市里度过了几个月的时光；可是这一回他只去了仅有的一次，因为他不愿意勾起往日的恋情并对克莱门蒂娜夫人慈母般的失望感到害怕。可是克莱门蒂娜·菲舍尔是个“心地高尚的”的女人，而在与她丈夫莱奥的日常琐事纠纷中她很少有机会去使用这种高尚的心地，所以遇到可惜很少出现的特殊情况时，一种简直是英勇的情感高峰便随时可供她使用。但是当她面对乌尔里希并请求他与自己作一次私下交谈时——虽然他们本来就是单独在一起——这个面容严峻并略带忧伤的瘦弱女人总还是有点儿困窘。但是他是唯一的一个人了，他的意见格达还听得进去，她说道，不过请他别误解了她的请求，她添上了这么一句。

乌尔里希了解菲舍尔家的情况。不但父亲和母亲纷争不断，已经二十三岁的女儿格达也已经在自己身边聚集起了一群奇特的年轻人，他们使气得咬牙切齿的爸爸莱奥极不情愿地成为自己“新精神”的资助者和促进者，因为他们在任何地方也不能如在他这儿一般如此舒适地相聚——格达很容易激动并且贫血，如果有人试图限止这种交往她立刻就会火冒三丈——克莱门蒂娜太太介绍说。这毕竟都只是些没有教养的蠢小子，但是他们那种有意显露出来的神秘的反犹主义不仅不得体，而且也是心地粗野的一种表示——不，她补充说，她不想抱怨反犹主义，这是一个时代现象，对此人们只好听天由命；人们甚至可以承认，在某些方面这也许也不无是处——克莱门蒂娜顿住，她若不是戴着面纱，恐怕会用手帕擦干一滴眼泪；但是她没掉眼泪，只是将小白手帕从小手提包里掏出来便算了事。

“格达怎么回事，这您是知道的，”她说，“一个美丽的并且有才干的姑娘，可是——”

“有点儿鲁莽。”乌尔里希补充。

“是的，天公不作美，总是走极端。”

“还一直透着日耳曼人的气质？”

克莱门蒂娜谈到父母的情感。“一个母亲的奔走”，她略显慷慨激昂地这样提及自己的来访，这次来访有一个附带的目的，这就是在乌尔里希据说于平行行动中据说取得巨大成功之后重新争取他成为她家的朋友。“我想自己惩罚我自己，”她接茬说，“因为我在最近几年里违背莱奥的意愿支持了这一交往。当时我觉得这没什么；这些年轻人是理想主义者那一类人；只要没有成见，一句伤人的话应该还是可以受得了的嘛。但是莱奥——他怎么样，您是知道的——对反犹主义感到愤慨，也不管这种反犹主义是不是仅仅是神秘主义和象征性的。”

“格达性格爽直，长着一头德国人的金黄色头发，她难道不愿意承认这个问题？”乌尔里希问。

“在这一点上她和我自己年轻时的情况一样。还有您以为，汉斯 · 塞普会有什么出息吗？”

“格达和他订婚了？”乌尔里希小心翼翼地问。

“这个孩子没什么前途，连养家糊口都难！”克莱门蒂娜叹息说，“还谈得上什么订婚不订婚的；可是当莱奥禁止他上门，格达竟接连三个星期食不知味，瘦得快只剩皮包骨头。”随后，她突然怒气冲冲地说：“您知道吗，我觉得这像一种催眠，一种精神传染！是的，有时我就觉得格达像着了魔似的。那男孩在我们家不断阐述他的世界观，而格达居然看不出这当中包含着对她父母的不断侮辱，虽然她平时一直都是一个听话的好孩子。可是如果我对她说什么，她便回答说：‘你是老古板，妈妈。’我就想，您是唯一的一个她瞧得起的人，莱奥也多么器重您！您不能到我们家里来一下，让格达稍稍睁开眼睛看看汉斯和他同伙们的不成熟？”

克莱门蒂娜是个举止行为很得体的人，而这却是一种突然袭击，所以她想必忧心如焚。尽管两人争执不断，在这种情况下她却有某种与她丈夫同舟共济的感觉。乌尔里希忧心忡忡地扬起眉毛。

“我怕是，格达会说，我也是老古板。新一代年轻人不听我们这些上了岁数的人的话，而这又都是些原则性问题。”

“我曾想到，这个大行动人们现在谈论得沸沸扬扬，您若能给她安排点事干干，也许马上就会使格达转悠起别的念头来的。”克莱门蒂娜插话说，于是乌尔里希便觉得还是赶快答应登门拜访的好，他急忙声言平行行动还远远没有成熟到可以派上这样的用场。

当几天以后格达看到他登门来访时，面颊上顿时泛起一团团红晕，她使劲和他握手。她是只要舆论普遍要求便可以立刻当公共汽车司机的那些可爱且目标明确的现代姑娘中的一个。

乌尔里希没有猜错，他看到她独自一人在家；这时候妈妈购物去了，而爸爸则还没下班。乌尔里希刚迈出头几步走进房间，从前他们相聚在一起的情景便浮现在眼前。不过当初一定是节气早了几个星期；是在春天，却是个灼热的日子，好似夏天提前来临了，还没有经过锻炼的身体难以忍受这样的炎热。格达的脸显得疲惫和消瘦。她穿一件白色连衣裙，发出一股像是在草地上晒干了的白亚麻布的气味。所有房间里的遮帘全都已经放下，整个寓所充满难以控制的半明半暗的光束，它们穿过灰色的障碍渗透进来。乌尔里希对格达有这样一种感觉，仿佛她完全由新洗过的亚麻布景组成，就像她的连衣裙。这是一种完全客观的感觉，他原本可以心平气和地把亚麻布一层一层从她身上掀开，丝毫也不需要动用爱恋的推动力。现在他恰好又有了这种感觉。这是一种表面上完全自然的、却无意义的亲密，他们俩都对此感到害怕。

“为什么您这么久没来看我们了？”格达问。

乌尔里希直截了当地告诉她，说是他有这样的印象，好像她的父母不希望看到这种不以婚配为目标的亲密交往。

“啊，妈妈，”格达说，“妈妈真可笑。不马上往这上头想，我们就不可以成为朋友啦？！可是爸爸希望您常来，据说您干这桩大事已经干出点名堂来了？”

她完全坦率地把心里话说了出来，倾谈着老人们的愚蠢；对彼此之间天然的联盟深信不疑，这联盟将使他们俩联合起来共同对付这愚蠢。

“我会来的，”乌尔里希回答，“可是现在您告诉我，格达，这会把我们引向何处呢？”

事情是这样的，他们并不相爱。从前他们曾经常一起打网球，互相表示关心，从而不知不觉越过了界线，越过了区分一个亲近的人——人们在情感混乱时可以向他表露真情——和所有人——人们为他们而穿扮得漂漂亮亮——的界线。他们猝然变得亲近得就像两个已经相爱很久、甚至几乎已经不再相爱的人，却已经使彼此免去了爱情的负担。听他们互相责骂，人们简直会以为，他们并不互相喜欢，但是这既是障碍也是连接。他们知道，只要点着一个小火星，便可燃起燎原之火。倘若他们之间的年龄差别小一些或者格达是一位结过婚的女人，那么也许机会会招来盗贼，偷香窃玉至少在事后会变成一种激情，因为人们若作出这样的手势来，就会越说越爱恋，越说越愤怒。但是正因为他们知道这一情况，所以他们不这样做。格达依然是个姑娘，并对此无比恼火。

她不回答乌尔里希的问题，却在房间里装模作样做起事来，突然他站在了她的身边。这是很欠考虑的，因为人们不能在这样一个时刻贴近一个姑娘的身体站着并开始谈论事情。他们寻找最小的反抗途径，像一条小溪，避开障碍，向着下面的一块草地流去，乌尔里希用胳臂搂住格达的腰，用指尖直逼吊袜带的内松紧带惯常绷紧的那条线。他转向格达慌乱而汗渍渍地向自己仰着的脸，吻她的嘴唇。随后他们站在那儿，没能互相脱离或并合在一起。他的指头摸到她吊袜带的宽阔橡皮松紧带并让它轻轻向她的大腿弹了几次。

随即他就挣脱开去并耸耸肩膀重复他的问题："格达，这会把我们引向何处呢？"

格达强忍住内心的激动说："难道非这样不可吗？！"

她按铃让人送来点心和饮料，她要让这所房屋运行起来。

"给我讲讲汉斯的情况吧！"当他们坐下并不得不重新开始交谈时，乌尔里希柔声细语请求。格达还没完全定下神来，先没作答，但过了一会儿，她说："您是一个自负的人，您永远不会理解我们这些较年轻的人的！"

"吓唬人是不行的！"乌尔里希回敬说，"我认为，格达，我现在正在放弃科学。我正在投向新一代人这边。这不令您感到满意吗，如果我明确声言知识和利欲性质相似；是一种可怜巴巴的储蓄欲；一种骄傲自大的内心的资本主义？我内心的情感比您认为的多。但是我想保护您免遭絮絮叨叨连篇空话的侵害！"

"您必须更好地了解汉斯，"格达有气无力地回答，但随后便突然厉声补充说，"顺带说及，您永远不会理解，人们是可以同别人融合成一个没有自私自利的集体的！"

"汉斯还总是常来找您吗？"乌尔里希小心翼翼坚持着这样问。格达耸耸肩膀。

她聪明的父母没有不准汉斯进屋，而是每月只许他来几天。为此汉斯·塞普，这位毫无成就、还没有希望会有什么出息的大学生不得不向他们保证今后不引诱格达去干不适当的事，并停止宣传德意志神秘主义活动。他们希望用这样的办法使他失去禁忌的魔力。而汉斯·塞普则怀着一片贞洁之心（因为只有肉欲才想占有，但这是带有犹太人一资本主义的特性的）从容不迫地作了这个要求他作的保证，然而他并没有把这理解成为不悄悄地常到这屋里来或不发表热情的讲话，不热烈地握手甚至不亲吻，不做亲密朋友过自然的生活尚还需要的这一切事；他把这仅仅理解成为对一个无教士无国家联盟的宣传，迄今为止他在理论上搞过这种宣传。他反倒很乐意作出这样的保证，因为他认为，要在自己和格达身上实行自己的原则，从心理上来说时机还没成熟，制止卑贱者们的闲言碎语完全符合他的心意。

但是两个年轻人自然忍受着这种受制于人的痛苦，他们还没找到内心的、自己的界限，这种强制便从外部给他们划定了界限。尤其格达本来是绝不会容忍父母的这种干预的，倘若她不是自己没有把握的话；但是她更加痛苦地感受到这种强制。其实她并不很爱她的这位年轻朋友；主要还是出于和她父母的对立情绪。她把这种对立情绪化解为对他的依恋。假如格达晚出生几年的话，那么她的爸爸就是城里最富有的人中的一个，即便此后也不见得名声就特别好，至少她的母亲又会钦佩他，这样格达就不至于会把生身父母之间的争执看作自己内心的分裂。她大概会自豪地觉得自己是个杂种；但是既然实际情况是这样，她便反抗她的父母以及他们的切身问题，不愿意从他们那儿得到任何遗传素质，所以她金发、放荡不羁、带德意志性并强健有力。仿佛她同他们没什么关系似的。尽管看上去不错，但却有个害处，这就是她从来也不曾想到要把自己内心的忧虑揭示出来。在她的家庭圈子里，存在着民族主义和种族主义思想的这个事实被视而不见，虽然它把半个欧洲卷入歇斯底里的思想之中，虽然在菲舍尔家里一切都在围着它转。格达所知道的这方面的情况，是从外部，以模糊不清的谣传的形式，被当作征兆和过甚其辞传到她耳朵里来的。她的父母一向对许多人所说的一切话都怀有强烈的印象，但这种情况却成为一种特殊的例外，这一矛盾的现象很早便深深印在了她的脑海里；而由于她在这个鬼气森然的问题上缺乏明确和清醒的意识，便在半成熟的年纪尤其把父母家里令她感到不愉快和不安适的一切与这个问题联系在一起。

有一天，她结识了基督教一日耳曼界的一批年轻人，其中就有汉斯·塞普，顿时觉得心里豁朗了起来。很难说这些年轻人信仰什么；他们成为那些知识界无数不受限定的自由小派别中的一个，自人道主义理想瓦解以来德国青年中便充斥着这样的派别。他们不是种族反犹者，而是《犹太法典》的反对者，他们所理解的《犹太法典》就是资本主义和社会主义、科学、理性、父母的权势以及蛮横、工于算计、心理学和怀疑论。他们的主要教育剧本是《象征》；就乌尔里希所能理解的而言，而他对这类事情确乎是有一些理解力的，他们说象征是宽宥的伟大形象，生活的杂乱无章和矮小委琐，如汉斯·塞普所说，便是通过它们而变得清楚而伟大的，它们抑制感官的喧嚷并用彼岸的江河水浸湿额头。他们认为《伊森海姆祭坛画》①、埃及金字塔

① 德国画家格吕内瓦尔德（Matthias Grünewald，1480 — 1528）的作品，描绘了基督受难的恐怖场面。

和诺瓦利斯便是这样的形象；他们承认贝多芬和施泰凡·格奥尔格[1]是征兆，而用冷静客观的话来表达什么是象征，这样的话他们却不说，第一因为象征无法用冷静客观的话来表达，第二因为雅利安人是不可以冷静客观的——正因为如此在最近这个世纪里人们只看到了象征的征兆，第三因为就是有这样的世纪，它只还勉强在不谙世故的人心中产生出不谙世故的宽宥的瞬间。

格达是个聪明姑娘，她私下里对这些过分夸张的观点疑窦丛生，但是她同时也怀疑这种猜疑，她认为这是她父母的理智留下的一部分遗产。尽管她做出独立自主的样子，她不服从父母，却仍怀着一颗惴惴不安的心，她感到痛苦，因为她惧怕她的出身可能会妨碍她理解汉斯的思想。她从内心深处对所谓的上等家庭的道德禁忌界限，对父母支配权对人格的非分和令人窒息的干预感到愤慨，而汉斯则如她母亲所说“没有任何家庭背景”，他内心的痛苦少得多；在同伴圈里他崭露头角，显示出自己是格达的“心灵向导”，他激昂慷慨地和这位同龄女友谈话并试图用他那伴随亲吻的长篇宏论把她引进“无制约性宗教”，但实际上只要人们允许他“出于信念”拒绝无疑会不断引起与莱奥爸爸争吵的东西，他就会极其巧妙地顺应菲舍尔家的制约性。

“亲爱的格达，”过了一会儿，乌尔里希说，“您的朋友们折磨您和您的父亲，他们是我见过的最可怕的勒索者！”

格达的脸一阵红一阵白。“您不再是年轻人了，”她回敬说，“您和我们的想法不一样！”她知道，她击中乌尔里希的虚荣心了，便用和解的语气补充说，“我根本不把爱情想象得多么了不起。也许我和汉斯在一起是蹉跎岁月，如您所说的；也许我压根儿就必须放弃追求，我将永远不会如此喜欢某个人，向他袒露我在思想和情感、工作和梦幻中的每一个心迹：我根本就不认为这是一件多么可怕的事！”

“只要您像您的朋友们那样说话，格达，您就显得很少年老成！”乌尔里希打断她。

格达怒气冲冲。“每逢我和我的朋友们说话，”她嚷嚷，“思想便一个一个涌现，我们知道，我们在我们的人民中间生活和讲话。您明白这个道理

① Stefan George(1868 — 1933)，德国诗人。

吗？我们站在不计其数的同类人之间并感觉到他们；这是以某种方式具有了感官物质性，这种方式您肯定——不，这种方式您肯定连想象都想象不出来；因为您总是只渴求一个人；您像一头猛兽那样思考！”

为什么像一头猛兽？这句话缭绕在空中，泄露出真情，她自己都觉得这句话荒唐，她为自己的眼睛感到羞愧，这双眼睛忐忑不安地睁大，愣愣地盯住乌尔里希。

“我不想对此作出回答，”乌尔里希轻声说，“我还是给您讲一个故事，改变一下我们的话题吧。您听说过——”说着，他就用手把她拉近自己的身边，她的手关节像一个孩子消失在山崖间那样消失在他的手里，“那则激动人心的捕捉月亮的故事吗？您知道的吧，我们的地球从前有好几个月亮？有一种理论，它拥有许多信徒，按照这种理论这样的月亮并不如我们所以为的那样，是冷却下来的天体，就像地球自身，而是硕大的、奔驰在宇宙空间中的冰球，它们太接近地球，于是就被地球抓住。我们的月亮是它们当中的最后一个。您来看一看这个月亮！”格达跟着他，在有阳光照耀的天空中寻找苍白的月亮。“它看上去不像一个冰圆盘？”乌尔里希问，“这不是照明！您考虑过没有，月亮里的那个人怎么会总是将同一面对着我们？也就是说它不再旋转了，我们这个最后的月亮，它已经被固定住了！您瞧，月亮一进入地球的力场，就不仅绕着地球旋转，还不断地被它向自己吸引。只不过我们察觉不到这个情况，因为这种盘旋已经延续了几十万年或更久。但是这是不可否认的，而在地球的历史上必定出现过几千年的时光，在这几千年里那些月亮在这个月亮之前被地球吸引得很近很近并以极快的速度绕着地球运动。一如今天月亮引起一米或两米高的海浪，当初它绕着地球踉跄运行，拖曳出一堆如山脉般高耸的水和淤泥的沉积物。人们简直无法想象这种恐惧，几千年里，在这癫狂的地球上，一代又一代人想必就是生活在这样的恐惧之中——”

“难道当初就已经有人了吗？”格达问。

“当然。因为当最后一个这样的冰月亮扯断，劈劈啪啪掉下，而那潮水，它在自己的轨道下集结起来的那山一般高的潮水则倒退并在重新扩散开去之前掀起一个巨浪吞没整个地球：这无非就是《圣经》中所说的大洪水，就好像是普通的洪水大泛滥！要不是人类确实经历过这些事，所有的传说怎么会如此一致地将这流传下来呢？由于我们还有一个月亮，所以这样的千年时光也就还会再次回归。这是一个奇异的想法……”

格达屏住气息凝视着窗外的月亮；她的手还一直搁在他的手上，月亮像一个苍白、丑陋的斑点躺卧在空中，而恰恰是这种不显现的存在使这种奇异的世界惊险活动——作为它的牺牲品她在某种感情联系中感觉到了自身——具有质朴而平凡的真实性。

“可是这个故事根本不真实，”乌尔里希说，“行家们称之为异想天开的理论，其实月亮也没靠近地球，甚至离地球比按计算应有的距离远了三十二公里，如果我没有记错的话。”

“您为什么给我讲这个故事？”格达问，并试图将自己的手从他的手中抽出来。然而，她的反抗已经失去全部力量；每逢她和男人谈话，这个男人并不比汉斯愚笨，但有着不带夸张色彩的观点，有着修剪过的指甲和梳理过的头发，她便总是出现这种情况。乌尔里希观察那又细又黑的寒毛，它们在格达的淡黄色皮肤上鲜明地突显出来；今日可怜的人类的多样成分似乎随同这些细小毛发一起从身体里萌生出来。“我不知道，”他回答，“您要我再来吗？”

格达来回移动各种小物件，倾泻那只已抽出的手上的激动情绪，她无话可答。

“那我就不久再来。”乌尔里希许诺说，虽然在这次重新见面之前他没有这个意图。

七四

公元前四世纪对一七九七年；
乌尔里希再次收到一封父亲的来信

这样的谣言迅速流传开来：在狄奥蒂玛府邸的聚会获得异乎寻常的成功。在这段时间乌尔里希收到他父亲的一封特别长的来信，这封信夹在一大捆小册子和单行本书籍里。信里大致写着：“我亲爱的儿子！你长期杳无音讯……不过我还是从第三方面愉快地听说，我为你的操劳……我的好心的朋友施塔尔堡伯爵……莱恩斯多夫伯爵阁下……我们的亲戚、图齐司长夫人……现在我必须请求你在新的熟人圈子里施加你的全部影响，事情是这样的：

“如果一切被认为是真实的东西可以被看作真实，如果每一个人的意志可以被看作是被许可的，自以为如此的话，世界就会破裂。所以我们大家的义务就是，确定这种真实情况和正当意志，并且在做到这一点以后以严酷的责任感照管好它们，使之以学术观点的清晰形式被记录下来。

“你可以从中推测出这意味着什么，如果我告诉你，在门外汉圈子里，但可惜往往也在经不起一个混乱时代的蛊惑的学术界，很久以来就在进行着一种极其危险的运动，以便在拟订新刑法时取得某些臆想的改进和宽缓。我必须首先说明，为了拟订这部新刑法几年前就已经成立了一个由部长召集的著名专家委员会，我有幸是这个委员会的成员，还有我的大学同仁施翁教授也是成员之一，你也许记得这个人，从前，有一段时期，我当时还没看透他的为人，竟多年将他视为我最好的朋友。说到我曾谈及的宽缓，在这期间我已经听到谣传——但这本来可惜也只是很有可能而已——说是在即将来临的我们的年高德劭的君主的周年纪念年里，即所谓的在利用种种宽松情绪的情况下，有人将会作出特殊的努力，在我们这里倡导那种有害的对司法的娇惯。施翁教授和我理所当然地立刻果断地决定要坚决加以阻挠。

“我愿意顾及到你没有受过法律教育，但是你得知道，这种伪称仁爱的法律的不稳定性有它最偏爱的趁虚而入的大门，这就是努力用限制刑事责任能力这一模糊不清的形式将不受惩罚的无刑事责任能力概念延伸到众多的个人身上，这些人精神上是正常的，道德上却不正常，他们构成那些劣等人、道德上迟钝的人的大军，可惜我们的文化正越来越受到这些人的毒害。你自己就会想到，这样一种限制刑事责任能力概念——如果我所否定的这种东西压根儿可以称作一种概念的话——必然与我们赋予完全刑事责任能力或无刑事责任能力概念的含义有着最紧密的关系，现在我谈到正题上来了。

“在谈过对业已存在的法律的理解并考虑到上述的情况之后，我在前面提及的筹备委员会里建议用下述的措辞来表述未来刑法中相关的三一八条款：

“‘一种违法行为是不存在的，如果作案人在行为当时处于一种丧失知觉或精神活动受到病态障碍的状态，以致——’而施翁教授则提出一个建议，这建议开头几句话和这完全一样，但随后他的建议这样措辞：‘他的自由意志决断是不可能的’，而我的建议却是这样说的：‘——他不具备认识自己的行为不合法的能力’。我必须承认，起先我自己根本没察觉这一矛盾的阴险意图。我个人总是持有这样的看法，认为在理解力和理性的不断发展过程中意志服从渴望或本能，它们都具有深思熟虑和从中得出的决心的形态。因此一种有意做出的行为便总是一种与思维联结在一起的而不是天然的行为。只要人可以选择自己的意志，他就是自由的；如果他有通达人情的渴求，就是说，符合他感官有机组织的渴求，如果他的思维受到障碍，那么他便是不自由的。意愿不是什么偶然的东西，而是不可避免地从我们的自我中衍生出来的自主性，所以说意志受到思维的限定，而如果思维受到障碍，那么意志就不再是意志，而是人只从自己本能的渴望出发采取行动！但是我当然知道，文艺界有人持与此相反的观点，他们认为思维应该是受意愿限定的。这是一种自一七九七年以来才在现代法学家当中找到支持者的观点，而我所继承的观点自公元前四世纪以来已经受住了种种攻击，但我愿意证明我有妥协的诚意，因此便建议了一个融合了两个建议的文本，这个文本是这样说的：

“‘一种违法行为是不存在的，如果作案人在行为当时处于一种丧失知觉或精神活动受到病态障碍的状态，以致他不具备认识自己的行为不合法的能力，并且他的自由意志决断是不可能的。’

“可是这时施翁教授露出自己的真面目来了！他蔑视我的妥协诚意并妄下断语说，这句话里的‘并且’必须用一个‘否则’来取代。你明白这意图。这简直就是划出了思想家和门外汉的清楚界限了嘛，他分出一个‘否则’来，而我这个门外汉却用了一个‘并且’，施翁是试图指责我思维肤浅，他使我体现在这个‘并且’中的谅解意愿——这种想把两种说法融为一体的谅解意愿——蒙受怀疑，似乎我没有完全把握住这个有待消除的对立的重要意义似的！

“不言而喻，从这一刻起我便和他进行了不屈不挠的斗争。

“我撤回了我的调停建议，迫不得已毫不含糊地坚持我的第一个说法；

但从此施翁便力求施展阴谋诡计给我制造麻烦。他表示反对说，按照我的建议——它把是否有能力认识不合法作为基础——一个患有特殊性质的妄想症、但此外身体健康的人只有在下述情况下才可以因精神病而被宣告无罪：如果可以证实，这个人由于其特殊的妄想症相信存在着可以证明其行为正确或取消其行为违法性的客观情况，致使此人在一个即便是错误想象出来的世界里居然也采取了正确的态度。但这是一个完全微不足道的异议，因为即使经验的逻辑认为有部分患病部分健康的人，法律的逻辑在涉及这同一个行为时从不承认两种状态的混合比，对于法律逻辑来说这些人要么有刑事责任能力，要么没有刑事责任能力，而我们则可以认为，即使在患特殊性质妄想症的人身上，一般来说也保持着区分合法和不合法的能力。如果说他们的这种能力在一种特殊情况下被掩盖住了，那么他们也只需特别尽心地使用才智，便可将其与其余的自我一致起来，所以根本没有什么理由把这看作一桩特别困难的事情。

“我也曾立刻回敬施翁教授，说是如果有刑事责任能力状态和无刑事责任能力状态逻辑上不能同时存在的话，那么人们在遇到这样的人物时必定会认为，这两种状态连续不断地迅速交替，由此便恰恰使他的理论产生了困难，他难以就单个的行为回答这样的问题：这个行为是这些交替出现的状态中的哪一个产生出来的；因为为此人们就必须援引自被告出生以来曾影响过他的全部因由，以及全部对他的祖先们——他们都用好的和坏的性格影响过他——起过作用的因由。你简直不会相信这样的事的，可是施翁竟老着脸皮回答我说，如此行事完全正确，因为法律的逻辑在涉及同一个行为时从不容许两种状态的混合比，所以在涉及每一个单个的意愿时也必须作出判定，按其心理上的发展过程被告是否可能控制这意愿。据他说，我们清楚地知道——他认为这样断言是有利的——一切正在发生的事都有一个因由，我们更清楚地知道，我们的意志是自由的。说是只要我们从根本上看来是自由的，按单个缘故来说就也是自由的，因此人们必定会认为，在这种情况下只需特别鼓足意志力，便可经受得住在因由上受限制的犯罪原动力。”

读到这里，乌尔里希便中止了进一步研究他父亲的计划，并若有所思地摇晃着手里的被顺便引证过的众多书信附件。他又看了一眼信的结尾并了解到，他父亲希望他“客观地影响”莱恩斯多夫和施塔尔堡伯爵，并毅然决然地建议在平行行动常务委员会上及时指出，如果在周年纪念年里一个如此重要的问题被错误理解、错误解答，这对国家的整体精神风貌将是危险的。

七五

施图姆·封·博尔特韦尔将军认为访问狄奥蒂玛是公务活动之余的一种美好消遣

这位矮胖的将军再次拜谒了狄奥蒂玛——虽然士兵在会议室里适宜扮演谦逊的角色，但是他却已经开了个头，他敢于预言，说国家就是在民族战争中保住自己的力量，人们在和平环境中发展的军事力量可以防止战争。但是狄奥蒂玛立刻打断他的话。“将军先生！”她说，愤怒得声音都颤抖了，“一切活动都由和平力量支撑着；就连商业活动，如果人们懂得正确看待它，也是一种文学创作。”矮个儿将军惊愕地看了她片刻，但立刻便缓过神来。“阁下，”他随声附和说——为了理解这个称呼，必须提请大家注意，狄奥蒂玛的丈夫是司长，在卡卡尼一位司长在级别上相当于一位师长，但是只有师长才有资格享有“阁下”这个称呼，并且即便他们也只有在公务活动中才享有这种资格；但由于军人是一种骑士的职业，所以他们若不是在公务之外也用“阁下”称呼他，就不可能在职业生涯中有所成就，而本着骑士追求名利的思想，他们立刻也用“阁下”称呼他的夫人，并不对她何时处于公务活动之中这个问题多加思索——矮个儿将军把如此错综复杂的关系飞快地思虑过一遍，立刻用这第一个词儿使狄奥蒂玛确信他无条件的赞同和忠诚，说：“阁下说了我想说的话。出于政治方面的原因在组成各委员会时国防部理所当然地未能被考虑在内，但是我们已经听说，这场大规模运动有一个和平主义的目标——据说是一个国际性的和平行动，或者为海牙宫殿捐赠本国的壁画——我可以向阁下保证，这多么合乎我们的愿望。人们通常都对军队抱有错误的观念；当然，我不想断言一个年轻的少尉不愿意打仗，但是所有负责的部门都是坚定不移地相信人们必须把暴力范畴——可惜我们正体现了这种暴力——和精神的福祉结合在一起，恰如阁下方才所说的那样。”

他从裤袋里掏出一把小毛刷，用它来回梳理了几下他那部小胡子；这是军校学生时代的一个坏习惯，胡子在军校尚还是被焦躁期盼着的莫大的生命之希望，而他根本不知道这种情况。他睁大一双棕色眼睛盯住狄奥蒂玛的脸并试图看出他这一席话的作用。狄奥蒂玛显出情绪缓和下来的样子，显然她在他面前从不完全情绪缓和，她屈尊向将军说明自那次重要会议以来所发生的情况。将军显得对这次重要会议特别感到激动，表示了自己对阿恩海姆的钦佩之情并表示深信这样一次聚会必定会产生极大的造福社会的作用。“有许多人，他们根本不知道精神多么没有秩序！”他解释说，“如果阁下允许，我甚至坚信，大多数人以为每天都在经历一个普遍性秩序的进步。他们以为一切都充满秩序：工厂、机关、火车时刻表和学校——我大概也可以怀着骄傲的心情提及我们的兵营吧，它们资金微薄却纪律严明得简直就像一个高级乐团——不管人们往哪儿看去，都看到一种秩序，一种行走、行驶、赋税、教会、商务、等级、舞会、道德秩序，如此等等。所以我深信，今天几乎每一个人都认为我们的时代是历来最有秩序的时代。阁下难道不在内心深处也有这种感觉吗？我起码是有这种感觉的。我只要不是很留神，立刻就会觉得，新时代的精神就体现在这种比较重要的秩序之中，尼尼微和罗马王国一定是因某种凌乱懒散而毁于一旦的。我以为，大多数人都有这样的感受并默然假定往昔已经消逝，为某种不正常的东西受到了惩罚。但是这种想法自然是一种错觉，有教养的人不应该上这个当。可惜权力和军人职业的必要性就在于此！”

将军对可以与这位富有才智的少妇如此闲谈深感满意：他在公务活动之余可算是有了一种美好的消遣了。但是狄奥蒂玛不知道该如何回答他，她随意重复说：“我们确实希望聚集起各界最有名望的人物，但是即便这样，任务仍还是艰巨的。您想象不到，我们收到的建议何等丰富多彩，我们想选择其中最好的嘛。但是您谈到了秩序，将军先生：人们永远也不会通过秩序，通过冷静斟酌，通过对比和检验达到目的的；解决办法必须是一道闪电、一场火、一个直觉、一种综合！如果我们观察人类的历史，那么这历史并不是完全遵循逻辑的发展，它倒是以其突如其来的灵感——它们的意义事后才显现出来——让人感到这是一种文学创作！”

“请原谅，阁下，”将军回答，“军人不懂文学创作；但是如果有谁给一个运动送去闪电和火，那么这个人就是阁下，这一点一个老军官懂！”

七六

莱恩斯多夫伯爵表现出矜持的样子

总的说来这位胖将军是完全通达人情世故的，即使他没有受到邀请便登门拜访；而狄奥蒂玛向他透露的情况则已超出自己所愿意的。尽管如此仍让他显得令人恐惧并让她事后又对自己的盛意感到遗憾的，其实并不是他本人，而是——如狄奥蒂玛所解释的——她的老朋友莱恩斯多夫伯爵。伯爵阁下嫉妒了吗？如果是的话，对谁呢？莱恩斯多夫对群英会没有显示出如狄奥蒂玛所期盼的那般热情来，虽然他每一回都短时间出席，使聚会增光不少。伯爵阁下对某种他称之为纯文学的东西明显感到反感。这是一种对他来说和犹太人、报刊、热衷于耸人听闻事件的书商以及自由主义的、无能为力而喋喋不休的、为金钱生产的市民阶层精神联系在一起的观念，而纯文学这个词儿则简直已经成为他的一个新口头禅。每逢乌尔里希打算把与邮件一起寄到的各种建议——其中包含有种种推动世界前进或后退的倡议——读给他听时，他都用这样的话加以拒绝，这是每一个人都会使用的话，如果这个人除了他自己的意图之外也还获悉所有别的人的意图的话，他说：“不，不，今天我有些重要的事要办，这儿的这种东西只是文学！”随后他便想到田野、农民、乡村小教堂以及那种像在一块刈过的庄稼地上的禾把那样让上帝捆扎结实的秩序。这种秩序十分美好、健康和有利，即使它有时允许庄园办酿酒厂，为了跟上时代发展的步伐。但是如果人们有宁静而致远的目光，那么射击协会和制酪场合作社——虽然它们还远离家乡——便作为固定的秩序和义务的一部分出现在远方；如果它们让人感到有必要在世界观的基础上提出要求，那么这个要求便一如人们可能会说的那样，比某个私人才智提出的种种要求占有更优先的地位，这是登记在土地册上的精神财产嘛。就这样，每逢狄奥蒂玛想和他认真谈谈她从伟大英才们那儿了解到的情况，莱恩斯多夫伯爵总是手里拿着或从口袋里掏出某份由五个笨蛋组成的协会的请愿书并断言说，在现实忧愁的世界上这张纸比天才们的奇思妙想更有分量。

这是一种与图齐司长称赞他的部的档案室具有的那种精神相似的精神，那些档案室拒不承认这次聚会具有官方性质，却极端认真地对待最微不足道的外省信使所挨的跳蚤叮咬；而除了阿恩海姆之外，狄奥蒂玛在这样的愁云的笼罩下没有一个可以倾诉肺腑的人。可是偏偏阿恩海姆为伯爵阁下辩护。当她抱怨莱恩斯多夫伯爵对地方团体和制酪场合作社表现出偏爱时，是他向她说明这种大贵族宁静而致远的目光。“伯爵阁下相信土地和时间的指导力量，”他认真解说道，“您相信我的话吧，这是由地产引起的。土地可以化解复杂问题，一如它可以净化水。就连我每次在我的很简朴的庄园上逗留也都感觉得到这种作用。现实生活可以起简化作用。”沉吟片刻后，他补充说：“伯爵阁下总的来说也是极其宽容的，就不说是既莽撞而又忍耐了吧——”由于她的显赫的恩公身上的这一特性对狄奥蒂玛而言是新鲜事儿，她机灵地抬起头来。“我不想肯定地断言，”阿恩海姆带着含糊不清的坚定口吻继续说，“莱恩斯多夫伯爵察觉到您的表兄身为秘书多么滥用了他的信任，当然只是在思想上，我愿意立刻补充上这一点，由于他对崇高计划抱怀疑态度，由于嘲讽的破坏。我本来是会担心他对莱恩斯多夫伯爵恐怕不会有良好的影响的；假若不是这位真正的上层贵族如此稳当地适应了环境，适应了支撑现实生活的种种崇高的传统情感和思想，他大概也不会这样信任人。”

这是对乌尔里希的一种强烈和有根据的意见，但是狄奥蒂玛对此并不很在意，因为阿恩海姆的观点中的另一部分给她留下了印象，犹如不像一个地主，而像一次心灵的按摩那样占有庄园；她觉得这很了不起并冥想自己作为夫人置身在一个这样的庄园。“有时我钦佩，”她说，“您对待伯爵阁下多么宽容！这毕竟是一段正在沉没的历史？”“是，当然，”阿恩海姆回答，“但是简单的美德、勇气、骑士精神和自律，这个特权阶级培育了这些美德，它们将始终保持住自身的价值。一句话，主宰！我已经学会也在商业生涯中日益重视这种主宰的要素。”“那说到底，主宰几乎是和诗一样了吧？”狄奥蒂玛若有所思地问。

“您说了一句奇特的话！”她的朋友振振有词地说，“这是强有力的生活的秘密。光凭理智人们既不能讲道德也不能搞政治。理智不够用，重大事情的进程都超越理智。创造了伟大业绩的人总是喜欢音乐、诗歌、礼仪、纪律、宗教和骑士精神。我甚至想断言，只有这样做的人才能办成什么事！因为造就主宰、造就男子汉的，是所谓无法预料的情况，而人民对演员的赞赏中尚还带有的那种东西则是其中未被理解的残余部分。但是还是回过头来谈您的表兄吧：这当然不是简简单单的一桩事，好像人们太懒散不肯越雷池一步，所以便开始变得保守了；而是，即使我们大家生来就是革命者，有一天也会发现，一个极善良的人，不管对他的才智如何评价，就是说一个可信赖的、开朗的、勇敢的、忠诚的人，他不仅给人带来闻所未闻的乐趣，而且是支撑生命的真正的土壤。这是一种祖先留传下来的智慧，但是这种智慧意味着在青年时代理所当然地偏好异国情调的审美力发生了重大的变化，成为男子汉的审美力。我在许多方面钦佩您的表兄，或者如果这样说太过分了的话，那么我几乎是想说，我喜欢他，因为除了许多内心僵硬和奇特的特性以外，他具有某种极其自由和独立不羁的品性；况且，也许这种自由和内心僵硬的混合性格正是他的魅力之所在，但是他是一个危险的人，具有他那种幼稚的符合道德准则的异国情调和受过训练的理智，他总是寻求冒险活动，却不知道究竟是什么驱使他这样做。”

七七

阿恩海姆作为记者们的朋友

狄奥蒂玛一再有机会看到阿恩海姆身上种种不可预料的品行。

譬如根据他的建议“高级精英大会”（这是图齐司长带着某种嘲讽意味为“为庆祝陛下在位七十周年起草主导决议委员会”起的名字）有时也请一些大报的代表人物参加，而阿恩海姆则受到所有别的著名人物都望尘莫及的重视，虽然他只是作为没有公职的客人出席会议。因为出于某种不可预料的原因，报刊并不是精神的实验室和试验场所——它们是有可能造福公众成为这样的场所的——而是寻常的刊物和交易所。柏拉图——姑且举他为例，因为人们称他是十几个大思想家中最伟大的一个——如果还活着的话，一定会对这样一种报刊经营心醉神迷的：它可以每天创造、更换、精练一个新思想，它从世界的各个角落以一种他从未经历过的速度把各种消息汇集到一起并且让一个由“得穆革”[①]们组成的班子随时检验这些消息中想象和真实的含量。他一定会以为一家报刊编辑部是思想泛滥的美妙场所，他曾经如此恳切地描写过这种场所的存在，以致如今所有社会地位较高的人在对他们的孩子或雇员讲话时仍是个理想主义者。假如柏拉图今天突然造访一家编辑部并证明自己确实就是那位两千多年前死去的大作家，那么他自然会引起巨大轰动并受到隆重礼遇。假如他随后就能在三周内写出一卷哲学旅行游记书信和几千篇他那些著名的短故事，也许也将一两部自己的旧作拍成电影，那么他肯定会在相当长的时间内日子过得不错。然而，只要他回归的现实性一过，如果柏拉图先生还想实现他那些从未得以贯彻的著名思想中的一个，那么主编就只会邀请他间或给报纸的文艺副刊撰写这方面的文笔优美的小品文章（但尽可能轻松活泼，别那么艰涩，照顾读者群），而且这个专栏的编辑还会补充说，这样的文章他至多只能每月发一篇，因为还要照顾那么多别的有才能的人呢。随后两位编辑先生就会有这种感觉：他们已经为一个人出了很多力，这个人虽然是欧洲政论界巨擘，却有些过时并且其现实价值无法与一个像保罗·阿恩海姆这样的人相提并论。

说到阿恩海姆，他虽然也许绝不会赞同这种说法，因为他对所有伟大的崇敬感是会由此而受到伤害的，但是在某些方面他却会觉得这很可以理解。在乱七八糟什么话都有人讲的今天，在预言者们和骗子们操着同样的习惯用语的今天，他们之间只有小小的区别，没有哪个忙人会有闲暇去核对这些区别的，在各编辑不断受到某某是天才叫喊声烦扰的今天，正确认识一个人或一个思想的价值是一桩很艰难的事；人们本来就只能凭借听觉来辨别，编辑部门前的喃喃低语、窃窃私语和嚓啦嚓啦的扒抓声何时足够响亮，可以作为公众呼声被准许进入。不过，从这一刻起天才也就进入另一种状态。这不再只是一件关于书评和剧评的空洞无谓的事情——对于这种评论的矛盾，一位

① Demiurge，宇宙神创者。

如报刊所希冀的读者并不认真看待，就像不认真看待儿童的饶舌——而是获得了一个事实的等级，带有种种应有的后果。

愚蠢的狂热者们忽略隐藏在这背后的那种对理想主义的绝望的需求。写作和必须写作的世界充满已经失去对象的夸张话语和概念。大人物和大振奋的特征，其生命力比其诱因还长久，所以大量特征遗留了下来。它们不知在什么时候被一个有名望的人物为另一个有名望的人物创造出来，但是这些人物早已死了，而幸存的概念则必须被应用。所以如今人们不断寻找配得上这些修饰语的人物。莎士比亚的“极大丰富”，歌德的“博大精深”，陀思妥耶夫斯基的“心理深度”以及一个长久的文学发展进程留下的所有其他的观念成百上千地萦绕在写作者们的脑海里，而如今这些人则纯粹由于滞销已经在称一个网球战略家深不可测或者称一个流行诗人伟大。人们明白，如果他们能够把自己库存的话语毫无损失地推销出去，他们是会感激不尽的。但必须是推销给这样一个人物，这个人的重要性已经是一个事实，致使人们懂得，这些话语会在他身上表现出来，虽然在哪里表现出来，这一点儿也不重要。阿恩海姆便是这样一个人物；因为阿恩海姆就是阿恩海姆，他生来就是他父亲的继承人，对他所说的话的现实性不可能有什么怀疑。他只需稍微费心说些人们怀着良好意愿会觉得意义重大的话。阿恩海姆自己也把这概括为一个正确的原则。“一个人的大部分现实重要意义在于能让自己为同时代人所理解。”他惯常这样说。

所以这一回他也和紧紧盯住了他的报界相处得很好。他对雄心勃勃的金融家和政治家只付之一笑，这些人巴不得向报纸收购整片整片的森林；他觉得这种影响公众舆论的尝试是如此粗鲁笨拙和灰心丧气，就像一个男人表示愿意给一个女人钱以支付她的爱情，却不知道通过激起她的幻想可以以便宜得多的代价得到一切。他回答向他询问高级精英集会情况的记者们说，这一聚会的事实就已证明了它的深刻的必要性，因为在世界历史上不会发生任何无理性的事，这个回答极妙地切中了他们的职业情调，于是他这句名言便在好几家报纸上刊登了出来。仔细一琢磨人们发现，这也确实是一句至理名言。因为把一切正在发生的事看得很重要的人一定会感到不舒服的，如果他们没有这样的信念的话：不会发生任何无理性的事；但是话又说回来，众所周知，他们是宁死也不会把什么事情看得太重要的，哪怕这恰恰正是意义重大的事情。包含在阿恩海姆这句话里的那一丁点儿的悲观主义极其有助于使这桩爱国事业获得现实的显要地位，况且他是个异乡人这一情况如今也可以被解释为整个外部世界对奥地利的极其有趣的精神进程的关心。

参加群英会的其他著名人物没有这样无意识地讨好新闻界的才能，但是他们察觉到了这种作用；而由于著名人物们一般来说互不了解，在把他们大家聚到一起来的永恒列车里，他们往往只在餐车里才相互见面，所以阿恩海姆所获得的特殊的声望也一股脑儿地对他们产生影响，因而虽然他依旧避不介入各委员会的各种会议，在高级精英集会上他却完全自动地被赋予一个中心人物的角色。这一集会越是向前进展，便越是清楚地显示出，他是这次聚会的真正的头号新闻，虽然他其实没有为此做任何事情，也许唯一的例外是，他也在与那些著名的与会者的交往过程中表露出一句可以被解释为爱说实话的悲观主义的评语，人们可以将这句评语理解为：对群英会大概是没什么好期盼的，但是话又说回来，仅仅是一项如此高贵的任务本身就需要大家热忱献身、无私奉献。一种如此柔和的悲观主义也赢得了大人物们的信任；因为出于某些原因，认为精神今天压根儿就不会获得真正的成功的想法，比认为一个同事的精神将会获得这种成功的想法更令人喜爱，而人们则可以把阿恩海姆对群英会的审慎评语理解为对这种机会的一种适应。

七八

狄奥蒂玛变形记

狄奥蒂玛的情感没有完全像阿恩海姆的成功那样显示出同样的直线上升的趋势。

出现了这样的情况：在一次社交聚会上以及她所有房间已腾空并变了形状的寓所里，她以为自己在一个梦幻的国度里苏醒过来。随后她便站立着，四周为空间和人所围绕，枝形吊灯的灯光流泻过她的头发并从那儿向下越过肩膀和臀部，使她竟自以为感觉到了这明亮光线的流动，而她则俨然是座雕像，简直可以成为井旁雕像，在一个世界中心的中心，充溢着高度的才智和妩媚。她认为这种情形是一个千载难逢的机会，她可以趁机去实现这一切被人们在人生历程中视为最重要和最伟大的东西，于是她就不再怎么在乎当下并不能想象出任何具体的事物来。整个寓所，众人在其中的存在，整个晚上像一件内衬是黄色丝绸的连衣裙那样将她围住；她感觉到这件衣服已经贴住她的肌肤，但是她看不见它。她的目光时不时转向惯常在别处、站在一群男人中间说话的阿恩海姆；但是随后她发现，她的目光在整个这段时间里一直滞留在他的身上，向他转过去的，仅仅是她觉醒的意识。即便她没望过去，她的心灵的最外部的翼尖——如果可以这样说的话——也总是滞留在他的脸上并传递着自己内心进行着的活动。

为了不离开羽翼这个话题，不妨补充一点，这就是他的形象上也有某种梦幻的东西，比方说像一个贩卖金色天使翅膀的商人，他勉强同意参加这集会。特别快车和豪华列车的当啷声、小卧车的呼呼声、猎舍的寂静、快艇扬帆行驶的劈啪声隐含在这些看不见的、折叠起来的、在他的胳臂作出一个解释性姿势时便发出轻微沙沙声的翅膀里，她的情感便是用这些翅膀来装潢他。阿恩海姆依旧常常因外出旅行而缺席，而他的出席则由此也就总是具有某种超越瞬间和局部事件——它们对狄奥蒂玛已是十分重要——的意义。她知道，他在这里时，这桩特殊事务的文传电讯、访问者和特派代表们便秘密穿梭来往起来。她渐渐地便对一所世界之屋及其与上流社会生活各事件的紧密联系有了一个概念，有了一个也许甚至是夸大了的概念。阿恩海姆有时神情紧张、饶有兴趣地讲述国际资本关系网、海外贸易和政治事件间的相互关联；全新的视野，破天荒第一次见到的视野，展现在狄奥蒂玛的眼前，比方说人们只需要听他讲讲唯一一次法德对立——对此狄奥蒂玛知之不多，她只知道周围所有人都对德国有一种轻度的反感，当中搀和着某种讨人嫌的兄弟义务——经他一讲，这就成了一个高卢人-凯尔特人-奥斯脱人-蒂莱奥尔人的问题，包含着洛林煤矿问题和墨西哥油田问题以及英国和拉美之间的对立。对这样的关联图齐司长毫无了解，或者起码没显示出什么了解来。他满足于时不时地促使狄奥蒂玛注意，说是在他看来阿恩海姆的抛头露面以及他们的寓所受偏爱的背后恐怕不会没隐藏着什么意图，但是对于究竟是什么意图他却缄默不语，自己也懵然不知。

就这样，他的夫人明显感觉到新人比过时的外交方法优越。她不曾忘记自己下定决心要将阿恩海姆推向平行行动前列的那个时刻。这是她生平第一个了不起的主意，她当时处于一种奇特的状态之中；一种梦幻和熔融的状态袭上了她的心头，这主意曾显得如此神奇和美妙，而在这之前一切构成狄奥蒂玛的世界的东西则迎着这个主意全部融掉了。关于这些，人们能够用言语表述出来的，并没有多大的含意；那是一种闪耀、一种闪烁、一种特有的空虚和意念飘忽，人们甚至可以心安理得地承认——狄奥蒂玛心中暗想——包含在其中的核心思想，也就是将阿恩海姆推上这个新式爱国行动前列的核心思想，是不可能实现的。阿恩海姆是外国人，这依然是对的。这样直截了当地，一如她向莱恩斯多夫和她的丈夫提出这个想法时那样，它是没法去实现的。但是尽管如此，一切却如她所想的那样发生了。因为其他为赋予这个行动以真正令人振奋的内容的努力迄今也全是枉然；那重大的首次会议、各委员会的工作，甚至连这次私人会议——顺便说一句，阿恩海姆听从一种奇怪的命运的嘲弄曾告诫大家不要召开这样的会议——迄今为止没产生出任何别的结果来，只产生出一个阿恩海姆，人们围着他转，他必须不停地讲话，成为一切希望的秘密中心。他是新型人，这种人有资格取代各种旧势力、掌握各种命运。她可以沾沾自喜，是她发现了他，和他谈过新人涌进权力领域并帮助他顶着所有其他人的阻力在这里走自己的路。万一阿恩海姆如图齐司长所猜测的那样果真另有什么特殊的图谋，狄奥蒂玛也几乎会一开始就下定决心千方百计支持他的，因为一个伟大的时刻受不了目光短浅的检测，而她则清楚地感觉到，她的生命正处在一个顶峰。

撇开倒霉鬼和幸运儿不谈，所有的人都过着同样坏的生活，但是他们分不同的阶段过这样的生活。对于一般来说很少有希望看到生活意义的现代人而言，这种分阶段的自尊态势是一种完全值得谋求的补偿。在重大事件中，它可能会增强为一种对于高峰和权力的陶醉，就犹如会有这样的人，他们在高层建筑上感到头晕，即使明知道自己站在窗户紧闭的房间的中央。每逢狄奥蒂玛考虑到，欧洲最有势力的人物中的一个正和她一道为将精神注入权力领域而努力，而他们俩又怎样简直是通过命运的安排走到一起，以及现在正在发生着什么，即使在奥地利国际人类事业大厦的这一层楼里这一天恰好没发生什么特别的事情：每逢她考虑到这些，她的思想的连接处马上就像已经松解成绳套的结节，思维速度增加，过程缓和了，一种特别的幸运和成功的感觉和她的想法相伴相随，于是这种泉涌的状态给她带来令她自己也感到惊讶的认识。她的自信增强了；她从前不敢相信会取得的成功如今近在咫尺，她觉得自己的心情比平常更快活了，有时她甚至想起某些不正经的笑话，某种她一生中还从未在自己身上体察过的东西，快乐，乃至恣情的情绪涌动着流贯她的全身。她觉得自己好像在一间有许多窗户的塔楼房间里。但是这也有其阴森可怕的特性。她受到一种不明确的、一般的、难以描绘的舒适感的折磨，这是一种要求采取某些行动，要求全面行动起来的感觉，但她却想象不出这全面行动该是个什么样子。几乎可以说，她突然意识到地球在自己脚下旋转，她摆脱不掉这种旋转的感觉；抑或这些没有具体内容的剧烈过程像一只在脚跟前跳来蹦去的狗那样起着妨碍的作用，谁也没看见这只狗是怎么来的。所以狄奥蒂玛对这一变化感到害怕，这是在没有获得她明确准许的情况下所起的变化，总而言之，她的状况与那种浅淡而神经质的灰色极其相似，这灰色是在酷热难当的时刻里柔和的、摆脱了一切重力的天空的颜色。

这当儿，狄奥蒂玛对理想的追求经历着一个重大的变化。这种追求从来就不能完全准确无误地与正确赞赏高贵事物区别开来，这是一种高尚的理想主义、一种得体的高雅，而由于在当前这比较强健有力的时代几乎没有哪个人还会知道这是什么，我们不妨再次简略描述一下其中的一些内容。这种理想主义，它是不注重实际的，因为注重实际是手工业式的，而手工业则总是不干净的；它反倒有某种大公爵夫人的花卉绘画艺术的特性，她们觉得别的花卉式样不相宜，而完全能说明这种理想主义的特色的则是文化这个概念，这种理想主义觉得自己充满文化色彩。但是人们也可以说它是和谐的，因为它憎恶一切不协调并认为教育的任务就是使可惜仍在世界上存在着的严重对立协调一致起来；一句话，它也许和人们今天对——当然只是在仍坚持重大的市民传统的地方——可靠和纯正的理想主义的理解根本就没有多大的不同，这种理想主义严格区分配受自己追求的对象和不配受此待遇的对象，出于崇高人性的原因它并不相信圣徒（以及医生和工程师）的这个信念：即便在道德垃圾里也蕴藏着未曾被利用的上天的热力。如果人们提前将狄奥蒂玛从睡梦中唤醒并问她现在想干什么，那么她一定会不假思索地回答说，将鲜活心灵的爱情力量传导给全世界；但是稍稍醒过神来之后她就会有所保留，她会说，在现今世界上，按它因文明和理智滋蔓而变成的模样，即便具有最崇高的禀性，为谨慎起见人们也只能谈及一种类似爱情力量的追求。而且她真的是这样认为的。今天还有几千个这样像爱情力量喷撒器的人。每逢狄奥蒂玛坐下来读他们的书，便总是把美丽的头发从额头上捋开，这使她具有合乎逻辑的外貌，她阅读时怀着责任感，力求用她称为文化的东西为自己培养一个她所处的并不容易的社会境况中的帮手；她也是这样生活的，她化作最纤细的爱情的小飞沫散布到一切配受其青睐的事物上，隔着一些距离自动在这些事物上凝聚成薄雾，而她自己其实只剩下躯体的空瓶，是图齐司长家中的一个物件。这在阿恩海姆到来之前导致严重忧郁情绪的发作，当时狄奥蒂玛还独自站立在丈夫以及生命的耀眼光辉和平行行动之间，但是从此以后她的状况便以一种很自然的方式重新组合了。爱情力量已经紧紧聚拢并且在某种程度上返回体内，那种“类似的”追求已经变成为一种很利己、很明确的追求。那种首先被她的表兄唤起的想法，觉得自己正处在一种行为的前期状态，而且某种她还不愿意想象的东西眼看就要在她和阿恩海姆之间发生，这种想法比所有她迄今思考过的想法有着高得多的浓度，致使她感受不到别的，只觉得仿佛从梦幻过渡到了觉醒。一种空虚，这种过渡时期最初所特有的一种空虚，也在狄奥蒂玛心中油然而生，而她则能够从读过的说明中回想起，这是伟大激情开始的一种征兆。她以为自己可以本着这种精神去理解阿恩海姆最近讲过的许多话。他就自己的地位、就自己的生活所必需的德行和义务所作的谈话是未雨绸缪，准备迎接某种不可避免的东西的到来，而狄奥蒂玛则一边打量着一切迄今构成她的理想的东西，一边感觉到这种精神上的行为悲观主义，犹如一个已经收拾好箱子的人向已半空荡的、居住过多年的各个房间投去最后的一瞥。这造成意想不到的后果：狄奥蒂玛的心灵暂时没有了崇高力量的监控，举止行为像一个顽皮的中学生，这中学生一直四处游荡，直至那种无意义的自由的忧伤袭上心头，而由于这一奇特的情况，尽管不断设法避免，在她与她丈夫的关系中还是在短时间内出现了某种如果说不是与爱情的暮春，那么就是与一种混合四季情感的爱情惊人相似的东西。

带有一种棕色、干燥皮肤的令人愉快气味的小司长不明白出了什么事。他几次注意到，他的妻子在有客人在场的时候给人以一种奇异梦幻的、沉浸在沉思默想中的、神思惚恍和高度神经质的印象，确实既神经质又不知怎么极其心不在焉，但是如果他们单独在一起，当他感到有些害怕和诧异，向她趋近想问问怎么回事时，她竟突然怀着无端的欣喜热烈拥抱他并将两片热辣辣的嘴唇贴在他的额头上，它们让他想起了理发师的烫发钳，在卷曲胡子时它太贴近皮肤。这样突如其来的柔情是令人感到不舒服的，所以狄奥蒂玛一不注意，他便又偷偷将它抹掉。但是有一回，当他想拥抱她时，或者他已经将她抱住——这更令人恼火——她竟情绪激动地责备他从来没有爱过她，而只是像一头牲畜那样扑到她身上。现在某种程度的敏感情绪便完全和他自青年时代以来便对值得渴慕的、可以弥补男人性格不足的女人的印象相吻合，狄奥蒂玛递过一杯茶、手里拿起一本新书或对某一个问题——他确信她对这个问题不可能有什么了解——发表评论时的那种洋溢着才智的妩媚一直以其完美的风度令他心醉神迷。这就像一种柔和的宴会音乐、某种他喜欢得不得了的东西影响着他；但是图齐当然也完全认为，使音乐脱离宴会（或脱离做礼拜）以及力图独自搞音乐，这就是一种市民的傲慢，虽然他知道，这话不可以大声嚷嚷，而且人们也永远不会仔细琢磨这样的想法。那么如果狄奥蒂玛一会儿拥抱他，一会儿又怒气冲冲地声称一个富有情感的人在他身边找不到使自己的真实本性得到升华的自由，他该怎么办呢？多想内心世界里美的海洋的深度，少琢磨她的身体：对这样的要求该如何作出回答？他突然被要求弄清楚一个爱情诗人——爱情的精神在此人心中自由飘浮，不受贪欲的重压——和一个好色的人之间的区别。这当然是一种书生气，是会为人嗤笑的；但是如果它们是由一个女人边脱着衣服边说出口来——嘴边挂着这样的训诫——图齐暗想，那么这就会伤害人的感情。因为他还是觉察到了，狄奥蒂玛的内衣已经朝着某种交际界名流派头的轻率迈出了前进的步伐。她一直小心谨慎地穿衣打扮，因为她的社会地位既要求她衣着讲究又要求她不去和名媛淑女们争风斗艳；但是在介乎正派结实和淫荡袒露之间的内衣分级上，她现在对从前肯定会被她认为与有才智的女人的身份不相称的美观作出让步。然而，倘若吉奥瓦尼（图齐是姓，他名叫汉斯，但出于文体方面的原因他改了名，以和他的姓相配）说出这样的看法，她便满脸通红并开始讲述某些有关封·施泰因夫人的事，说是她连对歌德这样的人都没有让步！所以图齐司长再也难以在以为时机已到时摆脱重要的、私人难以亲近的国家事务并在家庭内部找到松弛，而是觉得自己只得听凭狄奥蒂玛摆布，而已经干干净净分离了的精神的绷紧以及身体的休养生息简直又重新回到紧张的和一种有点儿可笑追求的新郎时期，就像一只公琴鸡或一个写诗的少年。

说他有时在内心深处简直对此感到恶心，这一点也不过分，相应地，他的夫人在这期间所取得的明显成功则几乎使他感到伤心。狄奥蒂玛沉浸在一般性的情绪之中，这是某种图齐司长在任何情况下都十分重视的东西，他生怕如果自己用命令或太尖刻的讽刺口吻来对待自己不理解的狄奥蒂玛会使，自己显得无理解能力。他渐渐认识到，当一个著名女人的丈夫是一种折磨人的、需要小心加以掩盖的痛苦，在某种意义上简直就像因为事故被割去了睾丸。他极其小心谨慎地不露声色，每逢狄奥蒂玛有客或有会他便总是裹着一层既亲切又带官腔的讳莫如深的浓雾，悄然无声地匆匆来去，偶或彬彬有礼地发表一些有见地的、或者也是安慰中带着讽刺的意见，似乎在一个封闭和友好的毗邻世界里过着自己的生活，似乎总是和蒂奥蒂玛意见一致，甚至在没有旁人时还时不时委托她办一件小事，公开赞许阿恩海姆出入他的家宅，在公务闲暇之余他研读阿恩海姆的著作并憎恨所有写作的男人，认为他们是自己痛苦的根源。

因为这是一个问题，一个现在由于阿恩海姆出于什么原因出入他家宅这个主要问题尖锐起来而产生的问题：阿恩海姆为什么写作？写作是一种特殊形式的闲扯，而闲扯的男人则让图齐觉得不堪忍受。他感到迫切需要像水手那样压紧上下颚并从抿紧的嘴唇间吐出一口痰来。这方面当然有他承认的例外。他认识几个高级官员，他们在退休后曾撰写过回忆录，他也认识一些有时给报刊撰稿的人；图齐认为，一个官员只有在不满或者身为犹太人时才写作，因为他确信犹太人是虚荣心重和不满的。此外，一些有实践经验的大人物曾写过总结自己经验的书；但那是在他们的晚年并且是在美国或充其量在英国。况且图齐本来就是个有文学修养的人，他和所有的外交官一样爱读回忆录，人们可以从这些回忆录里学到机智幽默的格言和人情世故；但是今天不再有人写这样的回忆录了，这却是具有某种意义的，也许这是一种过时的需要，它不再适宜新现实的时代。说到底，人们之所以写作，也是因为这是一种职业；这一点图齐充分予以承认，如果人们当之无愧或在现有的作家概念之列；他甚至为可以在身边看到这一行当的首脑人物而颇感荣幸，他迄今一直把受外交部机密费赡养的那批作家算作这一行当的人，但是他也会不多加思索就把《伊利亚特》和《登山宝训》算作是这种自主或不自主从事的职业所创造出来的作品。可是一个像阿恩海姆这样的人，居然毫无必要地撰写这么多的著作，这就有点名堂，图齐现在才大致猜想到这背后必有文章，可他对此还不甚了了。

七九

索利曼恋爱

索利曼——小黑奴或许也是黑人王侯，在这期间曾告诉拉喜儿——狄奥蒂玛的小侍女或许也是女友相信，时机一到他们就必须监视屋里所发生的事情，以便预防阿恩海姆的诡计。确切地说，他虽然没有把她说服，但是一有客人来访，他们俩便像谋叛者那样暗中窥探并且每一回都在房门口偷听。索利曼喋喋不休地讲到来回旅行的信使以及经常在他主人下榻的饭店里进进出出的神秘人物，并声称可以发一个非洲式的王侯誓言，他一定会发现这秘密含义；这非洲式的王侯誓言就是拉喜儿将她的手从他的短上衣和衬衫纽扣之间伸进去，放在他光秃的胸脯上，这时他便说出誓言并用自己的手对拉喜儿做出同样的动作；可是拉喜儿不愿意。无论如何，小拉喜儿可以给她的女主人穿衣、脱衣，每天早晨和晚上她一边梳理狄奥蒂玛的一头黑发一边聆听女主人的金玉良言，这个有虚荣心的小侍女自有平行行动以来就天天在心中涌动着敬慕之情，这股激情从她的眼睛向着这位似神的妇人升腾，这个小拉喜儿自一些时候以来便觉得直截了当地窥探这个女人是一件赏心乐事。

通过毗邻房间敞开的房门或者通过一扇没关严的房门留着的一条缝或者干脆就在慢慢地在主人近旁干着什么事的当儿，她偷听狄奥蒂玛和阿恩海姆的谈话、图齐和乌尔里希的谈话，并监视着目光、叹息、吻手、言语、笑声、动作，它们像一份撕碎的文件的碎片，她没有能力将这份文件拼合。但是钥匙孔的小洞尤其显示出一种能力，它相当奇异地让拉喜儿回忆起那早已忘怀的、她失去了贞操的时代。目光远远渗入到各个房间的内部；化解成了身体各部的平面，一个个人形在其中漂浮，语声不再被嵌入话语的狭窄边圈，而是作为无意义的声响蔓延；把拉喜儿和这些人联结起来的畏惧、崇敬和钦佩随后就被猛烈地溶解和撕碎，这是激动人心的，宛若情人突然全身心地深深投入情妇的体内，眼前变得一片黑暗，在皮肉的完整帷幕后面灯光亮起。小拉喜儿蹲在钥匙孔前，她的黑色连衣裙绷紧在膝头、颈脖和肩头，索利曼身穿号衣蹲在她旁边，像包在一层深绿壳里的热巧克力牛奶，有时他失去平衡，迅速用手一把抓住拉喜儿的肩膀、膝盖或衣裙，这只手在上面停留片刻，随后只剩指尖轻触着，末了温柔多情、迟迟疑疑地将手指也撤去。他忍不住吃吃地笑，拉喜儿便将自己柔软的小手指头放在他丰满而鼓起的嘴唇上。

顺便说一句，与拉喜儿相反，索利曼觉得这群英会没意思，并且想方设法逃避和她一道侍候客人。他喜欢在阿恩海姆单独来访时和他一同前来。不过，这样他就得坐在厨房里等候，直至拉喜儿又有了空闲，那位在第一天和他聊得热乎的厨娘则感到恼火，因为他此后便几乎成了哑巴。可是拉喜儿永远没有时间在厨房里久坐，每逢她又离去时，这厨娘，这位年近三十的姑娘便向索利曼表示母亲般的亲切。他用他那张巧克力色的脸容忍她一小会儿，然后便站起来，装作好像忘记了什么或寻找什么的样子，若有所思地把目光投向天花板，背对着房门并开始倒退着走，仿佛只想由此而更清楚地看到天花板；他一站起来，眼白骨碌碌向外转，厨娘马上就看穿了鬼把戏，但是出于恼怒和忌妒她装出满不在乎的样子，于是到头来索利曼演这出戏时再也不费什么劲了，这场戏就像一种缩短了的俗套子，一直演到他站在敞亮的厨房的门槛上并且露出尽量不拘谨的神色稍许迟疑片刻。这时厨娘偏偏不朝那边看。索利曼像滑进黑水里的黑影那样倒退着滑进幽暗的前室，还不必要地仔细倾听上一秒钟，然后便急忙在陌生的房屋里到处寻找拉喜儿的踪迹。

图齐司长从来都不待在家里，而对阿恩海姆和狄奥蒂玛、索利曼则不感到害怕，因为他知道，他们只顾听对方说话。他甚至曾几次试着撞倒什么东西，而居然不曾引起注意。他是所有房间的主人，就像森林里的一头鹿。血液像有十八个匕首般锋利的支叉儿的鹿角从他的脑袋里冲刺出来，鹿角的尖端擦过墙壁和天花板。这家里有个成规，就是为了使家具的颜色免受阳光侵蚀，所有暂不使用的房间都将窗帘拉上，而索利曼则摇晃着身体像在树丛里那样穿行在半明半暗的房间里。他很乐意用夸张的动作做这件事。他向往暴力。这个受女人的好奇心宠惯的男孩其实还从未和一个女人有过性关系，而只不过是了解欧洲男孩的恶习罢了，他的情欲还是这样的稚嫩，这样的不受约束和急切难忍，以致一看见拉喜儿，他竟不知道该不该让自己的欲望在情人的激情中、在她的吻中或在自己体内所有血管的僵化状态中得到满足。

不管拉喜儿藏在哪儿，他都会突然出现并对自己的计谋得逞露出微笑。他拦住她的去路，主人的工作室也好，狄奥蒂玛的卧室也罢，对他来说都不是圣洁的场所；他从帷幕、写字台、柜子和床的后面走出来，半明半暗的光线将他浓缩成一张黑脸和两排闪亮的白牙，拉喜儿每一回都几乎吓破胆，对这样的俏皮和魔幻般的危险感到无比惊恐。但是索利曼一站在真实的拉喜儿的面前，便为道德所征服。这个姑娘比他年长得多并且美丽得像一件柔软的男式衬衫，这衬衫刚从洗衣店取回来，让人实在不忍心马上糟蹋它，而且这姑娘如此实实在在，以至于所有的幻象在她面前都显得苍白无力。她责备他举止行为没有教养并赞扬狄奥蒂玛、阿恩海姆和有幸可以为平行行动出一份力；但索利曼总是随身带着送给她的小礼物并时而给她带来一朵花，他从主人送给狄奥蒂玛的花束上揪下来的一朵花，时而带来一支他从家里偷来的香烟或者一把他从盘子里顺手牵羊的糖果；随后他只是捏住拉喜儿的手指，边把礼品递给她边把她的手按在自己的心口，在他黑色的身躯内那颗心像一个红彤彤的火炬在黑暗的夜晚燃烧着。

有一次，索利曼甚至闯进了拉喜儿的卧室。狄奥蒂玛前一天于阿恩海姆在场期间受到前室一阵骚乱的干扰，这一天拉喜儿按照狄奥蒂玛的严格命令不得不退回到卧室里做针线活。她在受软禁前曾迅速四下张望，却没发现他，可当她怅然若失地走进她的小房间，他却洋洋得意地坐在她的床上望着她。拉喜儿犹豫不决，不知道该不该关上房门，但索利曼一跃而起，关上了房门。然后他在口袋里掏摸，掏出来什么东西，将它吹干净，像一只热熨斗那样趋近姑娘。

“伸出你的手来！”他命令。

拉喜儿向他伸出手。他手里握着几个彩色衬衫纽扣，试图将它们塞进拉喜儿袖管的翻口。拉喜儿以为是玻璃纽扣。

“钻石！”他骄傲地说。

姑娘一听预感不妙，便迅速撤回胳膊。她没有什么明确的想法；一个黑人王公的儿子，即便是被拐骗走了，也可能还会有几颗钻石偷偷缝在衬衫上的嘛，对此人们不知道任何确切的情况；但是她不由自主地害怕这些纽扣，仿佛索利曼递给她的是毒药似的，而且一下子她觉得他送给她的花和糖果全都十分奇特。她把双手按在身体上，目瞪口呆地注视着索利曼。她感觉到必须认真和他谈一谈；她年纪比他大并且在一位善良的主人家里当差；但是此时此刻她想到的净是像“诚实最久远”或“永远忠诚老实”这样的格言。她脸色煞白；她觉得这太简单了。她在父母家里学会了自己的处世之道，这是一种严格的处世之道，美丽和简单得像家里的旧器皿，可是这没有多大用处，因为这样的格言总是只有一句话，随后马上就是句号。此时此刻她为这样的儿童格言感到羞愧，一如人们为旧的、用坏了的物件感到羞愧。穷苦人家的旧衣箱一百年后会变成富人家客厅里的一件装饰品，这她不知道，她和所有诚实、纯朴的人一样欣赏一把新藤椅。所以她在自己的记忆中搜寻自己的新生活的成果。但是不管她回想起多少狄奥蒂玛给她的书里的神奇的爱情和恐怖的场面，却没有哪个恰好适合于在这里使用，所有那些美好的言语和情感都有其自身的情况，就像一把钥匙开不了别人家里的锁那样很不适合她的情况。她从狄奥蒂玛那儿接收到的那些美妙的格言和警句，情形亦然如此。拉喜儿感觉到一团灼热的雾在旋转，几乎就要流出眼泪来了。她终于正色说道：“我不偷主人的东西！”

“为什么不？”索利曼露出一嘴牙齿。

“我不干这样的事！”

“我没有偷。这是我的！”索利曼嚷嚷。

“善良的主人关心我们穷苦人。”拉喜儿感觉到了，对狄奥蒂玛的爱她感觉到了。还有对阿恩海姆的无限尊敬，对那些不安分守己、被警察称作“颠覆分子”的人的深深厌恶——但是她不会用言语来表达这一切。像一辆装满干草和谷物、刹车和止轮器失灵的巨大汽车，她胸中的这一大堆情感滚动了起来。

“这是我的！你拿去！”索利曼又说了一遍，他又伸手去抓拉喜儿的手。她扯回胳膊，他想抓住它，渐渐发起怒来。眼看他就不得不松手，因为他的男孩力量不足以抵御拉喜儿的反抗，她使出浑身的力量挣脱他的双手。这时，他极其冲动地弯下腰，像一头动物那样咬了姑娘的胳膊。

拉喜儿喊叫起来，然后又不得不抑制住喊声，一推索利曼的脸。

但是这时他的眼里已经含着泪水，他扑通一声跪下，将自己的嘴唇紧贴在拉喜儿的衣裙上，失声痛哭了起来，拉喜儿感觉到一股热烘烘的湿气直逼大腿。

她束手无策地站在这个跪着的人的前面，他抓住她的裙子，头贴着她的身躯。她生平还从未体味过这样的情感，她用手指轻轻抚摩他的一绺绺细头发丝。

八〇

人们结识突然出席群英会的施图姆将军

这期间，群英会增添了一个奇特的成员：尽管受邀请的人经过严格挑选，一天晚上将军还是突然出现并为有幸受到邀请向狄奥蒂玛表示衷心的感谢。士兵在会议室里应该扮演一个适度的角色，他这样说，但是哪怕只以不说话的旁听者身份参加一个如此杰出的聚会，这也是自青年时代以来他个人的一个夙愿。狄奥蒂玛默默从他的头顶向四下张望，寻找责任人；阿恩海姆宛若一位国务活动家和另一个人一起跟伯爵阁下讲话，乌尔里希百无聊赖地望着冷餐台，似乎在点数摆在那儿的蛋糕；一排人构成完整的整体，显出一副惯常的景象，不给人丝毫空隙去探究一个如此不寻常的猜疑。但是另一方面，狄奥蒂玛分明知道，她本人没有邀请将军，那么，她总不会是在梦游或突然神志不清吧。这是一个令人毛骨悚然的时刻。矮个儿将军站在那儿，毫无疑问在勿忘我蓝色军服上衣口袋里装着一张请柬，因为一个他这样身份的人是绝不会不请自来，做出这种鲁莽的冒险行动来的；但在那儿的图书陈列室里摆放着狄奥蒂玛的雅致的写字台，印好的多余的请柬都锁在那写字台的抽屉里，除了狄奥蒂玛以外几乎没有任何人能拿到它们。图齐？她脑海里闪过这个念头；但也没有多大可能性。请柬和将军是怎样凑到一起来的，这依然是个几乎可以说是唯灵论的谜，而由于狄奥蒂玛在个人事务上很容易便倾向于相信超自然的力量，便感到一阵战栗从头顶贯穿到脚跟。但是她没有别的办法，只好欢迎将军。

顺便说及，将军本人也对受到邀请感到有些惊讶；这份追加送达的请柬让他感到意外，因为他曾两次登门拜访狄奥蒂玛，可惜都丝毫没让对方看出自己有这样的期待，而且他还注意到，显然是请人代写的通讯地址在军阶和职务的称谓上都有不正确之处，而一位有狄奥蒂玛这样社会地位的名媛是绝不会出这样的疏漏的。但是将军是个豁达开朗的人，没有想到其中会有什么不寻常之处，更没想到会有什么超自然的东西在作祟。他估摸着大概是出了一个小小的差错，但这不应妨碍他品味自己获得的成功嘛。

因为施图姆·封·博尔特韦尔少将，国防部军事训练和教育司司长，对自己弄到手的这项官方任务由衷地感到高兴。当初平行行动成立大会即将召开之际，办公厅主任把他召去并对他说："施图姆，你是个学者嘛，我们给你写封介绍信，你去。你去看看，告诉我们他们究竟想干什么。"事后他曾竭力申明自己要达到的目的。若他不能在平行行动中站稳脚跟，这意味着他的资历证书上会留下一个黑褐色的污点，他徒劳地试图通过登门拜访狄奥蒂玛来抹去它。所以后来，当请帖送到时，他便急忙直奔办公厅，堂皇并有些漫不经心且厚颜无耻、却上气不接下气地报告说，这件自己规划和期盼着的事如今自然而然地发生了。

"那好吧，"弗洛斯特·封·奥夫布洛赫陆军中将说，"这也正是我所期望的。"他让施图姆坐下并递给他一支烟，把房门前的灯光信号调到"重要会议，闲人免进"，向施图姆宣告他的任务主要就是观察和汇报。"你明白吗，我们没有任何别的意图，但你要尽可能常去并显示出我们在场；我们没被列在各委员会里，总的看来这也许还行，但是如果为庆贺最高统帅的生日开会商讨一件精神礼物我们也不参加，这就没有什么理由了嘛。所以我才把你推荐给了部长先生，没有人会对此说三道四的；好吧，你好好干吧！"弗洛斯特·封·奥夫布洛赫中将友好地点点头，施图姆·封·博尔特韦尔将军忘记了军人不应该表露内心的激动，由衷地一碰靴刺，说道："衷心感谢你，阁下！"

既然有好战的平民，那么为什么就不可以有爱好和平艺术的军官呢？卡卡尼有一大批这样的军官。他们描绘、收集甲虫，置办集邮册或研究世界史。众多的小股卫戍部队以及禁止军官未经上级许可公开发表精神产品的规定使他们的努力通常都具有某种特殊的个人色彩，而施图姆将军则也曾在早年沉湎于这样的业余爱好。他本来在骑兵部队服役，但他是个不合格的骑士；他的小手小腿不适于紧抱和勒住一头像马这样的愚笨动物，而且他也缺乏指挥员的意识，以致那时上司们都惯于这样说他，说是如果人们不是已经惯于用尾巴而是用脑袋对着厩墙让骑兵在兵营操场上列队，那么他就没有能力把一中队骑兵带出兵营大门了。为了报复，矮个儿施图姆当时蓄了一部络腮胡子，棕黑色且修剪成圆形；他是皇家骑兵中唯一一个蓄络腮胡子的军官，但这并不是明令禁止的事。后来他又收藏起小折刀来；要收集武器，他的这点收入是不够的，但小刀不然，按构造式样，有没有开塞钻和指甲锉，以及钢材、产地、刀鞘的材料等等，不久他便拥有了一大堆，贴着许多写着说明文字的平格纸条的高大柜子摆放在他的房间里，这使他享有学识丰富的名声。诗歌他也能写，在军校读书时他的宗教和德语作文成绩就一直是"优秀"。有一天，上校让他到团队办公室来。"你永远也不会成为一名有用的骑兵军官，"他对他说，"就算把一个乳臭未干的小孩扶上马派到前线去，也不会和您有什么不一样。可是我们团队很久没送人去军事学院了，你不妨报个名，施图姆！"

就这样，施图姆在首都总参谋部学院度过了两年美好的时光。他在那里也依然缺乏骑马所需的敏捷思维，但他参与各种军乐演奏会，参观博物馆，收集剧院节目单。他制订计划，想改行从事平民职业，但是又不知道该如何实施这个计划。最终结果是，人们认为，从事总参谋部工作他既不适合却也不是特别不合格；虽然他被认为不灵巧和没有雄心大志，但又同时被认为是个哲学家，被分到总参谋部下属一个步兵师指挥部继续试用两年，在试用期满后便当上骑兵上尉并成为总参谋部应急后备兵员，除非出现极其不寻常的情况，否则大批这样的应急后备兵员永远不再离开军队。骑兵上尉施图姆在另外一个团队服役，如今也被认为是个有丰富军事学识的军官，但是有关乳臭未干的小孩和实际能力的事情他的新上司们不久也弄明白了。他经历了一个殉难者的生涯，直到中校头衔，但是早在当上少校后他就只梦想着得到一个拿待任薪饷的长假而已，以便时机一到便作为荣誉上校，这就是说以军官身份并带着军衔退休，即使拿不到上校的退休薪饷也罢。他不再巴望晋升，在军队里，按军衔排列名单一个军官的晋升就像一只慢得出奇的时钟那样一点一点向前移动；他不再巴望过那样的日子，每天上午太阳还在冉冉升起便受人一顿臭骂，从练兵场上返回并脚登沾着尘土的马靴走进军官食堂，随后便去苦挨这一天尚还漫长的空虚时光，以酒浇愁；他不再愿意理会那些个夜晚，尘土、酒、无聊、骑马穿过的广阔田野，"马"这个永恒话题带来的精神压力在那样的夜晚驱动已婚和未婚的男士们去参加那种关门闭窗的聚会，他们让女人倒立，往她们的裙子里灌香槟酒；他也不再愿意理会该死的加利西亚卫戍部队驻地的那个万能犹太人，他像一家做不正当买卖的小百货店，从爱情到洗马鞍的肥皂，人们全都可以在那里赊购，甚至可以把姑娘拉来，她们一个个都因敬畏、害怕和好奇而瑟瑟发抖。继续精心收集刀子和开瓶器成了这一时期他唯一的安慰，万能犹太人也把许多这样的东西送到这位疯疯癫癫的中校屋里来并用袖管将它们擦拭干净，然后再放到桌上，一脸敬畏的神色，仿佛这是史前时期的出土文物。

意想不到的转折出现了，军事学院的一个同期伙伴想到了施图姆并推荐他到国防部供职，国防部正在物色一名有杰出平民头脑的教育司司长助理。两年后，晋升为上校的施图姆已经主管这个司。自从他不再坐骑兵的神圣牲口而是坐在一把圈手椅上，施图姆便成了另外一个人。他当上了将军并且胸有成竹地觉得自己还可以当中将。他当然早就已经剃掉了胡子，但随着年龄的增长如今他显得老成持重，开始发福的身躯则使他显出具有某种全面的文化教养的样子。他的心情也愉快了起来，而愉快的心情则反过来又成倍地提高了工作能力。他曾有过不平凡的经历，这种愉快心情显现在一切事物之中。在一位穿戴得不一般的妇女的衣服中，在当时新颖的维也纳建筑风格独特的低劣趣味中，在一座大蔬菜市场展现出的五光十色中，在各街道的含灰褐色沥青的空气中，当中充满瘴气和芳香，在嘈杂声中，这嘈杂爆裂了几秒钟，释放出单一的响声，在平民们数不清的纷繁服装式样甚至在各家饭店的小白桌中，它们极具个性，虽然无可争辩地看上去全都一个样，一切事物中都有一种愉快心情，像马刺小铃在脑中发出响声。这是一种愉快心情，一种平民百姓只有在坐火车到郊外游玩时才感到的愉快心情；人们不知道怎么回事，但是他们将会在野外心情愉快地度过这一天。自己的重要意义，国防部的、教育的、每一个别人的重要意义都包括在这种情感里了，而且一切都如此强烈，以至于施图姆自到了此地以来一次还没想到再去参观博物馆或看一场戏。这正是某种很少让人意识到的东西，但一切都在渗透，从将军缎带到塔楼大钟的声音，与音乐具有同样重要的意义，没有这音乐生命之舞即刻便会停止。

这魔鬼扬长而去了！施图姆这样想自己，如今他偏偏还站立在这里，参加思想界如此著名的集会，站立在这些房间里——如今他站在这里！在周围这群很有思想的人物当中他是唯一一个穿军装的人！而且此外还有让他感到惊奇的事哪。不妨想象天蓝色的地球仪，稍稍发亮、带有施图姆军装的那种勿忘我蓝，并且完完全全由愉快心情、重要性、内心照明的神秘脑磷组成，但在这个球的中间是将军的心，而在这颗心上，就像玛丽亚站在蛇头上那样站着一个似神的女人，她的微笑交织着一切事物，是一切事物的重力：这样一来，人们大致便会获得狄奥蒂玛自其形象充满他那双慢慢移动的眼睛起便给施图姆·封·博尔特韦尔留下的印象。施图姆将军本来就不爱马，不爱女人。他圆乎乎的、有些短小的双腿在马鞍上觉得无所适从，而每逢不得不在不上班的时间里谈论马匹，他夜里都会做梦，梦见自己全身趴在马背上骑行并下不了马；他的懒散同样也从来不允许他拈花惹草，而由于上班办公事就够他累的了，所以他不需要打开夜间阀门宣泄自己的力量。当然，当初他也不是一个专门败坏别人兴致的人，但每逢他不和他的刀子，而是和同伴们一道度过晚上的时光，便总是采用一种明智的解救办法，因为他的身体和谐意识很快就教他懂得了人们是可以通过酗酒从发狂阶段迅速进入昏睡阶段的，而这对他来说要比爱情的危险和失望舒服得多。当他后来结了婚并且不久便需供养两个孩子和他们虚荣心重的母亲，这才完全意识到，在他受诱惑过上婚姻生活之前——毫无疑问，仅仅是认可一个已婚军人的观念的那种带有某种非军事特性的东西才引诱他这样做——他以前的生活习性是多么的有理智。从这时候起，他的脑海里便鲜活地形成了一个他显然无意识地先前就已经在心中怀揣的婚外女人的典范，她存在于一种温和的、对令他胆怯并从而免却他种种辛劳的女人的心醉神迷之中。每逢他注视还是单身汉时自己从画报上剪下的女人画像——但这始终只是他收藏活动的一个旁系——便发现它们全都具有这种特性；可是从前他不知道这一点，而仅仅是由于会见了狄奥蒂玛，这才成为动人心魄的心醉神迷。撇开她的美貌给人的印象不谈，一听说她是狄奥蒂玛第二，他便查阅了百科全书，查找狄奥蒂玛究竟是什么意思；可他不完全明白这名称，只觉察到这和平民教育这个大范畴有关联，暗自可惜尽管身居这样的职位却对此不甚了了。于是，世界的精神优势便和这个女人的身体的优雅融合。在两性关系如此简化了的今天，必须强调指出，这是一个男人所能经历的最崇高的事了。在臆想中，施图姆的双臂短得多得多，抱不住狄奥蒂玛高大而丰满的身躯，而他的精神，在同一时刻，面对世界和她的文化也经历着同样的事情，一种温柔的爱进入一切事件之中，而进入将军圆乎乎的身体里的则是某种地球仪般浑圆转动的东西。

是这种心醉神迷的状态，在狄奥蒂玛将施图姆·封·博尔特韦尔从自己身边打发走后不久又把他引回到原地。他站立在这位备受赞赏的妇人近旁，因为别人他谁也不认识，他仔细倾听她的谈话。他恨不得能记笔记，因为她谈笑风生，像玩弄一条珠链那样说出如此妙语连珠，若不是亲耳听见狄奥蒂玛欢迎各界名流的谈话，他完全会认为这是天方夜谭。只是在她几次很不高兴地转过身来之后，她的目光才让他意识到偷听别人谈话对一位将军来说是不合适的并驱使他走开。他几次孤单单在客满的寓所里徘徊，喝一杯葡萄酒，正想在墙壁旁边寻找一个合适的位置时，他发现了乌尔里希，他们已经在第一次会议上见到过面，而这一瞬间勾起了他的回忆，因为乌尔里希在施图姆将军当初潇洒带领过的骑兵连中曾是个富于想象力的、好动的少尉。“一个和我相似的人，”施图姆想，“他却年纪轻轻就爬上这样高的位置了！”他向他走过去，在寒暄并闲扯了一会儿已发生的变化之后，施图姆指着周围的人说：“了解世界上最重要的民事问题，这是我千载难逢的好机会！”

“你会感到惊讶的，将军先生！”乌尔里希回答他说。

将军正在寻觅一位同盟者，便和他热烈握手。“你当过第九轻骑兵团少尉，”他意味深长地说，“有朝一日这会成为我们的莫大的光荣，即使现在别人还不像我这样理解这一点！”

八一

莱恩斯多夫伯爵对现实政治发表意见。乌尔里希建立协会

群英会还没显出任何取得结果的蛛丝马迹来，平行行动在莱恩斯多夫伯爵的宫殿里却取得了长足的进步。那里汇聚着现实的线索，乌尔里希一星期来两次。

最令他感到惊讶的，莫过于现在协会的数量了。申报的有陆地和水上协会、节制饮酒和饮酒协会，简短说，协会和反协会。这些协会促进其会员们的活动，干扰别人的活动。给人的印象是，每一个人至少参加一个协会。“阁下，”乌尔里希惊奇地说，“人们再也不能毫不猜疑、习以为常地把这叫作办协会热；这种情况真是令人难以置信，在这种我们发明的秩序国家里，每一个人竟还要参加一个匪帮……”

但是莱恩斯多夫伯爵偏爱协会。“您想，”他回答说，“思想家的政治还从未有过什么好结果；我们必须搞现实政治。我甚至还会毫不犹豫地认为您表妹身边那些人太富有精神色彩的活动是某种危险！”

“阁下是不是可以向我明示？”乌尔里希请求。

莱恩斯多夫伯爵望着他。他在考虑，吐露真言对于这个没有经验的年轻人来说是不是太冒险了。但随后他便下定了决心。“是的，您看，”他小心翼翼开了腔，“我现在要对您说一些事，这些事您也许还不知道，因为您年轻；现实政治就是偏偏不做人们所喜爱的事；与此相反，可以满足一些人们的小愿望，从而赢得他们的支持！”

聆听者不知所措地盯着笑眯眯的莱恩斯多夫伯爵。

“是不是啊，”他解释说，“我刚才已经说过，现实政治必须受实际需要而不是思想力量的指引。美好的思想自然每一个人都乐意去实现，这完全是不言而喻的。所以恰恰不应该去做人们所喜爱的事！这话康德就曾说过。”

“千真万确！”受教导的人惊讶地叫喊，“但是一个目标人们总得有

的吧？！”

“一个目标？俾斯麦想让普鲁士国王成为伟大的国王，这就是他的目标。但他不是一开始就知道为此将与奥地利和法国交战并建立德意志帝国。”

“阁下是想说，我们别无他求，只应该希望奥地利伟大和强盛？”

“我们还有四年时间。在这四年里什么事都有可能发生。人们能帮助一个民族站立起来，但是随后的行走就得靠它自己了。您懂我的意思吗？使一个民族站立起来，这必须由我们来做！但一个民族的腿就是它的固定机构、它的党派、它的协会等等，并不是夸夸其谈的言论！”

“阁下！即使听起来不完全如此，但这确实是一个真正民主的思想！”

“嗳呀，这也许也是一个贵族的思想，虽然与我同一阶级的人并不理解。老亨嫩施泰因和有长子继承权的蒂尔克海姆曾回答我说，整个儿这件事的结果只会是一团糟。所以我们小心行事吧。我们必须从最低的起点做起，您要善待来找我们的人。”

所以，此后乌尔里希不拒绝任何人。就这样，一个人来找他并长时间向他讲述集邮的事。说是第一，这可以联络国际；第二，它满足了对财产和价值的追求，不容否认，这种追求是社会的基础；第三，这不仅要求具有知识，而且也要求具有艺术家的决心。乌尔里希端详此人，他形容憔悴；但他似乎截住了这眼神中的问题，因为他回答说，邮票也是一种贵重的商品，人们不可低估了它，有几百万的销售额呢；到一些大邮票交易所去的，有来自五湖四海的商人和收藏家。人们可以富起来。但是他本人是个理想主义者。说是他正在作一种特殊的收藏，眼下没有人会对他的收藏品感兴趣，但他将使自己的收藏日臻完美。他只希望在纪念年里举办一个大型邮票展览，他将向世人一展他的特殊风采！

另一个人接踵而至，讲了下面这件事：每逢他行走在街道上——可是如果乘电车，那就还要令人兴奋得多——就一直数商店招牌上大写拉丁字母的笔画（譬如A是三笔，M是四笔）并用字母数来除笔画数。迄今为止，平均值始终不变，一直是2.5；但是这显然不是牢不可破的，是会随着每一条新的街道而有所变化的：所以一遇偏差他便愁绪满怀，一旦对头又喜不自胜，这类似于悲剧的净化心灵的作用。而如果人们数字母本身的话，那么，阁下不妨试一试，可被三除尽的数便是大幸运数，所以大多数招牌上的字样都留下一种人们明显觉察得到的不满足的感觉，只有那些由群众性字母，就是说由那些四画字母组成的字样，譬如 WEM，才是例外，这种字样无论如何总是让人特别感到高兴的。由此可以得出什么结论呢，来访者问。没有别的，只有这一个：人民卫生部必须出台一种法规，提倡在给公司命名时选用四画字母序列，并尽量抑制使用像 O、S、I、C 这样的一画字母，因为它们因自己的偏窄而让人感到悲伤！

乌尔里希细细端详此人并与他保持一定的距离；但是那人其实并不给人一种有精神病的印象，而是一个属于“较上等阶层”的人，一个三十来岁、目光中透着智慧和亲切的人。他平心静气地继续解释说，心算是各行各业不可或缺的能力，寓教于乐是符合现代教育学的，人们还没弄清楚原有统计数字便早已经频频将深刻的内在联系揭示出来了，诵读教育造成的深重损失是众所周知的，他继续说，自己的论断迄今还在给每一个决心去重复它们的人带来不言自明的巨大激动。说是如果能让人民卫生部将他的发现付诸实行，那么别的国家很快便会接踵而至，于是纪念年便会成为人类的一种福祉。

乌尔里希给所有这样的人出同样的主意：“您建立一个协会吧；您几乎还有四年的时间去做这件事，如果获得成功，伯爵阁下一定会用他的全部影响为您呐喊助威的！”

可是大多数人已经有了一个协会，那这就是另外一回事了。如果一个足球协会建议授予它的右边锋教授头衔，以显示新时代体育运动的重要意义，这相对来说就比较简单。然而难的是下面这样的情况：要接待的来访者是一位五十岁左右的男子，他自称是国务总理办公厅高级文秘；他的额头闪着殉道者的光，声称自己是厄尔速记协会的创始人和主席，说是他不揣冒昧，想把伟大爱国行动秘书的兴趣引到厄尔速记法上来。

厄尔速记法，他阐述说，是一项奥地利发明，这大概足以说明为什么它得不到推广和奖掖。他先请问乌尔里希是不是速记员；后者对此作了否定的回答，于是他便对他讲述了速记法智力上的优点：节省时间，节省智能；然后问他以为怎么样，每天为这些钩形符号，繁琐、不精确、纷乱重复的部分形象，有现实表达力的字体组成部分与纯粹空洞和个人随意性的字体组成部分的搀和物花费多少精力？乌尔里希不胜惊诧地结识了一个怀着无情的憎恨密切注视着看似无关紧要的日常文字的人。从节省脑力劳动的立场来看，速记是匆忙向前发展的人类的生命攸关的问题。但是从道德的立场来看，简繁问题也显得具有决定性意义。冗繁记录法——不妨按照这位高级文秘的尖刻用语这样称呼它——诱使人不精确、专断、铺张浪费以及蹉跎时光，而速记则使人养成精确、全神贯注的习惯和男子汉气概。速记教人做必要的事，摆脱不必要的、没有什么用处的事。莫非阁下不认为，这里面包藏着一部分实用道德，这尤其是对奥地利人具有极其重要的意义？但是人们也可以从美学的立场出发来探讨这个问题。难道繁琐不是有理由被认为是丑陋的吗？难道高度实用不是已经被伟大的古典作家们宣告为美的一个重要组成部分了吗？从国民健康的角度来说——高级文秘继续说——缩短弯腰弓背、伏案书写的时间也具有极端重要的意义。在对速记问题如此这般令听者惊诧的、内容涉及多个学科的阐述之后，来访者这才转而说明厄尔速记法比所有别的体系具有无限的优越性。他向他指出，按照所有这样的观点看来，任何一种别的速记法只不过是对速记思想的一种背叛。然后，他阐述了自己的受难史。那些比较古老、强大的速记法，它们占尽天机，使自己与所有可能的物质利益相结合。商业学校教福格尔包赫速记法，对所有改动进行抵制，商界——遵循着惰性规则——自然是同意这种抵制的。各种报刊——一如人们可以看到的，它们从商业学校的广告上挣到一大笔钱——将所有改革建议拒之门外。那么教育部呢？这简直是一种讽刺——厄尔先生这样说。五年前人们决定在中学必须开设速记课，当时教育部成立了一个调查委员会审定有待选定的速记法，在这个委员会里的当然是与报刊记者们关系紧密的商业学校、商界、议会速记员们的代表，此外没有任何别人！当然，结论是应该采纳福格尔包赫速记法。厄尔速记协会曾对这种针对宝贵人民财富的犯罪行为提出过警告和抗议！可是他们的代表部里连见都不见！

这些事情乌尔里希都向伯爵阁下汇报。“厄尔？”莱恩斯多夫伯爵问，“他是公务员？”伯爵阁下长时间揉搓自己的鼻子，但拿不定主意。“也许您去和他的上级主管枢密官谈谈，看看他是不是……”片刻过后他说，但他一时起兴，遂又收回了这个主意。“不，您知道吗，我们还是把这件事搁一搁吧；他们可以发表意见嘛！”说罢，他机密地添上几句，向乌尔里希交了底。“遇到所有这类事情，人们都无法知道，”他说，“它们是不是胡说八道。但是您看，博士，某些重要的东西正是由于人们的重视才得以有规律地形成！我又在受报界跟踪报导的阿恩海姆博士身上看到了这一点。报界也可以做点别的事嘛。但是既然他们这样做，这个阿恩海姆博士也就因此变得重要起来了。您说，这个厄尔有一个协会？这当然证明不了任何事情。但是另一方面，就如已说过的，人们应该按现代的方式思考问题；如果许多人赞成某件事，那么便可以相当有把握地认为，这件事会成功！”

八二

克拉丽瑟要求一个乌尔里希年

克拉丽瑟的朋友拜访她当然不是出于别的什么原因，而是因为他还得就她写给莱恩斯多夫伯爵的那封信来清醒清醒她的头脑；她上一回在他那儿时，他把这件事完全给忘了。然而在乘车的途中他还是想到，瓦尔特一定会妒忌自己，一旦他获悉此事，这次访问定会使他的情绪又激动起来；但瓦尔特对此无可奈何，多数男人的这种处境其实是相当滑稽可笑的：他们下班后才有时间在醋劲上来时去留神他们的妻子。

乌尔里希下定决心乘车出行的这个时刻使他不大可能在家里遇见瓦尔特。那是在午后很早的时候。他打电话预约了时间。窗户上好像没挂窗帘似的，地上积雪的白色从玻璃板如此强烈地渗透了进来。克拉丽瑟站在将各物件团团围住的冷峻的亮光里，从房间中央微笑着向她的朋友望去。她的苗条的身体微微向窗户弓起的地方闪烁着强烈的色彩，而阴暗的那一面则是一团蓝褐色的雾，额头、鼻子、下巴像雪峰那样从其中突显出来，这雪峰的尖角被风和阳光擦拭得模糊不清。她不像一个人，倒像高山冬季鬼气森然的孤寂中冰和光的相会。乌尔里希略为领悟到了她在某些时刻势必会施加给瓦尔特的那种魔力，对这位青年时代的朋友的分裂的情感向后退缩，两个人——这两个人的生活他也许几乎不了解——相互呈现的图景瞬间展现在乌尔里希眼前。

“我不知道你是否对瓦尔特谈过写给莱恩斯多夫伯爵的那封信，”他开了腔，“但是我来是为了跟你单独谈谈，并告诫你将来别干这样的事。”克拉丽瑟把两把椅子推到一起，请他坐下说话。“别跟瓦尔特谈这件事，”她说，“可是你告诉我，你有什么不同意的。你是指尼采年吧？你的伯爵对此说了什么话？”

“你以为他会对此说什么话呢？！你把这件事和莫斯布鲁格尔挂上钩，这简直是发疯了。反正他也会把这封信扔掉的。”

“哦？”克拉丽瑟非常失望。随后她说：“幸亏你也可以说得上话的嘛！”

“我已经对你说过，你简直是疯了！”

克拉丽瑟微微一笑，把这当作了恭维话。她把手放在朋友的胳膊上并问：“你认为奥地利年是胡闹？”

“当然。”

“但尼采年就会是桩好事；为什么仅仅因为这按我们的理解也是桩好事，人们就不可以期盼它了呢？！”

“你究竟怎么设想尼采年的？”他问。

“这是你的事！”

“你真会寻开心！”

“根本不是。告诉我，为什么你觉得实现你在思想上认真对待的东西是寻开心？！”

“这个我可以告诉你，”乌尔里希边回答边挣脱她的手，“不一定非得是尼采，也可以是耶稣基督或释迦牟尼嘛。”

“或者是你。你设想一个乌尔里希年吧！”她说这话时神态就和当初她要求他释放莫斯布鲁格尔时一样安详。但是这一回他没有精神涣散，而是一边盯着她的脸一边听她说话。在这张脸上只有那寻常的克拉丽瑟的微笑，它总是像一副微小、有趣、使劲挤压上来的怪相，不情愿地显现出来。

“那么好吧，”他心里说，“她并没有什么恶意。”

但是克拉丽瑟又趋近他。“为什么不搞你的纪念年？你现在也许有这个权力嘛。这件事，这我已经对你说过了，你别跟瓦尔特讲，也别讲那封关于莫斯布鲁格尔的信。压根儿别提我在和你谈这件事！但是你相信我的话吧，这个杀人犯有音乐才能；他只是不会作曲。你难道从未发现，每一个人其实都站在一片天穹的中心？如果他从他的位置上走开，那片天穹便随着一起走。人们想必就是这样搞音乐的；心安理得，简直就像我们头顶上的天穹！”

“你认为，我设想我的纪念年和这有某种相似之处？”

“不。”克拉丽瑟断然回答。她的两片薄嘴唇想说什么，但不吭声，火焰默默从眼中喷射出来。人们无法说出，在这样的瞬间她在想些什么。火辣辣的，仿佛离什么灼热的东西太近了似的。她微微一笑，这微笑像随后在她眼中熄灭的残留灰烬那样卷曲在她的嘴唇上。

“可是我万不得已时恰恰还能想象出这样一些情形来，”乌尔里希重说了一遍，“只是我担心，你是说，我应该搞一场政变？！”

克拉丽瑟沉思。“我们就说一个释迦牟尼年吧，”她说，没有理会他的异议，“我不知道释迦牟尼曾要求过什么，只是略知一二；但是让我们干脆就假定是释迦牟尼年吧，那么如果人们认为它重要，就应该去实施它嘛！因为某种东西要么值得相信，要么不值得。”

“那好啊，注意：你已经说过尼采年。可是尼采究竟要求过什么？”

克拉丽瑟想了想。“嗯，我当然不是指一个尼采纪念碑或一条尼采街，”她困惑地说，“但是必须引导人们活得像……”

“像他所要求的那样？！”他打断她，“可是他要求什么了呀？”

克拉丽瑟试图作出回答，等候着，最后她回答说：“嗳呀，这你自己知道的嘛……”

“我什么也不知道，”他打趣说，“但是有一点我想告诉你：人们可以实现弗兰茨·约瑟夫皇帝纪念年施汤所或家猫拥有者保护联合会的要求，但是好的想法和音乐一样，人们都不能实现！这意味着什么？我不知道。但情况就是这样的。”

现在他终于在小沙发上落了座，在小桌子后面；这个座位比小椅子更有抵抗能力。在这空落落的房间中央，就像在一个从桌面延伸过去的幻景的彼岸，克拉丽瑟还一直站着讲话。她的苗条的身体似乎也在一同轻声说话和思索；其实她总是先用整个身体感受到她想说的一切，并且经常感到需要跟它闹点什么别扭。她的朋友总是认为她的身体硬邦邦得像个男孩，但是现在，在封闭的大腿上的柔软动荡之中，他猛然觉得克拉丽瑟像一个爪哇舞女。他忽然觉得如果她神思恍惚起来，自己也不会感到惊奇。或者是他自己神思恍惚？他作了长篇讲话。“你想按照你的观念生活，”他开始讲道，“你想知道如何才能做到这一点。但是观念是世界上最自相矛盾的东西。肉体像一个偶像那样和观念相结合。若是有观念参与其中，事情就有了魔力。普普通通一记耳光可以因荣誉、惩罚等等观念而导致死亡。可是观念永远不能保持在最强劲的状态；它们像那些一遇上空气便转化为一种更经久的、别样的、但腐败的形态的物质。这个过程你曾经常参与。因为一个观念：这就是你；在某一种状态之中。某种什么东西在朝你呵气；犹如一种声响突然进入琴弦的跳动；你眼前出现某种像幻景的东西；纷乱的情感形成无尽的队列，世界上的一切美景似乎都在它的路旁。这常常招致一个唯一的观念。但是过一会儿它便变得与所有别的你已经有过的观念相似起来，它屈从于它们，它成为你的观点、性格、原则或情绪的一部分，它已经失去羽翼并获得了一种无秘密的坚固性。”

克拉丽瑟回答：“瓦尔特妒忌你。倒不是为我。而是因为你看上去好像能做他想做的事。你明白吗？这是你身上的某种使他感到心神不定的东西。我不知道该怎样表述这个意思。”

她用审视的目光打量他。

这两篇讲话交织在一起。

瓦尔特一直是生活的充满深情的宠儿，他受到生活的宠爱。不管他发生什么事，他总是把生活变得充满深情、生气勃勃。瓦尔特一直是个阅世较深的人。“但是阅世较深是表明一个人平庸的最早、最细微的标志之一，”乌尔里希暗自思忖，“事物的内在联系使经历失去个人的毒恨或甜美！”情况大致就是这样——说情况会是这样的这种保证本身就是一种内在联系，人们不会因此得到亲吻，受到挽留。尽管如此，瓦尔特还是妒忌他？这让他感到高兴。

“我曾对他说过，他应该杀死你。”克拉丽瑟说。

“什么？”

“杀死，我说过。如果你身上没有如你自己所想象的那么多的优点，或者如果他比你强并且只能这样才会进入静止状态，那么这么想岂不就是完全正确的了？此外，你可以反抗嘛。”

“这话说得真不错……”乌尔里希惶然回答。

“唔，我们只是这么讲了讲。那么你以为怎么样？瓦尔特说，这种事连想都不可以去想。”

“不，想倒是可以想的，”他迟迟疑疑地说，盯住了克拉丽瑟。她有一种独特的魅力。可以说，仿佛她就站在自己身边，既不在场又在场。

“啊呀，想！”她打断他的思路。她对着他面前的墙壁说话，她的眼睛仿佛盯住了他和墙之间的一个点。“你和瓦尔特一样消极！”这句话也处在两段距离之间；它像一句侮辱人的话那样疏远，却又因一种作为其先决条件的亲近关系而与人和解。“对此我说：什么事情如果人们能想，那么也应该能做。”她干巴巴重说了一次。

说罢她便离开自己的位置，走到窗口，双手反剪在后背。乌尔里希迅速站起来，向她走去并用胳膊搂住她的肩膀。“小克拉丽瑟，你方才相当奇怪。但是我必须替自己说一句好话；我其实与你毫不相干，我想是这样的。”他说。

克拉丽瑟呆呆地望着窗外。但现在她目光敏锐；她盯住了窗外的什么东西，以便为自己找到一个支撑。她觉得，仿佛她的思想曾在外面浪迹，如今又返回来了。她像一个让人感觉到房门刚刚锁上的房间，这种感觉对她来说并不新鲜。有时她一天一天、一星期一星期地觉得她周围的一切比平时更亮更轻，仿佛不费什么劲便可以溜进去并在自身以外的世界里散步似的；但随之而来的便又是让她感到被禁锢的艰难时光，后一个阶段的时光通常只是短暂的，但是却像惩罚般让她惧怕，因为随后一切便变得狭窄和悲哀。而在现在，在这个淋漓尽致地显示出他清醒、冷静的时刻，她心里觉得没有把握；她不再明白自己刚才想干什么，这样铅一般沉重的空白和看似寂静的自制常常是惩罚阶段的序幕。克拉丽瑟屏息凝神，感觉到如果她可以令人信服地继续这场谈话，便可以使自己获得安全。“你别对我说小克拉丽瑟，”她绷着脸说，“要不到头来我会自己杀死你！”纯粹开玩笑似地，她脱口说出了这句话，这话达到了预期的效果。她小心翼翼转过脑袋来，盯住他的脸。“我当然只是这么说说，”她继续说，“但是你必须明白，我是有所指的。我们刚才说到哪儿啦？你说了，人们不能按一个观念生活。不管是你还是瓦尔特，你们都没有多少精神头儿！”

“你曾骇人听闻地称我是消极分子，但是有两类这样的人。一种消极的消极状态，瓦尔特就是这样的人；还有一种积极的！”

“积极的消极状态，这是什么？”克拉丽瑟好奇地问。

“一个囚犯在等待逃跑的机会。”

“呸！”克拉丽瑟说，“借口！”

“那么好吧，”他退让说，“也许吧。”

克拉丽瑟还一直将双手交叉放在背后并叉开双腿，像蹬着马靴。“你知道吗，尼采说什么来着？想稳妥地获取知识，和想稳当地走路一样，是一种怯懦。人们总得在什么时候着手做他自己的事情，不仅是嘴上说说而已！我恰恰对你抱着希望，希望你有朝一日做出点不同凡响的事来！”

她突然捏住了他背心上的一个纽扣并一边转动它，一边仰脸望着他。他不由自主地把手搁在她的手上，以保护他的纽扣。

“我考虑过好久了，”她犹豫不决地继续说，“如今，极无耻的卑劣行径之所以会出现，并不是因为人们在做它，而是因为人们对它听之任之。”说罢，她便注视着他。接着，她气急败坏地继续说：“听之任之比身体力行危险十倍！你明白我的意思吗？”她内心进行着思想斗争，不知道该不该把这描述得更精确一些。但是她补充说：“对不对，你很明白我的意思，我亲爱的？你虽然总是说，一切事情人们都应该听其自然，不加干涉。但是我已经知道你这话是什么意思！有时我已经在想象，你是魔鬼！”克拉丽瑟又是脱口而出说了这句话。她大吃一惊。她本来只是想到了瓦尔特央求要一个孩子。她的朋友觉察到她的眼睛一颤，这双眼睛荡漾着春意望着他。可是她那仰视的脸上充盈着某种东西。与其说是某种美，毋宁说是某种丑陋而动人的东西。宛若大汗淋漓而下，一张脸渐渐模糊不清。但这是非肉体、纯想象的。他觉得自己不由自主地受到感染，有点儿神思恍惚起来。他再也没有能力对这种胡言乱语进行抵抗，最后便拉着克拉丽瑟的手，让她在沙发上坐下，自己坐在她身边。

“那么现在我就告诉你，我为什么什么事也不做。”他开了个头便沉默不语。

克拉丽瑟在接触的瞬间又恢复了常态，鼓励他说话。

“人们干不了任何事情，因为——可是这个你不会理解的——”他顿住，掏出一支香烟来并专心致志地点烟。

“嗯？”克拉丽瑟追问，“你想说什么？”但他仍然沉默不语。于是她把胳膊移到他的后背上并像一个急于显示自己力量的男孩那样摇晃他。这是她的可爱之处，根本不需要说什么话，单是异乎寻常的神态便足以使她陷入幻觉之中。“你是个大罪犯！”她边摇晃他边大声说，并徒然地试图摇痛他。

然而就在这时候，他们被瓦尔特的归来颇不愉快地打断了。

八三

如出一辙或者为什么人们不编造历史

乌尔里希本来可能会对克拉丽瑟说什么呢？

他没有把话说出口，因为她在他心中激起了一种奇特的兴致，一种想说出上帝这个词来的兴致。他大致想说：上帝并不从字面上表述世界；这世界是一个图象、一种模拟、一句他出于某些原因必须使用的惯用语，并且理所当然地总是不充分的；我们不可以要求他信守诺言，我们必须自己得到他让我们去找到的答案。他暗自思忖，克拉丽瑟会不会同意把这理解为一种印第安人游戏或抢劫游戏？肯定会的。倘若一个人走在前面，那么她就会像一只母狼那样悄悄溜到他身边并严密窥视。

但是他还有些话到了嘴边没说出来；一些有关数学习题的话，对于这些习题没有一般性的解题方法，但有一个个具体的方法，将它们组合在一起便接近了一般性方法。他本来可以再补充一句，他认为人生便是一道这样的习题。人们称之为一个时代的——不知道是否应该把这理解为百年、千年或学校与儿孙之间的时间差——这条宽阔的、不规则的河流与不充分的和个别看来错误的解题尝试具有大体相同的意义，只有当人类善于总结这些解题尝试时，才会得出正确和彻底的解题方法。

回家时他在电车里回想起这件事；几个人和他一道乘车进城，在这些人面前他为这样的想法感到有些害臊。从他们的神态上可以看出，他们是从事完某些活动回来或打算去参加什么娱乐活动，甚至从他们的服装上便可看出他们做了什么或打算做什么。他打量自己的邻座；她显然是主妇，母亲，四十岁左右，很可能是一位大学公职人员的夫人，膝间放着一只小观剧望远镜。他觉得怀着那些想法的自己在她身边就像一个顽童；甚至不完全规矩本分的顽童。

因为一个没有具体目标的思想是不很规矩本分的秘密活动；这样踩着高跷直挺挺行走并且只用极小的脚底接触经验的思想则尤其有来路不正的嫌疑。从前人们当然曾说起过奔放的想象力，而在席勒的时代，一个胸中怀有如此情绪高昂的问题的人是很受尊敬的；今天却相反，如果这胡思乱想不恰好就是他的职业和收入来源，人们便会觉得这样一个人神经有点不正常。人们显然另行安排了这件事。人们已经从人的心里取走了某些问题。人们已经为某些雄心勃勃的思想建造了一种被称为哲学、神学或文学的家禽饲养场，这些思想在那里以自己的方式越来越漫无头绪地增长着，这样做是完全合适的，因为此后再也没有哪个人需要自责未能亲自过问这件事。乌尔里希怀着对知识和学问的尊敬从根本上来说是绝不会对这样一种分工有任何不同意见的。但是他毕竟还愿意自己进行思考，虽然他不是职业哲学家，眼下他想象，这将会引向通往蜜蜂国的道路。蜂王将产卵，雄蜂们将过一种献身于肉欲和精神的生活，专家们将干活。一种这样的人类也是可想象的；总体成绩也许甚至会得到提高。现在每一个人几乎可以说还胸怀着全人类，但是这显然已经过分了，根本就再也经受不住考验；致使人道几乎已经纯粹是欺骗。也许想获得成功就得采取新的分散措施，以便在那些劳工小组中的某一个特别小组里也会产生一种精神综合法。因为没有精神——乌尔里希想说，这就不会让他感到高兴。但是这当然是一种偏见。人们不知道关键是什么嘛。他挪正身体并在座位对面的玻璃里照自己的脸，以便分散注意力。可是过了一会儿，他那颗在液状玻璃里的脑袋便奇异而急迫地在内外之间飘浮并渴望得到某种补充。

巴尔干战争究竟发生了还是没发生？大概发生了什么干涉别国内政的事；但这是否是战争，他不清楚。有这么多的事情在打动着人类的心。高空飞行纪录又被提高了；一件让人感到的骄傲的事。如果他没搞错的话，现在纪录已达到三千七百米，创纪录的人叫约霍克斯。一个黑人拳击手打败了白人冠军，获得了世界冠军称号；他叫约翰逊。法国总统去俄罗斯；人们谈及世界和平受到威胁。一位新发现的男高音在南美挣到了即便在北美也还从未有过的大笔金钱。日本遭到一场可怕的地震的袭击；可怜的日本人。一句话，发生了许多事，一九一三年底和一九一四年初前后，这是一个动荡的时代。但是两年或五年前的时代也曾经是个动荡的时代，每天都有激动人心的事，但是尽管如此，当初究竟发生了什么事，对此人们却只剩模糊的记忆或根本记不起来了。人们只能将其缩短为：治梅毒新药产生——植物新陈代谢研究获得——南极的征服显出——用这样的方式人们可以轻而易举删去一半确切的事物，这不多。可是历史是一件多么奇怪的事情！对于这个或那个事件完全可以断言说，在这期间它在这历史中已经找到或者一定还会找到自己的位置；但是这个事件是否压根儿已经发生，这却没什么把握。因为既然讲到发生，那么就得讲出什么事发生在某年，没有发生在另一年，或者根本就没发生；而且还得讲出，是这件事本身发生，并不是到头来只不过发生了某种相似或同样的事。但恰恰正是这种说法存在问题，没有哪个人能对历史断言，除非他像报纸那样把这事记录下来，抑或这涉及职业和财产方面的事务，因为多少年后人们将有资格退休或者什么时候人们将拥有或已经支出了一笔钱，这当然是重要的。这样一联系起来看，战争也可以成为值得纪念的事。我们的历史，若在近处观察，就显得不可靠而且纷乱，像一块只是半踩实了的烂泥地，而最后竟然有一条路奇特地从那上面通过，这正是那条“历史之路”，没有人知道这条路来自何处。这种“给历史充当资料”是某种让乌尔里希感到气愤的东西。他觉得他行驶在其中的这只光亮、摇摇晃晃的盒子像一台机器，几百公斤的人在这台机器里被来回摇动，要用他们制造未来。一百年前，他们长着相似的面孔坐在一辆邮政马车里，而一百年后则天知道他们会出什么事，但他们将作为新的未来机构里的新人一如既往地坐在这里——这他感觉到了，并且对这种无抵抗力的接受、对困惑的同时代人、对几百年里这种盲目顺从而其实不合乎人的尊严的参与感到愤慨，就仿佛他突然奋起反抗那顶他在头上的形状相当古怪的帽子。

他不由自主地站起身，步行走完了余下的那段路。置身在这只较大的城市贮人器里，他的不愉快又渐渐平复成愉快。这是小克拉丽瑟的又一个奇思异想，她居然想搞一个精神年。他把自己的注意力集中到这一点上。为什么这就如此荒唐呢？顺便说及，人们同样可以问，为什么狄奥蒂玛的爱国行动就如此荒唐？

头号回答：因为世界历史无疑是以和所有其他历史相同的方式产生的。作家们想不起任何新东西来，他们一个个相互抄袭。这就是为什么所有的政治家都研究历史而不研究生物学或诸如此类的学科的原因。关于作家们就说这些。

二号：但是历史的产生绝大部分都没有作家们参与。它不产生自一个中心，而是产生自圆周。由于小小的因由，把哥特人和古希腊罗马人塑成现代的文明人，这大概根本不必如人们所想象的那样费很大的劲。因为通人性的人既有食人的能力也有作纯理性批判的能力；如果情况适宜，他就会以同样的信念和个性二者兼得，这时很小的内部区别就会符合很大的外部区别。

离题一号：乌尔里希回想起自己服役期的一个相似的经历：骑兵连排成两列骑行，人们练习“传达命令”，一个轻声讲出的命令依次由一人传达给另一人；前头的人命令：“中士往前骑”，到后头命令变成：“立刻枪毙八个骑兵”或类似这样的话。世界历史也按同样的方式产生。

三号回答：一代今天的欧洲人若是在幼年时便被置于公元前五千年的埃及并一直待在那儿，那么世界历史就将再次从那一年开始，先重复一段时期，随后便由于无人猜得着的原因而开始渐渐有所不同。

离题二号：世界历史的法则——他与此同时想到——无非就是旧卡卡尼的“得过且过混日子”的国家原则。卡卡尼是一个极聪明的国家。

三或四号回答：那么历史的道路就不是一只台球的道路，一被推出便沿着某条轨道运行，而是像云朵的道路，像一个漫步大街小巷的人的道路，这条路时而因一个阴影、时而因一群人或房屋正面的某种奇特装修而偏转并且最后来到一处它既没见过也不想到达的地方。在世界历史中有某种迷路。当代总是像一座城市尽头的房屋，却不知怎么地不再完全是这座城市的房屋。每一代人都惊讶地问，我是谁，我的前人们是谁？其实还不如问，我在哪儿，并假定他们的前人并不是别样，而仅仅是在别处；若这样，那就已经有几分成功了——他想。

是他本人为自己这些回答和离题的想法编了号码，他时而盯住一张从一旁掠过的脸，时而盯住一家商店的橱窗，好不让这些思想从自己脑海里溜走；但是，尽管如此，他还是有点儿迷路，不得不站住片刻，才搞清楚他在哪里并找到回家的近路。上路前，他努力把他的问题在脑海里又仔细过了一遍。小疯子克拉丽瑟说得完全正确，人们是应该搞历史，人们必须编造历史，尽管他在她面前反驳了这种说法；但是人们为什么不这么干呢？这时，他没想起任何别的答案来，他只想起了洛伊德银行的菲舍尔经理，他的朋友莱奥·菲舍尔，早年他有时在夏天和他一道喝咖啡；因为倘若乌尔里希不是自言自语而是和他进行了这场谈话的话，那么对方定会以他自己的方式回答说："您的忧虑也在我的脑袋里！"乌尔里希感激这一清新的回答，他一定会作出这样的回答来的。"亲爱的菲舍尔，"他立刻在想象中回答，"这件事不这么简单。我说历史，但我指的是，如果您记得的话，我们的生活。我一开始就承认，这是某种很不正派的做法，如果我问：人为什么不创造历史？这就是说，当他受了伤、后院失火的时候，为什么只是像一头动物那样积极地攻击历史？一句话，为什么他只是在不得已的情况下创造历史？那么为什么这听起来不正派呢？虽然这和人对自己的生命不能简简单单听之任之具有同样重要的意义，可我们对此有什么要反对的呢？"

"可是人们知道，"菲舍尔经理会回答说，"这是怎么发生的。政治家、神职人员和无所事事的阔老爷，以及所有装着奇思异想东奔西走的其余的人都不扰乱日常生活，对此人们应该感到高兴才是。况且他们是有教养的。但愿今天没有这多的人举止行为没有教养！"菲舍尔经理当然说得对。人们应该感到高兴，如果人们相当熟悉抵押贷款和债券，便不在历史上耗费太多，因为他们声称自己熟悉历史。人们不可以，不，绝对不可以没有观念，但正确的做法是在各观念之间保持某种平衡，一种 balance of power①，一种武装的观念和平，一种可以使各方相安无事的状态。他们有教育这付镇静药。这是一种文明的基本情感。可是如今也存在着相反的情感，它变得越来越活跃，由偶然事件及其骑士们创造的英雄一政治的历史时代已经陈旧，必须由一种有计划的、所有有关人员都参与的解决办法来加以取代。

但是这时乌尔里希已经到家，乌尔里希年也就就此而告结束。

---

① 英语，力量的平衡。

八四

断言：寻常的生活也具有乌托邦的性质

他在家里看到了那惯常的一堆文件，是莱恩斯多夫伯爵给他送来的。一位工业家许诺为平民青年军事教育最优秀成绩提供一笔高额的奖金。大主教的辖区主管机构对一个大孤儿院基金会的建议表态并声言，必须对任何其他教派的搀和提出异议。文教委员会报告在首都附近立一座和平皇帝和各民族大家庭奥地利大纪念碑这一临时倡议所取得的进展；在和卡卡尼文教部进行了接触并征询了有影响的艺术家联合会、工程师和建筑师协会之后，出现了众多的意见分歧，致使委员会觉得有必要在不妨碍以后必将提出的要求和中央委员会同意的前提下，登报招募参赛者，以征集关于拟议建立的纪念碑的最佳设计理念。内廷总务府在审阅后便将三星期前送审的建议返回给中央委员会并声明无法立刻就此转达皇帝陛下的意向，但认为在这些问题上先让舆论自己形成是明智之举。卡卡尼文教部就某某某某号来函声明说，它不能同意给予厄尔速记协会以特别支持；“笔画字母”国民健康协会显示自己的文化教养并申请经费拨款。

全都是诸如此类的信件。乌尔里希推回这包现实世界的信件，沉吟了片刻。他突然站起来，要来帽子和上衣并宣布将在一小时或一个半小时后回家。他叫了一辆车，返回克拉丽瑟那儿去。

天黑了下来，这所房屋只从一扇窗户将些许光亮投到街上，脚印成为冻得硬邦邦的窟窿，人们一踩上就绊一下，大门已经关上，客人来得出乎意料，所以叫喊、敲门和拍巴掌折腾了半天还是没人理睬。当乌尔里希终于站在房间里时，这似乎不是他刚才离去的那个房间，而是一个陌生的、令人惊异的世界，这里有一张摆着餐具、供两个人简单小聚的桌子，几把椅子，每一把上都摆着些家用什物，以及带着某种反抗向闯入者开启的墙壁。

克拉丽瑟穿一件简朴的羊毛睡衣，笑了笑。瓦尔特把迟来的客人接进来，眨巴着眼睛，把那把大屋门钥匙放在抽屉里。乌尔里希开门见山地说：“我折回来，只因为还欠着克拉丽瑟一个答复。”说罢，他便从被瓦尔特打断了的谈话的中间谈起。过了一会儿，房间和时间感便消失，谈话飘浮在蓝色空间上方某处星星点点的网眼里。乌尔里希阐述致力于思想史、不搞世界史的设想。这区别，他首先说明，不在发生的事情上，而在人们赋予它的意义上，在人们对它所怀的意图上，在包容单独事件的秩序上。现行的秩序是现实的秩序，像一个蹩脚的剧本。人们不徒劳地说世界剧场，因为总会出现与生活中同样的角色、纠葛和情节。人们爱，因为有爱情，人们爱，一如现有的爱情那样；人们像印第安人、西班牙人、处女或狮子那样骄傲；一百个凶杀案的九十个当中，人们之所以杀人仅仅是因为这被认为是悲剧性的、了不起的。尤其是那些卓有成效的政治上的现实塑造者们，撇开大的例外情况不谈，他们与写叫座戏的作家有共同之处；他们所制造的活生生的事件因缺乏想象和新意而让人感到无聊，却恰恰又因此而使我们进入不抵抗的昏昏欲睡的状态，我们处在这种状态就会忍受任何一种变化。这样看来，历史产生自思想上的习惯作法和漫不经心，而现实则主要产生自对思想的袖手旁观。他声称，不妨将这总结为简短的几句话：我们太不在乎发生什么事，而太在乎谁、什么地方以及什么时间出事了，致使对于我们来说重要的不是所发生的事情的精神，而是它们的情节；不是新的生活内容的开拓，而是已经存在的生活内容的分配，完全符合好剧本和仅仅叫座的剧本的区别。但由此产生了真正相反的情况，这就是人们必须先放弃个人贪婪对各种经历所持的态度。人们必须无拘束地看待这些经历，仿佛它们是描绘出来或唱出来的似的。人们不可以随意引导它们，而是必须向上和向外翻转它们。如果这被认为是个人的，那么就得另外做些有集体色彩的事，乌尔里希描述不清这是什么事，他称这是一种精神液汁的压榨酿造和浓缩，没有它，个人自然只会觉得自己无能为力，只能跟着自己的感觉走。他一边这样讲着，一边回想起他曾对狄奥蒂玛说人们必须废除现实的那个时刻。

瓦尔特首先声称这是一个完全寻常的论断，这几乎是不言而喻的事。仿佛不是整个世界、文学、艺术、科学、宗教都会“酿造和压榨”似的！仿佛哪个受过教育的人会否认观念的价值或不重视精神、美和善似的！仿佛一切教育会不是一种精神体系入门而是别的什么似的！

乌尔里希阐述自己的观点时指出，教育只是向人介绍当时存在和占主导地位的事物，这种事物从无计划的预防措施中产生，因此为了获得精神人们就必须首先深信自己还没有精神：他称这是一种公开的、从道德上看总的说来是实验性和创作性的信念。

这时，瓦尔特声称这是一个不成体统的论断。“你把这说得多么富有吸引力，”他说；“仿佛献身于观念还是过我们的生活，我们压根儿可以选择似的！但是说不定你知道这条语录：我不是一本挖空心思写出来的书，我是一个有矛盾的人？为什么你不走得更远些？为什么你不立刻要求我们为了我们的观念的缘故而废除我们的肚子？但是我回答你：‘人是用普通材料做成的！’我们伸出又收回胳膊，不知道是应该向右转还是向左转，我们由习惯、偏见和泥土组成，却仍然尽力走我们的路：这恰恰就是人道！所以人们只需用现实量一量你所说的话，它便至多显示出自己是文学！”

乌尔里希承认：“如果你允许我把这也理解为所有别的艺术、生物学、宗教等等，那么我当然也就愿意作与这相似的断言：我们的存在完完全全由文学组成！”

“啊？你把救世主的好意或拿破仑的一生称为文学？！”瓦尔特嚷嚷。但是话音刚落他便有了更好的主意，他带着稳操胜算的沉稳向自己的朋友转过身去说：“你是一个宣布罐头蔬菜具有新鲜蔬菜含义的人！”

“你说得肯定对。你也可以说，我是一个只愿意用盐做菜的人。”乌尔里希沉稳地承认。说罢他便不愿再谈论此事。

但是这时克拉丽瑟加入争论，她向瓦尔特转过身去。“我不知道你为什么反驳他！每逢出了什么特殊的事情，你自己不是总说：这种事人们现在能够在舞台上表演给所有人看，使他们不得不看到并理解它！其实人们必须唱赞歌！”她露出赞同的神色转向乌尔里希，“这赞歌人们非唱不可！”

她已经站立起来并走进椅子组成的小圆圈里。她的态度是她的愿望的一种有些笨拙的自我表现，仿佛她正打算跳一个舞似的；而对不讲究场合裸露情感十分敏感的乌尔里希则在此刻回想起，大多数人，大概齐地说吧，就是普通人——他们因不能创造出什么来而神经过敏——都怀有这种自我表现的愿望。心中如此容易地便产生“难以言表”的情感的，也正是他们，这真是一句真言和朦胧的底色，他们所表达出来的东西在这底色的衬托下隐约扩大着显现出来，致使他们永远认识不到它的正确价值；为了结束这场争论，他说："我不是这个意思；但是克拉丽瑟说得对：戏剧证明强烈的个人经历能够服务于一个非个人的目标、一种意义和概念的关联，这种关联使个人的经历几乎和人本身分离。"

"乌尔里希的话我听得很明白！"克拉丽瑟又插话，"我记不得我个人曾遇到过什么让我感到特别高兴的事；压根儿就不会有这种事！音乐你也不愿意'拥有'嘛！"她转过身去对她丈夫说，"除了存在着音乐，没有任何别的幸福。人们把一个个经历拉到自己身边，随即又将它们铺开，人们愿意拥有自我，却不愿意拥有作为兜售自身的小零售商的自我！"

瓦尔特捂住太阳穴；但是为了克拉丽瑟的缘故他重新进行反驳。他努力使他的话像一道平静而寒冷的水柱喷射出来。"如果你只把一种行为的价值移置到精神力量的发射之中，"他转向乌尔里希，"那么我现在想问问你：这大概只有在一种没有别的目标、仅以生产智力为己任的生活中才是可能的啰？"

"这是所有现存的国家声称努力追求的那种生活！"后者回敬。

"在这样一个国家里人们将按照伟大的情感和观念生活，按照哲学和长篇小说生活？"瓦尔特继续说，"我还要问你：他们会这样生活，使伟大的哲学和文学应运而生，或者这样生活，使他们的全部生活内容成为鲜活的哲学和文学？我倒是不怀疑你所说的话，因为你的第一层意思无非就是人们今天所理解的文学国家；但你在说第二层意思的时候，忽略了哲学和文学在那儿将会相当多余。撇开人们按艺术的式样无法想象的生活或你愿意称之为你的生活的东西不谈，除了艺术的终结以外你的生活没有任何别的意义！"最后他这样说，顾及到克拉丽瑟而坚定地打出了这张王牌。

这一招奏了效。甚至连乌尔里希也愣怔了一阵才醒过神来。但随后他粲然一笑问道："难道你不知道，每一种完美的生活都是艺术的终结？我觉得，你自己就正在为你的生活的完美起见而与艺术一刀两断。"

他说这话并没有恶意，但克拉丽瑟仔细倾听。

乌尔里希继续说："每一部重要作品都透着这种热爱单独的个人命运的精神，因为单独的个人与总体想强迫他们接受的形式不相协调。这导致无法抉择的抉择；人们只能复述他们的生活。吸取所有文学作品的内涵，你就会在作为热爱这些文学作品的社会基石的全部有效的规则和章程的单个例子中获得一种虽然不完整、却是由经验得到的无尽的否定！而一首带有这秘密的诗则会将世界的观念——它系在千百句日常话语上——从中切断并使它成为一只飘摇而去的气球。如果人们如惯常的那样把这称为美，那么美就将是一场极其无情的、比任何一场政治革命都更残酷的变革！”

瓦尔特连嘴唇都白了。他憎恨这种把艺术理解为对生活的否定、与生活的对立的观点。在他看来这是艺人的放荡生活，一个陈旧的愿望——惹恼“平民”——的残余。在一个完美无缺的世界上不再有美，因为美在那里将成为多余：这个带嘲弄性的不言而喻的道理，他在这个观点里觉察到了；但是他的朋友没有讲出口来的问题他却没听见。因为他的断言中所含有的片面性对乌尔里希来说也是明摆着的。他本来完全可以讲与这相反的话，说艺术是否定，因为艺术是爱；艺术通过爱产生美，也许除了爱以外，在整个世界上没有任何别的手段可以使一件事物或一个人变得美丽。而仅仅是因为我们的爱只由片段组成，所以美就是某种如递增和对照的东西。只有爱情的海洋，只有在这个海洋里不再有递增能力的完美观念和以递增为基础的美的观念是一码事！乌尔里希的思想又一次触及了这个“王国”，他不情愿地停住。这当儿，瓦尔特也敛了敛神，在他首先宣布他的朋友的暗示——人们应该大致像在书本上读到的那样去生活——是寻常的，随后又宣布它是一种荒诞不经的论断之后，如今他转而证明这是一种邪恶的、卑劣的论断。

“如果一个人，”他以与先前相同的克制态度开了腔，“只把你的建议当作他的人生基石，那么他就得大致——不用提别的不可能的事了吧——同意一个美好的思想在他心中激起的这一切；甚至同意被纳入这样一个思想的这种可能性所蕴含的一切。这当然就会意味着普遍的衰落，但是由于这一面对你来说很可能是无关紧要的——或者也许你想到了那些不明确的一般性预防措施，对它们你没作过任何比较详细的说明——所以我只想打听关于个人后果的情况。我觉得结果毫无疑问，只会是一个这样的人在所有他不太是他的生活的诗人的情况下比一头动物的情形还更糟糕；倘若他想不起什么思想，他也就想不起什么决断，他简直就会在人生的一大部分岁月里听凭自己的欲望、情绪、寻常的激情，一句话，听凭最最无个性的、仅仅是一个人的组成部分的东西的摆布，并且几乎可以说是只要上部管道的梗阻延续不断，他就得正好想起什么就坚定地去做什么？！”

“然后他就必须学会拒绝干什么事！”克拉丽瑟代替乌尔里希回答，“这是积极的消极状态，在某些情况下人们必须有这个能力！”

瓦尔特没有勇气注视她。拒绝的能力在他们中间扮演着一个重要的角色；克拉丽瑟身穿长长的、盖住双脚的睡衣，看上去就像一个小天使，她一跃而起站立在床上，露出闪光的牙齿，按照尼采的哲学自由发挥了起来。“我把我的问题像一个铅锤那样扔进你的心灵！你要孩子和婚姻，可是我问你：你是一个可以要孩子的人吗？！你是得胜者、你的美德的主宰吗？抑或这是你的动物性和生活的必需品……”在昏暗的卧室里，瓦尔特徒然地试图诱使她在床垫上坐下，这情景看上去简直令人心惊胆战。今后她将拥有一句新的口头禅；需要时人们必须能够采取的积极的消极状态，这听起来完全像一个没有个性的人；她向他吐露了真情？他竟然加强了她的特征？这些问题像蚯蚓那样在他心头缠绕，他几乎觉得恶心。他面如死灰，紧张逐渐从他的脸上消失，致使这张脸无力地皱缩起来。

乌尔里希察觉到这一点，关心地问他是不是哪儿不舒服？

瓦尔特勉强说了“不”并果断地微笑着说，希望他把他的胡话说完。

“啊，苍天在上，”乌尔里希承认，“你的话不是没有道理。但是我们常常从一种体育精神中获取对某些行动——如果对手以一种漂亮的方式实施这些行动，那么它们就会损害我们自己——的宽容态度；然后，实施的价值与损害的价值竞争。我们常常也有一个观念，按这观念我们的行动有所进展，但不久习惯、惰性、利益、窃窃私语便取而代之，因为没有别的辙儿。因此我也许是描述了一种并不可以实施到底的状况，但是有一点是明确的：它完全是我们正生活在其中的、现存的状态。”

瓦尔特又恢复了平静。“如果颠倒黑白，那么人们总是可以说某种既真又假的话，”他轻声细语地说，并不隐瞒自己的真实想法——继续争论对他来说已没有意义，“你就会干这种事，对某件事进行断言，说它不可能，却真实。”

可是克拉丽瑟却使劲擦了擦鼻子。“可是我却觉得这很重要，”她说，“我们大家的心中都蕴含着某种不可能的东西。这很说明问题。我注意听着的时候，曾有过这样的感觉，我觉得如果人们可以将我们切开，那么我们的整个生命也许看上去就像一个戒指，只是这样徒劳地围绕着什么东西。”她已经先把结婚戒指褪下，这时正从戒指孔里朝曝光的墙壁望去。“我是说，戒指的中央一无所有，然而它看上去却完全好像只有这才是重要的似的。乌尔里希也不能马上就把这完美无缺地表达出来嘛！”

可惜这场讨论就这样带着一丝瓦尔特感到的悲痛结束了。

八五

施图姆将军努力整顿平民理智

乌尔里希比离家时说的晚归了大约一个小时，当他回到家里时，有人向他报告，说是一个军官已经等候他多时。他颇感惊讶地在楼上见到了封·施图姆将军，将军怀着老战友般的友好情谊问候他。“亲爱的朋友，”将军向他大声说，“你得原谅我这么晚还突然来拜访你，但我公务缠身早来不了，所以已在你的藏书堆里坐了两个小时，这些书真是井然有序极了！”宾主寒暄了一阵，便转入正题，原来施图姆是为提出一个紧急请求而来。他跷起二郎腿——凭他的体形，这颇有点费劲——伸出胳膊和小手，解释说：“紧急？每逢我的部门专职人员给我送来一份紧急公文，我总是对他们说：这世界上除了上厕所以外就没有什么事是紧急的。但是认真说来，促使我来登门求见你的这件事是极其重要的。我已经对你说过，我把你的表妹的家看作是我了解世间最重要的平民问题的一个特殊机会。毕竟这是某种非国家资产性质的东西，我可以向你保证，这给我留下了极其深刻的印象。可是，另一方面，即使我们有我们的弱点，军人也绝不像人们普遍认为的那样愚蠢。我希望你会同意我的看法，我们一旦做什么事，便总是做得干净利索。那么你同意这种说法了？这也是我意料之中的，这样我就可以和你坦率交谈。但是，尽管如此，我还是要向你承认，我为我们的军事精神感到羞愧。我是说，感到羞愧！除了随军主教之外，今天我大概是军队里和精神关系最密切的人了。但是我可以告诉你，人们若是仔细观察我们的军事精神，不管它多么卓越，它看上去也像一份早期汇报。你大概知道什么是早期汇报的吧？那么是不是呀，监察军官在报告里写着，多少人员和马匹尚在，多少不在了，他们病了，等等，莱托米施尔重骑兵在整个这段时间里都没有来，如此等等。但为什么有这么多的人员和马匹在或有病等等，这他就不写进报告里了。而这恰恰正是人们和平民达官贵人们打交道时始终都必须知道的。士兵说话短、简单且实事求是，但是我经常和平民各部的要员们一起参加会议，他们一有机会就问，为什么我一定要提出这样的建议，他们提出上层人物的体察和关心作为依据。因此我就——你得向我保证，我现在说的话只能你知我知——向我的上司弗洛斯特阁下建议，或者说得更确切些，倒不如说是我想给他来个意外惊喜，我说我可以利用在你表妹这儿的机会好好深入了解一下这些上层人物的体察和关心，并且，如果可以这样说的话，不揣冒昧地使其为军事精神所用。毕竟我们军方有医生、兽医、药剂师、牧师、法官、剧院经理、工程师和小乐队指挥：但还缺一个主管平民精神的中央机构。”

乌尔里希现在才发现，施图姆·封·博尔特韦尔带来了一只公文包；它靠在写字台的脚上，这是那种大的、可以用一条结实的皮带背在肩膀上的牛皮包，它们用于在各部宽敞的大楼里以及在大街上传送文件。将军显然是带着一个传令兵来的，传令兵在下面等候，只是乌尔里希没发现罢了。施图姆颇吃力地将这只沉甸甸的公文包拉到自己的膝头上并打开了小钢锁，这是一把看上去极具军事技术的锁。“自从我参加你们的活动以来，就一直没闲着，”他微笑道，弯腰时浅蓝色上衣上的金纽扣绷紧了，“可是你明白，这方面有些事情我并不是完全对付得了。”他用手指从公文包里掏出一大摞记着奇特的笔记、画着各种线条的散页。“你的表妹，”他解释道，“有一回我和你的表妹详谈过这件事，她理所当然地希望，从她为我们至尊的主立一个精神纪念碑所作的努力中会产生一个思想，一个简直可以说是人们今天所拥有的全部思想中级别最高的思想；但是不管我多么钦佩所有这些受邀与会的人，还是已经觉察到，这件事实在太艰难了。一个人说东，另一个人就说西——这没有也引起你的注意吗——但是我觉得比这更糟糕得多的却是：平民精神似乎就是人们指着一匹马称之为饕餮之徒的那种东西。你还记得吗？你可以给这样一头猛兽喂双份饲料，它还是不会长胖！或者我们不妨就说，”看到主人脸上略现愠色他便改口说，“不妨说，它一天天胖起来，但是它不长骨头，而且毛皮依然没有光泽；它所得到的，只是一肚子的草。因此这引起我的兴趣，你知道吗，我已经拿定主意要关心这个问题：究竟为什么我们理不出一个头绪来。”

施图姆面带微笑把头一张散页递给前少尉。“人们爱说什么就说什么好啦，”他说，“但是我们在军队里始终是讲求条理的嘛。这里这些东西是委托代销我在你表妹那儿从参加聚会的人的嘴里获悉的主要思想。你看吧，如果私下里问他，那么其实每一个人都认为别的什么事最重要。”乌尔里希惊奇地察看那张纸。它按申报表或军事表册的式样用交叉线和横线分格，格子里所登记的却都是与这样的结构有些抵触的话，因为他读到了用国家档案馆的工整字体书写的耶稣·基督的名字、佛祖释迦牟尼、老子、路德·马丁、歌德·沃尔夫冈、冈霍夫·路德维希、张伯伦以及许多别的人，这些人的名字显然在另一张纸上继续开列下去；随后在第二栏里可以读到基督教、帝国主义、交通世纪等等类似的话，在它们之后接着就是别的栏里的别的词组。

“我也可以把这称为现代文化地籍簿册，”施图姆说，“因为我们已经将它扩大，它现在包含在最近二十五年里深深触动了我们的各种思想及其创立者的名字。我简直不知道这花费了多少心血！”由于乌尔里希想知道他是怎样编成这份表册的，将军便喜滋滋地讲解起编纂过程及体例。“我动用了一个上尉、两个少尉，外加五个军士，在这么短的时间内就把这编成了！要是我们可以完全按现代方式行事的话，我们就可以给所有的团队寄去‘您认为谁是最伟大的人？’这个问题，一如人们今天所做的那样，就像报刊搞的民意测验之类，你知道吗，同时附上命令，要他们把投票结果的百分比报上来；但是，在军队里这样行不通，因为自然没有哪支部队可以不报皇帝陛下而报别的什么人。后来我就想到，何不改问哪些书最受欢迎、印数最高，但是结果很快就出来了，原来除了《圣经》以外便是印有各种公用事业收费表和古代笑话的邮政新年小册子，这是每一个收件人付几个小钱就可以从邮递员那儿得到的，这又一次让我们注意到平民精神多么艰难，因为一般来说适宜于每一个读者的书被认为是最优秀的书，或者起码，人们曾告诉过我，一个作者在德国得有很多很多志趣相投的人才会被认为是一个旷世奇才。因此，这条道路我们也走不通，最后这事儿是怎么做成的，这个嘛，现在我不能告诉你，这是希尔施军士的一个主意，和梅里夏少尉一块儿想出来的，可是我们成功了。”

施图姆将军将这页纸放到一边，带着一种显示出严重失望情绪的表情拿出另外一页纸来。他在清点了中欧思想库的存货之后不仅遗憾地断定这库里全都是互相对立的思想，而且也诧异地发现，这些对立的思想在对之作深入思考时开始相互转移。“每逢我向你表妹府上的那些著名人物请教，他们每一个人都各有各的说法，对此我已经习以为常，”他说；“但是当我和他们交谈了比较长的时间，我还是觉得仿佛他们所有的人都说着一样的话，这就让我百思而不得其解了，恐怕是我这个当兵的脑袋瓜子不够使，理解不了这个啦！”施图姆将军的脑袋瓜对什么感到如此忧心忡忡，这不是一桩小事，本来就不可以只让国防部去操这份心的，虽然情况表明，它同战争保持着种种最良好的关系。当今的时代一些重要思想通过特殊的命运恩宠给自己立刻添上一个反思想，致使个人主义和集体主义、民族主义和国际主义、社会主义和资本主义、帝国主义和和平主义、理性主义和迷信在这个时代共同流行，而且还添上了有同样或较小当代价值的无数其他对立思想未耗尽的残余。这似乎已经是十分自然的事，就如同有白昼和黑夜、热和冷、爱和恨，以及人体内每一块屈肌都有一块与之相对应的伸肌，而施图姆将军则和别人一样，本来也是绝不会想到要把这看作有什么不寻常的，若不是他对狄奥蒂玛的爱使他满怀虚荣心地陷入了这场冒险活动的话。因为爱不满足于将大自然的统一建立在对立的基础上，而是希望在对温情的渴求中得到没有矛盾的统一，所以将军曾想方设法建立这种统一。“我在这里，”他一边出示有关的册页，一边对乌尔里希说，“编了一份思想指挥官名录，这就是说，它含有所有最近在某种程度上可以说是把较大的军团从思想引向胜利的人的名字；这儿的另外一页是作战条令；这儿是行军计划；这一页是确定提供思想给养的仓库或武器储藏处的尝试。可是你大概会觉察到——我已经让人在图样中明确突出这一点——如果考察今天有争议的思想群体中的任何一个，你会觉察到，它不仅从自己的仓库，而且也从对手的仓库里吸取战斗员和思想物质的补给；你可以看到，它不断地改变阵线并且会毫无道理地突然掉过头来为反对自己的敌方而战；你会在相反的方向看到，各种思想不断地跑向敌对的一方，来回跑，致使你时而在一个，时而又在另一个阵线发现它们：一句话，人们既不能拟定井然有序的给养计划，也不能确定一条分界线，更不能拟定别的什么，而所有这些，恕我直言——可是另一方面，我又不能相信它——在我们这儿是会被每一个上司称为一堆猪猡的！”施图姆把几十页纸一下塞到乌尔里希的手中。这些纸上写着行军线路图、铁路线、道路网、部队番号、指挥所所在地、圆圈、长方形、用黑色阴影线表示的空间；就像一篇正规的参谋部文告上那样，红色、绿色、黄色、蓝色线条贯穿其中，还画进去了各种式样、各种含义的小旗，一年后这些小旗就会为大众所喜闻乐见。“一切全白搭！”施图姆叹息，“我更换了表现方式，试图不用战略的而用军事—地理的手段来对付这件事，希望以这样的方式至少可以获得一个明确划分好的行动空间，但是这同样也无济于事。这儿就是山岳形态学和水文地理学方面的表现尝试！”乌尔里希看到从标出的山顶分出的分支又在别处集结，看到泉源、河网和湖泊。“我还曾经，”将军说，他那双富有生活乐趣的眼睛里闪现出某种受到刺激或受到煽动的光，“作过各种不同的尝试，想使所有这些成为一个统一体：但是你知道这是怎么回事吗？！这就好像人们在加利西亚坐二等车旅行惹来一身虱子！这是我所知道的最糟糕的无能为力的感觉。如果人们长久在这思想那思想之间徜徉，他就会浑身发痒，而且即便搔得出血心里也安静不下来！”

年轻的前少尉听到这种粗野的描绘忍不住笑了起来。但是将军请求：“不，请你别笑！我考虑过了：你已经成为一个杰出的平民；处在你的地位，你会理解这件事的，但是你也会理解我的嘛。我来找你，是想让你帮助我。我太过于尊重一切属于精神范畴的东西，我简直不能相信自己是对的！”

“你对待思维太过认真了，中校先生，”乌尔里希安慰他。他不由自主地说了中校，随即便道歉说：“你使我如此愉快地重新回忆起以往的岁月，施图姆将军，想当初你曾在军官餐厅里命令我到角落去作哲学探讨。但是我必须再说一遍，人们不可以像你现在这样，这么认真地对待思维。”

“不认真对待？！”施图姆悲叹，“可是我脑袋里若没有严格的条理就活不下去！你不明白这个道理吗？一想到我已经没有它在练兵场和兵营里、在军官笑话和女人故事之间度过了多么长久的岁月，我简直就毛骨悚然！”

他们在桌旁坐下；乌尔里希为将军用男子汉的勇气阐述的这些孩子气的想法以及在小小的驻防地适时逗留时被赋予的无穷的青春活力所感动。他邀请这位逝去的岁月里的同志与自己共进晚餐，将军还如此强烈地处在想同人分享秘密的情绪中，以至于竟聚精会神地叉着每一小片香肠。“你的表妹，”他举起酒杯说，“是我所认识的最令人赞叹的女人。人们说得对，她的确是狄奥蒂玛第二，这样的女人我还从未见过。你知道吗，对于我的妻子，你不认识她，我没有什么好抱怨的，孩子我们也有：但是一个像狄奥蒂玛这样的女人，这却完全是另一码事！有时她会见客人，我便走到她身后：一种给人深刻印象的女性的丰满！而与此同时她在前面和某个杰出的平民人物相谈甚欢，那样具有学者风范，我真想边听边记笔记！跟她结了婚的那位司长，他绝对不知道该如何赏识她。说不定你对这位图齐特别有好感，那我就请求原谅，但我极不喜欢他！他只是蹑手蹑脚地走来走去，微笑着，仿佛他什么窍门都知道，可就是不想透露给我们似的。别给我来这一套，我对平民满怀敬意，可政府官员排在最后一位；他们无非是一种平民军官，一有机会就和我们争优先权，还一边厚颜无耻地做出一副彬彬有礼的模样，活脱是一只猫，一只蹲在树上注视着狗的猫。而阿恩海姆博士则又是另一种类型，”施图姆继续闲扯，“也许也自命不凡，但这样的优越感人们就是得承认嘛。”他显然酒喝得猛了一点，在讲了许多话之后，他心情变得愉快、态度也变得亲密了。“我不知道，这是什么，”他继续说，“也许我之所以不理解，是因为人们今天自己已经有了一种如此复杂的悟性，不过虽然我本人赞叹你的表妹，仿佛——那么我只好直说了，仿佛一块肉太大卡在我的喉咙里了——但她爱上了阿恩海姆，这倒也让我颇感欣慰。”

“怎么？你确信他们有关系？”乌尔里希问得有些莽撞，虽然这本来是不应该让他感到伤感的；施图姆用他那双近视的、因激动而还模糊着的眼睛满腹狐疑地凝视着他并戴上夹鼻眼镜，用完全不像军人的口吻补充说：“我没有断言他已经拥有过她。”他以军官的直率方式回答，又戴上自己的夹鼻眼镜并用完全非军人的口吻补充道：“但即便如此也是无可非议的；真是见鬼了，我已经对你说过，人们从这个社会得到一种复杂的悟性；我当然不是个多情的人，但是一想到狄奥蒂玛可能会赠予此人的温柔多情，我就不禁与他感同身受，反过来，我觉得他吻狄奥蒂玛仿佛就是我自己在吻她。”

“他吻她？”

“这我可不知道，我不刺探他们。我只是这么想象罢了，如此而已。我自己也不明白我怎么会这样的。顺便说一句，我已经见过，有一回他们以为没有旁人看见，他是怎样抓住了她的手，那时他们十分安静地待了一会儿，就好像被下了‘跪下祈祷，摘下军帽’的命令似的，随后她极小声地央求他什么，他对此作了回答，一问一答我都逐字逐句记住了，因为这相当难理解；她是这样说的：‘啊，要是能找到解救的思想该多好啊！’他回答：‘只有一个纯洁的、不动摇的宣示爱情的思想才能使我们得到解救！’他显得太从个人角度理解这个问题了，因为她一定是指她为从事自己的伟大行动所需要的那个解救的思想——你笑什么？你别拘束，我一直是有自己的特点的，现在我一定要帮助她！这一定办得到；有这么多的思想，总会有一个思想能解救人的！只要你肯帮我一把！”

“亲爱的将军，”乌尔里希重申，“我只能对你再说一遍，你对待思维太过于认真了。但是既然你注重这个，我可以试着向你解释一个平民是怎样思考的，我尽量试试吧。”他们点燃了雪茄烟，他开了腔：“首先你盘算错了，将军；并非像你所以为的那样，应该在平民中找到精神，在军队中找到物质，情况恰恰相反！因为精神是秩序，那么哪里比在军队里有更多的秩序？军人的衣领全都是四厘米高，纽扣的数目有严格的定规，甚至在多梦的夜晚床也是笔直沿墙摆放着！一溜儿排开一个骑兵中队，集结一个团队，腰带带扣头向右放置，这都是具有重要意义的精神财富，否则压根儿就没有什么精神财富！”

“拿这些去糊弄你祖母还差不多！”将军小心翼翼地咕哝道，他心存疑虑，不知自己是听错了还是喝迷糊了。

“你操之过急，”乌尔里希坚持己见，“只有在事情重复出现或可以受到控制的地方才可能有科学，那么哪儿的重复和控制会比军队更多呢？如果一个骰子在九点钟时不是和在七点钟时一样四四方方，那它就不是一个骰子。行星轨道的规律是一种射击规章。如果一切只是一闪而过，那么我们根本对任何事都无法想象或作出判断。要留声留名，那就必须是可以重复的、大量存在的，如果你还从未见过月亮，你就会以为它是一个手电筒；顺便说说，上帝给科学制造的大难堪就是，上帝只被人看见过仅有的一次，这就是在创造世界的时候，那时还没有训练有素的观察者。”

必须设身处地替施图姆·封·博尔特韦尔着想；自军官学校以来，从便帽的式样到准许结婚，他的一切举止行为都有定规，向这样的言论敞开胸怀，对此他兴趣不大。“亲爱的朋友，”他狡黠地回答说，“你说的可能都对，可是这跟我毫不相干；你很会开玩笑，你说，我们军人发明了科学，但是我不谈科学，而是如你的表妹所说，我说的是心灵，当她谈到心灵的时候，我就恨不得脱光衣服，这和一身制服太不相称了！”

“亲爱的施图姆，”乌尔里希不为所动地继续说，“许许多多的人指责科学没有情感、机械，并且也使得它所触及的一切变得如此；但是令人奇怪的是，他们竟然看不到在涉及情感的事情上有着一种远比在涉及理智的事情上糟得多的规律性！因为什么时候可以说一种感觉十分自然而又简单？如果所有处境相同的人都简直是自动出现这种感觉呢！如果一种有道德的行为不是这样一种可以随意频繁重复的行为，那么人们怎么可以要求所有的人有道德呢？！我还可以给你举出许多别的类似的例子，如果你避开这种沉闷的规律性，躲进内心的最黑暗的深处——这个不受监督的处所，躲进这个湿乎乎的创造物的内心深处——它防止我们被理智消融，如果这样，你觉得如何呢？刺激和反射的轨道，习惯和技巧的磨合，重复，固定，磨刻，系列，单调！这是制服、兵营、勤务条例，亲爱的施图姆，老百姓的心灵和军队有着奇怪的亲缘关系。不妨说，老百姓的心灵只要能够便总是尽量抓住这个榜样，它永远也不能完全与之匹敌。要是做不到这一点，那么它就会像一个遭遗弃的孩子。就以一个女人的美为例吧：让你惊喜和折服的那种美的东西，你以为是平生第一次看见，但你内心早已知道它并且寻找过它，你眼里总有它的余辉，只不过现在这余辉正在渐渐变得如日光般明亮；相反，如果确实是一见钟情的爱，是美，是你还从未感受过的美，那么你简直就会手足无措；要没有先例，你不知道它的名字，你不知道该如何作出回答，你简直迷惑不解，不知所措，陷于一种莫名的惊讶、一种痴呆的迟钝，这种迟钝同真正的迟钝幸好几乎没有什么共同之处……”

这时将军急忙打断他的朋友的话。迄今为止他一直敏捷机巧地在听他说话，这是人们在练兵场上听上司责备和教诲时的那种敏捷机巧，是必要时必须能够重复、却又不可以吸纳的那种敏捷机巧，因为要不人们也完全可以骑一只没上鞍子的刺猬回家的；但是现在乌尔里希刺痛了他，他大声嚷嚷：“说实话，你描述得极其正确！每逢我沉浸于对你表妹的赞叹之中，一切在我心中便化为乌有。每逢我尽量集中精神，以便想出一个可以用来为她效劳的主意，我心中同样会生出一种极其令人不快的空虚感；倒是也不必把这称为迟钝，但是一定很相似。那么，如果我正确理解了你的话，你认为军人的思维完全有条理；老百姓的理智要以我们为榜样，这我必须拒绝，这大概只是你的一句俏皮话而已！但是，我们有同样的理智，这个想法我有时也有；而除此之外的，你认为，所有这些在我们士兵看来极具非军人色彩的事物，如心灵、美德、热忱、情感——这些东西阿恩海姆运用起来十分得心应手，但是你认为，这虽然是精神，当然啦，你是说，这恰恰就是所谓上层人物的体察，可是你也说，人们会因此而变得痴呆，这一切说得对极了，但毕竟还是平民精神占优势，这个你当然是不想否认的，现在我问你，这是怎么回事？”

“刚才我已经说了一，你把这给忘了；我说了一：精神在军队里，现在我说二：物质在老百姓那儿……”

“可是这是胡说八道吧？”施图姆满腹狐疑地表示反对。军队的物质优势是一种教条，完全和这信念一样：军官阶级离皇上最近；即使施图姆从来没有被认为是一个运动员，可是就在似乎怀疑这一点的刹那间，心中却油然生出这种确信：同样是肚子，老百姓的肚子一定比他的肚子还要软一些。

“不多不少，和一切别的胡说八道一样，”乌尔里希辩解，“可是你必须让我把话说完。你看，约莫一百年前吧，当时德意志老百姓的首脑人物们曾认为，思考的平民将坐在自己的写字台旁从自己的头脑中引出世界的规律，一如人们能够证明三角形定理；当初的思想家是一个穿棉布裤、把头发从额头上甩开、还不知道煤油灯更不知道电或录音的人。从那时起我们的骄矜习性便彻底改掉了；在这一百年里我们对大自然和一切的了解比先前强多了，但后果几乎可以说就是，从各个部分的条理上赢得的一切人们又从整体上失去了，致使我们有越来越多的条理，越来越少的秩序。”

“这与我的研究相符。”施图姆证实。

“只是人们不像你这么热心寻找一个总结而已，”乌尔里希继续说，“在已经作出努力之后我们陷入一个故态复萌的阶段。你想一想，今天是什么情况：如果一个重要人物传播一个思想，那么这个思想立刻就会被一个由好感和反感组成的分配过程攫住；首先，赞扬者们从中撕下大块大块适合自己穿着的破布，并像狐狸扭曲腐尸那样扭曲他们的大师，然后对手们就来消灭薄弱的段落，于是很快除了一批可供朋友和敌人随心所欲利用的格言存货外便没剩下什么了。后果就是一种普遍的意义模糊。没有哪个‘是’上不挂着一个‘否’的。你可以做你想做的事，你会找到二十个赞成这样做的最美好的思想，如果你愿意，你也会找到二十个反对这样做的理由。人们几乎已经可以相信，这就像在爱、在恨、在挨饿，滋味想必是不一样的，每一种滋味都要尝一尝。”

“妙极了！”施图姆又如愿以偿地喊道，“某种相似的话我自己就已经对狄奥蒂玛说过！但是你别以为人们会把这一片混乱看作是对军队的认可，哪怕只是一刹那相信会有这样的事也让我感到害臊！”

“我倒要劝你，”乌尔里希说，“去给狄奥蒂玛暗示：出于我们还不知道的原因上帝似乎正在开创一个保养身体的时代；因为唯一还可以撑住思想的，是身体，思想从属于身体，你作为军官在这方面本来就有一段领先的距离。”

矮胖将军一怔。“至于说到保养身体，我不比一只剥去皮的桃子更好看，”稍过片刻，他怀着一种苦涩的满意说，“我也必须告诉你，”他补充说，“我只是以一种体面的方式想着狄奥蒂玛并希望以同样的方式经受住她的考验。”

“可惜，”乌尔里希说，“你的意图是配得上一个像拿破仑一样的人物的，可是你生不逢时呀！”

将军怀着为自己的意中人受苦的想法赋予他的庄重感忍受这讥讽，并在略一沉吟后说：“不管怎样，我为你有趣的建议感谢你。”

八六

王者商人和心灵-商业的利益融合也是：所有通往精神之路都从心灵出发，但没有回头路

就在将军的爱情向他对狄奥蒂玛和阿恩海姆的赞叹让路的当儿，阿恩海

姆本来想必是早就会作出不再归来的决定。可是他没这样做，而是作了久住的准备；他长期保留下榻的饭店里的房间，他动荡的生活好像要静止下来了。

当时，世界受到各种各样的事件的震撼，谁在一九一三年岁末有好消息，谁就是有了一座内部沸腾着的火山的概念，即使普遍存在着起因于和平劳动的感应作用，人们总觉得这座火山永远不会再次爆发。这种心灵感应并不普遍地同样强烈。舞厅广场旁边的这座美丽的旧宫殿——图齐司长在这里行使他的职权——的窗户常常还在深夜把灯光投进对面花园里光秃的树木之间，而有教养的逛街的人走过这里则总要感到一阵战栗。因为一如先圣约瑟之名渗入寻常木匠约瑟，“舞厅广场”这个名字渗入坐落在那里的宫殿，使其蒙上一层神秘色彩，让人觉得这似乎是那五六个神秘厨房中的一个：有人就在那些厨房的被遮蔽住的窗户的后面对人类的命运作出安排。阿恩海姆博士对这些事情相当了解。他收到密码电报并且时不时就有一个他的属下来看望他，带来总部的私人信息，他的饭店寓所正面的窗户也常常灯火辉煌，一个富有想象力的观察者完全会以为，在这里过夜的是第二个政府，一个反政府，一个现代的、隐蔽的经济外交战场。

顺便说及，阿恩海姆从不忽视使别人产生这种印象的机会；因为没有外貌的感应作用，人就只是一个甜蜜蜜、水汪汪的没皮果实。在吃早饭的时候——出于这个原因他从不单独而是在对所有人都开放的餐室里用早餐——他以有经验的统治者的纯熟统治技艺以及知道自己受人瞩目的人礼貌安详的态度让他的秘书用速记法记下一天的日程安排；其中没有哪个项目足以给阿恩海姆带来快乐，但是它们不仅互相分享在他意识中所占的地位，而且还因早餐的魅力而受到限制，从而得到了升华。人的才干也许压根儿就需要——这是他最心爱的想法——受到某种限制，以便使自己能得以展现；放纵的思维自由和无勇气的思维奔逸之间的那段确实肥沃的地带，一如每一个懂得生活的人所知道的，是十分狭窄的。但是此外，他也还确信，更关键的是思想的占有者；因为人们知道，新鲜且重要的思想很少只拥有唯一一个发现者，而另一方面，一个习惯于思考的人的大脑则连续不断地创造出各种不同价值的思想：所以突然产生的思想必须总是从外部，不仅从思维中而且也从人的全部生活状况中获得终结，获得有效的、成功的形式。秘书的一个问题，对邻桌的一瞥，一个走进来的人的致意，任何一个这类性质的动作每一回都及时地提醒阿恩海姆记住自己必须摆出一副给人印象深刻的形象，形象的这种统一也立刻感染了他的思维。他把这个生活经验融进了这个与自己的需求相称的信念之中：思考的人必须永远同时也是一个行动的人。

但是，尽管有这样的信念，他却不很重视他现在的活动；虽然他正谋求着一个也许令人惊异、值得奋力一搏的目标，但是他担心，他将会为自己的逗留付出无法原谅的时间上的牺牲。他反复回忆 Divide et impera[①] 这句古老而冷静的格言：它适用于与人和事物的任何一种交往并要求每一种单独的关系因全部关系的总体而受到某种贬值，因为使人愿意卓有成效地行动的那种情绪的秘密，和被许多女人爱却不特别偏爱哪一个的那种男人的秘密是一码事。然而，这无济于事；他的记忆力向他展现世人让一个天降大任的人承受的要求，但是，尽管如此，在反复扪心自问之后，他对这个结果还是不能不加理睬：他在恋爱。这是一件奇怪的事情，因为一颗约莫五十岁的心是一块坚韧的肌肉，它再也不会像二十岁的肌肉在爱情的全盛时期那样可以十分随意地伸展，这令他感到好生烦恼。

首先，他忧心忡忡地注意到，他的扩展开来、遍及世界的利益像一朵无根之花那样正在枯萎，而日常琐屑，一直下推至窗户旁的一只麻雀或一个侍者的友好微笑，则简直是欣欣向荣。从他的道德概念上——它们通常都是一个讲正确话的大系统，是不会脱口说出任何欠考虑的话的——他发现，它们变得更缺乏内在联系，倒长出某种物质来了。人们可以称之为献身，但这是一个通常含义更加深远甚至多样的词儿，因为没有献身人们走到哪儿都行不通；献身于一项义务、一个王侯或领袖，也包括献身于生活本身、献身于生活的丰富和多彩，通常被理解为男人的德行，对他来说是一种正直行为的集中体现——不管多么敏感，在这种行为中节制多于外露。同样的话也适用于忠诚，这忠诚一旦限制在一个女人身上，便带有一种狭隘的味道；适用于骑士精神和温良心地、无私忘我和敏感机警，适用于一切德行，它们通常和女人联系着被表现出来，但同时失去其最优秀的财富，致使难说是否爱情的经历也像水汇集到最低洼和通常并非无可指摘的场所那样只汇集到她那儿，抑

① 拉丁语，分而治之。

或是否妇女之爱的经历是一处火山地段——地球表面上盛开着的一切均靠它的热量而生存。所以男人强烈的虚荣心往往使其觉得在男人堆里比在女人堆里舒坦，而倘若阿恩海姆拿自己的已被带进权力领域的思想财富与这种由狄奥蒂玛引起的喜悦心情作比较，那么他便完全不能摆脱这样的印象：他身上出现了一种倒退。

有时他需要拥抱和亲吻，恰似一个男孩在愿望得不到满足时会激昂地向拒绝他请求的人跪下恳求，或者突然发觉自己渴望啜泣，说出挑战世人的话，最后甚至亲自去诱骗情人。现在人们知道，在这种不负责任的边缘——童话和诗歌便来自那儿——也有种种幼稚的回忆，并且如果一种轻微的困乏和醉意、心醉神迷或某种心灵震颤普照这些领域，那么这些回忆便会清晰可见；而阿恩海姆一时的情绪也并不比这样的模式更具体，所以倘若这些不成熟的后退式变化迫使他确信自己的精神生活充满被淡忘了的道德制剂，那么他就没有理由为这种一时的情绪感到气愤（并借助于这样的激动情绪有分量地加强原来的情绪）。他作为一个面对全欧洲的人总是努力使自己的行为具有的这种普遍有效性，忽然向他显示出某种非内心世界的特征。也许只有当什么东西应该适用于所有的人的时候，这种东西才是自然的；但是令人诧异的是这个结论的逆转同样闯入阿恩海姆的脑海，因为如果这普遍有效的东西是非内心世界的，那么反过来内心的人就是无效的。所以现在步步跟踪着阿恩海姆的不仅是对做某种不和谐、不理智、不合法的事的渴望，而且也还有这样的烦扰：就某种超理性的意义而言这是正确的。自从他又了解了这种使自己张口结舌的热情以来，他便心潮涌动，总觉得已经忘却了原来走过的路，而充满他内心的、一个著名人物的整个思想意识则仅仅是某种他已经失去的东西的临时代用品。

就这样，他按自然顺序回忆起他的童年时代。

在青少年时期的肖像上，他长着圆滚滚的黑色大眼睛，就像画上在寺庙里与犹太教经师争论的少年耶稣。他看到负责教导自己的男男女女围聚一圈对自己的智能啧啧称羡，因为他曾经是个聪明的孩子并且始终都有聪明的教导者。但是他也证明自己是个侠肝义胆、富于感情、容不得任何不公正的孩子；由于他自己受到悉心照看，绝不会受到什么不公正的对待，他便在大街上见义勇为，专打抱不平。这是一个很了不起的成就，因为得考虑到人们是如何竭力阻止他，从来不会超过一分钟还没有人奔跑过来将他从对手身边拉开的情况。由于这样的格斗按这种方式持续的时间长久得恰恰足以积累到这样或那样的痛苦经验，但又相当及时地被制止住，足以在他心中留下不屈勇敢的印象，所以阿恩海姆至今还怀着默许回忆它们，而这种勇往直前的男子汉气概后来便转入他的书和信念中，一如一个要告诉同代人该如何行动才能高贵而幸福的人所需要的那样。

所以他的孩提时代的这种状况便相当鲜活地保留在他的记忆里了，但是另一个稍晚些并且部分地作为改造性续篇出现的状况却已经泯灭，或者，说得更正确些，已经化成石头，如果人们可以把石头理解为钻石的话。这就是如今在与狄奥蒂玛的接触中惊起新的活力的恋爱状态，而其中典型的特点就是，阿恩海姆在自己的青少年时代完全是在没有女人、压根儿就没特定的人物的情况下认识这种状态的，当中的某种纷乱是他一辈子都未曾对付得了的，虽然他随着时间的推移了解到了对此所作出的最时新的解释。“他所指的，也许仅仅是某种在尚缺席的东西中的已经不可思议地出现的东西，一如那些罕见的表情在根本不是和这些而是和某些别的、可能会突然在一切已被看见的事物的那边出现的面孔有关联的面孔上，小的旋律在噪声中，情感在人的心中，人的心中确有情感，但当人的言语寻找它们时，它们还根本不是情感，而仅仅是，仿佛某种东西在心中延长了似的，在用尖端浸染进去，使之润湿，一如事物有时会延长那样，在风光明媚的春日，这些事物的影子慢慢从它们身上爬出去并像溪水中的倒影那样静悄悄、向着一个方向动荡着站住。”一位诗人曾这样表述过这个意思，当然是在很久以后，并且带着别样的腔调，阿恩海姆很欣赏这位诗人，因为了解这个公众不识其真面目的隐蔽的人的情况，这被看作知道内情的标志；顺便提一下，他自己并不理解这位诗人，因为阿恩海姆把这样的暗示与一个关于新的灵魂的觉醒的言论——这种言论在他的青少年时代很流行——或者与瘦长的女孩子的身体——人们当初喜欢描绘这样的身体并用一双看上去像丰满的花萼的嘴唇去突出它们——结合起来。

当初，那是在一八八七年左右——“天哪，这么说来几乎是在三十年之前！”阿恩海姆暗想——他自己的照片显示出一个时髦的、“新的”人，那时人们都用这样的称呼，这就是说，他在这些照片上穿一件高领黑色缎子背心，戴一个丝绸领结，这领结贴近毕德迈耶尔派时期的时尚，但按其意图却应该像波德莱尔。每逢小阿恩海姆不得不入席用餐并在粗壮的商人和他父亲的朋友圈子里初试自己的年轻锋芒，他的一个纽扣的扣眼里便总是作为新发明插着一朵迷人而险恶的兰花，这朵兰花进一步加固了他的那种形象。然而，在工作日里，这些照片上则往往有一把作装饰用的折尺，它从一件柔软耐穿的英国式外衣口袋里露出来，与这件外衣相配的是一个高得多的衬衣硬领，这硬领显得相当滑稽，却提高了脑袋的含义。这就是阿恩海姆从前的模样，他今天仍不能不对他的这幅肖像表示出某种程度的好感。他有良好的球技并怀着不寻常的热情打网球，早年间，人们都在草地球场上打网球；他令父亲惊讶不已地在众目睽睽下参加工人集会，因为他曾在苏黎世上大学的一个学年里不适当地结识了社会主义的思想；但也没多加考虑，次日他便无所顾忌地骑马飞奔穿过一个工人居住区。简短说，这一切均是乱糟糟一团充满矛盾的、却是新的有文化教养的要素，它们唤起以为自己生逢其时的蛊惑人心的错觉，这种错觉十分重要，虽然人们后来自然认识到它的价值不见得就存在于它的稀罕之中。是的，后来保守的认识在阿恩海姆心中日益滋长，他甚至怀疑，这种反复出现的、以为自己姗姗来迟感觉会不会是一种禀性浪费；然而，他不放弃它，因为他压根儿就很不情愿放弃曾经占有过的东西，他生性好收藏，已经小心翼翼地把当初拥有的一切保存在自己心中。只是，不管他的生活呈现出多么丰富多彩的姿态，今天他总觉得，恰恰是一切感觉中最不现实的部分将他攫住，并产生出完全不一样的久远的影响：正是那种具有浪漫色彩且充满预感的感受暗中授意他不仅要成为这个激烈动荡的世界，而且也要成为像一股屏住的气息般飘浮其中的另一个世界的成员。

这种耽于梦想的预感——如今通过狄奥蒂玛他又能想起这种预感的全部质朴自然的形态——要求悄悄地从事每一项工作和活动，杂沓的青年人的矛盾以及充满希望、变化无常的前景让位于这样的白日梦：所有的言语、事件和要求在其离开表面的深层上是一码事。在这样的时刻，连虚荣心也悄然沉寂，现实的事件像一座花园前的嘈杂那样显得遥远，他觉得，心灵已经漫过两岸，如今才真正到场。人们无法相当明快地保证说，这不是哲学，而是一种身体的经历，犹如看见受白昼天空照耀的月亮默默悬挂在上午的阳光中。在这种情况下，年轻的保罗·阿恩海姆虽然镇定自若地在一家高级饭店吃饭，衣冠楚楚地参加各种社交聚会，到处做着需要做的事；但是人们可以说，从他到他本身跟从他到下一个人或事物的距离一样远，外部世界并非终止于他的身上，内心世界并非仅仅从思索的窗户向外发光，它们统一成一种不可分割的，温和、安稳和崇高得像一种无梦的睡眠的孤独和存在。然后，在道德关系上显示出一种真正大的冷漠和等价；什么都不小，什么都不大，一首诗和一个印在女人手上的吻与一部多卷本的著作或一个政治上的重大成就具有同等的分量，而一切恶则毫无意义，恰似从根本上来说，在这种被一切有生命之物的温存同族性包围的状态下，一切善也成为多余。所以阿恩海姆的行为完全同往常一样，只不过就是事情的发生似乎有着一种不可捉摸的意义，内在的人一动不动地站在它的颤动着的火焰后面并注视着那个外在的人，此人在火焰前面吃一个苹果或正在让裁缝量尺寸做一套正装。

那么这是一种错觉呢，还是一种人们永远不会完全理解的现实的阴影？对此只能回答说，所有的宗教在其发展过程中的某些状态下都曾声称，这是现实，所有的情侣，所有富于浪漫色彩的人以及所有对月亮、春天和初秋日子里的安乐死情有独钟的人同样也都这样声称。但是后来这又逐渐消失；它挥发还是枯萎，这无法区别，然而有一天人们发现，别的东西取代了它的位置，人们迅速将它忘却，一如把不现实的经历、梦幻或错觉忘却。由于这种原始的和现实生活中的恋爱事件往往与个人最初的热恋同时出现，人们后来也就放心地自以为知道该如何为它估价，并把它算作在获得政治上的选举权之前可以偶尔为之的蠢事。情况就是如此，但是由于它在阿恩海姆身上从未与一个女人联系在一起，它也就不能以这种自然的方式与女人一道从他心中消失；因为它被种种印象——在结束了学业和自由自在的岁月之后，他甫一步入父亲的商行，便获得了这些印象——覆盖住了。由于他做什么事都全心全意，所以他立刻发现自己创造和正当获得的生活是一首远比诗人们在他们的写字间里想出来的所有诗歌更伟大的诗歌，而如今这却是某种完全不一样的东西。

与此同时，他起示范作用的天赋第一次显露了出来。因为生活的诗歌在这一点上胜过所有其余的诗歌：不管它的内容如何，它仿佛都是用大写字母刊印的。围着在一家商号里干活的最低微的见习生转的，是这个世界，各大洲从他的肩头向外张望，致使没有哪件他所做的事是没有意义的：他爱怎么努力就可以怎么努力；而围着关在自己的房间里的孤独的诗人转的，至多是苍蝇而已。这是如此显而易见，以至于对于许多人来说，从开始用生活素材创作的时刻起，一切从前使他们感动的东西似乎“只是文学”，这就是说，这种东西在最好的情况下产生一种微弱而混乱的，但通常充满矛盾、自相抵消的影响，人们却不恰当地对这种影响大惊小怪、大事张扬。阿恩海姆的情况当然不完全是这样，他既不否认艺术的美好冲动，也不能把某种一度强烈感动过他的东西看作是蠢事或错觉；一认识到成年人的情况比梦幻式的青少年的情况优越，他便着手在新的成年人认识的领导下实现两组经历的融合。这样，他恰好也就做了构成有教养群体的多数人所做的事，这些人在进入职业生涯后不想完全背弃从前的兴趣，甚至相反地现在才找到了一种同青年时代耽于梦想的推动力的平静而成熟的关系。这首伟大的生活诗歌——他们知道自己还在参与这首诗歌的创作——的发现又给予他们门外汉的勇气，这是他们在烧毁他们自己的诗歌时已经丧失掉的那种勇气；他们可以虚构生活，真正把自己看作是天生的专家并开始用精神上的责任充满他们的日常行为，觉得自己需要作出成千上万个小决断，才能使自己的日常行为合乎道德而且美好，他们以歌德为榜样，并声言没有音乐、大自然、对儿童和动物的纯洁的游戏的观察以及一本好书，生活便不会给他们带来欢乐。这个如此充满诚意的中产阶级在德国一直是各门艺术和一切不太艰难的文学的主要消费者，但是它的成员们理所当然地看不起文学和艺术——从前他们曾觉得这些是他们的愿望的圆满实现——至少他们用一只眼睛俯视它们，一如俯视一个早期阶段——即使这个早期阶段在其性质上比他们乐意看到的更完美——他们对此的看法就好比一个铁皮制造商必定会对一个石膏像雕塑者持有的那种看法——如果他有这种癖好，觉得后者的作品好看的话。

如今，阿恩海姆之于这个文化修养方面的中产阶级犹如一枝艳丽而饱满的麝香石竹之于一枝寒酸的、在路边长出来的林下石竹。精神上的变革、原则上的革新对他来说从来都不在考虑之列，他考虑的经常只是错综复杂的现状、温和的修正、有效势力被淡忘的特权的道德复兴。他不是势利的人，不崇拜上流社会位高权重甚于自己的人；他被引进宫廷并接触到了上层贵族及上层官僚，却并不是作为保守而封建的生活习惯的仿效者，而是仅仅是作为这种生活习惯的爱好者去适应这个环境，这位爱好者既不试图忘却自己平民的、在某种程度上可以说是法兰克福-歌德式的出身，也不愿意让这被别人忘却。但是一旦取得了这一成绩，他的相反地位也就消耗完了，一种更大的对立在他眼里就会显得对生活不公。他在内心深处相信创造的人——在他们前列的、将他们概括为一个新的时代的，是引导生活的商人——负有在某个时候取代现有旧势力的统治地位的使命，这赋予他以某种隐藏在内心的傲慢，打那以后出现的发展趋势为这种傲慢签发了资格证书；但是即使人们假定这种金钱的统治要求业已存在，如何正确使用已谋求到的势力的问题仍然悬而未决。前任银行经理和大工业家们日子过得轻松，他们是骑士，全然不把对手放在眼里，为此他们把精神的武器交给了教士；相反的，同时代的人虽然在金钱中拥有——如阿恩海姆所理解的——今天处理一切关系的最可靠的方法，但是这方法即使严厉和精确得像一台斩首机，也还是可能会敏感得像一个风湿病患者——想一想稍有风吹草动证券行市就会震荡和疲沓吧——并且极细致地与它控制的一切有关联。通过一切生命形象的这种细致入微的、只有盲目的思想家的傲慢才能忘却的关联，阿恩海姆这才把帝王风度的商人看作推翻和保持、权势和平民文明、合理的冒险行动和意志坚强的知识的合成，他在内心深处把这看作一种正在酝酿中的民主的象征形象；他想通过不倦和严格地塑造自己的个性，通过对他乐于接受的经济和社会关系的精神组织以及对领导和建设整个国家的思虑投入一个新的时代的怀抱，因命运和天性而各不相同的社会力量在那里被安排得井然有序、富有成果，而理想则并不因不可避免地起限制作用的各种现实而破碎，而是洗涤并加固自身。说白了，就是他已经通过帝王风度商人这个顶尖观念的培养使心灵-商业这一利益融合付诸实施，而从前叫他感受到一切归根到底都是一码事的爱的情感，现在成为他的文化和人的利益和谐一致的信念的核心。

大约就在这个时候，阿恩海姆也开始发表自己的著作，心灵这个词儿出现在他的著述中。人们可以想象，他是把它作为一个高贵的词儿，像使用一种方法、一种优势地位那样使用的，因为可以肯定，王侯和将军们没有心灵，而在金融家当中他是开先河者。同样可以肯定的是，在这方面一种需要起着作用，这就是抵御他周围很合理却较狭隘的环境，尤其是抵御他父亲的在商务方面占优势的领袖气质——在父亲身边他开始渐渐扮演起日渐衰老的王储角色——以一种为商业头脑所难以理解的方式保卫自己。另外，他想掌握一切值得知道的知识，这种虚荣心——一种好博学的习气，一种达到了相当程度的、可以满足他需要的好博学的习气，没有哪一个人可以与之匹敌——在感情中找到了一种手段，一种使一切他的智力无法掌握的东西贬值的手段。因为在这方面他跟他的整个时代没有什么两样——这个时代不是从宗教规章中，而是仅仅从对横扫这个时代的金钱、知识和心计的带女人腔的神经过敏的愤恨中重新演变出一种强烈的宗教意向来。但是，阿恩海姆在谈到心灵时自己是否相信它并认为占有心灵与占有股票具有同样的现实意义，这就很成问题、不能肯定了。他仅仅是用它来表达某种找不到别的措辞去表达的东西。他被他的这种需要吸引住了——因为他一讲起话来便不容易让别人开口；后来，在他注意到了他有能力在别人心中激起的这种印象之后，便也日益频繁地在文章和讲话里谈到它，就仿佛人们完全可以肯定它的存在，就像人们可以肯定背脊的存在，虽然人们没看见背脊。他为一种真正的冲动所攫住，他要用这样的方式书写某种捉摸不定和预兆不祥的东西，它与各名闻环球的商号的确凿无疑地交织在一起，就像一片深深的沉默与热烈的话语紧密相连；他不否认知识的用处，甚至相反，他自己就以他那孜孜不倦的搜集——这只有一个拥有这方面一切手段的人才有能力做得到——给人留下印象，但是他在留下了这个印象之后便解释说，一个智慧的王国凌驾于机敏和精确之上，人们只有用预言家的眼光才可以认识这个王国；他描述建立国家和名闻环球的商号的意志，为了让人懂得，不管名气多大他也无非只是一条胳膊，一条必须由一颗为人所不可见地跳动着的心驱动的胳膊；他以最最寻常的方式给他的听众讲解技术的进步或美德的价值，一如每一个平民想象的那样，但随即又补充说，这样的使用自然力和智力却仍然只是灾难性的无知，倘若人们预感不到这些自然力和智力是一座大海的激动，这座大海位于它们以下的深处并且几乎不受意志的刻凿。他用一位被逐女王的总督公告的口吻陈述这样的意见——这位总督亲自接受女王的指令并按这些指令处世行事。

也许这种处事方式是他的真正的、最强烈的癖好，一种权力欲，它远远逾越哪怕是一个人凭他的地位所能给自己提供的一切，并直接导致这个在现实领域里如此威势显赫的人不得不每年至少一次躲进边区小镇自己的宫殿里并口授一本书让他的秘书速记。那个奇特的预感——它首先并最生动地曾在他的热情奔放的青年时代显露过——已经为自己开辟了这条道路，但是他有时也还直接受到它的侵袭，尽管是带着已经缩小了的力量。后来在全球商业活动中间，他好像突然受到一种甜蜜的麻痹和修道院思念的侵袭，它们悄悄告诉他：一切矛盾、一切伟大的思想、一切社交经验和努力，不仅和人们大致理解为文化和人道的东西是一码事，而且也具有一种杂乱的、字面上的以及闪烁而懒散的意义，犹如人们在一个稍感不适而又风和日丽的日子交叉双手，从河流和草地上望过去并且绝不会移开目光。从这个意义上来说，他的写作是一种妥协。因为只有一个心灵，这个心灵不是在咫尺之间，而是在流放地，并且从那儿只按唯一的一种奇异而不确切的或者意义模糊的方式显现出来，相反的，却有着无数的、压根儿无限多的心灵以及世界上所有的问题——人们是可以把这个尊贵的信息运用到这上面去的。就这样，随着年龄的增长，他遇到了时间延续太久所有正统派和预言家们都会陷入的那种严重的困境。阿恩海姆只需在一片寂静中坐下来写作，他那支生花妙笔便会把他的思想从心灵带向精神的、美德的、经济的和政治的各种问题，这些问题在看不见的光源照耀下透出清晰、神奇统一的光亮。这种膨胀欲有其令人陶醉的魅力，但是因此他也就受到那种意识分裂的约束，这种意识分裂对于许多人来说是笔头创作的先决条件，因为精神摒除一切并忘却于它不相宜的东西；若是与一个会谈者面对面地谈话并通过此人感到与世事紧密相连，那么阿恩海姆是从来也不会这样详细地发表自己的意见的，但是伏案写作，反映起自己的观点来，他就抑制不住自己的情绪，喜欢用譬喻来表达某些信念，这些信念只有极小的一部是坚定的，大部分是一团言语雾气，这团雾气的唯一的、而且也并非微不足道的现实要求就是：它不由自主地在总是同样的地方升起来。

谁想因此而责备他，谁就应该考虑到：拥有一种双重的思想品格，这早就不再是一件只有傻瓜才去完成的艺术品，而是政治明智的可能性，撰写一篇报刊文章的能力，信仰新的文艺思潮的力量，以及无数别的东西，它们以现代的速度完全建立在这样的才能的基础上：在一定的时刻对自己的信念深信不疑，从完整的思想内容中分离出一部分来并将这部分伸展为一种新的坚定信念。按这种方式，这就还有一个长处：阿恩海姆完全诚实地从不相信他所说的话。当他处在风华正茂的年龄时，他曾对存在的种种事物发表过自己的看法，拥有广泛的信念并且每逢他以同样的方式继续下去便总是看不到界限，不知自己从何时起应该停止，即便在将来也不获取新的、和谐地从旧信念中演变出来的信念。一个如此有效地思维着的人，在别的意识状态中看清楚了利害得失，一个这样的人不会不注意到：这是一种没有边际没有轨迹的行为，尽管它简直是永不枯竭地在蔓延滋生；它在他的人格的统一中找到了他的唯一的界限，虽然阿恩海姆忍受得住强烈的自尊心，但这对他的理智而言却不是令人满意的状态。他把原因推到生活到处让了解情况的观察看到的非理性的残余部分上；他试图也耸耸肩以此安慰自己：在当今这个时代，一切都不着边际。由于没有哪个人能使自己超越他的世纪的弱点，所以他毫无妒忌心地让荷马或佛陀式的人物形象——因为他们生活在较有利的时代——凌驾于自身之上，从而在自己的世纪里甚至窥见了一种宝贵的可能性：行一切伟大人物都具有的谦虚美德。但是渐渐地，随着在他的王储生涯中没有发生任何重大变化而他在文学上的成功却达到了巅峰，显著成果的缺乏以及没有达到自己的目的并且忘掉了自己的初衷的不愉快感便日益明显，令人感到喘不过气来。他通观自己的著述，尽管他可以对此感到满意，然而他还是以为看到自己有时因所有这些思想犹如因一道一天天变得越来越厚的钻石墙那样只不过是脱离了一个满怀渴念且发生着持续效力的发源地。

恰恰在最近他遭遇到了某种这样性质的不愉快的事，它深深触动了他的心弦。他利用现在比往日更经常享受到的闲暇，让他的秘书按自己口授用打字机记录一篇论述国家建筑和国家观的一致的文章，在口授“我们看到城墙的沉默，如果我们观看这座建筑的话”这句话时，在说了“沉默”这个词儿之后，他便顿住，以便品味一下刚才不由自主从他心头涌起的罗马掌印大臣的形象；但是当他再看那打字稿时，发现秘书按习惯抢先一步已经写下：“我们看到心灵的沉默，如果……”这一天，阿恩海姆没有继续口授，第二天他让秘书删去了这句话。

比起有这样的广度和深度背景的经历来，这种颇有些寻常的身体上与一个女人紧密相连的爱情有多少分量呢？可惜阿恩海姆不得不承认，它和涵盖了他一生的认识具有同等的分量，这个认识就是：一切通往精神的道路从心灵出发，但没有哪条道路是回头路！不用说，已经有许多女人曾为与他有过亲密关系而感到高兴，但是那不是寄生的人，便是有职业的、受过高等教育的女人和女艺术家们，由于情况清楚，人们可以与受供养的和有职业的这一类女人互相取得了解；他的本性的道德需要总是把自己引进某些关系之中，使本能和与之相伴相随的不可避免地与女人的争论得到理性的某种支持。但是，狄奥蒂玛是侵袭着他的道德后面的、更秘密的生活的第一个女人，所以他有时简直是用妒忌的目光看着她。说到底，她无非是一位官员的太太，虽然有着最好的生活风格，却没有受过那种只有权势才能赋予的最高的人道的教育，而倘若他愿意完全承担义务的话，那么他本来是可以娶美国金融寡头或英国上层贵族家庭的姑娘的。他有这样的时刻：一种完全是天然的家庭教育的区别、一种极天真的儿童傲慢或一个照管得很好的孩子第一次被领进公共学校时的那种惊惧在他心中显露出来，致使他觉得他那日益增长着的迷恋像一种迫在眉睫的耻辱。每逢他在这样的时刻怀着一种只有一个已经自行消亡并已回归的人才有的那种极度的优越感对待他的事务，他便总是觉得与爱情相比，那冷静的、不会受任何东西污染的金钱理性是一种异常干净的力量。

但是这无非仅仅是意味着，对他来说俘虏不明白他怎么会没有拼死保卫便就已经让人剥夺了的自由的时刻已经来临。因为每逢狄奥蒂玛说："什么是国际事件？Un peu de bruit autour de notre âme①……"他便总是感觉到他的生命大厦在颤抖。

八七

莫斯布鲁格尔跳舞

这期间，莫斯布鲁格尔还一直被关押在地方法院的拘留所里。他的辩护律师抖擞精神，竭力不让有关当局从速了结此案。

莫斯布鲁格尔对此微微一笑。他因烦闷而微笑。

① 法语，我们心灵周围一点嘈杂之声。

烦闷摇晃他的思想。烦闷通常熄灭他的思想；但它摇晃他的思想；这一回，这是一种犹如演员坐在更衣化妆室里等候上场的状况。

倘若莫斯布鲁格尔有一把大刀的话，那么现在他一定会拿起刀来把椅子的脑袋砍下来的。他会把桌子的脑袋，会把窗户、便桶和牢门的脑袋全都砍下来的。然后他会给被他砍掉了脑袋的物件统统安上他自己的脑袋，因为在这间牢房里只有他自己的脑袋，这真是件美事。他能想象他自己的脑袋，能想象它安放在这些物件之上的情景，宽宽的头颅，那一头像毛皮那样从头顶向额头延伸的头发。然后他便喜欢这些物件。

要是房间大一些伙食好一些那该有多好！

他为自己可以不看见任何人感到高兴。人对他来说是难以忍受的。他们经常那样吐唾沫或耸起肩膀，简直让人完全灰心丧气，直想用拳头猛击他们的后背，就好像必须在墙上打出一个窟窿来似的。莫斯布鲁格尔不相信上帝，而是相信他个人的理性。他在心中轻蔑地称永恒的真理就是：法官、牧师、警察。他不得不独自一人料理自己的事，而在这方面人们有时已经有这样的印象：所有的人挡住了一个人的路！他在眼前看到了他曾经常看见的东西：墨水瓶，绿布，铅笔，还有墙上的皇帝肖像以及他们大家坐在这儿的景象；他觉得这在他的安排中就像一种弹簧猎兽装置，用感情给盖上了，必须这样，而不是用草和树叶盖上。然后他一般都会想到，外面河曲边上有一片灌木，想到一眼水井的吱吱声，一块块杂乱无章的地段，一种不尽的储备回忆——他根本就不知道这些回忆当初曾帮过自己什么忙。他梦想："可以给他们讲些什么！"像一个年轻人那样梦想着。人们如此频仍地把这个年轻人监禁起来，以至于他永远不会变老。"下一回我要把这仔细看清楚，"莫斯布鲁格尔心中暗想，"要不他们会不理解我的。"随后他生硬地笑了笑并像一位父亲那样与法官们谈论自己，这位父亲这样说自己的儿子：他不中用，你们好好把他监禁起来吧，也许这样他就会稳住自己的心神！

现在他当然有时对狱中的规定感到恼火。抑或是这让他感到有些痛苦。但是随后他可以把狱医或监狱长叫来，于是一切便恢复某种秩序和宁静，像一只死鼠头顶上方的水，这只死鼠掉进这片水里了。诚然，他并不是刻意将其想象成为这幅景象；但是一种印象，像一片不会受任何事物扰乱的宽阔、闪光的水面那样伸展开，这样的印象他现在几乎总有，即使他没有话语来表达它。

他仅有的话语是：嗯嗯，噢噢。

桌子是莫斯布鲁格尔。

椅子是莫斯布鲁格尔。

装上铁栅栏的窗户和锁上的牢门是他本人。

他说这话并不是神经错乱、神态异常。橡皮带干脆去掉了。在每一个物件或人——如果它想亲近另一个——的后面，都有一条绷紧的橡皮带。不然的话，到头来各种事物也会杂乱地混在一起。在每一种运动中都有一条橡皮带，它永远不让人完全做想做的事。如今这些橡皮带一下子都给去掉了。抑或那原本只是像受到橡皮带妨碍的感觉?

这个人们大概无法区分得这么清楚吧?“譬如，女人用橡皮带吊住她们的袜子。这不就得了！”——莫斯布鲁格尔心中暗想。“她们把橡皮带当一道护身符绑在大腿上。在罩衫下面。像为了不让虫子向上爬而涂在果树上的圆圈。”

但是这只是顺带着说说。好让人别以为莫斯布鲁格尔需要对所有的人都称兄道弟。他才不是这样呢。他仅仅是内部和外部。

现在他控制住一切并呵斥一切。他在人们杀死他之前把一切整理好。他能够考虑他想考虑的事，眼下一切事情容易驾驭得就像一条受过良好教育的狗，人们对这条狗说“趴下”。虽然他被监禁，却有一种巨大的权势感。

汤准时送到。他被准时唤醒并带出去散步。牢房里一切都严守时刻、不可动摇。有时他觉得这简直不近情理。在一种奇怪的逆转中，他觉得这种规章似乎起因于他，虽然他知道，这规章是强加于他的。

别人有这样的经历，如果他们躺在夏日一片矮树篱的阴影里，蜜蜂嗡嗡叫，太阳缓缓移过淡乳色的天空；于是世界像百音钟机械传动发声装置那样，围绕这人旋转。在莫斯布鲁格尔心中，他的囚室向他提供的这幅几何图景就已经做到了这件事。

他同时发现，他像发了疯似的渴望吃到好饭菜；他这样梦想着；大白天，只要纷杂的思绪平稳下来，他眼前几乎总是阴森而经久地浮现起一大盘烤猪肉的轮廓。“两盘！”于是莫斯布鲁格尔下令。“或者三盘！”他如此强烈地思虑着并贪婪地扩大着这个想象，以致一时间竟觉得吃得太多想呕吐，他在想象大口大口吃肉。“为什么，”他晃着脑袋思虑，“刚刚还想吃，现在这么快地就以为要撑破肚皮了呢？”在吃和撑破肚皮之间有着世上的种种享受；啊，这是一个什么样的地带，人们简直可以举出一百个例子来证明这个空间多么狭窄！只说其中的一个：一个人们不曾拥有的女人，她的样子就像月亮在夜晚越升越高并不停地在你心头吮吸；但是如果已经拥有过她，人们就想用靴子践踏她的脸。为什么情况会是这样？他回忆起他曾常常被问及同样的问题。那么人们可以回答说，女人是女人和男人；因为她们死皮赖脸地追求他们。但是即便是这个道理，那些问他的人也永远不愿意正确理解。他们只愿意知道，他为什么以为人家好像都跟同他作对似的。说得仿佛并非甚至连他自己的身体也和那些人一道密谋策划似的！在女人那儿，这是一清二楚的。但是即便在男人那儿，也是他的身体比他自己更能达成理解；人们你一言我一语争论起来，人们知道什么事合适，人们整天一个人围绕另一个人旋转，一转眼间便越出了那个可以没有危险地互相交往的狭窄地带：可是如果是他的身体使他招惹上了这个的话，那么他的身体也应该可以让他摆脱它嘛！就莫斯布鲁格尔所记得的而言，他曾感到恼火或惧怕，而他的胸脯连同胳膊便都向前冲出，就像一条接到了这样做的命令的大狗。再多的情况莫斯布鲁格尔也理解不了了；亲切和厌烦之间的空间是狭窄的，既然事情这样开了个头，那么就会迅速变得狭隘起来的。

他记得很清楚，那些会讲外语并不断地审问他的人常常指责他说：“可是人们总不会因此而立刻杀死另一个人的吧？！”莫斯布鲁格尔耸耸肩膀。已经有人为了几个小钱就被人杀死，或者什么也不为，就因为另一个人恰恰产生了这样的错觉。但是他自重自爱，他不是这号人。随着时间的推移，这责备给他留下了印象；他很想知道，他为什么时不时憋闷得慌，或者人们该把这称作什么，他竟不得不用暴力给自己腾出地方来，以便让血能够重新从他的脑袋里流出来。他考虑。但是，思考本身不正恰好如此吗？要是能开始一段这样的好时光，他本可以惬意地笑逐颜开的。这样，思绪就不再会在脑壳下发痒，而是会突然只剩唯一的一个思绪存在。区别之大恰似幼儿蹒跚的行走与美丽女子的翩翩起舞。简直就像着了魔了。有人拉手风琴，桌上有一盏灯，蝴蝶从夏日的夜幕下飞舞进来：所以现在，所有的想法都受到他一个人的检验，或者说，莫斯布鲁格尔在它们靠近过来时用大手抓住并压碎它们，这瞬间它们看上去像小龙一样荒诞离奇。一滴莫斯布鲁格尔的血掉进世界。这一点人们无法看见，因为四周一片漆黑，但是他感觉得到，黑暗中发生着什么事。纷乱的东西在那外面得到整肃。鬈曲的东西变得平滑。一种无声的舞蹈取代了这难以忍受的嗡嗡声，平时这世界就常用这嗡嗡声折磨他。现在，所发生的一切都是美丽的；就像一个丑陋的姑娘会变得美丽：如果她不再孤单一人站在那儿，而是让人拉着手，旋转着身子跳一支轮舞并把脸仰起，向上对着一道楼梯——已经有人从那道楼梯上朝下看过来。这真奇怪，而如果莫斯布鲁格尔睁开眼睛打量这些人，打量在这样一个一切跳着舞听从他的时刻里恰好在他身边的这些人，那么他也会觉得他们美丽的。于是他们也就不再跟他作对，不是城墙，而事实表明，这只是想挫败他的一种努力而已，这像一个负重扭歪着的人和事物的面貌。于是莫斯布鲁格尔便在他们面前跳舞。庄重而为人所不见地跳舞，他，一生都不和人共舞的他，就着一种音乐翩翩起舞，这音乐越来越变成冥想和睡眠，变成圣母的宫殿，最后变成一片寂静，变成一种神奇而不足信的、极端松弛的状态；连续跳了几天的舞，谁也没有看见，直至一切在外面的、出自他内心的东西，僵直和纤细得像一张让严寒冻坏了的蜘蛛网，悬挂在种种事物上。

如果人们没有参与这件事，怎么会愿意对别的事作出判断呢？轻松地过了一些时日之后——在这些日子里莫斯布鲁格尔几乎改变了自己的秉性——漫长的监禁时光便总是再度来临。相比之下，国家监狱一点儿也不合他口味。如果随后他愿意思考，一切便辛辣而空洞地在他心里抽紧。工人之家和国民教育协会——那儿的人想告诉他，他该如何思考——他恨；他还记得，那些思想怎样在他脑海里趾高气扬！拖着穿铅底鞋的双脚，他艰难地在这世界上行走，希望找到一个地方，在那里情况会发生变化。

今天，他还只能倨傲地对这个希望报以微微一笑。他从来也没能找到自己也许本可以坚持住的两种状态之间的那个中间状态。他厌烦了。他凛然笑对死亡。

况且，他见得多了。巴伐利亚和奥地利直至下面的土耳其。发生了许多事，这些事他生时都从报上读到了。这是一个动荡的时代，从总体来看。暗地里，他实际上颇为曾在其中生活过而感到骄傲。如果人们这样来考虑，细想起来这还是一件杂乱而沉闷的事，毕竟他的路从中间穿越而过，事后人们能够很清楚地看见他的轨迹，从生到死。莫斯布鲁格尔不觉得人们会处决他；他凭别人的帮助，自己处决自己：他就这样看待这不可避免要到来的事。一切都用某种方式归结为一个整体：公路，城市，警察和鸟儿，死人和他的死神。他自己并不完全理解这件事，而别人则全然不理解，即使他们能对此喋喋不休地高谈阔论。

他吐了口唾沫并想到了天空，天空看上去像蒙上了一层蓝色的捕鼠器。“在斯洛伐克，他们制作这样又圆又高的捕鼠器。”他想。

八八

与重大事物的联系

有一个情况本来是早就应该提及的，这个情况已在各不同场合被触及；不妨用这样的措词表述它：没有任何东西对精神会有如同精神与重大事物的联系那样大的危害。

当一个人在树林里漫游，登上一座山并看到世界在自己脚下伸展，打量自己的孩子——人们第一次让他抱这个孩子——抑或享受占有普遍受人羡慕的位置的幸福时；我们问：这时他内心可能有什么活动？肯定是，这个人会这样觉得，很多、很深刻、很重要的内心活动；只是他既不沉着镇定，在某种程度可以说又没信守诺言。于是，像磁心外壳般围住他的、位于他眼前和四周的这种值得钦佩的东西，将他的思绪从他内心拉出来。于是，他的目光滞留在无数细节上，私下里却觉得仿佛已经把自己的全部弹药射完了。周围，情感激荡的、充满阳光的、加深了的或伟大的时刻给世界乃至所有小叶子和小叶脉蒙上一层电镀银白色；但是在那另一个、他个人的终端却不久便显示出某种内部的材料缺乏，那里几乎可以说是产生出一个大的、空的、圆的“〇”。这种状况是与一切永恒和伟大接触的征兆，是在人类和自然的各个最高点停留的征兆。比起伟大的事物来更喜爱社交的人——尤其要指出，目下无尘的伟大的心灵也属于这类人之列——他们的内心不由自主地被拉出而变为一种扩散的表面情况。

所以人们不妨认为与重大事物联系的危险是维护精神的物质的一种法则，这种法则似乎是相当普遍地有效的。身居高位、举足轻重的人的讲话通常比我们自己的讲话更无内容。跟特别可敬的事物有一种特别亲近关系的种种思想，通常看上去都是这样，以致没有这种庇护它们便会被认为很落后。我们最宝贵的任务，国家的、和平的、人类的、美德的以及类似的宝贵的任务，都在其背上载着最便宜的精神女神。这真是一个很颠倒的世界；但是，如果人们假定一个主题本身越重要对这个主题的探讨就可以越不重要，那么这就又是一个秩序世界了。

只是，这个有能力对沟通欧洲精神生活作出重大贡献的法则并非总是显而易见，而在从一系列大主题向新的主题系列过渡的时期里，寻找大主题服务的精神看上去甚至会具有颠覆性，虽然它只是换了换号衣。就在眼下的人们还在忧喜参半的时候，这样的一种过渡就已经端倪渐显。譬如，已经有了探讨一个阿恩海姆特别看重的主题的书籍，它们大量出售，但是人们还没有向它们表示最大的敬意，虽然他们对达到某个印量以上的书籍都不吝敬意；有了很有影响的工业，如足球或网球工业，但是人们还踌躇着没在大学里开设这些课程。总而言之：是有福的劳夫博德和海军上将德拉克当初从美国引进了土豆，从而开始结束欧洲的规律性饥荒呢，还是不怎么有福却很有教养和一样好斗的海军上将拉莱奇做了这件事，抑或是无姓名的西班牙士兵或者甚至是那个勇敢的骗子和奴隶贩子哈夫金斯——长久以来，没有哪个人想到要为土豆的缘故而认为这些人物比譬如物理学家阿尔希拉西之类的人物更重要。关于这位物理学家人们只知道，他曾正确地解释了彩虹；但是随着平民时代的到来，对这样的业绩的等级也已经开始重新评价，而在阿恩海姆的时代，这种重新评价已经广泛展开，只不过还受到较陈旧的偏见的阻碍。效果的数量和数量的效果，作为新的、明明白白的崇敬对象，还在与一种正在变得陈旧、已经模糊不清的高贵的对头斗争，但是在概念世界里却已经生出最非同寻常的妥协，就像伟大精神这个概念本身，一如我们在最近这一世代里看到的，必定是自己的和土豆的意义的一种合成，因为人们等待着一个人，这个人有天才的寂静，但同时也有一只夜莺的通俗易懂。

预言以这样的方式将会产生什么结果，这是困难的，因为通常只有当事物的伟大意义已经消逝一半的时候，人们才会看透与重大事物联系的危险。没有什么比取笑以陛下的名义倨傲地对待到庭的诉讼方的法警更容易的了，但是以明天的名义观望今天的那个人——他还是不是一个法警，在后天来到之前，人们通常是不知道的。与重大事物联系的危险有着这样一个很令人感到不舒服的特性：事物在变，但危险总是依旧存在。

八九

人们必须跟上自己的时代

阿恩海姆接待了事先通知来访的自己公司的两名高级职员并进行了长时间的会谈；清晨，客厅里四处摆放着各种案卷和计算资料，凌乱不堪，有待秘书来清理。阿恩海姆必须作出决定，代表们要搭乘下午的火车返回，而他今天则一如往常品味着这样的情势，因为它们在任何条件下均保证某种注意力的高度集中。“在十年内，”他考虑，“技术将会高度发展，届时公司将会拥有自己的专机；到那时，我就可以从喜马拉雅山麓的一个避暑地指挥我的下属。”由于他已在头天夜里作出了决定，并只需在今天白天将它们再审查一遍并最终敲定，所以这时候他有空闲；他让人把早饭送进房间，一边回忆着在府上的那次聚会——昨晚他不得不稍稍提前一点离开会场——他一边抽着早晨的雪茄，精神完全放松下来。

这一回是一次极其轻松愉快的社交聚会；许许多多的参加者在三十岁、至多三十五岁以下，几乎还是放荡不羁的文人，却已经颇有名气，并受到报界的注目；不单单是本地人，也有来自世界各地的客人，大家都慕名而来，他们听说在卡卡尼一位上流社会的妇人在为精神开辟一条通往世界的小小通道。有时人们几乎觉得这像一家咖啡馆，每逢阿恩海姆想到在她自己家里似乎担惊受怕的样子，他总是微微一笑；但是总的来说气氛很热烈，无论如何也是一个很不寻常的实验，他这样觉得。对毫无结果的大人物们的聚会感到了失望，他的女友作了一个将最新的精神注入平行行动的果断尝试，而阿恩海姆的关系则在这方面对她很有好处。一回忆起他不得不听的那些谈话，他便一个劲儿摇头；他觉得它们相当的癫狂，但是“人们必须对年轻人让步，”他自言自语，“若简单地拒绝他们，那就失礼了。”所以他对这件事，如果可以这么说的话，感到非常好笑，因为这真有点儿过火了。

人们讨厌什么呀？讨厌经验。他们指个人经验，十五年前印象主义曾如醉如痴地像谈论一种神效植物那样谈论过那个个人经验的地热和现实感。现在他们说印象主义软弱无力、没有头脑。他们要求控制肉欲，要求精神综合！

而综合，从整体来看这大概是怀疑论、心理学、调查和分析、前辈时期各文学倾向的对立面吧？就他所理解的而论，他们说这话并不带着很强的哲学意味；倒不如说这是朝气蓬勃的年轻人对不受阻挠地行动的需要，这就是他们所理解的综合，是一种跳跃和舞蹈，不会让自己受到任何批评的干扰。如果他们觉得合适，他们就会毫不迟疑地也把综合抛弃，连同分析和全部思维一起抛弃。然后他们就断言，精神必定会汲取经验的液汁而得到升华。作这样的断言的，通常当然是另一个群体的成员；但是有时匆忙间也会是同一批人。

真是绝妙的言论！他们要求善于思考的气质。扑进世界怀抱的迅猛的思维方式。古怪的人的削尖的头脑。此外，他还听见什么来着？

按照美国全球职业规划重新塑造人，通过机械化力量的中介。

抒情风格，与最强烈的生活的戏剧理论相结合。

技术专门用语；一种与机器时代相称的精神。

布莱里奥[①]——一个人大声叫喊——刚刚以每小时五十公里的速度飘荡在英吉利海峡上空！这首关于五十公里的诗人们必须写，并把全部别的、腐朽的文学丢到垃圾堆里去！

他们还要求加速度，这是根据运动生物机械学和杂技表演式的精确而得出的经历速度的最大限度提高！

因电影艺术引起的摄影技术革新。

然后有一个人说，人是一个神秘的内室，为此人们必须通过锥体、球

① Louis Blériot（1876 — 1936），法国航空探险家、飞机制造师。

体、圆柱体和立方体使自己同宇宙产生联系。但是与此相反的看法：作为前面那种意见基础的个人主义艺术观就要消失，人们断言说；说是人们必须通过国民建筑物和住宅区赋予未来的人以新的居住感觉。而就在个人主义的和社会的派别已经分别形成的当儿，第三派插话说，只有宗教艺术家才是真正意义上的社会的艺术家。紧接着，新建筑师一派要求自己居领先地位，说是因为建筑学的目标就是宗教；此外还有热爱祖国和热爱家乡的副效应。宗教派得到了立体派的加持，表示反对，说是艺术不是一件附属性的，而是一件关键性的事情，是宇宙法则的实现；但在进一步的讨论过程中宗教派又被立体派抛弃，后者联合建筑师们一同声称，人们最好还是通过使个人的东西变得有效和有典型性的空间形式建立与宇宙的联系。有人说，人们必须仔细向心灵里面瞧看，然后用三维图像把它记录下。后来，有人好斗和很有效地提出人们究竟相信什么的问题：是一万个挨饿的人更重要呢，还是一件艺术品更重要?！事实上，由于他们几乎全都是某种派别的艺术家，他们持这样的意见：只有在艺术中，人类的心灵才能得到康复。可是他们未能就这种康复的性质以及人们为这康复的缘故应该向平行行动提出什么要求达成一致。但这时，原来的社会派又取得领先地位并发出新的呼声。一件艺术品还是一万人的饥馑更重要的问题变为这样的问题：一万件艺术品是否抵消得了唯一的一个人的饥馑？身体很强健的艺术家们要求艺术家不要这样装腔作势；不要听他自我颂扬，让他挨饿，让他去关心社会问题吧，这便是他们的要求！生活是最伟大的和唯一的艺术品，有人说。一个有力的声音插话说：不是艺术使人团结，而是饥饿！一个妥协的声音提醒大家，说是一个健康的、手艺的基础是反对在艺术上过高估计自己的最有效的手段。在这个妥协意见之后，有人便利用这因疲劳过度或相互厌恶而产生的间歇再次心平气和地问，人们是否认为，只要连人和空间之间的联系都没建立自己就能够有所作为呢?！这变成了一个信号，技术至上主义、加速至上主义等等也就又趁机出笼，还反复辩论了好久。但最后人们取得一致，因为他们想回家，也想有一个结果；所以大家互相支持共同作出一个论断，这个论断大致是这样的：当今的时代充满希望、焦躁、不驯服和许多灾难；它期盼的弥赛亚[1]却还没出现。

---

① Messiash，神的受膏者。《旧约》中用这个词来指犹太人期望的复国救主，《新约》则主张耶稣就是弥赛亚。

阿恩海姆沉吟片刻。

他的周围经常聚集着一圈人；每逢听力不好或自己发挥不了作用的人脱离这个圈子，便总是立刻有新人取而代之；他肯定也会成为这一批新聚集起来的人的中心，哪怕在有些不礼貌的辩论中这一点并非总是表现出来。对他们所思考的问题他早就了如指掌。他知道立方体的各种关系；他为他的雇员们建造了花园住宅区；机器以及它们的理智、速度他都熟悉；他善于谈论心灵审视；在刚刚起步的电影工业里他投入了资金。追想着这一场争论的内容，他回想到，这场辩论远不像他的记忆力不由自主地所描绘的那样井然有序。这样的谈话有一个特有的过程，仿佛把扎住眼睛的各派人士安置在一个多边形里并且手握一根棍棒命令他们笔直前进；这是一幅纷乱、使人疲劳的没有逻辑的景象。但是这不正是事物一般过程的一种反映吗：这个过程也不是从逻辑的禁令和法则——至多有一个警察局的效力——而是从精神杂乱的推动力中产生出来？阿恩海姆回想起自己受到的这种礼遇，这样自问。他觉得，人们也可能会说，这新的思维方式就像那理性松弛了的、不容否认很有刺激作用的自由联想。

他破例地点燃了第二支雪茄，虽然通常他绝不沉湎于这样的感官嗜好。就在他把火柴持于面前并调动起面部肌肉准备做出最初的抽吸动作来的当儿，他突然忍不住笑了起来，因为他想起矮个儿将军在聚会期间曾跟他攀谈。由于阿恩海姆家族拥有一家炮板和装甲板工厂，在紧急情况下可以大量生产弹药，所以他很理解这位将军，知道这位有些滑稽却使人有好感的将军(他讲起话来跟普鲁士将军完全不一样；更没劲儿，当然，不妨说，有幸受过一种古老文化的陶冶！不过，还得添上一句：受过一种正在没落的文化的陶冶)为什么亲密地要求他——叹着气，简直是富于哲理地——对这个晚上四周进行的、人们必须承认至少部分带有一种彻底和平主义性质的谈话表示自己的看法。

将军作为唯一的一个军官，显然觉得不很自在并抱怨公众舆论变化无常，因为一些对人生神圣的论述受到了欢迎。“我不理解这些人，”一边这样说着，他一边向阿恩海姆转过身去并请求他作为一个享有国际声誉的杰出人物对此作出解释。“我不理解，为什么这些新人带着这样的无知谈论‘血腥将军’？我觉得好像我很理解那些惯常来这儿的上了岁数的先生，虽然他们肯定也完全不是军人。譬如如果那位著名诗人——我不知道他叫什么名字，那位高个子、上岁数、凸着肚子的先生，据说此人曾写诗赞美希腊诸神、星星和永恒的人类情感；这家的女主人曾告诉过我，说他确实是个诗人，在这个通常充其量只产生知识分子的时代——已经说过了，我没读过他的任何作品，但是我一定会理解他的，如果他的意义主要在于不过问任何琐屑的事物的话，因为毕竟我们军人称之为战略家。中士当然，如果您允许我举这个次要的例子，必须为连队里每一个人的安康操心；而战略家却考虑以千人为计的最小单位并且在一个更高的目标下要求这样做时必须能够一下就牺牲十个这样的单位。我觉得，人们在一种情况下称这是一个血腥将军，而在另一种情况下又称这是一种永恒的信念，这没有逻辑嘛，我请您给我作出解释，如果这可能的话！”

阿恩海姆在这个城市和社交界的奇特地位已经在他心中唤起了某种平时被小心抑制住的嘲笑癖。他知道，这个小矮个儿指的是谁，尽管他没有明白表示；此外，问题也不在于此，他自己就还可以给他举出这一大堆人当中的一些别的变种。这一天晚上，他们给人留下了坏印象，这是不容忽略的。阿恩海姆一边不愉快地略一沉吟，一边将雪茄的烟雾遏制在开启的嘴唇之间。他自己的处境在这个圈子里也并不完全轻松愉快。尽管有着显赫的声名，他照样听到一些似乎是针对他本人的风言风语，而遭到谴责的不是别的，正是他在自己的青年时代曾经恰如这些年轻人如今热爱他们这一代人的观念那样热爱过的东西。他经历这样的情况如同经历一种奇特的情感，几乎要把受到年轻人的尊敬看作阴森可怕的，因为这些年轻人同时也在肆无忌惮地嘲笑一段他自己曾偷偷参与其中的以往的经历；阿恩海姆感觉到了自身的活力、转化能力、进取心，人们几乎可以说，一颗将愧疚严密隐藏起来的道德心的大胆和冷酷。他飞快地考虑，是什么把他同这新的一代分开了。这些年轻人在一切问题上都互相反驳，他们只有一个明显的共同之处，这就是要消除客观性、精神的责任、平衡的人格。

特殊的情况让阿恩海姆几乎感觉到某种像幸灾乐祸的情绪。过高评价他的某些同代人——在这些人身上个性以一种特别明显的方式显现出来——这一直是他所不喜欢做的事。然而列举名字这类事，一个高贵如他的敌手当然是连在想象中也不会做的，但他清楚地知道自己想到了谁。“一个讲求实际的、谦让的小伙子，渴望强烈的欲望”——这是海涅的话，阿恩海姆暗中偷偷喜欢海涅，这时不由得引了他的话。“人们必须颂扬他所作的努力以及他在诗歌创作方面的勤奋……极大的辛劳，难以言表的坚忍，透着愤懑的努力，他凭这写他的诗歌……”“缪斯对他不抱好感，但是他掌握着语言的天赋。”“他必须用这令人惊惧的强制力约束自己，他称这是一个言语的大行动。”阿恩海姆有极好的记忆力，能够凭记忆整页整页地引证。于是他离开主题，赞叹海涅如何一边同自己那个时代的一个人作着斗争，一边就已经先认识到了现在才充分显露出来的现象。现在，阿恩海姆专心致志于伟大的德国理想主义的第二个代表，将军口中的这位诗人，这就激励他要作出自己的成绩来。这是在瘦削型之后的肥胖型精神。他的庄严的理想主义相当于乐队里的那些大而低沉的吹奏乐器，它们像沸腾起来的火车头锅炉并发出一阵粗重的咕咕声和轰隆声。它们用一个声音盖住成千上万个可能性。它们吹空装满永恒情感的大包裹。如今，谁能够以这些方式中的一种吹奏诗歌——阿恩海姆不无愤懑地想——在我们这儿就被认定为诗人，不同于一般的文人。那么，为什么他却无法被认定为将军呢？要知道，这样的人和死神友好相处，经常需要几千个死者，以便体面地享受生命的瞬间。

但是有人曾声称，连在仲夏夜对月亮号叫的将军的狗受到质问时，也会回答说：你们想干什么，这是月亮；这是我这个物种的永恒的感情；恰好就像那些因此而出名的人类主子中的一个！阿恩海姆甚至可以补充说明：他的情感毫无疑问是丰富而热烈的，他的词语多彩而活跃，却又如此简朴，读者完全可以理解他；而就思想来说，它们退到他情感的后面，但是这完全符合现行的要求，这在文学中从来不曾是障碍。

心里感到别别扭扭的，阿恩海姆将雪茄的烟再次遏制在嘴唇之间，这两片嘴唇像人和外界之间的半拉起的界栅，敞开了片刻。他曾理所应当地，一有机会便称赞并且在有些场合也资助过这些特别纯洁的诗人中的几个；但实际上，如他现在所觉察的，他极不喜欢他们以及他们的那些自吹自擂的诗。“这些连自己都养活不了的纹章学的老爷们，”他想，“从根本上看来是应该被放到自然保护区里去的，和最后一批欧洲野牛和鹰在一起！”一如已过去的这个晚上所显示的，支持他们是不合时宜的，所以阿恩海姆的思索对他并非没有好处地终止了。

九〇

废黜理念至上

这大概是一个顺理成章的现象：在精神像一个商品市场的时期，与自己的时代毫无关系的诗人被认为是时代的真正的对立面。他们不用同时代人的思想玷污自己，几乎可以说提供纯洁的诗文并用已经绝迹的大人物的土语对他们的信徒们讲话，仿佛刚刚才从永恒返回到地球上作短暂逗留，恰似一个人三年前去了美国，如今在访问家乡时已经只能结结巴巴讲德语了。这种现象大致就像，人们为了协调，将中空的半球形屋顶安放到一个空洞上方，而由于崇高的空洞只是扩大寻常的空洞，所以末了最自然的也就莫过于这种对人的尊敬的时代一个接一个地出现，它们彻底避开人们负责地、郑重其事地所做的全部事情。

阿恩海姆试图谨慎地、试验性地并舒适安闲地以个人身份投份损失险，以顺应这个按他的推测正在到来的发展趋势。这的确不是一件小事。他想到了最近几年他在美国和欧洲的所见所闻；想到了新的舞蹈热，它会不会把贝多芬跳出深意，抑或使新的肉欲变得有节奏了；想到了绘画，最大限度的精神关系将由最低限度的线条和颜色来表达；想到了电影，一个意义为世人所熟悉的姿态以形象上的小小创新吸引住了世人；最后干脆想到了某个普通人，想到他怎样一早就已经对体育运动深信不疑，以为用宛若孩子踢腿蹬脚的办法便可投入大自然的伟大怀抱。所有这些现象的奇特之处是某种好用譬喻的习气，人们可以把这理解为一种精神上的关系，一种使一切显得比其应有的意义更重要的关系。因为，如同一个头盔和几把交叉的剑让巴罗克社会回想起众神以及他们的各种故事，并且不是哪个普通贵族老爷吻哪个普通伯爵小姐，而是一位战神吻贞洁女神，今天的普通男女拥抱着狂吻时是在经历时代速度或百十来个搜集起来的新的典范观念中的某一个，这些观念如今当然不再构成一座悬浮在紫杉林荫大道上空的奥林匹斯，而是成为这整个现代的混乱本身。在电影院，在剧院，在舞场，在音乐会上，在汽车，飞机，水面，阳光下，在缝纫车间和商号不间断地产生出一个由印象、标志、行动、举止和经历组成的巨大表象。单独和从外表看，它们有着极鲜明的形态，就像强烈旋转的身体，一切都挤向表面并在那里相互混合，而内核却无形态，飘拂着和拥挤着停留下来。假如阿恩海姆能够预见到几年以后的事，那么他就会看到，有一天女人的裙子和头发开始变短，欧洲的姑娘们冲破千年的禁锢片刻脱光自己身上的衣服，香蕉般露出自己的赤身裸体，这时一千九百二十年的基督教道德、一场震动人心的战争的几百万死者以及一座簌簌作响笼罩住女人的羞耻感的德国诗文森林全不能将其延缓一刻。他也会看到另外一些变化，他简直不敢相信会有的变化。然而只要人们考虑到，引发这种生活革命的不是裁缝、流行事件和偶然事件而是哲学家、画家和诗人富有责任感的精神，考虑到这需要付出何等巨大、也许徒劳无益的辛劳，那么，其中哪些变化将持续或重新消失，这也就不是问题的关键了；因为人们可以从中推断出，与大脑无益的执拗相比表象理应得到什么样的创造力。

这是废黜理念至上，是精神向外围的迁移，是最后的疑难问题，阿恩海姆这样觉得。诚然，生活一直都是走了这条路，它经常从外向里改造人；只不过从前有个区别：人们感到有责任也从里向外创造出点什么来。连将军的那条狗——此刻他友好地想起了它——也绝不会有能力领悟另外一种发展模式，因为人类的这个忠实伙伴还是上个世纪稳定、顺从的人类按自己的映象塑造出来的那个；但是它的表兄，那只草原野公鸡，它蹦跳好几个小时，它什么都会明白的。如果它竖起羽毛并用足趾刨地，大概会比一个学者坐在写字台前浮想联翩产生出更多的精神。因为说到底，思想来自关节、肌肉、腺、眼睛、耳朵以及全部的阴暗印痕——眼袋从整体上形成的印痕，它们属于眼袋的一部分。过去的世纪太过于注重智能、理性、信念、观念和性格，从而也许就犯了一个严重的错误；这情形，就好比人们愿意认为注册登记处和档案室是一个公务机关最重要的部分，因为它们的办公地点在总部，虽然它们只是从外部接受指示的辅助性公务机关。

或许是受到爱情在他心中唤起的轻微溶解现象的激励吧，阿恩海姆突然找到了可以寻觅打破僵局、理清这些纠葛的思想：这个思想以某种使人有好感的方式与增加销售的观念相关联。这个新时代的思想和经历销售额的增加是不可否认的，它必然就会作为自然的结果从避免费时的精神处理中产生。他想象时代精神被供与求所取代，迂腐的思想家被正规的商人所取代，他不由自主地品味着大量生产出来的经历自由结合和脱离的、神经质般的布丁一遇震动便浑身颤抖的、巨锣轻轻一触便发出巨响的动人景象。这些幻象并不完全互相协调，这是一种梦幻心绪所造成的——正是这些幻象使阿恩海姆处于这种梦幻心绪之中；因为他觉得，人们恰恰也可以把一种这样的生活比作一场梦，在这场梦中人们在外面经历各种最奇特的事件，同时静静地在内心躺卧在中心，带着一个稀释的“我”，一切情感像蓝色烧管通过这个“我”的真空发出光芒。生活围绕着人思索并蹦跳着为人促成种种联系，他若使用理性，只怕煞费苦心也无法拼凑起这些万花筒般的联系来。因此，阿恩海姆便以商人身份思索，同时每一根神经末梢都对即将来临的时代的自由的精神一身体的交往感到激动不已，他觉得这样的事并非绝无可能：某种集体的、泛理论的东西正在形成，人们在抛弃过时的个人主义的同时，正带着白种人的整个优势和创造才能处在改革天堂的归途，以便把一份丰富多彩的节目单送进落后而带乡村风味的伊甸园。

只有一件事起着干扰的作用。因为一如人们在梦中有这个能力——把无法解释的、切断整个人的感觉投入一个事件中，人们醒着时也有这同样的能力，但仅仅是在十五六岁正念书的时候。即便在这时候，众所周知，人的心中也情绪激昂、精神亢奋、思绪纷乱；情感是很活跃的，但还没很明显地分类，爱和怒、人类的幸福和嘲弄，简短说，一切道德方面的抽象概念都是急促移动着的事件，它们时而覆盖整个世界，时而萎缩为一无所有；悲伤、温柔、伟大和高尚拱起空荡而高远的天空。发生什么事了？从外面，从层次分明的世界来了一个完善的模型——一句话、一首诗、一阵恶魔般的笑，来了拿破仑、恺撒、耶稣或者也许也仅仅是双亲坟墓旁的眼泪——经闪电式的联系产生了这个作品。这个高年级中学生的作品是——这一点人们太容易忽略了——一环扣一环的完美无缺的感情流露，是对目的和履行义务的最精确的掩蔽，是一个年轻人的经历完全地投入伟大的拿破仑的生活之中。然而，由伟大通往渺小的通道不知怎么似乎是不可逆的。人们既在梦幻中也在青年时代经历这样的事：他们作了一个重要的发言，在醒来时不幸地还捕获住最后几句话，这些话其实根本不像他们以为的那样异乎寻常地漂亮动听。于是，人们便不完全觉得自己像蹦跳的公鸡，而是仅仅很有感情地像将军先生那条声名显赫的猎狐犬那样对着月亮号叫。

因此，这方面可能不是一切都对头——阿恩海姆打起精神，思索着——但是话又说回来，人们必须十分严肃地跟上时代，他警觉地添上一句；因为毕竟对他来说还有什么比将这个可靠的制造原则也应用到生活的制造上更容易理解的呢?

九一

精神之卖空买空投机

图齐夫妇家的聚会现在有规律而紧密地继续进行着。

图齐司长在群英会上与“表兄”攀谈。“您知道吗，这一切已经出现过一回了？”

他用眼睛指着这已经与自己疏远了的寓所里熙熙攘攘的一群人。“在基督教的早期；在耶稣诞生前后的几个世纪里。在这基督教一近东一古希腊文化一犹太教的火锅里当初曾形成过无数的宗派。”他开始一一列举：“裸体生活派，卡依尼脱派，埃比奥尼脱派，科吕里迪安纳派，阿尔雄蒂克派，恩克拉蒂肯派，奥菲滕派……”以一种奇怪的、匆忙的缓慢速度——当某人想适度掩盖其行动的急促流畅，就会产生这样的缓慢速度——他列出一张长长的早期基督教和基督降生以前的宗教教派的单子；这给人以一种印象，仿佛他希望谨慎地让他妻子的这位表兄明白，他所了解的有关他家里的事件的情况，比他出于特殊的原因惯常所显示出来的要多。

然后，他继续解释这些已列举的名字，讲述说，一个教派反对婚姻，因为它要求贞洁，而另一个教派则要求贞洁，但奇怪的是希望通过放荡不羁的礼拜仪式来达到这个目的。一个教派的成员把自己弄残废，因为他们认为女人的肉体是一种魔鬼的捏造，另一些教派的男女信徒们却赤身裸体到教堂里参加聚会。虔诚的好苦思冥想的人，他们得出结论，认为在天堂里引诱夏娃的蛇是一个有神性的人，他们搞鸡奸；另一些人不能容忍处女，因为按照他们的科学信念圣母除耶稣外还生了别的孩子，所以处女的贞洁是一个危险的错误。总是一些人做什么事，另一些人做与此相反的事，而且两者大致出于同样的原因和信念——图齐讲述时态度非常认真——对历史事件，即使它们异乎寻常，应该抱这样的认真态度——并且带着一种男人诙谐的口吻。他们站在墙边；司长面带一丝恼怒的笑意把烟头扔进烟灰缸里，还一直心不在焉地望着这扰攘的人群，仿佛他就只想说抽一根香烟的工夫的话，用这几句话结束自己的讲述："我觉得，当时占支配地位的意见分歧和主观理解状况与我们的文人们的争论颇为相像。这些争论明天便烟消云散。假若不是通过不同的历史情景适时地产生了一个具有政治效力的宗教官吏体制的话，那么今天也许就几乎不会留下丝毫基督教徒信仰的痕迹了……"

乌尔里希表示赞同："按规章制度由教区支付工资的神职人员不允许拿职务规章开玩笑。我根本就认为，我们对我们的共同的特性是不公正的；没有它们的可信赖性就绝不会产生历史，因为脑力劳动依然永远有争论、不可靠。"

司长满腹狐疑地抬起头来，随即又掉转目光。他觉得这类言论太自由放纵。然而，他还是对他妻子的这位表兄做出极其友好和亲近的样子，虽然他不久前才认识他。他来去匆匆，给人的印象是，不管家中发生什么事他反正生活在另外一个自成一体的世界中，而这个世界的崇高意义他是不让任何人观察的；但有时候他似乎再也经受不住诱惑，不得不向某人哪怕是模模糊糊地露一会儿自己的真相，而随后便每一回都是这位表兄，都是他同这位表兄攀谈起来。这是他在与夫人的关系中尽管有时受到些许抚爱却不得不忍受失宠的合乎情理的结果。狄奥蒂玛会像一个小姑娘那样吻他；一个也许是十四岁的小姑娘，天晓得她出于什么样的内心冲动把一个年纪更小的男孩吻了又吻。不由自主地，图齐鬈曲的小胡子下面的上嘴唇羞愧难当地抽缩回去。他的家里已经出现了的这些新的关系使他的妻子和他处于难堪的境地。他没有忘记狄奥蒂玛抱怨他打鼾，这期间他也读了阿恩海姆的著作并准备谈谈自己的看法；有些观点他能接受，很多观点他认为不正确，一些内容他不懂，不懂也心安理得，这种心安理得是以作者自己吃亏为前提的：但是他一直习惯于在这样的问题上直截了当地作出有经验者的受人尊敬的判断，而现在存在的这种狄奥蒂玛每一次都会反驳他的可能性，也就是不得不与她一起参加这场软弱无力的讨论的不可避免性，这被他认为是自己私生活的一种极不合理的变化，以致他竟对进行一次交谈犹豫不决，有意无意地，甚至还恨不得要和阿恩海姆开枪决斗。图齐突然恼怒地闭上他漂亮的棕色眼睛并暗暗告诫自己必须严格注意自己的情绪。他身旁的这位表兄（按他的观点根本不是人们可以与之建立过分亲密关系的人！）其实仅仅是通过几乎没有什么实际内容的亲戚关系让他想起他的妻子来；他也很久以来就已觉察到，阿恩海姆以某种谨慎的方式纵容这个较年轻的人，而后者对此表现出明显的反感：这是两种内容的确不很丰富的观察，然而它们却足以使怀有一种莫名其妙的好感的图齐感到不安。他睁开棕色的眼睛，像一只雕那样朝房间里凝视片刻，却并不想看见什么。

这时，妻子的表兄正恰如他那样，亲密的神态中透着无聊，望着眼前出神，根本就没注意到这谈话的间歇。图齐感到必须说点什么；他觉得心里没底，就好像沉默会把患幻觉症的人暴露出来似的。“您喜欢往坏里想所有的人，”他微笑道，仿佛这句关于同一教派的官吏的格言迄今一直不得不在他耳畔等候进入似的，“尽管沾亲带有好感，却有点儿怕您协助，我的妻子这样做大概不无道理。如果我可以这么说的话，您关于周围的人的想法带有卖空投机的倾向。”

“这是一个很妙的说法，”乌尔里希愉快地回敬说，“可是承蒙夸奖，我实在是不敢当！因为这是世界历史，是它一直拿人作卖空买空的投机；用欺诈和暴力手段做空头投机，大致就像尊夫人在这里所尝试的，通过对观念力量的信仰。阿恩海姆博士也是，倘若人们能相信他的话的话，一个买空投机者。而您作为职业卖空投机者在这个天使们的合唱中想必有某些我乐意知道的感受。”

他露出同情的神色打量司长。图齐从口袋里掏出香烟盒，耸了耸肩膀。“为什么您认为我跟我的妻子应该对此有不同的想法？”他回答。他本想拒绝这种个人转变话题的做法，却用自己的回答加强了这种作法；幸好对方没觉察到这一点并继续说：“我们是一团泥料，被用这样或那样的方式捏成什么样就是什么样！”

“这对我来说太难以理解了。”图齐闪烁其词地回答。

乌尔里希对此感到高兴。这是他自己的对立面；他充分享受着与这样一个人谈话的乐趣，这个人对精神刺激不是作出反应，而是没有或不想使用别的抗拒手段，只会一味地以自己的整个人作挡箭牌。他原来对图齐的厌恶在对他家里的这种装腔作势的大得多的厌恶的压力下已经发生逆转；他只是不理解，图齐为什么容忍这种事，他对此作出种种猜测。他只是很缓慢地并且像一头人们正观察着的动物那样从外面结识他，没有言语可以让人获得洞悉出于坦诚的需要而说着话的人的内心这样的方便。起先，他喜欢这个中等身材男子干枯的外貌，喜欢这深色、视力很好、透出许多不安全感的眼睛，这丝毫不是官吏的眼睛，但也和图齐现在的、如同在谈话中显示出来的那种特性不相称；除非人们认为——这样的事并不少见——这是一双男孩子的眼睛，透过另一种性质的男子特征观看，像一扇窗户，一扇通向内心的未用过的、被阻塞和早已被忘却的一隅窗户。其次，引起这位表兄注意的，是图齐身上的气味；这是他身上的一种像中国或干木盒子的气味，或者一种太阳、湖泊、异国情调、便秘和剃须理发匠的不惹人注意的混合效应。这股气味引起他深思；在他认得的人当中，他只知道两个人有个人气味，此人和莫斯布鲁格尔；每逢他回想起图齐浓烈而细腻的香味并同时想到狄奥蒂玛，想到她的那层大表皮上方笼罩着一层薄薄的似乎什么也遮盖不住的香粉气味，他便总是看到与这两个人有些滑稽却实际存在的共同生活似乎不相适应的对立的激情。乌尔里希不得不将他的思想召回，直至它们又符合各事物间的距离，那个被称为可允许的距离，然后他才能对图齐否定的回答作出反驳。

“我这是班门弄斧，”他重新用那种略显无聊、却坚定的口吻开了腔，这种口吻在社交场合用来表示一种遗憾的心情，自己不得不也让对方感到无聊的遗憾的心情，因为他们眼下的处境不允许产生什么更好的结果，“这肯定是不自量力，如果我在您面前试图给什么是外交下定义的话；但是我希望得到修正。所以我试图这样说：外交假定一种可靠的秩序只有通过利用人类的好说谎、怯懦、食人肉——简言之，通过利用人类极端卑劣庸俗的品性——才能建立起来；再一次用您的贴切的表达方式来说，外交是卖空投机的理想主义。我觉得，这是既动人又忧郁的，因为它以这为先决条件：我们的崇高力量的不可信赖性就像给我们铺平了纯理性批判的道路那样，也给我们铺平了人吃人的道路。”

“遗憾的是，”司长抗辩说，“您对外交抱有浪漫的想法并且像许多人那样把政治和阴谋混为一谈。若还是由王公贵族、业余爱好者们在搞外交，这在必要的情况下也许是对的；但是在一个一切取决于市民阶层的考虑的时代，这就不对了。我们不是抑郁，而是乐观。我们必须信仰美好的前途，否则就会敌不过我们的良知，而这良知却并非跟别人的良知有不同的性质。如果您一定要用食人肉这个词儿，那么我只能说，阻止世人食人肉，这是外交的功绩；但为了能做到这一点，人们却必须信仰某种更崇高的东西。”

“您信仰什么？”表兄直截了当地插问他。

“啊呀，您是知道的嘛！”图齐说，“我已经不是孩子了嘛，我不能马上就不假思索地对此作出回答！我方才只是想说，一个外交家越善于认同他所处时代的思想潮流，就会越觉得他这一行当容易干。反过来，最近几个世代的情况已经表明，精神在各领域里的进步越大，人们也就越需要外交；但是这毕竟是自然而然的事吧！？”

“自然而然？！我们正是英雄所见略同呀！”乌尔里希用两个有节制地闲谈着的男士想扮演的形象所许可的那种热烈口吻喊道，“我曾遗憾地指出：没有恶和物质的帮助，精神和善是不能长久存在下去的，而您则大致回答我说，精神越多就越需要谨慎。我们不妨就说：人们可以把人当作一个普通人看待并因此而不能完全使此人获得成功；但是人们也可以激励他并从而不能完全使他获得成功。因此我们在这两种方法之间犹豫不决，两种方法被我们混合起来；这就是全部内容。我觉得，我与您有一种广泛的一致，这种一致比您所愿意承认的要广泛得多。”

图齐司长向这个令人感到不舒服的提问者转过脸去；一丝微笑抬高他的小胡子，闪亮的眼睛里现出一种讥讽而迁就的神态；他希望结束这种谈话，它像路面薄冰那样不安全，像路面薄冰上孩子们的雪橇那样幼稚而无目的。“您看，您大概会认为这是一种野蛮的暴行，”他回答，“但是我还是要告诉您：哲理本来就是只有教授们才可以去推究的！已有定论的大哲学家当然不计在内，我高度评价这些哲学家并且已经读过他们的全部作品；但是这些人在某种程度上可以说已经就是这样的人了嘛。而我们的教授们则是担任这样的职务，这是一种职业，这不需要有什么别的意思；人们说到底也需要教师，免得他们的事业会逐渐消亡。但是除此之外，公民不应该对一切进行思考，这句古奥地利格言说得是对的。这很少会有什么好结果，这很容易便带有某种傲慢的味道。”

司长给自己卷了一支烟并沉默不语；他没有必要去为他的“暴行”开脱罪责。乌尔里希注视着他的细长的棕色皮肤的手指头，对图齐表露出来的无耻的半愚蠢行为感到欣喜。“您讲出了这个很时髦的原则，几千年来教会对其教友，乃至最近的社会主义所运用的就是这个同样的原则。”他彬彬有礼地说。图齐略一抬头，他想了解，表兄做这样的对比是什么意思。他期待着此人又会发表长篇宏论，并预先就对这样没完没了的精神方面的不得体言语感到恼火。但是这位表兄什么事也没干，他只是惬意地打量身边这个有三月革命前时期[1]思想倾向的人。他早就一直认为图齐有理由听任他妻子与阿恩海姆的关系在一定限度内自由发展，并且很想知道，此人希望由此而达到什么目的？这件事依然捉摸不定。也许图齐所采取的态度，仅仅是如同各家银行对平行行动所抱有的想法——这些银行迄今对平行行动一直尽量持保留态度，却又不完全弃之不顾，至少插一个指头于其中——却没察觉到狄奥蒂玛的第二个爱情的春天，虽然它如此显而易见。这简直无法让人相信。乌尔里希心里美滋滋地观察他身旁这个人脸上深深的皱纹和裂缝，注视他牙齿咬住烟头时下巴颏儿肌肉绷紧的塑形。这个人在他心头唤起一种纯粹男性的想象。他对自言自语地长篇大论有点儿厌倦，而想象一个寡言少语的人，这可是件赏心乐事，他很乐意这样做。他想象图齐还是男孩子时就不喜欢别的男孩子多话。那些多话的男孩子后来成为爱好文艺的人，而那些宁肯从牙缝里把痰吐出去也不肯张一张嘴的男孩子则成为不喜空想的人，他们在活动中、在阴谋诡计中、在直截了当的忍受或抗拒中寻找一种对不可或缺的感觉和思维状态的补偿，这种状态不知怎么让他们感到如此羞愧，以致他们竟只是一味地利用思想和情感去迷惑别人。当然啰，倘若人们对图齐发表这样一种意见，那么他是会像驳回一个太富有情感的意见那样驳回这个意见的。因为不管是在一个或另一个面向上，都不容许使用过甚其词或异乎寻常的词语，这是他的原则。人们压根儿就不可以与他谈论他作为人的形象体现得很好的事，一如人们不可以问一个音乐家、演员或舞蹈家这究竟是什么意思，而乌尔里希这时则真巴不得能去拍拍司长的肩膀或者轻轻抚摩一下他的头发，以便通过无言的哑剧式的途径表示他们之间的默契。

[1] 德国一八四八年三月革命前的时期。

乌尔里希想象得不对的只有这一点：图齐不但在少年时代，而且现在、在这个时刻，也感到有必要通过牙缝间的缝隙用男性的方式吐唾沫。因为在他身旁他感觉到了一些不明确的好意，这种情况让他感到不愉快。他自己知道，对于一位陌生的聆听者来说，在他所发表的关于哲学的意见中搀和着种种不那么受欢迎的东西，他一定是鬼迷心窍，他竟对这位“表兄”（因为出于某些原因，他一直只是这样称呼乌尔里希）作出这种莽撞的信任的表示。他不喜欢好饶舌的男人，他惶恐地问自己，他是否到头来莫名其妙地想争取此人，当作安插在他妻子身边的同盟者；一想到这他顿时便深感汗颜，因为这样的帮助他一概拒绝，于是他情不自禁地勉强用一个偶然找到的借口作掩护从乌尔里希身边走开去几步。

但是随后他又改变主意，返回来并问：“您到底考虑过没有，阿恩海姆博士为什么在我们这儿逗留这么长时间？”他突然自以为通过这样一个问题可以最好地表明，他把任何与他妻子的联系都看作绝无可能。

表兄不知所措地望着他。正确的回答是如此显而易见，以致实在难以找到另外一个回答。“您认为，”他结结巴巴问，“确实有一个特殊的原因吗？要有也只是一个商业方面的原因？”

“我无法作出任何断言。”图齐回答，他又觉得自己是外交家了，“可是会有什么别的原因吗？”

“当然不会有什么别的原因，”乌尔里希客气地附和，“您进行了一次极好的观察。我必须承认，我压根儿就不曾有什么想法；我曾大体上认为，这跟他的文学爱好有关。顺便说及，这大概也是可能的吧。”

司长只报之以淡淡的一笑。“那您就得给我解释清楚，一个像阿恩海姆这样的人出于什么原因拥有文学爱好？”他问；但他当即便感到后悔，因为表兄又从老远讲起，准备用长篇大论来作回答。“您还没注意到吗，”他说，“如今大街上许多人都引人注目地自言自语？”

图齐不在意地耸耸肩膀。

“他们有点儿不对头。他们显然不能完全体验或消受自己的经历，并且必须把其中的残余部分释放出来。这样，我这样想，也就产生出一种夸大了的写作的需要。也许人们并不能那么明显地从写作本身上看到这一点，因为这是会随天赋和勤奋而完成某种超过其根源的事，但是从阅读上可以毫不含糊地看清这样一个事实：今天几乎没有人还在读书，每一个人都仅仅是利用作家，以便用同意或拒绝的形式以一种违反常情的方式抛掉自己过剩的写作需要。”

“那么您认为，在阿恩海姆的生活中某些东西不对头？”图齐聚精会神地问，“最近我读过他的书，纯粹由于好奇，因为许多人给他这么大的政治上的机会；但是我必须承认，我既不明白他写这些书有什么必要，也不明白他有什么目的。”

“或许可以用笼统得多的措词提出这个问题。如果一个人这样有钱有势，以至于他确实可以拥有一切，他为什么还写书呢？本来我还可以完全天真地问，为什么所有职业小说家都写书？他们讲述某种不曾发生过的事；装出仿佛曾发生过这事似的。这是显然的。但是如今他们欣赏生活就像乞讨者们欣赏富翁，他们一个劲儿讲述富翁多么不把自己当回事？抑或他们在不断反刍？抑或他们在搞幸福偷窃，用幻想制造某种自己实际上不能达到或不能忍受的东西？”

“您自己从来没有写过书？”图齐打断他。

“从来没有写过，这令我感到心神不安。因为我并不是幸运得可以不必这样做。我已经下定决心，要是我不马上感觉到有这种需要，我就要为完全不正常的天赋的缘故而杀死我自己！”

他说这话时带着一种如此严肃而亲切的神态，以至于这句玩笑话竟违反他的意愿从谈话的语流中突现出来，一如一块被淹没的石头冒出水面那样。

图齐察觉到这一点，他的灵敏的感觉让他迅速恢复这关联。“总而言之，”他断言，“您跟我说的是一样的话，我是说，官员们退了休才开始写书。可是这一条怎么适用于阿恩海姆博士呢？”

表兄沉默不语。

“您知道吗，阿恩海姆是个十足的悲观主义者，对他带着巨大献身精神参与其中的这里的这项事业的‘行情’根本不‘看好’？！”图齐突然压低声音说。他忽然回忆起，阿恩海姆当初在与他和他的夫人交谈时一开始便满腹狐疑地谈到平行行动的前景，如今在过了这么长时间之后，恰恰在这时候他想起这件事来，他觉得，他自己也不知道这是怎么回事，但是他觉得这是他外交事业上的一个成绩，虽然对于阿恩海姆逗留此地的原因迄今他还几乎什么也没打听出来。

表兄的脸上确实现出一副惊诧的样子。

也许仅仅是出于客气吧，因为他愿意继续保持沉默。但是，无论如何，当两位男士随后不久就被向他们走近的宾客们拆开时，他们以这样的方式保持着交谈得热烈兴奋的印象。

九二

富人处世准则面面观

像阿恩海姆所受到的这份礼遇和赞叹，如果另外一个人受到了，也许就会疑神疑鬼，心里感到不踏实；他就会以为，这都得归功于他有钱。但是阿恩海姆却认为一个处在自己事业顶峰的人只是根据明确的商业信息让自己在心中滋生的这种猜疑是思想境界不高尚的标志；除此之外，他还深信财富是一种性格特征。每一个富有的人都把财富视为一种性格特征。每一个贫穷的人也这样。全世界的人都心照不宣地对此深信不疑。只有逻辑在制造一些障碍，它声称，占有钱财也许可以使人具有某些特征，但却永远不会成为人的一种性格特征。事实证明这是谎言。每一个有人性的鼻子必然会立刻嗅到一阵柔和的独立、习惯于发号施令、习惯于到处挑肥拣瘦、轻度鄙视世界和经常意识到的权力责任的气息，这阵气息从高额和稳定的收入上升起。人们从一个这样的人的形象上看得出，它得到一种精选的世界力量的哺育并且天天得到更新。金钱在这阵气息的表面，犹如液汁在一朵花里那样循环。那里没有特征的给予，没有习惯的获得，没有任何简捷的东西和接受自二手的东西：一毁掉银行账目和信用，富人便不仅不再有钱，而且他在自己领悟到了这一点的当天就是一朵已凋谢的花。一如从前人人怀着直接性注意到他的富有的特征，现在人人怀着同样的直接性注意到他身上一无所有的这个难以描绘的特征，它像一团有焦味的烟雾透着不安全、不可靠、无能和贫穷的味道。所以财富是一种个人的、简单的、一旦毁坏就可分解的特征。

但是这个罕见的特征的作用和关系极其错综复杂，需要有巨大的智力才能掌握它们。只有没有钱的人才把财富想象成一个梦；而拥有财富的人则一有机会——只要他们与不拥有财富的人相遇到一处——就竭力申明，财富意味着多大的烦恼。譬如阿恩海姆就曾常常考虑过，他手下的每一个技术方面或商业方面的部门经理在特殊才能方面其实都远远超过他，每一回他都不得不确认，从一个有足够高度的立场来看，思想、知识、忠诚、才能、缜密等等作为人们能购买的性格特征出现，因为它们大量存在，而使用这些性格特征的能力却以具有只有在顶峰上出生和长大的少数人才有的性格特征为先决条件。富人的另一个并不更小一些的困难是，所有的人都想得到他的钱。钱没什么了不起；这是对的，几千或一万马克是小意思，一个富翁有它不多缺它不少。富人也喜欢一有机会就信誓旦旦地说，金钱丝毫改变不了一个人的价值；他们是想说明，即使没有钱他们也照样具有和现在相同的价值，他们一受别人误解，便总是委屈得什么似的。遗憾的是，恰恰是在和有才智的人的交往中，这种事不时会发生在他们的身上。奇怪的是，这种有才智的人往往不拥有金钱，而是只拥有计划和才干，但是他们并不觉得自己的价值因此而有所贬低，他们似乎觉得最合乎情理的做法，莫过于请求一位不在乎金钱的阔绰朋友出钱资助他们达到某个良好的目标。他们不理解，这个富有的人居然会想用他的思想，用他的才能和他的个人的吸引力来支持他们。另外，人们以这样的方式使他陷于一种与金钱的本性相对立的状态之中，因为金钱的本性就是要增加，这跟动物的本性是追求繁殖完全一样。人们可以投资搞吃亏的交易，那样的话，金钱在崇奉金钱的领域里就会走向毁灭；人们可以用钱买一辆新汽车，虽然旧车几乎还和新的一样，人们可以下榻世界著名疗养地的最昂贵的饭店，可以设立赛车奖和艺术奖，或者在一个晚上为一百个客人支出可以养活一百个家庭一年的钱：人们这样做就像播种者把金钱从窗户撒出去，这金钱有所增加后便从门户又走了进来。但是不声不响把金钱送给对他毫无用处的目标和人，这就只可以用行刺金钱来作比了。很可能，这些目标是好的，这些人是无与伦比的；如果是这样，人们就应该用各种手段赞助他们，但千万别用资金。这是阿恩海姆的一个原则，对这个原则坚定不移的执行使他获得了创造性地、积极地参与时代精神发展进程的声誉。

阿恩海姆也可以说自己是像一个社会主义者那样思考问题，许多富有的人都像社会主义者那样思考问题嘛。他们对此无可非议：这是一种社会的自然法则，多亏了这个法则他们才有自己生命的这个篇章。他们坚信，是人使财产，不是财产使人具有意义。他们心平气和地讨论，说是将来他们不再在世之日，也就是财产将停止存在之时；他们认为自己具有一种服务社会的性格，他们的意见还会得到以下事实的支持：不少意志坚定的社会主义者，坚定地期盼着反正不可避免地会出现的变革，迄今为止宁肯在富人家里进进出出也不愿与穷人来往。如果人们愿意描述阿恩海姆所控制的各种金钱关系，那么人们就可以以这样的方式长时间地继续做下去。经济活动不是什么可以与其他精神方面的活动分得开来的活动嘛，当然啰，只要他的思想家和艺术家朋友们急切请求他，除了建议以外他也给他们钱；但是他并不总是给他们钱并且从不多给。他们向他保证，在全世界他们只能请求他，因为只有他也有这些必不可少的精神方面的特征，他相信他们的这番话，因为他确信对资本的需求渗透全部人类的关系并且就像人需要呼吸空气那样完全符合人类天性。另一方面，他也接受他们认为金钱是一种精神力量的观点，他只是感情细腻而有保留地使用这种力量。

人们到底为什么受钦佩、被爱慕呢？这不是一个难以探索的奥秘吗？圆满、细嫩得像一个鸡蛋？人们因一撮小胡子得到的爱慕会比因一辆汽车得到的爱慕更真吗？因为是一个晒得黝黑的南方的儿子而激起的爱慕之情比由于是最大的企业家之一的儿子而激起的爱慕之情更有个性吗？在那个几乎所有的时髦男子都刮光胡子的时代，阿恩海姆一如既往蓄着一部小而尖的髭须和一部剪短的颏须：每逢他忘情地在热心的听众面前讲话，他脸上的这种轻微的、显得陌生却现出他特性的情绪便总是出于某种他自己不清楚的原因，以一种令人愉快的方式使他想起他的金钱。

九三

用体育的方式也难以对付平民理智

将军已经在人们围绕精神体育场四周靠墙摆放着的椅子中的一把上坐了

很久，他的“恩人”——他喜欢这样称呼乌尔里希——在他身旁，两人之间有一把空着的椅子，上面摆着两大杯清凉饮料，这是他们从吧台弄来的。将军的浅蓝色上衣已经坐得向上耸起来并在腹部上方形成像一个忧愁的额头那样的皱纹。两个男人沉默不语，倾听着在他们前面进行的一场谈话。“贝阿泼莱的球路，”有人说，“简直是天才；夏天在这里，冬天在里维耶拉，我曾看见过他打球。如果他犯错误，幸运之神就会帮助他。他甚至常犯错误，他打球在结构上同一种实际的网球知识相抵触；但是这个天赋很高的人超然于正常的网球规则之外。”

“我宁愿要合乎科学的，而不要直觉的网球，”有人表示异议，“譬如布拉杜克。也许没有尽善尽美的境界，但是布拉杜克接近这个境界。”

第一个讲话人回答说：“天才贝阿泼莱，他无计划的、天才的杂乱仍会达到顶峰，如果知识失灵的话！”

第三个人：“说他是天才，这也许有点儿过分了吧。”

“那么您说这是什么呢？这是在最难以想象的瞬间使一个人想到正确的击球方式的那种天才！”

“我也要说，”布拉杜克的崇拜者帮腔说，“不管手里握着的是一个网球拍还是民族的命运，个人的性格都必须显示出来。”

“不，不；天才过分了！”第三个人抗辩。

第四个人是音乐家。他说：“您说得完全不对。您忽略了体育运动中的现实思维，因为您显然还习惯于过高估计逻辑系统的东西。这大体上和认为音乐是一种情感充实、体育是一种意志训练一样都已经陈旧。但是纯粹的动作功效是如此神秘，以致人类没有防护便经受不住它；这个您会在电影院里看到，如果音乐短缺的话。音乐是内心的激动，音乐促进运动幻想。倘若人们领悟到了音乐的神奇性，人们就会毫不犹豫地承认体育界有天才；只有科学界没有天才，这是智力杂技！”

“所以我是对的，”贝阿泼莱支持者说，“我认为布拉杜克的球风没有天才可言。”

“您忽视了，”布拉杜克的追随者为其辩解说，“人们必须从科学这个概念的一次新的振兴出发！”

“究竟是两个人当中的哪一个击败了对手呀？”有人问。

没有人知道；两个人经常互相战胜对方，但是谁也记不得确切的数字。

“我们去问阿恩海姆吧。”有人建议。

这一组人散去。三把椅子上继续保持着沉默。施图姆将军终于若有所思地说：“对不起，整个这段时间里我都注意听了，但是所有这些话除了音乐之外，也完全可以用在一位常胜将军身上的吧？他们究竟为什么认为这在一位网球运动员身上是有天才，在一位将军身上就是野蛮呢？”自从他的恩人建议他对狄奥蒂玛试试用体育的方法，他已经考虑过多次，他如何才能不顾自己原本就有的对此的厌恶情绪，利用这个充满希望的通往平民观念的通道，但是，正如他每次都不得不遗憾地感受到的，在这方面的困难也是异乎寻常地大的。

九四

狄奥蒂玛静夜思

狄奥蒂玛对阿恩海姆显然满心欢喜地忍受着所有这些人感到诧异，因为她的情感状态极其符合她几次用这样的话所表达的情况：世界贸易活动无非就是 un peu de bruit autour de notre âme。

有时她往四下里一看，看到她的家里充满交际场和精神界的贵族，她顿时便感到心里乱糟糟的。她的生命历史中，只剩下深渊和高峰的鲜明对照，她的少女时代的境况，充满中产阶级的忧虑和狭隘，以及现在这令人神魂颠倒的成功。虽然她已经站在狭窄得令人眩晕的梯级上，她却仍还感到有把脚再抬高一下的要求，期盼着能更上一层楼。风险吸引着她，她迟迟疑疑不敢下决断迈进一种活动、精神、心灵和梦幻融为一体的生活之中。从根本上来说，她不再为平行行动的高峰思想怎么也不肯展现感到担忧；对世界奥地利她也变得漠不关心了；即使是人类精神的每一个伟大草案都有一个反草案的这个事实，对她来说也没有什么可怕之处了。事态的进程在事态具有重要意义的地方是不符合逻辑的；倒不如说它像闪电和火，而她则已经习惯于对自己感觉到的自身周围的伟大事物无法作出任何推想。她巴不得把她的行动丢下不管并嫁给阿恩海姆，宛如对于一个小姑娘来说一切困难都是好的，如果她不理睬它们并扑进父亲的怀里的话。但是她的活动在表面看来极大的增长把她紧紧抓住。她找不到时间去作出决断。各个事件的表面联系和内在联系作为两个独立的行列齐头并进，人们徒劳地试图把它们结合起来。这和她的婚姻状况完全一样，在一切带情感的东西处于瓦解过程的时候，她的婚姻生活甚至看似比从前更幸福。

按她的性格，狄奥蒂玛本来是一定会和丈夫开诚布公地谈一谈的；但是她没有什么可以告诉他的。她爱阿恩海姆吗？人们可以给她与他的关系起这么多的名字，以致这个很俗气的名字破例地也会在她的脑海中出现。他们还一次也没亲吻过，而极端热烈的心灵的拥抱，哪怕她向图齐供认，对方也是不会理解的。狄奥蒂玛有时自己就对她与阿恩海姆之间不再有什么话可讲感到惊异。但是她从来没有完全改掉勇敢、年轻的姑娘仰慕年纪较大一些的男人的习惯，而她则原本可以宁可想象和她的表兄——她觉得他比她自己年轻，并有点小看他——也不想象和这个男人——她爱这个人，这个人十分赏识她将自己的情感溶化在对伟大的精神高峰的普遍观察之中——一同去经历即便不是明显、却也是可以具体述说的事件。狄奥蒂玛知道，人们想必是踉踉跄跄陷入生活状况的翻天覆地的变化之中并在新家醒过来，却不能清楚地回想起自己是如何进来的，但是狄奥蒂玛觉得自己受到了影响，这些影响使她保持警觉。她并非完全没有她那个时代的普通奥地利人对德意志兄弟抱有的那种厌恶之情。这种厌恶就其经典的、这其间已变得很稀罕的形式而言大致符合一种想象：毫不猜疑地把歌德和席勒的尊敬的脑袋安在一个躯体上，这个躯体靠吃布丁和酱汁维持生命并具有某种异乎寻常的内心世界。不管阿恩海姆在她的社交圈里的成功有多大，她还是觉察到了，在最初的惊异之后也有反抗情绪在活动，它们在哪儿也不曾具有具体形态或流露出来，却隐隐让她感到心里不踏实并让她意识到自己的态度与某些人的保留态度之间存在着差别，而她是一向习惯按这些人的态度来调整自己的举止行为的。现在，民族的厌恶通常无非就是对自身的厌恶，来自自己的矛盾的深层朦胧状态并粘牢在一个合适的受害者身上，一个自远古以来——那时的行医者用一根被他说成是恶魔附身的小棒从病人体内掏出疾病来——便一直行之有效的处置方法。她的情人是个普鲁士人，这一点也还用种种她不太能想象得出来的怪影分外搅乱狄奥蒂玛的心神，而如果她把与通奸的粗鲁下流有明显区别的这种犹豫不决的状态称为激情的话，那么这大概并非完全没有道理。

狄奥蒂玛夜晚失眠了；在这些个夜晚里，她在一位普鲁士工业巨头和一位奥地利司长之间摇摆。在这如梦如幻的时刻里，阿恩海姆高贵、光辉的一生从她身旁掠过。她在心爱的男人的身边飞过一片布满新的敬意的天空，但是这片天空有一层令人感到不舒服的普鲁士蓝色。在这当儿，图齐司长的黄色身躯尚还在这漆黑的夜晚躺在她的身躯的旁边。她仅仅是隐约感觉到了，感觉到这像一种黑、黄两色的古老卡卡尼文化的象征，虽然他很少具有这种文化方面的修养。后面是莱恩斯多夫伯爵，她这位显赫的朋友的宫殿的巴罗克正面建筑，贝多芬、莫扎特、海顿、欧根亲王[1]的身形像一股逃跑前就已渴望返回的怀乡之情在四周飘荡。狄奥蒂玛无法当机立断迈出脱离这个世界的那一步，虽然她几乎因此而憎恨她的丈夫。灵魂无可奈何地处于她那个美丽、高贵的肉体之中，就像栖息在一个辽阔、繁荣的国度里。

“我不可以不公正，”狄奥蒂玛自言自语，“这位职业行政官员大概不再清醒，不再有宽广眼界和细腻感情，但他年轻时也许本来是会有这种可能性的。”她回想起订婚期间的那些时光，虽然图齐司长当初就已不再是青年人。“他勤奋，恪尽职守，从而获得了自己的地位和人格，”她好心地想，“他自己也没料想到，这会以他个人的生活为代价。”

自她取得社交上的胜利以来，她便对她丈夫抱有更宽容的想法，所以她还从思想上作出让步。“谁也不是纯粹的理智和功利的人；一开始，每一个人的生活都富有朝气和活力，”她思虑，“但是日常生活淤积在他心头，寻常的热情如火如荼充盈着他，而冷漠的世界则在他心头唤起那样一种冷漠，渐渐销蚀着他的灵魂。”也许她太谦逊，不曾及时严格地指出他的这个毛病。这件事真可悲。她觉得，她将永远不会有勇气将图齐司长卷进离婚丑闻之中，这样一场丑闻势必会深深地震撼如他这般与自己的职务紧密交织的人的心。

“那就宁可通奸！”她突然暗自思忖。

---

① Prinz Eugen Von Savoyen(1663 — 1736)，奥地利陆军元帅、国务活动家。

通奸，自一些时候以来狄奥蒂玛便在转悠这个念头。

人们被摆放到哪儿便在哪儿履行自己的义务，这是一个无益的观念；人们会因此枉自耗费大量力气；真正的义务是，选择自己的位置和有意识地塑造各种关系！如果她已经判定自己要固守在她丈夫的身边，那么就会有一种无用和有益的不幸，她有义务作出决断。不过话说回来，狄奥蒂玛迄今还从未能够摆脱她所读过的所有通奸描写中的那种令人难堪的娼妓特性和不好看的轻浮特性。她不能很好地想象自己处于这样一种境地。到一家小客栈里去幽会，她觉得这就像陷入一个藏垢纳污的场所。提着窸窣作响的裙子悄悄从陌生的楼梯溜上楼去：她的身体的某种道义上的悠闲安逸对此进行着抗拒。匆忙间给的亲吻和匆匆抛出的情话一样都违背她的本性。她宁可选择灾难。哽在咽喉说不出来的告别词，情妇的义务和母亲的义务之间的深刻冲突，这更符合她的资质。但是由于她丈夫的节俭她没有孩子，而悲剧则恰恰是因此得以避免的。于是，她下定决心，一旦事态发展到这种程度，她就以文艺复兴时期的人物为范例。一种爱情，它与插在心中的匕首共存。这种事她不能精确地想象得出来，但是这无疑是某种公正的做法；以开裂的柱子——云彩在它们的上方飘动——作背景。罪责和罪责感的克服，用痛苦来抵偿的快乐，在这个幻象中颤抖并使狄奥蒂玛心中充满一种闻所未闻的高涨和肃敬的情感。“一个人在哪儿找到最崇高的前景并最好地发挥自己的力量，他也就应该去哪儿，”她想，“因为在那里他同时有利于整体的最深刻的生活素质的提高！”

她透过朦胧的夜色打量她的丈夫。一如肉眼看不见光谱的紫外线，这个有才智的男人根本察觉不出某些实际的内心活动。

图齐司长显出一副毫不猜疑、内心平静的神态，欣慰地想着，在他理应得到的这心意涣散的八个小时里欧洲大概没发生什么重大的事情吧。这种平和的心境不免也给狄奥蒂玛留下了印象，随后她便不止一次地转悠这个念头：舍弃！离开阿恩海姆，伟大、高尚的苦痛话语，冲天的放弃，贝多芬式的分离：她的强健的心肌在这样的要求下绷紧了。颤抖的、闪着秋天光亮的谈话，浸透着远方青山的忧伤，充满着未来。可是舍弃和夫妻双人床?！狄奥蒂玛在垫褥上蹦起来，她的一头黑发散乱拳曲着。图齐司长的睡眠现在不再是那种纯洁无邪的睡眠，而是那条体内有一只家兔的蛇的睡眠。狄奥蒂玛差点儿就要叫醒他，直言不讳地就这个新问题告诉他，她必须离开他，必须，心甘情愿！在她的这种内心分裂的情况下，这样一种歇斯底里的逃避方式本来会是很可以理解的；但是她的身体太健康了，她感觉到，她的身体干脆就不会以极大的惊骇对图齐的身影作出反应的。她对这种没有出现的惊骇感到一阵干巴巴的恐惧。随后，眼泪便徒劳地试图从她的面颊上流淌下来，可是奇怪的是，恰恰在这种情况下，对乌尔里希的思念对她来说意味着某种慰藉。往常在这样的时刻她从不想到他，但是他的奇谈怪论，什么他想废除现实啦，她过高估计阿恩海姆啦，这些话有一种不可理解的言外之意，一种飘悬着的话音，狄奥蒂玛当时没听真切，但是在这几个夜晚它又显露出来。“这无非就是说，人们不应该过分为将要发生的事操心，”她气恼地想，“这是世上最最寻常的事！”就在她这样简易诠释这个思想的当儿，她知道，她并不理解其中的一些内容，而这恰恰就产生出镇静作用，它像一种安眠药粉，麻痹了她的绝望和意识。时间像一条黑线那样无声地溜走，她欣慰地感觉到，人们不知怎么地可能会认为她的这种缺乏持久性的绝望情绪也是值得赞赏的，但是她神志不再清楚了。

在夜晚，思绪时而清晰地，时而在睡梦中流淌，宛如熔岩里的水，每逢思绪过一会儿又显现出来，狄奥蒂玛便总是觉得，她只是梦中经历了先前发生的那种情感激荡。位于模糊山岳后面的这条汹涌的小河和狄奥蒂玛终于滑进去的这条静静的大河不是同一条河。愤怒、厌恶、勇气、恐惧已经流逝，不可以有这样的感情，没有这样的感情：在心灵的争斗中谁也没有过错！乌尔里希随后也被忘却了。因为如今只还存在着最后的秘密，心灵的永恒渴望。她的高尚的品性不体现在人们所做的事情中。它既不体现在意识的也不体现在激情的活动中。各种激情也只是 un peu de bruit autour de notre âme。人们可能会赢得或失去某些王国，但是心灵没有感动，人们无能为力，无法达到自己的命运，但是有时它从内心深处产生，静悄悄、日复一日，像天体乐声。于是，狄奥蒂玛便在这个独特的时刻这样清醒地躺着，但充满信任。这些思想，这些有着眼睛看不到的结局的思想，它们有甚至在最难以入睡的夜晚也可以在短时间之后使她入睡的好处。她觉得她的爱情像一个丝绒般柔软细腻的幻象，渐渐隐没在这一片无尽的黑暗中，这一片黑暗从星星的上方伸展出去，与她不可分离，与保尔·阿恩海姆不可分离，任何计划和意图都触碰不到。她好不容易才找到时间，伸手去拿那杯糖水，她是为了治她的失眠症才把这杯水放在床头柜上的，但总是在这个最后的时刻才用它，因为她在情绪激动的时刻里把它给忘了。在她什么也没听见的酣睡的丈夫的身旁，这轻轻的饮水声就像恋人在一堵墙壁后面的窃窃私语那般清脆悦耳；然后，狄奥蒂玛便肃穆地向后靠在枕头上，陷入这存在的沉默之中。

九五

大作家，后视图

这几乎尽人皆知，用不着讲的了：自从她的著名的客人们已经确信这个严肃的行动并不要求他们付出辛勤的努力，他们便做出一副普通人的样子，而看到自己的家宅充满着嘈杂和各式“主义”的狄奥蒂玛则感到失望了。她作为一个心地高尚的人不了解谨慎的准则——按照这个准则，人们作为不担任公职的人采取与从事自己的职业时截然相反的态度。她不知道，政治家们在会议厅里互称无赖和骗子之后便会在餐饮室里友好地并排坐在一起共进早餐。作为法学家判了一个不幸者重罚的法官们，在审判结束后以普通人的身份关切地和他握手，这个她知道，但是她从未觉得这有什么可值得非议的。女舞蹈家们除了她们那不正经的职业活动之外常常过着一种家庭主妇的无可非议的生活，这个她有时听人讲过，甚至觉得这颇感动人。王侯们有时脱下王冠，为了当个纯粹的普通人，她觉得这也是美好的象征。但是当她觉察到，精神界的王侯们也一味地隐姓匿名，她便觉得这种双重态度很有些古怪。这是什么癖好，哪个法则是这种普遍爱好的基础并导致在职业以外的男人使自己对他们自己的职业以内的男人身份一无所知？下班后，他们焕然一新，这时他们看上去就恰似一间清扫过的办公室，写字用具收藏在抽屉里，椅子摆放在桌子上。他们由两个男人组成，人们不知道，他们究竟是在晚上还是在早晨回归自我？

不管她的心灵恋人称所有聚集在她周围的人的心意并尤其与年纪较轻的

人热心交往让她感到脸上多么有光，有时看到他纠缠于这些忙忙碌碌的事务之中，这仍然不免让她感到气馁。她觉得，一位精神王侯既不可以为与普通精神贵族交往如此操心，也不应该欣然接受活动的思想市场的影响。

原因就在于阿恩海姆不是精神王侯，而是一位大作家。

大作家是精神王侯的继任者，在精神世界相当于已经在政治世界发生了的富人对王侯们的取代。如同精神王侯属于王侯时代，大作家属于大型战斗节日和大型百货公司的时代。他是精神和伟大事物相结合的一种特殊的形式。所以人们对一位大作家的最起码的要求是：他拥有一辆汽车。他必须经常旅行，受部长们接见，作报告；让公众舆论的首脑们觉得他是一种不可低估的道义上的力量；需要在外国证明人性时，他便是国家精神的代表；他在家里，则接待显要宾客并且在百忙之中还得想着自己的买卖，他必须以不可以让人看出紧张的杂技演员的那种灵活机智去做这买卖。因为大作家并不简单等同于一个挣钱多的作家。年度或月份的“最畅销书”他永远不必自己去写，他对这种评价方式没有任何反对意见，这就足够了。因为他是所有的评奖委员会的成员，签署所有的号召，撰写所有的前言，作所有的生日讲话，对所有的重要事件都发表意见并且在必须显示人们有多大成就的地方到处受到召唤。因为大作家在从事自己的全部活动的时候从不代表全民族，而是恰恰只代表其先进的部分，代表几乎已占多数的出类拔萃人物，这使他心头笼罩着一种持久的精神紧张。当然是他今天这种受过专门训练的生活，是这种生活导致精神的大工业，正如它反过来又逼迫工业向精神、向政治、向控制公众良知发展；两种现象在中间相切。所以大作家的角色也并非是指某一个人，而是社会棋盘上的一枚棋子，带有一种时代培养出来的比赛规则和职责。这个时代的崇尚善行的人的观点是，如果随便哪个人有思想，这对他们没有什么好处（已经有这么多现存的思想，多点少点无所谓，反正每一个人都以为自己有足够的思想），而是人们必须同野蛮思想作斗争，这就有必要让思想被显示、被人看到、产生效果，而由于一位大作家比一位甚至更大的作家，一位也许不再为这么多的人所理解的更大的作家更适宜担当此任，人们便竭尽全力为使大人物伟大起来而作出贡献。

如果人们这样来理解这个问题，那么，阿恩海姆便意味着这些关系的最初的、试验性的、即使已经很完美无缺的体现之一，对于这一点也就没有什么可严加指责的了，然而，不管怎么说，这还是需要具有某种天赋的。因为大多数作家只要有这种可能，就都愿意当大作家，但这就像大山的情形：在格拉茨和圣帕尔滕之间有许多山，它们本来都能够具有蒙退鲁莎山那样的风姿，只是它们太低矮了。所以，成为一位大作家的必不可少的前提依然是，撰写适宜于每一个人的书或剧本。人们必须先起作用，然后才能起好作用；这个原则是每一个大作家生存的土壤。这是一个奇特的、对准着孤独的诱惑的原则，简直是歌德的作用原则：人们只需在友好的世界里活动，一切别的东西便会自动到来。因为一旦一位作家开始起作用，那么他的生活便会出现一个重大转折。他的出版商不再注意到，一个将成为出版商的商人像一个悲惨的理想主义者，因为他可能会以完全不同的方式用布或未腐烂的纸挣钱。批评界发现他是他们创作的一个可敬对象，因为批评家往往不是什么坏人，而是从前的抒情诗人，他们由于生不逢时必须将心放在什么事情上，以便能抒发自己的情感；按照他们必须有利地获得的内心收益，他们分别是战争或爱情抒情诗人，而为此他们宁可选择一位大作家的书也不肯选择一位普通作家的书，这是可以理解的。当然，每一个人只有一种有限的工作能力，其最好的成果轻易地分布在出自大作家笔端的年度新出版物上。就这样，这些出版物便成为民族精神财富的储蓄银行，它们当中的每一样出版物都引起评述，这些评述并非只是解释，它们简直就是附件，而留给其余一切的则就相当的少了。但是，这通过在一个大人物身上解大小便的随笔作者们、传记作家们和速记历史学家们才达到最伟大的程度。说得不好听些，狗类宁可到一个热闹的街口也不愿到一块偏僻的岩石干这不光彩的勾当；有着想留名于后世的强烈欲望的人类怎么就不会选择一块显然偏僻的岩石呢？！转眼之间，大作家就不再是一个孤立的人，而是一种共生现象，是最委婉意义上的国家研究小组的成果，并亲耳听到生存所能作出的这个最美好的保证：他的成长和无数其他人的成长是紧密结合在一起的。

大概这就是人们常常也把一种良好行为情感看作大作家的一个普遍性格特征的原因了吧。只有在感觉到自己的价值受到危害的时候，他们才使用写作这富有战斗精神的手段；在所有其余的情况下，他们行为的特色是稳健和亲善。对为称赞他们而说的微不足道的话他们的态度极其宽容。他们轻易不肯屈尊评论别的作者；但是如果他们这样做，那么他们也很少奉承一个有很高地位的人，而是宁可鼓励那种不纠缠不休的有才干的人，这些人由百分之四十九的天赋和百分之五十一的庸才组成，并且，鉴于这种混合成分，在人们需要人力而一个强壮的人可能会造成损害的时候，他们却能如此巧妙地对待一切事物，以至于他们当中的每一个人迟早会在文学领域获得一席之地。但是如此说来，这一描述岂不已经超出了只有大作家才有的特性了吗？俗话说，有鸽之处群鸽皆飞往[①]，而人们难以想象，如今一个普通作家在当大作家之前很久，当他还是书评家、副刊编辑、广播评论员、电影混合录制人员或一份文学小报的出版者时，他的生活就已经何等的动荡不安；他们之中的某些人像那些橡皮小驴和小猪，后背上有一个窟窿眼，人们可以往里吹气。如果人们看到大作家们仔细斟酌这样的情况，看到他们竭力塑造一个能干的民族尊重的自己的大人物的形象，难道不需要为此而感谢他们吗？他们通过自己的参与使现有的生活变得高贵。人们试图设想与这相反的情形，设想一个正在写作的人，所有这些事这个人都不做。他必定会拒绝热情的邀请，使人产生反感，不像一个受表扬者，而像一个法官那样评价表扬，撕碎自然存在的事实，仅仅因为大的作用途径大就把它们当作可疑途径看待，他拿不出任何回礼，只能提供他头脑里难以表达和评价的事情的发展过程以及一个作家的成就，一个已经拥有大作家的时代确实不需要很重视的成就！一个这样的人会不站在团体的外面并带着这造成的一切后果避开现实吗？！——无论如何，这是阿恩海姆的意见。

九六

大作家，前视图

只有当人们在精神生活中虽然以商人姿态行动，却用旧传统以理想主义的方式讲话时，一位大作家一生中真正的困难才会产生，而且也正是这种

① 德语谚语，意即一有则百有，一事成则万事成。

商业和理想主义的结合，在阿恩海姆毕生的努力中占有一个决定性的位置。

今天，人们到处都看得见这样不合时宜的结合。譬如就在死者已经在被一辆汽油运输车运往公墓的同时，人们却并不放弃在车顶盖上安上一顶头盔和两把交叉的骑士剑，在各个领域里情况都是这样；人类的发展是一列拉开得很长的火车，而一如人们大约在两个世代以前还用华丽辞藻装饰自己的商业公函，今天人们可能已经在用供给与需求、抵押与贴现的语言来表达从爱情直至纯粹逻辑的各种关系，无论如何能够跟人们从心理学或宗教角度表达得一样的好，但是人们却不这样做。原因就在于，这门新的语言还太不可靠。今天，这位虚荣心重的富翁处于一种艰难的境地之中。如果他想与存在的较古老的力量匹敌，那么，他就必须使自己的活动与伟大的思想紧密相连；但是，会无异议地被人相信的伟大的思想今天已不再存在，因为这个抱怀疑态度的当代既不相信上帝也不相信人性，既不相信王冠也不相信德行——抑或这一切它全都相信，这样做的结果与前者是一样的。所以像不愿意缺少一只罗盘那样不愿意缺少重要事物的商人必须使用民主的诀窍，用作用的可测量的重要意义来取代重要意义的不可测量的作用。现在，被认为是重要的就是重要的；可是这就意味着，到头来连大做广告、大肆叫卖的东西也是重要的了，而且不是每一个人都善于不无艰辛地吞咽这个时代的内核，而阿恩海姆则曾做过许多试验，研究这件事该如何做才好。

譬如一个受过教育的人可能会想到中世纪研究和教会的关系。当时哲学家必须与教会协调一致，如果他想获得成功并影响他的同时代人的思维的话，而陈腐的持有自由思想的人则因此也就可能会认为这些桎梏妨碍他晋升为名人；可是情况恰恰相反。根据行家们的意见，从中只产生出了一种无与伦比的、哥特式的思维美，而既然人们能够在不损害精神的情况下如此顾及到教会，那么为什么如今人们不可以也顾及广告呢？谁愿意起作用，谁不是也能在这个条件下起作用吗？阿恩海姆确信，对自己的时代不作太多的批评，这是一种大人物的标志！一个骑骏马的骑手，如果他与他的坐骑争吵不休，那么他自然比一个与驽马的动作配合默契的骑手更难越过一个障碍。

另外一个例子：歌德！——他是一个天才，人世间轻易长不出第二个这样的天才来的，但是他也是一个德国商人家庭的被授予贵族称号的儿子，并且，在阿恩海姆看来，是这个民族产生出来的第一个大作家。阿恩海姆在许多方面都把他当作自己的榜样。但是他最喜欢的故事却是那则著名的不愉快的事件，即歌德虽然私下里同情可怜的约翰·戈特利布·费希特，但当此人在耶拿作为哲学教授受到惩处时仍将他弃置不顾，因为据这位练达老成的诗人和大师在自己的回忆录里所记述的，他对神和神圣的事物发表了“崇敬的、却也许并不完全恰当的”看法并且不是“以最婉转的方式”使自己摆脱出来，而是在自己的辩护词中“激昂慷慨、振振有词”。如今阿恩海姆不仅会完全采取如歌德那样的态度，甚至还会试图援引他的话，使世人深信这是唯一歌德式的和意义重大的做法。他不大会满足于这个事实：奇怪的是，人们确实更同情一个伟大的人物做什么坏事，而不怎么同情一个不怎么伟大的人物行为正当。他倒是会逐渐认识到，这场争取自己的信念的无条件的斗争既徒劳无益，又是一种没有深度和历史的讽刺的态度，而至于说到后者，那么他同样也会将这称为歌德式的，这就是认真迁就环境的讽刺，带有行动的幽默，时间的距离将承认这种幽默是正确的。倘若人们考虑到，今天，在将近两代人之后，这位诚实、正直和有些说得过分的费希特所遭到的冤屈早已已经成为一桩私事，那么，人们就必须承认，时间的智慧确实与阿恩海姆的智慧相吻合。

第三个例子，这个例子同时——阿恩海姆总是为好的例子所围绕——启迪着头两个例子的深刻意义：拿破仑。海涅在游记里以一种与阿恩海姆的观念高度一致的方式描写他，最好用海涅自己的话来将它复述出来，这些话阿恩海姆是非常熟悉的。“康德在说，”海涅说，他谈的是拿破仑，但他同样也可以把这用在歌德身上，他始终以知道自己暗地里并不同意自己所欣赏的对象的爱好者的那种机敏捍卫着歌德的老练圆滑的本性，“康德在说我们能够想象出一种理智，这种理智不像我们的理智，而是直觉的，康德在这样说的时候，他所指的就是这样一个有特殊才能的人。我们通过缓慢的分析、考虑和长期的推论所认识到的，那个有特殊才能的人在同一个瞬间就已经看到并深刻领悟到了。所以他才有这种天赋，才会理解时代，理解当代，奉承它们的精神，永不伤害它并总是利用它——但由于时代的这个有特殊才能的人不仅是革命的，而且受到了两种观点，革命的和反革命的观点的汇流的教育，所以拿破仑从不采取完全革命性的行动，也从不采取完全反革命性的行动，而是始终本着在他身上统一起来了的两种观点、两种原则、两种努力的精神行事，所以他的行动经常合乎自然规律，简单，伟大，从不粗暴生硬，总是平静温和。所以他从不在零星小事上搞阴谋诡计，他的打击总是通过理解并驾驭群众的艺术来进行——好搞错综的、缓慢的阴谋的是平凡的、分析型的人，而综合的、有直观能力的人则以奇特而天才的方式善于这样去联结当代提供给他们的手段，致使他们能够很快利用它们去达到自己的目标。”

海涅的看法也许跟他的钦佩者阿恩海姆所理解的略有出入，但是此人觉得他的话简直也是给自己画了像。

九七

克拉丽瑟的深奥莫测的力量和任务

克拉丽瑟在房间里；她的瓦尔特不在了，她有一个苹果，穿一件睡衣。苹果和睡衣，这是两个泉源，一束未被注意的、稀疏的现实之光从这两个泉源流进她的意识之中。她为什么觉得莫斯布鲁格尔有音乐才能呢？她不知道。也许所有的杀人犯都有音乐才能。她知道，她给莱恩斯多夫伯爵阁下写过一封信，正是为了这个问题的缘故；她也大致记得信的内容，可是她却对此感到不能理解。

没有个性的人就没有音乐才能吗？

由于她一时想不出合适的答复来，她便把这个思想搁置起来并继续思索。

过了一会儿，她还是想起来了：乌尔里希是没有个性的人。一个没有个性的人当然也可能没有音乐才能。但是他也可能会有音乐才能的吧？

她继续思索。

他曾经说她：你有似少女似英雄般的气质。

她重说：“似少女似英雄般的气质！”她感到面颊热烘烘的。从中产生出一种义务，她不清楚这是什么义务。

她的思绪向着两个方向推挤，犹如在进行一场格斗。她感到自己既被吸引又被推开，却不知道，被吸引到何方、被什么推开；最后，一种她不知道是怎样从其中残留下来的轻微的柔情吸引她去寻找瓦尔特。她站起来，把苹果放在一旁。

她为自己总是折磨瓦尔特感到难过。当初她才十五岁，她便已经觉察到，她能够折磨他。她只需一声断喝，说什么事其实并不像他所断言的那样，他便会吓一跳，尽管他所说的话实际上完全正确！她知道他怕她。他怕她会精神错乱。有一回他脱口说出来了这句话，随后很快又为此而道了歉；可是她却从此便知道，他有这样的想法。她觉得这很好。尼采说："有一种权力的悲观主义吗？一种对冷酷、可怕、凶恶的有理智的偏爱？对可怕的事物犹如对可敬的敌人般的渴望？"每逢她想起这样的话，它们便总是使她在嘴里产生一种感官上的激动，像乳液那样温和、浓烈，让她几乎不能吞咽。

她想到孩子，瓦尔特要她生个孩子。这也是一件让他感到担心的事。可以理解，因为他认为，她有朝一日会神经错乱的嘛。这使她对他产生温情，尽管她强烈拒绝。但是她忘记了她想寻找瓦尔特。现在她的体内正在发生着某种变化。两个乳房鼓满起来，一股浓稠的血流贯胳臂和大腿的血管，她感觉到膀胱和肠受到一阵不明确的挤迫。她的细长的身体依次变得向里深陷、敏感、活跃、陌生；一个孩子灿然炫目、面带微笑躺在她的臂弯里；圣母的金衣裳闪闪发光从她的肩头下垂到地上，全体教徒在歌唱。这是在她的体外，主为世人出生了！

但是这事刚刚发生，她的身体便又在这幅裂开的图画的上方突然蹿起，像木块将一个楔子从自身抛出来那样；她身材苗条，清醒、厌恶，感到一阵残酷无情的喜悦。她不想让瓦尔特就这样一蹴而就。"我希望，你的胜利和你的自由渴念一个孩子！"她自言自语。"你应该在你自己的头顶上建立活生生的纪念碑。但是你首先得给我把身体和心灵都给长好了！"克拉丽瑟微微一笑；这是她特有的那种笑，它微微一闪动，就像被一块大石头盖住的火苗。

后来她想起来，她的父亲害怕瓦尔特。她返回到若干年前。她习惯这样；瓦尔特和她喜欢互相询问："你记得吗？"随后逝去的光便魔术般地从远方流回到现代。这是美妙的时刻，他们喜欢这样的时刻。这也许就如同人们百无聊赖地行走了几小时后折回，而已行走过的空荡荡的整个地段则蓦然间变为远景，作为美好的满足摆放在那儿；但是他们从不这样理解它，而是极为看重回忆。所以她也觉得这令人兴奋且错综复杂：她的父亲，这位上年纪的画家，当初她心目中残酷无情的人，居然怕瓦尔特，怕把新时代带进他家里来的瓦尔特，而瓦尔特却怕她。这就好比她用胳臂搂住她的女友露茜·帕黑霍芬，在不得不说“爸爸”的时候心里明白爸爸是露茜的情人，因为这事发生在相同的时候。

这时，克拉丽瑟的脸上又热烘烘起来。她无比清楚地回忆起这独特的哀乞，这种异样的哀乞，她曾给她的男友讲述过的这种哀乞。她拿起一面镜子并试图重新找到那张恐惧地抿紧着双唇的脸，这是她父亲在那个夜晚到她床前来时她必定曾显现出来的那张脸。她发不出那个声音来，当初在诱惑下她胸中曾迸发出那个声音。她心中暗想：今天这个声音必定还和当初一样在自己的胸膛里。这是一个没有怜惜和体谅的声音；但是它从未再浮现出来过。她搳下镜子，小心翼翼地往四下里张望，用探寻的眼光加强着这样的意识：她现在是独自一人。然后，她用指尖透过衣裳摸索着寻找那个有着特殊记忆的黑丝绒般的胎痣。在鼠蹊部，半暗藏在大腿根部和有些蓬乱的阴毛边上；她把手放在那上面，摒弃一切杂念，窥伺着就要出现的变化。她立刻感觉到了这一变化。这不是淫欲的柔滑涌流，而是她的胳臂变得挺直，变得像男人的胳臂那样僵硬起来。她觉得，只要好好举起这条胳臂，她是可以用它把一切砸碎的！她称她身体上的这个部位为魔鬼之眼。她的父亲一摸到这个部位便折回去了。魔鬼之眼投出一束可以穿透衣服的目光；这束目光“盯住”这些男人，把他们吸引住，但是只要克拉丽瑟愿意便不让他们动弹。克拉丽瑟想到了某些加引号的话，被突出出来，就像她在写信时用粗线条画在某些话的下面那样；然后，这样加重语气的话便有了一种张紧的意义，张紧得像她的胳臂那样；谁可曾想到过人们用眼睛确实可以盯住什么东西？但是她是手中像握着一块可以让人抛向一个目标的石头那样握着这句话的第一个人。这是她的胳臂的挥击力的一部分。一想这些事，她便把原想认真考虑的那哀乞给忘了，却想起她的妹妹玛丽昂来了。四岁的时候，人们便不得不在夜晚拴住玛丽昂的双手，因为否则那双手便会出于对愉快适意的事的纯粹喜爱而懵然无知地伸进被窝里去，就像两头熊崽一头扎进蜂蜜树里那样。后来，有一回，她，克拉丽瑟，曾不得不将瓦尔特从玛丽昂身边拽走。肉欲在她的家庭里游荡，一如葡萄酒味在种植葡萄的农民中间弥散。这是一种命运。她担负着沉重的负荷。但是，尽管如此，她的思绪如今却在往事中漫游，胳臂里的紧张溶化为一种自然的状态，而她的手则依然被遗忘地搁在胸前。当时她还用“您”称呼瓦尔特。其实她应感谢他的地方很多。他带来这样的信息：有一些新人，他们只用凉爽、清澈的家具，并把描绘真实的图画挂到他们的房间里。他读给她听：彼得·艾腾贝格[①]描写小女孩的短篇故事，她们在郁金香花坛间抛木环并拥有明亮甜蜜、天真无邪得像玛丽昂的格拉茜丝绸的眼睛；从此刻起克拉丽瑟便知道，她的在她看来还带着稚气的大腿和一首《我不知道我属于谁》的谐谑曲具有同样重要的意义。

恰好是他们大家都住在一所夏日度假屋里，一大群人，好几家相互相识的人租了湖畔边的几处寓所，全部卧室加倍住上了邀请来的男女朋友们。克拉丽瑟和玛丽昂同睡一室，十一点，迈因加斯特博士有时趁着月色悄悄溜进她们的房间里来闲谈，此人如今在瑞士是一位著名人物，而当初则充当游乐大师和所有母亲的宠儿。当初她几岁？十四岁或十五岁或在十四岁和十五岁之间。那时他的学生格奥尔格·格勒施尔也来了，此人的年纪只比玛丽昂和克拉丽瑟稍大一点点吧？迈因加斯特博士那天晚上心不在焉，只简短地谈了谈月光、麻木地酣睡的父母和新人，便突然离去；似乎只是为了让他的崇拜者、这位矮小结实的格奥尔格留在女孩子们的身边才来的。格奥尔格一声不吭，大概感到害怕了吧，而在这之前一直和迈因加斯特答话的两个女孩子这时也沉默不语。但是随后，格奥尔格大概就在黑暗中一咬牙，走到玛丽昂的床前。房间里稍许有一点从外面透进来的亮光，但是在放床的角落里却是一团漆黑，克拉丽瑟看不清出了什么事；她只觉察到，格奥尔格似乎挺直身子站在床前并俯视着玛丽昂，然而他背对着克拉丽瑟，玛丽昂不出一声，好像不在房间里似的。这持续了很长时间。但是最后，就在玛丽昂和先前一样一动也不动的当儿，格奥尔格像一个杀人犯那样从黑暗中走了出来，在月光照亮的房间中央显现出苍白的肩头和侧身，来到又迅速躺下并将被子拉到下颌的克拉丽瑟的身边。她知道，发生在玛丽昂身上的那件秘事如今就要重现，她目瞪口呆地期盼着，这时，格奥尔格默默站在她的床前，她觉得，他正阴森森地抿紧着嘴唇。终于，他的手来了，像一条蛇，在克拉丽瑟身上摸索起来。他此外还干了些什么，她一直不清楚；她对此没有什么概念，无法将尽

① Peter Altenberg(1859 — 1919)，奥地利作家。

管激动但还是从他的动作中感受到的那少量的东西领悟透彻。这时她自己根本没感到什么快感，这种快感后来才出现，眼下只存在着一种强烈、无可名状、忧闷不安的纷扰；她像一座桥中的一块颤抖的石头那样保持着寂静——一辆沉甸甸的大车无止境地缓缓驶过这座桥，她一句话也说不出来，任人摆布。格奥尔格在放开她之后便不辞而别，走了，两姐妹中谁也不确切地知道是否另一个遭遇到了和自己同样的事；她们既没有相互求助也没有相互邀约，过了若干年以后，她们才初次就这件事进行交谈。

克拉丽瑟又找到了她的苹果，啃它并嚼成小块。格奥尔格从未暴露过自己，也从未承认自己干过这种事，也许他只是在最初的一段时间里有时表情冷漠地露出意味深长的目光；今天他是一位前程远大、优雅时髦的政府法学家，玛丽昂则已经结婚。但是迈因加斯特博士的变化就更大了；当他到国外去时，他已经摘下了犬儒主义者的面具，成为人们在大学以外称为一位著名哲学家的人，经常把一群男女弟子聚集在自己的周围并且在不久前给瓦尔特和克拉丽瑟写了一封信，他在信里预告，他不久将访问家乡，以便可以不受他的追随者们的干扰在家乡从事一段时间的写作；他也询问了他们是否能够安排他住在他们家里，因为他听说他们住在“大自然和大城市的边界线上”。也许这压根儿就是这一天克拉丽瑟的思绪所经历的全部历程的由来。“噢，上帝，那个时代真是奇特！”她想。现在她也知道这个：跟露茜在一起的那个夏天的前一个夏天，当时迈因加斯特愿意什么时候吻她就什么时候吻她。“对不起，我现在吻您啦！”他在这样做之前先彬彬有礼地说，他也吻所有她的女友，克拉丽瑟甚至了解一位女友的情况，打那以后她每逢看到这位女友的裙子，便总是情不自禁地要想到假惺惺垂下的目光。迈因加斯特自己给她讲述过这件事，而每逢他向她报告他和她的女友们的艳遇，克拉丽瑟——当时她才十五岁——便总是对这位已经完全是成年人的迈因加斯特博士说：“您这猪猡！”用卑劣的话骂他，这让她感到惬意已极，但是，尽管如此，她还是害怕自己到头来会顶不住，而每逢他要求亲吻时，她总是不敢违抗，因为她怕自己显出傻样。

可是当瓦尔特第一次吻她时，她却正色道：“我已经答应妈妈永远不干这样的事。”这正是区别之所在；瓦尔特讲起话来像福音书般动听，他讲得很多，艺术和哲学包围着他，一如层层云团包围月亮。他给她朗读。但是基本上他只是打量她，在她的所有女友们中间打量她，开始时他们的关系就是这样，这就好比是月亮在往这边看，人们互握着手。他们的关系后来确实也经过握手而继续向前发展；静静的握手，现在没有话语，在握手中蕴含着一股有特殊约束力的力量。克拉丽瑟感到自己的整个身体被他的手清洗干净了；一旦他心不在焉、神情冷漠地把这只手伸给她，她就感到不幸。“你不知道，我对这抱什么希望！”她请求他。当初，他们已经悄悄地互相称“你”。他在她心里培育起对大山和甲虫的理解，而迄今为止她看到的自然界只是爸爸或他的一个同行绘画和出售的风光。她对家庭的批判意识蓦地觉醒了；她感到新鲜和异样。这时，克拉丽瑟也清晰地回想起，谐谑曲这件事是怎么一回事：“您的大腿，克拉丽瑟小姐，”瓦尔特说，“比您的爸爸画的全部图画更富有真正的艺术气息！”在避暑度假住地有一架钢琴，他们四手联弹。克拉丽瑟向他学习；她想超越她的女友们和她的家庭；谁都不理解，在美好的夏日里一个人怎么可以不去划船或游泳而是弹钢琴，可是她却把希望寄托在瓦尔特身上，她当初立刻就已经打定主意，要当“他的妻子”，要嫁给他，而每逢他因她弹错而呵斥她时，她便总是怒气冲冲，不过乐趣还是占上风。瓦尔特有时确实呵斥她，因为精神不留情面；但只在弹钢琴的时候。在音乐以外，还有她被迈因加斯特亲吻这样的事，有一次划船赏月，瓦尔特划桨，她完全自愿地把自己的脑袋靠在她身旁坐在舵手位置上的迈因加斯特的胸脯上。迈因加斯特做起这种事情来十分在行，她不知道，这将会有什么结果。与此相反，当瓦尔特在钢琴课结束之后，在最后的时刻，就在他们已经站在门口的当儿，从后面抓住她、尽情吻她的时候，她却只有那种极不舒服的憋气的感觉，便拼命挣脱他；尽管如此，她主意已定，不管另一个人还会怎么样，这个人她绝不可以放走！

这种事情就是奇怪；迈因加斯特的气息里有某种让人浑身酥麻的东西，某种像纯洁、轻柔的空气的东西，它让人感到快活，虽然人们没觉察到它的存在，而瓦尔特则一如克拉丽瑟早已知道的那样患消化迟滞症，这恰似他的决断迟疑，而且他的气息中也有某种被凝结的东西，这种气息有时太热，有时有焦糊味并麻痹人。这种肉体上、精神上的东西一开始就曾起过作用，克拉丽瑟对此也毫不感到惊奇，因为在她看来最自然的莫过于尼采说的这句话了：“一个人的肉体就是他的灵魂。”她的大腿不比她的脑袋有更多的天赋，它们无可置疑地有着同样的天赋；她的手，在瓦尔特的触摸下，即刻便推动起一股决心和保证的涌流，它从头顶流到脚底，但并不携带言语；而她的青春一旦被引向自信，便干脆用一个硬邦邦身体的朝气起来反对她父母的种种信念和其他蠢事，这个身体蔑视一切隐约让人想到奢华双人床和土耳其豪华地毯的情感，这些东西深受恪守道德准则的前辈的喜爱。所以身体继续起着一种作用，她对这种作用有着不同于别人的评价。但是这时，克拉丽瑟遏制住自己的回忆；抑或其实情况并不完全是这样，实际情况反倒是她的回忆蓦然之间，在完全没有着陆撞击的情况下，又把她放回到当下。因为这一切以及在这之后所发生的事她都曾想告知她的那位没有个性的朋友。也许迈因加斯特在其中占据着一个太大的空间，因为在那个动荡的夏季之后，他不久便远走高飞，逃到异国他乡，那种巨大的转变已经开始在他心中产生，轻浮的花花公子变成一个著名的思想家，而克拉丽瑟则自那以后只和他匆匆打过几个照面儿，见面时她也没想起什么往事来。但是她暗自思量这件事，她对他的转变所起的那份作用她是明白的。在他离去前的那几个星期里她和他之间还曾发生过许多事情；没有瓦尔特，在瓦尔特的嫉妒的参与下，排挤着瓦尔特，鼓舞、激励着瓦尔特，精神雷雨，更癫狂的时刻，就像暴风雨来临之前使男人和女人丧失理智的那种时刻，以及风暴已经停息下来的时刻，它们剔出全部激情，并像雨后绿茵那样沐浴着友谊的纯净空气。克拉丽瑟想必曾经容忍过某些事，并且并非不情愿容忍，但是好奇的孩子按自己的方式在事后自卫，她向那位放荡的男友说出自己的看法，而由于迈因加斯特在离去之前的最后一段时间里已经变得友好而更严肃，在与瓦尔特的竞赛中变得几乎高尚和忧郁起来，所以，今天她坚信，是她在他去瑞士之前招致了这一切，使他的情绪变得低落并由此而使他有可能如此出乎意料地发生了转变。随后在她和瓦尔特之间所发生的事使她坚定了这个观点；克拉丽瑟再也不能将这些久已消逝的年月精确地区分开来，但是什么时候发生了这一件事或另一件事，这毕竟都是一样的，总的说来，在极勉强地接近了瓦尔特之后便开始了一个伴随着散步、坦白和精神占有的耽于梦想的时期，这个时期同时为那些数不清的小小的、带来无限痛苦和欢乐的放荡行为所充满，它们吸引住两个恋人，这两个恋人虽然丢失了贞洁，却也缺乏完全坚定的勇气。这无非就是，好似迈因加斯特把自己的罪孽留给了他们，好让它们在更崇高的意义上再次被经历并渐渐化解，直至达到最崇高的意义，他们俩当时就是这样理解这件事的。而今天，克拉丽瑟根本不把瓦尔特的爱情放在心上，甚至常常对它感到厌恶，所以她分外清楚地看到，使她变得如此狂乱的渴望爱情的飘飘然的感觉不可能是别的什么东西，它只能是一种化身，某种非肉欲的东西，一种观念、一项任务、一种命运的化身，这是为根据星象被选中的人准备的——据她所知，这就叫化作肉身。

每逢比较当初和现在，她不感到羞愧，倒是想哭；可是克拉丽瑟也是永远欲哭无泪，她只是抿紧双唇，那样子看上去与她的微笑颇为相似。她的胳臂，一直被吻到胳肢窝，她的大腿，受到魔鬼之眼的看守，她的柔韧的肉体，让饥渴的情人百般旋转并像一根绳子那样倒转，它们都保持这种奇异的爱情的伴随情感：人们所作的所有姿态都具有神秘的重要意义。克拉丽瑟坐在那儿，觉得自己像一个幕间休息时的女演员。诚然，她不知道还会发生什么事；但是她确信，所有恋人的无穷尽的任务就是保持人们在最崇高的时刻里彼此相亲相爱的那种状态。而她的胳臂在这儿，她的大腿在这儿，她的脑袋在躯体上，阴森森地准备着第一个去感知那必然会出现的信号。克拉丽瑟是什么意思，这也许难以理解，但是这并不让她费什么气力。她给莱恩斯多夫伯爵写了一封信，要求举办一个尼采年，同时还要求释放那个杀害妇女的人，也许还要求将他向公众展示，纪念那些必须集所有人的分得很散的罪孽于自己一身的人的苦难历程；现在她也知道，她为什么做了这件事。必须有人讲第一句话。也许她没有把自己的意思表达好，不过这没关系；主要的是，有人开始行动，不再忍耐和听任自便。历史已经证明，世界有时候——后面响起“永世复永世”这个词儿，像两只钟，人们没看见它们，虽然它们就在近处——需要这样的人，这些人不能一同做事，却能一同撒谎并由此而引起令人不快的轰动。总的看来，事情是清楚的。

引起令人不快的轰动的人会感觉到世人的压力，这也是清楚的。克拉丽瑟知道，来自于人类的伟大天才们几乎总是要受苦受难，而她对此并不感到惊奇：她一生中的某些日子和某些星期总感受到沉重的压力，就好似一块沉重的石板从上面移过；但是这压力每次都会消失，所有的人都是这样，教会甚至足智多谋地采用治丧期，以便集结哀思并阻止半个世纪的时间都淹没在胆怯和冷酷之中，而且也已经这样做了。更难以论述的是克拉丽瑟一生中的某些另外的时刻，过分解放的、没有抵抗力的时刻，在这样的时刻里有时一句话便足以使她越出轨道；于是她便失去常态，她不能说出自己身处何地；但她并不是心不在焉，相反，倒不如说她是身心俱在的，在一个更深邃的空间，以一种寻常观念不可理解的方式处在她的身体在世界上所占据的那个空间里；但是干吗去为某种不在言语轨迹的东西寻找言语呢，反正她过一会儿又会找到别的言语，只还觉得脑袋里有点儿发亮发痒，就像流鼻血之后那样。克拉丽瑟明白，她有时经历的是危险的时刻。那显然是准备和试验。反正她有同时思考好几件事情的习惯，就像一把扇子的拉开和合拢，一把半位于另一把旁边、半位于另一把下面，而如果情况变得太杂乱无章，那么这种需要便是可以理解的了：人们想猛一用劲儿溜出去；这种需要也许许多人都有，只是他们表述得不确切罢了。

克拉丽瑟就这样经历着各种准备和先兆，一如别人对自己的记忆力或铁一般的消化力颇感得意；他们会吃玻璃碴儿，他们说。可是克拉丽瑟却已经证明，她确实能有所作为；她的力量已经在她父亲的身上，在迈因加斯特的身上，在格奥尔格·格勒施尔的身上显示了出来，跟瓦尔特还需费点劲儿，事情尽管断断续续，但仍还在进行之中；但是自一些时候以来，克拉丽瑟便打算在没有个性的人的身上证明一下自己的力量。她恐怕无法精确地说出自何时起；这与这个由瓦尔特制造出来并得到乌尔里希首肯的名字有关联；先前，这一点她必须要说，在从前，她从来也没有怎么重视他，虽然他们是很好的朋友。但是想到没有个性的人，这譬如使她想起弹钢琴，想起所有那些忧伤、欢跃、发怒的情绪，人们急速通过这些情绪，虽然它们不是完全实际存在的激情。她觉得自己与此有亲缘关系。由此人们完全不绕弯子地这样断言：必须拒绝做一切不是投入全部身心的事，而她就此也就是处在了自己婚姻的纷乱而深刻的现实之中。一个没有个性的人不对生活说不，他还不说！他积蓄力量；这个她已经用整个身体理解了。也许这就是所有那些她神思恍惚的瞬间的意义吧：她应该成为圣母。她回忆起那张面孔，那还是不到一刻钟以前的事，她受到这张面孔的侵袭。“也许每一个母亲都可以成为圣母，”她想，“如果她不放任自流，既不撒谎也不活动，而是把自己内心深处的东西当作孩子送出自身以外去！前提是，她不谋取任何一己的私利！”她伤心地添上一句。因为这个想法并不使她产生纯粹的舒适感，而是使她内心充满在痛苦和欢乐之间分裂开来的为某事而牺牲的感觉。然而，如果说从前她的幻觉曾经是这样的，就好似一棵树的树枝上，在蓦然间如烛光般闪烁的树叶之间，一个形象显现出来，而随后这棵树立刻又倾倒了，那么现在她的情绪则持续不断地保持着有变化的状态。一个偶然的机会使她获得了对于其他任何人来说都是毫无意义的发现：母亲这个词儿包含在胎记这个词儿之中[1]；对她来说这一总意义重大，就像她的命运突然已经注定了似的。女人必须既以母亲也以情人的身份接受男人，这个绝妙的想法使她变得心情温和、感情激动。她不知道这个想法是怎么产生的，但它消释她的反抗情绪并给她力量。

但是，她还不信任没有个性的人。他说许多话时心口不一致。如果他声称，人们阐述不了他的思想，或者他对任何事都不完全认真对待，那么，这只是在玩捉迷藏的游戏，这一点她很清楚；他们曾互相窥探过，如今可从手势暗号上相互了解，而瓦尔特却认为克拉丽瑟有时精神错乱！不过，乌尔里希身上确实有某种愤懑之情，某种恶鬼似地追随世人逍遥闲游的情态。必须解开这个谜。她必须把他请来。

她曾对瓦尔特说：杀死他。这并不具有很多的含义，她不怎么清楚自己这样说是什么意思；但这似乎意味着，必须有所行动，以便把他从自己心中拉扯出来。对什么事都不可以望而却步。

她必须跟他搏斗。

她笑了，她擦了擦鼻子。她在黑暗中来回踱步。得为平行行动做点什么事。什么事，她不知道。

九八

毁于一个语言错误的国家

时代的列车是一列使轨道向着自身这边滚动的火车。时代的河流是一条

---

[1] 德语中“母亲”是“Mutter”，“胎记”是“Muttermal”，所以“胎记”是由“母亲”和“标记”两词复合而成。

挟持其两岸的河流。被激流带走的人在坚固的土地上坚固的墙壁之间运动；但是土地和墙壁却不为人注意地随着旅行者们的移动一同移动着。这是一件不可估量的幸事，可以使克拉丽瑟心神安定：在她的思想中这个思想还没出现过。

但是莱恩斯多夫伯爵也不受它的侵犯。他不受其侵犯是由于受到这个信念的保护：他在搞现实政治。

日子摇荡并构成星期。星期没有滞留，而是呈现出多彩姿态。不停地发生着什么事。而如果不停地发生着什么事，那么人们便很容易觉得，自己是在促成什么现实的东西。就这样，莱恩斯多夫宫殿的各豪华厅室将在一个盛大节日期间为患肺病的孩子们开放；事前，伯爵阁下和他的大管家进行深入交谈，商定了具体日期，确定了要取得的具体成果。与此同时，警察局举办一个周年纪念展览会，社会各界人士出席了展览会的开幕式，而警察局长则拜访了伯爵阁下，亲自向他递送请柬；当伯爵抵达并受到接待时，警察局长当即便认识到自己身边的这位是“志愿帮助者和名誉秘书”，他不必要地被再次介绍给警察局长，此举给局长提供了机会，以显示其有对人的惊人记忆力，因为人家说十个公民中就有一个他认识或至少了解其情况。狄奥蒂玛也在其丈夫陪同下到来，所有出席开幕式的人都在等待一位皇室成员，他们之中的一部分人将被介绍给这位皇室成员，人们众口一词，说展览会办得很成功、很有吸引力。展览会由挂在墙上的互相融和渗入的图画以及放置在玻璃柜、桌里的重大罪行纪念物品所组成。其中有溜门撬锁的工具，伪造证件的用具，作为线索的丢失的纽扣，以及知名杀人犯们的杀人凶器连同与此相关的种种传奇故事，而墙上的图画则与这座恐怖的武库相反，它们描绘了警察生活中有训诫意义的题材。画面上可以看到搀扶老妪横过街道的正直的警官，在被河水冲到岸上的尸体前的神情严肃的警官，奋勇勒住惊马缰绳的勇敢的警官，一种“把安全当局比作城市守护者的譬喻”，警卫室里受到警察们慈母般照料的迷路的孩子，抱着一个女孩子逃出熊熊烈火的身上着了火的警官，另外还有许多幅如《急救》、《寂寞的哨位》这样的画，连同上溯至一八六九年的勇猛的警察们的照片、履历和装在镜框里的歌颂警察或个别警官业绩的诗一起挂在墙上。他们的最高上司，那个在卡卡尼拥有“内部事务总管”称号的部级首脑，在开幕词中指出这些展品显示出警察的精神具有某种真正大众化的风味，并称对这种乐于助人、严于律己的精神的钦佩为一座道德的长生不老泉，尤其在这个艺术和生活迷恋于怯懦地狂热崇拜无忧无虑的感官享受的时代。狄奥蒂玛站在莱恩斯多夫伯爵的身边，为自己促进现代艺术的志向感到不安，昂起头小心谨慎地露出一副温和但不妥协的神态，以便让人感觉到这种约束力：在卡卡尼，除了这位部长的意志外还有别人的意志呢。而她的表兄则在讲话期间怀着作为平行行动的荣誉秘书的可尊敬的想法在不远处观察她，他突然觉得在拥挤的人群中一只手小心翼翼地轻轻搁在了他的胳臂上并惊诧地认出了自己身边的博娜黛婀，她和她的丈夫——一位高级法官——一道来参加开幕式并利用所有脖子都转向部长和站在部长前面的大公爵的这个时刻，趋近她的负心的情人。这一大胆的进攻是事先经过长时间策划的；她因为情人的移情别恋深感不幸，在忧郁的需求将她攫住的瞬间，她感到必须拴住自己变化无常的情欲之旗，形象地讲，也就是在放荡不羁的末端将其拴住。由于这样的瞬间，最近几个星期里她一心一意只想着要重新得到他。他躲开她，而强制的谈话只会使她对宁肯一人独处的他处于热切渴求的不利处境；所以她决心迫使自己进入情人天天出入于其间的社交界，而保存在这个意图里的则是第二个意图，即将她丈夫跟可憎的杀人犯莫斯布鲁格尔有的业务上的联系以及她的情人想以某种方式减轻这个杀人犯的刑罚的意图，为自己所用，向两方面建立内在联系。所以最后她便老是缠着她的丈夫，要他像有影响的人物们所做的那样去关心犯刑事罪的精神病人，当举办警事展览以及隆重揭幕的消息传播开来时，博娜黛婀便说动他带自己去出席开幕式，因为她的本能告诉她，这正是她寻觅已久的可以使她结识狄奥蒂玛的慈善活动。当部长结束讲话，大家开始参观展览，她没有离开惊慌失措的情人，反而开始在他的陪同下参观那些可怕的血迹斑斑的工具，尽管她对它们怀着几乎不可克服的厌恶。“你曾说过，只要人们愿意，这一切都能加以阻止。”她嗫嚅道，像一个想表示自己全神贯注的好孩子那样提醒他自己记得他们最近那次关于这个话题的详尽谈话。稍过片刻，她微微一笑，在拥挤的人群中踮着脚向他紧紧靠过去，并利用这个时刻向他耳语：“有一回你曾说过，每一个人在恰当的情况下都是什么毛病都有可能犯的！”乌尔里希觉得博娜黛婀在他身边行走的这种断然的方式使自己陷入了极大的窘境，而他的情妇不顾他处心积虑作出的种种转移其注意力的尝试竟向狄奥蒂玛身边走去，况且他也不便在众目睽睽下对她正颜厉色作什么责备，所以他知道，这一天自己没什么别的办法，只好促成这两个女人相识，而这正是迄今为止他一直反对的。他们已经紧挨着一群以狄奥蒂玛和伯爵阁下为中心的人站着，这时博娜黛婀在一只陈列柜前极其大声地呼叫起来说：“您看呀，这儿摆着莫斯布鲁格尔的短刀！”果不其然，它就摆在这儿，博娜黛婀心情激动地望着它，好似在抽屉里发现了老祖母的第一枚高替洋舞①勋章；于是，她的情人便匆忙作出决定，找了一个相宜的托辞请求他的表妹允许自己把她介绍给一位女士，说是这位女士希望认识她，据他所知这位女士是一位所有善良、真实、美好愿望的热烈崇拜者。

人们恐怕不能说沧海桑田，岁月流逝，世界上没发生什么事；警务展览，连同一切与此相关的事，其实还不过是其中最不起眼的事。譬如在英国，人们就有着某种了不起得多的经历，在这儿的社交场合对此议论纷纷；一幢玩具小屋被赠送给了女王，由一位著名的建筑师建造，有一个一米长的餐厅，其中挂着著名现代画家的微缩肖像，有一间间小房间，从其中的龙头里流出热水和冷水，还有一个图书馆，一本纯金的小书，女王把王室成员的相片贴在这本书里，一本微缩印行的火车和轮船运营时刻表以及近二百本微型小册子，其中有著名作家们亲笔为女王书写的诗歌和故事。狄奥蒂玛拥有两册介绍这幢玩具小屋的刚出版的英语精装本，这两册书用精美的插图再现出其中所有值得一看的东西。多亏了上流社会人士频频参加她的沙龙聚会，她才得到了这部书。但是除此以外，也不停地在发生着种种事件，人们无法很快便找到言语来说明它们，于是这就像心中的一阵疾擂鼓，作为某种在角落后面尚还看不见的东西的先导。那儿，皇帝和国王的电报局职员第一次罢工，并且是以一种极其令人不安的方式，这种方式获得“消极抵抗”的名称并且没有任何别的组成成分，无非就是大家都用最一丝不苟的良知观察官方的规章；情况表明，严格遵守法律能够比放荡不羁的无政府状态更迅速地使所有工作停顿下来。与普鲁士的科本尼克上尉一道——人们今天还记忆犹新，知道这位上尉着一身从小贩那儿买来的制服摇身一变成了军官，在街上截住了一支巡逻队并凭借着这支巡逻队的和王家普鲁士式的服从把一家市立

① 十九世纪一种在跳舞时互相分赠小礼品的交谊舞。

储蓄所抢劫一空——这“消极抵抗”便是某种逗得嘴巴发痒、但同时以地下的方式使各种观念发生动摇的东西；而人们想表达的反对意见所依靠的正是这些观念。在读各种新闻的同时，人们还读到，国王陛下的政府和另一个国王陛下的政府签订一个条约，内容有保障和平、发展经济、密切合作和尊重所有人的权利，但也有在这些权利受到威胁或可能会受到威胁时应采取的措施。图齐司长的上级部长在这之后不多几天发表了一个讲话，在这篇讲话中他论证了三个大陆君主国同心协力、和衷共济的紧迫性和必要性，说是这三个君主国对现代社会的发展绝不可以视而不见，而是必须本着各王国的共同利益团结一致、反对社会的新生物；意大利陷入一场利比亚的武装冲突；德国和英国有一个巴格达问题；卡卡尼在南方进行备战活动，以向世人表明，它不允许塞尔维亚向海边扩展，而是只允许建立铁路联系；与所有这样性质的事件具有同等地位的，则是世界著名的瑞典女演员福格尔桑小姐承认，她还从来没有像抵达卡卡尼后的头一个夜晚睡得这样好过，并且对那位警察感到满意，该警察保护她使她免受激动的群众的纠缠，随后便请求允许他满怀感激地用双手握住自己的手。就这样，思绪又回到警事展览上来了。正在发生许多事，而且人们也觉察到了。如果事情是人们自己做的，人们便觉得事情做得好，但是如果事情是别人做的，那么人们便有所顾虑。在个别问题上，每一个学生都能明白这个道理，但是在整体上，谁也不太清楚究竟正在发生什么事，只有少数几个人是例外，可他们也不能完全肯定自己究竟知不知道这件事。一些时候以后，也许一切也就会按已改变了的或者颠倒了的次序出现，而人们也就找不出什么区别来，除了某些变化以外，这些变化长久而令人费解地遗留给时代并形成历史蜗牛的黏液痕迹。

这是可以理解的：外国大使馆在这种情况下面临着一项艰难的任务，如果它想弄清楚现在究竟正在发生什么事。外交代表们倒是很想从莱恩斯多夫伯爵身上汲取智慧，但是伯爵阁下给他们制造困难。他天天重新在自己的活动中得到那种给他以坚实可靠特性的满足，他的脸向外国观察家们显示出进展中的事件的光辉宁静和井然有序。一号部门函告，二号部门回函；如果二号部门已经回函，人们就必须就此向一号部门发出通告，而最好是，人们进行口头交谈；如果一号和二号部门达成一致，那么便可确定，人们将不策动任何事情；这样，就不停地有什么事要做。此外，还须注意多得不计其数的小顾忌。人们和所有各个不同的部密切合作；人们不想得罪教会；人们必须考虑到某些个人和某些社会关系；一句话，即使在不做什么特别事情的日子里，也有这么多的事须得顾忌，于是人们就总给人以有要事要做的印象。伯爵阁下善于正确估量这一点。“命运给一个人安排的位置越高，”他惯常说，“他便越清楚地认识到，事情只取决于不多的几个简单的原则，但关键却是意志坚定和行动有计划。”有一回，他也对他的“年轻朋友”详细叙述了这一经验。他联系到德国人谋求统一的努力，承认在一八四八和一八六六年之间，一大批最聪明的人就干预过政治；“但是后来，”他继续说，“来了这个俾斯麦，他无论如何是做了一件好事的，这就是他指出人们必须怎样搞政治：不是靠演讲和聪颖！尽管他有种种弱点，却使得自他的时代以来，在德语区范围内的每一个人都知道，靠小聪明和演讲是搞不了政治的，搞政治只能凭借默默不语的思考和行动！”莱恩斯多夫伯爵也在群英会上发表了类似的意见，而有时派自己的观察员列席会议的外事部门的代表们则觉得难以确切地了解他的意图。人们既看重阿恩海姆的与会，也看重图齐司长的地位，并且一般性地从中推断出，在这两个人和莱恩斯多夫伯爵之间存在着一个秘密协议，其政治目标则暂时被隐藏在明显由图齐司长夫人以泛文化的努力所提供的注意力偏差的后面。倘若人们考虑到这一点——由于这个成就，莱恩斯多夫伯爵丝毫没费什么劲就躲过了甚至是精明的观察家们的好奇心——那么，不可否认他确实具有那种他自以为具有的现实政治的才干。

但是，连在节庆场合穿带卷叶形绣金花饰和类似的田园花饰的燕尾服的男士们也坚持他们自己的现实政治偏见，但由于这些人在平行行动的背景里寻觅却没发现什么明显的迹象，不久他们便把注意力放在作为卡卡尼大多数未澄清的现象的原因、被称作“没有得到拯救的民族”的东西上。人们今天装作好像民族主义仅仅是军队供应商们的一种捏造似的，但是不妨试试看是否可以发表一项扩展的声明，而卡卡尼是会对这样一项声明作出重要贡献的。这个皇帝陛下的以及皇帝及国王陛下的双料君主国的居民们发现自己面临一项艰难的任务；他们既要自认为是皇帝及国王陛下的奥地利—匈牙利爱国者，但同时也要自认为是国王陛下的匈牙利的或者皇帝及国王陛下的奥地利的爱国者。鉴于这样的困难，他们可以理解的口号便是 viribus unitis①。但是奥地利人却为此需要比匈牙利人大得多的力量。因为匈牙利人最初和最后都是匈牙利人，仅仅是稍带着被其他不懂他们语言的人认为也是奥地利—匈牙利人；与此相反，奥地利人最初和原本什么都不是，按他们的上面的人②的观点应该觉得自己是奥地利—匈牙利国人或奥地利—匈牙利人——连一个正确定位的词儿都没有。甚至奥地利这个词儿也没有。匈牙利和奥地利这两个部分就像一件红白绿色夹克衫和一条黑黄色裤子那样互相般配；夹克衫是一件自成一体的衣服，但裤子却是一套不再存在的黑黄色西服的残余部分，这套西服在一八六七年被拆开了。裤子奥地利从此在官方语言中就叫作“在帝国参议会里有席位的各王国和各邦”，这当然没有丝毫意义，只是一个普普通通的名字，因为连这些王国，譬如完全莎士比亚式的洛多梅里亚王国和伊利里亚王国也早就没有了，而且早在还存在着一整套黑黄色西服的当初就已经没有了。人们因此而去问一个奥地利人，他是什么人，那么，他当然不能回答说：我是一个并不存在的在帝国参议会里有席位的各王国和各邦的人；出于这个原因他就宁愿说：我是波兰人、捷克人、意大利人、夫利乌利人、拉迪纳人、斯洛文尼亚人、克罗地亚人、塞尔维亚人、斯洛伐克人、鲁泰纳人或瓦拉赫人，而这就是所谓的民族主义。不妨想象一只小松鼠，它不知道自己是不是小松鼠——一种对自己毫不了解的生物，那么人们便可以理解，它在某些情况下，一看见自己的尾巴可能会吓得灵魂出窍；卡卡尼人就处在这样的相互关系之中并吓得丧魂落魄地彼此审视着，他们的四肢以团结的力量互相妨碍，都成不了什么名堂。自地球存在以来，还没有哪个生物是死于一个发音缺陷的，但是人们必须补充说明，奥地利的和匈牙利的奥匈双料君主国却遭遇到了这样的事：它毁于自己的名字难以发音上了。

了解一个像莱恩斯多夫伯爵这样精明练达、身居要职的卡卡尼人是如何顺应这些困难的，这对于人们来说并非没有价值。首先，他怀着一颗警觉的心小心翼翼地分隔开匈牙利，作为明智的外交家他从不谈论匈牙利，一如人们从不谈论一个违背父母的意愿离家出走的儿子，即使人们希望他的境况会更不好；同时他称这剩余下来的卡卡尼为少数民族或者也称之为奥地利各部

① 拉丁语，以团结的力量。

② 指德国人，德国在奥地利的上面(即北面)。

族。这是一种极其体察入微的发明创造。伯爵阁下学过国家法并在那里找到了一个在整个世界上相当流行的定义：一个民族只有在当它拥有自己的国体时才有权要求被认为是一个民族；由此他得出结论：卡卡尼的各民族至多是少数民族而已。另一方面，莱恩斯多夫伯爵知道，人只有在高于他的一个民族的集体生活中才能找到自己完整和真正的使命，而由于不愿意向任何人隐瞒这种情况，他便从中推断出将一个国家置于各少数民族和各部族之上的必要性。此外，他相信神的秩序，即使这种秩序并非任何时候都可以为人的眼睛所看见，而在他有时具有的那些革命性且与时俱进的时刻里他甚至能产生出这样的想法来：在近代备受强调的国家观念也许无非就是由上帝确定的帝王的观念，具有一种刚刚开始的年轻化的表现形式。不管怎么说——作为现实政治家，他拒绝过火的思维并且大概也会勉强接受狄奥蒂玛的观点：卡卡尼国的观念同世界和平的观念如出一辙——主要的事情是，现在有了一个卡卡尼国，即使没有正确的名字也罢，所以必须相应地虚构出一个卡卡尼国家民族来。他惯于举这样的例子来说明这个道理：没有哪个学生不到学校里去念书，于是学校依然是一所学校，即使它空空荡荡。各部族越使劲反对要使它们变成一个民族的卡卡尼学校，他便越觉得这学校大概必不可少。各部族的人们强调指出，他们是民族，要求收回失去的历史权利，与边境那边的族系弟兄和亲属们眉来眼去并完全公开地称这帝国为一座监狱，他们希望能逃脱这座监狱。莱恩斯多夫伯爵则愈加用抚慰的口吻称他们为部族；他和他们自己一样，十分强调他们状况的不成熟性，他从部族中制造出奥地利国家民族来，他只想由此而充实这种状况，而凡是与他的计划不相称或者甚至太受煽动的东西，他都以那种在他身上已经为人所熟知的方式将其说成是尚还没有克服的不成熟状态的后果，并认为对付这类事物最好是运用一种明智的、由聪明的谦让和温和的惩罚搀和在一起的混合物。

当莱恩斯多夫伯爵创建平行行动时，这一行动因此立刻就被各民族认为是一种神秘的泛日耳曼主义的阴谋，而伯爵阁下对警事展览所表现出来的关怀被和政治警察联系在一起并被解释为增强感觉相似性。所有这一切陌生的观察家们都知道，他们如愿听到过许多有关平行行动的骇人的事情。他们想着这些事情，而人们却向他们讲述接待女演员福格尔桑、女王的玩具小屋和罢工公务员，或者向他们询问他们对最近公布的国家条约的意见；虽然如果愿意，人们就可以把部长在讲话中使用的“严厉精神”这个词儿理解为一种预告，但他们还是觉得应该作一番没有成见的审查。从众说纷纭的警事展览开幕式上丝毫觉察不出也许原本可以有所觉察的痕迹，但是他们像所有其他人那样也觉得，正在发生某种一般性的、捉摸不定的事，目前它还没有受到审查。

九九

关于半聪明和它那富有成果的另一半；关于两个时代的相似性；关于雅妮姨的可爱性格以及被人们称为新时代的胡作非为

然而，对群英会各次会议的过程获得有序的见解，这也是不可能的事。一般来说，当初在先进人物当中，人们是赞成主动精神的；人们已经认识到劳心者有义务夺取对劳力者的领导权。此外，存在着某种人们称之为表现主义的东西；人们无法精确地说出这是什么，但是，按字面意义来说，这是一种向外挤压、也许具有建设性的幻象；然而，与流传下来的艺术作品相比，这些幻象也是破坏性的，所以人们也可以简单地称它们为结构性的，它不负有任何义务，而一种结构性的世界观，这听起来相当可敬。然而，这并非就是全部内容。人们当初从里向外地，但也已经从外向里地面对着时代和世界；智能和个人主义已经被认为是已过时的和以自我为中心的，爱情又一次不得人心，人们正准备重新发现拙劣文艺作品中健康的群众性影响，如果这种影响突然撞击经过纯化的、行动迅速果断的人的心灵的话。看样子，“人们是”更迭得像“人们怀有”那样快，并且和它有共同之处，这就是没有哪个人知道这个“人们”的真正的秘密，大概连参与时尚的生意人也不知道。谁反对这样做，谁就必然会给人以这样一种有些可笑的印象——这个人陷入感应电机的电极之间并强烈震颤和颠簸。但人们却觉察不到自己的对手是谁，因为这个对手并非通过以敏捷的才智利用现有的营业情况的人而存在，构成这个对手的是一般状况的液状—空气状的非固体状态本身、它来自无数地区的合流、它无限的结合和变化能力——为此，在接收者方面还会从现行的、经久的和有秩序的原则中产生缺陷或失误。

想在各现象的这种更迭中找到支撑，这犹如把一颗钉子敲进温泉的水柱中一样艰难；然而，其中仍还有某种似乎照旧不变的东西。因为譬如，如果头脑灵活的一类人称一个网球运动员有天才，这是怎么一回事呢？他们是在发泄一些感情。如果他们称一匹赛马有天才呢？他们是在发泄稍多一些感情。不管他们称一个足球运动员有科学头脑，还是谈论一个拳击运动员的悲惨失败，他们都是在发泄什么感情；他们压根儿就总是在发泄某种感情。他们过甚其词；但是引起过甚其词的是不精确性，就如同在一座小城市里观念的不精确是因为人们以为百货公司老板的儿子就是社交界名人。这样说有一定的道理；怎见得一个冠军的惊人成绩不会也让人想起一个天才的惊人成绩，他的思考不会也让人想起一位有经验的研究人员的思考呢？自然总有点什么事而且还有多得多的事不对头；但是这个残余部分在使用过程中不是根本没有，便是只是不情愿地被感受到。它被认为是不可靠的；它被忽略、被删去，而这恐怕与其说是这个时代在称一匹赛马或一个网球运动员有天才时所具有的对天才的概念，还不如说是这个时代对上层领域的不信任。

现在不妨在此谈谈雅妮姨，乌尔里希之所以会想起她来，是因为他在翻阅狄奥蒂玛借给他的旧家庭照相簿，并且将照相簿里的人的面孔和他在她家里看到的人的面孔加以比较。因为在孩提时代，乌尔里希常常在一位姨婆家度过很长的时光，而雅妮姨则是在很久很久以前便成了那位姨婆的女友。她本来也不是姨；她是以孩子们的钢琴教师的身份到家里来的，在家里她倒是没受到多少敬意，却获得了许多爱意，因为她的原则是，如果不是天生有音乐才干，那么如她所说，练习弹钢琴就没什么意义。看到孩子们爬树，她更高兴，而就这样，她既成为两辈人的姨，又由于年岁的反作用力也成为她的失望的女雇主的忘年交。

“呦，这个小穆克！”譬如雅妮姨就会这样说，她满怀着一种令人难忘的情感，带着一种对当时已经四十岁的小舅舅内波穆克如此宽容和赞赏的口吻，致使只要听过她讲话声的人如今还都会记得住她的声音。雅妮姨的这种声音就好似被撒上了面粉似的，简直就像人们将光赤的胳臂插进极精细的面粉里。一种沙哑的、轻柔温和的声音；这是因为，她喝很多不加牛奶的咖啡并且边喝咖啡边抽细长而沉甸甸的弗吉尼亚雪茄，它们和增长的岁月加在一起使她的牙齿变得既黑又小。人们若盯着她的脸，那么简直也会以为，她的语声必定与那些像布满一幅蚀刻画那样布满她皮肤的无数细小线条有关联。她的脸长而温顺，她的容貌在以后几辈人看来从来也没有改变过，雅妮姨身上根本就没发生过什么别的什么变化。她一辈子只穿唯一的一款衣服，尽管看样子总算还看得出似乎有多件这种同一式样的衣服；那是一件黑丝绸条纹紧身罩裙，它一直拖到地上，把身体裹得严严实实，像一个神甫的长袍那样用许多小黑纽扣扣紧。上面将将露出一个矮而硬的立领，带有折倒的尖角，每抽一口雪茄，皱巴巴的脖子上的咽喉便在那些尖角之间使劲一抽动；窄小的袖管用浆硬的白色袖管套住，而脑壳则由一个浅红带金黄色、有点儿卷曲、在中间分开的男人假发套组成。随着岁月的推移，在头顶上渐渐可以看到一点儿亚麻布，但更令人动容的还是那两处能在带色的头发旁边看到苍白鬓发的地方，这是唯一的标志，表明雅妮一辈子并非总是保持着同样的年龄。

人们也许会以为，她超前好几十年就有了后来才时兴起来的这种带男性的女人相；但实际情况不是这么回事，因为在她的男性化的胸膛里安详地跳动着一颗非常女性的心。人们也可能会以为，她曾经是一个很著名的女钢琴家，后来失去了与时代的联系，因为她看上去似乎是这样的；但是实际情况也不是这样，她从来也没有超越过钢琴教师一步，而男人脑袋和教士长袍则仅仅是由于雅妮姨少女时代曾仰慕过弗兰茨·李斯特，她曾在短时期内数次在社交场合遇到过李斯特，后来她的名字便以不知哪种方式具有了他名字的英文形式。因为她对这种相遇保持忠诚，就像一位痴心的骑士直到老年一直都穿与他意中人颜色相同的衣裳，没有比这更多的渴求；而雅妮姨这样做，比在退休后继续穿自己在光荣日子里的制服更令人感动。她生活中的秘密也具有某种这样的特性，在家里，人们只在认真劝诫提醒之后才好似在成年仪式上那样向已长大成人的人转达这个秘密。当时雅妮已经不再是一个年轻姑娘(因为苛求的女孩子挑肥拣瘦)，她找到了她心爱的男人并违背家里人的意愿嫁给了他。这个男人当然是个艺术家，虽然命途多舛、身陷偏僻小城、还只是个摄影师。婚后不久，他便像一个天才那样债台高筑并酗酒。雅妮姨为他省吃俭用，她把他从酒店里接回到众神身边，她暗暗哭泣，也在他面前哭泣，跪倒在他跟前。他看上去像一个天才，长着宽阔的嘴和浓密的头发，而假如雅妮姨有能力把她的热情和绝望传导给他的话，那么他带着他的恶习所带来的不幸也许就会像拜伦勋爵那样伟大了。但是这位摄影师给情感传导制造困难，一年后他带着她的乡下女仆离开了雅妮，他使这个女仆怀了孕了；不久，他便相当穷困潦倒地死去。雅妮从他的大脑袋上铰下一个发卷并将它保存好；她收养他留下的私生子并含辛茹苦把这孩子抚养大；她很少谈论这些过去的往事，因为既然是剧烈动荡的生活，那也就谈不上是什么好日子了。

在雅妮姨的生活中并不是完全没有带浪漫色彩的违反自然的行为。但是后来，当有其自身世俗不完美性的摄影师早已不再对她产生什么魔力时，她对他的爱情的不完美的内核在一定的意义上也腐败了，而爱情和热情的永恒形式则剩余下来；这个经历在遥远的远方所产生的影响几乎不会不同于一个真正巨大的经历所产生的影响。但雅妮姨压根儿就是这样。她的思想内容也许不大，但它的精神上的形式却是如此美好。她的行为是英勇的，而只要这样的行为具有虚假的内容，它们便是令人感到不舒服的；但如果它们完全空洞无物，又像火焰的闪动和信仰。雅妮每天只靠茶、不加奶的咖啡和两杯肉汤生活，但是当她身穿那件黑长袍从一旁走过，这座小城街道上的人们并不驻足望她的背影，因为人们知道，她是个规矩的本分人；甚至不止于此，人们对她有某种敬畏感，因为她是一个规矩的本分人，而同时却保持着那种自己心情怎样便怎样显示出来的能力，虽然人们丝毫不知道这方面的详情。

这大体就是早已在高龄故世的雅妮姨的故事，姨婆死了，内波穆克舅舅死了，他们干吗活着？乌尔里希暗自思忖。但是此时此刻他大概会因此而给予什么的，如果他可以再次与雅妮姨谈话的话。他翻阅厚厚的旧照相簿里不知怎么落到狄奥蒂玛手中的他家人的相片，而他越是向着这门新的艺术起始阶段时的相片翻阅过去，便发觉人们越是骄傲地摆出照相的姿势。他看到，他们把脚搁在纸常春藤缠绕的硬纸板做的大石块上；如果是军官，他们便叉开双腿并把军刀搁在两腿之间；如果是女孩子，她们便把双手搁在膝间并睁大着一双眼睛；如果是自由的人，他们的裤子便怀着勇敢的浪漫精神，没有熨成的褶痕像袅袅的烟雾从地上缭绕上升，而他们的上衣则有着富有活力的圆形下摆，某种激烈动荡的东西压倒了市民男式小礼服的呆板和威严。这大概是一八六〇至一八七〇年间的事，在这个方法的开初时期过去之后。四十年代革命的动荡早已成为过去，生活有了新的内容，今天人们还不大清楚有哪些；眼泪、拥抱和表白——新兴资产阶级在属于他们的时代之初曾在其中寻找自己的灵魂——不再存在；但是正如一个波浪的终总是沙滩，这种高洁的品性如今落到衣服和某种私人的勃勃生气上了，也许会有一个更好的词可以刻画这种情况，但是暂时只有这些相片记录下了这一情况。这是摄影师穿天鹅绒短外套蓄翘胡须并且看上去像画家的时代，而画家则勾画纸板画稿，他们在这些画稿上以中队形式与重要人物一道操练；不担任公职的人则觉得这恰好正是也为他们创造一种不朽方法的时代。只还需要补充说明一点：另一个时代的人从来没有像这个时代的人般如此轻易便觉得自己有才智和了不起，而且也从来没有哪个时代像这个时代一般，不同寻常的人如此之少——或者他们很少能在别人之间发迹升迁。

乌尔里希常常在心中暗想，在这个时代——在这个时代里一个摄影师可以被认作天才，因为他酗酒，有一个敞开的衣领并且借助最现代化的方法证明所有站到他的物镜前的同代人都具有他所拥有的那种“精神贵族”的称号——和另外的某一个时代——在这个时代里人们只还真诚地将赛马认作天才，因为它们具有伸直和收缩身体的超凡的能力——之间是否有一种联系。它们看上去各不相同；现在骄傲地俯视过去，而倘若过去偶然来得迟了，那么它就会骄傲地俯视现在，但主要的是两者到头来具有某种很相似的特性，因为不管是在现在还是过去，不精确性和忽略重大区别都起着最大的作用。部分伟大被认为是全体，一种略微的近似被认为是实现真实性，而一句大话的被掏空了的躯体则按时尚被充塞。这很了不起，尽管它不持久。在狄奥蒂玛的沙龙里讲话的人，他们讲的任何话都不是完全没有道理，因为他们的观念模糊得就像洗衣间里的人影。“这些观念，生活悬在它们之中，犹如鹰悬于翅膀！”乌尔里希心中暗想。“这些无数的道德上的和艺术上的生活观念，按其性质而言柔弱得就像模糊的远方的严酷群山！”它们在他们的嘴里经扭曲而增多，人们谈论片刻他们的一个观念，猝然就已经陷入下一个之中。

在所有的时代里，这种人都称自己是新时代。这是一个像一只口袋的词儿，人们想用这只口袋捕捉埃俄罗斯[①]的风；这个词儿是对没把事情整理好——这就是说，没按适当的条理整理好，而是建立一种想象出来的荒诞不

① Aeolus，古希腊神话中的风神。

经的联系——这个词儿是对这种情况的一种持久不变的开脱。然而，其中却包含着一个自供状。他们负有整顿好世界的秩序的任务，这种信念以奇特的方式蕴含在这些人的内心。如果人们想把他们为此目的所做的这种事称之为半聪明半愚笨的话，那么值得注意的也许就是，恰恰是这种半聪明半愚笨的另外一半——没说出的，或者，说出来就是愚笨的、从不精确和正确的一半——具有一种无穷尽的创新力和丰饶。这一半中含有生命力、可变性、动荡不安、观点变化。但是他们大概自己感觉得到这是怎么回事。风摇撼着他们，风从他们的头脑里吹过，他们隶属一个神经质的时代，情况有些不对头，每一个人都自以为聪明，但所有的人加在一起便觉得自己不丰饶。如果说他们还有这方面的才能——他们的不精确性并不把这排斥在外——那么，这才能在他们的头脑里，好似人们从一扇狭窄、表面生硬皮的窗户看天空和云彩，看铁路、电报线、树和动物以及我们可爱的世界的这整幅动荡的图景；没有哪个人会轻易从自己的窗口察觉它，但人人都会从别人的窗口察觉它。

乌尔里希有一回开玩笑，要求他们详细说明自己所说的话是什么意思；他们当即颇不以为然地望着他，称他的要求是机械生活观和怀疑论，并提出论断，说是最复杂的问题只可以用最简单的方法去解决，致使新的时代一旦摆脱现代便会显出极简单的模样。与阿恩海姆相反，乌尔里希根本没给他们留下什么印象，而雅妮姨则大概会抚摩他的脸说："我非常理解他们；你在用你的严肃态度打扰他们。"

一〇〇

施图姆将军钻进国家图书馆并收集积累有关图书馆员、图书馆勤杂工和精神秩序的经验

施图姆将军看到他的"战友"的败绩并有意安慰他。"七嘴八舌，胡言乱语些什么呀！"他怒声斥责参加群英会的人，稍过片刻，虽然没有人随声

附和他，他开始激动而又怀着某种愉悦地袒露自己的心迹。“你记得吧，”他说，“我曾决意要将狄奥蒂玛正在寻觅的打破僵局的思想献给她。情况表明，有许多重要的思想，但是归根到底必定有一个最重要的思想；这总是符合逻辑的吧？所以问题仅仅在于，要把这些思想理出个头绪来。你自己说过，这是一个应该由拿破仑式的人物来下定的决心。你记得吗？后来你还给我出了一系列极妙的主意，你这样做也完全是在我的意料之中，但是这些主意我没能利用上。噢，简短说吧，我自己把这件事情承担了起来！”

他戴一副角边眼镜，现在每逢他想仔细打量一个人或一个物件，他便总是不戴夹鼻眼镜，而是从口袋里掏出这副角边眼镜，将它架在鼻梁上。

领兵作战之艺术的最重要条件之一，就是弄清楚对方的实力。“所以我，”将军讲道，“让人给我搞了一张我们世界著名的宫廷图书馆的出入证，在一位图书馆员——当我告诉他我是谁，他便亲切地接待我——的带领下闯入敌人的战线。我们巡视了大批珍贵的藏书，我可以说，我没有受到多大的震慑，巡视这一排排的书不比检阅一次卫戍部队更令人不愉快。可是过一会儿我不得不开始在心里计算，这一算便得出了一个意想不到的结果。你看，事先我曾想，如果我每天读一本书，那么这虽然不是很费劲，但在某一个时候我必定会读完它们，我就可以在精神生活中占有一席之地，即便我遗漏了哪一本。但是你猜，当我们的巡察没完没了，我问图书馆员这座古怪的图书馆究竟有多少册藏书，他是怎么回答我的？三百五十万册，他回答说！他说这话时，我们大约巡视到了第七十万本书，但从此刻起我不停地计算——我想免去你计算的辛劳，我在部里用铅笔和纸复核了一遍：这样读下去我需用一万年才能实现我的决心！

“这时，我的双腿滞留在原地，我觉得这世界简直像一个大骗局。我现在还可以向你担保，我内心怎么会平静下来的：这方面有些事彻头彻尾地不对头嘛！

“你会说，人们不必读所有的书。对此我可以回答你说：在战争中人们也不必杀死每一个单个的士兵，而每一个士兵却都是必不可少的！你会对我说：每一本书也是必不可少的。可是你看，这就已经有些不对头了，因为这不是真的嘛；我问过那位图书馆员！

“亲爱的朋友，我天真地以为，这个人生活在这几百万册图书之间，了解每一本书，知道每一本书放在什么地方：此人必定能够帮助我。我当然并不曾随随便便地就想问他：你觉得这个世界上最美好的想法是什么？这样问听起来简直就像一个童话的开始，我学乖了，我察觉到这一点，何况我自小就不喜欢听人讲童话故事；但是你想怎么办，归根到底我总得问他点类似的话吧！另一方面，我对得体举止的感受力也禁止我向他道出真情，禁止我还没提出我的请求就先说出关于我们的行动的情况并请求此人帮我找到这一行动的最庄重的目标；我觉得自己没有得到这样的授权。因此，我终于使了一个小小的计谋。'啊'——我完全漫不经心地开了腔——'啊，我忘了了解一下，您究竟是怎么在这浩如烟海的珍藏图书中总是能够找到要找的书的呢？'——你知道吗，这话我就是这样说的，当时我心想，狄奥蒂玛就会这样说，我也在口气中放进了几分对他的赞叹，以便让他入我的彀中。

“果不其然，他受宠若惊，殷勤周到地问我，说是将军大人希望了解什么情况。这让我感到有点儿不知所措——'噢，很多情况，'我拖腔带调地说。

“'我是说，您在研究哪个问题或哪位作家？有关战争史方面的？'他说。

“'不，完全不是；倒还不如说是有关和平史方面的呢。'

“'历史文献？还是当前和平主义文献？'

“不，我说，这事根本没法这么简简单单地说清楚。譬如所有人类的伟大思想荟萃一堂，是否有这样的东西，我狡黠地问他；你记得的嘛，我已经在这个领域做了些什么事。

“他不吭声。'或者一本论述最重要事情的实现的书？'我说。

“'一种神学伦理学？'他问。

“'也可能是一种神学伦理学，但是其中也必须有某些有关古代奥地利文化和有关格里尔帕策[①]的内容，'我要求。你知道吗，很明显，我的眼里一定流露出了一种抑制不住的对知识的渴望，这个家伙竟突然害怕起来，生怕自己会让我彻底给问倒了；我还说了几句有关诸如火车时刻表之类的话，它们必定是使这些思想之间产生种种联系、建立种种接触，因为他变得简直极

① Franz Grillparzer(1791 — 1872)，奥地利剧作家。

端礼貌周到，主动把我带进目录室并让我单独待在那儿，虽然这本来是禁止的，因为只有图书馆员才可以进入目录室。这下我确实到了图书馆里最神圣的地方。我可以告诉你，我觉得我仿佛进入到一个头颅的核心；四周尽是一个个书架、一排排书，到处是爬上爬下的梯子，支架上和桌子上尽是目录和书目提要，这就是知识的全部液汁，哪儿也没有一本可读的好书，到处只是一摞摞的书：它散发出强烈的脑磷的气味，而如果我说我觉得自己已经取得了什么成绩，那么这绝不是我的错觉！不过当此人想让我单独留下的时候，我的心情自然也是十分奇特的，我想说，我感到一种无名的恐惧；虔敬和无名的恐惧。他像一只猴子那样蹿到一个梯子上，直奔一册书，全然是在下面瞄准好了，恰好扑向那一册，为我将它取下来，说：‘将军先生，我给您拿来了一册所有书目提要的书目提要。’——你知道，这是什么吗？——这是最近五年内探讨伦理学问题，尤其是道德神学和美文学的种种进步的书籍和文章的书名和标题按字母顺序排列的目录的字母顺序目录——或者是他向我作了类似这样的说明，就要离去。可是我及时抓住了他的上衣，不放他走。‘图书馆员先生，’我喊道，‘您不可以离开我，您还没把这秘密告诉我，在这所——我一不小心说了疯人院，因为我突然生出了这样的心情——在这所书籍疯人院里您自己是怎样找到头绪的。’他必然是误解了我的意思了；事后我想起，人们断言疯子们都喜欢指责别人是疯子；总之，他一个劲儿地盯着我的军刀。随后，他着实让我吓了一大跳。见我不会马上放他走，他便突然挺直身子，简直是从他那晃晃荡荡的裤子里蹦了出来似的，并且用一种意味深长的拖长着每一个词儿的声音说——仿佛现在他必须讲出这些墙壁的秘密来似的——‘将军先生，’他说，‘您想知道，我怎么会知道每一本书？这我现在当然可以告诉你：因为我一本也不读！’

“你知道吗，这一下我几乎确实有点吃不消了！但是他看到我感到震惊，便向我作了解释。这是所有优秀图书馆员的秘密：他们读交托给他们管理的文献，但从不超出书名和书刊目录的范围。‘谁深入了解一本书的内容，就休想当好图书馆员，’他教导我，‘就永远不会了解全貌！’

“我上气不接下气地问他：‘这些书您永远一本也不读？’

“‘从来不读，目录除外。’

“‘可是您是博士？’

“‘没错。甚至还是大学讲师；图书馆学编外讲师。图书馆学也是一门自成一体的学科，’他解释说，‘您以为，将军先生，有多少种摆放和保藏图书、排列书名顺序、在图书扉页上纠正印刷错误和错误内容等等的体例？’

“我必须向你承认，随后他让我独自一人留下时，我只有两件事情可做：要么号啕大哭，要么点燃一支香烟；但是在这个地方这两件事我都不可以做！后来，你猜发生了什么事了？”将军惬意地继续说，“我正这么不知所措地在那儿站着，一位年老的服务员向我走来，他大概已经在一旁观察过我们，他几次趿拉着拖鞋客气地在我身边转悠，随后也站住脚，望着我并用一种不是因为黏附着图书尘土便是因为带着小费味道而显得无比柔和的口吻开了腔。‘将军阁下需要什么？’他问我。我不接他的茬儿，但老头儿继续说：‘经常有军官学校的先生们来找我们：将军阁下只需告诉我，将军阁下现在对什么题目感兴趣？尤利乌斯·恺撒，欧根亲王，道恩伯爵？还是需要什么现代的资料？兵役法？预算案？’我向你保证，这个人讲得这样合情合理，知道这么多书本里的知识，后来我就给他一笔小费，并问他，他是怎么干的。你猜怎么着？他又给我讲，军官学校的学员们要写书面作业，便总是来找他要书；‘我给他们把书拿来，他们便总是要骂骂咧咧，’他继续说，‘他们要学的都是些什么乌七八糟的东西。或者来了个议员先生，他要撰写教育经费预算报告，他问我，去年撰写这报告的议员先生曾为此使用过什么资料。或者来了个高级教士先生，十五年来他一直在撰写有关某些甲虫的论文，或者是一位大学教授先生抱怨一本什么书他已经找了三个星期之久还一直没找到，于是就得彻底搜索四周的全部书架，看看那本书是否被错放在什么地方了，末了才发现，原来是他已经把这本书在自己家里压了两年，至今还没交还。几乎已经四十年了，情况一直就是这样；人们完全能够自动地看出来来人有什么愿望以及他要读什么书。’

“‘嗬，’我对他说，‘我亲爱的，我寻找什么读物，这一点我还是不能完全这么简简单单地就给您说清楚！’

“你猜怎么着，他回答我什么？他谦逊地望着我，点点头说：‘我悉听尊便，将军先生，当然会有这样的情况。不久前，一位女士和我谈过，她说了完全和这一样的话；也许将军阁下认识她，那是外交部图齐司长先生的夫人吧？’

“那么你有什么说的？我想，这下击中了我的要害！老头儿觉察到这一点，他果真给我搬来了狄奥蒂玛保留在那儿的全部图书，现在我到图书馆里来，这简直就像一次秘密的精神婚礼，我不时小心翼翼地用铅笔在一页边缘上做一个记号或写一个字，我知道第二天她将会发现它，但她不会知道谁在这里钻进她的脑袋里去了，倘若她考虑这是什么意思的话！”

将军极开心地停顿了一下。但是随后他便振作精神，脸上现出极其严肃的神情，他重新接茬说：“现在你尽量集中一下精神，我要问你一些事。我们大家都确信，我们的时代差不多可以说是所有各时代中最井然有序的时代。我虽然有一回在狄奥蒂玛面前把这说成是一种偏见，可是我自己当然就有这种偏见。而我却眼睁睁看到，唯一拥有真正可靠精神秩序的人是图书馆服务员，我问你——不，我不问你；我们当初就曾谈过这件事，自我最近经历了这件事以来，我当然重新考虑过这个问题，我告诉你：你设想，你喝烧酒，嗯？在某些情况下有好处。可是你喝呀喝呀一个劲儿喝烧酒；你明白我的意思吗？这样，你先是有一点醉意，后来出现震颤性谵妄，最后便命赴黄泉，而天主教神甫则在你的墓前谈论什么恪尽职守。你想象到这个了吗？嗯，如果你想象到了，那就没什么啦，你现在就设想水吧。你设想，你必须喝越来越多的水，到头来你就淹死在水中。现在你设想吃饭一直吃到肠扭转。现在你再设想药物，奎宁或砷或鸦片。干吗？你会问。可是亲爱的战友，现在我才向你提出这个最杰出的建议：你设想秩序吧。要不你还是先设想一个伟大的思想，然后设想一个更伟大的思想，然后设想一个比这一个还要伟大的思想，依次类推总是设想一个更伟大的思想；按这个模式你在你脑海里也设想越来越多的秩序。首先，这像一位老小姐的房间那样合意，像一所国有马厩那样洁净；然后像一个旅一列横队排开那样壮观；然后狂乱，就好似人们夜晚从俱乐部里出来并向天上的星星发出‘全世界注意，向右看齐’的命令。或者我们就说，起初秩序是这样的，就像一个新兵两腿晃晃荡荡；你教他如何行走；然后就这样，你就像在梦中晋升为国防部长；但是现在你只设想一种完整的、无所不包的秩序，一种人类秩序，一句话，一种完美无瑕的文明的秩序：那我就断言，这是冻死，尸僵，一种月球景色，一种几何流行病！

“我曾和我那位图书馆服务员谈过这个问题。他建议我读康德或与之相近、论述观念界线及认识能力限度的著作。但是我实在是什么也想读。我有某种奇怪的感觉：一种理解，懂得为什么我们在军队里有着最厉害的秩序而同时却必须准备着随时献出我们的生命。我无法表述这是为什么。不知怎么地，秩序逐渐转变为需要蓄意杀人。现在我真诚地感到担忧，怕你的表妹尽心尽力到头来还会做出什么对她很不利的事情来，而我则比任何时候都更没能力帮助她！你明白我的意思吗？科学和艺术同时附带所作出的成绩，对伟大和令人赞叹的思想所作出的成绩，这当然受到尊敬，对此我丝毫没有反对之意！”

一〇一

敌对的亲戚

在这段时间里，狄奥蒂玛也又一次与她的表兄攀谈。一天晚上，在笼罩在她的各个房间里的持续不断的喧闹骚动的后面，在他在一把靠墙小椅子上坐着的地方，出现了一片宁静。这时，狄奥蒂玛像一个疲惫不堪的女舞蹈家那样走来并坐到他身旁。很久没有发生过这样的事情了。自那几次乘车兜风以来，并且仿佛这是它们造成的后果似的，她一直避免与他进行“公务以外的”交往。

狄奥蒂玛的脸因炎热或疲倦而略微起了些斑点。

她把双手支撑在椅子上，说了声“您好啊”便不吱声了，虽然她其实本来一定还要说点别的什么，她略垂下脑袋直视着前方。这给人的印象是，仿佛她已经严重“精力衰竭”了，如果可以用拳击术语表达这种状况的话。她漫不经心到连对穿这身衣服这样坐着是否给人好印象都毫不在意。

她的表兄想到了凌乱的头发、一件农民穿的罩衫和裸露的大腿。如果人们把虚假的华丽服饰从她身上打落下来，那么就只剩下一个健壮、美丽的人，而他就必须克制自己，不像农民们所做的那样，随随便便地便用自己的手去紧紧握住她的手。

“那么是阿恩海姆让您不快活了吧。”他从容不迫地断言。

她也许本应驳回这一无理的断言，却觉得内心激动异常，便沉默不语；片刻过后，她才回嘴：“他的友情很让我快活。”

“我觉得他的友情有点儿在折磨您。”

“哦，您这是什么话？”狄奥蒂玛挺直身子，又俨然是个贵妇。“您知道吗，谁在折磨我？”她问，努力想找到一种轻松闲谈的语气，“您的朋友，那位将军！这个人想干什么？他为什么来这儿？为什么他老是盯着我？”

“他爱您！”表兄回答。

狄奥蒂玛神经质地大笑。她继续说：“您知道吗，我一看见他就从头到脚浑身起鸡皮疙瘩？他让我想起死神！”

“一个看上去异乎寻常地对生活充满乐趣的死神，如果人们无先入之见地观察他的话！”

“我显然并非是个无先入之见的人。我无法解释这件事。但是每逢他与我攀谈并向我说明，说是我正在利用一个‘突出的’机会使‘突出的观念’‘突出’显现出来，我心头便总是感到一阵恐慌。一种无可名状、不可思议、梦幻般的恐惧便袭上我的心头！”

“怕他？”

“除了怕他还怕谁啊？他是一条鬣狗！”

表兄忍不住笑了起来。她像一个孩子那样继续肆意辱骂：“他蹑手蹑脚地走来走去，等着看我们的美好努力统统毁于一旦！”

“大概这就是您所害怕的！高贵的表妹，您记得吗，我一开始就曾向您预言过这场毁灭？这是不可避免的，您必须对此作好思想准备！”

狄奥蒂玛神色庄严地望着乌尔里希。她记得清清楚楚；不止于此，这时她回想起他第一次来访时自己对他说过的话，而这些话是很适宜于现在来刺痛她的心的。当初她曾责备他，说是可以号召一个国家，甚至全世界在沉浸在物质之中的同时想着精神，这是一大优越性。她不想要任何耗损了的、旧精神的东西；尽管如此，她今天看她表兄的目光仍然与其说是骄傲自大，不如说是清高洒脱。她曾考虑过一个国际年，寻找过一种精神上的振奋，一种圆满的文化内容；她时而接近这目标，时而又远离目标；她产生过许多动摇，经受过许多痛苦；她觉得最近这几个月，像一次长距离的摆渡，人们被巨浪掀上抛下，巨浪以同样地方式重复出现，她几乎无法区分其先后。如今她坐在这里，像一个人，在付出巨大努力后坐在一把谢天谢天总算不移动的椅子上，并且暂时什么也不想干，只想悠闲地看着自己的烟斗冒出的烟雾；这样一种情绪是如此鲜活地控制着狄奥蒂玛，以致她竟自己选择了这个让人想起夕阳下的老人的比喻。她觉得自己像一个经历过重大的激昂的斗争的人。她用一种疲倦的语声对她的表兄说："我已经经历过许多坎坷，我有了很大的变化。"

"这会对我有利吗？"他问。

狄奥蒂玛摇摇头，莞尔一笑，并没看他一眼。

"那我就要向您透露，是阿恩海姆躲在将军的背后，不是我。从什么时候起您总是把他存在的过错往我身上推！"乌尔里希突然说，"但是您记得，您因此而质问我时我回答您什么了吗？"

狄奥蒂玛记得。远而避之，表兄这样说过。但是阿恩海姆，他却说，她应该善待这位将军！此刻她感觉到某种难以描绘的东西，就好像坐在一片云彩里，这片云彩迅速向她眼睛上方升上去。但是，她下面的小椅子立刻又坚硬和牢固起来，她说："我不知道，这位将军是怎么到我们这儿来的，我自己不曾邀请过他。我问过阿恩海姆博士，他自然对此也是一无所知。一定是出了什么差错了。"

表兄只是略微一转话锋。"我从前就认识将军，但是我们在您家里初次重逢，"他解释说，"当然很可能是他受国防部委托在这里刺探一些情况，不过他也是诚心诚意想帮助您。我从他嘴里听说，阿恩海姆在他身上很是下了一番功夫！"

"因为阿恩海姆什么事情都关心！"狄奥蒂玛回答，"他曾劝我不要怠慢将军，因为他相信将军的善良意愿并认为可以趁机利用他有影响的地位，使其为我们所用。"

乌尔里希直摇脑袋。"您仔细听听人们叽叽咯咯说他些什么吧！"他冷不丁说，周围站着的人都能听见这话，这使女主人陷入窘境，"他容忍这种事，因为他富有，他有钱，同意所有的人的意见，并知道他们会自愿为他做广告！"

"他干吗要这样做？"狄奥蒂玛不以为然地反问。

“因为他爱虚荣！”乌尔里希继续说，“极端爱虚荣！我不知道，我怎样才能使您理解这一论断的全部内容。有一种《圣经》意义上的爱虚荣：人们用空虚做一只小铃铛！一个人觉得自己令人羡慕，因为月亮从他左边在亚洲上空升起，而欧洲则在他右边掩映在落日余晖之中，这个人就是爱虚荣；有一回他就是这样向我描述一趟马尔马拉海上航行经历的！月亮在一位热恋的小姑娘的花盆后面比在亚洲上空升起得更美丽吧！”

狄奥蒂玛寻找一个说话可以不被来回漫步的人听见的地方。她小声说“您被他的成功激怒了”并领着他穿过各个房间；然后她做出一个机智的动作，不引人注意地推开房门走进前室。所有其他房间里都有客人。“为什么，”在那里，她开始说，“您对他怀有敌意？您这样做会给我造成困难。”

“我会给您造成困难？”乌尔里希惊诧地问。

“我也许渴望和您说说心里话呢？可是只要您采取这样的态度，我就没法对您说什么话了！”

她在前室的中央站住。“有什么话要说，请您就只管对我说吧，”乌尔里希说，“你们互相爱上了，这我知道。他会娶您吗？”

“他曾向我表达过这个意思，”狄奥蒂玛回答，毫不顾及他们所在的这个地方并不安全。她为自己的情感所控制，对她表兄的直言不讳并不介意。

“那么您呢？”表兄问。

她脸红得像一个受盘问的学童。“噢，这是一个充满重大责任的问题！”她迟迟疑疑地回答，“人们不可以不由自主地做出不公正行为来。如果确实是重大的恋爱事件，那么问题也就不怎么在于人们做什么！”

乌尔里希不理解这些话，因为他不了解狄奥蒂玛是怎样彻夜不眠、克服激情的呼声并达到心灵的平静和公正的，心中的爱情像一个向两边对齐的秤杆悬浮着。所以他觉得，暂时还是离开笔直的谈话道路为好，于是他说：“我很想和您谈谈我与阿恩海姆的关系，因为在这种情况下我感到遗憾，您竟会觉得这是敌意。我自以为是很了解阿恩海姆的。您必须想象：您府上正在发生的事，我愿意按照您的意愿把这称为一种综合，这种事他已经参与过无数次。精神运动若以信念的形式出现，则立刻也以相反信念的形式出现。它在哪儿体现在一个所谓伟大的精神人物身上，它便也在哪儿觉得自己像在一只被扔进水里的纸板盒里那样不安全，倘若各方人士并非自愿地向这位人物表示钦佩的话。我们，至少在德国，就像热烈拥抱一个新人并出于同样模糊不清的原因过一会儿便打倒这个人的喝醉了酒的人，颇受到对有声望的人物的爱的感动。我能清楚地想象阿恩海姆感受到什么：这必定像一种晕船病，而如果在这样的环境中他记得人们通过巧妙的手段可以用财富干成些什么事，那么他便是在长时间海上旅行之后第一次又踏上了陆地。他将会发现，建议、倡议、愿望、热心、成就怎样趋向财富，而这却全然就是精神本身的写照。因为想取得权力的思想也离不开已经有权力的思想。我不知道该如何表达这种想法，一个有上进心的和一个追逐名利的思想之间的差别几乎无法让人领会。但是这种与了不起的事物的错误结合一旦取代世俗的贫困和精神的纯洁，那么，被视为伟大的东西和最终通过广告以及商人的技巧而被视为伟大的东西便纷至沓来。于是您的阿恩海姆既无辜也有罪！”

“今天您思考得很神圣嘛！”狄奥蒂玛尖刻地回答。

“我承认，他与我没什么关系；但是他接受外部和内部伟大意义的混合作用以及想使之成为一种典范的人性的那种方式方法，却可能会惹我做出狂暴而神圣的事来！”

“哦，您错了！”狄奥蒂玛急忙打断他，“您设想出一个自命不凡的富有的人。但是对于阿恩海姆来说财富是一种无比强烈的责任。他为自己的商业担心，就像另外一个人为一个托付给他的人担心。起作用对他来说是一种深刻的必要性；他善待世人，因为人们为了，如他所说，接受别人的激励，就必须激励自己！或许这是歌德说的？有一次他向我详细解释过这件事。他的观点是，只有开始做了，人们才可能做好事。因为我承认，我有时也觉得，他似乎和每一个人都打得火热。”

他们一边说着这些话一边在空无一人、只挂着镜子和衣服的前室里来回踱步。现在，狄奥蒂玛站住并将手放在她表兄的胳臂上。“这个命世之才，”她说，“信奉这条朴素的原则：一个人单枪匹马并不比一个被遗弃的病人更强大！您不会赞同他的意见的吧：如果一个人孤独，那么他就会一味地过甚其词！”她望着地上，好像在那儿寻找什么似的，这当儿她却感觉到她表兄的目光停留在自己垂下的眼皮上。“哦，我完全可以这样说我自己，我最近很孤独，”她继续说，“但是我看您也是。您感到愤懑，您不快活。您和您周围的人格格不入，这一点人们可以从您的全部观点察觉得出来。一种嫉妒的天性，您用它挡住所有的人的路。我愿意向您坦白承认，阿恩海姆曾向我抱怨您拒绝他的友谊。”

“他对您说过，他希望得到我的友谊？他这是撒谎！”

狄奥蒂玛抬起头来，笑了笑。“您立刻又过甚其词了！我们俩都希望得到您的友谊。也许恰恰是因为，您就是这样的人。但是这就说来话长了；阿恩海姆曾举下面的例子来说明这个问题——”她沉吟片刻，随后她改口说，“不，这样就扯得太远了。简短说吧：阿恩海姆说，人们必须使用他的时代向他提供的方法；人们甚至应该始终本着两种观点行事，永远不要完全带革命性，也永远不要完全带反革命性，永远不要完全怀着爱，也永远不要完全带着恨，永远不要追随一种倾向，而是要施展人们自身所有的一切才干。但是，这并不是如您所苛求于他的那种聪明，而是一种广泛、突破表面差别、综合而简单的天性，一种男人天性的象征！”

“可是这和我有什么相干？”乌尔里希问。

这一异议产生了效果，它撕碎对一次有关经院哲学、教会、歌德和拿破仑以及已经绕着狄奥蒂玛的脑袋变得浓厚起来的教育烟雾的谈话的回忆，她突然非常清楚地看到自己在她表兄身旁，坐在长形鞋柜上，是她匆忙之中拉他往下坐到这鞋柜上来的；他的后背顽固地避开挂在身后的别人的大衣，而她的头发却让那些大衣搞乱，必须整理好。她一边整理头发一边回答：“您却和这相反！您想按您的模式改造世界！您总是用某种方式进行消极抵抗，这个可怕的词儿字面意义上的消极抵抗！”她很高兴于自己能这样充分地对他说出自己的看法。可是，他们不可以老是这样坐在原地不动，这当儿她考虑到了这一情况，因为随时都会有客人辞别，或者由于别的原因而进入前室。“您充满批判精神，我记不得您什么时候对什么事曾有过什么好感，”她继续说，“您站在反对派的立场上，赞美一切今天难以忍受的东西。如果人们由于我们这个无神时代的无生命的荒漠的缘故而想为自己挽救一点儿情感和直觉的话，那么可以确信，您是会狂热捍卫专家路线、无秩序、消极存在的！”她边说边笑眯眯地站起来，向他示意他们得另找一个地方。他们只能要么返回房间里去，要么，如果想将这场谈话继续进行下去的话，藏起来躲开别人的耳目；倒是也可以从这边经过一扇裱糊的门进入图齐的卧房，但是领表兄去那儿，狄奥蒂玛觉得这样做显得太亲密，况且每一次为招待客人而腾空寓所时，这间房间里总是乱七八糟堆放一大堆东西，所以可以作避风港用的也就只剩下两个女仆房间了。出其不意地参观一下平素她从不涉足的拉喜儿的房间，这是吉卜赛人风俗习惯和监护义务的一种有趣的混合——这个想法起了决定性的作用。她边走边为这建议表示歉意的时候，以及后来在房间里，狄奥蒂玛都在继续劝说乌尔里希："人们得到的印象是，您一有机会就要和阿恩海姆过不去。您的执拗使他感到痛心。他是今人的一个大典型。他有现实感，所以需要讲求实际；您却总是匆匆忙忙去做不可能做到的事。他肯定人生，情绪很稳定；您其实是妨害社会利益的。他追求统一，竭尽全力作出决断；您却表现出一种无定形的信念。他对已经形成的事物有感受力；可是您呢，您做什么？您做出一副似乎世界明天才开始的样子。您就是这样讲话的吧？从我告诉您我们有机会做大事了的第一天起，您立刻就作出这样的举止。而如果说人们把这一机会看作一种命运，在关键时刻聚集到一起来了并且几乎可以说是带着默默询问的眼光等待着答复的话，您的举止行为却简直像一个想捣乱的坏孩子！"她感到需要说些聪明的话来抑制这间房间里的尴尬局面，而她用有些过激的言辞叱责她的表兄，从而获得面对这个局面的勇气。

"如果我是这样，您还能派我作什么用场呢？"乌尔里希问。他坐在小侍女拉喜儿的小铁床上，而狄奥蒂玛则坐在小麦秆椅上，在他面前和他隔着一臂长的距离。但是这时，他从狄奥蒂玛那儿得到一个令人赞叹的答复。"如果我可以在您面前，"她突然说，"行为卑劣和粗俗的话，您一定就会美妙得像一个大天使！"一听到这句话她自己便大吃一惊。她本来只想描述他的好执拗的性格并开个玩笑，说是只要人家不配，他就会对人家亲切可爱；但是与此同时，泉水无意识地涌出并使那些话语显露了出来——那些话一讲出口，她便立刻觉得它们有些失去理智，但它们却令人惊诧地似乎发自她的肺腑，道出了她与这位表兄的关系中的隐情。

这位表兄感觉到了这一点，他默默望着她，稍过片刻他以问作答："您很爱他，极端地爱他吗？"

狄奥蒂玛垂下头："您用的是些什么不得体的词儿呀！我不是黄毛丫头，还会疯狂热恋！"

但是她的表兄不依不饶："我这样问是出于一个原因，我大致可以这样来说明这个原因：我想知道，您是否已经了解这样一种渴望，就是所有的人——我说这话时也想到了在您的隔壁房间里的那些最可憎的怪物——脱光了衣服，互相用胳臂搂着肩膀，不想说话却想唱歌；但此后您就得一个一个依次走到他们跟前并怀着姐妹般的友情亲吻他们嘴唇。如果您认为这太不体面，我也许可以让他们穿上睡衣。”

狄奥蒂玛断然回答说：“真亏您想象得出来！”

“但是您看，我，我了解这种渴望，即便这是很久以前的事了！曾有过一些很有声望的人，他们声称，其实世界上的事情就应该是这样的！”

“那您不这样做，这就是您自己的过错了！”狄奥蒂玛打断他的话，“此外，人们也不需要把这件事描绘得这么可笑嘛！”她已经回想起，她与阿恩海姆的风流韵事没有什么特色，它唤起对一种生活的渴望——社会差异将会消失，活动、心灵、精神和梦幻将会是一码事。

乌尔里希不吭声。他递给他的表妹一支香烟。她接过香烟。当烟雾腾腾充满这间“窄小斗室”的时候，狄奥蒂玛心中暗想，拉喜儿若是嗅出这次造访留下的气息，她会对此有些什么想法。要不要开窗通通风呢？还是明天早晨给小家伙解释一下？奇怪的是，恰恰因为想到了拉喜儿，她才决定留下不走；她眼看就要使这次正在变得过于奇特的相聚告于结束，但是精神优势的特权和对于她的侍女来说不可解释的一次神秘造访的香烟气味不知怎么竟变成同样的东西，都使她感到愉快。

她的表兄观察她。他感到奇怪，他竟这样对她讲了话，但他继续说；他渴望和人说说话。“我想告诉您，”他接茬说，“在什么条件下我可能会这样如六翅天使一般；因为具有六翅天使特性并不特别表明人们不但从身体上忍受自己邻近的人，而且也能触摸到他的几乎可以说心理遮羞布下面的部位，而不会感到任何震颤。”

“除非，此人是一个女人！”

“这也不除外！”

“您说得对！我称之为爱作为女人的人，这种现象极为罕见！”按照狄奥蒂玛的理解，自一些时候以来乌尔里希就有这样的个性特征：他的观点接近她的观点，但是他所说的话却总是不合适并且不完全充分。

“我想把这情况给您认真描述一番，”这一回他固执地说。他向前弯下身子坐着，把前臂搁在强壮有力的大腿上，阴沉着脸看着地上。“我们今天还在说‘我爱这个女人’，‘我恨那个人’，却不说，他们吸引我或者使我感到厌恶。而对此人们还得进一步补充说明，即他们在我心中显示出与此有关的个性。如此等等。人们不能说第一步在哪儿迈出，因为这是一种互相的、功能的依存关系，就像两个有弹性的球或两个充电电路之间的那种关系。我们当然早就知道我们必须也这样感觉，但是我们还一直宁愿要当围绕着我们情感立场的根由和原因，甚至当我们这样的人承认模仿别人时，也是这样表达它，就仿佛这是一个积极的成就似的！所以我曾问过您并且现在再次问您，您是否曾经无限爱恋或愤怒或绝望过。因为随后人们只要有几分观察能力便能十分清楚地懂得，一个处于极其激动状态的人的情况与窗户上的一只蜜蜂或者有毒水质里的一个纤毛虫没有什么两样：人们遭受一阵感情的风暴，人们盲目奔向四面八方，人们向穿不过的东西冲撞一百次，有一次，如果走运的话，人们能从一扇小门进入野外，事后，在僵化的意识状态中他们当然就把这说成是计划周密的行动。”

“我必须向您提出反对意见，”狄奥蒂玛说，“这是对能够决定一个人的整个一生的情感的一种绝望的、有失体面的理解。”

“您的脑海里也许浮现着这个古老的、已经变得索然无味的问题：人是不是他自己的主人。”乌尔里希回答，迅速抬起头来，“如果一切事物都有一个因由，那么人们就无所适从，不知如何是好了吧？我必须向您承认，在我的一生中，这没有使我感到过哪怕一刻钟的兴趣。这是一个难以察觉地变得陈旧了的时代对问题的提法；它来自于神学，而除了对神学和烧死异教徒尚还有着强烈感觉的法学家之外，过问因由的今天只还有家庭成员了，他们说：你是我夜里失眠的原因，或者：谷物行情下跌是他不幸的原因。但是在严肃地规劝了罪犯之后，您去问他吧，他是怎么会犯罪的！他不知道，即便是在行为的每一个瞬间都没精神恍惚，他也不知道！”

狄奥蒂玛挺直身子：“您为什么如此频繁地谈论罪犯呢？您特别喜欢罪行。这一定有什么含义吧？”

“没有，”表兄回答，“这没有任何含义，充其量含有某种兴奋情绪。寻常的生活是由一切我们可能会犯的罪行所组成的中间状态。但是既然我们已经用了神学这个词儿，我想问您一些事。”

“一定又是，我是否曾经一度无限爱恋或嫉妒过？”

“不，您考虑一下：如果上帝事先规定并知道一切，人类怎么还会犯罪过？从前人们就是这么问的，您看，这还始终是一种完全时新的问题的提法。人们对上帝作出了一种极端阴险狡猾的想象。人们用上帝的默许伤害上帝，上帝强迫人类作出一种违法行为，人类的这种违法行为又受到上帝的责怪；这件事上帝不仅事先知道——对于这种绝望的爱我们总是可以找到例子的——而且还促成它！今天我们大家都处在一种类似的境地。作为公布政府文件的君主正在失去其迄今曾经有过的意义；我们学习理解他的合乎规律的发展、环境的影响、他的构造的式样、他在最崇高活动瞬间里的消失，一句话，调整他的形态和他的态度的法则。您考虑吧，带个性的法律，表妹，这就像孤单的毒蛇们的一种工会联合或者强盗们的工商业联合会！因为既然法律是世界上最不带个性的东西，那么个性不久也就不再作为不带个性的东西的想象中的会合地点，而要为它找到那个您不能缺少的光荣的位置，这却是困难的……”

她的表兄如是说，而狄奥蒂玛则偶或提出反对意见：“可是亲爱的朋友，人们恰恰应该尽可能带着个性做一切事情嘛！”最后她说：“今天您确实带有浓厚的神学味道，我完全不知道您有这一手！”她又像一个疲惫不堪的女舞蹈家似的坐在那儿。一个强壮、美丽的女人；她不知怎么地在自己身上感觉到了这一点。好几个星期以来她一直规避她的表兄，也许甚至已经好几个月了。但是她喜欢这位同龄表兄。他看上去挺有趣，身穿燕尾服，在这间灯光黯淡的小房间里，像一个骑士团骑士那样穿黑色和白色，这黑色和白色带有某种十字架的激情。她四下打量这间简朴的小房间，平行行动远着呢，激烈、昂扬的内心斗争她已经经历过，这间房间简直就像这义务，因镜角里的棕榈葇荑花序和空白彩色风景明信片而有所和缓的义务；如果照镜子，那么在这些风景明信片之间，在大都市富丽装潢的光辉下，就会出现那个小个子女人的面庞。她究竟在哪儿洗澡？在那只狭窄的小箱子里，打开箱盖，那里一定放着一只铁皮盆——狄奥蒂玛回忆，随后她想：这个男人既愿意又不愿意。

她心平气和地望着他，俨然一个亲切的旁听者。“阿恩海姆真的愿意娶我吗？”她心里说。他说过这话。但是后来他就没再催促过此事。他有那么多的别的话要说。可是她的表兄本来也应该不谈不着边际的事，而是问她：现在情况怎么样了？他为什么不问呢？她觉得，如果她向他详细讲述自己的内心斗争，他是一定会理解她的。“这会对我有好处吗？”当她告诉他她变了，他曾习惯性地这样问过。厚脸皮！狄奥蒂玛微微一笑。

从根本上来说，这两个男人都相当奇特。她的表兄为什么这么讨厌阿恩海姆呢？她知道，阿恩海姆寻求他的友谊，但是从乌尔里希自己的激烈言论中可以推断出，阿恩海姆也在研究他。“他多么误解他呀，”她又一次心中暗想，“人们对此毫无办法！”再者，现在不仅她的灵魂起来反对她已经嫁给图齐司长的肉体，而且有时她的肉体也起来反对灵魂，这个灵魂因阿恩海姆犹豫不决、出价过高的爱情而在一个荒漠的边缘忍饥挨渴，在这个荒漠的上空也许只有一个虚假的思念的影像在颤动。她本可以和她的表兄一道分担自己的痛苦和弱点的；他通常表现出来的坚毅的片面性，这个她喜欢。阿恩海姆均衡的多样性当然品位更高，但是在该作决断的时刻乌尔里希是不怎么会动摇不定的，尽管他的种种理论巴不得把一切化解为完全不确定的东西。这一点她感觉得到，却不知道，从什么上大概这属于她从他们相识之时起就感觉到他身上所具有的那种东西。如果说这时候她觉得阿恩海姆是一种巨大的努力，一个高贵的精神负担，一个向四面八方高耸于她的精神之上的负担，那么，她觉得乌尔里希所说的一切只有这样的效果：人们因成百种关系而失去责任关系并陷入一种可疑的自由的状态。她突然感到需要使自己的身体变得更重些；说不好这种需要是怎样产生的，但是它同时使她回忆起，在少女时代，有一回她曾抱着一个小男孩逃脱一场危险，那男孩执拗地用膝盖一个劲儿顶她的肚子，全力进行抵抗。这段仿佛从烟囱里掉到这间寂静的小房间里的往事，这段意外地闯入她记忆中来的往事的力量使她完全失去了内心的平衡。“无限？”她想。为什么他一个劲儿问她这个？好似她不会无限似的！她已经忘记听他说话，她不知道这样做是不是合适，她干脆打断他的话，把他所说的话全部推开，一了百了、一劳永逸地，并且笑着（她觉得，她在笑，在这一阵突然的无计划的激动情绪中这却并不完全可靠）给他这样的回答：“但是我是在无限地爱恋！”

乌尔里希对着她的脸微微一笑。“您根本不会这样。”他说。

她已经站立起来，双手抚摩头发，用惊诧愕怔的目光望着他。

“要达到无限，”他从容不迫地解释，“就必须十分精确和客观。两个‘自我’，它们知道今天‘自我’多么成问题，两个‘自我’互相依傍，我就是这样想象这件事，如果非得是爱情不可的话，并且不仅是一种通常的认可；它们如此互相紧密结合，以至于一个竟是另一个的原因，如果它们感觉到自己正在变得伟大起来；而且它们像一块面纱那样飘动。这时就很难不做出错误的动作，即使人们已经一度有了正确的动作。在世界上感觉到正确的东西，这压根儿就是一件困难的事！跟一个一般的偏见完全相反，这几乎需要学究气。顺便说及，我本来正想给您说这个。您让我感到受宠若惊了。狄奥蒂玛，您承认我有可能成为一个大天使；尽管我极其谦逊，这一点您马上就会看到。因为只有当人完全讲求实际的时候——这与无个人特色几乎是一码事——他们才会全身心地去爱。因为他们只有这样才会也全身心地去感受、去感觉、去思考；构成人的一切要素是温存的，因为它们互相趋附，只有人自己不是这样。所以无限爱恋是某种您也许根本不想要的东西……”

他曾试图尽可能不郑重其事地说这话，为了调节面部表情他甚至又点燃了一支香烟，狄奥蒂玛由于感到困窘也接过他递给她的一支香烟。她摆起一副诙谐而执拗的面孔，并把烟雾吐到空中，以显示自己的独立性，因为她没有完全理解他的意思。但是，她的表兄恰恰是在这间他们单独相处的小房间里一下子对她说了这一席话，并且在说话时丝毫也没像在一般情况下那样表现出要抓她的手或抚摩她的头发的样子来，虽然他们犹如感觉到一股磁流那样感觉到在这块窄小的地方肉体之间相互的吸引力。这件事却从整体上对她产生强烈的影响。如果他们现在互相……她心中暗想。但是在这间小房间里能够做些什么呢？她往四下里看了看。像个娼妓那样行事？可是该怎么做呀？如果她号啕大哭呢？号啕大哭，这是女学生用的词儿，她突然想起这个词儿了。如果她突然做出他所要求的，脱光衣服、用胳臂搂住他的肩膀并歌唱，唱什么呢？弹奏竖琴？她面带微笑望着他。她觉得他像一个顽皮的兄弟，有他做伴儿人们就可以随心所欲做自己想做的事。乌尔里希也微笑。但是他的微笑像一扇伪装的窗户；因为在受到诱惑与狄奥蒂玛进行了这场谈话之后，他便因此而一味地感到羞愧。然而，这时她却仍还隐约感到存在着某种爱这个男人的可能性。她觉得这就像她所以为的那种现代音乐，完全不能令人满足，却充满一种激动人心的异样情趣。虽然她认为她对此自然比他有更多的预感，在她站在他面前的时候，她的大腿还是暗暗灼热了起来，致使她摆出一副仿佛谈话已经延续太久了的面孔，颇有些突然地对她的表兄说："亲爱的朋友，我们有点太不像话了。您还在这里单独待一会儿，我先出去，再向我们的客人们露一露面。"

一〇二

菲舍尔家的斗争和爱情

格达徒然等待着乌尔里希的来访。实际情况是，他已经忘记了这个诺言或者是在另有别的打算的时刻才想到它。

"随他去吧！"菲舍尔经理一发牢骚，克莱门蒂娜太太便这样说，"从前我们对他够好的，现在他大概架子大了。你去拜访他，这只会把事情搞得更糟；你太笨嘴拙舌，干不了这种事。"

格达思念这位较为年长的朋友。她期盼着他来并知道，他若来了她又会希望他离去。尽管二十三岁了，可是除了一位在她父亲支持下小心翼翼追求她的格兰茨先生以及有时在她眼里看来不像男子汉而像学童的基督教一日耳曼的朋友们以外，她还不曾有过任何别的经历。"为什么他总不来呢？"她一想到乌尔里希，便总这样暗中思忖。平行行动意味着德意志人民一次精神毁灭的爆发，这在她的朋友圈里被认为是确定无疑的，她为参与这一行动而感到羞愧；她很想听听，他自己对此有什么想法，并希望他有理由为自己开脱。

她的母亲对她的父亲说："你已经在这件事情上坐失了良机。这本来是会对格达有好处并把她的思想转移到别的方面去的：一大批人经常出入图齐夫妇的家。"事情已经弄清楚，是他耽误了对伯爵阁下的邀请作出回复。他就得吃苦头。

被格达称作她的友好精灵的这些年轻人像珀涅罗珀[①]的求婚者们那样，

① Penelope，希腊神话中奥德修斯之妻，在丈夫不在的二十年时间里坚守贞洁以待夫归。

在他家里安营扎寨，并且商讨一个年轻的德意志人对平行行动应该采取什么对策。“一个银行家有时必须显示出艺术事业促进者的风范来！”克莱门蒂娜太太总是这样要求他，每逢他竭力宣称当初破费把汉斯·塞普当作家庭教师来接待，并不是为了要落得如今这个下场——因为现在的情况是，汉斯·塞普，这位还看不出有丝毫养家糊口本领的大学生，以教师的身份来到他家里，无非是利用了这里存在的矛盾而以太上皇自居；如今他和已经成为格达的朋友的他的朋友们一道在菲舍尔夫妇家里商讨人们应该如何拯救德国贵族，因为德国贵族在狄奥蒂玛那儿（据说，她并不区分种族）落进犹太人精神的网罗。尽管莱奥·菲舍尔在场时人们通常只是用某种委婉而客观的语气讨论这个问题，然而讨论中还是冒出相当多的言语和原则，它们使他的神经受不了。令他感到不安的是，在一个不善于产生伟大象征的世纪里人们居然作着这样一种必定会导致巨大灾难的试验，而每当菲舍尔听到“极具深远意义、向上通达人性和人的自由可塑性”这些词语，单单这些词语便就总是已经使架在他鼻子上的夹鼻眼镜颤抖了。在他的家里，诸如生命思维艺术、精神生长形象和行为飘浮这样的概念在不断增多。他想起来，他们每隔十四天在他家里上一堂“改过自新课”。他急于摸清情况。原来，他们在一起读斯特凡·格奥尔格。莱奥·菲舍尔徒劳地在他那本旧百科全书里查找这是谁。但是最让他这个老自由党人感到恼火的却是，这帮信口雌黄的小青年在谈到平行行动时竟称所有参与的政府各部负责人、银行董事长和学者是“做点缀的小人”；他们大言不惭地声称，今天再也没有什么伟大的思想，或者说是再也没有什么人会理解他们，他们甚至把人性说成是空话，只还承认民族，或如他们所说的民族性和民间风俗习惯是某种现实的东西。

“人性是什么，我一点儿也想象不出来，爸爸，”每逢他劝诫格达，她便总是这样回答，“这不再有什么内容了；但是我的民族，这是实实在在的！”

“你的民族！”随后莱奥·菲舍尔便开了腔，想说说大预言者们以及他自己在脱里斯特当律师的父亲。

“我知道，”格达打断他，“可是我的民族是精神上的，我说的是这个。”

“我要把你关在你的房间里，直到你有理智！”于是莱奥爸爸就说，“我将禁止你的朋友们踏进家门。这都是些不受纪律约束的人，他们不停地琢磨自己的道德心，却不干实事！”

“我知道，爸爸，”格达回答，“我知道你是怎么想的。你们上了年纪的人以为可以贬谪我们的人格，因为你们供养我们。你们是封建宗法资本家。”

惶恐不安的父亲不时和女儿进行着这样的谈话。

“倘若我不是资本家，那么你想靠什么生活呢？”一家之主问道。

“我不能什么都知道，”格达通常阻断这样的延伸谈话，“但是我知道，科学家、教育家、牧师、政治家和别的工厂工人都已经在创造新的信仰价值！”

也许菲舍尔经理还竭力用讽刺的口吻问：“这些牧师和政治家大概就是你们自己吧？”但是他之所以这样做，也只是为了显得自己有理。最后，他总是感到高兴，格达竟没察觉，某种违背理智的东西已经习惯成自然地使他忧心忡忡，生怕自己将不得不让步。事情达到了这样的程度：有几次在这样的交谈结束时他甚至开始小心翼翼赞扬平行行动的井然有序，作为他家里狂暴的反证努力的对立面，但是这种情况只发生在克莱门蒂娜听不到他们说话声音的时候。

使格达对父亲忠告的反抗具有一种隐蔽的殉道者的执拗并且也被莱奥和克莱门蒂娜认为是杂乱无章的东西，是飘荡在这所屋子里的一股无罪的肉欲的气息。这些年轻人谈到许许多多的事情，对此父母都愤怒地保持沉默。甚至连他们称之为民族情感的东西，他们不断争论的自我的融合，融合为一种被他们叫作日耳曼基督教徒市民共同体的梦寐以求的一致，也与上了年纪的人惹人恼火的爱情关系相反，本身就带有某种长着翅膀的厄洛斯[①]的味道。他们少年老成地蔑视如他们所说的“贪欲”、“粗鲁生活享受”的花言巧语，但是对超感性生活和精神力量他们谈论得如此之多，以至于在有关听者的心灵中不由自主地通过鲜明对比生出对感性生活和性欲冲动的轻柔怀念之情；甚至连莱奥·菲舍尔也不得不承认，他们讲起话来的那种毫无保留的热情语气有时使听者分明感觉到了他们思想的根源，然而他却谴责这种情况，因为他要求人们在崇高的思想面前必须有一种景仰的感觉。

而克莱门蒂娜则说：“你不应该简单地拒绝一切就算了事，莱奥！”

---

① Eros，希腊神话中的小爱神。

“他们怎么能够断言财产被夺去了精神！”于是他和她争论了起来，“我被夺去了精神了？也许你已经一半是这样了，因为你认真对待他们的啰里啰唆的连篇废话！”

“这个你不懂，莱奥，他们说这话是符合基督教教义的，他们想避开这种生活，去过人世间一种更崇高的生活。”

“这不符合基督教教义，这是歪曲！”莱奥抗辩。

“最后看到真实情况的也许不是现实主义者，而是那些观察内心世界的人。”克莱门蒂娜说。

“我在笑！”菲舍尔断言。但是他错了，他在哭，内心在哭，他无可奈何，他主宰不了自己周围的人的思想变化。

现在菲舍尔比以往更感到需要呼吸新鲜空气；下班后他不急于回家，如果是大白天离开办公室，他便总是喜欢到一座城市公园里去随意走走，虽然时令是冬季。还在当实习生期间他就对这些公园情有独钟。由于一个他无法了解的原因，市政当局在深秋把公园里的铁折叠椅油漆一新；如今它们一色新绿，一溜儿排放在雪白的路上，用春色激起着人们的幻想。莱奥·菲舍尔偶或在一把这样的椅子上坐下，孑然一身而且浑身裹得严严实实，在一个游戏场或一条林荫道的旁边，在一旁望着那些保姆，她们带着她们所照看的孩子在阳光下做出一副冬季健康体魄的模样。她们玩捉迷藏或扔小雪球，小女孩们睁大着妇人般的眼睛——啊，菲舍尔心想——这恰恰就是那样的眼睛，它们在成年的美丽女子的脸庞上使人产生美好的印象，让人觉得她们好像长着一双儿童的眼睛。他怡然自得地看着小女孩们嬉戏，在这些小女孩们的眼里爱情还在童话池塘里漂浮，将来仙鹤会从池塘里取走爱情；有时他也观看保姆。在青少年时期，他曾经常欣赏这种景象，当时他还站在生活橱窗的前面，没有钱走进去，只能思考将来命运将会赐给他什么。结果命运的赐予相当微薄，他这样以为并且刹那间满怀着青年时代的急切心情以为自己又坐在白色番红花和绿色草地之间。随后他的现实感返回并认出雪和绿色涂铁用漆，每一回他总是相当奇特地想到自己的收入；金钱带来独立，但是当时他的薪俸完全为家庭的需要以及合理的积蓄耗费掉了；如此说来人们必须——他考虑——业余还做点什么别的事，以便使自己保持独立，也许利用一下自己所拥有的交易所知识，一如总经理们所做的那样。但是只有当他在一旁观看女孩子们戏耍的时候，这样的念头才会向他靠近；他抵制这样的念头，因为他并不觉得自己具备进行投机交易必不可少的那种气质。他是襄理，只有经理称号，没有晋升的希望，他立刻有意用这样的想法吓唬自己：一个像他这样的可怜的劳动者后背已经太伛偻，没法随意直起腰来了。他不知道，他这样想，只是为了在自己和这些美丽的孩子和保姆之间——她们在这公园休闲时刻里代表着对他的引诱——竖起一个不可逾越的障碍；因为即便在心境不好不想回家的时候他也是一个本性难移的重家庭的人，只要他能够把家里的这一群恶魔变成一群围着圣父-空衔经理飘舞的天使，那他就一定会高兴得了不得的。

乌尔里希也喜欢逛公园，只要时间允许，他喜欢在公园里随意走走。就这样，他在这段时间里又与菲舍尔相遇，而菲舍尔则当即便想起了他因平行行动而在家里所遭受过的一切苦楚。他颇为不满地说了自己的想法，说是他的年轻朋友不怎么看得起老朋友们的邀请啦，说是他完全可以对此信以为真，因为随着时间的推移一面之交和真挚友情一样都会变老的。

这位年轻的老朋友声称，再次见到菲舍尔，这确实使他感到非常高兴，并诉说自己忙于一些微不足道的事情，迄今一直没得闲去看望他。

菲舍尔抱怨时运不济、业务繁重，根本就是道德松弛，说是一切都一味追求物质利益，匆匆忙忙。

“我刚才还在想，我真应该羡慕您！”乌尔里希回答，“商人的职业一定是一座真正的灵魂疗养院！至少它是唯一的一种有着精神上干干净净的基础的职业！”

“是这么回事？”菲舍尔确认说，“商人为人类进步服务并且满足于被许可的收益。他的日子过得和每一个别人一样不顺心！”他深沉而忧郁地添上一句。

乌尔里希表示愿意送他回家。

他们到家时，发现家里的气氛已经极其紧张。

所有的朋友都在场，正在唇枪舌剑进行一场激烈的争论。这些年轻人还在上十年制完全中学或者是高等学校的低年级学生，其中的几个也已应聘当了商人。他们是怎么聚集到一起来的，这个连他们自己也不再知道。直言不讳地说吧，一些人是在国家大学生联合会里互相认识的，另一些则在社会主义或天主教青年运动中，第三种人则在候鸟协会[①]里。

假如人们认为他们所有人的唯一的共同点是莱奥·菲舍尔，人们这样认为并不完全有错。一个精神运动要持久，就需要有一个实体，这就是菲舍尔的寓所，外加伙食供应和克莱门蒂娜所起的某种联络调节机制。格达属于这个寓所，汉斯·塞普属于格达，而汉斯·塞普，这个皮肤不干净、心灵更不干净的大学生，虽然不是领袖，因为这些年轻人不承认领袖，但是也是他们当中最富有激情的人。他们偶或也去别处聚会，于是就也有除格达以外的别的女人旁听；不过，运动的核心却具有刚刚所描述的性质。

尽管如此，这还是十分奇特，这些年轻人的精神来自何处，这就像一种新的疾病的出现，或者玩抽彩轮盘出现一长串中彩。当古老的欧洲理想主义的阳光开始熄灭、白色精神变暗的时候，许多火炬不断从一个人传至另一个人——思想火炬；天知道，它们是从哪儿被偷来还是在哪儿被创造出来的！那些火炬在有些地方构成一个小精神团体的上下跳动的火海。就这样，在那场大的战争从中得出结论之前的最近这几年里，在年轻人当中也对爱情和团结友爱精神谈论得很多，尤其是银行经理菲舍尔家里的年轻反犹太主义者们更是受到涵盖一切的爱情和团结友爱精神的影响。真正的团结友爱精神是一种内在法则的作用，而最深邃、最简单、最完美无缺、最先的法则就是爱情的法则。正如已说明的那样，不是低贱、感官意义上的爱情；因为身体占有是一种拜金主义的臆造并且只有分离和回忆的效果。当然，人们也不能爱每一个人。但是人们是能够尊敬每一个人的，只要这个人作为真正的人努力奋斗，对自己的行动负有最严格的责任。他们就这样以爱情的名义在一起争论一切问题。

但是在这一天却形成了一个反对克莱门蒂娜太太的统一阵线，而克莱门蒂娜太太则十分愿意再一次感到自己焕发起青春活力并在内心承认，夫妇之爱确实与资本生息有许多共同之处，但不愿意允许人家对平行行动评头品足，说什么因为雅利安人只有完全在自己人中间时才有能力创造象征。克莱门蒂娜费好大劲才把自己控制住，而格达则脸红脖子粗，对她母亲不听劝说、不肯离开房间怒不可遏。当莱奥·菲舍尔和乌尔里希走进寓所时，她正

① 一九〇一年由卡尔·菲舍尔创立的德国青年徒步旅行奖励会。

悄悄向汉斯·塞普作手势，请求他中断辩论，于是汉斯用和解的语气说：“我们这个时代的人根本就不会做出什么伟大的业绩来的！”他以为这样一说就是用一种人们已习以为常的泛指一般的表达形式说明了这件事。

但是不幸的是，这时乌尔里希介入谈话并抱着对菲舍尔的一丝幸灾乐祸问汉斯，他是否根本就不相信有什么进步？

“进步？”汉斯·塞普盛气凌人地回答，“您只要比较一下，一百年前出现过一些什么人，然后才有进步可言：贝多芬！歌德！拿破仑！黑贝尔！”

“哼，”乌尔里希说，“最后那位一百年前还是个婴儿。”

“年轻的女士们和先生们鄙视数字精确性！”菲舍尔经理乐呵呵说。乌尔里希没理这茬；他知道，汉斯·塞普因心怀妒意而蔑视他，但他自己对格达的这些奇特的朋友们却颇有几分好感。所以他坐到圈里并继续说：“我们在人类才能的各个领域里不可否认地已经取得如此之多的进步，以致我们充分感觉到，我们跟不上它们的步伐；难道就不会从中产生出我们没经历什么进步的感觉来吗？说到底，进步是从所有人的共同努力中产生出来的，其实一开始人们就可以说，真正的进步将始终恰恰就是没有人要的东西。”

汉斯·塞普的一头深色头发像一个颤悠悠的角那样对准着他。“这话是您自己说的：没有人要的！唠唠叨叨、喋喋不休；成百条路，却没有一条路可走。有思想，但没有灵魂！没有性格！字来自句子，句子来自书本，整体不再完整——尼采就已经如是说；完全不计及尼采的利己主义也是一种生存的无价值！您给我举出一个唯一的、固定的、最后的价值来，譬如您就是以它作为您生活的准则的！”

“偏偏要立刻举出！”菲舍尔经理抗议。但是，乌尔里希问汉斯：“您确实永远没有能力过没有最后价值的生活吗？”

“没有，”汉斯说，“但是我向您承认，我必定会因此而感到不幸。”

“您见鬼去吧！”乌尔里希笑道，“我们能做的一切事都是以我们不很严格并在等待最高的认识为依据的；中世纪已经这样做了，所以仍然是无知的。”

“这确实是个问题，”汉斯·塞普回答，“我认为，我们是无知的！”

“但是您必须承认，我们的无知显然是一种极其幸运的和丰富多彩的无知。”

一个人用平静的声调从后面咕哝：“丰富多彩！知识！相对进步！这是一个被资本主义分解为纤维的时代的机械思维方式的概念！别的我用不着跟您说啦——”

莱奥·菲舍尔也叽里咕噜，可以听得出来，他是觉得乌尔里希太把这些无礼的年轻人当作一回事了；他为自己打掩护，从口袋里掏出一张报纸来读。

可是乌尔里希却来了劲儿了。“有六居室公寓、用人洗澡间、吸尘器等等的现代化市民住宅，与有着高房间、厚墙壁和漂亮拱顶的旧住宅相比，这是不是一个进步？”他问。

“不是！”汉斯·塞普叫喊。

“比起邮政马车来，飞机是进步吗？”

“是！”菲舍尔经理叫喊。

“电动机比起手工劳动来呢？”

“手工劳动！”汉斯叫喊。“机器！”莱奥叫喊。

“我想，”乌尔里希说，“每一个进步同时也是一个退步。总是只有在某一种意义上的进步。由于我们的生活总体上是没有意义的，所以总体上也没有进步。”

莱奥·菲舍尔放下报纸：“用六天横越大西洋跟为此需用六个星期，您认为哪个好？”

“我大概会说，能做到这两点，这无论如何是一个进步。可是我们的年轻基督教徒们却连这个也否认。”

圈子像一面绷紧的弓一动不动。乌尔里希使谈话停顿了下来，却没麻痹好斗精神。他心平气和地继续说：“但是人们也可以把这话反过来说：如果我们的生活在个别方面有进步，生活便在个别方面有意义。但是譬如用人祭神或烧死女巫或给头发扑粉一度曾经有过一种意义，那么现在这仍然会是一种意义深长的生活意识，即使更卫生的习俗和仁爱是进步。错就错在，进步总是想放弃旧意识。”

“您也许想说，”菲舍尔问，“我们在幸运地克服了人祭时代的令人恶心的愚昧之后，又该回归到人祭时代了吧？”

“根本就不能说是愚昧！”汉斯·塞普代替乌尔里希回答，“如果您吞食一只无辜的兔子，这是愚昧；但是如果一个食人肉者举行宗教仪式敬畏地吃完一个异族人，那么我们简直就不知道，他心里在想些什么！”

“已经过时的时代想必确实有一些名堂，”乌尔里希附和他说，“不然的话也就不会有这么多可爱的人曾认同过它们。也许不作出重大牺牲，这就可以为我们所用？也许我们今天之所以还在牺牲许多人，恰恰是因为我们从来也未曾明明白白地向我们自己提出过正确克服从前的人类奇想这个问题？这都是些难以表述和无法看透的关系。”

“但是对于您的思想方式来说，这个理想目标仍然还始终只是一笔金额或一次结算！”汉斯·塞普对着乌尔里希不由自主地脱口而出，“您正是像菲舍尔经理这样相信市民进步的，只不过就是您把这表达得尽可能错综复杂和违反常情罢了，您这是在遮人耳目！”汉斯说出了他的朋友们的意见。乌尔里希察看格达的脸色。他想粗略地再次整理一下自己的思绪，并不理会菲舍尔和这些年轻人既准备向他猛扑过来也准备着互相厮杀。

“但是您总在追求一个目标吧，汉斯？”他旧话重提。

“有追求。在我心中。通过我。”汉斯·塞普简短回答说。

“这会达到目的吗？”莱奥·菲舍尔不由自主地提出了这个讥讽的问题，从而站到了乌尔里希的一边——这一点除他自己以外的所有的人都懂。

“这我不知道！”汉斯神情忧郁地回答。

“您还是参加您的考试吧，这倒是一个进步哩！”莱奥·菲舍尔忍不住添上了这么一句，他真是大大地被激怒了，但激怒他的既是这些乳臭未干的娃娃，同样也是他的朋友。

这时，房间里的气氛骤然紧张起来。克莱门蒂娜太太向她的丈夫投去恳求的一瞥；格达试图抚慰汉斯，而汉斯则煞费苦心地搜寻恰当的话语，最后它们又向乌尔里希倾泻下来。“您放心吧，”他冲他喊道，“从根本上来说，哪怕就那么唯一的一个不是菲舍尔经理可能会有的看法您也不会有的！”

说罢，他就冲出去，他的朋友们愤怒地紧随其后。菲舍尔经理在克莱门蒂娜的目光的催逼下，装出一副仿佛事后才想起自己的主人义务的样子，嘴里嘟囔着走进前室，去给年轻人们说一句送别的客套话。房间里只剩下格达、乌尔里希和克莱门蒂娜太太，克莱门蒂娜太太松快地舒了几口气，因为现在空气澄清了。后来，她站起来离开，于是乌尔里希惊诧地发现自己与格达单独待在一起。

一〇三

诱 惑

他们单独留下，格达显然很激动。他抓住她的手，她的胳膊颤抖了起来，她挣脱开。“您不知道，”她说，“这对于汉斯来说意味着什么：一个目标！您对此冷嘲热讽，这实在是无聊。我看，您的思想变得更下流了！”她煞费苦心地搜寻一个尽量强烈的字眼，如今一听这个词儿吓了一跳。乌尔里希力图重新抓住她的手，她缩回胳臂。“我们不要一个劲儿光这样嘛！”她脱口而出，她用强烈的轻蔑口吻说出这句话来，可是她的身体却在动摇。

“我知道，”乌尔里希讥讽说，“你们之间所发生的一切应该符合最高要求。正是这个使我不由自主地采取了一种让您用如此友好的言辞表明其特征的态度。您是不会相信的，从前我是多么愿意用别样的方式和您讲话！”

“您从来就没有别样过！”格达迅速回答。

“我总是动摇不定，”乌尔里希一边简要地说，一边察看着她的脸部表情，“您愿意听吗，我给您讲一点在我表妹那儿发生的事？”

格达的眼睛里流露出某种神情，乌尔里希的近在身边在她心头勾起的那种捉摸不定情绪把她的神情衬托得很鲜明，因为她焦灼地期待着了解这一情况，以便把了解的情况向汉斯作传达，她试图掩饰自己的这种心绪。她的朋友怀着几分满意的心情窥测个缘由，所以像一头预感到就要出事、本能地潜踪匿迹的动物那样，他谈论起别的事情来。“您还记得我给您讲过的月亮故事吗？”他问她，“我想先向您透露一点和这相似的情况。”

“您又来哄骗我！”格达回答。

“尽可能不哄骗！从您听过的那些讲座中，您一定记得，如果人们想知道某种现象是不是规律，世道会是什么样。要么人们一开始就有理由认为这是一条规律，譬如在物理学和化学中，即使观察从未产生出渴望得到的值来，它还是以某种方式接近这个值并且让人们从中计算出这个值。要么人们没有这些理由，一如生活中经常发生的那样，人们却面对着一个现象，不太清楚它是规律还是偶然，这下事情就让人感到紧张了。因为这下人们首先便要将他作的一大堆观察变为一堆数字；人们分段落——哪些数字在这个值和那个值、下一个值和再下一个值之间，如此等等——并从中构成分配级数；事实将表明，出现的次数有没有一种系统的增多或减少；人们得到一个静止的级数或者一种分配功能，人们计算变动的量、平均偏差、一个任意值的偏差量、中心值、正常值、平均值、差量等等，并用所有这些概念研究这个已知的现象。”

乌尔里希用一种平缓讲解的语气讲述这一切，恐怕很难区别他是愿意自己先静心地想一想呢，还是在以用学术问题对格达施催眠术取乐。格达已经离开他，朝前弯着身子，坐在一把圈椅里，眉毛间使劲蹙起一条皱纹，眼睛望着地上。每逢有人这样实实在在地讲话并呼吁她理智的虚荣心，她的恼怒便会被吓退；她感觉到他已经给予她的那种简单的安全感正在消失。她读完了一所实科中学，在大学里学过几个学期，她接触过大量不再可以被纳入古典和人文主义精神的旧范畴的新知识；这样的教育进程今天在许多年轻人心中留下这种感觉：这个教育进程完全无济于事，而他们所面对的新时代却像一个新世界，这个新世界的土地无法用旧工具耕作。她不知道乌尔里希所讲的会导致什么。她既相信他，因为她爱他，又不相信他，因为她比他年轻十岁，属于另一代人，这一代人自以为精力充沛。就在他继续向她讲述的当儿，两者以一种极其不明确的方式互相融和渗入。“现在有这样的观察，”他继续说，“它们看上去和一个自然规律分毫不差，可是它们没有什么可以被我视为一种自然规律的基础。统计数据的规律性有时和规律的规律性一样大。您一定知道某一个社会学讲座中的这些例子。譬如美国的离婚统计数字。或者男、女孩出生比例，这是最恒定的指数之一。您还知道，每年有相当固定不变数量的有服兵役义务的人试图通过自我致残而逃避兵役。或者每年有大致同等数量的欧洲人自杀身死。偷窃、强奸以及，就我所知，破产，它们每年都有大致相同的出现频率……”

这时，格达的反抗精神作了一个突破尝试。“您是要给我解释进步吧？”她叫喊并竭力往这句话中加入许多嘲弄的口吻。

“那是自然！”乌尔里希回答，没有让对方打断自己的话，“人们有些不明不白地称这是大数目规律。大致是认为，一个人出于这一个，另一个人出于那一个原因自杀，但是在很大一批人那儿这些原因中的偶然因素和个人因素互相抵消，于是只剩下——是呀，剩下什么了呢？这就是我想问您的。因为，如您所见，剩下的是我们之中的每一个人作为门外汉相当圆滑地称之为平均值的东西，是人们根本就不十分清楚它究竟是什么的东西。您让我补充几句：人们曾试图从逻辑上和形式上解释这个大数目规律，几乎可以说是当作一种不言而喻的道理；人们也曾与此相反地声称，彼此间并非有因果关系地联系起来的现象的这种规律性是根本无法用普通的思维方式加以解释的；除了对这一现象的许多别的分析之外，人们还提出这样的看法，认为这不仅涉及个别事件，而且也涉及总体的未知规律。我不想用具体细节来缠磨您，自己也想不太起来了，但是知道这背后是否隐藏着未被理解的共同体的规律，或者特殊的东西是否根本就是通过大自然的讽刺从不发生任何特殊的事之中产生出来，而最高的意识则证明自己是某种通过最深刻的无意识的平均值可以达到的东西，这无疑对我个人来说是很重要的。这一种或另一种知识必定对我们的生活意识有着决定性的影响！因为不管怎么样，一种有序的生活的全部可能性反正就建立在这个大数目规律上。倘若没有这个平衡规律，那么就会在一年里不发生任何事。而在下一年里就事事不牢靠，饥荒就会与丰盛交替出现，儿童就会不是短缺就是过剩，人类就会在天堂和地狱的可能性之间从一面飘舞到另一面，像见到有人走来时的笼子里的小鸟儿。”

“这一切都是真的吗？”格达迟疑不决地问。

“这个想必您自己就知道。”

“当然，我也零零散散地知道一些情况。但是方才大家争论时您是否就是这样认为的，这我不知道。您关于进步所说的话，听起来就好像是您只是想惹怒大家似的。”

“您总是这样想。但是对于什么是我们的进步，我们知道什么呀？根本就什么也不知道！可能会出现什么情况，这有许多可能性，我刚才还列举了一个呢。”

“可能会出现什么情况！您总是这样想，您从不试图回答这个问题：必定会出现什么情况！”

"您真性急。总是得有一个目标，一个理想，一个纲领，一种绝对的东西。而最后产生的结果，却是一个妥协，一个平均值！您不想承认，仅仅是为了让某种中间的东西显露出来，便总是去做和期盼极端的事，长此下去这是使人疲劳并且可笑的？"

从根本上看来，这是跟与狄奥蒂玛的谈话具有同样性质的谈话，只是外表不同而已，但人们却可以在这后面从这一个谈话继续进行另一个谈话。哪一个女人坐在这儿，这也显然是很无关紧要的；一个躯体，一旦已经被投放进一个已经存在的精神力场，它便使某些过程进行起来！乌尔里希打量格达，她没有回答他最后提出的这个问题。她形体瘦削地坐在那儿，眉眼间有一条恼怒的小皱纹。袒露在衬衫领口里的胸脯上端也构成一条凹进去的垂直的皱纹。胳臂和大腿既长又细嫩。残春，已经过早地受到严酷夏日的感奋；他感受到这个印象，同时也感受到被禁锢在这样一个年轻身体内的执拗精神的全部撞击。一种奇特的嫌恶和沉着镇定的混合情感侵袭着他，因为他突然觉得，他比自己想象的更接近于要作出一个决断，这个年轻姑娘有这个资格，可以在这件事情上发挥自己的一份作用。他不由自主地果真讲述起他通过平行行动中的所谓的青春活力所获得的印象来，并且用让格达惊诧的话语结束讲述。"他们在那儿也非常激进，他们在那儿也不喜欢我。可是我以牙还牙，因为就我的风格而言，我也是激进的，我什么样的无秩序都可以忍受，就是忍受不了精神上的无秩序。我不但想看到各种想法得以展开，而且也想看到它们被收拢，我不但想看到思想的振荡，而且也想看到思想的紧密。不可或缺的朋友啊，这就是您所责备的，您责备我总是只讲可能会出现什么情况，却不讲必定会出现什么情况。我不混淆这两者。大概这就是人们可能会有的最不合乎时代精神的个性了吧，因为今天没有任何东西像严厉手段和内心生活相互之间这样使人不习惯的，可惜我们的机械精确性已经达到这样的地步，致使活生生的不精确性看来就像是它的恰当的补充。为什么您不愿意理解我？大概您完全没有这个能力吧，我真是缺德，我竟花气力来搞乱您合乎时代精神的头脑。但是真的，格达，有时我考虑，我是不是错了。也许恰恰是那些我不喜欢的人正在做我曾经想做的事。他们也许做得不正确，他们没有头脑，一个奔向这边，另一个奔向那边，人人都有一个奇思妙想，都以为这是世界上独一无二的；他们当中的每一个人都觉得自己绝顶聪明，他们大家加在一起都认为这时代注定不会富有成果。但是也许恰恰相反，他们当中的每一个人都愚蠢，但所有的人加在一起他们却都是富有成果的？看来今天好像每一种真实都是拆成两个互相对立的不真实而来到这世上的，而这也可能是取得超个人的结果的一种方式！于是平衡、试验的总和不再产生于变得极端片面的个体之中，但是总体却像一个实验共同体。一句话，对一个老人您要宽容，他的孤独有时会使他做出越轨行为来！”

“您什么没有给我讲过呀！”格达神情忧郁地回答，“为什么您不写一本书论述您的观点呢，这也许对您自己和我们都有好处的吧？”

“可是我怎么会有写一本书的必要呢？”乌尔里希说，“我是母亲不是墨水瓶生出来的！”

格达考虑，一本乌尔里希的书是否真的会对什么人有好处？一如她朋友圈里的所有年轻人，她也过高估计书籍的力量。这两个人一不说话，寓所里就完全寂静了下来；看来菲舍尔夫妇已经在愤怒的客人们之后离开了这所房屋。格达感觉到近在咫尺的更强劲有力的男人身体的压力，当他们单独在一起时，她便总是感觉到它，违反着她自己的全部信念，她抗拒着并颤抖了起来。乌尔里希察觉到这一点，便站起来，把手搁在格达的虚弱的肩头并对她说：“我给您提一个建议，格达。我们假定伦理道德中和动力学气体理论中的情形完全一样：一切无规律地乱飞乱舞，每一种气态都随心所欲，但是如果人们计算，什么事在某种程度上可以说是没有理由因此而发生，那么这恰恰正是那实际上正在发生的事！有着奇特的一致性！那么让我们也假设，某某一大批思想现在正在胡乱飞舞，它们产生出某一个大概平均值，它缓慢而自动地移动，这就是所谓的进步或历史的状况。但最重要的却是，我们个人的、单一的运动根本不起什么作用，我们可以持右或左、高或低的观点思想和行动，按新风或按旧貌，反复无常或深思熟虑：这对于平均值来说完全无关紧要，对于上帝和世人来说只有这个平均才是重要的，我们无足挂齿！”

话音刚落，他便现出要拥抱她的样子来，虽然他感觉到，他这样做颇有些勉强。

格达火了。“一开始您总是先摆出沉思的样子，”她叫喊，“随之而来的便总是一只公鸡的极寻常的啼叫声！”她的脸热烘烘的，脸上有圆形斑点，她的双唇似乎在冒汗，但是她的愤怒中却透着某种美。“恰恰是这种您所看重的东西正是我们所不愿意的！”这时，乌尔里希受不住诱惑，小声问她：“占有会杀死人？”

“我不想和您谈论这个！”格达同样小声地回敬。

“是占有一个人还是一个物件，这是一码事，”乌尔里希继续说，“这我也知道。格达，我非常了解您和汉斯，了解的程度超出您的想象。您和汉斯想干什么？您告诉我。”

“您瞧：什么也不想！”格达得意洋洋地大声说，“人们不能说这话。爸爸也总是说：‘你搞搞清楚，你想干什么。你会明白的，这是胡闹。’一切都是胡闹，如果人们把事情搞清楚的话！如果我们有理智，我们就永远不会超越陈词滥调！现在您又要发表什么反对意见了，用您的理性主义！”

乌尔里希摇摇头。“针对莱恩斯多夫伯爵的游行究竟是怎么回事？”他柔声问，仿佛这仍还是个附属的问题似的。

“噢，您在从事间谍活动！”格达嚷嚷。

“您就假设我在从事间谍活动，但是您把情况告诉我，格达。为了我的缘故您也还会愿意接受这个要求的吧。”

格达左右为难。“没有什么特别的情况。就是德意志青年的随便什么一次游行呗。也许列队行进，喊几句骂人的话。平行行动是一个可耻的骗局！”

“为什么？”

格达耸耸肩膀。

“您还是再坐下吧！”乌尔里希请求，“您对此评价过高了！让我们心平气和地谈一谈。”

格达又坐下。“您听一听，我是否明白您的处境，”乌尔里希继续说，“您说占有会杀死人。您说这话首先想到钱和您的父母。这当然是已被杀死的灵魂——”

格达做了一个高傲的手势。

“那么我们就不谈钱，直接就谈每一种占有吧。人，他占有自己；人，他占有自己的信念；人，他让自己被占有，被另一个人或被他自己的激情或仅仅是被他的习惯或成绩占有；人，他想占领什么；人，他到底想获得什么：所有这一切您都拒绝？您想当徒步旅行者。漫游的徒步旅行者，汉斯有一回曾这样称呼过它，如果我没有记错的话。另一种意义和存在，这对吗？”

“您所说的一切正确至极，才智能够模仿灵魂！”

“而才智却属于占有这一类？它估量，它斟酌，它分开，它积聚，像一个老银行家？可是难道今天我没有给您讲了一大堆故事，我们的灵魂中的许多东西显然系于这些故事上？”

“这是一个冷酷的灵魂！”

“您完全正确，格达。现在我只需告诉您，为什么我站在冷酷的灵魂或者甚至银行家的一边。”

“因为您胆小！”乌尔里希发现，她在讲话时像一头怀着极大恐惧的小牲畜那样露出一嘴牙齿。

“以上帝的名义，是的，”他回答，“但是如果别的什么也不信，那么就请您相信我这一条：倘若我不是确信一切逃跑企图又会引回到爸爸身边来，那么我是会有勇气抓住一根避雷针，甚至抓住墙沿的最小的飞檐就逃跑出去的！”

自从他们之间进行过一次类似的谈话，格达便一直拒绝和乌尔里希作这样的谈话；谈话中谈到的这些情感只属于她和汉斯，而她则害怕乌尔里希的赞同甚于害怕他的讥讽，因为她还不知道他是真的相信还是会背后说坏话，他的赞同就会使她毫无抵抗能力地任凭他摆布。从她刚才受到他的一席伤感话语——如今她不得不容忍其后果——突然袭击的那一刻起，她便清楚地觉察到，自己的内心何等强烈地动摇不定。但是这件事对乌尔里希来说也是一样。他绝没有因自己对这姑娘有控制力而沾沾自喜的意思；他并不认真对待格达，而由于这包含着一种精神上的反感，所以他通常就对她说些让她感到不愉快的话，但是自一些时候以来，他越是一个劲儿对她摆出一副世界律师的架势，便越是奇异地受到一种愿望的吸引，要向她倾吐肺腑并简直是真诚无欺地向她袒露自己的内心世界，或者观察她的内心世界，仿佛它赤裸裸像一条蜒蚰似的。所以他若有所思地盯住她的脸说：“我可以让我的目光停留在您的面颊之间，就像云朵停留在空中。我不知道云朵是否乐意停留在天空，但是说到底我和所有的汉斯们一样都了解上帝像抓住一只手套那样抓住我们并翻扣在手指上的那些时刻！你们太轻松了，你们感觉到我们生活于其中的正面世界有一个附属的负面世界，并断言说，正面世界属于父母和上了年纪的人，阴暗的负面世界则属于新青年。我倒不是想当您父母的间谍，亲爱的格达，但是我请您考虑一下，如果要在银行家和天使之间作选择，那么银行家职业更可靠的性质也是无可厚非的！”

“您要喝茶吗？！”格达厉声说，“我可以让您在我们家里感到舒适一些吗？您应该面对一个我父母的无可指责的女儿。”她又控制住了自己。

“我们假设，您要嫁给汉斯。”

“可是我根本就不想嫁给他！”

“人们总得有一个什么目标吧，您总不能长此下去总是靠跟您父母的对立过活吧。”

“总有一天我会离开这个家，独立自主，我们将仍然是朋友！”

“可是我有请您啦，亲爱的格达，我们假设，您将和汉斯结婚，如此等等。如果事态这样继续发展下去，这肯定是不可避免的。现在您就制订一个计划，您将怎样每天早晨在与世隔绝的状况下刷牙，汉斯将怎样收到一份征税通知书。”

“我必须知道这个吗？”

“您的爸爸会说‘是’的，如果他对背离世界的状况有所了解的话；可惜寻常人都善于把他们的生命之船里的不寻常的经历整齐地堆放在很深的底舱里，深得他们永远也不会看见它们。可是我们不妨提一个更简单的问题：您会要求汉斯对您忠实吗？忠实属于占有情结！您必须心安理得，如果汉斯移情爱恋上另一个女人的话。是的，按照您知道的规则，您甚至必须把这看作是对您自己状况的一种充实！”

“您千万别以为，”格达回答，“我们自己不谈这样的问题！人们不能迈一步就迈出一个新人来，但是这是很具有市民思想的，把这变成一个反原因！”

“其实您父亲要求您的和您所想象的完全不一样。他根本就没说他在这些问题上比您和汉斯聪明；他只是说，他不明白您在做什么。但是他知道，力量是一桩很理智的事情；他相信，它比您和他和汉斯加在一起还更有理智。假设他现在给汉斯钱，以便他无忧无虑地完成自己的学业呢？过了一段考验时期之后，即便不是马上许诺他结婚，但也许诺他取消原则上拒绝的态度呢？并且对此只附加一个条件：在考验期结束之前你们中止一切来往，彻底中止任何形式的来往，连你们现在进行的这种交往也要中止了！”

“您就是为这个而来的？！”

“我是想向您解释您父亲的想法。他是一个有着阴森森的优势的严峻的神祇。他相信，金钱可以把汉斯带向他想带他去的地方，使他变得求实和理智。按照他的意见，一个有一份限额月收入的汉斯就会蠢笨得无可比拟。但是也许您的爸爸是个幻想者。我欣赏他，一如我欣赏妥协、平均值、单调、死的数字。我不相信魔鬼，但是如果我来做这件事，我就会设想魔鬼是我的教练，那个煽动老天爷创造最好成绩的教练。我已经答应他来缠磨您，直缠磨得您的幻想中什么也不剩下，假如不是——就剩下现实。”

说这些话时乌尔里希并不是问心无愧。格达脸上火辣辣地站在他面前，她的眼睛里一层层堆叠起眼泪和愤怒。一下子就为她和汉斯开通了自由发展的道路。可是乌尔里希是出卖了他们呢，还是他想帮助他们呢？她不知道，而且两者分明都既可以使她不幸也可以使她幸福。她在迷惑之中不信任他，并怀着激情感觉到，他是一个和她意气很相投的人，他只不过就是不愿显露这一点而已。

他补充说：“您父亲当然私下里希望，我在这期间应该追求您，把您的思想转移到别的方面去。”

“这是不可能的！”格达费劲地说出口来。

“这在我们之间大概是不可能的，”乌尔里希轻声重复道，“可是也没法再像迄今为止的这样继续下去了。我已经太深地向前弯下了身子。”他试图微笑。他这样做时极度讨厌自己。他确实本不想做这一切事。他感觉到这颗心灵还在犹豫不决并鄙视自己，因为这种犹豫观望在他心头激起凶暴。

就在这同一个刹那间，格达用可怕的目光望着他。她突然美丽得像一团人们靠得太近的火；几乎没有形态，只是一团热气，使意志麻痹。

“您还是到我那儿来一下吧！”他建议，“这里我们没法随意谈话。”他眼里流露出男性的冷酷和空虚。

“不，”格达抗拒。但是她把目光移开，而乌尔里希则——仿佛通过移开目光她才又在他面前受到推崇了似的——悲哀地看着这位年轻姑娘喘着粗气、不美也不丑的形态站立在自己的面前。他深深叹了口气，完全真诚地。

一〇四

拉喜儿和索利曼狭路相逢

在图齐家的崇高任务与聚集在那儿的大量思想之间，活跃着一个奔走劳碌、轻快灵活、热情兴奋、非德意志的人，这就是这位小婢女拉喜儿。她打开大门，半张开双臂站着准备把大衣接过去。乌尔里希有时真想问问明白，她是否已经注意到他与图齐家的特殊关系，并试图盯住她的眼睛，但是拉喜儿的眼睛不是向一边躲闪便是像两个丝绒小盲点似的顶住他的目光。他还记得，这目光在他第一次遇见时是一直望着别处的，后来他观察过几次，发现在这样的场合，前室一个黑暗角落里总是有一双眼睛像两个又大又白的蜗牛壳那样盯住拉喜儿；这是索利曼的眼睛，但是拉喜儿同样也不回看索利曼一眼，并且只要客人一到便悄然撤身，这也就不作结论地回答了这个问题：这个少年是否也许就是拉喜儿克制的原因。

实际情况比好奇心所能料想到的更富于浪漫色彩。自从索利曼执拗地怀疑阿恩海姆辉煌形象中包藏着奸险的阴谋诡计，而且拉喜儿对狄奥蒂玛的儿童似的钦佩也因这一变化而受到损害，她心中蕴藏着的对良好举止和热心尽职的爱的种种热烈渴求便积聚在乌尔里希身上。由于她听信了索利曼，觉得必须仔细观察这个家里所发生的事情，便苦费心机在门口和服务的过程中悉心倾听，而且也偷听了图齐司长和他夫人之间的某些谈话，所以乌尔里希处于狄奥蒂玛和阿恩海姆之间的那种半受敌视半受喜爱的地位对她来说并不陌生，并且完全符合她自己对毫不猜疑的女主人那种在反抗和懊悔之间摇摆不定的感觉。如今她也清清楚楚地记得，自己早就已经察觉到乌尔里希对她有所企求。她没有妄想自己会称他的心意。她也许经常期盼——自从她遭摈斥并想让加利齐的家人们看看，她将会有多大出息——中一个头奖，得到一笔意想不到的遗产，发现自己是高贵人家的弃儿，有机会拯救一位王公的性命，但是她会博得一位经常在她女主人家出入的先生的欢心，成为他的情妇，甚至嫁给他，这样一种简简单单的可能性她却从来也没有想到过。是她和索利曼，是他们在得知乌尔里希和将军是朋友之后给将军寄去了一份请柬；当然之所以这样做也是因为必须使事情进行起来，而按整个以前的发展情况来看一位将军就显得是很合适的人物。但是由于拉喜儿隐蔽而神出鬼没地采取与乌尔里希一致的步调，她和他之间——她好奇地观察着他的一举一动——便不可避免地产生那种巨大的协调一致，从而使得所有偷偷被观察到的他的嘴唇、眼睛和指头的动作变成演员，变成她怀着激情——这是看着他的不引人注目的存在被摆上一个大舞台的人的激情——依恋的演员。她越是明显地觉察到这种关系比蹲在钥匙孔前时一件紧身连衣裙更强烈地挤压着她的胸脯，她便越是觉得自己卑劣，因为她不能更坚决地抵抗索利曼与此同时的隐秘追求；这就是乌尔里希十分不熟悉的、她为什么肃然起敬、满怀热情显出一个有教养的模范女仆形象的原因。

乌尔里希徒然在心里盘算，为什么这个由大自然充满深情创造出来的宠儿竟如此贞洁，以至于人们几乎不得不相信这是在身材窈窕的女人身上并非完全罕见的那种性欲冷淡敌意。有一天，他看到了一个惊人的场面，他当然便改变主意并且也许也有点儿失望了。阿恩海姆刚来，索利曼在前室里往地上那么一蹲，拉喜儿一如既往迅速撤身离去，但是乌尔里希利用因阿恩海姆进入而引起的片刻骚动，返回来取大衣里的一块手帕。灯光又已熄灭，但索利曼还在，并且不知道乌尔里希在门框阴影的笼罩下只是假装开启和关上房门，仿佛已经又离开了前室似的。他小心翼翼站起身，颇费事地从短外衣下面掏出一大朵花来。那是一朵漂亮的白色百合花，索利曼观看这朵花，然后他踮着脚尖，从厨房旁边走过去。乌尔里希知道拉喜儿的房间在哪儿，小声尾随，看这是怎么回事。索利曼停留在门前，在那儿把花紧紧贴在唇上，随后把它插在门把手上：他急急忙忙把花茎在门把上绕两圈并把末端塞进钥匙孔里。

途中偷偷将这朵百合从花束中抽出并替拉喜儿将它藏好，这是一桩难办的事，所以拉喜儿懂得该怎样赏识这样的殷勤。被当场拿获和被解雇，这对她来说等于是死亡和末日审判：所以她很感到讨厌，不管她站立和行走在哪儿，处处都得提防着索利曼，而且每逢他突然从一个藏身之处钻出来拧一把她的大腿而她又没法叫喊，这总是使她感到不大愉快；但是一个人冒着危险向她献殷勤，怀着最大的牺牲精神侦查她的每一个行动并在艰难的情况下考验她的性格，这却对她并非没留下任何印象。这只小猴子加快了这件她觉得既荒唐又危险的事情的进程。这就是拉喜儿对这件事的感受，而有时她完全违背自己的原则并且在所有这些充满她脑海的纷乱的期待之间产生这种邪恶的渴望，不管在遥远的将来会发生什么重要的事，她也要先充分利用一下黑人国王的儿子这厚厚的、到处等候着她的、适宜于她的女仆职务的嘴唇。

有一天，索利曼问她是否有勇气。阿恩海姆在狄奥蒂玛和她的几个朋友的陪伴下在山区待两天，没有带他去。厨娘休假二十四个小时，而图齐司长则在饭店吃饭。拉喜儿曾给索利曼讲过关于她在自己房间里发现香烟痕迹的事，两人一致猜测：群英会上大概有什么事正在酝酿，这也要求他们以某种方式加强活动。当索利曼问她是否有勇气时，他已经宣布他要从他主人那儿窃取可以证明自己高贵出身的文件。拉喜儿不相信这些证书，但是周围所有这些诱人的纠葛已经在她心头勾起不容拒绝的需要：必须采取某种行动。他们商定，索利曼来接她并陪她去饭店时，她应该戴那顶白小帽，系婢女围裙，这样就会看上去像是受主人委派去办事似的。当他们走到街上时，小围裙的花边前襟后面冒出一股腾腾的热气，眼睛迷迷糊糊的竟什么也看不见，但是索利曼大胆地叫住一辆马车；最近他手头很有钱，因为阿恩海姆常常丢三落四。于是拉喜儿也鼓起勇气，大模大样上了车，仿佛她的使命和职业就是和一个小黑人一道坐车兜风似的。透着上午的氛围的街道，连同那些衣着入时的无所事事的人一道，光亮地从旁边飞驰而过，这些街道合法地属于那些无所事事的人，而拉喜儿则又心情紧张得像是在偷窃。她试图像从狄奥蒂玛身上看到的那样正经八百依靠在车厢里；但是上面和下面，只要她触到软垫，她心头便涌动起一阵杂乱、摇动的激动情绪。车厢是封闭的，索利曼利用她向后依靠的姿势将自己的宽大印泥盒嘴印在她的嘴唇上；这可能会让人从窗户里看见，但是马车飞驰而去，使人想起文火烧一种芬芳液汁的感觉顿时便从摇摇晃晃的软垫里倾注进拉喜儿的后背。

这黑人也坚持要马车驶到饭店门前才停下。当拉喜儿从马车里下来时，戴黑色丝绸袖管穿绿色围裙的饭店服务员们咧开嘴笑，索利曼付车钱时，饭店门房从玻璃门里窥望，拉喜儿只觉得脚底下的石子路面在往下沉。但是后来她却觉得索利曼在这家饭店里颇有影响力，因为在他们迈步穿过巨大圆柱式大厅的当儿，没有任何人拦阻他们。大厅里零星坐着几个男人，从安乐椅里用目光尾随着拉喜儿；于是她又感到很害羞，但是随后她便登上楼梯，她当即见到许多侍女，她们和她一样也是黑皮肤，头戴白小帽，只是穿着稍欠优美罢了。这时，她心里没有任何别的感觉，只觉得自己像一个探险家，在一个陌生的、也许是危险的岛上四处瞎跑并第一次遇见人。

此后，拉喜儿便一生中破题儿头一遭看到高级饭店的房间。索利曼先把所有的房门都锁上，然后他感到有必要再次亲吻他的女友。拉喜儿和索利曼在最近一段时期里的互相亲吻带有某种孩童亲吻的炽热；与其说它们会使人酥软，还不如说可以使人增强信心，即使现在，在一间房门锁住的房间里第一次单独在一起，索利曼也觉得最要紧的莫过于，他要把这个房间锁闭得更富有浪漫色彩。他放下百叶窗并堵住通向外面的钥匙孔。拉喜儿也对这些准备工作太感到激动，除了想到她的嘴和可能被发现的耻辱，别的什么也不想。

接着，她就让索利曼领着去看阿恩海姆的柜子和箱子，所有的箱、柜都敞开着，只有一只是关闭的。所以很清楚，秘密只可能藏在这只箱子里。黑人拔出敞开着的箱子上的钥匙并一一试验它们。没有一把钥匙插得进。索利曼边试边咿咿呀呀说个不停；他把骆驼、王子、神秘信使和对阿恩海姆的怀疑一古脑儿全给抖搂出来。他向拉喜儿借一只发夹并试图用它做一把万能钥匙。这还是白搭，于是他就从衣柜和五斗橱里掏摸出所有的钥匙，将它们摊在自己的膝头，若有所思地蹲在它们的前面，他沉吟片刻，便作出一个新的决定。“你瞧，他是怎样提防我的！”他对拉喜儿说，边说边擦他的额头，“可是我也完全可以先让你看所有其他的东西。”

说罢，他便干脆把阿恩海姆的箱子和衣柜里那一大堆令人眼花缭乱的物件摊开摆放在拉喜儿面前，而拉喜儿则蹲在地上，两手夹在膝间，好奇地凝视着这一堆物件。一个养尊处优的男人的私人衣物是某种她还未曾见过的东西。她的男主人当然穿得不坏，但是他既没有钱购买最精美的时装、最豪华的家庭和旅行奢侈用品，也没有这样的需求，连女主人也远没有像这个非常富有的男人那样拥有如此讲究的、贵妇用品般精致和难以使用的物品。拉喜儿对这位富豪的某种既惊恐又尊敬的情感又在她心头苏醒，而索利曼则自鸣得意于他用他主人的物件所激起的强烈印象，拽出所有的东西，摆弄所有的器械并热心讲解一切秘密。拉喜儿渐渐地感到疲倦了，这时她心头情不自禁地突然泛起一阵特殊的情感。她清楚地记得，自一些时候以来在狄奥蒂玛的衣物和家用器具中曾出现过类似的物件。它们不像这里的这些器皿数量如此众多、价值如此昂贵，但是如果人们拿它们与从前修道院式的简朴比较，那么肯定相似现在的这幅景象甚于相似严厉的过去。这时，拉喜儿完全受到这种可耻的猜测的支配：她的女主人和阿恩海姆之间的关系并不如她所想象的那样完全是精神方面的。

她的脸一直红到头发根。

自从她在狄奥蒂玛家里当差以来，她的思想就一直未曾触及过这个领域。她的眼睛曾像连纸吞咽药粉那样吞咽她的女主人的华美肉体，却并不曾对这个华美肉体的应用产生这样的联想。与高贵的人物共同生活在一起，她对此感到如此心满意足，以至于在整个这段时间里对于十分容易受诱骗的拉喜儿来说，一个男人根本不可能成为实际存在的、异性的人，而只能是具有浪漫色彩和传奇一般的别的什么。她因为这高尚情操而变得更像孩子那样，简直因此又重新回到无私地为陌生名人激动得脸红的那个性成熟前的时期，而且也只有这个才能解释，为什么索利曼的胡言乱语会遭到一个厨娘的轻蔑嘲笑，却会受到她的迁就和青睐。但是就在拉喜儿这样蹲在地上并看到阿恩海姆和狄奥蒂玛之间有奸情的想法暴露在自己眼前的时候，她心中便发生了一种早已开始了的变革，一种由不自然的精神状态渐渐向多疑的世间肉欲状态变化的变革。

她一下子完全没有了浪漫色彩，她有些恼怒；现在她成了一个由衷的身体，这个身体认为，即使一个女佣有朝一日也会受到应有的重视。索利曼挨着她蹲在他的库存货物前面，把她曾特别欣赏过的东西统统归拢在一起，并试着将它们当作礼物塞进拉喜儿的围裙口袋里去，直塞得口袋鼓鼓囊囊。于是他一跃而起并用一把小刀迅速再次鼓捣那只锁上的箱子。他狂热地说，他要趁阿恩海姆还没回来，用他主人的支票簿——因为在银钱事务上这个傻里傻气的魔鬼不像孩子，很在行——提出一大笔旅费来，和拉喜儿一起逃跑，但在这之前他必须将自己的证件弄到手。

拉喜儿原先跪着，这时站起来，毅然决然地倒掉塞进口袋里的全部礼物说："别胡说！我没有时间了，现在几点啦？"她的声音低沉了起来。她抚平围裙，戴正小帽；索利曼当即感觉到她不理睬他这套儿戏并一下子比他年长了。但是他还没来得及反抗，拉喜儿便吻了他一下以示告别。她的嘴唇不像以往那样颤抖，而是紧紧压在他脸上。与此同时，她向后扳他的脑袋并长时间这样将其抓住，弊得他几乎透不过气来。索利曼手足乱动乱踢，而当他被松开时，他心里觉得仿佛自己让一个更强壮的男孩沉入水下去了，最初他什么也不想，只想为自己所遭的非难进行报复。但是拉喜儿已经夺门而逃，而他那总算还把她赶上的目光虽然在开始时愤怒得像一支箭头燃烧着的箭，但是随后便渐渐烧成轻柔的灰，索利曼从地上拣起他主人的所有物，将它们放回原处，并且成了一个年轻的男人，一个希望获得某种并非不可企及的东西的男人。

一〇五

高贵的恋人日子难过

在山里度假之后，阿恩海姆出门旅行了比平时更长的时间。如果人们必须正确地说"在家里"，那么他自己不自觉地已经接受了的"出门旅行了"这个词儿的这种使用法便是颇奇特的了。由于众多这类原因，阿恩海姆觉得迫切需要作出一个决定。他受到不愉快的白日梦境侵袭，这是他这个作风严谨的人还从未经历过的事。有一个梦境尤其顽固；他看见自己和狄奥蒂玛站在一个高耸的教堂尖塔上，大地刹那间绿生生铺在他们脚下，然后他们纵身跳了下去。晚上不讲任何骑士风度地闯进图齐的卧房并将这位司长击毙，这显然是同样的解决办法。他也可以在决斗中把他打倒在地，但是他觉得这不太自然；这一幻象已经受到太多的现实礼仪的烦扰，而阿恩海姆越是接近现实，反抗便越是令人不愉快地增长。最终他也还可以——在某种程度上说，不受阻碍地——到图齐家去向他的夫人求婚的嘛。可是对此他会怎么说呢？这已经意味着陷于一种充满使自己丢脸的种种可能性的境地。姑且假定，图齐会采取通情达理的态度，这件丑闻会局限在最低的程度上——甚至如果人们设想，压根儿就没有什么丑闻，因为当初即使在上流社会离婚也已经开始被容许了——那么也还存在着这样的问题：一个老光棍往往会因一桩晚到的婚姻使自己显得有些可笑，这大致就像一对夫妇在庆祝银婚之时还生下一个孩子。如果阿恩海姆想做出这种事来，那么，对商业的责任起码就会要求他娶一位高贵的美国寡妇或者一位接近宫廷的贵族女子，而不是一位平民官员的离了婚的妻子。对于他来说，每一个行动，包括感官上的，都充满着责任。在一个像现在这样对人们的所作和所思不负责任的时代，提出这样的异议来的，不只是个人的虚荣心，而简直是一种超越个人的需要，一种要使在阿恩海姆们的手中增长起来的势力(这个产物，它原本产生自对金钱的渴望，但随后早已就不再受其限止，有其自己的理性和意志，必定会扩大，巩固，可能会生病，停歇下来就会生锈)与存在的势力和等级相协调的需要，这个情况，据他所知，即便是对狄奥蒂玛，他也从来不曾隐瞒过。诚然，一个像阿恩海姆这样的人甚至可以随意娶一个牧羊女；但是他只能从个人角度随意这样行事，此外这始终还是一件事向一个个人弱点的背叛。

尽管如此，他曾建议狄奥蒂玛嫁给他，这却是确有其事。他之所以这样做，就是因为他想防止出现通奸的情况，这样的情况和一种高贵的、有责任心的生活状况是不相容的。狄奥蒂玛感激地握住他的手并带着一种令人想起美术史上优秀榜样的那种微笑回答他的提议说：“对于我们正在拥抱的人，我们永远也不会爱得最深……”在这个回答——它的意义模糊得像百合花幼芽里那诱人的黄色——之后，阿恩海姆便缺乏决心，没有再提他的这个请求。但是取代这个请求的，是一些一般性质的谈话；在这些谈话中，离婚、结婚、通奸等诸如此类的词儿表现出要显现出来的奇异欲望。就这样，阿恩海姆和狄奥蒂玛一再就当代文学作品怎样对待通奸作深刻的交谈，而狄奥蒂玛则觉得，这个问题全然是在对风纪、节制、英雄般的禁欲的重大意识无感觉的情况下，纯粹从感性上得到处置，可惜这也恰恰正是阿恩海姆对此所持有的意见，如今只需补充说明：对人的深层道德秘密的意识今天已经几乎普遍失却。这个秘密就是，人并不是什么事情都可以做的。一个什么事情都可以做的时代曾使在其中生活过的人感到不幸福。风纪、节欲、侠义心、音乐、道德、诗歌、礼仪、禁令，这一切的最深刻的意义，莫过于赋予生命一种有限和明确的形态。没有无限的幸福。没有无大禁令的大幸福。甚至在生意场上人们也不可以不顾一切追逐利润，否则人们将一无所获。限度就是现象的秘密，力量的、幸福的、信仰的和任务的——作为微小的人在宇宙中有一席之地的任务的——秘密。阿恩海姆就这样阐述这件事，而狄奥蒂玛则只有赞同他的分儿。这在某种意义上是这样的认识的一个令人遗憾的后果：合法性的概念由于这样的认识而获得一种丰富多彩的意义，对于寻常人来说它普遍不再拥有这样的意义。然而，伟大的心灵需要合法性。人们在崇高的时刻里隐约感到宇宙的垂直威严。商人虽然统治着世界，却尊奉王国、贵族和教士为非理性界的代表人士。因为合法的东西都是朴素的，就像一切伟大都朴素，都不需要理解力。荷马是朴素的。耶稣是朴素的。杰出的人物们一再谈到朴素的原则，人们甚至必须有勇气说，他们一再谈到的都是道德说教；所以总的看来，谁也没有像自由的心灵那样难以反传统。

这样的认识尽管千真万确，但对于插足别人的婚姻的意图却并不有利。就这样，这两个人处于这样一些人的处境之中——一座美好的桥将这些人连接起来，而桥中间的一个不多几米大的窟窿却使他们不能相聚。阿恩海姆最深切地感到惋惜，自己竟一星半点那样的贪欲也没有——这种贪欲在所有的事情上都是相同的，它既可以把一个人卷进一桩轻率的生意也可以把一个人牵连进一种轻率的爱情之中，他开始怀着这种惋惜的心情详细谈论起贪欲来。用他的话来说，贪欲完全就是符合我们这个时代的理性文化的那种情感。没有什么别的情感像这种情感这样明确地对准着自己的目标的。它像一支已射入的箭那样附着，而不是像一群鸟儿那样呼呼地不断飞向远方。它使灵魂变得贫困，一如计算、机械学以及粗暴使灵魂变得贫困。所以，阿恩海姆以不同意的口吻谈论贪欲，并觉得它这期间像地下室里的一个眼花缭乱的奴隶那样咕噜咕噜直响。

狄奥蒂玛试图另辟蹊径。她向这位朋友伸出手去并说："让我们沉默吧！言语能成就大事，但是还有更重大的事！两个人之间的真正实情是不能讲出口来的。我们一讲，门就关上。倒不如说言语是为不真实的情感倾诉服务的，人们只在不活着的那些时刻里讲话……"

阿恩海姆随声附和："您说得对，自信的言语使我们看不见的内心活动具有一种任意的和可怜的外形！"

"您别讲啦！"狄奥蒂玛重复说，并把手搁在他的胳臂上，"我觉得，我们沉默不语，就是互相赠送片刻生命。”过一会儿，她又把手撤回并叹息道：“有这样的时刻，灵魂的全部隐蔽的宝石在这样的时刻里都敞开着！”

“也许这样的时刻就要到来，”阿恩海姆补充说，“许多迹象表明，这样的时刻已经临近，心灵将在没有感官中介的情况下互相沟通。嘴唇分开时，心灵便联合起来！”

狄奥蒂玛的嘴唇噘起来，形成一个歪斜小洞穴的轮廓，就像一只蝴蝶压在花朵上那样的小洞穴。她在精神上极度地陶醉了。这大概就是爱情以及全部提高了的状态的特性，一种轻度的自我关系妄想；言语所到之处，一个有多层意思的思想便闪现，像一个蒙着面纱的上帝显露出来并化为沉默。狄奥蒂玛了解这个孤独而又情绪高涨的时刻里的现象，但是先前它从未曾高涨到恰恰还可以过得去的精神幸福的限度；这是她心中的一种极度无政府状态，一种像滑冰那样的神性轻轻飘荡的感觉，好几次她都觉得仿佛要昏倒似的。

阿恩海姆跨过去几大步将她扶住。他取得延缓和喘息。于是，这张松弛下来的重要思想之网便又在他们中间起伏波动。

在这种伸展开来的幸福中的痛苦是，它不允许集结。颤抖的波浪一再从它发出并扩大成圆圈，但是它们并不互相紧贴形成涌流。狄奥蒂玛却已经到了这样的地步：她至少在想象中有时曾认为得体和明智的做法是，宁可冒通奸的风险也别陷于打乱生活秩序的大灾难之中。而阿恩海姆则在道义上早已决定不接受这个牺牲，而是要娶她。他们可以以这一种或另一种方式随时得手，这一点他们俩都知道，但是他们不知道，他们怎么会愿意做出这种事来，因为这幸福把他们特别适宜于干此事的灵魂拽到一个如此庄严的高处，以至于他们在那儿对不美的内心激动深感恐惧，这种恐惧感在脚下踏着一团云的人身上是极其自然的。

就这样，在生活倾倒在他们面前的全部伟大和美好的事物当中，他们俩的精神从未放弃过什么，但是在最高的增长过程中却出现了一种特殊的中断。以往曾充满了他们生活的愿望和虚浮如今在他们心中就像谷底的玩具小屋和小庭院，连同咯咯的鸡叫、狗的狂吠和种种纷扰，都被寂静吞没。剩下的，是沉默、空虚和烦恼。

“难道我们是被选中了？”狄奥蒂玛心中暗想，她在具有这样性质的情感最高峰上向四面张望，并预感到某种充满痛苦和无法想象的东西。较小的强度她不仅自己曾经历过，一个像她表兄那样可靠的男子也很会谈论它们，而且近来写了许多论述它们的文字。但是如果各种报道不假的话，每隔一千年便会出现这样的时代：在这样的时代里，灵魂比往常更接近觉醒，并且简直可以说是通过单一的个人进入现实之中，而灵魂则要这些个人经受完全不同于读和说的考验。在这种情况下，她甚至突然又想起将军没有受到邀请，却神秘地出现了。于是，就在激动情绪在他们之间隆起一条颤抖的弧线的当儿，她极其小声地对她的正在搜索词句的朋友说："理智不是两个人之间唯一的互相理解的手段！"

阿恩海姆当即回答："对。"他的目光像一束日落时的霞光平射在她的眼睛上。"您方才已经说过。两个人之间的真正实情是不能讲出口来的，任何努力都将成为它的障碍！"

一〇六

新派人信上帝还是信世界公司总裁；阿恩海姆的犹豫观望

阿恩海姆独自一人。他若有所思地站在他的饭店寓所的窗口，俯视树叶已脱落的树冠，它们编织起一个线条网格，身穿彩色和深色衣服的人在这个网格下形成两列长队，此刻它们已经互相争吵了起来。一丝恼怒的笑意分开这位大人物的双唇。

标识他认为是没有情感的东西的特征，这迄今为止还从未让他感到为难过。今天什么不是没有情感呢？个别例外情形还是容易看得出来的。阿恩海姆记得昔日曾听过一个室内乐晚会。朋友们在边界地区他的宫殿里，普鲁士菩提树发出香味。朋友们是年轻的音乐家，他们的境遇相当坏，尽管如此他们却在晚会上演奏得热情洋溢。这是富有情感的。或者另举一个例子：不久前他拒绝继续支付一笔捐款，他曾一度用这笔捐款支持某一个艺术家。他原以为这位艺术家会生他的气，会有被人遗弃的感觉。他要贯彻自己的决定，恐怕会有一些麻烦，人们必须告诉他，也还有别的艺术家需要支持，以及诸如此类令人不愉快的话。可是实际情况却不是这么回事，如今阿恩海姆在最近这趟旅行途中遇见这位艺术家，此人只是紧紧盯住阿恩海姆的眼睛，抓住他的手说：“您已经使我处于艰难的境地，但是我深信，一个像您这样的人做任何事都不会没有深层原因！”这是男子汉的情感，阿恩海姆并非不乐意另找机会再为这个人出点力。

所以在许多细小情节上甚至今天也还存在着情感，这在阿恩海姆看来始终是重要的。但是如果人们不得不直接地、无条件地和它打交道，那么对真诚便意味着一种严重的危险。一个心灵没有感官中介相通的时代果真正在来临吗？这样互相交往，一如最近内心冲动迫使他和他神奇的女友所做的，这有某种具有现实目的的级别和意义吗？他神志清醒，一刻也不相信会有这样的事，可是他心里却明白，自己助长了狄奥蒂玛的这个信念。

阿恩海姆处于一种特殊的内心冲突之中。道德方面的财富和金钱方面的财富有着密切的联系；这一点他心里很明白，而且很容易就可以看出，情况为什么是这样的。因为道德用逻辑取代心灵。如果一个心灵有道德，那么对于心灵来说其实就不再有道德方面的问题，而是只还有逻辑方面的问题。心灵会考虑，它想做的事是否在这一条或那一条戒律之列，它的意图是否可作这样或别样的解释，如此等等，一切就像一群狂怒猛冲过来的人变得体操运动员般地守纪律，一声令下做出右弓箭步、一侧伸臂和下蹲动作。但逻辑以可再次出现的经历为前提。明摆着的，在各事件可能会像一个漩涡——在这个漩涡里没有任何东西会再次出现——那样变更的时候，我们从来都不会讲出这个深刻的认识：A 等于 A，或者更大不是更小。我们会干脆做梦，而这是一种每个思想家都憎恶的状态。所以，这对道德也是同样适合的，而倘若不存在什么可以重复出现的东西，那么，我们也就可以不受任何管束，而既然不可以管束人，那么道德也就根本不会带来什么愉快。但是，道德和理智所特有的可重复性也极大地附着在金钱上；金钱简直是由这个特性所组成，只要价值稳定它便将人世间的一切享受分解成为那些购买力的小积木块——人们爱用它们拼合什么就可以用它们拼合什么。所以金钱是符合道德准则的，是符合理性的。而众所周知地，并非也可以反过来说每一个有道德和有理智的人都有钱，所以可以推断出，这些特性的根子在金钱上，或者至少，金钱是一种道德的和理性的存在的顶峰。

不用说，阿恩海姆并没有完全按这样的方式认为教育和宗教是财产的自然结果，而是认为，财产有这样的义务。但是，精神的力量并非总是对存在的有效力量有足够的了解，它们所残余的那种与世隔绝状态很少能完全解除，这种情况他乐意强调指出，而且作为了解全局的人他还获得了完全别样的认识。因为每一次权衡，每一次斟酌和考虑也都以有待估量的对象不在考虑过程中起变化为前提；如果还是起了变化，那么就必须运用全部锐利的洞察力，以便在变化之中找到某种没有变化的东西，所以金钱与所有的精神力量是性质相似的，而学者们则按它的榜样把世界分解为原子、规律、假设和奇异的计算符号，于是技术人员们便用这些虚构的东西建设一个新事物的世界。熟谙各种为自己效劳的力量之本质的大工业占有人对这种情况的了解，犹如一个一般的爱读小说的德国人对《圣经》道德观念的了解。

这种对明确性、可重复性和稳固性的需要，这种构成思维和计划成功前提的需要——阿恩海姆一边望着下面的街道，一边这样继续思考——如今在精神领域总是通过一种暴力形式而得到满足。谁寄希望于人的心灵，谁就只可以使用低级的特性和激情，因为只有与利己主义最密切相关的东西，才能持久，才能到处受到考虑；更高的意图是不可靠的，它们充满矛盾并且像风一样短暂易逝。这个人，他知道，人们迟早将像治理工厂那样治理王国，这个人望着下面这一群熙熙攘攘穿制服的、神态骄傲的人，脸上露出一丝搀和着优越感和忧伤的微笑。对此不可能存在什么怀疑：如果上帝今天返回，要在我们中间建立千年王国，那么没有一个讲求实际和有经验的人会对它表示信任，除非在末日审判以外也执行固定的徒刑处罚，警察、宪兵队、军队、叛逆罪条款、政府机关以及其他诸如此类的机构早作了准备，以便将心灵的无法估量的功效限制在这两个基本事实上——未来的天国居民只有通过恐吓和拧紧螺丝或通过收买自己的要求，一句话，只有通过“强有力的方法”才可以确有把握地取得一切人们想从他那儿得到的东西。

但是到那时候，保尔·阿恩海姆就会走到前面并对主说：“主啊，为何呀？利己主义是人类生活最可靠的特性。政治家、士兵和国王凭借它的帮助用计谋和强制整顿了你的世界。这是人类的旋律，你和我必须承认这一点。废除强制，这就是娇惯秩序；使人有能力成就大事，虽然这个人是个私生子，这才是我们的任务！”阿恩海姆会边说边谦逊地对主微笑，保持心平气和的态度，以使人不致忘记，恭顺地承认这些大秘密，这对于每一个人来说仍然何等重要。随后他就会继续作他的演说：“可是金钱不是和暴力一样都是一种处理人际关系的可靠方法，并允许我们放弃对这种方法的简单使用吗？这是出脱凡俗的暴力，暴力的一种巧妙的、高度发达的和创造性的专门形式。做生意不是以计谋、强制和巧取豪夺为依据的吗，只不过这些手段文明，完全被移置到人的内心，甚至简直是披上了自由的外衣而已吗？资本主义，作为沉溺于力量等级的利己主义的攫取金钱的组织，简直是我们为向你表示敬意所能培养出来的最大而最通人情的制度；人的行为自身并不包含更精确的尺度！”阿恩海姆一定会劝告主按商人的原则建立这千年王国并委托一个大商人来管理这个王国，这个大商人当然也得对宇宙有哲学方面的认识。因为就纯宗教信仰而言，它一度总是遭受磨难；与军人时代的没有保障相比，即便对纯宗教信仰商人领导也始终是可以提供巨大利益的。

阿恩海姆大概会讲这样一些话，因为一个内心深处的声音清楚地告诉他，金钱也好，理性和道德也罢，人们都不能放弃。但是另一个同样是内心深处的声音却同样清楚地告诉他，人们应该大胆放弃理性、道德和这全部合理化的生活。而且恰恰在令人眩晕的时刻，在他没有别的需要、觉得只需要像一个找不到目标的卫星冲进狄奥蒂玛的太阳场里的时刻，这个声音几乎更强有力。然后他便觉得这些思想的生长陌生和不深沉得就像指甲和头发的生长。他觉得一种符合道德准则的生活就像某种无生命的东西，一种对道德和秩序的潜在的厌恶使他脸红。阿恩海姆的境况和他的整个时代的境况没有什么不一样。这个时代崇拜金钱、秩序、知识、计算、衡量和权衡，总而言之，崇拜金钱及其亲属们的精神并同时对这感到惋惜。这个时代在他的工作时刻里跳动和计算，在这之外举止行为就像一群儿童——这群儿童受带有一种苦涩的厌恶滋味的“那么我们现在干什么”这种强制的驱使，做出一个又一个过分的行为来，可是与此同时，这个时代却摆脱不掉对逆转的内心警示。它把劳动分工原则应用到这上面来，它为了作这样的预感和内心悲叹而拥有特殊的知识分子、时代的忏悔者和听取忏悔的神父，拥有持有赦罪券的人、文学上劝人忏悔的布道师和福音报导者——知道存在着这样的人，这是很有价值的，如果人们本人不能站在他们一边的话；国家每年在无底洞似的文化设施上投入的词语和资金也并不意味着跟这同样性质的道德上的赎身金有许多不同之处。

这种劳动分工也发生在阿恩海姆本人的身上。每逢他坐在他的一间经理办公室里审查一份销售计划，一定会羞于不从商业和技术角度考虑问题。但是一旦公司的金钱不再受到牵扯，那么他就一定会羞于不对问题作反向的思考，不提出这样的要求：必须使人有能力走另一条发展的路，而不是使人误入规律性、规章、量度单位等等的歧路，这条歧路的结果是完全非内心的，归根到底是非本质的。人们称这另一条道路为宗教，这是不成问题的。他写过这方面的书。在这些书里他也曾把这个时代称为神话，称为回归朴素、心灵的王国、经济的精神化，行动的本质等等，因为它有许多特点；严格地讲，它的特点恰恰跟他所发现的自身的特点一样多，每逢他像一个看到自己面临伟大任务的人必须做的那样无私地省察自己，便总是会发现自身的这些特点。但是，这显然是他的命运：这种劳动分工在关键时刻瓦解了。就在他想投身到自己的感情的火焰之中或者感到需要像原始时代的人物那样伟大和完整、像只有真正高贵的人才能做到的那样无忧无虑、像被深切领会的爱情的本质所要求的那样彻底地笃信宗教的时候，也就是说就在他想不顾自己的地位和前途拜倒在狄奥蒂玛的脚下的时候，一个声音制止他。那是不合时宜地出现的理性的，或者如他暗自思忖的，计算的和扒挖的声音，今天这声音到处抗击伟大的生命形态和感情的秘密。他憎恨这声音，可同时却知道，它并非没有道理。因为假设，拿蜜月来说，那么在蜜月结束之后将会出现哪种与狄奥蒂玛在一起的生活形态呢？他将会回到他的商务中去并和她一道去完成其余的毕生使命。年月在金融操作与在大自然中、在自己的存在的动物性和植物性部分中的休闲之间更迭。也许将可能出现工作休息、人的生计所需与美的一种伟大的真正人道的联姻。这是很好的，这大概也作为目标浮现在他的眼前，而按照阿恩海姆的观点，没有哪个人拥有力量去进行大规模金融活动，倘若他不了解彻底的松弛和下沉，不了解没有其他欲求的、在一定程度上只披一块遮羞布的远离世界的话。但是，阿恩海姆心头感到一阵狂烈而无声的满足，因为这一切都与狄奥蒂玛在他心中激起的最初和最后感觉相抵触。每天当他又看见她，看见这个多了一些现代人曲线美的古希腊罗马式女人，他顿时便跌入困惑之中，感到自己的力量在消融，感到无能为力，无法在自己的内心安置下这种均衡协调、平和闲适、和谐循环的气质。这根本就不再是什么高度人道的情感，连一般人道的情感也不是。全部永恒的空虚蕴含在这种状态之中。他凝视他的情人的美丽容貌，流露出一种目光，它似乎已经寻觅了一千年这种美，如今一见到这种美时却突然变得无所作为，这产生出一种无能为力的状态，而这种无能为力则显而易见地带有一种木僵的、几乎是痴呆惊讶的特性。感觉已经再也无法对这种过分要求作出回答，因为这种过分要求其实无法与任何别的东西进行比较，它只能与一种愿望相比，一种想让自己从一门大炮射进宇宙的愿望！

举止十分得体的狄奥蒂玛也为此找到了恰当的词语。有一次在这样的时刻她提出，伟大的陀思妥耶夫斯基就已经发现爱情，白痴病和虔诚的内心生活之间有联系，可是，尽管如此，今天的人没有经历过笃信宗教的俄罗斯，他们大概先需要得到拯救，然后才能实现这个思想。

这说出了阿恩海姆的心里话。

说出这样的话来的这个瞬间是那些充满超我性和超物性的瞬间中的一个，它们像一个被堵塞住吹不出声音来的喇叭那样把血液驱进人的头脑；从一个壁架上的最小的杯子——它像凡·高的作品似的有空间感——到人的躯体——它们极其肿大和尖锐，似乎要挤进他的体内——其中没有任何东西是不重要的。

狄奥蒂玛惊骇地说："现在我最想讲笑话，幽默实在是好，它没有任何渴慕飘浮在种种幻象之上！"

阿恩海姆笑了笑。他已经站起来并在房间里走动了起来。"如果我把她撕成碎片，如果我开始吼叫并蹦跳起来，如果我不顾一切，倾心爱慕她，那么也许就会出现奇迹？"他暗自思忖。但是他保持住了适度的冷漠。

现在这个情景又栩栩如生地出现在他眼前。他的目光再次冷冷地停留在脚下的街道上。"真的得先出现一种拯救的奇迹，"他暗想，"必须是别人在地球上居住，只有这样人们才会想到要实现这样的事情。"他不再费心思去猜测，人们必须如何拯救和拯救什么，无论如何一切情况都必须改变。他走回到半小时前他离开的写字台跟前，审阅他的信件和电报，并摇铃让索利曼去把他的秘书叫来。

就在他等候秘书并已经想好一份商务公函的头几句措辞的当儿，所经历过的这些事在他心中凝结成为一个美好的、充满内在联系而又符合道德准则的表现形式。“一个意识到自己的责任的人，”阿恩海姆深信不疑地在心里说，“如果他对某人倾心相爱，最终也只可以牺牲利息，绝不可以牺牲本金！”

一〇七

莱恩斯多夫伯爵取得一个意想不到的政治上的成就

每逢伯爵阁下谈到一个将兴高采烈聚集在这位高龄皇帝族长周围的欧洲国家大家庭，他便总是默默地把普鲁士排除在外。也许现在他这样做时甚至比以前更情真意切，因为莱恩斯多夫伯爵觉得自己受到保尔·阿恩海姆博士给人留下的印象的明显干扰：只要他到他的女友狄奥蒂玛这儿来，便总是要么遇见这个男人要么看到此人的痕迹，并且还和图齐司长一样，真不知道他是怎么了。现在，每当狄奥蒂玛深情地望着伯爵阁下，她便总是看到——从前从来没有发生过这样的事——他手上和脖子上鼓胀起来的青筋以及那浅褐色的、透着正在衰老的男人气息的皮肤，而尽管她对这位大人物表现出相当的敬重，她的宠爱的光芒中却有某种犹如夏日太阳变成冬天太阳的变化。莱恩斯多夫伯爵既不爱幻想也不好音乐，但是自从他不得不忍受阿恩海姆博士以来，他便莫名其妙地经常在耳中感觉到一种轻微的像一首奥地利军队进行曲的鼓和钹那样的响声，或者是，每逢他闭上眼睛，他便不安地感觉到在黑暗的眼眶里有什么东西在翻滚，它来自黑黄色的旗帜，这些旗帜在那儿成堆地转动。图齐家的其他朋友们似乎也受到这种爱国主义幻象的侵袭。至少是，不管他往哪儿听，人们虽然都怀着莫大的敬意谈论德国，但是只要他一暗示这场伟大的爱国行动也许会在事态发展过程中稍稍刺伤一下这个兄弟王国，这种敬意便会受到一丝亲切笑意的美化。

这时，伯爵阁下在自己的领域里碰上了一个重要的现象。有某些重家庭的情感，它们特别强烈，而战前在欧洲国家大家庭内曾普遍蔓延开来的对德国的反感便属于此种情感之列。也许德国是精神上最缺少统一性的国家，人们都能在那儿为自己的反感找到什么因由。那是这样一个国家，这个国家的古老文化最早给碾在新时代的车轮下并被割断成推销假冒伪劣商品的漂亮话语；此外，这个国家像任何一个情绪激动的广大群体那样好争辩、贪得无厌、好夸口、既有危害又对自己的行为不能负责：但是这一切毕竟都是欧洲式的，欧洲人至多可能会觉得这个国家有点儿欧洲味儿太浓。事情似乎很简单：必定有这样的性质，有这样的非理想——它们在那儿堆聚起反感、争执，仿佛就是生活今天的一次燃烧的残留物。可能性令所有参与者莫名惊讶地突然变成现实，而在这个极其杂乱的过程中被取消的、不对头的、过剩的以及不满足精神的东西，似乎构成那种分布在大气中的、在所有生物之间回荡的仇恨，这种仇恨表明现代文明的特征并用对别人行动的那种可以轻易获得的不满足去取代对自己行动的失落的满足。总结这种有特殊性质的反感的尝试，仅仅是某种属于最古老的应用心理学的生命占有状态的东西。魔术师就是这样从病人的体内掏出那精心准备好的崇拜物的，善良的基督徒就是这样把自己的错误转嫁到善良的犹太人身上并声称，他是受了犹太人的引诱才去做广告、放贷款、办报纸，做出诸如此类的事情来的；随着时间的推移，人们已经把责任推在雷声、女巫、社会主义者、知识分子和将军的身上，而在战前的最后时期里，由于完全不显眼的特殊原因，普鲁士-德国也曾是这个奇特事件中最卓越、最受欢迎的手段之一。世人不仅丢失了上帝，而且也丢失了魔鬼。正像世人将恶搬移进非理想的情景一样，世人将善搬移进理想的情景，这些理想情景受到世人敬爱，因为世人做着人们自己认为不相宜的事。人们让别人使劲，而自己却在一旁坐着观看，这就是体育；人们让人讲极片面的过甚其词的话，这就是理想主义；人们抖落恶而那些身上被溅泼到这恶水的人，这就是非理想情景。这样，一切在世界上都有自己的位置和自己的秩序；但是这种尊敬圣徒和用放弃喂肥替罪羊的技术并不是没有危险性，因为它用种种未果的内心斗争的紧张心情充满世界。人们不是自相残杀便是互相结为亲密朋友并且不太清楚，人们是否是怀着极严肃认真的态度这样做的，因为人们的一部分自身在自身之外，而所有事件似乎几乎是在现实的前面或后面作为一种仇恨和爱慕的欺骗伎俩发生的。古老的鬼神迷信把一切人们可以感觉得到的善和恶归咎于上天的和地狱的鬼神，它工作得好得多，精确得多，干净得多；人们只能希望，我们带着不断发展着的应用心理学回归鬼神迷信。

卡卡尼尤其是一个与理性情景和非理想情景打交道的无比适宜的国家；

那儿的生活反正带有某种不现实的特性，而恰恰是那些精神最高雅的卡卡尼人，他们觉得自己是著名的、从贝多芬延伸至轻歌剧的卡卡尼文化的继承人和代表人士，恰恰是他们觉得这是极其自然的事情：人们与帝国德意志人结盟、结义，却极不喜欢他们；人们喜欢对他们指指戳戳，一想到他们的成就便总是对自己家乡的状况有点儿担忧。但是家乡的状况却主要是：卡卡尼，一个本来曾经是比上不足比下有余的国家，经过几个世纪的沧桑变幻，如今已经有点儿失去了对自身的兴趣。在平行行动过程中已经有几次可以看出，和别的历史一样，世界历史也是由人创造的；这就是说，作家们很少想起什么新东西来，在涉及到各种纠葛和思想时，他们喜欢互相抄袭。但属于此列的，还有某种迄今未曾被提及的东西，而这不是别的，正是对历史的喜爱；另外还有那个作家们十分熟悉的信念：人们正在创造一段好历史；还有作者的激情，这激情使作者竖起耳朵仔细倾听并干脆融化掉任何批评意见。莱恩斯多夫伯爵有这种信念和激情，而且也还可以在他的友谊中找到它们，但是在辽阔的卡卡尼，它们却已经消失，人们早已寻觅过一件代替物。在那儿，人们正在撰写的民族史已经取代了卡卡尼史，而且人们完全用那种赏识历史小说和古装戏剧的欧洲审美情趣来修订这部历史。这样，就发生了这种奇怪的和也许还没得到正确评价的事：有些人应该协同办理一件极寻常的事，譬如建一所学校或安排一个人当火车站站长，这些人谈到了一六〇〇年或公元四百年，他们争论，如果人们考虑到民族大迁移①中的向阿尔卑斯山前部山地的移民以及反宗教改革会战②，应该优待哪个申请者；还有就是，他们给这些争论提供那些有关高尚和卑鄙、祖国、忠诚和男人力量的观念，这些观念大致符合那处处风靡的博学的特性。并不看重文学的莱恩斯多夫伯爵对此不胜惊讶，这尤其是因为他考虑到，从根本上来说所有农民、手工业者和城市居民——他在自己居住着德国和捷克移民的波希米亚领地上旅行时曾见过这些人——的境况多么美好。所以他把下述情况归因于一种特别的病毒，归因于可恶的煽动：有时他们互相反目成仇，对政府的明智政策极端不满，这尤其显得不可理解，因为在这样的情感爆发的大间歇期以及在他们不忆及自己的理想的时候，他们跟每一个人都和睦相处。

① 欧洲四至八世纪的民族大迁移。

② 发生在一五五五至一六四八年的天主教的反宗教改革运动。

但是国家对此所采取的政策，就是那著名的卡卡尼民族政策，这种政策的结果却是：大约每半年更迭一次，政府时而对某个不顺从的民族采取惩罚行动，时而又明智地对它退让，而正像在一只大脚玻璃杯里另一半下沉时这一半便上升一样，对德意志“民族”所采取的态度也符合这种情况。这个德意志“民族”在卡卡尼担负着一个特殊的角色，因为它总体上其实始终只有这一个期盼——国家强盛。它曾最长久地坚持这个信念：卡卡尼的历史必须具有某种意义。渐渐地，当它领悟到人们在卡卡尼可以从当叛逆犯开始和以当部长告终，但也可以反过来又以叛逆犯的身份继续其部长生涯，它才也开始觉得自己是受压迫的民族。也许不仅仅是卡卡尼有类似的情况，但这个国家所特有的情况却是，那儿不需要任何革命和变革，因为一切渐渐地开始取一种自然的、平和地来回摆动的发展态势，简直就是依据着概念的不稳定，而最后在卡卡尼就还只有各受压迫的民族和一批最上层圈子里的人，这些人是真正的压迫者并觉得自己受到被压迫者们极大地愚弄和折磨。在这个圈子里人们对无所作为，在某种程度上可以说是对缺乏历史深感忧虑，并且坚信，最终是必定会有所作为的。而如果这一切又针对德国，一如平行行动似乎想引起的那样，那么，人们压根儿就不会为这件事不受欢迎，因为首先，人们总是因帝国里的兄弟而感到有些羞愧，其次，在政府主管部门人们却觉得自己是德国式的，除了以这样无私的方式以外人们根本就不能以更好的方式来炫示卡卡尼的超党派任务。

所以伯爵阁下在这种情况下丝毫也没有想到要认为自己的行动是泛日耳曼主义的，这就是完全可以理解的了。但是这个行为被认为具有这样的特性，这却是由于，在有职有权的国民部分中间——他们的愿望将会得到平行行动各委员会的理解——斯拉夫支族渐渐开始短缺，而外国大使们则渐渐听到有关阿恩海姆、图齐司长和一桩德国人反全体斯拉夫人的阴谋活动的如此可怕的消息，以至于其中某些消息以流言蜚语的形式也传到伯爵阁下的耳中，而这则证实了他的担心：即便是在没发生什么特殊事件的日子，由于许多事人们均不可以做，人们也处于从事艰难活动的状态。但是由于他是个现实政治家，所以他毫不犹豫地采取了对策，可惜这时他作了一个如此宽宏大量的估计，以致这个估计开始时竟具有一个政治权术上的错误的假象。宣传委员会首脑——这就是那个以使平行行动群众化为己任的委员会——一职当时尚还空缺，莱恩斯多夫伯爵决定让维斯尼茨基男爵担任此职，他这样做仅仅基于这样的考虑：维斯尼茨基若干年前曾当过部长，他当时是一个被各德意志党派推翻并被认为是推行了一项阴险的反德政策的内阁的成员。因为伯爵阁下有他自己的计划。这在平行行动开始时就已经是他的想法之一：恰恰要争取德族卡卡尼人中的觉得自己不喜欢祖国更喜欢德意志民族的那部分人支持平行行动。尽管卡卡尼的其他“民族”把它说成监狱并且还公开表达他们对法国、意大利和俄罗斯的爱慕，这在某种程度上却可以说是小菜一碟，没有哪个严肃的政治家可以把这与某些德国人对德意志帝国的热忱同等看待——这个德意志帝国地理上紧紧围住卡卡尼并且直至三十多年前一直和它有着亲密的关系。他的著名格言“他们会自动来的”是针对这些德国背叛者们的，他们的活动在莱恩斯多夫伯爵心中激起所有情感中最痛苦的情感，因为他自己是个德国人。这期间，这句格言已经上升至一个在爱国行动中为人们所信赖的政治预言的等级，它大致有如下内容：人们必须首先争取“其他的奥地利各民族”支持爱国主义，而一旦做到了这一点，所有德国圈里的人就也不得不参与进来，因为不参加大家都在做的事，这显然要比拒绝开这个头艰难得多。所以通向德国人的路首先是反对德国人的并导致偏爱别的民族；这一点莱恩斯多夫伯爵早就已经认识到，当行动的时刻来到时，他也就将其付诸实施，而恰恰就是这个让他把维斯尼茨基阁下推到宣传委员会的首脑位置上，按莱恩斯多夫的判断这个维斯尼茨基出生在波兰，但具有卡卡尼人的观点。

伯爵阁下是否意识到，这一选择，正如人们事后指责他的那样，是指向德意志观念的，这就难以判断了；至少，很可能他曾以为这一选择是为真正德意志观念效劳的。然而结果却是，眼下在德国人圈里也出现了一阵繁忙的反平行行动的活动，致使这一选择竟然一方面被视为敌视德意志的阴谋并受到公开反对，而另一方面又被认为是一种泛日耳曼主义的阴谋并在小心谨慎的借口下一开始便遭到禁忌。这样意想不到的成就也没有逃过伯爵阁下的眼睛并激起深切的忧虑。然而，莱恩斯多夫伯爵也异乎寻常地受到这样的祸患的侵袭。在狄奥蒂玛和其他领导人一再忧心忡忡的询问下，他向这些畏畏缩缩的人露出一副讳莫如深却忠于职守的面孔，并向他们作出如下的回答：“我们这个尝试没有收到立竿见影的效果，但是谁想做大事，就不可以只图一时的成就。无论如何，人们对平行行动的兴趣增长了，而只要持之以恒，其他问题也就会迎刃而解！”

一〇八

没有得到拯救的民族和施图姆将军对“拯救”一词的思考

不管在一座大城市里每一刻正在讲多少话用以表达其居民的个人愿望，有一个词儿是永远不会在其中的：拯救。不妨假设，所有别的、最富有激情的话语，以及表示最错综复杂的，甚至显然被看作例外的关系的词语都在翻来覆去地同时被大声叫嚷和低声耳语，譬如“您是我所碰到过的最大的骗子”或者“像您这样楚楚动人的女人举世无双”，致使这些极具个人色彩的经历简直可以用一条美丽的全市用量分配统计曲线来表现。但是从来没有一个活生生的人会对另一个人说“你能够拯救我”或“救救我吧”。人们可以把他绑在一棵树上并让他挨饿；人们可以在他数月之久的徒然追求之后把他和他的情人一道弃置在一个无人居住的荒岛上；人们可以让他伪造汇票并找到一个救星：世界上所有的话语连珠炮似的从他嘴里说出来，但是，只要他内心确实不平静，他就绝不会说拯救、拯救者或得到拯救，虽然从语言角度来说也许没有任何反对这样做的理由。

尽管如此，联合在卡卡尼王冠下的各族人民却称自己是没有得到拯救的民族！

施图姆·封·博尔特韦尔将军在考虑。由于他在国防部里所担任的职务，他对卡卡尼遭遇的民族困境有足够的了解，因为军队在预算案审理过程中最早感受到随之而来的摇摆不定和顾忌重重的政策，而才在不久前，部长才不得不万分恼怒地撤回了一个紧急军事提案，因为一个没有得到拯救的民族曾为批准所需资金要求民族意识上的让步，但政府则不可能给予这种让步而不过度刺激别的民族的拯救需要。就这样，卡卡尼对外部敌人依然没有设置防护，因为成问题的是一个重要的炮兵提案，这个提案提出要用在射程上较之别国的大炮犹如长矛对小刀的新大炮去替换在射程上较之别国的大炮犹如小刀对长矛的完全过时了的陆军大炮，而这却又一次受阻而变得遥远无期了。没准儿施图姆将军因此而产生过想自杀的情绪，也难说，但是极度恶劣的情绪起先也可能会在许多看似分散的琐屑小事上表现出来，而施图姆考虑没有得到拯救和拯救，这毫无疑问与卡卡尼因自己那叫人受不了的内部争吵而注定遭到的没有武装和没有抵抗力的状态有关，这尤其是因为自一些时候以来，在狄奥蒂玛那儿进行他那半民事活动时，他也频频听到“拯救”这个词儿，听得耳朵都生出茧子了。

他的第一个观点是，它根本就属于语言学上还没有完全搞清楚的“肿瘤词”。这是他天然的士兵意识告诉他的；但是且不说这种士兵意识已经让狄奥蒂玛给搞糊涂了——因为施图姆是从她的嘴里第一次听到“拯救”这个词儿并感到无比兴奋的，而尽管有着炮兵提案的烦恼，这个词儿今天还从这个方向送来一股迷人的魔力，致使将军的第一个观点其实已经是他生平的第二个观点了——由于另外一个原因，关于这词的肿瘤理论也似乎不对头：人们只需要给“拯救”这个词组的各个体配备上小小的、亲切可爱的“缺乏严肃”的成分，那么它们即刻就会被毫不费劲地说出口来，“你确实拯救了我”，如此等等。一个人只要在这之前已经焦急地等候了十分钟或者遭遇到了另一桩同样不足挂齿的不愉快事件，谁会没说过这样的话呢？所以将军明白了，原来让健康的理智感到反感的，根本就不见得就是言语，而是由这些言语得到了不可信的保证的严肃状态。的确，如果施图姆问自己，除了在狄奥蒂玛那儿和在政界，他曾在哪儿听人谈论过“拯救”，那么，就是在教堂里和咖啡馆里，在艺术杂志上和他赞赏地读过的阿恩海姆的书里。就这样，他清楚地认识到，用这样的话所表达出来的，不是一个自然的、朴素的和合人情的事件，而是某种抽象的和一般的错综复杂事态；拯救和渴望得到拯救按任何方式来说显然都是某种只能由一种精神给另一种精神带来的东西。

将军点点头，这桩公务导致他获得的这些引人入胜的认识颇感惊诧。他将他的办公室房门上方的电动磨圆玻璃板调到红色，表示他有重要会议，而就在他的军官们拿着公文包在门口叹着气向后转的当儿，他却在继续思考。现在，他在各条道路上所遇到的有才智的人都不满足。他们对什么事都指指戳戳，他们到处横挑鼻子竖挑眼，在他们看来似乎一切事物永远都不对头。他们简直使他反感。他们就像那些不幸的敏感的人，这些人总是坐在有穿堂风的地方。他们咒骂不科学和无知，咒骂野蛮行为和过分挑剔，咒骂好争论和漫不经心：他们的目光所投向之处，到处都敞开着一条裂缝！他们的思绪永不停歇并察觉到一切事物的永远流浪的残余，它到处都不顺当。所以他们终于确信，他们所生活于其中的这个时代注定了要精神贫瘠并且只有通过一个特殊的事件或者一个完全特殊的人物才能摆脱贫瘠、得到拯救。就这样，当时在所谓有知识的人士中间产生了对“拯救”这个词的偏爱。人们确信，再也不能这样继续下去，必须马上出现一个弥赛亚。这看情况可以是一个医学弥赛亚，这个弥赛亚将拯救医学，使其摆脱玄奥的研究——在进行这些研究的期间，无助的人类将罹病而死亡；也可以是一个文学弥赛亚，这个弥赛亚将有能力写出一个可以将成百万人拉进剧院并具有最无先决条件的高贵精神的剧本。除了认为其实每一个单一人类的活动只有通过一个特殊的弥赛亚才能重新归还给自身的这个信念之外，自然也还有对有着强劲的手控制全局的弥赛亚的纯朴而毫不含糊的渴望。所以当初那场大战前的时代，是一个相当具有弥赛亚精神的时代，而即便各民族都想得到拯救，实际上这也没有任何特殊和不寻常之处。

将军觉得这是理所当然的事：这些话和所有其他讲出来的话一样不能按字面去理解。“倘若救世主今天返回，”他心中暗想，“那么，他们也会像推翻任何一个别的政府那样推翻他的政府的！”他按自己的经验猜想，这种情况是由于人们写太多的书籍和报刊文章造成的。“军事规章多聪明，”他想，“它禁止军官在没有获得有关当局的特别许可的情况下写书。”想到这里，他感到有些吃惊，一阵如此强烈的忠诚情感袭上心头，这种情形他已经很久没经历过。毫无疑问，他自己想得太多！这是接触平民精神使然；平民精神显然已经失去了拥有坚定的世界观的优越性。这一点将军看得一清二楚，所以现在他也还看到了整个这套关于“拯救”的说词的另一面。施图姆将军的思绪游移回溯到对上过的基督教《圣经》课和历史课的回忆上，以便阐明这种新的联系；很难说他这时想了些什么，但是如果人们将他的想法列举出来并对其进行一番加工润色，那么它大致是这样的：先开始简要谈谈教会部分，只要人们相信宗教，就能够把一个好基督徒或虔诚的犹太人推下去，不管是从希望或安康大厦的哪一层，几乎可以说他总是落在他的心灵的脚上。这是因为，所有的宗教都把诠释生命——它们送给人类的生命——看作是一个非理性的、无法估量的残余部分，这个残余部分被它们称作上帝的无法探明究竟的特性；凡人的打算若是实现不了，那么，他只需要回想起这个残余部分，他的灵魂就能够满意地搓手。这种落在脚上和搓手被人们称为世界观，而同时代人则已经忘记了这一点。要么他不得不完全放弃对自己的生命进行思考，这是许多人都乐意做的，要么他陷入那种奇特的内心冲突：他必须思考，可是看上去却似乎永远也不能好好地获得满意的结局。随着时间的推移，这科内心冲突往往既具有彻底无信仰的形态，也具有重新彻底屈从信仰的形态，而它今天最常见的形态则是这样的，即人们确信，没有精神就没有合理的合人情的生活，但精神太多，这种生活也不会有。我们的文化完全建立在这个信念的基础上。它严密注意，为教育和科研机构提供资金，但并非太多的资金，这资金与它为娱乐、汽车和武器所花费的金额成适度的微小比例。它通过各种途径为能人开辟自由发展的道路，但想方设法使他也长于经商。它在抵抗一阵之后承认每一种思想，但这随后便自动地也于这个思想的反思想有好处。这看上去就像一种巨大的弱点和疏忽；但是这大概也是一种完全有意识的努力，要让精神知道，精神不是一切，因为哪怕仅仅是唯一一次把推动我们生活的各种思想中的一个完全地由反思想不留任何残余地付诸实践，那么，我们的文化也就不再是我们的文化！

将军有一个厚墩墩的孩童小拳头，他捏紧拳头并像用一只加衬里的手套那样一拍写字台的台面，这时他感觉到这是一个不可或缺的强有力的拳头。作为军官，他有世界观！其中的非理性残余部分就是荣誉、服从、最高统帅、勤务条例第三部分，而归结起来说，它就是这信念：战争无非就是和平用更强有力手段的继续，一种充满力量的秩序，没有这秩序世界就不再能够存在。将军拍桌子时的神态本来是会显得有点儿可笑的，倘若一个拳头仅仅意味着某种竞技运动性质的东西，不也意味着某种精神的东西，对精神的一种不可缺少的补充。施图姆·封·博尔特韦尔对平民精神已经有些厌倦。他有过这样的体会：只有图书馆勤杂工才是对平民精神有深切的全面了解的人。他曾发现过过量秩序的佯谬，即它的完全不可避免地会招致无所事事。他心头有某种滑稽可笑的感觉，觉得这像一种解释，说明为什么最大的秩序和献身精神都同时可以在军队中找到。他已经弄清楚，原来通过某种说不出的关系，秩序可以导致一种杀人的需要。他忧心忡忡地思虑，他不可以用这样的速度继续工作下去！“究竟精神是什么呀？”将军带着反叛情绪问自己。“它总不会在半夜穿一件白衬衫游荡，这和整理好我们的印象和经历的秩序会有什么不一样的呢？可是，”他断然得出结论，想到了一个令人欣喜的主意，“既然精神无非就是有秩序的经历，那么人们在一个井然有序的世界上就根本不需要它！”

施图姆·封·博尔特韦尔舒了口气，把会议信号调到“通行”，走到镜子前，理平自己的头发，以便在他的下属进来前消除一切内心激动的痕迹。

一〇九

博娜黛婀，卡卡尼；幸福和平衡的体系

如果说在卡卡尼有谁对政治既一窍不通也不想知道什么，那么博娜黛婀便是这样的人；然而，她和没有得到拯救的民族之间却有一层关系：博娜黛婀（不要与狄奥蒂玛混淆，博娜黛婀，这位善良的女神，贞操女神，她的庙宇由于命运的相互作用而变为荒淫无度的场所，一个地方法院院长之类的夫人和一个既和她不相称也不充分需要她的男人的不幸的情妇）拥有一个体系，而卡卡尼的政治却没有。

博娜黛婀的体系迄今为止一直是一种双重生活。她在一个堪称高雅的家庭圈子里满足自己的虚荣心并且也在自己的社交生活中感受到被认为是一个很有教养的高贵女士的满足；但是她屈从于她的精神所遭受到的某些诱惑，她借口自己是一种受过度刺激的体质的牺牲品，或者也借口自己有一颗诱使自己干蠢事的心，因为心灵的蠢事具有与既浪漫又带政治色彩的罪行相似的光彩，即便它们的伴随现象将并不完全无可指摘。在这方面，心灵与将军生活中的荣誉、服从和勤务条例第三部分或与任何一种有秩序的生活态度中的非理性残余部分——这个残余部分最后把理智没有能力做到的一切全都整理

好——起着同样的作用。

但是，这个体系运作起来有一个毛病：它把博娜黛婀的生活分成两种状态，这两种状态之间的过渡实现起来不无重大损失。因为即使心灵在失足前可能很善辩，然而事后它也胆怯，而它的女主人则不断地在躁狂得发嘶嘶声的和如墨水般黑乎乎流出来的精神状态之间被推来移去，它们难得得到平衡。但这总算是一个体系；这就是说，这不是放任自流的情欲宣泄——就仿佛，从前人们曾经想把生活理解为乐趣和无乐趣的一种自动总结，带着某种乐趣的最后差额——而是这体系含有大量的精神预防措施，以便伪造这个总结。

每一个人都有一种如此这般的方法，可以对自己印象的总结作有利于自己的新的解释，以至于在一定意义上可以说是从中产生出在寻常时期足以令人满意的每日乐趣的最低限度量。他的人生乐趣也可能由无乐趣组成，这样的有形差别不起什么作用，因为众所周知，正像有悠然回荡得丝毫也不比一首舞曲更悲哀的哀乐一样，同样也有快活的忧郁者。大概甚至也可以反过来，许多兴高采烈的人并不比悲伤的人快活一丝一毫，因为幸福和不幸福一样费力；这大致就像按照比空气更轻或更重的原则飞行。但人们很容易产生另一个反对意见，因为这样一来，没有一个穷人有必要妒忌富人，因为以为富人的钱会使他们幸福，这只是一种错觉，富人的这句古老的名言岂不就是对的了吗？富人的钱只会使穷人面临这样的任务：不展示自己的生活体系，而是展示另一个生活体系，这个生活体系的乐趣预算充其量也只能生出穷人反正就有的少量幸福过剩。从理论上来说，这意味着，露宿街头的一家人如果在一个寒冷的冬夜没有冻僵，那么在晨曦中是和不得不从温暖的被窝里出来的富人一样幸福的；而从实际上来说，其结果就是，每一个人像一头驴那样驯服地驮运着让他承担的东西，因为一头比其负荷稍微重一些的驴是幸福的。确实是这样，这是关于个人幸福的最可靠的定义，人们只要独自观察一头驴，就能得到这样的认识。但是事实上个人幸福（或内心平静，知足或人们惯常称之为人的自动的最内心的目标的东西）只要是独立的，那么它就像一道墙里的一块砖或一条河里的一滴水，它贯穿着整体的力量和急切心情。一个人自己所做的和所感受到的，与一切他必须假设别人以井然有序的方式为他所做和所感受的情况相比，是无足轻重的。没有哪个人只沉浸在他自己的平衡之中，每一个人都依靠周围各阶层的平衡；就这样，投入到这家个人小乐趣工厂的是一笔极其错综复杂的道义上的贷款，关于这笔贷款以后还会讲到，因为它不仅属于总体的，而且也属于个人的精神总结。

自从博娜黛婀重新博得她情人欢心的努力没获得成功并且相信是狄奥蒂玛的才智和精力夺走了乌尔里希，她便对这个女人满怀醋意，但一如在懦弱的人身上很容易就会发生的那样，在对她的欣赏中找到某种解释和补偿，部分抵消了自己所受到的损失；如今她已经有相当长的一段时间处于这种状态之中并设法时不时借口给平行行动提供微薄捐款而受到狄奥蒂玛的接见，然而，她却没有因此而被吸收进入这个家庭的社交圈，于是她便以为，在这个问题上狄奥蒂玛和乌尔里希之间一定有某种默契。所以她深受这两个人的残忍之苦，而由于她也爱他们，所以她心中便产生感受到一种无与伦比的纯洁和无私的错觉。早晨，她丈夫在她的焦急期盼下离开寓所之后，她便常常像一只抖落好自己的羽毛的鸟儿那样坐到镜子前。随后她就扎结、火烫和盘绕自己的头发，直到她的发型与狄奥蒂玛的希腊发髻看上去不无相似之处时为止。她抚摸并梳理出小发鬈，尽管这种做法显得有点儿可笑，可是她却觉察不出来，因为从镜子里向她微笑的是一张一般造型中隐约透着神性的面庞。于是，一个受到她赞叹的人的自信和美貌以及这个人的幸运便在她心头升腾，泛起层层温暖的涟漪，突显出一种神秘的、但还没深刻完成的结合，如同人们坐在大海边上并把双脚伸进水里。这种类似虔诚崇敬的态度——因为从人类在原始状态连同自己的整个身体爬入其中的神祇面具，到各文明仪式，这种攫住肉体的虔诚模仿的幸福从未完全失去其意义——还由于她对服饰和外表的喜爱而能够将博娜黛婀控制住。每逢博娜黛婀穿上一件新衣服照镜子，她从来都不能想象会出现这样一个时代：在这个时代里人们不蓄鬈曲的额头小鬈发，不穿长长的钟形小裙，人们竟会穿没膝小裙、蓄一头男孩发。她本来也不会否认这种可能性，因为她的脑子恐怕简直就没有接受这样的想象的能力。她曾一直这样穿戴，一如人们作为贵妇必须具有的那样的外貌，每隔半年她便对新时装式样感受到一次像是对永恒的敬畏。倘若人们迫使她的思考能力承认非永恒性，那么这也丝毫不会减少她的敬畏的。她纯粹地接受世人的强制，而人们折弯名片的一个角或给他的朋友们把新年祝愿送进饭店或在舞会上脱去手套的时代则存在于人们不这样做的时代之中，远远落在她的后面，犹如对于每一个其他的同时代人来说一百年前的时代，即完全存在于不可想象的、不可能的和陈旧的事物之中。所以看到不穿衣服的博娜黛婀，这也同样是引人发笑的；于是她也就完全失去了任何精神上的保护，成为一种无情的强制的赤裸的猎获品，这种强制像地震那样残忍地袭击她。

但是，她的文化向一个沉闷的物质世界的间歇性的过渡现在已经消失，而自从博娜黛婀如此深奥莫测地精心呵护自己的外貌以来，她便一直过着那个非法部分的寡妇生活。人们不妨承认这是一条普遍经验：过分精细呵护自己容貌的女人比较有道德，因为手段就会排除目的，完全就像大体育明星往往是坏情人、样子太凶狠的军官是坏士兵，以及特别有思想的人有时甚至是笨蛋；但是就博娜黛婀而言，这不仅涉及到精力分配问题，而是她已经以满腔热忱地转向自己的新生活。她带着画家的喜爱之情描自己的眉毛，在额头和面颊上略微涂一点珐琅质，致使额头和眉毛摆脱自然主义达到宗教风格特有的那种对现实的轻微提高和背离，身体在柔软的胸衣内摇动好，而对两个大乳房——平时它们总让她感到有点不方便和羞愧，因为她觉得它们太女性了——她则顿时感到一种姐妹般的爱。她的丈夫不胜惊讶，每逢他用手指头搔她的脖子便总是得到这样的回答："别弄坏了我的发型！"或者每逢他问："你不愿意把手伸给我吗？"她便总是回答："不行，我穿着我的新衣服呢！"但是罪孽的力量仿佛已经从身体将其拘禁于其中的铰链中挣脱出来，并像一颗青春焕发的星辰那样遨游于博娜黛婀容光焕发的新世界，这个博娜黛婀在这种不寻常的、和煦的光芒照耀下觉得自己已经摆脱它的"过度刺激"，好似一块痂已经从身上脱落似的。自他们结婚以来破题儿头一遭，她的丈夫满腹狐疑地思忖，会不会有第三者插足，扰乱他的家庭的平和。

但因此而发生的事，却无非就是生命体系范畴内的一种现象而已。突出了其当代的影响并且从在一个作为自在形式的人的形态上的巨大存在这个角度来看，衣服是奇特的管形物和赘生物，与鼻孔穿箭、唇上挂环的社会相称；但是如果人们看到衣服连同它们赋予其拥有者的那些特性，它们就会变得多么有魅力！这不啻是一张纸上的一组紊乱的线条里注入了一个伟大字眼的意义。人们不妨设想，一个人在林荫道上散步或者边喝着茶边往盘子里放上三明治的时候，他的看不见的善良和出类拔萃便会突然作为一个蛋黄中带金色的、满月般大小飘悬着的光环在他的蓬乱头发后面出现，一如在信神的、古老的图画上可以看到的那样：这无疑就会是一个最非同寻常、最惊心动魄的经历，使看不见的，甚至根本不存在的东西显现出来，这样的力量一件制作精美的衣服天天都在证明着！

这样的物件就像用惊人的利息偿还我们借给他们的财物的债务人，而实际上除了债务人事务以外没有任何别的事。因为那种衣服特性，信念、偏见、理论、希望、对什么的信仰、思想也有，甚至连漫不经心也有那种特性，假如它只凭借自己便深信自己的正确。这些物件给予我们以我们借给它们的那种信任，它们全都服务于用我们发出的光显示世界这个目的，而从根本上来说只有这才是任务，促使每一个人拥有自己的特殊体系的任务。我们用伟大的和多种多样的艺术制造假象，在这种假象的帮助下我们就能够与最令人难以置信的事物共处并与此同时完全保持镇静，因为我们把这些冻僵了的，宇宙怪相看作一张桌子或一把椅子，一声呼喊或一条伸出的胳臂，一种速度或一只烤鸡。我们有能力，在我们头顶上的一个敞开的天空深谷和脚下的一个略微遮盖住的天空深谷之间，觉得自己在地球上就像在一个关闭的房间里那样不受干扰。我们知道，生命消失在不通人情的广袤宇宙之中，它同样也消失在不通人情的狭窄原子世界里，但是在这两者之间我们把一个地层的形成物当作世态万象看待，而丝毫也不介意这仅仅意味着对我们在某个中等距离内获得的印象的偏爱。一种这样的态度显著地位于我们的理智顶峰之下，但正是这一点却证明了我们的感情强烈参与其中了。确实是这样，人类最重要的精神预防措施有助于保持一种稳定的精神状态，而比起人类为保持其文雅的宁静心境而作出的巨大的、却完全无意识的努力来，世上的全部感情、全部激情都微不足道！这看上去几乎不值一谈，因为它显得无怨无悔。但是如果人们仔细一看，这却是一种极其不自然的意识状态，它使人类在旋转的星辰之间采取直立行走的姿态，并允许人类在这几乎是无限陌生的世界上威严地把手插在第二个和第三个上衣纽扣之间。而为了办成这件事，不仅每一个人——无论是白痴还是智者——都使出自己的诀窍，而且这些个人的诀窍体系也还十分巧妙地纳入社会和总体的道德和智能平衡预防措施之中，它们总的说来是服务于同样的目标的。这种互相接合与大自然中的互相接合相似，所有的宇宙力场在那里作用于地球的力场，而人们却觉察不到，因为尘世上的事件就是这个结果；而由此而引起的精神松弛是如此之大，以致最贤明的人完全和懵懵懂懂的小姑娘一样在不受干扰的情况下觉得自己很聪明很善良。

但是有时候，在这样的人们在某种意义上也可以称为感觉和希望的强制状态的满足状态之后，我们似乎会突然遭遇到相反的情形，抑或用疯人院里的话来说，随后地球上突然开始一场观念大逃亡，在这场大逃亡结束之后，整个人类生活便有了新的中心和轴心。所有大革命的比诱因更深层的原因不是不健康因素的日益积聚，而是曾支撑过心灵的虚假满足的凝聚力不断磨损。一位著名早期经院哲学家的一句名言[①]恐怕最恰当不过地说明了这种情况，这句格言拉丁语叫作“credo，ut intelligam”，翻译成现代德语大致就是：主啊，我的上帝，给我的精神一笔生产贷款吧！因为大概每一条合乎人情的信条压根儿就只是一笔特别贷款。不管是在情场还是在商场，不管是搞学问还是跳远，人们都必须有信仰，然后人们才能赢得胜利、达到目的，而这又怎么会不适用于整体上的生活呢？！不管他的秩序多么有根有据，其中总是有一片对这种秩序的自愿信仰，它像描述一种植物那样指明已经长出嫩枝的地方，而如果这个信仰已经不中用，没有存在的理由和保证，那么崩溃就会接踵而至；时代和王国就会倒坍，这跟企业因失去贷款而破产没有什么两样。这一下，对精神平衡这一原则性思考似乎已经从博娜黛娴的美好实例进行到悲哀的卡卡尼了。因为卡卡尼是当代发展阶段上的第一个国家，它被上帝抽走贷款、生活乐趣、对自己的信仰和所有文化国家的能力——传播自己有一项任务这一有益幻想的能力。这是一个聪明的国家，它供给有教养的人住宿；和地球上各处所有有教养的人一样，这些人也在声响、速度、更新、争执的纷扰与一切一向还属于我们生活中视觉一听觉风光之列的东西之间，怀着一种狐疑不决的心情四处奔走；和所有其他人一样，他们也天天读、听几十条让他们毛发直竖的新闻，并准备对此感到激动，甚至要进行干预，可是事态没有发展到这个地步，因为片刻过后这种刺激就已经让更新的刺激排挤出意识之外；和所有其他人一样，他们也觉得自己为谋杀、杀人、

① 信仰为认识．英国经院哲学家圣安塞姆（1033 — 1109）的一句名言，意为对神的真正认识只存在于基督教信仰中。

激情、牺牲精神、高尚情操所包围，它们用某种方式在他们周围混乱的一团中发生着，但是他们无法去亲身经历这些惊险活动，因为他们坐在一间办公室或一所职业学校里不得脱身，而每逢傍晚时分得了闲暇，那种紧张心情便化作并不给他们带来欢娱的娱乐活动。恰恰是涉及到有教养的人的时候，如果他们不像博娜黛婀那样完全沉溺于爱情之中，那么就还得添上一条：他们不再有获得信贷的才能，也不再有进行欺骗的才能；他们不再知道，他们的微笑、他们的叹息、他们的思考会产生什么结果。他们为何微笑和思考？他们的见解是偶然所得，他们的爱好早已存在，不知怎么地一切都作为模式悬在空中，人们走进这个模式，而他们则不能全身心地去做或放弃任何事情，因为没有统一的规律。按照这样的方式，有教养的人就是这样的人：他感觉到某种债务在不断增长，他将永远不再有能力偿还这笔债务；他是这样的人，这个人看到破产不可避免并且要么控告他注定得生活于其中的时代——虽然他完全和随便哪个人一样很乐意生活于这个时代，要么怀着一个再也没有什么可以失去的人的那种勇气扑向每一个允诺他改变状况的观念。

诚然，全世界的情况都是这样，但是当上帝不再给卡卡尼提供信贷时，他做了这件特殊的事：他让各民族明白文化的种种困难。他们像细菌那样栖息在自己的土壤里，并不为天空整齐的弧形或诸如此类的事感到担忧，但是他们突然感到心里憋闷。人一般不知道，为了能够展示自己的实际才能，他就必须认为自己比实际上更有才能；但是他却必须用某种方式去感受自身周围的这种情况，有时他也可能会突然不需要它。于是，他就感到缺乏某种想象中的东西。在卡卡尼根本没发生什么事，要是在从前人们就可能以为，这正是古老的、不引人注目的卡卡尼文化，但是这种“没发生什么事”现在却像“不能睡觉”或“不能明白”一样令人不安。知识分子们自以为这种情况在一种民族文化中将会有所不同，所以他使卡卡尼各族人民对此深信不疑，这对他们来说是一件轻而易举的事。这是一种宗教代用品或对维也纳的好皇帝的一种顶替或干脆对一个礼拜有七天这个不可思议的事实的一种解释。因为有许多不可解释的事物，但是如果人们唱自己的国歌，便感觉不到它。当然这可能会是这样的时刻，一个好卡卡尼人在这样的时刻对他是什么人这个问题也会热情地回答说：“什么人也不是！”因为这意味着某种东西可以自己作主，把卡卡尼建成一个面目崭新的卡卡尼！但是卡卡尼人并不是多么执拗的人，他们满足于一半，而每一个民族则仅仅努力用另一半去做它看好的事。这时，人们自然难以形象地想象人们自己没有的痛苦。人们通过两千年舍己为人的教育已经变得如此无私，以至于即使我或你境况颇坏，人们也总是为别人。尽管如此，人们却不可以把著名的卡卡尼民族主义想象成为某种特别狂野的东西。它与其说是一个现实的，不如说是一个历史的过程。那儿的人互相颇有好感，他们虽然互相打破脑袋并互相吐唾沫，但是他们仅仅是因为考虑到更崇高的文化才这样做，正如平时也会发生这样的事：一个人私下里不会伤害一只苍蝇，却会在法庭里的耶稣受难像下判处一个人死刑。人们也许可以说：每一回，只要卡卡尼人的更崇高的自我停顿一下，卡卡尼人便舒一口气并觉得自己是正直的膳食工具——他们和所有的人一样适合于当这样的工具——并对自己作为历史工具的经验感到十分惊讶。

一一〇

莫斯布鲁格尔的解析和保存

莫斯布鲁格尔还一直在坐牢并等待着由精神科医生对他重新进行检查。这一等就接连等了好多天。个人既然已经存在，他就会显现出来，但傍晚时分他就又陷于人群之中。莫斯布鲁格尔接触到囚犯、看守、过道、庭院，接触到一小块蓝天，接触到横过这块蓝天的几朵云彩，接触到食物、水，有时还接触到一位来照看他的上司，但是这些印象太淡薄，不能经久维持。他既没有钟表也没有太阳，既没有工作也没有时间。他总是觉得饿。他总是疲倦，在他那六平方米上四处乱走，这比奔走几英里路还累人。不管做什么事他都感到厌倦，仿佛他得不用厚纸板搅动便盆似的。但是如果他寻思整个儿这件事，那么他便觉得，白天和黑夜、一次次吃饭、查看和监督仿佛在不停地、迅速而连续地发出嗡嗡声，而他则觉得这挺好玩。他的生活时钟全乱了套；人们能够向前和向后转动它。他喜欢这个，这合他的心意。遥远的往事和新近的事再也不人为地被区分开来，如果这是同样的事，那么，被人们称之为“在不同的时候”的那种东西便不再像一条红线附着在上面——人们出于无奈不得不把这根红线系在一个孪生儿的脖子上。非本质的东西从他的生活中消失。每逢他考虑这种生活，便总是在内心与自己谈话，在谈话时对主要音节和次要音节都一样重视；这是一首生命之歌，它完全不同于人们天天听到的生命赞歌。他常常久久地停驻在一句话上，而每逢他最终不知怎么地离开这句话时，过一些时候这句话便会突然在别处向他迎面走来。他开怀大笑，因为谁也不知道他怎么了。找到一个词语来表达他在某些时刻里获得的这种性格统一，这是一件难事。人们很容易便能想象，一个人的生命像一条小溪潺潺流淌；但是莫斯布鲁格尔在自己的生命中所感受到的运动却像一条小溪流淌过一大片死水。这运动一边向前漂浮，一边也向后互相紧密交织，而生命的真正进程几乎消失于其中。他自己有一回曾半睡半醒地做了一个梦，觉得自己像穿一件鳖脚上衣那样把活生生的莫斯布鲁格尔穿在身上，现在他稍稍一打开这件上衣，最最神奇的丝绸衬里波涛汹涌般从里面涌出来。

他再也不想知道外面正在发生什么事。不知什么地方正在打仗。不知什么地方正在举行一个盛大的婚礼。俾路支国王现在到达，他寻思。到处士兵操练，妓女游荡，木匠站在屋架上。在斯图加特的酒店里，啤酒从跟贝尔格莱德一样的弯曲黄龙头里流出来。如果有人徒步旅行，那么到处都有警察检查他的证件，他们给他盖上一个印。到处有臭虫或没有臭虫。有活儿干或没活儿干。女人都一样。医院里的医生都一样。晚上做完活回来，只见人都在街上，无所事事。到处都永远是这同样的景象，人们都什么事也想不起来。当第一架飞机穿过蓝天飞越莫斯布鲁格尔头顶上空时，这真是美妙极了；但是后来这样的飞机一架挨一架地来，而且模样都一样。这是不同于他的老一套思想奇迹的另外一种老一套。他不明白，事情怎么会发展到这步田地，而他则处处受它掣肘！他摇摇头。“让这个世界，”他寻思，“见鬼去吧！”要不就让他见刽子手去好啦，他不会失去许多的……

尽管如此，他有时还是无意识地走到门口并在外面是锁的地方轻轻来回鼓捣。于是过道里就有一只眼睛从窥视孔向里张望，接着便是一个厉声呵斥他的声音。受到了这样的侮辱，莫斯布鲁格尔迅速退进囚室，随后，他觉得自己被禁锢、遭抢劫了。四堵墙壁和一扇铁门没什么了不起的，如果人们走进走出的话。别人窗户前的栅栏也碍不了多少事，一张板床或一张木头桌子有其固定的位置，这没问题。但是在人们不能按自己的心愿对待它们的那个时刻，不免就产生了极其荒唐的事。这些人制造出来的家伙，人们压根儿不知道其模样的仆役们、奴隶们，它们变得狂妄无礼。它们处处掣肘。每逢莫斯布鲁格尔发现人们怎样对他发号施令，他就恨不得把他们拉开，但费尽艰辛后却不得不认识到，司法部门的这些仆役们不值得他去进行一场战斗。可是他的手抽搐得很厉害，他担心自己会得病。

人们已经选定了广阔世界的六平方米，莫斯布鲁格尔就在这上面来回踱步。再者，健康的、不被监禁的人的思维很像他的思维。虽然他们不久前还曾起劲地研究过他的案情，却很快就已经把他忘记了。就像一颗钉子被钉到墙上那样，他被人带到这块地方，一旦他待在这块地方上，便再也没有人注意他。现在轮到别的莫斯布鲁格尔们了；他们不是他，他们根本就不是同样的人，但是他们却做着同样的事。这是一桩性犯罪案，一则暧昧的故事，一起可怖的谋杀，一个疯子的行为，一个不完全行为责任人的行为，一次其实每一个人都必须提防的相会，一次刑事警察科和司法部门令人满意的干预……这样一般性的、内容贫乏的概念和回忆意愿把这个已被吮吸一空的事件夹紧在它们那张大网的某个地方。人们忘记莫斯布鲁格尔的名字，人们忘记细节。他已经变成“一只松鼠、一只兔子或一只狐狸”，更精确的区分已失去意义；公众的意识对他没有明确的概念，而是只有互相搀和着的一般概念的黯淡而广阔的领域，它们就像一架调到太远的距离上的望远镜里的灰色光亮。这种联系的虚弱性，一种思维的残酷性——这种思维支配受他欢迎的概念，而不为给每一个决断增加困难的痛苦和生活的分量操心：大众的心灵和他的心灵有这样的共同之处；但是大凡在他的愚人头脑里是梦幻，是童话，是意识，是镜子里有缺陷的或奇特的部位，它不反射世界图像，而是让光穿过——大众的心灵一概没有，抑或充其量有时在个别人身上和他自己都不清楚的激动情绪中包含有某些这种成分。

而凡是严格涉及莫斯布鲁格尔的事情——涉及这一个，而不是另一个莫斯布鲁格尔，这一个在这期间让人安置在世界上某六平方米上的莫斯布鲁格尔——对他的供养、监守、照案卷处置、继续监禁或处死，这些事情已经交托给一个比较小的群体去办，这些人采取完全不同的态度。这里，眼睛露出猜疑的目光行使着自己的职务，声音呵斥着最微小的违反规定的行为。从来没有少于两个看守进入他的囚室。他们带他走过过道时，总是给他戴上手铐。人们这样做是因为受到一种害怕和谨慎心绪的影响，这种心绪紧紧跟随着这个小地方的这个莫斯布鲁格尔，却与他所受到的一般待遇不知怎么地有着奇异的矛盾。他常常抱怨这种谨慎。但是看守、监狱长、医生、牧师，不管是谁听了他的抗议，都板着脸回答他说，对他的做法符合规定。所以，这规定就是对失去的世人关怀的补偿，而莫斯布鲁格尔则寻思："一根长长的绳索套在你的脖子上，你看不见谁在拉它。"他简直是绕着一个角落被拴在外部世界上了。基本上根本就不惦记看他的人，甚至压根儿就对他一无所知的人，或者充其量只把他视作动物学大学教授眼里一条普通乡村街道上的一只普通母鸡的人，这些人通力合作，装备着这命运，他感觉到这命运在无形地拉扯着自己。一位办公室女职员在写一份卷宗附录。一位登记官按有高度艺术性的记忆规则处理这份附录。部里的一位处长在拟定执行判决的最新指示。几个精神病专家进行一场学术争论，探讨纯粹心理变态性疾病和某些癫痫病例以及和癫痫中混合着别的病象的病症的界限。法学家们撰写文章，论述减刑理由与缓刑理由之间的关系。一位主教表示反对道德准则的普遍放松，而一位狩猎场租赁人则向博娜黛婀的有正义感的丈夫诉说狐狸剧增，这增强了这位高级干部心中维护法律原则坚定不移的心绪。

个人的经历以一种暂时无法描写的方式由这样的非个人事件组成。而如果人们剔除莫斯布鲁格尔案件中的一切个人的具有浪漫色彩的成分——它们只涉及他和几个遭他杀害的人——那么，关于他的情况也就大致只剩下乌尔里希的父亲附在最近一封给他儿子的信里的引文索引中所表述的那些了。这份索引内容如下：AH. — AMP. — AAC. — AKA. — AP. — ASZ. — BKL. — BGK. — BUD. — CN. — DTJ. — DJZ. —FB_gM. — WMW. — ZGS. — ZMB. — ZP. — ZSS. — Addickes a. a. O. — Aschaffen a. a. O. — Beling a. a. O. 等等，等等。或者翻译成文：Annales d's Hygi'ene Publique et de Médicine légale，hgb. v. Brouardel，Paris； Annales Médico-Psychologiques，hgb. V. Ritti……等等，等等。一整页最简短的缩略语。真理不是可以塞进口袋里的水晶玻璃，而是一种无穷尽的液体——人们落进这液体中。不妨设想这些缩略语中的每一个都连着几百或几十页印刷品，每一页都连着一个写它的有十个指头的人，每一个指头连着十个弟子和十个反对者，每一个弟子和反对者连着十个指头，而每一个指头则连着一个个人思想的十分之一，这样一想，人们也就对它有一些概念了。没有它，连那著名的麻雀也不会从屋顶上掉落下来。阳光、风、食物把麻雀引到了屋顶上，疾病、饥饿、寒冷或一只猫把麻雀杀死；但是没有生物、心理、气象、物理、化学、社会等等的规律，这一切也就不可能发生，而如果人们只是寻找这样的规律，不是像在道德和法学中那样自己制造这些规律，那么这倒是一桩令人欣慰的事。至于说到莫斯布鲁格尔的其他个人特性，那么，一如人们所知道的，他很尊敬人类的知识——可惜他只拥有其中的很少的一部分——但是他将永远也不会完全领悟他自己的处境，即使他对此有所认识也罢。他模模糊糊地预感到这种处境。他觉得自己的情况不稳定。他的强壮的身体并不完全保持关闭状态。天空有时向脑壳里窥望。一如从前在漫游途中经常发生的那样。即使现在有时简直让他感到厌恶，某种重要的高雅情绪——它通过监狱围墙从整个世界向他涌来——也从来没有离开过他。就这样，作为一种可怕的行为的野性的、遭禁锢的可能性，他就像一座无人居住的珊瑚岛，坐落在一个看不见地包围着他的无穷尽的论文大海之中。

一一一

对于法学家来说没有半疯的人

不管怎么说，比起罪犯迫使学者们从事的那种吃力的思维活动来比，一个罪犯往往是很轻松自如的。原告干脆利用这样的情况：从健康到疾病的过渡天生带有滑动性；与此相反，在这种情况下法学家却不得不断言："涉及到自由自决或对行为犯罪性质的认识，肯定和否定的理由如此互相阻碍和抵消，致使按照全部思维规律竟会得出一个值得怀疑的判断。"因为法学家出于逻辑的原因牢牢记住，人们"在关系到同样的行为时绝不可以承认两种状况的混合比"，而他不容许"道德自由原则与受身体条件限制的精神状态相比融化为经验思维的朦胧不清的不明确性"。他不是从自然中获取自己的观念，而是用思维的火焰和道德法则的剑穿透自然。这在由司法部为修订刑法法典成立的委员会里——乌尔里希的父亲属于这个委员会——激起一场争论；但是在过了若干时候以后，被几经催促，要他履行孩子的义务，乌尔里希这才仔细研读他父亲的描述和全部附件。

他的“爱你的父亲”——因为在最尖刻的信上他最后也这样署名——提出了这样的论断和要求：一个部分罹病的人只有在这样的情况下才可以被宣告无罪，即如果可以证明在此人的妄想中曾出现过这样的妄想，它们——假如它们不是妄想的话——可以为其行为辩护或消除其行为的可受惩罚性。施翁教授则相反——也许是由于他四十年来一直是这位老先生的朋友和同事吧，这最终势必要导致激烈的对抗——他提出了这样的论断和要求：一个这样的人——有刑事责任能力和无刑事责任能力状况在这个人身上只能快速交替着相继出现，因为它们在法律上没有能力相互并存——只有在这样的情况下才能被宣告无罪，即如果在涉及这个个别愿望时可以证明，在产生这个愿望的时刻原告不可能控制这个愿望。这是最初的事实情况。门外汉不难认识到，不忽视行为瞬间的健康意志，不忽视也许可以说明他应受惩罚理由的观念，这对于犯人来说可能都是相当困难的；但是给思维和道德行动提供舒适的温床，这不是司法的任务！而由于两位学者同样都对法律的尊严深信不疑，而且哪个也无法使多数委员站到自己一边，他们就先指责对方有错误，继而又前后紧接着指责对方不逻辑、有意误解和缺乏观念性。他们先是在拿不定主意的委员会内部这样干，但是后来，当委员会会议开始停滞不前，不得不延期并终于长期休会时，乌尔里希的父亲写了两本小册子《刑事法典三百一十八款和真正的法律精神》和《刑事法典三百一十八款和法律发现的混浊来源》，而施翁教授则在《法学家学术世界》杂志上批评这两本小册子，这本杂志同样也在寄给乌尔里希的附件之中。

这些论战文章中出现许多“以及和或者”，因为必须“澄清”这个问题：人们是否可以用一个“以及”联结或者必须用一个“或者”分开这两种观点。而当长时间休会后又复会时，这个委员会里已经分出一个“以及”派和一个“或者”派。但是此外也还有一派，它主张采纳一个简单的建议，即按同样比例让刑事责任和有刑事责任能力的尺度上升和下降，一如精神力量——它在已有的疾病情况下将足以促成自我克制——耗费值的上升和下降。跟这一派相对立的是第四派，这一派坚持必须首先完完全全地决定，一个作案者是否有刑事责任能力，因为刑事责任能力的降低在概念上是以刑事责任能力的存在为先决条件的，而如果作案者在一个部分上有刑事责任能力，那么他就必须完完全全地受到惩罚，因为人们无法用别的方式在刑法上把这部分考虑进去。一个新的派别反对这一派的观点，它虽然承认这个原则，却强调指出大自然不遵守这个原则，说是大自然也制造半疯的人；所以人们只有采取以下的形式才能使这些人受到法律的善待，即虽然不考虑减轻罪责，但通过减轻处罚而顾及客观情况。就这样，也还形成了一个刑事责任能力派和一个刑事责任派，而当这些派别也充分分裂了之后，那些观点——人们还没有对这些观点的应用产生过纠纷——才变得自由自在了。当然，今天没有哪个专家使自己的法律争执取决于哲学和神学的无休止的争吵，但是作为透视画法，这就是说如空间般空荡，却像空间把万物推在一起，这两个争夺最后智慧的情敌到处都插手专业光学系统。所以，人们是否可以把每个人视为道德上自由的，这个被小心绕开的问题，一句话，这个有益的、古老的意志自由问题终于在这里形成一个各种意见分歧的透视画法的中心，虽然这个问题不属讨论之列。因为如果人在道德上是自由的，那么人们就必须通过惩罚对他施加一种人们在理论上并不相信的实用的强制；可是如果人们不把他看作自由的，而是认为他是不容更改地联系起来的自然界过程汇聚点，那么，人们虽然通过惩罚能够在他心中激起一种有效的无兴趣倾向，但是却不可以把他的所作所为都视为符合道德的。所以由于这个问题还产生了一个新的派别，这一派建议把作案者分成两部分：一个动物学-心理学的部分，这部分与法官无关，还有一个法律的部分，这部分虽然只是一种虚构，但在法律上却是自由的。幸好这只限于理论。

马上就公正地对待法律，这是困难的。委员会由大约二十位学者组成，他们可能会采取几千种立场，这是不难计算得出来的。有待修订的法律自一八五二年以来一直在使用，这反正是一件旷日持久的事情，不是可以轻易用另一件事情取代得了的。静止的法律机构压根儿就跟不上当时占主导地位的精神风尚的全部思想跳跃——正如一位会议参加者所正确论述的。必须多么认真地进行工作，这可从下述情形中最清楚不过地看出：按照统计调查，犯伤害罪的一百个人当中约七十个有把握逃脱我们的法律机构的制裁；显而易见，对于已被抓获的四分之一人们必须愈加认真地进行思考！后来这一切情况自然可能稍许有所好转。此外，把嘲笑冰花——理智在富有法律经验者的头脑里使这些冰花成为最漂亮的花，而这一点已经受到过许多记住融雪天气的人的取笑——看作这种报导的真正意图，恐怕是错误的；相反，阻碍与会学者毫无偏见地运用其智力的，是男人的严厉、高傲、道德健康、无可争议性和惰性，纯粹都是情绪特征，大部分都是，如人们所说的，我们希望永远不会失去的美德。他们按照较年老的学校教师的方式把男孩当作一个托付给他们照管的人看待，这个人只需殷勤周到、心甘情愿，便可顺利达到目的，而造成这样的结果的，恰恰正是长他们一辈的那一代人的那种三月革命前政治情绪。当然，这些法学家们的心理学知识落后了大约五十年，但是只要人们必须用邻人的工具耕作他自己的知识领域的一块田地，这种情况便容易发生，时机有利时也可以迅速得到弥补；然而，持续地落在他的时代的后面的——因为它此外还对自己的持续性颇有些自负——却是人的心，而且尤其是细致认真的人的心。理智从来也没有如此干枯、严酷和棘手，仿佛它得了从前的那种心脏轻度衰弱症！

这种心脏衰弱症最终导致一种激情爆发。当战斗已经充分削弱了所有的参与者并阻碍了工作的进展的时候，建议达成一个协议的呼声便日益增多，这个协议的措词看上去大致就像用一句漂亮话糊住一个无法终止的矛盾时所用的那种措词。存在着在那个著名定义上达成一致的倾向，按照那个定义人们把那些按其精神的和道德的特性有犯罪能力的罪犯称为有刑事责任能力；这就是说，绝不是没有这些特性，这就是一个特殊的定义，它有这样的好处：它使罪犯们花很多力气并且简直会允许他们把囚衣权和博士头衔联系在一起。但是鉴于正在临近的纪念年的宽容温和，鉴于一个像鸡蛋——他认为这鸡蛋是一个向他扔来的手榴弹——那样圆滚滚的定义，乌尔里希的父亲这时做了这件他称为“引起轰动的向社会福利学派转化”的事。有关社会福利的观点告诉我们，根本就不能从改善道德的角度，而是只能按对人类社会的危害程度去评价犯了罪的“蜕化变质者”。由此得出结论：危害程度越大，刑事责任能力也就必定越强；由此继续以令人信服的逻辑方式得出结论：看似最无辜的罪犯，即精神有病的人，由于他们的天性最难接受处罚的改正性影响，人们必须用最严厉的处罚，无论如何也要用比对健康人更严厉的处罚去威吓他们，以便产生同样大的威慑力量。人们可以合乎情理地期盼施翁同仁将提不出任何理由反对这个有关社会福利的观点。情况似乎也正是这样，但是正因为如此他才采取了一些手段，这些手段直接促成乌尔里希的父亲自己主动抛开公正的途径——它有在委员会的无休止争论中逐渐停顿下来的危险——并求助于他的儿子，以便利用他使儿子获得的与上层和最上层人士的联系，使其为这桩善事服务。因为施翁同仁已经干的事，就是他不作任何实事求是反驳的尝试，而是立刻恶毒地揪住“社会福利”这个词儿不放，在一部新发表的文章中怀疑这是“实利主义”和“普鲁士国家精神”。

“我亲爱的儿子，”乌尔里希的父亲写道，“我虽然立刻指出了社会法学派思想来源于罗马艺术时代，绝不是来源于普鲁士，但是对这种告密和诽谤可能仍将是徒劳无益的，这种告密和诽谤怀着极大的恶意指望得到势必会在上级机构受厌恶的印象，而这印象则太容易与实利主义和普鲁士这些观念联系在一起。这不再是人们可以自卫反击的指责，而是散布一则如此无法认定的谣言，以致上级机构将几乎不会检验和研究它便会对无辜的牺牲者像对丧尽天良的告密者那样感到恼火。在生活中一直鄙弃走后门的我，如今不得不要求你……”这封信以这样的话告结束。

一一二

阿恩海姆将他父亲萨穆埃尔置于众神之中并决定使乌尔里希就范；索利曼想进一步了解父王的情况

阿恩海姆摇铃让人寻找索利曼。很久没发生过这样的事了，他竟会感到需要和他聊一聊，而这小淘气此刻则正不知在饭店的什么地方闲荡。

乌尔里希的桀骜不驯终于伤害了阿恩海姆。乌尔里希在和他作对，这当然从未逃脱过阿恩海姆的眼睛。乌尔里希无私地干着，他起着如同水浇在火上，盐放进糖里的作用，他力图消除阿恩海姆的影响，几乎是不由自主地。阿恩海姆确信，乌尔里希甚至在滥用狄奥蒂玛的信任，背后诋毁或挖苦自己。

他在内心里承认，这样的情况很久没在他身上发生过了。他通常取得成功的方法不灵了。因为一个伟大和能干的人的作用就像美人的作用：它经受不住在气球上钻洞或在一座塑像的脑袋上安上一顶帽子这样的否定。一个美丽的女人若不讨人喜欢就会变成丑女人，而一个伟大的男人若不受重视也许会变得更伟大一些，但是他也就不再是一个伟大的人物。诚然，这一点阿恩海姆不是用这样的话向自己默认的，但是他想："我不容许桀骜不驯，因为只有理智才通过桀骜不驯繁荣发展，而如果某人只有理智，我就蔑视他！"

阿恩海姆认为，想个什么法子使他的对手无法再为非作歹，这对他来说恐怕不是一件困难的事。但是他想争取、影响、教育乌尔里希并迫使他钦佩自己。为了使自己心里宽舒些，他自欺欺人地认为，他怀着一种深挚和充满矛盾的喜悦喜欢他，并且不知道他该用什么理由来解释这件事。他对乌尔里希无所惧怕、无所希冀；莱恩斯多夫伯爵和图齐司长反正成不了自己的朋友，这他知道，此外，事态尽管进展缓慢，但毕竟如他所希望的那样在进行。同阿恩海姆的作用相比，乌尔里希的反作用相形见绌，简直就仍然是一种非尘世的申诉；似乎它能做的唯一一件事，就是稍许疲沓一下狄奥蒂玛的决心，从而延迟这个神奇女人的决断。阿恩海姆小心翼翼揭示出这一层意思，不由得会意地笑了。这是忧伤还是阴险呢？在这样的情况下这样的区别无足轻重，他的对手的理性批判和桀骜不驯必定会在自己不知情的情况下为他效劳，他认为这是一件公平合理的事情；这是更深湛的事情的一个胜利，是极其清晰的、正在圆满解决的生活纠葛中的一个。阿恩海姆觉得，这就是命运之绳索，是它把他同这个年纪较轻的人联系在一起并引诱他作出那个人不理解的让步。因为乌尔里希并不乐于接受别人的追求，他像一个傻瓜那样对有关社会福利方面的利益麻木不仁，并且似乎对要求联谊的表示不是没注意到便是不屑于一顾。

有某种阿恩海姆称为"乌尔里希的诙谐"的东西。他这话部分是指一个有丰富精神生活的人没有能力去认清生活提供的利益，并使自己的精神适应可以给他以尊严和稳固地位的大人物和大机会。乌尔里希显示出可笑的、对立的观点，即生活必须适应精神。阿恩海姆眼前浮现出他的形象；和他自己一样身材高大，更年轻，没有他在自己身体上无法掩盖住的那种柔软性，脸上现出某种无条件独立的神色；他并非完全没有妒意地认为这是苦行的学者家族的出身使然，因为他就是这样设想乌尔里希的出身的。这张脸对金钱和权势的无牵挂，超出一个奋起的王朝对其后人许可的程度！但是这张脸上缺少某种东西。它缺少生活气息，生活的痕迹短缺得可怕！在阿恩海姆无比清晰地看到这一点的时刻，这就是一个十分令人不安的印象，以至于他从中又看出自己对乌尔里希的全部好感。人们几乎可以预言灾祸将降临到这张脸上。他反复思考这种既嫉妒又忧虑的矛盾感情；这是一种透着悲哀的满意，用怯懦使自己得到安全的人可能会有这种感受，而一阵嫉妒和否认的激烈冲动则突然把这个他无意识寻找和规避过的思想向上抛起。他曾想到过，乌尔里希也许是一个不仅会牺牲他的灵魂的利息，而且也会牺牲他的灵魂的全部资本的人，假如客观情况要求他这样做的话！是呀，这就是阿恩海姆令人惊讶的对"乌尔里希的诙谐"的理解。在这个他记起自己创造的词语的时刻，他完全清醒地认识到：他觉得"一个人简直可以让自己的激情把自己从适宜呼吸的空间拽出去"这种观念像一则笑话！

当索利曼蹑手蹑脚地走进房间并在他的主人面前站住脚，这位主人大半已经忘记为什么叫他来，但是他感觉到从一个活生生的、忠诚的人身上散发出的这种平静。他板着脸在房间里来回踱步，而那张黑脸盘则向着他转动。"你坐下，"阿恩海姆命令，用脚跟转过身来后他便在墙角站住并开腔说道，"伟大的歌德在《威廉·迈斯特的学习时代》的一个章节里怀着某种强烈的情感提出一种正当生活的规章，这规章就是：'思考，为了行动；行动，为了思考！'这话你懂吗？不懂，这个道理你大概不会懂……"他自问自答地说，随后便又沉默不语。"这是一个良方，它包含全部生命的智慧，"他想，"而那个想和我作对的人只知道其中的一半，思考！"他想起来了，人们也还可以把这理解为"只有诙谐"。他看出了乌尔里希的弱点。诙谐来自于知道，一种语言的智慧，因为它表明这个特性的知识来源，表明它的阴森可怕的、感情贫乏的天性；诙谐的人总是好管闲事，他不顾已有的界线，而情感丰富的人则不越其雷池一步。就这样，狄奥蒂玛和灵魂资金这件事被置于一个更令人高兴的角度之下，而阿恩海姆则边作这样的思考边对索利曼说："这是一个包含全部生命智慧的规章，为此我不让你读书，我敦促你工作！”

索利曼不吭声，露出一副极严肃表情。

“你曾经见过几次我的父亲，”阿恩海姆突然问，“你记得他吗？”

索利曼骨碌碌直转自己双眼的眼白，而阿恩海姆则若有所思地说：“你看，我父亲几乎从不读书。你认为，我父亲多大年纪？”他又不等别人答复便自己补充说：“他已经年逾七旬，只要我们的家族有什么风险，他仍然照样要过问！”说罢，阿恩海姆又默默地来回踱步。他觉得有一种不可抑制的需要，很想谈谈自己的父亲，但是他不能把自己想到的全都说出来。谁也不比他更清楚地知道，他父亲有时也做砸了生意；但是大概谁也不相信他会有这种事，因为一旦人家都说他是个拿破仑式的人物，那么即便打了败仗他也是赢家。所以对于阿恩海姆来说从来也不曾有过别的可能性可以维护自己在父亲身边的地位，而是只有他选择的这个可能性，这就是使精神、政治和社会为商业服务。小阿恩海姆见多识广、能干练达，这似乎也让老阿恩海姆感到高兴；但是如果需要就一个重要问题作出决定，如果人们已经接连几天从生产技术、财政管理上，从精神政治和经济政治的角度进行了讨论和论证，那么，他会表示感谢，却往往下令做与人们向他建议的相反的事，而对人们向他提出的种种异议只报之以困惑而执拗的一笑。甚至经理们也常常对此直摇头，但是每一次情况迟早都表明，老头所说的多半儿没错。情况大致就是，仿佛一位年老的猎人或登山旅行向导不得不听了一次气象学者们的会议，随后却终于按自己的风湿病预卜作出决定。从根本上来说，这丝毫不奇怪，因为风湿病在某些问题上还就是比科学更可靠，而且关键也不单单在于预见是否准确，因为事态的发展总是与人们所想象的不同，主要的事情是，人们机灵和坚韧地顺应它们的不顺从。阿恩海姆本来就应该不难懂得，一个熟悉业务的老手知识渊博，能够做出理论预想不到的事来。但是，尽管如此，一个后果严重的日子还是到来了，在这一天他发现，老萨穆埃尔·阿恩海姆有直觉。

“你知道，什么是直觉吗？”阿恩海姆顺着自己的思绪问，仿佛是在摸索一个可为自己要求谈论此事开脱的理由。索利曼使劲眨巴眼睛，每逢他因忘记办一件事而受盘问，便总是这样眨巴眼睛，而阿恩海姆则再次迅速修正自己的话。“今天我心情很烦躁，”他说，“这个你当然不会知道！但是我现在要对你说的话，你得留神听着：赚取金钱，如你能想象的那样，会使我们处于并非总是高雅的境地。工于计算和千方百计谋取利益，这些永恒的努力同较幸运的时代可以培养的那种伟大的生活形态有抵触。人们曾经能够使谋杀变成高尚品德勇敢，但是用计算是否能做成某种相似的事情，我觉得这是很成问题的；其中没有真正的善意，没有尊严，没有深刻的本性，金钱使一切成为概念，它既合理又令人不愉快；我一看见金钱，不管你理解还是不理解，每一回都必然会想到无信仰检验着的手指头、许多喧哗和许多智力，这些观念我同样无法忍受。”他停住，又陷于孤寂之中。他回想起孩提时代他的亲戚们怎样边抚摩他的脑袋边说，他的小脑袋瓜子好使。一个工于计算的小脑袋瓜子。他憎恨这种看法！在这些光亮的金币里反映出一个已经兴旺发达起来的家族的理念！对自己的家庭感到羞愧，这种心态一定是受到他鄙视的，相反，恰恰是在最上层的圈子里他坚持自己的出身；但是他的家族的理念使他害怕，仿佛那过分热烈的讲话和变化无常的神情是一个家族弱点，这个弱点会使他在人类的顶峰上出丑。

很可能他之所以崇敬非理性原因就在于此。贵族是非理性的：这听起来几乎像是对贵族缺乏理智的一种戏谑，但是阿恩海姆知道这话是什么意思。他只需想一想，自己作为犹太人是怎样没当上预备役军官的；但是由于他身为阿恩海姆也不能担任军士这个低下职位，人们便干脆宣布他不合服役资格，所以他今天仍不赞成一味地把这看作缺乏明智，他并不赞赏与他联系在一起的这种守本分的品性。这一回忆促使他多讲了几句话以充实他向索利曼所作的演讲。“有可能，”他接茬继续往下讲，因为尽管他对此很反感，讲起话来还是很讲究条理，哪怕是在讲离题的话，“有可能是，甚至很有可能是，贵族并不总是恰恰就具有这种我们今天称之为高贵品质的东西。为了积聚大片田产，以便日后在那上面营造自己的高贵，与今天商人的所作所为相比，贵族并不少工于计算一些、少勤勉一些，甚至很可能是商人做起生意来还更诚实一些呢。但是在土地里蕴藏着一种力量，你明白吗，我是说，这力量蕴藏在泥块里，在狩猎中，在战争中，在对上天的信仰中以及在乡村野趣中，一句话，在这些人的身体的活动中，这些人不大活动头脑，只活动手臂和大腿，这股力量就在大自然的近旁，它终于使这些人变得体面、显贵和脱离了种种低级趣味。”

他寻思，他是否一时心血来潮，话说得太多了。如果索利曼不明白这含义，那么这个男孩总会有能力通过主人这一席话让自己对贵族的恭敬之情降下温来。可是这时却发生了某种意想不到的事。索利曼已经烦躁不安地来回挪移了一阵身子，这时他提了一个问题打断主人的话。“请问，”索利曼问，“我的父亲是国王吗？”

阿恩海姆愕然地望着他。“对此我一无所知，”他半严厉、半笑呵呵地回答。但是就在他盯住索利曼的严肃的、几乎是愤怒的脸庞的时候，某种像是受感动的情感渐渐获得了左右他的力量。他喜欢这个男孩对一切事情都很认真。“他完全没有风趣，”他想，“而且实际上充满悲剧色彩。”不知怎么地，他总觉得没有风趣跟生活的沉重和充盈是一码事。他用谆谆劝导的口吻继续回答男孩的提问说：“很少有什么迹象表明你父亲是国王，我倒是认为，他从事过某种次要的职业，因为我是在一个沿海城市的一群杂耍艺人当中找到了你的。”

“我花了您多少钱？”索利曼用疑惑的口吻问。

“啊呀，我的好朋友，这个我今天怎么还会记得！不会多的，我估计。肯定不多！可是这一切与你有什么相干？我们来到这世上，就是为了为我们自己建立我们的王国嘛！我也许明年让你去参加一期商务培训班，在这之后你可以在我们的任意一家办公室里先当学徒干起来。你会有多大出息，这当然取决于你，但是我会关照你的。譬如你以后可以在有色人种已经有权参与决定的地方代表我们的利益；在那儿做事当然得非常小心谨慎，但是，不管怎么说，你是个黑人，这个事实对你总还是有某些益处的嘛。也只有做起事来你才会清楚地看到，你在我的直接监护下度过的这几年时光对你多么有好处，而有一点我现在就可以告诉你，这就是：你属于一个尚还拥有某些自然贵族特性的人种。在中世纪的骑士传说里，黑人国王总是扮演着一个光荣的角色。如果你呵护好你心中的这种精神高尚的东西，呵护好你的尊严、你的善心、坦率、求真的勇气以及克制今天大多数人都有的偏执、嫉妒、猜忌和尖酸刻毒的更大的勇气，如果你能做到这一点，那么你就肯定也会走你的商人之路，因为不仅给世人带来商品，而且也给世人带来一种更好的生活方式，这就是我们的任务。”

由于阿恩海姆很久没有推心置腹地和索利曼谈话了，所以他觉得，这会让他在一个旁听者的面前显得滑稽可笑，但是没有旁听者在场。况且，他所说的这一席话，这仅仅是他所记住的更深层联想的表层而已。就这样，他所说的有关高尚思想和贵族成长的话当即在内心继续恰好按与他的这一席话相反的方向运动起来。于是，他的脑子里闯入了这样的想法：自古以来还从未有过什么事是单单从精神纯洁和善良思想中生成的，一切只从随着时间推移磨去棱角的卑劣行为中生成，而最后甚至连高贵和纯洁的思想也从其中生成！贵族的发展和一家垃圾清理公司发展成为涵盖全世界的康采恩一样，都并非仅仅落在这样的关系上——它们与一种提高了的人性的关联是肯定无疑的，而从这一种发展过程中生成出内涵深刻的银色文化，从另一种发展过程中则生成出阿恩海姆。生活因此而明确地向他提出一项任务，这项任务他以为可以用这个内含深刻矛盾的问题最正确地加以表述：为了创造高尚的思想，哪种程度的卑劣是必要的，可以允许的？但是这期间，在另一个层面上，他的思绪时不时地继续追踪着他对索利曼说过的有关直觉和理性主义的话。阿恩海姆突然栩栩如生地回忆起，他如何第一次向他父亲说明对方是凭直觉做生意。有直觉，当时是所有不能用理智很好地对自己的行为负责的人的一种时尚；它与拥有速度大致起着同样的作用。一切做错的或者在一个人的内心深处没有彻底成功的事都有了正当的理由：这是为直觉或是由于直觉而造成的。人们既利用直觉烹调也利用直觉写书。但是老阿恩海姆却对此懵然无知，他真正是不由自主地抬起头来惊奇地望着他的儿子。这是对这位老人的一种高度赞颂。“赚钱，”他说，“迫使我们奉行一种并不总是高尚的思维。在这方面，我们大商人很可能是责无旁贷，理应在下一个历史转折关头承担领导民众的责任，虽然我们不知道，我们在精神上是否将会有这个能力！但是如果说世界上有什么东西能给我勇气的话，那么这就是你，因为你有一种想象和意志的才能，这是在古老的伟大时代里尚还受上帝指引的国王们和预言家们曾拥有过的那种才能。你怎样抓住一桩买卖，这是一个秘密，我想说，所有计算不到的秘密都具有同等的重要性，不管这是勇气的、发明的秘密还是星辰的秘密！”阿恩海姆无比清晰地在眼前看到，抬起头来望着他的老阿恩海姆怎样在讲完头几句话之后又埋头读起报纸来，不管儿子如何频繁地谈论生意和直觉，他再也不会撂下报纸抬头看儿子一眼。这种父子关系一直存在着，而在一个第三思想层面上，仿佛是在这些回忆影像的银幕上，它现在也在支配着阿恩海姆。他把经常压抑他的他父亲的占压倒优势的经商才干看作某种类似原始自然力的东西，这种原始自然力对内心世界更复杂的儿子来说必定仍然是可望而不可即，他就是用这种原始力使这个榜样脱离徒劳努力的范畴并同时取得一份证明自己家世的叙爵文书。他这个双重诀窍相当奏效。金钱变成一种超人的、神话般的力量，这种力量只有最纯朴的人才完全抵御得住，而他则将他的祖先置于众神之中，恰似古代武士们所做的那样。尽管满怀敬畏，这些武士们很可能依然觉得与自己相比他们神话式的祖先也有点儿未开化。但是在第四层面上，他对位于这第三层面上方的那种微笑便一概无知，他再次转悠着这完全同样的念头，他考虑他尚还希望要在人世间扮演的那个角色。这样的思维层次当然不能按字面去理解，仿佛它们像不同深度的土壤一层层叠在一起似的，而它们无非是一种表达可渗透的、从不同方向涌来的思维活动的方式而已，如果这种思维活动受到强烈情感对应作用的影响的话。阿恩海姆在他的一生中对诙谐和讽刺也都曾怀有过一种几乎是病态的神经过敏的反感，这种反感很可能来源于一种不那么微弱的易犯这两种毛病的遗传素质。他把它压了下去，因为它一直被他看作是不高尚和粗俗而有才智的缩影，但是恰恰是现在，就在他的情感最最高尚并且简直是对才智怀着敌意的时候，在对狄奥蒂玛的关系上显露出了它的迹象，而如果说他的感觉似乎已经踮起足尖的话，那么他就往往受到这个极大机会的诱惑：用那种言辞准确地讲述爱情，讲述他不时从下属或粗鲁人嘴里听说的爱情笑话，以便摆脱他的崇高情绪。他一边从所有这些层面中向上冒出来，一边突然惊讶地盯住索利曼的阴沉而聚精会神的脸，这张脸看上去就像一个黑色的拳击练习球，不可理解的处世之道劈里啪啦往下砸在了这个球上。“我使自己处于多么可笑的境地！”阿恩海姆心中暗想。

当索利曼的主人结束这一席一言堂式的谈话的时候，索利曼的身体似乎在椅子上睡着了，但眼睛却睁大着；眼睛转动了起来，但是身体却不肯动弹，仿佛它还在等候一句唤醒它的话似的。阿恩海姆察觉到这一点，而从这个黑人的目光里则向他流露出一种渴求，渴望了解详情，他究竟用了什么阴谋手段使王子变为仆人的。这种像是用爪子向前抓挠的目光使他当即回忆起那个偷走了他的收藏品的园圃工人，而他则感慨万端地心想，他大概永远不会有这种简单的获取利益的欲望。他突然觉得，这个突然产生的念头只用一句话竟然也标明了他同狄奥蒂玛的关系的特性。怀着忧伤的心情，他觉得在自己的生命的巅峰让一个寒冷的阴影把自己和自己所接触过的一切分开了。对于一个刚刚才讲出了“为了行动，人必须思考”这个原则并总是努力将一切伟大占为己有、使一切渺小铭记自己的意义的人来说，这不是一个简简单单的想法。但是，尽管有着他从不吝惜的意志力，这个阴影却已经来到他和他所要求的对象之间，而阿恩海姆则令自己感到惊异地、有把握地认识到，这个阴影和模糊遮住他的青年时代的那些冥茫敬畏有关联；恰似由于处置失当它们变成了一层薄冰。只有这层薄冰为什么一次也不在狄奥蒂玛回避世情的心灵前融化这个问题，他没法给自己回答。但是这时乌尔里希像一种只是等待着一次接触的令人不愉快的痛苦，又闯入他的脑海。阿恩海姆顿时便意识到，这个人的和他一样，他们的生活都笼罩着同样的阴影，但它在那儿有不同的效果！在人类的激情中，人们很少把一个被另一个人的性格刺激得妒意顿起的人的激情摆到正确的位置上，摆到按其强烈程度而应有的位置上，而他的对乌尔里希的无济于事的恼怒在更深的心底像互相没有认出来的两兄弟的怀有敌意的相会，他的这个发现则是一种非常强烈、同时也非常舒适的感觉。阿恩海姆好奇地这样比较着察看他们俩的性格。乌尔里希比他更缺乏谋取生活利益的粗俗获利意识，而他则没有精细的获利意识，没有获取生存的尊严和重要意义的愿望，这简直令人感到恼火。这个人对生活的重要内涵没有需求。他的讲求实用的热情——这是不可否认的——并不竭力追求对财物的占有；阿恩海姆很可能觉得自己简直要回想起自己的雇员们来了，若不是他们的无私工作态度用到乌尔里希身上本身就会带有某种极其傲慢的色彩的话。可以更确切地说，一个不愿意当占有者的着了魔的人。人们也许能想到一个自愿受穷的战士。似乎也可能是在谈论一个完全理论上的人；只是这又不对了，因为人们实际上根本就不能把他称为一个理论上的人。这时阿恩海姆回想起，有一次自己曾明确向他声明，说是他的思维能力落后于他的实用能力。但是如果人们从实用的角度观察他，那么这个人便完全要不得。阿恩海姆就这样反复思量着，这已经不是第一次了，但是，尽管今天他对自己满腹狐疑，他仍然不可能在哪个个别问题上给乌尔里希以优先权。于是，他得出结论，认为决定性的差别很可能就在于乌尔里希缺少什么东西。然而，总的来说，这个人身上还是有某种精力充沛和放荡不羁的特性。阿恩海姆犹豫不决地承认，这简直使他想到了这个“整体的秘密”——他自己拥有这个秘密并觉得它受到这另一个人的危害。如果这只涉及衡量的理智可接受的东西的话，那么怎么可能把“诙谐”这种同样的不舒适的情感运用在这样一个不现实人身上呢，阿恩海姆曾从一个如他父亲这样极其精通现实的人身上学习害怕这种情感！“所以整个看来这个人缺少什么东西！”阿恩海姆心想，但是仿佛这只是这个确信的另一面似的，他几乎在这同时完全不由自主地想起：“这个人有灵魂！”

这个人拥有精力充沛的灵魂：由于这是一种直觉的灵感，阿恩海姆实在无法详细说明这句话是什么意思。但是无论如何情况就是，每一个人，据他所知，都随着时间的推移而把自己的灵魂溶化在理智、道德和高贵的思想之中，这是一个不容更改的进程；在他的友敌身上这个进程没进行到底，所以还剩下某些东西，其模棱两可的魅力人们不能适当地加以描述，却能从这一点上认识到：这种“某些东西”与不再可以被恰当地计入文化内涵的无感情范畴的因素、理性的和机械的事物建立不寻常的联系。此外，就在他考虑这一切并使自己适应他的哲学著作的表达方式的时候，阿恩海姆一刻也没有认为其中的什么东西是乌尔里希的一个功绩，哪怕这只是他唯一的功绩。因为作出了一项发现的这个印象很强烈，是他自己创立了这些观念，像在一个还没有高扬起来的声音中发现可能存在的光彩的大师。他的思绪在索利曼的脸上渐渐冷却下来，索利曼显然已经不错眼珠地盯住他看了很久，如今以为机会已到，可以继续询问了。意识到不是每一个人都善于凭借这样一个平凡、沉默的半开化的人获得自己的认识，阿恩海姆顿时倍感幸运，自己居然可以成为唯一了解自己对手的秘密的人，虽然在这方面有些情况还不明朗，随着今后事态的发展才能被认清。他只感觉到一个放高利贷者为他的献祭品——他已经把资金投入其中——所感受到的那种爱。也许是索利曼的这副模样，是这个使他突然在心头产生这样的决心：不惜一切价值也要把这个人——他觉得这个人是他自己的冒险的另一种体现——拉到自己身边，哪怕他因此而必须收他当养子也在所不惜！想到对一个还有待具体化的企图这样匆忙确认下来，他笑了，他当即打断由于悲惨的求知欲而脸孔抽搐的索利曼的话，宣布说：“现在可以结束了，你得把我订好的鲜花送到图齐夫人那儿去。如果你还有什么事要问，那么也许我们可以改天再谈。”

一一三

乌尔里希用上层理性和低层理性之间的边缘学科的混合语言与汉斯·塞普和格达谈话

乌尔里希确实不知道，他该怎么办才能满足他父亲的愿望，父亲要求他热情支持社会福利学派，为和伯爵阁下和其他高层爱国者进行一次面谈作好安排。所以，为了彻底忘记这件事，他来拜访格达。他在她家里遇见了汉斯，汉斯立刻转入进攻。“您把菲舍尔经理保护起来了？”

乌尔里希避不作答反问道是否格达对他讲过此事。

是的，格达是对他讲过。

“还要说什么呢？您愿意听听为什么吗？”

“我洗耳恭听！”汉斯要求。

“这不是这么简单的事，亲爱的汉斯。”

“您别说‘亲爱的汉斯’！”

“那好吧，亲爱的格达，”他转过脸去对她说，“这绝不是一件简单的事。关于这件事我已经谈过很多很多，我还以为，您是理解我的呢。”

“我是理解您，但我不相信您的话。”格达回答，却竭力通过她说这话的口吻和望着他的那副神态给她站在汉斯一边的战斗姿态添上某种同乌尔里希和解的色彩。

“我们不相信，”汉斯立刻打断这种比较友好的谈话气氛，“您说这话是当真的，您是打肿了脸充胖子！”

“什么？！您是指这件，人家……没法说清楚的事吗？”乌尔里希问，他立刻领悟到，汉斯的放肆无耻关联到他和格达私下里所说过的话。

“噢，人们是可以把话说得一清二楚的，如果他们说话当真的话！”

“我实在做不到。但是我可以给您讲一个故事。”

“又要讲一个故事！看样子，您像荷马老爷爷，真会讲故事！”汉斯更放肆、更自信地大声嚷嚷。格达用恳求的目光看着他。但是乌尔里希不肯作罢，他继续说：“有一回我堕入情网，我可能和您现在一样的年纪吧。其实我当初是爱上了我的爱情，爱上了我的变化了的状态，不是爱上了与此相关的女人。当初我了解了这种种情况，而今天您，您的朋友们和格达却把这当作了不起的秘密。这就是我要给您讲的故事。”

两个人对这故事如此之短感到吃惊。格达犹豫不决地问：“您曾一度堕入情网……”并与此同时为自己在汉斯面前带着一个年轻女孩子的令人毛骨悚然的好奇心发问而感到恼火。

但是汉斯横插一杠：“这样的事情有什么好说的！您还不如给我们讲讲，您那位落入年迈破产者们手中的表妹在干些什么勾当？”

“她在寻找一个可以使我们祖国的精神在全世界面前呈现出美好景象的思想。您不愿意提个建议助她一臂之力？我完全可以当中间介绍人。”乌尔里希回答。

汉斯讥讽地哈哈大笑：“您为什么装作好像不知道我们要扰乱这个行动似的！”

“是呀，您究竟为什么要对此大为光火呢？”

“因为这是一种恬不知耻的、针对这个国家里的德意志事业的卑劣行为！”汉斯说，“您真的不知道，一个充满希望的反行动正在酝酿之中？人们已经促使德意志民族团注意您的莱恩斯多夫伯爵的种种意图。体操协会已经对伤害德意志精神提出抗议。奥地利高等学校携带武器的大学生社团组织联合会将在近日表态反对迫在眉睫的斯拉夫化，而我所属的德意志青年联盟将不会善罢甘休，哪怕我们不得不走上街头！”汉斯挺直了身子，带着几分骄傲讲述这一席话。尽管如此，他还是补充说：“但是这一切自然都是没什么了不起的！这些人过高估计种种外部条件。关键是，这里压根儿就什么事也成功不了！”

乌尔里希询问原因。据说各大种族一开始就创造了自己的神话，那么有没有一个奥地利神话呢？汉斯向对方反问。一种奥地利原始宗教？一部史诗？天主教和福音新教都不是在此地产生的；印刷术和传统绘画来自德国；王室由瑞士、西班牙、卢森堡提供，技术由英国和德国提供；最美丽的城市，维也纳、布拉格、萨尔茨堡是意大利人和德国人建造的，军事是按拿破仑的模式建立起来的。一个这样的国家不应该想做什么有自己的特色的事，对它来说压根儿只有一条出路，这就是和德国合并——“这么说来，您想从我们这儿了解的情况，您全都已经知道了！”汉斯最后说。

格达不清楚，她该为他感到骄傲还是羞愧。最近她心中又萌动起对乌尔里希的爱慕之情，尽管想自己扮演一个角色这一通情达理的愿望通过她更年轻的男友得到更好的满足。奇怪的是，这位年轻姑娘被这两个互相矛盾的意向搞得不知所措：成为一个老小姐和委身于乌尔里希。这第二个意向是爱情的自然结果，这爱情她几年来就已经感受到，诚然，这是一种不熊熊燃烧而是胆怯地在她心里发热的爱情；而她的感受则类似爱恋一个不体面的人，被侮辱的心灵受到一种好以身相许的可鄙习气的困扰。但是，与此形成奇特的对照的，也许简单自然地作为一种对平静的渴望而与此相关联着的，则是这种预感：她将永远不结婚，在一切梦幻终了时过一种孤寂、平静而有效的生活。这不是从信念中生出的愿望，因为格达看不清与她有关系的事；不如说是一种预感，这是我们的身体有时远比我们的理智更早地感受到的那种预感。汉斯对她所施加的影响也与这有关联。汉斯是一个不引人注目的男孩，骨头突出，个头不高，体格不健壮，在头发上或者衣服上擦手，一有机会就照一面小而圆的铁皮镶边的袖珍镜子，因为他那张不加护养的脸皮上总有一个什么脓包扰得他心神不定。但是格达却完全就是这样来设想不顾种种迫害在地下墓窖里聚会的头一批罗马基督教徒的；这面袖珍镜子很可能不计在内。完全就是这样，也并不就是全部细节全都吻合，但符合一种一般性的、把她和对基督教的想象联系在一起的基本和恐怖的情感；她始终更喜欢沐浴过和擦过油膏的异教徒，但是拥护基督教徒，这意味着一种牺牲，一种人们应该为自己的性格作出的牺牲。这些更高的要求从而使格达散发出一股带霉味的有些令人厌恶的气味，而这种气味则非常适合和这神秘信念相结合——是汉斯为她开拓出了这个神秘信念的领域。

乌尔里希很熟悉这种信念。人们也许得感谢亡魂再现论，感谢它通过滑稽的、让人想起已故厨娘们亡灵的来自乐土的心灵感应满足粗略的形而上学的需要；如果不是上帝，至少是幽灵们想弄明白这种需要，就像想弄明一道菜那样，这道菜在黑暗中冷冰冰顺着咽喉向下流淌。在较古老的时代里，这种与上帝或上帝的伙伴进行个人接触的需要——据说这是在心醉神迷状态中发生的——尽管有着精细和部分神奇的安排，依然是一种粗鲁而尘世的态度和一种极其不寻常和分辨不清的预兆状态的混合。形而上学的东西是放进这种状态的有形之物，是尘世愿望的一个映象，因为人们以为从中看到了某种东西，合乎时势的想象期盼它会使人们看到这一点。但是随着时代一同起变化并变得不可信的，恰恰正是这些才智的想象；假若有人今天想说，上帝曾和他讲过话，曾揪痛他的头发并把他向上提拉到自己身边或者曾以一种不太可以理解、却生动而甜蜜的方式溜进他的胸中，那么，这些他用来表达自己经历的明确的想象就没有人会相信，最不相信的当然是官方的神职人员，因为他们作为一个理智时代的孩子有一种相当通情达理的担忧，他们生怕自己受到兴奋若狂和歇斯底里的追随者们的揭露。结果就是，人们要么必然会认为在中世纪和在古希腊罗马的异教信仰中大量和清晰地存在过的经历是幻觉和病象，要么就产生这样的猜想：这些经历含有某种不依赖神话联系的东西——人们迄今总是使它建立这种联系；一个纯粹的经历核心，即使按照严格的经验原则它也必定是可信的并且随后理所当然地将意味着一件极其重要的事情，远在人们提出这第二个问题来之前：从中可以对我们与超世俗的关系得出哪些结论。就在被纳入神学理性秩序的信仰到处要经受一场与现行理性的怀疑和对立的严重斗争的时候，看来这赤裸裸的、被剥去了一切遗留下来的抽象信仰外壳的、摆脱掉古老宗教观念的、也许几乎无法还可以被叫作唯一宗教上的被神秘攫住的基本经历确实已经广泛传播开来，而这个基本经历则构成那种多种形状的非理性运动的灵魂，它像一只迷途误入白天的夜鸟鬼怪一般，在我们的时代里出没。

这个多种多样的运动的一个古怪的质点也是这圆圈和涡流——汉斯·塞普便在其中扮演着他的角色。如果人们把这些理念加在一起——但按现行的基本观点人们是不可以这样做的，因为他们不喜欢数字和数值——如果人们把这些在这个社会上相互交替的理念加在一起，那么就会遇到试验性婚姻和志同道合式的婚姻，甚至是一夫多妻制和一妻多夫制的腼腆而最初的、完全是柏拉图式的要求。然后，他们会继续在艺术问题上遇到非具体的、指向普遍有效性和永恒性的思想，这思想当初以表现主义的名义轻蔑地回避那粗俗的现象和外壳，回避那“平淡的外表陈列”——对它的忠实描绘在前一代人那儿曾不可思议地被认为是革命性的；但是与这个开门见山直接展现精神和世界的一种“本质陈列”的抽象意图相协调一致的，也有最具体和最有限的意图，亦即乡土艺术的意图，这些年轻人因自己的德意志心灵及其有益的敬畏而觉得自己负有这样的责任；就这样，人们可能还会男女相间地找到最美妙的在时间的道路上被拾起来的禾秆和青草，人们可以用它们为精神筑一个窝，青年的权利、义务和创造力的丰富想象在那里尤其起着一种十分重要的作用，所以我们应该较详细地来论述它们。据说，当代青年没有什么权利可言，因为直至成年为止一个人几乎是不受法律保护的。父亲、母亲、监护人可以随意地给他穿衣、供他食宿，可以随意地惩戒他和——按汉斯·塞普的观点——随意地毁灭他，只要他们不超越一种精细的法律条文界限，一种至多给孩子提供动物式保护的法律条文界限。孩子之属于父母犹如奴隶之属于主人，由于经济上的依赖性孩子就是资本主义的财产和物件。这种“借助于孩子的资本主义”——汉斯起初在什么地方读到对这种资本主义的描述，但后来便自己形成了这种观点——就是他传授给他惊异的、迄今一直在家养尊处优的女弟子格达的最早的知识。说是基督教只减轻了妻子的桎梏，没减轻女儿的；女儿过着艰难困苦的生活，因为她被人用强制手段脱离生活：经过这番准备后他便教她懂得孩子有权利按自己性格的法则去营造自己的教育。说是孩子是富有创造性的，因为孩子在发育成长，在自己塑造自己；孩子如君王，因为孩子向世界展示自己的观念、情感和幻想；孩子不愿意与偶然的现成世界打交道，而是营造自己的理想世界；孩子有自己的性的特性，成年人犯下一种野蛮的罪恶，因为他们通过掠夺他的世界而抹杀他的创造精神，用照搬过来的死的知识材料扼杀他的创造精神并训练他的创造精神去适应某些他不知道的目标。说是孩子做事不讲求目的性，他的创作就是戏耍和温柔成长；如果人们不用强制手段干扰他的话，那么他便什么也不接受，只接受他真正吸纳进自己内心的东西；他接触的每一个物件都有生命，孩子是世界，是宇宙，他看到终极和绝对，虽然他不会表达它：但是人们却教导孩子领悟目的并将他困在被人们虚假地称之为现实的平庸而屡见不鲜的东西上，从而杀死这个孩子！汉斯·塞普作如是说。当他开始将这个学说移植到菲舍尔家里来时，他已经二十一岁了，格达也并不更年轻一些。此外，汉斯早就没有了父亲，对他的母亲——她经营一家小商店，养活他和他的兄弟姊妹——随时都会出言不逊，所以其实不存在什么直接因由，会形成这样一种被压迫者为可怜的孩子们呼吁的哲学。

在接受这种哲学的过程中，格达在一种教育后人的温和教育学癖好和在对莱奥和克莱门蒂娜的态度上的直接战斗性利用之间摇摆不定。相反，汉斯·塞普对待这个问题态度坚定得多。他提出这样的口号：“我们大家都应该是孩子！”他如此顽固地坚持孩子的战斗姿态，这恐怕要归因于早期的独立自主的欲望，但这主要是由于，当初兴起的青年运动的语言是使他的情感变成言语的第一种语言，并且一如一种适当的语言必须做的那样，这语言把他的情感从一句话语引向另一句话语并且在每一句话中所说的内容比人们实际上所知道的还多。所以，“我们大家都应该是孩子”这句话也显示出这些最重要的认识。因为孩子不该为了成为父亲和母亲就扭曲和丢掉自己的本性；当父亲和母亲仅仅是为了成为“公民”，成为世界的奴隶，受束缚和“囿于目的”。所以是那相当具有市民特性的东西，是它使人衰老，而孩子则进行抵抗，不愿成为公民：这样，二十一岁的人不可以举止行为像孩子这样的困难便一下子全消失，因为这场斗争从出生延续到老年，在爱的世界摧毁市民世界时才告结束。这可以说是汉斯·塞普的学说的更高阶段，而所有这一切都是乌尔里希逐渐从格达那儿了解到的。

是他发现了这些年轻人称之为他们的爱情，换句话说也称之为集体的东西，与一种奇特的、极富宗教色彩的、非神话学而神话式的或者也许仅仅是令他感到伤心的简单爱慕状态的后果之间的一种联系，而他们却不知道这种情况，因为他只限于取笑存在于他们之中的自己的痕迹。现在他也以这样的方式对汉斯表示关心并径直问他，为什么他不愿意试一试，利用平行行动去促进“完美无自我者集体”呢？

“因为这无济于事！”汉斯回答。

由此而引出这两个人之间的一场谈话，这场谈话多半会给局外人留下奇特的印象，跟用一种罪犯行话所进行的交谈并非不相似，虽然这种行话无非就是半世俗半教会恋爱的混合语言而已。所以我们就不要复述这次谈话的全文，还是说说大意吧：完美无自我者集体，这是汉斯发现的一个词语，但是，尽管如此，这还是好理解的，因为一个人越是觉得自己无私，世界上的事物就变得越明亮和坚固，他越轻松愉快，便越觉得自己高雅，而这样性质的经验则大概是每个人都有的；只不过就是人们不可以把它与高兴、快活、逍遥自在等等混淆起来，因为如果说这不是已死亡的风俗的，那么也仅仅是低级风俗的代用品。也许人们压根儿就不应该把这种真正的状态称为高雅，而是应该称之为去掉甲胄；去掉自我的甲胄，汉斯作这样的解释。说是人们必须区分两道人的围墙。每逢人做什么好事和不谋私利的事，其中的一道围墙就会被攀越，但是这只是一道矮墙。那道高墙存在于那个尚还最无私的人的自我之中，这是地地道道的原罪；每一种感觉印象，每一种情感，甚至包括献身的情感，在我们的论述中不是一种给予而是一种索取，而这层浸透着利己主义的甲胄人们几乎不能以任何方式逃脱。汉斯一一列举：所以知识无非就是对一样陌生事物的占有；人们像一头动物那样杀死、撕碎并消化它。概念，变得静止不动的被杀死之物。信念，不再可变的，已经冷淡下来的关系。研究等于定位。性格等于不想变化的惰性。认识一个人就如同不再被他感动。洞察力即视力。真实即实事求是和不近人情地进行思维的成功尝试。在所有这些关系中都存在着杀害、严寒，一种对财产和凝固的要求以及私欲和实事求是的、胆怯的、阴险的、不真的无私的一种混合！“什么时候爱情本身，”汉斯问，虽然他只认识内心纯洁的格达，“会是和想让占有或献身相抵的愿望不一样的别的什么东西吗？！”

乌尔里希对这些并非完全一致的论断表示谨慎的同意并作出部分修正。说是忍受和放弃也为我们自己留下一笔存款，这是对的；只要没有无主语的谓语，那么一切行为上都粘着一丝模糊的、在某种程度上可以说是语法上的利己主义阴影。

但是汉斯严词拒绝。他和他的朋友们争论人们应该怎样生活。他们有时认为，每一个人必须首先为自己，然后才为大家活着；此外，他们确信，每一个人只能有一个真正的朋友，但是这位朋友却又需要另一位朋友，由此他们就觉得这集体是一种圈子里的精神联系，像光谱或一节节的连锁。但是，他最乐意相信的是，有一种精神的、仅仅是被利己主义遮蔽住的集体精神法则，一个内心的、巨大的、尚未被利用的生命源泉——他们把种种可能的冒险活动归因于这个生命源泉。比起易受影响的人今天感觉到的大众的隐秘热情，他们的活动力，他们那无意识团结的分子般看不见的过程——这些过程使他们每呼吸一次就想到，最伟大者和最渺小者一样不孤单——比起这些来，在森林里作战并受森林保护的树木不会更无把握；乌尔里希的情形也是这样，他清楚地看到，克制的利己主义——生命由它组成——产生出一种有秩序的结构，与此相比，共同性的气息依然只是模糊联系的一个缩影，而就他个人而言，他甚至是一个倾向于分离的人，但是格达的年轻朋友们对必须被攀越的高墙提出的荒诞无稽的看法总是莫名其妙地让他感到悲哀。

汉斯单调而机械地背诵自己的信条，时而絮絮叨叨，时而猛冲猛撞，两只眼睛直愣愣地看着前方。说是一条不自然的分界线贯穿天地万物并像分割一个苹果那样将其分割，这两半苹果便因此而变干。所以，人们必须以不自然的和反自然的方式在今天掌握往昔人与之一致的东西。但是，人们可以废除这条分界线，通过某种敞开内心，一种改变了的态度，因为某人越能忘记自己、抹去自己、与自身疏远，他心中释放出的为集体的力量就越多，就仿佛这力量从一种错误的联系中被释放出来似的；而他越接近集体，就必定会同时变得越奇特，因为如果人们听懂了汉斯的话，就也会得知，真正独特性的强度不包含在纯粹的特性里，而是因敞开内心而产生，进入参加和献身的不断增长的强度之中，也许一直达到一个完全被世人接受的完美无私者的集体之最高强度，一个人们以这种方式所能达到的最高强度！

这些看似完美无瑕的信条让乌尔里希冥想，人们如何能使这些信条具有真实内容，但是他只是冷冷地问汉斯，他想怎样用这敞开内心之类的办法去具体实施这件事呢？

汉斯在这方面拥有无法比拟的言辞；先验论代替思考的我，哥特式的我代替自然主义的我，客观实体王国代替现象，无条件的经历以及类似的强有力的词语——它们被他硬性纳入无法描述的经验的总体。顺便说明一下，这是使事物受损和提高地位的一个流行的习惯，而由于这种状况，这种有时、也许也经常浮现在他眼前的状况从来也不会保持得比几十个瞬间的短促思索更长久，所以他还多此一举地声言，说是这来世的想象今天显示得硬是变化无常、不清不楚，作出超身体的、当然难以固定下来的展示，而反映出它的成果的，充其量也就是伟大的艺术作品；他谈到“象征”这个他最爱说的词儿，它体现出这些和另外一些极其令人鼓舞的生命征兆，最后谈到日耳曼的、奉献给溃散的日耳曼人血统代表人士的经历，谈到创造和观看这样的东西的经历；以这种“美好旧时代”模式的一种极精细变体的方式，他很方便地解释说，不断地攫取真实存在之物隶属过去并且已经避离当代，而争论恰恰是由这个论断引起的。

乌尔里希对这种迷信空谈感到恼火。汉斯对格达究竟有什么吸引力，这在长时间里对他来说一直是个不明不白的问题。她脸色苍白地坐在一旁，没怎么积极参与谈话。汉斯·塞普有一大套关于恋爱的理论，她很可能是在这套理论中发现了自我的更深层含义。乌尔里希继续引导着谈话，他断言说——对要进行这种谈话心里老大不乐意——一个人感觉到的最大的增强既不是在把遇到的一切据为已有的那种寻常的利己主义的态度中，也不是如朋友们所断言的，在人们可以称之为表白和倾诉式自我增强的态度中出现，其实，这是一种静止状态，一种永远不会有什么变化的静止状态，就像一潭死水。

格达精神为之一振，并问他这话什么意思。

乌尔里希当即回答她说，整个这段时间里汉斯净是在谈爱情，虽然部分地用了强词夺理的言词；他谈到了圣徒爱情、隐士爱情、漫出希望之岸的爱情，这是总是被描绘为一种溶解、一种松散，甚至一种所有世俗关系的颠倒的爱情，并且无论如何不只意味着一种情感，而是意味着一种思维和知觉的变化。

格达望着他，仿佛她要审查，他是否曾经用他超越她的知识的知识以某种方式体验过这种情况，抑或从这个被偷偷爱恋着的人身上，就在他在这里不露许多声色地坐在她身旁的时候，是否会逸出那种奇异的气息，它可以把两个人的身体分开着联合成一体。

乌尔里希感觉到这个考验。他的心情就仿佛是在用一门外语讲话，他能够流畅地用这门外语继续讲下去，但这是外表。这些话并没有在他心中扎根。“在这种情况下，”他说，“在人们越出平素给态度划定的界线的情况下，他们什么都理解，因为心灵只接受和它息息相通的东西；在某种意义上，心灵事先就已经知道自己将会了解到什么情况。恋人们并不能相互述说什么新消息：他们也没有识别能力。因为恋人对自己所爱恋的人毫无认识，恋人只认识到，自己以一种难以描绘的方式被这个自己所爱的人置于内心活动之中。认出一个他所不爱的人，这对他来说就意味着把那个人纳入爱情之中，把那个人像一堵死墙——阳光静卧这堵墙上——那样纳入爱情之中。认出一个无生命之物，这并不意味着将它的个性一一探察，而是意味着一块面纱落下或者一条不属于可感觉世界的界线被废除，那无生命之物也为人所不知、却充满信任地进入恋人们同志般友好的气氛之中。恋人们的本性和奇特的精神相互注视着对方的眼睛；那是同一个行动的两个方向，那是一种向着两个方向的流动和一种两端燃烧。而认识与自己没有关系的一个人或一个物件，这随后也就是根本不可能的了。因为了解情况，这取走事物的某种东西，这些事物保持自己的形态，但是似乎在其中分解为灰，它们之中的某种东西在蒸发，而留下的只是它们的木乃伊。所以对于恋人们来说也没有实情；实情就是一条死胡同、一个终结，是思想的死亡，只要他活着，这思想便像一团火焰的呼吸着的边缘，光亮和黑暗胸贴胸地聚合在这团火焰的边缘。一切都在闪光，某种单一的东西怎么会让人明白易懂呢？！一切都大量存在，些许自信心和明确性有何用途？如果人们已经经历恋人们不再从属于他们自己，而是必须把自己奉送给一切合他们、合这些私下组合在一起的人的意的东西，那么人们如何还能单独为自己渴求什么呢？即使所渴求的恰恰是所钟情之物本身？”

如果人们掌握这门语言，那么就能够不费劲地继续使用它。人们就像手拿一盏灯在行走，这盏灯的微弱光线照在一个又一个生活关系上，而它们全都显出那种样子，就仿佛它们那在不变的日常光线中所有的寻常现象只是粗暴的误解似的。譬如“占有”这个词儿的动作立刻就会显得多么不成体统，如果人们将它用在恋人们身上的话！但是人们想占有原则，难道这就显示了更美好而优雅的愿望了吗？那孩子们的尊重、思想、自己的内心呢？然而，一头用自己的整个身体压住其猎获品的肥胖动物的粗鲁进攻姿态合乎情理地就是资本主义基本和久远的特征，所以其中显示出市民生活占有者和认识和技能拥有者之间的关联，是生活把自己的思想家和艺术家变成这样的拥有者，而爱情和苦行则作为一对孤独的兄妹袖手旁观。这些兄弟姊妹站在一起时不是无目的和无目标的吗，恰恰跟生活的目的和目标相反？但是“目的”和“目标”这些名字源出于射手的语言：无目的和无目标就其本来的关联而言岂不就是意味着不当杀人者吗？所以仅仅跟踪语言的痕迹——一种被抹掉、却泄露真情的痕迹——人们就已经发现，粗略改变了的意识到处迫不及待地取代了已经完全失去了的、更谨慎的关系。这就像一种到处都可以感觉得到的，哪儿也把握不住的关系，乌尔里希放弃继续和他对话，但是这不能怪罪汉斯：他认为，如果人们在什么地方有吸引力，那么整套精心编造的谎言势必就会翻转过来，可是正确地点的概念已经丧失掉。他一再打断并补充乌尔里希的话："如果您想作为研究者来考察这些经历，那么您作为银行职员将在其中看不到任何的东西！一切从经验出发所作的解释都是虚假的，都跳不出低级的、感官上把握得住的认识的圈子！您的求知欲无非是想把世界引回到所谓自然力的一种机械的游手好闲上去！"这就是他的异议和插话。他时而粗暴，时而激昂。他感到自己把事情搞糟了，并把这归咎于这个陌生男人的在场，是这个陌生男人阻止他和格达单独待在一起，因为和她面对面同样的话就会以完全不一样的方式，像闪光的水和盘旋的鹰那样变得清澈和有力，这个他知道；他觉得，他本来可以在这一天大出风头的。同时，他对于听乌尔里希取代自己作如此轻快而详尽的讲话感到非常惊讶和恼怒。实际上乌尔里希讲起话来并不像一个精确的研究者，而是讲的话远比他愿意承担的责任多，尽管如此却并不给人以言不由衷的印象。一种对此感到的压抑的愤怒激励着他。与此有关的是一种特别高涨、轻微焦灼的以这样方式讲话的情绪，而乌尔里希的情绪则处于这种情绪和汉斯的外貌之间。汉斯长着一头茁壮竖起的头发，皮肤护养得极差，举止动作有力而难看，滔滔不绝地讲话——讲话时四溅的飞沫中悬挂着一层像是从心抽出的膜。但是严格地说，乌尔里希一生都处在这件事的两种这样的印象之间，他从来就有能力如此酣畅地谈论这方面的问题，一如他今天所做的那样，并对自己的谈论半信半疑，然而他却从未超越这种游戏般技能的范围，因为他不相信它的内容，不管谈话的兴致和无兴致现在以何种方式保持着一致步调。

可是格达并不注意他因此而时不时像一个滑稽讽刺模仿家插入的带嘲讽意味的异议，而是仅仅处于这样的印象之中：现在他已经自己敞开了内心。她几乎是忧心忡忡地望着他。"他的心肠比他自己承认的软得多。"他一讲话，她便这样想，而一种像一个在胸脯摸索的小孩儿的感觉使她变得毫无抵抗能力。乌尔里希瞥了她一眼。她和汉斯之间所发生的事，他几乎全都知道，因为她对这事感到害怕并觉得需要至少作些暗示性的解释——乌尔里希轻易就能够补充它们——以使自己得到解脱。他们把一般地被年轻恋人们视为目的的占有看作他们所嫌恶的精神资本主义的开端，并且认为自己蔑视身体的激情，但也蔑视那被他们当作市民的理想而视为不可信的意识。这样，就产生了一种非身体和半身体的相互交融、缠绕纠结；用他们的话来说，他们是试图互相肯定，他们感觉到生命体战战兢兢、柔和细致的结合，这种结合之所以产生，是由于：人们互相观察，窥视胸腔和额头后面那隐蔽的波浪起伏，并且在人们自以为互相理解的时刻感觉到相互你中有我、我中有你。然而，在情绪并不完全高昂的时刻，他们也满足于一般性的相互欣赏；随后他们就仅仅是回忆起著名的印象和情景，并且每逢他们相互亲吻，便总是惊讶于——在此不妨重复一个骄傲的词儿——几十个世界都在俯视他们。因为他们互相亲吻。在爱情中他们虽然宣布身体蜷曲的自我的粗俗情感和胃的扭曲一样的低级，可是他们的肢体并不完全照顾灵魂的观点，它们自顾自地紧紧贴在一起。事后，他们俩每一次都完全惘然若失。他们柔弱的哲学承受不住“附近一个人也没有”这样的意识，承受不住昏暗的房间、偎依在一起的身体的迅猛增长的吸引力，而尤其是格达，身为年纪较大的姑娘，她随后便天真无邪而又强劲有力地感受到对尽善尽美的拥抱的渴望，恰似一棵受到什么障碍不能在春天开花的树所能感受到的那样。这些不充分的拥抱，像儿童的亲吻般淡而无味，似高龄老人的爱抚那样没有限度，它们每一回都使她事后变得神情颓然。汉斯却能够较好地顺应这种情势，因为一旦事过境迁，汉斯就把这看作对思想的一种考验。“我们不善于当占有者，”他教导说，“我们是一步一步行走的漫游者。”每逢他发现格达由于没有得到满足而浑身颤抖，便总是毫不迟疑地哪怕不把这看作非日耳曼出身的一种残余也要把这看作她的弱点，并觉得自己像上帝所喜爱的亚当，据说亚当从前拥有过的肋骨使他男人心与信仰疏远了。于是，格达便蔑视他。很可能这就是为什么她至少从前尽可能多给乌尔里希讲述此事的原因。她隐约感到，一个男子汉绝不会像汉斯这样做出这种事来：这个汉斯在伤害了她的感情之后竟像一个孩子那样把他那张淹没在泪水中的脸埋在她的大腿之间。怀着对自己的经历既骄傲又厌倦的心情，她向乌尔里希提供这方面的情况，忧心忡忡地期盼着他会用自己的话摧毁这个充满痛苦的美景。

然而，乌尔里希却很少如同她所期望的这样对她讲话，而是通常说些讥讽的话给她泼冷水，因为虽然格达因此而拒不信任他，他却分明知道，她对自己处在一种对顺从的持久渴望之中，并且汉斯和别的什么人都不能像他这样拥有左右她情绪的力量。他为自己辩白，认为在这个不明不白的邋遢鬼汉斯之后，任何一个别的真正的男子汉处在他的地位也必定会对她起到解救于水火的作用。但是就在他考虑着这一切并骤然感到精神振作的当儿，汉斯已经醒悟过来并试图再次发起攻击。“总而言之，”他说，“您试图用概念来表达有时把一个思想抬高于概念之上一点的东西，这就犯了一个人们可能会犯的最大的错误；但是这大概就是一位学识丰富的先生和我们之间的区别了吧。人们必须先学习过这样的生活，然后也许才能学习这样思维！”他骄傲地添上这一句，而当乌尔里希报之以微微一笑时，他飞快地恶狠狠地说道：“耶稣十二岁便有深刻的理解力，并没有先获得博士学位！”

乌尔里希因此便违背保守秘密的义务，不由自主地给他出了一个主意，这一主意泄露出他只有通过格达才有可能了解到的情况。因为他回敬他说：“我不知道，既然您想过这种生活，您为什么不把这件事进行到底。我要是您，就会拥抱格达，抛开理性的全部疑虑，紧紧搂住格达，直至我们的身体要么化为灰烬，要么跟着官能的变化走并一如我们无法想象的那样回归自身！”

被醋意刺痛的汉斯不望着他，而是望着格达。格达脸色煞白、神态尴尬。“我就会拥抱并紧紧搂住格达”这样的话让她感觉到了这是一个秘密的诺言。人们会如何最合乎逻辑地想象那“另一种生活”，此刻的她完全无所谓，她完全有把握：如果乌尔里希果真愿意，他就会把一切做得合乎情理。汉斯对自己所感觉到的格达的背叛怒不可遏，他对乌尔里希所说的事是否会成功表示怀疑。说是时代不适宜，第一批人必定会完全像第一批飞机那样从一座山上起飞，而不是从一个低谷起飞。说是也许得先来一个人，此人拯救别人使他们摆脱尴尬局面，尔后这最崇高的事才能成功！他觉得没有什么情况表明他就不可能会成为这样的救世主，但是这是他的事情，而除此之外他也不认为当前的低落状态会有能力造就出一个救世主来。

这时乌尔里希回答了几句，说是今天已经有不知多少个救世主。每一个比较好的协会会长都被认为是一个这样的救世主！他确信，即使耶稣本人归来，他碰到的情况也将比任何时候都更糟糕；有道德心的报刊和读书会将会认为他讲话的语气太不富于情感，而世界各大报刊将几乎不会向他敞开大门！这样一来，一切又好像刚开始，谈话回到了起始时的状态，而格达则垂头丧气地坐在那儿。

但是有一点不一样了，乌尔里希的思想乱了，虽然这没有明显表现出来，他的思想和他的言语对不上茬儿。他望着格达。她的身体线条分明，她的皮肤显得疲惫和暗淡。他一下子清楚地认出了她身上有一丝淡淡的老处女似的气息，虽然在使他跟这个爱他的年轻姑娘不能取得一致的拘束心理上，她很可能一直扮演了主要的角色。对此，汉斯显然也用他的集体精神的半身体性质产生过影响，而这集体精神则可能自身同样也有某种与老处女似的情绪并不完全风马牛不相及的东西。格达不合乌尔里希的意，然而他却渴望把这次与格达的谈话继续进行下去。这使他回想起，他曾邀请她去拜访他。她没有露出任何口风，她是已经忘记了这个建议了呢，还是仍记着这个建议，而他却再也找不到机会去偷偷询问她的意向。这在他心头留下一丝焦灼不安的惋惜和一丝欣慰，就好像人们感觉到一个太晚才认识到的危险正从自己身旁经过。

一一四

关系尖锐起来。阿恩海姆宠幸施图姆将军。狄奥蒂玛准备走进无限。乌尔里希幻想像书本中那样生活的可能性

伯爵阁下迫切希望狄奥蒂玛了解一下在七十年代曾激起全奥地利的热情来的马卡特[1]的《周年纪念游行》；他还清楚地记得挂着壁毯的车辆，套上沉甸甸挽具的马匹，吹小号者和人们对那把他们从日常生活中解脱出来的中世纪式服装的骄傲。就这样，狄奥蒂玛、阿恩海姆和乌尔里希从宫廷图书馆里走出来，他们在那儿查阅了同时代人对此的描述。如狄奥蒂玛噘起嘴唇对伯爵阁下预言的那样，这次查阅根本谈不上有什么结果；这样的心灵破烂已经不再能够使人从日常生活中解脱出来。美丽的妇人向她的陪同者们宣布，她想到明媚的阳光下走走，体味一下这一九一四年的气息，这一九一四年和那

① Hans Makart(1840—1884)，奥地利画家。

个腐朽的时代隔着遥远的距离，在几个星期前就已经开始了。狄奥蒂玛在楼梯上说她想步行走回家去，但是他们刚走到户外便碰上了将军，将军正要走进图书馆大门，由于颇有些骄傲于在作这样的学术活动时被人遇见便当即表示愿意向后转并略尽一份绵薄之力加入护送狄奥蒂玛回家的行列。所以，狄奥蒂玛才走了几步便觉得自己累了，她想坐车。可是一时间又没有空车驶过，于是他们大家都站立在图书馆前面的广场上，这是一个像槽一样的长方形广场。它的三面以华丽的旧墙为界，而在第四面，在一座伸长的低矮宫殿前面，则是一条像滑冰场那样闪闪发光的柏油马路。马路上汽车和马车疾驶而过，他们像乘船遇难者那样拼命挥手，可是没有一辆车搭理他们，后来他们终于挥手挥累了或是忘记了挥手，只是偶或还有气无力地重复一下这个动作。

阿恩海姆亲自把一本大书夹在腋下。这是一种让他感到高兴的姿势——对精神俯就并同时怀着敬意。他和将军热烈交谈。“遇上您也来拜访图书馆，我感到高兴；人们应该时不时地到精神的本家来拜谒精神，”他解释说，“但是如今在有地位的人中间这已经成为一桩稀罕事了！”

施图姆将军回答说，他非常熟悉这座图书馆。

阿恩海姆觉得这值得称道。“现在几乎只有作家还在读书，谁也不读书，”他继续说，“您考虑过吗，将军先生，每年印多少本书？我想我还记得，每天光在德国就是一百多本书。每年创办一千多种刊物！每一个人都在写作，每一个人都在随心所欲地把每一个思想当作自己的思想使用，没有人想到要对整体负责！自从教会失去其影响以来，在我们的一片混乱中便不再有什么权威。没有教育样板，没有教育思想。在这种情况下，情感和道德无锚滑动，而最坚定的人也开始动摇，这便是最自然也不过的事了！”

将军感到口干。人们不能说阿恩海姆博士本来就是在对他讲话；他是一个站在一个广场上并说出自己的想法的人。将军回想起，大街上许多人一边急匆匆奔向什么地方一边自言自语地说着话；说得更正确些，是许多平民百姓，因为一个士兵是会让人关押起来、一个军官是会让人送进精神病院的。简直是在首都和政府所在地的中心进行哲学探讨，这给施图姆留下一个不愉快的印象。除了这两个男子以外，广场上阳光下只还站立着一个沉默不语的人，这是一尊铜像，安放在一块大石头上；将军记不得这是谁的塑像，现在根本是第一次看见他。阿恩海姆注意到这尊铜像，便打听这是谁。将军道歉。“人们把他放到这儿来，好让我们敬仰他！”这位强人说，“可是事情就是这样的！每一分钟我们都在机构、问题和要求之间运动，我们只知道其中的最后一件，致使当代不断地伸向过去。如果您允许我这样说的话，那么我们就是直至膝头以上都陷进了有地下室的时代并觉得这是至高无上的当代！”

阿恩海姆微微一笑，他在和人对话呢。他的双唇在阳光下上下嚅动，眼睛里闪烁着光亮就像一艘打信号的轮船。施图姆感到一种不可名状的恐惧；他觉得自己难以一方面在众目睽睽下身穿制服站在广场上引人注目的位置上，一方面又要一再地表示自己在注意倾听如此众多和不寻常的习语。铺路石块缝隙里长着草；这是去年的草，它可能看上去很新鲜，像一具埋在雪堆里的尸体。如果人们考虑到，离这儿不多几步远的柏油路面被汽车合乎时势地擦得锃亮，那么在石块间长着草，这便压根儿就是异常奇怪和很不协调的。将军开始忍受这郁闷不安的灵感之苦：如果他还得长时间倾听下去，那么他可能就会跪倒在地并吃起草来了。他不清楚这是为什么；但是他四下张望，企图寻求乌尔里希和狄奥蒂玛的保护。

这两位已经躲进笼罩在墙角的一片薄薄的模糊阴影里，人们只听见一场发生在他们之间的争吵中那轻得令人无法理解的语声。

“这是一种索然无味的观点！”狄奥蒂玛说。

“什么？”乌尔里希问，语气中与其说透着好奇，不如说带着机械。

“生活中也有具有个人特征的人物！”

乌尔里希尽力从旁边盯住她的眼睛。“嗳呀，”他说，“这方面的问题我们已经谈过了嘛！”

“您冷酷无情！要不您不能总是这样讲话！”她温和地说。暖和的地气从石头板上沿着她的大腿往上升腾，它们像一座雕像的大腿那样被长长的衣裙裹住，令世人难以接近、对世人并不存在。没有迹象表明她察觉到什么。这是一种柔情，一种不带人性的柔情。她的眼睛变得黯淡起来。但是这也许只是她的矜持所造成的印象，在一种她遭受过往行人注目的情况下。她向乌尔里希扭过脸来并费劲地说：“如果一个女人必须在义务和激情之间选择，若不依据自己的性格，那么她该依据什么呢？！”

“您不必选择！”乌尔里希回答。

“您太过分了，我没有说我！”表妹悄声说。

由于他不吭声，他们便共同且怀着敌意地朝广场那边望了片刻。随后，狄奥蒂玛便问：“您认为这可能吗，我们称之为我们的灵魂的东西会从它通常所在的阴影里走出来吗？”

乌尔里希诧异不已地望着她。

“在特殊的、有特权的人的身上。”她补充一句。

“说到底您是在寻觅新闻报导材料吧？”他不信任地问，“阿恩海姆介绍您认识了一家新闻媒体吗？”

狄奥蒂玛失望了。“我没有料想到您会这样误解我！”她责备他，“我说了从阴影里走出来，这是指，从非本意中，从这个发出微光的隐蔽地方，有时我们在那儿会感受到这种不寻常之处。这就像张开了一张网，这张网使我们感到苦恼，因为它既不网住人也不放开人。您不认为有过情况与这不一样的时代？内心活动更强烈地显露出来，个别人走一条照亮的路；一句话，一如人们从前说过的那样，他们走这条神圣的路，而奇迹则变成现实，因为它们无非就是一种永远存在的不同样式的现实！”

狄奥蒂玛对这种自信感到惊讶，凭着这种自信即使没有特别的情绪。这也能简直是现实地被表现出来。乌尔里希心头感到怒不可遏，但是其实他是深深感到了震惊。原来事情已经落到了这步田地，这只大母鸡讲起话来完全和我一个样了？他暗自思忖。他看到狄奥蒂玛的和自己的灵魂以一只正在啄食一条小蠕虫的大母鸡的形态在眼前浮现。对这位贵妇的古老的儿童般的恐惧袭上他的心头，搀和着另一种奇特的情感：让与一个是他的亲戚的人的愚蠢的一致耗尽自己的精力，他觉得这是一件愉快的事。这种一致当然只是偶然和瞎扯。他既不相信亲戚关系的幻术，也不相信自己有可能会——哪怕是在醉意朦胧中——认真看待自己的表妹。但是在最近他有了变化，他软和下来了，他曾经一直是攻击型的心态在减退并显示出发生突变的倾向，以及转变为渴望温情、梦幻、亲情或天知道什么的倾向，这种情况也这样表现出来：与这战斗着的反向进行的情绪、一种凶恶意愿的情绪，有时突然从他胸中迸发出来。

所以，他现在也嘲笑他的表妹。“我认为这是您应尽的责任，相信我这话吧，您要么公开要么私下，但一定要尽可能快地成为阿恩海姆的‘完全彻底’的情妇！”他对她说。

“请您别说了！谈论这个，我没给您这个权利！”狄奥蒂玛严词拒绝。

“我必须谈这个问题！直到不久以前我一直不清楚，您和阿恩海姆究竟是什么关系。但是现在我看清楚了，我觉得您像一个当真想飞到月球上去的人，我真没想到您竟然会有这么多的荒诞不经的想法。”

“我曾对您说过我能走极端！”狄奥蒂玛试图大胆地朝空中望去，但是太阳光把她的瞳孔和眼睑收缩成一副几近滑稽可笑的模样。

“这是爱情渴望谵妄症，”乌尔里希说，“愿望一满足症状也就消失。”他心里在盘算，阿恩海姆会拿他的表妹怎么样。后悔自己的求婚并试图耍花招掩护撤退？可是一走了事、不再返回，这岂不更简单；一个终生在生意场上征战的人，这一点点冷酷无情总还是拿得出来的吧？他记得曾在阿恩海姆身上看到过某些表明一个年纪较长的男人有过激情的迹象；那张脸有时灰黄、松弛、疲倦，看到这张脸就像是看到了一个中午时分床还没铺好的房间。他猜想，这很可能可以用两种大致同样强烈的激情争夺统治地位无结果而造成的那种破坏来加以解释。但是由于他想象不出阿恩海姆在多大程度受到对权势的激情的控制，所以他也就不明白爱情对此所采取的预防措施有多么强烈。

“您是一个怪人！”狄奥蒂玛说，“总是和人们期望的不一样！不是您自己曾对我讲过如天使般的爱情的吗？”

“而您以为人们能真的这样做？”乌尔里希漫不经心地问。

“人们当然不能像您所描述的那样去做！”

“而阿恩海姆竟然是在如天使般地爱您？”乌尔里希轻声笑了起来。

“您别笑嘛！”狄奥蒂玛恼怒地请求，声音几乎有点儿发虚。

“您不知道我为什么笑，”他表示歉意说，“一如人们所说，我是因激动而笑。您和阿恩海姆都是感情细腻的人。您爱读诗，我完全相信您有时会流露出一种情绪，一种不知是什么样的情绪：问题在于，这是什么情绪。而如今您要用您的理想主义有能力提供的全部彻底性去消除它？！”

“您不是总是要求人家精确、彻底的吗？”狄奥蒂玛回敬他。

乌尔里希有些吃惊。“您疯了！”他说，“原谅这个词儿，您疯了！您不要这样！”

这当儿，阿恩海姆已经告诉将军，说是自两个世代以来世界就一直处在最大的变革之中：灵魂将尽。

这刺痛了将军。我的天哪，这又是什么新鲜事！说真的，直到此刻为止他一直跟狄奥蒂玛赌着气地认为，压根儿就没有“灵魂”这一说。在军官学校和在团队里，人们就听不进这一套牧师的说教。但是由于一位大炮钢板和装甲板制造者如此心平气和地谈论这件事，仿佛他看见它就在附近站立着似的，所以将军的眼睛便开始发痒，并忧郁地在这透光的空气中四处转动起来。

可是阿恩海姆没等人请求便自己做起解释来，话语从他的嘴唇，通过一撮剪短的髭须和一撮山羊胡之间的苍白中带点淡红的缝隙涌流出来。据他说，自教会衰落以来，也就是大致在市民文化开始的阶段，灵魂就已经陷于一个萎缩和老化的过程之中。从此它就失去了上帝、固定的价值和理想，而今天的人则已经到了可以没有道德、没有原则，甚至压根儿没经历而活着的地步。

将军不太明白，为什么如果人们没有道德，人们就会没有经历。但是阿恩海姆打开手里拿着的那本大猪皮封面书；这是一份手稿的尊贵翻印本，这份手稿是连像他这样一个非同凡响的凡人也借不出来的。将军看见一个翅膀水平跨越两页的天使站立在一幅图片的中央，此外，画面上还有暗色的土地，金色的天空和奇特的、像云堆聚着的颜色。他望着一种最感人和最美妙的早期中世纪绘画的画风，但是由于他不认识这幅画，倒是对家禽狩猎和描绘这方面题材的作品十分在行，所以他只觉得，一个长着翅膀和长脖子的有生命之物，既不是人也不是鹬，势必意味着一种偏离正道，而他的同伴正是想促使他注意这一点。

这当儿，阿恩海姆用指头指着画像，若有所思地说：“您瞧这儿，这就是奥地利行动的女创建者想归还给世界的东西……”

“哦，哦？！”施图姆回答。他显然把这低估了，如今不得不小心翼翼地说话。

“这个重要的艺术形象，以其完美的朴素，”阿恩海姆继续说，“清楚地显示出我们的时代已经失去的东西。与此相比，我们的科学算得了什么？断简残编！我们的艺术？极限值，没有一个中介体！我们的精神缺少团结的秘密，您瞧，所以这个奥地利计划打动了我的心，它要送给世界一个团结的榜样，一个共同的思想，虽然我认为这个计划并不完全切实可行。我是德国人。今天在整个世界上一切都喧闹和臃肿；但是在德国一切更喧闹。在所有的国家里人们从早到晚辛苦操劳，不管他们是在工作还是在娱乐；但是在我们那儿大家起得更早睡得更晚。计算的和权力的精神已经在全世界失去了与灵魂的联系；但是在德国有着最众多的商人和最强大的军队。”他喜形于色地环顾广场四周，“在奥地利，这一切还没发展到这个程度。这里还有过去，人们保持住了某种原始直觉的东西。如果德意志精神压根儿还有可能得到拯救的话，那么恐怕只有这里的理性主义才能起到这种拯救的作用。可是我担心，”他叹息着补充说，“这恐怕难以成功。一个伟大的思想在今天会遇到太多的阻力。伟大的思想只还可以起到相互阻止被滥用的作用，我们简直是生活在一种用思想武装起来的道德和平状态之中。”

他对自己的这句玩笑话微微一笑。随后他还想起了什么：“您瞧，德国和奥地利的区别，我们刚才谈到过的这个区别，它总是让我回想起打台球：如果人们想依仗计算，不跟着感觉走，那么就会满盘皆输！”

将军猜想，听到武装的道德和平他应该感到受宠若惊才是，于是他就想证明自己在注意倾听。对于打台球他略懂一二。“对不起，”所以他说，“我打台球，也玩九柱戏球，可是我还从未听说德国的和奥地利的球技之间有什么区别？”

阿恩海姆闭上眼睛沉吟了片刻。“我自己从不打台球，”随后他说，“但是我知道，人们可以用高处或低处的球，右边的或左边的球；人们可以击中第二个球的球心或擦过它的边上；人们可以猛烈或轻轻地击球；更猛烈或更轻微选择‘欺诈’；肯定还有许多这样的可能性。我可以在想象中把每一个这样的原理随意分成等级，所以就有几乎无限多的组合可能性。假若我想从理论上弄清它们，那么我就必须在数学和刚体机械学的规律之外也要顾及电学的规律，我就必须知道材料的系数和温度影响，我就必须拥有最精细的协调和分级我的运动脉冲的测定方法，我的距离估计就必须像游标那样精确，我的组合分析能力就必须比一把计算尺还快还可靠，更不用谈误差计算法、散射幅面和这种情况：两个球正确重合的这个有待达到的目标本身并不是一个明确的目标，而是取平均值的一组刚好还充分的事实情况。”

阿恩海姆讲得缓慢，使人不得不注意倾听，仿佛什么东西正在从一个小滴瓶倒进一只玻璃杯里；他不厌其烦，把每一个细节都讲给对面的人听。

“所以您分明看到，”他继续说，“我必须全然有个性并必须做我不可能有和不可能做的事。您一定有足够的数学知识，能够作出判断，哪怕人们只想以这样的方式计算一次简单击球的过程，这也将是一项终生的任务。我们的理智简直就是不中用了！尽管如此，我嘴里衔着一根香烟，心里想着一个曲调，可以说是头上戴着帽子，走到台球桌跟前，几乎没费什么劲儿便分析形势，着手解决任务！将军先生，同样的情况在生活中发生无数次！您不仅是奥地利人，而且也是军官，您必须理解我：政治、荣誉、战争、艺术，生活的这些决定性过程是超然于理智之外的。人的价值就在无理性之中。我们商人也不像您也许想认为的那样计算，而是——我当然是指领导人，小商人反正对每个芬尼都会精打细算的——学习把我们确实卓有成效的想法看作一个糟得无法计算的秘密。谁不喜欢感情、道德、宗教、音乐、诗歌、礼仪、风纪、骑士精神、爽直、坦率、忍耐——您相信我吧——也就永远不会成为一个大商人。所以我一直很欣赏武士阶级；尤其是奥地利的，它奠立在古老的传统上，而我则感到非常高兴，因为您在助夫人一臂之力。我就放心了。除了我们这位年纪较轻的朋友的影响之外，您的影响也是至关重要的。所有伟大的事物都建立在这些同样的特性的基础上。承担崇高的义务是一种福气，将军先生！”

他不由自主地握住施图姆的手，还说道：“很少有人知道，真正伟大的东西永远都是没有根据的。我是说，一切强大的东西都是简单的！”施图姆·封·博尔特韦尔屏住呼吸，他觉得自己几乎一句话也没听懂，感到需要奔回到图书馆里去查阅几个小时的资料，了解一下所有这些观点，这位大人物向他披露这些观点显然是想奉承他。但是最后，在这场春季风暴袭击下，他的头脑一下子豁然开朗了起来。“见鬼，这个人在打我的什么主意！”他心里说。他抬起头来。阿恩海姆还一直双手捧着那本书，但这时却当真准备招呼一辆车过来；他的脸显得兴奋并微微地发红，一个刚刚和别人交换过思想的人便是这样一副神态。将军沉默不语，恰似在讲了一句意义重要的话之后人们出于敬重而沉默不语。假若阿恩海姆打他的主意，那么施图姆将军也可以为造福最高机构而打阿恩海姆的主意。这个想法开辟了这样的可能性：施图姆暂时放弃考虑一切是否确实正确。但是假若书里的那个天使突然举起他的画上去的翅膀，以便让这位聪明的施图姆将军稍稍看一看翅膀下面，这位将军大概是不会觉得自己更困惑、更幸福的！

这当儿，在狄奥蒂玛和乌尔里希的那一角提出了下面的问题：一个处于狄奥蒂玛这样的艰难境地的女人该不该舍弃一时冲动和人通奸，或者做第三种的、混合的事，即这女人也许身体上属于这一个，精神上则属于另一个男人，也许连身体也不属于任何人；关于这第三种状态简直可以说没有任何文字记载，而是只有一种音乐的铿锵音调。而狄奥蒂玛则也还一直死守住这一条线：她根本不是讲自己，而是讲“一个女人”；每逢乌尔里希想把两者混为一谈，她便总是用怒气冲冲的目光制止他。

所以他也讲话绕弯子。“您什么时候见过一条狗？”他问，“您仅仅是这样认为罢了！您始终只是看见了某种让您或多或少有理由觉得那是一条狗的东西。它没有全部狗的特性，它有某种独特性，这又是别的狗所没有的。在生活中我们该如何去做‘正确的事’呢？我们能做某种永远也不是正确的事，某种多多少少有些不正确的事。

“什么时候有过一块砖像定律所规定的那样从屋顶掉落下来？从来没有过！即使在实验室里各事物也不显示出其应有的特性。它们无规则地向四面八方偏离开去，而我们把这当作设计错误并猜想在其中必有一种真正的价值，这却在相当程度上是一种错觉。

“抑或人们找到某些石头并因其共有的特性而称它们为金刚石。但是一块来自非洲，另一块来自亚洲。一块是一个黑人，另一块是一个亚洲人从地下挖出来的。也许这个区别重要得可以抵消那共同的特性，在‘金刚石加环境依然是金刚石’这个公式中，金刚石的使用价值是如此之大，以至于环境的价值在它旁边就不显眼了；可是精神的环境——在这样的环境中，这种情况颠倒过来了——是很容易想象的。

“一切都参与一般，而且还特殊；一切都真，而且还放荡不羁、和任何事物都不可比较。这让我觉得，仿佛任意一个生物的个性恰恰就是那与任何别的东西都不一致的东西。从前有一回我对您说过，我们发现的真实性越多，世界上剩下的独特性就越少，因为早就存在着一场斗争，反对这越来越失去依据的个性。我不知道，如果一切都合理化了，那么最后从我们身上还会剩余下什么。也许什么也不会剩下，但是也许我们赋予个性的错误意义一消失我们就会像接受最美妙的冒险活动那样接受一种新的意义。

“那么您想怎样作出决断呢？‘一个女人’应该按法则行事吗？那她就完全可以以市民的法则为准则。道德是一种完全合理的平均值和集体值，既然人们承认它，人们就得检点行为，严格遵守它。但是有些个别情况不能由道德来决定，它们拥有的道德既不多也不少，恰似它们所拥有的世界的无穷尽性一般！”

“您作了一个演说！”狄奥蒂玛说。她对这些向她提出过分要求的高难程度感到某种满足，想这样来显示自己的优越性：她并不是也这样漫无边际地瞎扯。“一个处于我们讲过的那种境地的女人在现实生活中究竟应该怎么办？”她问。

“听其自便！”乌尔里希回答。

“听谁自便？”

“爱谁谁！她的丈夫，她的情夫，她的舍弃，她的混合物。”

“您确实想象得出这意味着什么吗？”狄奥蒂玛问，她痛心地感到自己回想起，也许舍弃阿恩海姆这一崇高决心因她和图齐在一个房间里睡觉的这个简单事实而每夜都在受到削弱。这个想法多半已被她的表兄揣摩出几分，因为他直截了当地问：“您愿意试试我，看我是否合适吗？”

“试您？”狄奥蒂玛拖长声调回答，她试图用不怀恶意的讥讽进行自卫：“您也许是要就您究竟如何设想这件事向我提出一份报价吧？”

“那敢情好，”乌尔里希严肃地自告奋勇，“您读很多书，对不对？”

“没错。”

“您怎么读的呢？我愿意立刻这样回答：您的理解力省略一切对您不合适的东西。作者同样也是这样做的。在梦中或在想象中您都这样省略。所以我断定：就在人们省略的时候，美或激动便来到这世上。我们在现实世界中的态度显然是一种妥协、一种中间状态，处于这种状态的情感阻止彼此热烈展开并略微混合成灰色。所以，还没有取这种态度的儿童们比成年人更幸运和更不幸。我要马上补充一点，笨人也省略，愚笨使人幸福嘛。所以我建议的第一件事就是：让我们试着互相爱慕，就好像您和我是一个作家笔下的人物似的，在一本书里相会。让我们无论如何省略掉这整个粗体架子吧，它使现实变得圆满。”

狄奥蒂玛急忙提出异议；她现在想把谈话从太浓的个人情调中引开，而且她也想显示，她对提及的这些问题有所理解。“很好，”她回答，“可是人们声称，艺术是现实的一种复原，目的就是，精神振奋地返回到现实中去！”

“而我则很无知，”她的表兄回答，“我断言，绝不会有‘复原’！这是一种什么生活，人们有时不得不用‘复原’把它打得布满窟窿！我们会因为一幅画向我们提出太美好的要求就往这幅画上捅窟窿吗？在永恒的幸福中规定了休假星期吗？我向您承认，有时甚至一想到睡眠我就会感到不舒服。”

“哦，您看，”狄奥蒂玛打断他，她抓住这个例子不放，“您所说的话多么不自然！一个人不需要安宁和休息！这个例子最好不过地说明了您和阿恩海姆之间的区别。一方面是一个不知道万物皆有阴影的人，而另一方面则是一个正在从充分的人性中，带着阴影和阳光成长起来的人！”

“毫无疑问我过甚其词，”乌尔里希不动声色地承认，“如果我们详细讨论这个问题，您将会更清楚地认识到这一点。让我们想一想大作家们吧。人们可以以他们为自己生活的榜样，但是人们却不能从他们身上压榨出生活来。他们如此有力地塑造了这种使他们感动的东西，它像受挤压的金属那样在字里行间站着。但是他们究竟说了什么了？没有一个人知道。他们自己就从未把这完全弄清楚过。他们像一块田地，蜜蜂在这块田地上空飞翔。他们自己同时就是一种来回飞翔。他们的思想和情感有各种程度的转化——这是真实或者也是万不得已时可以指出的错误，与我们可以观察到的擅自接近或摆脱我们的可变化性格之间的转化。

“使一本书的思想脱离它的樊篱，这是不可能的。它像一个人的脸那样向我们示意——这张脸在别的脸的行列里从我们身旁掠过并瞬间意义深长地出现。我大概又有些夸张了，但是现在我想问您：难道在我们的生活中会发生什么不同于我所描述的情况吗？我不愿意谈论那些精确的、可测定和可阐明的印象，但是所有别的作为我们生活依据的概念无非都是僵化的譬喻罢了。一个如男性概念这么简单的概念不是已经在多少种观念之间动摇不定了吗！这是一丝儿气息，它随着每一次呼吸改变自己的形态，没有任何东西是固定的，没有任何印象、任何秩序是不变的。如果我们如我已经说过的那样在读文学作品时省略不适宜于我们的内容，那么我们没有做任何别的事，仅仅是恢复生活的本来状态而已。”

“亲爱的朋友，”狄奥蒂玛说，“我觉得这些话言之无物。”乌尔里希方才停顿了片刻，狄奥蒂玛便乘机插入这句话。

“嗯，似乎是的。我希望，我没有太提高嗓门讲话。”他回答。

“您讲得快速、轻声和长久，”她略带讥讽地补充说，“但是，尽管如此，您原本想说的话一句也没讲。您知道吗，您又给我解释了什么？人们必须废除现实！我向您承认，自从我第一次听您讲这个看法，我记得那是在我们郊游的时候，就一直未能将它忘却，我不知道为什么。但是这件事您打算怎样去做，可惜您又是没说！”

“显然，我还得至少再这么长时间地讲一次。但是难道您指望事情会很简单吗？如果我没有搞错，您曾说过，您想和阿恩海姆一道远走高飞，去过一种圣洁的生活。您把这设想为第二种现实。而我所说的，我的意思却是，人们必须重新夺取非现实，现实不再有什么意义！”

“哦，可是阿恩海姆恐怕不会同意这样的看法！”狄奥蒂玛说。

“当然不会，这就是我们之间的矛盾。他吃、喝、睡，是了不起的阿恩海姆，却不知道他该不该娶您，他想使这种情况具有一种意义，为此他一向就聚集了全部精神财富。”乌尔里希突然顿住，继而就沉默不语起来。

片刻过后，他改变话题问：“您能告诉我吗，为什么我偏偏和您进行这样的谈话？此时此刻我回想起我的童年时代。我是个好孩子——这一点您大概不会相信——温和得像一个月明如昼的夜晚的温暖空气。我能够无限地爱恋上一只狗或者一把刀——”他也没有把这句话讲完。

狄奥蒂玛疑惑不解地望着他。她又回想起，他当初曾竭力主张“感情的精确性”，而如今却说反对的话。有一回，他甚至曾指责阿恩海姆意识不够纯洁，可今天却主张听其自然。令她感到不安的是，乌尔里希主张“没有休假的感情”，而阿恩海姆则模棱两可地说过，人们永远也不应该全身心地恨或全身心地爱！她觉得自己对这个思想很没把握。

“难道您真的以为有一种无限的感受？”乌尔里希问。

“噢，有无限的感情！”狄奥蒂玛回答，心里又感到踏实了起来。

"您看，我不太相信这种事，"乌尔里希漫不经心地说，"奇怪的是，我们经常谈论它，但是这恰恰正是我们终生回避的，仿佛我们会在其中溺死似的。"他发现狄奥蒂玛没注意听，而是烦躁不安地朝阿恩海姆那边望去，后者正在用眼睛搜寻一辆车。

"我担心，"她说，"我们必须使他摆脱将军的纠缠。"

"我去拦一辆车，我来照管好将军吧。"乌尔里希自告奋勇。就在他要离去的时刻，狄奥蒂玛把手搁在他的胳臂上，为了友好地酬谢他的努力而用温柔同意的口吻说："任何一种不同于无限的感情的感情都是无价值的。"

一一五

你的乳头像一片罂粟叶

按照在大稳定时期之后是剧烈动荡的规律，博娜黛婀也故态复萌。她接近狄奥蒂玛的尝试一直徒劳无益，想用两个情敌交好并把他撂一边的办法惩罚乌尔里希的美好意图成为泡影——这是一种幻想，她为此献出了许多梦幻。她不得不屈尊又去敲她情人的门，但是这位情人似乎把事情安排得使她的梦幻不断受到扰乱，而一碰上他那毫无激情的友好态度，她想用来向他说明为什么尽管对方不配自己还是又来的一套说辞便都化为乌有。想因此而和他大吵大闹一场，这个渴望极度困扰着她，但是另一方面，她有道德修养的态度又禁止她这样做，致使她渐渐对这一度自以为具有的长处很感到厌恶。在夜晚，不满足的肉欲引起的那颗胖脑袋在她的肩上就像一个椰子——它那猴子毛发般的外壳由于造化的一个错误向里长了。最后，她满腔无可奈何的愤怒，一如一个被人夺走了酒瓶的酒徒。她在心里暗暗咒骂狄奥蒂玛，称她为女骗子、臭娘儿们，而她的幻想则给高贵女性的尊贵——其魅力正是狄奥蒂玛的秘密——加上内行的注释，模仿这副相貌给她带来莫大的愉悦，这成为博娜黛婀的监狱，她从这座监狱逃进荒凉自由之中；烫发钳和镜子失去了把她塑造成理想形象的力量，而与此同时那种不自然的意识状态——她曾处于这种状态——也在崩溃。甚至连尽管命途多舛博娜黛娴也总是美不胜收地享用过的睡眠，现在到了晚上有时也姗姗来迟，这对她来说是新鲜事，所以她竟觉得这像病态失眠症。在这种情况下，她感觉到了所有的人在真正罹病时所感觉到的情形：精神逃遁并像弃置一个伤员那样将肉体弃置不顾。每逢博娜黛娴像躺在灼热的沙滩上那样受到种种诱惑的煎熬，她便觉得她曾钦佩过的狄奥蒂玛的种种聪明的絮叨话离她很远很远，她真诚地蔑视它们。

由于下不了再次造访乌尔里希的决心，她便又想出一个重新争取他赞成自然感觉的计划，这个行动的结尾已经首先想好：如果乌尔里希在狄奥蒂玛那儿，她就闯这个女勾引者的家。在狄奥蒂玛家里的会谈显然仅仅是托词，不是真正想为公众做点什么，而是为了互相奉承。博娜黛娴则相反，她要为公众做点事，这样她的计划的开端也就已经想好了：因为谁也不再照管莫斯布鲁格尔，而就在此人走向灭亡的当儿，别人却在说大话！博娜黛娴对莫斯布鲁格尔又将帮自己摆脱困境丝毫也不感到惊异。假若她曾对他进行过认真思考，那么她一定会觉得他很可怕，但是她只想："既然乌尔里希已经这样同情他，那他也就不应该忘记他！"在进一步琢磨她的计划时，她还想起了两个细节：她回想起，乌尔里希在谈到这个杀人犯时曾断言，说是人们拥有第二个灵魂，这个灵魂始终是无辜的，而一个有刑事责任能力的人则始终能采取不同的做法，但是无刑事责任能力的人却永远也不能；她从中得出类似这样的结论：她愿意当个无刑事责任能力人，这样她就是无辜的，一种乌尔里希也没有的状态，一种应为他好而使他具有的状态——穿得像参加社交聚会那样得体，她为实施这个计划而接连好几个晚上在狄奥蒂玛的窗前徘徊，她不需要等待很久，那整排窗户便象征着内部活动亮了起来。对她的丈夫她说是受到了邀请，但她从不久待；在她尚还缺乏勇气的不多几天里，从这样谎言中，从晚上这样在一所她不该进入的房屋前的来回踱步中，产生出一种不断增长的推动力，这种推动力很快就会驱使她上楼去。她可能会让熟人看见，被她偶然从这儿经过的丈夫发现；她可能会引起门房的注意，一个警察可能会心血来潮盘问起她来：她越是溜达得频繁，便觉得这些危险越大，如果还久拖不决，就越有可能会发生意外事件。嗯，博娜黛娴倒也并没少无声地溜进大门或在不愿被人看见的道路上行走过，但这时她像有一个保护天使在她这一边似的意识到，这不可避免地属于她想得到的东西，而这一回她却要闯入这样一所房屋：没有人期盼她到来，她所面临的将是一片渺茫；她的心情就像一个女刺客，这个女刺客一开始没把整件事想好，但在客观环境的推动下进入这样一种状态：一支手枪的响声、飞溅的盐酸珠子空气中的闪光，几乎不再意味着一种情绪的提高。

博娜黛娴没有这样的意图，但是当她终于真的按铃并走进去时，她处于相似的精神孤寂状态。小拉喜儿悄悄走近乌尔里希并告诉他，外面有人要和他说话，但没泄露“有人”是一位蒙着厚面纱的陌生女人，而当她在他身后关上客厅门时，博娜黛娴掀开了脸上的面纱。这时，她坚定不移地深信莫斯布鲁格尔的命运刻不容缓，迎候乌尔里希时不像一个犯醋劲儿的情妇，而是像一个气喘吁吁的马拉松赛跑运动员。她不费劲儿地凭空捏造补充说，她的丈夫昨天告诉她，说是莫斯布鲁格尔不久就没救了。“我最憎恨的，”她最后说，“莫过于这类伤风败俗的杀人犯。但是，尽管如此，我还是甘冒可能在这里被当作闯入者的风险，因为你现在必须立刻回到这家的女主人和很有影响的客人们身边，并把你的事情提出来讨论，如果你还想取得什么成果的话！”她不知道自己会得到什么结果。乌尔里希会受到感动而千恩万谢，他会把狄奥蒂玛叫出来，狄奥蒂玛会和她以及他一道退回到一个僻静的房间里去吗？狄奥蒂玛也许一听到讲话声音就会被引诱到会客室里来，到时候她就要向她表明，她，博娜黛娴，并不是最没有资格关怀乌尔里希的高贵情感的女人！她的眼睛闪着湿乎乎的光，她的双手颤抖。她大声讲话。乌尔里希很是感到难堪，他不住地微笑作为无可奈何的手段，想以此安抚她并赢得时间考虑如何才能使她相信她必须尽快离开此地。形势是严峻的，倘若不是拉喜儿帮了一把的话，事情本来也许也会以博娜黛娴歇斯底里的发作而告终。整个这段时间里，小拉喜儿一直睁大着发光的眼睛站立在离这两个人不远之处。当这位陌生而美丽的、浑身烦躁不安的女士要求跟乌尔里希谈话，她立刻就猜到其中必有隐情。她倾听了大部分谈话内容，而莫斯布鲁格尔这个名字的一个个音节则像枪炮声那样传入她的耳中。这个因忧愁、渴求和嫉妒而剧烈颤动的女人的声音把她吸引住了，虽然她不理解这些情感。她猜想这个女人大概是乌尔里希的情妇，此刻便比平时倍加强烈地爱恋他。她觉得自己不由自主地要做一件事，就仿佛有人要放声歌唱，而她则必须和唱似的。就这样，她一边用目光请求保持沉默，一边打开一扇房门并邀请这两位走进这个唯一没有被来宾占用的房间。这是她所犯下的第一个对她的女主人明显不忠的行为，因为她分明知道，这将会揭示出一个什么样的秘密；但是世界是如此美丽，而美妙的激动情绪又是一种如此杂乱的状态，致使她竟顾不上考虑它。

当灯光亮起来，博娜黛婀的眼睛渐渐看清她置身何地时，双腿几乎软绵绵支撑不住自己的身体了，面颊上泛起嫉妒的红晕，因为这是狄奥蒂玛的卧室，她四下打量这间卧室，到处摆放着袜子、发刷以及许多别的东西，这些东西之所以狼藉不堪，显然是因为一个女人从头到脚匆匆忙忙更衣打扮参加一个社交聚会而侍女又来不及整理，或者如同此例，因为反正第二天早晨一切都要彻底收拾所以也就暂且不去管它；因为在举行盛大社交活动的晚上，卧室也必须充当家具存储室，以便把其余的房间腾出来。空气中有股这些紧紧挤放在一起的家具的味道，有香粉、肥皂和香精的味道。“这小家伙干了一件蠢事，我们不能待在这儿！”乌尔里希笑道，“根本你就不应该来，这给莫斯布鲁格尔什么忙也帮不了的。”

“你说，我不应该上这儿来了？”博娜黛婀几乎不出声地重复说。她向四下里张望。她哭丧着脸暗自思忖，假如这女仆不是养成了这样的习惯，那她怎么会想到把乌尔里希带进房子的深处呢？！但是她没有勇气向他明确指出这一点来，而是用责备的口吻轻声说：“正在发生如此不公正的事，你居然还能睡安稳觉？我接连几夜睡不着觉，所以我下定决心来找你！”她背对着房间，站在窗口，凝视从外面向她眼前逼近过来的一团闪光而不透明物体。这可能是树梢、或者一座庭院的深处。既然知道这间房间不面向大街，那么，尽管她情绪激动，她也就算熟悉了这儿的地形了；人们可能会从别的窗户朝这里面看，而她一想到，如今她和她不忠实的情人一道，窗帘拉开、灯光照耀，站立在她情敌卧室里一个陌生而昏暗的观众厅前，这便使她非常激动。她脱下帽子，敞开大衣，她的额头和两个乳房的暖烘烘的乳头触到冷丝丝的窗户玻璃，温情的眼泪湿润了她的眼睛。她慢慢摆脱忧伤情绪，又向她的朋友扭过脸来，但是某种她方才凝视过的软和而稀松的黑色却依然留在她的眼睛里，现在这双眼睛有一种无意识的深沉。“乌尔里希！”她恳切地说，“你不坏，你只是装作这副模样！你尽量给自己制造麻烦，不想做好人！”

形势因博娜黛婀的这几句极其聪明的话而重新变得严峻起来。这已经不是受其身体支配的女人对在高尚心灵中寻找慰藉的可笑渴望，而是这个美丽的身体自己说出了它对温柔庄重的爱情的权利。他走到她身边，用胳臂搂住她的肩膀；他们又把脸转向那片朦胧夜色，一块儿向窗外望去。在那片好似无限的黑暗中，一些来自屋内的亮光散射开来，这情景看上去就好像一团团柔和的浓雾充满了空气。出于某种原因，乌尔里希最强烈地感觉到自己正在凝视窗外一派和煦而寒冷的十月夜色，虽然时令正值暮冬；他觉得城市就像裹上了一条巨大羊毛毯似的笼罩在这片夜色里。随后乌尔里希便想起，人们同样也可以在说到一条羊毛毯时，说它像一个十月的夜晚。他全身感到一种轻柔的不安全，把博娜黛婀往自己身边拉了拉。

“你现在要进去吗？”博娜黛婀问。

“去阻止莫斯布鲁格尔就要遭受到的冤屈？不，我根本就不知道他是否真的遭受冤屈！我知道他什么？有一次他受审，我匆匆见过他一面，另外我读过一些有关他的报导。这就好比，我曾幻想你的乳头，幻想它像一片罂粟叶，因此我就可以真的认为它是一片罂粟叶吗？”

他在考虑。博娜黛婀也在考虑。他想，确实是这样，一个人，即便实事求是地来评价，其意义也不比一系列譬喻更重要多少。博娜黛婀经思考而得出结论：“来，我们离开这儿！”

“这是不可能的，”乌尔里希回答，“人们会问我在哪儿待着，而一旦泄露出你的来访，那么就会招致非议，引起轰动。”

沉默、看窗外以及某种他们不加区别可能是十月夜、正月夜、羊毛巾、痛苦或幸福的东西又把这两个人联合在一起。

“为什么你永远不做近在眼前的事？”博娜黛婀问。

他蓦然间回想起一个一定是在最近做过的梦。他属于很少做梦或至少从不回想梦境的人之列，所以这使他感到奇特：这个回忆的大门竟猝然开启并让他进入其中。他曾多次徒劳地试图横越一个陡峭的山坡，每一次都被剧烈的眩晕感觉驱赶回来。不需多作解释，他现在就知道这个经历与莫斯布鲁格尔有关联，但此人却从未在梦境中出现。一如一个梦中的形象往往有多层含意，这也意味着他的精神以身体的方式所作的种种徒劳尝试，这些尝试最近一再在他的谈话和关系中表现出来，并且完全就像一种没有道路的行走，它不越出某一个地点。他忍不住讥笑他的梦竟然自然而真切地描绘了这样一幅情景：光滑的石头和下滑的泥土，有些地方一棵孤零零的树作支撑或目标，外加行走时高度差的迅猛增长。他试着走得更高和更低时而同样都失败了，他已经感到头晕不舒服，这时他对某个和他一起行走的人解释说，我们别走这条路了吧，下面谷底反正有一条舒适、快捷的路！这清清楚楚！此外，乌尔里希还觉得，他身边的那个人完全有可能就是博娜黛婀。也许他确实也曾梦见她的乳头像一片罂粟叶；某种不连贯的东西，某种对于寻觅的情感来说很可能是畏畏缩缩、暗黑而淡紫中透出紫红的东西，像一团雾从一个还没照亮的角落飘逸出来。

在这个时刻出现了那种清醒的意识，让人窥探到了它的内幕，连同在这期间所发生的一切事，即使人们远远不能说明这个印象。对于一个梦和他所表述的东西之间存在的关系，他是稔熟的，因为这不是别的什么关系，这是类比法的、譬喻的关系，这是他一度常常在脑子里思考的那种关系。一个譬喻含有一句真话和一句假话，为情感而不可分解地互相结合在一起。如果人们实事求是地对待它，并且用知觉按现实方式安排它，那么就会产生梦和艺术，但是在它们与现实的、丰满的生活之间耸立着一道玻璃墙。如果人们用理智对待它并把不确实的东西和完全一致的东西分隔开来，那么就会产生真实和知识，但是人们就会破坏情感。按照那些将某种有机物分裂成两部分的菌种的方式，人类部落把譬喻的原始生命状态化解为现实和真实的坚固物质，化解为预感、信仰和仿效天然的玻璃状氛围。看来在这之间不存在第三种可能性。但是如果人们没有多加思索便着手去做这件事，那么某种不明确的东西就会多么频繁地产生预期的结果！乌尔里希觉得，在他的思绪曾经常带领他穿越的这一片街头嚣扰中，现在自己站在中心广场上，一切从这里散射开去。他已经对博娜黛婀讲了所有这些话当中的一点点，作为对“为什么你永远不做近在眼前的事”这个问题的回答。这些话她大概没听明白，但是这无疑是她的大的日子。她沉吟片刻，旋即更紧地挽住乌尔里希的胳臂并用总结的口吻回答说：“在梦中你也不是在思考，而是在经历某一个故事！”这几乎是真的。他握住她的手。她眼里突然又含着泪水。泪水缓缓从她脸上流淌下来，而从浸透着眼泪盐分的皮肤上升起一股无法描述的爱的芬芳。乌尔里希吸入这股香味，心头顿时泛起对这种滑溜溜、黏糊糊、对下沉和忘却的强烈思念。但是他敛一敛神，温存多情地把她领回到门口。他在此刻确信，他还有一些事要干，不可以沉溺于不充分的意向而不可自拔。“现在你必须离开这儿，”他小声说，“别生我的气，我不知道我们什么时候能再次见面，我现在自顾不暇！”

奇迹发生了，博娜黛婀不反对这样做，没说任何恼怒而高傲的话。她不再嫉妒了。她觉得，她经历了一个故事。她巴不得能把他裹在自己的臂弯里；她隐约感到必须把他拉到地上来；她真想在他的额头上做一个防卫十字形记号，她对自己的孩子就是这样做的。她觉得这简直美妙已极，她会乐此不疲的。她戴上帽子，吻他，随后她又隔着面纱吻他一次，面纱的细丝因此而变得像通红的铁栅一样炽热。

凭借着在门口守卫和偷听的侍女的帮助，乌尔里希终于让博娜黛婀悄然离去，虽然屋里宾客们都纷纷开始起身告辞。乌尔里希把一张面额较大的钞票塞在拉喜儿的手里以示感谢，并说了几句赞扬她沉着镇定的话；拉喜儿为两个人而感到如此激动，她的手在握着钞票的同时不知不觉间竟也久久地紧紧握住了他的手，直至最后他才忍不住笑了笑，亲切地拍了拍这个这时突然变得满脸通红的女人的肩膀。

一一六

两棵生命之树以及一个准确性和心灵总秘书处的要求

今晚图齐府上不再有从前那样多的客人，参与平行行动的热度在减弱，已经来了的人告退得比平时更早。连最后时刻伯爵阁下的到来——顺便说及，他脸色阴沉、面带愁容、情绪不好，因为他得到了有关反对他的事业的民族主义颠覆活动的令人震惊的消息——也阻挡不了这种下滑的势头。人们犹豫片刻，期望着他的到来也许会带来特别的消息，但是当他不显露出任何这种迹象并且很少照管在场的人，最后留下的几个人便也悄悄溜走。所以，当乌尔里希重新露面时，他吃惊地发现，各个房间里几乎都空落落的，而随后不久便只有这个“最紧密的圈子”里的人单独待在这些孤寂的房间里，只多了图齐司长，他已经回到家里来了。

伯爵阁下重复道：“人们不妨说一个八十八岁的和平君主是象征，其中含有一个伟大的思想，但是人们必须使之也具有政治内容！这是极其自然的事，否则兴趣就会减弱。这就是说，我该做的，你们瞧，我都已经做了；具有德意志民族意识的人因维斯尼茨基而大为恼火，因为他们说，他是个亲斯拉夫的人，而斯拉夫人也大为恼火，因为他们说，他在部长任期内是只披着羊皮的狼：可是这只能说明他是一个真正爱国的、超越各党派之上的人物。我坚持举荐他！因此现在就必须也尽快向文化方面对这进行补充，使人们可以得到某种积极的东西。我们就确定参与的各界民众的愿望而作的调查进展太缓慢。一个奥地利年或一个国际年确实很不错，但是我想说，一切，大凡是一个象征，就必须渐渐变成某种真正的东西；这就是说，只要这是一个象征，我就让我的情绪受它感染而自己还懵然不知，但是后来我回避这面情绪镜子并做出某种完全不一样的事，现在这事已征得了我的同意。我想以此表达什么意思，大家明白了吗？我们的亲爱的夫人殚精竭虑，这里已经对这些确实值得知道的事情谈论了数月之久，但是，尽管如此，参与热度却在减弱，而我则感觉到，我们必须赶快下定决心采取什么行动。我不知道什么行动，也许是为斯特凡大教堂第二塔楼或为一个皇帝及国王的非洲殖民地做点什么事，这都无所谓。因为我确信，然后也许在最后一刻还会从中产生出完全不一样的结果来：主要的事情是，人们必须及时把参与者们的创造才能充分调动起来，免得它渐渐泯灭！”

莱恩斯多夫伯爵感到自己作了有益的讲话。阿恩海姆发言代表其他人作答：“您所说的有必要在某些时刻用行动促进思考，哪怕这只是一种暂时的行动，这些话是极其符合生活的真实的！从这个意义上来说，自一些时候以来在到这里来聚会的有才智的人士中间笼罩着一种情绪变化。开始时人们颇受其折磨的漫无头绪状态已经消失；几乎再也不出现什么新的建议，较旧的建议几乎没被再提及，反正没有受到持之以恒的护卫。给人的印象是，通过接受邀请就已经承担起达成一致的义务的这个意识在各方面都已经觉醒，所以如今每一个多少有些可以采纳的建议似乎都有希望获得普遍赞同。”

“亲爱的博士，我们那儿情况怎么样？”伯爵阁下扭过脸去问这时已被他发现了的乌尔里希，“我们那儿也已经明朗了吗？”

乌尔里希不得不否认。书面交换意见比个人面谈乐趣大得多得多，可以不慌不忙地进行，改进建议抵达的浪潮也不消退。所以，他还一直在建立协会并以伯爵阁下的名义介绍它们和各部取得联系，而最近各部的与这些协会打交道的热情却明显减弱了。这就是他所报告的情况。

“不奇怪！”伯爵阁下向在场的人扭过脸来说，“在我们的人民当中蕴含着多得难以令人置信的国家思想。但是人们得像一部百科全书那样博学多才，才能从各个方面使这种国家思想得到满足。这使部长们感到简直是个累赘，这也证明是时候了，我们必须从上面进行干预。”

“在这方面，”阿恩海姆再次发言，“伯爵阁下可能会觉得这是值得注意的：施图姆将军先生最近已经越来越引起会议参与者们的注目。”

莱恩斯多夫伯爵第一次看着将军。“凭什么呢？”他问，丝毫也不花气力去掩饰这个问题的不礼貌。

“可我实在是不敢当！这根本就不是我有意的！”施图姆·封·博尔特韦尔羞惭地推辞说，“士兵在会议室里只宜承担一项适度的任务，我颇遵守这句话。但阁下记得，在第一次会议上，可以说是履行我的士兵职责吧，我立即就曾请求委员会在阐述一个特别的思想时若想不起什么别的事来不妨就想着，我们的炮兵没有现代化的大炮，我们的海军也没有战舰，这就是说，没有足够的战舰去完成我们可能面临的保卫国土任务……”

“嗯？”伯爵阁下打断他的话，用惊讶而询问的目光瞥了狄奥蒂玛一眼，这目光里不加掩饰地流露出他的不悦。

狄奥蒂玛抬起美丽的双肩，又无奢望地垂下双肩，她几乎已经习惯于这位矮胖将军鬼使神差般地，像一个噩梦那样到处伴随着她一起出现。

“而恰恰是在最近，”施图姆·封·博尔特韦尔急忙接茬说，也好不致在成绩面前显得过分谦逊，“曾有过这样的呼声，它们是会支持这种做法的，如果有人牵头提出这样一个建议来的话。人们说过了嘛，陆军和海军是一个共同的概念，终究也是一个伟大的概念，很可能人们以此也可以让陛下感到愉快。普鲁士人就会因此目瞪口呆——请原谅，阿恩海姆先生！”

“哪儿的话，普鲁士人不会惊惶失措得目瞪口呆，”阿恩海姆笑道，“此外，这是不言而喻的嘛，在谈到这样的奥地利事务的时候，我根本就不参与，我只不过是抱着极其谦虚的态度利用可以不顾一切在一旁倾听的这个许可而已。”

“不管怎么说，”将军最后说，“有人确实有这样的看法，他们认为最简单的做法就是，人们别再来来回回发表长篇大论，而是下定决心实行一项军事计划。我个人是想说，人们也许还能把这与第二个，与某个伟大的平民思想结合起来。但正如已经说过的，士兵不应该多嘴多舌，而认为通过平民思考不会产生任何更好的结果的呼声，则恰恰来自最高而有才智的人士。”

伯爵阁下最后一动不动地睁眼倾听，只有禁不住要转动拇指的动作泄露出他心里在进行紧张而痛苦的思考。

图齐司长——人们并不习惯听他讲话——插话说：“我不认为外交部长对此会有什么异议！”

“啊，各部已经互相取得了解了吧？！”莱恩斯多夫伯爵用讥讽和激怒的声调问。图齐态度亲切、语气沉稳地回答：“伯爵阁下拿各部开玩笑。国防部宁可拥护世界裁军，也不会与外交部取得谅解的！”他继续讲述：“伯爵阁下一定知道南蒂罗尔防御工事的事吧，最近十年里在总参谋长的推动下建造起来的那些防御工事？据说它们无懈可击，使用了最新的技术。人们当然也给它们配备上了通电障碍物和大型探照灯，甚至还装上了供电用的深埋柴油发动机。不能说我们有什么不如人的，不幸的仅仅是，发动机是炮兵订购的，而燃料则由国防部的建筑科提供；就是这样规定的，所以这些工事无法投入使用，因为对于开动发动机时需用的火柴应被理解为燃料而由国防部建筑科提供，抑或应被理解为发动机附件而属于炮兵管辖范围，这两个单位无法达成一致意见。”

“真是妙不可言！”阿恩海姆说，虽然他知道，图齐把柴油发动机和燃气发动机混淆了，而且即便是这样的燃气发动机也早已不再用火柴点火；这是一些在办公室里传播的故事中的一个，充满亲切可爱的自我嘲讽，这位司长用一种愉快地探究所报告的这件不愉快的事的声音讲述了这则故事。大家都微笑或哈哈大笑，施图姆将军最快活。“但是，只有平民政府才对此负有责任，”他继续编织这个笑话，“因为如果我们购置什么东西，而预算里没有适当的保证金，财政部就会立刻告诉我们，说是我们对政府立宪运作方式一窍不通。所以要是——老天保佑别这样——在财政年度结束以前爆发一场战争，那么我们就得在第一天，在太阳升起来的时刻马上打电报授权各要塞司令购买火柴，而如果在他们的山窝窝里买不着，那就没辙了，他们就只好用军官仆役们的火柴来进行这场战争！”

将军大概把这编织得过分离奇了；透过这则笑话的细薄的织物，平行行动所处的危险而严峻的处境一下又露出了端倪。伯爵阁下若有所思地说：“随着时间的推移……”但旋即想到，更聪明的做法是，处于困难境地时让别人说话，所以就没把这句话说完。这六个人沉默了片刻，仿佛站立在一个井眼的四周，都在朝里张望。

狄奥蒂玛说：“不，这不行！”

“什么？”大家的目光在问。

“这样我们就会去做人们指责德国所做的事：扩充军备！”她讲完了她的这句话。她的心灵没有听见或者已经忘记了这些轶闻，尚还停在将军的成绩上。

“可是该怎么办呢？”莱恩斯多夫伯爵感激而又忧愁地问，“我们必须至少找到什么临时性的措施呀！”

“德国是一个相当幼稚的、精力充沛的国家，”阿恩海姆说，仿佛不得不对他的女友指责表示歉意似的，“这给德国带来了火药和烧酒。”

图齐对这个譬喻笑了笑，他觉得这个譬喻再大胆也不过了。

“不可否认，在应该为我们的行动所控制的圈子里，德国越来越遭人嫌恶。”莱恩斯多夫不失时机地插入了这句话，“可惜甚至也在已经被控制的圈子里！”他令人惊奇地补充说。

他感到惊讶，阿恩海姆竟对他说这并不让他感到奇怪。“我们德国人，”此人回答说，“是一个招灾惹祸的民族，我们不但居住在欧洲的心脏，而且也作为这颗心脏而受苦受难……”

“心脏？”伯爵阁下情不自禁地问。他本以为不是心脏而是大脑并且会更喜欢认可大脑的，可是阿恩海姆坚持心脏。“您记得吗，”他问，“不久以前布拉格地方行政部门向法国发送了一大批订购的货物，虽然我们理所当然地也有货物求售，并且供货条件更优惠价格更便宜。这简直就是从感觉出发的嫌恶。我必须说，我完全理解这种嫌恶。”

他还没来得及继续往下讲，施图姆·封·博尔特韦尔便兴冲冲要求发言，解释这件事。“在整个世界上人们都在辛苦操劳，但在德国尤甚。”他说。今天，他们在整个世界上吵吵闹闹，但在德国最吵闹；商业到处都已经失去了与千年文化的联系，但在德意志帝国程度最严重；到处人们自然都是把最优秀的青年人塞进兵营，但是德国人的兵营比所有别的国家的加在一起还多。所以，不要太落在德国的后面。他最后说："这在某种意义上就是我们的一个兄弟般的义务。对不起，我讲话自相矛盾，但是今天理智就是这样错综复杂嘛！"

阿恩海姆点头表示同意。"也许美国比我们更糟糕，"他补充说，"但是这至少完全是质朴的，没有我们的精神上的矛盾。从各方面看，我们都是中央民族，世人的全部动机在这里相交。在我们这儿，综合最紧迫。我们知道这个情况。我们有一种罪恶意识。但是我一开始就已经有言在先，法律也要求承认，我们是在为别人受苦，把他们的错误简直是当作榜样而承担起来，在某种意义上为世人受毁谤或被钉在十字架上，如此等等，不一而足。德国的回转大概会是可能发生的最有意义的事。我猜想，在您谈到的对我们的不一致的、看来有些激昂慷慨的态度中包含着一种这样的预感！"

这时，乌尔里希也插嘴："诸位低估了亲德的思潮了。我从可靠方面获悉，最近将会爆发一场反对我们的行动的强烈示威活动，因为我们的行动在家乡的圈子里被视为反德的。伯爵阁下将会看到维也纳的民众走上街头。人们将会反对对维斯尼茨基男爵的任命。人们认为，图齐先生和阿恩海姆先生暗中勾勾搭搭，但是伯爵阁下却在破坏德国对平行行动的影响。"

现在，莱恩斯多夫的目光里流露出某种青蛙的安宁和公牛的恼怒。图齐的眼睛缓慢而温暖地抬起，并用询问的目光盯住乌尔里希。阿恩海姆哈哈大笑并站立起来，他恨不得能礼貌而幽默地看着司长，以便用这样的方式为他们共同受到的无端责难表示歉意，但是由于他的目光捕获不住这位司长，便向狄奥蒂玛扭过脸去。这当儿，图齐拉住了乌尔里希的胳臂并问他，这条新闻他是从哪儿听来的。乌尔里希回答说，这不是什么秘密，而是一则广为流传并且普遍被信以为真的传言，这是他在一所私人家宅里听到的。图齐向他凑过脸去并迫使他把自己的脸从圈里探出来；有了这样的保护措施，他突然向他耳语道："您还一直不知道阿恩海姆为什么待在这里？他是莫斯耶托夫亲王的亲密朋友，沙皇的座上宾，与俄罗斯有联系，据说要对此地的行动施加和平主义影响；一切通过非官方途径，几乎可以说是俄国陛下的私人倡议，意识形态方面的事务。给您吹吹风，我的朋友，”最后他嘲笑说，“莱恩斯多夫还蒙在鼓里！”

图齐司长通过他的官方机构获得了这个消息。他相信这则消息，因为他认为和平主义是一个和一位美丽妇女的观念颇为相称的运动，它说明了狄奥蒂玛为什么为阿恩海姆着迷以及阿恩海姆为什么在他家滞留得比在别处都长久。先前，他几乎快要起醋意了。他认为“精神”恋爱只是在不越过某一种限度时是可能的，但是他很不愿意使用计谋去查明是否还保持着这种限度，所以他强制自己信任自己的妻子；但是即使其中对男人模范态度的感受力证实比对性的感受力更强，这种性感受力无论如何还是在他心头激起相当的醋意，足以第一次向他阐明，一个有职业的男人永远也不会有时间去留神自己的妻子，如果他不想对现实生活的任务敷衍了事的话。他虽然心中暗想，既然一个火车司机都不可以带女人上机车，那么一个管理国家大事的人就更不可以吃醋，但是他以这种方式保持着的这种高尚的不知情状态却又与外交官身份不相称，使他丧失了某些职业信心。所以当令他感到不安的一切似乎得到澄清、证明没有危险时，他便怀着无比感激的心情重新获得了充分的自信。如今，他甚至觉得这就像是对他妻子的一个小小的惩罚：他已经知道阿恩海姆的全部情况，而她却只看到这个人的表象没看透其本质，并且没料到，他竟是沙皇的使者。图齐又乐呵呵地请求她简单说明一些情况，她温和而又不耐烦地承担起这项任务，而他则早已想好了一连串看似无关紧要的问题，他想从这些问题的答案中得出自己的结论。这位夫君很想也向这位“表兄”讲一些这方面的情况，他正在考虑，这件事要怎样办才不致让自己的妻子出丑。就在这个时候，莱恩斯多夫伯爵又接管了对谈话的领导。他是唯一的一个一直坐着的人，谁也没有看出，自从困难日益增多以来，他心里在想些什么。但是，他的战斗意志似乎已经振作起来，他捻了捻他的华伦斯坦胡子，缓慢而坚定地说：“必须采取行动！”

“伯爵阁下已经作出决定了？”人们问他。

“我什么也没想好，”他简单回答说，“但是，尽管如此，还是得采取什么行动！”说罢便坐在那儿，俨然一个不达目的绝不罢休的人。

这散发出一股力量，致使每一个人都感觉到这种要找到什么的空洞努力在自己体内晃动，它就像一个一分钱的硬币，这个硬币已经消失在储钱罐里，怎么摇晃也硬是不肯从缝口出来。

阿恩海姆说："啊，人们不可以以这样的事件为行动准则！"

莱恩斯多夫不回答。

关于那些本应使平行行动具有具体内容的建议的整个故事又重讲了一遍。

莱恩斯多夫伯爵对此回答得像一个摆锤，这摆锤每一次都在不同的位置上并且一再走着同样的路："这没顾及教会。这没顾及无神论者。建筑师中央协会反对这样做。财政部对此有顾虑。"谈话无休止地以这同样的方式进行下去。

乌尔里希没有参与这样的谈话，他发现自己处于这样一种状态：仿佛在讲话的这五个人刚从一种液态的浑浊状态中结晶出来似的，这种浑浊状态几个月来一直笼罩在他的心头。这是什么意思，他对狄奥蒂玛说过，人们必须夺取不现实，或者另外一回，人们应该废除现实？现在她坐在那儿，回味着这样的话，可能对他有种种想法。他怎么会告诉她人们应该像一页书上的一个人物那样生活的呢？他估计，她早已把这讲给阿恩海姆听了！

但是他也认为，他和别人一样也清楚地知道，现在几点钟或者一把雨伞值多少钱！如果说尽管如此他此刻仍然保持着自己与别人之间的这个位置，这个等距离位置，那么这不是用一种奇异的形式——一种受抑制的、呆滞的意识状态可能会带来这种奇异形式——表达出来的，他相反地又感受到了那种侵入他生活的明亮，这是他先前已经当着博娜黛婀的面感受过的那种明亮。他回想起，不久以前，在秋季，他和图齐夫妇一道在赛马场，这时发生了一个意外变故，使人莫名其妙地输了巨大赌资，平和宁静的广大观众顿时潮水般涌进赛场，不仅毁坏了一切身边的东西，而且也洗劫了全部现金，后来在警察干预下他们才又回复原状，成为一群想参加一项无关紧要的、惯常的娱乐活动的人。有鉴于这样的事件，想到生活可能或许也不可能接受的譬喻和正在变得模糊的极限形式，这便是一件可笑的事。乌尔里希感觉到自己心中有一种未受损害的理解力，懂得生活是一种粗俗和充满困顿的状况，在这种状况下人们不可以过多地想到明天，因为人们为今天够费精力的了。人们怎么会认清：人类世界不是什么飘忽不定的东西，而是渴求壮实和坚强，因为它一遇到闪失便不得不担惊受怕，生怕自己会立刻四分五裂！还有，一个好的观察者怎么会不承认，这种忧虑、欲望和观念的生活混合物，这种至多滥用观念为自己辩护或把观念当兴奋剂的生活混合物，恰似它的本性那样，对这些观念起着造型和约束的作用，而这些观念则从中获得其自身的自然运动和限度！人们从葡萄中榨葡萄酒，但是如果那是一满池塘的葡萄酒，那么那葡萄园连同它不能食用的、未加工的泥土以及它那一排排极其闪亮的枯死树木桩就美丽得多得多！“一句话，天地万物，”他想，“不是为了一个理论而形成的，而是，”他想说从暴力中，可是却蹦出另外一个词来，一个他没有料想到的词，他的思绪是这样结束的，“而是天地万物从暴力和爱情中形成，这两者之间的通常的联系是虚假的！”

这时，暴力和爱情对于乌尔里希来说又不完全是寻常的概念了。他拥有的一切爱好凶恶和严厉的倾向全包含在“暴力”这个词里，这是每一种不信神的、实事求是和清醒的态度的结果；因为某种严厉、冷酷的暴行也波及他的职业爱好，致使他也许并不是完全不抱着残酷无情的意图而成为数学家。这方面的种种关系就像一棵树的树冠，它自己已遮蔽了树干。如果人们不只是在通常的意义上谈论爱情，而是以它为名而思念一种状态，一种彻头彻尾不同于爱情的贫困的状态；抑或如果人们感觉到，人们既具有一切个性也不具有任何个性；抑或如果人们处于这样的印象中：只发生同类性质的事情，因为生活——充满对当前状况的幻觉，但归根到底是一种很不明确的，甚至是极其不现实的状况——跃入那几十个构成现实的糕饼模型之中；抑或所有的圈子——我们在这些圈子旋转——都短缺一块；我们所建立的所有体系中，没有一个拥有宁静的秘密：所以，不管这情况看上去多么不同，它的关系也像一棵树的树枝，它们向各个方面遮蔽了树干。

在这两棵树里分开生长着他的生命。他不能说出，这是什么时候进入严酷混乱之树的标记的，但是这事很早就发生了，因为他的不成熟的拿破仑式的计划就已经显示出这个人把生命看作一项做好自己的工作和履行自己的使命的任务。这种对攻击生活和控制生活的渴望随时都可以明显地觉察得出来，虽然它可能表现为拒绝现有的秩序或表现为对新秩序的变化无常的追求，表现为逻辑的追求，表现为道德的追求，或者甚至仅仅表现为对竞技运动锻炼身体的渴望。一切随着时间的推移被乌尔里希称为杂文体手法和虚拟感以及——与学究气的精确相反的——想象的精确的东西，要求人们必须编造故事，要求人们献身于思想史而不囿于世界史，要求人们去占有那永远不能完全实现的东西并最终也许这样去生活，就仿佛人们不是一个活生生的人，而只是一本书里的一个人物似的，这个人物身上的一切非本质的东西已被删去，以便使剩余部分神奇地联合在一起。所有这些使用不寻常的尖锐语言的、敌视现实的说法，这些他的思想已经接受了的说法，都有一个共同点，这就是它们都想用一种明白无误、严酷无情的激情影响现实。

由于更朦胧和更梦幻而更难认清的，是另外一棵树里的各种关系，他的生命便体现在这棵树的形象里。对一种天真无邪的与世界的关系、对信任和献身的原始的回忆可能是原因；预感到一度把平素只是填满那个花盆——矮小的道德植物从这个盆里破土发芽——的泥土看作广阔的大地，这就在这种预感中继续存在下去。毫无疑问，那则可惜有些可笑的少校夫人的故事成为想获得充分教育的唯一尝试，这个尝试是在他的性格的平缓的阴暗面上产生的，它同时表明一次不再结束的反跳的开始。这棵树的树叶和树枝从此便在表面四处飘浮，但是这棵树本身依然无影无踪，只有从这些征象上才看得出这棵树尚还存在。他的这种没有行动的半边儿本质也许已经最清楚地表现在对行动着的和有进取心的一半的只是暂时利益的不由自主的信念之中。在从事他所做的一切事情——既包括身体的也包括精神的冲动——的时候，他最后竟觉得自己像个被拘留者那样，在做着没有真正尽头的准备工作，而随着岁月的移动，他生命中的这种必要性的感觉已经像一盏灯那样耗尽。他的成长显然已经分解为两条轨道，一条昭然若揭的和一条昏暗闭锁的，而笼罩住他的一种道德静止状态——它长期以来并且也许十分必要地压抑着他——不可能有别的什么原因，这只能是由于他从来也没有把这两条轨道联合在一起。

回想起这两条轨道的不可能出现的结合最后曾在文学和现实、譬喻和真实的紧张关系中向他显示出来，乌尔里希顿时便认识到，所有这一切的意义远远超出光是一种偶然的灵感，一种他在最近和最不合适的人进行的、像无终端的道路那样曲里拐弯的谈话时的灵感。因为就人类历史所能回溯的而言，这两种譬喻和单义的基本行为方式是可以区分的。单义是清醒思考和行动的法则，它既在一个令人信服的逻辑结论中也在一个勒索者——他一步一步推着他的祭献品——的头脑里起着支配作用；它来源于生命之急需，这种急需将会导致衰亡，如果情况不明朗的话。而譬喻则是各种观念的结合，它在梦中占支配地位，这是心灵的滑动逻辑，艺术和宗教概念中各事物的亲和性就符合这种逻辑；但是生活中也带有普通的好感和恶感，一致和拒绝、钦佩、从属、领导、模仿和它的反现象的东西，这些多种多样的人类对自己和对自然的关系，这些还不是纯粹实实在在并且也许也永远不会变成那样的关系，种种这一切没有任何别的方式，只有在譬喻中才能被理解。毫无疑问，人们称之为更崇高的人性的，无非是一种尝试而已，一种将譬喻和真实的这两个大的半边儿生活相互融合在一起的尝试，其办法就是人们先小心翼翼地将它们分开。但是如果人们把一个譬喻中一切也许是真实的东西与只是泡影的东西分隔开，那么，人们通常也就获得了一些真实并毁坏了譬喻的全部价值；因此这种分隔在精神发展中可能是不可避免的，然而它却与熬炼和蒸馏一种物质——这种物质的核心力量和思想在这一过程中化作蒸汽云逃逸而去——有着同样的效果。今天有时候不免会有这样的印象：道德生活的概念和规则只是精制的譬喻罢了，它们的四周飘拂着一股油腻已极、透着人性的厨房烟雾，而如果说可以在这里讲一点离题话的话，那么这只能是：这个模模糊糊涵盖一切的印象也只产生这种被当代真诚地称作尊敬平庸的结果。因为人们今天说谎并非由于性格上有弱点而是由于确信：一个正在经受生活考验的人必须能够说谎。人们是粗暴的，因为在长时间无结果的讲话之后暴力的单义性就有像拯救那样的效果。人们联合成群体，因为服从允许人们去做一切人们出于自己的信念早已不再有能力去做的事；这些群体的敌意使人类永不停歇地相互血亲复仇，而爱情则很快为人们所忘却。这和人类是善或恶这个问题没关系。倒是和他们已经失去欢乐和痛苦的联系颇有关联。只有这种瓦解的另一个充满矛盾的结果才也是繁缛的精神装饰品——对精神的猜疑今天就是用这种装饰品穷打扮自己。世界观和不怎么经受得住世界观的活动的联结，如政治；普遍的癖好，一听观点就马上以为是立场并认为任何立场都是观点；各种色彩的狂热者的需要——像在一个沿墙摆放着镜子的房间里那样向四面八方重复这一种认识：所有这些众所周知的现象并不如它们所希望的那样意味着对人性的追求，而是意味着人性的缺少。大体上就产生了这样的印象：先又得从所有人类的关系中把虚假地盘桓其中的心灵排除出去。而就在乌尔里希想到这一点的这个时刻，他感觉到，如果说他的生活有什么意义的话，那么这意义不是别的，而是人性的这两个基本范畴显出在其中自行分解并在作用上互相处于对立的地位。今天，显然正在产生着这样的人，但是他们仍还是孤单的，而他独自一人就没有能力把这已经瓦解的东西收集起来，他不沉迷于对自己的思想实验价值的错觉之中；这些实验大概永远也不会没有连贯性地把一个一个思想接合起来，但是事情却是这样的：仿佛梯子摞梯子似的，尖端最终在一个远离天然生活的顶峰摇晃。他对此深有反感。

也许出于这个原因便发生了他突然盯住图齐的事。图齐在讲话。仿佛他的耳朵向清晨的最初响声敞开似的，乌尔里希听到他在说："我没有能力判断，是否如您所说的，今天不存在大的通人情的和艺术上的成绩；但是有一点我可以明确声言，这就是：外交政策在哪儿也不如在我们这儿这么艰难。人们大致可以预见到几分：即使在周年纪念年里，法国人的政策将受复仇和殖民地占有的思想支配，英国人的政策受世界棋盘上的小兵牵制——人们曾这样称他们的行事方式——的支配，最后是德国人的政策受他们以一种并非总是鲜明的方式称之为他们在太阳上的席位的东西的支配。但是我们的古老君主国却知足安分，所以没有人事先知道，到那时候我们可能会被迫接受什么样的观点！"看样子，图齐想刹住，想警告。他说话明显地不带讽刺的意图，讽刺的芳香只是从质朴的客观性中散发出来，他呈献包在这种客观性的干巴外壳里的这个信念：世俗的知足安分是一大危险。乌尔里希感到自己受到了振奋，仿佛他在一粒咖啡豆上咬了一口似的，这当儿，图齐却还在固守他的警示的意图，把他的话讲完。"今天谁，"他问，"可以敢于去实现伟大的政治思想？！他可得有一点罪犯和破产者的气派才行哩！这样的事您不愿意干的吧？外交的目的就是保藏。"

"保藏导致战争。"阿恩海姆回答。

"有这个可能。"图齐说，"人们唯一能做的事很可能就是选择被引导进战争的有利的时机！您记得亚历山大二世的故事吗？他的父亲尼古拉是个暴君，但是他却年老体衰自然死亡，而亚历山大则相反，他是豁达大度的君主，执政伊始就搞自由主义改革，结果是，俄罗斯自由主义变成为俄罗斯激进主义，而亚历山大则在经历了三次徒劳的谋杀企图之后当了第四次谋杀企图的牺牲品。"

乌尔里希看着狄奥蒂玛。她挺直身子、全神贯注、表情严肃和身材丰满地坐在那儿，确认着她丈夫的话。“这是对的。我也从我们的努力中对精神激进主义获得了这样的印象：它得寸进尺。”

图齐微微一笑；他觉得，他对阿恩海姆取得了一个小小的胜利。

阿恩海姆无动于衷地在一旁坐着，双唇像一个绽开的蓓蕾那样作呼吸状开启着。像一座深沉的肉塔，狄奥蒂玛越过一个深谷向他望去。

将军擦拭他的角边眼镜。

乌尔里希慢条斯理地说：“这只是因为，所有觉得自己有恢复生活意义的职责的人，所有这些人所付出的努力今天都有一个共同点，这就是：在人们不仅可以获得个人观点，而且可以获得实情的地方，他们蔑视思维。为此，在观点的无穷尽性至关重要的时候，他们确定使用快速概念和半真实！”

没有人对此作出回答。干吗也要有人回答呢？人们这么讲着的，只是言语罢了。实际情况是，他们六个人坐在一个房间里，进行一次重要的会谈；不管他们谈什么也不管他们不谈什么，情感、预感、可能性却完全包括在这个实际情况里了，虽然没有与之取得同等地位，这大致是这样包括在其中的，就像是一个穿好了衣服、刚在一份重要文件上签上了自己的名字的人体内肝和胃的深沉活动。这种等级次序人们是不可以破坏的，这就是现实！

乌尔里希的老朋友施图姆现在擦拭好了眼镜，将它戴上，望着他。

虽然乌尔里希认为自己始终只是在和所有这些人逢场作戏，他还是一下子觉得自己在他们之间孤零零的。他回想起，几个星期或几个月前自己曾有过与此时此刻相类似的感觉：一口小小的被释放出来的创造气息对他陷进去的呆板的月夜景色的抗拒。他不由得觉得，他一生中的所有决定性的时刻都伴随着一个这样的惊讶和寂寞的印象。但是这一回是恐惧在烦扰他吗？他无法弄清自己的感觉；他的感觉大致告诉他，他一生中还从未真正下过什么决断，不久将不得不这样做，但是他不是在用适当的言语作这番思考，而是只不过在抑郁不快中感觉到这一点罢了，仿佛什么东西要把他从这些人身边——他坐在他们之间——拉走似的，而虽然他们对他来说完全无关紧要，他的意志却突然拼命反对！

莱恩斯多夫伯爵——这期间出现的沉默使他想起了一个现实政治家的职

责——提醒说："那么该采取什么行动呢？我们必须至少暂时采取点什么断然措施，以防止危及我们的行动！"

这时，乌尔里希作了一个荒唐的尝试。"伯爵阁下，"他说，"平行行动只有唯一一项任务：为一次精神总盘点开一个头！我们必须大致去做倘若世界末日降临在一九一八年，旧的精神将结束、一种更崇高的将开始而不可避免要做的事。您以陛下的名义建立一个准确性和心灵的现世秘书处；其余一切任务在这之前都无法完成或者都只是假任务！"乌尔里希还添上几句在沉思的几分钟里他所考虑的东西。

在他这样讲话的当儿，他觉得，不单单是大家的眼睛从眼窝里突出，而且惊讶得甚至连整个上身都从座位上凸出来了；人们满以为，在这家的主人之后他会讲一则趣闻助助兴，而当这风趣妙语没出现时，他便像在斜塔之间的一个小孩儿那样坐着，那些斜塔颇有些见怪地在观看他下的糊涂棋。只有莱恩斯多夫伯爵脸上现出一副友善的表情。"这话说得很有见地，"他惊异地说，"可是我们却有责任超越种种暗示，直至获得某种实实在在的东西，而产业和教育则恰恰把我们彻底地弃置不顾了！"

阿恩海姆以为自己必须保护这位贵族老爷，别让他上了乌尔里希的玩笑话的当。"我们的朋友脑海里萦绕着一个想法，"他解释说，"他相信，有一种正常生活合成制造法，就像人们可以制造一种合成橡胶或氮那样。但是人的精神，"他满脸堆笑豪爽地向乌尔里希扭过脸去，"却可惜有局限，这就是人的生活方式不能像实验用家鼠那样在实验室里被培育成，而是充其量一大块庄稼地才足以承受几个老鼠家族的负担！"他还请其他人原谅他用了这个大胆的比喻，但是他对这个比喻是满意的，因为这个比喻含有某种和莱恩斯多夫伯爵相称的农业和拥有土地的贵族式的成分，却又生动地表述了有实施责任的思想和没有实施责任的思想之间的区别。

但是伯爵阁下恼怒地摇摇头。"我完全理解博士先生的话，"他说，"从前人们逐渐熟悉并爱好上他们所遇到的情况，这是使他们头脑清醒过来的一种可靠的方式；但是今天，在乱抖落一阵，一切彻底松动的时刻，人们几乎可以说在制造心灵方面必须用工厂的才智来取代手艺的传统。"这是这位显贵有时令人吃惊地作出的那些值得注意的回答中的一个，因为在他说这话之前的整个这段时间里一直只是带着一种不知所措的表情凝视着乌尔里希。

“但是博士先生所说的这一切却是完全办不到的嘛！”阿恩海姆斩钉截铁地说。

“恐怕未必吧！”莱恩斯多夫伯爵简慢而好斗地说。

狄奥蒂玛从中调解。“可是伯爵阁下，”她说，仿佛向他要什么人们不想说出口来的东西，即要他冷静下来似的，“我的表兄所说的一切，我们都早就已经尝试过了！这些像今天这样的郑重其事的讨论难道还会有什么不一样的吗？”“噢？”被激怒的伯爵阁下回答说，“我马上就想到，在这些聪明能干的人那儿不会有什么结果的！这种心理分析和相对论，以及诸如此类的玩意儿，这一切只是虚浮罢了！每一个人都想按一种特殊的方式安排好这一个世界！我告诉您，这位博士先生也许并没有把自己的意思表达得完全无可指摘，但是其实他说得完全正确！一个新的时代刚开始，就总有人在干什么新鲜事了，从来就没有什么好结果！”平行行动进展得不尽如人意而引起的烦躁情绪已经显露出来，莱因斯多夫伯爵现在不捻胡子而是激动地绕着一个拇指转动另一个拇指，但他自己却没发觉这一点。也许对阿恩海姆的反感也已露出端倪。因为方才当乌尔里希谈起心灵来时，莱恩斯多夫伯爵曾非常惊奇，但是他随后所听到的，却颇令他感到满意。“像阿恩海姆这样的人大谈心灵，”他心想，“这只不过是虚张声势而已。人们不需要这种东西嘛，这种事有宗教在管着呢。”但是，阿恩海姆也嘴唇煞白了起来。迄今为止，莱恩斯多夫伯爵只对将军讲话时用过这样一种像现在和他讲话时的声调。他不是能容忍这种事的人！但是伯爵阁下毅然决然地站到乌尔里希的一边，这不由得给他留下印象并且又使他想起他自己对此人的痛心感受。他不知所措了，他想和乌尔里希讲讲心里话，可是还没找到这样的机会，却先就在众人面前发生了一场冲突；正是按这种方式而发生了这样的事：他不是对着莱恩斯多夫伯爵——他干脆不理会他——而是带着人们通常在他身上看不到的那种剧烈的身体激动的种种征象对乌尔里希讲话。“难道您自己相信您所说过的一切话吗？！”他不顾一切礼仪地厉声问，“您相信这能办得到吗？您真的认为人们只能按‘类比的法则’活着？！假如伯爵阁下让您放开手去干，您会干什么呢？！您说呀，我恳切地请求您！”

这个时刻是令人难堪的。狄奥蒂玛莫名其妙地想起一个几天前她在报上读到的故事。一个女人被判处极重的刑罚，因为她向她的情夫提供杀死她的年老丈夫的机会，她的这位丈夫多年来就不再和她同房，可又不同意离婚。这件事以其近乎医学的实体性和某种对立的吸引而引起了她的注意；种种情况表明，一切都十分明白易懂，所以人们并不认为哪个人——这些人自助的可能性有限——而是不知怎么地认为一个制造这种状态的违反常情的整体有过错。她不明白，她为什么非得现在恰好想起这件事来不可。但是她也想到，乌尔里希在最近曾对她讲过许多“摇摆不定和轻忽飘浮”的话，并感到恼火，因为他总是立刻把这和一桩无耻行径联系在一起。她自己曾经说过，在受偏爱的人的心中心灵能够从它的非固有的特性里显露出来，所以她觉得，她的表兄完全和她自己一样心里不踏实，并且也许也一样的感情强烈。这一切在她的头脑中或在她的心底里，在莱恩斯多夫伯爵的友谊的这个孤寂的栖息地，眼下和那位被判刑的女人的故事紧密交织在一起，她竟张着嘴坐在那儿并感到，如果人们听任阿恩海姆和乌尔里希自便，那么眼看就要发生某种可怕的事情，但是倘若人们不听任自便并进行干预，那么也许就更要出事。

但是，乌尔里希却在阿恩海姆攻击他的时候一直看着图齐司长。图齐好不容易才掩饰住他脸上棕色皱纹之间的一丝欣喜和好奇。看得出来，他家里的这些装腔作势者们闹窝里反眼看就要吵崩了，他心中暗想。他也不同情乌尔里希，对他说的话他打从心眼里感到反感，因为他确信，一个人的价值存在于意志或职业之中，无论如何也不存在于情感和思想之中，而说出这样的胡言乱语来，他觉得简直是伤风败俗。也许乌尔里希对这有所预感，因为他想起来，有一次他曾向图齐宣布，说是如果他休假的这一年里一事无成，他将自杀；他倒并不是一字不差说了这样的话，但是这层意思无论如何也是一清二楚的，如今他感到羞愧。他又有了这种并不是很有根据的感觉：一个决断临近了。这时，他想到了格达·菲舍尔，并看出这个危险：她会来找他并将最近的那次谈话继续进行下去。他突然明白了，这些话——即使他只是说着玩儿的——已经到了言语的极限了，只要从这个极限再迈出一步，那就是满怀深情地接受这姑娘的悬着的愿望，精神上给自己松绑，攀过“第二道壁垒”。但是这是疯狂，而他则确信，他将永远不可能和格达发展到这样的地步，他之所以和她搞在一起，仅仅是因为他在她身边是安全的。他处在一种奇特的清醒而激动的高雅状态之中，在其中看到了阿恩海姆兴奋的面庞，领会到，原来此人还在指责他没有“现实观点”并且在说“对不起，这样鲜明的对照太带有青少年色彩”，可是他却完全感觉不到有必要对此作出回答。他看看自己的表，露出抚慰的神情笑了笑并发现，已经很晚了，已经太晚，来不及作出回答了。

这一下，他第一次又找到了与别人的连接点。图齐司长甚至站立起来，他随意做点什么事，从而草草地掩饰住这个无礼动作。这时，莱恩斯多夫伯爵也已经冷静了下来；他准会感到高兴的，倘若乌尔里希能够让这个“普鲁士人”碰个钉子的话，但是既然没有发生这样的事，那么他对此也感到满意。“如果某人中一个人的意，那么他就是中一个人的意嘛！”他想，“这时，别人就还可以这么神志清醒地说话！”就在他观看乌尔里希此刻丝毫也不显得有才智的面部表情的同时，他大胆而无意识地接近阿恩海姆以及此人的“总体秘密”，兴冲冲补充说：“我几乎是想说，一个和蔼可亲、讨人喜欢的人压根儿不会说任何完全愚蠢的话或者做任何完全愚蠢的事的！”

人们迅速散场。将军把他的角边眼镜装进放手枪的裤兜里，他起先曾徒劳地试图将它塞进军服上衣的口袋里，因为他还没有为这件平民智慧的工具找到合适的地方。“这是武装的观念和平！”他一边影射这普遍和迅速的散场，狡黠而快活地对图齐说。

只有莱恩斯多夫伯爵再次认真拦住正要匆忙离去的人。“我们究竟达成什么一致意见了？”他问，而当谁也不回答时，他便用安慰的口气补充说，“那好吧，我们终究还会有这一天的！”

一一七

拉喜儿倒霉的日子

男子汉气概的觉醒和诱骗拉喜儿的决定已经使索利曼变成铁石心肠，一如野兽使猎人或供屠宰的牲畜使屠宰工变成铁石心肠那样，但是他不知道怎样才能达到自己的目的，他该采取什么方式以及怎样聚在一起就足以成事；

一句话，男子汉的意志让他感觉到了男孩的全部弱点。拉喜儿也知道，准会出什么事，而自她无意之中用自己的手握住了乌尔里希的手并经受了与博娜黛婀的那桩奇遇以来，她便一直神不守舍或者几乎可以说是神魂颠倒，这种情绪像一阵花雨那样也降临到索利曼头上。只是由于客观情况对他们不利，才使事情迟延了。厨娘病了，拉喜儿不得不牺牲自己的外出日，府上来来往往的宾客都得由她精心侍奉，而阿恩海姆则虽然经常待在狄奥蒂玛身边，但是也许人们已经决定对小家伙们严密防范，因为如今他很少把索利曼一起带来，而如果带来了，他们也只见几分钟的面并且是在主人的面前，带着一脸他们不得不流露出来的天真无邪和忧郁不欢的表情。

在这段时间里，他们几乎互相生气，因为他们各自都让对方感到吊在一根太短的链条上的那种痛苦。此外，情急之下，索利曼竟铤而走险；他计划夜晚从饭店里溜出去，为了躲过主人的耳目，他偷了一条床单并试图经过一番剪裁搓捏做出一道绳梯来，可是没成功，他把报废了的床单扔进采光井里。后来他长时间徒劳地考虑，人们在夜晚如何才能从一道墙壁的雕像和横线脚上爬下爬上，并且白天外出一路上从这座著名城市的建筑式样上看到的尽是旅游方面的优点和困难；但是拉喜儿——他简短和小声地告诉她这些计划和障碍——却以为自己晚上一熄灯便不时看见他那张满月般的黑脸在墙脚出现，抑或听见一阵唧唧的叫声，她从她的小房间的窗户向着空蒙的夜色远远探身，看到的却是漆黑一片。但是她不再对这些富有浪漫色彩的扰乱感到恼火，而是怀着深情的思念和忧伤沉湎于其中。这种深情思念本来是针对乌尔里希的，而索利曼则是这么一个人：人们并不爱他，尽管如此人们却将献身于他——对此拉喜儿根本就没有怀疑；人们不让她和他碰在一起，他们在最近几乎听不见自己大声说话，以及他们共同失宠于主人，这些起到了类似一个充满捉摸不定、阴森可怖感觉和声声叹息的夜晚对恋人们的作用，并且像一面凸透镜那样收集他们那炽热的观念，在这面凸透镜的光照下人们与其说是感到一种舒适的温暖，不如说是再也忍受不住那热量了。

在这方面，拉喜儿不让绳梯和爬墙的梦幻分自己的心，她是个更讲求实际的人。一种终生受诱骗的模糊形象不久便变成一个需偷偷谋得的夜晚，而这个夜晚——由于它也依然不可企及——则变成未被看守的一刻钟；最后，狄奥蒂玛也好，莱恩斯多夫伯爵或阿恩海姆也罢，他们的“职务”促使他们在重要而无结果的精神集会之后交换他们对结果的忧虑不安的看法，这就往往还需要耽搁一个小时之久。这时，他们没有任何别的需求，他们谁也不会想到，这样的一个小时由四个一刻钟组成。但是拉喜儿却把这个计算好了，而由于厨娘还一直没完全正式上班并获准可以早下班歇息，所以她的这位较年轻的女同事便享有因事务忙碌人们永远无法知道她正好在哪儿忙什么的优越性，并且在这段时间里她尽量受照顾，免去了室内勤务。作为试验——毕竟只是像太胆小而不敢自杀的人那样，一直作着假自杀的尝试，直至由于出了差错他们终于自杀成功——她已经偷偷把索利曼带进来几次，一旦被发现，索利曼就可以以热心尽职为借口。她曾向他暗示，这也是一个进入她的房间的可行办法，不是只有爬墙这一个办法。但是这对年轻的情侣还没有越出在接待室里一起打哈欠和静听细察形势的范围，直至一天晚上，房间里的语声好似打谷声那样均匀而有规律，索利曼用一句奇妙的小说里的惯用语声言，他再也不能忍耐下去了。

在房间里也还是他插上了门；但是随后他们却不敢开灯，他们先是盲目地面对面站着，不知怎么地在失去视力的同时也失去了全部知觉，宛如黑暗公园里的雕像。索利曼大概本想挤压拉喜儿的手或捏住她的大腿，使她大声呼叫，因为迄今他的男性的胜利都一直具有这样的性质，但是他不得不有所顾忌，因为他们不可以喧嚷，而当他还是胆怯地作出一个粗野的小动作的时候，只有不耐烦和冷淡从拉喜儿向他回流过去。因为拉喜儿感觉到那只命运之手，它摸着她的骶骨并向前移动，而这时她的鼻子和额头却变得冰冷，仿佛它们现在就已经失去了一切想象似的。这时，索利曼也感到相当心神不安，觉得自己笨拙得要命，简直看不出，这样黑咕隆咚地面对面站着怎样才会终了。最后，还是高尚但比较有经验的拉喜儿充当勾引者。在这件事情上，怨恨情绪助了她一臂之力，她正是用这种怨恨取代了她从前对狄奥蒂玛怀有的爱慕之情，因为自从她不再满足于分享女主人的高度喜悦并自己谈情说爱起来，她已经有了很大的变化。她不仅为掩饰与索利曼的约会而撒谎，而且也为报复自己无辜受严密监视而在梳理头发时用梳子拉扯狄奥蒂玛的头发。但是最让她感到气恼的却是，她不得不穿狄奥蒂玛送给她的已经穿旧了的衬衫、裤子和袜子，而这在从前是最让她感到欢欣鼓舞的；因为即使她缝制这白色织物的三分之一并完全改制成新衣，也觉得身穿这样的衣服就像受了禁锢似的并感觉到赤裸裸的肉体上戴着道德桎梏。但是这一回恰恰是这种感受使她急中生智，产生了一个想法。因为从前她就曾给索利曼讲过较长一段时间以来可以从她女主人的内衣裤上觉察得到的那些变化，如今只需让他看一看这些变化，便可找到一个政治上迫切需要的接触点。“你可以从这上头看出来，他们多么坏。”她一边让索利曼在黑暗中看她的小裤子的白色月光边缘，一边这样说，“如果他们互相有什么事，那么他们肯定也在正在我们这儿准备着的战争这件事情上欺骗男主人！”当这男孩小心翼翼抚摸那柔软而危险的裤子时，她气喘吁吁地补充说：“我打赌，索利曼，你的裤子一定跟你一样黑，我一直听人这么说的！”索利曼当即气愤、但温柔地用指甲按住她的大腿，拉喜儿不得不向他活动一下身体，以便使自己脱身，并且还不得不说些白费唇舌的话和做些劳而无功的动作，但是最后她用上了她那一口小尖牙，像对待一只大苹果那样对待索利曼的脸庞，这张脸稚气地贴住她的脸，一有移动便像男孩儿那样一跃而重新又拦住她的脸。于是，她忘记了为这些努力，而索利曼则忘记了为自己的笨拙举止感到害羞，爱情的风暴在这一片黑暗中呼啸、飘荡。

这场风暴将情侣猛烈地置于地上，它放开了他们；它消失在墙壁里，而墙壁之间的黑暗则像一块煤，有罪的人让这块煤蹭了一身黑。他们不知道现在是几点钟，过高佸计逝去的时光并感到心神不安。索利曼觉得拉喜儿畏畏缩缩的最后一个亲吻像一种干扰；他想开灯，就像一个得到了赃物、如今正竭尽全力要逃遁而去的盗窃犯。拉喜儿羞怯而又迅速地整理好自己的衣裳，用一种迷迷怔怔的眼光望着他。她的眼睛上方披散着蓬乱的头发，而在她的眼睛的后面则第一次又浮现起在此刻之前一直被她忘却了的种种她爱名誉的广阔画面。除了种种可能的、独自的美德，她还曾希望能得到一个英俊、富有且富有冒险精神的情人，而如今站在这里的是索利曼，衣着不很整齐，面容丑陋得可以，他方才对她讲的，她一句也不信。也许她会很乐意地在他们相互脱离之前在黑暗中再搂抱一会儿他那张紧张的胖脸；但是如今，灯光亮着，他是她的新情人，除此之外便什么也不是，从千百个男人缩拢成一个有些可笑的小东西，缩拢成这一个把所有其他人排斥在外的人。但是，拉喜儿却又是一个女佣，这个女佣已经受人诱骗，如今十分惧怕一个孩子，因为这件事会因这个孩子而暴露出来。她让这一变化给吓唬住了，没顾得上叹息。她帮助索利曼穿衣服，因为男孩忙乱之中已经把他的有许多纽扣的紧身上衣脱掉，可是她并不是出于爱怜而帮助他，而是为了他们可以快些出去。她觉得一切都付得过多，若是让人发现，那就会不堪忍受。无论如何，他们穿好衣服时，索利曼向她扭过脸去，咧着嘴笑了笑，因为毕竟他感到很骄傲；拉喜儿迅速拿起一盒火柴，熄灭灯火，轻轻推开门闩，开门前她悄悄对他说："你还得再吻我一下！"因为这是规矩，但是两个人都觉得仿佛嘴唇上有牙粉似的。

当他们到达前室时，他们很惊讶，他们居然来得很及时，房门后面的谈话完全如同方才那样继续进行着；当客人们起身时，索利曼已经消失不见，而半个小时之后拉喜儿极其细心地梳理她的女主人的头发并且几乎是怀着旧有的那种恭顺和爱意。

"我感到高兴，我的劝诫在你身上收到了成效！"狄奥蒂玛称赞说，在诸多问题上都不怎么称心满意的她，这时却亲切地拍拍她的小女佣的手。

一一八

那就杀死他

瓦尔特没穿办公室制服，而是穿上了一身比较好的西服并在克拉丽瑟的梳妆镜前系上领带。尽管按新的审美观装上了蜿蜒曲折的框架，这面梳妆镜还是从廉价、很可能是小泡密生的玻璃里反射出一个扭歪的、不深的图像。"他们说得完全正确，"他气恼地说，"这个行动只是一场骗局！"

"他们大喊大叫的，这对他们有什么好处呀？！"克拉丽瑟说。

"生活今天压根儿还有什么好处！他们走上大街起码还成一个队伍，一个人感觉得到另一个人的身体！起码他们不想，他们不写：这就行嘛！"

"你真的认为，这行动应该引起这样的公愤？"

瓦尔特耸耸肩膀："你没有在报上读到已经递交给总理了的德国工会干部决议吗，伤害和侮慢德国民众等等？还有捷克人俱乐部恶意讥消的决议？或者甚至那则波兰议员动身到他们的选区去的小消息；如果人们善于从字里行间揣摩的话，那么这则消息信息量最大，因为总是起关键作用的波兰人将政府弃之不顾！局势是紧张的。这不是通过一个共同的爱国行动催人奋进的时候！”

“今天上午我在城里的时候，”克拉丽瑟说，“我看见骑警在行进，整整一个团，一位妇女告诉我，这支骑警埋伏在某个地方！”

“当然。军队在兵营里也随时准备执行任务。”

“你以为要出什么事？”

“这可说不好！”

“然后他们骑着马冲进人群？一想到人群里尽是马的身体，这实在不堪入目！”

瓦尔特又一次解开领带并重新系上它。“你参加过这样的活动吗？”克拉丽瑟问。

“在大学里念书的时候。”

“后来就没参加过？”

瓦尔特摇头否认。

“你刚才说，如果出什么事，这都是乌尔里希的过错？”克拉丽瑟试图再次确证。

“这话我没说过！”瓦尔特抗辩，政治事件对他来说无关紧要，“我只说过，草率地引起这样的争端来，他看起来就像是干这种事的人；他在负有这个责任的人的圈子里来往！”

“我想一同进城去！”克拉丽瑟说。

“不行！这会太刺激你的情绪的！”瓦尔特斩钉截铁地回答说；他在办公室里了解到了人们期待于这次游行的种种情况，便想阻止克拉丽瑟介入。因为这种歇斯底里从一大群人中间升起来，这对她不适宜；人们必须像对待一个孕妇那样对待克拉丽瑟。他几乎让这个词儿呛着了，它猝然把妊娠的愚憨热情带进他的对他不加理睬的爱人的脆性敏感之中。“但是这样的超越普通概念的关系，这是有的！”他并非完全不带自豪地在心里对自己说并向克拉丽瑟建议，“要是你愿意，我也待在家里吧。”

“别，”她回答，“至少你应该去看看。”

她想单独留下。当瓦尔特向她讲述这即将举行的政治集会并向她描述这种集会怎样进行，她眼前曾浮现出一条蛇，浑身都是鳞片，一片片都在活动。她希望亲眼看一看这种景象，不想事先多说什么。

瓦尔特用胳臂搂住她。“我也待在家里吧？”他又问了一遍。

克拉丽瑟挣脱这胳臂，从墙上拿下来一本书，不理睬他。这是一本尼采的书。但是瓦尔特没有离她而去，他请求说：“让我看看，你在研究什么问题！”

时光已经临近傍晚。寓所里有一种朦朦胧胧的春天的气息，仿佛能听到经玻璃和墙压低了的鸟叫声，似乎有鲜花的香味从地板漆、布套子和擦拭过的黄铜手柄的气味中冒出来。瓦尔特伸手去拿那本书。克拉丽瑟用双手抱住书，一个手指伸进打开的书页。

这时，发生了一件事，这类“可怕”事件在他们的婚姻中很多很多。所有这些事件都有同样的模子：在一座剧院里，舞台上灯光熄灭，两个面对面的包厢亮起来；瓦尔特在其中的一个包厢里，克拉丽瑟在另一个包厢里，鹤立于众男女之中，在他们之间是黑乎乎的深渊，散发着看不见的人的热气；克拉丽瑟开口说话，瓦尔特随后回答，大家屏息倾听，因为这是一种奇观，一种音响游戏——现在也发生了这样的事，瓦尔特恳求着伸出胳臂，而克拉丽瑟则离开他几步远，把指头紧紧夹在翻开的书页间。她随意地翻到那个精彩段落，大师在这里讲到意志衰落招致的贫穷化，它在生命的各种形态里均表现为一种以牺牲整体为代价的细节的滋生。“生命被往后挤压进最细小的形体，残余部分缺乏生气。”这句子她还记得，而除此之外，在瓦尔特又来扰乱她之前的瞬间她已粗略看过的整整一大段文字中，她只大致记住了大意。这时，尽管时机并不有利，她还是有了一个重大发现。因为大师在这一段里虽然讲到人的生命的各种技巧，甚至各种形态，但是他只使用文学的例子；由于克拉丽瑟不懂得一般概念，所以她发现，尼采并不曾领会自己思想的全部影响，因为这些思想也适用于音乐！她听她丈夫的病态钢琴弹奏，仿佛他的思想一向她这边飘荡过来，并且一旦，用大师的另外一段话来说，“道德的次要爱好”制胜他内心的“艺术家”，他的充满感情的停留，那断断续续逸出的声响，凡此种种听起来都让她感到身历其境。克拉丽瑟善于听出瓦尔特默默渴求自己的心声，她能够看见音乐，看见音乐从他脸上飘逸而出。然后，在这张脸上只有嘴唇在闪亮，他看上去，就仿佛割破了自己的手指头，眼看就要晕过去似的。现在，就在他面带神经质的微笑将胳臂伸了出去的当儿，他也现出这样一副模样。这么多情况尼采当然不可能知道，然而这却像一个预兆：她恰好翻开了一个触动这根心弦的段落，而就在她一下子看到、听见并领悟所有这一切的当儿，她脑海里闪现出想象的火花，于是她站立在一座名叫尼采的高山上，这座高山已经把瓦尔特埋葬在山脚下，却恰恰只够着她的脚掌！大多数既不富于创造性也并非愚昧无知的人的“应用哲学和文学创作”，都由一个小小的个人的修改与一个重大的陌生的思想的闪光的融合组成。

这当儿，瓦尔特已经站立起来并正在走近克拉丽瑟。他决心放弃他本想参加的示威游行并留在她身边。他看到她一见自己靠拢过去便不情愿地靠墙站住，那是女人躲避男人时有意做出的姿态，可惜这并不把她的厌恶传递给他，而是唤起他男性的想象，这种想象很可以作为行动的理由。因为一个男人必须有能力发号施令并把自己的意志强加给一个不听话的人；瓦尔特突然觉得，这种证明自己是男子汉的需要跟对以为人们必须是某个特殊人物的这种从青年时代遗留下来的迷信的溃散残余进行斗争具有同样重要的意义。“人们不必是什么特殊人物！”他暗自执拗地对自己说。他觉得，离不开这个幻觉是一种怯懦的表现。“我们大家自己身上都有好走极端的倾向，”他轻蔑地想，“我们自己身上有好得病、易受惊吓、爱孤独、好作恶的倾向；我们当中的每一个人都可能做出某种只有他才能做的事来：但这还根本说明不了任何问题！”这幻想让他感到恼火，人们应该有这样的任务——去显示那非凡的东西，而不是去收回、有机地熔化这些易腐败的畸形物，用它们稍稍更新一下那正在变得过于冷静平和的市民气质。他这样思考并期盼着，总有一天对他来说音乐和绘图将不比一种高尚的娱乐更重要。他想要一个孩子，这属于这些新任务之一。青年时代曾在他胸中涌动着的、要成为泰坦和送火者的这种渴望，它产生出最后的结果，这就是他略带几分夸张地接受这个信仰：人们必须先成为和大家一样的人。这时候他感到羞愧，因为他没有孩子，倘若克拉丽瑟许可、他的收入也允许的话，他简直想要五个孩子，因为他迫切需要成为一个温暖的生活圈子的中心，而且他还希望在一般值上超过伟大的承担生活责任的一般人，全然不顾恰恰是在这种渴望中存在着的这个矛盾。

但是，可能是他在穿戴好准备外出并进行这次谈话之前思考或睡得太多的缘故吧，现在他面颊发热，而且看得出来，克拉丽瑟立刻就领悟到他为什么接近她的书，而尽管有着痛苦的厌恶征兆，双方却尚能协调一致的这种细腻之处立刻神秘地引起他的思考，致使粗暴受其损害、他的简朴又被弄得支离破碎。“为什么你不愿意让我看你读过的书？让我们交谈嘛！”他怯声怯气地渴求。

“没法‘交谈’！”克拉丽瑟尖声尖气地说。

“看把你急成这样！”瓦尔特嚷嚷。他想把这本打开的书从她手里夺过来。克拉丽瑟硬是不撒手。但是他们互相争夺了一会儿之后，瓦尔特插嘴说道：“其实我要这本书有什么用？”说着，他就放开了克拉丽瑟。事情到此本来就可以了结，倘若克拉丽瑟没有在这个重新获得自由的时刻越发猛烈地顶住墙壁的话，就仿佛为了躲避迫在眉睫的暴力，她不得不后退着从一道硬挺的篱笆溜走似的。她喘不过气来，脸煞白，嘶哑着嗓子对他喊叫：“不是自己有所作为，只想要一个孩子延续血脉！”

她嘴里说出的这句话宛如向他喷出的毒焰，掐住了他的脖子；这时，瓦尔特也不由自主气喘吁吁地重新抛出他的“让我们交谈”。

“我不想交谈，我讨厌你！”克拉丽瑟回答，突然又完全拥有了自己的声音并目标十分明确地利用这声音，好似一只沉甸甸的瓷碗正好砸在她的脚和瓦特尔的脚之间的地上。瓦尔特后退一步并惊讶地望着她。

克拉丽瑟并没有多大的恶意。她只不过是害怕自己有朝一日可能会发善心或稀里糊涂地就让了步。到那时候瓦尔特就会立刻用襁褓带把她系紧在自己身上，这样的事情绝不可以在现在发生，现在她要对整个问题作出决定。形势已经“尖锐”起来了。瓦尔特用来向她解释人们为什么走上街头的这句话，她觉得这句话下面划着粗线浮现在她的脑海里。因为乌尔里希——他和尼采有关联，是因为她结婚时他送给她一套尼采的作品——站在另外一边，一旦发生什么事，矛头便对准着那一边；方才尼采给了她一个信号，而如果她看到自己站在一座“高山”上的话，那么一座高山跟高耸的尖顶土堆有什么不一样？所以这是十分奇特的关系，几乎还没有一个人能解开这个谜团，而克拉丽瑟则甚至觉得这些关系不清不楚，但是正因为如此她想单独待一会儿并把瓦尔特从家里赶走。此刻从她脸庞上熊熊燃起的狂烈憎恨不是不搀杂的、严肃认真的憎恨，而仅仅是一种带有不明确性格成分和身体上狂躁的憎恨，是一种“钢琴怒”，这也是瓦尔特熟悉的。于是，在惊愕地凝视了他的妻子片刻之后，他的脸上突然也蒙上一层事后弥补上的苍白，他龇牙咧嘴，大声喊叫，作为对“她讨厌他”的回答：“你得提防这个天才，你就是得提防！”

他喊叫得比她的嗓门还大，听到这个模糊的预言他自己也感到毛骨悚然，因为她已经比他自己更强烈地干脆通过他的喉咙为自己开辟了一条路，他突然看到房间里一片漆黑，仿佛出现了日蚀似的。

这也给克拉丽瑟留下了印象。她一下就沉默了。

一种强烈如太阳变昏暗的情绪，这肯定也不是一件简单的事情，不管这种情绪是怎么产生的，瓦尔特对乌尔里希的嫉妒心猝然间在这种情绪中一下子便爆发出来了。他为什么称他为天才？这大体上就好似一种不知道多久就会破灭的傲慢。瓦尔特眼前顿时浮现起往日的情景：乌尔里希身穿制服回到家里，这个野蛮人，他已经染指过实实在在的女人，而瓦尔特虽然年纪更大，却还在给公园石雕像撰写诗歌。后来，乌尔里希，他把精密度、速度、钢精神的新消息带回家；但是对于人道主义者瓦尔特来说，这也是一群野蛮人的破门盗窃。在这位较年轻的朋友面前，瓦尔特总是隐隐感到不舒服，这是不仅身体上而且也在活动能力上较虚弱者的那种不舒服，但同时他也在自己身上看到了精神，在对方身上却只看到粗野的意志。他们之间始终存在着支撑着这种看法的这样一种关系：美或善使瓦尔特感奋不已，乌尔里希则直摇头。这样的印象依然存在。假如瓦尔特看到他和克拉丽瑟争夺的那个翻开的段落，也绝不会如克拉丽瑟所理解的那样，在其中所描写的将生活意志力从整体排挤进各个别部分的分解过程中看出对自己的艺术家的好冥想癖的谴责来，而是他一定会确信，这是对他的朋友乌尔里希的一个极妙的写照，从现代的经验迷信所特有的过高评价个别部分开始，直至这种向着自我的野蛮衰变的继续，他称这是一个没有个性的人或没有人的个性，而乌尔里希却妄自尊大地竟然还赞成这种说法。瓦尔特的这一切想法全包含在“天才”这一声谩骂中了。因为如果有谁可以称自己是一个孤独的有个人特征的人物的话，他自认为便是一个这样的人，可是为了转向自然的、合人情的任务，他没这样做；他觉得自己在这方面比他的朋友领先整整一个时代。但是就在克拉丽瑟对他的谩骂沉默不语的当儿，他却在想：“只要她现在回答一句有利于乌尔里希的话，我就跟她没完！”他憎恨得发抖，仿佛乌尔里希的胳臂在晃动他似的。

在极度的愤慨中他感觉到，他一把抓起帽子便急匆匆走了。他奔走在一条条胡同里，却对此毫无知觉。一幢幢房屋在他的想象中有条理地顺风弯向一边。过了一会儿他的脚步才放慢下来，他这才看到从身旁走过的人的脸。这些向他脸上投来友好目光的人的脸庞使他心神安定了下来。这时，因为他的意识停留在这个幻想经历之外了，所以他也准备向克拉丽瑟讲述自己的看法。但是他嘴里说不出话来。话语在他眼睛里闪亮。人们该怎样描写处在人和兄弟之间的这种幸福呀！克拉丽瑟会说他缺乏特色。但是克拉丽瑟的高度自信中含有某种不通人情的成分，这种自信向他提出的傲慢的要求他再也不愿意满足！他感觉到这种最痛苦的渴望：不要在爱情和个人无法律规定性的公然的妄想中飘浮，而是要和她一道被禁锢在一种秩序之中。“人们必须在人们的存在和行为中，甚至在与其他人处于对立状态的时候，感觉到存在一种趋向他们的基本运动”，他本来想大致这样回答她的。因为瓦尔特和人打交道总是交好运，甚至在争吵中他们也为他所吸引，他同时为他们所吸引；就这样，认为人类社会中蕴含着一种平衡的、报答能干者的力量，而这种力量最终总是善于使自己获得承认的这个有些浅薄的看法成了他生活中的一个固定的信念。他想起，有人诱鸟；鸟儿们乐意向他们飞去，而这样的人则往往在自己的措辞言语中就有某种鸟性。这压根儿就是他的信念：每一个人都有一头动物性，他以一种不可思议的方式与这头动物有关联。这个理论是他有一回想出来的；它没有科学性，但是他相信，有音乐天赋的人料想得到许多超越科学之上的东西，而他的动物是鱼，这自他儿时起就已经是肯定了的。鱼一直强烈地吸引着他，搀和着恐惧，有一回假期开始的时候他简直迷恋上了它们，他可以接连几小时站在河边，把它们从水里钓出来并把它们的尸体放在身边的草地上，直至最后这突然以一种近乎惊惧的憎恶而告结束。厨房里的鱼属于他最早期的癖好之一。内脏掏空的鱼骨架被放进一只舟盆，一种小船形状的厨房器皿里，涂着绿、白色相间的珐琅，宛如青草和云，盛着一半水，鱼骨架由于某种与厨房王国法则相关的原因依然留在这器皿里，直至菜肴烹饪好，才给扔到垃圾桶里；这个容器对这男孩有着神秘的吸引力，他接连几小时在天真的借口下返回到那儿去，并且在直截了当地被问及原因时总说不出话来。今天他也许可以回答说，鱼的魔力就在于，它们不属于两个要素，而是完全落在一个要素里。鱼儿们又在他眼前浮现，一如他经常在深水位上见到它们那样，它们不像他自己那样在一个底部的上方，在这底部的边界向着一个空洞的第二要素运动过去(这儿也好，那儿也罢，都不是在家里，胡思乱想着；属于一个地面，人们与这地面恰恰只共有这小小的脚底板，而整个身体则伸入一个空间，人们将会在这个空间坠落，人们正在挤走这个空间），而鱼的底部、它们的空间、它们的饮物、它们的食物、它们对敌人的恐惧、朦胧的爱情特征以及它们的坟墓把它们团团围住，它们在促使它们运动的事物中运动，这样的事人们只有在梦中才会经历，或者也许在重新找到子宫的保护和温存的渴求中，这样的信念当初恰恰开始时髦。可是后来他为什么杀死鱼并把它们拖出来呢？这让他感到一种莫大的、神圣的享受！他不想知道这是为什么；他，瓦尔特，是个谜一般的人物！但是有一回克拉丽瑟居然称鱼是水中的资产阶级分子！他气得一下子痉挛起来。就在他在这种想象出来的状态下——他正处于这种状态并恰好正在想到这一切——奔走在街道上并正眼看着他所遇见的人的脸的当儿，出现了适宜鱼儿活动的好天气；虽然还没有下起雨来，但湿气大，而且人行道和车行道——如他现在才觉察到的——自一些时候以来就已经是深褐色的了。这时，在那上面活动的人看上去都身穿黑色衣服，他们头戴上浆的帽子，但没有翻起领子；瓦尔特不觉惊讶地忍受着这一切，无论如何，他们不是资产阶级分子，而是似乎来自一家工厂，三五成群地行走着，其他还没有下班的人像他那样急急忙忙在人群里向前移动，他很开心，只有那裸露的脖子让他想起某种扰乱他并让他感到心神不宁的东西。突然从这图景里涌出雨来；人群开始四散离去，空中有某种被撕开的东西，某种闪着白光的东西；鱼儿坠落下来；一声颤抖、温存、似乎根本不与此有关的喊叫划过这一切的上空，这是一个人逗引一只小狗呼叫它的名字的声音。

最后发生的这些变化根本不受他的影响，他自己都对此感到十分惊异，他没有觉察到，他的思想陷入梦幻之中并且正以不可想象的速度乘着幻想的翅膀驰骋而去，他抬起呆滞的目光，凝视着他的年轻的妻子的脸，这张脸还一直因厌恶而扭歪着。他感到心里很不踏实。他记得，他曾经想详细说明一个责备；他的嘴还张开着呢。但是他不知道：时光已经过去了几分钟、几秒钟或者仅仅千分之几秒钟？这时，些许自豪使他感到温暖，宛如洗了一个冷水浴后皮肤模棱两可地微微战栗起来；这大致是在说：“你们看，我能做出什么事来！”但是与此同时，他却因隐情的暴露而颇感到羞愧；因为刚才他还想讲，编排有序、受到自我控制以及在大人物圈里简单朴素的事物在精神上比不正常的事物高得多，而如今他的信念已经暴露无遗，他的信念上粘着生命火山的泥浆！所以自他苏醒以来的最强烈的感觉其实是惊骇。他觉得这是肯定无疑的：什么可怕的事件即将降临到他头上。这种恐惧没有合乎情理的内容，还在进行着半形象化的思考，所以他只有这样的想法：克拉丽瑟和乌尔里希竭力要使他摆脱他的幻象。他定一定神，以便驱赶这白日梦幻，他想说点什么话，以促使因自己的偏激而停滞不前的谈话明智地继续进行下去；也已经有不知什么话到了他的嘴边，可是他却有一种预感，总觉得现在说这话为时已晚，这期间已经说了别的话、发生了别的事，而他却对此还懵然无知；正是这种预感使他话到嘴边又咽了下去，而这时他却突然听到克拉丽瑟正在对他说："如果你想杀死乌尔里希，那你就杀死他！你太讲道德了，一个艺术家只有不讲道德才能搞出好音乐来！"

瓦尔特怎么也不明白这话是什么意思。有时人们只有自己作出一个回答才会对什么话有所领悟，而他却迟迟不作出回答，因为他想必是担心这样会露出马脚、显出自己心不在焉。怀着这样一种惴惴不安的心情他领悟到，或者说，他强使自己相信：克拉丽瑟确实已经讲出了构成他方才经历过的使人惊恐的意念飘忽之根源的话。她说得对，假如可以让瓦尔特满足任意一个愿望，那么他往往不会有别的愿望，他只希望看到乌尔里希死去。在通常不像爱情那样迅速涣然冰释的友谊中，这样一种情况并不完全罕见，如果这种友谊触及人的价值的话。这并不是要血腥杀戮的意思；因为就在他想象乌尔里希死的时候，对这位失去的朋友的旧有的青少年时代的爱至少部分地又显露了出来。所以，如同在剧院里小市民在犯罪之前的顾虑被一种强烈的不自然的情感所抵消，他几乎觉得，尽管是一种悲剧性的解决想法，作为蒙难者所想到的，也会有美好的结局。他觉得自己的勇气大大地提高了，虽然他胆怯且不能见血。他打心眼里希望乌尔里希的傲慢有朝一日会瓦解，可是他却根本没为此而出什么力。但是思想本来就没有逻辑，尽管人们一口咬定它们有；现实的缺乏想象的反抗才把对矛盾的注意带进人这首诗里。克拉丽瑟断言，太讲市民道德对艺术家可能有害，也许她这话说得也对。这一切都同时在犹豫不决、勉勉强强望着他的妻子的瓦尔特的胸中翻腾。

但是克拉丽瑟激昂地重申："如果他妨碍你的事业，你可以把他除掉嘛！"她似乎觉得这令人兴奋且轻松愉快。

瓦尔特想把手向她伸过去。他的胳臂好似给夹住了似的，但是他还是贴近她了。“尼采和耶稣都死于不彻底性！”她附在他的耳朵上说。这一切全是胡扯。她怎么把耶稣扯进来？！耶稣死于不彻底性，这什么意思？！这样的对比实在让人觉得难堪。然而，瓦尔特还一直觉得这两片嘴唇的移动在发出某种极富挑衅性的话；显然，他自己的、艰难作出的决心，他的加入人类多数的这个决心经常受到对一种特殊地位的受抑制的强烈需要的非难。他使出自己的浑身力量，将克拉丽瑟紧紧抓住，不让她动弹。她的眼睛像两个小圆盘，对着他的眼睛。“我不知道你怎么想起这样的念头来的！”他一口气连说了几遍，却没得到答复。他想必是不由自主地把她拉向自己的身边，因为克拉丽瑟像一只鸟儿那样张开十个指头的指甲去抓他的脸，致使他的脸无法继续接近她的脸。“她疯了！”瓦尔特感觉到。但是他不能放开她。一种根本无法理解的丑陋浮现在她的脸上。他还从未见过一个疯子；但是，他心中暗想，疯子的模样一定就是这样的。

他突然唉声叹气说：“你爱他？！”这大概既不是一个特别独创的见解，也不是第一次引起他们争吵的话题；但是为了可以不必相信克拉丽瑟有病，他宁可接受她爱乌尔里希这个事实，而这种牺牲精神则很可能受这一情况的影响：他第一次觉得克拉丽瑟——其薄嘴唇的早期文艺复兴式的美迄今一直为他所欣赏——丑陋，而这种丑陋也许又与她的脸不再受到对他的爱的温存呵护而是受到情敌的粗野的爱的揭露有关。这就为纠葛作好了充分的安排，这些感情上的纠葛在他的心和眼之间颤抖，作为某种新颖的东西，某种既有一般意义也有个人意义的东西，但是他讲出“你爱他”这句话，发出完全不近人情的呻吟，这种事情之所以会发生，也许是因为他已经传染上了克拉丽瑟的精神错乱；想到这儿，他颇有点儿感到惊骇。

克拉丽瑟已经小心翼翼地挣脱开身子，却再次自愿地靠近他并几次唱歌似的回答说：“我不要你的孩子，我不要你的孩子！”她边说边轻快而连续不断地吻他。

然后她就离去了。

她确实也说了“他要一个我的孩子”？瓦尔特不能肯定地回想起她曾经说过这句话，但是他仿佛听到了这个可能性。他带着醋意站在钢琴前并觉得自己单方面受到某种暖气和某种冷气的吹拂。那是天才的和癫狂的气流吗？

或是谦让的和仇恨的气流？或是爱情的和精神的气流？他能想象，他可以给克拉丽瑟让路并把自己的心放在这条路上，让她从这上面走过去；他能想象，他可以用强劲的言语消灭她和乌尔里希。他拿不定主意，不知自己是该赶快去找乌尔里希呢，还是该开始写自己的交响乐——此刻，这交响乐能成为星球之间的永恒战斗——抑或先在违禁的瓦格纳音乐的仙女池塘里稍稍平息一下自己的激动情绪。他曾经处于的那种无法表达的状况开始渐渐化为这些考虑。他打开钢琴，点燃一支香烟，而就在他的思绪越来越广泛地弥散开来的当儿，他的指头在琴键上开始弹奏这位萨克森魔术师汹涌澎湃、撼人心肺的音乐。在这缓慢爆发延续了一段时间之后，他完全明白了：方才他的妻子和他是处在一种无刑事责任能力的状态之中；但是不管这给他造成多么难堪的印象，他却知道，自己在这之后不久就去找克拉丽瑟，把这个情况向她说清楚，这恐怕仍还是徒劳无益的事。突然，他很想到人群中去。他把帽子戴上，向城里走去，去实行他原来的计划并干预这普遍的激动情绪，如能成功，就要找到这种激动情绪。一路上他完全觉得，他胸中有一支有魔力的军队，他将率领这支军队冲锋陷阵。但是一上电车，生活就已经显出极其寻常的样子；乌尔里希一定是在对立面，莱恩斯多夫伯爵的宫殿也许会被攻占，乌尔里希也许会吊在一根电线杆上，遭到万人踩踏，又一回相反地受到瓦尔特的保护和拼死相救，这充其量也就是一路清醒而有秩序的行驶途中一瞬间的白日幻影，这条电车线路上有固定票价、各车站和警示鸣钟信号，心气又平静下来的瓦尔特对这颇感亲切。

一一九

反坑道和勾引

当初的情况是，仿佛各事件都向一个出口涌去，对于在阿恩海姆问题上曾耐心固守在反坑道里的莱奥·菲舍尔经理来说，得到补偿的时刻到了。可惜这时候克莱门蒂娜太太恰好不在家，所以他只好手里拿着一张通常登有交易所行情详细情况的日报走进女儿格达的房间。他在一把舒适的椅子里落下坐，指着一则报纸上的小消息，得意地问："现在你知道了吗，我的孩子，这个有思想深度的金融家为什么滞留在我们中间？"

他在家里从来不对阿恩海姆用别的称呼，以显示他作为庄重的生意人对他家里的女人们欣赏这个富有的饶舌者颇不以为是。即便不是仇恨使人具有预见性，一则交易所传闻也往往会言中，而菲舍尔对此人的反感让他立刻补齐了这句讲了一半的话。"唔，你知道吗？"他再次问并试图迫使他女儿的眼睛看着自己眼中流露出来的洋洋得意的目光，"他想把加利西亚油田置于他的康采恩的控制之下！"

说罢，菲舍尔又站起来，像抓一只狗的颈项那样一把拿起他的报纸，离开这房间，因为他想给几个人打电话，以便把情况完全弄确实。他有这种感觉，好像刚才读到的东西他早就想到过（如同人们看到的，交易所简讯的作用跟文学作品的作用是一样的）；他对阿恩海姆感到满意，仿佛绝不能相信一个如此明达事理的人会做出任何别的什么事情来似的，从而他也就完全忘记了，迄今为止他一直只认为他是个饶舌者。他不想费什么力气去向格达解释这条消息有什么意义，随便多说哪一句话都只会有损于事实的语言。"他想把加利西亚油田置于他的康采恩的控制之下！"他玩味着这句质朴的话的分量退了回去，心中只还在思忖："谁能坚持等候，谁总会赢！"这是一条交易所例规，它像所有交易所的真理那样对永恒的真理是最恰当的补充。

他刚到外面，对格达的强烈影响便显现了出来；迄今为止她从未让自己的父亲得到过看到自己震惊或者哪怕只是惊奇的乐趣，可是这一回她急忙拉开一个衣柜，拿出来大衣和帽子，对着镜子理了理头发和衣服，对着镜子坐着，用怀疑的目光打量自己的脸。她下定了要去找乌尔里希的决心。这是听到父亲的消息那个瞬间发生的，当时她立刻想到，是乌尔里希必须尽快知道这个消息，因为她相当熟悉狄奥蒂玛周围的人的情况，所以顿时便认识到，她父亲的这条新闻对他多么重要。她作出这个决定时，心里就觉得仿佛一团延迟已久的激情注入她的情感之中；迄今她一直不得不装出好像已经忘记乌尔里希邀她上门的样子，但是在这团含糊不清的情感中最初的情感刚刚渐渐脱颖而出，一阵不可阻挡的奔跑和拥挤就已经进入更远的情感之中，她不能下定决心，但是决定已经作出，没管她有没有决心。

“他不爱我！”她一边打量镜子里自己的那张脸，一边在心里说，这张脸在最近几天里变得更线条分明了，“我长得这副模样，他也不可能爱我！”她神情疲惫地想，同时又倔强地添上一句，“他不配！这一切都只是我自己的胡思乱想！”

她突然完全气馁了。最近的种种事件耗损了她的精力。她觉得她与乌尔里希是这样一种关系，就好像他们一年年聚精会神地把某种很简单的事情搞得错综复杂了。汉斯用他那幼稚的温柔多情的举动耗尽了她的精力；她用激烈的言辞、最后有时用轻蔑的态度对待他，但是汉斯报之以更激烈的态度，宛如一个威胁着要自杀的男孩，而当她不得不安抚他时，她便又被他拥抱住、被他如幽灵般地触摸。受到这样的折腾，她的双肩瘦削了，她的皮肤失去了光泽。当她打开衣柜，拿出帽子来时，格达已经和所有这些痛苦断绝了关系，而照镜子的恐惧则以她迅速又站起并丝毫也没摆脱这种恐惧便飞快跑出去而告结束。

当乌尔里希看到她进来时，一切全明白了；而且她还在面前系上了一块面纱，博娜黛婀来访时就习惯戴这样一块。她浑身颤抖并试图做出一种无拘无束的样子来加以掩盖，结果反而弄巧成拙。

“我来你这儿，因为我刚才从我父亲那儿听到了很重要的消息。”她说。

“太奇怪了！”乌尔里希想，“现在她一下子用‘你’称呼我！”这个强制的“你”激怒了他，而为了不致怒形于色他便试图这样来解释：格达采取这种过度的态度肯定是想使她的来访不带厄运的特征，甚至压根儿就不具什么特殊意义，以便把这当作一个合乎情理的、仅仅是有些迟到的事件看待，结果却适得其反，这姑娘的意图完全暴露无遗。“我们早就互相称‘你’了，话之所以没这么说，是因为我们总是互相躲闪！”格达解释说，一路上她考虑了她该如何演这场戏并对这将会引起的惊奇作好了思想准备。

但是乌尔里希单刀直入，他用胳臂搂住她的肩膀并亲吻她。格达像一支软和的蜡烛那样瘫软下来。她的呼吸、她的向他伸出去的指头都毫无知觉。这时，他感觉到勾引者的残忍，这位勾引者感到自己不可抗拒地受到一个未下定决心的灵魂的吸引，而这个灵魂则被它自己的肉体拖着，宛如一个囚犯让法院差役用胳臂挟住那样。冬日下午黯淡的光从窗户挤进这渐渐黑下来的房间，他站在一个这样的光亮的扇形里并用胳臂搂住这姑娘；姑娘的脑袋在光的软和枕头的衬托下显得黄灿而清晰，面色油光光的，致使此刻的格达看上去竟像一个死人。他徐徐向着各处她的头发和衣服之间裸露的平面上吻去并且不得不同时克制住一阵轻微的反感，直至后来他触到了她的两片嘴唇，它们迎向他的双唇，那样子使他想起一个儿童搂住一个成年人脖子的虚弱的小胳臂。他想到博娜黛婀的那张美丽的面庞，激情发作起来时这张脸就像一只鸽子，其浑身羽毛在一头猛禽的利爪下挣扎着，他还想到了狄奥蒂玛的塑像般的宠爱，这宠爱他不曾享用过；好生奇怪，如今躺在他怀里的竟不是这两个女人愿意给予他的姣脸，而是格达的炽热得变了样的、无可奈何的丑脸。

这时，格达并没有长时间停留在既清楚又无知觉的状态。她曾以为自己只是在一眨眼间闭上了眼睛，而就在乌尔里希吻她脸的当儿，她觉得这犹如星星在时空的无穷尽中站住，致使她对这个过程的持续时间和界限竟没有什么印象，但是他刚一松劲她便苏醒过来并又靠自己的力量站立了起来。她方才所给予的以及按她的感觉也接收到的亲吻，是真正的、不只是装出来的和想象出来的激情的最初亲吻，而她体内的反响却非同寻常，就好像这一瞬间已经使她变成妇人了似的。但是这件事情的情况跟拔牙齿相似：虽然事后比事前身体上少了点什么，人们却有一种更大的完整性的感觉，因为一个不安定的因素最终被消除了，在她的状况使她产生了这样的联想之后，格达便毅然决然地挺直身子。“你还根本没问，我来告诉你什么消息！”她对她的朋友说。

“你爱我呗！”乌尔里希稍稍压低声音回答。

“不是，你的朋友阿恩海姆在欺骗你的表妹，他装出情人的样子，但是他完全另有所图！”格达向他讲述了她父亲的发现。

这则消息以其简单朴素而给乌尔里希留下深刻印象。他感到自己有责任警告狄奥蒂玛，她正展开着心灵的羽毛飞进一种可笑的失望之中。因为尽管他幸灾乐祸地用了这么一个形象的比喻，他却感到自己还是同情这位美丽的表妹的。但是这种情感却被对菲舍尔爸爸的衷心赞赏大大地超越了；虽然乌尔里希眼看就要给他带来深深的忧伤，他还是真心诚意地赞赏他那可靠而旧式的、具有美好信念的商业头脑，凭着这样的头脑此人终于简捷明快地查明了一个新潮大亨的秘密。乌尔里希的心境由此而大大偏离了格达的在场向他提出的温柔的要求。他感到惊奇，居然不多几天前他还曾想到这样的可能性：他可以向这个姑娘倾吐自己的爱慕之情。“攀过第二道壁垒，”他想，

“这就是汉斯对两个渴慕爱情的天使的这种邪恶观念的称谓！”他在想象中——仿佛用指头抚摩似的——玩味着生活如今通过莱奥·菲舍尔的以及他的志同道合者们的明智努力而感受到的那个清醒形象的极其平滑而坚硬的表面。就这样，“你的爸爸真奇妙”这句话便成了他作的唯一回答。

格达的内心充满着自己这条消息的重要性，她满以为回答会是别样的；她不知道她要求自己的消息产生什么样的效果，但是这大致犹如一个管弦乐队里所有乐器吹奏和振荡起来的那个时刻，而乌尔里希似乎突然向她展现的这种冷淡则让她又痛苦地回想起，他总是对她以普通人、寻常人和头脑冷静人的辩护人自居。因为如果说这期间她已经自欺欺人地以为这只是意味着恋爱亲近的一种有刺的形式的话，那么现在——“他们已经在相爱”这句有些孩子气的惯用语在她内心响着——一种失望的、警戒性的清澈则在告诉她：这个男子——她正在把一切献给他——对她不够认真。因此她已经获得的自信又消失掉一大部分，但是从另一方面来说她又极其欢迎这种“不被认真对待”；这就省却了她若要维持与汉斯的关系就必须付出的全部努力，而如果乌尔里希称赞她的父亲，那么，她虽然不明白他怎么会这样做的，但觉得自己为汉斯得罪莱奥爸爸从而损害了某种秩序，如今这秩序又被恢复了。这是一种她用自己的失身换来的、有些不寻常的向家庭怀抱的回归——这种温和的感情极大地转移了她的注意力，以至于她竟轻轻抵住乌尔里希的胳臂，对她的朋友讲了这样的话：“我们要先通达人情地相聚在一起，其余的事就可以迎刃而解！”这是“行动共同体”纲领里的一句话，如今则是汉斯·塞普和他那一伙人遗留下来的最后赠言。

但是乌尔里希却又用胳臂搂住了她的肩膀，因为他自从听到这则关于阿恩海姆的消息以来便一直觉得，这件事事关重大，不过这次和格达的相聚却先得有个了结。他没有任何别的感觉，只觉得，不得不去做与此事有关的一切，这真是一桩极其令人不快的事，所以他立刻用被推开的胳臂再次搂住她，但这一回却用了那种无声的语言，那种语言不带暴力地、比言语更强烈地宣告：任何进一步的反抗都是徒劳的。格达感觉到从这条胳臂向她传递过来的男性在顺着后背向下流贯；她垂下了脑袋，执拗地盯着自己的胸，仿佛在怀里像在一件围裙里那样包藏着她的各种思想似的，她想凭借这些思想的帮助和乌尔里希“通达人情地相聚在一起”，然后才可以发生这种将会是高潮的事；但是她觉得，她的脸变得越来越痴呆和空虚，最后它像一个空壳向上飘浮，仰卧在勾引者的脸面之下。

他俯下身去，用肆无忌惮的亲吻覆盖住那张脸，直吻得肉欲荡漾起来。格达软绵绵地站起来，听任乌尔里希领着自己走。她需要走大约十步，便可到达乌尔里希的卧室，这姑娘支撑起身子，像一个重伤员或重病号。双脚一步一步不习惯地向前迈动，虽然她不是让人拉曳着，而是在自愿地行走。一种虽如此激动却又如此空虚的感觉，格达还没有经历过；她以为，她的血已经离开她的身体，她感到浑身冰凉，她从一面镜子旁边走过，这面镜子似乎从很远很远处映出她的形象，尽管如此，她却从镜子里看到，她的脸呈紫铜色，有灰白斑点。突然，如同在发生事故时目光对一切同时发生的事有着过分敏感的接受力那样，她看到了这间封闭式男人卧房以及这房间的全部细微之处。她想起来，倘若更精明一些、更工于计算一些她也许本可以作为妇人搬进这儿来住的；那就一定会让她感到很快活，但她寻觅着话语，想说她不想谋取什么好处，而是只想献身，这句话她找不着，便对自己说“必须这样”，便解开了上衣的衣领。

乌尔里希放开了她；他无勇气伸出温柔的爱情援手帮她脱衣服，便站在一边，脱掉他自己的衣服，格达顿时便看到处于强暴和美的平衡状态中的男人的颀长而强健的身体。她惊骇地觉察到，虽然她还穿着内衣裤站立在那儿，但是身上却起了鸡皮疙瘩。她又寻觅能助她一臂之力的言语；她站在这儿现出了一副可怜相！她想说的话，将会以那种在她眼前浮现的方式使乌尔里希成为她的情人，在一种无限甜蜜的溶解中，而人们却根本不必为达到这种溶解去做她打算去做的事。这件事既美妙又模糊。刹那间，她看到自己和他一起站在一片无边无际的旷野上，旷野上都是蜡烛，它们像一排排蝴蝶花插在地上，一个唯一的信号一出现就会在她脚边燃亮起来。但是由于她说不出一句这样的话来，她便觉得自己无比丑陋和可怜，她的双臂颤抖，她没有能力脱完自己的衣服，她的无血色的嘴唇牢牢地抿紧着，为了不致令人毛骨悚然地做出无声的动作来。

鉴于这种情势，乌尔里希觉察到她的痛苦，觉察到克服了重重障碍已经营造到这步田地的一切有毁于一旦的危险，他当即向她走过去并解开了她的肩带。格达像一个男孩那样钻进被窝。乌尔里希即刻看到一个裸体的年轻人的闪动；这像一条鱼的闪动，跟爱情不再有什么关系。他自以为猜到格达已决心尽快地去经受一个不可避免的事件，而他则还从未像紧随她之后上床的这一瞬间这般清楚地认识到，满怀激情地侵入到他人的体内，这在很大程度上就是对秘密和犯罪的隐藏处的幼稚爱好的一种继续。他的双手碰到姑娘因恐惧而变得粗糙起来的皮肤，而他自己则不是感到被吸引，而是感到受到了惊吓。他不喜欢这具身体，它一半已松弛，一半还未成熟；他所做的事，他觉得完全没有意义，他巴不得能从床上逃走，他不得不费尽心思才打消了这个念头。就这样，他飞快地自欺欺人地替自己找到了在今天这种情况下可以找到的种种允许自己采取不认真、不相信、无顾忌、不满足的态度；他觉得自己毫不抗拒地听任这种情况发生，这虽然不是爱的激情，却是一种半疯狂的、使人想起虐杀、奸杀或者如有可能也许是强奸自杀的激情，一种蛰伏在所有生活景象后面的空虚恶魔的激情。

这状况一下子通过一种模糊的联系让他回想起和那几个流浪汉的夜间争斗，所以这一回他想行动敏捷些，但是就在这同一个瞬间某种令人恐惧的事情开始了。格达已经尽了自己的最大努力做了自己能做的一切并利用它们去抑制自己正在忍受着的可耻的恐惧心理；她这时的心情，仿佛就要被处决似的，而就在她感觉到乌尔里希的不同往常的裸体在自己身边并被他的双手触摸的时候，她的身体把她的全部意志甩出体外，在她内心深处的某个地方她还一直感觉到不可名状的友情，一种颤动着的温柔的愿望，想拥抱乌尔里希，吻他的头发，用自己的双唇去听从他的呼唤，并且想象到，她一触到他的真正本质，就会像一只温暖的手里的一小撮雪那样融化掉；但是那是一个照例身穿衣服、在她父母家那几间熟悉的房间里走动的乌尔里希，而不是这个裸体的男人，她猜到这个裸体男人心怀敌意，此人不认真看待她的牺牲，虽然他不让她采取理智态度。格达突然觉察到，她在叫喊。一声叫喊像一片小云彩，像一个肥皂泡悬浮在空中，别的喊声接踵而来。那是小小的叫喊声，从胸中迸发出来，仿佛她在与什么角斗似的，那是一种啜泣，听得出那清脆、圆润的嘤嘤声。她的嘴唇蜿蜒移动，像在致命的性欲快感中那样湿乎乎，她想跳起来，但直不起身来。她的眼睛不听她使唤，发出她不曾允许它们发出的信号来。格达哀求怜惜，表现得就像一个应该受到惩罚或者正在被领着去看医生的孩子，可是这孩子却大喊大叫、缩成一团，硬是不肯挪步。

她用双手捂住乳房，一边用手指甲威吓乌尔里希，一边拼命使劲地夹紧她的两条长长的大腿。她的肉身对她自己的这种愤怒反抗是可怕的。这样做的时候她完全有一种在剧院里的感觉，但是也是孤零零独自一人坐在黑咕隆咚的观众厅里，无法阻挡人们轰轰烈烈、大喊大叫地演出她的命运，无法阻挡自己情不自禁地也一同登台演出。

乌尔里希满怀恐惧地凝视着这双变得模糊不清的眼睛的一对小瞳孔，从这对瞳孔里流露出奇特而呆板的目光；他目瞪口呆地注视着这些奇异的动作，希望和戒律、感情和冷漠以一种无法表达的方式在这些动作中相互交织。那苍白中透着浅黄色的皮肤飞速映入他的眼帘，还有那黑黑的细毛，它们在变成稠密平面之处成了红色。他渐渐明白了，他面对着的是一次歇斯底里的发作，可是他不知道该怎么办。他担心这撕人心肺的叫喊声会变得越来越响亮。他想起来，据说猛一声断喝能够阻遏住这种歇斯底里发作，也许也可以突然给予一击。这种不可捉摸的可避免性、这种与恐怖的景象联结在一起的东西，令他想到：一个更年轻的男人也许会试图更深入地侵入格达。“也许这样一来事情也就解决了，”他心里想，“也许在这个蠢丫头已经走得太远了之后，人们就恰恰不可以向她让步！”他没做任何这样的事，但是这样的恼人的想法在他脑海里交叉出现，他不由自主、毫不停歇地对格达悄悄说些安慰的话，答应他将不作任何伤害她的事，解释说她还没出什么事，请求她原谅，而他则觉得这些在恐惧中扫拢到一起的言语糟粕如此可笑和有失体面，以至于他不得不拼命防止自己受到诱惑，会干脆拿起一个枕头并用它塞住这张嘴巴，他阻挡不住这张嘴巴发出的声音。

但是，这阵歇斯底里发作终于自动平息下来，身体渐渐平静。姑娘的眼睛湿乎乎的，她在床上坐起来，两个小乳房疲乏地耷拉在她那还没有重新受到意识照管的肉体上；乌尔里希舒了口气，他再次感觉到对他方才不得不挺住的，这个事件中的没有人性、只有肉体性的一面的全部反感。随后，寻常的意识回归到格达的身上；她的眼睛里有什么东西在张开，就像一个人从睡梦中醒来之前就已经睁开了一会儿眼睛那样，她还愣愣地向前方凝视了一秒钟，然后她发现，她赤身裸体地坐在床上，看了看乌尔里希，她脸上顿时泛起层层红晕。乌尔里希没辙儿，只好又说了一遍他方才已悄悄对她说过的话；他用胳臂搂住她的肩膀，好言劝慰着把她拉到自己怀里并请求她对已发生的事别介意。格达已恢复到了她突然歇斯底里发作前的那种状况，可是她觉得一切都出奇地苍白和荒凉；这张架好的床，在一个一个劲儿悄声低语的男人臂弯里的她那赤裸裸的身体以及把她引导到这里来的那些情感：她分明知道这意味着什么，但是她也知道这期间已经发生了某种令人厌恶的事，她只是勉勉强强、朦朦胧胧地记得这件事；虽然她觉察到了，乌尔里希的声音现在听起来更温存了，但是她把这跟现在她对他来说是个病人的情况联系在一起，她心想，他把她搞得有了病了，但是她觉得一切无关紧要，她没有什么别的愿望，只希望可以一句话也不说，可以不再存在。她垂下脑袋并推开乌尔里希，伸手去摸她的衬衫，像一个孩子或者像一个不再自珍自重的人那样把它从头顶套在身上。乌尔里希帮她穿衣，他甚至把袜子给她拉上大腿，他也有是在给孩子穿衣服的感觉。格达摇摇晃晃，好似久病后第一次下地。她的记忆告诉她，她怀着什么样的心情离开了她父母的家，如今她要返回这个家。她觉得，她没有经受住考验，她深深感到不幸和羞愧。对乌尔里希所说的一切她没吭一声。她模模糊糊、朦朦胧胧地回想起，有一回他曾开玩笑地说过这样一句名言：孤独引诱他做出放荡不羁的行为。她不生他的气。她只是永远也不想再听他说什么。他自告奋勇，要去叫一辆车来，她一个劲儿摇头，将帽子戴在蓬乱的头发上，没看他一眼便离开了他。乌尔里希目送她手里拿着面纱离去，他觉得，自己这么站着就像一个小年轻；因为他本来明摆着是不可以让她在这样一种情况下离开自己身边的，可是他想不起来用什么办法可以挽留她，而且由于他不得不帮她穿衣他自己只穿上了一半衣服，这也使他尚存的严肃认真带上某种不成熟的特性，仿佛他必须先完全穿好衣服，然后才能对这件与他个人休戚相关的事作出决断。

一二〇

平行行动引起骚动

当瓦尔特进入内城时，有什么事正在酝酿之中。人们行走得与平时没有什么两样，汽车和电车行驶得一如往常；也许在这儿或那儿可以看到异乎寻常的运动，但是人们还没来得及看清楚，它便又化解了：尽管如此，一切似乎都带有一个小小的记号，它的箭头指向一个明确的方向，瓦尔特刚走了几步路，便也在自己身上感觉到了这个记号。他朝这个方向走去并且感觉到，他这个艺术司官员，同时也是战斗的画家和音乐家，甚至还是克拉丽瑟的受尽折磨的丈夫，在给一个没有明确身份的人让出位置；街道连同街道上的活动和布满装饰品的炫耀华美的房屋也都陷于一种类似的“前期状态”——这是他在心里暗暗给这种情形起的一个名称——因为这大致给他留下了一个水晶模型的印象，这个模型的液态平面开始往下陷并向后倒退到一种较旧的状态。尽管他在需要拒绝未来的革新运动时显得思想陈旧，可是他却愿意为自己而批判当代，而他感觉到的秩序瓦解则催他奋进。他所遇到的大批人群使他想起他自己的梦；一种轻快急促的印象从他们身上发出，一种同属性——他觉得这种同属性远比通常的，为理智、道德和聪明的保障而操心的同属性纯朴得多——使他们成为一个自由、松弛的共同体。他想到一个大的花束，人们已经取下捆扎这花束的细绳，致使花束松开，却没散架；他还想到一具身体，人们去掉了这具身体的衣服，致使含笑的裸体显露出来，这裸体既没有也不需要言语。但是当他大步流星走去，不久就遇上一大队待命的警察的时候，这也不构成什么妨碍；这景象像一个野战军营那样使他着迷——这个野战军营等待着警报并且用它那众多红色衣领、下马的骑兵以及报告进驻或开拔的个别队伍的运动激励着他的战斗精神。

在这条封锁线后面，虽然这条封锁线还没有合上，这副更昏暗的街道景象立刻引起了瓦尔特的注意；人们一路上几乎看不见一个妇女，平时给这些大街小巷带来勃勃生机的闲荡军官们的五光十色的制服也似乎已经被笼罩着的捉摸不定的气氛所吞没。但是许多人像他自己那样向城里奔去，而他们的运动给人留下的则是另一种印象：它像一阵猛烈的风带来的糠秕和切屑。不久他也就看到了由他们所组成的头几批人，这几批人看样子不单单因好奇、而且同样也由于这种犹豫不决的心态而聚集在一起：人们不知道该继续跟随这不寻常的魅力呢，还是该折回去。人们对瓦尔特提出的问题作出不同的回答。被他询问的一些人回答说，一个忠诚于国家的大型群众集会正在酝酿之中，另一些人则自以为曾听说集会是针对某些过分活跃的爱国者的；主宰大家的激动情绪是否就是德国人民对政府——大多数人认为这个政府偏袒斯拉夫人——的软弱表现出来的激动情绪，抑或这激动情绪是否是亲政府的并且要求所有好心的卡卡尼人举行游行反对无休止的动乱，在这个问题上大家的意见同样也不一致。这都是些像他这样的随大流的人。瓦尔特没有了解到任何与在自己的办公室里听过的有什么不同的情况，但是一种他控制不住的好闲扯的习性驱使他总是继续提问。不管他与之结伴的那些人是不是告诉他，说是他们自己也不知道正在发生什么事，也不管他们是不是在笑、在讥笑他们自己好奇心切，他越往下走便越听人众口一词严肃认真地说，终于要出点什么事了，虽然没有人自愿表示愿意向他解释要出什么事。他越是这样往前走去，便越是频仍地在他所注视的脸上看到某种洋溢着不理智的和冲决理智的神态，大家都想去的那个地方正在发生什么事，这真的似乎已经无关紧要，这是某种不平常的事，这似乎就足以使他们兴奋不已；虽然这种“兴奋不已”只能在那种减弱了的、只意味着一种很寻常的轻微激动的词义上去理解，人们却还是在其中感觉到与已被忘却的欣喜若狂和容光焕发的一种昔日的亲和性，这似乎是一种增长着而又无意识的想发泄怒气的意愿。

瓦尔特边交换猜想说些与他不相称的事，边加入别人的行列，这些人从零散的等待和犹犹豫豫继续行进的人群形成一支队伍，这支队伍向着想象中的活动场所移动，没有什么明确的意图却明显地增加了紧密性和内在的力量。但是所有这些感觉还都具有某种家兔的特性，这些家兔绕着巢穴轻快奔跑，一旦一种更明确的激动情绪从这杂乱无章的人们无法看到的队伍的前列向着队伍的末端传播开去，这些家兔便随时都会逃进巢穴。一群大学生或别的什么年轻人已经做了不知什么事并“从阵上”下来，他们在那儿遇上了这一大支队伍；人们听到了某些人们不理解的话，经曲解了的消息和无声激动情绪的浪潮从前向后传递，人们各按其禀性和理解而感受到愤怒或恐惧，好斗精神或一个道德上的指令并在这样一种情况下向前挤去：他们受到这样的相当寻常的观念的指导，这些观念在每一个人看来都不一样，但尽管他们有着主宰意识的地位却没有什么重要性，致使它们联合成一股大家共同所有的、对肌肉比对头脑更起作用的力量。现在置身于队伍之中的瓦尔特也受到这种气氛的感染，很快便陷于一种心情激动和内心空虚的状态，这种状态与一种飘飘然的感觉开始时的情形颇有相似之处。人们不太明白，这种在某些时刻使执拗的人成为一个有统一意愿的群体的变化是怎样产生的；这个群体既能心平气和地也能恶声恶气地表现出过激情感来，却不能深思熟虑，即使组成这个群体的人往往平生最最看重的莫过于中庸和缜密。一群没有为自己的情感找到出路的人，他们的急于要求松弛的激动情绪很可能直接转到猝然开启的每一个轨道上；这很可能是所有人当中最易激动的人、最敏感的人和最没有反抗能力的人，但是这就是说他们也是好走极端的人、会做出突然的暴力行为或感人的侠义行动来的人，他们提供榜样并开辟道路；他们在群体中是最微弱反抗的斑点，但是这叫喊声，这不是被他们发出而是从他们内心冲出来的叫喊声，他们随手拿起来的这石头，他们爆发出来的这种情感，把道路清理出来，其他人——他们相互推波助澜使他们的激动情绪增强到了极致——在这条道路上昏头昏脑地跟着朝前挤；他们使他们周围的人的行动具有群众行动的形式，这种形式被所有的人一半认为是强制、一半认为是解救。

再者，就人们同样也可以从每场体育竞赛的观众身上或一个演说的听众身上看到的这种激动情绪而言，情感爆发心理学早已不如“出于什么原因才产生爆发激动情绪的意愿”这个问题这么意义重大，因为倘若生活的本来目的对头的话，那么这也就是生活的无目的性了，这也就不一定会有低能的各种伴随现象。瓦尔特知道这个几乎很少为别人所知道的情况并且想好了不少合理化建议，它们全都显露出来，致使他用一种浅薄、恶劣的情感不断抵抗受感动的状态，可是这种状态却依然使他着迷。在一个知觉渐渐恢复过来的时刻他想到了克拉丽瑟，“幸好她不在这儿，”他想，“她会受不了这个压力的！”但是与此同时，一阵钻心的疼痛却使他不可能继续这样想下去。他回想起了她给他留下的那个极其清晰的精神错乱的印象。他心想：“也许我自己就疯了，因为我竟然这么长时间没发觉她疯了！”他心想：“我很快会发疯的，如果我总是和她生活在一起！”他心想：“我不相信！”他心想：“可是这是肯定无疑的！”他心想：“她那张可爱的脸庞在我的两只手之间僵化成了一张丑脸！”但是他再也不能对这一切进行恰如其分的思考，因为无可奈何的绝望情绪模糊了他的意识。他只觉得，尽管很痛苦，但是爱克拉丽瑟比在这儿跟着别人走还是完美得多得多；于是，为了逃避恐惧，他深深挤进行列里，他在这行列里行进。

这期间，乌尔里希走一条不同于他所走的道路，来到了莱恩斯多夫伯爵的宫殿。当他拐入大门时，只见入口处站着双岗，庭院里驻扎着一支强大的警察巡逻队。伯爵阁下沉着镇定地向他致意并显示出已经知晓自己已成为民众公愤的对象。“我必须收回有些话，”他说，“有一回我曾对您说，如果许多人赞成什么事，那么人们便可以相当有把握地认为，这多半就是什么可用的事。这当然有例外！”

总管家在乌尔里希之后不久便上楼来并送来刚送达楼下的报告，说是群众游行队伍正渐渐接近宫殿，紧接着他便忧心忡忡、小心翼翼地问，要不要关上大门放下百叶窗。伯爵阁下摇摇头。“您想到哪儿去啦！”他用和蔼可亲的口吻断言说，“这只会让那些人感到高兴，因为这不就显出我们害怕了嘛。况且，警察给我们派来的警卫人员，他们还都在这儿嘛！”但是，他转身对乌尔里希并用道义上受伤害的口吻说：“让他们来砸碎我们的窗户好啦！我说过的，这些聪明能干的男子汉成不了什么气候！”一股深深的怨恨情绪似乎在他心头翻腾，他庄重而冷静地将它掩盖住。

乌尔里希已经走到窗口，这时游行队伍慢慢行进过来。警察在路边巡逻并像驱散整齐划一的行进步伐扬起的一股尘雾那样驱散路上看热闹的人。此外，有些地方已经有马车被夹在中间而动弹不得，发号施令的人流掀起看不到尽头的黑色波浪绕着那辆马车涌动，人们感觉到明亮的脸面溅起的浪花在那些波浪上飞舞。当游行队伍的前列瞥见宫殿时，好像有人下了命令似的步伐和缓了下来，一股尘雾滚滚向后飞扬，行进中的队列互相碰撞，于是出现一幅景象，它一瞬间让人想起一块在打击前肿胀起来的肌肉。紧接着，这打击呼啸着划过空中，看上去相当奇特，因为它由一声愤怒的叫喊组成，这是一种人们未听见其声音就先看见其张大的嘴巴的叫喊。一个又一个打击就在一张张脸出现的时刻将它们向上翻开；由于远处的人的叫喊声被这时已经走近过来的人的叫喊声盖过，人们只要向远处望去便总能看见这个无声的场面反复出现。

“人民的大嘴！”莱恩斯多夫伯爵走到乌尔里希身后待了一会儿，用很严肃的口吻说，仿佛这像“每天的面包”那样是一个固定用语似的，“可是他们究竟叫喊什么呀？吵吵嚷嚷的，我实在听不明白。”

乌尔里希认为，他们主要是在发嘘声。

“是呀，不过是不是还在喊什么？”

乌尔里希没告诉他，在这隐隐约约的嘘声中还时不时地可以听到“打倒莱恩斯多夫”这拖腔带调的响亮喊叫声；他甚至以为在交替出现的欢呼德国“万岁”的喊声中也听到了一声“阿恩海姆万岁”，但是自己也对这件事感到没有把握，因为结实的窗玻璃使声音变得模糊不清。

格达走后，乌尔里希立刻来到这里，因为他觉得有必要至少向莱恩斯多夫伯爵通报他所听到的消息，并出其不意戳穿阿恩海姆的真面目；但是迄今为止他还没忍心吐露出一个字来。他望着窗下这隐隐移动的人群，一想起自己的军官时代心头不禁充满轻蔑，因为他心中暗想：“用一个连的士兵就可以横扫这个广场！”他几乎看到这情景在眼前出现，仿佛这一张张威胁的嘴巴是唯一的一张喷着唾沫的嘴，恐惧突然偷偷溜进这张可怕的嘴里；边缘变得松弛和气馁，嘴唇迟疑不决地向牙齿沉落；他的幻想一下子把这凶恶、黑色的一群人变成四散飞奔起来的一群母鸡，因为狗冲进鸡群了！这在他心头泛起，仿佛一切的恶又一次绷紧抽搐了，但是可以观察讲道德重感情的人在麻木、残暴的人面前退缩，这种旧日的满意心情照旧是一种双刃剑的感觉。

“您怎么啦？”莱恩斯多夫伯爵问，他在乌尔里希身后来回踱步并从一个特别的动作上确实感受到了这样的印象：此人莫名其妙地让一把锋利的刀刃割伤了。当他没有得到回答时，他便站住，摇摇脑袋说：“这个豁达大度的决心——陛下由此而把处理自己事务时的某种共决权赠送给了人民——这还不是很久以前的事嘛；因此可以理解，还没有出现一种政治上的成熟，一种在各方面都不辜负最高方面信任的政治上的成熟！我以为，这话在第一次会议上我就已经说过了！”

一听这段开场白，乌尔里希便放弃了将阿恩海姆的阴谋活动通知伯爵阁下或狄奥蒂玛的想法；不管怀着多么深的敌意，他却觉得自己与他比与别人更意气相投，而他自己曾像一条大狗扑向一条号叫的小狗那样扑向格达的这种回忆——现在他觉察到，这种回忆曾一直不停地折磨过他，可是他一想到阿恩海姆对狄奥蒂玛的这种卑劣行径，这层回忆便渐渐淡忘。如果人们愿意的话，人们甚至还能从这则呼喊着的身体——它在两个焦灼等候着的人面前弄虚装假——的故事中找到滑稽可笑的一面；而这儿下面的这些人，乌尔里希没理会莱恩斯多夫伯爵，仍还一直入迷地俯视着的这些人，他们也只不过是在演一出喜剧！这就是吸引住他的注意力的东西。他们肯定不想攻击和撕咬任何人，虽然他们给人以这样的印象。他们现出极其认真的愤怒的模样，但是这并不是向正在开火的步枪猛扑过去的那种认真，连消防队的认真都不是！“不，他们所干的，”他想，“倒不如说是一种宗教礼拜行动，对受伤害的深刻情感的一种神圣玩弄，某一部分既文明又不文明的集体行动残余，个人对这种集体行动大可不必一丝不苟、认真对待！”他羡慕他们。“甚至在他们试图尽可能表现出令人感到不舒服的一面的现在，他们也还多么地令人感到舒服！”他想。一个群体给予的对孤独的防御，它从下面把光芒射上来，而他自己却不得不在没有这种防御的情况下站在这楼上——这是他一瞬间十分生动地感受到的，仿佛从街上看见了接合在房屋墙上的窗户玻璃后自己的影像似的——他觉得这是他的命运的表露。他觉得，倘若他现在发起怒来或代表莱恩斯多夫伯爵向随时准备执行任务的卫兵队发出命令，下一回却马上就感到自己跟同样的这些人想法是一致的，那么，这个命运就会是一个更好的命运；因为谁和他的同时代人打纸牌、行动、争论和分享娱乐，谁就可以偶尔也让人向他们开枪，而这却并不见得就是一种变异。有某种生活的调和性，它让每一个人做他自己的事，却并不为他操心，它在同样的条件下对每一个人施加影响：乌尔里希想到了这些事。这也许是一个有些特别的法则，但是并不比一种天性更不可靠些，因为它显然散发出人类良好教养的熟悉气味；谁没有这种妥协的能力，谁孤独、无情和严肃，谁就宛如一条小毛虫所做的那样，以那种没有危险的、却令人恶心的方式使别人感到不安。这时，他感觉到自己完全受到对一个孤独者的矫揉造作和他的思想实验的深刻厌恶的压抑，这是一群让自然的、共同的情感激发起热情来的人的动人情景所能激起的那种厌恶。

这当儿，示威游行越来越激烈。莱恩斯多夫伯爵在房间的后部激动地来回踱步并不时从第二扇窗户朝外面瞥一眼。他似乎很痛苦，虽然他不愿意将这形之于色；他的凸出的眼睛像两个坚硬的石球那样镶嵌在他脸上柔软的皱纹里，他有时像受到强烈诱惑似地伸展交叉在背后的双臂。乌尔里希突然认识到，由于他长久站在窗口，人们认为他就是伯爵。所有人的目光从下面瞄准着他的脸，棍棒狠狠地向着他挥舞。再过去不多几步远，在道路拐弯并给人以渐渐消失在舞台背景处的印象的地方，那儿的大多数人已经在擦去自己脸上的化妆油彩；没有人看你，你还继续威胁人家，这就没有意义了嘛，于是在这同一个瞬间激动神情便以一种在他们看来极其自然的方式从他们的脸上消失，甚至还有不少人在哈哈大笑，像是出游时的兴高采烈的样子。看到这情景的乌尔里希也笑了，可是那些后来的人，他们以为这是伯爵在笑，顿时便火冒三丈，这时乌尔里希才满脸绽开了笑容。

但是他突然厌恶地收敛住了笑容。就在他的眼睛还在交替着注视那一张张威胁的嘴和那一张张乐呵呵的脸之际，就在心灵拒绝继续接受这些印象之际，他的心绪发生了奇异的变化。“我再也不能过这种生活，我再也不能奋起反抗这种生活！”他感觉到。但是，他同时也感觉到自己身后的这个房间，墙上的那些大幅画像，那张长长的法兰西第一帝国时代的写字台，那些硬挺、垂直的铃拉线和窗帘。如今这自身就有些像一个小舞台，他站在这个舞台的前沿，外面更大的舞台上一个个事件从身边掠过；这两个舞台有一种不顾他站在它们之间而要联合在一起的特性。接着，这个房间的印象——他知道这个房间在自己背后——聚拢起来并翻转出去，与此同时他透过它，或者宛如某种很软和的东西绕着它涌过。“一种奇特的空间转换！”乌尔里希心想。人群从他背后走过，他穿过这个人群到达一片虚无；但是他们也许在他面前和从他背后掠过，而他则犹如一块石头子受既多变又相同的潺潺溪水冲刷那样受到他们的冲刷：这是一个只有一半可以理解的过程，而其中特别引起乌尔里希注意的，则是他所处状态的这种呆滞、空虚和安详。“人们难道能走出自己的空间，走进一个隐蔽的第二空间吗？”他想，因为他这时的心情，恰恰犹如偶然事件已经带领他穿过了套间的门。

他浑身猛一哆嗦抖搂掉这些梦幻，莱恩斯多夫伯爵见状惊讶地站住了脚。“您今天是怎么了？”伯爵阁下问，“您太动感情了！我依然认为：我们必须通过非德国人把德国人争取过来，不管这是不是令人痛心！”听到这样的话，乌尔里希至少又可以微笑了，他怀着感激的心情看到伯爵那张皱纹纵横的脸浮现在眼前。人们坐飞机着陆时，有一个特殊的瞬间；地面滚圆丰满得好似从地图式的平坦上突显出来，这是地面经数小时的减缓而形成的平坦，尘世的事物重新获得的陈旧意义似乎正在从地面长出来：这就是乌尔里希所想到的。但是与此同时他脑子里不可思议地闪过犯一罪行的决定，抑或只是一个无定形的想法，因为他对此根本没有什么概念。也许，这和莫斯布鲁格尔有关联，因为他会很乐意帮助这个傻瓜的，命运偶然地把此人和他带领到一块儿，一如两个人坐到一个公园里的同一张椅子上那样。但是他本来就觉得这种“罪行”只是这样一种需要：想把自己锁在门外并离开人们在其他人中间和睦地过着的那种生活。人们称之为敌视国家或敌视人类的观念的，这种有充足理由、有充分根据的情感，它不产生出来，它不为任何事物所证明，它干脆就来了，而乌尔里希则记得，它在他的全部生活中都曾陪伴过他，但很少达到这样强烈的程度。人们或许可以说，迄今为止在地球上的所有变革过程中总是有才智的人吃亏；这些变革以许诺引来新文化开始，它们像清除敌产那样清除精神迄今已取得的成就，在能够达到旧有的高度之前就被下一个变革超越。所以，人们称之为文化时期的，无非就是一长列失败行动的翻转标记，而走出这个行列的想法，这对乌尔里希来说不是任何新东西！在这上面只有一个决定的——简直是一个似乎已经在酝酿中的行动的——增强着的特征才是新的。他丝毫也不努力去赋予这个概念以具体内容；如今不会紧接着又出现他已经对之感到厌倦的某种一般性的和理论性的东西，他必须进行某种个人的、积极的活动，他全身心参与的活动，这种感觉在一些时刻里占据了他的全部心灵。他知道，在还没有被他的意识把握住的这种奇特“罪行”的这个瞬间他将不再能够公然对抗世人，但是上帝知道，为什么这是一种既热烈又细致的感情；这种感情与窗户前后——他随时都能重新唤醒这些窗户的较弱的回声——混合事件的奇特的空间回忆结合，形成一种对世界的隐蔽而令人激动的关系，倘若有时间对此更长久地进行思考，那么乌尔里希也许就会把这种关系运用到那些被他们所追求的女神们吞食的英雄们的传说中的情欲上。

但是他却被莱恩斯多夫伯爵打断了自己的思路，伯爵这时已把他自己的那场斗争进行到底了。“我必须在这里坚持到底，以便对抗这场暴动，”伯爵阁下开了腔，“所以我不能走开！但是您，我亲爱的，您必须现在尽快到您表妹那儿去，趁事态发展还没使她惊吓，她也许还没向我们的一个记者发表什么眼下不合时宜的看法！您不妨告诉她——”他又想了想，这才拿定主意，“对，我想，您最好告诉她：每一剂烈性药都有烈性疗效！您告诉她：谁想改善生活，谁在形势危急时就不可以畏首畏尾！”他又考虑了一下，他看上去神情果断得让人感到不安，他的下巴胡子垂直上升、降下，他几乎已经在说什么，却又在仔细推敲。但是最后，某种属于他的善良天性的东西终于显露了出来，他继续说："但是您也必须向她说明，她根本用不着害怕！因为人们永远不必惧怕狂暴的人。他们越是真有什么能耐，就会越早适应现实环境，如果人们给他们这样的机会的话。我不知道您是否也已经注意到这一情况，但是取得政权后不停止采取反对派立场，这样的反对派还从来未曾有过；这不单单像人们可能以为的那样，觉得这是不言而喻的，这是某种很重要的东西，因为，如果我可以这样表达我的意思的话，因为从中可以产生出政治的真实性、可靠性和连续性！"

一二一

交　谈

当乌尔里希到达狄奥蒂玛府上时，拉喜儿开门告诉他，说是太太不在家，但是阿恩海姆博士在这儿并且正在等候她。乌尔里希说他想进屋去，却没发现他这位懊悔的小女友一看见他脸上顿时便飞红了起来。

大街上骚动的人群还在来回涌动，一直站在窗口的阿恩海姆从那儿向他迎面走过来，并向他问候。这一犹犹豫豫被寻找着的会见意外到来，这个偶然事件使他的脸上有了生气，但是他想小心从事，他不知从何着手。乌尔里希也拿不定主意，不想贸然从事立刻就谈加利西亚油矿的事。就这样，这两个男人在寒暄过后不久便沉默不语，最后一起走到窗口，他们在那儿默默俯视纵深处激动的人群。

少顷，阿恩海姆说："我不能理解您，凑合着过日子比写作岂不重要千百倍？"

"我什么也不写。"乌尔里希回答得简洁。

"您做得对！"阿恩海姆顺杆儿爬着说，"写作是一种病。您瞧——"他用两个修饰得整洁的指头指着街上，指指一种运动，这种运动虽然很迅速却具有一点儿罗马教皇赐福的特性，“那儿人们零星地和成群结队地走来，时不时地有一张嘴从内部张开并大声喊叫！下一回这个人就会写作，您说得对！”

“但是您自己却是一位著名的作家呀？”

“哦，这不说明任何问题！”但是在作了这个以和蔼可亲的方式把一切都搁置起来的回答之后，阿恩海姆便把身子转向乌尔里希，他把整个身躯向他转过来，胸脯对着胸脯地站在他面前，一字一顿地说：“我可以问您点事吗？”

当然是不可能对此说“不”字的。但是由于乌尔里希不由自主地挪了挪身子，所以这句故作礼貌的问话就显得像是一个绳套，它又把他套上来了。“我希望，”阿恩海姆开始说，“您对我们最近那次小冲突并不见怪，而是看在我对您的观点表示关注的分上而加以原谅，即使您的观点——这种情况并不罕见嘛——似乎同我的观点发生抵触。如果是这样，那么我就可以问您，您是否确实坚持认为——我喜欢这样概括地说——人们应该带着一种受限制的实际良知生活？我正确表达了我的意思了吗？”

乌尔里希报之以微微一笑，这微笑是在说：我不知道，我等着，看你还会说些什么。

“您曾经谈到一种似乎应该保持悬浮状态的生活，按照不分胜负在两个世界之间普遍存在的譬喻的种类？此外，您还曾对您的表妹夫人讲过种种极其吸引人的话。如果您认为我是个不懂这种事情的普鲁士商业军国主义分子，那我会觉得这是很侮辱人的。但是譬如您说，这只是我们的自我的无关紧要的部分，我们的现实和历史便是从其中产生出来；我大致这样来理解，这就是说人们必须更新事件的形式和类型，在这之前一个普通人会遭遇到什么事，按您的意见，这是相当地无关紧要的？”

“我是说，”乌尔里希小心翼翼、勉勉强强插话说，“这像一种衣料，它们成千上万捆地按技术上十分完美的工艺生产出来，可是却按照旧式的花样，没有人对开发这种花样感兴趣。”

“换句话说，”阿恩海姆插话说，“我这样来理解您的论断：当前的、不能令人满意的世界状况是由于，领导人不把人的全部力量放在用思想去充满权力领域上，而是自以为必须去创造世界历史。人们也许可以更贴切地把这比作一个工厂主，他一味地生产，只按照市场进行生产，却不去调节这个市场！您看到了，您的思想与我很有关系。但是您必须恰恰因此而懂得，您的思想对我这样一个必须不断作出大型企业赖以维持运转的决断的人有时也会产生令人难以置信的影响！譬如，当您要求放弃我们的行动的现实意义的时候，要求放弃我们的举止行为的'暂时明确的'性质的时候，一如我们的朋友莱恩斯多夫十分令人喜悦地说的，尽管人们确实不能完全放弃它！"

"我根本不要求任何东西。"乌尔里希说。

"哦，您分明要求得更多！您要求实验意识！"阿恩海姆热情洋溢地说，"负责的领导人应该相信，他们不必去创造历史，而是应该填写实验记录，以便为继续进行实验打下基础！我为这个奇思妙想感到兴奋，但是譬如遇到战争和革命情况会怎么样呢？如果实验已经付诸实施，如今正在被人从工作计划中抹去，人们能够把死者重新唤醒吗？"

乌尔里希这时经受不住想讲话的诱惑，这跟想吸烟的诱惑没多大区别，它刺激人继续辩论。于是乌尔里希回答说，人们很可能必须极其认真地去处理一切事务，以便能促进它们的发展，即使人们知道，在其实施后的五十年每一个实验仍还是不值得花费这个气力。但是这种"打了孔眼的认真"即便在其他情况下也不是什么不寻常的东西；人们相当频繁地在赌博中和为无谓的小事拿自己的生命去冒险。从心理上来说，一个为实验而存在的生命不意味着任何不可能的东西；所短缺的，仅仅是承担一种在某种意义上是无止境的责任的意志。"这就是本质的区别，"他作结论说，"从前人们可以说是用演绎法去感受，从一定的前提出发，这个时代已经过去；今天人们过着没有指导思想的生活，但是也没有一种有意识的归纳法的程序，人们像一只猴子那样一味地试验！"

"妙极了！"阿恩海姆自愿承认说，"但是现在请您原谅我提最后一个问题：据您的表妹屡次向我说的，您同情一个病态而危险的人。这种事，顺带说及，我很可以理解。也还没有处置这些人的合适办法，而人类社会对他们的态度则是极其漫不经心的。但是既然情况就是这样，可供的选择只是，这个人要么无辜被杀死要么杀死无辜者：在他被处决的前夜，您会让他溜之大吉吗，假如您有这个权力的话？"

“不！”乌尔里希说。

“不？真的不？！”阿恩海姆问，突然很活跃。

“我不知道。我认为不会的。我当然可以制造借口说，在一个安置失当的世界上我根本就不可以觉得怎样合适就怎样行动；但是我倒是愿意直截了当向您承认：我不知道该怎么办。”

“毫无疑问应该使这个人不能危害别人，”阿恩海姆若有所思地说，“但是在他发病的时候他是恶魔般的魔力的藏身地，这种魔力在所有强有力的世纪里都曾被认为与神的力量性质相似。从前，要是这个人发起病来，人们就可以把他送到沙漠去；他在沙漠里也许也会杀人的，但是是在大的幻觉中杀人，就像亚伯拉罕想杀以撒那样。情况就是这样！今天我们再也不知该怎么处置这件事，我们说什么话都不再是真诚的了！”

阿恩海姆也许一时冲动说了最后这几句话，他自己都不太清楚说这话是什么意思。乌尔里希居然没有拿出这么多的“情感和愚蠢”来，对他是否会搭救莫斯布鲁格尔这个问题毫不拘束地作出肯定的回答，这激起了他自己的虚荣心。可是，乌尔里希虽然感到谈话的这一转折是一个征象，它出乎意料地让他想起自己在莱恩斯多夫宫里的“决定”，他却对阿恩海姆添枝加叶拿莫斯布鲁格尔大做文章感到恼火，而这两点则促使他紧张而干巴巴地问：“您会释放他吗？”

“不会，”阿恩海姆微笑着回答，“但是我想另外给您提一个建议。”没给他留下抗拒的时间，他便接着说道，“我早就想给您提出这个建议，好让您放弃对我的猜疑，坦率地说，您的猜疑伤害了我的感情，我甚至想把您争取过来！您想象得出来吗，一个大型经济企业内部是什么样子的？它有两个首脑部门：经营管理部和行政管理理事会，凌驾于这两个部门之上的通常还有一个第三部门，你们这里管它叫执行委员会，它由两个部门的部分成员组成，每天或者几乎每天都开会。行政管理理事会当然由多数股票持有者的代理人组成——”说到这里他才给乌尔里希一个喘息的机会，而这个喘息机会似乎是为了好让他考验他，看迄今是否已经有什么引起他的注意了。“我方才说，多数股票持有者派遣其代理人进入行政管理理事会和执行委员会，”他进行辅导，“您对这个多数有什么明确的概念吗？”

乌尔里希对此没有明确的概念；他只对金融有一个模糊的集合概念，它包括高级职员、营业窗口、票证和像证书那样的证券。

阿恩海姆再次进行辅导。“您什么时候可曾选举过一个行政管理委员会？您从来没有做过这样的事！”他立刻自己添上这一句，“这样去想也没有什么意义嘛，因为您永远不会拥有一家企业的多数股票！”这话他说得如此明白无误，以至于乌尔里希几乎要因缺乏一个如此重要的个性而感到羞愧了；这也是一个真正的阿恩海姆式的突发奇想：仅仅只迈出一步便毫不费力地从恶魔过渡到行政管理委员会。他微笑着继续说：“有一个人的名字我迄今还没向您说，在某种意义上来说这是最重要的人物！我说了‘多数股票持有者’，这听起来像是一个无关紧要的多数。然而，这却几乎总是唯一的一个人，一个没说出姓名的、为广大公众所不知道的主要股份拥有者，这个人被他派出去代替他本人的那些人遮掩住了！”

现在乌尔里希自然总算明白了，原来这都是些人们每天都可以在报上读到的玩意儿；但是不管怎么说，阿恩海姆善于使它们蒙上紧张气氛。他好奇地问他，谁拥有洛伊德银行的多数股票。

“这个人们是不知道的，”阿恩海姆心平气和地回答，“说得更正确些，知道内幕的人当然知道，但是这样的事情通常是不公开谈论的。您还是让我说说这些事情的核心问题吧：只要哪儿存在两股这样的力，一方是一个委托者，另一方是一个行政部门，哪儿就会自动产生这种现象：每一种可能的增加财富的手段都被充分利用起来，不管它是不是有道德和美好。我确实是说‘自动’，因为这个现象在很大程度上是不依赖于个人意愿的。委托者并不直接与执行者接触，而行政部门各机构之所以受到掩护，是因为它们不出于个人原因，而是作为公职人员行动。这一层关系今天到处都可以看到，不只是在金融界。您完全可以相信，我们的朋友图齐可以极其心安理得地发出战争的信号，虽然连一条老狗他也不会亲自开枪去打死；成千上万的人将会送您的朋友莫斯布鲁格尔归西天，因为他们做这件事压根儿就不必亲自动手！每一个个人和全社会的笃实良心今天由这种训练有素的‘简捷性’而得到保障；人们所按的那个电钮总是又白又好看，而电线的另一端所发生的事则与别人有关，而就这些人而言他们又是不按电钮的。您觉得这令人憎恶吗？我们就是这样让成千上万的人死去或过着极其悲惨的生活，搬动苦难的大山，从而却也取得一些效果！我几乎想断言，在这当中，在社会劳动分工的这种形式中，无非是表达出了人的良心按旧有方式二等分为被许可的目的和被容忍的手段，即使是以一种壮观、危险的方式。”

对阿恩海姆的“他是否憎恶这种做法”这个问题，乌尔里希耸了耸肩膀。阿恩海姆谈到的道德意识分工，这一当今生活中的最可怕的现象，这一直是有的，但是这种分工是先作为一般性劳动分工的一种后果而取得了它那可怖的笃实良心的，而它作为这样的分工也有某种了不起的不可避免性。直截了当地对这种道德意识分工发怒，这是乌尔里希所不愿意干的；这悖谬地在他心中激起奇特和愉快的感觉，这种感觉会造成每小时一百公里的速度，如果一个沾上尘土的道德家站在路边骂人的话。阿恩海姆沉默不语，所以他先说：“劳动分工的每一种形式都是可以发展的。您可以向我提出的问题，不是我是否觉得这‘令人憎恶’，而是我是否相信，人们不必折回，就可以达到更可尊敬的境界！”

“您的总盘点！”阿恩海姆插话，“我们已经极好地组织了各种活动的分工，但同时却忽略了主管综述的部门；我们不断地按最新专利破坏道德和灵魂并认为用宗教和哲学传统的家庭常备药品能够把它们箍紧！我不喜欢以这样的方式冷嘲热讽，”他修正自己的话，“我完全笼统地认为笑话是某种很模棱两可的东西，但是我也从来都没有把您当着我们的面向莱恩斯多夫伯爵提出的要人们重新组织良心的建议仅仅看作是一句玩笑话！”

“是一句玩笑话，”乌尔里希生硬地回答，“我不相信有这种可能。我倒是还以为，魔鬼已经把欧洲世界建设起来，如今想让上帝向他的竞争者们表明他有什么能耐！”

“一个好主意！”阿恩海姆说，“可是当我不愿意相信您的话的时候，您为什么生我的气呢？”

乌尔里希不吭声。

“您方才所说的，跟您早些时候所发表的关于如何接近一种正确生活的很有见地的言论也是有矛盾的，”阿恩海姆安静而固执地继续说，“且不说我在个别问题上是不是同意您的看法，我压根儿就感到奇怪，在您身上多么明显地混杂着积极进取和漠不关心。”

当乌尔里希也对此觉得没有必要予以回答时，阿恩海姆以一种对无礼行为的正确做法那样的彬彬有礼态度说：“我只是想把您的注意力转到这上面来：今天在作几乎是一切活动的依据的经济决断的时候人们也还必须自己花费多大力气想好道德责任，这些经济决断因此而变得多么吸引人。”甚至在这带责备意味的谦逊中也含有一丝着意做广告的味道。

“请您原谅，”乌尔里希回答，“我考虑了您的话。”仿佛他还在考虑似地，他补充说，“我倒是很想知道，您是否认为这也是一种合时宜的简洁性和意识分裂，如果人们一面给一个女人的灵魂灌输神秘主义的情感，一面却又认为最明智的做法是听凭她的丈夫处置她的肉体的话？”

阿恩海姆闻听此言有些失色，但是他没有失去对事态的控制。他从容不迫地回答：“我无法确切地知道您这是什么意思。但是如果您谈论一个女人，您爱这个女人，那么您就不能说这话，因为现实的形态总是比各原则的笔法更丰富。”他已经离开窗口，请乌尔里希坐下。“您不轻易束手就擒！”他用一种既带有赞赏又带有惋惜意味的口吻继续说，“但是我知道，我对于您来说是一个敌对的原则，不是一个个人的敌手。而那些就其个人而言是资本主义的最激烈的反对者的人，做起生意来往往是资本主义的最好的仆人；我甚至可以稍稍把自己归入这一类，要不我也就不会冒昧地对您说这话。无限制的、感情强烈的人一旦认识到一种让步的必要性，他们通常就是这种让步的最有才干的辩护士。所以我无论如何也要把我的计划进行到底并向您建议：您到我的公司里来做事吧。”

他有意不大肆张扬这个建议，相反，他似乎想通过用平淡、快速的语调讲话来减少他十拿九稳的合理的惊喜效果；并没有对乌尔里希的惊异目光作出回答，他简直是逐一列举起一旦他此刻不愿意表态就应该立刻解决的细节来了。“起先您当然没有受过职业性的训练，”他用和缓的语气说，“没有受过担任领导职务的训练，很可能您也还根本没有这方面的兴趣；所以我将给您提供一个在我身边做事的职位，我们就管它叫秘书长吧，一个我想专门为您设置的职位。我希望，我这样做不会伤害了您的感情，因为我根本不想给这个职位一份吸引人的薪水；但是您一定会在您的工作过程中找到机会，使自己得到任何一份您觉得合乎自己的愿望的收入，而我则确信，过了一年之后您对我的了解将会完全不同于现在。”

当阿恩海姆讲完这一席话时，他却感觉到他情绪激动了。实际上他此刻对自己真的向乌尔里希提出了这样一个建议感到惊奇，他只会因这个建议遭拒绝而出丑，而这个建议若被接受他也不会得到什么好处。因为以为他面前的这个人会有能力办好他自己办不成的事，这个想法在谈话过程中已经消失；引诱这个人并将他控制住，这种需要自从已经发泄出来以后，就已经变得荒唐可笑。他曾经惧怕某种被自己称为这个人的“诙谐”的东西，他觉得这不自然。他，阿恩海姆，是一位显贵，对于这样一位大人物来说生活应该简单明了！他在许可的范围内尽量和所有别的大人物友好相处，不荒诞离奇地反对一切，不怀疑一切，那样做是违背他的本性的；但是另外一方面当然有美好的和可疑的事物，人们尽可能多地将它们吸引过来。阿恩海姆还从来没有像在此刻这样强烈地感受到西方文化的安全可靠，这是力量和障碍的一种神奇交织！如果乌尔里希看不到这一点，那么他无非就是个冒险家而已，而他竟几乎受他引诱而产生这个想法——但是想到这里阿恩海姆却没词儿了，尽管是无声、隐蔽的词儿；他无法清楚地把这个想法从自己脑海里排除出去：他曾经想到收养乌尔里希当儿子。这也许根本就没什么了不起的，毕竟是和无数个别的、人们不必对之负什么责任的想法一样的一个想法罢了，并且很可能是由某种对生活感到的哀伤促成的，每一种积极活动的生活的深处都留下这种哀伤，因为人们永远找不到那让人感到满意的东西；也许他曾有过的这个想法根本就不具有这种可争辩的形式，而是他仅仅感觉到了某种人们本可以赋予这种形式的东西：尽管如此，他还是不愿意回忆这件事，仅仅是极其清晰地在脑海里有着这个概念：如果从他的年龄中扣除乌尔里希的，那么也就不会剩下太大的差额，而在这后面当然还有更虚幻的第二个概念，即乌尔里希可以起到警诫他提防狄奥蒂玛的作用！他回想起自己曾经常感觉到自己与乌尔里希的关系就像一个副火山口，从这个副火山口上人们可以了解到在主火山口里正在酝酿着的叫人感到无名恐惧的进程；而令他有些感到不安的是，如今火山已经在这里爆发，因为一言既出，驷马难追。“该怎么办呢，”阿恩海姆心中暗想，“如果这个人接受的话？”阿恩海姆不得不等待一个较年轻的男人作出决定的这些个紧张的时刻就以这样的方式渐渐接近结尾，他只是通过自己的想象使这个人具有了重要性。他很僵直地坐在那儿，张开着带敌意的嘴唇，心中暗想：“倘若实在无法避免，那也总会找到解决问题的办法的。”

就在情感和思考走完这段路程的时候，事态却没有停止不前，而是提问和回答接连不断。

“那么我该把这个建议，”乌尔里希干巴巴问，“这个从商业角度看几乎没有什么正当理由的建议归功于什么个性呢？”

“您在这个问题上一再产生误解，”阿恩海姆回答，“在我所站立的地方，人们不在一分一文钱中寻找商业的正当理由；我在您身上可能会失去的，比起我希望得到的，简直不足挂齿！”

“您极大地引起了我的好奇心，”乌尔里希说，“我可以使别人获利，这样的话很少有人对我说。也许我本来有可能为我的学术谋得一点点好处的，但是即便在这方面，如您所知道的，我也曾让人感到失望。”

“您拥有异乎寻常地多的才智，”阿恩海姆回答（始终还在用这种平静而不可动摇的口吻，他表面上坚持这种口吻），“对此您自己是一清二楚的，这个用不着我来告诉您。但是，我们在我们的企业里也许有更有才智和更可靠的人，这种情况甚至也是可能存在的嘛。而我出于某种原因想经常在我身旁拥有的，则是您的个性，是您的通达人情的个性。”

“我的个性？”乌尔里希忍俊不禁，“您知道吗，我的朋友们管我叫一个没有个性的人？”

阿恩海姆露出一丝不耐烦的表情，这表情大致在说：您别给我讲您自己的事啦，这些事我早就了如指掌！在这一阵从他的脸庞延伸至肩膀的震颤中贯穿着他的不满情绪，而言语则仍还在继续探索计划和决心。乌尔里希偶然看到这副脸部表情，他竟如此轻易地受到阿恩海姆的刺激，以至于他居然使谈话出现了迄今一直被回避的向直言不讳的转变。这时，他们已经又站立起来，他从对面的人那儿走开几步，以便能够更好地观察效果，并说道：“您已经向我提了这么多重要的问题，现在我也想知道一些情况，然后我再作决定。”看到阿恩海姆做出了一个邀请的手势之后，他当即有板有眼地继续说：“有人曾告诉我，说是您参与一切与这里正在进行中的‘行动’有关的活动——图齐夫人和鄙人在这方面都只是一种附属品——都是为获得大部分加利西亚油田服务的？”

阿恩海姆的脸都变白了，这一点尽管光线已经黯淡下来人们照样还是看得出来；他朝乌尔里希慢慢地走过去。乌尔里希觉得自己必须留神提防一种不礼貌行为，并且为由于轻率而在继续谈话必定会令他不愉快的时刻给对方提供拒绝继续谈话的机会而感到惋惜。所以，他用尽量和蔼可亲的口吻说："我当然不想伤害您的感情，但是如果我们不毫无顾忌地进行交谈，那么我们的交谈将永远不会有完整的意义！"

这几句话以及这短短几步路的时间足以让阿恩海姆恢复自制。他面带笑容做了一个手势向乌尔里希走近，用手，实际上简直是用胳臂搂住他的肩膀并用责备的口吻说："您怎么会听信这样一则交易所的谣言呢！"

"我不是听谣言听来的，而是从某个了解底细的人那儿听来的。"

"是呀，我也已经听说有人在说这样的话：您怎么能相信这样的话嘛！我当然不单单是为了消遣才到这儿来的，我绝不可以擅自让商业活动完全停歇下来。我也不想否认，我曾和几个人谈过这些油田，虽然我必须请求您对我向您承认的这件事保持沉默。不过，这一切都不是主要的嘛！"

"我的表妹，"乌尔里希继续说，"对您的石油完全懵然无知。她受她丈夫的委托，要稍微探听一下您在此逗留的目的，因为这里的人认为您是沙皇的一位亲信。但是我确信，这个外交使命她执行得不好，因为她以为自己是您久留此地的唯一目标！"

"不要这样不温和嘛！"阿恩海姆的胳臂友好地轻轻推动了一下乌尔里希的肩膀，"附带意义也许永远并到处都会有；但是，尽管含有臆想的讽刺意味，方才您还是带着一个在校男孩的顽皮和真诚谈了这个问题！"

搁在他肩上的这条胳臂让他感到心里不踏实。觉得自己被人拥抱了，这是一种可笑而不愉快的感觉，这种感觉简直可以说是悲惨的；但是乌尔里希已经长期没有朋友了，所以这也许也有点儿让他感到迷惘。他巴不得摆脱这条胳臂，他不由自主地努力挣脱它；但是阿恩海姆感觉到这小小的表示不欢迎的信号并且不得不尽力不将这流露出来；出于礼貌——因为他同情阿恩海姆的艰难处境——乌尔里希保持平静并忍受这接触，这接触开始越来越奇特地对他产生影响，像一个沉甸甸的重物，陷进一个松软堆积起来的土堤并将这土堤扯裂。这道孤独壁垒乌尔里希已经不情愿地在自己周围筑起，如今通过一个缺口闯进来了生机，另一个人的脉搏；这是一种愚蠢的感觉，可笑，但有点儿激动人心。

他想到了格达。回想起青年时代的朋友瓦尔特就曾经在他心中激起有朝一日要重新并且无拘无束地完全与一个人意见一致的这种渴望，仿佛在这广阔的世界上除了好感和反感的差别之外就没有别的差别了似的。现在，在为时已晚的现在，这种渴望又在他心头升起，乘着银白色的波浪，看上去，就像水、空气和光的波浪顺着宽阔的江河而下变成唯一的一片银白色，而且如此令人着迷，以至于他不得不留神，避免受这种渴望的驱使在自己含含糊糊的处境中引起误解。但是当他的肌肉硬挺起来时，他回想起，博娜黛娴曾对他说过："乌尔里希，你不坏，你只是给自己制造麻烦，不想做好人！"在那一天聪明得出奇的博娜黛娴还说了这样的话："在梦中你也不是在思考嘛，你是在经历！"而他则曾说："我曾是个孩子，像月明如昼夜晚的空气那样软和……"而现在他回想起，其实那时他脑海里浮现的是另外一幅图画：一种燃烧镁光的尖端；因为就在这个尖端飞散着被撕裂成光的时候，他以为了解了自己的那颗心，但是这是很久以前的事了，他一向不怎么敢于把这个比喻讲出来，他屈从于另一个，而且不是在和博娜黛娴，而是在和狄奥蒂玛交谈的时候，这是他刚才想起来的。"生命的差别在其根部是挨得很近的。"他感觉到这一点并望着这个人，这个人出于不是很明显的动机向他提议，表示愿意成为他的朋友。

阿恩海姆已经撤回了他的胳臂。他们现在又站在那窗龛里，他们就是从那儿开始进行这场谈话的；下面街上已经宁静地亮着灯光，但是人们感觉得到已发生的事件所留下的激动情绪。不时还有一批批成群结队的人走过来，慷慨陈词，间或也还有一张嘴绽开，发出一种威胁或一声拖腔带调的"啃啃"，接着便是大笑声。人们感觉到一种半意识状态的印象。在这条不宁静街道的灯光照耀下，在围绕着房间昏暗景象四周垂直落下的窗帘之间，他看见阿恩海姆的身形，他感觉到自己的身形站立在那儿，半明亮、半黑暗，并且在这双重光线下轮廓显得分外鲜明。乌尔里希回想起他自以为听见了的对阿恩海姆的欢呼；不管那位与这些事件有没有关联，在他若有所思地望着街上时有意显露出来的威严和平静中，他看上去就像这幅瞬间的生动写照中的一个占统治地位的人物，并且似乎时刻都感觉到自己在其中的存在。在他身旁人们领悟到什么叫自我意识：意识没有能力把世界的密集的、闪亮的东西整理好，因为它越尖锐，世界便变得越无边无际，至少暂时会如此；但是自我意识却像一个导演那样走进去，并使之成为一种人造的幸福统一体。乌尔里希羡慕他的这种幸福。此刻他觉得再也没有什么比对这个人犯一桩罪行更容易的事了，因为此人用他那对生动形象的需要也诱发出了这句古老的台词：“拿一把匕首去满足他的命运吧！”乌尔里希耳中回响着这句完全用蹩脚的演员声调讲出来的话，但是他不由自主地一挪身子，使自己的半个身体站到阿恩海姆的后面。他看到眼前脖子和肩膀的深色、宽阔的平面，那脖子尤其刺激他。他的手在身体右侧的口袋里寻找那把小折刀。他踮起脚尖，从阿恩海姆身旁再次俯视街道。在外面半明半暗的天色中，人就像被一个驱动他们身体的浪头拖曳上来的沙子。这种示威活动必定会生出某种结果来，未来便是这样预先送出一阵波浪，于是便产生一种超个人的创造性的渗入人体过程，但是这一如既往是一个极其不精确的、漫不经心的过程：乌尔里希对他所看到的便产生类似这样的感觉，并且在短时间内为其所攫住，但是他心里感到腻烦，懒得对此进行批评。他小心翼翼又落到脚跟上，为这种联想游戏感到害臊，这种联想游戏以前曾让他从相反的方向走完这条路，可是他并没特别看重这件事；他感到很是受到诱惑，真想轻轻拍拍阿恩海姆的肩膀并对他说：“我感谢您，我感到厌倦，我愿意尝试做点新鲜的事，我接受您的建议！”

但是由于乌尔里希实际上也没这样做，这两个人便将答复一事撂在了一边。阿恩海姆重新捡起交谈过的一个话题：“您有时看看电影吗？您应该看！”他说，“现在这样形式的电影也许还不会有多么大的前途，但是您不妨先把这和更大的商业利益——如电子化学或染料工业这样的利益挂上钩，这样您就会在今后几十年内看到一种任何力量都阻挡不住的发展趋势。然后，就会开始这样一种过程：每一种增加和扩大财富的手段都必定会被充分利用；不管我们的诗人或美学家自以为有多么了不起，一种通用电气公司的或者德国染料工厂的艺术必将会产生。真可怕，我亲爱的！您写作吗？不，这个我方才已经问过您了。可是您为什么不写？您是对的。未来的诗人和哲学家将经由新闻学的途径涌现出来！您还没注意到吗，我们的记者们正在变得越来越好，我们的诗人们正在变得越来越坏？毫无疑问，这是一种合乎规律的发展；某种事情正在悄悄进行之中，而且我也毫不怀疑，这是什么事情：伟大个性的时代行将结束！”他躬身向前，“我看不清您脸上露出什么样的表情；光线不好我看不清射击目标！”他笑了笑，“您曾要求对精神进行一次总盘点：您相信这种事吗？难道您相信，生活是可以由精神来调节的？您当然说了‘不’了：但是我不相信您的话，您是一个会拥抱魔鬼的人，因为魔鬼是个无与伦比的人！”

“这句话的出处是？”乌尔里希问。

“忍住了的对强盗们的开场白。”

“当然是忍住了的，”乌尔里希心中暗想，“怎么会是一个普通的呢！”

“英才们，为了附着在每一桩罪恶上的高尚思想的缘故而受到那可恶的罪恶的诱惑，”阿恩海姆凭着自己的广博记忆力继续引证。他觉得，他又控制着局势，而乌尔里希则不管出于什么原因已经让步；这不再是他身旁的一个怀着敌意的冷酷无情的人，也不必再去谈论那个提议，这件事以一种幸运的方式了结了；但是如同一位摔跤运动员猜到对手虚弱后便全力出击，他感觉到有必要让那个提议发生充分而持续的效力，便继续说：“我相信，您现在比开始时更理解我了。我坦率地向您承认，我有时感到孤独。如果人们是‘新人’，他们的思维就太注重经济。但是如果经济型家庭构成第二代或者第三代，那么他们就会失去想象力，他们就只还会产生出无可指摘的行政管理人员、宫殿、猎场、军官和贵族女婿。我认识整个世界上的这些人；其中有聪明和高尚的人，但是他们没有能力哪怕产生出一个与这种已让我用那句席勒引文标明的最后的不宁静、不依赖和也许是不幸运相关联的思想。”

“可惜我不能把这谈话继续进行下去了，”乌尔里希回答，“图齐夫人可能等待着在一所友好的府第里重新出现宁静的气氛，但是我得走了。您相信我，认为我虽然对经济一窍不通，却拥有这种不宁静，而这种不宁静则对她十分有益，因为它会使她失去过去浓重的经济色彩？”他开了灯，就要辞行，却等待着答复。阿恩海姆庄严而亲切地用胳臂搂住他的肩膀，一种姿态，一种如今似乎已经被证明是行之有效的姿态，并回答说：“请您原谅我，我也许话说得多了点，这是一种孤独情绪！经济产生权力，我们拿权力怎么办，人们有时这样问自己！请您不要见怪！”

“恰恰相反！”乌尔里希担保说，“我已经下定决心要认真考虑您的建议！”这话他说得快捷，人们可以把这种匆忙解释为情绪激动。所以，还在等候狄奥蒂玛的阿恩海姆便颇有些惊愕地留下并担心，用一种体面的方式使乌尔里希重新放弃这个建议，这将绝不是一件简单的事。

一二二

回家路上

乌尔里希步行回家。这是一个美丽但黑暗的夜晚。高耸而封闭的房屋构成这特殊的、上部敞开的街道空间，不知什么东西，黑暗、风或云彩正在这空间上方出现。路上空空荡荡，仿佛先前的骚动如今已经留下一片深沉的睡意。每当乌尔里希遇上一个步行者，那脚步声便久久地、孤零零向他趋近，像一则重要的通报。人们今晚可能会对已发生的事件有一种如在剧院里的感觉。人们感觉到自己是这个世界上的一个现象，某种显得比实际上更大的东西；当它从被照亮的地面旁边走过时，它便发出响声并且有自己的影子作陪，这影子像一个剧烈震颤的小丑，直立起来，随即又恭顺地爬向它的脚后跟。“人们可以成为多么幸福的人！”他想。

他走过一条和街道平行的约摸十步长的石头通道上的一座门拱，有粗的拱柱把通道和街道隔开；黑暗从各个角落扑来，袭击和谋杀在这半明半暗的出入口潜伏：强烈的、旧式和流血且庄严隆重的幸福感攫住心灵。也许这过分夸大了；乌尔里希突然想象，阿恩海姆处在他的位置上将会何等潇洒和自如地在这里行走。他再也没有兴趣欣赏自己的影子和回声了，墙里鬼气森然的乐声已经消失。他知道，他将不会接受阿恩海姆的提议；但是他现在觉得自己像一个在生活长廊里游荡的鬼魂，惊慌不安地找不到框架，无法溜进这框架；当他的路不久就进入一个不太令人压抑的、宽敞明亮的地方时，他高兴极了。

宽阔的街道和场所黑乎乎地敞开，寻常的房屋一层层闪着星星般平和的光，它们没有什么令人着魔的特性。一走到室外，他就嗅到这股安宁和谐的气味；不知怎地，他回忆起几幅儿童肖像，一些时候以前他曾又一次看到过那些肖像：在那上面，他和他那早逝的母亲在一起，他怀着陌生感在画面上看见一个男孩，一位身穿旧式衣服的美丽妇女愉快地对那男孩微笑。一个听话、可爱、聪明的小男孩的形象，人们曾对他有过这样的想象；种种希望，它们根本就还不是他自己的希望；对一种光荣的、符合理想的未来的隐隐约约的期盼，这种朝盼像一张金网的两翼向他伸展过来——虽然这一切当时都是看不见的，几十年后却从这老一套上露出自己的端倪；从这本可以轻易变为现实的看得见的不可见事物中，他那张柔和、无表情的脸带着有些惘然若失的静止神态向他窥望。他对这个男孩不曾感到过丝毫好感，即使他对他的美丽的母亲略感到几分骄傲，这整体却主要给他留下逃脱了一场大恐怖的印象。

谁经历过这个印象——沉浸在一个存在过的自鸣得意的瞬间的他自身从旧的画像上向他张望，仿佛一种黏合剂已经干涸或脱落——谁就会理解他向自己提出这个问题时所怀有的情感：这种黏合剂究竟具有什么样的特性，它用在别处怎么就不失效。如今他置身在一处小树林里，这些小树林顺着从前是围墙的地方像一个中断的环延伸开去；他本来走不多几步路便可穿越这片小树林，但是在树林上空纵向伸展开去的那一长条天空却诱使他转弯并顺着它的方向走去，这时他似乎在不断地接近那个极有亲切感的光环——这光环极其孤独地绕着他正在穿越的冬日公共场地浮荡——而实际上他并没有接近那光环。“这是一种按透视法缩短理智，”他在心中暗忖，“是它在完成这种每一个晚上的宁静，这种宁静在其一天又一天的延伸过程中产生出一种自得其乐生活的持久情感，因为按人群来说，幸福的主要前提绝不是解决矛盾，而是使矛盾消失，就像在一条长长的林荫道上的缺口合上那样，并且就这样，就像看不见的关系对于眼睛来说到处在移动位置那样，结果就产生出由眼睛控制的景象，其中迫切的和近的东西显得伟大，但是远处则连大得异乎寻常的东西也显得渺小，缺口合上，整体终于显出一种规则、平滑的圆形，就这样，看不见的关系也恰恰这样做，并且受到理智和感情的这般推延，以至于无意识地生出某种东西，人们觉得自己在这方面是一家之主。所以这就是，”他心想，“我不以合乎人们愿望的方式所做出的成就。”

他在一个挡住他去路的大积水坑前站住了片刻。也许是他脚旁的这一摊水，也许也是他两侧光秃的树，在这时候突然用魔术变出街道和村庄并在他心中唤起介于实现和徒劳之间的单调情感，这种情感是这个国家特有的并且自从他青年时代的那第一次“旅行-逃亡”以来曾不止一次诱使他故伎重演。“一切都变得这么简单！”他觉得，“情感疲沓；各种思想像恶劣天气后的云那样互相脱离，一个万里无云的晴朗天空一下子从心灵里钻了出来！由于这个天空一头母牛在路中央也许会喜形于色：这是一种事件的急迫性，仿佛除此以外世界上什么东西也不存在了似的！一片云彩，飘移过天空，可以在这整个地区上空做出同样的事来：草地变暗了，过一会儿四周的草地闪着湿润的光，除此之外没发生任何事情，但是这就像是从大海的一个海岸向另一个海岸的航行！一个老人失去他的最后一颗牙齿：这个小小的事件意味着他的所有邻居生活中的一个转折，这是能够勾起他们的回忆来的！鸟儿们就这样每天晚上绕着这村庄歌唱并且总是按照同样的方式，如果在落日后面现出寂静来的话，但是每次都是一个新的事件，仿佛世界出世还不到七天似的！众神还会在天涯降临人间的，”他想，“人们是某一个人并经历着什么事，但是在有着成千倍这么多的经历的城市里，人们再也没有能力把它们与自身联系在一起：声名狼藉的生活抽象化过程大概就是这样开始的。”

但是就在他这样想着的时候，他也知道，这过程千倍扩大着人的力量，即便它从个别问题上十倍冲淡他，从整体上却还会百倍扩大他，而一种返回式交换对他来说是不大可能的。作为那些在他的生活中常常获得直接意义的看似怪僻和抽象的思想中的一个，他想到，人们百忙之中一边梦想着质朴一边渴望着的这种生活的规律，无非就是叙述秩序的规律！就是那种简单秩序的规律，这秩序就是，人们能够说：“这件事发生了之后，那件事发生了！”一个数学家就会说，这是简单次序，是丰富多彩人生的单维图像，这令我们感到不安；是把在空间和时间上已发生的一切穿成串儿，在一根线上，就是那条著名的“短篇小说的线索”，生命线如今也由它构成。能够说“当……的时候”、“在……之前”和“在……之后”的人是有福的！他可能会遇到倒霉的事，或者他也可能会痛得缩作一团：一旦他有能力按时间顺序再现这些事件，他就会感到好似太阳照在他的胃上那样舒服。这就是长篇小说用艺术手法利用了的东西：漫游者可以在大雨滂沱中骑马行走在公路上或者在零下二十摄氏度时用脚踩得雪沙沙作响，读者都会感到心情舒畅；而如果这种永恒的叙事文学技巧——保姆们已经在用它在安抚她们所照看的儿童——这种最灵验的“按透视法缩短理智”不是已经属于生活本身的一部分，这恐怕就难以理解了吧。大多数人就其与自身的基本关系而言是散文作家，他们不喜欢抒情诗，或者只是瞬间喜欢，而如果在这根生命线里也编织进去一点儿“因为”和“为了”的话，那么他们却是憎恶一切超出这个范畴之外的知觉的：他们喜欢有条不紊地依次排列事实，因为这与一种必要性相似；他们给人以他们的生活有一个“进程”的印象，从而使自己在混乱中有某种安全感。而乌尔里希则发现，他的这种原始的叙事文学特征已经丢失，而私生活还紧紧抓住它，虽然一般说来一切已经变得非叙述性并且不再跟随一条“线索”，而是在一个无限交织的平面上展开。

当他带着这样的认识又走动起来时，他回忆起，歌德在一篇艺术评论文章中曾写过：“人不是教导的有生命之物，他是一个有活力的、行动着的和产生着影响的有生命之物！”他满怀敬意地耸了耸肩膀，“充其量就像一个演员失去对布景和化妆品的知觉并认为是在行动，今天的人可以忘记学说的不稳定背景，他的全部活动都决定于这个背景！”但是这种对歌德的思考分明有一点跟对阿恩海姆的思考搀杂在一起，这个阿恩海姆经常滥用歌德当监誓人，因为乌尔里希与此同时觉得自己不愉快地回想起了此人的胳臂搁在他的肩头上时在他心头引起的那种不寻常的不安全感。这时，他已经从树下出来，走到两边有房屋的街道边上，寻找一条可以把他导向他的寓所方向的路。窥望着胡同的名字，他却几乎撞上一个黑影，这黑影移开，而他则不得不赶紧刹住脚步，才没有将那挡住他去路的妓女撞倒。于是她站住并莞尔一笑，她对他几乎像一头水牛那样撞倒她没现出什么恼怒；乌尔里希突然感觉到，这种按生意人习惯的夜晚的微笑散发出一股小小的暖意。她说了几句话，她用陈词滥调和他搭讪，那些话娓娓动听，让他感到有些肉麻。“跟我来吧，小宝贝！”她说，或许类似这样的话。她的双肩像小孩肩膀那样塌下，便帽下露出略带金黄色的头发，在路灯灯光照耀下可以看到她脸上有些苍白的脸色、不规则的妩媚神态。夜幕下可能隐藏着一个有许多雀斑的、尚还年轻的姑娘的皮肤。她抬头向他望去，她的个头比乌尔里希小得多，尽管如此她却对他又说了一次“小宝贝”，神情冷漠地觉得这句话没什么不合适的，这种话她一个晚上说上百次呢。

乌尔里希颇受感动。他没把她推向一边，而是站住脚并让她重复她的提议，仿佛他听不清楚似地。他竟意外地找到了一位女友，只要付给她一点点酬金她就完全为他效劳；她会尽力做出亲切可爱的样子，避免做出任何会不合他心意的事；只要他给她发出一个同意的信号，她就会挽住他的胳臂，带着一种脉脉柔情和轻微迟疑，就像亲近的人在无端分离后第一次相会时会出现的那种情形；如果他答应给她数倍于她寻常价格的报酬并立刻把钱放到桌上，以便使她不必想着钱，而是处于一笔好买卖留下的那种无忧无虑、心满意足的状态之中，那么情况就会表明，纯洁的冷漠态度也有一切纯洁情感的那种优点，这就是它没有个人的傲慢，它的服务不带空洞纷乱的情感要求：这些想法半严肃半戏谑地在他脑海里翻腾，而他则不忍心让这小个子女人完全失望，她期待着他敲定这笔买卖呢。他发现，他渴望获得她的好感；但是他不是用她的职业语言和她简单交谈几句，而是相当笨拙地伸进口袋，把一张大致相当光顾一次的价值的钞票塞进姑娘的手里，便继续往前走去。在塞钱时他曾用自己的手紧紧握了一会儿她那只奇怪地惊异抗拒的手，并说了仅有的一句亲切友好的话。随后，他便撇下这位愿意效劳的女子，他确信，她将走到在附近暗处低声耳语的她的女伴们的身边并让她们看那钱，最后她还会说句什么嘲笑的话，发泄一种她也说不清楚是什么的情绪。

这次相遇还留下了片刻活生生的回忆，仿佛这是一种延续一分钟之久的温柔的田园景色。他没有低估这位萍水相逢的女友的极端贫困。但是每当他想象，她将会怎样微微转动眼睛，发出一声那种轻轻的、笨拙地假装出来的叹息声——她已经学会在适当的时候作出这种叹息——为得到一笔商定的金额而进行的这种极其平庸、完全缺乏天赋的表演却也散发出某种感人的气息，他不知道为什么；也许之所以这样，是因为这是流动剧团演出的人间喜剧。而就在乌尔里希和那姑娘说话的时候，他就已经对莫斯布鲁格尔产生了一种极其明显的联想。莫斯布鲁格尔，那个病态的演员，那个猎捕和消灭妓女的人，此人完全和他今天一样，在那个不幸的夜晚行走。当似布景般的街道两边房屋瞬间出现空隙时，他撞上了那个陌生女人，她在这个凶杀之夜在桥边等候他。这想必是一种多么神奇的认识，彻头彻尾地：乌尔里希顿时认为自己能想象得出来！他感到，有什么东西在抬高他，像一个浪涛那样。他失去了平衡力，但是他不需要它，他在运动中飘飘忽忽。他的心收紧起来，但是想象力在一种无限扩展中混乱不堪，很快便以一种几乎剥夺人权利的肉欲的方式停止了。他试图使自己清醒过来。他显然已经这么久地坚持过一种没有内部和谐统一的生活，以致他如今甚至羡慕起一个精神病人的强迫观念和对自己角色的信念来了。但是，莫斯布鲁格尔不仅吸引他，而且也吸引所有其他的人吧？他听见自己内心中阿恩海姆的声音在问："您会释放他吗？"而自己则回答说："不。很可能不会。"——"一千个不！"他添上一句并仍然像是在一阵头晕目眩中感到了一种行动的情景；在极其激动的情况下的侵袭和被侵袭，在一种难以置信的共同的状态中，在一种不分自愿和强制、意识和必需、至高无上的活动和极幸运的接受的状态中融为一体。他匆匆回忆起这样一种观点，这种观点认为这样的苦命人体现了大家都有的受压制的情欲，是他们的哲理性谋杀和想象亵渎的化身：这样，那些相信这种状态的人就可以以自己的方式来对付它并批准它恢复他们的道德，就在他们对它感到满足之后！他的内心矛盾是另外一种矛盾并且恰恰正是：他不压抑任何东西，却不得不看到，他看不出一个杀人犯的形象上有任何比世界上别的形象上更陌生的东西，这些世界上的别的形象全都像他自己的旧有的形象：半已经形成的意识，半又涌现出来的非意识！一个已经发端的秩序譬喻：对他来说这就是莫斯布鲁格尔！乌尔里希突然说："对所有这一切——"他边说边做了一手势，仿佛他要用手把什么东西抛到一边去似的。他不是对自己说了这个，他大声说了这个，便突然闭上嘴唇，只是无声地把这句话说完："对所有这一切必须作出裁决！"他不再想知道"所有这一切"具体指什么；"所有这一切"就是自他"休假"以来困扰他、折磨他、有时又使他感到十分愉快的事，就是把他像一个梦想者那样捆绑住的事，在这个梦想者的脑海里，除了站起来和行动以外，一切都是可能的；所有这一切导向不可能的事情，从第一天起至这次回家路上的最后几分钟为止！乌尔里希觉得，他如今终于必须要么像任何一个别人那样为一个可以达到的目标而活着，要么认真实行这些"不可能的事情"，而由于他如今已进入寓所周围的地区，他便急忙穿过最后一条相同，心头怀着一种仿佛有什么事迫在眉睫的奇异感觉。这是一种催人奋进的、向一种行动涌流的、却内容空洞并因此而又是特别自由的感觉。

也许这种感觉本来是会和许多别的感觉一样消释的；但是当他拐进他居住的那条街道时，在走了不多几步后他便发现，他屋里的窗户都亮着，又过了不多一会儿，当他站在他的花园的栅栏门前时，这一点便无可怀疑地得到了证实。他的老仆人曾请求允许他今晚到在另一地区的亲戚家去过夜，他自己自从在大白天发生的与格达的那件事以来还没在家里待过，园圃工人被他安排在地下室居住，从来不进他的房间：可是到处亮着灯，似乎有陌生人在他家里，溜门撬锁者，让他撞上了。乌尔里希糊涂了，他也不想躲避这种不寻常的感觉，他毫不迟疑地向他的房屋走去。他心里没有底。他看到窗户里的影子，从这些影子可以推断出这是单独一个人，是这个人在这些窗户后面走动；但是也可能是好几个人，问题是，如果他走进自己的房屋，会不会有人向他开枪，或者他要不要自己作好射击准备。若是在另外一种情况下，乌尔里希很可能会叫来一个警察或者至少先摸清情况，然后再作出定夺，但是他想独自处理这件事而且连自从那天晚上他让流浪汉们击倒以来便有时随身携带着的手枪也没掏出来。他想——这个他不知道，到时候再说吧！

但是当他推开屋门时，这才真相大白，原来这位被怀着十分模糊不清的感觉期待着的闯入者仅仅是克拉丽瑟而已。

一二三

倒　转

也许一开始就对乌尔里希的态度起了作用的，是这信念：一切都将和和美美地得到澄清，那种相信最糟糕情况的厌恶心理，人们怀着这种心理总是铤而走险；但是当在门厅里他的老仆人出乎意料地向他迎面走过来时，他差一点没把他打翻在地。由于他幸亏在最后一刹那间住了手，这才从他那儿得知，来了一份电报，被克拉丽瑟给收下了，这位年轻的太太是大约一小时以前来的，当时老头正要离去，她不容拒绝，于是他就宁可自己也待在屋里，放弃今天的休假，请老爷务必原谅他妄加评论，可是这位年轻女士确实给他留下情绪很激动的印象。

当乌尔里希感谢过他并走进自己的寓所时，克拉丽瑟正躺在一张沙发榻上，身体略微侧向一边，双腿向身体收拢；她那没腰的苗条身段，那头发梳理成男孩发式的脑袋连同那张惹人喜爱的长脸——这张脸枕在胳臂上，当他开开房门时向他望过去——都很具有诱惑人的魅力。他告诉她，他曾把她当作一个盗窃犯。克拉丽瑟瞪大眼睛，发出像一把勃朗宁手枪连射时那样的闪光。“也许我是一个盗窃犯！”她回答说，“侍候你的那个老机灵鬼说什么也不肯让我留下；我让他去睡觉了，但是我知道，他藏在楼下的什么地方！你这儿好漂亮呀！”说着，她没站起身便把电报递给他。“我想看一看，当你以为你是独自一人时你是怎样回家来的，”她继续说，“瓦尔特去听音乐会了，午夜以后才回来。可是我没告诉他我到你这儿来。”

乌尔里希撕开电报读了起来，所以他只是颇不专心地听了克拉丽瑟所说的话；他的脸变得煞白，他不相信地又读了一遍那奇异的电文。虽然他对他父亲就平行行动和降低了的刑事责任能力提出的各种询问迟迟没有予以答复，他却已经自一些时候以来一直没有收到催促信，而这居然也没有引起他的注意；如今这份电报以一种详尽的、既有受压制的责备也有充分的庄严报丧的措辞——显然是他父亲自己极仔细地安排和草拟了这种措辞——向他报告他的亲生父亲的噩耗。他们互相不曾怀有过多大的好感，甚至一想到他的父亲乌尔里希心里几乎总感到不舒服。尽管如此，在他第二次读这篇古怪而叫人害怕的电文时他却这样想：“如今我在这个世界上完全孤零零的了！”他所指的，并不见得就是这句话的字面上的、与如今已结束了的关系颇不相称的意义；倒不如说他惊奇地觉得自己在上升，仿佛一条锚索已经断裂似的，抑或感觉到在一个通过他父亲尚与之保持着联系的世界里，一种脱离国家的状况正在完全形成。

“我的父亲死了！”他对克拉丽瑟说，并带着几分不由自主的庄严举起拿着电报的手。

“啊！”克拉丽瑟回答，“我祝贺！”略加思索后她补充说，“现在你一定很富有了吧？”她好奇地往四下里打量。

“我并不以为他多么富裕，”乌尔里希不以为然地回答，“我在这里过着超过他的经济条件的生活。”

克拉丽瑟微微现出一丝笑意，一种微笑屈膝礼，表示接受这责备；她的许多明确的动作像一个承担一种社会义务必须缴纳教育贡金的男孩的鞠躬那样匆忙和过分夸张。她独自留在房间里，因为乌尔里希告一会儿假，他要为自己的出行作一些安排。在那场他们之间发生的激烈争吵之后，她就离开瓦尔特，她没走出去多远，因为他们家门前有一道很少被使用的楼梯通往上面的阁楼，她就裹着围巾一直坐在那儿，直至她听见丈夫离开屋子。她知道剧院里有某种梁格结构①的东西；她就坐在那上面，往下放绳子的地方，而瓦尔特则从那楼梯退场。她想象，女演员们在演戏间歇闲着没事干，裹着围巾坐在舞台上方的木骨架上观望；现在她也是一个这样的女演员，一切过程一览无余地呈现在自己的脚下。这时，她这个旧有的最心爱的想法又冒了出来：生活就是一项演戏任务。人们肯定不必用理性去理解生活，她暗自寻思；一个人即使了解的情况比她多，他压根儿又对生活了解些什么呢。但是人们对生活必须有恰当的本能，像一只海燕！人们必须将他的胳臂——如今对她来说这就是：他的言语、他的亲吻、他的眼泪——像翅膀那样伸展开来！她觉得这个观念是对她不再能够相信瓦尔特的前途的一种补偿。她望着下面陡的楼梯间，瓦尔特从那儿下楼去了；她张开双臂，尽可能长久地这样高举着双臂：她也许因此而能助他一臂之力！“顺着陡梯向上和向下在其强度上既敌对又相似，属于一个整体！”她心中暗想。她把她张开的双臂和投向深处的目光叫作“欢呼的世界斜坡”。她放弃了偷偷观看城里的群众示威活动的打算；这“人群”与她有什么相干，个人的大型戏剧已经开场！

就这样，克拉丽瑟去找乌尔里希。一路上，每逢她想到自己一流露出点高见瓦尔特就以为她癫狂，便时不时在脸上现出狡黠的微笑。她好不得意，她害怕她会给他怀上一个孩子，可是却又迫不及待想要一个孩子；她把“癫狂”理解为像一道听不见雷声的远方闪电，或者处于一种如此高度健康的状态，以致这竟然让别人大吃一惊；那是一种在她的婚姻中形成的特性，一步一步，像她的优越感和统治地位渐渐增长那样。但是她无论如何总还算知道，有时候别人不理解她；当乌尔里希再次进来时，她顿时感到必须对他说些什么，一如发生了一件与他的生活休戚相关的事时理应所做的那样。她迅速从沙发榻上一跃而起，在那间房间里和相邻的几个房间里走了几个来回，随后说道：“那我表示最诚挚的哀悼，老兄！”

乌尔里希惊讶地望着她，虽然他已然知道她神经过敏起来就会用这种口吻说话。“于是有时候她就会突如其来地说出某些带常规习俗性的话来，”他

① 舞台上方升降布景的一种结构。

心里说，“犹如一本书里不小心装订进了另一本书里的一页。”她不是带着通常的那种脸部表情向他喊出了这句话，而是从旁边，从肩头上向他甩过来这句话；这就加强了这样的效果：人们认为不是听见了一种虚假的语气，而是听见了一段被混淆了的文字，并且有一种不太舒服的感觉，觉得她自己就由好几层这样的文字组成。由于乌尔里希没有回答，她便在他面前站住并说：“我必须和你谈谈！”

“我想给你拿点清凉饮料来。”乌尔里希说。

克拉丽瑟只是迅速来回摇动竖立在肩膀高度的手以示拒绝。她敛一敛神，开腔说道：“瓦尔特很想让我给他怀一个孩子。你明白吗？”她似乎等着他回答。

乌尔里希该回答什么呢？

“可是我不愿意！”她气愤地嚷嚷。

“你别马上就发火嘛，”乌尔里希说，“如果你不愿意，那么反正就不会发生这样的事。”

“可是他就会因此而毁灭！”

“以为自己随时都会死去的人且活得长呢！你和我早已形容枯槁，但瓦尔特却还会鹤发童颜，长命百岁！”

克拉丽瑟若有所思地用脚后跟转过身来并从乌尔里希身边走开；在不远处她又站住并“盯住”他。“你知道吗，把伞柄抽出来以后，一把雨伞是什么样子？我若把脸扭开，瓦尔特就会崩溃。我是他的伞柄，他是——”“伞面，”她原本想说，但她想到了一个重大修正；“他是我的保护伞，”她说，“他自以为必须保护我。首先，他想看见我有一个沉甸甸的肚子。然后，他将劝说我，说什么一个符合人类天性的母亲自己哺乳自己的孩子。然后他就会用自己的精神去教育这个孩子。这你是知道的。他就是想获得权利并用一个冠冕堂皇的借口把我们俩变成庸人。但是如果我继续如同我迄今所做的那样说不，那么他就会完蛋！我简直就是他的命根子！”

乌尔里希对这个全面的论断露出不信的微笑。

“他想杀死你！”克拉丽瑟迅速添上一句。

“什么？我以为，是你这样劝告他的吧？”

“我想怀你的孩子！”克拉丽瑟说。

乌尔里希惊诧地从齿缝间发出嘘声。

她像一个提出了无理要求的很年轻的人那样微笑。“我不想欺骗一个如瓦尔特这样我所十分了解的人，我对此感到厌恶。”乌尔里希慢条斯理地说。

“噢？那么你很正经喽？”克拉丽瑟似乎赋予这一点以一种乌尔里希不理解的意义，她考虑了一会儿才继续进攻，“但是如果你爱我，他就可以控制住你？”

“怎么？”

“这是很清楚的嘛，我只是说不太明白罢了。你将会被迫对他十分体贴。我们会很同情他。你当然不能直截了当地就欺骗他，你将会试图为此而给他点什么。喏，如此等等。而最最重要的则是：你将会强迫他，让他把他的最好的东西交出来。这一点你不能否认：我们刻在我们心中就像图形刻在石板上那样。人们必须从自身中摆脱出来！人们必须相互强迫对方走出这一招来！”

“好吧，”乌尔里希说，“但是你太过于仓促地便假定将会发生这样的事。”

克拉丽瑟又微微一笑。“也许太仓促了！”她说。她向他走近，友好地用自己的胳臂挽住他的胳臂，他的这条胳臂软弱无力地垂下，没有给她让出地方。“我不中你的意？你不喜欢我？”她问。当乌尔里希不回答时，她便继续说：“我中你的意，这我知道；我曾多次发现，你在我们那儿时，用怎样的眼光看我！你记得吗，有一回我是不是曾告诉你，你是魔鬼？我这样觉得。你要正确理解我：我不是说你是一个可怜的魔鬼，是这样一个人，这个人之所以想干坏事，是因为他不怎么明白这是坏事；你是一个伟大的魔鬼，你知道什么是善，但是你偏偏去做与你想做的相反的事！你觉得我们大家过着的这种生活是可憎的，所以你就故意悖逆地说，人们应该继续过这样的生活。你一本正经地说：‘我不欺骗我的朋友！’但是你只是这么说说而已，因为你已经在心里盘算过一百次：‘我想占有克拉丽瑟！’但是由于你是一个魔鬼，你身上便也有某种神的特点，乌洛！一个伟大的神！一个神，他撒谎，以便让人认不清他的真面目！你想把我——”

她现在不是抓住了一条而是抓住了他的两条胳臂，仰起脸站在他面前，身体朝后弯曲得宛如一棵让人轻轻握住花朵的植物。“现在她马上又要泪流满面，跟当初一样！”乌尔里希担心。但是没有出现这样的情况。她的脸依然美丽。她没有露她那副寻常的淡淡的笑脸，而是显出一张开放的笑脸，这张笑脸在露出嘴唇肉的同时也稍稍显露出一嘴牙齿，仿佛她想抗拒似地；她的嘴形成爱神的双重弧形曲线，这条曲线在额头上再次出现并在额头上方的浓密光亮的头发上又显现一次。

“你早就想用你那张说谎的嘴衔着我把我衔走，如果你会有勇气向我显示你的本性、你的真面目的话！”克拉丽瑟继续说。乌尔里希轻轻挣脱。她在沙发榻上坐下，仿佛是他让她坐到那儿去似的，她顺势拖住他。

“你不要这样过甚其词嘛。”乌尔里希责备她说这样的话。

克拉丽瑟已经放开他。她闭上眼睛，把脑袋支撑在双臂上，用肘顶住膝盖；她的第二次攻击被打退了，现在她想用无情的逻辑来说服他。“你不必把这些话当真，”她回答，“我说魔鬼或上帝，这都是空话。但是如果我独自一人在家，通常都是整天独自在家，以及在周围四处徘徊，从前我常常设想：现在我向左走，上帝就来，我向右走，魔鬼就来。或者，我把什么东西拿在手里时我也有过这同样的感觉，我会把它向右或向左转动。我让瓦尔特看这种情况，他吓得把双手插进口袋里！他见到花或者见到一只蜗牛就感到高兴；可是你说，我们过的这种生活岂不是可悲已极吗？上帝和魔鬼都没来。我已经这样徘徊了许多年。会有什么事呢？！什么事也没有：就这么回事了，倘若不来个奇迹促使艺术起个变化的话！”

这时，她给人以一种既温柔而又不幸的印象，以致乌尔里希竟经受不住诱惑，用手去抚摸她的柔软的头发。“你在个别点上可能是对的，克拉丽瑟，”他说，“可是我永远也不理解你的连贯性和顺序的跳跃。”

“它们简单得很，”她回答，还保持着与先前同样的姿势，“我渐渐地有了一个想法：你听着！”说着，她却挺直身子，突然又活跃了起来。“你不是自己有一回曾说过，我们的生活状况有裂口，从某种程度上可以说是从这些裂口露出一种不成体统的状况。你不必回答什么，这我早就知道。每一个人当然都愿意过上井然有序的生活，可是谁也过不上这样的生活！我搞音乐或画画，可是这就像是把一道屏风放到墙上的一个窟窿前面。此外，你和瓦尔特都有自己的观点，对此我理解不多，但是这方面也有些什么不对头的地方，而你曾说过，人们由于懒散和习惯不去张望这个窟窿或者让恶劣的事物转移了自己对它的注意力。喏，其余的事就简单啦：人们必须从这个窟窿里出去！我能做到这一点！我有这种日子，我能够从我自身向外溜出去。于是人们就——我该怎么说呢——像脱了皮站立在也去掉了肮脏外壳的各事物之间。抑或人们通过空气与一切现存事物像连体双胞胎那样联结在一起。这是一种闻所未闻的了不起的情况；一切都带有音乐感、彩色感和节奏感，于是我就不是我行洗礼时被命名的那个女公民克拉丽瑟，而也许是一个光辉的碎片，它侵入一种巨大的幸福之中。但是这一切你自己都知道！因为你说过，现实自身就具有一种不可想象的状况，人们不可以将自己的经历引向自身的方向，不可以把它们看作个人的和现实的，人们必须将它们，不管是唱了的还是画了的，转向外面，如此等等，你说这些话的时候，指的就是这个意思：我可以把这一切完全准确地给你复述出来！”就在克拉丽瑟急急忙忙继续讲下去的时候，这个“如此等等”像一个紊乱的韵脚反复出现，每一回她都在最后加上这样的断语：“你有力量这样做，但是你不愿意；我不知道你为什么不愿意，可是我将动摇你的决心！”

乌尔里希让她讲话；当她把某些莫须有的罪名记在他的名下时，他不时作无声的否认，却没有决心提出抗辩，并且让自己的手搁在她的头发上，他几乎用指尖感受到手下这些思想在杂乱跳动。他还从未看见过克拉丽瑟在感官上如此激动，而几乎让他感到惊奇的是，女人炽热情感的种种松弛和柔软伸展也在她那瘦削、硬实的身体内蔓延开来，使得这永恒的惊奇——一个对大家都一向只关闭着的女人突然敞开自己的胸怀——这一回也没失去其效果。但是她的话并不让他感到厌恶，虽然它们伤害理智；因为就在它们接近他的内心世界并且又疏远它直至达到荒谬境界的时候，这种持续、迅速的运动起到了像一阵呼呼声或嗡嗡声的作用，而与振动的剧烈程度相比，这呼呼声或嗡嗡声的音调美或丑就起不了什么作用。他觉得，这像一种狂烈的音乐那样有助于他下定决心去听她讲话，当他觉得她从自己的言语中再也找不到出路和尽头，这才用他那只展开的手略微摇了摇她的脑袋，以便叫回并提醒她。

可是这时却发生了与他所希望的相反的事，因为克拉丽瑟突然顶住他的身体。她以迅雷不及掩耳之势用胳臂搂住他的脖子并把自己的嘴唇紧贴在他的嘴唇上，这一切迅捷得让他无法抗拒，他简直惊呆了；她倏地一下收起自己的两条大腿并向他滑过去，致使她跪着进入他的怀里，他顿时在肩头感觉到她胸脯上的那个小球。他很少理解她所说的话。她结结巴巴说到她的拯救力和他的怯懦，他听明白了，她说他是个“野蛮人”，所以她将从他身上，而不是从瓦尔特身上感受到世界的拯救者，可是她的话语其实只是贴近他耳边的一种狂乱的游戏，一阵低声、急促的嘟哝，与其说是倾诉不如说是自言自语，在这涓涓流淌的溪水声中只时不时地可以听到单个的词儿，如“莫斯布鲁格尔”或“魔眼”。他为了自卫而抓住了这个缠住他不放的小女人的两个上臂，把她按到沙发榻上，这时她用双腿缠绕住他，将自己的一头头发紧紧贴在他的脸上，试图重新搂住他的颈项。“你不让步，我就杀死你！”她明明白白地说。她像一个怀着一种柔情和懊恼的混合情感不容拒绝、激动情绪越来越增长的男孩。由于她努力克制她的激情，所以他只是微微感觉到肉欲在她全身流淌；尽管如此，乌尔里希还是强烈感受到了他用胳臂紧紧抱住她的身体并向下压她的那个瞬间。这情形，就仿佛她的身体已经侵入他的情感之中了似的。他和她相识已经很久，而且经常和她说说笑笑的，但是他却还从未这样从上到下触摸过这个既熟悉又陌生的纤巧女子，从未感受到过她这颗狂烈跳动的心。而当克拉丽瑟的动作因被他双手缚住而渐渐和缓下来、她的眼睛里开始温存地闪烁出浑身酥软的神情来的时候，几乎发生了这桩他所不愿意为之的事情。但是就在此刻，他回想起格达，仿佛现在他才面临着清算自己的举止行为的要求似的。

“我不愿意，克拉丽瑟！”他边说边放开她，“现在我想单独待一会儿，动身前我还有许多事要料理！”

当克拉丽瑟领悟到他的拒绝时，她觉得，仿佛猛一抖动几下她头脑里的另一个齿轮传动装置开动了起来。她看见扭歪着脸神色尴尬的乌尔里希站立在自己面前几步远的地方，看见他在说话，似乎什么也没听明白，但是就在她注视着他嘴唇的动作的当儿，她感觉到一种越来越大的反感，随后她发现，她的衣裙已经给掀过膝盖，便一跃而起。她还没来得及回想起什么来，就已经站立起来，抖动好她的头发和衣服，仿佛在草地上躺过似的，并说道：“当然你得整理行装，我不想再耽误你的事啦！”她又现出那惯有的笑容，这笑容讥讽而缺乏自信地从一条窄缝漾开来；她预祝他一路平安。“你回来时，很可能迈因加斯特在我们那儿，他已经预先通知我们，其实我是来告诉你这个消息的！”她顺便添上一句。

乌尔里希迟疑不决地拉住她的手。

她的指头摩挲着他的手；她真想知道，她究竟都对他说了些什么，因为什么话都有可能会对他说了，她情绪非常激动，她居然会把这个都给忘记了！她大体上知道发生了什么事，并且对这并不介意，因为她的感觉告诉她，她是勇敢的或者是准备作出牺牲的，而乌尔里希则畏畏缩缩。她只是希望平平和和地辞别他，好使他对这件事不致依然心存疑窦。她脱口而出地说：“关于这次登门拜访的事你最好什么也别对瓦尔特讲，我们所讲过的话只是你知我知！”她在花园门旁再次和他握手并拒绝他再送她一段。

当乌尔里希返回时，他心里说不出是什么滋味。他必须写几封信，向莱恩斯多夫伯爵和狄奥蒂玛辞别，而且此外也还有其他种种事务要料理，因为他预见到，他将为接受遗产而耽搁较长的时间；然后他往已由他的仆人——他已经打发这仆人去睡觉——收拾好的箱子里塞进去各种零星日用小物件和书籍，而当他料理完毕这一应事务时，就再也没有要躺下睡觉的兴致了。这是一个动荡不安的日子，如今他既精神松弛又过度兴奋，这两种状态没有减弱，而是彼此你增我长，弄得他虽然极度疲惫却感到没有睡意。他没有进行思考，而是反复回味着已发生的事。乌尔里希首先便承认，克拉丽瑟不但是一个异乎寻常的人，而且暗地里大概已经是一个精神病人了，这个已经几次感觉到的印象如今已是毋庸置疑；然而她在发作的时候，或者处在她不久前所处于的那种状态，那种人们怎么称呼都可以的状态的时候，却发表了一些言论，它们跟他自己的言论有惊人的相似之处。这本来是会让他重新对此进行认真思索的，可是他却觉得自己只是以一种不愉快的、与他那半睡半醒状态性质相反的方式注意到了自己还有许多事要做。他给自己限定的这个年限几乎已经过去了一半，他却连一个问题也还没处理好。他突然想起，格达曾要求他就这方面的问题写一本书。但是他却想过一种不把自己分裂为一个现实部分和一个虚幻部分的生活。他回想起他和图齐司长谈论此事的那个时刻。他看见自己和他一道站在狄奥蒂玛的客厅里，这具有某种戏剧性的特性，某种演员的特性。他回忆起自己曾不加思索地说，自己要么必须写一本书，要么就必须杀死自己。但是即使这死的念头，如果他现在，几乎可以说是从近处来考虑这个问题，这也根本不是他的状况的实际表现；因为如果他继续沉浸于这个念头并想象他可以不去奔丧而是还在天亮之前便自杀，那么在他已经收到他父亲噩耗的此刻，他便会觉得这简直是一种不合时宜的巧合！他处在一种半睡半醒的状态之中，各种想象的产物开始互相追逐起来。他看见眼前是一支枪的枪管，他朝黑洞洞的枪管里看去，他看到里面是一片虚无和阴凉，是那隔断深渊的阴影。他感觉到这是一种奇异的协调和一种特殊的巧合：一支装上子弹的枪支的幻象曾是他青年时代期待着飞行和目的地的意志的一种最喜爱的幻象。他一下子看到了许多这样诸如手枪以及他和图齐站在一起的幻象。清晨一块草地的景象。从火车上看去的、裹着浓重的暮色的一条漫长且蜿蜒曲折的河谷的景象。欧洲另一端的一个地方，他在那儿离开了他的情侣；情侣的幻影已被忘却，泥土街道和屋顶上铺着芦苇的房屋的那个幻影则栩栩如生像是昨日的事。另一个情侣的胳肢窝毛，她遗留下来的唯一影像。曲调的个别部分。一个动作的特点。花坛的气味，因激烈的言语而未被注意，它们发自激荡的心灵的深处，今天这些气味比那些被忘却的人活得久远。一个不同道路上的人，那模样几乎令人感到难堪：他，像一批玩具娃娃剩余下来，这些玩具娃娃体内的发条早已断裂。人们会以为，这样的幻象是世界上最肤浅的，但是整个生活在一个瞬间完全融化在这样的幻象里了，只有这些幻象站在人生路上，他似乎只是从它们那儿走向它们那儿，命运没有听从决定和观念，而是听从了这些神秘的、有些荒唐的幻象。

但是，就在他自夸过的种种努力的这种无意义的失去知觉状态几乎感动得自己流泪的时候，在他所处于的这种因熬夜而显得疲倦的状态中展开着，或者人们几乎必须说，在他四周发生着奇特的情感。所有的房间里还都亮着灯，这些灯是克拉丽瑟独自一人在这儿时到处点亮起来的，而这过多的灯光在墙壁和物件之间来回流动，用某种几乎活生生的东西充满着这个位于其间的空间。很可能是这种每一种无痛苦的疲倦所含有的柔情，是它在改变着他的身体的全部感觉，因为这种总是存在着的、即便未被注意到的身体的自信——它反正受到不精确的局限——正在渐渐变为一种更软更远的状态。这是一种松散，仿佛一条系紧的带子解开了似的；而由于墙壁和室内摆设确实都没有发生什么变化，也没有哪个上帝走进这个不信神者的房间，乌尔里希本人不承认自己已丧失清晰的判断能力(如果他的疲倦没有迷惑他的本性的话),所以屈从于这种变化的,就只能是他和他的环境之间的这种关系了,而有这种关系的又既不是那具体的部分,也不是客观上与他相称的知觉和理智,而似乎是一种在内心深处像地下水那样蔓延开来的情感在起变化,平素这些客观感觉和思维的支柱就奠定在这个基座上,如今这些支柱软绵绵地挪移着互相脱离或互相交融:因为这一区别在同一瞬间也已经失去其意义了。"这是另外一种态度;我正在变为另外一个人并因此而也就正在变为那种与我联系的什么东西!"乌尔里希暗自思忖,他以为很会观察自己。但是人们本来也可以说,他的孤独——一种不仅在他内心而且也在他周围存在着的并且把两者结合起来的状况——他自己感觉到,这种孤独变得越来越稠密或者越来越强烈。它穿透墙壁,它向城里增长,自己却其实并没有延伸,它向世界上增长。"哪个世界?"他想,"根本就没有什么世界!"他觉得这个观念不再有什么意义。但是乌尔里希始终保持着这么多的自我监督意识,于是这种被提得太高的用语同时也让他感到不舒服;他不再搜寻别的词语,甚至相反,从这时起他又接近完全清醒状态,不多几秒钟之后他便惊起。天色破晓,将灰白色的光搀和进人造光的迅速黯淡下来的亮光里。

乌尔里希一跃而起并伸展身体,这身体里已经留有某种抖落不掉的东西。他用指头揉了揉眼睛,但是他的目光里保持着某种带有沉降触动各事物的柔软性的东西。一下子,以一种难以描绘的、漫流的方式,简直就好似继续拒不承认这一点的力量在离他而去似的,他认识到,如今他又站在许多年以前他已经待过的那个地方。他笑着摇摇脑袋。他带着嘲弄意味称自己的这种状况为"少校夫人发作症"。按他的理性的判断,现在不存在什么危险,因为这儿没有人会和他一道重做这样一桩蠢事。他打开一扇窗户。外面是一股无关紧要的空气,一股普普通通、带有最早响起的城市响声的早晨气息。就在这丝丝凉气浸润他的太阳穴的时候,欧洲人对多愁善感的反感便清晰而顽强地开始在他内心萦回;他决心在必要时用一丝不苟的态度来对待这件事。然而,由于长时间这样站立在窗口并且漫不经心地望着外面清晨的景色发愣,他心中也还有某种全部感受闪烁滑动的感觉。

当他的仆人突然带着早起者的郑重其事的神情走进来叫醒他时,他大吃了一惊。他洗澡,迅速猛烈地抖动几下他的身体,便乘车去火车站。

卷　二

第三部

进入千年王国（罪犯们）

一

被忘却的胞妹

当乌尔里希当天傍晚到达 X 城并走出车站时，一个宽阔、进深浅的广场出现在他眼前，这广场的两端汇入街道并且对他的记忆产生一种几乎是痛苦的影响，这是一种人们已经常常见过、如今又已忘却的景色所特有的情况。

“我向您担保，收入减少了百分之二十而生活费用却增加了百分之二十：一共是百分之四十！”“我向您担保，持续六天行程的自行车比赛是一件团结各族人民的事！”这些声音来自他的耳朵里，火车车厢里的声音。接着，他清楚地听到有人在说：“尽管如此，对我来说还是歌剧高于一切！”“这大概是您的一项运动吧？”“不，一种嗜好。”他低下脑袋，好像他必须把耳朵里的水抖搂出来似的：火车拥挤，旅途漫长；行车途中涌进他耳朵里的旅客交谈中的片言只语如今又涌流了出来。乌尔里希怀着到达的喜悦和匆忙心情——火车站大门像一根管子的口子让这种心情泅进广场的宁静之中——等候着，直到这种心情一滴滴地滴落；如今他站在嘈杂之后出现的一片寂静中。在由此而引起听觉骚动的同时，他眼前的不寻常的宁静引起了他的注意。一切看得见的东西在其中都比往日厚实，他朝广场上看去，但是那一边极寻常的窗樘中的十字梃架在苍白玻璃光掩映下的暮色中显得如此暗黑，仿佛它们就是各各他①的十字架似的。在移动的东西也在以一种在很大的城市里没有的方式脱离街道的静止物。飘浮的和静止的东西在这里显然都有扩展其重要性的余地。怀着几分重返故里的好奇，他发现这个特点并观看这座外省大城市，他曾在这座城市里度过他一生中虽小却不太舒服的部分岁月。它在本质上，如他所分明知道的，含有某种无国籍—殖民地的成分：一个最古老的德国市民阶层的核心，几个世纪前到了斯拉夫土地上，在这里饱经沧桑，如今除了几座教堂和几个姓氏以外几乎再也没有什么可以令人回忆起它来的了，而这座城市后来曾充当过的旧邦议会所在地，除了一座保存下来的漂亮宫殿以外，也很少再看得见什么遗迹；但是在这段往日的君主专制管理时期，皇帝的总督职权被大量运用，建立起了外省的中央职位、中等学校和高等学校、兵营、法庭、监狱、主教府、方形堡、剧院，出现了与此相关的各行业人，出现了商人和手工业者，最终也还出现了一种移居入境企业主的工业，这些企业主的工厂在市郊鳞次栉比，在最近几个世代里比所有别的东西都更强烈地影响了这块大地的命运。这座城市有一段历史，也有一张脸，但是在这张脸上眼睛与嘴不相称，或者下巴与头发不相称，而在一切之上则都沉积着一种激烈动荡、内部空虚的生活的痕迹。可能是，这在特殊的个人情况下有助于非同寻常情况的出现吧。

用一句同样不是无可指摘的话来说：乌尔里希感觉到某种“精神的无实体”的东西，人们如此沉醉于其中，以至于它竟唤起对放荡不羁的想象的兴致来。他在口袋里装着他父亲的那份奇特的电报并已经熟记电文：“告知你我已经逝世。”这位老先生让人这样通知他——或者该说这位老先生这样通知了他——这种思想已经在其中表达出来，因为电文下的署名是“你的父亲”。这位真实的枢密顾问阁下从不在严肃的时刻开玩笑：所以这则消息的怪僻结构也是极其合乎逻辑的，因为如果说他在临终前写下这电文或向某人口授了这电文并规定这份这样产生出来的文件在他呼出的最后一口气息之后生效的话，那么，这就是他，是他本人通知了他的儿子；人们也许简直就无法更正确地表述事实情况了，然而从这个当代试图控制它不再能够经历的未来的过程中，却飘忽着遗留下一股愤怒腐败意志的叫人害怕的尸体气味！

在采取这种态度——通过某种关联这也让他回想起小城市的那种简直可以说是极不协调的风气——的同时，乌尔里希不无忧虑地想到他已在这外省结了婚的妹妹，如今他大概将在不多几分钟内见到她。在旅行途中他就已经想到她了，因为他对她的情况知之甚少。时不时地，父亲的来信也按部就班地将有关于家里人的消息传递到他这儿，诸如“你的妹妹阿加特已经结婚”，紧接着便是补充介绍有关情况，因为当时乌尔里希不可能回家去。大

① Golgatha，耶稣被钉死的地方。

概一年后他便已经收到这位年轻丈夫的讣告；如果他没有记错的话，在这之后过了三年，“你的妹妹已经令我满意地决定再次结婚”的通知抵达。这五年前的第二次婚礼后来他参加了并和他的妹妹相处了几天，但是他只记得这些天就像一个纯粹是白色织物的大转轮，它不停地转动着。对那位丈夫他记得，他不喜欢这个人。阿加特当初想必是二十二岁，他自己二十七岁，因为他恰好获得了博士头衔；如此说来，他的妹妹现在二十七岁，而他则自那次见面以来既没再次见过她，也没和她通过一封信。他只记得，父亲后来常常写道：“在你妹妹的婚姻中，真可惜，并非一切都尽如人意，虽然她的丈夫是一个卓越的人物。”也有这样的话：“我很为你妹夫最近所取得的成绩感到高兴。”总之，信里曾有过类似这样的话，遗憾的是，对这些来信他从未给予过关注；但是有一回，对此乌尔里希尚还记忆犹新，信里既对他妹妹无子女有所责备，同时也对她尽管如此仍会觉得婚姻美满抱着希望，即使她的性格绝不会允许她承认这一点。“她现在会是什么模样？”他想。他在他们小小年纪，就在他们的母亲死后不久便马上将这兄妹俩从家里打发走，这是这位老先生——他如此忧心忡忡地向他们通报彼此的消息——的一个怪癖；他们各在各的学院里接受教育，而表现不好的乌尔里希则常常不准回来度假，所以实际上自他们的童年时代以来——那时他们当然互相很喜爱——他便一直没怎么再见到过他的妹妹，阿加特十岁时，唯一的一次较长时间相聚在一处算是例外。

乌尔里希觉得，他们在这种情况下也不通信，这是顺理成章的。他们互相会有什么话要写的呢？当阿加特第一次结婚时，据他现在回忆，他是少尉，当时他正带着决斗枪伤躺在医院里：天哪，他真是一头蠢驴！其实，他干过不知多少蠢事！因为他想起来，少尉枪伤这段往事根本不在此列：更确切地说他几乎已经是工程师并且有“重要的事情”要做，使他无暇顾及家庭节日！关于他的妹妹后来他听说，她曾经很爱她的第一个丈夫：他记不得，他是从谁那儿得知这一情况的，但是“她曾经很爱”到底是什么意思？人们这么说说而已。她又结婚了。这第二个丈夫乌尔里希极不喜欢：这是唯一有把握的一点！不仅按个人印象而言他不喜欢他，而且也就他读过的此人的几本书而言，很可能就是从此他便并非完全无意地在记忆中渐渐把他的妹妹淡忘了。这样做是不好，但是他不得不承认，甚至在他想到了这么许多事情的最近这一年里，他竟一次也没回想起她来，在接到讣告时也还没有。但是，在车站上他却问来接他的老头儿，他的妹夫是否已经来了，当他得知哈高厄尔教授举行葬礼时才来，他暗暗感到欣喜；虽然距葬礼至多才两三天，他却觉得这段时间就像他现在将要在他妹妹身边度过一段无限长久的幽居生活，就仿佛他们是这个世界上最亲近的人似的。倘若他问自己，这是怎么一回事，那么恐怕也是徒劳无益；“陌生的妹妹”这个念头很可能就是那些大容量抽象概念中的一个，许多哪儿也没有合适归宿的情感在这些抽象概念中都有一席之地。

就在琢磨着这样的问题的时候，乌尔里希已经慢慢走进这座既陌生又熟悉的城市，城市在他面前展现开来。他让一辆车拉着他的行李——在临动身前的最后一刻他还曾往其中塞进去相当多的书——老仆人跟随在自己的身后，这位老仆人自他童年记事时起便在老家当差，如今已经接他出站。老仆人集勤杂工、大管家和大学跑腿于一身，随着年月的增长这些职务之间的内部界线已经模糊不清。很可能是这个谦逊且沉默寡言的人，乌尔里希的父亲是向这个人口授了报丧的电文；乌尔里希的脚极其愉快地走在把他引回家去的这条路上，而现在他的感官则清醒和好奇地吸纳着一个个新鲜的印象，每一座发展中的城市都会以这样的印象令人感到惊喜，倘若人们已经很久没看到过它的话。到了某一个地点，乌尔里希信步拐弯离开大道，他的双脚比他的意识更早地认出了这个路口；不一会儿，他便发现自己置身于一条狭窄的、只由两堵花园围墙构成的胡同里。他的斜对面坐落着这幢中间较高的、勉强够三层的楼房，边上是旧马厩，还一直紧贴着花园围墙的，是那所小屋，这是仆人和他的妻子居住的地方；这情形，就仿佛尽管十分信任老父亲还是把他们推得尽可能远离自己身边，却用围墙把他们围住。乌尔里希迷迷怔怔地来到关闭着的花园门口，顿时就要让人去敲挂在破旧熏黑的矮门上当铃使的门环，这时他的陪同者赶忙跑过来纠正了这个错误。他们必须绕墙回到前门去，车就停在那儿；这时，就在屋门没打开的房屋出现在眼前的时刻，乌尔里希才注意到，他的妹妹没到车站去接他。仆人告诉他，说是夫人有偏头痛，吃罢饭就退回到自己的房间里，说是曾吩咐他等到博士先生来时再叫醒她。他的妹妹是不是常犯偏头痛，乌尔里希继续问，他当即便后悔提了这个笨拙的问题，这向父亲家宅的这位亲信老仆人暴露了自己的陌生感，并且触动了某些家庭关系，对这样的关系人们是宁可只字不谈的。“少夫人吩咐我半小时后上茶，”老人颇有教养地现出一副礼貌周到的仆人神态回答，这神态以谨慎的方式作出保证：他不了解任何超越他职责范围以外的事。

乌尔里希不由自主地抬头向窗户望去，猜想也许阿加特正站在窗户后面打量自己。不知道她可爱不可爱，他暗自寻思并不愉快地注意到，如果她不中他的意，这几天的日子恐怕就相当不好过了。她既没上车站也没到大门口来迎候，他觉得这倒是一个令人产生信任感的特征，这显示出某种亲近感，因为严格说来急忙向他迎面奔跑过来，跟他自己刚刚到家就要扑向他父亲的棺架，同样都是没有什么理由的。他让仆人去禀报，说是他将在半小时内准备就绪，随后他便稍稍整理一下自己的行装。他住的房间在中间部分的复斜屋顶式的三楼，从前是儿童寝室，现在奇特地添上了几件显然只是临时搬来应急用的方便成年人起居的家具。“很可能是只要死者在屋里，就不好另作安排，”乌尔里希想，并在自己童年时代的废墟上不无困难地安排自己的屋室，然而却也带着一丝快意，这种快意像雾一样从这地面升起。他想换衣服，这时他突然想穿开箱取东西时偶然发现的一身睡衣裤式便服。“她至少应该立刻在住房里迎候我的嘛！”他想，一丝责备之意蕴含在毫不在意地选择了这身衣服之中，虽然他的妹妹采取这样的态度想必有某种会令他感到满意的理由的这种感觉也依然存在并使换装具有某种礼貌的意蕴，这是无拘无束的信任的表露。

他穿上的是一身宽大的软羊毛便服，近乎男丑角的演出服，有黑、灰色相间的方格花纹，袖口和脚腕子跟腰部都一样系住；他喜欢穿它是因为它舒适，在经过了不眠之夜和漫长旅途之后，如今他一边下楼一边感觉到了这种舒适。但是当他走进他妹妹在等候他的那间房间时，他对自己的装束感到惊讶了，因为他发现由于偶然事件的神秘安排自己面对着的竟是一个高大、金发、穿细巧灰色和赭色条纹和方格纹衣服的男丑角，第一眼看上去完全酷似他自己。

“我倒不知道，我们是一对双胞胎嘛！”阿加特说，露出一脸喜悦的神色。

二

信 任

他们没有互相亲吻表示欢迎，而是只是亲切地彼此面对面站着，随后他们互换位置，这便于乌尔里希打量他的妹妹。阿加特的头发比他的头发浅淡，但有着同样的干燥皮肤的芬芳，这正是他所喜欢的自己身体上的唯一的东西。她的胸脯不显出浑圆的轮廓，两个乳房纤柔而有力，而他妹妹的肢体则似乎带有狭长纺锤的形状，它将天生的活力和美融于一体。

“我希望，你的偏头痛已经好了，我看不出你有偏头痛嘛。”乌尔里希说。

“我根本没有偏头痛，我只是为了图省事才让仆人这么对你说，”她说，“因为我不便让仆人把错综复杂的原因告诉你：我就是懒惰。我睡觉了。我已经在这里养成了一有空闲就睡觉的习惯。我压根儿就懒惰；我想是由于心灰意懒吧。当我得知你要来时，我对自己说：但愿现在我将是最后一次嗜睡。随后，我便沉入一种恢复健康的睡眠之中：经过仔细考虑，在支使仆人时我把这一切称为偏头痛。”

“你根本不进行体育运动？”乌尔里希问。

“稍微打打网球。但是我讨厌体育运动。”

在她讲话的时候，他再次观看她的脸。他觉得这张脸不是很像他的脸；但是也许他搞错了，这张脸之像他犹如一幅彩色粉笔画之像一幅木刻画，致使人们只看到材料的不同，忽略了笔法和构图。这张脸上有某种令他感到不安的东西。没多一会儿，他想到，他简直看不出这张脸上有什么表情。这张脸上缺乏可以让人揣摩出人的特性的东西。这是一张内容丰富的脸，但是这张脸上哪儿也没有什么突出之处，哪儿也没有显出流畅的性格特征来。

“你怎么会也穿上这身衣服的呢？”乌尔里希问。

“我不知道这是怎么回事，”阿加特回答，“我以为，这样穿挺好。”

“这很好！”乌尔里希笑道，“可是这简直是变魔术似的偶然巧合。父亲的死，据我看，也没有让你深受震动嘛？”

阿加特慢慢抬起身体踮起脚，旋即又落下身子。

“你的丈夫也已经到这儿了吗？”她的兄长问，他这是没话找话说。

“举行葬礼时哈高厄尔教授才来。”她似乎为有机会能够如此生硬地说出这个名字并对它像对某种陌生事物那样敬而远之而感到高兴。

乌尔里希不知道对此他该如何回答才好。“噢，这我已经听说了，”他说。

他们又相对而视，随后他们便按道德习俗的要求走进停放死者灵柩的小房间。

这间房间在人为作用下变得阴沉昏暗；房间里充斥着黑色。鲜花和燃着的蜡烛在其中闪亮并发出气味。这两个丑角挺直身子站在死者前面，似乎在观看死者。

“我再也不回到哈高厄尔身边去了！”阿加特自言自语地说。人们几乎会产生这样的念头：这话也是在说给死者听的。

死者躺在支座上，这是他生前安排好的：身穿大礼服，裹尸布一直盖到半胸高处，再往上便露出上浆的衬衫，左右手互握，没有十字架，摆放着勋章。小而硬的眼球虹膜、凹陷的面颊和嘴唇，缝合在这张令人战栗的、没有眼睛的死人皮上，这张死人皮尚还是生物的一部分并且已经异样了——生命的旅行袋。乌尔里希不由得觉得自己从存在的根基上受到了震动，在这个根基上没有情感、没有思想；但是此外哪儿也没受到震动。倘若他必须把话说出口来，那么他只能说：一种累赘的没有爱的关系已经结束。一如一门坏的婚姻使无法摆脱它的人变坏，每一种从永恒出发考虑的、沉重压在身上的纽带也起着这样的作用，如果一时的东西在它重压下而萎缩掉的话。

“我真巴不得你早点来，”阿加特继续说，“可是爸爸不允许。一切和他的死相关的事务他都亲自安排。我想，当着你的面死去，这会让他感到难堪的。我已经在这里待了两个星期；真可怕。”

“至少他是爱你的吧？”乌尔里希问。

“一切他想妥善安排的事他都委托他的老仆人去办理，从此他便一直给人以一个无所事事并觉得自己老朽无用的人的印象。但是大约每隔一刻钟他都要抬起头来看我是不是在房间里。这是头几天的情况。后来是半小时一次，再往后就变成数小时一次，在可怕的最后一天里压根儿就只还发生过两三次。在所有这些日子里他一句话也没对我说，除非我问他什么。”

她讲这些话时，乌尔里希在想：“她本来就心肠硬。小时候她就不声不响地极端任性，尽管如今，现在她看上去很好说话？”这时，他突然回想起一次雪崩。有一次他在树林里遭遇一场雪崩袭击几乎丧命。雪崩由一团软和的云雾状雪末引发，这团雪末被一股不可阻挡的力量攫住，变得像一座倒塌的山那样坚硬。

“是你给我发的电报？”他问。

“当然是老弗兰茨！这一切都是事先已经安排好了的。他也没有让我照料他。他肯定从来没有爱过我，我不知道他为什么让我来这儿。我感到不舒服，便尽量把自己关在房间里。他就是在一个这样的时刻死的。”

“很可能他想以此向你证明，你已经犯了一个错误。来！”乌尔里希闷闷不乐地说并拉着她走出去，“但是也许他曾希望你抚摩他的额头？或者在他的卧床旁边跪下？虽然不是出于任何别的什么原因，仅仅是因为他经常在书本上读到过：作父亲的在临终告别时理应如此。他没有开口央求你这样做？”

“也许吧。”阿加特说。

他们又一次站住并观看他。

“说起来这一切真可怕！”阿加特说。

“是呀，”乌尔里希说，“这些情况人们都不了解。”

当他们离开这间房间时，阿加特再次站住并且与乌尔里希攀谈：“我向你叨唠一些事，你当然不会把这些事放在心上的：可是我恰恰是在父亲卧病期间下定了决心，我绝不返回到我丈夫的身边去！”

她的固执态度让她的兄长情不自禁地笑了起来，因为阿加特的眼睛之间现出一道垂直的皱纹并且讲起话来情绪激烈；她似乎怕他会不站在她那一边，这就像一只猫，这只猫很害怕，所以就勇敢地转入进攻。

“他同意吗？”乌尔里希问。

“他还蒙在鼓里，”阿加特说，“但是他不会同意的！”

兄长用询问的目光望着他的妹妹。但是她一个劲儿摇脑袋。“哦，不，你想到哪儿去了，不是这么回事：没有第三者插足！”她回答。

说到这里，交谈暂告一段落。阿加特为自己没顾及乌尔里希又饿又乏而道歉并把他领进一间房间，只见房间里已经摆上了沏好的茶，由于短缺什么，她便亲自去查看。乌尔里希便利用这段独处的时间尽可能地回忆她丈夫的音容笑貌，以便更好地理解她。此人中等身材，腰背部渐渐由宽变窄，大腿圆滚滚地套在缝制粗俗的裤子里，一部短而硬的小胡子下面是有些隆起的嘴唇，爱好大图案花纹领带，这大概可以显示出，他不是一个寻常的人，而是一个好为人师的教师。乌尔里希感到他对阿加特的选择的旧有的猜疑又在心头泛起，但是说这个人会掩藏秘密的不道德行径，这却是完全不可信的，如果人们回想起从戈特利布·哈高厄尔的额头和眼睛亮起的坦率闪光的话。“这简直就是个思想开通、精明能干的人，是个正派人，在自己的领域里促进着人类的发展，而并不干预与自己不相干的事物，”乌尔里希断定。这时，他也又回想起哈高厄尔的著作，并陷入并不完全愉快的沉思之中。

人们最初在其学生时代就可以把这些人的特性刻画出来。他们学习——一如人们混淆因果关系所说的那样——不认真，倒是井然有序、讲求实际。他们首先安排好每一项任务，就像人们若想在早晨迅速和不出差错地出门，就得在晚上把第二天穿的衣服纽扣一个也不缺地准备就绪；没有哪个思维进程会不被他们借助于五至十个这样准备好的纽扣牢牢纳入他们的认识之中的；人们必须承认，这种认识随后便显得不错并经得起检查。他们因此而成为优秀生，却没有令他们的同学们在道义上感到不舒服，而像乌尔里希这样的人则受其天性驱使时而趋向轻微的高度时而又趋向同样微小的低度，这些人以一种似命运那样悄悄潜行地的方式落在他们的后面，即使天赋要高得多。他发现，其实他对这种优秀的人有一种隐藏心中的胆怯感，因为他们的思想上的精确性使他自己的对精确性的幻想显得有点儿轻浮空洞。“他们没有丝毫感情，”他想，“却是好心肠的人。十六岁以后，如果这些年轻人对精神方面的问题感到兴奋，那么他们表面上似乎有点儿落在别人的后面，没有什么能力去理解新的思想和情感，但是即便在这种时候他们也使用他们那十个纽扣；总有一天，他们可以证明自己的能力，证明他们始终是全都理解了的，‘不过没有种种站不住脚的过激看法’，到底他们还是倡导新思想的人呢，如果这些人对于别人来说早已成为被忘却的青年人或者孤独的夸大！”

就这样，当他的妹妹又走进来时，乌尔里希虽然还一直不能想象她到底是怎么了，但是他却感觉到，一场反对她丈夫的斗争，哪怕这是一场不公正的斗争，也会是某种东西，某种拥有一种完全不光彩的、使他感到愉快的倾向的东西。

阿加特似乎认为根本无法理智地解释自己的决心。她的婚姻从表面上看——对具有哈高厄尔这样性格的人我们也不能有别指望——井然有序、完美无缺。没有争吵，几乎没有任何意见分歧；之所以没有，也就是因为阿加特，如她所说的，在任何问题上都不把自己的看法告诉他。当然没有越轨行为，既不嗜酒，也不赌博，连单身汉时的习惯也不复存在。合理分配收入，持家有方。许多人在一起时愉快聚会以及两个人在一起时不愉快聚会的平静过程。“如果你简直是无缘无故地离开他，”乌尔里希说，“婚姻破裂就是你的过错；如果他申诉的话。”

“他应该申诉！”阿加特满不在乎说。

“如果他同意法庭解决问题，那么也许还是让他得到一些财产上的利益的好吧？”

“我只随身带走了，”她回答，“三周的旅行所需用的东西，此外还有几样儿时以及哈高厄尔以前的纪念品。其余一切都留给他了，我不要。但是将来他别想从我这儿得到任何便宜！”

这几句话她又是用极其激烈的口吻大声喊叫出来的。人们也许可以这样来理解这些话：阿加特从前让这个人占了太多的便宜，如今她想报这个仇。乌尔里希的好斗性，他的运动员竞技状态，他在克服困难方面的创造才能正在被激起，虽然他不乐意看到这种情况出现；因为这就像一种兴奋剂所起的作用，这种兴奋剂把外在的情绪调动起来，而内心的感情却还依然完全没有被触动。他转移话题，迟迟疑疑地试图了解大概情况。“我读过、听说过有关他的一些情况，”他说，“据我所知，他在授课和教育的领域甚至被认为是一个有希望的人物！”

“是呀，这没错。”阿加特回答。

“就我读过的他的著作而论，他不仅是一个胜任一切工作的教师，而且也很早就拥护对中等学校进行改革。我记得，有一回读过他的一本书，书中一方面谈到历史一人文主义课程对德育的不可代替的价值，另一方面同样也谈到自然科学—数学课程对智育的不可代替的价值，第三还谈到体育运动和军事教育的集体生活意识对行为教育的不可代替的价值。对吗？”

“大概是对的，”阿加特说，“但是你注意到了吗，他是怎样引证的？”

“他怎样引证？等一等，我模模糊糊记得，什么情况确实曾引起我的注意。他引证得很多。他引证古代大师。他——当然他也引证当代人，现在我知道了：他以一种对于一个教师来说简直是革命的方式不仅引证大教育家，而且也引证当代的飞机制造者、政治家和艺术家……但是这毕竟只是我方才已经说过的呀……”最后他小声小气地说，心头不由得泛起对往事的一种回忆。

“他这样引证，”阿加特补充说，“比如他在音乐上毫不迟疑地一直引到理查德·施特劳斯或者在绘画上一直引到毕加索；但是，即使只是作为某种错误观点的例证，他也从来不会举出一个不是已经在报纸中已经获得某种知名度的名字的，至少也得是由于在报纸上受责备而获得知名度的！”

情况就是这样。这一点乌尔里希曾在自己的记忆中搜索过。他抬起头来。阿加特的回答因其审美观和在她身上表现出来的观察能力而使他感到高兴。“就这样，他作为优秀分子中的一个跟在时代的后面亦步亦趋，从而渐渐地变成一个向导，”他笑着补充说，“所有后来者看见他已经在自己的前面！可是难道你爱我们的优秀分子吗？”

“我不知道。反正我不引经据典。”

“无论如何，让我们谦虚点吧，”乌尔里希说，“你丈夫的名字具有一个纲领的意义，这个纲领今天已经被许多人看作最崇高的东西。他的活动体现出一个扎实的小小的进步。他的职务升迁指日可待。迟早他至少会成为一名大学教授，虽然他被中学教师这糊口的职业折磨得够受的；而我，你瞧，我根本没有什么别的路子可走，只能在我的笔直的路上走下去，今天这状况，我很可能连大学讲师的职位也谋不到：所以这就不简单！”

阿加特失望了；这很可能就是她一边亲切地回答一边脸上现出一位女士的毫无表情的神态的原因，她说：“我不知道，也许你得照顾哈高厄尔的利益吧？”

“他什么时候来呀？”乌尔里希问。

“葬礼时才来，他舍不得多花时间。但是绝不让他住在这儿这所屋子里，我不允许！”

“随你的便！”乌尔里希出乎意料地作出决定，“我去车站接他并把他拉到一家旅馆门口。在那里，如果你愿意的话，我将对他说：‘您就下榻在这儿的房间里吧！’”

阿加特感到惊异并突然兴奋了起来：“这会让他气炸了肺的，因为这得花钱，他肯定希望能住在我们家里！”她眨眼间变了脸色，像在干一件卑劣行径那样脸上重新又现出某种儿童般狂乱的神态。

“一切都是怎么安排的？”她的兄长问，“这所房子归你，归我，还是归我们俩？有遗嘱吗？”

“爸爸曾让人交给我一个包裹，一切我们必须知道的东西全在这个包裹里。”他们朝位于死者房间另一面的书房走去。

他们又轻轻穿越过烛光、花香，穿越过这两只再也不会看见什么的眼睛形成的圆圈。在这闪耀着的半明半暗的烛光里，刹那间，阿加特便只是一团发出金色、灰色和淡红色微光的雾。遗嘱在包里，他们拿着那些证件走回到喝茶的桌子旁边，可是在那儿却忘了打开包裹。

因为当他们坐下时，阿加特告诉她的兄长，说是她和丈夫虽然同住一幢房子，却几乎过着分居的生活。她没说这已经有多久了。

这首先给乌尔里希留下一个坏印象。如果已婚的女人以为一个男子可能会成为她的情夫，那么她们之中的许多人便惯常把这种故事告知这个男人；虽然他妹妹神情尴尬，实际上则是冥顽不灵地作了这番表白，怀着不明智的决心，定要随便怎么推动一下，这是人们可以感觉得出来的，但是他仍然感到恼怒，她竟想不出用更好的点子来诓骗他，他认为这是一种夸张。“我压根儿就永远也不理解，你怎么会能够跟这样一个人生活在一起的！”他直言不讳。

阿加特说，是父亲愿意这样；她能有什么办法吗，她问。

“可是你当时就已经是寡妇，不是未成年的小姑娘了嘛！”

“那又怎么样。我回到爸爸身边；当时人们普遍都说，我还太年轻，不宜独自一人过日子，因为即便我是寡妇，我也才十九岁；后来我就忍受不了这儿的生活。”

“可是你为什么没有另外找一个男人呢？或者上大学，从而开始过一种独立自主的生活？”乌尔里希不依不饶地问。

阿加特只摇了摇头。稍过片刻她才回答：“我已经对你说了，我懒惰。”

乌尔里希觉得这不是回答：“你嫁给哈高厄尔，你有特殊原因！？”

“是的。”

“你爱着另外一个人，你不能得到这个人？”

阿加特犹豫不决：“我爱我亡故的丈夫。”

乌尔里希感到遗憾：他竟如此粗俗地使用“爱”这个词儿，仿佛他认为这个词儿所表示的社会习俗的重要意义是牢不可破的似的。“如果人们想施与慰藉，就立刻舀一碗嗟来的汤！”他想。尽管如此，他却不由自主地以同样的方式继续讲话。“后来你就发现了发生在你身上的事，你就刁难哈高厄尔。”他说。

“是的，”阿加特证实说，“但不是立刻——晚些时候才这样，”她补充说，“甚至很晚。”

这时，他们稍微争执了几句。

看得出来，阿加特坦白承认这些事是经过很多思想斗争的，虽然她自愿作这些表白并且显然一如与她的年龄相称的那样把性生活状况看作为一种可以随便与人交谈的谈话资料。她似乎想豁出去，别人理解还是不理解全在此一举，她寻求信任并且不无真诚和激情地下定决心，要征服这位兄长。但是乌尔里希还一直在道义上怀着施与者的情绪，他没能立刻就迎合她。尽管有着精神的力量，他也并不总是没有为他的心灵所不齿的偏见，因为他太频繁地对自己的生活听其自然，对自己的精神则不然，而由于他太频繁地用一个猎人对捕捉和观察的兴致去利用和滥用他对女人的影响，他几乎总是也在脑海中浮现出与此有关的幻象，在这样的幻象中女人是野兽，这头野兽在男人的爱情长矛下崩溃，而羞辱的狂喜则印在他的记忆中，做爱的女人屈从于这种狂喜，而男人却离相似的献身精神相去甚远。这种对女性弱点的男性权力概念今天仍还相当平常，虽然随着一批批青年人出现的同时也出现了比较新的观点；而阿加特对待她对哈高厄尔的依赖性所采取的那种自然态度则伤害了她的兄长的感情。乌尔里希觉得，当他的妹妹在接受一个他不喜欢的男人的影响，并且在若干年里一直保持这种状态的时候，她便是在无意之中已经忍受了一种耻辱。他没把这一层意思讲出来，但是阿加特多半从他的脸部表情上看出了某种相似的内心活动，因为她突然说：“我既然已经嫁给他了，那我就不能马上就从他那儿逃走嘛；那样做就显得过激了嘛！”

乌尔里希——始终是处于兄长状态和既给予又教育人的理解贫困化状态的乌尔里希——莫名惊诧地呼叫起来说：“忍受厌恶并立刻从中得出种种结论来，这确实过激了吗？！”说罢，他便微微一笑并带着尽量温和亲切的神态望着他的妹妹，试图以此来缓和一下气氛。

阿加特也看着他；她的脸完全张开了，她努力探究他的神情。“一个健康人对难堪的事情是不会如此敏感的，”她再次重申，“这究竟有什么大不了的嘛！”

这就使得乌尔里希克制住自己的感情，不愿意再让一个“部分自我”控制自己的思绪。现在他又是个好功能理解的人。“你说得对，”他说，“这样的事情有什么大不了的！关键是人们观察它们时所依据的想象体系和包容它们的个人体系。”

“你这话什么意思？”阿加特满腹狐疑地问。

乌尔里希为自己的抽象的表达方式表示歉意，但是就在他寻找一个形象的比喻的时候，他那种兄弟式的嫉妒再次出现并影响了他的选择：“我们假定，一个我们并非不喜欢的女人被强奸了，”他说，“按照一种英雄的想象体系，我们就必须要么期待复仇要么期待自杀；按照一种玩世不恭且从经验出发的想象体系，我们就只能指望她像一只母鸡那样把这抖搂干净；而今天实实在在发生着的，则大概是两者的混合物：可是这种内心的无知却比一切都更丑陋。”

但是阿加特对这种问题的提法也不同意。“你觉得这事有这么可怕吗？”她直截了当地问。

“我不知道。我觉得，跟一个你不爱的人生活在一起，这是一种耻辱。但是现在——随你便吧！”

“这比这种情况更糟糕吗？一个女人离婚后不到三个月又想结婚，让医生受国家委托检查子宫，由于继承权的原因，检查她是不是怀孕了？有这样的事，我读到过！”阿加特的额头似乎因愤怒自卫而合成了圆形，眉毛间又现出那道垂小皱纹。“如果非如此不可，每一个女人都会想得开的！”她不屑地说。

“我不反驳你，”乌尔里希回答，“所有事件，既然确实已经发生，就会像雨和阳光一样消逝。既然你自然地看待这件事，那么你很可能比我理智得多；但是男人的天性不是自然的，而是改变自然的，所以有时就过激。”他现出亲切的笑意，他的眼睛看到，她的脸多么富于青春活力。这张脸一激动起来，便几乎没有一条皱纹，而是为在它后面所进行的思想活动所绷紧而显得愈加平滑，宛如一只手套——拳头在这只手套里捏紧起来。

“我从未对此作过如此一般性的考虑，”现在她回答，“但是在听了你的一席话之后，我便又觉得，我生活在天大的冤屈中了！”

“一切都只是，”她的兄长用开玩笑的口吻消除这种相互认罪，“由于你已经自愿地说了这么多，却没说要害所造成。如果你对那个促使你最终离开哈高厄尔的男人的情况不向我透露一个字，我说话怎么能说到点子上呢！”

阿加特像一个孩子那样望着他，或者像一个受到教师伤害的大学生：“难道非得是一个男人吗？！不会自动发生这样的事？因为我没有带着情人私奔，我就做错了什么事了吗？如果我断言我从未有过情人，我也许就是对你当面撒谎；我也不愿意显得这样可笑：可是我就是没有呀，倘若你认为我无论如何需要一个情人，以便离开哈高厄尔，那我就要对你生气了！”

她的兄长没有别的办法，只好向她担保，说是感情强烈的女人即便没有情人也会逃离她们的丈夫，说是他认为这甚至还更可尊敬——他们相见时沏上的茶渐渐变成一顿不规律的、提前的晚饭，因为乌尔里希旅途劳顿，所以就请求提前吃晚饭，他想早点上床睡觉，以便睡足了好应付第二天种种乱哄哄的繁忙事务。他们在分手前抽香烟，他不了解他妹妹的情况。她既没有解放了的妇女的特性，也没有放荡不羁的特性，虽然她身穿宽大的裤子坐在这儿，她就是穿着这样的裤子接待了这位陌生的兄长。倒不如说有某种两性人的特性，现在他这样觉得；这身轻薄的男性的衣裳在谈话的活动中带着水平面的半透明性显露出位于下面的温柔形态，而与那自由而独立的大腿相应的，则是她那一头用发夹别高了的女性的秀发。但是，构成这个不调和印象的中心的却还一直是那张脸，那张高度拥有女人魅力、但有某种折扣和保留的脸，这张脸的本质他揣摩不透。

他对她所知甚少，他如此亲密地和她坐在一起，却也完全不同于和一个可以把他视为一个男人的女人坐在一起，这是某种很让人感到愉快的事，就在他疲倦困乏，即将沉入睡乡的时候。

“自昨天以来的一个重大变化！”他想。

为此他很感激，他竭力想在向阿加特道别时说些有手足之情的话，但是由于他有些不习惯于此道，所以他没想起要说什么话。所以他只是将她抱住并亲吻她。

三

丧家之晨

翌日晨，乌尔里希一早便从床上惊起，像一条鱼从水里蹿出来那样；这是一宵酣睡驱除了昨日疲劳的结果。他试图弄早饭吃，便在屋里寻找。屋里的哀悼气氛还没怎么展开，只有一股哀悼的气味在所有的房间里笼罩着：这使他想起一家店铺，这家店铺已经在清晨卸下所有护窗板，而这时的街道上还空无一人。然后他从箱子里拿出他那篇学术论文，带着它走进他父亲的书房。当他坐在其中，炉子里燃起一团火时，这书房看上去比头天晚上更富有人情味了：虽然一个学究式的、方方面面考虑周到的人充分利用空间，连书架顶端也有相互对称摆放着的石膏半身塑像，可是这众多留下的、个人的小物件——铅笔、眼镜、温度计、一本打开的书、笔匣等等——却使这个房间带有一个刚刚才被离弃的生命外壳的动人的空虚感。乌尔里希坐在其中，虽然靠近窗户，但在写字台前，在构成这个房间的主调的写字台前，他感到一种奇特的意志疲惫。墙上挂着他祖先的画像，一部分家具还来自他们那个时代；这个在这里居住过的人用他们的生命之壳造成了他的生命的卵：如今他死了，而他的家用器具还活生生地摆放在这儿，但是秩序眼看就要散落，就要顺从继承者；人们感觉到，各事物的更强盛的生命力几乎不露声色地在其呆滞的哀悼表情后面开始重新涌动。

在这样的氛围中乌尔里希摊开他几个星期、几个月前中断了的论文，他的目光一开始就落在水的物理方程式那段文字上，这一段文字他没有写完。他隐约记得，当他举水的三种主要状态作为例子，试图用它显示一种新的数学可能性时，他想到了克拉丽瑟；后来克拉丽瑟就转移了他对这个问题的注意力。但是有一种记忆，它不是由话语，而是由承载这话语的空气唤起；就这样，乌尔里希一下子便想到："碳……"并且犹如从虚无中悟出了这个印象：现在只要知道碳以多少种状态出现，他的论文就会有进展；可是他想不起来，他反倒在想："人表现为两种状态，男人状态和女人状态。"这一点他想了相当长的时间，他似乎惊讶得一动也不动，仿佛人生活在两种不同的持久状态之中是什么新发现的奇迹似的。只不过是在他的思维的这种停滞状态下面隐藏着另一个现象罢了。因为人们可以冷酷、自私自利、孜孜以求，简直锋芒毕露，他可以突然作为某某同一个乌尔里希感到自己也翻转过来了，沉陷下去了，作为在所有周围事物的一种难以置信地敏感的和不知怎么地也是无私的状态中的一个无私而幸福的人。他暗自思忖："我最近感受到这一点，那是在什么时候呀？"他感到不胜惊讶，这居然几乎还是不到二十四小时以前的事。乌尔里希周围的这一片寂静令人神清气爽，而他不由自主地回想起的那种状态却没像往常那样让他感到异乎寻常。"我们大家都是生物体嘛"，他欣慰地想，"在一个不友好的世界上必须全力以赴、贪婪无比地相互抗争的生物体。但是跟他的敌人和牺牲品在一起，每一个人却也是这个世界的微粒和孩子；也许根本不像他想象的那样是脱离他们、独立自主的。"在这个前提下，他便觉得这种情况绝不是不可以理解的：有时一种对统一和爱情的预感从这个世界上升起，几乎是一种确信，相信明显的生命之所需在通常情况下只显露一切有生命之物的总体关系的一半。这没有任何特性，会伤害一个有数学-自然科学的和精确的触角的人：乌尔里希不由得因此回想起一位心理学家的论文，他跟这位心理学家有私人联系：这篇论文论述说，有两个大的、互相对立的概念群，其中的一个建立在经历的内容被包围，另一个则建立在包围的基础上；论文提出这样的信念，即一种这样的"置身于某物之中"和"从外面看某物"，一种"凹形"和"凸形感觉"，一种"空间的"和一种"物体的感觉"，一种"认识"和一种"观点"还会在如此众多的别的经历对立面中以及它们的语言图像中重复出现，以至于人们可以猜想得到在这后面的一个古老的人性经历双重形态。这不是那种严格的实事求是的探究，而是一种富于幻想、有些神驰遥想的探究，一种得益于日常科学活动以外的推动才得以形成的探究，但是这种探究的根基是牢固的，其结论带有很大的可能性，这些结论向着一个隐藏在腾腾烟雾后面的感觉的统一性运动，据乌尔里希推测，今天的举止行为归根到底可能是从这种统一性的几经更换的废墟中产生出来的，这种举止行为围绕着一种男性的和女性的经历方式的对立若隐若现，并且被古老的梦幻投上神秘的阴影。

想到这里，他试图——恰似人们在下山越过一个危险的攀缘地段时使用绳子和墙钩那样——保障自身的安全并开始作进一步的考虑：

“最古老的、对于我们来说已经几乎模模糊糊不可理解的传统哲学常常谈论一种男性的和一种女性的‘原则’！”他想。

“在原始宗教中与众神并行存在的众女神事实上不再为我们的感觉所企及，”他想，“对于我们来说，与这些超凡坚强的女人的关系也许就会是虐待淫乱症！”

“但是大自然，”他想，“给男人乳头并给女人一个男人的残遗性器官，人们大概也不会从中推断出，我们的祖先就是两性人。即便在心灵上他们也多半不是两性人。后来想必是给予性和索取性观看的双重可能性有一回从外面被感受到了，作为大自然的双重面孔；不知怎么地，这一切比生殖器的差别古老得多，后来生殖器又从中为自己补上了心灵的外衣……”

他这样想着，但是后来便发生了这样的事：他回忆起儿时的一件事。这件事转移了他的注意力，因为回忆使他——很久没发生这样的事了——感到愉快。必须首先说明，他父亲从前曾骑马，也拥有过骑乘的马，这一点可以由花园围墙边上那座空荡荡的厩房为证，就是乌尔里希到达时首先看到的那座厩房。很可能这是他父亲在赞赏他的封建贵族朋友们之余自己不自量力享受的唯一贵族嗜好，但是乌尔里希当初是个小男孩，而一匹马的高大、强健的躯体对于一个啧啧赞叹的孩子来说所拥有的那种简直是无穷尽的、至少也是不可测量的魅力如今则像一座童话般——令人战栗的山又被感受到了。他发现，这是那些记忆中的印象中的一个，那些印象的光辉来自孩子的软弱无能，这孩子无法实现自己的愿望；但是这不说明什么问题，如果人们拿这与这种简直是超自然的光辉的意义比较，或者与那相当神奇的光辉比较——小乌尔里希稍后寻找最初的光辉时用指尖触摸到这相当神奇的光辉。因为在那个时候城里张贴了一个马戏团的海报，海报上不仅有马，而且也有狮子，老虎以及高大、漂亮、和其他动物友好相处的狗；他凝视了这些海报很久，后来他终于搞到了一份这样的彩色海报并把那些动物剪下来，然后他再用小木架支撑它们。但是此后所出现的情况，却只能与一种啜饮相比，这种啜饮不把渴止完，即使人们长时间不断地啜饮；因为这种啜饮既没有停止，而且在几个星期之久的展开中也没什么进展；这是一种持续不断的被拉过去进入这些受赞赏的生物的内心世界，现在每逢他望着它们，他便总是怀着一个孤独的孩子的巨大幸福感自以为拥有这些生物，同时他也同样强烈地感觉到，这上面缺少某种最后的东西，它无法得到任何满足，随后便恰恰是渴望从中获得透过身体发出无限光芒的东西。但是随同这个奇特而无边无际的印象一道，那个青少年时代的一件不同的、又只是稍晚一些的事情如今也以极其自然的方式从忘却的记忆中浮现，并不顾他童年羸弱而占有这高大、睁着眼睛做梦的躯体：那是小姑娘事件，这小姑娘只有两个特性：一是必须属于他，二是斗争，他因此而必须和别的男孩进行斗争并取胜。这两个特性中只有斗争的特性是实际存在的，因为不存在这么一个小姑娘。奇怪的时代，他像一个游侠骑士向着他的对手们——最好是，他们比他个头高大，并且让他在一条僻静、隐秘的街上遭遇上——猛扑过去并与那遭突袭的人搏斗！他没有因此而少挨揍，有时也大获全胜，但是不管结局怎样，他都觉得自己的期望落空了。这些他确实认识的小姑娘和那个他为之而斗争的小姑娘都是一样的人，对于这个容易理解的想法他感情上就是接受不了，因为他跟所有他这个年龄的男孩一样在有女性在场时就变得傻气和呆板；直至有一天居然出现了例外。现在乌尔里希记得清清楚楚，仿佛这情景在一架望远镜的圈里，这望远镜可以看到这几年里的事。他记得那是在一天晚上，阿加特穿上了过一个儿童节日的衣服。她穿一件天鹅绒衣服，她的头发像光亮的天鹅绒波浪那样披在肩上，致使他虽然自己穿一身很可怕的骑士服，但一看见她时突然就完全以那种同样的、说不出来的方式，像渴望马戏团海报上的动物那样渴望当一个姑娘。当初对男人和女人他还不甚了了，所以他不认为这是完全不可能的事，然而他却又已经略有所知，所以他没有像一般孩子所做的那样，迫不及待就尝试着要强行满足自己的愿望，而是两者兼而有之，如果今天要他为此找一个表达法，那么就大致相当于这样一种状况：他在黑暗中摸索着向门口走去，遇到一个暖烘烘的或者暖和甜蜜的阻力并一再紧紧贴上去，那阻力亲热地迎合他对穿越过去所怀的热望，却不给他让路。也许这也像一种不伤人的吸血的激情，它吸住渴念的人，可是这个小男人却不想把那个小女人拉到自己身边，而是想完全向她那边伸展过去，而且这件事做起来带着那种只有性的早期经历才特有的温柔多情。

乌尔里希站起来，伸了个懒腰，对自己的梦幻感到惊讶。离他不到十步远，墙后躺卧着他父亲的尸体，而他则现在才发现，在他们俩四周已经好似从地下冒出来的似的挤满了人，这些人在这所已经消亡而又继续生存着的房屋里忙乎着。老妇人们铺上地毯，点燃新的蜡烛，楼梯上在敲敲打打，鲜花送上楼来，地板打上蜡，如今这股忙碌劲儿分明也波及他本人了，因为他得接待来访者，这些人这么早就出动，他们想得到什么东西或了解什么情况，从此刻起他们便络绎不断前来造访。大学派人来了解葬礼的情况，一个旧货商来小声小气打听卖不卖衣服，一个市里的旧书商受一家德国公司委托一迭连声地说着道歉的话开出一个价格要购买一部珍稀法学著作，这部作品估计在死者的藏书室里，一位副牧师代表牧师求见乌尔里希，因为有什么情况需要澄清，人寿保险公司的一位职员送来一份长长的清单，有人想低价购买一架钢琴，一个房地产代理商留下自己的名片，说是若想卖房可和他联系，一位退休公务员表示愿意书写信封，就这样，在这几个有利可图的早晨时刻里人来人往、络绎不绝，人们趁办丧事之际，书面和口头上索取着自己的生存权利；大门口，老仆人竭心全力驱除这些人，楼上，乌尔里希却仍然不得不接待所有漏网的鱼儿。他从来也没有想象到，有多少人彬彬有礼地等待着别人的死，在自己的心停止跳动的那个瞬间人们让多少颗心活动起来；他有几分惊奇并看见：一只死甲虫躺在树林里，别的甲虫们、蚂蚁们、鸟儿们和翩翩蝴蝶们向它趋近过来。

因为这种孜孜以求的利益驱动也会到处添上一种幽暗密林深处的颤动和飘浮。当一位在一身介于丧服和工作服之间的黑色衣服上戴着黑纱的先生走进来，在门口站住并似乎期待着不是他便是乌尔里希突然抽噎起来的时候，私欲透过受感动的眼睛流露了出来，宛如大白天点着的一盏灯。可是两种情形均未发生，几秒钟后他似乎也就作罢了，因为这时他便径直走进房间，完全就像每一个寻常的业务员也会做的那样，他亮明自己殡仪馆领导人的身份，前来询问乌尔里希对迄今为止的安排是否满意。他保证，此后的事务也将按连父亲大人在天之灵也无论如何一定会同意的方式进行，人们都知道，让令尊大人称心满意，这可不是一件容易办到的事。他把一张有许多预先印好的表格和长方形格子的纸硬塞到他的手里，强迫他在为各种订购等级撰写的协议书草案中读如下单个的词：……八匹马拉和两匹马拉……花环车……数量……帷幔……有前导马、镀银……送葬队……马利恩堡式火炬……阿德蒙特式……送葬人数……照明式样……使用寿命……棺木……花卉装饰……姓名、出生年月、性别、职业……拒绝承担任何意外的责任。乌尔里希莫名其妙，不知道哪儿来的这些部分拟古的名称；他询问，那位业务员惊讶地望着他，原来他也昏昏然不知所以。他站在乌尔里希面前就像人类大脑的一道反射弧，刺激和行为通过这道弧线联结起来，意识里没有的。这位殡仪业务员熟谙数百年之久的历史，他可以把它当商品名称随意支配，有这样的感觉：乌尔里希拧开了一个错误的螺钉，他设法迅速用一句可以化为实施交货的话拧紧这个螺钉。他解释说，所有这些不同之处都在帝国殡仪馆协会统一条约中有明文规定，可是如果人们不遵守，那么这也就没什么意义，不过反正没人会这样做的，而如果乌尔里希签字的话——令妹太太昨天没有兄长大人在场没肯签字——那么这便直截了当地意味着，先生同意其父亲委办的事务，对一流的服务先生定将会认为无可挑剔。

乌尔里希边签字边问那人，他在这城里是否见过一台电动制香肠机，这种机器在外壳上有圣路加屠夫同业工会的保护神；说是他自己在布鲁塞尔见过这种机器——但是他没能听到答复，因为在此人的位置上已经站立着另一个人，此人有求于他，是一名记者，他想为一家外省大报收集悼词素材。乌尔里希介绍了一些情况，就要辞别这位记者，但是就在他开始对什么是他父亲一生中所做的最重要的事这个问题作出回答时，他已经不知道什么重要什么不重要，采访他的记者不得不帮他一把。只是在受过职业培训善于获取有价值情况的好奇心推动下，用一系列精心设计好的问题，才使采访得以顺利进行；乌尔里希不由得感到，仿佛他正在参与创造世界似的，而当乌尔里希回答说，他父亲直至临终前最后一个星期还在讲课，他便写成：精力充沛、精神矍铄。后来谈到了老先生一生中的主要履历：一八四四年出生于普鲁蒂文，上过这所那所学校，任命为……某年某月任命……主要的任命几乎也就是五次。其间结婚一次。几本书。有一回差一点当上司法部长，因某一方人士反对失败了。记者笔录，乌尔里希复核，内容无误。记者满意了，他有了必要的字数。乌尔里希对一个生命残留下来的这一小撮灰烬感到惊奇。记者为所有他所获得的情况准备好了六匹马拉和八匹马拉的用语：大学者，开放的世界意识，谨慎而富有创造精神的政治家，广博的天赋等等；想必是相当长的时间里没死过人了吧，这些话语久已未用，都渴望得到应用。乌尔里希考虑：他本来还想对他父亲说些好话，但是确实可靠的材料已经让这位现在正在收拾写字用具的编年史家采访到手，而残余的部分则是，仿佛人们想不用玻璃杯就把水拿在手里似的。

这时，来来往往的人渐渐少了，因为昨天阿加特要所有的人都来找她的兄长，如今这大批积压访客已一一给打发走了；当记者告辞而去时，留下来的便只有乌尔里希独自一人。不知由于什么缘故他情绪愤慨了起来。他的父亲做得不对吗，他拖着知识口袋，稍稍翻掘一下知识谷粒堆并且此外还干脆屈从于那种在他看来是最有威力的生活？他想到他的论文，它放在写字台抽屉里没有被触动。很可能人们将压根儿就不能像说他父亲那样说他是个知识翻掘者！乌尔里希走进安放死者灵柩的小房间。一片焦躁忙碌中的这间呆板、幽暗的斗室——这忙碌便发源于它——极其阴森可怕；死者僵硬得像一小块木头那样在忙碌的潮水间漂浮，但是这种情景也可以瞬间反转过来，于是活着的便显得僵硬，他就似乎在一种极平静的运动中滑行。“这与旅客有什么关系，”然后他说，“这些城市，它们在停泊处留下：我在这里生活过，我的行为符合人们的要求，但是如今我又要航行！”……处于其他人中间希冀得到不同于他们的别的什么东西的人，这个人所担的风险压抑着乌尔里希的心：他盯住他父亲的脸。也许一切被他认为是他的个人特性的，无非就是一个依赖这张脸的、不知什么时候幼稚可笑地获得的矛盾？他寻找一面镜子，可是没有镜子，而且除了这张暗淡的脸之外，再也没有任何东西反射光线。他在这张脸上寻找相似点。也许有相似点。也许一切都在这张脸上，种族、制约、非个人特性，人们在其中只是泛起的一个涟漪的继承权大河，限止，令人沮丧，永远重复并且在精神竞走圈里，他在内心深处憎恨这种竞走！

突然受到这种沮丧情绪的侵袭，他考虑，他要不要打点行李，在葬礼前就离开这里。如果他在生活中确实还可以有所作为，那么他在这里还有什么事要干的呢！

但是他刚走出房门，便在隔壁房间里与前来找他的妹妹撞了个满怀。

四

从前我有一个伙伴

乌里希第一次看见她身穿女人衣服，由于有了昨天的印象所以这一回简直觉得她化了装了。灯光从敞开的房门照进清晨蒙蒙亮的房间里，这个金发黑乎乎的形象似乎伫立在一个空荡荡的岩洞里，闪耀的光辉在这岩洞里流淌。阿加特的头发紧贴在头上，她的脸因此而显得比日前更富有女性特征，温柔的女性的胸脯在式样简朴的黑衣服下显出依从和反抗之间的那种最完美无缺的平衡，这是一颗珍珠的轻飘抵抗力所特有的那种平衡；在细长、高挑、他昨天见到的与他的大腿相似的大腿前垂下了裙子。由于这个形象今天在整体上与他更不相似，所以他便发现了脸庞的相似性。他心里觉得，从那儿走进门口并迈步朝他走来的，是他本人：只是比他更美丽而已，并且沉浸在一种光辉里，他从未在这样的光辉中看见自己的形象。他第一次为这样的想法所攫住：他妹妹是他本人的一个梦幻式的重现和变样。但是这个印象转瞬即逝，所以他又把它忘却了。

阿加特是来提醒她兄长赶快履行她自己几乎因睡觉而耽误了的职责：她手里拿着遗嘱，让他注意其中刻不容缓、急需办理的事项。其中有一条关于老先生的勋章的有些起皱的指令尤其应该注意，这条指令仆人弗兰茨也知道；阿加特热心地、虽然也有些不虔诚地用红色线条标出了遗嘱中的这段文字。死者想用这些勋章作陪葬，他拥有不少这样的勋章；但是由于他不是出于虚荣才要用它们作陪葬，所以遗嘱里附上了一大段立意深刻的说明文字，他的女儿只读了开头，如今便让他的兄长给她解释其余部分。

“我该怎么向你解释呢？！”乌尔里希说，他读完了这段文字，“爸爸想用这些勋章作陪葬，因为他认为个人主义的国家理论是错误的！他向我们推荐普遍主义的国家理论。这个理论认为，人从国家的创造性团体中才感受到一个超个人的目标，它的好意和公正；孤单单的人微不足道，所以君主意味着一个精神的象征：简单地说，人在死的时候在某种程度上可以说是必须把自己裹在自己的勋章里，就像将一个死去的海员裹在旗帜里沉入大海那样！”

“可是我却读到过，说是勋章必须交还？”阿加特问。

“勋章必须由继承人交还给皇家内阁文书处。所以爸爸弄到了复制品。但是，他似乎觉得从珠宝商那儿买来的复制品不是真正的勋章，所以他希望在盖棺盖的时候我们才调换他胸部的勋章。这就难了！谁知道呢，也许这是对规章的一种无声抗议，他不想用别的方式来表达这种抗议。”

“可是到时候这儿将会有上百个人，我们会把这件事忘掉的！”阿加特担心。

“我们这就给他调换了吧！”

“现在我们没有时间；你得读一读下面那段他写施翁教授的话：施翁教授随时可能会来，昨天我就已经等了他一整天！”

“那我们就等施翁来了以后再去读它吧。”

“不满足他的愿望，”阿加特表示反对，“这恐怕不好吧。”

“他不会知道了嘛。”

她疑惑地望着他：“你有把握吗？”

“噢？”乌尔里希笑道，“也许你以为这件事没把握？”

“我对什么都没把握。”阿加特回答。

“有一点倒是确定无疑的：他从未对我们满意过！”

“这是对的，”阿加特说，“所以我们还是待会儿调换吧。但是现在你告诉我一件事，”她补充说，“你从来不为人家要求你做的事操心吗？”

乌尔里希迟疑不决。“她问得好，”他想，“我大可不必担心她会有小城市居民的狭隘性！”但是由于昨天整个晚上不知怎么地都和这些话联结在一起，所以他就想给一个既可以继续存在又可以为她效劳的回答，却不知道该怎么办才能使她不致错误理解他的意思。最后，他便不经意地用少年气盛的口气说：“不只是父亲死了，他周围的礼节也死了。他的遗嘱死了。到这里来的人死了。我不愿意说什么恶毒的话。上帝知道，人们也许会多么感激这些有助于加强尘世的生物：但是所有这一切都属于生命的钙盐，不属于大海！”他发觉他妹妹现出游移不定的神态，便领悟到，他信口开河讲的话多么让人费解。“社会的美德对圣者来说是罪恶。”他笑着补充说。

他有些以恩人自居或自负地把胳臂搁在她的肩上：纯粹出于窘迫。但是阿加特却神情严肃地往后一退，不理这个茬。“这话是你编造出来的？”她问。

“不，这话是一个我喜欢的人说的。”

她现出某种一个不得不受思考折磨的孩子的恼怒，把乌尔里希的答复归纳为这样一句话：“那么你是几乎不会说一个习惯诚实的人是好人的吧？但是一个第一次行窃时心几乎跳到嗓子眼的小偷你却说是个好人？！”

乌尔里希对这些有些奇特的话语感到惊讶，并因此而神情严肃了起来。“这件事我确实不知道，”他简短说，“我自己或许倒不很在乎什么东西被认为公正或不公正，可是我不能给你定出可以让你照章行事的规则来呀。”

阿加特把探询的目光慢慢从他那儿移开，又把遗嘱拿了起来：“我们得继续读下去，这里还有用线条标出的段落！”她提醒自己。

老先生在最终卧床之前撰写了一系列信件，并在他的遗嘱里对这些信件的理解和发送都作了说明。其中特别画线标出的部分涉及施翁教授，这位施翁教授就是那位老同事，是他在当了一辈子的朋友之后通过这场刑事责任能力降低条款之争使兄妹俩的父亲在生命的最后一年里愤愤不平、抑郁不振。乌尔里希一眼就认出了这场关于观念和意志、法制的尖锐和自然的模糊的熟悉而又长期的争论，父亲临终前曾再次向他扼要叙述过这场争论；似乎没有任何事情像社会学派的告密让父亲在他生命的最后的日子里这样耿耿于怀的，他曾加入过这个学派，这学派是普鲁士精神的产物。他刚开始拟定一个小册子的写作计划——这小册子的名字叫《国家和法或一贯性和告密》——便感到自己的身体日益衰弱，于是就眼睁睁看着自己的对手在战场上独领风骚。用只有人在死亡临近和为神圣的名誉而战时才会说得出来的庄严话语，他要他的孩子们负责，不让他的事业衰败，尤其是要他的儿子去利用与权威人士的关系——多亏他父亲的永不疲倦的提醒他才赢得了这些关系——使施翁教授实现其图谋的希望彻底破灭。

如果人们已经写下了这样的话，那么这并不排除他们在事情做完或不如说拟定之后会感到需要原谅一个从前的朋友因怀有低级的虚荣心而犯的错误。他们会倾向于原谅别人和请求别人原谅自己；可是如果身体又好起来了，那么他们又会废止这种做法，因为健康的身体天生就有某种不愿和解的特性：两种情况老先生临终前在健康状况的变迁中显然都曾体味过，他必定是觉得这两者都同样合理。但是这样一种状况对于一位有声望的法学家来说是难以忍受的，所以他就凭借训练有素的逻辑想出了一个招数，这就是他这样留下自己的意愿，使得这意愿可以不受事后心情变化的影响，不折不扣地起到遗愿的作用：他写一封宽恕信，既不在这封信上署名也不标明日期，而是委托乌尔里希填写上他死亡时刻的日期并和他妹妹一道作为遗嘱执行人签上自己的名字，就像在立一个口头遗嘱时濒死的人没有力气签字那样。其实他是一个安静而乖僻的人，他只是不愿意承认罢了，这个小老头儿，他服从了生活的等级顺序并作为它的勤奋的仆人捍卫它，却带有种种反抗性，在那条他所选择的人生道路上他无法找到表达它们的措辞。乌尔里希不由得想起他收到的那份讣告，这讣告很可能是在同样的精神状态下安排好的，他几乎从中看到了一种与自身的相似性，但这一回不是带着怒气，而是怀着同情，至少是在这样的意义上：鉴于这种表达欲，他理解对儿子的这种仇恨，这儿子享有过分的自由，过着优游的生活。因为子辈们的处世方式在父辈们看来总是都是这样的；一种孝顺的情感在乌尔里希的心头泛起，他想到了郁结在自己心头的疙瘩。但是他再也找不到时间去使这件事具有一种公正的、也可以让阿加特理解的外形；他刚开始这样做，昏暗的房间里倏地闪进一个人来。这个人一溜烟似的进入房间，便迈步径直走进蜡烛光里，在那里将手绕一大圈举到眼前，就离灵柩台一步远；这时，父亲的仆人才急匆匆赶来禀报。“尊敬的朋友！”来访者用庄严的声音大声说，而小老头则抿紧着嘴唇躺在他的敌人施翁的面前。

“年轻的朋友们，威严的星空在我们头顶，威严的道德法则在我们心中！”此人继续说，边说边用忧郁迷离的目光望着这位学科同行，“在这个已经冷却下来的胸膛里曾经存在过威严的道德法则！”说罢，他才转过身来，和兄妹俩握手。

但是，乌尔里希抓住这个有利的机会，以便完成自己的任务。“可惜柩密官先生和家父在最近一段时期里相互为敌了吧？”他小心地探询。

给人的印象是，这位白胡子不得不先思索一番，才恍然有所领悟。“意见分歧，不值一谈！”他边动情地望着死者，边宽宏大度地回答说。但是，当乌尔里希客气地坚持己见并暗示这涉及一个遗愿时，房间里的气氛倏然紧张了起来，像在一个下等酒吧间里，全酒吧的人都知道：现在有一个人已经在桌面上拔出刀来，一场厮杀眼看就要爆发。所以老头儿很是有一手，在赴黄泉的路上还要给他的同事施翁添点麻烦！这样一种旧日的敌意当然早已不再是一种情感，而是一种思维习惯；如果没有随便什么东西恰好重新煽起敌对情绪来的话，它也就根本不存在了；无数过去的事件的内容总和已经积聚成一种相互轻蔑评价的形态，这种评价就像一个没有成见的真理那样不受感情波动的影响。施翁教授对这件事的感受跟他的这位现在已亡故的攻击者曾经有过的感受完全一样；他觉得原谅完全是幼稚可笑的，是多此一举，因为临终前的这种软和的内心冲动，况且还只是一种情感而不是收回自己观点的学术性表态，这对一场多年争论的经验来说自然根本没有任何证明力，并且据施翁看来只是完全无耻地充当在他品尝胜利滋味时使自己显得理亏的一种手段。施翁教授觉得应该和他这位死去的朋友告别，这自然完全是另外一码事。我的上帝，我们当讲师、还没结婚的时候，我们就互相认识了嘛！你记得吗，我们怎样在城堡花园里沐浴着晚霞讨论黑格尔？从那时以后已经沉没了多少个太阳，可是我尤其记得那个太阳！你记得我们的第一次学术争论吗，这场争论在当初几乎就已经使我们成为敌人？这多美呀！如今你死了，我却令我欣慰地尚还站立着，哪怕是站在你的棺架前！众所周知，上了年纪的人在遇到同龄人谢世时，其感情均带有这样的特性。人们一进入这个年龄，诗意就会勃发。许多人十七岁以后就一直没写过诗，七十七岁写遗嘱时，他们突然写了一首诗。像在末日审判时死人一个个被点名传唤那样——虽然他们连同他们的一个个世界像沉船里的货物安息在时间的底层——遗嘱里种种事情也是直言不讳、不加粉饰被列举出来并且重又收回它们的在使用中丢失了的品格。“铺在我工作间里的那块带雪茄窟窿的布哈拉地毯”在这样的最后的底稿里有这样的话，或者是“那把他于一八八七年五月在温特百货公司购得的犀牛角手柄雨伞”，甚至连股票也一一谈到并列举出号码。

并非偶然的是，与每一个单个的物件的这种最后的闪亮一起，一种渴望也觉醒起来，这就是渴望把一种道德、一种警告、一种祝福、一种规则与这联系在一起，让它们用一种有力的表达形式去评论这种意想不到地众多的、在衰亡的四周再次出现的东西。所以与遗嘱时期的诗意一起，一种哲学也在觉醒；可以理解的是，这往往是一种陈旧的、积满灰尘的哲学，人们在五十年前已经把这种哲学遗忘，如今又把它请了出来。乌尔里希突然明白了：这两个老人中谁也没能让步。“生命爱怎么着就怎么着吧，只要原则依然无可争议！”是一种非常合情合理的需要，倘若人们知道，在不多几个月或几年后他的原则会在他之后仍还活着。可以清楚地看到，在这位老枢密官的内心两种原动力还一直在互相抗争着：他的摹仿浪漫主义，他的青春活力，他的诗意要求做出一个高贵、美好的姿态，说出一句高尚的话；而他的哲学却要求他通过突发情感和一时的精神衰弱——他的已故敌人就给他设置过这样的陷阱——表达理性法则的不可触动性。已经两天了，施翁一直在寻思：如今此人死了，施翁式理解降低刑事责任能力不再有拦路的障碍；于是他的情感汹涌地奔流向这位老友，像想出一个仔细推敲好的、只待信号一发便可付诸实施的战时动员计划那样，他设想了这个告别场面。可是如今这件事算是告吹了。施翁怀着激昂慷慨的心情开始行动，但是如今他的情形就像一个正在构思一首诗的人头脑冷静了下来，最后几行诗他再也想不起来。他们就这样面对面站着，一张白净的未刮胡子的脸和白胡子茬脸，两个人都强硬地紧闭着牙关。

“他会怎么办呢？”乌尔里希暗自寻思，他怀着紧张的心情静观其变。在枢密官施翁的心里，刑法第三百一十八号条款如今将按他的建议被接受的这个确凿无疑的喜讯终于压倒了心头的恼怒；由于他摆脱了邪恶的念头，所以他真想放声歌唱“从前我有一个伙伴……”以表达他那从现在起已是无比喜悦的感情。由于他不能这样做，他便对乌尔里希说：“相信我吧，我朋友的年轻儿郎，起主要作用的是道德危机；社会衰败紧随其后！”说罢，他向阿加特扭过脸去并继续说：“令尊大人随时准备促使一个理想主义的法学基础观点取得突破，这是令尊大人的伟大之处。”说着，他抓住阿加特的一只手和乌尔里希的一只手，边摇晃这两只手边大声说：“长期共事过程中难免会产生小的意见分歧，令尊大人并不怎么太重视这种意见分歧。我一直确信，为了使自己在敏感的法律意识问题上不遭受指责，他必须这样做。明天将会有许多教授来向他告别，但是其中将不会有一个像他这样的教授！”

这一场戏就这样以和解而告结束，施翁一边告辞一边还向乌尔里希重申，说是如果他决心还要献身大学教书生涯，可以指望得到他父亲的朋友们的帮助。

阿加特睁大着眼睛在一旁倾听并观看了生命赋予人的这种叫人感到无名恐惧的最终形态。“这就像一座石膏树林！”她事后对她兄长说。

乌尔里希笑道：“我像月光下的一条狗那样感到感伤！”

五

他们干不公正的事

“你记得吗，”过了一会儿，阿加特问他，“当初我年纪还很小，有一回你在和别的男孩一起玩耍时掉进齐腰深的水坑里，你想把这掩盖过去，坐着吃饭时上身是干的，但从牙齿格格地打颤上，下半身还是让人发现了？”

当少年乌尔里希从学校回家度假——比较长时间地回家度假其实就那么一次——当这具皱缩的小尸体对于这两个人来说还是一个几乎是万能的人的时候，曾不时发生这样的事：乌尔里希不愿承认一个过失并且拒不表示悔意，虽然他不能否认。所以当初他也就发起高烧来，不得不立刻被送上床去。“只给你喝了点汤！”阿加特说。

“对！”她的兄长微笑着证实说。对他受过处罚的这种回忆，某种根本就与他不再相干的事，这时他觉得这无非就好比是他看到他儿时穿的一双小鞋摆放在地上，这双鞋也与他毫不相干了。

“你因为发烧本来也就只可以喝汤，”阿加特重复说，“尽管如此，对你做这样的安排也还是带有惩罚性的！”

“对！”乌尔里希再次确认，“不过这当然不是出于恶意而为之，而是在履行一种所谓的义务。”他不知道他妹妹说这话意欲何在。他自己还是看见了儿时的鞋。没有真的看见它们；只是仿佛他会看见它们似的那样看见了它们，同样感觉到他已经不会再受其影响的那种侮辱。他心想：“在这种‘不再相干’中不知怎么地总是表现出，人们在生命的任何时刻都不是完全很自由自在的！”

“可是你反正本来就除了喝汤以外别的什么也不能吃！”阿加特又重述了一遍并补充说，“我相信，我整个一生都曾害怕我也许是唯一的一个不能懂得这个道理的人！”

两个人的回忆，涉及他们俩都知道的一段往事，不仅能相互补充，而且也能在还没讲出来之前就融合吗？此时此刻发生了某种相似的事情。一种共同的状况像在大衣下面人们绝不会料想到的地方露出来并意外相互握住的手，使兄妹俩感到惊异，甚至迷惑。每一个人都突然对往事知道得比他曾自以为知道的还多，乌尔里希又感觉到自己发烧时的那种灯光，那灯光当初从地板顺墙向上爬行，类似在这间他们现在站着的房间里烛光的闪烁；后来父亲来了，穿过台灯的光锥，在他的床沿坐下。“既然你对行为作用的意识大大受到损害，这种作用也许就可以显示出其温和的一面，可是然后你就得先向我承认这一点！”也许这是遗嘱里的话，或者是闯入他记忆中来的那些谈到三百一十八号条款的信件里的话。他一向既不记细枝末节，也不记字句；所以这件事来得颇有些蹊跷，整段整段的句子突然在他脑际浮现，而且这和他的妹妹有联系，她站在他面前，就仿佛由于她近在身边，他内心才起了这一变化似的。“既然你曾经拥有过这样的力量，不受任何强制你的必然性的影响，从你自己内心需要出发决心去做一件卑劣行径，那么你就必定也认识到，你的行为是有过失的！”他继续说并断言，“他一定也对你讲过这样的话！”

“也许不完全这样，”阿加特作出更改，“通常他都认可由我的本性所限定的申辩理由。他总是告诫我说，一种愿望是一种与思维结合在一起的行为，不是本能的行为。”

“这是一种意愿，”乌尔里希引证，“这种意愿必须在智力和理性进一步展开时以思考和随后采取的决定的形态使要求——说得确切些——使本能接受自身的检验！”

“这是真的吗？”他的妹妹问。

“你为什么问？”

“很可能是因为我笨。”

“你不笨！”

“我学习一直不好，从来都是似懂非懂。”

“这不说明什么问题。”

“那很可能是我坏，因为因我不接受我所理解的东西。”

他们靠房门的门柱子——这扇门通向隔壁房间，在施翁教授离去后就一直敞开着——互相挨得很近地面对面站着；日光和烛光在他们的脸上交相辉映，他们的语声宛如轮唱圣歌般交叠融合。乌尔里希领诵祈祷文，阿加特的嘴唇从容跟诵。旧有的劝告的痛苦在于在幼年时代的脆弱、无理解力的脑子里被挤压进一种严酷的、它不熟悉的秩序，这种痛苦使他们愉快，他们在玩弄它。

突然，没有什么直接因由地，阿加特呼叫起来说：“你就设想这延伸到一切之上，那么这就是戈特利布·哈高厄尔！”她开始像一个小学生那样模仿起她的丈夫来：“你确实不知道，Lamium ablum① 是白野芝麻？”“倘若我们不是让一位忠实的导游拉着手走完这段同样的、充满艰辛的归纳法路程，这段经过几千年的辛勤操劳、充满着错误、一步一步地把人类带向今天的认识水平的路程，舍此我们还将如何前进呢？！”“难道你不能认识到，亲爱的阿加特，思维也是一项道德任务？集中思想意味着不断克服自己的惰性。”“精神教育就是那样一种对精神进行的纪律教育，由于有了这样的纪律教育人类便越来越有可能在对自己的想法不断持怀疑态度的情况下合情合理地，这就是说通过无可指摘的三段论法，通过联结推理和演绎推理，通过归纳法或象征推论，去仔细研究较长的思想系列并对最终获得的判断不断进行验证，直至所有思想互相适应！”乌尔里希对他妹妹的这种记忆能力感到惊讶。能说出这些教师爷式的话，这些她天知道从哪儿，也许从一本书里学来的话，倒背如流地背诵它们，这似乎给阿加特带来极大的喜悦。她声称，哈高厄尔正是这样讲话的。

乌尔里希不相信：“你怎么可能仅仅从谈话中就记住了这样冗长、错综复杂的句子的呢？”

---

① 拉丁语，白野芝麻。

“它们深深印入我的脑海里了嘛，”阿加特回答，“我就是这样的。”

“难道你知道，”乌尔里希诧异地问，“什么叫象征推论，或者什么叫验证？”

“毫无所知！”阿加特笑着承认，“也许这些话他也只是不知在哪儿读到过。但是他就是这样讲的。我顺着他的嘴像记一系列无意义的言语那样记住了这些话。我认为，是出于愤怒，对他这样讲话气愤不过。你跟我不一样：事情搁置在我心头，因为我不知道该怎样处置它们——这是我的记忆力好，因为我笨，所以我的记忆力就好得惊人！”她做出一副仿佛其中包含着一个她必须摆脱掉的可悲的真实的样子，随后便豪放不羁地继续说：“哈高厄尔甚至在打网球时也是这种样子：‘我学打网球时第一次故意将我的球拍摆好一定的位置，以便使球——在这之前我对球的飞行轨道一直是满意的——从现在起获得一定的方向，这时我就是在干预现象的进程：我在实验！’”

“他网球打得好吗？”

“我打他6：0。”

他们哈哈大笑。

“你知道吗，”乌尔里希说，“就事论事地说，你所引用的哈高厄尔的那些话，他说得完全正确，就是显得滑稽可笑罢了。”

“可能是他说得对，”阿加特回答，“我就是不明白呗。可是有一回，你知道吗，他学校里的一个男孩这样逐字翻译了莎士比亚的几行诗：

怯懦者们在他们死前屡次死去；
勇敢者们除一次外从不品味死的滋味。
所有我还曾听说过的奇迹中，
我深感奇异：人类居然担心，
会看到死神，一个不可避免的结局
随时都有可能在他们身上降临。

“他修改这几行诗，我亲眼看见过那本练习本：

怯懦者在他死前已经死去多次！

勇敢者们只品味一次死的滋味。
我听说过的种种奇迹，
我觉得最大的奇迹……

“如此等等，完全照抄施莱格尔[①]的译文！

“我还知道一个这样的例子！我想是品达[②]的诗，其中有这样的话：‘自然的法则，所有凡人和不朽者的国王，主宰一切，所向披靡，用万能的手！’他对译文进行‘润笔’：主宰所有凡人和不朽者的自然法则，用万能的手横扫一切。”

“这美妙吧，”她问，“他学校里的这小男孩——他不满意这个学生——把这些话这样逐字逐句、令人战栗地翻译，就像觉得它们躺在那旦如同一堆摔碎的石头？”她重说一遍，“怯懦者们在他们死前屡次死去——勇敢者们除一次外从不品味死的滋味——所有我还曾听说过的奇迹中——我深感奇异：人类居然担心——会看到死神，一个不可避免的结局——随时都有可能在他们身上降临……”

她用手像围抱一棵树的树干那样围抱住门框柱子，将这些诗句按其本色狂烈而美妙地呼喊出来，全然不顾一个皱缩的不幸的人受到她那再现出青春傲气的眼睛所射出的目光的逼视。

乌尔里希皱着眉头凝视他的妹妹。“一个人不是给一首古诗润色，而是保留其风化剥蚀、半已毁坏的意义，这跟永远也不会给一座缺鼻子的古老雕像加上一个新大理石鼻子是一样的，”他想。“人们可能会说这是风格感受力，但是这不是，这也不是想象力如此活跃以致可以不受短缺的东西干扰。这还不如说是个根本不重视完整性的人，所以这个人也不要求自己的感觉‘完好无损’。她可以亲吻一个人，”他突然思路一转从中得出结论，“而不会马上整个身体都倒塌！”这时他觉得，除了这几句激昂的诗以外他不需要了解他妹妹的任何别的情况就可以知道，她从不“完全和什么事融合”，她也和他一样是一个“感情强烈的不完整的人”。他甚至因此而忘记了自己另外一半渴求适度和克制的本性。现在他完全可以有把握地告诉他妹妹，她的

① August Wichelm Schlegel（1767 — 1845），德国著名浪漫派作家，莎士比亚翻译家。
② Pindar（前 522 —前 443），古希腊抒情诗人。

行为中没有哪个与她最近的环境相称，而是所有的行为都依赖一个极其可疑的最远的环境，甚至简直是依赖一个到处都没有开端、到处都没有界限的环境；第一天晚上的充满矛盾的印象本来从而也就可以得到一种有利的解释。但是，他所习惯的那种克制态度却更为强烈，他好奇地，甚至不无疑问地等待着阿加特从那棵她已经攀登上去的高枝上下来。她仍还在门框柱子旁高举着胳臂站在那儿，再多站这么一小会儿可能就会败坏这整件事情。他厌恶举止行为像是被画家或导演设计好的，或者在一阵像阿加特这样的情绪激动之后以一段富于艺术性的钢琴曲收尾的女人。“也许她会，”他考虑，“从热烈情绪的顶峰突然带着有些呆傻的、似梦游者的表情滑落下来，就像一个接受催眠术试验的对象醒过来时的面部表情；她大概没有别的办法，这也会让人感到有些难堪的！”但是阿加特似乎自己知道这种情况，抑或是从她兄长的目光中猜到了她所面临着的危险：她兴冲冲地从高处跳下来，两脚一着地便向乌尔里希吐出舌头来！

但是随后，她便神情严肃、沉默不语起来，她一句话也没说便去取勋章。就这样，兄妹俩开始采取违背他们父亲的遗愿的行动。

阿加特将这行动付诸实施。乌尔里希显得心虚胆怯，不敢去碰无可奈何躺在那儿的老人，但是阿加特有一种特性，她可以干不公正的事，却不会让人在心头生出这是不公正的想法来。她的眼神和手势像一个照料病人的妇人，有时它们也有幼畜的那种粗犷而动人的特性，那些幼畜中止嬉戏，以便查看明白主人是否在看它们。乌尔里希接过解下来的勋章并把备件递上。他觉得自己像一个心跳到嗓子眼的贼。如果说他有这样的印象，觉得这些星形勋章和十字勋章在他妹妹手上比在他手上更加熠熠生辉，甚至简直会变成魔幻物件，那么，在这间黑绿两色的、充斥着大观叶植物的众多反射光的房间里情况就可能真是这样的，不过这也可能是由于他感觉到了妹妹的占首位的意志，这种意志朝气勃勃地侵袭着他的意志；由于看不出其中含有什么意图，所以在一种不混有任何杂质的接触的时刻便又产生一种几乎是无延伸的、因而也就是相当强烈的感觉，一种他们俩存在的感觉。

这时，阿加特停顿下来，完成了任务。只有一件什么事还没做，思索片刻后她笑吟吟道：“我们要不要每人在一张纸条上写一句美好的祝愿，把纸条塞进他的口袋里？”这一回乌尔里希立刻就明白她这话是什么意思，因为这样的共同的回忆并不多，他回想起，她在某一个年龄段上对描写某人死去并被人忘却的忧伤的诗歌和故事有一种特殊的偏爱。导致这一效果的也许是她童年时代的孤寂，他们也常常共同臆想一则故事；但是阿加特当初就倾向于也对这样的故事详加说明，而乌尔里希则仅仅掌管更具男子汉气的、大胆和冷酷的事情。于是，在阿加特倡议下，他们作出这样的决定：每人剪下一块指甲，将它埋在花园里，她还从她的一头金发上剪下一小绺和指甲放在一起。乌尔里希骄傲地宣称，一百年后也许有人会发现它们，会惊异地问，这会是谁呢；他这样做是受到流传后世这个意图的影响的，而小阿加特则主要着眼于埋藏本身，她觉得要把自己的一部分藏起来，使其永久摆脱一个世界的监督，她觉得自己被这个世界的教育方面的要求给吓住了，虽然她并不怎么看重这些要求。因为当时正好花园边上在盖仆人住的小寓所，所以他们便约定做点什么不平常的事情。他们想把绝妙的诗句写在两张纸条上并写上他们是谁，把这砌入屋子的墙内：可是当他们开始写这些应该是特别美好的诗句时，却一句也想不起来，时间过了一天又一天，墙壁已经高出地槽。于是，在刻不容缓的情形下，阿加特最终写上了一句算术书上的话，乌尔里希则写上“我是——”，随后是他的名字。尽管如此，当他们悄悄向两个在那儿干活的泥瓦工走近过去时，他们还是吓得心里怦怦直跳，阿加特把她的纸条干脆往泥瓦工所在的坑里那么一扔，就连忙跑开。但是乌尔里希作为个头较大的男子自然更怕泥瓦工叫住他、问他要干什么，他紧张得既举不起胳臂也抬不动大腿，致使因自己没出什么事而变得更胆大起来的阿加特最后竟返回来，把他的纸条也拿到自己手里。现在她做出一副天真烂漫、闲庭信步的样子拿着纸条向前走去，在一排刚砌上的砖墙的最外面的一端察看一块砖，将它稍稍掀起一点，人家还没来得及把她轰走便将乌尔里希的名字塞进墙里，而乌尔里希自己则迟疑不决地跟随她，并在行动的瞬间感觉到，一种可怕地挤压他的压抑感正在变为一个尖刀车轮，一把把尖刀在他胸口转动得如此迅速，以致顷刻间尖刀变成为一个喷射的太阳，恰似人们点放烟花爆竹时那样——原来阿加特联想到这件事了，乌尔里希久久没有作答，只表示拒绝地笑了笑，因为跟死者重玩这样一种把戏，他觉得这是不允许的。

但是这时阿加特已经弯下腰，从大腿上捋下一条减轻腰带负担用的宽大长袜松紧丝带，抬起豪华棺盖，把它塞进父亲的口袋里。

乌尔里希一想到这个又浮现在眼前的印象，起先几乎不相信自己的眼睛了。后来他几乎要跳上去，阻止这件事情；无非就是因为这是完全违背常理的。可是后来他看见妹妹的眼睛里射出一束带着清晨纯净凉爽气息的光，这种气息还没沾染白日的混浊，这使他退缩了回来。“你这是在干什么呀？！”他说，带着淡淡的劝阻口吻。他不知道，她是不是想消除死者的敌对情绪，因为对他做了不公正的事了嘛，抑或她是不是想让他带走点什么好东西，因为他自己已经做了这么许多不公正的事：他本可以问一问的，但是让死者带走一条带着他女儿大腿上热气腾腾的长袜松紧丝带，这个残暴的想法从内部关闭上他的咽喉并在他脑海里造成种种混乱。

六

老先生终于入土

在葬礼前尚还可支配的短促时间里，有无数不寻常的琐琐碎碎的事有待处理，这段时间眨眼便就过去；在出殡前的最后半小时里，像一条黑线络绎不绝前来吊唁的宾客终于变成一个黑色的典礼。殡仪馆的人比先前敲打、扒挖得更起劲了——露出像一个外科大夫那样严肃神态，人们已经把自己的生命托付给这个外科大夫，从此以后再也不可随便说三道四——并且铺设了一条肃穆的情感小径贯穿屋宇里未被触动的充满着日常氛围的其余部分。鲜花和簇叶植物、黑色棉布和绉纱挽幛、银白色烛台和闪烁不定的小小烛焰，它们接待起宾客来，比乌尔里希和阿加特更透彻地了解自己的任务；乌尔里希和阿加特不得不代表全家向每一个来吊唁死者的人致意，倘若不是老仆人提请他们注意身份特别高贵的吊唁者，他们便根本不知道这些人是谁。所有这些来吊唁的人轻轻向他们滑行过来，轻轻滑行开去，并在房间里的某个地方单独或三三两两地抛锚停泊，一动不动地观看着这兄妹俩。这两人的脸上现出拘谨的、严肃克制的表情，直至车马总管或尸体运送公司老板——就是拿着预先印好的表格找过乌尔里希、在这最后半小时里至少上下楼梯二十次的那个人——终于从侧面向乌尔里希飞奔过来并带着小心翼翼有意显示出来的煞有介事神态、像一个副官在阅兵时向将军报告那样告诉他，一切已准备就绪。

由于送葬行列将庄严地穿过市区，所以人们稍晚一些才上车，而乌尔里希则必须作为前导走在其他人的前面，一边是皇帝和国王的地方长官，他亲自前来为一位上院议员送葬，在乌尔里希的另一边行走着一位同样高贵的人物，上院一个三人代表团中的最年长者；之后是另外两个有身份的人，然后是大学校长和评议会成员，在这些人之后，在看不到尽头的、各式各样身份渐渐由前向后递减的社会各界人士的大礼帽洪流之前，阿加特迈步行走，四周是穿黑衣服的妇女，这表明除官方首脑人物之外，私人悼念也有其应有的一席之地；因为“纯粹有同情心者”的不规则的哀悼行列在这些有官方身份的人士的后面才开始，这个哀悼行列甚至有可能只由这一对年老的仆人夫妇组成，老两口孤单地跟在这支送葬队伍的后面走去。所以，这主要是一支男人的队伍；行走在阿加特身边的不是乌尔里希，而是她的丈夫哈高厄尔教授，他的这张上唇蓄着粗硬小胡子的似红苹果般的脸这时在她看来显得颇为陌生，隔着这块使她可以偷偷窥视他的又厚又黑的面纱带着深蓝色。在这之前的许多个时辰里一直和他妹妹待在一起的乌尔里希本人，一下子不由得感到，还是源出于大学建校时代的古老殡葬制度把她从他身边夺走了，他惦记着她，可是哪怕只是回头向她看一眼也不可以；他想出一句玩笑话，他们再次见面时他要用这句玩笑话欢迎她，可是他的思绪被地方长官夺走了自由驰骋的可能性，这位地方长官沉默不语、似君主般迈步行走在他身边，但时不时轻声对他说上一句话，他必须接住这句话，他受到所有这些达官贵人直至校长和系主任们的另眼相看，因为他被认为是莱恩斯多夫伯爵的影子，而人们渐渐到处对这位伯爵的爱国行动所表现出来的不信任则使他声誉鹊起。

此外，路边和窗户后面已经聚集起看热闹的人，虽然他知道，一小时以后，简直就像一场演出那样，一切就将结束，可是在这一天他却还是特别生动地体味到了这一个个事件；对他的命运的这种普遍关注像一件厚毛皮镶边的大衣压在他的肩上。他第一次感受到传统习俗的笔挺的姿势。像一个浪潮那样作为这个行列前导的路边群众——他们闲谈、缄默不语并且又舒一口气——的激动情绪，教士的吸引力，人们料想得到的行将来临的土块落在棺木上发出的砰砰声，送葬行列郁积着的沉默，这一切像扣动一件古老的乐器那样扣动着身体上的脊椎骨；乌尔里希不胜惊讶地在自己内心感到一阵难以描绘的回响，他的身体在这响声的摇荡中挺直起来，仿佛这身体被这庄严的响声确确实实地支撑起来似的。就在这一天他与别人更亲近了的时候，他马上就想象，如果此刻他按糊里糊涂被当代承拉过来的奢华的原义真的以一股强大势力的继承人的身份昂首阔步，那么情况还会有多么的不一样。一想到这些，悲伤之情顿然消失，死亡便从一个可怕的私人事件变为一种在公开庆贺中发生的转化；那个受到可怕凝视的窟窿，人们习惯其存在的每一个人在他消失后的头几天里都会留下的那个窟窿不再裂开，继承者已经迈步行进入死者的位置，公众向他流露出这种气息，万灵节对于那个接过剑第一次在没有前列者的情况下独自向着他自己的终点迈步走去的人来说，同时也是一种庆贺成年的庆典。“我本来是应该，”乌尔里希不由自主地想，“合上我父亲的眼睛的！不是为了他或为了我的缘故，而是——”他不知道该怎样把这个想法想到底；但是他不喜欢父亲，父亲也不喜欢他，鉴于这一秩序他便觉得这是对个人重要性的一种浅薄的过高估计，死亡之前个人的思维本就有股淡而无味、无足轻重的味道，而一切瞬间有重要意义的东西则似乎都出自这个巨大身体，这个由徐徐穿过人群的送葬行列构成的巨大身体，尽管这个行列里混杂着闲暇、好奇和随大流的人。

然而，乐曲在继续演奏，这是一个风和日丽的日子；乌尔里希的情感摇来晃去，像在一个宗教仪式行列里撑在圣体上空的华盖。乌尔里希偶或照一下在他前面行驶着的灵车上的镜子并在镜子里看到自己的戴帽子的脑袋和肩膀，时不时地他在饰有家族纹章的棺木旁边那辆车的底部一再发现前几次葬礼残留下的旧的鳞状小蜡片，人们没有认真把它们擦掉；于是他就直截了当、不假思索地同情起他的父亲来，宛如同情一条在街上被车压了的狗。于是，他的目光潮湿了，当他越过这众多的黑色向路边的观众们望去时，观众们看上去就像沾湿了的五光十色的花；现在看到这一切的是他，是乌尔里希，不是曾天天生活在这里、况且对这种隆重的场面比他喜爱多得多的那个人，这种想法是如此奇特，以至于他竟觉得这简直是不可能的事：当他离开一个他在一般情况下曾认为美好的世界的时候，他的父亲可能会不在场。这动人心弦，可是乌尔里希并不曾因此而忽略到，这位把这天主教行列带到墓地并保持其整齐队形的殡仪馆经纪人或老板是一个三十岁开外、身量高大、体魄强健的犹太人：他蓄着一部长长的金黄色小胡子，像一个旅伴那样，口袋里装着证件，奔前跑后，不是在这儿用手指摆弄好一匹马的皮条上的什么东西，便是在那儿对乐师们低声耳语些什么。这又使乌尔里希想起，他父亲的尸体最后一天没放在屋里，是安葬前不久才又送回屋里来的，按照一条基于学术研究自由思想立下的将他供学术支配的遗嘱；可以毫无疑问地认为，在这次尸体解剖手术之后人们将这位老先生只是凑合着重新缝上；如此说来，在反映出乌尔里希的图像的镜片的后面，这时正一起滚动着一件杂乱缝合的东西，它是伟大、美好、庄严的想象的中心。“佩戴着还是没佩戴着他的勋章呢？”乌尔里希愕然地心里暗想；他一直没想到过这件事，如今不知道人们在解剖后是否又给他父亲穿好了衣服，然后才将他入棺送回家里来。阿加特的吊袜松紧丝带命运如何，这也让人感到心里不踏实；人们可能已经发现它，会以为这是大学生们开的玩笑。这一切都让人感到十分为难，所以在他的感觉一刹那间几乎圆满地成为一个活生生的梦的光滑外壳之后，当前的种种异议又将他的感觉化解为许多细节。他只还感觉到人类秩序以及他自身的荒谬、纷乱的摇晃。“现在我在这世界上完全孤零零的了——”他想，“一根锚索已经撕裂——我在上升！”就在他在人墙之间继续迈步行走之际，对他在获悉他父亲的噩耗时所感受到的第一个印象的回忆现在又披上了他的情感的外衣。

七

收到克拉丽瑟一封来信

乌尔里希没有给他的熟人留下地址，但是克拉丽瑟从瓦尔特那儿得知地址，瓦尔特像熟悉自己的童年那样熟悉这个地址。

她写道：

“我亲爱的人儿——我怯懦的人儿——我的人儿！”

你知道吗，人儿是什么？我搞不清楚。瓦尔特也许是个意志薄弱的人儿。（“人儿”两字下面都画上了粗线。）

你以为我是喝醉了酒去找你的吗？！我不会喝醉酒的！（男人会喝醉我不会。一件怪事。）

但是我不知道我对你讲了些什么话；我想不起来了。我怕你会产生错觉，以为我讲了我没有讲过的话。我没有讲过那些话。

但是应该写一封信说明情况——立刻就写！以前：你知道，梦怎样张开。你做梦时，你有时就知道：你曾经去过那儿，你已经和人谈过一次话或者——这情形，就仿佛你重新找到了你的记忆。

我清醒地知道，我曾经清醒过！

（我有同室过夜的人。）

你根本不知道吗，谁是莫斯布鲁格尔？有些事我得给你讲讲：

突然又出现了他的名字。

这三个音调铿锵的音节。

但是音乐是欺诈。我是说，如果光是音乐的话。孤零零的音乐是唯美主义或诸如此类的什么东西，生命的弱点。但是如果音乐与视觉相结合，那么围墙就会摇摆，坟墓里就会现出未来者们的生命。我不仅听见了这三个有音乐性的音节，我也看见它们了。它们在记忆中出现。你突然知道：那儿，在它们出现的地方，还有别的什么东西！我给你的伯爵写过一封谈莫斯布鲁格尔的信：这样的事情人们怎么会忘记呢！我既听见又看见一个世界，在这个世界里事物站着、人在行走，正如你一直了解的那样，但是既有响声又可以看得见。这种情况我描绘不清楚，因为才出现了三个音节。你明白这个道理吗？谈论这件事，现在也许还为时尚早。

我对瓦尔特说：“我想结识莫斯布鲁格尔！”

瓦尔特问：“谁是莫斯布鲁格尔？”

我回答：“乌洛的朋友，杀人犯。”

我们读了报纸；是在早晨，瓦尔特就要去上班。你记得吗，有一回我们仨都读报？（你记忆力弱，你不会记得的！）我展开了瓦尔特给我的那张报纸——左边一条胳臂，右边一条胳臂：突然我感觉到硬木头，我被钉在十字架上了。我问瓦尔特："不是昨天报上才登过布德维斯附近发生火车事故的事吗？"

"是的，"他回答，"你干吗问这个？一件小事故，死一两个人。"

过一会儿我说："因为美国也发生了一起车祸。宾夕法尼亚在那儿？"

他不知道。"在美国。"他说。

我说："司机们永远不会故意让他们的火车头相撞的！"

他看着我。看得出来，他不明白我的意思。"当然不会。"他说。

我问，西格蒙德什么时候到我们这儿来。他不太清楚。

现在你看：火车司机们当然不会出于恶意让他们的列车相撞的；但是他们为什么在其他情况下这样做呢？我告诉你吧：在这张巨大的罩住地球的铁轨、道岔和信号网里，我们大家都正在失去良心的力量。因为倘若我们有坚强的意志，敢于再次检验我们自己并且再次重视我们的任务，那么我们就会总是作出必要的努力，防止出车祸。车祸是我们在迈倒数第二步时站住不动！

人们当然不可以指望瓦尔特会马上明白这个道理。我相信，我能获得这巨大的良心的力量，我曾不得不闭上了眼睛，免得瓦尔特察觉其中的闪光。

由于这种种原因，我以为我有义务结识莫斯布鲁格尔。

你知道，我的兄长西格蒙德是医生。他将会帮助我。

我曾等候他。

星期日他到我们这儿来了。

每逢把他介绍给什么人时，他就说："可是我既不是——也不是有音乐才能。"这就是他的幽默。正因为他叫西格蒙德，所以他就既不愿意被人认为是犹太人也不愿意被人认为有音乐才能①。他是在瓦格纳热

① 西格蒙德是常见的犹太人名字。

中出生的。不可能让他作出一个理智的回答。我极力规劝他时，他总是只嘟嘟囔囔说胡话。他扔石头打鸟，用棍棒戳雪。他也想铲出一条路来；他常常到我们这儿来干他的事，据他说，他不愿意待在家里他老婆和孩子们的身边。真奇怪，你竟从未遇见过他。“你们有一座很不错的菜园子！”他说。我揪他的耳朵，捅了他一下，可是这也无济于事。

然后我们进屋走到瓦尔特身边，他当然坐在钢琴前，西格蒙德把上衣夹在腋下，把脏污的双手向高处举起来。

“西格蒙德，”我当着瓦尔特的面对他说，“你什么时候会理解一支乐曲？！”

他咧嘴一笑，回答说：“永远不会理解。”

“如果你自己在内心做这件事，”我说。“你什么时候会理解一个人？你必须一起做他。”一起——做！这是一个大秘密，乌尔里希！你得像他那样：但是不是你朝着他进去，而是他朝着你出去！我们拯救出去：这就是强烈的形态！我们参与人类的各种行为，可是我占满它们并超出它们。

对不起，我写这么多这方面的事情。但是列车相撞，是因为良心不迈出最后一步。社会各领域不会出现，如果人们不拉它们的话。以后有机会再谈这个问题。有才智的人有义务进攻！他有这种叫人感到无名恐惧的力量！但是西格蒙德，这个胆小鬼，他看了看表，说是该吃晚饭了，因为他必须回家。你知道吗，西格蒙德总是保持一种中间状态，他既有一个不认为自己业务能力很强的有经验医生的那种自命不凡，又有超然于精神传统已经又恢复了朴素和园艺劳动卫生术的合乎时代精神的人的那种自命不凡。但是瓦尔特却大声嚷嚷：“天哪，你们干吗谈论这样的事情？！你们究竟要对莫斯布鲁格尔怎么样！”这一招奏效了。

因为这时西格蒙德就说：“要么他有精神病，要么他就是一个罪犯，这是对的。但是如果克拉丽瑟自以为能够改造他呢？我是医生，我总得也允许医院牧师自以为能做到这一点吧！她说‘拯救’？！唔，为什么她不应该至少见见他呢？！”

他刷了刷自己的裤子，摆出一副平静的姿态，洗了洗手；吃晚饭的时候我们把一切全谈妥了。

我们也已经找过弗里腾塔尔博士；这是个助理医生，他认识这个人。西格蒙德曾直截了当地说，他负责引见我，让我随便顶一个假的称号，说我是女作家，想见这个人。

可是这是个错误，因为这样直言不讳，对方只能说不。“假如您是塞尔玛·拉格洛夫[1]，我就会对您的来访感到非常高兴，我现在当然也是很高兴的，但是这里可惜只承认学术上的兴趣！”

被认为是一位女作家，这真是妙极了。我盯住他的脸说：“在这种情况下我比拉格洛夫还强，因为我不想为研究目的做这件事！”

他看了我一眼，随后就说：“唯一可行的办法就是，您带着一封您的公使馆的介绍信来找医院院长。”他把我当作外国女作家，没明白我是西格蒙德的妹妹。

我们最后达成这样的一致意见：我将不去见罹病的而是去见被拘禁的莫斯布鲁格尔。西格蒙德给我搞来一家慈善协会的介绍信和地方法院的批准书。后来西格蒙德告诉我，弗里腾塔尔大夫认为精神病学是一门半艺术性的科学，西格蒙德称他为恶魔马戏团团长。可是这会中我的意的。

最美的就是，医院被安置在一所古老的修道院里。我们不得不在过道的一端等候，讲堂在一座小礼拜堂里。它有大的教堂窗户，我可以从庭院往里看。病人们都身穿白衣，坐着听教授讲课。教授极其亲切地向他们俯下身去。我暗自寻思：现在人们也许会把莫斯布鲁格尔带来。我感到，我想从高大的窗户飞到讲堂里去。你一定会说，我不会飞：那么就从窗户跳进去？可是跳我是肯定不会跳的，因为我没有这个感觉。

我希望，你不久会回来。这些事情人们永远表达不出来。在信里尤其说不清楚。

下面是画有粗线条的署名：“克拉丽瑟。”

---

① Selma Lagerlöf（1858 — 1940），瑞典女作家，诺贝尔文学奖得主。

八

两个人的家庭

乌尔里希说："如果两个男人或女人不得不在较长时间内合住一个房间——在旅途中，在卧车里或者在客满的旅店里——那么，他们往往会奇特地成为朋友。每一个人上床睡觉时都有不同的漱口或弯腰脱鞋或弯曲大腿的方式。内衣和服装大致相同，细看起来却有无数细微的不同之处，它们一一呈现在眼前。开始时——很可能通过今日生活方式的过度紧张的个人主义——有一种阻力，它像一丝轻微的厌恶，它阻挡彼此过分亲近，阻挡伤害自己的个性，一天没被克服，它就存在一天；后来便产生出一种亲密关系，它像一个疤痕那样显示出一个不平常的起源。许多人在经历了这一转变之后表现出比平时更高兴的样子；大多数人更和善了；许多人更健谈了；几乎所有的人更和蔼可亲了。性格变了，人们几乎可以说完全变成一种不那么古怪的性格了：明显被认为不舒适和是一种降低的、却不可抗拒的第一个'我们'征兆取代了'自我'的位置。"

阿加特回答："在女人之间尤其存在着这亲近相聚时的嫌恶情绪。我始终未能习惯于与女人相处。"

"这种情况在男人与女人之间也有，"乌尔里希说，"它在那儿只是被爱情交易的义务遮盖住了而已，这些义务立刻占去了注意力。但是这些紧密联合在一起的人往往突然从这种爱情交易中醒来，随后便看到——按他们的特性分别怀着惊奇、讥刺或渴望逃避的心情——一种完全陌生的本性在他们身边蔓延；有些人甚至在许多年以后还是这样的情形。后来他们说不出什么更自然：是他们与别人的结合呢，还是他们的'自我'从这种结合向着它的独一无二性的错觉作感情上受到伤害的反弹——因为两者都符合我们的天性；两者在家庭概念里都给搞得乱七八糟！家庭生活不是完整的生活；年轻人在家庭圈子里就会觉得自己受到掠夺，影响减弱，头脑不清醒。你看一看未出嫁的老闺女：她们受到家庭榨取、被家庭吸尽膏血；她们已经成为‘我’和‘我们’之间的极其奇特的两性人。”

乌尔里希感到克拉丽瑟的信是一种干扰。信中那跳跃式的情感爆发远不如她在内心深处为一个显然疯狂的计划所做的那种平静的、几乎看似理智的工作让他内心感到不安。他在心中暗想，他回去后一定得跟瓦尔特谈谈这件事；打这以后他便故意谈论别的事情。

阿加特伸直身子躺在沙发榻上，她抬起一个膝盖，热烈地接过他的话茬儿：“你自己用你所说的话说明了，我为什么必须再次结婚！”她说。

“然而在这所谓的‘神圣家庭情感’上，在这种互相溶化上，在这种互相服务、在封闭的圈子里的无私运动上，却也具有某种重要意义。”乌尔里希没有任何顾忌地继续说；阿加特感到惊讶，每逢他的话已经近在咫尺的时候，他的这些话便总是又离她而去。“这个集体的‘我’通常只是一个集体利己主义者，于是强烈的家庭意识就是人们所能想象得到的最不堪忍受的东西；但是我也可以把这种无条件互相替代、这种共同战斗和承担创伤想象为一种令人不快的、深深植根在人类的时代之中的，甚至已经在牲畜群里清楚地表现出来的情感。”她听见他这样讲；她无法在听他讲话时多加思索。在听到以下这句话时她也不能多加考虑：“一如根源已消失的所有旧有的状态那样，这种状态同样也很容易蜕化变质。”他最后说出这样的话：“人们很可能必须要求个人就具有某种特别井然有序的特性，如果个人所构成的整体不该成为一幅毫无意义的讽刺画的话！”这时，她才觉得自己又在他身旁受到很好的照料，并且想在望着他的时候不让眼睛闭上，使他不致在这时候消失，因为这是一件十分奇特的事：他坐在这里，讲着一些事情，这些事情在高处消失，一下子又像一个给树枝绊住的橡皮球那样坠落下来。

兄妹俩于傍晚时分在接待室里相遇，人们自葬礼以来已写了几天的论文。

这间长形客厅不仅在风格上按法兰西第一帝国时代的艺术风格布置，而且其摆设也都是那个时代的真品；窗户之间悬挂着镶平滑金框的高大长方形镜子，略显呆板的椅子靠墙摆放着，致使空荡的地板似乎用其暗下来的光亮充斥了这间房间并且正在填满一个人们犹豫不定地把脚伸进去的浅浅的盆地。在这个雅致而不宜居住的客厅的边上——因为书房腾给乌尔里希了，他第一天早晨就已经在书房里住下——大致就是在有一个挖出来的边角壁龛的那个地方，壁龛里是炉子，它像一根式样简朴的柱子，顶端托着一个花瓶（正好在它正面中线一个在齐腰深处绕炉子一圈的壁架上有一个单独的烛台），阿加特在那儿给自己开辟了一个极富个人特色的半岛。她让人搬去一张无靠背矮沙发，在地上铺上一块地毯，这地毯的古旧的红、蓝双色和无目的无穷尽重复出现的床铺上的土耳其图案一道构成对柔和的灰色和合理且飘浮的线条轮廓的一种严重挑战，而根据祖先的意志这种灰色和线条轮廓则是这个房间的主要色调。此外，她还用一棵绿色、大叶的一人高的植物冒犯了这个自由放荡和高尚显贵的意志。这棵植物是她从丧礼装饰物中截留下来的，她将它连同那只提桶一道放在头部那一边当作“森林”——若摆到另一边就当作又大又亮的落地灯，它可以方便她躺着阅读书报，并且在这间房间的古典主义氛围中看上去就像一盏探照灯或一根天线杆。这座客厅连同它那分格天花板、壁柱和柱式小柜几百年里很少有什么变化，因为它很少被使用并且从未被真正纳入其后来的拥有者的生活轨迹之中；也许在老祖宗那个时代墙壁还蒙着细软的织物，它们没有现在使用的这种浅色油漆涂料，而且椅子套的样子可能跟现在的也不一样，但是，如现在呈现在眼前的这座客厅，阿加特却是自童年时代起便知晓的了，她根本就不知道是她的曾祖父母，抑或是陌生人，把住所装修成这样，因为她从小在这所房屋里长大，而她所知道的、留在她记忆中的唯一的一件奇特的事，就是她总是怀着一种惊怯的心理走进这间屋子，这是人们要孩子们当心某种容易被他们毁坏或弄脏的东西而灌输给他们的那种惊怯。可是如今她已经脱下过去岁月的最后象征，脱下这身丧服，又穿上了她那身睡衣裤，躺在这张渗透着叛逆精神的沙发榻上，从清晨起就一直在读着她搜罗来的好书和坏书，她时不时中止阅读，吃点东西或小睡一会儿；当这样度过的一天时近黄昏的时候，透过渐渐暗下来的房间向已经完全沉浸在昏暗光线中、像船帆那样在窗前鼓胀起来的窗帘望去，看着看着便觉得，仿佛她正紧挨着的光环遨游于这个既僵硬又柔和的房间里，她刚刚才停下来。她就是在这样一种情况下被她兄长发现的，他一眼便看到她这块被灯光照亮的小天地；因为他也熟悉这间客厅，甚至可以给她讲述：这幢房屋原来的主人是一个富有的商人，后来他大概家道中落，他们的当皇家公证人的曾祖父看到有利可图，便趁机买下了这所漂亮的府邸。此外，乌尔里希也了解有关这间客厅的其他种种情况，他曾仔细看过这间客厅；给他妹妹留下特殊印象的，是这样的说明：在他们曾祖父那个时代，人们觉得这样一种呆板的摆设简直特别自然；要她明白这个道理这可不是一件易事，因为她觉得这就像听一堂抽象难懂的几何课；过了好一会儿工夫，她才渐渐领悟一个时代的思维方式，这个时代如此充斥着巴罗克式的鲜艳夺目的形态，致使她自己的对称的、有些呆板的举止被这个脆弱的，自以为是在按照一个纯粹的、不矫饰的和被认为是理智的人的意愿行事的错觉掩盖住了。但是，当她终于形象地想象这种观念的转变及其种种由乌尔里希添加上的有关细节时，她觉得，去了解许多迄今作为她的生活的总体经验一直为她所蔑视的情况，这是一桩赏心乐事；当她的兄长想知道她在读什么，她便迅速用身体压住她的所有的书，虽然她勇敢地声称，好书坏书她都喜欢读。

乌尔里希上午工作，随后便离开了家宅。他希望能静下心来，直至今天他这个希望还没实现；原本指望惯常的生活的中止会带来的那种促进作用被新情况造成的种种分散注意力的事情给抵消掉了。葬礼之后，当开始时显得十分活跃的与外界的种种关系突然中断的时候，情况才有所变化。兄妹俩——他们只是以一种他们父亲的代表的身份在几天里成为人们普遍关注的中心，并感觉到了与他们的地位联系在一起的各式各样的关系——在这个城市里除了瓦尔特的老父以外不认识任何他们想拜访的人，考虑到正在服丧期他们也没有受到任何人的邀请，只有施翁教授不仅出席了葬礼，而且也还在第二天前来询问，他的已故亡友是否有一份论述降低刑事责任能力问题的遗稿，说是人们期盼着这份遗稿会在亡友死后发表。从一种不停地引人注目的动荡不安向着随之而来的令人窒息的宁静的这种突然过渡如今产生出一种简直是身体上的撞击。更何况，他们还总是睡在他们的从前的儿童寝室里，因为这宅子里没有客房，他们睡在阁楼上临时搭起的床铺上，四周摆放着儿时用过的物件，这具有一间躁狂症者囚室的某种设备简陋的特性，它带着桌子上或地毯膜上油布的光泽——这幢石块建筑物曾将其建筑式样的固执念头融入这荒凉的光泽中——一直挤向梦幻的边缘。这些回忆，像它们让人对之作好了思想准备生活那样无意义和无穷尽，它们让兄妹俩觉得这是一件令人愉快的事：他们的卧室，只隔着一间存放衣服和家用什物的小房间，至少相互毗邻；由于洗澡间在下一层，所以他们早晨醒来后也相互依赖，从早晨起便相遇在空荡荡的楼梯上和屋子里，不得不互相照应着，得共同回答一下子突然交托给他们了的这一套陌生家底所提出的全部问题。他们以这样的方式自然也感受到了那种尴尬，这种既十分亲密又是未料到的联合不会没有的那种尴尬：它像船只失事使他们漂流到他们童年时代的孤岛上的这种奇异的尴尬。两者都导致他们在头几天——这几天的过程他们影响不了——之后立刻便谋求独立，但是他们之中的每一个人都与其说是为了自己还不如说是顾及对方才这样做。

所以，就在阿加特在客厅里营造自己的半岛之前，乌尔里希已经起床，他悄悄走进书房，搞起他那中断了的数学研究来，不过与其说是想搞出成果还不如说是为了消磨时间吧。可是令他吃惊不小的是，他居然随即在一个上午的不多几个小时里做完了一切除一些无关紧要的细节之外的、搁置了几个月的事。协助他意外解决了这个问题的是那些打破常规的想法之中的一个；至于说到那些想法，那么不但可以说当人们不再期盼它们时，它们才会出现，而且甚至也可以说它们的出乎意外的闪现令人想起一位情人突然露出喜悦的神情，惊愕的求婚者早就认识这位情人，用不着拿别人去和她进行比较。促使产生这样的想法的，不仅有理智，而且一直也有某一个激情的条件；乌尔里希的心情就仿佛此刻他必定会变得成熟完善、放荡不羁起来似的，甚至，由于既看不出有什么原因也看不出有什么目的，他简直觉得自己已经提前变得成熟完善了，而这就把剩余下来的能量推进外面的梦幻之中。他看见了人们可以将这个已经解决了它的任务的思想也应用到重大得多的问题上的可能性，玩耍似的勾画一门这样的系统学的初步幻象，并且觉得自己在这些幸福松弛的时刻里甚至受到施翁教授暗中授意的诱惑，还想试一试重操旧业，寻找发挥作用、产生效果的途径。但是，当他在不多几分钟的这种有理智的适意之后冷静地考虑，倘若他受自己的虚荣心驱使，现在还作为迟到者选择在大学从教这条路，这将会带来哪些后果，他竟破天荒第一次感到自己年龄太大不宜从事一项事业，而且自从少年时代以来他就始终不曾把这个半无个性的年龄观念看作是某种有独立内涵的东西，并且迄今为止也同样不曾有过这样的想法：有些事你再也没有能力去做了！

当乌尔里希事后于傍晚把这种感受讲给他妹妹听时，他不经意地使用了“命运”这个词儿，这引起了她的关注。她想知道，“命运”是什么。

“‘我的牙痛’和‘李尔王的女儿’之间的一种中间物！”乌尔里希回答，“我不是爱用这个词儿的那种人。”

但是对于年轻人来说，这是生命的礼赞；他们想获得一种命运，却不知道，命运是什么。

乌尔里希回答她：“在以后的、信息更发达的时代里，‘命运’这个词儿很可能会具有一种统计学的内容。”

阿加特二十七岁。相当年轻，足以还保存几个人们先培养的那种感觉形式；相当年长，足以隐约感到这为现实所填满的另一种内容。她回答：“衰老本身大概就已经是一种命运。”话音刚落，她便对这个答复感到很不满意，这个答复以一种她觉得是不知所云的方式显示出她那种年轻人的伤感。

但是她的兄长没在意，他举例说：“当我成为数学家的时候，我想在学术上获得成功，便全力以赴去争取，尽管我只把这看作是获取别的什么的预备阶段。我的头几篇论文也确实曾——当然不完善，开头总是这样的嘛——包含一些思想，这些思想当初是新的，它们不是一直没受注意便是甚至遭到反对，虽然我在其他各方面都受到友善对待。如今人们也许可以把这称之为命运：不久我便失去耐心，不想继续用我的全部力量去锤打这个楔子。”

“楔子？”阿加特打断他的话，仿佛这个既带男性又带劳动者色彩的词儿的发音绝对给她添了烦恼了似的，“你为什么称这是楔子？”

“因为这只是我首先想做的事：我想像推进一个楔子那样把这向前推进，可后来就失去了耐心。今天，我也许就要完成我的最后这篇还可以追溯到那个时期的论文，我认识到，假如我当初运气稍好些或表现出更强的毅力，那么我如今很可能就可以并非完全没有根据地把我自己看作一场运动的领袖。”

“你还可以把这追补回来的嘛！”阿加特这时又说，“男人不会像女人那样轻易就变得老朽不中用的。”

“不，”乌尔里希回答，“我不愿意追补！因为这虽然令人惊异，却是真的：这样做客观上——对事物的进程，对学术本身的发展——丝毫也不会有什么改变。我可能超前于我的时代十年；但是，别人没有我稍慢一点，从别的途径也走到了那儿，我至多也就是可以稍许快一点把他们引到那儿而已，而我生活中的这样一种变化是否就足以使我自己带着新的领先距离超越出这个目标，这就很成问题了。于是你就有了人们称之为个人命运的东西，但是这导致某种极其没有个性的结果。”

“从根本上来说，”他继续说，“我年纪越大，便越频繁地觉得，我曾憎恨过某种东西，这种东西后来却绕着道儿与我自己的道路按同样的方向走向，致使我再也不能贸然剥夺它的生存权利；或者就是，我曾为之激动过的思想和事件受到损害。人们是否激动以及人们怀着怎样的心情投入自己的激动情绪，这在相当大的程度上似乎是完全无所谓的事。一切都到达同一个目的地，一切都为一种讳莫如深和不容争议的发展服务。”

“从前人们把这归因于上帝的旨意。”阿加特皱着眉头回答，带有讲述亲身经历者的口吻，而且颇有些不敬的味道。

乌尔里希回想起，她是在一家修道院里长大的。她穿着下面系紧的长裤躺在沙发榻上，他坐在沙发榻的脚端，落地灯把他们共同照耀，致使他们所在的黑乎乎的地板上出现一大片光亮。“今天命运反倒给人以一个总体的高一级运动的印象，”他说，“人们处在这个运动之中并受其推动。”他记得有一回自己曾想到过这样的念头：今天每一个真理都分裂成为残缺不全的东西来到世上，可是，尽管如此，一种更大的总体成果可能就会以这种轻浮而灵活的方式生成，仿佛每一个人都在严肃而孤单地追求整体义务似的。有一回他曾陈述过这个像钩子那样扎在他的自尊心上的、却还不无伟大可能性的思想，甚至得出了这样一个他并不认真看待的结论：人们可以做他们想做的事！因为再没有什么像这个结论这样离他如此遥远的了；恰好现在，就在他的命运似乎已经让他下车并且没留给他任何要做的事情的时候，在这个对他的虚荣心来说是危险的时刻，在这个他受到特殊的推动也还完成了把他和他的较旧的时代结合起来的最近这件事，完成了这项迟到者的工作的时候，也就是说恰好在他本人完全是一张白纸的这个时刻，他感觉到的不是一种对自己的放弃，而是新的紧张，这是自他启程以来所产生的新的紧张情绪。它没有名字；人们不妨说，一个年轻的、与他有血亲关系的人向他讨教，人们同样也可以说点别的：但是他极其敏锐地看见了房间墨绿底色上那闪亮的淡金黄色苇席，苇席上是阿加特的丑角服的细小方块，看见了自己，看见了这轮廓清晰、形态模糊的他们的偶然相聚。

“刚才这话你是怎么说的？”阿加特问。

“人们今天还称之为个人命运的东西，正在受到集体的和最终可以用统计方法把握住的事件的取代。”乌尔里希重说一遍。

阿加特想了想，随后她忍不住笑了起来。“我当然不明白这是什么意思，但是如果人们被统计学溶解，这难道不是一桩神奇的事吗；爱情早已就做不到这一点了！”她说。

这诱使乌尔里希突然给他妹妹讲述他写完论文后离开这屋子走进市中心打算去排解排解残留下来的游移心态时所遇到的情况。他本不愿意谈这件事，因为他觉得这是一件太带有个人色彩的事。每一次，只要他的旅行把他带进城市，而他在这些城市里又没有什么事情要办，他便总是很喜欢这种由此而生成的特殊的孤独感，这种孤独感很少有这一次这么强烈的。他看到了电车、汽车、橱窗、大门的颜色，教堂尖塔的形状，人的面孔和房屋的正面；不管它们是否也显示出一般的欧洲的相似性，这目光都从它们上面掠过，像一只在一片带陌生诱惑的田野上迷了路、虽想安顿却又不能安顿下来的昆虫。这种漫无目的的行走和一个熙熙攘攘、忙忙碌碌的城市里的清楚的定规，这种增强了的紧张经历和增强了的陌生感，这种陌生感还因这样的信念而有所加强：重要的不是某个人，而只是这些面孔的总和，这些被身体卷起来的，彼此合并为胳臂、大腿和牙齿大军的运动，这些拥有未来的运动，这种情况能够唤醒这样的情感：人们觉得自己作为还在全身心地独自行走的人已经简直是不符合社会需要的、近乎犯罪的了；但是如果人们随后还继续顺从这种情况，那么从中也可能会突然产生出一种如此愚蠢的、肉体上的舒适感和无责任心，仿佛身体不再属于一个感性的“我”被锁在小的神经末梢和神经纤维里的世界，而是属于一个充满着不清醒的甜蜜舒适感的世界。乌尔里希就是用这样的话向他的妹妹描述，什么也许是一种没有目标和虚荣心的状况的后果，或者是受贬低了的性格幻觉的后果，但是也许也无非就是“众神的原始神话”，那种“自然的双重面孔”，那种“给予的”和“索取的”看见，他简直像一个猎人那样藏在那后面。他急切地想知道，阿加特会不会表示或显现出一种认可的征兆，表示她也有这样的感觉；当没有出现这样的征兆时，他便再次解释说：“这就像一种轻度的精神分裂症。人们感到受到拥抱，被搂抱并且全身心都充满了一种无意志而舒适的依赖性。但是，另一方面，人们依然头脑清醒并且有能力作审美批评，甚至准备跟这些充满未曾显现的非分要求的事物和人展开争执。这就是，仿佛在我们内心有两个相对独立的生活层面，它们在平时深深保持着平衡。既然我们谈到了命运，这也就是，仿佛人们有两个命运：一个活跃而不重要的、正在发生着的命运，还有一个静止而重要的、人们永远不会获悉的命运。”

这时，长时间一动不动倾听着的阿加特突然说道：“这就好像人们在亲吻哈高厄尔！”

她双肘支撑着，笑了起来；大腿还一直伸直着搁在她的床铺上。她添上一句：“当然，像你描述的那么美好，这可是没有的事！”乌尔里希也笑了起来。他们为什么笑，这不太清楚。这一阵笑不知怎么地是从空气中或者从屋子里向两个人袭来的，或者是从最近几天隆重的、无益地触及来世的事件留在他们心头的遗迹中，或者是从他们在谈起话来时所感受到的那种不寻常的喜悦中；因为每一种受到高度培养的人类的风俗在自身中就已经孕育着更迭的萌芽，而每一次越出常轨的激动很快就蒙上一层淡淡的悲伤、荒谬和厌倦。

以这样的方式、绕着这样的弯子，他们随后便终于并且似乎为了休养生息对无关痛痒地闲谈起“我”、“我们”和“家庭”来，并作出了这个在嘲笑和惊愕之间摇摆不定的发现：他们俩组成一个家庭。就在乌尔里希谈论对团体的渴望的时候——又是怀着一个使自己遭受针对自己本性的痛苦的男人的那种热情；只是他不知道，这种痛苦是针对他的真实本性还是针对他的假定本性——阿加特倾听着，他的话怎样向她趋近、后来又怎样离去，而他则发现，他长时间地在她的形象中——这个形象在明亮灯光下穿着她那身乖张的衣服在他面前显得未受保护——搜寻着某种会使他感到厌恶的东西，这是他的习惯使然，但什么也没发现；他怀着一种以往从未感受到的好感对此表示感谢。他对这次谈话感到心醉神迷。但是当谈话结束时，阿加特无拘束地问：“那么你究竟是赞成你称之为家庭的东西呢，还是你对此持反对态度呢？”

乌尔里希回答说，问题根本就不在这儿，因为他其实是谈到了一种世人的游移不定，不是他个人的优柔寡断。

阿加特沉吟片刻。

可是最后她突然说：“这个我可是无法加以判断！但是我想有朝一日一

心一意也……就是嘛，不管用什么方式也这样生活！你不想也试一试吗？”

九

阿加特，当她不能和乌尔里希谈话时

在阿加特登上火车、开始作一次出乎意料的旅行去见她父亲的时刻，发生了某种跟突然断裂有惊人相似之处的事情；启程的瞬间所爆裂成的这两个部分互相蹦离得如此之远，仿佛它们从来就不是属于同一个整体似的。她的丈夫把她送到车站，在她驶离的时候，他像在告别时理应的那样脱下了帽子，把它，把那顶硬挺、圆形、黑色、显著变小的帽子斜着向前伸向空中，这使阿加特觉得，仿佛火车迅速向前行驶，站台以同样快的速度在向后倒退似的。虽然她刚才还认为她不会出门太久，丧事一办完就立刻返回，但是此时此刻，她打定主意不再返回，而这时她的意识则变得焦灼不安起来，就像一颗心，这颗心一下子看到自己逃脱了一个它懵然无知的危险。

阿加特事后想起这件事来，对此并不完全感到满意。她不赞成自己的这种态度，这种状况使她想起了她在童年时代，就在刚开始上学后不久得的一场怪病。当初她发了一年多的低烧，热度既不升高，也不减退，她瘦成皮包骨，这让医生们感到一筹莫展，他们找不到病因。这场病后来也从未弄清楚过。眼看着大学里的著名医生们神情威严、满怀智慧地第一次走进房间，一星期一星期地逐渐失去一些他们的自信，阿加特心里颇为得意；虽然她顺从地服用开给她的每一剂药，而且确实很想康复，因为人们要求她康复嘛，可是她却为医生们的处方无济于事感到高兴；在她的形容越来越显得消瘦的同时，她却觉得自己处于一种非尘世的或者至少是异乎寻常的状态之中。她为只要她有病大人们便对她没有控制力感到自豪，她不知道自己的小小躯体是怎样做到这一点的。但是，到头来这个身体自愿康复了，而且是以一种显然同样不平常的方式。

后来，仆人们对她讲起这件事，她对此几乎已经懵然不知。仆人们声

称，她让一个经常到屋里来、但有一回被粗暴地轰出门去的女乞丐用魔法给迷住了；阿加特从来也没有弄清楚这种说法上有多少真实成分，因为管家夫妇虽然喜欢煞有介事地作些暗示，但却从不作任何说明并且对据说是阿加特的父亲颁布的一项严格的禁令表现出恐惧的心理。她自己只记住了这个时期里的一个唯一却生动的景象：她看见她的父亲在眼前浮现，看到他怎样怒火中烧痛地打一个形迹可疑的女人并多次张开手掴耳光；她在自己的一生中就这么一次看到这个个头矮小、平时一向极其正直理智的人完全变了样子、丧失了理智；但是她却记得，这事不是在她患病之前，而是在她患病期间发生的，因为她分明知道，她当时躺在床上，而这张床不是摆在她那间儿童寝室里，而是摆在下一层楼的“成年人身边”，摆在一间住房里，仆役们是不会让那个女乞丐进入这间住房的，即使她在厨房、洗衣间和楼梯间里并不是陌生人。是的，阿加特觉得这件事很可能发生在她患病的末期，她觉得这件事发生后不几天她便突然康复，便怀着那种奇怪的焦急心情从床上一跃而起，这场病就和它开始时一样意想不到地以这种焦急心情结束。

然而，对于所有这些记忆中的事，她都不知道是否真有其事，抑或是烧热发作时的一种臆想。“很可能这件事只是来得有点蹊跷，”她气恼地想，“这些印象居然能这样介于真实与幻觉之间保存在我的记忆里，而我竟不觉得这有什么可以大惊小怪的！”出租车在石子路面铺得低劣的胡同里颠来簸去，妨碍正常谈话。乌尔里希曾建议利用冬季天气干燥作一次郊游，而且也选中了一个目的地，这其实不是什么游览地，却是向半记忆中的自然景色的一次挺进。现在他们待在一辆汽车里，这辆汽车将把他们送到城市边缘。“这件事一定来得有点蹊跷！”阿加特暗自重复她方才想过的这句话。她在学校里学习也有类似的特点，她从来也不知道自己是愚笨还是聪明，心甘情愿还是勉勉强强：人们要求她作出的回答毫不费劲地刻印在她的脑海里，可是她却始终不开窍，不明白这样学习的目的何在，她觉得自己受到内心深处的一种漠不关心态度的保护，是不会因此受到什么损害的。得了那场病之后，她跟从前一样高高兴兴地又去上学了；由于一个医生想到了一个主意，觉得消除她在父亲家宅的寂寞、让她和同龄人生活在一起，这也许有好处，人们便把她送进一所教会学校去学习：在那里她也被视为性情开朗、易受管教，后来她就上了九年制高级中学。每逢人们告诉她什么事情是必要的或者真的，她便总是以此为准并乐意接受一切人们要求于她的，因为她觉得这样最不费劲；对与她没有关联并且显然属于一个按父亲们和教师们的意愿建立起来的世界的固定规章制度做出什么反对的行为来，她觉得这是荒唐可笑的。可是她对她所学的东西一个字也不信，而由于她尽管有着她那看似顺从听话的举止，却并不是模范学生并且在愿望与信念发生抵触时总是从从容容地做她想做的事，所以她受到同学们的尊敬，甚至钦佩和喜爱，这是善于举止潇洒就可以在学校里获得的那种好感。甚至，可能是她自己安排好了这场奇特的儿科疾病，因为这是唯一的一次例外，此外她一直是身体健康、从不精神紧张的。“简直就是个懒懒散散、毫无价值的人！”她无把握地断定。她记得，她的女友们常常比她自己更强烈地对呆板的寄宿学校校纪表示不满，她们何等义愤填膺地对这秩序进行了攻击；然而，她经观察发现，原来恰恰是那些对个别部分反抗最烈的人，后来对整个生活都采取随遇而安的态度，这些女孩子后来都成为家境优裕的妇人，她们教育她们的孩子时所使用的方式，跟她们自己所遭遇到的没有许多不同之处。所以，她尽管对自己不满也并不确信，做一个勤劳、善良的人会更好一些。

阿加特憎恶女性解放，简直就跟她藐视让男人为自己筑窝的女性孵化需要一样。她乐意回忆她第一次感到自己的胸脯绷紧衣服并且带着炽热的嘴唇行走在空气清凉的街道上的那个时代。但是，像一个圆溜溜的膝头从粉红色丝网眼纱里露出来那样，女人的发达的性爱活动从遮蔽住的少女时代显现出来，这在她的一生中都曾在她心头激起过鄙视。每逢她问自己，她究竟有什么信念，便总有一个感觉回答她，说是她是被选定要去经历某种异乎寻常、另一种性质的事情；当初她对人情世故还几乎懵然无知并且对人们教给她的微不足道的知识不相信的时候，她就已经有这种感觉。她始终觉得这是一种神秘的、与这种感觉相适应的积极性：万不得已时，就一切顺其自然，车到山前必有路嘛。

阿加特斜睨了乌尔里希两眼，他神情严肃、挺直身子在车里摇晃；她回想起，她虽然不喜欢她的丈夫却没在新婚之夜就从他那儿逃去，对此他在第一天晚上表现出了多么大的不理解。在她等待他到来之际，她曾对她这位兄长怀有极大的敬意，可是现在她微微一笑并悄悄回忆起最初几个月里哈高厄尔的厚嘴唇在又短又硬的胡子里爱恋地撮成圆形时给自己留下的那个印象：整个脸随后便团成厚皮皱纹向嘴角延伸开去，她一见顿时便有一种厌腻的感觉：噢，这个人多丑！他那种轻微的教师虚荣心和宽容，她也是像忍受一种单纯身体上的厌恶——说这种厌恶在内部，倒不如说是在外面——那样忍受住了。在最初的惊异过去之后，她有时曾移情别人欺骗过他。“不妨这么说，”她心中暗想，“在最初的时刻，一个没有经验、知觉沉寂的人觉得对一个不是自己丈夫的男人的渴求就像霹雳砸在房门上！”因为她证明自己缺乏不忠实的才干：她一结识情人，马上就觉得他们不比丈夫更有魅力，她很快便以为，一个黑人部族的舞会假面具和欧洲男人戴的爱情假面具，她都可以同样认真地加以对待。倒并不是说她从来也没有丧失过理智，但是在进行最初几次重复尝试时热情就已经消失！经阐明了的想象世界和爱情的装腔作势并不让她陶醉。这些主要由男人加以充实的、其全部要旨就是“据说艰难生活有时也有一个软弱时刻”的心灵导演规章——连同某一个变软弱的亚种：这种沉没、这种止息、这种被接受、这种献身、这种屈服、这种发疯等等——她觉得这都是过甚其词，因为她并不觉得自己软弱，在一个由男人的实力建造起来的世界上。

直截了当地说，阿加特以这样的方式获得的哲学是女人的哲学，这个女人做什么事都不甘示弱并且不由自主地在观察男人企图在什么方面压倒她。其实，这根本就不是什么哲学，而只是一种被倔强地掩饰住的沮丧；一直还搀杂着想促成一种陌生解体的受遏制的意愿，这种意愿也许甚至会随着表面反抗的减弱而增长。由于阿加特书读得很多，但天生不喜欢搞理论，所以她在将自己的经历和书本上和剧院里的理想加以比较时便往往有机会对这种情况感到惊奇：既不是她的引诱者们像陷阱迷惑一只野兽那样吸引住她——果真是那样的话倒也就符合唐璜式的自画像了，当初一个男人寻花问柳时惯常持这样一种态度——也不是她们和她们的丈夫的共同生活按斯特林堡[①]的方式演变成为一场两性间的斗争，被俘获的女人——这是次要时尚——使出各种手段将她们的既专横又笨拙的主宰折磨致死。她与哈高厄尔的关系反倒跟她对他怀有的更深层的情感相反，一直是相当良好的。乌尔里希在第一天晚上为此使用了诸如惊恐、震惊和强奸这样的大字眼，它们完全是不恰当的。

① August Strindberg(1849 — 1912)，瑞典作家、剧作家、画家。

就在回想这件事时阿加特还在倔强地想，她为未能好好侍奉人而感到惋惜，在这门婚姻中一切反倒是进行得很自然的。她的父亲提出合情合理的理由支持这个男子的求婚，她自己曾决定重新结婚：好吧，那就结吧；该怎么办就怎么办好啦；这既不是特别美好，也不过分令人感到不舒服！甚至现在她还感到抱歉，她总是有意伤害哈高厄尔，只要她想这么干！她不曾希望得到爱情；她曾以为，不管怎么总会行的，他是个好人嘛。

毫无疑问，他是那些总是带着善意行动的人中的一个，但他们自己身上没有善意。看来，一旦善意变为善良的意愿或行动，它同时也就会从人的身上消失！乌尔里希是怎么说的？一条推动工厂运转的小河失去了自己的落差。这话，这话他也说了，但是这不是她所寻找的话。现在她找到的："看来，其实只有不做许多好事的人才有能力保持其全部善意！"但是这时，就在她想起这句话来的时刻，显而易见，想必当初乌尔里希就是这么讲的，她却觉得这句话荒唐透顶。人们不能断章取义单单摘出谈话中这一句来嘛。她试图从不同的角度考察这些话，用它们换成相似的话；但是这时便显示出第一句话是正确的话，因为别的话都是白费唇舌，它们没有留下丝毫痕迹。这话乌尔里希是这么说了的，但是："人们怎么能把行为坏的人称为好人呢？"她这样想。"这确实是一派胡言！"在他讲出这些话来的时候，这个论断尽管没有什么更多的内容，却是神奇的！"神奇"不是表达这个意思的恰当字眼：当她听到这句话时，她几乎高兴得恶心！这样的话语说明了她的全部生活。譬如这句话吧，就是在他们最近作长谈时讲的，在葬礼之后，在哈高厄尔教授已经又动身离去了的时候；她突然意识到了，她的行为一直是多么漫不经心，当初的情况也是这样，当时她简单地以为"总可以以某种方式"和哈高厄尔一起过下去的，因为他是个"好人"嘛！这样的意见乌尔里希经常发表，它们在某些个瞬间使她的内心完全充满幸福或不幸，虽然人们不能"保存"这些个瞬间。譬如什么时候，阿加特暗自思忖，他曾说过，他或许会爱一个小偷，但是爱一个按照习惯诚实的人，他才不呢？她一时间想不起来了，可是最妙不可言的是，她很快便觉察到，根本就不是他，而是她自己这样断言过。他所说的话当中的许多话她自己就已经考虑过，只是没有说出口来而已。因为这样明确的论断，像从前那样单凭她独自一人，是永远也提不出来的！阿加特，在行驶在市郊高低不平的道路上并把这两个无力说话的人用一张机械震动的网裹住的汽车的来回跳跃颠簸中，迄今一直感到很舒适，她在自己的思潮起伏中使用她丈夫的名字时并不怀有什么别的情感，她仅仅是把这视为这些思绪的时间和内容限定；但是这时不知怎么地有一种无尽的惊恐渐渐袭上她的心头：哈高厄尔曾实实在在地到她这儿来过！迄今她想到他时的那种公正态度顿时一扫而光，她的咽喉痛苦地抽紧。

他是葬礼那天早晨到的，尽管姗姗来迟却深情而急切地希望还能见上岳父一面，他去了解剖室，延误了盖棺的时间，以一种得体的、诚实的、紧凑的方式显得心情十分激动。葬礼后阿加特推说极度疲劳，于是乌尔里希就不得不和他的妹夫一道到外面去用餐。据他后来讲，哈高厄尔的絮絮不休惹得他直冒火，就像一个太紧的衣领，所以他也就尽了最大的努力，尽快把他送走。哈高厄尔打算到首都去参加一个教育日活动，然后再在那里用一天时间到部里去办事和进行参观，他曾打算在这之前拿出两天的时间，作为殷勤周到的丈夫在他妻子身边度过并过问一下她的遗产继承事宜；但是按照事先和他妹妹商量好的，乌尔里希编造了一则故事，让在住所接纳哈高厄尔显得是桩不可能做到的事，并通知他说，已经在市里的头等饭店里为他订好了一个房间。哈高厄尔像预料的那样迟疑不决：住饭店不方便、昂贵、由于礼节的关系房费得由他自己支付；另一方面，也许也可以用两天工夫在首都办事和参观，如果在晚上动身，还可以节省一夜的宿费呢。于是，哈高厄尔假惺惺地故作姿态，说是让乌尔里希为他操心，他心里很过意不去。最后，他坦白说出了自己的几乎不能更改的决定：他当天晚上就走。这样，就还只剩下继承问题有待处理了，想到这里阿加特又微微一笑，因为遵照她的愿望乌尔里希告诉她的丈夫，说是遗嘱几天以后才可以开启。说是有阿加特在这儿呢，她完全可以维护他的权益，他也将会收到一份具有法律效力的协议书，此外凡是涉及到家具、纪念品等等物件，乌尔里希作为单身汉不会提出任何要求，完全可以满足他妹妹的愿望。末了他还问哈高厄尔是否同意，倘若他们打算卖掉这幢无人居住的房子的话，这个表态当然没有约束力，因为他们之中还没有哪个看见过遗嘱；哈高厄尔表示，这当然没有约束力：他暂时对此没有异议，但是必须保留在确实付诸实施时发表自己看法的权利。这一切都是阿加特向她的兄长建议的，他鹦鹉学舌般说了这些话，因为他什么想法也没有，一心只想摆脱哈高厄尔。可是阿加特突然重新感到恶心，因为在她这样成功地安排了这件事之后，她的丈夫在她兄长的陪同下还到她这儿来向她辞行。阿加特采取尽可能不友好的态度并声言，她说不好什么时候回去。她了解他的为人，所以马上便察觉到，他对此没有作好思想准备并且对他如今因决定立即动身离去而显得自己冷酷无情感到很生气；他还事后突然对要他住旅馆的这个无理要求，对他受到的冷遇感到恼火，但是由于他是个四平八稳的人，所以他没吭一声，决定以后再跟他妻子去算这笔账，在拿起帽子之后便按惯例吻了她的嘴唇。这个吻，这个让乌尔里希在一旁看见了的吻，它似乎让阿加特无地自容。“这怎么可能呢，”她惊愕地问自己，“我怎么会在这个人身边忍辱含垢了这么长的时间？但是难道我不是已经不加反抗地忍受了我的全部生活了吗？！”她强烈责备自己：“哪怕我有一点点骨气，就绝不会落到这步田地！”

阿加特把脸从她迄今一直在打量着的乌尔里希身上扭开，向窗外望去。低矮的市郊房屋、结冰的道路、裹得严严实实的人：这便是一个恶劣、荒凉的地区的印象，它们从一旁缓缓行驶而过；它们在指责她的生活是一片荒芜，她感到自己稀里糊涂地已经陷入这一片荒芜之中。现在她不再挺直身子坐着，而是让自己的身子略微下滑，靠在出租马车发出已老化气味的垫枕上，以便可以较舒适地从窗户向外张望，并且不再改变这个不美的坐姿，随着马车的一颠一簸她的肚子狠命地一摇一晃。就在这个身体像一块破布那样被抖动的时候，她心头油然生出一种十分不舒服的感觉，因为这个身体是她所拥有的唯一的东西。有时候，她作为寄宿学校的女学生清晨在朦胧天色中醒来，她曾有过这样的感觉：仿佛她乘着自己的身体，像在一条小船的船舱板之间那样，向着未来漂流而去。现在她比当初大约年长了一倍。马车车厢里的光线跟当初一样半明半暗。但是她还一直不能想象自己在过着什么样的生活、对前途也感到渺茫。男人是对自己的身体的一种补充和充实，但不是精神的内涵；人们对待他们，就跟他们对待别人一样。她的身体告诉她，不多几年以后它就会开始丧失自己的美：而这种丧失的感觉，这种直接来自身体自身的自知之明的感觉，其中只有一小部分可以用言语和思想来表达。到那时候就一切悔之晚矣。她想起来，乌尔里希曾以相似的方式谈到过他的体育运动的徒劳无用；就在她强迫自己扭开脸待在窗口的当儿，她打定主意要好好问问他。

一〇

游览瑞典堡垒的延续进程；下一步的道德

兄妹俩在到达城市边缘最后几幢低矮且已经完全带有乡村色彩的房屋附近时便弃车徒步顺着一条坑坑洼洼、宽阔、向上伸展的公路向山上走去，公路上结成冰的车轮痕迹在他们脚下化为尘土。他们的鞋子很快便蒙上了马车夫和农民身上惯有的那种悲惨的灰色，和他们那时髦的城市人的衣着形成鲜明对照。虽然天气不冷，一阵凛冽的寒风却从山上向他们迎面吹来，他们的面颊开始发红，嘴巴像易碎的玻璃无法张开来讲话。

一想起哈高厄尔，阿加特便急于要向兄长表明自己的心迹。她确信，他一定觉得这门不匹配的婚姻无论从哪方面来说都不可理解，甚至按最简单的社交界的要求也是不可理解的。然而，虽然在她的内心言语已经准备就绪，她却下不了这个决心，去克服上坡路、寒冷和猛烈碰撞她面孔的空气的阻力。乌尔里希走在她前面，走在一道磨光的车道上，他们把它当小路；她看见他的宽而细长的肩膀，便迟疑不决。她曾一直设想他冷酷、不迁就、有些爱冒险，也许只是凭着她从她父亲那儿以及偶或也从哈高厄尔那儿听到的责备他的话；她为自己在生活中好迁就而在这位既疏远了又来源于这个家庭的兄长面前感到惭愧。“他不管我的事，他做得对！”她想，她对自己竟然如此频仍地忍受了不相称的境况所感到的那种震惊又从心底冒起。但是其实是她胸中的那种同样的、猛烈的、充满矛盾的激情，是它曾让她在她父亲灵堂门口喊出了那几行狂烈的诗句。她向乌尔里希走近，走得气喘吁吁；突然响起从胸中迸发出来的问题，这样的问题这条实用的道路很可能还从未听见过；风被言语撕碎，这是这一带山野丘陵各种阵风中还没响起过的言语。

“你记得吗——”她喊道并举出文学作品中的几个著名例子，“你没有告诉我，你是否能原谅一个小偷；但是这些杀人犯你倒会觉得是好人？！”

“当然！”乌尔里希叫喊着回答，“这就是说——不，等一等：也许这只是有好素质的人、品质高贵的人，后来作为罪犯他们也还依然是这样的人。但是他们不会仍然是好人了！”

“但是为什么你在他们犯了罪行之后仍还喜爱他们呢？！总不见得仅仅是为了他们从前有好素质的缘故吧，而是由于你还一直喜欢他们！”

“事情总是这样的，”乌尔里希说，“是人赋予行动以特性，不是反过来！我区分善与恶，但我们分明知道，它们是一个整体！”

阿加特本已冻得通红的脸上又泛出一团红晕，包含在她的问题中的激情，这既表露同时又隐藏在这些话语中的激情只是得到了一个冠冕堂皇的回答。人们惯于滥用“教育问题”，这种滥用十分恶劣，以至于能产生这样一种感觉：凡是有风和有树的地方它们就都不合适，仿佛人的教育不是一切自然产物的概括似的！但是她勇敢地克服了自己的心理障碍，伸出自己的胳臂挽住了她兄长的胳臂，凑近他的耳边，致使她可以不必再大声喊叫，带着一种奇特的、在脸上颤动着的淘气回答说：“所以我们就消灭凶恶的人，但客客气气让他们吃死刑前的最后一餐！”

乌尔里希隐约感觉到了一点他身旁的激情，向他妹妹弯下身子并悄声地、但无论如何总算还足够响亮地附在她耳边说：“每一个人很容易就对自己有这样的信念，以为自己不会做什么坏事的，因为自己是个好人！”

说着这些话的时候，他们已经到达山顶，公路不再向上伸展，而穿越过一个连绵起伏、没有树木的高原。风突然停了，天也不冷了，但是在这适意的寂静中谈话像被切断了似的停止，再也继续不下去了。

“你顶风爬山的时候怎么会想起陀思妥耶夫斯基和司汤达来的呢？”稍过一会儿乌尔里希问，“假如有人看到我们，他准会觉得我们像傻瓜！”

阿加特笑了起来：“就像听不懂鸟儿们的叫喊那样，他听不懂我们的话的！顺便提一下，你不久前才给我讲过莫斯布鲁格尔的事。”

他们迈开大步向前走去。

过一会儿阿加特说：“可是我不喜欢他！”

“我也几乎已经把他忘记了。”乌尔里希回答。

他们又沉默不语地走了一会儿，随后阿加特便站住。“这是怎么回事？”她问，“你确实曾做过许多不负责任的事的吧？譬如我记得，有一回你曾中了一枪躺在医院里。你一定也不是凡事都三思而后行的吧？”

“瞧你今天提的问题！”乌尔里希说，“你叫我怎么回答你呀？！”

“你做的事，你从不后悔？”阿加特迅速问，“我的印象是，你做事从不反悔。有一回你自己就曾说过类似的话。”

“我的老天爷，”乌尔里希回答，他又迈步向前走去，“有所失必有所得。也许我说了什么这样的话，可是不要过分从字面上来了解这样的话嘛。”

“有失就有得吗？”

“在一切坏事上都有某种好的一面。或者至少是在许多坏事中。一般来说，祸中都隐伏着福：这很可能就是我想说的。如果你后悔做了什么事，那么你恰恰可以从中获得力量，去做点什么好事。平时你永远也做不成的这种好事，永远也不是人们正在做的事，只有人们事后所做的事才是决定性的！”

“如果你杀死了什么人，你事后能做些什么呢？！”

乌尔里希耸耸肩膀。他想纯粹从合乎逻辑的考虑出发作出回答：“我也许因此而有能力写一首诗，给成千上万人带来内心生活，或者也发明一样重要的东西！”但是他控制住自己。“这样的事永远不会发生！”他突然想起来。“只有一个精神病人才会产生这样的错觉。或者一个十八岁的无神论者。这是——天知道为什么——同自然法则有抵触的思想。顺便说一句——”他改口说，“原始人的情况就曾是这样的；他杀了人，因为人祭是一首伟大的宗教诗！”

他不谈具体的事，但是阿加特继续说：“我可能会对你提出愚蠢的反对意见，但是当我第一次听见你说，关键不在于人们正在迈出的那一步，而是始终只有下一步才是关键，我曾想象：如果一个人会在内心飞翔，在某种程度上可以说是会在道德上飞翔并带着高速度不断进入新的改善之中，那么他就不知道什么叫悔恨！我曾无限羡慕过你！”

“这真荒唐，”乌尔里希强调说，“我是说，问题不在于一次失足，而在于在这之后迈出的下一步。但是，在这下一步之后问题又在哪儿呢？显然又在于在这之后的那一步啰？在下一步之后的那个下一步？！一个这样的人势必就过着没有结果和决断，甚至简直可以说是没有现实的生活。可是情况就是这样，关键总是只在于下一步。实际情况是，我们没有正确对待这个不安定的系列的方法。我亲爱的，”他突然得出结论说，“我有时对我的整个一生感到悔恨！”

“恰恰是这一点你说得不对！”他的妹妹说。

“为什么不对呢？为什么这就不对呢？！”

“我，”阿加特回答，“我没有做过多少事，所以总是有时间去后悔我所做的不多几件事。我确信，你不知道这种情况：这是一种昏暗的状况！其中有阴影，过去的事现在对我有控制力。种种细枝末节都记得，我什么事也不能忘记，什么事也不能理解。这是一种令人感到不愉快的状态……”

她不动声色，非常平和地说了这话。乌尔里希确实不知道这种情况，不知道这种生活的回流，因为他的生活一直是作好伸展的准备的；这仅仅是令他回想起，他的妹妹有时曾以奇特的方式埋怨过自己。但是他没顾得上提问题，因为这时他们已经到达他们计划好的徒步旅行的目的地——一座小山上，并迈步向这座小山的边缘走去。这是一个大土堆，传说三十年战争中曾被瑞典人围困，因为它看上去像一座堡垒，尽管它当堡垒太大，像一座绿色的天然棱堡，没有灌木和树，堡垒朝向城市的那一面与一座山崖相接。一片深沉、空旷的丘陵地环抱这块地方；没有村落，看不见房屋，只有云彩阴影和灰蒙蒙的草地。乌尔里希又被他青少年时代记忆中的这个地方吸引住了：这座城市还一直坐落在前方深远处，密匝匝拥挤在几座小教堂的四周，这些小教堂在其中看上去就像带着小鸡的母鸡，致使人们情不自禁地感到心头产生一种愿望，想一下跳到它们那儿，在那里坐下或者伸出一只巨手把它们抓到手里。“这些瑞典冒险家经过几个星期的长途跋涉到达这样一个地方并从鞍上下来第一次看见他们的战利品时，他们心里一定曾涌动过一种美妙的情感！”他向他妹妹解释过这个地方的意义后说，“生命的沉重感——这种暗暗笼罩在我们心头的恶劣心情：我们大家都必定会死去，一切都十分短暂并且很可能十分徒劳——其实只有在这样的时刻里才从我们心底升起！”

“你是说，在什么样的时刻？！”阿加特问。

乌尔里希不知道他该回答什么。他根本就不想回答。他回想起，他年轻时每到这里总觉得需要咬紧牙齿、沉默不语。最后他终于回答说：“在我们失去对事件控制的惊险的时刻：所以其实在相当程度上也就是在失去自制的时刻！”说这话时他感到脖颈上的脑袋像一颗无果实的核桃，感觉到这颗脑壳里装着古老的警句，如“死神兄弟”或“竹篮子打水一场空”；其中也有已消逝的岁月最强音，估计寿命和寿命之间的界限在那样的岁月还没有上场。他想：“从那时以后我有过哪些可以称得上是明确和幸福的经历呢？没有。”

阿加特回答：“我总是冒冒失失地做事，这只会使我不幸。”

她已经先行走到贴近边缘的地方；她兄长的话隐约传到她耳畔，她听不明白，却看见眼前展现出一片庄重、光秃的地区，它的悲伤情调与她自己的悲伤情绪是相吻合的。当她转过身来时，她说“这是一个适宜自杀的环境”并笑了一笑；“我的头脑的空虚将会无限温柔地被融化进这幅景象的空虚之中！”她朝乌尔里希走回去几步。“我这一辈子，”她继续说，“人们都在指责我，说我没有意志、什么也不爱，什么也不崇敬，一句话，我不是一个直面人生的人。爸爸这样指责过我，哈高厄尔这样谴责过我。现在你告诉我，天呀，你就告诉我吧，在哪些时刻我们会觉得生活中的有些事是必不可少的？！”

“在床上转过身来的时候！”乌尔里希没好气地说。

“这是什么意思？！”

“对不起，”他请求原谅，“这是个普普通通的例子。但是情况确实是如此：人们对自己的境遇不满；人们整日不停地想着要改变这种境遇，便下定了一个又一个决心，却都没有将其付诸实施；人们终于放弃了：于是人们一下子就转过身来了！其实还是得说，人们是被转过身来的。不管是冲动时还是三思而后行时，人们都不是按别的模式行动。”说这话时他并没有看着她，他是在回答自己。他还一直感到：“我曾在这里站立过并期盼过某种从未得到满足的东西。”

现在阿加特也笑了，但是像是有一丝苦楚从她的嘴角漾起。她又返回到原处并默默朝着迷茫的远方望去。在天空的衬托下她的皮大衣显出深暗色，她的颀长的身材跟这一地区和在地面掠过的云彩阴影的一片寂静形成强烈的对照。看到这幅景象，乌尔里希心里着实不是滋味。他为自己不是站在一匹装上鞍的马的身旁，而是跟一个女人相伴而感到羞愧。虽然他分明意识到此刻从他妹妹身上透出的这种幽雅恬静是他产生这种感觉的原因，他还是有这样的印象：不是在他身上，而是在世界上的某个地方现在正在发生着什么事，他错过了这个机会。他觉得自己可笑。然而，在他欠考虑地说出的认为自己为自己的一生而后悔的看法上却有着某种正确的成分。有时他渴望像被卷入一场角斗那样地被卷入各种事件中，不管是无意义的或犯罪的，只要有效就可以。最终有效，没有当人对自己的经历保持优势时这些经历所具有的那种持久的暂时性。“因此就是在自身中终止和有效，”他考虑，现在他在认真搜寻一句词语；这个想法突然不再向着想象出来的事件神驰，而是终止于阿加特自己，纯粹是她自己的影像所呈现的那幅景象上。兄妹俩就这样在较长一段时间内互相分离地站着，每个人想着各自的心事；一种充满矛盾的迟疑使他们无法改变这一现状。但最奇怪的却是，这时候乌尔里希竟什么想法也没有，他只想到，他受阿加特的委托并怀着想摆脱他的希望撒了个谎欺骗他的妹夫，说是有一份锁着的遗嘱，过几天才可以打开，还同样违心地向他保证说，阿加特将会维护他的合理要求（后来哈高厄尔称这是特别照顾），他只想到，就在他这样做的时候就已经发生了某种事情了。

然而，他们没倾心交谈，便不知怎么地离开了这个令他们各自陷入沉思的地方，一道继续往前走。风又强劲起来，阿加特露出疲倦的神色，乌尔里希便建议到一所牧羊人屋里去小坐片刻，他知道附近有一所牧羊人屋。这是一间石头小屋，他们很快便找到了，他们不得不低头，走进屋里，牧羊人妻子露出拒绝和困窘的神色直勾勾地望着他们。乌尔里希用当地流行并且他还隐约记得的德语-斯拉夫语混合语言请求允许他们暖和暖和身子并且在屋里吃他们自带的食品，并自愿地用一张钞票来支持这个请求，以至于这位非自愿的女主人竟惊骇地悲号起来，说是她这个穷老婆子实在没法更好地款待“如此高贵的客人”。她擦拭小屋窗口的那张油光光的桌子，对着灶膛里的干柴火吹气并摆上山羊奶。但是，阿加特却立刻从桌子旁边挤到窗口，全然不理会主人的这些张罗，就好像人们找个什么地方歇歇脚，这是不言而喻的事情；无论在哪里歇脚，这都是一码事。她从四块灰暗的小四方块玻璃向外面这个地带张望，这地段向内地深入，位于那“堡垒”的后面，它没有“堡垒”提供的广阔视野更让人产生为碧波的峰顶所围绕的游泳者的感觉。太阳虽然还没有落山，但是它已经偏斜并已经在渐渐失去光亮。阿加特突然问：“为什么你从不认真和我谈话？！”

除了略微抬起头来看一看，表示委屈和惊讶，乌尔里希还能用什么更好的方式作出回答呢？他正在将火腿、香肠和鸡蛋摊在一张纸上摆放在自己与妹妹之间。

但是阿加特却继续说：“如果人们突然撞在你的身体上，自己就会感到痛，就会对这巨大的差别感到吃惊。但是当我问你什么十分重要的问题时，你便总是躲躲闪闪！”她没碰他给她推过来的食品，她怀着对用一个乡村宴来了结这一天所感到的厌恶挺直身子，这桌子她连挨都不挨着。于是就重复出现了与在公路上爬坡时相类似的情况。乌尔里希把山羊奶杯推到一边，它们刚从灶上拿到桌子上来并向不懂享用此物的鼻子发出一股十分难闻的气味；他感到的那一丝淡淡的恶心起到了清醒头脑的作用，一桩突发的辛酸事有时就会起到这样的作用。“我一直是认真对你讲话的，”他回答。“如果这不称你的心意，那我也没有办法；因为我的回答上不称你的心意的，是我们的时代的道德。”此刻他明白了，原来他是想尽可能完美地给他妹妹把这一切解释清楚，她为了了解自己、也为了了解一点儿她的兄长就必须知道这些情况。于是，带着一个把任何插话视为多余的男子的那种坚毅，他开始作起大报告来：

“我们的时代的道德，不管别人怎么说，它是成绩的道德。五起多少带点欺诈性的破产是好事，如果在第五起破产之后随之而来的是一个福祉和造福于人的时代的话。成功能使人忘记一切。如果人们达到捐赠选举经费和购买图画的地步，人们也就会获得国家的宽容。在这方面有不成文的例规：一个人若为教会、慈善事业和政治党派捐款，那么，想出一个好主意，通过促进艺术证明自己的善良意愿，这至多只需要他必须花费的经费的十分之一。成功也还有限度：人们还不能用任何方法获得任何成功；王室、贵族和上流社会的几个原则对‘发迹者’有某种阻碍作用。但是另一方面，就其超个人的个人自身而言，国家最赤裸裸地宣布自己信奉这样的原则：人们可以抢劫、谋杀和欺诈，这样就会从中生出权力、文明和荣光。我当然不是说，这一切也会在理论上得到承认，更确切地说，这在理论上相当不清楚。但是我这就是已经把最最平常的事实告诉你了。此外，道德论据只是增加一种达到目的的手段而已，一种斗争手段，人们使用这种手段，大致犹如使用谎言。男人创造的世界看上去便是这样，我会愿意做个女人的，如果不是——男人所爱的那种女人的话！

“使我们产生错觉以为我们将会有所作为的，在今天被视为是好的：但是这种信念恰恰正是曾被你称作漂泊异乡、不知悔意的人和被我说成是一个我们没有解决办法的问题的那种东西。作为受过科学教育的人，我在任何情况下都感到我的认识是不完善的、只是一个指路牌，我也许明天就会拥有一个新的经验，它将让我用与今天不同的方式进行思维；另一方面，一个完全为自己的情感所攫住的人，‘一个在上升中的人’，如你所想象的那样，一个这样的人也将会感到他的每一个行动是一个梯级，他将被人从这一个梯级向上抬至下一个梯级。所以这里有某种在我们的精神中的东西、某种在我们的心灵中的东西，一种‘下一步的道德’，但是这只是五起破产的道德吗，我们的时代的企业家道德深入到内心吗，或许这只是一种协调一致的假象，或许追求功名利禄之徒们的道德是提前来到世上的、更深层现象的怪胎？眼下我无法给你对此作出答复！”

讲到这里乌尔里希顿住，这个小小的间歇完全只是演说术上的需要，因为他打算继续阐述他的观点。但是迄今一直以她有时特有的既活跃又呆滞的方式在一旁聆听的阿加特，发表了一个简单的看法，违背原计划向前推进了谈话：她说，这个回答对她是无关紧要的，因为她只想知道，乌尔里希自己怎么看待这件事，而要理解人们可能想到的一切，她没有这个能力。“但是如果你以某种形式要求我作出什么成绩来，那么我将宁愿没有任何道德。”她添上一句。

“谢天谢地！”乌尔里希叫喊，“每逢我看到你的青春、美貌和力量，然后从你那儿听说你根本就没有精力，我便总是感到高兴！我们的时代反正充满着行动的力量。它再也不愿意看到思想，而是只还愿意看到行动。这种可怕的行动力量只来源于人们无所事事。我是指在内心。但是归根到底每一个人也在外表上一辈子只在重复做同一个行动：他熟悉一门职业并不断进取。我以为，这就又涉及你先前向我提出的那个问题。有行动的力量，这很简单，而寻找行动的意义，这就很艰难！这一点今天很少有人理解。所以行动的人看上去就像玩九柱戏的人，他们带着拿破仑式的表情有能力推倒九个木柱。如果他们最后大打出手，仅仅为了他们解决不了这个难题的缘故，那么，这就绝不会让我感到惊讶：一切行动都是不够的！”一开始他情绪很活跃，但随后又露出沉思的神情并且甚至沉默了片刻。末了，他只是微笑着抬起头来，简单地说：“你说，如果我要求你作出一种道义上的努力，那么你将会使我感到失望。现在我告诉你，如果你要求我提出道义上的忠告，那么我就会使你感到失望。我的意思是，我们不应该互相提什么明确的要求；我是说，我们大家一起：其实我们不应该互相要求行动，而是先创造行动的先决条件。这就是我的感觉！”

“这件事人们又该怎样去做呢？！”阿加特说。她大概察觉到，乌尔里希已经偏离他已经开了个头的、重要而一般性的讲演并已经陷于某种与他个人更有关联的状态之中，但是她嫌这也太一般化。她对一般性研究怀有成见，并且在相当程度上认为每一种所谓禀性难移的努力都是毫无希望的；只有她自己努力，她做起事来才有把握。然而，她还是相当了解乌尔里希的。她注意到，她的兄长一边低着头轻声作着反对行动力量的讲话，一边用小折刀的刀背——他无意识地一直没松手——在桌面上刻刻划划，他手上的筋肉绷得紧紧的。这只手的这种下意识、却几乎热情的动作，以及他如此坦率地谈论她，说她年轻、漂亮，这是老调重弹，一种二重唱，她也根本不认为这种二重唱有什么意义，她只是坐在这里，在一旁观看，仅此而已。

“人们该做什么呢？”乌尔里希以跟迄今同样的方式回答，“有一回，我在我们的表妹那儿曾向莱恩斯多夫伯爵提出这样的建议：他应该建立一个精确性和灵魂的世界秘书处，使不去教堂的人也会知道他们该做什么。当然我说这话只是开玩笑的，因为我们虽然早就为真理创立了科学，但是如果人们想为剩余之物谋得某种相似的东西，那么今天人们几乎还得为一件蠢事而感到羞愧。不过，我们迄今所谈过的这一切也许会把我们引向这个秘书处！”他已经放弃作演讲，挺直身子向后靠在长椅上。“我大概又是不知所云啦，如果我添上一句：但是，今天这会有什么结果？！”他问。由于阿加特不回答，屋里静悄悄的。过一会儿，乌尔里希说：“顺便说一句，有时我自己以为，我忍受不住这个信念！当我刚才看见你站立在，”他小声继续说，“那堡垒上，不知道为什么，我觉得迫切需要突然做点什么事。从前我确实曾做过一些欠考虑的事；魔力就在于：如果事情已经发生，那么，除我之外，尚还有点什么。有时我想，一个人甚至会通过一桩罪行而变得幸福，因为这桩罪行给他提供某种压舱物，从而也许使他一路航行得更稳定一些。”

这一回他的妹妹也没有马上就回答。他用平静的眼光打量她，也许甚至是用探询的目光，但是他谈到的那个经历却没重复出现，甚至其实他压根儿就没有什么想法。片刻过后她问他："如果我犯一桩罪行，你会生我的气吗？"

"这个问题你要我怎么回答呀？！"乌尔里希说，他已经又向他的刀俯下身去。

"没有决定？"

"没有，今天没有真正的决定。"

接着，阿加特便说："我想杀死哈高厄尔。"

乌尔里希强使自己不抬起头来。这句话轻柔地飘进他的耳朵，但是当它飘过以后，它却在记忆中留下了某种像一道宽轮迹的东西。他把这句话的语调立刻给忘记了，他本应该看着这张脸的，以便弄清楚这句话该怎样去理解，但是他也是根本就不愿意高度重视这件事。"好哇，"他说，"为什么你就不可以也干这样的事呢！今天还有谁压根儿不期盼着做出这样的事来的呢？！你干去吧，如果你果真能够的话！这简直就仿佛是你说了：我想因他的错误而爱他！"说罢，他才又挺直身子并盯住他妹妹的脸。这张脸冥顽不灵、激动异常。他把目光停留在她的脸上，慢慢解释说："你瞧，这里有点不对头；在这个我们的内心活动和外部事件之间的界限上，今天缺乏某种中介，这只是带着巨大的损失交织地改变着自己的面貌：人们几乎可以说，我们的邪恶的愿望是我们实实在在过着的生活的阴暗面，而我们实实在在过着的生活则是我们的善良愿望的阴暗面。你想一想吧，你果真干了这件事：也许这根本就不是你所说的那个意思，于是你就至少会极其失望的……"

"我也许会突然成为另外一个人：这是你自己曾经承认过的！"阿加特打断他的话。

当乌尔里希朝旁边望去时，这才想起来，屋里不是只有他们俩，而是另外还有两个人在聆听他们的谈话。老主妇——顺带说及，她约莫四十岁左右，只是因为衣衫褴褛和经受生活磨难才显得更老——已经亲切和善地在灶旁坐下，而在谈话期间没有被专心致志、热烈交谈着的客人察觉便返回自己小屋来的牧羊人则已在她身旁落下坐。这两位老人把手搁在膝头上，似乎颇感荣耀和惊奇地在倾听回荡在他们小屋里的这场谈话，对这样的谈话感到十分满意，尽管他们一句话也听不懂。他们看到，奶没喝，香肠没吃，这是一出戏剧，说不定是一出动人的戏剧。他们连互相轻声低语都没有。乌尔里希的目光投向他们那睁开着的眼睛，他尴尬地向他们笑了一笑，两个人中只有那妇人对此作出回报，而那男子则保持着恭敬得体、严肃认真的态度。

“我们必须吃！”乌尔里希用英语对他妹妹说，“人们对我们感到惊异！”

她顺从地吃了几口面包和肉，而他自己则吃得有滋有味，甚至还喝了几口奶。但是这时阿加特却大声地、无拘无束地说：“真的扪心自问起来，一想到当真要去伤害他，我心里就感到不舒服。也许我不想杀死他。但是我想抹掉他！撕成小块，用一个臼把它们捣碎，把粉末倒进河里：这就是我想干的！完全彻底地消灭一切存在过的！”

“你知道吗，我们现在所说的话，有点滑稽。”乌尔里希说。

阿加特沉默了片刻。但是随后她说：“你在第一天曾答应我，你会帮助我去跟哈高厄尔对着干！”

“当然我会这样做。但不是以这样的方式。”

阿加特又沉默不语。然后，她突然说：“如果你想买或租一辆小汽车，我们就可以开着车经伊格劳到我家并从另一个路段，我想是经过塔博尔回去。没有人会想到我们在那里过夜。”

“家里的仆人呢？幸亏我压根儿就不会开车！”乌尔里希笑道，但是接着他便嗔怪地摇摇头，“这就是当代人的主意！”

“是呀，这话是你说的，”阿加特说。她若有所思地用指甲把一块肥肉推来推去，看上去就仿佛完全是这指甲独自在这样做似的，这指甲已经因此而粘上了一个小油斑。“但是你也说：社会的美德是圣者的恶习！”

“只是我没说过，社会的恶习是圣者的美德！”乌尔里希进行纠正。他笑了，抓住阿加特的手并用自己的手帕擦她的手。

“你把一切又全都收回去了嘛！”阿加特责备说，并不满地笑了笑，这时她脸红了起来，因为她试图挣脱她的手指头。

灶旁的两位老人还一直完全如同先前那样在一旁观看，现在他们跟着也满脸堆起了笑容。

“如果你这样与我讲来讲去，”阿加特小声说，“我觉得，就仿佛在一面镜子的碎片里看见自己的形象：人们在你这儿永远看不见自己的完整形象！”

“对，”乌尔里希回答，他没有松开她的手，“今天人们看不见自己的完整形象，人们永远不用整个形象活动：情况正是这样！”

阿加特让步，突然放松了自己的胳臂。“我肯定是神圣的反面，”她小声说，“我的漫不经心，也许比一个卖身的女人更糟糕。我一定也并不富有活动能力，也许没有能力去杀害哪个人。可是就在你第一次这样说圣者的时候，这已经有一会儿工夫了，那时我曾看到了一些我的完整形象……”她低下头，为了进行思考，或者是为了不让人盯住自己的脸，“我曾见过一个圣者，他也许曾矗立在一个井台上。说真的，我也许什么也没看见过，但是我曾感觉到某种人们必须这样将其表达出来的东西。水已经流动，圣者所做的事也已经漫流开来，仿佛他是一个向四面八方缓缓溢出的井边贮水池。我想，人们必定都是这样的，于是人们的行动便总是对的，而人们做什么，这就完全是无关紧要的了。”

“阿加特看到自己满怀神圣的感情并因自己的罪孽而颤抖着站立在这个世界上，用怀疑的目光觉察到，蛇和甲虫，群山和沟壑，寂静地、比她自己小得多地在跪下向她恳求。可是拿哈高厄尔怎么办呢？”乌尔里希小声打趣说。

“说的就是嘛。此人不能参加，此人必须离开。”

“我也给你讲点什么吧，”她的兄长说，“每逢我必须参加某种共同行动，参加一桩公益活动，我的情况便总是像这样一个人：这个人为了吸进一点儿新鲜空气在最后一幕前离开剧院，看见了浩茫、幽暗的星空，并留下了帽子、衣服、演出，扬长而去。”

阿加特用探询的眼光望着他。这既适宜又不适宜作答复。

乌尔里希也盯住她的脸。“你也常常受一种厌恶情绪的折磨，对这种情绪现在还没有好感。”他说，心里在想：她真的像我吗？他又觉得：也许犹如一幅彩色粉笔画之像一幅木刻画。他认为自己更坚定，而她则比他更漂亮。如此端美、漂亮。现在他由手指进而抓住她的整只手；这是一只温暖、颀长的充满生命力的手，迄今他只是在见面问候时握过这只手。他年轻的妹妹心情激动，即使不见得在眼眶里噙着泪水，但是湿乎乎的空气眼睛里却是有的。“不多几天以后你也将离我而去，”她说，“我该怎样去对付这一切呀？”

“我们可以在一起生活，你可以到我那儿去嘛。”

“你怎么设想这件事？”阿加特问，额头上显出她那道小小的思考皱纹。

“唔，我还根本没去设想它；我刚才才突然想起来的。”说着，他站起来，又给了牧羊人夫妇一个钱币，“赔偿划破的桌子。”阿加特透过一团烟雾看见牧羊人夫妇咧开嘴笑，点点头并嘟哝几句简短的含混不清的话表示某种愉快的心情。当她从他们身旁走过时，她感觉到那四只殷勤好客的眼睛不加掩饰并动情地盯着她的脸并领悟到，他们被当作发生口角后又言归于好的一对情侣了。“他们把我们当作一对情侣了！”她说。她兴高采烈地挽住她兄长的胳臂，她的全部欢乐溢于言表。“你应该吻我一下！”她边要求边笑着把乌尔里希的胳臂紧紧压在自己的身上，这时他们正站在小屋的门槛上，低矮的屋门一开外面已是一片苍茫暮色。

一一

神圣的谈话。开始

乌尔里希逗留此地的余下的日子里，他们很少再谈到哈高厄尔，但是也很久没再提起要延长他们会面的期限并开始共同生活的这个话茬儿来。尽管如此，在阿加特的除掉她的丈夫的不可抑制的渴望中突然腾起的火舌，如今却仍还余烬未灭。它在谈话中蔓延开来，这些谈论没有尽头，却又重新冒起来；不妨说，阿加特的情感在寻觅另外一种熊熊燃烧的可能性。

通常都是她在这样的谈话开始时提出某一个带个人色彩的问题，其内在形式是：“我可以还是不可以？”她的性格中的不合乎规律的特性到那时为止一直曾有这种悲哀和疲惫的信念形态：“我什么都可以，但是我反正就是不愿意。”就这样，他的年轻妹妹的这些问题便并非不合理地有时给乌尔里希留下一个类似一个孩子的问题给人留下的那种印象，孩子的这些问题像这个困惑的人儿的小手一样温暖。

他的奇特的答复有着一种异样的，但对他来说并非缺乏特色的特点：因而他总是喜欢讲述一些他的生活和思考的成果；一如他习惯的那样，他以一种既坦率又是思想上有作为的方式表达自己的意思。他总是很快便谈到他的妹妹所说的“历史的道德”，用简单明了的用语加以归纳，喜欢拿自己作比较并以这样的方式向阿加特报告了许多关于自己的情况，尤其是自己的更动荡的、从前的生活。阿加特没给他讲任何自己的情况，但是她欣赏他的这种能这样讲述自己的生活经历的能力，而他从道德角度考虑她的全部建议，这又正合她的心意。因为道德无非就是灵魂和各事物的一种秩序，它把两者都包括在内；所以生命意志还全面不麻木的年轻人经常谈论它，这也就不奇怪了。对乌尔里希这样的年龄和阅历的男人倒是有必要作一番说明；因为男人只有当这个词儿属于他们的官方语言时才从职业角度谈论道德，但是通常这个词儿在他们那儿已经消失在生活的各种活动之中并且不再被释放出来。所以乌尔里希谈道德，这就意味着一种深刻的紊乱，这跟阿加特意气相投，对她颇有吸引力。现在她为自己的这个有些单纯的表白感到羞愧：她想生活得“逍遥自在”，因为她听到，在这面前摆着多么错综复杂的条件；然而，她还是急切地期盼着，她的兄长会快些得出一个结果来，因为她常常觉得，他所说的一切笔直向那儿移动，甚至每一次都越来越精确地移向终结，在需要迈出最后一步跨过门槛时才停住，这时，他每次都放弃行动。

但是这个转折和这最后的几步的位置——它那折磨人的效应也没有逃过乌尔里希的眼睛——可以最一般性地这样来标出：欧洲道德的每一个原理都通到这样一个人们不继续往前走的点上；致使一个为自己辩解的人只要在自己心中有坚定的信念，便先有一种涉过浅滩时的神情，但当他继续往前走几步时便突然现出可怕的溺水时的表情，仿佛生命的基础从浅滩直接陷进一个完全不可靠的深渊。这种情况以一定的方式也表现在兄妹俩的外表上：乌尔里希能够用平静和解释性的语气谈论他先前提出的一切，如果他深思熟虑参与进来的话，而阿加特则在仔细聆听时感觉到一种相似的热情；但是随后，当他们停下来并沉默不语时，他们脸上便现出一种激动得多的紧张情绪。有一回发生了这样的事：他们稍不经意越过了他们到那时为止一直下意识地守住的界限。乌尔里希断言：“我们的道德的唯一根本标志就是，它的各种信条自相矛盾。所有原理中最符合道德标准的就是：例外证明规则！”很可能促使他这样讲的只是对一种道德程序的厌恶，这种道德程序表现出不屈不挠的样子，而在实施过程中却不得不听任各种篡改；就这样，它就跟一种精确的行动方式，跟这种先注重经验、然后从观察经验中获得规律的行动方式恰好相反。他当然了解这种差别，人们就是这样来区别自然规律和道德规律的，以至于人们可以从无道德的自然上看出这一种规律，却不得不把另一种规律托付给他们不太固执的禀性；然而，他却认为，在这种分离上今天总有什么东西不再对头了，他曾想直言不讳地说：道德处于一种迟到了一百年的思维状态，所以它很难适应变化了的需要。然而，他还没来得及这样详细阐述自己的观点，阿加特便用一句话打断了他的思路，这句话好像很简单，但一时间却让他愣住了。

“难道做好人不好吗？”她问她的兄长，眼睛里流露出某种跟当时她对那些勋章做出某种很可能并非按每个人的判断都好的事来时的神情。

“你说得对，”他生气勃勃地回答，“人们必须确实先形成这样一个原理，如果人们又想感受其本来的意义的话！但是儿童还是像喜欢甜食那样喜欢做好人——”

“此外也喜欢做坏人。”阿加特补充。

“但是做好人是成年人的爱好吗？”乌尔里希问，“这是他们的一个原则！他们不做好人，他们觉得这幼稚，他们行好事；一个好人是一个有好原则并做好事的人：这样的人可能就是最讨厌的家伙，这是一个公开的秘密！”

“看看哈高厄尔好啦。”阿加特添上一句。

“这些好人身上潜伏着一种悖理的无理智，”乌尔里希说，“他们使一种状况成为一个要求，一种慈悲成为一种准则，一种存在成为一种目标！在这个好人家里一辈子只有残羹剩饭可吃，而且流传着一个谣言，说是有一回曾举办过一次节日宴席，这些残羹剩饭便是那次宴席上吃剩下来的！毫无疑问，一些美德时不时地会重新流行起来，但是一旦流行以后，它们也就会重新失去活力。”

“有一次你曾说，同一个行动在不同情况下可以是好也可以是坏？”阿加特问。

乌尔里希承认说过这话。这是他的理论：道德价值不是绝对值，而是功能概念。但是如果我们进行道德教育并从中引出一般性结论，那么我们便是从它们的自然整体中将它们分离出来。“很可能这已经就是在通往美德的道路上有什么东西不对头的那个地方。”他说。

“否则符合道德准则的人怎么会这样无聊呢，”阿加特补充说，“他们的当好人的意愿势必就是人们能想象得出来的最惹人喜欢、最艰难和最有趣味的事了！”

她的兄长犹豫不决，但是他突然脱口而出发表了一个很快便使他和她陷入不寻常关系之中的论断。“我们的道德，”他说，“是一种与道德完全不同的内部运动的结晶！我们说的所有的话，其中根本就没有一句话是对头的！你就随便提出一句来，我恰好想起这句话：‘监狱里应该充满悔悟气氛！’这是一句人们可以心安理得地说的话；但是没有人认真看待它，因为否则的话人们简直就要用炼狱里的烈火把囚犯们统统烧死！那么人们是如何看待它的呢？肯定很少有人知道什么是悔悟，但是人人都在说，什么地方应该充满悔悟气氛。或者你不妨想一想，什么东西正在耸立起来：这是从哪儿飞到道德里来的呢？我们什么时候曾带着透出崇高感的愉快的笑脸匍匐在尘埃？或者你就认真看待一个思想将你攫住这件事：就在你这样从肉体上感觉到这种会合的时候，你也许就已经在疯子王国的界限内了！所以每一句话都愿意被人认真看待，否则的话它就会堕落成为谎言，但是哪句话人们也不可以认真看待，否则世界就会变成一座疯人院！某种飘飘然的感觉作为朦胧的回忆从中升起，人们有时便会产生这样的想法：我们所经历的一切都是一个旧有的整体的被扯下和被毁坏的部分，人们一度曾错误地补充了这些部分。”

发表了这个评论的这场谈话是在藏书室兼工作室里进行的；乌尔里希坐在他随身携带着踏上旅途的几部作品前面，而他的妹妹则在翻阅父亲遗留下来的法学和哲学书籍，如今她已经成为这些书籍的共同继承人，她从中撷取部分提问的启迪。自那次郊游以来他们便很少离开这所屋子。他们以这样的方式度过时光。有时他们在花园里散步，冬天花园里的灌木树叶脱落，光秃秃的，到处显露出湿乎乎的泥土。这情景是凄凉的。空气苍白无力，像某种长时间浸泡在水里的东西。花园不大。人们走出去不多一会儿便又返回原地。这两个人在散步途中所陷入的这种状况，在圆圈里漂浮，犹如一股水流在一个障碍物前打转，转着转着河水便升高起来。每逢他们返回屋里时，起居室里便总是光线暗淡、窗户紧闭；窗户就像深长的遮光取景框，白日的光线从那里柔和而呆板地照进来，仿佛它是由薄薄的象牙组成似的。现在，在乌尔里希最后一声热烈喊叫之后，阿加特便从她坐着看书的书梯上下来，用她的胳臂搂住他的肩膀，没有作答。这是一个异乎寻常的温柔举动，因为除了那两个亲吻，他们初次见面的晚上的那个和不多几天前他们离开牧羊人小屋踏上归途时的那个，这种自然的兄妹间的矜持还没有化解为超出言语或小小的亲切友好姿态范围以外的东西；而且在那两次中，亲密接触的效果也让出乎意料的和兴高采烈的效果给掩盖住了。但是这一回，乌尔里希立刻就想到了那条长袜松紧丝带，她没有讲许多话，而是情真意切地把它送给死者当了陪葬物。他的脑海里也闪过这样的念头：“可以肯定，她有一个情人；但是她似乎不怎么在乎他，因为要不然她就不会这样从容不迫地滞留在这里！”可以看得出来，她是一个女人，曾不受他影响地过着一个女人的生活并且还将继续过那样的生活。他的肩膀已经从平稳均衡地搁着的胳臂上感受到这胳臂的美，而在向着他妹妹的那一侧上，他却隐隐约约感觉到她那金黄色胳肢窝和自己贴得很近，感觉到她的胸脯的轮廓。但是为了不致这么干坐着并毫无抵抗地听任这静静的拥抱，他便用手抓住搁在他颈项旁边的她的手指头，用这个身体接触盖过另外的身体接触。“你知道吗？我们现在所谈论的，有些幼稚可笑，”他不无恼怒地说，“世界上天地广阔，大有作为，而我们却坐在这里，大谈特谈什么当好人的甜蜜和一套套理论，好让人们用这些甜食装满一个个用这些理论做成的盆盆罐罐！”

阿加特挣脱她的手指头，但又让手搁回到原来的位置上。“这几天你究竟一直在读什么呀？”她问。

“这你是知道的嘛，”他回答，“你没少站在我背后瞧我读的书呀！”

“可是我琢磨不透书里的意思。”

他拿不定主意，不知该不该对此作出说明。阿加特拉过来一把椅子，蹲坐在他身后，简直是平和宁静地把她的脸枕在他的头发上，仿佛她就睡在那上面了似的。这使乌尔里希莫名其妙地想起了他的敌人阿恩海姆用胳臂搂住他、不正常触碰另一个人的感觉像通过一个缺口涌进他体内的那个时刻。但是这一次，不是他自己的天性排斥陌生的天性，而是某种东西向它拥挤过来，某种埋藏在不信任和厌恶的卵石堆下的东西，某种充满一个已经涉世颇深的人的内心的东西。阿加特与他的关系，这种在妹妹与妇人、陌生女人与女友之间飘忽不定的关系，这种和其中的哪一种人也不可等量齐观的关系，这种关系也不是一种思想或感情的一致，要是的话，这种一致会走得特别远的——关于这方面的问题他经常考虑过；但是，正如他此刻几乎惊奇地注意到的，这跟在不多几天里由无数不会马上重复出现的印象中生出的一个事实已经变得完全一致起来了，这个事实就是：阿加特的嘴不带着任何别的要求地搁在他的头发上，他的头发让她呵得暖和和、湿乎乎的。这既是精神上的，也是身体上的；因为，当阿加特重复她的问题的时候，一种他自信教的青少年时代以来便不再感受到过的严肃便袭上他的心头，而就在这种严肃、这团无重力的云雾重又消散之前——这团云雾从他背后的空间达到停歇着他的思维的书上，贯穿过整个身体——他作出了一个答复，这个答复与其说是以其内容毋宁说是以其完全无讽刺意味的语气让他感到吃惊。他说："我在探索神圣生活的途径。"

他已经站立起来；但不是为了离开妹妹的身边，而是为了走出去几步好从那儿打量她。"你不要笑，"他说，"我不虔诚；我带着这样的问题审视这条神圣的道路：人们是否也可以开着一辆汽车在这条路上行驶！"

"我之所以笑，"阿加特回答，"仅仅是因为我很想知道你将会说些什么。你带来的那些书，我感到陌生，但是我觉得，我并不是完全不理解。"

"你懂这个？"她的兄长问，他已经确信她懂，"人们可能正在情绪最激动的时候，但是眼光突然落在某种被上帝和世人抛弃了的事物的游戏上，人们被它吸引住了？！突然，人们像一根全无重力随风飞舞的羽毛那样被自己那小小的存在承载着？！"

"除了你如此着重指出的强烈的激动情绪之外，我以为我全明白了，"阿加特说，她忍不住取笑起在她兄长的脸上显出的与他那柔和的话语毫不相称的冷酷而窘迫的神色来。"人们有时忘记视觉和听觉，并且完全失去讲话能力。然而，恰恰是在这样的时刻，人们感觉到在一个瞬间苏醒过来了。"

"我是想说，"乌尔里希用轻快的口吻继续说，"这像这样一种情况：人们朝外面一片闪闪发亮的水面望去：眼睛以为看到的是一片模糊，虽然一切十分明亮，对面岸边一切事物似乎不是立在地上，而是带着一种几乎使人疼痛和令人迷惘的柔和的高清晰度飘浮在空中。在这个印象中既有一种增强也有一种失落。人们和一切结合在一起，却不能靠近任何事物。你站在这边，世界在那边，超自我和超物体，但两者几乎既疼痛又清晰；分离和结合平素搀和在一起的东西的，是一种暗淡的闪光，一种淹没和熄灭，一种来回摆动。你们像水中的鱼或空中的鸟那样漂浮，但是没有岸，没有树枝，尽是这种漂浮！”乌尔里希分明是在吟诗作文；他的热烈、刚毅的语言在其柔和、轻飘的内容的衬托下显得铿锵有力。他似乎已经摆脱一种以往一直将他禁锢住的谨慎，阿加特惊讶地看着他，但也怀着透着不安的欢乐。

“你认为，”她问，“这后面有什么东西？不止是一种‘心血来潮’或如同此类抚慰的话语所表述的那种东西？”

“这还用我说！”他又在他原先的座位上坐下，翻阅放在那儿的书，而阿加特则站起来，给他让出地方。接着，他翻开一本书，说“圣者们是这样描写的”并朗读：“这几天，我心神不定。一会儿，我小坐片刻，一会儿，我在屋里来回溜达。这好似一种痛苦，然而这与其说是一种痛苦，还不如说是一种欢乐，因为我不觉得烦恼，而是感到一种奇特的、完全超自然的安逸。我已经超越我的全部能力达到这神秘力量的边缘。在这里我听不见声音，在这里我看不见光线。于是，我的心便变得无底，我的精神便变得无形，我的本性便变得无实质。”他们俩觉得，这些话跟促使他们自己在屋里和花园里溜达的那种心神不定有相似之处，而尤其让阿加特感到惊讶的是，圣者们居然也称他们的心无底、精神无形；但是乌尔里希似乎很快又囿于他那种冷嘲热讽之中了。

他解释说：“圣者们说：我曾一度遭禁闭，后来我被从自我中抽出，不知怎么地就被沉没于上帝之中。打猎的皇帝们——我们从我们的读本里听说过他们的故事——用另一种方式描述这件事：他们说，他们面前出现了一只鹿角上有十字架的鹿，致使他们不由得就一枪打死了那只鹿；后来他们就在那个地方盖了一座小礼拜堂，于是他们也就又可以继续打猎了。和我来往的那些富有、聪明的女士们，如果你去问她们这种事情，她们会马上回答你说，最后描绘过这样经历的人是凡·高。也许她们也会不谈画家而谈里尔克的诗；然而，一般来说，她们更喜欢凡·高，凡·高是一种极好的投资，他割下了自己的耳朵，因为绘画和人生的各种乐趣都不能使他得到满足。我们的民众中的多数人将会说，在山顶上经历的那种显而易见的高远空旷才是一种德意志式的情感流露。对于他们来说，孤独、小花朵和潺潺的小溪是人类崇高情感的集中体现：他们也还在这种高贵而纯真的自然享受中蕴含着一个神秘的第二生命的被误解了的最终作用；总而言之，必定有或者曾经有过这种生命！”

“那你就还是别对此进行嘲笑的好。”阿加特表示异议说，因好学而脸色阴沉，因焦急而容光焕发。

“我之所以嘲笑，仅仅是因为我喜欢这样做。”乌尔里希简短回答说。

一二

神圣的谈话。变化多端地继续进行

此后，桌上总是放着一大堆书，这些书部分是他从家里带来，部分是他后来买的；他时而自由谈论，时而为了找凭据，或者因为想逐字朗诵一段话，他又打开书中夹着纸条标出的一页。它们大部分都是神秘教徒们的传记和个人言论，或者论述他们的学术论文；通常他用“让我们尽可能客观地看一看，这是怎么回事”这样的话偷偷留下这方面的谈资。这是一种小心谨慎的态度，他是不会轻易就自动放弃这种态度的；所以有一次他也说：“如果你能完全通读这些传记，过去几个世纪里的男人们和女人们留下的描述他们虔敬上帝状况的这些传记，那么你就会觉得，字里行间都透着真实感和现实感；然而由这些字眼组成的论断与你的现实意愿是极度抵触的。”他继续说，“他们谈到一种满溢的光辉。一种无限辽阔，一种光明灿烂。一种一切事物和精神力量的轻飘的‘统一’。一种神奇的、难以描绘的心灵的振奋。谈到种种认识，它们如此快捷，以至于一切都同时发生，而且像掉落到世界上的火星。另一方面，他们谈到一种忘却和不再理解，甚至也谈到一种各事物的没落。他们谈到一种脱离了激情的巨大的宁静。一种缄默不语。一种思想和企图的消失。一种他们可以看清楚情况的盲目，一种他们死了并有着超自然的生气的明朗。他们称这是一种‘衰变’并声称生活得比任何时候都更充实：这不是——即使为表达上的困难所隐约遮蔽——同一种感觉吗，人们今天还会有的那种感觉，假如心儿偶然——如他们所说，‘贪婪和知足’地——陷入那些乌托邦的领域，那些在一种无限温柔和无限孤独之间的虚无缥缈处存在着的领域？！”

在乌尔里希所作的短暂思考间歇之中，阿加特的语声搀和进来：“这就是有一回你称之为在我们内心重叠在一起的两个层面的东西。”

“我——什么时候？”

“你漫无目的地步行到城里去的时候，你觉得，仿佛你被溶解在这座城市里了，但是你同时也不喜欢它；我曾对你说，我经常有这样的心情。”

“噢，是的！你甚至随后就说了‘哈高厄尔’！”乌尔里希喊道，“我们都笑了。现在我想起来了。但是我们并不完全真的就有这样的看法。此外我也给你讲了施与的和索取的看，男人的和女人的原则，原始想象中的两性人学说以及诸如此类的事：这样的事我能讲许多！仿佛我管不住我的嘴巴似的，它就像那月亮，如果人们在夜晚需要和一个知心人聊聊天儿，那月亮也总会到场的！但是这些虔诚的教徒们所讲的有关他们心灵奇遇的事，”他继续说，在他的言语的愤懑中又搀杂进客观，甚至还有赞赏，“有时这是用一种司汤达式的研究的力量和无情的信念写成的。当然只能是，”他加以节制地说，“停留在现象上，他们不把自己的判断搀和进来，这种判断受到这个讨人喜欢的信念的篡改：他们是被上帝选中来直接聆听他教诲的人。因为从这个时刻起他们当然不再给我们讲述他们那些难以描绘的没有名词和动词的感受，而是用有主语和宾语的句子讲话，因为他们相信自己的灵魂和上帝，犹如相信两个门框柱子，神奇的门户将会在它们之间开启。就这样，他们作出了这样的陈述：他们的灵魂游离开肉体、被沉入主的体内，抑或主像一个情人那样侵入他们体内；他们被上帝俘获、吞食、迷惑、掠夺、强奸，抑或他们的灵魂扩展到他那儿，侵入他体内，体验他，用爱拥抱他并听他讲话。这时，尘世的榜样是明白无误的。这些传记现在不再像重大的发现，而是只还像某些类似的幻象，一位爱情诗人用这些幻象修饰他的题材，对于这个题材只可以有一种看法：这些报导至少使养成克制习惯的我处于痛苦的紧张状态中，因为这些被选中的人恰恰是在声称上帝对他们讲过话或者他们听得懂树木和动物的言语的时候，没有同时告诉我们上帝对他们说了些什么话；他们一旦这样做了，人们也就发现，原来这仅仅是个人事务或众所周知的教会新闻。永远令人遗憾的是，没有哪个一丝不苟的研究人员有幻觉！”他结束他的长篇答词。

“你认为，这些研究人员会有幻觉吗？”阿加特试探他。

乌尔里希略一沉吟。随后，他像一个有宗教信仰的人那样回答：

“我不知道，也许这种情况会发生在我的身上！”当他听到他自己的这句话时，他笑了笑，算是又节制了一下这句话。

阿加特也笑了笑；她似乎得到了她渴望得到的回答，而她的脸则映现出一种紧张情绪突然停止后接踵而至的无可奈何、灰心丧气的小小瞬间。所以，她之所以提出异议，也许仅仅是因为她想重新撩拨她的兄长。“你知道，”她说，“我是在一所十分虔诚的学校里长大的：其后果就是，有人一讲起虔诚的理想来，一种对漫画的喜悦之情便会在我心头油然而生并变得简直很不体面。我们的女教员们都穿一种两种颜色构成一个十字形记号的制服，这不用说一定会提醒我们记住一个最崇高的思想，这个思想就会以这样的方式整天在我们眼前浮现；可是我们一秒钟也不曾想过这样的念头，我们凭她们的外表和她们那软绵绵的话语把我们的妈妈们叫作十字形蜘蛛。所以，就在你朗读的时候，我也是一会儿想哭，一会儿想笑的。”

“你知道吗，这证明什么？”乌尔里希喊道，“什么也证明不了，只证明，以某种方式存在于我们内心的向善的力量会立刻咬穿四壁的，假如人们把这股力量关入一个坚固的模型，这股力量立刻就会通过窟窿向恶逃逸！这使我想起了我当军官、和我的同伴们一道支撑王位和祭坛的那个时代：我这一辈子没有第二回听到像在我们这个圈子里这样自由谈论这两件事的！感情怕受束缚，但尤其是某些感情。我确信，你们的了不起的女教员们自己是相信她们向你们传布的教义的：但是信仰一刻也不会一成不变！就是这么回事！”

虽然乌尔里希匆忙间把自己的意思表达得并不尽如人意，阿加特却自己明白，使她失去了对信念的兴趣的那些修女们的信念仅仅是某种“腌渍过的东西”。虽然可以说保持了原汁原味并且没有失去信念特色，但毕竟不新鲜，甚至以一种无据可查的方式进入另一种状态，它不同于此刻作为预感浮现在逃遁的、倔强的圣洁弟子眼前的原来的状态。

这连同所有其他他们已经对道德讲过的，都属于她的兄长沉入她心田的那些感人的怀疑之列，属于一种内心复苏的状态，这就是从那时以来她一直感觉到的、却搞不清楚这是怎么一回事的状态。因为她有意显露出来并从内心感到偏爱的这种冷淡状态，并不总是主宰了她的生活。有一回曾发生过什么事，这种对自我惩罚的需求直接来自于一种深深的沮丧情绪，正是这种沮丧情绪使她显得不庄重，因为她认为自己没有受此恩宠，要对崇高情感保持忠诚；从此她便因自己内心懒散而蔑视自己。这件事发生在她在她父亲家里过着少女生活和她和哈高厄尔的令人不可理解的婚姻之间，其范围是如此狭窄，以致乌尔里希迄今一直都提不起打听它的兴趣来。所发生的事，不久就讲了：阿加特在十八岁上嫁给了一个只比她自己年纪稍长一点点的男人；在一次以他们的婚礼开始并以他的死亡告终的旅途中，他在途中染上的一种疾病在几个星期内便又把他从她身边夺走了。医生们称这是伤寒，阿加特也跟着他们这么说，觉得这是一种表面上的正常情况，因为这是事情的被世俗磨平了的一面；但是在那没给磨平的一面，这就是另一回事了：阿加特迄今一直生活在她的备受众人尊敬的父亲的身边，致使她心存疑心地认为，如果她不爱他，她就是不仁不义；在学校里的那种对自己的捉摸不定的期待由于这期待在她心头勾起的猜疑因而也就没有巩固她与世人的关系；而后来，当她怀着突然觉醒的活力并且在和青少年时代的游伴们的共同努力下在不多几个月内克服一切障碍——从他们俩青春年少中生出的一门婚姻的障碍，虽然一对恋人的家庭彼此没有什么反对意见——这时她一下子不再感到孤独并恰好因此而显出了自己的本色。这种情况不妨可以说是爱情吧；但是有恰似看太阳那样看爱情的恋人，他们只会变得眼睛失明；也有当生活受到爱情照耀时破题儿头一遭惊讶地看见生活的恋人：阿加特便是这样的恋人，她还根本不知道，她是爱她的伴侣还是爱别的什么东西，就已经发生了在冥暗世界的语言里叫作传染病的这种事。这是一阵突然掀起的风暴，一阵生活陌生领域里的恐惧风暴，一种抗争、忽闪和熄灭，是两个互相依附的人的灾难和一个毫无恶意的世界向呕吐、腹泻和恐惧的沉沦。

阿加特从来也没有承认过这个毁灭了她的感情的事件。绝望而不知所措地，她跪在濒死的人的病榻前，自己欺骗自己地企盼着她会用魔法召来曾使她在童年制伏自己那场疾病的力量；当病势还是日益恶化、知觉已经丧失时，她，置身在一家陌生旅馆的房间里，无法理解所发生的事，呆呆地盯住那张被离弃的面孔，不顾危险地用胳臂抱住那个垂死的人，全然不顾被激怒的女护理员，不顾客观现实，什么事也不干，只是接连数小时对着他完全失去听觉的耳朵嘟哝："你不可以，你不可以，你不可以！"当一切结束的时候，她却已经惊异地站了起来；没有什么特别的信仰和想法，仅仅是出于一个孤独的人的梦幻能力和任性，她便从这种空虚惊讶的时刻起在内心这样对待这已经发生的事，就仿佛这件事没有最终了结似的。大概每一个人都会显示出一种类似的征兆来的，假如他不愿意相信一个不幸的消息或者给不容改变的东西加上令人安慰的色彩的话；但是阿加特的态度中的特别之处却是这个反作用的强度和范围，其实就是她那突然爆发的对世人的藐视。从此她就故意只用这样的态度来接受新东西，仿佛这新东西不是当前的，而是某种极其不明确的东西，一种态度——她历来对现实的不信任使她很容易采取这种态度；而过去的事物则因遭受到打击而凝固了并缓慢地受到时间的剥蚀，它的受剥蚀远比回忆要慢。但是这没有任何梦幻、片面性和反常情况的特性，需要请医生来诊治；相反，阿加特表面上完全井然有序、规矩本分，只是有些感到无聊地继续过着她的日子，怀着一种略微高涨的厌世情绪，这确实像她在儿时莫名其妙地自愿经受的那种发烧。而过去的事物和可怕的事物一小时一小时地恰似一具裹着一块白布的尸体活生生地留在她那反正从不将其印象轻易淡化的记忆中，这使她内心充满一种幸福感，尽管这样精确的回忆会带来种种痛苦，因为这起到了跟神秘而迟到地暗示"还不是一切都已经终止"一样的作用，并使她在情绪低落时保持住一种不明确但高尚的紧张心情。事实上，这一切当然只有一个结果，这就是她又失去了存在的意义并有意使自己处于一种与自己的年龄不相称的状态之中；因为只有老人才这样生活：他们坚持一个过去的时代的经验和成绩并且不再为现在触动。但是阿加特总算运气，人们在她当初那个年龄上都把自己的决心当作永恒来理解，可是一年就几乎已经相当于半个永恒了；所以她难免也就在过了一些时候之后让受压制的本性和被束缚的想象自由释放出来。这件事是如何发生的，就其细节而言是相当无关紧要的；一个男人使她失去了内心的平静，而在别的情况下这个男人的追求是绝不可能会得逞的，他成为她的情人，而这次重复尝试则在十分短暂的狂热希望之后便以强烈的失望而告终。阿加特感到自己遭到了自己的现实的和自己的不现实的生活的唾弃，感到和崇高原则不相称。她属于那一类性情暴躁的人，这类人能够长时间采取静止不动、耐心等待的态度，直至他们在某一点上突然陷入混乱状态；所以她在失望中不久便作出一项新的欠考虑的决定，这项决定简短说就是：她以一种跟她犯过失时相反的方式惩罚自己，她判自己和一个引起自己轻微反感的男人共同生活。她找来惩罚自己的这个男人就是哈高厄尔。

“这样做自然对他既不公正，也不十分体贴！”阿加特直言不讳；必须承认，甚至在这时候第一次发生这样的事，因为公正和体贴并不是受年轻人欢迎的美德。她的“自我惩罚”在这种共同生活中毕竟也不是微不足道的，阿加特如今正在继续审查这件事。她浮想联翩，乌尔里希也在他的书里寻找着什么，似乎已经忘记继续进行这场谈话了。“在以往的几个世纪里，”她想，“一个有我这样心境的人早就进修道院了。”她没进修道院反倒结了婚，这并非没有一种纯情的滑稽，一种她迄今一直没有觉察到的滑稽。这种滑稽，这种没有被她的年轻的意识更早发现的滑稽，当然无非就是当今时代的滑稽，它在最坏的情况下在一家旅游者旅馆，但通常是在一家阿尔卑斯山饭店满足遁世的需要，并且甚至努力给这个流放地配备上漂亮家具。这体现出这种深长的、欧洲的需要：不夸张任何事物。没有哪个欧洲人今天还在为赎罪而鞭笞自己，用灰烬涂抹自己，割下自己的舌头，真正尽心而忘我或者也只是不和所有的人来往，因激情而不能自持，处以车磔刑或用矛刺人；但是每一个人有时都会感到有这种需要，所以很难说究竟什么是值得避免的，是希望呢还是无所事事。为什么偏偏一个苦行者就应该挨饿呢，这只会让他胡思乱想！合理的苦行就是在经常保持良好营养条件下对饭菜感到嫌恶！这样的一种苦行可以经久，它允许精神获得那种自由，而如果精神在奋起反抗时依赖身体，便不会有那种自由！从她兄长那儿学来的这一套既辛辣又有趣的解释词，如今使阿加特感到十分舒适，因为它们将这种“悲剧性的东西”——她没有经验，长期觉得自己应该一成不变地相信这个——分解为讽刺和一种激情，这种激情既没有名字也没有目标，所以也就没有和她所经历过的东西决裂。

就这样，自从她与她的兄长相聚在一起以来，她第一次觉察到，一种拯救的、将这解开的东西重新系住的运动正在进入不负责任的生活与阴森可怕的幻想之间的这条大裂痕之中。譬如现在，在她与她兄长之间保持着的、受到书籍和回忆加深了的一片寂静中，她回想起，乌尔里希曾向她描述过，他怎样漫无目的地在城里闲逛，走着走着便在内心充满了对这城市的印象：这跟她那不多几个星期的幸福生活十分相似；这也是对的，当他向她讲述这个经历时，她笑了，她简直是完全无端地、荒唐地笑了，因为她发觉，在哈高厄尔的圆形隆起的嘴唇上，在这嘴唇拱起亲吻的时候，就有这种世情颠倒：他所谈到的这种快乐至极、滑稽可笑的翻转的某种特征。不过，这却让人感到一阵寒战；可是，她想，即便在大白天也会打起寒战来的，而她则不知怎么地从这上头感觉到，对她来说还不是所有的机会都已经丧失。某一种微不足道的东西，一种中断，在过去和现在之间一直存在着的中断，已经在最近飞走了。她偷偷往四下里看了看。她置身于其中的这个房间已经构成产生出她的命运来的空间的一个部分；现在她是第一次在这里想到了这一点。因为每逢她知道父亲不在家，便总是和青少年时代的游伴们到这里来聚会，他们信誓旦旦地表示要互相恩爱，有时她也在这里接待过那个“不足取的人”，曾偷偷噙着愤怒或失望的泪水在窗口站立过；最后，在父亲的撮合下，哈高厄尔的求婚也发生在这里。只要这只是事件的不引人注意的背面，家具、墙壁、被奇特地锁住的光就会在重新认出的瞬间变得极其具体，而奇异地在其中消逝了的东西则构成一个如此物质的、根本不再是模棱两可的过去，仿佛这是灰烬或者烧焦的木头似的。只还有这种滑稽而朦胧的感觉，这种奇异的刺激——由于旧有的、干枯成尘埃的他自己的痕迹，人们感觉这种刺激并且在感觉到它的时候既不能驱散也不能领会它——遗留了下来并且变得几乎强烈得叫人难以忍受。

阿加特发现，乌尔里希没注意她，便小心翼翼打开胸部的衣襟，她在那里贴身藏着带那张小照片的小盒，这几年里她一直没让这照片离身。她走到窗口，装出看窗外的样子。她小心谨慎地弹开这只微小金牡蛎的锐利边圈，偷偷观看她的已故爱人。他长着丰满的嘴唇和一头柔软、浓密的头发，一张还带着稚气的脸上眼里流露出二十岁人的俏皮。她长久不知道在想什么，但是一下子，她想：“我的上帝，一个二十一岁的人！”

这样年轻的人互相谈些什么？他们赋予他们的事情以何等的意义？他们往往多么滑稽和傲慢！他们的生动活泼的想法对她多么有迷惑力！阿加特好

奇地打开回忆薄纸包里的古老格言，她把它们当作至理名言一直收藏在这个纸包里：我的上帝，这几乎是至关重要的呀，她想；但是其实连这种事也无法准确无误地加以断言，假如人们不想象那座花园，那些话就是在这座花园里讲的，花园里有他们叫不出名字来的奇花异草，有好似疲惫不堪的醉汉落在那些花草上的蝴蝶，还有那光线——那光线流溢过他们的面庞，仿佛天和地在光线中被溶解了似的。如果她用这个标准来衡量自己，那么她今天便是一个年老且有经验的妇人，虽然已流逝的岁月的数目并不怎么大，而她则颇有一点迷茫地发现了这一不相称的关系，这就是她，二十七岁的女人，迄今还一直在爱着这个二十岁的人：他对她来说已经变得太年轻了！她问自己："我究竟会有怎样的感觉呢，假如我，在我这个年龄上，果真极其珍爱这个像男孩那样的男子的话？！"这一定是相当奇特的感觉；它们对她来说无关紧要，连对它们形成一个清晰的概念的这个能力她都没有。其实一切都在化为乌有。

阿加特怀着一种崇高的、愈来愈强烈的情感承认，她在她一生中的这次唯一的值得骄傲的激情中犯了一个错误，而这个错误的核心由一团火红的雾组成，它摸不着抓不住，不管人们是说信仰一刻也不会一成不变，还是有别的什么说法；这始终都是自他们聚在一起以来她的兄长所谈到的那些事，这始终都是她本人——即使他玩弄种种概念游戏，他的谨慎对她的急躁来说太从容，他谈论的也始终都是她本人。他们一再回到这同样的谈话上来，而阿加特则自己就急切地盼望着他们的热情不要消退。

当她向乌尔里希说话时，他根本不曾察觉这长时间的中断。但是谁若不是已经从蛛丝马迹上看出在这兄妹俩之间所发生的事，不妨就把这个报告放在一边，因为其中描写了一项他绝不会赞同的惊险活动：可能性边缘之旅，它沿着不可能性和不自然性，沿着令人厌恶性，沿着这样的危险地段伸展开去，它也许并不总是沿伸开去；一种"难以确定的两可情况"，一如后来乌尔里希这样称呼的，带有有限和特别的有效性，好似数学为得到真实而自由使用荒谬。他和阿加特不经意中走上一条与虔敬上帝者们的活动有某些干系的道路，他们走在这条路上，但是他们并不虔诚，他们不信上帝或灵魂，甚至哪怕只是来世和转世他们也不信；他们已经作为这个世界的人不经意地走上了这条路，如今正作为这样的人走在这条路上：这恰恰正是值得注意的事。乌尔里希在阿加特与他攀谈的时候尚还沉浸在他的书籍和她向他提出的问题之中，尽管如此，他却一刻也没有忘却这次谈话，在说到他妹妹对女教员们的虔诚的反抗和他自己的“精确的幻觉”要求时，谈话便中断了；他立刻回答：“人们根本用不着当什么圣者便可亲身经历这样一些事情！人们也可以坐在山里一棵弄倒的树上或一张长椅上，并在一旁观看一群牛吃草，人们就会飘飘然起来，仿佛一下子进入另一种生活境界了似的！人们精神恍惚，一下子又清醒过来：你自己就曾讲过这样的话！”

“可是那儿正在发生什么事呢？”阿加特问。

“嗳呀，那你就得先弄清楚，什么是平凡！”乌尔里希说，他试图说一句玩笑话，刹住这汹涌奔腾的思绪。“平凡就是，一群牛对我们来说无非就只是意味着牧放的牛肉罢了。抑或它是一个带背景的绘画素材。抑或人们根本不怎么在意它。山路旁的牛群属于山路的一景，而对于这样的山路景象，人们首先就会觉察到，假如在那地方耸立着一座电标准钟或者一所出租公寓的话。否则，人们就会考虑，该站起来还是该依然坐着；人们觉得成群地围着牛群飞舞的苍蝇讨厌；人们察看牛群里是否有一头公牛；人们考虑道路在哪里继续向前延伸：这是无数的小小的企图、忧愁、算计和认识，它们仿佛构成画这幅牛群画的纸。人们对这张纸一无所知，人们只知道那上面的牛群——”

“这纸突然撕碎了！”阿加特插话。

“嗯。这就是说：某种按习惯交织在我们心中的东西撕碎了。再也没有什么可吃的东西；没有任何可绘画的东西；没有任何东西阻挡住你的去路。连‘吃草’和‘牧放’这样的词儿你都不会造了，因为造这样的词儿需要有大量有目的的、有用的概念，而你却已经一下子失去了这些概念。留在画面上的，最容易被人称作一种情感波动，它或起伏或喘气和闪烁，仿佛它无轮廓地占满了全部画面。当然其中也还包含着无数零星的感觉，包含着颜色、棱角、运动、谣言和一切属于现实的东西：但是这已经不再被承认，即使它还会被认识到。我是想说：个别部分不再拥有它们的那种可以使它们占用我们的注意力的利己主义，而是亲如手足地并且在严格意义上‘亲密地’互相连接在一起。当然那上面也不再有什么‘画面’，一切以某种方式无限地转移到你身上。”

这时，又是阿加特生动地进行说明：“现在你只需要不说个别部分的利己主义，而是说人的利己主义，”她喊道，“那么这就是这种人们如此难以表达的东西了：‘爱你的最亲近的人’并不意味着，像你们这样去爱他，而是表示一种梦幻状态！”

“道德的全部原理，”乌尔里希确认说，“表示一种梦幻状态，这种梦幻状态已经从人们用来囚禁它的规则里逃了出来！”

“其实随后也就根本没有善和恶，而是只有信仰或怀疑！”阿加特大声说，现在她似乎很熟悉这承载着自身重量的原来的信仰状态，也很熟悉这种状态在道德中所遭受的损失，她的兄长曾谈到过这种损失，当时他说，信仰一刻也不会一成不变。

“是的，当人们摆脱生活琐屑的时候，一切都互相处在一种新的关系之中，”乌尔里希表示赞同，“我几乎想说，根本没有关系。因为这是一种完全陌生的关系，我们没有任何经验，而所有别的关系则已经消失；但是这一种关系尽管昏暗朦胧却清晰得足以使人不能否认它。它是强烈的，但是它又强烈又难以想象。人们也想说：通常人们注视什么东西，那目光就像一根长针或一条绷紧的线，眼睛和景象用这相互支撑着，每一秒钟都有某一件大的这样性质的针织物支撑着；而现在在这一瞬间倒还不如说是某种又痛苦又甜蜜的东西在把眼光拉开。”

“人们在这个世界上一无所有，人们再也抓不住什么东西，人们没有任何支撑物，”阿加特说，“一切就像一棵大树，树上没有一片树叶在动弹。在这种情况下人们做不出任何卑劣的事情来。”

“人们说，在这种状态下不会发生任何与这种状态不一致的事，”乌尔里希补充说，“一种‘隶属于它’的渴望是唯一的根由，是在它内部发生的一切行为和思维的深情规定和唯一形式。它是某种无限静止和广博的东西，而在其中所发生的一切则都增长着它那平稳上升的意义；抑或这不增长那意义，于是这就是坏事，但是坏事是不会发生的，因为寂静和清澈撕碎、奇异的状态停止在同一个时刻。”乌尔里希趁她不注意偷偷用审视的目光注视他的妹妹；他总是觉得，现在他得赶快终止。但是阿加特脸上阴沉沉的；她在想着久已过去的事情。她回答：“我对我自己感到奇怪，但是确实有过一段短暂的时间，在这段时间里我没有嫉妒、恶意、虚荣心、贪欲以及诸如此类的心态；这几乎无法让人相信，但是我觉得，当初它们一下子不仅从心里，而且也从这个世界上消失了！于是人们不仅自己不能采取卑劣态度，而且别人也不能这样做。一个善良的人使一切与他发生接触的事物变得善良，别人可以爱怎么对付他就怎么对付他：这既然属于他的职责范围，就会被他改变！”

“不，”乌尔里希插嘴说，“情况不完全是这样；相反这或许是最古老的比例失调之一！因为一个善良的人丝毫也不会使世界变得善良，他对这个世界根本不起任何作用，他只是与世隔绝而已！”

“可是他待在这个世界的正中间！”

“他待在这个世界的正中间，然而他觉得，仿佛空间正在从种种事物中被抽出或者正在发生某种想象中的事：这就难说了！”

“尽管这样，我还是觉得，一个‘乐观的’人——我只是凑巧想起这个词儿——是绝不会让什么卑劣的东西挡住去路的；这可能是废话，但这是经验之谈。”

“这可能是经验之谈，”乌尔里希回答，“但是也有相反的经验！你以为，把耶稣钉在十字架上的那些士兵，他们的情感不卑劣？可是他们是上帝的工具！况且，即使是兴奋到极点的人也会有恶劣的情感：他们抱怨，他们不受赏识，然后就感到一种难以用言语表达的不快，他们感到恐惧、痛苦和羞耻，也许甚至还感到憎恨。只有当这静静的热望又开始时，懊悔、愤怒、恐惧和痛苦才会使人感到无比幸福。对所有这一切很难作出判断！”

“你什么时候热恋过？”阿加特突然问。

“我？哦，我已经给你讲过了嘛：我从情人身边逃离了一千公里，当我确实感觉到随时有可能受到她实实在在的拥抱时，我便像狗对月亮那样对她吼叫！”

这时，阿加特向他供认了自己的恋爱故事。她很激动。她最后的这个问题就已经是被她宛如拨动一根过度绷紧的弦那样一甩而出，其余的便以同样的方式一一道出。当她将这多年埋藏心底的话抖搂出来时，她的内心颤抖了。

但是她的兄长并没有对此特别感到震惊。“一般来说，回忆跟人同步衰老，”他向她解释，“而最富有激情的事件则随着时间的推移而变得具有锥形透视图的特点，仿佛人们最后是从九十九扇连续开启的门观看它们似的。但是有时候，如果它们和很强烈的感情联结在一起，那么个别的回忆便不会衰老，就会把层层本质的东西积存起来。你就属于这样的情况。几乎在每一个人身上都有这样的点，它们略微扭曲心灵上的匀称；他的行为从它们上面流淌过去，一如河水流过一块看不见的大石块，而在你身上这种情况仅仅是十分强烈而已，致使这几乎等于一种停滞状态。但是最后你还是摆脱出来了，现在你又心绪不宁了！”

他用一种几乎是职业上的思维的平静语气说了一番话；他的观点不容易改变！阿加特是不幸的。她固执己见地说：“我当然心绪不宁，但是我不谈这个！我想知道，我当初几乎会落到何等地步！”她也感到恼火，因为她说这话不是出于自愿，仅仅是因为她的激动情绪必须用某种方式表达出来；但是，尽管如此，她还是顺着原来的思路继续讲，在她表面上的温柔话语和暗藏着的恼怒之间她感到头晕目眩。就这样，她讲到一种提高了的敏感性和灵敏性的奇特状态，这种状态引起印象的溢出和回流，从而产生出像在一个柔软的平滑如镜的水面上与一切事物联系在一起并无意志地给予和收受的那种感觉；这种外表及内心越限和无限的奇异感觉，这是爱情和神秘教的共同特点！阿加特当然不是用这样的已经包括一种解释在内的话语来表述的，她仅仅是把她的一个个富于激情的回忆片断串联起来；虽然乌尔里希曾经常考虑这个问题，但是他也不会解释这些经历，他尤其不知道，他是否应该按其特有的方式或者按照寻常的理性的方法试着作这样一种解释，这两者对他来说都同样易于理解，但对他妹妹的可感觉到的激情来说就不是那么一回事了。所以他在回答中所表达的，仅仅是一种中介，对种种可能性的一种审核。他指出这种奇特的亲和性，说是在他们所谈到的那种情绪高涨的状态下这种亲和性存在于思维和道德之间，致使每一个思想被视为幸运、事件和礼物并且既不进入储藏室也根本不与占有和胜任、紧握和观察的感觉结合，因而占有他自己的乐趣在头脑里同样也在心坎里被一种无限的缠绵情意所取代。“一生中有那么一次，”阿加特用热情而坚定的语气回答说，“人们所做的一切都是为了另一个人。人们为了他看到阳光照耀。他无处不在，而人们自己则无处存在。然而，这却并不是‘两个人的利己主义’，因为另一个人的情况一定也是这样。最后，两个人恐怕不再是为了彼此而存在；剩下来的，是一个纯属两个人的世界，它由赞赏、献身、友谊和无私组成！”

由于心情激动，她的面颊在昏暗的房间里发红得像一朵在阴影里绽开的玫瑰。乌尔里希请求说：“让我们重新用客观冷静的态度来说话吧；在这些问题上骗人的花招实在太多！”她觉得这也并非不正确。也许是这还一直没有完全消逝的懊恼，是它使得她的喜悦之情受到这添加上来的现实的一些抑制；但是界限的这种孕育着危险的颤抖，这不是什么不愉快的感受。

乌尔里希开始谈论起一些人的胡言乱语，那些人这样来解释他们在谈话中所涉及的经历，仿佛在其中不仅正在发生一种奇特的思维变化，而且是一种超人的思维正在取代寻常的思维。不管称这是神使鬼差还是按新时代的时尚仅仅称之为直觉，他认为这是现实理解的主要障碍。按照他的信念，从屈从经受不住严格检验的想象中是得不到任何好处的。这只是像伊卡洛斯[1]的蜂蜡双翼，都在高空中熔化了，他大声喊叫，说是如果人们不单单想在梦中飞行，那么人们就必须乘着金属翅膀学飞行。

过了一小会儿工夫，他边指着那些书边继续说：“这是基督教的、犹太教的、印序的和中国的证词；其中个别的证词之间相隔一千多年。尽管如此，人们还是在所有证词中都可以看到同样的、偏离寻常结构的、却自成一体的内部运动的结构。它们相互之间的差别几乎完全只在于来源于与一个神学和天国智慧体系——它们已经进入这个体系的保护网下——有联系的那种东西。所以我们可以以一种明确的第二和不寻常的具有重要意义的状态为先决条件，人类有能力适应这种状态，它比各种宗教更原始。

“另一方面，教会，”他退一步说，“这就是说，信仰宗教的人们的文明团体，经常用类似一位官僚对私人的进取心所抱的那种不信任态度对待这种状态。教会从未无保留地承认这种热情奔放的体验，相反，它们作出巨大的和看似合理的努力，以便用一种正规的、可理解的道德去取代这种状态。所以这种状态的历史与一种不断进行的否认和稀释相似，它使人想起排干沼泽地的水。”

“而当教会的精神统治及其词汇变为陈旧时，”他最后说，“人们便理所当然地把我们的状态只还当作一种幻觉。为什么市民阶层的文化在取代宗教文化时要比宗教文化带有更强烈的宗教色彩呢？！它已经毁掉了那另一种状

① Icarus，希腊神话中能工巧匠代达罗斯的儿子，在逃离迷宫时，由于飞得太高，用蜂蜡做的双翼被太阳晒化，伊卡洛斯落海而死。

态，毁掉了那种状态下的认识。今天有一大批人，他们埋怨理性并且想说服我们相信：他们在他们的最明智的时刻里是借助一种特殊的、高居于思维之上的能力来进行思考的：这是最后的，甚至已经完全是理性主义的、公开的残余；疏干的最后残余已经变为一派胡言！所以，除了在诗歌中以外，人们便只允许未受过教育的人在爱情的最初几个星期保持这种旧有的状态，使其一时受到迷惑；这在某种程度上可以说是有时在床和讲台木上抽出嫩叶的迟开的绿色树叶：但是只要它们想恢复其原来的旺盛的长势，便会被人毫不容情地铲平和连根拔除！”

乌尔里希大约讲了跟一位外科大夫洗手和胳臂以免把病菌带进手术室所花费的一样长的时间；也怀着与摆在面前的工作将会带来的激动不安相悖的那种耐性、专注和镇定。但是当他给自己完全消毒之后，他却几乎热切渴慕些许感染和发烧，因为他不是为了要头脑清醒才爱头脑清醒。阿加特坐在一架用来从高处往下取书的梯子上，在她兄长沉默不语时也没表示出任何参与的迹象来；她望着外面那无边际的、大海一样的灰蒙蒙天空，像先前倾听话语那样倾听这沉默。就这样，乌尔里希带着一丝勉强用一种玩笑口气掩盖住的执拗继续说。

“让我们回到山里我们的长椅和牛群上来吧，”他请求，“你设想，某一个穿刚出厂的崭新皮裤的高等法院参议坐在那儿，身上系着绿色裤背带，上面绣着‘你好’：他代表生活的真实内容，他正在度假。因而他对自己的存在的意识这会儿自然就变了。如果他注视着这牛群，那么他是不计算、不估计、不推测在他面前吃草的牲畜的活重[①]的。他原谅他的敌人们并对他的家庭抱着宽和的想法。对他来说，这个畜群几乎可以说已经从一个具体的对象变为一个道德的对象。当然也可能是，他稍稍计算、推测一下并且不完全原谅他的敌人，但是随后四周至少会林涛呼啸，溪水叮咚，阳光照耀。人们可以用一句话表述这个意思：一向构成他的生活内容的东西，如今他觉得‘遥远’和‘其实并不重要’了。”

“这是一种休假情绪。”阿加特机械地补充说。

“非常正确！如果他觉得在这种休假情绪中的非休假生活‘其实并不重

---

① 牲畜宰前的重量。

要’，那么这只意味着：在休假期间。今天的真实情况是：人有两种存在状态、意识状态和思维状态，他保护自己免受这种情况势必会在他心头引起的一种致命的鬼怪畏惧的侵袭，办法就是，他认为一种状态是另一种状态的休假，是另一种状态的中止、静止或其中的某种他自以为知道的东西。而神秘教则相反，它是和长期假期的目的相结合的。那位高等法院参议会把这说成是不光彩的并且会一如他在休假将近结束时惯常所做的那样迅速感觉到：现实生活在他的有条不紊的办事处理中断了。我们有异样的感觉吗？某种事情是否可以被整理好，这总是最终决定，人们会不会完全认真看待它；在这方面，这些经历并不幸运嘛，因为它们在几千年里都不曾超越它们最初的无秩序和不完备状态。准备着对这种情况作出解释的是幻想概念——宗教幻想或爱情幻想，随你的便；你完全可以相信：今天连大多数信教的人都已经如此受到科学的思维方式的感染，以致他们竟不敢查看什么在他们内心深处炽热燃烧，而且他们随时都准备从医学角度出发把这种热情叫作幻想，即使他们在官方场合讲不一样的话！”

阿加特用一种像有火堆在雨中噼里啪啦响那样的目光望着她的兄长。“如今你已经巧妙地把我们带领出去了！”当他不再继续往下讲时，她便责备他。

“这话你说得对，”他承认，“而奇怪的是，我们已经用木板把这一切像一口可疑的井那样盖住。可是，尽管如此，某一滴残留下来的这种阴森森的魔水却依然在往我们的全部理想上烙一个窟窿。没有哪个理想完全对头，没有哪个理想使我们感到幸福；它们全都指向某种不存在的东西：这方面的问题我们今天已经讲得够多的了。我们的文化是一座荒芜的被称作幻想的东西的神庙，但同时也是它的一种保管所，而我们则不知道我们患的是过多症还是过少症。”

“也许你从未曾敢于完全参与此事。”阿加特惋惜地说并从梯子上下来；因为他们原本是在整理父亲的遗嘱，只是因为先是读书后来又闲谈才转移了对这项已逐渐显得紧迫的工作的注意力。这时，他们又开始仔细观看涉及财产分割的规定和记述，因为答应哈高厄尔解决问题的日子临近了；但是就在他们眼看就要认真着手进行这一项工作的时候，阿加特却从那些文件上抬起头来，重新问道：“你自己在多大程度上相信你对我所讲的这一切呢？”

乌尔里希头也没抬地回答。“你设想，就在你的心已经与世人疏远的时候，在那群牲畜当中有一头凶恶的公牛！你就试试看，你就真的相信，你讲到过的那场致命的病会有另外一种结果，假如你的感情一刻也没有减退的话！”说罢，他抬起头来，指着他手下的文件。“法律、权利、节制，你以为，这是完全多余的吗？”

“你在多大程度上相信？”阿加特再次问。

“既相信也不相信。”乌尔里希说。

“那就是不相信。”阿加特断言。

这时发生了一个偶然的事件，它影响了谈话；当既不想重新进行交谈内心又不够平静不想考虑公事的乌尔里希在此刻拿起摊开在他面前的文件时，什么东西掉落到地上。这是一捆松散包着的各种杂物，它和遗嘱一块儿从写字台抽屉的一个角落里显现了出来，它多半是在它的主人不知情的情况下在那儿待了几十年了。乌尔里希心不在焉地观看他从地上捡起来的东西，并当即在几页纸上认出他父亲的笔迹，但这不是晚年时的笔迹，而是壮年时的笔迹，他仔细一瞧，看到除了写着字的纸片外还有纸牌、照片和各种零碎杂物，便迅速领悟到自己发现了什么。这是写字台的“黄毒抽屉”。那里面有细心记下的、大多是诲淫的笑话；裸体照片；密封寄发的印有体态丰满女牧民的明信片，人们可以在背面解开那些女牧民的裤子；各种纸牌，它们看上去完全是正经货，但是，对着光线一照，便显现极其可怕的事物来；小男人，只要一压他们的肚子，他们便露出种种物件来；如此等等，不一而足。老爷子显然毫不知晓抽屉里藏着这些东西，因为否则的话他是会及时销毁它们的。它们显然还是壮年时期物件，在这个年龄段上不少光棍和鳏夫都用这种伤风败俗的玩意儿寻欢作乐，但是乌尔里希却为他父亲这种不经意遗留下的幻想，为这种因死亡而摆脱了实体的幻想而脸红了。与中断了的谈话的内在联系眼下他是清楚的。尽管如此，他的第一个反应却是，趁阿加特没有看见便将这些文件毁掉。但是阿加特已经看见了什么不寻常的东西落到他的手里了，所以他便突然改变主意，喊她过来。

他想耐心等待，看她会说什么。他一下子又为这个想法所支配：她是一个女人，必定有经验，知道在较深刻的谈话过程中什么东西是完全从意识中生成的。但是从她的脸上却看不出她在想什么；她严肃而镇静地注视着她父亲的这份地下遗产，偶或她粲然一笑，但也又不是愉快的笑。于是，乌尔里希便一改初衷自己开了腔：“这是神秘教的最后残余！”他既恼怒又诙谐地说，“同一只抽屉里放着遗嘱的严格道德劝诫和这种污泥浊水！”他站起来，在房间里来回踱步。他刚开始讲话，他妹妹的沉默便使他说出新的话来。

“你问我，我相信什么，”他开了腔，“我相信，我们的道德的全部规范是对一个野蛮人的社会的承认。

“我相信，没有什么道德规范是正确的。

“另一种意识在它们的后面发出微光。一团火，它会将他们重新熔化。

“我相信，没有什么事情已经结束。

“我相信，没有什么事情处于平衡状态，而是一切都想互相利用、抬高自己。

“这我相信；这是和我一道出生的，或者是我和它一道。”

每讲完一句话他都站住，因为他没大声讲话，所以必须用什么别的办法来加强这番自白的力量。现在他的目光停留在摆在上面书架上的那几尊古典石膏像上；他看见一尊密涅瓦[①]像，一尊苏格拉底像；他回想起，歌德曾把一个超过真人大小的朱诺[②]石膏头像放在自己的房间里。他觉得这种偏爱惊人地遥远：一度曾经是极好的想法的，后来就变成一种毫无生气的古典主义了，变成他父亲同时代人中的落伍者的刚愎自用和尽职尽守，是徒劳无益的。“流传给我们的道德是这样的，仿佛人们把我们送到外面一根晃晃悠悠张在一个深渊上空的绳子上，”他说，“并且没给我们出什么别的主意，只是劝我们：好好挺直你的身体！”

“看样子，我是在没有我出力的情况下和另一种道德一起出生的。

“你问我，我相信什么！我相信，由于种种有效的原因人们可以向我证明一千次：某种情况是善的或美的。我将依然对此采取漠不关心态度，我将仅仅按照这样的信号行事：它的临近使我上升还是下降。

“我会不会被它激发起对生活的感情。

“是否仅仅是我的舌头，还有我的脑在谈论它，抑或是我的指尖上那发

① Minerva，罗马神话中的智慧女神，等于希腊神话中的雅典娜。

② Juno，罗马神话中大神朱庇特之妻，等于希腊神话中的赫拉。

光的寒颤。

“但是我也不能证明任何东西。

“我甚至确信，一个顺从这种情况的人是毫无希望的。他陷于神志昏迷状态。陷于朦胧和胡扯。陷于混乱和无聊。

“如果你剔除生活中单义的东西，那么剩下的就是一座没有梭子鱼的鲤鱼池塘。

“我相信，粗俗不堪的东西甚至就会是我们的美好精灵，它可以保护我们！

“因此我不相信！

“但是我首先不相信善对恶的束缚，不相信我们的混合文化有这种约束力：我讨厌这个！

“因此我既相信又不相信！

“但是我也许相信，在一些时候以后人类一方面将会变得很有才智，另一方面将会成为神秘教徒。也许会发生这样的事：我们的道德今天就已经在分解为这两个组成部分。我也可以说：分解为数学和神秘教；分解为实用的农田土质改良和陌生的冒险奇遇！”

他多年来未曾这样坦诚、激动过。他讲话中的“也许”他感受不到，他觉得这些字眼十分自然。

这当儿，阿加特已经在火炉前面跪下；她把那一捆图片和纸片放到自己身边的地上，把每一件东西又审视了一遍，随后将其塞进火炉。对她所观看的这些伤风败俗物件的猥亵和性感她并非完全无动于衷。她感觉到自己的身体因它们激动起来了。她觉得，她身不由己，就好像人们在荒郊野外感觉到某处一只家兔倏忽而过。她不知道，她是否会在她兄长面前感到羞愧，假如她把这告诉他；但是她在内心深处感到疲倦，再也不想说什么话。她也没听他在说什么；她的心已经一上一下受到十分剧烈的摇动，如今再也经受不起激烈动荡了。总是别人比她聪明，知道什么是对的；这一点她想到了，但是，也许因为她害羞吧，她这样想时怀着一种隐蔽的抗拒。走一条未经许可的或秘密的路：她觉得自己在这方面比乌尔里希强。她听到，他怎样总是重新小心翼翼地收回一切他不由自主地说出的话，他的话语像大量幸福和悲伤的滴剂涌到她的耳边。

一三

乌尔里希返回并从将军那儿获知一切他耽误了的事

四十八个小时以后，乌尔里希站在他的孤寂的寓所里。早晨。寓所已打扫干净，家具擦得一尘不染、光洁锃亮；在匆忙离去时他把他的书籍和文章落在桌子上了，如今它们在仆人的精心维护下，还是按原样放在那儿，打开着或者夹着已经不知道是什么用意的书签，有些文件甚至还在中间夹着一根他从手中放下的铅笔。但是一切像一只人们忘记添加燃料的熔炼坩埚里的熔炼物那样冷却和凝结了。乌尔里希痛苦、清醒却又迷惑不解地望着一个过去时刻的痕迹曾充满过这个时刻的强烈激动情绪和激越思想的印痕。如今要接触自身的这些残余部分，他不由得感到一阵不可名状的厌恶。“现在，”他想，“这经过各门户越过整所房屋一直延伸到下面厅里那荒唐的鹿角上。最近这一年里我过的是什么生活！”他闭上眼睛这样站着，为了可以不必看见任何东西。“多好啊，她不久就会到我这儿来，我们将会使这里的一切改变面貌！”他想。可是随后他却不禁回忆起他在这里度过的最后几个小时的情景；他觉得，他离开了很久很久了，如今他想对照一下。克拉丽瑟：这无关紧要。但事先和事后：这奇特的纷扰，他便是怀着这种纷扰的心情急奔回家的，后来便是那种世界的筋疲力尽的熔化！“就这样，像铁，在一股巨大重力作用下这铁变软了，”他考虑，“这铁开始流淌，可是它依然是铁。一个人竭力涌进这个世界，”他浮想联翩，“但是这个世界在他四周合上，顿时一切变了样。再也没有什么内在联系。没有他来时走过的路，没有他必须继续走的路。在他刚才还看见一个目标或者其实是每一个目标前面的平淡无奇的空虚的地方如今是一种发出微光的被包围状态。”乌尔里希还一直闭着眼睛。渐渐地，朦朦胧胧地，感觉又归来了。这情形，就仿佛他正在返回到他当初和现在站立的地方，这种感觉，它与其说在内在意识中，还不如说在外在空间中；其实这压根儿就既不是一种感觉，也不是一个念头，而是一种令人毛骨悚然的过程。如果人们受到过度刺激和感到孤独，一如他当初那样，大概就会以为世界的本质正在由里向外翻转过来；他心里豁然亮堂了起来——不可思议的仅仅是，这种情况现在才发生——而且这就像一种平静而坦率的回顾：他的感觉当初就已经向他预告了这次与他妹妹的相会，因为从那个时刻起他的思想便一直受到神奇力量的引导，直到——然而，乌尔里希还没来得及想到“昨天”，便急急忙忙地扭过身去，他是如此显而易见地被他的回忆唤醒了，就仿佛撞到桌角似的；那儿有某种他现在还不愿意去想的东西！

他走到写字台跟前，还没脱下旅行装便一一检查摆在那儿的邮件。当他没在其中发现妹妹的电报时，他感到失望了，虽然他并不指望会发现这样一份电报。一大堆唁函夹杂着学术通告和书商广告摆放在那儿。发现了两封博娜黛婀的信，这两封信摸上去显得如此厚实，他绝不会先去打开它们。也有一封莱恩斯多夫伯爵急切请求拜访他的信函，其中也有狄奥蒂玛的两封恳切的便笺，她同样邀请他返回后立刻去见她；仔细读罢，发现其中的一封，后来的那一封，含有非官方的弦外之音，它们十分友好、忧郁，并且几乎有些温柔多情。乌尔里希扭过脸去查看他不在时记下的电话记录：施图姆将军、图齐司长、两次莱恩斯多夫伯爵的私人秘书处、多次一位女士——她没说自己的名字，很可能是博娜黛婀——还有银行经理莱奥·菲舍尔以及其他事务性的通知。就在乌尔里希读这些记录并且还站在写字台旁边的时候，电话铃声响了起来；乌尔里希拿起听筒，对方自称“国防部，教育司，军士希尔施”，十分惊愕，没想到会听到乌尔里希亲自回话，一迭连声地说，将军先生曾命令每天早晨打一次电话，说是将军本人将马上打来电话。

五分钟以后，施图姆明确地声称，就在这一天上午他得去参加“极其重要的会议”，他无论如何也得在这之前和乌尔里希当面谈谈；乌尔里希问他有什么事，为什么不能在电话里谈，他朝话筒里叹了口气并预告了“通报情况、忧虑、问题”，不过从他嘴里也掏不出什么明确的话来。可是二十分钟以后，国防部的一辆菲亚特便停在了大门口，施图姆将军走进寓所，一位肩上挂着一只大皮公文包的传令兵跟随在他的身后。乌尔里希分明还是在谈论伟大思想的进军计划和土地册页时就已见过将军的这件精神忧愁贮藏器，他疑惑地皱起眉头。施图姆·封·博尔特韦尔让传令兵回到车上去，解开上衣，取出套在他脖子上一条小链子上的保险锁钥匙，一句话也没说，便从那只此外别无他物的公文包里拿出来两个军用面包。

“我们的新面包，”有意识地停顿一会儿后他说，“我带来让你品尝品尝！”

“多谢你的好意，”乌尔里希说，“我一夜旅途劳顿，你不让我睡觉，倒给我送来面包。”

“如果你家里有烧酒，我想这恐怕不会有错的吧，”将军回敬说，“那么，经过一夜旅途劳顿之后，面包和烧酒就是最好的早餐。有一回你给我讲过，说是你在给皇上服役期间我们的军用面包是你喜欢的唯一的东西，而我则想断言：奥地利军队在生产面包方面领先于所有别的军队，尤其是自从行政管理部门推出‘一九一四’这种新样品以来！所以我把它带来了，这是其中的一个原因。另外，你得知道，现在我原则上也都这样干。我当然不必整天坐在我的沙发椅上，也不必对我离开办公室迈出的每一步都作出汇报，这是不言而喻的；但是你知道，总参谋部不是白叫耶稣会军团的，如果一个人频频在外活动，便总有人窃窃私语，而封·弗罗斯特阁下，我的上司，则说到底也许对精神——我指的是平民精神——的范围还没有完全恰当的概念，所以，一些时候以来，我想外出活动活动时，便总是带着这公文包和一个传令兵，为了不让传令兵以为这公文包是空的，我每次都装两个面包进去。”

乌尔里希忍不住笑了起来，将军也开怀大笑。“你对人类伟大思想的乐趣似乎比从前减退了？”乌尔里希问。

“现在大家对它的乐趣都在减退，”施图姆边用自己的小刀切面包，边向他解释，“现在已经公布了行动的口号了。”

“你得给我讲讲这个。”

“我就是为此而来的。你不是真正的行动迅速果断的人！”

“不是？”

“不是。”

“我不知道。”

“我也许也不知道，但是人们这样说。”

“谁是‘人们’？”

“譬如阿恩海姆。”

“你和阿恩海姆关系不错？”

“那是自然！我们关系好极了。倘若他不是这么一个了不起的大人物的话，我们真的就会互相称‘你’了！”

“你也和油田有关系吧？”

将军喝一口乌尔里希让仆人端上来的烧酒，啃一口面包，以便赢得时间。“味道好极了。”他吃力地说，继续啃面包。

“你当然和油田有关系！”乌尔里希心里突然一亮地断言。“这是一个涉及你们的海军部船只燃料的问题；如果阿恩海姆想取得这些油田，他就必须向你们作出让步，向你们供应廉价原油。另一方面，加利西亚是进攻俄罗斯的军队集结地区和前沿地带，所以你们必须采取预防措施，使他想在那儿兴办的石油开采业在发生战争时受到特殊保护。所以他的装甲一金属薄板工厂在供应你们想得到的大炮时就会对你们作出让步：我居然会没有预料到这一点！你们简直是天生的一对嘛！”

将军为谨慎起见啃了第二块面包；但是现在他再也不能保持缄默，他猛一使劲咽下满嘴面包。“‘作出让步’，你说得倒轻巧；你不知道，这简直是一只一毛不拔的铁公鸡！我请求原谅，”他矫正自己的措辞，“你不知道，此人何等道貌岸然地对待这样一笔交易！我不曾料想到，譬如铁路吨公里十赫勒[1]是一个信念问题，是一个人们必须在歌德作品或一部哲学史中查对的信念问题？！”

“你在进行这样的谈判？”

将军喝一口酒。“我根本就没有说过正在进行谈判！要我说，你不妨称这是交换思想。”

“你受了这个委托？”

“没有人受什么委托！就是谈谈而已。人们有时候也可以不谈平行行动，谈点别的什么的嘛。假如有人受了委托，那么受委托的肯定不是我。这不是教育司的事。这样的事与总统府办公厅，至多还与行政管理部门有关系。如果我参与其中的话，那么大概只会是当一种平民精神问题的专业顾问，在某种程度上可以说是当翻译，因为这个阿恩海姆很有文化修养。”

“因为你通过我和狄奥蒂玛经常和他会面！亲爱的施图姆，如果你要我

① 旧银币，在奥地利曾等于百分之一克朗。

继续给你当陪衬，你就得对我说真话！”

但是，施图姆这时已对此作好了思想准备。“你既然了解情况，你还问什么呀！”他气愤地回答，“你以为你可以把我当傻瓜，我不知道阿恩海姆跟你无话不谈？！”

“我根本就什么也不知道！”

“可是你刚才还说，你知道这件事！”

“油田这件事我知道。”

“你还说过，我们跟阿恩海姆在这些油田上有共同利益。你向我保证你知道这个情况，那么我就把全部情况都告诉你。”施图姆·封·博尔特韦尔抓住乌尔里希迟疑不决的手，盯住他的眼睛，狡黠地说：“那么，既然你现在向我保证你已经了解全部情况，我也就向你保证你是了解全部情况的！对不对？仅此而已。阿恩海姆想利用我们，我们想利用他。你知道吗，有时候我为狄奥蒂玛而内心充满了极其复杂的矛盾！”他嚷嚷：“但是这话你别往外传，这是一个军事秘密！”将军乐了。“你知道什么是军事秘密吗？”他继续说，“几年前波斯尼亚军事总动员，那时他们曾想免除我在国防部的职务，当时我还是上校，他们让我当上了一个战时后备军营的营长；一个旅我当然也带领得了，但是由于我据说是骑兵，由于他们就是想裁掉我，他们就把我派到一个营里。由于打仗需要花钱，我到达下面后，人们就给了我一只钱箱。你在军队里服役时见过这玩意儿没有？它看上去一半像一口棺材，一半像一只饲料箱，是用厚木块做的，四周包着铁圈像城堡大门。上面有三把锁，开锁的钥匙由三个人随身带着，每人带一把，所以单独一个人是没法开钱箱的，这三个人就是：营长和两个司库。当我到达下面时，我们就像作祷告似的聚在一起，把锁一一打开，满怀敬畏地把一包包钞票拿出来，我觉得自己像一个大祭司，两个人在身旁充当辅弥撒者，所不同的仅仅是，朗读的不是福音书，而是国库记录中的数字。但是当我们朗读完毕后，我们就又关上箱子，箍上铁圈，锁上锁，一切均按开始时的相反顺序进行，我还得说点什么话，说什么话我现在记不得了，然后这庆典便宣告结束——我曾这样以为，你也会这样以为的，我曾经对战争时期军队行政管理上的这种坚定不移的严谨作风怀有过莫大的敬意！但是当时我有一条猎狐犬，我现在这条的前任，这是一头非常聪明的牲畜，也没有明文规定它不能参加开箱仪式；可是这畜生只要看见一个窟窿，便会立刻发疯似的去刨它。当我想离去时，我发现，施普特——它叫这个名字，是条英国狗——在箱子上嗅来嗅去，怎么也不肯离去。人们已经不时听说过最隐蔽的阴谋诡计让忠实的狗揭露的故事，当时也几乎是在战争时期，于是我就暗自思忖，我还是去看看吧，施普特是怎么了——你以为，施普特是怎么了？你知道吗，管理处发给战时后备军营的并非恰恰都是最新的物资，譬如我们这只营部钱箱便是件年高德劭的旧货，可是我做梦也没想到，我们仨在前面锁上了钱箱，钱箱后面，在靠近底部的地方居然有一个窟窿，人们完全可以伸一只胳臂进去！这是树木上的一个节瘤，它在从前的一场战争中掉落出来了。可是你想干什么呀；当我们所要求的替代品到达时，整个波斯尼亚的战争准备状态恰好宣告结束；在这之前我们每一个星期都可以举行庆祝活动，只是我不得不让施普特留在家里，为了防止它把这个秘密泄露给别人。所以你看，一个军事秘密可能就是这种样子的！”

“嗯，我想，你还始终没有像敞开你的箱子那样完全敞开你的内心，”乌尔里希回答，“你们是不是真的要做这笔交易？”

“我不知道。我以我的人格向你担保：事情还没有到这种地步。”

“莱恩斯多夫呢？”

“他当然什么也不知道。他也不会支持阿恩海姆的计划的。我听说，他对你还参加过的游行恼怒已极；他现在完全反对德国人。”

“图齐？”乌尔里希问，继续严厉盘问。

“绝不可以让他知道这件事！他会立刻把这计划毁掉的。我们当然都希望和平，但是我们军人有一种跟官僚们不一样的服务于和平的方式！”

“还有狄奥蒂玛呢？”

“哎哟！这完全是一件男人的事情嘛，这种事她这么娇惯连想都不会去想的！我不忍心用真实情况去烦扰她。我也知道，阿恩海姆丝毫也未曾向她讲述过这件事。你知道，他讲起话来口若悬河、美丽动听，所以一旦对什么事只字不提，这本身就可能已经是一种享受啦。所以我就以为这就像一种隐蔽的健胃苦味酒！”

“你知道吗，你已经变成一个无赖了？！祝你身体健康！”乌尔里希向他祝酒。

“不，不是无赖，”将军辩解说，“我是部长会议的成员。在一次会议上每一个人都说出自己想要得到并认为正确的东西，而最后却产生出某种没有哪个人完全想要的东西：这就是结果。我不知道你是不是懂我的意思，我不会更清楚地表达我的意思。”

“我当然懂你的意思。但是，尽管如此，你们对狄奥蒂玛的态度是卑鄙的。”

“我感到抱歉，”施图姆说，“但是你知道吗，一个刽子手是个不老实的家伙，对于这一点是没有什么可以争议的；可是绳索制造者只向监狱管理部门供应绳索，他可能是伦理学协会的会员哩。这一点你考虑得不够。”

“你这是从阿恩海姆那儿听说的！”

“也许吧。我不知道。今天的情况这么复杂，人们的脑子简直不够使了。”将军真诚地抱怨。

“要我在这方面干些什么呢？”

“你瞧，我考虑过了，你曾经当过军官——”

“好哇。可是这与‘行动迅速果断的人’有什么关联？”乌尔里希气恼地问。

“行动迅速果断的人？”将军惊奇地又问了一遍。

“你这一席话就是以我不是行动迅速果断的人开始的！”

“啊，原来是这样。这跟这件事当然毫无关系。这只是我的一句开场白而已。我是说，阿恩海姆并不怎么认为你是个行动迅速果断的人；这话有一回他说过。你无所事事，他说，而这就引导你进行思考。如此等等。”

“这就是说，进行无益的思考，在‘势力范围内’无法容忍的思考？为思考而进行思考？一句话，进行正确和独立的思考！嗯？或者也许是进行一个‘隐遁避世的唯美主义者’的思考？”

“对，”施图姆·封·博尔特韦尔用外交家手腕担保说，“诸如此类的话。”

“类似什么的话？你认为，什么对精神更危险：梦幻还是油田？你不必用面包塞满你的嘴巴，算了吧！阿恩海姆怎么想我，我完全无所谓。但是你在开始时曾说‘譬如阿恩海姆’；那么还会有谁呢，我还会在谁的心目中不够一个行动迅速果断的人呢？”

“噢，你知道，”施图姆断然地说，“这样的人不少呢。我给你讲过了嘛，现在已经发布了行动口号了。”

“这口号怎么说？”

“这个我也不太清楚。莱恩斯多夫已经说过，现在必须采取某种行动！事情就是这样开头的。”

“狄奥蒂玛呢？”

“狄奥蒂玛说，这是新精神。这话现在许多参加碰头会的人都在说。我想知道你是否也懂得：如果一个漂亮女人是一位如此重要的人物，这简直就会让人晕头转向的？”

“这我乐意相信，”乌尔里希承认；他不让施图姆溜掉，“但是我想听听，狄奥蒂玛对这新精神说些什么。”

“也就是人云亦云呗，”施图姆回答，“参加碰头会的人都说，时代将会获得一种新精神。不是立刻，但在几年以后；如果不是更早发生某种特殊情况的话。这种精神不应该包含许多思想。现在连感情也不合时宜。思想和感情，这更适用于无所事事的人。一句话，这就是一种行动的精神，更多的情况我也不知道。但是有时候，”将军若有所思地添上一句，“我曾经想过，说到底这岂不就是军事精神吗？！”

“一种行动必须有一种意义！”乌尔里希要求；在这场傻里傻气、花里胡哨的谈话的后面，他的认真严肃的良知使他回忆起与阿加特在瑞典堡垒上就这方面的问题所进行的第一次谈话。

但是，将军也说：“这话我刚刚已经说过了嘛。如果人们无所事事并且不知道该拿自己怎么办，人们就精力充沛。于是人们就到处吼叫、酗酒、打斗并刁难坐骑和马弁。但是另一方面，你会承认：如果人们知道自己想干什么，那么人们就成为一个唯唯诺诺的人。你看一看像莫尔特克这样的总参谋部年轻军官吧，看他怎样沉默不语、抿紧嘴唇，看他怎样一本正经：十年后他就会在纽扣下面有一个将军肚，但不是像我这样善意友好的，而是一个恶毒肚子。所以一个行动可以有多少个意义，这是难以规定的。”他略一沉吟便补充说，“只要方法得当，人们是可以在军队里学到许多东西的，这一点现在正越来越成为我的信念；可是你不认为，假如还会找到这个伟大的思想，这岂不就是最简单的做法了吗？”

“不，”乌尔里希反驳说，“这是胡闹。”

“那好吧，可是随后确实也就只剩下行动了，”施图姆叹息，“我自己就几乎已经在说明这一点。你记得吗，有一回我曾警告说，所有这些过分的思想只会渐渐变为故意杀人？这种情况人们必须阻止！”他明确申言，“在这方面总得有一个人来牵个头！”

“承蒙你关照，你要我承担哪项任务？”乌尔里希边问边不加掩饰地打哈欠。

“我这就走，”施图姆保证，“可是在我们作了这样一番倾心交谈之后，如果你愿意做一个忠实的伙伴的话，那么你就还有一项重要的任务：狄奥蒂玛和阿恩海姆之间有些不对头！”

“你说什么呀！”屋主人敛一敛神。

“你自己会看到的，我什么也不用给你讲！况且，她信任你胜过我呀。”

“她信任你？从什么时候？”

“她已经有些习惯我了。”将军自豪地说。

“我祝贺你。”

“好吧。可是你也还是得快去见莱恩斯多夫，为他对普鲁士人反感的缘故。”

“这我不干。”

“你瞧，我知道的嘛，你不喜欢阿恩海姆。但是这件事你还是得干。”

“不是这么回事。我压根儿就不去见莱恩斯多夫。”

“为什么不？他是一位高贵的老人。妄自尊大，我不喜欢他，可是他对你很不错。”

“现在我要摆脱和整个这件事情的干系。”

“但是莱恩斯多夫不会放过你的。狄奥蒂玛也不会。我就更不用说了！你总不会撇下我不管的吧？！”

“我觉得整个儿这件事太愚蠢。”

“你这话，一如既往，说得对极了。但是什么不愚蠢呢？！瞧，我相当愚蠢；没有你。怎么样，你帮我个忙去见莱恩斯多夫？”

“可是狄奥蒂玛和阿恩海姆出什么事了？”

“这我不告诉你，否则你连狄奥蒂玛那儿也不去了！”将军的脑海里突然闪过一个念头，“如果你愿意，莱恩斯多夫可以给你安排一个助理秘书，一切你不喜欢的事都让助理秘书代你出面处理；或者我从国防部给你派一个来。只要你愿意，你尽管可以退居幕后，但是你得当我的保护神？”

“你先让我好好睡一觉吧。”乌尔里希请求。

“你不答应，我就不走。”

“好吧，等我睡过一觉再说吧，”乌尔里希表示让步，“别忘记将这军事科学面包放回你的包里去！”

一四

瓦尔特和克拉丽瑟家的新鲜事。一场戏和它的观众们

傍晚促使乌尔里希出门去见瓦尔特和克拉丽瑟的，是他的不安宁的心绪。一路上他试图回忆那封信的内容，他把那封信不知塞进哪件行李里或许已经弄丢了；他记不得具体内容，只记得最后那句“我希望，你不久就回来”，以及这样一个总的印象：他必须和瓦尔特谈谈，这不仅和惋惜与不快，而且也和幸灾乐祸联系在一起。如今他停留在这个粗浅而无意识的、无足轻重的感觉上，他并不驱散它；他跟一个眩晕的人有着某种相似的感觉，只要使自己处在低矮的位置上，他就感到安心。

当他一拐弯向那幢房屋走去时，看见克拉丽瑟站在有一排桃树的侧墙旁边晒太阳；她倒背双手，靠在松软的藤蔓上，眼睛直视着远方，没有看见走近过来的人。她的神态中有某种忘记自己和呆滞的成分；但是同时也有某种几乎觉察不到的做戏的成分，这只有这位了解她的特征的男朋友才觉察得出来：她看上去，就仿佛她正在参与演出这几场扣动她心弦的重头戏，她被一场戏拘留住，脱身不得。他回想起她的话：“我想怀一个你的孩子！”今天他觉得这句话不像当初那样不舒服；他轻声喊他的女友，等待着。

但是克拉丽瑟却在想：“这一回迈因加斯特在我们这儿变形！”他的一生包含好几次很奇特的变形；有一天，在对瓦尔特的回信没作出任何回复的情

况下，他实现了他将来访的预告。克拉丽瑟确信，他到他们这儿后立刻便着手进行的工作与一次变形有关联。在她内心，对一个在每一次洗心革面前在某处降临的印度神的回忆，跟这样的回忆搀杂在一起：动物都选择一个一定的变蛹的场所。从这个念头——它给她留下极其健康和有泥土味的印象——她想到了在一堵被阳光照耀着的墙上发育成长的桃树篱这性感的香味：所有这一切的合乎逻辑的结果就是，她在红彤彤的晚霞照耀下站在窗下，而预言者则已经退进后面虚幻的洞里。前一天他曾告诉她和瓦尔特，说什么奴仆就是 Knight①，按其原始意义就是少年、男孩、学徒、适合于服兵役的男子和英雄；于是她对自己说“我是他的奴仆”，并为他效劳、保护他的工作：不需要再说什么别的话，她只是带着被照亮的脸一动不动地沐浴在霞光里。

当乌尔里希向她打招呼时，她渐渐向这不期而至的声音转过脸来，他顿时便发现，情况有变。向他投来的目光中含有一种冷漠，这是五彩缤纷的大自然在目光熄灭后发射出来的那种冷漠，他立刻便知道：她再也不向你要求什么了！她的目光中再也没有一丝这样的痕迹：她曾经想把他“从石块里挤出去”，他曾经是一个大魔鬼或上帝，她曾经想和他一道从这“音乐的窟窿里”脱逃，他若不爱她她就要杀死他。他并不在乎这个；一束目光中的这种已经熄灭的私欲的热情，这可能也是一个很普通的、小小的经历；尽管如此，这仍还是像人生面纱上的一道露出冷漠和虚无的小裂口，而当初就为某些后来发生的事奠定了基础。

乌尔里希得知迈因加斯特在这儿，他明白了。他们轻声走进屋里去叫瓦尔特，三个人一起又同样轻声地回到户外，以免打扰这位正在创作的人。一进一出时，乌尔里希两次从敞开的房门朝迈因加斯特的后背投去迅疾的一瞥。他栖身在寓所里的一间隔出来的、空荡荡的房间里；克拉丽瑟和瓦尔特不知从什么地方搜罗到一副铁床架、一张厨房小板凳和一只铁皮盆权当洗脸台和澡盆；除了这几样家什，这间没有窗帘的房间里便只还有一只放书的旧餐具柜和一张没上过油漆的软木小桌。迈因加斯特坐在这张桌子旁边写着，没有向从一旁走过的人扭过头来。所有这一切，有的乌尔里希曾亲眼目睹过，有的他从他的朋友们那儿获悉。他的这些朋友们对安排这位大师住在比

① 英语，爵士，与德语中“奴仆”一词谐音。

他们自己差得多的居室里并不感到问心有愧，而是相反地出于某种原因对大师能凑合将就感到自豪。这是令人感动的，对他们来说也不费什么事；瓦尔特担保说，如果人们趁迈因加斯特不在时走进这个房间，这个房间便会具有一只破旧手套戴在一只高贵而刚毅的手上的那种难以描绘的特性！而迈因加斯特则确实感到在这样的环境中工作是莫大的愉快，这种带有战时性质的简朴环境使他感到光荣。他把这理解为他自己的意志，是这意志塑造出纸上的言语。何况克拉丽瑟还像先前那样站在他的窗下或上面的楼梯平台上，哪怕只是坐在她的房间里——“裹着一种看不见的北极光大衣”一如她给他充当模特儿那样——这位虚荣心重的、被他麻痹住了的女学生就这样增强着他的乐趣。笔端下思绪涓流，轮廓鲜明而颤动的鼻子上方那大而黑的眼睛开始发红。这将是他的新书的一个最重要的章节，他打算在这样的情况写完这个章节，人们将不得称这部作品为一本书，而是称它为一项给新人类精神的军备命令！当从克拉丽瑟站立的地方一个陌生的男人声音向他传上来时，他停下自己的工作，小心翼翼向下望去；他没有认出乌尔里希，但是他隐约想起他来，他既不认为这正上楼来的脚步声是关上自己的房门的理由，也不扭过头去看来者。他在上衣下面穿一件厚羊毛夹克，显示出对天气和人都麻木不仁。

乌尔里希被领出去散步，得以聆听对这位大师的热情赞美，而这位大师则致力于写作。

瓦尔特说：“和一个像迈因加斯特这样的人交朋友，人们才会领悟，他们原来一直受到对别人嫌恶的折磨！我想说，在与他的交往中，一切就像是用纯颜料而不是用灰色画成的。”克拉丽瑟说：“人们在与他交往中有这样的感觉：人们有一个命运；人们完全具有个性并坦坦荡荡地站在这儿。”瓦尔特补充说：“今天一切分解为成百个层，变得讳莫如深、模糊不清：他的思想像玻璃！”乌尔里希回答他们：“有替罪羊和道德羊；此外还有需要它们的绵羊！”

瓦尔特回敬他说：‘这是意料中的事，这个人会不合你的口味的！”

克拉丽瑟喊道：“有一次你声称，人们不能按观念生活。你记得吗？迈因加斯特就能！”瓦尔特从容不迫地说：“我当然对他有某些反对意见——”克拉丽瑟打断他：“听他讲话，你会在自己内心感到震颤。”乌尔里希回答：

“特别好看的男人头脑一般来说都是愚笨的；特别深邃的哲学家一般来说都是平庸的思想家；在文学创作上一般来说中等偏上一点点的才能都被同时代人认为才华横溢。”

这是一种奇特的现象，这种赞叹现象。在个别人的生活中只局限于“感情的爆发”，它在总体的生活中形成一种持久不变的机制。瓦尔特本来会觉得自己代替迈因加斯特受到他的和克拉丽瑟的尊重会是一桩颇令人满意的事，他实在不理解，情况居然不是这样；但是这里面也有某个小小的好处。这种以这样的方式省却的情感对迈因加斯特有相似的好处，就像一个人领养一个陌生孩子似的。另一方面，这种对迈因加斯特的赞叹恰恰因此也就不是纯洁的和神圣的情感，这瓦尔特自己知道。倒不如说这是一种高度神经过敏的渴望，一种献身于对他的信仰的渴望。这种赞叹含有某种故意的成分。它是一种没有充分信念而汹涌翻腾的“钢琴感觉”。这一点乌尔里希也感觉出来了。对激情——它把生活压碎成小块并将其搀和得无法辨认——的原始需要之一，在为自己寻找一条退路，因为瓦尔特狂热地称赞迈因加斯特，这种狂热跟剧场里的一批观众超越自己真正的见解的一切限度向刺激他们的欢呼需要的老生常谈喝彩颇有相似之处；他称赞他时处于那些崇拜紧急状态中的一种，平时有庆典和庆祝会、伟大的同时代人或观念以及向他们表示的尊敬来显示这种崇拜，人们参与这种活动，可是却没有哪个人清楚地知道，为谁或为什么事，每一个人在内心都准备着次日比以往加倍卑鄙，这样也就可以问心无愧了。乌尔里希就是这样想他的朋友们并不时准备对迈因加斯特提出一些尖刻的评论从而使他们处于情绪激动状态；因为跟每一个自以为是的人一样，他曾经无数次不得不因他的同时代人的激起热情的能力而感到恼火，因为这种能力几乎总是失算并进而也还毁掉冷漠所剩下的东西。

当他们这样交谈着返回屋里时，天已经黑下来了。

“这个迈因加斯特靠今天猜想和信仰被混淆过日子，”乌尔里希最后说，“几乎一切非科学的东西，人们都只能猜想，这就是某种需要人们付出激情和谨慎的东西。就这样，一种人们不知道的东西的方法学就会几乎成为跟一种生命方法学一样的东西。但是只要一个人像迈因加斯特那样对待你们，你们就‘信仰’！大家都这样做。这种‘信仰’是一种灾难，大致就相当于你们用你们的全部尊贵的人格冒险坐到一只鸡蛋筐里，去孵筐里那陌生的东西！”

他们站在楼梯脚跟前。乌尔里希一下就知道他为什么到这儿来并又和这两个人像从前那样讲话。他不感到惊奇，瓦尔特回答他说：“在你研究完一种方法学之前，世界大概应该停止运动吧？”他们显然全都瞧不起他，因为他们不懂，这个在知识的可靠性和猜想的烟雾之间广泛伸展的信仰领域多么荒芜！旧有的思想密集在他的脑海；思维几乎被拥堵得停止下来。但是他却分明知道，现在没有必要像一个让梦幻搞得头晕目眩的地毯编织工那样又从头开始，他还知道，他仅仅是因此而才又站在这儿。最近一切已经变得简单得多了。最近这十四天已经使一切从前的东西失效并且用一个牢固的结把内心活动的各个线条合并在一起。

瓦尔特期待着乌尔里希将回敬他几句会令他感到气恼的话。然后他就可以加倍报复他！他已下定决心，要告诉他，像迈因加斯特这样的人是降福的人。“而福祉本来就相当于完好无损的意思，”他想，“降福的人也许会搞错，但是他们使我们完好无损！”他想说，“这种东西你也许根本就无法想象吧？”他对乌尔里希感到一种类似于不得不去看牙医时的厌恶。

但是，乌尔里希只漫不经心地问了一句，迈因加斯特在最近这几年里究竟写了些什么、干了些什么。

“你瞧！”瓦尔特神情沮丧地说，“你瞧，连这你都不知道，可你却骂人！”

“啊，”乌尔里希说，“详细情况我也不需要知道，略知一二足矣！”他抬起脚来走上楼梯。

但是这时，克拉丽瑟拉住他的上衣并轻声低语：“可是他根本不叫迈因加斯特！”

“他当然不这样称呼：这难道是什么秘密吗？”

“他一度变成迈因加斯特了，现在他又在我们这儿变形！”克拉丽瑟激动而神秘地轻声低语，这种轻声低语与一个突然腾起的火舌有某种共同之处。瓦尔特赶紧过来扑灭它。“克拉丽瑟！”他央求她，“克拉丽瑟，你别这样胡说嘛！”

克拉丽瑟不吭一声，笑了笑。乌尔里希在前头走上楼梯；现在他终于想见一见这位从查拉图斯特拉的群山降落到瓦尔特和克拉丽瑟的家庭生活中来的使者，而当他们到达楼上时，瓦尔特不仅对他，而且对迈因加斯特也没有什么好感。

此人在他的崇拜者们的幽暗寓所里接待他的崇拜者们。他已经看见他们到来，克拉丽瑟立刻向他走去，走到灰蒙蒙的拉上了窗帘的窗户前，一个小而尖的影子在他的细而高的影子的旁边；没有作什么介绍，或者只是单方面的介绍，仅仅是这位大师回忆起乌尔里希的名字而已。接着，大家便沉默不语。乌尔里希很想知道事态将怎样继续发展，所以他走到没拉上窗帘的第二扇窗户的前面，而瓦尔特则莫名其妙地走到他的身边，很可能仅仅是遇到了暂时是同样的推斥力，受到了较少遮蔽的窗玻璃的圣洁魅力的吸引，这圣洁魅力朦朦胧胧渗进房间。

时令正值三月。但是气象学并不总是可靠，有时它让一个六月夜晚提前或推迟到来：克拉丽瑟如是想，窗户外面的这一团黑暗让她觉得这像一个夏天的夜晚。那儿，煤气路灯灯光照耀的地方，这个夜晚涂上了淡黄色的油漆。路灯旁边的矮树丛构成黑乎乎的涌动的一团。被灯光淹没之处，这一团变成绿色或白茫茫——这其实不太好描述——显出成锯齿形的树叶，在路灯灯光下飘浮，就像在一汪缓缓流淌的水面漂洗的衣裳。矮小桩上一条狭窄的铁带——无非是一种回忆和记住秩序的劝诫——沿着草地伸展片刻，便接上这片矮树丛，随即消失在黑暗中：克拉丽瑟知道，矮树丛在那儿就终止了；人们也许曾作过规划，要让这块地方带上某种园艺色彩，不久便又放弃了这个计划。克拉丽瑟向迈因加斯特靠拢过去，以便可以从他那儿露出的一角窗户向着那条道路的尽可能远处望去；她的鼻子平压在玻璃上，两个身体如此贴近和多样地相互碰触，仿佛她伸展四肢躺在一个楼梯上似的——这样的事有时也出现过；随后，迈因加斯特的长手指在靠近肘处抓住了她的不得不让出位子来的右臂，这手指好似一头极其精神涣散的鹰的强劲有力的利爪，这头鹰正在把一方小丝巾揉成一团。自一些时候以来克拉丽瑟就已经看见一个男子，此人有些不对头，可是她弄不清楚那人是怎么回事：他时而迟疑不决地行走，时而漫不经心地行走；给人的印象是，好像有什么东西围住了他的行走的决心，每一回，当他把这种东西撕碎之后，他便像任何一个别的不怎么急于赶路的人那样走一段路，但也不停顿下来。这种不均匀运动的节奏攫住了克拉丽瑟；每当此人从一个路灯旁边走过时，她便试图看清他的脸，她觉得这张脸憔悴而冷漠。在倒数第二个路灯那儿，她认为这是一张微不足道的、令人不快和惊怯的脸；但是当他朝几乎就在她窗下的最后一个路灯走来时，他的脸非常苍白，而这张脸则在灯光下来回漂浮，宛如灯光在黑暗中的来回漂浮，致使近旁路灯的铁桩显得十分挺直和激动，并以一种比原本相称的浅绿更强烈的色彩映入人们的眼帘。

所有这四个人都渐渐开始观察起这个自以为没被人看见的人来。现在他发现了这一片浸沉在灯光里的矮树丛，这使他想起一件女人衬裙的锯齿，这么厚，他还不曾见过，但是分明是想见一见。这时他毅然下定决心。他跨过低矮的篱笆，他站在草地上，他觉得这块草地像一只玩具匣子的树下面的绿色木棉，不知所措地朝自己的脚前看了一会儿，被他的脑袋唤醒，这脑袋小心翼翼地向四下里张望，他按习惯藏在阴影里。出游的人们正在回家，他们让这暖和的天气吸引到户外去了，人们老远就已经听见他们的喧闹和嬉笑声；那人害怕极了，他暂且藏进树叶丛中。克拉丽瑟始终还不知道，这个人想干什么。每逢一群人走过、行人的眼睛受路灯灯光刺激看不清黑暗中的事物，他便显露出来。他就三步并作两步向这个光圈移近过来，就像一个人在浅滩上走进不没及脚踝的水中。克拉丽瑟注意到，这个人脸色很苍白，他的脸扭歪成一块苍白的玻璃。她非常同情他。但是他做出一些奇特的小动作，她久久地不明白它们的用意，直至她突然大惊失色，不得不为自己的手寻找支撑物；而由于迈因加斯特还一直紧紧抓住她的胳臂，致使她无法做出大的动作来，所以她就一把揪住他的宽松的裤子，死死地抓住这裤腿寻求保护，大师腿上的这裤腿被扯拉得像暴风雨中的一面旗帜。这两个人就这样互不松手地站着。

乌尔里希自以为第一个发现窗下的这个男子属于那些以自己的违反规则的性生活极大地引起有规则的人的好奇心的病人之一，他不必要地为心里很不踏实的克拉丽瑟会怎样对待这一发现担了一会儿心。后来他就忘记了这碴儿，自己也很想知道，这样一个人的内心里究竟有些什么思想活动。在此人越过栅栏的这个瞬间，他暗自思忖，变化一定十分完美，以致这变化根本无法一一加以描绘。就这样，仿佛这是一个恰当的比喻似的，他自然而然地觉得自己立刻回想起一个歌唱家来，这位歌唱家刚才还在吃吃喝喝，但随后便立即走到钢琴前，将双手互握在肚子上方，张嘴就唱起歌来，部分是另一个人，部分不是。他也回想起莱恩斯多夫伯爵阁下，这位伯爵能够使自己切入一个宗教-伦理的以及一个银行世俗-无偏见的电路中，乌尔里希心里这样想。这种在内部进行、但在外部通过世人的迎合而得到证实的变形，这种变形的充分完美性曾令他感到倾心：下面这个人心理上有些什么活动，这对他无所谓，但是他不得不想象，此人的脑袋怎样渐渐充满压力，像一只正在充气的气球，很可能一天一天地、渐渐地在充气，但还一直在将它系在牢固土地上的绳子上摇晃，直至一声听不见的号令、一个偶然的原因或者干脆就是引起任何一个事态的某一段时间的进程解开这些绳索，与人类世界没有联系的这颗脑袋飘浮在不自然事物的空虚中。这个长着一张憔悴、无足轻重的脸面的人确实藏在灌木丛中并像一头猛兽那样窥伺着。他本应等到出游的人渐渐稀少、这地段因而对他更为安全时再下手的；但是只要在两批行人之间有一个独行的女人走过，甚至有时候，只要有一个女人，又说又笑，在这样一群人的当中步履轻盈地走过，对他来说他们就不再是人，而是他的意识荒唐地为自己雕刻好的木偶。他心中对他们充满了一种像对一个杀人犯那样的冷酷和残忍，而对他们极大的恐惧他会感到满不在乎的；但是与此同时他自己却忍受着一些痛苦，因为他想到，在他还没完全到达丧失理智状态高峰之前，他们就可能会发现他并把他像一条狗那样赶跑，他的舌头在嘴里害怕得发抖。他呆头呆脑地等候着，黄昏的最后一丝微光渐渐黯淡下来。这时，一个踽踽独行的女人向他的躲藏地走近，而就在路灯还将他和她分开的时候，他就已经能够脱离开所有周围的人，看到她怎样在一亮一黑的波涛中一起一伏，看到她是一个黑色的团块，她还没走近过来，这个团块便亮晃晃起来。乌尔里希也发现，是一位无定形的中年妇女，是她在那儿走近过来。她有着一个像一只装满鹅卵石的口袋那样的身体，她的脸没显出什么令人喜爱的样子，而是有权势欲的、好吵架的。但是灌木丛里的这位瘦小体弱、脸色苍白的人大概可以趁其不备，猝不及防地将她制服。她的眼睛和她的大腿迟钝的动作很可能已经让他浑身颤栗，他准备向她袭击，使她来不及自卫，用他这副模样袭击，这模样将深深刻进这位受惊吓的女人的脑海并将永远铭记在她的心中，不管她还会怎样变化。这种激动在他膝头上、手上和喉头上呼啸和转动；至少乌尔里希觉得是这样，这时他正在观看此人怎样摸索着穿过那部分似亮似不亮的矮树丛，并作准备，以便在关键时刻走出来显露自己的真面目。这个不幸的人倚靠在最后几棵轻柔的枝条上，两眼直勾勾地盯住那张丑陋的脸，那张脸如今已经在明亮的灯光下一颠一簸，他就着陌生女人的节奏而气喘吁吁。“她会不会大声叫喊呢？”乌尔里希想。这个粗鲁女人完全有可能不受惊吓，而是怒不可遏，进行攻击：这个神经错乱的胆小鬼就只好逃之夭夭，受到阻碍的肉欲就会将它的刀子和带着钝的刀柄一起刺进他的身体！可是在这个紧张的时刻，乌尔里希却听见两个沿路走来的男人无拘无束的谈话声音；一如他透过玻璃听到这语声那样，可能这声音也在下面恰恰尚还穿透了情绪激动的嘶嘶声，因为窗下那人小心翼翼地又闭合上那几乎已经打开的灌木丛面纱，悄没声地缩回到黑暗之中。

“这猪猡！”与此同时克拉丽瑟使出全身力气对她身边的人轻声细语，但丝毫也不带怒气。在迈因加斯特变形之前，他曾多次听她讲过这样的话，这种话当时是针对他那纷扰而无拘束的态度的，所以这话可以被视为历史性的。克拉丽瑟假定迈因加斯特一定也还会不顾自己的变形回想起这件事来；她果然觉得，作为回答他的搁在她胳臂上的手指头极其轻微地动了一动。今天晚上压根儿就没有什么事情是偶然的；那个人也并非仅仅是偶然选中了克拉丽瑟的窗户，走到这窗户下面来的：她会残忍地吸引有些不太对头的男人，她的这个看法坚定不移，已经多次证实是真实无误的！总而言之，她的思想不但混乱，而且也省略了中间环节，或者在某些别人没有这样的内部来源的地方充满了感情。是她当初使得迈因加斯特有可能彻底转变，她的这个信念就其本身而言并非不可信；此外，如果人们考虑到，由于是在远方和在没有接触的年代，所以这一变化进行得多么不连贯，如果人们也考虑到这一变化的重要意义——因为它已经把一个浅薄的花花公子变成一个预言家——但是如果人们最后甚至还考虑到，在迈因加斯特辞别后不久瓦尔特和克拉丽瑟之间的爱情便升级达到它现在所处的那个战斗的高度，那么，克拉丽瑟的这一猜想——瓦尔特和她必须承担还未变形的迈因加斯特的罪过，以便使此人有可能发展——就比无数个有声誉的、今天还为人所相信的思想更有充分的根据。但是，由此产生出这种骑士般的殷勤热情的关系，克拉丽瑟觉得自己跟这个返回来的人就是处在这样的关系之中；如果说她不是简单地谈到一种变化，而是谈到他的新的“变形”，那么，她也仅仅是恰如其分地表达了迄今一直弥漫在她心头的高涨情绪。处在一种意义重大的关系之中的这种意识能够在真正的意义上使克拉丽瑟得到升华。人们不太清楚是否应该画脚踏一朵云彩的圣者，抑或圣者们干脆就站在离地面一指高的空中；现在她的情形恰好正是如此，迈因加斯特选中了她的家宅，要在其中完成他的大作，这部作品很可能有很深的背景。克拉丽瑟不像一个女人，而是更像一个崇拜男子汉的男孩那样爱恋他；这个男孩感到喜上眉梢，如果他得以用跟那个男子汉同样的方式戴上自己的帽子的话，而且心里暗暗充满了还要胜过他的竞争心。

这情况瓦尔特知道。他既听不见克拉丽瑟与迈因加斯特悄声所说的话，除了窗户朦胧暮色中的一团浓重融和的阴影以外，他的眼睛也不再能看清那两个人的身形，但是他把一切毫无例外地看得明明白白。他也已经看清，灌木丛里的那个男人是怎么回事，而笼罩在房间里的寂静则最沉重地压在他的心头。他能够看清一动不动站在他身边的乌尔里希正在紧张地从窗户向上张望，他假设，另一扇窗户前的那两个人在做着同样的事。“为什么没有人打破这沉默呢?！”他想。“为什么没有人打开窗户轰走这个流氓呢?！”他想起来，这种事是应该报告警察的，可是家里没有电话机，而他则也没有勇气去做什么可能会遭到他的同伴们蔑视的事。他根本就不愿意去当“愤怒的市侩”，他只不过是大大地被激怒了！他的妻子与迈因加斯特的这种“骑士般的关系”，他甚至很可以理解，因为即便在爱情中克拉丽瑟也不可能想象一种没有努力的超脱：她得到的不是对感性，而仅仅是对虚荣心的超脱。他回忆起，当他还在从事艺术品的创作的时候，她在他的怀抱里曾多么富有活力；但是除了这样绕弯子就没有别的办法可以温暖她的心。“也许所有的人都只会得到对虚荣心的有效超脱?”他疑惑地想。他注意到了，每逢迈因加斯特写作时，克拉丽瑟便总是“站岗”，用自己的身体保护他的思想，虽然她根本就不了解这些思想。瓦尔特伤心地观察着灌木丛里的这位孤独的利己主义者，这个不幸的人给他提供了一个警示性的例子，揭示出在一个极端孤寂的人的内心所遭受的祸殃。与此同时，这样的想象折磨着他：他完全知道，现在克拉丽瑟在一旁观看时心里在想些什么。“她一定处于一种轻微的激动状态，仿佛快步上了一道楼梯似的。”他想。他自己看到呈现在他眼前的这幅景象便感受到一种压力，仿佛某种想撕裂其外壳的东西被缚在其中了似的；他感到，在这种神秘的、克拉丽瑟也感觉到的压力中萌动着一种意志，即不仅要在一旁观看，而且也要立刻有所行动，亲自投身到正在发生的事件中去，以便将那被缚住的东西释放出来。对于别人来说，思想从生活中产生，但是对于克拉丽瑟来说，她所经历的事每一次都源出于思想：这真是癫狂得令人羡慕！瓦尔特宁愿喜欢他的也许患精神病的妻子的夸张，也不喜欢他的自以为谨慎和大胆的朋友乌尔里希的思想：不知怎么地，什么东西更荒唐，他便觉得更舒服，它也许不触及他本人，它求助于他的同情心，不管怎样，许多人不喜欢难对付的思想而喜欢癫狂的思想的嘛；克拉丽瑟在黑暗中与迈因加斯特悄声低语，而乌尔里希则只有当不会说话的影子站在他身边的份儿，这甚至让他在心头感到某种满足；看到乌尔里希败在迈因加斯特手下，他感到幸灾乐祸。但是时不时地，他满怀痛苦期待着克拉丽瑟会突然推开窗户或飞快下楼奔向灌木丛：后来他就憎恶两个男人的阴影和她的不正经的袖手旁观，这种旁观态度使这位可怜的、受他照看的小普鲁米修士——他遭受种种精神诱惑——的境况一分钟一分钟地变得越来越令人忧虑。

这时，羞耻和受阻的情欲在这个已缩回到灌木丛的病人身上融合成一片惆怅，浇铸出他那一团辛酸般的空心形象。当他进入一片黑暗的中心时，他倒下，一屁股坐在地上，他的脑袋像一片树叶那样耷拉下来。他面前的世界对他露出责备的目光，他对自己的处境的看法跟那两个路过的男人倘若发现他便会对他的处境所抱的看法大致是一样的。但是，在这个男子不掉一滴眼泪地为自己哭了一会儿之后，他身子又出现了那种原始的变化，这一回甚至搀杂进一丝抗拒和报复。事情又一次失败了。一个大约十五岁的少女，显然在什么地方掉了队了，这时从一旁走过，他觉得她美丽动人，一个小小的、仓促的目标：这个堕落者觉得，现在他其实完全可以走出来，客客气气地和她攀谈，但是眼下他对此感到极度恐惧。他的幻想——它准备向他佯作只有一个女人才能勾起的可能性——面对可以欣赏这个无防卫地走来的小姑娘的全部美丽的唯一而自然的可能性变得既胆怯又笨拙。这个小姑娘越是适合博得他的光明面自我的喜欢，她便越是令他的阴暗面自我感到不愉快；既然他已经不能爱她，他便徒劳地试图去恨她。就这样，他无把握地站在阴暗面和光明面的分界线上并露出自己的面目。当小姑娘发现他的秘密时，她已经从他身旁走了过去，离他大约已有八步远；起先她只是朝树叶丛中那个不宁静的地方看了一眼，没看清怎么回事，后来当她看清究竟时，她已经能够具有足够的安全感，所以她没有被吓得灵魂出窍：她目瞪口呆地站住了一会儿，但是随后她便尖叫一声，奔跑了起来，这个小淘气甚至似乎乐呵呵地回过头来看了看，而那个男子则羞愧地感到自己被遗弃了。他愤怒地希望，一滴毒汁已经落进她的眼里，以后将侵蚀她的心脏。

这个相当坦诚和滑稽的结局使旁观者们的人性颇感几分欣慰，倘若这个惊人事件不是以这样的方式化解掉的话，那他们这一回是一定会见义勇为的；处于这样的印象中，他们几乎没注意到下面的这件事是怎样结束的，他们不得不从看到这条雄性“鬣狗”——如同瓦尔特后来所说的——一下消失不见上断定事情已经发生。那是一个从各方面看都中不溜的女孩子，是她使男子汉的决心获得成功，她惊愕而嫌恶地凝视着他，走着走着便不由得大吃一惊地站住了片刻，随后就试图装出什么也没看见的样子。在这一秒钟里，他感到自己连同这树叶顶盖以及这整个翻转过来的世界——他就是来自这个世界——深深滑进这个无抵抗力女孩的抗拒目光中。情况可能就是这样，也许是别样。克拉丽瑟没有注意。深深地舒了一口气，她直起腰来，这时迈因加斯特和她已经互相放开一会儿了。她觉得，她的脚底突然落在木地板上了；一个难以言喻的、令人胆寒的情欲的漩涡在她的体内顿时平静了下来。她坚信所发生的一切均具有一种特殊的、针对她的重要意义；不管这话听起来有多么奇怪，她对这个令人厌恶的事件的印象是，她是一个新娘子，有人在窗下向这个新娘子唱了一支情歌，于是在她的脑海里她想结束的决心跟这种她新下定的决心一道狂飞乱舞了起来。

“真滑稽！”乌尔里希突然对着黑暗中说，他第一个打破了这四个人的沉默。其实这确实是一个非常错综复杂的想法：这个家伙只要知道有人在暗中偷偷观察他的一举一动，那么他的兴致整个儿就会给败坏掉的！从一片虚无中现在迈因加斯特的影子，它朝着乌尔里希语声的方向像幽暗的狭窄浓影一般站住。“人们太过于看重性方面的活动了，”这位大师说，“实际上这是争取时间的愚蠢游戏。”除此之外，他就再也没说什么。但是在听到乌尔里希的话语时不由得吃了一惊的克拉丽瑟却觉得，她受到了迈因加斯特的话的推动，虽然她在暗处，人们不知道她被推动向何方。

一五

遗　嘱

当乌尔里希被他所经历的事搅得比原先更加心绪不宁地返回到家里时，他再也不想回避一项决断，便竭力搜索枯肠，回忆那个“意外事变”，他用这个温和的词儿来说明在他与阿加特在一起的最后几个小时里以及在那次重要谈话之后不多几天里所发生的事。

乌尔里希已经整装待发，就要登上一列晚上经过这城市的卧铺火车，兄妹俩在一起共进最后的晚餐；事先已经商量好，不久之后阿加特将跟着去他那儿，他们估计这段分离时间大致将有五至十四天。

阿加特在饭桌上说：“但是在这之前我们还有事要做！”

“什么事？”乌尔里希问。

“我们必须修改遗嘱。”

乌尔里希记得他并不感到惊异地注视着他的妹妹：纵使他们已经相互谈过的这一切，他还是以为，这不过是一句玩笑话而已。但是阿加特盯着她的盘子，鼻梁上方现出那条为人所熟知的思考皱纹。她慢吞吞说：“不应该让他在指缝间保留着我的什么东西，就像人们在他的指缝间烧掉了一根毛线……”在最近几天里，她心里一定有过某种激烈的思想活动。乌尔里希想告诉她，他认为有关怎样损害哈高厄尔的种种考虑都是违法的，他不想再谈论这件事。可是这时，他父亲的老管家兼仆人走了进来，他端来了饭菜，于是他们就只好把话说得隐晦和含蓄。

“马尔维纳姨——”阿加特对她的兄长笑着说，“你记得马尔维纳姨吗？她把她的全部财产留给我们的表妹；这是一件确实无疑的事，大家都知道这件事！可是为了照顾她兄长的缘故这位表妹却只得到了父母遗产中应得的合法部分，以便使得受到父亲同样深爱的兄妹中哪一个也不会比另一个多得到一些。这件事你一定记得的吧？阿加特——噢，不，是亚历山德拉，你的表妹，”她笑着改口说，“自她结婚以来所得到的年金就是暂且凭这个法定部分结算的，这是一件复杂的事情，当时马尔维讷姨还没死嘛——”

“我不明白你的意思。”乌尔里希咕哝。

“其实这很简单！马尔维讷姨今天死了，但是在她死之前她就已经失去了她的全部财产；她甚至还得靠别人接济。现在爸爸只还需要出于某种原因忘记撤销他自己作的对遗嘱的改动，那么，亚历山德拉根本就一个子儿也得不到，即使她结婚时曾达成夫妻共有财产协议！”①

“这我不知道，我认为，这恐怕是很没有把握的！”乌尔里希不由自主地说，“再说，恐怕也会有父亲的某种保证的吧。父亲不可能没跟他的女婿交换过什么意见就安排了这一切！”是的，他记得清清楚楚，自己确实是这样回答的，因为眼看他妹妹犯这个危险的错误他不能置若罔闻。她随后打量他时脸上绽出的笑容，他也还历历在目。“他就是这样的人！”她似乎在想，“人们只需这样向他说明一件事，仿佛它不是有血有肉，而是某种一般性的事，就可以将他牵着鼻子走！”然后，她便简短地问：“有这样的书面协议吗？”她自己回答说：“我从来也没有听说过，要有的话我一定会知道的嘛！爸爸做什么事都别具一格。”

这时，仆人端来饭菜，她便趁机利用乌尔里希没提防补充说：“口头协议随时可以否认。但是既然遗嘱在马尔维讷姨变得穷困以后曾修改过一次，那么，就有种种迹象可以说明，这个第二次修改本已经丢失了！”

乌尔里希又情不自禁地修正自己的看法，说：“无论如何总还留着那并非不可观的法定部分呢；这部分遗产人们是不会从亲生孩子身边夺去的！”

“但是我已经对你说了，这一部分在生前就已经付清了！亚历山德拉根本就结了两次婚呢！”他们有片刻独处的时间，于是阿加特急忙添上一句，“我曾仔细研究过这段文字：只需改动几句话，这遗嘱看上去就仿佛法定部分遗产从前就已经付给我了。这事今天谁还知道？！当爸爸在姨妈遭受损失之后又使我们分得一样的份额时，这是在一份附录里作了补充说明的，这份附录是可以毁掉的嘛；此外，我也可能已经放弃了我的法定部分的呀，为了出于某种理由将它让给你嘛！”

---

① 为了不让老管家听懂，在这段话里阿加特用“马尔维讷姨”暗指她父亲，用“亚历山德拉”暗指阿加特自己。

乌尔里希惊愕地望着他的妹妹并因此而错过了对她想出来的这些办法作出他应作的答复的机会；当他想开始作答时，他们又是已经三个人在一起，于是他只得含含糊糊地说：

“这样的事，”他迟迟疑疑地开了腔，“真的连想也不应该想！”

“为什么不?！”阿加特反问。

这样的问题是很简单的，如果它们搁下不谈的话；但是它们一旦伸展开来，那么，它们便是一条蟒蛇，这条蛇方才蜷缩成一个不伤人的斑点了：乌尔里希记得，他曾回答说：“甚至连尼采都规定，为了内心自由的缘故，‘自由精神’必须尊重某些外在的规则！”他面带一丝笑容回答了这句话，但同时却感觉到，躲到另外一个人的话的后面去，这未免有些怯懦。

“这是一个不充分的原则！”阿加特斩钉截铁地说，“按照这个原则我是已婚者！”

乌尔里希心想：“是的，这确实是一个不充分的原则。”看来要对特殊问题作出某种新颖和彻底的回答的人正在为此而和所有其他人达成一种妥协，这种妥协让他们过一种小市民的庸俗生活；尤其是因为这样一种方法力求使除这一个它希望改变的条件以外的一切条件保持不变，它完全符合他们所熟悉的创造性的思维经济学。乌尔里希也一直觉得这与其说严酷倒不如说松懈，但是当初，他和他妹妹之间的这场谈话在进行的时候，他感到内心被深深地刺痛了；他再也忍受不了他曾喜爱过的这种狐疑不决态度，他觉得，恰恰是阿加特曾负有这个使命，使他达到这样的程度。而就在他不顾一切还在责备她按自由精神法则行事的时候，她却笑着问他，他是否没注意到，就在他试图形成一般性法则的瞬间，另外一个人正在取代他。

“虽然你完全有理由崇拜他，但是从根本上来说他对你是无关紧要的！”她断言。她用任性和挑衅的目光望着她的兄长。他又感到难以回答她，便沉默不语，准备着会随时受到扰乱，却不愿意下决心中断这场谈话。这一情况给她增添了勇气。“在我们共同相处的短暂日子里，”她继续说，“你为我的人生道路出了许多奇妙的主意，这些主意我永远也不敢去想象的，但是随后你每次都问，它们是否也符合事实！我觉得，在你的心目中真实性是一种糟蹋人的力量！”

她不知道，她哪来的权利，竟然向他提出这样的指责；她觉得她自己的生活很没有价值，以至于她只有沉默不语的份儿。但是她从他自己身上汲取她的勇气，这是一种奇特的女性状态，这种状态依据他，而她则攻击他，让他也感觉到这一点。

“你不理解这种将各种思想集中成层次分明的大群体的要求，精神的战斗经历你不熟悉；你在其中只看到行进中行列的某种整齐步伐，把真实性如一团尘埃般卷起来的许多只脚的无个性特征！”乌尔里希说。

“但是难道不是你自己用我永远也不会有能力说得出来的精确和清晰的语言向我描述了你可以在其中生活的两种状态吗？！”她回答。

一团界线迅速变化的红晕从她脸上泛起。她渴望使她的兄长达到他再也不能半途折回的程度。一想到这一点她便感到紧张不安，但是她还不知道她是否会有足够的勇气，便推迟晚饭的结束时间。

这一切乌尔里希全知道，他猜着了；但是他凝了凝神，便劝说起她来。他坐在她面前，眼神恍惚，强制着嘴巴讲话，看他那模样，仿佛他的心思没有在自己身上，而是落在了自己身后并且正在从后面向自己呼喊他所说的话。“假设，我想在旅途中，”他说，“偷一个陌生人的金香烟盒：我问你，这是不是简直就不可想象呢？！所以现在我也先不谈，是否可以用更崇高的精神自由来证明你心里想着的一个决断的正确。就算伤害一下哈高厄尔甚至是合理的话。但是你想一想，在饭店里的我既没处于困境，也不是一个惯偷，也不是一个脑袋或身体畸形的弱智者，也不是有一个患歇斯底里症的母亲或有一个嗜酒成性的父亲，我也不是受到别的什么东西的迷惑或有别的什么精神疾病的烙印，可是，尽管如此，我还是偷：我给你再说一遍：这样的事情全世界都没有！它根本就不会发生！简直有科学根据可以宣布这样的事情是不可能发生的！”

阿加特爽朗大笑。“可是乌洛！如果人们还是这样做了，那又会怎么样呢？！”

一听到这个他不曾预料到的回答，乌尔里希自己也禁不住笑了起来；他跳起来，急忙推开自己的椅子，好使他不致因自己的同意而鼓起了她的勇气。阿加特离开桌子站了起来。“你不可以这样干！”他请求她，“可是乌洛，”她回答，“难道你自己在梦想吗，抑或你梦见什么正在发生的事了？！”

这个问题使他想起了他自己在不多几天前提出的论断：所有的道德要求指示出一种梦幻状态，这一状态从这些要求中逃脱出来，如果这些要求准备好了摆在那儿的话。但是阿加特在说完这句话后到他们的父亲的书房里去了，这书房在打开的两扇门的后面沉浸在灯光里，而没有跟她去的乌尔里希则看到她站在这个框架里。她拿起一张纸就着灯光读了起来。“她对她这样做应承担的责任一点儿也没有概念吗？！”他心中暗想。然而像神经性不正派、机能缺失现象、轻度痴呆等等这一连串同时代人的概念用在这里却都怎么也不合适；阿加特在作违法行为时呈现出一副楚楚动人的容貌，其中也是既看不出利欲，也看不出报复或别的什么私心杂念的痕迹来。虽然凭借着这样的概念，乌尔里希本来就会觉得甚至连一个罪犯或半疯的人的行为都还是比较驯服和文明的，因为在这种情况下，内心深处闪耀着寻常生活的被扭曲了的和被挪移了的动机。但是此时此刻，他妹妹的亦野性亦温柔的决心，这无区别地搀和着纯洁和罪行的决心却让他感到完全不知所措了。他不能让这样的想法在自己心头滋生：这个正完全坦诚地在做一件坏事的人可能是一个坏人。他只得在一旁眼睁睁看着，阿加特怎样从写字台里拿一张又一张纸，从头读到底，放到一边并认真寻找某些段落。她的坚毅精神让人觉得，仿佛这是从另一个世界下降到寻常决断的等级上似的。

此外，在作着这样的观察的时候，一个问题让他感到不安，这就是：他为什么信誓旦旦说得哈高厄尔轻信不疑地启程。他觉得，他一开始就是这样行事的，仿佛他是他妹妹意志的工具似的；直至最后，即便他反驳，他也都是作出了对她起着助推作用的回答。真实性糟蹋人，这是她说的：“说得很好，但是她根本不知道什么叫真实性！”乌尔里希心里暗想，“随着年龄的增长人们会因此而得严重的关节炎，但在青年时代这就是一种狩猎活动和乘帆船航行！”他又坐下。现在他突然觉得，阿加特不但在说到真实性时以某种方式效法了他，而且她现在正在隔壁房间里所做的事也是由他给她勾勒出轮廓来的。他曾经说过的嘛，在一个人万分紧迫的情况下就没有善和恶，而是只有信仰和怀疑；固定的法则悖谬道德的最核心的内涵，而信念则至多可以有一个小时的寿命；人们怀着信念是不会做出任何卑劣的事来的；预感是一种比真实性更富有激情的状态：而阿加特则现在正打算离开这个道德篱笆围起来的地区并大胆地冲向外面的那个无边无际的深渊，那里没有别的决断，只有人们是上升还是坠落这一个决断。她实施这个计划，一如她当初从他迟迟疑疑的手里接过勋章，将它们对换；此时此刻，虽然她不讲道德，他却怀着这样一种奇特的情感爱她：是他自己的思想，是它们从他到达她那儿，如今又从她那儿返回到他这儿，虽然少了些思考，却像一棵野生花卉那样散发出馥郁的自由香气。他一边因竭力控制住自己的情感而打着哆嗦，一边小心翼翼向她建议：“我就推迟一天启程吧，去找公证人或者找一个律师了解了解情况。你想干的事，也许一眼就可以看穿！”

可是阿加特已经得知，他们的父亲当初聘用的那个公证人已经不在人世。“再也没有人知道这件事了，”她说，“别去提它啦！”

乌尔里希看到，她拿起来一张纸并作起模仿父亲笔迹的试验来。

他饶有兴趣地趋近过来，走到她身后。原来这里放着一摞摞的纸，他父亲的手曾在这些纸上奋笔疾书过；这只手的动作人们几乎还能感觉得到；阿加特在那儿像是在做模仿表演似的用魔术变出同样的东西来。这种事实在难得一见。为什么这样做的目的，这是在伪造文件的想法，全都不存在。实际上阿加特也根本没有这样考虑过。萦回在她心头的不是一种带逻辑的，而是一种带火焰的公正。善良、端庄和正派，她在她认识的人，尤其是在哈高厄尔教授身上体验到的这些美德，在她看来始终只是这样的：就仿佛人们去掉了一件衣服上的一个污点似的；但是这时在她自己脑际萦回着的这种不公正却是这样的：就好像世界沐浴在一次日出的霞光里。她觉得，公正和不公正不再是一般性的概念，不再是一种为成百万人达成的谅解，而是“你”和“我”的美妙的相会，是尚还无可比拟和不可衡量的第一件作品的无理性。实际上她是把一桩罪行作为礼物送给乌尔里希，她把自己完全托付给他了，满怀着信任，相信他一定会理解她的鲁莽，恰似这样的孩童：他们想赠送，却什么东西也没有，于是就想到了这些最意想不到的主意。而乌尔里希则猜着了其中的大多数。就在他密切注意她的一举一动的当儿，他内心感到一种他还从未经历过的愉悦，因为完完全全、毫不警戒地屈从于另一个人所做的事，这具有某种像童话里一样失去理智的特性。即使记忆所及，知道一个第三者会同时遭殃，这种记忆也只是眨眼间像一把斧子那样闪亮了一下，他很快便放下心来，因为他知道他妹妹在那儿所做的事其实跟谁还都没有什么关系；这些笔迹试验不一定真的就会派上用途，而阿加特在自己家里做什么事，只要影响不波及家宅外面，那么这依然还是她的事情。

现在她喊她的兄长，她转过身来，吃了一惊，因为他就站在她背后。她定一定神。她想写的已经都写了；她毅然决然地用一支蜡烛的火苗把纸烘成褐色，使字迹看上去显得陈旧。她把她那只空着的手向乌尔里希伸过去，乌尔里希没拉住它，但也不能紧锁眉头，完全阴沉着脸。她随后便说："听着！如果什么东西是一对矛盾，而你却既喜欢矛也喜欢盾——你确实既喜欢矛也喜欢盾——你这样做不是两相抵消了吗，不管你愿意还是不愿意？！"

"这个问题提得太轻率了，"乌尔里希咕哝。但是阿加特知道，他在他的"第二思维"中会对此作怎样的判断。她拿起一张干净纸，得意洋洋地用她如今已经很善于模仿的古旧笔法写下："我的坏女儿阿加特没有理由对这些业已作出的安排作不利于我的好儿子乌洛的改动！"对此她还感到不满意，便在第二张纸上写下："我的女儿阿加特还应该接受我的好儿子乌里一段时间的教育。"

事情就这样发生了，但是乌尔里希把这件事又细细想过一遍之后，到头来还是跟开端之前一样，不知道现在该怎么办。

他本不该没让事态恢复正常便启程的：这是毫无疑问的嘛！对待什么事也别太认真，这个现代迷信显然把他给捉弄了：它唆使他暂时退让，别做出充满感情的反抗去增加这个有争议的意外事变的价值。什么事情都并非像当初看起来的那样糟糕；随着时间的推移，最强烈的夸张，如果人们听任其自便的话，也会成为一种新的平庸；如果人们不相信这个自动地使不现实的可能性成为不可能的平均值法则，那么人们就不会坐上火车，就得在街上永远手里握着一把打开保险的手枪：乌尔里希所听从的就是这个欧洲的经验信念，所以尽管有着种种顾忌，他还是启程回家了。在他内心深处，他甚为阿加特显露出了另一副面目而感到高兴。

尽管如此，从法律角度上来说，这件事没有别的了结办法，只能是乌尔里希尽快补做耽误了的事。他本应该毫不犹豫地给他妹妹发一封特别快信或一封电报，他想象他大致应该这样写明："我不参加任何共同行动，如果你不……"但是他根本就不打算写这样的东西，眼下对他来说这根本就是完全不可能的。

况且，在那个灾难性的场面之前已经作出了决定，他们在今后几周里要在一起生活，或者至少要在一起居住；在告别前尚还剩下的短暂时间里他们不得不主要地谈了有关这方面的事宜。他们起先达成了“在办理离婚手续期间”的协议，好让阿加特有个依傍。但是就在回想这件事情的时候，乌尔里希也想起了妹妹早些时候说过的那句话：她要“杀死哈高厄尔”；这个“计划”显然曾在她脑海里转悠过，如今她一定有了新的想法。她曾竭力坚持迅速卖掉家庭共有地产，这分明已经具有转移财产的含义，虽然这样做从另外的角度考虑似乎也是可取的；总之，兄妹俩已经决定委托一家经纪人公司代办此事，并且已经定下了条件。所以现在乌尔里希也得考虑考虑，在他返回到他的漫不经心、临时凑合的而且不为他自己所赞赏的生活中去之后，他对他妹妹究竟该怎么办。她不可能长此这样下去的。尽管他们在短时间内已经彼此变得惊人地亲近——但这只是一种命运交叉现象而已，乌尔里希心中暗想，即使这种现象很可能是由各种独立的细节组成的；而阿加特则也许对此抱有一种离奇的观点——在这些各式各样的表面关系中，他们彼此很不了解嘛，而一种共同的生活却就取决于这种关系呢。如果无先入之见地想一想他的妹妹，那么乌尔里希甚至发现许多未解决的问题，就连对她过去的经历他也是不甚了了；对他最有启示的似乎还是这样的猜想：她十分马虎地对待一切由于她或针对她而发生的事，她非常不明确并且也许奇异地生活在与她的现实生活并行着的期待之中，因为这样一种解释有以下事实作为佐证：她和哈高厄尔在一起生活了这么长的时间并且这么快地就和他决裂了。她对未来采取的这种欠考虑的态度也与此相称：她离家出走了，她暂时似乎觉得这就够了，此后将会出现的问题她回避。乌尔里希也既不能想象她会一直没有男人并像一个年轻姑娘那样不明确地等待下来，他也不能想象与他妹妹相般配的男人得是什么模样；这一点他在别离前不久也已经对她说过了。

但是她却惊恐地——很可能有点儿带着傻里傻气装出来的惊吓——盯住他的脸，随后便心平气和地以问作答说：“在最近一段时间里难道我不能干脆就住在你那儿，我们对一切先不作决定？”

就这样，再明确也不过了，他们搬到一起住的这个决定便得到了确认。但是乌尔里希明白，随着这一试验的开始，他的“休假生活”试验势必就要结束。他不愿意去想这将会有什么后果，但是他的生活从此以后也许就会受到某些限制，这却是他并非不欢迎的，于是他第一次又想到了圈里的人，尤其想到了平行行动的女人们。一想到自己就要和一切与这新变化有关联的事物隔离，他不禁感到这是件极妙的事。恰似往往只要在空间上作一个小改动，一种无精打采的响声便会发出悦耳动听的共鸣那般，在他幻想中他的小房子变成一个贝壳，他在这贝壳里像听远处一条河流那样听这城市的潺潺声。

后来在这次谈话的最后部分分明也还有一场特殊的小对话：

“我们将像隐士那样生活，”阿加特挂出一丝愉快的微笑说，“但是在爱情问题上每个人当然仍然保持自由。至少你是不受阻挠的！”她担保说。

“你知道吗，”乌尔里希回答说，“我们正在进入千年王国？”

“这是什么？”

“我们已经对那种爱情谈论得很多了，它不像一条小溪那样流向一个目的地，而是像大海那样形成一种状态！你说老实话：如果人们在学校里给你讲述说，天堂里的天使什么事也不干，只是待在主的身畔，一味地赞颂他，你能想象这种无所事事吗？”

“我一直认为这有些无聊，因为毫无疑问我是有缺陷的嘛。”阿加特这样回答。

“但是按照我们所取得的一致意见，”乌尔里希说，“现在你必须想象，这座大海是一片静止和孤独，充斥着连绵不断的、水晶般纯净的事件。古代人曾试图设想人间就有这样一种生活：这就是千年王国，由我们自己所塑造，但并不是我们所知道的那种王国！我们将这样生活！我们大家都将丢弃自私心理，我们将既不积聚财富，也不积聚知识、情人、朋友、原则、我们自己的思想：根据这一情况，我们的意识将张开，对人和动物解开并以这样一种方式展现自己，致使我们根本就再也不能依然是我们，我们将只纠缠于全世界，维护住我们自己的本色！”

这一席小小的谈话是开玩笑。当时他手里拿着纸和铅笔，讲了几句开场白，便和妹妹商议，如果她实施出卖这所房屋及其设备的计划，将会遇到一些什么情况。他也还在生着气，自己也不知道他是在毁谤呢，还是在说梦话。由于这种种缘故，他们就再也没有认真深入探讨遗嘱的事。

今天，乌尔里希并没有主动悔过，其原因分明也就在于这件事办得很是漂亮。他妹妹的奇袭具有许多中他的意的特性，虽然他自己是战败者；他不得不承认，那个“按照自由精神的规则”得过且过的人——他曾在内心认可此人太多的悠闲——因此而一下陷入了同那极其不明确的严肃态度的一种危险的矛盾之中，而那不明确的严肃态度却正是这真实的严肃态度的出发点。他也不想避开这件事，他迅速地并且用寻常的方式加以补救：但是随后也就没有规则，人们不得不听任事态的发展。

一六

重逢狄奥蒂玛的外交官丈夫

清晨，乌尔里希头脑并不更清醒一些，傍晚时分他决定——目的在于松弛一下压在他心头严肃心情——去拜访他那位研究使灵魂摆脱文明的表妹。

令他感到惊讶的是，拉喜儿还没有从狄奥蒂玛的房间里返回，他便受到向他迎面走来的图齐司长的接待。“我的妻子今天身体不舒服。”这位训练有素的丈夫解释说，语声中带着那种漫不经心的关怀体贴，由于每月都使用，这已经变为一句惯用语，家庭秘密就公然摊放在其中。“我不知道她是否能接待来访的客人。”他已经穿好衣服就要出门，但还是乐意陪伴乌尔里希。

后者利用这机会打听阿恩海姆。

“阿恩海姆去了趟英国，现在正在彼得堡。”图齐说。乌尔里希处在他那使人感到压抑的经历的印象中，一听到这个无足轻重而又自然而然的消息，他的心情就仿佛大量激动人心的事一古脑儿都在向他涌来。

“这样很好嘛，”外交家说，“他只管来来回回频繁旅行好啦。人们可以由此而作出自己的观察并了解种种情况。”

“您一直还以为，他受沙皇的一项和平主义的委托而旅行？”乌尔里希乐呵呵问。

“我比任何时候都更相信这一点。”这位负责实施奥地利-匈牙利政策的官员直截了当地担保说。但是乌尔里希突然怀疑，图齐是确实这样蒙在鼓里，还是只是装成这样戏耍他；他有些恼火地放下阿恩海姆，询问：“我已经听说，在这期间这里已经发布了行动口号了？”

跟通常一样，对平行行动装出无辜者和机灵人的样子，这似乎是他的一件赏心乐事；他耸耸肩膀，咧嘴一笑道：“我不想抢在我妻子之前行动，一旦您能够受到她的接待，您就会从她那儿听到有关情况的！”但是稍过片刻他上唇的小胡子开始颤动起来，黄褐色脸上那一双大而黑的眼睛闪现出一种缺乏自信和忧伤的光。“您也可以算是这样一个犹太教学者了嘛，”他迟疑不决地说，“您也许能给我解释一下，一个人有灵魂，这是什么意思？”

看来，图齐确实想谈论这个问题，而他的缺乏自信则显然让人觉得他有难言之隐。乌尔里希没有立刻回答，于是他便继续说：“如果人们说：‘一个人的灵魂’，那么人们是指一个忠诚、恪尽职守、真诚的人——我有这样一个办公处主任：但是说到底这里涉及到的是一种从属的个性——抑或灵魂是女人的一种个性：这大致就相当于说，她们比男人更容易哭，更容易脸红——”

“尊夫人有灵魂。”乌尔里希纠正他，神情严肃得好似他在断言，她的头发是暗蓝色的。

图齐的脸上迅速泛起一丝轻微的苍白。“我的妻子有才智，”他缓缓地说，“她有理由被认为是一个有才智的女人。我有时烦扰她，指责她是一个文艺爱好者。她一听就生气。但是这还不是灵魂——”他想了一想，“您可曾见过一位女神秘教徒？”随后他问，“她从手上或一根头发上预卜未来，也许惊人地正确：这就是才能或手腕。但是如果有人说，存在着一个时代即将来临的种种迹象，在这样一个时代里我们的灵魂好像不经感官的中介便可彼此沟通，您能想象得出来这里有什么明智可言吗？我想马上添上一句，”他迅速补充说，“这不应只被理解成为一种譬喻，而是如果您心地不善良，那您想干啥就可以干啥，所以今天，这已经是一个灵魂正在觉醒的时代，人们应该比以往世纪里的人更清楚地感觉到这一点！您相信这话吗？”

听图齐讲话人们永远不知道他讥刺的锋芒是对着他自己呢，还是对着听他讲话的人，而乌尔里希则不管三七二十一回答说：“我要是您的话，就豁出去作这个试验呗！”

“您别开玩笑，我最可尊敬的朋友，说这种风凉话，这是不高尚的，”图齐诉说，“可是我的妻子要求我认真理解这样的话，即使我不赞同这样的看法，我只得投降，我根本不可能进行自卫。就这样，在万般无奈中我想起来，您不也是这样一个犹太教学者吗？”

“如果我没有搞错的话，这两个论断都出自梅特林克之口。”乌尔里希帮他一把。

“噢！出自——对，可能是的。这就是这个——您看，很好：那他也许也就是这个声称没有真实可言的人吧？除非是对情侣而言！他这么说。如果我爱一个人，那么我就应该直接分享一个神秘的真实，它比寻常的真实更深。相反，如果我们根据人情世故和精细观察讲出什么话来，那么它们当然就是毫无价值的。据说这话也是这个人说的吧？”

“我真的不知道。也许是吧。这种话跟他这个人挺相称的。”

“我还以为这是阿恩海姆说的呢。”

“阿恩海姆接受了许多他的观点，他又接受了许多别人的观点，他们俩都是天才的折中主义者。”

“噢？那这是老古董啦？那您倒要给我解释一下，天哪，今天人们怎么可以让这样的东西刊印出来呢？！”图齐请求，“如果我的妻子回答我：‘理智根本什么也证明不了，思想够不着灵魂！’或者：‘在精确性之上有一个智慧和爱情的王国，讲话慎之又慎就只会亵渎这个王国！’那么，我理解她怎么会说出这样的话来：她是一个女人，她以这样的方式保卫自身免遭男人逻辑的攻击嘛！可是一个男人怎么会说这样的话？！”图齐挪近过来，把手搁在乌尔里希的膝头上：“真实像一条鱼那样漂浮在一个看不见的原则之中；人们把它一抓出来，它就死了：您对此有什么看法？这也许跟一个‘爱情诗作者’和一个‘好色的人’之间的区别有关系？”

乌尔里希微微一笑。“真的要我告诉您吗？”

“我洗耳恭听！”

“我不知道该从何说起。”

“您瞧！在男人中间这种话难以启齿。但是假如您有灵魂，您现在就会直截了当地观察并欣赏我的灵魂。我们就会进入一个没有思想、言语和行动的崇高境界。可是却有深奥莫测的力量和一种令人震惊的沉默！一个灵魂可以吸烟吗？”他边问边给自己点燃一支香烟；他这才想起自己作主人的义务，就把纸烟盒也向乌尔里希递过去。从根本上来说，他对自己如今已读过阿恩海姆的书颇有些感到自豪；正因为他仍然觉得这些书令人无法容忍，他心里美滋滋地认为这是一项个人发现：他已经认识到书中那迸涌的表达方式对捉摸不透的外交意图有着潜在的用途。也确实不会有别人愿意徒劳地去做一项如此艰难的工作的，每一个人处在他的地位都会先尽情地对之取笑一番，但随后很快便会急切期盼着试用性地引用这一句或那一句引文，或者用那些极其模糊不清的新思想中的一个来表达某种人们反正说不清楚的东西。这事做起来颇有些勉强，因为人们尚还觉得这身新的套服滑稽可笑，但是人们很快便习惯了它：就这样，时代精神在其应用形式上为人所觉察不到地变化着，尤其是阿恩海姆就有可能会得到一个新的崇拜者。甚至图齐都已经承认，尽管有着种种原则上的敌对态度，人们还是可以把联合灵魂和经济的这种要求理解为某种像经济心理学的东西；而坚定地保护他不受阿恩海姆影响的，其实只是狄奥蒂玛。因为众所周知在她和阿恩海姆之间，一种热情消退当初就已经开始蔓延，正是这种热情消退让人对阿恩海姆讲过的一切关于灵魂的话产生怀疑，觉得这一切恐怕只是一种托词，结果就是，图齐怀着比以往任何时候都更严重的神经质回想起阿恩海姆的这些言论。在这种情况下他估计，他夫人跟这个外国人的关系还在上升之中，这便是可以原谅的了；这种关系不是一个丈夫能够采取措施加以防范的那种爱情，而是一种“爱情的状态”和“爱的思维”，并且如此不容任何低微的怀疑，以至于狄奥蒂玛自己竟公开谈论是什么促使她产生这样的想法，在最近甚至相当不客气地要求图齐在精神上参与此事。

他觉得自己很没有理解力，很神经过敏，为这样一种状态所包围，这种状态像一种全面的阳光那样使他眼睛失明；这是一种没有固定的太阳高度的阳光，而人们本来是可以依据太阳高度找到阴影、得到保护的。

他听见乌尔里希在讲话。“但是我想请您考虑以下情况。在我们内心通常有一种经历的不断流进和流出。在我们内心形成的激动情绪由外部引起并作为行为或言语又向外部流出。您设想这就像一种机械的游戏。然后您设想游戏受到干扰：这就得产生拥堵了吧？或某种泛滥？也许也只是一种鼓胀——”

“您讲起话来至少头脑冷静，虽然这是胡说……”图齐用赞许的口吻说。他没有马上就领悟到，这里确实有一种说明正在逐渐成熟起来，但是他保持镇静；就在他在内心沉入悲惨的时候，他的嘴唇上却依然如此骄傲地保留着那一丝阴险的笑意。

“我认为，生理学家们说，”乌尔里希继续说，“我们称之为自觉行动的东西因此而发生：刺激几乎可以说不是简单地通过反射弧流进流出，而是被迫走弯路；所以后来，我们所经历的世界和我们行动于其中的世界其实就像一个双盘石磨里的上水和下水，通过一种意识贮存库结合起来，流进和流出的调节取决这个贮存库的高度、力量以及诸如此类的因素。或者换一句话说，如果在双方的一方出现一个故障——一种世界的异化，或一种缺乏行动兴致——那么人们完全可以假设，一种第二位的、更高的意识也能够以这样的方式形成，抑或您不这样认为？”

“我？”图齐说，“我必须说，我以为，这对我来说完全无所谓。这应该暂且由教授们内部商定，如果他们觉得这重要的话。但是具体来讲——”他若有所思地把香烟钻进烟灰缸里，然后恼怒地抬起头来，“有两个堵塞的人还是有一个堵塞的人对世界进行裁决？”

“我方才以为，您只是想听我说我以为这样的想法是怎样产生的？”

“如果您对我说了这样的话，那么可惜我没听懂。”图齐说。

“可是很简单，您没有第二堵塞，就是说您没有这智慧原则，有灵魂的人说的话，您一句也听不懂。我祝您交好运！”

乌尔里希渐渐意识到，他正在以不光彩的形式并且是在奇特的社交场合讲出某些思想，这些思想也许根本不适宜于解释曾不安地激荡过他自己那颗心的情感。在敏感性极大地增长时就可能会产生一种经历的溢出和回涌，像一个水平面那样无限和柔软地把感官和一切事物结合在一起：这个猜想在他心中唤起对与阿加特作的那几次重要谈话的回忆。这时，他的脸不由自主地现出一种部分冷酷无情、部分惘然若失的神态。图齐懒洋洋抬起眼皮观察他，并从他冷嘲热讽的方式上看出某种迹象，察觉到原来他自己在这里并不是唯一的一个其“堵塞”不符合他的愿望的人。

两个人几乎没觉察拉喜儿去了多久了。她让狄奥蒂玛拉住迅速帮她穿戴打扮、整理病房，作好接待乌尔里希的准备：这时，这姑娘回来禀告，说是请他别走，而是稍等片刻，说罢便又匆匆返回她女主人的身边。

“您向我列举过的所有论点当然都是譬喻，”经这一中断后，乌尔里希继续进行这场谈话，以报答主人对他的殷勤接待之情，“一种蝴蝶语言！我对阿恩海姆这样的人大致有这样的印象：他们喝这种极稀薄的琼浆玉液喝得酩酊大醉、大腹便便！这就是说，”他急忙添上一句，因为他及时想起不可以捎带着把狄奥蒂玛也给伤害了，“恰恰是对阿恩海姆我有这个印象，尽管如此，我同样对他也有这样的印象：他在胸口像携带一只皮夹那样携带着一个灵魂！”

图齐又放下他在拉喜儿走进来时拿起来的公事皮包和手套，气冲冲地回答说：“您知道吗，这是什么？我指的是，您这么新颖地向我解释了的东西。这无非就是和平主义精神！”他顿住片刻，以便让这一番告白产生效果。“和平主义在门外汉手里毫无疑问包含着一个大危险。”他煞有介事地补充说。

乌尔里希想笑，但是图齐说这话时神情极其严肃，他这是把两样确实略微有些相近的事物联结在一起了，尽管因此而就把爱情和和平主义看成互有关联，这显得多么滑稽可笑，致使两者在他心中引起一种门外汉式的放荡不羁的印象。所以，乌尔里希不知道他该回答什么，就仅仅利用这个机会回到平行行动的话题上来，他表示异议，说是在这个行动中刚刚发布了一个行动口号了嘛。

“这是一个莱恩斯多夫思想！”图齐不屑地说，“您还记得您启程前不久在我们这里举行的最近那次讨论吗？莱恩斯多夫曾说：‘必须采取某种行动！’这就是现在的人们现在称之为行动口号的全部内容！阿恩海姆当然试图把他的俄罗斯和平主义强加给它。您记得吗，我是怎样警告大家提防这种危险的？恐怕是，人们还会想起我来的吧！外交政策在哪儿也不像在我们这儿如此步履维艰，当初我就已经说过：‘谁今天奢望实现基本的政治理念，谁就必须有一点破产者和罪犯的气质！’”这一回图齐可是畅所欲言了，大概是因为乌尔里希不一会儿就要被叫去见他的夫人了吧，或许是因为他不想在这次交谈中仍然单独一人充当接受教导的人。“平行行动正在引起国际上的不信任，”他报告，“人们认为它既是反德的，也是反斯拉夫的，它的这种内政方面的影响也可以从外交上感觉得到。但是为了使您完全理解门外汉的和专家的和平主义之间的区别，我就给您稍许解释解释：奥地利如果加入英法协约，它就可以在至少三十年内防止任何一场战争的发生！在庆祝执政周年纪念时，它当然可以用一种从未听说过的美好的和平主义姿态来做这件事并向德国保证以手足之情相待，而不管德国是否仿效它。我们的多数民族将会感到鼓舞。我们就可以用法国的和英国的优惠贷款建设我们强大的军队，于是德国也就吓唬不了我们。我们就可以摆脱意大利。没有我们法国什么事也干不了：一句话，我们就会是和平和战争的关键，就可以做这笔重大的政治交易。我这样说并没有给您泄露什么秘密：这是一道简单的外交计算题，每一个商务专员都会算的。它为什么实施不了呢？宫廷的无法预料因素：人们在那里极不喜欢镍放射物，于是人们觉得对它让步是件不正经的事；君主制度今天处境不利，因为它们受到正派行为的重压！之后便是所谓的公共精神的无法预料因素：我这就是谈到平行行动了。为什么它不教育公共精神？为什么人们不教它一种实事求是的观点？您看，”但是说到这里，图齐的陈述渐渐失去其可信性，反倒给人以有难言之隐的印象，“这个阿恩海姆著书立说，实在让我感到很有意思。这不是他的发明，最近，我很晚才入睡，我有时间略微考虑了一下这方面的问题。一直都有写长篇小说或搞剧本的政治家，比如克列孟梭[①]或者甚至迪斯雷利[②]；俾斯麦不是，但俾斯麦是一个破坏者。现在您就看看这些今天掌握政权的法国律师们吧：真是令人羡慕！政治上的获利者，但是接受一种杰出的、给他们提供指导方针的职业外交的咨询；他们大家都曾有过那么一回最最自由随便地写了剧本或长篇小说，至少在他们的青年时代，并且今天还在写书。您认为，这些书有什么价值吗？我不这样认为。但是我向您担保，昨天晚上我曾这样想：我们自己的外交缺少什么东西，因为它不是也出产书吗，我要告诉您，为什么：第一，外交家自然和运动员一样，他也得出汗排出多余的水分。第二，这增强公众的安全感。您知道吗，什么是欧洲均势？”

他们的谈话被拉喜儿打断，她来禀报说，狄奥蒂玛在等候乌尔里希。图齐接住递给他的礼帽和大衣。“假如您是个爱国者的话——”他说，他迅速把胳臂伸进袖管，拉喜儿给他张开大衣。

“那我该干什么？”乌尔里希盯着拉喜儿的眼睛问。

“假如您是个爱国者的话，您就要让我妻子或莱恩斯多夫伯爵注意这些困难。我不行，一个做丈夫的这样干很容易给人以心胸狭窄的印象。”

“可是这里没有人认真对待我呀。”乌尔里希心平气和地回答。

---

① George Clemenceau(1841 — 1929)，法国政治家。

② Benjamin Disrael(1804 — 1887)，英国政治家。

“啊，您别这么说！”图齐急忙大声说，“人们不是以对别人那样的方式认真对待您，可是很久以来大家就一直都怕您。怕您给莱恩斯多夫出一个荒诞不经的主意。您知道什么是欧洲均势吗？！”外交家紧紧追问。

“我想略知一二吧。”乌尔里希说。

“那就祝贺您啦！”图齐愤怒而颓丧地说，“我们职业外交家全都不知道。那就是人们不可以扰乱的东西，好让大家不致互相大打出手。但是人们不可以扰乱什么，这就谁也说不清楚了。您略微想一想吧，最近这几年您周围发生过什么事、正在发生什么事：意大利—土耳其战争，普恩加莱[①]访问莫斯科，巴格达问题，武装入侵利比亚，奥地利—塞尔维亚紧张局势，亚德里亚争端……这是一种均势吗？我们的难忘的艾伦泰尔男爵——不过我不想再耽误您的时间啦！”

“真可惜，”乌尔里希说，“如果人们可以这样来理解欧洲均势的话，那它就是最好地体现了欧洲精神啦！”

“对，这才叫有意思呢，”已经站在房门口的图齐谦恭地微微一笑回答，“在这个意义上我们的行动的精神成就不可低估！”

“为什么您不阻挡它？”

图齐耸耸肩膀：“如果在我们这儿一个有伯爵阁下这样地位的人想做什么事，那么人们就不能持反对态度。人们只能谨慎从事而已！”

“您好吗？”图齐走后，乌尔里希问这位白衣黑人小岗哨，现在她正在领他去见狄奥蒂玛。

一七

狄奥蒂玛换了读物

“亲爱的朋友，”狄奥蒂玛说，这时乌尔里希正走进她的房间，“我不想

① Raymond Poincare(1860 — 1934)，法国政治家。

没跟您谈一谈就让您走，但是我只得这样来接待您！”她穿一件便服，这就使得她那高贵的身段因一个偶然的姿势而有些让人产生她已怀孕的感觉，这就使这个还从未生育过的骄傲的身体有了某种有时显得惹人爱的受苦母亲无羞耻之心的特色；一个毛皮衣领放在她身旁的沙发上，她显然刚用它暖和过自己的身子，她额头上敷着一块湿布治偏头痛，它可以留在原来的地方，因为她知道，它敷在她额头上颇像一条希腊束发带。虽然天色已晚，但还没开灯；治疗一种陌生疾苦的药物和清凉提神药剂弥漫在空气中，搀杂着一股浓郁的芳香，这股芳香像一个套子罩住了所有零零散散的气味。

乌尔里希深深俯下脸去，亲吻狄奥蒂玛的手，仿佛他想从这条胳臂的香味上嗅出他不在时所发生的变化似的。但是这皮肤只如同往常那样散发出那种浓艳、饱和、沐过浴的气味。

“啊，亲爱的朋友，”狄奥蒂玛重说一遍，“好哇，您回来了——哦！”她突然笑着叹息，“我胃痛得好厉害！”

这个由一个态度自然的人所作的像天气预报一样自然的通知，在狄奥蒂玛的嘴里却获得了一种衰竭和表白的全部重要意义。

“表妹?！”乌尔里希喊道，并笑着躬身向前，以便盯住她的脸。图齐委婉地对他夫人身体状况欠佳所作的暗示，此刻在他心中和这样的猜想搅乱在一起：狄奥蒂玛已经怀孕，如今抉择已经降临这座府邸。

她差不多猜着了他的心思，无力地抗拒着。她其实只是得了月经不调症，这种情况从前当然从未出现过，它隐隐约约、模模糊糊地跟她在阿恩海姆和她丈夫之间的摇摆有关联，几个月以来这种摇摆就一直伴随着这样的病痛。当她听说乌尔里希已回来时，内心感到欣慰，她欢迎他，欢迎这位她的战斗中的知心朋友，这也就是她为什么接待他的原因。她躺在那儿，只是勉强保持着坐的姿势；在他的陪伴下，经受着内心的绞痛，她简直是一块敞开的、没有篱笆和禁止标志牌的天然风光，这种情况在她身上很少出现。无论如何她总算曾认为，如果她推说神经性胃痛，这将会是可信的，并且简直是一种感伤禀性的征兆；要不她也就不会在乌尔里希面前出现了。

“您吃点什么药吧。”乌尔里希建议。

“嗳呀，”狄奥蒂玛叹息，“都是情绪激动引起的。我的神经再也受不了啦！”

出现了短暂的停顿，因为乌尔里希这时本应打听阿恩海姆的情况的，但急切地想了解那些与他本人没关系的事件的情况，而又没有马上找到话头。末了，他问：“使灵魂摆脱文明的工作困难重重吧？”接着便补充说，“可惜我可以大言不惭地说，我早就向您预言过，他们费尽心机为自己开出一条进入世界的小胡同，他们的这种努力必将可悲地崩溃！”

狄奥蒂玛回想起，她曾从社交聚会上溜走，和乌尔里希一道坐在接待室里的长凳上：她的颓丧情绪几乎跟今天完全一样，但这期间却有着希望的几多升和降。“我的朋友，当我们还相信这崇高的思想的时候，”她说，“这多美好啊！今天我大概可以说，世人已经仔细倾听了，可是我自己却多么失望呀！”

“究竟为什么呢？”乌尔里希问。

“我不知道。大概原因在我。”

她想添上几句有关阿恩海姆的话，但是乌尔里希却希望知道人们是怎样应付那场游行示威的；他对此的最后的记忆是，莱恩斯多夫伯爵派他去找她，要她对坚决干预作好思想准备，同时也要她放心，可是他却没找到狄奥蒂玛。

狄奥蒂玛露出一副傲慢的神情。“警察逮捕了几个年轻人，后来又把他们放了：莱恩斯多夫很气恼，可是有什么别的法子呢？！他现在反倒更坚持启用维斯尼茨基并说必须有所行动：但是维斯尼茨基无法开展宣传，如果人们不知道为什么而宣传！”

“我听说这就是行动口号。”乌尔里希插话。维斯尼茨基男爵因遭到各德国党派的反对而没当成部长并且因此而势必在为平行行动的这个崇高的爱国思想谋求同情的委员会的上层引起强烈的猜疑，此人的名字使伯爵阁下的政治权势栩栩如生地在他眼前浮现，这正是这种政治权势造成的结果嘛。看来，莱恩斯多夫伯爵思想的为他人左右的进程——也许因以其显要人物去惊醒家乡精神以及在更广泛范围内的欧洲精神的种种努力意料之中的失效而得到了确证——如今已经导致这样的认识：最好的办法是，给这种精神一个推动力，不管这个推动力来自何方。很可能伯爵阁下在考虑问题时也依据人们和精神错乱的人打交道时所获得的经验，据说肆无忌惮地高声怒骂或摇撼精神错乱者，这对他们的健康有时是颇有益处的；乌尔里希在狄奥蒂玛没来得及回答之前匆忙进行这样的推测，这时却被狄奥蒂玛的回答打断了。

这一回这位患病的女人又使用这个称呼：亲爱的朋友。“亲爱的朋友，”她说，“确实是如此嘛！我们的世纪渴望一个行动。一个行动——”

“可是哪一个行动！哪一种行动？！”乌尔里希打断她。

“完全是无所谓的！行动中有一种对这些话语的了不起的悲观主义：我们不要否认过去总是一个劲儿说话：我们为永恒的、伟大的话语和理想而生活；为我们的最内在的特征；为不断增长的我们的生存的全部丰富内容。我们曾追求一种综合，我们曾为新的美的享受和幸福价值而生活，我不想否认，与自己成为一种真理的这种巨大严肃精神相比，寻求真理是一种儿戏：但是这是一种对当前的微小的灵魂现实内容的偏激，我们在一种梦一般的思念中简直是为虚无而生活了！”狄奥蒂玛用两肘支撑着急切地坐了起来，“如果人们今天放弃寻找被掩埋了的通向灵魂的入口，而宁可力求对付实实在在的现实生活，那么这种做法上倒是有某种健康的成分的哩！”她最后说。

如今，除了对行动口号的意料之中的莱恩斯多夫诠释以外，乌尔里希又有了另一个真实可信的诠释。狄奥蒂玛似乎已经更换了自己的读物；他记得，他进来时曾看到她为许多书籍所包围，但是光线太黯淡，他没看清这些书的书名，而且在一部分书籍上也躺着这位若有所思的少妇的身体，像一条胖乎乎的蛇，如今她已经更高地直起身子并满怀期望地望着他。狄奥蒂玛自少女时代以来一直喜欢从阅读很感伤和很主观的书籍中汲取营养，如今，正如乌尔里希从她的话语中所推断出来的那样，她显然已经被那种不断活动着的精神革新力所攫住了：这股力量用今后二十年里的概念也找不到它用最近二十年里的概念没有找到的东西；从中最后也许甚至产生出那些大的历史的气氛更迭，它们在人道和惨无人道、狂飙和冷漠或别的没有完全足够的存在理由的矛盾之间犹豫不决。乌尔里希脑子里闪过一个念头：那小小的一点没得到澄清的剩余不明确性——它留在每一个道德的经历之中，有关这方面的问题他曾和阿加特谈论过许多——其实想必就是这种人类的不安全的原因；但是由于他不想贸然享用蕴含在对这些谈话的回忆中的快乐，所以他就强迫自己的思绪避开它而宁可转向将军，是这位将军第一个告诉他，现在时代正在获得一种新的精神，并且是以这样一种方式告诉他的——这种方式中有一种健康的惹人恼怒的力量，它不给喜欢迷人的怀疑的癖好留下余地。由于他已经想到了将军，他也就想到了将军曾请求他在他表妹和阿恩海姆之间照管一下受到扰乱了的秩序；就这样，他终于就狄奥蒂玛对灵魂的告别词作出回答说：“‘无限的爱’对您的健康大概没有什么好处吧？！”

“嗳呀，您，您还是老样子！”表妹叹了口气，向后倒在枕头上，她在那儿闭上了眼睛；因为由于乌尔里希不在场也就已经不习惯于这种直截了当的提问，她也就不得不先想一想，她已经向他透露了多少自己的肺腑之言。他这一问把已忘却的事一下子又推动了起来。她隐约回忆起与乌尔里希进行的一次关于“无限制爱恋”的谈话，他们最后一次或倒数第二次在一起时还曾就此继续交谈过一次，当时她曾赌咒发誓地说，灵魂是会从肉体的监狱里显现出来的，而乌尔里希则曾回答说，这是爱情渴望谵妄症，说是她不妨给予阿恩海姆或者他或者随便哪一个随便一种“满足”；在谈到此类问题时他甚至说出了图齐的名字，这件事如今他也又回想起来了：这一类建议就是比一个像乌尔里希这样的人所说的其余的话更容易让人记住。很可能她当初正当地感到这是一种厚颜无耻的言行；但是由于与现在的痛苦相比过去的痛苦是一位无伤大雅的老朋友，所以这在今天就有这样的好处：它可以成为一种友好而又亲切的回忆。于是狄奥蒂玛又睁开眼睛并且说：“也许在世上人们不能完美无瑕地爱！”

说罢，她莞尔一笑，但是她的束发带下面现出忧虑皱纹，它们使这张脸在薄暮中显出奇异扭歪的样子。狄奥蒂玛在使她个人感到伤感的问题上并非不喜欢相信超世俗的可能性。甚至连施图姆将军出乎意料地出现在群英会上都曾像有幽灵作祟似的吓了她一跳，小时候她曾祈求自己能长生不老。这曾使她比较容易地也赋予她与阿恩海姆的关系以一种超世俗的信仰，或者，说得更正确些，那种不完美的无信仰，那种“不认为不可能”——它们今天已经成为基本的信仰关系。假如阿恩海姆不只是有能力从她的和他的灵魂中抽出某种看不见的东西，某种在离她和他五米远的空中相切的东西，抑或假如他们的目光有能力装出仿佛在这后面留下了一粒咖啡豆、一粒小石子、一个墨水斑、某一个使用痕迹，或者哪怕只是一个进步，那么，狄奥蒂玛就会期待着今后总有一天这还会进入更高境界，进入那些超世俗关系中的某一种，而那些超世俗关系跟大多数世俗关系一样都是为人们所无法精确想象的。阿恩海姆最近频频出外旅行，在外滞留得比从前更长久，甚至他待在当地的日子里也是事务忙得不可开交，对此她也一概表示宽容。她不允许自己产生这样的怀疑：对她的爱是否还一直是他生活中的重大事件。每逢他们又一次单独相处，精神状态的升华便总是瞬间如此之大，接触便总是如此真实，以致情感惊愕地沉寂下来，甚至，如果没有机会谈论点什么不涉及个人的事，那么就产生一种真空，留下一种痛苦的精疲力竭的感觉。尽管这绝不可能是一种激情，但是她却也不愿意——被她所生活的时代养成了这样的习惯，总以为一切不实用的东西反正都只是信仰的一个对象，同样也是那种不可靠的无信仰的一个对象——排除还会有某种与一切合乎理性的先决条件相悖的事接踵而至。但是在这一分钟里——她睁开眼睛，公然盯住乌尔里希，盯住他的黑乎乎的不作出回答的轮廓——她暗自寻思："我等什么呢？究竟会发生什么呢？"

乌尔里希终于回答："可是阿恩海姆想和您结婚的呀！"

狄奥蒂玛又撑着胳臂坐起来，说："难道通过离婚或结婚就能解决爱情问题吗？"

"我误以为是怀孕了。"乌尔里希心中暗想，他根本不知道该怎样回答他表妹的这个突然叫喊出来的问题。可是他突然心血来潮地说："我警告过您要提防阿恩海姆！"也许他此刻感到自己有责任告诉她自己所知道的情况，告诉她这位富豪已经把他们俩的灵魂跟他的买卖联结在一起，然而他却立刻又放弃了这个意图；因为他觉得，在这一次谈话中每一句话都占有其原先的位置，恰似他房间里的物件，他返回后看到这些物件都仔细拂拭过，仿佛他曾死了一分钟之久似的。狄奥蒂玛责备他："您不可以对这件事这样满不在乎。在阿恩海姆和我之间存在着一种真挚的友谊；如果说尽管如此有时我们之间也出点事，出点我想称之为恐惧不安的事，那么，这恰恰就是由于真诚而引起的。我不知道，您是否曾经历过这样的事或者有这种能力：两个人达到了某种情感的高度，这两个人之间任何一句谎言都可能会变得如此不成体统，以至于人们压根儿就几乎不可能还互相交谈！"

凭着敏锐的听觉，乌尔里希从这个责备中听出，通向他表妹心灵的大门对他来说比以往敞得更开了；而由于他感到开心，她居然违背自己意愿地承认她跟阿恩海姆谈话没法不撒谎，他便通过自己也不说话这样的方式卖弄了一会儿他自己的真诚，随后，由于狄奥蒂玛在此期间又已经躺下，他便向她的胳臂弯下身去，以亲切而又温柔的方式亲吻她的手。这只手接骨木木髓般轻盈地安歇在他的手中并在吻过之后依然待在那儿。脉搏缓缓跳动着越过他的指尖。她身上发出的淡淡的脂粉香味像一小团云雾那样附着在他的脸上。虽然这个吻手礼只是一种风流戏谑，但是它跟一种不忠实有共同之处，它们都遗留下那种情欲的苦涩回味：人们曾俯身如此挨近另一个人，以致人们竟像一头牲畜那样饮那个人身上的水并且不再看见自己的映像从水里返回来。“您在想什么？”狄奥蒂玛问。乌尔里希只是摇头，从而重新给她——在黑暗中，只还有最后一丝像天鹅绒那样柔软的微光照亮这一片黑暗——对沉默作比较研究的机会。她想起一句绝妙的话：“有这样的人：最伟大的英雄不敢与他们在一起缄默不语。”或者一句什么跟这类似的话。她自以为记得，这是一句引文；阿恩海姆用过它，她把这句话跟自己联系起来了。自她婚后头几个星期以来，除了阿恩海姆的手以外，她用自己的手握住哪个男人的手都不曾超过两秒钟之久，现在只有乌尔里希的手算是例外。在一阵自我惶惑中她忽略了事态将如何继续发展，但过一会儿便觉得自己心悦诚服地相信，她完全做对了，她不是无所作为地消极等待那也许还会到来、也许根本不会有的最崇高爱情的时刻，而是利用这举棋不定期间的时光，稍许多花一些精力在自己的丈夫身上。已婚的人有这个便利：别人对自己的情人不忠，他们却可以说，他们可记着自己的义务呢；由于狄奥蒂玛认为，不管发生什么事，命运把她摆到什么位置她暂时就应该在这个位置上履行自己的义务，所以她就作了尝试，去纠正她丈夫的错误并教他多付出一点内心热情。她又想起某个诗人的一句话。这句话大意说，没有比和一个你不爱的人一道纠缠进一个共同的命运之中更让人感到灰心丧气的了；这也证明了，只要他们的命运还没有将他们分开，她就必须努力对图齐有爱的表示。与灵魂的不可揣度的事件截然相反——她不想再让他为这些事受过——她有条理地开始做这件事；她怀着骄傲的心情感觉到这些书，她就躺在这些书上，因为她在研究婚姻生理学和婚姻心理学；而天色昏暗，她身边有这些书，乌尔里希握着她的手，她已经向他暗示了这了不起的悲观主义，如今她也许不久将通过放弃自己的理想也在自己的公开活动中表达这种悲观主义，凡此种种则互相取长补短；而狄奥蒂玛则边转悠着这些念头边这样握着乌尔里希的手，有时便不由得觉得，仿佛行李已经打点好，就要告别一切过去的事物了。随后她轻轻叹一口气，一股极其轻微的疼痛的浪潮流贯她的全身，带出一种歉意；但是乌尔里希用自己的指头回报这压力以示劝慰之意，在这个动作重复过几次之后，狄奥蒂玛分明在心中暗想，这其实太过分了，然而她却再也不敢抽回自己的那只手，因为这只手如此轻盈和干松地安放在他的手中，而且有时甚至还在颤抖，她觉得这就像对爱情生理学作了一个遭禁止的提示，如今她绝不愿意做出一个笨拙的逃逸动作来泄露这个提示。

是一直在隔壁房间里忙碌并且自一些时候以来变得特别没有教养的拉喜儿，是她结束了这一个场面，她在敞开着的套间的门的那一边突然开了灯。狄奥蒂玛迅速将自己的手从乌尔里希的手中撤回；一个曾为失重状态所占满的房间依然保持住一个瞬间这种状态。“拉喜儿，”狄奥蒂玛悄声呼唤，“把这儿的灯也开了！”当灯亮起来时，被灯光照亮的脑袋好像突然冒了出来似的，就仿佛黑暗还没有完全从他们身上褪去。阴影密布在狄奥蒂玛嘴唇四周，使她的嘴显得潮湿而肿胀；脖子上和面颊下的珍珠母颜色小鼓包，它们平素似乎对爱吃丰盛美食的人特别合适，如今却硬得像地毯的切口并且布满用墨水胡乱涂抹的阴影。乌尔里希的脑袋也给涂成黑、白色，像一个在战争小径上的原始人的脑袋耸入这不寻常的灯光里。他眯缝着眼睛，力求辨认出狄奥蒂玛周围的那些作品的标题；他惊讶地发现了他表妹对身体和心理卫生知识的求知欲，这种求知欲就体现在这些书籍的选择之中。“他还会做出什么伤害我的事来的！”她突然想，她一直注视着他的目光并为这目光感到不安，但是她并没有从这句话的字面上意识到这一点；她只是觉得，她如今躺在灯光下受到他的注视，实在太被动了；她觉得需要装出一副胸有成竹的样子来。带着一种相当高傲的、一个不依赖一切现存事物的“独立的”女人应用的那种表情，她往四下里一指她的这些读物，用尽量平和的口吻说：“您会相信吗，我有时觉得通奸是解决夫妇间冲突的简单得不能再简单的办法？”

“这无论如何是最宽容的办法！”乌尔里希回答并用他那讥讽的口吻惹恼她，“我是想说，这个办法绝不会有什么害处。”

狄奥蒂玛向他投去责备的一瞥并给他做了个手势，示意他拉喜儿可能正在隔壁房间里听着呢。接着，她大声说：“我当然不是这个意思！”随即便呼唤她的使女。使女神情倔强地出现并怀着苦涩的嫉妒获悉自己将被逐出去。

但是通过这个意外事件情感理顺了；在黑暗庇护下共犯一桩不忠实行为，即使它没有具体特征、不针对任何人，这样的错觉在灯光照耀下顿时便消逝不见，于是乌尔里希便想谈论还应该说一说的公务上的事，好说完起身告辞。

“我还没有通知您，我将放弃我的秘书职务。”他开了腔。

但是狄奥蒂玛表现出了解情况的样子并说，他必须留用，没有别的办法。“我们还一直有大量的工作要做，”她请求，“您还得有一点耐心，很快会有解决办法的！人们会给您派一个真正的秘书来的。”

这个不明确的“人们会”引起了乌尔里希的注意，他想知道确切的情况。

“阿恩海姆主动提出要把他的秘书借给您。”

“不，谢谢，”乌尔里希回答，“我觉得，这恐怕不完全是无私的。”这时他又是话到了嘴边，想把这件事跟油田的关系向狄奥蒂玛解释清楚，但是她没有注意他回答中的这种可疑的措辞，她依然继续往下说：

“此外，我丈夫也已经表示愿意把他办公室里的一个职员拨给您。”

“您觉得这样合适吗？”

“坦白说，我并不完全喜欢，”这一回狄奥蒂玛话说得比较明确，“尤其是因为我们不缺乏人选：您的朋友，那位将军，也曾向我表示，他很乐意从他的司里抽调一个人供您使用。”

“莱恩斯多夫呢？”

“既然这三家已经自愿找上门来，所以我也就没有理由去问莱恩斯多夫：但是他肯定不怕作出牺牲的。”

“大家都宠幸我。”乌尔里希用这句话对阿恩海姆、图齐和施图姆想对平行行动的一切进程获得某种控制的令人惊异的意愿作了总结。“但是也许最明智的做法是，我还是接受您丈夫委派的人吧。”

“亲爱的朋友？”狄奥蒂玛还一直拒绝这样做，但是她不太知道，她该怎么继续往下说，很可能一说下去就会捅出什么娄子来。她又支撑着双肘，用轻快的口吻说：“我拒绝通奸并认为这是解决婚姻冲突的一个太过于粗鲁的办法：这我已经给您说过！但是，尽管如此，再也没有什么比和一个你不怎么爱的人一道纠缠进一个命运之中更难的了！”

这是一个极其不自然的自然之音。但是乌尔里希无动于衷地坚持自己的决定。“毫无疑问，图齐司长想以这样的方式对您所做的事情赢得影响，可是别人也想这样做呀！”他向她解释，“这三个男人都爱您，每一个人都必须把这和自己的义务结合在一起。”他简直感到惊讶，狄奥蒂玛居然既不理解话中的事实，也不理解话中的弦外音，便一边起身告辞，一边用更强烈的讽刺口吻说：“唯一的一个无私地爱您的人就是我；因为我根本不必做任何事，没有任何义务。但是没有偏差的情感是有破坏性的：这一点您自己在此期间就已经感受到了，而您则一直对我表示出一种合理的、虽然只是本能的不信任。”

狄奥蒂玛虽然不知道为什么，然而也许恰恰由于这个有时十分合乎心意的原因才发生这样的事吧：看到乌尔里希在秘书问题上站在她一家人的一边，她从心里感到高兴；她不放开他递给她的他的那只手。

“您和‘那个’女人的关系跟这怎么一致起来呢？”她问，骄纵地与方才这一席话挂上了钩——狄奥蒂玛耍起娇气来，那样子看上去就像一个重竞技运动员耍一根羽毛。

乌尔里希不明白，她指的是谁。

“那位法院院长夫人，您曾把她介绍给我的！”

“这您注意到了，表妹？！”

“阿恩海姆博士让我注意这件事。”

“噢？荣幸之至，他以为这样就可以损害我在您心目中的地位。可是我跟这位女士的关系当然是完全无可指摘的！”乌尔里希以传统习惯的方式捍卫博娜黛娴的名誉。

“您不在的期间她只去过您寓所两次！”狄奥蒂玛笑了，“其中的一次是我们偶然发现了她，第二次是我们用别的方式了解到了这一情况。所以您保守秘密是没有意义的。然而我想了解您！我无法了解您！”

“嗳呀，怎么才能恰恰向您解释这件事呢！”

“您解释吧！”狄奥蒂玛命令。她板起一副“官方的不贞洁”的面孔，一种戴眼镜的脸部表情，每逢她的精神命令她倾听或说她作为妇人不许听或说的事情时，她脸上便总是现出这种表情。但是乌尔里希拒绝了，他重申，他对博娜黛娴其人只能凭借一些推测来作出评价。

“好吧，”狄奥蒂玛表示同意，“您的女友自己虽然作起暗示来一点儿也不吝惜！她似乎以为必须对我为一件不公平的事进行辩护！但是如果您还是喜欢这样，那您不妨就这样讲，仿佛您只是在推测似的！”

这时，乌尔里希感觉到了求知欲并获悉，博娜黛娴已经被狄奥蒂玛接待过几次，谈话内容不单单涉及与平行行动和她丈夫的职位有关的事宜。“我必须承认，我觉得这个女人漂亮，”狄奥蒂玛承认，“她有不寻常的高尚思想。其实我还真生气，您要求我信任您，对我却一直有保留！”

这时乌尔里希心里大致有这样的愿望：“让你们大家都——”他想吓唬一下狄奥蒂玛并且报复一下博娜黛娴的纠缠不休，抑或是他在一瞬间感觉到了自己和他听任自己过的那种生活之间的全部距离。“那么您听着，”他回答说，假意露出阴沉的脸色，“这个女人是个慕男狂，我抗不住她！”

狄奥蒂玛“从官方”知道，慕男狂是什么。两个人都沉默片刻，后来她拖腔带调地回答说：“这个可怜的女人！您爱这样的人？！”

“这简直是痴傻已极！”乌尔里希说。

狄奥蒂玛想知道“详情”；他不得不向她解释这个“可悲的人”并讲得“通情达理”。他没怎么详谈，但是尽管如此，听着听着她便渐渐为一种满意的感觉所侵扰：构成这种满意的基础的，大概就是那著名的对主的感恩，感谢我主保佑她没成为像那个女人那样的人；但这股满意情感的锋芒却渐渐消失在惊恐和好奇之中并且将依然对她与乌尔里希的今后关系不无影响。她若有所思地说：“这一定是一件可怕已极的事，去拥抱一个人，而您却不是在内心对这个人深信不疑！”

“您这样认为？”她的表兄真诚地反问。狄奥蒂玛感到，听到这句尖刻的话时愤怒和委屈一齐在她心头泛起，但是她不可以将这种情感流露出来；她仅仅是松开了他的手，做了一个送客的手势便向后倒在了枕头上。“您本不该给我讲这种事的！”她从那儿说，“刚才您对这个可怜的女人态度很不正当，是不得体的！”

“我从来也不会不得体！”乌尔里希抗辩，并忍不住取笑他的表妹，“您确实不公正。您是听我对另一个女人坦陈己见的第一个女人，而且是您唆使我这样做的！”

狄奥蒂玛感到得意。她想说点什么跟这类似的话，想说人们在没有精神转变的情况下骗取自己的最好的东西；只是她没有把这句话说出口来，因为她本人突然感到伤心起来。但是她回想起她四周的书籍中的一本，这终于协助她作出了一个不使人感到困惑的、仿佛受到官方拦木保护的回答："您正在犯所有男人的错误，"她责备说，"您不把情侣当作平等的一员，而是当作您自身的补充，于是就失望了。您从未向自己提出这样的问题：是不是也许只有更艰苦的自我教育才能确保通往轻快和和谐的性爱之路畅通?！"

乌尔里希几乎张口结舌；但是怀着对这一有学术水平的进攻的不自觉的抗拒心理，他回答说："您知道吗，今天图齐司长也已经向我打听过情感的教育可能性和生成可能性?！"

狄奥蒂玛一激灵："怎么，图齐跟您谈情感?"

"是呀，当然；他想知道，这是什么。"乌尔里希肯定地说，但是他去意已决，仅仅是答应，也许改日违背保守秘密的义务，也讲讲这件事。

一八

一位道德家写一封信时的难处

拜访过狄奥蒂玛，这位归来者所处的那种烦躁状态也就随之宣告结束；第二天，乌尔里希就在傍晚时分坐到写字台前——他这一坐下顿时便对这张写字台倍感亲切——并开始给阿加特写信。

他心里清楚——轻快、清楚得就像一个风和日丽的日子那样——她那个欠考虑的行动极其危险；已经发生的事眼下无非还只是一个大胆的玩笑而已，只涉及他和她，但是这完全取决于在这个行动同现实联系起来之前就将其取消，而这样的危险则一天大似一天。乌尔里希写到这里，便停下笔来，首先感到有顾虑，觉得不宜把一封毫不掩饰地讨论这件事的信交给邮局。他心里琢磨，乘下一班火车亲自去一趟，恐怕无论如何也比发一封信好；但是，他好几天根本就没过问这件事，如今贸然这样做，这在他看来也就颇为荒唐了；他知道，他不会这样做的。

他发现，这是以某种几乎像一个决议那样明确的东西为依据的：他很想听之任之，看从这个意外事变中会生出什么结果来。有待他回答的问题仅仅是，他能期望这件事具有多大的真实性和清晰度；这时，种种思绪在他脑海里起伏翻腾。

他一开始就注意到，迄今为止，每逢他采取“符合道德准则”的态度，他总还一直是处在一种比在进行人们通常可以称之为“不符合道德准则”的行为和思想时更坏的精神状态之中。这是一个普遍现象：因为在让他们与他们的环境对立起来的事件中，大家都展开自己的力量，而他们在自己只是尽本分的地方则理所当然地采取并非跟纳税时不一样的态度；这样做的结果就是，一切坏事都带着或多或少的幻想和激情被做成，而好事的特色却是一种明白无误的感情贫乏和境地悲惨。乌尔里希记得，他的妹妹曾落落大方地用这样一个问题来表述这一道德的困境：是否为人好不再是好品德了。她曾断言做好人艰难、令人喘不过气来，并感到惊讶，因为尽管如此，符合道德标准的人却几乎总是无聊乏味的。

他满意地笑了笑，并且想以这样的方式继续进行这一思索：阿加特和他共同处在一种与哈高厄尔的特殊对立状态之中。不妨大致认为这种对立是以一种好方式做坏人的人与一个以一种坏方式做好人的人的对立。如果人们撇开自摆脱母亲呵护以来“善”和“恶”这些一般性的词便根本不再在其思维中出现的那些人所正当地采取的中庸之道不谈，那么，那些尚还存在着有心作出道德努力的边缘地带今天确实依然任凭这样的坏心做好事和好心做坏事的人驰骋——这些人中的一部分人从未看见过好事飞翔、听见过好事歌唱，所以便要求别人和他们一道热爱一个道德自然界，剥制的鸟儿标本蹲在这个道德自然界里无生命的树上；还有就是这些人中的另一部分人，那些亦善亦恶的凡人，受到他们的竞争对手的刺激，故意，至少是无意识地显示出一种对恶的喜爱，仿佛他们深信，只有在不像好事那样已经完全磨损的坏事中尚还颤动着些许道德的活力。就这样，世界当初就——乌尔里希当然并没有完全意识到这个预见——面临这样的选择：它愿意因它那索然无味的道德，还是愿意因它的灵活敏捷的伤风败俗者们而毁灭。这世界大概直至今日还不知道，它最后极其成功地选中了什么，除非是，那些人数众多的人，那些从未有时间对道德作一般性研究的人，对道德作了一番特殊的研究，因为他们失去了对自己周围状态的信任，此后自然也还失去了某些别的东西，因为坏心做坏事的人——人们很容易就认为这些人应对一切负责任——当初就和今天一样很少有，而好心做好事的人则意味着一项如一团遥远的星状雾气般的扑朔迷离的任务。但是乌尔里希却恰恰想到了他们，他看来似乎想到的一切别的事情他却都觉得是无所谓的。

他赋予他的思想以一种更一般化的和非个人的形态，他用在“干”和“别干”的要求之间存在着的关系去取代“好”和“坏”。因为只要一种道德——这既适用于仁爱精神也适用于野蛮人部落的精神——处于上升状态，这种“别干”便只是“干”的反面和自然的结果；“做和不做”炽热燃烧，这包含着什么错误，这无关紧要，因为这是英雄和殉教者的错误。在这种情况下，“好”和“坏”跟整个人类的幸运和不幸是一码事。然而，一旦这种有争议的事取得统治地位，传播开来，其实现不再有什么特殊困难，那么，要求和禁令间的这种关系就必然会穿越一种决定性的状态。在这种状态下，义务不再每天重新被胎生出来，而是必须被提炼并分解为疑虑和异议，随时准备供多种多样的使用；于是一个事件开始进行，在事态的进一步发展过程中美德和恶习因来源于同样的规则、法则、例外和局限而变得彼此越来越相似，直至最后那个奇特的、但从根本上看来不可忍受的自我矛盾终于产生，这个矛盾曾是乌尔里希考虑问题的出发点，这就是：在对一种纯洁的、深刻和原始的行动方式的乐趣面前——这种乐趣像一个火花，既可以从许可的也可以从不许可的事件中蹿出来——好和坏之间的区别正在失去一切意义。是的，谁若无成见地扪心自问，谁很可能就会认识到，道德的禁阻部分比道德的要求部分带有更强烈的应力：一定的、被认为是“坏”的行为是不可以犯的，抑或，如果人们不顾一切还是要犯，那么起码也不要像占有别人财产或恣意放纵自己的行为那样地去犯。如果说这还显得比较自然的话，那么，与它们相称的肯定的道德传统——在这种情况下这也许就是给予的完整献身精神或者杀灭尘世事物的兴致——却几乎已经丢失；只要哪儿还在行使它们，它们就是傻瓜和情绪不好的人或面色苍白的一本正经的人的事务。在这样一种情况下，在美德虚弱、道德态度主要在于对不道德态度的限制的情况下，就容易出现这样的结果：这种不道德态度不仅显得比那种道德态度更天然和有力，而且简直更符合道德标准，如果允许不是在公理和法律的意义上，而是作为压根儿还可以因良心问题引起的一切激情的尺度去使用这个词儿的话。

但是也可能会有比在内心赞助坏事更充满矛盾的东西吗，因为人们带着人们尚还拥有的心灵的残余部分在寻找好事？！

这个矛盾乌尔里希还从未像此刻这样强烈感受到过，因为此刻他的思考所经由的这条上升的弧线又回溯到阿加特身上。她秉性中的那种乐意使用一种——如果他再次应用这个粗浅的词儿的话——善心做恶事的表达形式的意愿（这已经举足轻重地体现在对父亲遗嘱的侵犯中），伤害了他自己本性中的同样的意愿，这一意愿仅仅是具有了像思维一样的形态，人们不妨说，具有了一种简直是牧师的魔鬼崇拜的形态而已，而他作为人则不仅能够好歹活着，而且，如他所看到的，也不愿意受到搅扰。既怀着空虚沉重的满足感，也怀着嘲弄的明净，他发觉，他对“恶”的全部理论研究归根到底导致他最喜欢守护恶性事件使其免受向其接近过来的恶人的攻击；他突然感到内心有一种对善意的渴望，就像一个漂泊异乡的人也可能会设想，有朝一日回家并径直朝家乡走去，去饮他村里那口井里的水。可是假如他眼前没有浮现出这个比喻的话，那么他也许就已经发现，用当前大量存在的有着混合道德的人的概念去想象阿加特，他的这种全部尝试只是一个借口，为了保护自己不受一个会使他更加大受惊吓的希望的损害。因为奇怪的是，一旦人们一同梦想它，他妹妹的这种态度——如果人们有意识地考察它，人们就不得不谴责它——便会产生一种媚人的引诱力；因为随后一切争端和分歧就会消失，一种富有激情的、肯定的、催促行动的善意就会形成，与它那些站不住脚的日常的形态相比，这种善意很容易看上去像一种古老的恶习。

乌尔里希不想轻易这样提升自己的情感，他更不愿意因他要写的这封信而这样做，所以他就重新把自己的思绪向外引向一般。他的思绪本来是会显得不充分的，假如他没有回想起，在被他共同经历的时代里对一种来自圆满的义务的渴望曾多么轻易和频繁地导致这样的结果：从各个美德的储备中时而被取出这一个，时而又被取出另一个来，并且被放到一种吵吵闹闹的崇拜的中心地位。曾轮到过民族的美德，基督教的、人道主义的美德，一会儿不锈钢，一会儿善意，时而个人性格，时而团体精神，今天十分之一秒，前一天具有历史意义的泰然自若：公众生活的情绪变化归根到底以这样的重点观念的互换为基础：但是这总是让乌尔里希采取漠不关心态度，只是导致他感到自己置身事外。现在这对他来说也只意味着对这个一般性概念的一种补充，因为只有不完全的认识才能使人相信，人们用已经包含在道义上的生活不可解释性中的一种解释就能够对付得了这种不可解释性，这种已经到达向变大了的并发症发展的阶段上的不可解释性。这样的尝试只像一个病人的动作——这个病人烦躁不安地更换卧势，而把他困在床上的瘫痪症却在不断恶化。乌尔里希确信，产生这些尝试的情况是不可避免的，它标明一个阶段，每一个文明从这个阶段又走向下坡，因为迄今为止没有哪个文明有能力用一种新的紧张关系去取代已经失去的内部的紧张关系。他也确信，每一种未来的道德将会遭到跟每一种过去存在过的道德同样的命运。因为道德的松懈，其原因不在于信条的范围以及信条的遵循，它不依赖信条的差别，它对外表的严酷充耳不闻，它全然是一个内部的过程，跟一切行动的意义以及对行动责任统一性的信仰的一种减弱意义相同。

这样，乌尔里希的思绪便又回到那个观念上——他曾讥讽地转向莱恩斯多夫伯爵，把那个观念说成是“精确性和心灵的总秘书处”；虽然他一般地也无非只是大大咧咧开着玩笑讲到这件事，但是现在他却认识到，自他是一个成年男子以来，他就一直不曾采取过别的态度，就仿佛一个这样的“总秘书处”是在可能范围内的似的。也许——他可以自我解嘲地这样说——每一个有思想的人心中都怀有这样一个秩序的理念，恰似成年男人在胸前贴身携带着圣像，那个他们小时候由他们的母亲给他们挂在胸口的圣像；而这幅秩序的图像，这幅人们既不敢认真对待也不敢取下的图像，它看上去不会跟这模样有多大的不同：一方面，它模模糊糊地描绘出对一种正当生活法则的渴念，这种法则是坚强的、自然的、它不允许有例外，不显露出异议，像醉酒那样放松，像真理那样清醒；但是另一方面，其中却反映出这样的信念：自己的眼睛永远也不会看一个这样的法则，自己的思维将永远也不会去思考它；这样的法则将不是可以通过个别人的信息和权势招引得来的，而是只能通过所有人的努力，倘若这并非压根儿就是一种幻觉的话。乌尔里希迟疑了片刻。毫无疑问，他之所以是一个信教的人，只不过就是什么也不信罢了：他的对科学的最大的献身精神从未能够使他忘记，人类的美和善意来自于他们所相信的事情，并不来自于他们所知道的事情。但是信仰却一直是和知识联结在一起的，即使只是和一种想象出来的知识，自从信仰在远古被美妙地创立以来便是如此。这部分古老的知识早已腐朽，已经把信仰连同自身一起卷进腐烂之中：所以今天必须重新建立这种联系。当然不单单是以人们使信仰达到知识高度这样的方式，而是要让信仰从这个高度向上飞翔。超越知识的艺术必须重新被运用。由于这一点不是个人力所能及，所以所有的人把意识集中在这上面。不管他们还会在哪儿获得这种信仰；如果说乌尔里希此刻想到了一个十年、百年或千年计划——人类为了把自己的努力对准自己实际上还不认识的目标而为自己制订了这个计划——那么，他无需多问便可知道，他早就以为这就是多种名目下的真正通过实验证实的生活。因为他说信仰这个词儿不但是指那种枯萎的求知欲，人们一般所认为的那种信教的无知，而且也是指意识到的预感，某种既不是知识也不是想象的东西，但也不是信仰，而恰恰正是“那种别的东西”，那种不属这些概念范畴内的东西。

他迅速把他的信拉到身边，但立刻又把它推开。

他的脸，刚才还热得发红，这时又冷却下来，他顿时觉得他的这个危险的最爱想的念头颇有些可笑。像是用一束从一扇迅速打开的窗户投出去的目光那样，他感觉到，什么东西正实实在在地包围着他：大炮、欧洲的交易。以这种方式生活的人也许会在什么时候联合进行一种审慎的他们的精神命运的导航，这个观念简直是无法形成的，而乌尔里希则不得不看到，历史的发展也永远没有像在个人的精神中万不得已时可能的那样在一个有计划的理念的结合中进行，而是一直挥霍无度、极端浪费，像一个赌徒那样举止十分粗野。他甚至感到有些惭愧。他在这一时刻里所考虑的一切让人满腹狐疑地想起某种“对一项指导性决定的作出和居民中参与者们愿望的确定所作的调查”；甚至，他觉得，他压根儿是在进行道德说教，这种理论式的思考，这种在烛光下观察大自然的思考，这是完全不自然的，而俭朴的、习惯于明媚阳光的人却一直只是抓取距离最近的东西，从不考虑别的问题，只琢磨这一个完全明确的问题，他是否会、是否敢于做出这个动作来。

这时，乌尔里希的思绪又从一般向他本人涌流回来，他顿时就感觉到他妹妹的含义。他已经向她指明过那种奇特和不受阻止的、不可信和不可忘却的状态，那种一切在其中是一个“是”的状态，这就是那种状态——在这种状态下人们除了道德的运动以外没有能力进行别的精神方面的运动，所以也就是这种唯一的状态——在这种状态下有一种没有中断的道德，即使它只意味着：一切行动无端地在这种状态中飘浮。阿加特什么事也没做呀，她只是向这方面伸出手而已。她是伸手的人，现实世界的物体和形象取代了乌尔里希的思考。他已经思考过的一切现在在他看来只是延缓和过渡。他想“顺其自然”，看看阿加特的想法会产生什么结果；而神秘的希望已经开始进行一个按通常的理解是耻辱性的行动，此刻对他来说这就完全是无所谓的了。人们只能耐心等待，看这“上升和下降”道德是否会跟简单的诚实道德一样在这上面显出自己的适用性来。他回想起他妹妹的这个感情强烈的问题：他自己是否相信他对她讲的话。但是现在他也跟当初一样不能对这个问题作肯定的回答。他向自己承认，他正在等候阿加特，以便回答这个问题。

这时，电话铃响了起来，瓦尔特在电话里突然劝说他，气急败坏地提出一连串理由，乌尔里希漫不经心地、欣欣然地听着，当他放下听筒、挺直身子时，他还一直感觉到那如今终于停止下来的铃声；低沉和黑暗令人舒适地向周围涌流回去，但是他说不出这种情况发生在声音中还是在颜色中，这就像一种所有感官的低沉。他面带微笑拿起那张信纸——他已经开始在这张纸上给他妹妹写信——在离开这房间之前慢慢将这张纸撕成碎片。

一九

挺进莫斯布鲁格尔

与此同时，瓦尔特、克拉丽瑟和预言家迈因加斯特围坐在一只盛满小红萝卜、橘子、干杏仁、软奶酪和土耳其大干李子的大碗四周，吃这顿美味、滋补的晚餐。预言家又只在有些干瘪的上身上穿上他那件羊毛衫，并时不时地夸赞这些供他享用的天然食品，而克拉丽瑟的兄长西格蒙德则戴着礼帽和手套坐在离桌子稍远处，述说着为了使他那“完全疯了”的妹妹能够见到莫斯布鲁格尔再次和精神病医院助理医师弗里腾塔尔博士进行磋商的经过。“弗里腾塔尔坚持他只有在获得地方法院的许可的情况才能办成这件事，”最后他无拘束地说，“而地方法院的人则认为光有一纸‘临终关怀’协会的申请还不够，而是还要一份公使馆的介绍，因为可惜我们已经谎称克拉丽瑟是外国人。这下可没辙了：迈因加斯特博士明天必须去一趟瑞士公使馆！”

西格蒙德像他的妹妹，只是他的脸更缺乏表情，虽然他年长一些。如果人们对这兄妹俩作比较观察，那么克拉丽瑟那张苍白脸上的鼻子、嘴和眼睛看上去就像一块干涸土地上的裂口，而西格蒙德脸上的同样的容貌则宛如一个覆盖着草地的地段上那柔软的、有些擦得模糊不清的线条，虽然他脸上刮得光溜只剩一撮小胡子。市民特性远远没有在同样的程度上像从他妹妹的容貌上那样从他的容貌上被冲刷掉，即便在他如此厚着脸皮占有一位哲学家的宝贵时光的这个时刻也赋予他以一种天真无邪的质朴感。假如随后从小红萝卜碗里爆发出电闪雷鸣，那么大概是没有人对此感到惊讶的；但是这位大人物却友好地接受了这个过分要求——这被他的崇拜者们视为一桩极大的奇闻轶事——并像容忍一只麻雀待在自己身边杆上的鹰那样以目示意着同意。

但是，不管怎么说，这突然产生的、没有得到足够广泛疏导的紧张气氛还是使得瓦尔特再也控制不住自己的情绪。他撤回自己的盘子，脸红得像一片朝霞映照的纤云，厉声说，一个身心健康的人，如果他不是医生或护理人员，在一座疯人院里就没有什么事可干的嘛。大师也让人几乎觉察不到地一点头表示附和他的看法。西格蒙德看到了这一点并且颇有了某些生活阅历，他用卫生学方面的话语对这一表示同意的态度作补充说明：“把精神病人和罪犯看作某种具有魔力的人，这无疑是富有的市民阶层的一个令人厌恶的癖性。”“那你们倒是给我解释解释，”瓦尔特嚷嚷，“你们为什么还是都愿意帮助她去做那种你们不赞成并且只会使她更精神烦躁的事呢！？”

他的夫人自己对此不屑置答。她显出一副满脸不高兴的样子，对这张脸的远离现实的表情人们简直感到害怕；两条高傲的长线条在脸上顺着鼻子而下，下巴颏儿显出一个绷紧的尖头。西格蒙德以为自己既没有义务也没有权利替别人说话。所以在瓦尔特发问之后出现了短暂的寂静，后来还是迈因加斯特低声而冷静地说：“克拉丽瑟遭受了一个太强烈的印象，对，这件事我们不能置之不理。”

“什么时候？”瓦尔特大声问。

“不久前；晚上在窗口。”

瓦尔特脸煞白，因为他是唯一的一个现在才知道这个中缘由的人，而克拉丽瑟则显然已经向迈因加斯特并且甚至向她的兄长吐露了真情。她居然会这样！他心里暗想。

虽然这本来就并非绝对必要，他还是突然——越过这只盛绿色食品的碗——在心头泛起这种感觉，仿佛他们大家都年轻了大约十岁。这是迈因加斯特，还是那个原来的、未曾变样的迈因加斯特告别而去、克拉丽瑟选中瓦尔特的时候。后来她曾向他承认，当初迈因加斯特——虽然他已经放弃——有时还会吻她和触摸她。这段往事回忆犹如一架秋千的剧烈摇摆。瓦尔特被向上摆荡得越来越高；当时他事事都成功，即使其间也有某些低谷。只要迈因加斯特在身边，当初克拉丽瑟也就已经无法和瓦尔特说话；他不得不先从别人那儿获悉，她在想什么做什么。在他身边她就变得四肢僵硬。"你一碰我，我就变得浑身僵硬！"她曾这样对他说过，"我的身体就变得严肃起来，这跟同迈因加斯特在一起不一样！"当他第一次吻她时，她对他说："我曾答应过妈妈永远不干这样的事。"虽然后来她向他承认，当初迈因加斯特总是在饭桌下面用脚偷偷触摸她的脚。这是瓦尔特的影响！他在她心中勾起的丰富的内心活动妨碍她无拘无束地行动，他这样给自己解释。

他想起了他当初与克拉丽瑟交换的信件：即使人们彻底搜索全部文学作品，恐怕也不容易找出在激情和特色上可以与它们媲美的信件来的。在那些动荡多事的时期他惩罚克拉丽瑟，办法就是，每逢她允许迈因加斯特待在自己身边他便走开，然后他就给她写一封信；于是她就给他写信，她在信里保证对他忠诚并真诚地告诉他，她又一次让迈因加斯特透过长统袜吻了她的膝头。瓦尔特曾想把这些信件结集出版，现在他有时还在想，这本书他什么时候一定要出版。可是遗憾的是这件事迄今还没有产生出任何结果来，倒是一开始就跟克拉丽瑟的女教师生出了一个后果严重的误会。因为有一天瓦尔特曾对这位女教师说："您将会看到，我将在最短的时间内把一切事办妥帖！"他说这话有他自己的含义，他设想，一旦"信件"出版使他一举成名，他在家人面前替自己辩解便可取得巨大成功；因为，严格说起来，当初克拉丽瑟和他之间的某些情况并非如人们想象的那样。但是克拉丽瑟的女教师——一件家庭继承物，它在当一种家庭保姆的光荣借口下获得了自己的养老财产——却错误地以自己的方式去理解这句话，于是不久家里便谣传瓦尔特想干一件能使他向克拉丽瑟求婚的事；这句话一说出口来，它便掀起了十分奇特的波澜。现实生活在某种程度上可以说是一下子苏醒了：瓦尔特的父亲宣布不想再照料自己的儿子，如果儿子不自己挣钱养活自己的话；瓦尔特的未来的岳丈把他请进工作室并在那里谈到纯粹的、神圣的艺术的艰难和失望，不管这是造型艺术、音乐还是文学；对独立管理家务、孩子和公开一共同的卧室的思念像皮肤上的一个裂口那样最后让瓦尔特本人和克拉丽瑟感到发痒，这个裂口愈合不了，因为人们不自觉地总是继续抓挠它。就这样，瓦尔特在他操之过急地讲了那句话之后的不多几个星期真的和克拉丽瑟订了婚，这使两个人感到幸福，但也很激动不安，因为寻找生活中一个永久性地方的行动开始了，这种寻找招来了欧洲的全部困难，因为瓦尔特在不断的游荡中寻找的职位不仅取决于收入，而且也取决于得出来的对克拉丽瑟、他、性爱、文学、音乐和绘画的六个反作用。其实，不久前，他接受文物局的职位并和克拉丽瑟一道迁入这幢简朴的房屋——如今命运不得不在这里继续作出抉择——这时他们才从与他对那位老小姐多嘴多舌的那个瞬间联系在一起的一连串纷乱中醒悟过来。

瓦尔特本来就认为，假如命运如今表示满意，那么这倒不妨接受；这样，结局虽然并非恰恰就是起头所期望的，但是苹果熟了时也不是从树上向上掉落，而是落到地上。

瓦尔特这样思索着，而这时在位于他座位对面的果蔬食品彩碗一端的上方则飘浮着他夫人的那颗小脑袋；克拉丽瑟竭力尽可能实实在在地，简直可以说是跟迈因加斯特一样实实在在地对迈因加斯特的解释作补充说明。“我必须做点什么事，以便捣碎这个印象；这个印象对我太强烈了，迈因加斯特如是说，”她解释说并添上自己的话，“那个人恰好在我的窗下走进灌木丛里，这也肯定不只是一种巧合！”

“胡说！”瓦尔特像一个正在睡觉的人赶走一只苍蝇那样赶走这种论调，“这也是我的窗户嘛！”

“那就是我们的窗户！”克拉丽瑟改口说，嗤嗤一笑，凭这句带刺儿的话无法区别，这笑声是表示愤恨呢，还是表示嘲弄。“我们吸引了他了。但是要我告诉你，那个人所做的事，那叫什么吗？他偷了性欲！”

瓦尔特感到脑袋痛：这颗脑袋装满了“过去”，如今“现在”挤了进来，“现在”和“过去”之间的区别却并不令人信服。那里还是灌木丛，它们在瓦尔特的脑袋里闭合成一团团浅色树叶，有自行车道穿行于其间。长距离骑自行车和散步的勇敢精神像今天这样是在早晨被经历到的。女孩子衣裳又摆荡起来，在那样的年代里这些衣裳第一次肆无忌惮地露出脚踝骨并让衬裙的镶边在做着这新颖的体育运动时似浪花般翻滚。瓦尔特当初认为他和克拉丽瑟之间有某些“不正经的事”，这大概是一种很美化的说法，因为严格说来，在他们订婚那年的春天作这类骑自行车郊游的过程中什么事都曾发生过，一个年轻姑娘也就是将将还能保持住处女贞洁。“一个正经姑娘做出这种事来几乎叫人难以相信。”瓦尔特心中暗想，他兴奋地回想起这些往事。克拉丽瑟曾称这是“承担迈因加斯特的罪过”，那时候迈因加斯特还叫别的名字，刚去了国外。“因为有他这么一档子事儿现在就不喜欢感性享受，这恐怕就是一种怯懦了吧！”克拉丽瑟这样解释这件事并宣称：“但是我们要在精神上这样做！”有时瓦尔特分明曾担心这些事件跟那件不久前才消失的事有着千丝万缕的联系，但是克拉丽瑟回答：“如果一个人想做点什么大事，那他就不应该担心别的事。”所以瓦尔特还记得，他们多么热心地通过用新的精神重塑过去的办法毁掉过去，以及他们怀着多么大的乐趣发现这神奇的能力，它可以为未经许可的身体的安适辩解，其方法就是人们承认它们负有一项超个人的任务。瓦尔特打从心眼里承认，其实那时候克拉丽瑟在淫荡好色方面跟后来在拒绝给予方面都曾展现出同样性质的充沛精力；瞬间一走神，他脑海里闪过一个难以驾驭的念头：今天她的乳房还完全跟当初一样硬挺。这一点大家都能看到，隔着衣服也看得出来。迈因加斯特甚至直勾勾地盯住她的胸脯；也许他不知道这个情况。“她的乳房是哑的！”瓦尔特在心中如此意味深长地诵咏，仿佛这是一个梦或一首诗似的；这当儿，“现在”透过感觉软垫几乎也同样渗透了进来：

“您说吧，克拉丽瑟，您在想什么！”他听见迈因加斯特像一个医生或教师那样鼓励克拉丽瑟；出于某种原因，这位归来者有时退回去用“您”来称呼。

另外，瓦尔特还看到，克拉丽瑟用询问的目光望着迈因加斯特。

“您曾给我谈到过一个莫斯布鲁格尔，说他是一个木匠……”

克拉丽瑟观望。

“还有谁也是木匠？救世主！难道您没有说过这话？！您甚至给我说过，

您曾为此而给一个很有影响的人写过一封信？”

“别说了！”瓦尔特强烈请求。他的脑袋在内部转动。但是他刚呼喊出自己的不满，他便认识到，关于这封信他也还从未听说过什么，他缓和口气问：“这是哪一封信？！”

他没得到任何人的回答。迈因加斯特略过这个问题，说：“这就是最合乎时代精神的理念中的一个。我们没有能力解放我们自己，对此不可能存在什么怀疑；我们把这称为民主，但是这种民主只是表示‘人们可以这样，但也可以别样’的精神状态的政治用语。我们是选票时代。我们已经是每年在用选票决定我们的性理想和美女王后；而我们已经把实证科学变成我们的精神上的理想，这无非意味着把选票塞到这些所谓的事实的手里，以便让它们代替我们选举。这个时代是不富于哲理性的、胆怯的；它没有勇气决定什么有价值，什么没有价值，而民主，言简意赅地说，就是：干，不顾一切！顺便说一句，这是在我们的种族史上迄今有过的最不名誉的循环论证之一。”

预言家恼怒地敲开一个坚果，剥去果皮，把碎块塞进嘴里。谁也没有听懂他的话。他中止自己的说话以利于上下颚作缓慢咀嚼运动，有些向上弯曲的鼻尖也参与这一运动，而其余脸部则保持苦行式的静止不动，但他仍不错眼珠地看着克拉丽瑟，目光落在她的胸脯上。另外两个男人的目光也不由自主地离开大师的脸并顺着此人的出神的目光望去。克拉丽瑟感到一股吸力，仿佛假如人们还久久地望着她，她就会被这六只眼睛从自身吸出去似的。但是大师使劲吞下最后剩下的一块坚果，继续进行教导：

“克拉丽瑟已经发现，基督教传奇让救世主当木匠：这并不完全正确；只让他的养父当木匠。一个引起她注意的罪犯碰巧是木匠，克拉丽瑟就想从中得出一个结论来，这自然也没有丝毫的正确性。从理智上来看，这不值一评。从道德上来看，这是轻率的。但是她这样做有胆识：这是关键！”迈因加斯特顿住，以便让“有胆识”这个说得粗声粗气的词儿产生影响。随后，他又心平气和地继续说：“她在不久以前——我们大家也曾遭遇这件事——看见了一个露出狂精神变态者；她过高估计这件事，今天这性压根儿就完全被过高估计了，但是克拉丽瑟说：这个人到我的窗下来，这不是偶然巧合——这一点我们现在要正确理解！这是错误的，因为从因果关系上来说，这种同时发生自然依然是一种偶然巧合。尽管如此，克拉丽瑟还是会在心里说：如果我认为一切已经有了现成的解释，那么人类永远也不会去改变世界的面貌。她认为这是不可思议的：一个杀人犯，如果我没有搞错的话，他叫莫斯布鲁格尔，恰恰是一个木匠；她认为这是不可思议的：一个患性功能紊乱症的陌生病人恰恰站立在她的窗下；就这样，她渐渐养成习惯，把她遇到的某些别的事情也看作是不可思议的，所以——”迈因加斯特又让他的听众等候片刻；最后，他的语声跟一个做事果断的人的动作颇为相似——这个人极其谨慎地踮着脚尖悄悄走过来，但是这时这个人却出手了：“所以她就要做点什么事！”迈因加斯特斩钉截铁地说。

克拉丽瑟神情冷漠。

“我再说一遍，”迈因加斯特说，“人们不可以从理智的角度出发对这评头品足。但是我们知道，理智只是一种干涸生活的表现或工具；相反，克拉丽瑟所表述的，很可能已经来自另一个范畴：意志的范畴。预计克拉丽瑟将永远也解释不了她遭遇到的事，但是她也许能解开心头的疙瘩；她已然完全正确地称这是‘解救’，她本能地使用了这个恰当的字眼。因为我们之中的一个很可能也会说，他觉得这像痴心妄想，或者说，克拉丽瑟是一个神经脆弱的人；但是这完全没有什么意义嘛：当前的世界如此缺乏妄想，以致它简直不知道，它该对此表示喜欢还是憎恨；由于一切事物都是二价的，所以所有的人也就既是神经衰弱患者也是性格懦弱的人，”预言家突然作结论说，“哲学家不会轻易放弃认识，但是这很可能就是二十世纪正在形成中的重要认识：人们必须放弃认识。我，在日内瓦，对我来说，那儿有一个法国拳击教师，这在今天比分析家卢梭曾在那儿著书立说，在精神上更有重要意义！”

迈因加斯特本来还会讲得更多的，因为他的话匣子打开了嘛。第一，会讲到解救思想始终都是反理智的。“所以除了一个好的、有力的妄想，没法指望这个世界会得到任何别的什么东西”：这句话甚至都已经到了他的嘴边了，但是后来为了说好另一句结束语便把它咽下肚去。第二，会讲到解救概念的身体上的共同意义，这种共同意义通过与“松开”相近的“解”这个词核便已经存在；一种身体上的共同意义，它表明，只有行动才能解救，这就是经历，把整个人连同毛发和皮肤都包括在内的经历。第三，他曾想讲述，由于男人的过分理智化，女人也许会担任行动的向导，克拉丽瑟便是这方面第一批榜样中的一个。最后，会谈到在各民族历史上解救思想的一般演变情况，谈到，当前在这个发展阶段，相信解救只是一个由宗教情感创造出来的概念，这一信仰的几个世纪之久的统治地位如今怎样被这样的认识取代：必须用意志的坚定性，对，必要时，甚至用暴力来进行解救。因为当前，用暴力解救世界是他考虑的中心。但是这期间，克拉丽瑟已经感觉到倾注在她身上的注意力中的这股吸力正在变得令人不能忍受并截住了这位大师的话，她向反抗力最微弱的西格蒙德转过脸去并用过大的声音对他说："我对你说过，只有亲身参与的事，你才会明白它。所以我们必须亲自到疯人院里去！"

为了克制自己的情绪，瓦尔特剥一个橘子，这时他剥得太深，一股酸水溅进他的眼里，他吓得朝后一退，去找手帕。一如既往穿得很整洁的西格蒙德先是乐滋滋地观看酸水对他妹夫眼睛的刺激作用，后来便观看和一顶圆边硬挺礼帽一起作为显示正派行为的静物画摆在他膝头的鹿皮手套；当他妹妹的目光不从他脸上移开，而且没有人作出一个回答来支持他，他便神情严肃地一点头抬起眼来，从容不迫地嘟哝道："我从未怀疑过我们大家都应该进疯人院。"

随后，克拉丽瑟便向迈因加斯特转过脸去，说："关于平行行动我已经给你讲过：这也许也是一个巨大的机会和义务，可以清除'这样或那样的放任自流'，这种放任自流是这个世纪的罪孽！"

大师微微一笑，做了个拒绝的手势。

克拉丽瑟满怀着因自己的重要性而感受到的热情，断断续续、桀骜不驯地嚷嚷："一个女人，听任一个男人自便，而这个男人的精神正在减弱，这样一个女人也是一个强奸杀人犯！"

迈因加斯特劝告："我们只愿意想到普遍性！顺便提一句，我可以在这一个问题上让你感到放心：很久以来我就一直有我的观察员和亲信在密切注视那些有些可笑的讨论会的情况，在那些讨论会上濒死的民主还想生出一项伟大的任务来！"

克拉丽瑟简直感到头发根上冰冷。

瓦尔特徒劳地再次试图阻碍正在展开的事态的进展。怀着大的敬意与迈因加斯特搏斗着，用一种跟对乌尔里希讲话完全不同的语调，他对他说出这样一番话来：“你所说的，跟我自己很久以来一直在说的，分明是一码事。我一直在说，人们只应该用纯粹的颜色画画。人们必须杜绝断断续续、模糊不清的东西，杜绝对空洞的空气、对目光中的怯懦的迁就，这目光不再敢于看到每种事物都有一个固定的轮廓和一种局部色彩：我从绘画角度说话，你从哲学角度说话。但是，即使我们意见一致……”他突然面有难色，感到他无法当着别人的面说出，他为什么怕克拉丽瑟接触精神病人，“不，我不希望克拉丽瑟这样干，”他大声说，“我绝不许可发生这样的事！”

大师客客气气地在一旁听着，这时他同样客客气气地回答他，好像这些一本正经说出来的话一句也没进他的耳朵似的：“顺便说及，克拉丽瑟还曾非常出色地表述过某些想法：她曾断言，我们大家除了我们沉浸于其中的‘罪恶形象’以外还有一个‘无罪形象’；这个人们不妨可以用这样一个美好的含义来理解：我们的观念不依赖可怜巴巴的所谓的经验世界而拥有对一个卓越辉煌的世界的理解能力，在这个世界里我们在清醒的刹那间感觉到我们的形象已经移向一种完全不同的生命力！您是怎么说的，克拉丽瑟？”他向她转过脸去，露出鼓励的神色问。“难道您没有说过，倘若您不能做到不怀着厌恶之心为这个有失体面的人辩护，推进到他身旁，在他的囚室里日日夜夜、不知疲倦地弹钢琴，那么，您就必须把他的罪孽似乎从他体内掏出来，把它们背在自己身上并和它们一道向上升腾？！这些话当然也不能够，”他又向瓦尔特转回过脸来说，“从字面上去理解，这是时代精神的一种深层活动过程，它体现在这个人的这个譬喻里，这个过程装扮成这个人的这个譬喻，决定她的意志……”

此时此刻他拿不准，不知他是否还应该对克拉丽瑟与解救思想历史的关系说点什么，抑或私下把她的向导使命再给她解释一遍会更吸引人；但是这时她却像一个受到极度振奋的孩子那样从她的座位上一跃而起，高高举起握紧着拳头的胳臂，既难为情又强暴地微微一笑，并用这声尖厉的喊叫切断对她的进一步的赞词：“挺进莫斯布鲁格尔！”

“可是还没找到给我们办通行证的人呢……”西格蒙德开口说话了。

“我不跟你们一块儿去！”瓦尔特斩钉截铁地说。

“我不可以不顾一切滥用一个自由和平等的国家的好意！”迈因加斯

特说。

“那就让乌尔里希给我们办许可证！”克拉丽瑟嚷嚷。

别人都乐得赞成这个决定，在无疑是艰难的努力之后，这一下他们觉得暂时得到解脱了；连瓦尔特也只得最后勉强承担起到就近一家杂货店去给选定帮忙的朋友打电话的任务。他这一打电话，乌尔里希想给阿加特写的那封信最终也就被搁置了起来。他诧异地听出是瓦尔特的声音，他听到了这个信息。说是人们对此可以有种种想法，瓦尔特自动地这样补充说，但是这肯定并非完全只是一时心血来潮。说是也许人们确实必须在什么方面做出一个开端来，在什么方面，这并不重要。莫斯布鲁格尔这个人物的出现在这方面自然只是一种偶然；但是克拉丽瑟却有着十分奇特的直接原因；她的思维总是看上去像用不混杂的纯颜料画的新图画，生硬而粗笨，但是如果接受这种方式，它往往惊人地正确。说是他在电话里没法详谈，请乌尔里希务必不要撇下他不管……

乌尔里希受到召唤，这正合他的心意，他当即便接受了这个请求，虽然他在路上需花去的时间，跟他将可以和克拉丽瑟交谈的这短短的一刻钟很不成比例；因为克拉丽瑟受她父母邀请，就要跟瓦尔特和西格蒙德一道去吃晚饭。在乘车途中，乌尔里希感到惊讶，他居然这么久没有想到莫斯布鲁格尔，总是必然通过克拉丽瑟才又重新回想起他来，虽然这个人从前几乎经常在他的思绪中反复出现。甚至在乌尔里希从电车终点站向他朋友们的那所房屋走去，在他穿行于其中的这一片黑暗之中，也没有这样一个幽灵的位置；一个空间——这个幽灵曾在其中出现——已经合上。乌尔里希怀着满意的心情注意到了这一情况，也怀着那种轻微的对自己没有把握的心情，这种心情是那些变化——它们的重要意义比它们的原因更清晰——造成的一个结果。他悠然自得地带着他自己身体的那团更紧密的黑色正穿行在这片松弛的黑暗中，这时瓦尔特心神不定地向他迎面走来，他在这个僻静的地带感到担惊受怕，但很想在和别人会合之前先说几句话。他用轻快的口吻接茬儿继续介绍情况。他似乎想为自己并同时也为克拉丽瑟消除一些曲解。什么即使她的想法产生不连贯的影响，人们也到处在其后面遇上一种确实在时代中酝酿着的病原体呀；什么这是她所拥有的最奇异的能力呀，她像一根魔杖，可以探出隐藏的矿藏呀；在这种情况下就是显出这种必要性：人们必须用“价值”

取代消极的、只是理智的和敏感的现代人态度呀；时代的才智哪儿也没再留下一个固定点，所以只还有意志，对，如果没有别的可行的办法，甚至只有暴力才能创造一种价值的新的顺序，人类在这种顺序中可以找到自己内心活动的开端和终结……他犹犹疑疑、然而却热情兴奋地重复着他从迈因加斯特那儿听来的话。

乌尔里希猜着了这个奥秘，不耐烦地问他："你为什么这么夸夸其谈起来了？这是你们的预言家调教出来的吧？从前你讲起话来很质朴自然的呀！"

瓦尔特为了克拉丽瑟的缘故而忍气吞声，好让这位朋友不致拒绝给予帮助；但是只要在这个没有月光的夜晚有一束光，人们就会看见他无力地张开的那满嘴牙齿闪闪发亮。他不吭声，但是这忍住的恼怒使他变得虚弱，而这位强壮有力的朋友——此人保护他不遭有些使人害怕的孤独的侵袭——就在自己身边，这却又使他变得温和。他突然说："你想象一下吧，你爱一个女人，你遇到一个男人，你崇拜这个男人，你还发现，你的妻子也崇拜他、爱他，如今你们俩怀着爱、嫉妒和崇拜感觉到这个男人的不可企及的优越性——"

"这我想象不了！"乌尔里希本应该听完他的话的，但是他笑着拱起肩膀，打断了他的话。

瓦尔特眼里露出恶狠狠的光。他本想问："你在这种情况下会怎么办？"但是青年时代朋友的老一套又重演了起来。他们穿过半明半暗的厅堂，他嚷嚷："你别装样子啦，你根本还没有自负到麻木不仁这样的程度！"说罢，他不得不快步追上乌尔里希，还在楼梯上便小声向他通报他必须知道的全部情况。

"瓦尔特给你讲了什么？"克拉丽瑟在楼上问。

"这个我现在就可以告诉你，"乌尔里希直截了当地回答，"但是我怀疑，这是否明智。"

"你听见了吗，他的第一个词儿是'明智'！？"克拉丽瑟笑着对迈因加斯特说。她情绪激昂地站在衣柜、盥洗台、镜子和房门之间，那扇门半开着把她的房间同男人们待着的那个房间连接在一起。时不时地可以看到她的身影；湿乎乎的脸以及披在脸上的头发，头发梳理得高高的，光着大腿，光穿长统袜，脚上没穿鞋，下身已穿上长礼服，上身还穿着一件梳理头发时穿的上衣，它看上去像一件医生白外套……这样的时现时隐让她感到舒适。自她贯彻了自己的意志以来，她的全部情感便沉浸在一种轻度的狂喜之中。“我在光绳上跳舞！”她朝房间里叫喊。男人们微笑；只有西格蒙德看了看表，打着官腔催促快动身。他看这整件事就像一种体操练习。

然后克拉丽瑟就踩着一束“光束”滑进房间角落，去取一枚胸针，并迅速关上床头柜抽屉。“我穿衣服比男人快！”她回过头去冲着隔壁房间里的西格蒙德喊叫，但一想到“穿衣”的双重含义[①]便突然顿住，因为此刻对她来说这既意味着穿衣也意味着吸附深奥莫测的命运。她迅速穿好衣服，把脑袋从门缝里伸进来，一脸一本正经地一一打量她的朋友们。谁若不把这当作一种戏谑，谁恐怕就会对这感到吃惊：在这张严肃的脸庞上某种本应属于普通、健康的脸部表情的东西已经消失了。她向她的男朋友们一鞠躬，郑重其事地说：“现在我已经吸附了我的命运！”但是当她又挺直起身子来时，她看上去跟平常一样，甚至很迷人，她的兄长西格蒙德大声说：“前进，开步走！我们吃饭迟到，爸爸会不高兴的！”

当他们四个人一起向电车站走去时——迈因加斯特分手前就不见了——乌尔里希和西格蒙德稍落在后面一些，乌尔里希问他，近来他妹妹的情况让不让他感到担心。西格蒙德的闪烁着微光的烟头在黑暗中划出一个向上升起的平拱。“毫无疑问，她不正常，”他回答，“但是迈因加斯特正常吗？或者甚至瓦尔特？弹钢琴正常吗？这是一种异乎寻常的激动状态，带有一种手、脚关节震颤。对于一位医生来说没有任何正常的东西。但是如果您严肃认真地问我：我的妹妹有些过度兴奋，我想，这位大师一离去，情况就会好转的。您觉得他怎么样？”他带着一种轻微的恶意特别重读“一离去”和“就会”。

“一个饶舌者！”乌尔里希说。

“是吗？！”西格蒙德高兴地喊出声来，“令人讨厌，令人讨厌！”

“但是作为思想家是有趣的，这一点我不想完全否认！”片刻过后他又追加上一句。

---

① “anziehen”在德语中既有“穿衣”也有“吸引”或“吸附”的意思；所以，“我穿衣服比男人快”也可理解为“我吸附我比男人快”。

二〇

莱恩斯多夫伯爵怀疑产业和教育

于是，乌尔里希又出现在莱恩斯多夫伯爵身边。

他看到伯爵阁下在写字台前沉浸在寂静、虔诚、庄严和美的气氛之中，看到他在一大摞案卷上摆放着报纸，他正在读这张报纸。这位直属皇帝和中央的伯爵再次向乌尔里希表示自己的哀悼之情，然后他便忧心忡忡地摇了摇头。“令尊是产业和教育的最后的真正代表之一，”他说，“我还清楚地记得我和他一起坐在波希米亚州议会里时的情景：他没有辜负我们一直给予他的信任！”

出于礼貌，乌尔里希询问，他不在这的这段时间里平行行动取得了哪些进展。

“由于我府邸前大街上那场大吵大闹，这是您还经历了的嘛，现在我们已经进行了一场‘调查以确定参与各界民众对内部管理体制改革的愿望’，”莱恩斯多夫伯爵说，“总理本人希望我们暂时替他做这项工作，因为我们正在从事一项爱国行动，所以在某种程度上可以说是受到人们普遍的信赖。”

乌尔里希神情严肃地担保说，无论如何这名称是选得成功的，它定会带来某种成效。

“是呀，措辞得当很重要，”伯爵阁下若有所思地说并突然发问，“您对特里斯脱政区行政官员事件有什么看法？我觉得，现在是政府毅然采取坚定态度的时候了！”他打算把他在乌尔里希走进来时已折叠好的报纸向乌尔里希递过去，却在最后一刻决定自己再次打开它，并且以极大的热情向来访者朗读其中一个冗长的段落。“您认为，世界上有第二个会发生这种事情的国家吗？！”他读完后问。“多年来奥地利城市特里斯脱就一直这样做的，它只雇用意大利人当行政官员，为了以此着重表明，它觉得自己不属于我们，而是属于意大利。有一次皇帝生日我去过那儿：我在全特里斯脱，除了在总督府、税务局、监狱和几座兵营屋顶上之外，没有看见一面旗帜。可是如果您在意大利国王生日这一天到特里斯脱的一所机构去办理什么事情，您就看不到哪个官员不在纽扣的扣眼里插上一朵花的！”

“可是为什么人们直至现在一直都容忍这种状况呢？”乌尔里希问。

“为什么不应该容忍呢？！”莱恩斯多夫伯爵不高兴地回答，“如果政府强迫市政当局解雇其外籍行政官员，那么这马上就意味着，我们搞日耳曼化。这种指责哪一届政府都害怕。皇帝陛下也不喜欢听。我们不是普鲁士人！”

乌尔里希以为记得，海岸和港口城市特里斯脱是由幅员辽阔的威尼西亚共和国在斯拉夫土地上建立的，今天包含一大部分斯洛文尼亚居民；即使人们可能只把它——虽然它此外还是整个君主国东方贸易的门户，其繁荣发展全仰仗于这个君主国——看作其居民的一桩私人事务，人们也不回避这个事实：它的人数众多的斯拉夫小资产阶级竭力否认特别受到优待的讲意大利语的大资产阶级有权把这城市视为自己的财产。乌尔里希说了这些想法。

“这是对的，”莱恩斯多夫伯爵教导他，“但是一旦说是我们在搞日耳曼化，斯洛文尼亚人立刻就和意大利人结盟，尽管他们平时争吵得不可开交！在这种情况下，意大利人也得到所有其他各民族的支持。这种情况我们见得多了。如果从现实政治角度思考问题，那么，不管人们愿意还是不愿意，人们就必须把德国人看作威胁我们的和睦的危险！”莱恩斯多夫伯爵现出很是若有所思的神态最后说，并且还保持住了一会儿这样的神态，因为他已经触及这个伟大的政治草案，它让他感到心情沉重，他始终没把它弄清楚。但是他突然又活跃起来并松下口气来继续说：“但是对于其他这些人来说，这一回这些话至少是说得很好的！”他用一个因焦灼而不稳的动作再次把他的夹鼻眼镜夹在鼻子上，津津有味、一字一顿地再次把刊登在报纸上的特里斯脱皇帝及国王陛下的总督府公告的所有他特别喜欢的段落读给乌尔里希听：“‘国家监督机构一再发出的警告均未奏效……本国臣民受损……鉴于这种对官方的规章顽固保持着的态度，如今特里斯脱总督不得不通过从他那方面进行干预的办法使现有的法律条款发挥效力……’您不觉得，这是一种威严的语言吗？”他顿住。他抬起头，但立刻又低下头，因为他的要求已经对准了最后一个段落，如今他的语声以审美的满足着重指这段话的温文尔雅的官方身份："此外，总督府随时可以，"他朗读，"对个别这类公务员，只要他们因其特别长久的地方服务时间且行为无可指摘而值得受到特殊照顾，对他们的加入国籍申请作个别的善意处置，而皇帝及国王陛下的总督府现在则倾向于，在这种情况下采取可能的干预措施在充分维护其立场的条件下暂不立刻实施这一规定。政府总是应该这样讲话的！"莱恩斯多夫伯爵嚷嚷。

"伯爵阁下不认为，根据最后这段话……到头来一切又维持原样吗？！"稍过一会儿，等这段官样文字余音完全在他的耳朵里消失之后，乌尔里希问。

"是呀，说的就是嘛！"伯爵阁下回答，把一只手的拇指绕着另一只手的拇指转了一分钟之久，一如心中忧闷沉思时他惯常所做的那样。但是随后他便用审视的目光望着乌尔里希，向他坦诚直言。"您记得吗，我们参加警察展览开幕式时，内政部长曾许诺过一种'乐于助人和纪律严明'精神？好了，我不要求把在我家门口大吵大嚷的那些挑起仇恨的分子立刻统统抓起来，但是部长应该为此在议会上找到相称的反击言词的嘛！"他气愤地说。

"我想，这是我不在的时候发生的！？"乌尔里希假装惊讶地问，因为他发现，一种真正的疼痛正在他这位亲善的朋友内心搅动。

"什么事也没发生！"伯爵阁下说。他再次鼓起充满忧虑的眼睛审视着乌尔里希的脸，继续说："但是会发生点什么事的！"他挺直身子，一声不吭地向后靠在他的椅子里。

他已经闭上了眼睛。当他又睁开眼睛时，他用平静的语气开始作解释："您看，亲爱的朋友，我们的一八六一年宪法已经无可争议地给予德意志民族并经它又给产业和教育以试行的国家生活中的领先地位。这是皇帝陛下豁达大度的一件大的、充满信任的并且也许甚至不完全合乎时宜的礼物；因为从那时以来产业和教育有什么结果了？！"莱恩斯多夫伯爵举起一只手并让它顺从地落在另一只手上。"陛下一八四八年登基，在奥尔米茨，犹如在流放中——"他慢慢地继续说，但突然变得不耐烦或没把握，用颤抖的手指头从他的上衣口袋里掏出一份讲稿来，激动不安地竭力扶正鼻梁上夹鼻眼镜的位置，朗读下面的文句，读到有些句子时声音激动得颤抖起来并且始终努力辨认着他的讲稿："当时他四周响彻着一片各民族渴望独立的狂野呼啸声。

他成功地遏止了这股狂潮。尽管对各民族的意愿作了一些让步，但是最后他还是作为胜利者伫立在那儿，况且还是作为仁慈、宽宏的胜利者，宽恕他的臣民们的过失并向他们伸出一种对他们来说也是光荣的和平之手。宪法和其他各种自由虽然是在这些事件的压力下被他授予的，但是它们毕竟是陛下的自由意志行动，是他的智慧和他的怜悯心以及对各民族进步文化的希望结出的果实。但是皇帝和百姓之间的这种美好关系在最近几年被煽动和蛊惑民心的分子们搞坏了——”莱恩斯多夫伯爵停止朗读他这篇阐述政治历史的稿子，这是一篇每一句话都经过仔细推敲的讲话稿；他若有所思地望着挂在他面前墙上的他的先祖玛丽娅·特蕾莎——骑士和元帅的画像。当乌尔里希的期待着下文的目光把他的目光从这幅画像上移开时，他说：“下面的话还没写好。”

“但是您看到，在最近这段时间里我曾深入考虑过这些情况，”他解释说，“我读给您听的，这是在针对我的示威游行这件事情上部长若正确履行其职责就理应向议会作出的答复的开头部分！现在我自己已经把这渐渐构思出来，而且我可以向您透露，一旦我拟好这篇稿子，我也就将会有机会把它呈递给陛下。因为，您看，六一年宪法并非不是有意地把领导权交托给了产业和教育；其中应该含有一种保证作用：可是今天产业和教育在哪儿呀？！”

他似乎对内务部长很生气；为了分散他的注意力，乌尔里希正直无伪地说，谈到产业时人们至少可以说，今天它除了掌握在银行手中以外也还掌握在封建贵族的久经考验的手中。

“我对犹太人根本没什么意见，”莱恩斯多夫伯爵自动地担保说，仿佛乌尔里希说了什么话，他有必要这样纠正似的，“他们有才智、勤奋而且意志坚定。但是人们犯了一个大错误，人们给他们起了不合适的名字。譬如罗森贝格和罗森塔尔就是贵族名字；勒夫[1]、贝尔[2]以及诸如此类的畜生原来就是绘制在纹章上的动物；迈埃尔[3]来自地产；盖尔普[4]、布劳[5]、罗特[6]、戈尔特[7]

① Löw，狮子。
② Bär，熊。
③ Meier，管家。
④ Gelb，黄色。
⑤ Blau，蓝色。
⑥ Rot，红色。
⑦ Gold，金色。

是盾形徽章的颜色：所有这些犹太人的名字，”伯爵阁下口出惊人之语，“无非就是我们的官僚机构对贵族的一种狂妄无礼行为罢了。要伤害的是贵族，不是犹太人，所以除了这些名字以外人们还给犹太人起了诸如阿贝莱斯、于德尔或特勒普弗马赫这样的名字。假如您仔细观察，我们的官僚机构对老贵族的这种忌妒您今天也还可以不时看到，”他忧郁而执拗地预言，就仿佛中央行政机构和封建主义的这场斗争不是早已就是历史陈迹并且已经完全从活着的人们的眼前消失了似的。伯爵阁下确实对什么也不会像对这些高级官员凭其职位所享受的社会特权如此心地高尚纯洁地感到恼火，不管他们叫富克森鲍尔还是叫施洛塞尔。莱恩斯多夫伯爵并不是顽固不化的容克地主，他希望自己的情感合乎时代精神；一位议员也好——哪怕他自己是部长——一个不担任公职的人也罢，他们取这样的名字他心里并不感到有什么不痛快的，他也从不对平民阶层的政治和经济地位说三道四，但是恰恰是具有平民姓氏的高级行政官员以一种堪称是可尊敬的传统的最后残余的精神力量刺激着他的神经。乌尔里希暗自思忖，莱恩斯多夫的这种看法会不会是由他表妹的丈夫引起的；这也并非不可能嘛，但是莱恩斯多夫伯爵继续讲话并且一如既往的那样，很快沉浸在一个他显然已经在脑海转悠了很久的想法之中，超脱了一切个人色彩。“假如犹太人愿意下定决心讲希伯来语，重新接受他们原来的名字并穿东方服装，那么，这整个所谓的犹太人问题也就消除掉了，”他说，“我承认，一个刚刚才在我们这儿富起来的加利西亚人，身穿施蒂利亚人衣服，头戴羚羊毛帽饰，在巴特伊舍尔广场上，这模样好看不了。但是您让他穿上一件向下飘垂的长袍，这长袍可昂贵了并且盖住大腿，那么，您将会看到，他的脸和他的高贵而生动的举止跟这件衣服多么相称相合呀！人们肆意讥笑的一切也就恰如其分了，甚至包括他们喜欢戴的昂贵的戒指。我反对英国贵族搞的那种民族同化；这是一个旷日持久的、没有把握的过程：但是您让犹太人恢复自己真正的本性，那么您就会看到，这些人将如何成为一颗宝石，甚至简直是平民百姓中间一种特殊贵族，而这些平民百姓则满怀感激地聚集在陛下宝座的四周，或者，如果您愿意用一颗平常心并且完全清晰地想象这件事，他们在我们的环行路上散步，这条环行路在世界上非常有特色，因为在这条路上，如果人们愿意的话，可以在最优美的西欧风格中间也看到一个戴小红便帽的伊斯兰教徒，一个穿羊皮袄的斯洛伐克人或者一个光着大腿的蒂罗尔人！”

这时，乌尔里希没有别的办法，只能对伯爵阁下的敏锐目光表示钦佩，说是也只有伯爵阁下才有这种眼光，去发现那“真正的犹太人”。

“噢，您知道，正宗的天主教信仰教育人们按事物的实际情形去看待事物，”伯爵谦和地解释，“可是您恐怕猜不着，我是怎样被引导到这上面来的。不是被阿恩海姆，我现在不谈普鲁士人。但是我有一个银行家，当然信犹太教，很久以来我就不得不和此人一道定期参加会议，开始时他讲话的声调总让我感到有点别扭，所以我就不怎么能够注意他所谈的事情。他讲起话来完全就好像是他想说服我：他是我的伯伯；我是说，这样讲话，就好像他刚从马背上下来或者从大公鸡那儿回来；我是想说，这样讲话，就像我们自己的人说话那样：换句话说，有时候，一激动起来，他就不行了，然后，简短说吧，他就搀杂着依地语说话。这让我感到非常别扭，这话我想我一开始就已经说过了；因为这种情况总是恰恰在谈重要事务的时刻发生，致使我不由自主地就等待着这种情况的出现，从而也就根本不能再注意别的事或者干脆听什么都觉得重要。但是后来我就想出了这么一个主意：每一回他一开始讲话，我干脆就想象，他讲希伯来语，这下您听听吧，这声音听起来多么悦耳动听！简直令人着迷；这是一种教会语言；这样一种旋律优美的歌唱——我是很爱好音乐的，我得补上这一句：一句话，从此他就如弹钢琴般地把最难的复利或贴现率计算法灌输给了我。”说罢，莱恩斯多夫伯爵出于某种原因神色忧郁地笑了笑。

乌尔里希冒昧地插话，说是受到伯爵阁下好心赞许的人恐怕将会拒绝他的建议。

“他们当然会不愿意的！”伯爵说，“但是人们那就得为他们好而强迫他们就范嘛！君主国简直是要完成一项世界使命，关键不在于别人首先愿意还是不愿意！您知道吗，对有些人还就是得先实行强制。但是您也想一想，这意味着什么，如果我们今后与一个知恩图报的犹太国家，不与德国境内的德国人和普鲁士人结盟！我们的特里斯脱几乎可以说就是地中海沿岸的汉堡，且不说，如果除了教皇的，也还有犹太人的支持，我们在外交上就会立于不败之地！”

顿住后他又添上一句：“因为您必须想到，我现在也在研究货币问题。”

说罢，他又露出奇特的忧郁和精神涣散的神态笑了笑。

真奇怪，伯爵阁下一再恳切地要求乌尔里希来访，如今他终于来了，可他却不谈具体问题，而是向他大肆散布自己的观念。但是很可能是在他这位听众不在的期间他脑海里产生了许多想法，它们似乎与蜜蜂的骚动相似，那些蜜蜂成群飞出去很远，但一定会及时带着它们的蜂蜜聚集在一起的。

“您也许会对我提出反对意见，”莱恩斯多夫伯爵重新开了腔，虽然乌尔里希沉默不语，“说我从前在有些场合曾一再对金融发表过相当贬损的言论。这一点我根本不想否认：因为太多了，自然就让人受不了，我们在今天的生活中有着太多的金融；但是正因为如此我们就必须研究它。您看：教育没有跟产业保持平衡，这就是自一八六一年以来社会发展的全部秘密！所以我们必须研究产业。”伯爵阁下几乎令人觉察不到地停了一下，停歇的时间将将够向听者宣布，现在要谈产业的秘密了，但是随后却用阴郁而亲密的口吻继续说，“您看，说到一种教育，最重要的事就是它禁止人干的事：这事不属于教育，这事就这样了结了。譬如一个受过教育的人绝不会用刀子吃调味汁；天知道为什么，这一点人们无法在学校里加以证明。这就是所谓的举止得体，这需要有一个受优先照顾的阶层，一个教育向之仰望的阶层，一个教育的榜样，简言之，如果我可以这样说的话，一个贵族阶级。我承认，我们的贵族并不总是尽如人意。一八六一年宪法的近乎革命的尝试，其意义恰恰就在于此嘛：产业和教育本应该取代它的。它们办成这件事了吗？它们有能力去充分利用当时陛下开恩给予它们的这个光明前景了吗？！我相信，您也绝不会断言，说什么我们每一个星期从您表妹夫人的伟大实验中所获得的经验符合这样的希望！”他的语声又活跃起来，他大声说：“您知道吗，这真是有意思得很，今天什么都自称精神！最近在米尔茨施泰格打猎时我曾给红衣主教大人讲过这件事——不，是在米尔茨布鲁克，在小霍斯特尼茨的婚礼上！——他一拍手，笑道：‘年年都不一样！你看，我们多么容易满足：几乎自二千年以来我们就一直不给人讲任何新东西！’这话说得很对！因为信仰主要就在于，人们总是相信那同样的东西，我是想说，即使这是一种异端邪说。‘你看’，他说，‘我总是在打猎，因为在莱奥波德·封·巴本贝格在位时期我的前任也打猎。但是我不杀死动物，’——他以打猎不放一枪著称——‘因为一种内心的厌恶情绪告诉我，这跟我这件衣裳不相称。我可以对你谈论这件事，因为我们儿时就已经在一起学跳舞。但是我绝不会公开站出来说：你在打猎时不应该开枪！我的上帝，谁知道这是否是真的，反正这不是教会的教义。但是你的女友身边的那些人却提出这种东西，他们完全是心血来潮！这一回你有了人们今天称之为精神的东西啦！’他真会说风凉话，”这时，莱恩斯多夫伯爵又以自己的名义继续说，“因为他的职责是坚定的。我们这些普通教徒却有着艰难的职责，也要在这不坚定的更替中发现好的东西。这话我也对他说了。我曾问他：‘上帝究竟为什么允许有文学、绘画等等，从根本上来说它们都让我们感到十分枯燥无味？’他给我作了一个很有趣的解释。‘你听说过精神分析了吗？’他问我。我不太清楚我该回答什么。‘那么好吧，’他说，‘你也许会回答说，那是乌七八糟的玩意儿。对此我们不想争论，所有的人都这么说；尽管如此，他们却找这些时髦的医生比到我们的天主教忏悔室来跑得还勤快。我告诉你吧，他们成批成群地去，因为肉体是脆弱的！他们让人评论他们的隐秘的罪恶，因为这是他们的一大赏心乐事；如果他们咒骂，那么我告诉你，人们骂什么，人们就购买什么。但是我也可以向你证明，他们的无信仰的医生所想象出来的，以为是他们所发明的那种东西，无非就是教会在其创始时期就已经做过了的事：祛除魔鬼、治愈着了魔的人。这跟祛邪术宗教仪式在具体细节上都是一致的，譬如说吧，他们试图用他们的方法促使着了魔的人开始讲述潜藏在他心里的话；按照教会教义这也正是魔鬼第一次打算逃逸出来的那个转折点！我们仅仅是坐失了良机，没有及时使之适应改变了的需要，不谈污秽卑俗和魔鬼而谈精神变态、下意识以及诸如此类今天的这套时髦话。’您不觉得这很有趣吗？”莱恩斯多夫伯爵问，“可是也许还有更有趣的呢，因为他说：‘然而，我们不想说肉体是脆弱的，我们要说精神也是脆弱的！在这方面教会是聪明的，没让自己出什么事！因为人害怕会进入其肉体的魔鬼早就不像害怕来自其精神的顿然醒悟那样强烈，虽然他装作好像他在同魔鬼作斗争的样子。你没有研究过神学，但是你至少敬重它吧，这就比一个懵懵懂懂的世俗哲学家还更了不起：我可以告诉你，神学是如此艰难，以致一个人全力以赴研究了它十五年，也仅仅知道，神学里没有哪句话他真正弄懂了！当然，倘若他知道，这从根本上来说是多么艰难，也没有人愿意相信，他们就全都只会咒骂我们！

他们就会正是这样地咒骂——你现在明白了吗？’他狡黠地说——就像他们现在咒骂别人，咒骂那些写书、画画和提出各种看法的人那样。我们今天怀着愉快的心情满足他们的非分要求，因为你可以相信我：他们之中的人越是当真这么想，便越是不单单操心生计和自己的收入，他越是以其错误的方式为上帝服务，人们便越觉得他乏味，所以他们就越起劲地咒骂他。‘这不是生活！’他们说。但是我们知道什么是真正的生活，我们也会让他们看到它的；由于我们也能等待，所以你也许自己还会亲眼见到他们怀着对徒劳无益的聪颖的满腔怒火跑回到我们身边来。从我们自己的家庭上你今天已经能够看到这一现象：在我们的父辈那个时代，天知道，他们曾以为，他们将把天空变为一所大学！”

“我不想断言，”莱恩斯多夫伯爵结束这部分情况通报并开始通报新情况，“他一字不差全都是这样说的。米尔茨布鲁克的霍斯特尼茨有一瓶著名的葡萄酒，一八〇五年马尔蒙特将军把它留在那儿并把它给忘了，因为他得迅速向维也纳进军；在婚礼上他们就斟这瓶酒。但是在大多数人当中，红衣主教已经毫无疑问地说对了。如果我问我自己，我该怎样理解这一席话，那么我只能说：话肯定是对的，但恐怕有些不对头。这就是说，对这不可能有什么怀疑：因为人们告诉我们，说是这些人体现我们的时代精神，所以我们邀请了他们，而这些人却与现实生活丝毫没有关系，而且教会也能心平气和地耐心等待；但是我们平民政治家却不能等待，我们必须从现实存在的生活中压榨出好的东西来。人不单靠面包生活，而是也靠精神，在某种程度上可以说是，多亏有了精神，人才能好好消化面包；所以人们必须——”莱恩斯多夫伯爵认为，精神必须驱动政治。“这就是说，必须采取行动，”他说，“我们的时代要求这样做。这种感觉今天几乎可以说所有的人都有，不仅搞政治的人有。时代有着这样临时性的东西，这是谁都不会长期忍受得了的。”他已经拿定主意：人们必须给颤抖的观念的平衡——同样颤抖的欧洲各大国的平衡便建立这种平衡的基础上——一种推动。“什么样的推动，这几乎是次要的事情！”他振振有词地对乌尔里希说，乌尔里希则故作惊恐地说，伯爵阁下在他们分离的这段时间里几乎已经变成一个革命者了。

“为什么不呀！”莱恩斯多夫伯爵洋洋得意地回答，“红衣主教大人自然也认为，如果人们能促使陛下改组内务部，这至少意味着向前迈进了一小步，但是从长远来说这样的小改革不起什么作用，即使它们还是十分必要的。您知道吗，现在我考虑问题时有时简直想到了社会主义者们？！”他给自己对面的人留下时间，让对方从他假定必然会有的惊奇中缓过神来，随后便毅然地继续说，“您可以相信我，真正的社会主义根本不是像人们想象的那种可怕得不得了的东西。您也许会提出异议，说社会主义者是共和主义者。当然，人们可以不听他们演讲，但是如果人们站在现实政治的立场上看待他们，那么人们就几乎可以确信，有一个强有力的统治者作首脑的一个社会民主主义的共和国也不失为一种可供选择的国体嘛。我个人相信，只要稍许迁就他们一下，他们就会愿意放弃使用暴力并且对他们那些该受谴责的原则感到惊恐；他们反正已经倾向于采取一种缓和阶级斗争和敌视财产的态度。他们当中确实有人还是把国家置于党派之前，而平民们自最近几次选举以来则已经完全在其民族对立方面走向极端。而皇帝，”他机密地压低嗓音继续说，“我刚才已经向您暗示，我们必须学会用国民经济的观点进行思考；片面的民族政策已经把国家引进荒漠：如今皇帝对整个儿这套捷克一波兰一德意志一意大利的高喊自由的因袭老调——我不知道，我该怎么对您说，我们不妨就说：从内心深处感到毫不在乎吧。皇帝陛下在内心深处感受到的，仅仅是这样的愿望：兵役草案不折不扣地获得批准，使国家强大，然后还有对市民观念世界的一种厌恶，很可能从四八年起他就一直保持着的那种厌恶情绪。但是怀有着这两种情感，陛下就不是别的什么人，而几乎可以说就是国内头号社会主义者啦：我想，您现在认识到我正在谈论的伟大前景了吧！只剩下信仰宗教的热忱，其中还存在着一种不可弥合的对立，这件事我还得和主教大人再谈谈。”

伯爵阁下默默沉入这样的信念之中：历史，但尤其是他的祖国的历史，因自己曾顽固地坚持的无结果的民族主义而感到有责任向未来迈出一步，这时他在这一点上想象历史的本质是双腿的，但是另一方面又把它想象为一种哲学的必然性。所以，他突然并且带着受刺激的眼睛，像一个潜得太深的潜水员那样又浮出水面，这就是可以理解的了。“无论如何我们都必须作好思想准备，去尽我们的责任！”他说。

“可是现在伯爵阁下以为什么是我们的责任呢？”乌尔里希问。

“什么是我们的责任？就是尽我们的责任呗！这是人们永远能做的唯一的一件事！可是，还是谈点别的事吧。”莱恩斯多夫伯爵似乎这才又想起那一摞报纸和案卷来，他的拳头一直搁在那上面，“您看，民众今天要求一只坚强的手；但是一只坚强的手需要漂亮话，否则它就不会讨得今日民众的喜欢。而您，正是您，我认为，正是您有这方面的某种杰出才能。譬如最近那次，我们大家在您动身之前在您表妹那儿聚会，您就说过，我们其实——如果您记得的话——现在就应该建立一个永恒幸福总委员会，以便使它跟我们的世俗的谨慎周到的思维协调一致：虽然这件事不是这么轻易就能办成的，但是主教大人听罢我给他讲的这件事，便不禁开怀地笑了起来；因为我把这件事给他，如人们惯常所说的那样，稍许点了那么一点，虽然他总是对什么都取笑一番，但我却清楚地知道这是恶意讥刺还是善意嘲讽。我们根本就是不能没有您呀，我亲爱的博士——”今天，莱恩斯多夫伯爵的所有别的言论都曾带有艰难的梦幻的性质，而唯独现在表述出来的这个愿望——请乌尔里希“至少暂时明确地放弃”辞去平行行动秘书这一荣誉职位的打算——却是十分明确和具体的；莱恩斯多夫伯爵如此突然袭击般地把手搁在乌尔里希的胳臂上，以至于乌尔里希几乎获得这个并非完全令人满意的印象：先前的这一套长篇大论，巧妙而感人已极，他根本无法预料，它们只是为麻痹他的警惕性才讲的。此时此刻，他对克拉丽瑟感到相当恼火，是她让他陷于这样的境地；但是由于他在谈话中的一个空隙一提供这样的机会时便立刻利用了莱恩斯多夫伯爵的这番好意，并且立刻由这位友好的显贵以最亲切的态度提供了信息，所以他也就没有别的办法，只好勉强轧平对方账。

“图齐也已经告诉过我，”莱恩斯多夫伯爵欣喜地回答，“说是您也许要用他办公室的一个人，来替您干那些棘手的工作。‘好啊，’我回答说，‘只要他干得了就可以嘛！’人们要给您的这个人，这毕竟是一个举行过就职宣誓的人，而我的秘书，我也乐意提供给您使用的这位秘书，可惜却只是一个呆子。只是机要事务您恐怕还是别让他参与的好，因为这个人恰恰由图齐推荐而来，这毕竟不是一件完全令人愉快的事，但是除此之外您今后完全可以放手去干，您觉得怎么方便就怎么干！”伯爵阁下谦和地结束这一成功的交谈。

二一

把你拥有的一切破烂扔进火里

在这段时间里以及从她单独留下的那一刻起，阿加特生活在一种完全放松的状态之中，这是一种一切关系和抑郁意识朦胧的一种放松状态；一种状态，像一座高峰，只看得见辽阔的蓝天。她天天到城里走一走散散心；待在家里，她就读书；她致力于自己的事务：她怀着感激和满意感受着这种温柔的、无关重要的生命活动。没有任何事困扰她的状态，没有对往事的留恋，没有对未来的追求；如果她的目光落在周围的一件事物上，那么这就是，仿佛一只羊羔吸引了她：要么它轻轻走近过来，向她接近，要么它并不理会她——但是她从不有意地、带着内心参与的那种激动去理解它——这种激动给种种清醒的认识注入某种残暴却徒劳无益的成分，因为它驱散各事物内部的那种幸运。就这样，阿加特似乎觉得她周围的一切事物比平时明白易懂得多了，但是主要萦回在她脑际的还一直是与她兄长的谈话。一如与她那不寻常的忠实的记忆力——它没有任何意图和偏见，所以也就不会歪曲材料——的特性相称的那样，她脑际如今又浮现出这些谈话的活生生的话语，颇有些让人感到惊奇的语调和神情；它们没有许多内在联系，它们还是老样子，阿加特还没怎么理解和明白它们怎么了，它们就出现了。尽管如此，一切还是极其有意义的；她的记忆曾经常为懊悔所主宰，这一回却充满平静的依恋，而过去的时光则以一种讨人喜欢的方式久久地紧紧依偎在暖烘烘的身体上，而不是像往常那样渐渐化为严寒和黑暗，去感受那虚度的年华。

就这样，在一种看不见的光芒的笼罩下，阿加特也和她找到的律师、公证人和生意人谈话。她哪儿也没遭拒绝；人们满足这位因父亲的名字而备受欢迎的风姿绰约的少妇的一切愿望。从根本上来说，她自己办起事情来既很有自信又心意涣散：她已经决定的事，就不变了，但似乎在她自身以外，而她的在生活中获得的体验——同样是某种跟个人特性有区别的东西——则像一个精明世故的、沉着利用得到的一切好处的雇工那样继续加工这个决定；她做着这一切事，是在为一桩欺骗行为作准备，她的行动的这个意义，强劲闯入这个未参与者的脑海的这个意义，就她自己的理解而言，在这段时间里根本就没获得承认。她的良知的统一性使这成为不可能。她的良知的光辉照亮着这个黑点，可这个黑点却仍然在其中心存在着，一如一盏灯的灯心那样。阿加特自己并不知道，她该怎样来表述这种状况：她因自己的决心而处于一种与这个丑陋的决心相差十万八千里的状态之中。

就在她兄长动身以后的那个早晨，阿加特就在镜子里仔细照看自己：这纯属偶然地是从脸部开始的，因为她的目光就落在脸上并且不再从镜子里返回。她就这样被抓住了，就像人们有时根本不想走，但总是又继续走了一百步走到最后才显现出来的事物的跟前，然后人们终于打算从那儿返回，却又没这样做。她就是以这样的方式没有虚荣心地被她的"自我"的景色抓住了，这景色就在她眼前一层薄薄的玻璃后面。她看头发，这头发还一直像光亮的天鹅绒；她给自己的镜像解开衣领并从它的肩头脱下衣服；最后她完全脱光它的衣服并浑身上下打量，直至它玫瑰色的指甲盖，身体在手和脚的这个部位终止并且几乎不属于自身所有。一切还像东升的旭日，正在渐渐接近中天：上升着、纯洁、精确并且沉浸在那种发展过程中，那是早晨九、十点钟的太阳，它在一个人或一头幼小动物身上跟在一个球上——这个球还没有达到自己的最高点，但只在那下面一点点——以同样的难以描绘的方式表现出来。"也许它恰好在这时刻越过最高点。"阿加特心中暗想。一想到这，她吓了一跳。不过，这总算也还会延续一些时光：她才二十七岁。她的身体既没受体育老师和按摩师，也没受生儿育女的影响，这个身体除了其自身的发育生长外没有让任何别的东西塑造过。倘若人们可以把这个身体赤裸裸地置入那种壮丽、孤寂的景色之中——它们构成高峻群山向着天空的那一面——那么它就会像一个异教女神那样耸立在寥廓、荒凉的群山之巅。有着这样一种本性，所以这个如日中天的身体并不往下倾注成团的光和热，它似乎只还升越过自己的高峰片刻并渐渐不为人注意地演变为下午的下沉而飘浮的美。这个不能确定的时刻的那种有些阴森森的感觉从镜子里返回出来。

这时阿加特想到，乌尔里希也蹉跎岁月，仿佛自己的生命会永恒延续下去似的。"也许这是一个错误，我们没有到了老态龙钟时才互相认识，"她对自己说，这时在她抑郁的心头出现两团雾霭，它们在晚上降落地面。“它们不像明媚的中午这么美，”她想，“但是人们对这两个无定形的灰色雾团有什么感觉，这与它们有什么关系呀！它们的时刻已到，而且跟最热烈的时刻一样重感情！”她几乎已经背对着镜子，但猝然感到受到一种蕴含在她情绪中的好夸张倾向的挑战，很想又转过身去；这时，她不由得对还记得两个胖马林巴德疗养客笑了起来，若干年前她看见这两个胖疗养客在一张绿色长椅上，他们含情脉脉、体贴入微地互相爱抚。“他们的心也纤柔地跳动在一身胖肉之中；一经沉浸于内心世界，他们便对外表呈献出的滑稽景象毫无所知，”阿加特一边试着把自己的身体墩胖并将其压出胖褶痕来，一边这样自责说，并现出一副欣喜的神态。当这阵恶作剧发作完毕时，那情形看上去完全就像几小滴愤怒的眼泪涌进了她的眼眶；她敛一敛神，她又仔细观看自己的形象。虽然她被认为是身材苗条的，却冷不丁发现自己的肢体有肥胖起来的可能。也许胸部乜太宽。十分白润的皮肤上——它在脸上因像白天燃着的烛光那样的金黄色头发而显得暗淡——鼻子隆起得有些太高，它的几乎古典的线条在一面的尖头上凹下。在激昂热烈的基本形态中压根儿就可能到处潜伏着一个第二形态，它更宽大更抑郁，宛如一片菩提树叶，不期而至地落进月桂树枝中了。阿加特对自己感到好奇起来，仿佛她第一次真正打量自己似地。她交往过的那些男人很可能就是这样看她的，而她自己则对此懵然不知。这种感觉颇有点使人心神不宁。但是她还没来得及仔细审察自己的回忆，便恍惚间仿佛在她经历过的一切事物的后面听见了那声驴发情的拖长的叫喊声，这叫声一直使她特别激动：它听起来极其愚笨和丑陋，但是正因为如此也许就没有第二种爱情的英雄气概像它这样在索然无味中透着甜蜜。她对她的现实生活一耸肩膀，又掉过头去看她的映像，执意要在其中找到一个显出年龄不饶人的部位。这儿是眼角和耳鬓，这些小小的部位会首先起变化，一开始看上去就仿佛曾有什么东西在它们上面睡过似的；还有两个乳房内边下面的圆圈，它很容易失去其清澈和明净：此刻若在这上面发现一种变化，这本来是会使她感到满足、让她得到内心的平和的，可是哪儿还没显现出这样一种变化，美丽的身体几乎阴森森地飘浮在镜子的深处。

这时，阿加特確实觉得很离奇，她居然是哈高厄尔夫人，而且因此而存在的清楚、紧密的关系与由此朝里向她伸展过去的不明确性之间的区别是如此之大，以至于她自己似乎没有身体站在这儿，她的身体似乎是镜子里的哈高厄尔夫人的，这哈高厄尔夫人如今想看一看，她将怎样对付这身体，因为这身体已经受到有损其尊严的情况的约束。其中也包含着悬而未决的、有时像一个怪影的生活享受中的某种东西；阿加特草草重新穿上衣服后下定决心所做的第一件事，便是到自己的卧室去找一只小盒，它一定在她的行李包里。这只小盒，她几乎自与哈高厄尔结婚以来便一直拥有并且从不离身的这只小盒含有一小撮颜色难看的物质，人们曾告诉她，说这是一种剧毒物质。阿加特回想起，她曾为获得这一违禁物质作出某些牺牲，她对这种物质一无所知，只知道它有人们对她所说的这种效果，以及一个听起来像咒语的化学名字，那是一个外行可以不懂却必须记住的咒语。但是，显然一切像拥有毒药和武器或寻找可战胜的危险那样使死亡临近的手段都具有人生乐趣的浪漫色彩；也许吧，大多数人的生活是如此使人感到压抑，如此动荡不定，在明亮中带有如此之多的黑暗以及从总体来看如此颠倒，以至于只有通过一种结束这种生活的微弱可能性，蕴含在这种生活中的欢乐才会被释放出来。阿加特感到欣慰了，她的眼睛盯住那只小金属盒，在她面对着的这一片捉摸不定氛围中她觉得这只小金属盒是一样吉祥物、一件护身符。

这并不意味着阿加特在这段时间里就已经有了自杀的意图。相反，她之害怕死亡，恰似每一个年轻人之害怕死亡，譬如这个年轻人在精神饱满地度过了一天之后晚上在入睡前想起：有朝一日，在一个和今天一样美好的日子，我将会死去，这是不可避免的事。人们不得不在死去时眼睁睁看着另外一个人，这样的死法绝不是什么好受的事；她父亲的逝世曾用某些印象折磨过她，自从兄长离去、她独自留在屋里以来，那些令人恐惧的印象便重新出现。但是，“我有一点儿死了”这种感觉阿加特经常有，恰好是在她刚刚才意识到她的年轻胴体的匀称和健康的时刻，在她刚刚才意识到这种紧张的美——它那神秘的内聚力跟各要素在死亡中的崩溃同样都是毫无根据的，在这样的时刻，她很容易从她那快乐而有自信心的状态陷入一种恐惧、惊讶和沉默的状态，一如人们从一间沸沸扬扬的房间里出来突然走到闪烁的星空下面时所感受到的那种状态。尽管这些决心在她心中泛起，虽然她得以挽救自己使自己不致虚度一生，但是现在她还是感到有点儿神思恍惚，感到只是在模糊不清的限度内与自我有着联系。她沉着冷静地想到死亡是一种使人消除一切辛劳和幻想的状态，并把它想象成为一种深切的被催眠入睡状态：人们躺卧在上帝的手中，而这只手则像一个摇篮或者像一张系在两棵大树上、迎风微微晃动的吊床。她把死亡想象成为一种莫大的安慰和疲倦，摆脱了种种企求和劳顿，摆脱了一切殷勤和思索，像那种令人愉快的虚弱无力，这是睡眠把手指头还握住的某样世上最后事物小心翼翼从其手上掰开时人们在手指头上感觉到的那种虚弱无力。但是毫无疑问，她从而也就对死亡有了一种相当悠闲和马虎的想象，恰似死亡之刚好只符合某个对生活的劳累并不怀有好意的人的需要；末了，她自己兴趣盎然地发现，这多么像那张无靠背矮沙发，她把它放在古板的父亲的客厅里，以便自己可以躺在它上面读书，这张矮沙发是被她用自己的力量在屋里引发的唯一的变化。

尽管如此，轻生的念头对于阿加特而言绝不仅仅是一桩游戏。一种如此令人失望的激动情绪之后必然出现这样一种状态——它那使人十分愉快的平静在她的想象中不由自主地具有一种身体的内涵——她觉得这是极其可信的。她之所以有这样的感觉，是因为她不感到需要这种引人入胜的幻想：世界是可以改造好的。她感到自己随时都准备完全放弃自己的那一份幻想，只要这件事可以以一种令人愉快的方式来进行。但是她反正也还在那场她在孩童和少女时代之交时所罹患的不寻常的疫病中与死神打过一次特殊的照面。当初，她的身体的一些部分——在一种几乎无法监察的、似乎插入每一个最短促的时期而在总体上却不可阻挡而迅速的体力减弱过程中——一天一天越来越脱离她并且被毁灭；但是在这种衰败和背弃生命的同时，一种难忘的新的“奔向一个目的地”也在她心中被唤醒，它从疾病中驱除出一切焦虑和恐惧，它是一种思想内容特别丰富的状态，在这种状态下她甚至能够对她周围的越来越缺乏自信的成年人起某种控制作用。这样的事并非不可能发生：她在给人如此深刻印象的情况下体验到的这种优越性，构成她精神上的决心的核心，这是一种决意以相似的方式逃避生活的决心，这种生活的激动情绪出于某种原因不符合她的期望；但是很可能情况恰恰相反，很可能使她得以摆脱学校和父宅的要求的那场病曾是她的透明的、可渗透她陌生的一束感情之光的与世人关系的最初表现。因为阿加特按照一种简单、纯朴的品性感到温暖、热烈，甚至生性愉快、容易知足，一如她也曾平和地顺应过最不同的各种生活状况那样；她心中也从未发生过再也不能承受其失望情绪的女人所遭遇到的那种冷漠的倾塌：但是在笑声或因此而继续进行下去的一种感官上的冒险奇遇的骚乱中，却都存在着贬值，它使她身体的每根纤维疲倦并渴求某种别的最可以被称作虚无的东西。

这种虚无有一种一定的、哪怕是无法确定的内容。长时期内，她曾在许多场合念诵过诺瓦利斯的这句话："我能为我心中的那个像一个不解之谜那样的灵魂做些什么呢？它对看得见的人听之任之，因为它无法控制住他？"但是这句话的闪耀的光芒每次在闪电般迅速照亮她之后便又在黑暗中熄灭，因为她不相信一个灵魂，因为她觉得这骄傲自大并且对她个人来说也太断然了。她只是同样也不能相信世俗的事物。如果人们想正确理解这种情况，那么只需设想，这种在不相信世俗秩序的情况下的背弃世俗秩序是某种内心深处的朴实自然的东西，因为在每个人的头脑中，除了带有它那严格而简单的、是外在关系影像的秩序观念的逻辑思维以外，还有一种感情上的思维在起作用，这种思维的逻辑，倘使人们压根儿可以谈论这样一种逻辑的话，它符合情感、激情和情绪的特性，致使这两种思维法则的相互关系大致就如同一个大木块被砍成长方形并堆存好作好发送准备的木料场的法则与林涛声声的森林那隐约缠绕在一起的法则的关系。由于我们的思维的对象并不完全依赖于我们的思维的状况。这两种思维方式就不仅在每一个人的头脑中混合在一起，而且它们也能在某种程度上把两个世界摆在他对面，至少是直接在那个"第一个神秘和难以描绘的时刻"之前和之后，一位著名的宗教思想家在谈及这个时刻时曾断言说，在情感和观念互相分离并占有位置——人们习惯在这些位置上找到它们——之前，在每一种感官的感觉中都会出现这样的时刻：作为空间的一个事物和一种观察者内心的思索。

不管各事物与情感之间的关系在文明人的成熟的世界观中具有什么样的性质，每个人都知道这些感情洋溢的时刻，这时还没有出现二等分，仿佛后来水和陆地还没有分开，仿佛情感的浪潮跟塑造万物形象的山丘和河谷处在同样的地平线上。根本不需要作这样的假设：阿加特极其频繁和强烈地经历着这样的时刻。她只是更生动地，或者，如果人们愿意的话，不妨也可以说是更迷信地感受到这样的时刻，因为她时刻准备着既相信、又不相信这个世界，一如她自求学时代以来一直坚守的以及后来在进一步接触男人的逻辑之后也没有荒疏了的那样。在这个与专断和任性相去甚远的意义上，阿加特若是更有自我意识一些，她就会提出要求，称自己是所有女人中最不合逻辑的女人。但是她从来也没有产生过这样的想法：要把她体验到的疏离的感情看得比一种个人的不寻常特性更重要。在与她兄长相会之后她内心才产生一种变化。在这些空落落的、完全受到寂寞的阴影侵蚀的房间里，在这些不久前还充盈着谈话和一种直逼灵魂深处的共性的房间里，身体上分开和精神上汇合之间的差异无意间渐渐消失；就在时日悄然流逝的同时，阿加特怀着自己还从未体验过的那种迫切心情觉得自己正在感受普遍存在和无限力量的独特魅力——这种与被感觉到的世界向知觉的世界的转变联系在一起的魅力。如今她的注意力似乎不在感官上，而是立刻就敞开着到达情感内部深处，那里除了像它自身那样发光的东西以外，什么也不能使它明白；尽管她平时一向责备自己无知，但在回忆说给她兄长听的话时，她却认为，自己用不着多加思索，一切关键性的话自己全明白。她的精神以这样的方式如此被自身所充满，以至于连最活跃的思想也有某种对自身的回忆的无声飘浮的色彩，与此同时，她遭遇到的一切事扩展成为一种无限的现代；即使她在做什么的时候，其实也只是在做这件事的她与发生的这件事之间的一种界限在渐渐消失，而她的举动则似乎就是这条道路，她将胳臂一伸出去，事态便顺着这条路发展。但是，如果她微笑着问自己，她到底在干什么，那么，这股温柔的力量，她的知情和富于表情的当代世情便几乎无法和精神恍惚、昏厥和精神迟钝区分开来。对自己的感受稍作一点儿夸张，阿加特便可以在谈到自己时说，她不再知道自己在哪儿。她在各方面都陷于一种停滞状态，可她却同时觉得自己被抬高了、消失了。她本来可以说：我在恋爱了，但是我不知道，我爱上了谁。一种清醒的意愿，她平时一直感到自己缺乏的，如今充盈着她，但是她不知道，她怀着这样清醒的意愿该怎么办，因为她生活中曾有过的善的东西和恶的东西，这一切都没有意义。

就这样，在等待动身去她兄长那儿的日子到来的期间，阿加特不仅在观看这只装毒药的小盒的时候，而且天天都想着，她想死，或者，死亡的快乐一定跟她在这些日子里所感受到的那种快乐相类似。在这期间，她恰恰做着他曾恳请她放下别干的事。她不能想象，一旦她到了首都她兄长那儿，将会发生什么事。她几乎是怀着一肚子怨气回忆起，他有时满不在乎地暗示，他希望她会在那儿获得成功，不久便找到一个新的夫君或者至少一个情人；因为这样的事恰好是不会有的嘛，这她知道！爱情，孩子，美好的日子，愉快的交游，旅行和一点儿艺术——舒适的生活是如此简单，她懂得这种生活的甜美诱人并且对它并非无动于衷。但是，不管她多么乐意觉得自己没有用处，阿加特在心里却还是怀有天生好骚动的人对这种朴实无华的简便的全部鄙视。她认识到这是欺骗。这种所谓尽情享受了的生活其实是“无韵味的”，在最后，确实在真的终了的时候，在死的时候，这种生活总是缺少点什么。它就像——她搜索恰当的词语——成堆的事物，没有什么更高的要求清理过这些事物：大量要求没得到满足，简便的反面，只是一种人们怀着惯有的欣喜忍受的混乱！她突然心中暗想：“这就像一群陌生的孩子，人们用逐渐养成的友好态度打量这群孩子，充满越来越增长的恐惧，因为人们未能在其中看见自己的孩子！”

使她感到安心的是，她已经下定决心结束自己的生命，如果在她尚还面临着的生命的最后转折之后她的生命仍不改变样子的话。像酒在发酵那样，她心中涌动着这样的期望：死亡和恐惧将不是表达真情的最后言语。她没觉得需要对此进行考虑。她甚至害怕这种需要，因为乌尔里希很乐意对这种需要让步；这是一种好斗的恐惧。因为她觉得，她用大力气抓住的一切并不是完全没有一种持续不断的暗示：这只是假象。但是在假象中同样也确凿无疑地含有流动的、松弛的现实：也许还没有变成世事的现实，她想：而在一个神奇的瞬间，在她所站立的地方似乎化为捉摸不定的那种瞬间，她则能够以为，在她后面，在人们绝不会向之张望的那个空间，也许站立着上帝。她害怕这种妄想！一种令人毛骨悚然的辽阔和空洞突然充满她全身，一种漫无边际的光亮使她的精神昏暗，使她的心灵恐惧。她的青春——对这样的忧虑略微有所准备，一如无经验造成的那样——悄悄地告诉她，她面临着危险，可能会使一种正在形成的精神错乱的苗头变得厉害起来：她向后看。她强烈责备自己根本就不信仰上帝。自从人们教导她这样做以来，她确实一直不这样做，这是她对人们教导她的一切所抱有的不信任态度的一个支脉。她一点儿也不是在那种达到一种超世俗的或者哪怕只是道德的信念意义上的虔信宗教。但是稍过片刻她不得不疲惫不堪、哆哆嗦嗦地再次暗自承认，她简直清清楚楚地感觉到了“上帝”，清楚得就像感觉到了一个男人站在她身后并把一件大衣披在她肩头。

在她对此进行了充分的考虑并又变得勇敢起来之后，她发现，她经历的这个过程的意义根本不在那种侵袭她身体感觉的“太阳变昏暗”之中，而主要是一种道德上的意义。她的内心状态的以及有赖于此的她那全部与世人关系的一种突然变化曾在一瞬间赋予她那种“良知与感官的统一”，迄今为止她只是在十分微弱的暗示中了解过这种统一性，这种暗示微弱得将将只够给普通生活留下某种前景暗淡的东西以及忧郁而感情强烈的东西，不管阿加特如今是否想试着做好事还是做坏事。她觉得，这种变化是一种无与伦比的情形，她既是来自于她周围的人又是从她向他们扩散开去，是一种最高意义与超越各种事物之上的精神的最小运动的一致。各种事物充满着感觉，而感觉则以一种如此令人信服的方式充满着各事物，以致阿加特觉得，她根本就没有被这一切——迄今为止她一直把信念这个词儿应用在这些事物上——触动过。这是在按普通观点不可能表现出坚信的情况下发生的。

这样，她在寂寞中遇到的那个人的意义就不一定在于在心理学上作为对一个敏感的或者易毁坏的人物的提示本应与他相称的那个角色，因为这意义根本不在于人，而在于一般之中或者在于人与他的联系之中，阿加特并非毫无道理地把他当作一个道德的人向他呼吁，这是因为，这位对自己感到失望的少妇觉得，假如她可以总是如同在例外的时刻里那样生活，并且也不是虚弱到不能坚持下去，那么她就可能会爱这个世界并且心平气和地顺应它；舍此她完成不了这件事！如今，一种热情的回溯充满于她的内心，但是这种最大增长的时刻是不能用暴力重新引来的；带着太阳落山后一个苍白的日子呈现的那种清晰，她这才怀着她那巨大努力的徒劳无益感发觉，她可以对之有所准备的、实际上她也确实怀着一种只是被她的寂寞掩盖住的焦灼心情期待过的唯一的一件事，就是那个特殊的前景：有一次她的兄长曾用一个半开玩笑半认真讲出来的名称把这个前景叫作千年王国。他本来大概也完全可以选用另一个词儿的，因为它向阿加特所表明的，只是那令人信服的、充满信心的、听起来像某种未来的东西的声音。她没敢这样断言。她现在也还不明确地知道，是否真有这种可能。她根本不知道这是什么。此刻，她又把她兄长证明在只是用闪光的雾充满她的精神的东西的后面这种可能性在继续向无涯扩展时所说的话全给忘记了。但是她和他在一起的时候，她心里没别的感觉，只觉得仿佛他的话变成了一片土地，而且这片土地不是在她的头脑中，而是的的确确在她脚下形成。恰恰是他常常只是用嘲弄的口吻谈论这件事，还有他那种冷漠和热情的交替——这在从前曾常常使她感到迷惑——现在使处在孤寂之中的阿加特感到高兴，因为她有一种确实被言中的保证，在这一点上所有不友好的精神状态都比陶醉的精神状态优越。“我很可能之所以曾想到死，仅仅是因为我害怕他对待这件事的态度不够认真。”她暗自寻思。

她不得不在精神恍惚中度过的最后这一天令她感到惊讶不已，一下子屋子已腾空，东西全都整理好，只还剩下钥匙有待交给那对年老的夫妻，这对老夫妻按遗嘱规定留在仆役屋里，直至这宅子找到新的主人。阿加特拒绝搬进饭店，愿意在原来的地方一直待到午夜与凌晨间启程的时刻。屋子里的东西已装上箱、打好包。一盏备用照明灯亮着。码放在一起的箱子当桌子和椅子。在一条沟壑的边上，在一个木箱平台上，她摆上了晚餐。她父亲的老仆人在光和阴影间摆平餐具；他和他的妻子一定要在自己的厨房里亲手做饭，用他们的话来说，好让少奶奶最后一次在她父母家里用餐时不至于受到怠慢。阿加特突然神不守舍地想到，她是如何度过这几天的：“他们到头来会不会发现什么破绽的呢？！”很可能，她没有把做修改遗嘱练习用的纸张全部销毁。她吓得一激灵，她感觉到可怕地梦见过的重量附着在肢体上，感觉到现实悭吝的惊吓，它不给予精神以任何东西，而是只向精神索取。此时此刻，她怀着强烈的热情发觉自己内心已经重新产生那生的渴望。这种渴望奋力反抗着她会受阻的这种可能性。当老仆人返回时，她果断地试图揣摩他的脸部表情。但是老人面带着谨慎的微笑毫无恶意地来回走动，并感受到某种无声的、庄严的气氛。她就像看不透一堵墙那样地看不透他，不知道在这层模糊不清的光泽之后他心中是否还隐藏着什么。如今她也感受到某种无声、庄严和悲哀的气氛。他一直是她父亲的密探，绝对乐意把自己知道的他的孩子们的每一个秘密提交给他：但是阿加特是在这所房屋里出生的，打那时以后所发生的一切今天行将结束；如今她和他都庄严而孤独，对此阿加特颇有感触。她决定额外送他一小笔钱，她突然心血来潮拿定主意，她要说，她是受哈高厄尔教授委托这样做的，她作这样的考虑并非出于狡诈，而是出于一种忏悔行为状态，目的在于不错过任何机会，虽然她明知道这个决定既不相宜又迷信。趁老人还没返回，她急忙掏出她那两只不同的小盒子，那只带有她那位未被忘却的恋人肖像的盒子，在她最后一次皱着眉头打量过这个年轻人之后，便被她放进一只将要钉牢的木箱盖下，这只木箱将无一定期限地存放，箱内似乎是厨房器皿或照光器，因为她听见金属磕碰声，就像一棵树的树枝掉下来那样；但是那只装毒药的小盒却被她放到她从前安放那幅肖像的地方。

“我多么不合时宜！”她笑吟吟地想，“一定有比恋爱经历更重要的东西！”可是她不相信。

此时此刻，人们恐怕既不能说，她拒绝跟她兄长建立不法的关系，也不能说她希望建立这种关系。这可能取决于将来；但是就她现在的情况而言，实在难以对这样一个问题作出什么决断。

灯光给木板——她就坐在这些木板之间——抹上耀眼的白色和深黑色。一个类似的悲剧性的假面具——它给这灯光的只是简单的意义蒙上某种阴森的色彩——戴在了这样一个想法上：如今她在这所屋里度过最后一个晚上，她在这里被一个女人生出来，对这个女人她始终不能回忆起什么来，乌尔里希也是这个女人生的。一个古老的印象向她袭来：神情极其严肃、拿着奇特的仪器的小丑站立在她的周围。他们开始玩耍。阿加特重新认出这是童年时代的一个梦幻。她听不了这种音乐，但是所有的小丑都看着她。她心中暗想，此刻她的死对任何人任何事都不是什么损失，而且对她自己来说这也仅仅意味着一个内心慢慢死亡过程的表面上的结束。就在小丑们增强他们的声音使之达到天花板的时候，她这样想着；她似乎坐在一个撒上锯末的马戏场上，眼泪滴在她的手指头上。这是一种深重的无意义的感觉，这是从前她在少女时代经常感受过的，她心中暗想：“我莫非直至今天还一直依然幼稚可笑？”然而，这并不妨碍她同时像想到某种透过她的泪水看上去无限巨大的东西那样想到，就在他们重逢的最初时刻，她和她的兄长就是穿着这样的小丑外套互相迎面走上去的。“沟通我的内心活动的，恰恰是我的兄长，这意味着什么呢？”她问自己。突然她真的哭了。除了这是随心所欲而为之以外，她实在举不出会出现这种情况的别的理由；她猛烈地摇头，仿佛头脑里有某种东西，她既不能分开它又不能联结它。

这时，她怀着一种自然纯朴的情感在想，乌尔里希会给一切问题找到答案的；直至后来，老人又走进来并动情地打量这个动了情的人。“少奶奶……”他同样地摇头说。阿加特迷惑不解地望着他，但是当她领悟到这种对子女的伤心所表示的同情是一种误解时，她那种青春骄矜之态便又在心头复苏。“把你拥有的一切破烂扔进火里。如果你什么也不拥有，那你就干脆连裹尸布也别想要，你就赤条条投身烈火吧！”她对他说。这是一句古老的格言，乌尔里希曾心醉神迷地把它念给她听过，而老人则对这些她用含泪灼热的眼睛向他说出的话语中那严肃而温柔的热情劲头报之以会意的一笑，他顺着他的女主人——他想用一种误导帮助他理解——的手指示的方向盯住高高堆积起来的箱子，它们几乎堆成一个火刑木柴垛了。对裹尸布老人明白事理地点点头，甘愿跟随着走下去，即使他觉得这条言语之路有些不平坦；但是，当阿加特再次重复她那句格言时，从“赤条条”这个词儿起他便僵化成一副彬彬有礼的仆人面孔，这张面孔的神态在说：他既不想看，也不想听，也不想评判。

在他给他的老主人当差的期间，这个词儿从未当着他的面讲过，充其量人们说过脱衣服；但是现在的年轻人不一样了，他大概根本就再也没法侍候好她了。怀着夕阳西下的平和心神他感觉到，他的生涯结束了。而阿加特在动身前的最后的想法却是：“乌尔里希真的会把一切扔进火里吗？”

二二

从科尼阿托夫斯基的丹尼尔表示定理批判到原罪。从原罪到妹妹的情感之谜

乌尔里希离开莱恩斯多夫伯爵宫殿踏上大街时的状态就像空腹饥饿感；他在一张广告牌前站住脚，读告示和广告以满足，渴望了解市民风貌的欲望。几米大的牌子上布满了言语。“本来人们不妨认为，”他想起来，“恰恰是这些在城里的所有角落里都重复出现的言语具有一种认识价值。”他觉得这些话与某些受欢迎的长篇小说里的人物在人生的重要关头所说的惯用语有近似之处，他读：“您可曾穿过像托平纳姆丝袜这样舒适和实用的袜子？”

“殿下玩得好不痛快。”“新编的圣巴托罗缪之夜①。”“在‘小黑马’里潇洒一回。”“‘小红马’里有轻歌曼舞。”他还在旁边看到一则政治广告“罪恶的阴谋”：但是它不是针对平行行动，而是针对面包价格的。他转过身去看几步路以外一家书店的陈列窗。“大作家的新作”，一块厚纸板上这样写着，这块厚纸板摆放在十五册一样的、依次排列着的书的旁边。这块纸板的对面，在陈列窗的另一角摆放着一块配对的纸板，上面印着第二部作品的内容提要：“男士和女士怀着同样的紧张心情沉浸于‘爱情的骚乱’……”

“这位‘大’作家？”乌尔里希想。他记得只读过他的一本书并曾假设，他将永远不必读第二本：但是，尽管如此，这个人从此还是出了名了。在这德意志精神陈列窗面前，乌尔里希想起一句陈旧的士兵妙语：“莫尔塔代拉！②”在他的服役期一个不受欢迎的师团将军曾被人们这样称呼过，按照这受欢迎的意大利香肠的名字，谁问这一文字游戏的解法，就会得到这样的回答：“一部分猪，一部分驴。”乌尔里希本来是会兴奋地继续进行这一比较的，倘若他不是因一个女人而受阻的话，这个女人用“您也在这里等电车吗”向他打招呼。这一下他才想起，他已经不再站在书店前。

他也不曾知道，这时他已经在一个电车站的站牌旁边站住了脚。提请他注意这一点的女士背一个背包、戴一副眼镜；她是一个他认识的天文学家，学院里的助教，在这个男人学科里颇作出一些重要成绩的为数不多的女人中的一个。他看着她的鼻子和眼睛下面的地方，它们在出于习惯努力思索时已呈现出某种马来树胶防汗衬垫的样子；然后他在下面看到她那撩起的粗呢裙，但在上面却看到一顶飘浮在她那张学者脸庞上方绿帽上的雄鸡尾羽毛，他微微一笑。“您进山去？”他问。

施特拉斯蒂博士进山“松弛”三天。“您对科尼阿托夫斯基的文章有什么看法？”她问乌尔里希。乌尔里希不吭声。“克奈普勒会对此感到恼火的，”她说。“但是科尼阿托夫斯基批评克奈普勒对丹尼尔表示定理所作的推导，这个批评是有趣的：您不也这样认为？您认为这种推导行吗？”

乌尔里希耸耸肩膀。

---

① 指一五七二年八月二十四日的前夜，巴黎天主教徒对胡格诺派的屠杀。

② Mortadella，一种意大利干香肠，猪、牛肉混合做成的熏肠。

他是那些被叫作“逻辑斯谛”[①]的数学家中的一个，他们压根儿就认为没有任何东西是正确的并且正在建设一种基本学说。但是他认为逻辑斯谛家们的逻辑也并不完全正确。假如他继续研究数学，他会再次追溯到亚里士多德上去的；在这方面他有他自己的看法。

“尽管如此，我并不认为克奈普勒的推导未切中要害，而是只认为它是错误的。”施特拉斯蒂博士承认。她完全也可以强调指出，她认为这推导未切中要害，但是尽管如此，在一些重要的基本特征上，她还是不认为这推导是错误的；她知道她说的是什么话，但是用言语不释义的普通的语言就没有人能够明白晓畅地表达自己的意思：她操着这种休假语言讲话的时候，她那顶旅游帽下面波动着某种内心不安的傲慢，这是俗人的感性世界在一个修道院的修士内心必定会激起的那种傲慢，如果这个修士一不小心与它打上交道的话。

乌尔里希和施特拉斯蒂小姐一道登上电车：不知道为什么。也许是因为她觉得科尼阿托夫斯基对克奈普勒的批评如此重要。也许他想和她谈她一窍不通的文学作品。“您在山里干什么？”他问。

她想到霍赫施瓦布山上去。

“那儿积雪还太深。滑雪季节已过，不滑雪，人们还不去那儿。”他劝她别上山，他熟悉山区的情况。

“那我就留在下面，”施特拉斯蒂小姐对他说，“在位于山坡上的幼牝牛牧场小屋里有一回我曾住过三天。我无非只是想享受一点儿自然风光而已！”

卓越的女天文学家在说到“大自然”这个词儿的时候脸上所现出的那副神态惹得乌尔里希提出这样一个问题：她究竟为什么渴望大自然。

施特拉斯蒂博士真的火了。她可以一动也不动地在牧场上整整躺上三天：像一块大石头！她公然宣告。

“充其量因为您是科学家，”乌尔里希插话，“农民就会觉得无聊！”

施特拉斯蒂博士不这样认为。她谈到成千上万的人每逢节假日就徒步、骑自行车、乘船寻求大自然。

---

① Logistik，在现在西方哲学中广泛流行的对数理逻辑的一种形式主义歪曲。

乌尔里希谈到农业人口向城市流动。

施特拉斯蒂小妲怀疑他的情感相当低级。

乌尔里希声称，除了吃饭和爱情，还有懒散也是低级的，但探访一块高山牧地不低级。表面上驱使这样做的那种自然的感受，更确切地说是一种现代的卢梭主义，一种错综的、感伤的态度——他不觉得自己讲得好，他说什么，他觉得这无所谓，他之所以继续这样说，仅仅是因为这始终还不是他想吐露出来的内心真言。施特拉斯蒂小姐向他投去怀疑的一瞥。她无法理解他；她那纯概念式的重要思维经验对她毫无用处，他一个劲儿抖搂出来的这些概念她既分不清也聚不拢；她猜想，他讲话不动脑子。她带一根插在帽上的雄鸡尾羽毛听这一番话，这使她感到无与伦比的满足并增强了她对她向之趋附的孤独所感到的乐趣。

这时，乌尔里希的目光落在他的邻座的一张报纸上，他读到一则广告的大字标题：《时代提出问题，时代给予答复》，标题下面大概是推销一种鞋垫还是介绍一个报告的广告词，这一点人们今天已经记不清楚了，但是他的思绪突然跃进他所需要的轨道。他的女伴竭力采取客观态度，心里颇不踏实地承认："可惜我对文学作品知之甚少，我们这种人没时间。也许我根本也不懂真正的文学。但是譬如，"说到这里她举出了一个受欢迎的名字，"就使我获益匪浅。我认为，如果一个作家能够使我们有这样生动的感受，这大概也就不简单了吧！"然而，由于乌尔里希自以为已经用奇特的心智的迟钝对一种抽象思维的不寻常发展存在于施特拉斯蒂博士精神中的联系表示了足够的感谢，他便愉快地站起来，对他这位专业相近的同行说了一句极恭维的话，便匆匆下车，他边下车边推托说，他已经坐过头了两站了。当他站在车外并再次打招呼时，施特拉斯蒂小姐这才想起，最近曾听到过一些对他的作为的不好评价，觉得让一阵他的讨人喜欢的告别词所激起血潮引起了同情之感，按她的信念这件事对他可并不怎么有利；而他如今却既知道又仍然还不完全知道，为什么他的思绪围着文学这件事转、它们在那儿想干什么，从莫尔塔代拉比喻起直至无意识引诱善良的施特拉斯蒂作自供。自从他二十岁时写了自己的最后一首诗以来，文学毕竟与他不再有什么干系；从前偷偷写作有一度总算曾是他的一种相当有规律性的习惯，而他之所以放弃了这个习惯，则并不是因为他年纪大了或者认识到太缺乏才干，而是出于某些原因——在现在的印象下他完全可以用某个词儿表述这些原因，这个词儿在作出许多努力之后表达出向空虚的流入。

因为乌尔里希属于这样一类爱书的人，他们不再喜欢读书，因为他们认为写书和读书整个儿就是一种胡作非为。“如果明智的施特拉斯蒂想让自己‘被感觉’”他想，（她这就对了！我若是反驳了她，那么，她就会拿音乐作主要见证来对付我！）一如惯常的那样，他部分用言语在想，这思考部分作为无言语的异议进入意识之中：所以如果明智的施特拉斯蒂博士想让自己被人感觉，那么，她这样做的目的就是大家所希望看到的，这就是让艺术感动人、震撼人、娱乐人、惊喜人，让艺术使人闻到高贵的思想，或者，一句话，使人真正“经历”某种事并且自己“有生气”或者是一个“经历”。乌尔里希也根本不想鄙弃这种做法。他转悠着一个以轻微的感动和勉强的讽刺的混合而告终的次要念头，他这样想：“情感很少够用。保护感觉的某种温度使之不冷却，很可能意味着保护使所有的精神发展得以产生的孵化热量。如果一个人瞬间超脱其错综复杂的聪敏意图——它们把他跟无数陌生的对象纠结在一起——进入一种完全无目的的状态，也就是说譬如他听音乐，那么他就几乎处在受雨水滋润和阳光照射的一朵花的生命状态。”他愿意承认，人的精神在休憩和安歇中比在活动中蕴含着一种更永恒的永恒；但是他一会儿想到“情感”，一会儿想到“经历”；这就带来一种矛盾。因为是有意志经历的！是有登峰造极行为的经历的！虽然人们很可能可以假定，这些经历中的每一个，如果它已经达到了自身的最高的、闪光的苦难境界，也还只是情感；但是这样一来，充分纯正的感觉状态是一种“安歇”，一种活动的沉没，这与此岂不更有矛盾？！抑或这竟然并不处于矛盾状态？有一种奇特的内在联系吗，按照这种联系，最高的活动在核心是静止不动的？但是这里显示出，这一系列想法与其说是一个次要念头，倒不如说是一个不受欢迎的念头，因为乌尔里希怀着突然觉醒的对这一系列想法的感伤转折的抗拒心理撤销了他已经陷入进去的全部观察。他不想对某些状态进行思考，而且，如果他对情感进行思考，他不想自己沉溺于情感之中。

这时，他迅即想到，人们可以最不费力气地、直截了当地把他企图达到的这种目标视为无谓的现实性或文学的永恒瞬时性。难道它有什么结果吗？要么它是一条从经历到经历的弯路并回归自身，要么它是不会产生出某种确切的东西来的一种有刺激性状态的总和。“一个积水潭，”他想，“比海洋频仍得多、强烈得多地不由自主给每一个人留下有很大深度的印象，原因很简单，人们见积水潭的机会比见海洋的机会多。”所以他觉得，这也是带感情色彩的，普通的感情并非由于别的原因而被认为是深刻的感情。因为爱感觉不爱感情，这种偏爱是所有富有情感的人的标志，它跟使人产生感觉和使自己被人感觉愿望——这愿望是一切为感情服务的机制的共同点——一样，其结果都是面对作为一种个人状态的感情瞬间的感情等级和性质的贬低，此外还是那种肤浅、发展障碍和不乏一般例子的完全不关紧要的事。“这样一种观点，”乌尔里希补充思考，“当然一定会使所有这样的人感到厌恶：这种人就像有一身羽毛的公鸡那样因有自己的感觉而感到心情舒畅并且也许还对永恒从头开始和每一个‘人物’打交道颇有些得意洋洋！”他对一种巨大的倒转，一种简直是在人类的规模上的倒转有清晰的概念，却不能以一种会令他完全感到满意的方式把这表达出来，因为事物的联系大概太具有多样性了。

他一边思虑着这些事，一边观察着从一旁驶过的电车并等候一辆能把他尽量往市中心近处送回去的电车。他看着人们下车上车，他那技术上并非无经验的目光漫不经心地琢磨着锻造和浇铸、滚压和铆紧、设计和车间制造、历史发展和当前状态的这些内在联系，人们如今使用的这些滚动的棚屋，就是依据它们发明出来的。“最后，电车公司的一个代表团来到车辆厂并选定木铺板、涂色、软垫、扶手、烟灰缸以及诸如此类东西的安装，”他顺带着想，“而恰恰正是这些小零星物件有着重大关系，车厢的红的或绿的颜色至关重要，他们从踏板上爬进去时的那股活力为成千上万的人形成他们所保持着的东西，形成这唯一的一切天才为他们剩余的并被他们经历的东西。这构成他们的性格，赋予它敏捷或懒散，让他们认为红色的有轨电车是家乡，蓝色的是异乡，构成那种不会被混淆的由微小事实组成的气味，一个个世纪都在衣服上带有这股气味。”这是不可否认的并且一下子和构成乌尔里希的主要思路的别的东西连接在一起：生活大部分也注入不足道的现实性之中，或者，用技术术语来说，一个精神的作用系数是很小的。

突然，就在他觉得自己带着一股活力爬进车厢的时候，他心里在想：“我要让阿加特好好记住：道德就是把我们的生命的每一个瞬间状态列入一种持久状态！”他一下子就想起了具有一种定义特性的这句话。虽然没充分展开和划分出去，但是在这个磨得过分光亮的思想之前就已经有了一些突然出现的想法，它们接踵而来并补充理解力。经过了无把握地缩短，预计会出现一个严格的观点和为不怀恶意的使用感觉确定任务，一种严肃的顺序：情感必须要么服务要么处于一种极其深刻的、还没有描述过的像一望无际的大海那样浩瀚的状态。人们还称这是一个观念，人们会称这是一种思念吗？乌尔里希不得不把这个问题暂时放一放，因为就在他想起他妹妹的名字来的这个瞬间，她的阴影模糊了他的思绪。跟通常一样，每逢他想起她时，他心里总觉得，在与她做伴度过的那段时间里他显示了一种不同于往常的精神状态。他也知道，他强烈地希望重新回到这种状态中去。但是这同样的回忆让他感到蒙受了这样的屈辱：他的态度狂妄、可笑和自鸣得意，不比一个在一阵眩晕中跪倒在观众面前、第二天无脸面见这些观众的人更好一些。鉴于兄妹之间的这种适度克制住的精神方面的关系，这是极度夸张了的；如果人们不是完全认为这毫无根据，那么，这不妨仅仅被视为还没有形态的情感的反面。他知道，阿加特将在不多几天后到来，他不加任何阻拦。她做了什么不对的事了吗？人们完全可以认为，情绪一冷淡下来她又撤销了自己的全部计划了。但是一种十分清晰的预感明白无误地告诉他，阿加特是不会改变自己的初衷的。他原本可以问问她的嘛。他又觉得有必要写信警告她。但是他一刻也没认真考虑这个决心，他反倒设想，是什么促使阿加特采取这种异乎寻常的态度：他把这看作是一种令人难以置信的激烈姿态，她以这样的姿态对他寄予信任并把自己交托给他。“她很缺乏现实感，”他想，“但是她有一种做她愿意做的事情的奇特方式。欠考虑，不妨这样说；但是因此也就没平息下来！她一生气，就把世界看成红宝石色！”他亲切地笑了笑，环顾四周一同乘车的人。邪恶的想法他们当中的每一个人都有，这是肯定无疑的，每个人都抑制它们，谁也不过分对它们见怪：但是没有一个人在自身之外，在一个赋予他们以一个梦幻经历的难以亲近特性的人的身上有这些想法。

自从乌尔里希没把他那封信写完以来，他第一次搞明白了，他不再有选择的余地，而是已经处于让他还在犹疑不决的那种状态之中。根据他的法则——他随意使用这骄矜的双重含义，称它们是神圣的——阿加特是不会悔过的，而是只会通过随后发生的事情弥补自己的过失，这大概也符合悔过的本意的吧，因为悔过是一种澄清而火热的，并非是一种受损的状态。使阿加特的令人不快的丈夫失去损人的能力或者使他保持于人无损的状态，这恐怕无非就是意味着取回一种损失，即仅仅意味着那种双重的使人麻痹的否定，在内部上升至零的那种普通的好态度便是由这种否定组成。对付哈高厄尔的这种办法，像"举起"一个飘浮的重物那样，另一方面却只有在人们为他筹措一种伟大的情感时才有可能，这件事想起来就让人感到不无惊恐。所以按照乌尔里希试图适应的那种逻辑，得到弥补的只能是别的什么，不是损失；而他则丝毫也不怀疑，这将是他的和他的妹妹的全部生命。"妄自尊大地说，"他想，"这就是：扫罗[①]不是弥补了他从前的罪孽的每一个单独的恶果，而是他变成了保罗了！"然而，情感和信念出于习惯对这种独特的逻辑表示反对，理由是先结清与妹夫的这笔账，然后考虑过新的生活，这样做无论如何更正派，无损于以后的振奋。那种如此吸引他的道德根本就不适宜于处理现金交易以及由此而产生的对立。所以就在那另一种生活和日常生活的边界产生出解不开的和充满矛盾的情况，人们最好根本就别让它们变成难以确定的两可情况，而是事先就以寻常的、不动感情的正经方式将它们排除掉。但是这时乌尔里希却又觉得，如果人们想冒险向前进入无条件好意的范畴，那么人们就可以遵守寻常的好意的条件。要他担负的向这新事物迈进这一步的任务似乎打不得任何折扣。

还可以保卫他的最后的战壕里充满着这样的强烈厌恶情绪：他曾大量使用过的诸如"自我"、感情、好意、别的好意、恶意这样的概念带有十分强烈的个人色彩，同时也带有十分一般性的特点，这其实只与年轻得多的人的道德考虑相符合。他的境况跟某些关注自己的事情的人必定也会有的境况一样，他气恼地选出几句话来，这样问自己："'情感的制造和结果'？一个多么机械的、合理的、不通达人情的观点！'道德是一种节制全部个别状态的持久状态的问题'，此外什么也不是了？多么不近人情！"如果人们用一个理智的人的眼睛来看这件事，那么一切就显得颠倒了。"道德的本质简直不以任何别的东西，而是以重要的情感总是保持不变为依据，"乌尔里希想，"个人应做的一切，就是行动时与它们保持步调一致！"但是恰恰在这时候，

① Saul，《新约》中人物，原名扫罗，后改称保罗。他本来敌视基督教，后皈依基督教，到各地传教，成为向异国人传播福音的使徒。

他四周滚动着的地方那用丁字尺和圆规画出的线条在一个地方停住了。在这个地方，他的来自这现代交通工具的身躯内部并不自觉地还参与其安排的目光落在一根自巴罗克时代以来便一直立在路边的石柱上，致使这无意识被接受了的理性创造的技术上的舒适设备突然陷入与那旧姿态的突然袭来的激情的对立之中，而那种旧姿态则看上去并非完全不像一种石化的肚子痛。这种视觉碰撞效果极其强烈地证实了乌尔里希方才还曾经想躲避的那些想法。生活的缺少考虑本来会通过随便什么东西比在这种偶然的目光中更清楚地显示出来的吗？没有像在作这样的对比时惯常的那样袒护“现在”或“从前”，他的精神毫不犹豫地觉得自己既让新时代也让旧时代给撇下了，并且只把这看作是一个问题的大规模展示，而这个问题则归根到底是一个道德问题。他不能怀疑：人们以为是文风、文化、时代意识或生活感情并加以欣赏的东西的短暂性是一种道德的脆弱性。因为按各时代的大标准，它不意味任何别的东西，它只意味着：如果人们完全片面地发展自己的才能并热衷于分解和夸张，从不节制自己的意志，从不使自己获得完全的学识，并且怀着不连贯的激情时而做这时而做那，那么，这是按自己的生活的较小标准来衡量的。所以连人们称之为时代的更迭或者进步的东西，在他看来也只是一个诺言，它表明没有哪个尝试一直到达大家必须联合的地方，到达通往一个包罗全体的信念的道路上，从而也就是到达通往不断发展、持久享受和那种伟大的美的严肃性，到达通往这一可能性的道路上。今天在这条道路上，生活只会暂时蒙上阴影。

认为一切曾经像虚无一样，这在乌尔里希看来自然是一种难以置信的傲慢。然而，这确实是虚无。存在无法量度，意识一片混乱。跟其结果相比，这至少不比生成当代灵魂的东西多，可以说是够少的。就在乌尔里希作这样思考的时候，他却怀着一种愉快的心情沉溺于这个“少”，仿佛这是他的意图允许他得到的生命桌上的最后一顿餐饭。他已经下车，走上一条可以把他迅速引到市中心的道路。他觉得，他好像从一个地下室里出来。街道发出惬意的吱嘎吱嘎声，早熟得像在夏日那样充满温暖。自言自语的甜蜜毒汁味道从嘴里消退；人人都爱说话，都沐浴在阳光里。乌尔里希几乎在每个陈列窗前都驻足。这些五色斑斓的小瓶子，包在囊内的芳香和无数变型指甲剪：在一家理发店里就已经蕴含了多少天才！还有一家手套商店：付出了多少方方面面的创造才能，一张羊皮才套在一位淑女的手上，这张兽皮才变得比她自己那张皮更显贵！他惊叹这些不言而喻的事物，舒适生活的这些无数雅致家什，仿佛第一次看到它们似的。多少迷人的词儿：极乐世界！他觉得。多大的幸福啊，这种共同生活的巨大一致！这里再也感受不到生命的地球表层，再也感受不到激情的未铺石子的道路，再也感受不到——他确实感觉到：心灵的不文明！注意力专心致志地掠过一座花园，花园里有果实、宝石、织物、迷人的身形，温柔而感人的各种颜色的眼睛张开着。由于人们喜欢白皙的皮肤，怕晒太阳，所以已经有一顶顶彩伞悬在人群的头顶并把丝绸阴影投在苍白的女人脸上。甚至在一旁走过时从一家酒馆的镜子里看到摆在桌布上的淡金黄色啤酒，乌尔里希也感到心旷神怡。那桌布雪白雪白的，白得竟然在阴影边上现出蓝色底面来了。后来，大主教从他身旁驶过；一辆温柔、凝重的四轮单驾轻便马车，深色中透着红色和紫色：这一定是大主教的车，因为乌尔里希目送着离去的这辆马车看上去完全是辆教会的车，两个警察立正并向这位基督的继承人敬礼，他们并不曾想到他们的祖先曾用一支长矛刺过大主教的这位祖宗。

他沉溺于这些刚才还被他称为“徒劳的生活现实性”的印象中；他怀着极大的热心，以致在他饱览这世态百象的时候渐渐地从中又生出他那敌对的从前的状态。乌尔里希现在清楚地知道他的思考有哪些不足之处。“这意味着什么呢，”他问自己，“面对这种专横跋扈也还要求一个在其上、在其后、在其下的结果？！莫非这是一种哲学？一个涵盖一切的信念，一个法则？抑或上帝的旨意？抑或不是上帝的旨意而是假设：迄今为止道德一直缺乏一种‘感应的思想’；当好人比人们想象的要难得多；为此将需要一种类似于到处存在于研究工作中的那种没有终结的合作？我假设，没有道德，因为道德不能从某种稳定的东西推导出来，而是只有无益地维护倏忽即逝状态的规则；我还假设，没有无深奥道德的深厚幸福感：但是这时我觉得，我在考虑这个问题，这本身是一种不自然的、苍白的状态，而且这根本就不是我希望得到的东西！”确实，他本可以简单得多地问自己：“我承担了什么？”他也真的这样做了。但是这个问题触及他的敏锐的感觉甚于触及他的思维，它简直是打断了这种思维并且在还没为乌尔里希所理解之前就已经使他一步一步逐渐失去颐指气使的清醒的乐趣。这个问题起初像陪伴着他的在他耳畔的一个沉闷的声音，后来这声音在他自身体内，只比所有其余的声音低八度，这时乌尔里希终于跟他的问题一致起来并觉得自己就像这个响亮而生硬的世界里的一个低沉而怪异的声音，被围在一个宽阔的音程中。他真的承担、允诺了什么了呀?

他努力思索。他知道，他使用了“千年王国”这个用语，即使只是作为比喻，但也不只是开开玩笑而已。如果人们认真地对待这个诺言，那么到头来就是希望借助于相互的爱生活在一种如此高雅的尘世状态之中，以至于人们只还能够感觉和做可以提高和维持这种状态的事。只要他可以思索，那么，有这样一种人的状态的轮廓，这在他看来便是肯定无疑的了。这一开始是“与少校夫人的故事”，后来的阅历不轰轰烈烈，但始终都是同样的。如果人们将一切加以概括，那么结果差不多就是：乌尔里希相信“原罪”、相信“先天的罪孽”。这就是说，他简直会以为，什么时候曾经在人的态度方面有过一个直达根底的变化，这个变化想必大致就犹如一个恋人清醒过来那样：后来他大概看到了全部真实情况，但是某些较大的东西被撕碎了，真实情况到处只像一个剩余下来并重新补缀起来的部分。也许这甚至真的就是这只“知识”苹果，是它在精神上酿成这个变化并把人类从一种原始的状态中推出去，人类在有了无限的体会并由于罪孽而变得智慧起来之后，才又想回归到这种状态中去。但是，乌尔里希不按流传下来的那样，而是按他发现的那样去相信这样的故事：他像一个算术家那样相信它们，这位算术家在自己的面前摆放着他的情感的系统，并从没有哪个情感有正当理由中推断出有必要采用一种其性质可以猜想得出来的幻想假设。这不是小事！他已经相当频仍地进行过类似的思考，但是还从未有能力在不多几天内对是否要极其认真地对待这件事作出决断。在他的帽子和衣领下面微微渗出汗来，那些从他身旁擦身而过的行人让他感到心烦意乱。他的所思所忖，恰似一种与大多数活生生关系的分离；这个情况他没有低估。因为人们今天过着分裂的、按部分与别人交叉的生活；人们所梦幻的，与进行梦幻有关，与别人所梦幻的有关；人们所做的事，自身互相关联，但更多的是与别人所做的事有关联；而人们所信仰的，则与人们自己只有其中最小的一部分的那些信念有关：所以愿意从它的充分的现实出发采取行动，这是一个完全不现实的要求。恰恰就是他，一辈子总是在内心充满着这样的情感：人们必须分享他的信念，人们必须有勇气生活在道德上的矛盾的中间，因为从而也就可以由购买而得到成绩。他至少对他就另一种活法的可能性和意义所作的思考深信不疑吗？并不！尽管如此，他的情感却参与其中了，仿佛它面前就有多年期待过的一个事实的明白无误的征兆似的。

于是他不得不自思自忖，他压根儿有什么权利可以像一个自爱自恋的人那样，不再愿意去做对于心灵无可无不可的事。这与今天每一个人都抱有的那种积极生活的观念相抵触；即使信神的时代能促进这样一种努力，在越来越强烈的阳光照耀下，这种努力也如晨昏蒙影般消融了。乌尔里希感觉到一股孤寂和甜蜜的芬芳，它越来越与他的趣味相抵触。所以，他也就努力尽可能地限制自己那放荡不羁的思想，并且——即使并非完全真诚地——告诫自己：那个向他妹妹奇异地作出的千年王国的诺言，明智地加以理解，无非就是一种令人感到舒适的姿态而已；与阿加特相处是会要他付出他迄今一直十分缺乏的温柔和无私的。恰似人们回想起一片从天空掠过的极其透明的云彩那样，他回想起某些个已经具有这样性质的过去的相聚瞬间。“也许千年王国的内容无非就是这股起初成双出现的力量膨胀成为一个喧闹的所有力量的共同体？”他有些畏缩地考虑。他又求教于他自己的那则被他回忆起来的“与少校夫人的故事”，把爱情的幻觉——因为它们不成熟而成为错误的原因——放在了一边，他把自己的全部注意力集中在爱护备至的善意和爱慕的情感上，当初他在孤独中有能力产生这种情感。他觉得，怀有信任和好感或者为另一个人而活着，必定是一种感人泪下的幸福，美好得就像白日炽热地沉入傍晚的宁静并且也有点儿令人伤心落泪地缺乏乐趣、神态安静。因为在这期间他也已经觉得自己的打算滑稽可笑，宛如两个老光棍汉就搬到一起住达成的协议；在这样的幻想的痉挛上，他感觉到，服务性的兄弟之爱的观念多么不适宜满足他的愿望。他相当冷淡地暗自承认：在阿加特与他之间的关系中一开始就搀和进了一大堆与社会敌对的因素。不但涉及哈高厄尔和遗嘱的事务，而且整个感情色彩也都预示着某种激烈的东西；毫无疑问，在这种兄妹同胞情中所含有的相互的爱并不比对其余世界的排斥更多。“不！”乌尔里希想，“愿意为另外一个人活着，这无非就是利己主义的倒闭罢了，这利己主义在邻近与一个合伙人新开张一家商店！”

实际上，尽管有着这个冠冕堂皇的意见，他内心的紧张在他受到诱惑把模模糊糊充满他内心的光注入一盏尘世的小灯的那个瞬间已经越过了自己的顶点；当情况表明这是一个错误时，他的思维已经没有寻找一个决断的意图，他甘愿转移自己的注意力。在他的附近恰好两个男人发生争执，互相叫嚷了几句难听的话，仿佛要动手打架似的，他饶有兴趣地注意观看；当他刚转身要走时，他的目光与一个女人的目光相遇，这女人的目光就像一朵肥美的、在茎上摇曳的花。怀着那种愉快的心情——它与同样量的感觉和指向外界的注意力搀和在一起——他注意到，热爱他人这个合乎理想的要求在现实的人群中有两种实施的情况。第一种人，他们不喜欢自己周围的人，而第二种人则弥补了这个不足，因为他们与那前一半人陷入性的关系之中。他不假思索地在走出不多几步后也折回，跟着那个女人；这尚还完全机械地是他们的目光相接触的结果。他看到她裹在衣服里的身体在自己眼前，就像一条在水面附近的大白鱼。他希望自己能以男子的气概用大鱼叉叉这条鱼并看它活蹦乱跳，这个愿望中含有同样多的厌恶和渴求。从几乎觉察不出的征象上他也看出，这个女人知道他在盯梢并允许他这样做。他试图弄清她可能属于社会上的哪一个阶层，他猜想是中等偏上的阶层，精确确定身份，这就难了。“商人家庭？公务员家庭？”他暗自思忖。但是各种不同的景象随意地浮现出来，其中甚至有一家药房的景象：他在那个回家来的男人身上感觉到那股强烈而甜蜜的味道；坚固的家庭氛围，从中再也看不出丝毫在这之前不多一会儿，她曾让一位闯入者的贼灯照得浑身痉挛的迹象。毫无疑问，这既可恶又着实诱人。

就在乌尔里希继续跟在这个女人后面行走并在实际上确实害怕她会在一个陈列窗前站住并迫使他要么傻乎乎地继续跌跌撞撞往前走要么和她搭讪的时候，某种东西一直还没有转向地、清醒地郁结在他的心头。“阿加特到底要我干什么呢？”他第一次这样问自己。他不知道。他猜想，这大概跟他要她干的事是相似的。但是在这方面他只有感情上的原因。他不必对一切来得多么迅速和意外感到惊讶吗？除了记忆中的童年时代的几件往事以外，他对她一无所知，而他所获悉的少量情况，譬如已经延续了几年的与哈高厄尔的关系，其实倒是会让他感到不快的。现在，他也想起他抵达家乡向他的父宅走近过去时，心头怀有的那种奇特的犹豫、几乎是抗拒的心态。他心头突然泛起这样的想法：“我对阿加特的感觉只是错觉！”在一个经常与自己周围的人有着不同的愿望的人——他又认真思考起来——总是只感到厌恶从不产生什么好感的人的内心，人类的惯常的友好情感和温和的好意必然容易分解，并化为被一团不为个人感情所左右的爱的迷雾所笼罩的冷酷无情。有一回，他曾称这是六翅天使的爱。不妨也可以说：没有对方的爱，他想。或者同样也可以说：没有两性关系的爱。今天根本就只有性爱：在同性人中人们互相不能忍受，在异性相交中人们怀着一种不断增长的对过高估计这种强制的愤恨相爱。但是，六翅天使的爱摆脱了这两种情况。它是摆脱了社会和性厌恶逆流的爱。人们确实可以称它，称这种可以到处感到与今日生活的严酷有关联的爱是一个不给兄弟之爱留下位置的时代的姐妹之爱——他自思自忖，既恼怒又吃惊。

但是尽管他最后这样想着，他却在这之外交替着梦见了一个不可企及的女人。她在他脑际浮现犹如山区深秋里的日子，那里的空气有某种流尽血和濒死的气息，但颜色却在极其热情地燃烧。他看见蓝色的远处景色，那些颜色浓淡程度不同的不尽的神秘景色。他完全忘记了真实地在他前面行走着的那个女人，远离一切渴慕，也许接近了爱。

另一个女人的持续不断的目光使他分散了注意力，这目光像第一个女人的目光，但不像它那样放肆和肥美，而是像一条粉彩色线条那样带有上流社会和鲜美的特色，而且刹那间就已经让人铭记在心：他抬起头来，在一种内心完全精疲力竭的状态下看见一个非常美丽的女人，他认出这个女人就是博娜黛婀。

风和日丽的天气吸引她来到大街上。乌尔里希看看表：他散了一刻钟的步，自他离开莱恩斯多夫宫以来，时光过了还不到四十五分钟。博娜黛婀说："我今天没有空。"乌尔里希想："对于一生来说一整天、一年，甚至一个决心才有多久啊！"这是无法衡量的。

二三

博娜黛婀或故态复萌

就这样，此后不久乌尔里希就接待了他这位被离弃的女友的来访。在街上的相遇既不够用来满足他责备她滥用他的名字去博取狄奥蒂玛的友谊的愿望，也没给博娜黛婀留下足够的时间，去责备他长期沉默不语。她不仅没时间为自己辩护，驳斥行为冒失的指责并称狄奥蒂玛是一条“不高尚的蛇”，而且也没时间想出一个证据来证明这一点。所以她和她这位已进入宁静状态的男友匆忙达成协议，一致同意他们还得再好好谈一次。

她来了，这既不再是每逢眯缝着眼睛照镜子并决心要跟狄奥蒂玛一样纯洁和高贵时总是用双手缠绕自己的头发直至使她的脑袋看上去有几分像希腊人的那个博娜黛婀，她也不再是那个在梦幻般的夜晚因为这样的戒习治疗法而无耻地并怀着女性的精明诅咒她的榜样的那个博娜黛婀，而又是那个可爱的老博娜黛婀，那个按时尚要求让小发鬈披在不很聪明的额头上或从额头上升起的博娜黛婀，而且在这个博娜黛婀的眼睛里经常有某种看上去像在一团火的上面升起的空气那样的东西。乌尔里希就要质问她，因为她向他表妹泄露了她跟他的关系，这时她却不慌不忙对着一面镜子摘下帽子；而当他想查明她说了多少时，她便满意而详尽地描述说，她给狄奥蒂玛瞎编了一套谎话，说什么她收到了他的一封信，他在信中请求她设法别让莫斯布鲁格尔被人遗忘了，说是她没有别的办法，只好来求教于夫人，因为写信的人常常对她谈起夫人的崇高思想。说罢，她坐在乌尔里希的靠背椅的扶手上，吻他的额头并态度谦和地保证说，这一切也都是对的嘛，除了信以外。

从她的胸脯散发出热乎乎的气息。“为什么后来你称我表妹是一条蛇？你自己才是蛇！”乌尔里希说。

博娜黛婀若有所思地把目光从他身上移到墙上。“啊，我不知道，”她回答，“她对我真好。她真关心我！”

“这是什么意思？”乌尔里希问，“你现在分担她为善、真和美所作的努力吗？”

博娜黛婀回答：“她告诉我，没有一个女人能够竭尽自己的全力为自己的爱情而活着，她不能，我同样也不能。所以每一个女人都必须在命运给她安排的位置上恪尽自己的职责。她真是规矩、正派极了，”博娜黛婀现出更深沉的神态继续说，“她劝我宽厚地对待我的丈夫，她断言，一个头脑冷静的女人会在抑制自己的婚姻生活中找到一种莫大的幸福；这使她显得比任何通奸都高贵得多：其实我自己也一直是这样想的嘛！”

这话确实一点也不假；因为博娜黛婀从未有过别样的想法，只不过就是她总是采取别样的行动，所以她能够心安理得地表示同意。当乌尔里希这样回敬她时，这给他再次招来了一个吻；这一回已经在额头偏下一点。“就是你搅乱了我的多配性的平衡！”她说，同时轻轻叹了一口气，为在她的思维和行动之间产生的矛盾作辩解。

提出许多插问后，事情弄清楚了，原来她是想说“多腺平衡”，一句当时只有专业人员才懂的生理学用语，人们不妨把它译为精力平衡，前提是，这是某些影响血液的腺，它们的传动和延滞影响性格和气质，尤其是博娜黛婀在某些情况下苦不堪言地大量拥有的那种气质。

乌尔里希好奇地皱了皱眉头。

“所以是某种腺细胞的事情，”博娜黛婀说，“既然知道这是没有办法的事，所以心里也就踏实了！”她对她的这位负心的男友忧郁地笑了笑，“如果人们迅速失去平衡，就容易产生失败的性经历！”

“可是博娜黛婀，”乌尔里希惊奇地问，“你怎么这样讲话？”

“我这是学来的。你是一个失败的性经历，这是你表妹说的。但是她也说，如果人们告诫自己，我们所做的任何事情都不只是我们个人的事，那么人们就能摆脱使人震惊的身体上的和精神上的后果。谈到我时她声称，我个人的错误是，我不是从整体上看待爱情生活，而是在爱情方面太过于依恋一个个别部分。你明白吗，她说的个别部分是指也被称作‘粗糙经验’的东西：了解她所阐明的这类观点，这往往是很有趣的。但是她身上有一点我不喜欢：因为虽然她说，一个坚强的女人在一夫一妻制中探求自己的终身事业并且应该像一个艺术家那样热爱它，可是到头来她却储备着三个、算上你也许就是四个男人，而我现在却一个也没有！”

她边说这话边打量她这位开小差的预备队员，那目光既热情又带着疑虑。但是乌尔里希不愿意去理会它。

“你们谈论我？”他预感不祥地问。

“啊呀，只是偶尔谈及，”博娜黛婀回答，“只是在你表妹找一个例子或者你的朋友，那位将军在场的时候。”

“大概还有阿恩海姆也在场的时候吧？！”

“他仪态威严地仔细倾听贵妇们的谈话，”博娜黛婀嘲笑他，不无不招眼的模仿才能，但随即便正色补充说，“他对待你表妹的态度我根本就不喜欢。他通常都出外旅行；如果他在场，他就对所有的人讲太多的话，而如果她举封·施泰恩夫人的例子和那个——”

“封·施泰因夫人？”乌尔里希用询问的口吻改正。

“当然啰，我是说施泰因夫人；狄奥蒂玛确实相当频繁地谈论这个女人。当她谈到那些关系，封·施泰因夫人与另一个女人之间的关系，与符尔——咳，她叫什么呀：她有这么一个不三不四的名字？”

“符尔皮乌斯。”

“当然啰。你懂吗，我在那儿听到这么多的外来词语，结果是我连最简单的都不知道啦。如果她将封·施泰因夫人和这个女人加以比较，那么，那个阿恩海姆便一个劲儿看着我，仿佛在他的意中人旁边我倒显得颇适合充当如你方才所说的那个角色似的！”

可是这时乌尔里希却坚决要求对这些变化作出解释。

结果表明，博娜黛婀自从占用了乌尔里希的知心朋友这个称号以来，在获取狄奥蒂玛的信任方面也已取得了大的进展。

乌尔里希在气头上轻率喊出的一声慕男狂已经在他表妹心中激起一种无限的效应。她把她作为一个以不怎么确切的方式为人类的福利工作的女士请来参加她的社交聚会，从而她也就得以暗中观察过这位新来的女人几次；这位闯入者长着一双像吸墨水纸一样的眼睛，吸收着她的房屋的景象，不仅让她感到阴森森的，而且也在她心头既激起女人的好奇和厌恶。说真的，如果狄奥蒂玛说出“淫荡”这个词儿来，她就有类似于想象她这位新相识的所作所为时的那种隐约朦胧的感觉；她心神不宁地一次又一次地期待着一种不成体统的举止和丧失体面的行为。但是博娜黛婀却以自己那爱虚荣的态度——这种态度与不成器的孩子们在一个唤醒他们的道德竞争心的环境中的特别有教养的表现相称——缓解了这种不信任。她甚至因此而忘记了她是嫉妒狄奥蒂玛的，而狄奥蒂玛则惊讶地发现，她这位令人不安的被保护人和她本人一样对高尚的东西有好感。因为这时“失足的姐妹”——这是她现在的称呼——已经成为被保护人；不久狄奥蒂玛便对她表现出一种特殊的同情，因为她由于自己的处境而感到自己有理由认为这个有失尊严的慕男狂秘密是一种女人的达摩克利斯之剑①，她说这把用一根马鬃吊着的剑甚至会悬挂在一个吉诺维瓦②的头顶上的。“我知道，我的孩子，”她开导大约与她同龄的博娜黛娴，“最最可悲的莫过于去拥抱一个人，而在内心却又并不相信这个人！”并鼓足勇气亲吻那张不贞洁的嘴，那勇气简直足以使她把自己的嘴唇紧贴在一头狮子的带刺的胡子中间。

但是狄奥蒂玛当时所处的位置，是在阿恩海姆与图齐之间：用形象的话来说，这里一种水平位置，这一个重视它，另一个则轻视它。连乌尔里希在回来时还曾看见他表妹头上包着绷带敷着热手巾；但是这些女人的烦恼——她怀着隐约的预感把它们的功能理解为她的身体对从心灵那儿得到的充满矛盾的指南所提出的抗议——使狄奥蒂玛想起了那种高尚的决心，这是只要她不愿意像每一个别的女人那样她就会特意下定的那种决心。应该从心灵方面还是从身体方面入手去完成这项任务，是不是用对阿恩海姆或对图齐的态度上的一种变化来对此作出回答更好，这一开始当然是成问题的。但是，这在世人的帮助下作出了决定，因为就在心灵及其爱情之谜像一条人们想光着手将其抓住的鱼儿那样从她身上滑脱的时候，这位痛苦求索着的女人惊诧地在时代精神的书籍中找到了大量的忠告，当时她第一次下定决心，要在由她丈夫显示出来的身体的另一端抓住自己的命运。她不曾知道，我们的时代——性爱激情概念大概已经摆脱它，因为这与其说是一个宗教的还不如说是一个性的概念——不屑于还去研究爱情，认为这幼稚可笑，却把精力花费在研究婚姻上，我们的时代变尽法儿不厌其烦地研究婚姻的自然进程。当时就已经出现许多那样的书籍，它们用一个体操教师的纯洁意识谈论“性生活变革”，并且想协助大家结了婚却仍过得潇洒。在这些书里男人和女人只还叫作“男性的和女性的胚胎携带者”或者也叫作“性伙伴”，而在他们之间应由各种精神—身体方面的调剂加以驱除的厌倦情绪则被人们取名“性问题”。当狄奥蒂玛深入研读这些读物时，她先是皱起了眉头，但是后来这眉

① The Sword of Damocles，源出古希腊民间传说，叙拉古国王狄奥尼索斯一世命达摩克利斯坐在一根马鬃悬挂的剑下，以示位高多危。现比喻幸福中隐伏着的危险、临头的危险。

② Genoveva，德国民间传说中的人物，被控犯了通奸罪，与她的儿子一道生活在荒山野岭，直至获得昭雪。

头便舒展开了；因为这是对这种虚荣心的一次撞击：一个正在形成中的世代精神的大运动迄今一直没有为他所察觉。这个着了迷的人终于一拍脑门惊诧地发现：她很会赠送给世界一个目标（即使还一直没决定，哪个目标），但还从未想到人们也可以用精神上的优势来处置婚姻的耗人心智的烦恼。这个可能性与她的爱好很相称，并且使她突然看到了把与她丈夫的关系，把这种她迄今只认为是一种痛苦的关系看作一门科学和艺术的前景。

“好事就在近旁，为何舍近求远呢？”博娜黛娴说，并用她特有的对陈词滥调和引文的偏爱加以重申。因为后来出现了这样的情况：乐意保护人们的狄奥蒂玛不久便把她当作在这些问题上的一个女弟子看待。这是按照边教边学这个教育原则来做的，这一方面不断地协助狄奥蒂玛从她新博览的群书的暂时还相当杂乱的、她自己都不清楚的印象中查找出某种她坚信不疑的东西——在“直觉”的这个幸运的秘密的指引下：讲起话来信口开河，就会说到点子上；但是，另一方面，博娜黛娴也得到了一个好处，这好处使她能够起到那种反作用，没有这种反作用弟子即便对于最优秀的教师来说也依然是无益的：自从图齐司长夫人着手凭借书籍来修正她的婚姻的走向以来，博娜黛娴的丰富的实践知识，即使小心翼翼、藏而不露，对于理论家狄奥蒂玛来说也是一个被惴惴不安地观察的经验源泉。“瞧，我肯定比她不聪明得多，”博娜黛娴解释说，“但是在她的书中常常有一些连我也毫无所知的事情，这使她有时感到十分气馁，她惋惜地说：‘这不是凭夫妻生活的实际情况可以决定得了的，而是需要一种重要的、受过活材料训练的性经验和性实践！’”

“可是，天哪，”乌尔里希呼叫起来，一想到他的贞洁的表妹已经误入“性科学”歧途他就忍俊不禁，“她究竟要干什么？”

博娜黛娴集中精神回忆时代的科学趣味与一种下意识的表达方式的成功结合。“这涉及她的性欲的最佳培养与管理，”然后她本着她的女教师的精神回答，“她确信这条道路必须经过最严格的自我教育通向一种轻松愉快、和谐美满的性爱。”

“你们在郑重其事地进行自我教育？而且还是最严格地？！你真会讲话！”乌尔里希再次呼叫起来，“可是劳你大驾，给我解释一下，狄奥蒂玛干吗进行自我教育？”

“她当然首先教育她的丈夫！”博娜黛婀纠正他。

“可怜的人儿！”乌尔里希情不自禁地想并请求，“那么我倒是想知道，她是怎么做的。你别一下子拘谨起来！”

听到这些问题时，博娜黛婀确实像一个优秀学生在考试中那样因虚荣心而感到拘谨。“她的性环境受到了毒害，”她谨慎地进行解释，“如果要她拯救这个环境，那么只有这样办还行：图齐和她极其认真地审查他们自己的行为。在这方面没有一般规则。人们必须努力观察对方的生活反应。为了能够正确观察，人们必须对性生活有某种了解。人们必须有拿实际获得的经验与理论研究的沉积比较的能力，狄奥蒂玛如是说。今天有一种新的、已经变化了的女人对性问题的态度：她不仅要求男人有行动，而是她要求出于对女性的正确认识而采取行动！”为了分散乌尔里希的注意力，或者由于她自己感到开心，她乐呵呵地补充说，“你想象一下吧，这将会对她丈夫产生什么影响，她丈夫对这些新鲜事一窍不通，当狄奥蒂玛，譬如说吧，在半散开的头发中寻找别针并将衣裙夹在大腿间、突然讲起这些事情来时才在卧室里一边脱衣服一边听说其中的大多数情况。我曾在我丈夫身上核对过这种情况，听了那些话他差点没背过气去：有一点是可以承认的，既然已经是‘持久婚姻’，那么它至少有这个优点：她可以从生活伴侣身上掏出全部性爱内容；这就是为什么狄奥蒂玛在有点儿不文雅的图齐身上下功夫的原因。”

“你们男人的一个艰难时代已经开始！”她打趣乌尔里希说。

博娜黛婀笑了，他顿时发现，她为可以间或逃脱她的爱情学校的令人憋闷的严肃气氛而感到多么高兴。

但是，乌尔里希的探索欲望还没有减退；他感觉出来，他这位变了样的女友只字不提某件她从根本上来说很愿意谈的事。他提出这样的亲密异议：据说这两位受牵累的丈夫的错误迄今更确切地说应该在于一种太大的“性爱含量”之中。

“是呀，你也一直只想着这一点！”博娜黛婀劝导他，同时投出一束目光，它的长长的尖端头上有一个小钩，人们完全可以把这解释为对她的已获得的无辜感到惋惜，“你也在滥用女人的生理上的迟钝！”

“我滥用什么？你找到了一句极妙的话来描述我们的恋爱历史！”

博娜黛婀轻轻地给了他一记耳光，用神经质的手指头对着镜子理了理自己的头发。从镜子里望着他，她说："这是从一本书里看来的！"

"当然啰。一本很有名的书。"

"但是狄奥蒂玛否认这个。她在另外一本书里找到了什么；这就是：'男人的生理上的自卑感'。这本书是一个女人写的。你以为这确实起着一个这么大的作用吗？"

"我感到莫名其妙，我没法回答！"

"那么你当心！狄奥蒂玛以一个发现为出发点，她称这个发现是'女人的稳定的性欲意愿'。你能想象这是什么吗？"

"在狄奥蒂玛身上想象不出！"

"别这么不高雅！"他的女友责备他，"这个理论很微妙，我得努力这样来给你解释它，以便使你从我和你单独在你的寓所这一情况中不致得出错误的结论。这个理论是以一个女人即便在不愿意的时候也能够被人爱为依据的。你现在懂了吗？"

"懂了。"

"可惜这也是无法否认的。相反，据说男人即使愿意爱，他也往往不能被人爱。狄奥蒂玛说，这是在科学上得到证明了的。你相信吗？"

"据说有这种情况。"

"我不知道吗？"博娜黛婀表示怀疑，"但是狄奥蒂玛说，如果人们用科学的眼光来观察这种情况，那么这便是不言而喻的。因为与女人的稳定的性欲意愿相反，男人，简短说，男人的最男性部分，是很容易被吓倒的。"当她现在从镜前掉过脸来时，她的脸呈古铜色。

"图齐的这种情况使我感到惊奇。"乌尔里希转移话题说。

"我也不认为情况从前就是这样的，"博娜黛婀说，"这是对这理论的一种事后确认，因为她天天拿这理论来规劝他。她称这是'失败'理论。由于男性胚胎携带者如此容易遭到失败，所以他只是在他不必害怕跟通常一样的女人的精神优越性的时候才感到在性方面有自信；所有男人几乎从来没有勇气去和一个按常情有同等价值的女人进行较量。至少他们会立刻试图压倒她。狄奥蒂玛说，所有男人的爱情行为的主导动机，尤其是男人的傲慢的主导动机，是恐惧。著名的男人显示出这种恐惧；她这是指阿恩海姆。名气较小一些的将它隐藏在粗暴的身体上的非分要求的后面，并滥用女人的精神生活：我这是指你！她指图齐。这种确切的‘立即，要么永不’——你们常常用这来制伏我们——只是一种——”她想说“敷布”，“补偿，”乌尔里希帮她一把说。

“对。你们以此摆脱你们的身体上的低能的印象！”

“那么你们决定干些什么呢？”乌尔里希谦恭地问。

“人们必须力求对男人和蔼！所以今天我也就到你这儿来了。我们要看一看，你会对此采取什么态度？！”

“可是狄奥蒂玛呢？”

“嗳呀，狄奥蒂玛与你有什么相干！阿恩海姆惊奇得目瞪口呆，因为她告诉他，智能极高的男人可惜似乎只有在劣等的女人那儿才得到充分的满足，而他在精神上同等地位的女人那儿则眼看就不灵了，这是已经由封·施泰因夫人和符尔皮乌斯在科学上证明了的。（你看，现在我说这个名字不再犯难了吧。但是她曾是这位上年纪的威严崇高人物的著名的性伴伙，这一点我当然一直是知道的！）”

乌尔里希试图再次把谈话引到图齐身上，以便把话题从自己身上移开。博娜黛婀笑了起来；她对这位作为男人相当中她的意的外交家处境悲惨并非不理解，并对他只得忍受心灵遭严厉管束之苦感到幸灾乐祸并且觉得自己是同谋。她说，狄奥蒂玛在怎样对待她丈夫这个问题上从她必须把他从对她的恐惧中解放出来这个前提出发，还说她因此也就已经有些迁就了他的“性残忍”。说是她现在承认她已经认识到她毕生的错误就是：对于她的男性配偶的天真的优越感来说，她的意义太重大了。她承认自己已经着手去缓解这种情况，办法就是，她把她的精神上的优越性隐藏在有适应能力的卖弄风情的后面。

乌尔里希饶有兴趣地插问，她这话是什么意思。

博娜黛婀神情严肃地盯住他的脸。“譬如她对他说：‘迄今为止，我们的生活因我们竞相争夺个人地位而给糟蹋了。’然后她向他承认，男人求名欲望的毒害作用也控制着整个公共生活——”

“可是这既不是卖弄，也不是风情嘛？！”乌尔里希表示反对。

“这是的！因为你必须考虑到，如果一个男人确实有激情，那么他对一个女人的态度就像一个刽子手对他的牺牲品。这属于求名欲望，人们现在就是这样说的。另一方面，你不会否认，性欲对女人也是重要的吧？！”

“当然不否认！”

“好。但是性关系的和谐美满要以互相平等相待为前提。如果人们想从情侣那儿获得一次充满幸福的拥抱，那么人们就必须承认这伴侣是平等的一员，不仅仅是一种对自身的无意志的补充，”她继续说，不由得也用起她那位女师傅的表达方式来，就像一个人眼看着自己在一个光滑的平面上在他自己的动作的带动下不由自主、忐忑不安地滑行那样，“因为如果已经没有别的有人性的关系能经受得住一种不断的挤压和被挤压，那么性关系经受它的能力就不知要小多少呢！”

“嗳呀！”乌尔里希不以为然。

博娜黛婀按住他的胳臂，她的眼睛像一颗坠落的星星那样闪亮。“别吱声！”她失声喊道。“你们大家都对女人心理缺乏了解，缺乏亲身体验！如果你要我继续给你讲你表妹的事——”但是这时她也精疲力竭，现在她的眼睛像一头有人拿着肉从其笼子旁边走过的母老虎的眼睛那样闪亮，“不，这些话我自己也听不下去了！”她大声说。

“她果真这样讲话？”乌尔里希问，“她果真说了这样的话？”

“可是每天我听到的尽是性实践、成功的拥抱、爱情的关键、腺、分泌物、受压抑的意愿、情爱训练和性欲调节！很可能每个人都有自己理应有的性欲，至少你的表妹是这样断言的，可是难道就非得让我得到这样强烈的性欲不可吗？！”

她紧紧盯住她的这位朋友的眼睛。“我以为，你大可不必如此。”乌尔里希慢条斯理地说。

“人们也许最后也会说，我的强大的经历能力体现了一种生理学上的超值？”博娜黛婀爽朗而暧昧地哈哈一笑问道。

对此没有作出回答。当过了较长一段时间之后一种抗拒心理在乌尔里希心头萌生时，窗户缝隙里闪亮起白日的生动亮光；如果人们向那儿望去，这间遮光的房间就像皱缩得无法辨认的情感的墓室。博娜黛婀闭着眼睛躺在那儿，不再显出什么生命征象。她现在对自己的身体的感觉与一个孩子被棍棒制伏了执拗时的那种感觉不无相似之处。她那完全饱和并筋疲力尽的身体上的每一个汗毛孔都渴望一种道德宽恕的爱怜之情。谁会给予这种宽恕？肯定不会是这个男人——她正躺在此人的床上，她曾恳求他杀死她，因为重复和增长都制伏不了她的情欲。她闭住眼睛，为了可以不必看见他。她只是试验性地在想：“我躺在他的床上！”还有：“我永远不再让他把我轰下床去！”这都是不久前她在内心叫喊过的；现在这只是表达了一种处境，一种不是没有难堪的过程便能摆脱得掉的境地，而她则还正面临着这样的过程。博娜黛婀懒散而缓慢地连接上被扯断的思绪。

她想到了狄奥蒂玛。她渐渐想起言语，完整的和一鳞半爪的句子，但大多只是像荷尔蒙、腺、染色体、受精卵或分泌这类令人费解的和难以回忆得起来的词语在整个谈话过程中从她耳旁掠过时的那种对她的生活志满意得的感觉。因为她的这位女师傅的贞洁是没有限度的，一旦这些限度让学术性的阐述给抹煞了的话。狄奥蒂玛有能力在她的听众面前说：“性生活不是一门可以学得会的手艺，对于我们来说，它始终应该是一门最崇高的艺术，一门我们能够在生活中学会的艺术！”但是，她也能够在说这话时不觉得有任何不科学的特性，犹如怀着热情谈到一个“应该顾及的”或者一个“艰难的”观点那样。如今她的这位女弟子正在仔细回忆这样的言辞。批判性阐述拥抱，身体上的局势明朗化，敏感的区域，通往女人最高愉悦之路，有良好纪律的、对他们的女性伴侣殷勤周到的男人……在大约一个小时以前，博娜黛婀曾觉得自己受到了这些学术性的、有才智的和极其高雅的、平素为自己所推崇的词语的极大欺骗。她不胜惊讶地这才有意识地注意到：当从这些词语的不受监视的情感方面窜出火焰来时，这些词语不仅对科学，而且也对情感具有某种意义。这时她曾憎恨过狄奥蒂玛。“如此谈论这类事情，以致人们必然会丧失对此的全部兴致！”她曾这样想过；怀着极大的报复心理，她一心一意只觉得，自己有四个男人的狄奥蒂玛对她极为忌妒并且正在以这样的方式迷惑她。是的，博娜黛婀确实曾认为这种启蒙——凭借着它的帮助性科学消除种种神秘的性过程——是狄奥蒂玛的一种诡计。这一点她现在无法理解，她同样也无法理解对乌尔里希的这种强烈渴求的情感。她试图形象地想象她的全部思想和感情陷于狂躁的各个时刻：一个停止流血的人回想自己在焦躁的诱使下撕掉保护绷带时，可能会觉得自己同样地不可思议！博娜黛婀想到了莱恩斯多夫伯爵，他曾把婚姻称为一种崇高的职责并把狄奥蒂玛论述婚姻的书与一种公事程序的合理化进行比较；她想到了阿恩海姆，他是个亿万富翁，曾经把婚姻忠实从身体的观念中的复苏称为一种真正的时代的必要性；她也想到了众多其他著名的男人，她在这段时间里结识了这些人，却一点儿也记不得他们腿长还是腿短、肥胖还是瘦削：因为她只看见他们身上那闪光的知名人士的概念，它得到某种肥大身躯的补充，就犹如人们用一种厚稠的、布满草叶脉络的馅儿填充一只烤乳鸽的嫩壁。在这样回忆时，博娜黛婀发誓将永远不再充当这种突然出现、席卷一切的风暴的猎获品；她发出这样的誓言时思维是如此之清晰，以至于她只要严格遵守自己的决心，就已经会在想象中以及在没有明确的身体特征的情况中看到自己成为一切男人中最高贵者的情妇，她要在她这位高贵的女友的崇拜者中物色这样一个男人。但是由于眼下无法否认她还身穿很少的衣服躺在乌尔里希的床上不愿意睁开眼睛，所以这种丰富的、自愿悔悟的情感没有继续向令人安慰的方向演变，反倒渐渐变成一种缭乱心绪和悲愤不平的懊恼。

促使博娜黛婀的生活被分成这样的对立面的那种激情，它不来源于内心深处的肉欲，而是来源于虚荣心。了解他这位女友根底的乌尔里希思虑着这一情况，他沉默不语，以免激起她的责怪。与此同时，他打量她那张脸，这张脸对他掩藏了自己的目光。她的全部欲望的原始形态在他看来都是一种追求荣誉的欲望，它已经误入歧途，简直可以说是从字面意义上来说误入了神经歧途。为什么一种社会的创纪录的虚荣心可以因喝了最大量的啤酒或把最大的宝石挂在自己脖子上而获得成功，就不可以确实也有那么一回像在博娜黛婀身上这样表现为慕男狂呢?！在事情已经发生之后，她已经怀着惋惜的心情收回了这种表现形式，这一点他看到了，而且他也相当正确地理解到，恰恰是狄奥蒂玛的迂腐和不自然势必会让已经让鬼迷了心窍的她感到像在天堂里那般地美妙。他观察她的眼球，它们平静而沉甸甸地安卧在眼袋里；他看见面前那个带褐色的鼻子，它果断地向上耸起，他还看见那红色的、削尖的鼻孔；他略感困惑地看到这个胴体的各种线条：笔挺的紧身胸衣上那浑圆大胸脯的线条；空脊背从臀部向上伸张的线条；平缓的指甲圆头上那尖而硬的小指甲板的线条。就在他最后怀着厌恶的心情长时间地观看从位于他眼前的他的情妇的鼻孔里长出的几根小毛的时候，他也不由得回想起，这同一个人不久前曾对他的情欲起过多么大的诱惑作用。博娜黛婀来进行这场“谈话”时脸上露出的那种既生动且暧昧的笑容，她拒绝一切指责或讲述阿恩海姆的一件趣闻时的那种自然的方式，甚至还有这一回那几乎颇有才智的精确观察：她确实有了向好的方面的变化，她似乎已经变得更没有依赖性了，向高处和向低处运行的力量在她身上保持着一种更自由的平衡，而这种道德重力的缺乏则曾使最近深受他自己的严肃态度之苦的乌尔里希精神为之一爽；现在他自己还能感觉到，他曾何等饶有兴味地听她讲话、观察她脸上那种如太阳和波浪般闪亮和晃动的表情。就在他观看博娜黛婀的这张如今已变得愁眉不展的脸面的当儿，他突然想起，其实只有态度严肃的人才可能是恶人。“乐呵呵的人，”他心中暗想，“简直可以被称为不会行恶的人。就像阴险狡猾的人总是唱男低音！”不知怎么地这以一种并不完全令人舒畅的方式也对他自己意味着，深沉和昏暗是连在一起的；因为毫无疑问，每一种罪责都会被减轻，如果它是由一个乐呵呵的人“漫不经心地”犯下的话，但是另外一方面也可能是，这只在爱情中有效，因为性情忧郁严肃的引诱者在爱情中比轻浮的引诱者显得更具有破坏性和不可原谅性，即使他们只是做着同样的事情。他就这样反复思考着，他不仅对这个开始时显得轻松愉快的爱情时刻以忧郁告终感到失望，而且也出乎意料地情绪活跃了起来。

因此，他就莫名其妙地忘记了眼前的博娜黛婀，他用胳臂支撑着脑袋，目光穿过墙壁盯视着远处的物件，已经若有所思地把背转向了她。这时，她觉得自己受到他那彻底的沉默的促动，便睁开了眼睛。而此刻他却莫名其妙地想到，有一回他在旅途中没到达目的地便中途下了车，因为这一天天气晴朗，周围显现出神秘而诱人的情调，诱使他离开火车站散散步，天色黑下来时他发现自己已经没带行李走到一个离车站几小时路程远的地方。而且他自以为记得，他一直都有难以估摸地长时间待在外面、从不走同一条路返回的特点；这时，一种相当遥远的旧日的回忆，在一个他平素从未到达过的童年阶段上的回忆，突然揭示了他的生活。他以为在一个极其短促的时间的缝隙里又感觉到了那种神秘的渴望，一个孩子会被这种渴望引到一个他所看见的物件上，会去触摸它或者甚至把它塞进嘴里，从而使这魔力像陷入一条死胡同那样告终；他同样感到情况很可能是这样：成年人的渴望也不是什么会将他们驱向每一个远方随后又使之变为近处的更好的和更坏的东西，一如它控制住他本人并通过一种确凿的、只是戴上好奇的假面具的空洞表明自己是一种强制；这个基本形象终于第三次在这个不耐烦的和令人失望的事件中起了变化，而这个事件则正是与博娜黛婀重逢的结局，尽管这个结果是他们俩所不愿意看到的。现在他觉得这样并排躺在一张床上简直幼稚可笑已极。“可是它的对立面，这不动的、平静的、像一个孟秋日子那样无形体的遥感爱情又意味着什么呢？”他问自己。“很可能也只是一种变了样的儿童游戏，”他满腹狐疑地想，并回忆起彩色印刷的动物，他在儿时爱这些动物甚于今日之爱他的女友。但是这时，博娜黛婀恰好已经看够了他的后背，足以从中估计出自己的不幸，她就与他搭讪说：“这是你的过错！”

乌尔里希微微一笑向她转过身来，并不假思索地回答：“过几天我妹妹要来并住在我这儿：这件事我已经告诉过你了吧？到时候我们恐怕不能再见面了。”

“多久？”博娜黛婀问。

“永久。”乌尔里希回答，又笑了笑。

“嗯？”博娜黛婀说，“这有什么碍事的呢？莫非你要我相信，你妹妹不允许你有一个情妇！”

“这恰恰正是我要你相信的。”乌尔里希说。

博娜黛婀莞尔一笑：“今天我毫无恶意地来你这儿，而你却连话都不让我讲完！”她责备他。

“我生性就像一台机器，不停地使生命贬值！我想换个活法！”乌尔里希回答。她没法理解这种话，然而现在她却执拗地回忆起，她爱乌尔里希。她蓦然不再是她的神经的动荡的幻影，而是找到了一种令人信服的朴实并质朴地说：“你已经与她有暧昧关系了！”

乌尔里希制止她这样说话，现出甚于自己意愿的严肃神态。“我已经下定决心，长时期内只像爱我妹妹那样去爱任何一个女人。”他解释说，说罢便沉默不语。

这种沉默因其持续时间之长而给博娜黛婀留下了决心大的印象，它比也许因其内涵而产生的印象更加强烈。

“你这简直是性欲反常嘛！”她突然用一种警告性的预言口吻叫喊，并一骨碌跳下床，就要迅速奔回狄奥蒂玛的爱情智慧学校，这座学校的门向这位怀着悔意、精神焕发的女人懵然无知地敞开着。

二四

阿加特真的来了

这一天的晚上来了一封电报，第二天下午阿加特到达。

乌尔里希的妹妹随身只带了不多几只箱子，一如她想象的那样，把一切都甩在后面；箱子的数目无论如何并不完全符合这个决心：把你拥有的一切破烂扔到火里。当乌尔里希听说这个决心时，他嘲笑道：甚至还从火中抢救出两只帽盒。

阿加特的额头显出惹人爱的受伤害和对之作徒劳思考的神情。

当乌尔里希指摘一种伟大而有魅力的情感的这种不完美流露时，他的指摘是否对，这依然是不明确的，因为阿加特隐瞒了这个问题；因她的到来而不由自主地被激起的兴奋和杂乱在她耳畔和眼前回荡，犹如有人就着一支铜管乐曲在翩翩起舞：她性情很愉快，略感一丝失望，虽然她没有任何确切的期望，而且在旅途中甚至有意放弃了所有的期望。她只是在回忆起她彻夜未眠的那个已过去的夜晚时突然感到疲惫不堪。过一会儿，乌尔里希不得不向她承认，说是当他获悉她抵达时，他已经无法更改一个定在今天下午举行的约会，这正合她的心意；他答应一小时后回来，以一种逗人发笑的殷勤周到安顿他妹妹在他工作间里的一张沙发榻上躺下。

当阿加特醒来时，这一个小时早就已经过去，可是没有乌尔里希的人影。房间笼罩在深沉的暮色之中，令她感到如此陌生，她大吃一惊地想到，她可能正置身在为她所期待的新生活之中。她能够感觉得到，房间的四壁像从前她父亲房间的墙壁那样被书籍所覆盖，桌上摊满了文件。她好奇地打开一扇门，走进毗连的房间：她顿时看到衣柜、靴箱、拳击球、哑铃、一架瑞典梯子。她继续向前走去，又看到了书。她看到洗澡间里的各种生发水和香水、香精、刷子和梳子，来到她兄长的床跟前，观看门厅里行猎方面的装饰品。她的足迹所到之处灯光亮起随后又熄灭，但是碰巧乌尔里希对此毫无察觉，虽然他已经在屋里；他改变主意，推迟了叫醒她的时间，以便让她多休息一会儿，于是，当他从很少使用的、位于地面以下的厨房向上面的楼梯间走去时，便在那里与她碰在一起。他刚才是在厨房里为她找点清凉饮料，因为由于疏忽大意这一天家里连端茶送水的仆役也没有。当他们并排站在一起时，阿加特这才感觉到迄今一直无序地感受到的印象正在综合；这件事伴有一种不舒服的感觉，它让她感到气馁，仿佛最好立刻就溜之大吉。是这所房屋里的某种冷漠地、怀着漠不关心的心情积聚起来的东西，是这种东西让她感到吃惊。

觉察到了这一点的乌尔里希对此表示歉意并作出戏谑的解释。他讲述他是如何物色到这个寓所的，并详尽讲解这幢寓所的典故，从他不行猎就拥有的鹿角讲起，一直讲到拳击球，他顺手一拳打得那球在阿加特面前直晃动。阿加特现出令人不安的严肃神态再次仔细观看这一切并且每逢离开一个房间时都扭回过头去审察一番：乌尔里希本想把这场考试看作一件赏心乐事，但是在反复审察下他的寓所便令他感到难堪。情况表明——这在平时让习惯遮蔽住了——他只使用几个最必须的房间，其余的房间就像是这几个房间的陪衬。当他们走完一圈在一起坐下时，阿加特问："既然你不喜欢，为什么你这样做了呢？"

她的兄长让她喝茶吃些家里现有的糕点，并且一定要至少事后殷勤款待她一番，使得这第二次相会在手足情谊方面不致落在第一次相会的后面。来回踱着步，他明确地表示："我一切都布置得草率、不恰当，并且作了这样的安排，使得这一切都与我没有关联。"

"可是这一切都很好看嘛。"现在阿加特在安慰他。

这时，乌尔里希说，不这样很可能结果更糟糕。"我不喜欢精神上按一定模式布置好的寓所，"他说，"在这样的寓所里我会觉得，我也已经把我自己交代给一个室内装饰设计师了！"

阿加特说："我也害怕这样的寓所。"

"尽管如此，这种情况却不能这样一成不变。"乌尔里希更正说。现在他和她一起坐在桌旁，他们如今将总是在一起吃饭，光这一点就包含着一大堆问题。其实他是对这样的认识感到惊讶的：现在许多事情必须完全改变样子；他感到这是要他作出一个完全不寻常的成绩，起初怀有新手的那种热诚。"一个人孤孤单单，"对于他妹妹愿意将就一切的这一片好心，他回答说，“可能有一种偏爱：它进入这个人的其余个性之间并融入它们之中。但是如果两个人共有一种偏爱，那么，与那些并非共同的个性相比，这种偏爱就会获得双倍的重要性并接近一种不自然的自白。”

阿加特不同意这种观点。

“换句话说，有些事我们作为个人已经做了的，如今我们作为兄妹就不可以做；正因为如此，我们就走到一起来了嘛。”

这话称阿加特的心意。然而，人们待在一起只是为了不去做什么事的这种否定的说法并不使她感到满意；过一会儿她又谈到由他的上等供应商提供的他的这些家具，她问：“我还没完全明白这是怎么回事。既然你认为这不对，你究竟为什么要这样布置你的寓所呢？”

乌尔里希注视着她的明快的目光并同时打量她的脸，他突然觉得，她尚还穿在身上的这件有些皱皱巴巴的旅行服上方的她的这张脸像银那样平滑并且如此出奇地现实，以致这张脸离他同样地远和近，或者说，近和远在这个现实中相互抵消，就像天际的月亮突然在邻舍的屋顶后面出现那样。“我为什么这样做吗？”他微笑着回答，“我不再知道了。很可能是，因为人们同样也可以采取别的做法。我不曾觉得有什么责任。如果我向你解释说，我们今天过我们的生活时所抱有的那种责任心可能就已经是通向一个新责任的阶梯，那么这种说法可能是不太有把握的。”

“有哪种方式？”

“啊，有许多种方式。你知道的嘛：单独一个人的生活也许只是一个序列的可能平均值的一个小波动。如此等等。”

阿加特只听其中她能听明白的话。她说：“这时就显出‘相当好看’和‘非常好看’来了。人们不久就不再感到自己过着多么令人可憎的生活。但是有时候这是令人毛骨悚然的，仿佛一个假死的人在停尸间里醒过来似的！”

“你是怎么布置寓所的？”乌尔里希问。

“小市民风格。哈高厄尔风格。‘很好看’，跟你一样不真实！”

这时乌尔里希已经拿起一支铅笔，用它在桌布上勾画出房屋的平面图和一种新的房间分配图。三下两下很快就画好了，致使阿加特家庭主妇般地为保护桌布而拉住他的手时已经为时过晚。在谈到安排住所的原则时，困难才又显露出来。“我们有了一所房子，”乌尔里希表示异议说，“我们必须为我们俩另行安排我们的住所；但是总的说来，今天这个问题已经过时而且多余。‘爱好交游’虚构出一种外观，其背后已经不再有任何东西；社会的和个人的关系对家庭来说不再足够牢固，向外表现经久和恒定不再给人以一种真诚的快乐。从前人们一度这样做过，并通过房间和仆人及客人的数目来显示自己的身份。今天几乎每一个人都认为，一种无定形的生活是符合生活中充满着的形形色色的意愿和可能性的唯一形态；而年轻人则不是喜欢像一座没有家具的剧院那样的赤裸裸的简朴，便是梦想柜式行李箱和雪橇冠军，梦想网球冠军和汽车商队通行道路边上有高尔夫球场和随意收听音乐的房间的豪华饭店。”他就这样讲话，并且谈得相当富有趣味性，仿佛他面前是一个陌生女人似的；其实他越说越浮到表面上来，因为终极和初始在这种聚会中的结合使他感到困惑。

但是他的妹妹让他把话讲完后，问：“那么你是建议，我们应该住饭店喽？”

“完全不是这个意思！”乌尔里希急忙声言，“最多也就是有时旅行旅行而已。”

“我们要在一个岛上用树枝和树叶搭一所小屋或者在山上盖一座小木屋，度过其余的时间？”

“我们当然要在这里安排我们的住所。”乌尔里希现出超出这次谈话相宜程度的严肃神态回答。谈话沉静了一小会儿，他已经站立起来，在房间里来回踱步。阿加特做出抚弄衣服上的贴边的样子，并弯下脑袋使其脱离他们俩的目光迄今汇合在一处的那条线。乌尔里希突然站住并用一种难以出口、却真诚的语声说：“亲爱的阿加特，有一连串问题，它们涉及的领域宽广并且没有中心：这些问题全都叫作‘我该怎样生活？’”

阿加特也已站立起来，但是还一直不看着他。她耸耸肩膀。“人们必须这样试一试！”她说。她面红耳赤；但是当她抬起头来时，她的眼睛却明亮、炯炯有神，只是在面颊上渐渐泛起红晕。“如果我们要待在一起，”她说，“那么你就得首先帮助我打开箱子，把衣服放进橱里和换衣服，因为我哪儿也没看见女佣的人影嘛！”

一股内疚之情这时又流贯她的兄长的胳臂和大腿并使它们如通了电流般地运动起来，在阿加特的指导和协助下去弥补他粗心大意造成的过错。他像一个猎人取出一头动物的内脏那样把柜子搬出去，他离开自己的卧室时庄严宣告，这卧室是阿加特的，他自己可以随便在哪儿找张沙发榻睡觉。他勤快地来回搬动日常用品，它们迄今为止一直像一座观赏花园里的鲜花那样静静地摆放在原来的位置上，期盼着被人选中而改变自己的命运。一套套衣服堆放在椅子上，经心地把一切保养身体用品堆放在一起之后，浴室里的玻璃搁板上便形成了一个男士用品部和一个女士用品部；当一切整理好的东西有些被弄乱时，最后只还有乌尔里希的光亮的皮拖鞋孤零零地摆放在地上并且看上去像一只受了委屈的哈巴狗，因为它被人从它的小筐里扔出来了，一幅安逸的既令人愉快又微乎其微的本性遭毁坏的悲惨景象。可是现在没时间触景伤情，因为这时已经要安置阿加特的箱子了，尽管箱子的数目似乎很少，箱子里精巧折叠起来的衣物却无穷尽，它们一摊开来，便争奇斗妍，像一个魔术师从帽子里扯出来的成百朵玫瑰那样。它们都得一一挂起来和摆放好，摇晃抖动和分层堆放；由于乌尔里希也帮忙，所以意外事件时有发生、欢声笑语不绝于耳。

但是，在忙乎着这一切事务的时候，他实际上什么也不想，他不断地尽是想着这一件事：他孤独了一辈子，而且就在不多几个小时以前他仍还是孤独的。如今阿加特在这儿了。“现在阿加特在这儿了”这句简短的话一次又一次反复出现，使人想起一个得赠一件玩具的男孩的那种惊异，它具有某种阻碍精神的特性，但另一方面却也有一种几乎是不可思议的充沛的当代特性，并且一再把一切的一切又引回到这句简短的话上：“现在阿加特在这儿了。”“她个头高身材苗条吗？”乌尔里希暗自思忖并偷偷打量她。可是她根本不是这样：她比他矮小，肩膀健康而宽阔。“她妩媚动人吗？”他问自己。这也说不上：譬如她的骄傲的鼻子吧，从一侧来看，它有点儿向上弯曲；这只鼻子透着远比妩媚更为健壮的魅力。“她究竟美丽不美丽呢？”乌尔里希以一种有些奇特的方式考虑着。因为他感到提这个问题不容易，虽然撇开一切常规不谈，阿加特对她来说是一个陌生女人。不带着男性的爱恋去看一个近亲女人，这样一种内心的禁令并不存在嘛，这只是风俗或者可以简捷地用道德和卫生来加以申述；他们没有在一起长大的这一情况也阻碍了在乌尔里希和阿加特之间产生在欧洲家庭里流行的那种纯净的同胞之情：尽管如此，传统习俗就已经足以一开始就给他们相互之间的情感，也给这无恶意的、只是想到了的美貌的情感挫掉了锐气，乌尔里希此刻从自己明白无误的困惑上感到缺乏这种锐气。发现什么东西美，很可能首先就意味着发现这东西：不管它是一处风景还是一个情人，它在这里，向着这位备受青睐的发现者望去并且似乎仅仅只等候他一个人；就这样，怀着对她如今属于他并且愿意被他发现的这种喜悦之情，他十分喜欢他的妹妹，但是他却在想："人们是不会真正觉得自己的妹妹漂亮的，他只会感到光荣：别人喜欢她。"但是随后他便在从前是一片寂静的处所接连数分钟听到了她的语声，那么她的声音怎么样？阵阵芳香伴随着她的衣裙的飘动，这股气味如何？飘动着的时而是膝头，时而是细嫩的手指头，时而是一个弄不服帖的发鬈。人们对此能说的唯一的一句话就是：在这儿了。在这儿了，先前这儿什么也没有。在乌尔里希想到他的留下的妹妹的那个最生动的时刻与当前的瞬间中的那个最空洞的瞬间之间在紧迫性上的差别还意味着一种莫大而清晰的愉悦，犹如一块阴凉的地方被温暖的阳光和张开的香草的芬芳所充满！

阿加特也发现她的兄长在观察她，但是她对此不露声色。在这些静止的时刻里——这时她感到他的目光注视着她的一举一动，而这时答辩没怎么停下来，就仿佛，它们像一辆马达已经停止的车滑过一个低洼、不安全的地段——她也在享受与重新联合结合在一起的超现代和平静中的激烈。当行李整理完毕、阿加特独自在浴缸里时，出现了一个险情，它就像狼那样想闯入这一派和平的悦目景色之中，因为她是在另一个房间里脱得只剩下内衣裤的，而如今乌尔里希正抽着香烟在那间房间里看管着她的衣物。泡在水里，她寻思该怎么办。没有女佣，按铃和呼唤大概同样都徒劳，看来没有别的办法，只好披上乌尔里希挂在墙上的浴衣去敲门并让他离开这房间。但是阿加特兴高采烈地怀疑，凭着这种在他们之间虽然还不长久存在、却是刚才已产生的既严肃又亲昵的关系，她是否可以像一个年轻贵妇那样行事并央求乌尔里希退却；于是，她决定不承认模棱两可的女性，就以这种自然的亲近形态——即使穿这么少的衣服她也要向他显示这一形象——出现在他面前。但是当她毅然决然走近他身旁时，两个人却都感觉到心房的一阵出乎意料的颤动。他们俩力求不现出窘态。这种自然的不合逻辑性——它在海滩上几乎许可人们赤身裸体，但在房间里却把汗衫或裤衩边缘的驮货牲口羊肠小道变成走私者越境的罗曼蒂克道路——他们俩在一刹那间都无法摆脱掉。当阿加特背对着前室的灯光看上去就像一尊裹着一层细麻纱的银雕像出现在已开启的房门口时，乌尔里希神色尴尬地笑了笑；她用一种透着太强烈的落落大方的语声要袜子和衣服，可是它们在毗邻的房间里。乌尔里希带领他的妹妹向那儿走去；令他感到窃喜的是，她有点儿太稚气地迈开大步走去，带着一种执拗自己品味着个中的滋味：大凡女人觉得自己没受到裙子的保护，就很容易做出这样的行为来。后来，当阿加特将将穿上连衣裙的时候，出现了某种新的情况，因为乌尔里希被叫来帮她穿衣。就在他在她背后忙乎着的时候，她不带有姐妹般的嫉妒、甚至怀着一种舒适感觉到，他对女人衣服很在行；而她自己则做出生动的、事情的本性所要求的动作扭动着自己的身体。

俯下身挨近着她肩膀的不平静、细嫩、却浓艳的皮肤并专心致志沉浸于这桩让他额头泛起红光的事务，乌尔里希觉得心头甜丝丝泛起一种难以言表的情感，人们本来应该说，他的身体受到攻击，因为紧挨着他面前站着的既是女人又不是女人；但是人们同样也可以说，他虽然毫无疑问地穿着自己的鞋站得稳稳当当，但还是觉得自己正在自愿地被吸引过去，仿佛这时甚至有一个第二位的、更美丽的身体已经赠送给他了似的。

所以又直起身来后，他对他妹妹说的第一句话是："我现在知道你是什么了：你是我的自尊心！"这听起来可能有点奇怪，但是他用这句话确实描述出了他这时的心情。"在某种意义上说来，我一直缺乏一种真正的自尊心，一种别人十分强烈地拥有的自尊心，"他解释说，"我的自尊心显然，由于阴差阳错或命运吧，不是体现在我自己身上，倒是体现在你身上了！"他干脆添上这么一句。

这是这一天晚上他的第一个尝试：用一句评语把他妹妹的到达记录下来。

二五

连体双胞胎

晚上晚些时候他又谈起这件事。

“你必须知道，”他对他妹妹说，“有一种自尊心我不了解，某种对我自己的温柔多情的关系，看来大多数其他人都觉得这种关系是自然的。我不知道这件事我怎样描写才是最好。譬如我可以说，我一直都有与我不相称的情人。她们是突然产生的思想的插图、我的情绪的漫画：其实只是一些表明我没有能力同别人建立自然联系的实例。这就已经与人们对自己采取什么态度有关联。从根本上来说，我一直都是在寻觅我不喜欢的情人——”

“可是你这样做做得对呀！”阿加特打断他，“假如我是一个男人的话，我就会心安理得地以最不可信赖的方式与女人打交道。我也会只是由于精神涣散和惊讶诧异而渴慕女人！”

“噢？你会这样？你真好！”

“女人都是滑稽可笑的寄生虫。她们和狗一道分享男人的生活！”阿加特并非怀着义愤作出这样的断言。她累了，闭上了眼睛，已经早早地上了床；乌尔里希是来向她道别的，他看见她顶替自己睡在床上。

但是这也是三十六个小时以前博娜黛婀曾经睡过的那张床。很可能是由于这个原因乌尔里希才又谈起他的情人来。“可是我说这话只是想说明我在建立一种对我自己的平稳而和缓关系方面的无能，”他微笑着重说，“如果我应该怀着关切的心情经历什么事情，那么这件事就必须作为一种联系的一部分出现，它必须隶属于一个思想。这个经历本身我其实倒是很想有的，我很想记住它；我觉得这方面的现实情感投入是令人不愉快的、很不得体的。每当我试图毫无顾忌地向你描述我，就会出现这样的情形。而最原始、最简单的想法，至少在近几年里，就是：人们是一个曾为世人所举目瞩望的、新型的人物。但是这种状况持续不过第三十个年头的！”他略一沉吟，然后说道，“不！谈论自己实在困难。其实我必须坦率地说，我从未隶属过一个持久的思想。没有这样的思想。人们得像爱一个女人那样爱一个思想。人们回到她身边时会满怀着喜悦。而且人们永远在自身中拥有她！在除自身以外的一切事物中寻找她！这样的思想他从未找到过。我一直处在一种与所谓的伟大思想的男-男关系之中；也许称之为伟大思想也是有道理的：我认为自己并非天生就有从属性，它们曾刺激我去推倒它们并用别的思想去取代它们。噢，也许我恰恰正是让这种嫉妒心引向学术的，人们在共同生活中寻找这种学术的规律并且也不认为这些规律是坚定不移的！”他又顿住并嘲笑自己或自己的描述。“但是不管怎么说，”他神情严肃地继续说，“反正我就这样，我不把任何思想或者把每一个思想和自己结合，从而也就忘掉了认真看待生活。其实如果我在读一部长篇小说，读到一种观点鼓吹这种情况，那么，这种情况就更加让我感到激动；但是如果要我一丝不苟地经历这种生活，那么我就会觉得这种生活总是已经被废弃并且既过时又烦冗，其思想内容也已陈旧。我也不认为这全怪我。因为大多数人今天都彼此彼此。虽然许多人装出一副很有急切的生活乐趣的样子，像人们教导小学生在花丛中欢蹦乱跳那样，但是这始终带有某种有意做作的特性，他们感觉到这一点。其实他们既可以互相残杀也可以互相和睦相处。我们的时代肯定并不认真对待充斥于其中的各种事件和奇遇。它们一发生，就使人激动。它们然后也会立刻制造出新的事件，甚至一种凶杀复仇，因为已经开了头，所以就得硬着头皮干下去。但是，我们生活中的这些事件比一本书还更缺乏生活气息，因为它们没有内在联系。”

乌尔里希就这样讲话。他信口讲来，情绪忽高忽低。阿加特没有答话；她还一直闭着眼睛，但在微笑。

乌尔里希说：“我不知道我在给你讲什么。我觉得，我前言不搭后语了。”

他们沉默了片刻。他可以仔细打量他妹妹的脸，这张脸不再受她眼神的护卫。它犹如一部分裸露的身体躺卧在这里，就像在妇女浴场待在一起的女人。这种不是为男人计算好的景象所表现出来的女性的未加防卫的、自然的玩世不恭还一直在对乌尔里希产生一种不寻常的影响，即使这早已就不再是像他们初次相聚的最初几天里那样强烈，当初阿加特马上就要求自己作为胞妹有权尽可能毫不隐讳地和他谈话，因为对她来说他不是一个一般的男人。他回想起他少时在街上看见一个孕妇或一个正在奶孩子的妇女时心头泛起的那种搀杂着恐惧的惊异之情：于是，谨慎地向这少年保守住的秘密突然昭然若揭在光天化日之下。也许他长时期里都曾带有这样的印象的残余，因为他突然觉得，仿佛现在他感到自己完全摆脱它们了。阿加特是女人并且想必已经有过某些经历，这对他来说似乎是一个愉快和舒适的想法；人们大可不必像在和一个年轻姑娘谈话时那样谨小慎微，甚至他觉得这自然得惹人喜爱：在一个女人身上一切已经在道义上更松弛。他也觉得需要保护她并通过某种好意作出一定的赔偿。他决心尽自己的一切可能为她效劳。他甚至决心再为她物色一个男人。这种对好意的需求在他不经意间把失去了的谈话的线索还给了他。

“很可能我们的自尊在性成熟的年代里会发生变化，”他冷不丁地说，“因为这时人们正在给一片温柔多情的草地——在这之前人们一直在这片草地上玩耍——割草，以便获得饲料去满足某种欲望。”

“以便让母牛产奶！”稍过片刻阿加特便粗鲁而威严地补充说，但是没睁开眼睛。

“是呀，这一切大概都有关联，”乌尔里希说，然后他继续说道：“有这么一个瞬间，我们的生活几乎在失去其全部温柔；这种温柔收缩成那种唯一的活动，然后这种活动便一直充满了温柔：你不也觉得这是这样的吗，就仿佛地球上到处笼罩着可怕的干旱，唯独在一处地方却不停地下着雨？！”

阿加特说：“我觉得，我从未怀着一种强烈的感情像爱我的儿童玩具娃娃那样爱过一个男人。你走了以后，我在阁楼上找到一箱我的旧玩具娃娃。”

“你怎么处置它们了？”乌尔里希问，“你把它们送人了吗？”

“我该把它们送给谁呢？我把它们安葬在炉火里了。”她说。

乌尔里希急切地回答说：“如果我回忆起我的幼年时代，那么我想说，当时几乎不分内部和外部。每逢我向什么东西爬去，这东西就会乘着翅膀向我过来；假如发生什么对我们来说是重要的事，那么就不只是我们感到兴奋，而是各种事物本身开始翻腾起来。我不想说，当时我们比后来更幸福。我们还不拥有我们自己嘛；其实我们根本还算不了什么，我们的个人的状况还没有明显地从世界的状况分离出来。如果我说，我们的情感，我们的意愿，甚至我们自己还没有完全在我们自身之中，那么，这听起来虽奇特，却是千真万确的。更奇特的是，我同样也可以说：我们还没有完全脱离开我们自身。因为如果在你以为完全占有你自己的今天你破例地问一问你自己，你究竟是什么人，那么你就会作出这一发现。你就会总是从外面像看一件事物那样看你。你就会发现，你在一个场合怒气冲冲，在另一个场合忧愁悲伤，就像你的大衣一会儿湿乎乎，另一会儿又热烘烘。作了种种观察你至多会探明你自己的一些情况，但你永远不会进入你的内心世界。不管你做什么，你都待在你自身之外；恰恰只有那些不多的几个时刻，亦即人们也许会说你在你自身之外的那些时刻，在这方面反倒是例外。作为补偿，我们在成年后当然已经达到一有机会就会想到‘我是’的程度，如果这给我们带来乐趣的话。你看见一辆车，不知怎么地你在看东西时眼光也模模糊糊的：‘我看见一辆车。’你在爱或者你在伤心并看见那是你。但是在完整的意义上来说，这既不是车，也不是你的悲伤或你的爱，你自己也不是完全存在。再也没有什么东西像在童年时代曾存在过的那样完全存在啦。而是一旦你已经成为一个‘人物’，你所触摸的一切，包括你的内心世界，就都相当僵硬；剩余下来的，是一团阴森的自信和忧郁自爱的雾气，裹着一层彻底外表的存在。有什么不对头的吗？人们觉得，什么东西还得被取消！人们不能声称，一个孩子以完全不同于成年人的方式去经历世情！我无法对此作出断然的回答，即使可能在这个问题上会有这样或那样的想法。但是很久以来我就曾以这样的方式回答过它：我已经失去对这种自我存在和这种世情的爱。”

乌尔里希很高兴，阿加特一直仔细听他讲话，没打断他，因为他既不期望自己也不期望她作出回答并且确信，眼下没人能作出合乎他心意的回答。尽管如此，他一刻也不担心他所说的事情对她来说可能太难以理解。他不把这视为一种哲理推究，他甚至不认为是在论述一个不寻常的谈话资料，就好像一个年轻人——他处在这一境地就像这样一个年轻人——不会因表达方式的艰难而受到阻碍，就不觉得一切很简单，如果他在另一个人的鼓励下和此人交换“你是谁”、“我就是这样”这类永恒的问题的话。他从她的存在中，不是从一种思维中得出这一信念：他的妹妹能听懂他的每一句话。他盯住她的脸，这张脸上有某种使他感到高兴的东西。这张闭着眼睛的脸完全没有反冲力。它对他产生一种深不可测的吸引力，也以那种仿佛向着一个无底深渊移动的方式。他沉浸在这张脸的景象中，哪儿也看不到涣然冰释的反抗形成的淤泥，一个浸入爱情之中的人撞上这淤泥就会弹回去，又向上冒出到达干燥的地方。但是由于他习惯把对女人的好感当作一种用暴力反转过来的对人类的反感去经历，这种做法——即使他并不同意——确保某种可靠性，使自己不致在这种好感中迷失本性，所以这种纯粹的倾慕——他怀着这种倾慕好奇地越来越向下俯下身去——几乎像一种平衡障碍那样吓了他一跳，致使他马上就避开这种状态并高兴地最后求助于一种有些孩子气的戏谑，以便唤起阿加特对日常生活的记忆：用他能做到的最小心翼翼的动作，他试图去揭开她的眼皮。阿加特笑嘻嘻睁开眼睛并大声说："要我当你的自尊，可你却相当粗鲁地对待我！"

这个回答和他的进攻一样也带着孩子气，他们的目光互相对视着，就像两个想扭打、但又快活得不能扭打的男孩。然而，阿加特突然收敛目光，神情严肃地问：

"你知道柏拉图给某些上了年纪的模范人物复述的这个神话吗：原始的完整的人被众神们分成了两部分，分成了男人和女人？"她用两肘撑直身子，意外地脸红了起来，因为她事后一回味，觉得自己提出乌尔里希是否知道这则很可能是家喻户晓的故事这个问题，这颇有些不聪明。所以她当机立断地补充说："如今这些招灾惹祸半拉人正在干种种蠢事，以便重新相互融和起来：高年级教材里都有这样的说法；遗憾的是教材里没说明，为这什么都办不到！"

"这个我可以告诉你，"乌尔里希插嘴说，颇为看到她理解得十分精确而感到高兴。"没有人知道，这么许多到处游荡的半拉人当中哪个半拉人是他所短缺的。他觉得这个是，就去抓这一个，就白费力气，要和它融成一体，最后情况却表明，这是枉费心机。要是从中产生出一个孩子，那么两个半拉人度过了几年青春岁月便以为，他们至少在孩子身上联合了；但是这只是第三个半拉人，它不久便流露出尽可能远离这另两个半拉人并寻找第四个半拉人的意愿。从生理学上，人类便是这样'半性繁衍'下去，这种联合的实质就像卧室窗户外面的月亮。"

"人们应该想到，兄弟姊妹必定已经走完了一半路程！"阿加特用一种已经变得轻微沙哑的声音说。

"双胞胎也许吧。"

"我们不是双胞胎？"

"毫无疑问！"乌尔里希突然避实就虚地说，"双胞胎罕见，不同性别的双胞胎更是凤毛麟角；但是如果他们还是不同年龄并且长时期内几乎互不相识，那么，这便是一种名胜古迹，确实值得我们一看！"他说，并力图恢复一种随意轻快的神态。

"可是我们是作为双胞胎相遇在一起的！"阿加特揪住不放。

“因为我们出人意料地穿了相似的衣服？”

“也许吧。根本就是！你可能会说，这是偶然巧合；但是什么是偶然？我认为，正是这种偶然才是命运或天意或随便你怎么称呼都行的什么东西。你从未偶然觉得，你恰恰是作为你出生的？我们是兄弟姊妹，这有着双倍的重要意义！”阿加特这样阐述说，乌尔里希听命于这种智慧。“我们不妨就说我们是双胞胎好啦！”他表示同意，“作为自然情趣的对称的生灵，我们从此以后就同样年龄、同样个头、同样头发，穿有同样条纹的衣服，下巴下面是同样的蝴蝶结领结，漫步行走在大街小巷；但是我提请你注意，人们将会半动情、半讥讽地目送我们离去，每逢有什么事使他们想起他们成长过程的秘密，就都会出现这样的情况。”

“我们也可以恰恰穿截然相反的衣服，”阿加特乐呵呵地说，“一个穿黄色，另一个穿蓝色，或者红色对绿色，头发我们可以染成紫色或朱红色，我驼背，你凸肚：尽管如此，我们却仍然是双胞胎！”

但是玩笑已经开到了尽头，借口已经耗尽，他们沉默了片刻。“你知道吗，”然后乌尔里希突然说，“我们正在谈论的这件事，这是一件十分严肃的事情？！”他话音刚落，他妹妹便又合上眼睛并暗暗窃喜地让他独自一人说话。也许也只是看上去好像她闭上了眼睛似的。房间里光线暗淡，亮着的灯光只是给房间蒙上一层昏暗的光而已。乌尔里希说了：“既然想到了人被分裂的神话，我们同样也可以想到皮格马利翁①，想到赫马佛洛狄忒斯②或者想到伊西斯③和欧西里斯④：万变总是不离其宗。这种对一个异性酷似者的渴望古代就有之。渴望得到一个生灵的爱，这个生灵据说与我们完全相似，却是一种和我们不一样的生灵，一个魔幻形象，这就是我们，可是这也依然是一个魔幻形象，比一切我们只是想象出来的东西更有独立自主的气息。在孤单的炼金术里，已经无数次从人脑的曲颈瓶中升起过这种爱情精神影响的梦幻，这种影响不依赖于物质界的局限，会合在两个同样不同的形象

① Pygmalion，古希腊神话中的雕刻家，塞浦路斯之王。他爱上了自己雕刻的象牙女郎，爱神满足了他的要求，将象牙女郎赐给他为妻。

② Hermaphroditus，古希腊神话中的一位阴阳神，因俊美而引起湖中水仙萨耳玛西斯的爱情。

③ Isis，古埃及的生命和健康之神。

④ Osiris，古埃及神话中的冥王。

中——”

说到这里他顿住了；他显然是想起了什么事，这妨碍他继续往下讲，他讲了这一段几乎是不友好的话作为结束：“甚至在最普通的爱情关系中也都尚还有这样的痕迹：在与每一种变化和装扮有联系的魅力中，在协调和在别人中的自我重复的意义中。不管人们是头一次看见一个女人赤身裸体还是头一次看见一个赤身裸体的女孩子穿上高领衣裳，这小小的魔力都是一样的；强烈的、不顾一切的爱的激情全都与这有联系：一个人自以为，他的最神秘的自我正躲在陌生眼睛的帷幕后面窥视他。”

这听起来就好像他在请求她不要过高估计他们所讲的话。但是阿加特却再次想到了他们身穿便服仿佛乔装打扮好了似的互相初次会面时她曾感受到的那种闪电般的惊奇感觉。她回答说：“这种情况已经存在了几千年；如果人们从两个错觉出发来解释它，难道它因此就更容易理解了吗？！”

乌尔里希沉默不语。

过一会儿阿加特高兴地说：“但是在睡眠中情况倒正是如此！这时人们看到自己有时也变成了别的什么，或者看到自己是一个男人。随后人们便对他好，人们从未对自己这么好过。你很可能会说，这是性梦幻；但是我倒是觉得这是古老得多的梦幻。”

“你经常做这样的梦吗？”乌尔里希问。

“有时候，很少。”

“我几乎从不，”他承认，“很久很久以前，我曾做过这样的梦。”

“可是有一回你曾向我解释说，”这时阿加特说，“我是指起初很早的时候，还是在那儿的老屋里——你说人类在几千年前确实有过不同的经历！”

“啊，你是指‘给予的’和‘索取的’判断吧？”乌尔里希笑着回答，虽然阿加特看不见他在笑。“精神的‘被拥抱’和‘拥抱’？对，我当然也一定谈到过灵魂的这种神秘的双重性特征！再说什么不谈呀？！一切事物中都有这种东西在作祟。甚至在每一种类比法中都有一种同样和不同样的魔力的残余。但是你没有说过吗：在所有这些我们谈过的行为方式中，在梦幻中，在神话、诗歌、幼年时代，甚至在爱情中，大部分情感是用缺乏理智，这就是说，用缺乏现实换来的？”

“你并不是真的相信这个？”阿加特问。

对此乌尔里希没有作出回答。但是过一会儿他说："把这翻译成糟糕透顶的今天的表达方式，那么，人们就可以把这种今天对每一个人来说都极微不足道的东西称为人按百分比参与自己的经历和活动。在梦中似乎是百分之一百，醒着时不到一半！你今天很快就从我的住所上看出这一点来了；但是我同这些人的关系——你会结识这些人的——不是什么别的关系。有一回我曾把这——真的，如果我没记错，我必须补充说明，这是在和一个女人谈话时说的，这是一个很合适的场合——也称为空间声学。如果一根针在一个腾空的房间里掉在地上，那么由此而产生的噪音就会有些不合比例，就会过分；但是如果人与人之间空荡荡的，那么情况也是如此。人们就不知道：是他们在叫喊呢，抑或四周死一般寂静？一旦人们到头来无法去和种种不公正和不正当行为对抗，那么它们就会获得一种巨大诱惑的吸引力。你不也这样认为吗？可是对不起，"他顿住，"你一定累了，我这是不让你休息。看来，我是担心你会不太喜欢我周围的人和我的社交活动。"

阿加特已经睁开了眼睛。在长时间隐蔽之后她的目光流露出某种极其难以捉摸的神色，乌尔里希觉得这种神色正在他全身关切地伸展开来。他突然又继续往下讲述："在更年轻的时候，我曾试图恰好把这看作一种长处。人们无法阻挡生活吗？好吧，那么生活就从人身上逃逸进人的事业之中！这大致就是我的想法。今日世界的冷酷无情和无责任心大概也带有某种强制的特性。至少其中含有某种少年气盛世纪的特点，犹如最后在这些世纪里跟在发展的年代里一样都可能发生这种情况。跟每一个年轻人一样，开始时我也曾全副精力投入工作，投入冒险和娱乐；我觉得做什么都一样，只要全力以赴地去做。你记得吗，有一回我们曾谈到'功效道德'？它是我们天生就有的形态，是我们行事的准则。但是人们年纪越大，便越清楚地获悉：这种表面上的过度，这种在一切方面的独立性和灵活性，这种驱动部分和部分推动力的优势——既是你自己的驱动部分和部分推动力对你的优势，也是你自己对世人的优势——简言之，我们作为'当代人'认为是一种力量和使我们显得突出的风格特性的东西，从根本上来说无非就是整体对其各部分的一种弱点。凭激情和意愿是不会取得什么效果的。你刚刚想全身心投入到什么事情中去，你就已经看到你自己又被冲刷到边缘：今天，这就是一切经历中的经历！"

阿加特睁开着眼睛期待着他的语声会发生某种变化；但是这种情况没有出现，她兄长的演说突然中断，像一条小道，从一条街道分叉出来并且不再返回，这时她说道：“那么按你的经验人们就永远也不能真正按信念行事并永远也做不到这一点。我说的信念，”她改口说，“是指某种科学，也不是指人们已经传授给我们的道德训练，而是指人们觉得自己清楚自己的事，人们觉得自己也清楚一切别的事，是指某种已经得到满足的东西现在依然空空洞洞，我是指某种作为人们的出发点和归宿的东西。啊，我自己都不知道我指的是什么，”她猛然顿住，“我曾希望，你会给我解释这件事！”

“你在这里所指的，恰恰就是我们已经谈过的，”乌尔里希柔声回答，“你也是我可以与之这样谈话的唯一的一个人。如果我从头开始，再添上几句诱人的话，这就没有什么意思了嘛。我倒是得说，一种‘中心一内部一存在’，一种生命的未受毁坏的‘真挚情感’的状况——如果人们不是怀着感伤的情调，而是在我们刚刚赋予它的这个意义上来理解这个词儿——很可能是不能用合理的意识求得的。”他躬身向前，触摸她的胳臂并久久地盯住她的眼睛。“这也许是一种违反常情的行为，”他小声说，“确实无疑的仅仅是，我们伤心地惦记着这种违反常情的行为！因为与这有关的是对手足情谊的渴望，这是一种寻常爱情的配料，在想象中的朝着一种不搀杂陌生感和非爱情感的爱情的方向上。”过一会儿，他补充说，“你是知道的，一切与小兄弟和小姐妹有关系的东西在床上多么受欢迎：会谋杀他们的真正的兄弟姊妹的人，这些人作为狼狈为奸的小兄弟姊妹在那儿胡乱闹腾。”

他的脸在半明半暗中自我嘲讽地颤抖着。但是阿加特的信念不以这张脸、不以这些纷乱的言语为根据。她看见过相似颤动的脸，它们随即马上就会猛扑下来：这张脸不挨近过来；它似乎以一种无限快的速度行进在一条无限远的道路上。她最简明扼要地回答：“光兄弟姊妹是不够的！”

“我们也已经说过‘双胞胎兄妹’了嘛。”乌尔里希说，他悄悄地站了起来，因为他自以为察觉到，她终于已经为疲倦困乏所攫住。

“人们必须是一对连体双胞胎。”阿加特还在说。

“那就连体双胞胎吧！”她的兄长重说了一遍。他尽力把她的手从自己的手中松开并小心翼翼把这只手放在被子上，他的话听起来轻飘飘：就在他已经离开这间房间之后，没有重力、轻盈地还在向四下漫开。

阿加特微微一笑，渐渐沉入一种孤独的悲伤之中，不久便迷迷糊糊、不知不觉地进入梦乡，她实在是已经筋疲力尽了。但是乌尔里希却蹑手蹑脚地走进自己的书房，在那里他没法看书学习，他品味了两个小时之久那种囿于顾忌的状态，直至后来他也感到了困倦。他很惊讶，在这段时间里他本想做多少事的呀，这些事引起喧嚷，不得不被压制下去。这是他的新认识。这几乎有点儿引起他的兴趣，虽然他怀着很关切的心情试图设想，真的和另外一个人长在一起，这会是什么样。他不太了解，两种这样的神经系统将怎样工作，它们像两片叶子长在一根叶柄上，并且不仅通过其液汁，而且更多地还通过完全的依赖性的作用而互相联结在一起。他假定，一个心灵的每一种激动都被另一个心灵感受到，而这个招是惹非的事件则发生在一个主要不属自己的身体上。“譬如一次拥抱：你在另一个身体上被拥抱，”他心中暗想，“你也许根本就不同意，但是你的另一个自我却把一个巨大的认可的浪潮抛进你的心胸！谁亲吻你的妹妹，这与你有什么相干？但是她的激动，这激动你得和她一同去爱！抑或是你在爱，而如今你得用某种方式使她参与其中，你不能只是在她心头激起无意义的生理学上的过程嘛……”乌尔里希感到受到这些想象的强烈刺激，感到很不舒服；他觉得难以在这里划清新观点和平常观点的畸变之间的界线。

二六

菜园子里的春天

她从迈因加斯特那儿得到的赞扬以及她从他那儿接收到的新思想，这些都给克拉丽瑟留下了深刻的印象。

有时令她自己感到不安的她的这种精神上的烦躁和易受刺激，已经减弱了，但这一回却不像另外几回那样被恶劣心情、压抑和沮丧，而是被一种异乎寻常的紧张的清澈和透明的内心的气氛所取代。她又一次纵观她自己并用批判的眼光领会自己。丝毫也不怀疑，甚至怀着某种满意的心情，她注意到，她不是特别聪明：她学习得太少了嘛。乌尔里希则相反，每逢她作这样的比较和审核时便恰恰想到他，乌尔里希就像一个溜冰者，在一个光亮如镜的精神平面上游刃有余地溜来溜去。每逢他说什么；或者每逢他笑，每逢他生气，每逢他的眼睛闪亮，每逢他在这儿并用他的宽肩膀使瓦尔特在房间里显得相形见绌，每逢这种时刻，便永远无法理解，这是怎么回事。即使他只是好奇地扭转脑袋，他的脖筋也绷紧得像一艘在疾风中上下颠簸的帆船的缆绳。所以他身上总有某种东西，它超越她可理解的范畴并且使她保持着想用整个身体扑向他以便领会它的强烈要求。但是这种骚动——在这种骚动中有时发生这样的事，致使有一回她在这个世界上竟别无他求，只想怀一个乌尔里希的孩子——现在已经远走高飞，连那些碎块，那些激情减弱后令人不解地充斥记忆的碎块，也没留下。每逢克拉丽瑟回忆她在乌尔里希寓所里的失败，她充其量就会感到恼怒；而只要她还会感到恼怒，这就表明她的自尊心还很健旺。她的哲学家客人灌输给她的那些新概念就有这种作用；且不说与这位有了不起的变化的朋友的重逢在她心头激起的那种直接的兴奋情绪。就这样，人们在一种形形色色的紧张心情中度过了许多天的时光，而这所小小的、现在就已经沐浴着春天阳光的屋子里的所有的人则都在等待着，看乌尔里希会不会拿来在其阴森可怕的居留地探视莫斯布鲁格尔的许可证。

尤其是，这是一个使克拉丽瑟在这一层关系上感到重要的思想：大师曾称这世界是“在一种程度上没有幻想”，说是她什么也不知道，她应该爱它还是恨它；克拉丽瑟从此便确信，人们必须耽于一种幻想，倘若人们已经享受到感受它的恩惠的话。因为一个幻想是一种恩惠。当初谁还知道，他从屋里一出来，他应该靠右边走还是靠左边走，除非他有一个像瓦尔特这样的职业，这职业相反地使他感到憋闷，或者一个就像与父母或兄弟姊妹的约会，这约会使她感到无聊！这在一个幻想中就不一样了！在幻想中生活安排得像一个现代化的厨房那样讲求实际：人们坐在中央，几乎不必挪动身子便能在自己的座位上使全部设施运转起来。对于这类事情克拉丽瑟一直是有悟性的。反正她认为幻想无非就是人们称之为意志的东西，只不过就是特别加强了。克拉丽瑟迄今深感胆怯，因为只有很少一点点世界上正在发生的事情她能够正确解释，但是自从与迈因加斯特再次相逢以来她便觉得这恰恰帮了她的忙，这下她可以根据自己的判断去爱、去恨和去行动了。因为按照大师的话，人类最需要的莫过于意志，而这笔财富，这笔能够强烈愿望的财富，这自古以来就为人类所拥有！克拉丽瑟一想到这些，便因感到高兴和责任重大而脊背上冷一阵热一阵。当然，这时的意志并不是孜孜以求地学会一支钢琴曲或在争论中保持正确，而是一种受生活强有力驾驭，一种为自己所感动，一种在幸福中急速冲出。

她不得不最终把这方面的某些情况告诉瓦尔特。她告诉他，她的良知正在一天天坚强起来。然而，瓦尔特却全然不顾及迈因加斯特、这位意料中的这一事实的发动者的面子，他怒气冲冲地回答说："总算运气，乌尔里希似乎弄不来许可证了！"

克拉丽瑟的嘴角只是漾起一丝愤怒，可是它透着对他的不明情况的同情，透着抗拒。

"你究竟有什么事要去找这个跟我们所有的人都毫不相干的罪犯?！"瓦尔特激动地问。

"我到了那儿会想起来的。"克拉丽瑟回答说。

"我是说，这个你现在就得知道嘛！"瓦尔特颇有男子汉气概地说。

他的小妻子微微一笑，这是她在深深伤害他之前惯常做的动作。但是随即她却只是说："我要采取行动。"

"克拉丽瑟！"瓦尔特斩钉截铁回答，"未经我允许你不可以采取任何行动；我是你的法定丈夫和监护人！"

以前她没听过这样的口吻。她转身离开他，迷迷糊糊地走了几步。

"克拉丽瑟！"瓦尔特朝她的背影喊并站起来，跟着她，"我要采取某种行动来对付在这屋里盘旋的精神错乱！"

这时她领悟到，她的决定的医治效力也已经在瓦尔特的日益增长的力量上显示出来了。她旋转脚跟转过身来："你要干什么?！"她问他，一束电光从她眼睛的缝隙射进他的湿乎乎、张大着的棕色眼睛。

"你瞧，"他劝慰说并向后退缩，因为他对向他索取的回答的精确性感到惊骇，"这种特性，对不健康的东西、令人战栗的东西和成问题的东西的这种富有才智的爱好，我们这些有文化教养的人，我们大家在自己身上都是有的；但是——"

"但是我们对市侩们听之任之！"克拉丽瑟洋洋得意地打断他。这时是她紧跟着他，盯着他。她感觉到，她的医治效力正在缠绕住他并有力地逼迫他。她心中突然充满了一种难以描绘的、奇异的喜悦。

“可是我们别为此事这么大惊小怪的，”瓦尔特满心不乐意地嘟哝着把他的这句话说完。在自己身后，在他的上衣的边缘，他感觉到一股阻力；一伸手，他猜到这是一张细腿、轻便小桌子的边缘，他的寓所里有这类桌子，他突然觉得它们怪阴森可怕的：他若继续往后退，就会使这张桌子滑动起来，这他明白。于是他顶住这个突然产生的愿望：远远地离开这场斗争，在一片深绿色草地上，在盛开的果树下和在众人之间——这些人的健康的欢乐情绪清洗着他的伤口。这是一个素净、厚实的愿望，让静听他讲话、对他的话满怀感激和赞叹的女人们装点得漂漂亮亮。在克拉丽瑟向他走近过来的这个瞬间，他实际上觉得她是一个梦幻般的大累赘。可是克拉丽瑟却令他惊诧不已地没说：你是个懦夫！而是说：“瓦尔特？为什么我们不幸福呢？！”

一听到这种逗引、有洞察力的声音，他顿时便感觉到，他和克拉丽瑟在一起的不幸福无法用和另一个女人在一起的幸福来取代。“我们必须这样！”他怀着同样激动的情感回答。

“不，我们并非必须这样！”克拉丽瑟口气软和地担保说。她向旁边垂下脑袋，寻找某种可以令他信服的东西。其实，不管是什么东西，这根本不形成什么区别：他们面对面站着，像一个没有夜晚的白日，将光芒一小时一小时地、毫不减弱地传递下去。“你会向我承认的，”最后她用一种既胆怯又执拗的语调说，“真正大的罪行之所以会产生，并不是因为人们在犯罪，而是因为人们听凭罪行发生！”

现在，瓦尔特当然知道该说什么话；这意味着一种强烈的失望。“啊，上帝！”他不耐烦地呼叫，“我也知道，因冷漠和让人感到心安理得的那种无忧无虑而死于非命的人远比因个人的恶意而死于非命的人多得多！值得赞赏的是，你现在一定会说，所以每一个人必须砥砺风节，做什么事都得三思而后行。”

克拉丽瑟打断他的话，她张开了嘴，但她改变了主意，没有作出回答。

“我也想到了贫穷、饥饿、人际关系中的种种道德沦丧，或者想到了矿山的坍塌——矿山管理委员会在安全设施方面节省了开支，”瓦尔特小声小气地接茬儿说，“这一切我全都已经向你承认了嘛。”

“但是一对情侣也可能互不相爱，如果他们的状况不是‘纯正的幸福’的话，”克拉丽瑟说，“只要不出现这样的相爱的人，世情就不会得到改善！”

瓦尔特一拍手掌。“你不明白，这样的重大的、吸引人的、不搀杂的要求是极其不公正的！”他嚷嚷，“这个莫斯布鲁格尔的情形也是这样，这个人时不时就像在一个转盘上那样在你的脑海里浮现！严格说来你的话是对的呀，你说只要这样不幸的牲畜般的人因社会不会跟他们打交道而干脆遭杀害，人们就不可以心安理得；但是可以说是更严格地说来，这种健康的、普通的良知自然是对的，如果它干脆拒绝接受这种过分精细的怀疑的话。就是有健康思维的某些最后的标记的嘛，人们无法证明它们的存在，而是它们一定体现在人的气质中！”

克拉丽瑟回答：“按照你的气质，这‘严格说来’自然是永远不会‘严格说来’的！”

瓦尔特生气地摇摇头并向她表示他将不对此作出回答。他已经感到厌倦，不愿意总是扮演告诫者，说什么片面的精神食粮会使人堕落；久而久之，这也许甚至会使他本人感到心里不踏实。

但是克拉丽瑟却通过一种神经过敏的、一再使他惊异的细致感情察觉到他的想法；她直起脑袋，跳过一切中间过渡阶段，用这个急切而小声地提出的问题向他紧紧进逼：“你能够把耶稣想象成为矿山经理吗？”她的面部表情显示，她说的耶稣其实就是指他，带着对爱情和癫狂不加区别的那种夸张。他做了一个既愤怒又沮丧的手势表示拒绝。“别这么直截了当嘛，克拉丽瑟！”他恳求她，“人们是不可以这样直来直去地讲话的！”

“可以的！”克拉丽瑟说，“就得这么直来直去嘛！如果我们没有力量拯救他，那么我们也就没有力量拯救我们！”

“他死于非命，那又会怎么样！”瓦尔特厉声说。他品味着这个粗野的回答，以为甚至在舌头上咂摸到了生的解放的味道，它美妙地搀和着克拉丽瑟以暗示的方式唤出的死亡和错综复杂的毁灭的味道。

克拉丽瑟露出期待的神色望着他。但是瓦尔特似乎厌烦自己的那种感情爆发，抑或由于犹豫不决而沉默不语。像一个被迫打出不可抗拒的最后一张王牌的人那样，她说：“我已经收到了一个信号！”

“这只是你想象出来的！”瓦尔特抬起头来对着天花板喊叫，这天花板代表天空；但是克拉丽瑟说完她的最后这句轻飘飘的话后扭头便走，不愿意让他再说什么话。

可是过一会儿他却看见她在和迈因加斯特热烈交谈。这种感觉，他们受到监视的感觉，这惹得迈因加斯特无比厌烦，因为他自己看得不这么远，这种感觉有一定道理。瓦尔特果真没参与来访的西格蒙德妹夫的热心的园艺劳动，西格蒙德挽起袖管跪在一条垄沟里在干着什么活，对此瓦尔特曾声言，春天人们必须在菜园子里干这活儿，如果人们愿意成为人，不单单是专业文献书籍里一个平平淡淡的书签。

瓦尔特偷偷瞟了一眼那边的那一对，他们在这座敞开着的菜园的另一个角落里。

他不认为，在这个他监视下的菜园角落里，正在发生什么未经许可的事。尽管如此，他却感到春风沐浴下的手上以及在因有时跪下指点西格蒙德而沾上湿乎乎斑点的腿上都有一股不自然的凉气。他盛气凌人地和他讲话，性格懦弱、受了羞辱的人在可以拿某人撒气时都是这样。他知道，西格蒙德已经拿定主意要崇敬他，是不会轻易改变这个主意的。尽管如此，当他看到克拉丽瑟从不朝他这边瞥一眼，而是显出明显关切的样子不断看着迈因加斯特，他还是自以为简直感觉到了一种日落后的孤独和死一般的寒冷。此外，他也还为此感到自豪。自从迈因加斯特住在他家里以来，他既为在其中绽开的深渊感到自豪，也未雨绸缪地为堵塞它们而费心。他从站立者的高度向跪着的西格蒙德抛过去这样的话：“某种对有问题的和不健康的东西的爱好，这我们大家当然都感受和认识到了！”他不是胆小怕事的人。在自从克拉丽瑟根据这个原理称他为市侩以来的短时间内，他已经想好了“生活的小不名誉”这个词儿。“一种小不名誉几乎是甜丝丝或酸溜溜的，”现在他在教导他的内兄，“但是我们有责任在我们心中去加工改造它，直到它使健康的生活获得名誉！我理解这样一种不名誉的意思，”他继续说，“就是急切与死神达成协议，每逢我们听特里斯音乐[①]，它就会打动我们的心，犹如大多数性犯罪行为都有的那种隐蔽的吸引力，虽然我们并不屈从这种吸引力！因为我称

① 德国音乐家瓦格纳的歌剧《特里斯与伊索尔德》。

之为无廉耻和违背人性的，你瞧，它既是在困顿和疾病中能驾驭我们的那种生命的基本要素，也是想对生命施加暴力的那种过度富有才智和认真的东西。一切想越过给我们划定的界线的东西都是不名誉的！玄想和以为可以用数学公式表达大自然的幻想同样都是不名誉的！企图探访莫斯布鲁格尔，这同样也是不名誉的，就像——”说到这里，瓦尔特顿住片刻，以便寻找最恰当的措辞，随后他说了这句话作为结束，“你想在病榻旁边祈求上帝！”

不用说，这句话话中有话，甚至意外地呼吁了医生的职业上的和不自觉的人性：克拉丽瑟的计划及其过激的论证越过了被许可的事物的界线。但是与西格蒙德相比，瓦尔特是一个天才，这表现在：瓦尔特在自己的健康思维指引下作出了这样的自白，而他内兄的更健康的健康状况则表现为对这个成问题的话题坚决保持沉默。西格蒙德用双手培土，有时并不张嘴只是将脑袋由一侧垂向另一侧，就仿佛他想倾倒一支试管，抑或仿佛是他的一只耳朵已经听够了。瓦尔特讲完后，出现了一片深沉得可怕的寂静；在这一片寂静中瓦尔特听见了一句话，有一次克拉丽瑟多半也曾向他大声嚷嚷过这句话；因为他虽然不是在生动的幻觉中，却犹如在这一片寂静中听见了这句话：“尼采和耶稣基督都死于他们的不彻底性！”这以一种有些阴森森的、令人想起“矿山经理”的方式迎合了他的心理。所以这是一种奇特的境况，他，一个十足的健康人，在这里这座凉丝丝的菜园里站在一个他傲慢地俯视的男人与两个不自然地情绪激动的人之间——他轻蔑、却热切地向那两个人那无声的生动表情望去。因为克拉丽瑟就是这小不名誉，需要他的健康，为了不致凋敝；一个秘密的声音告诉他，迈因加斯特正想无节制地扩大这许可的小量不名誉。他怀着一个不著名的亲戚对一个著名的亲戚怀有的那种情感钦佩他；而看到克拉丽瑟鬼鬼祟祟和他低声细语，这与其说引起他的醋劲，不如说惹起他的羡慕，这是一种比这股醋意更强烈地扑向里面的情感；但是不知怎么地这也使他振奋，他意识到自己的尊严因而不愿意发火，他不许自己走过去搅扰那两个人，鉴于他们的激昂情绪他觉得自己是头脑冷静的；从这种种情况中，他自己也不知道怎么地就产生出第二个不清楚的、不合任何逻辑的想法：这两个人在那边以一种不受拘束和不太正经的方式祈求上帝。

如果说人们必须把这样一种奇特混合状态叫作一种思维的话，那么这却是这样一种思维：它无法表述出来，因为它的黑暗的化学会即刻遭到光亮的语言影响的毁坏。瓦尔特也一如他向西格蒙德表示过的那样，根本不把信仰和上帝这个词联系在一起；在他想起这个词来之后，周遭便出现一片令人不安的空虚：于是乎，在长时间沉默之后，瓦尔特又对他内兄所说的第一句话离题甚远。“你是一头驴，”他责备他，“如果你认为你无权坚决劝她别作这次探访的话；你这医生是干吗的？！”

西格蒙德对这也毫不见怪。“这件事你得单独去和她商量。”他心平气和地抬起头来回答，说罢又埋头干起他的活儿来。

瓦尔特叹了口气。“克拉丽瑟当然是个不平常的人！”他再次开了腔，“我很可以理解她。我甚至承认，她的这种严酷观点并非没有道理。你就想想充斥这个世界的贫穷、饥饿、种种腐败吧，想想譬如矿山的坍塌吧——矿山管理委员会节省修建支柱的经费！”

西格蒙德没有让人觉察到丝毫他在想这些问题的迹象。

“唔，她在这样干！”瓦尔特用威严的口吻继续说，“我觉得这件事她干得漂亮。我们这些人太容易心安理得。她比我们好，她要求我们大家都改弦更张并掌握一种更积极的道德心，犹如一种没有终了的道德心，一种无穷尽的道德心。但是我问你：难道这不会导致道义上的疑虑幻觉吗，如果这不压根儿就是某种相似的东西的话？这想必你是能够判断的吧？！”

西格蒙德听到这个迫切的要求便坐在一条腿上并用审视的目光望着他的妹夫。“疯了！”他说，“但是人们不能说是在医学的意义上。”

“她声称她收到信号，”瓦尔特继续问，并不承认他的优势，“你对此有什么看法？”

“她说她收到信号？”西格蒙德充满疑虑地问。

“是呀！譬如这个疯疯癫癫的杀人犯！还有最近我们窗户下面的那头疯疯癫癫的猪！”

“一头猪？”

“不，一种露阴狂式的人物。”

“噢？”西格蒙德略一沉吟说，“你找到什么值得画下来的素材的时候，你也是收到信号了嘛。她只不过就是说话比你更慷慨激昂罢了。”他终于断然地说。

“她还声称，她必须承担这些人的罪过，也包括我的和你的以及天知道还有谁的罪过了！”瓦尔特声嘶力竭叫喊。

西格蒙德站起来，拍掉手上的泥土。“她觉得受到罪行的压抑？”他多此一举地又问了一遍并礼貌地表示赞同，仿佛他为终于能够附和他的妹夫而感到高兴，“这是一种症状！”

“这是一种症状？”瓦尔特悔悟地问。

“罪恶幻觉是一种症状。”西格蒙德以专家的不偏不倚态度证实。

“可是情况是这样的，”瓦尔特补充说并对这项由他自己挑起的判决即刻提出上诉，“你必须首先问问你自己：有罪恶吗？当然有罪恶。但是随后也就有一种不是幻觉的罪恶幻觉。这个你也许不懂，因为这是超经验的！这是人对一种崇高生活的受到了伤害的责任感！”

“可是她声称，她收到信号！”坚毅顽强的西格蒙德表示异议。

“可是我也收到信号的呀，这是你说的嘛！”瓦尔特情绪激动地大声说，“我告诉你吧，我有时想跪下请求我的命运，求它让我安静：但是每一次它总是又发来信号，最了不起的信号通过克拉丽瑟发出！”然后他用较平缓的语气继续说：“譬如她现在声称，这个莫斯布鲁格尔就是以我们的‘罪恶形态’出现的她和我、是发送给我们的警告信号；但是这不妨这样来理解：这是一个象征，表明我们对我们的生活中的崇高机会，在某种程度上可以说是对我们生活的光明形态漫不经心。在许多年以前，当迈因加斯特与我们分手的时候——”

“但是罪恶幻觉是一种症状，表明某些功能出现紊乱！”西格蒙德用绝望而平静的专家口吻提醒他。

“你当然只知道症状！”瓦尔特竭力为他的克拉丽瑟辩解，“因为别的事可能超越你的经验。但是也许这种迷信，这种把一切和最普通的经验不相配的东西当作一种功能紊乱看待的迷信恰恰就是我们的生活的罪恶和罪恶形态！克拉丽瑟要求对此采取一种内部行动。在许多年以前，当初，当迈因加斯特与我们分手时，我们就已经——”他想到了克拉丽瑟和他如何“承担”迈因加斯特的“罪恶”，但是实在没有办法向西格蒙德解释一次精神顿悟的过程，于是他便态度暧昧地以这样的话作为结束：“不管怎么说，仿佛是把所有人的罪孽都引到自己身上或者将其浓缩在自己身上，这样的人一直都是有的，这一点你自己也许不会否认的吧？！”

他的内兄满意地望着他。“你瞧！”他友好地回答，“现在你自己就在证明我一开始就说过的话。她以为自己受到罪孽的压抑，这是说明存在某些功能紊乱的一种典型的行为。但是生活中也有不典型的行为方式：我没说过什么别的看法。”

“还有她做一切事情时所采取的这种过分严厉的态度呢？”过一会儿瓦尔特唉声叹气问，“恐怕没法再说这样一种严肃主义是正常的了吧？”

这时候，克拉丽瑟正在与迈因加斯特进行一次重要的谈话。“你曾说过，”她提醒他，“对自己会解释并理解世界颇感有些得意的人是永远也不会去改变这个世界的？”

“是的，”大师回答，“‘真’和‘假’，这是那些永远不愿意你决断的人的借口。因为真实是一件没有尽头的事物。”

“所以你曾说过，人们得有勇气，在‘正面’和‘负面’之间作出选择？！”克拉丽瑟用探询的口气说。

“是的。”大师有些不耐烦地说。

“在今天的生活中人们只是在做正在发生的事，”克拉丽瑟大声说，“你造出来的这句口头语也是奇怪而可鄙视的！”

迈因加斯特站住脚，看着地上；人们简直会以为，他侧着耳朵似乎在打量他右前方路边的一块小石头。但是克拉丽瑟不继续用甜言蜜语奉承他；现在她也低下脑袋，下巴几乎贴在胸口，她的目光从迈因加斯特的靴头之间扎到地上；她的苍白的脸上泛出一片淡淡的红晕，她小心翼翼压低声音继续说道：“你说过，所有的性行为只是一种跳背游戏！”

“是的，这话我在一定的场合说过。我们的时代在意志上所缺乏的，除了它的所谓的学术活动以外，都被它耗费在性行为中了！”

克拉丽瑟犹豫了一会儿，随后她说：“我自己很有意志力，但是瓦尔特作跳背运动！”

“你们之间到底发生什么事了？”大师问，好奇心被勾了起来，但立刻几乎反感地添上一句，“我当然能想象得出来。”

他们是在没有树木的菜园子的一个角落里，这菜园子沐浴着春日的阳光；大致在斜对面的角落里，西格蒙德蹲在地上，而瓦尔特则站在他身旁，一个劲儿在说服他。这座园子沿着屋子的纵向墙伸展开去呈长方形，一条小石子路围绕花坛和菜畦四周，而两条铺小石子的中间的路则在尚还没被植物覆盖的土地上形成一个光亮的十字架。克拉丽瑟一边小心翼翼向那边的另外两个男人窥望着，一边回答："他也许没有办法：你得知道，我以一种并不恰当的方式吸引着瓦尔特。"

"我可以想象得出来，"这一回大师露出关切的神情回答，"你有某种像男孩那样的特性。"

克拉丽瑟听到这声赞语不禁感到浑身舒坦。"'当初'你看到了吗，我穿衣服比一个男人还快？"她迅速问他。

哲学家的友好而起皱的脸上绽出疑惑不解的神情。克拉丽瑟嗤嗤地笑。"这是这么一个双重词儿，"她解释说，"也有别的：譬如强奸杀人。"

这时，大师大概觉得还是别大惊小怪的好。"是呀，是呀，"他回答，"我知道。有一次你曾断言说，人们在惯常的拥抱中熄灭爱情，这就是强奸杀人。"但是他本想知道，她所说的吸引是指什么。

"听其自然是谋杀，"克拉丽瑟以一个在光滑地面上表演特技并轻捷滑倒的人的那种敏捷解释。

"你知道吗，"迈因加斯特承认，"现在我确实不了解我自己了。你又在说那个家伙，那个木匠。你要他干什么？"

克拉丽瑟若有所思地用脚尖擦小石子。"这是一码事，"她回答。她突然抬头看了一眼大师。"我以为，瓦尔特应该学会否认我。"她简洁明了地说。

"这件事我判断不了，"迈因加斯特说，他白费力气等着听下文了，"可是断然的解决办法无疑始终都是较好的解决办法。"

他只是以防万一才说了这话。但是克拉丽瑟却又垂下脑袋，她的目光紧紧盯住迈因加斯特衣服上的某处地方；过一会儿，她慢慢把手伸近他的前臂。她突然情不自禁地伸手去抓住宽大袖管里的这条硬邦邦、瘦削的胳臂并触摸大师——这位假装好像对他说过的有关这个木匠的发人深省的话一无所知的大师。这时，她心里感到，她正在把自身的一部分向他那边推移过去；在这个缓慢动作中——她的手就这样缓慢消失在他的袖管里——在这个漫溢开去的缓慢动作中，回荡着一种狂喜的残余部分，这种狂喜来源于这样的感觉：大师保持安静并让她抚摸。

而迈因加斯特则出于某种原因目瞪口呆地看着这只手，它以一只多腿动物移动到它的雌性配偶身上去的那种方式紧紧抱住他的胳臂并顺着这条胳臂向上摸去；他看见这个小女人下垂的眼皮底下有某种不寻常的东西在颤动：他领悟到这是一个可疑的事件，这个事件因发生在光天化日之下而令他感动。“来！”他建议，同时友好地拉开她的手，“我们在这儿站住，大家都看得见我们；我们还是重新来回走动走动吧！”

于是就在他们来回踱步的当儿，克拉丽瑟述说：“我穿衣迅速，必要时，比男人还迅速。一件件衣服飞到我身上，如果我这样——我该怎么称呼这个——就是如果我这样嘛！这也许是一种电；凡是属于我的，我就吸引之。但是这通常是一种不祥的吸引。”

听到这些他还一直不理解的双关俏皮话，迈因加斯特微微一笑；他信手拈来一个给人印象深刻的回答。“你吸引你的衣服几乎可以说就像一个英雄吸引命运？”他回答。

使他感到惊异的是，克拉丽瑟居然站住脚并嚷嚷：“是呀，恰好就是这个意思！谁这样活着，谁就也会对衣服、鞋子、刀和叉有这样的感觉！”

“这上面有某种真实的成分，”大师认可这个不十分令人信服的论断。然后，他直截了当地问：“你和瓦尔特究竟是怎么回事？”

克拉丽瑟不明白。她望着他并突然发现他的眼睛里有黄色的云，它们似乎在一阵狂风中飘移。“你曾说过，”迈因加斯特迟迟疑疑地继续说，“你以一种‘并不恰当的’方式吸引着他。很可能这是一个女人的不恰当的方式吧？这是怎么回事？你压根儿就对男人性感缺失？”

克拉丽瑟不懂这个词儿。

“性感缺失就是，”大师解释说，“一个女人不喜欢男人的拥抱。”

“可是我只知道瓦尔特嘛。”克拉丽瑟怯声怯气地说。

“那是呀，可是按你所说过的话来判断，人们多半就得这样认为的吧？”

克拉丽瑟诧异不已。她不得不进行思索。她不知道这件事。“我？我可不会这样的；我一定会恰恰阻止这样的事！”她说，“这种事我绝不能同意！”

“瞧你说的！”现在大师不正经地笑了，“你必须阻止你有七情六欲或者阻止瓦尔特过得快活？”

克拉丽瑟脸红了起来。但是这下她倒更明白她该说什么了。“如果人们能伸能屈，那么一切就都会被淹没在性欲之中，”她神情严肃地回答，“我不允许男人的性欲离开男人并成为我的性欲。所以，自从我是个小姑娘以来，我就已经在吸引他们。男人的性欲有点儿不对头。”

出于种种原因，迈因加斯特宁可不理她这个话茬儿。“难道你能这样控制住你自己吗？”他问。

“是呀，是不一样的，”克拉丽瑟真诚地承认，“可是我曾对你说过：倘若我对他听之任之，那我就是强奸杀人犯！”她激昂起来，继续说：“我的女友们说，人们会在一个男人的怀抱里‘销魂’。我不懂这个。我还从未在一个男人的怀抱里销魂过。但是我知道在怀抱以外的销魂。你一定也知道的；因为你曾说过，这个世界实在太没有幻觉了！”迈因加斯特做了一个表示拒绝的手势，就好像她没有正确理解他的意思似的。但是如今她的心里却已经十分清楚。“如果说，人们必须反对劣等的东西支持优等的东西，”她大声说，“那么这就是说：有一种生活，它沉浸在一种巨大和没有限度的快感中！这不是性欲快感，这是天才快感！瓦尔特会背叛它的，如果我不阻止他的话！”

迈因加斯特摇摇头。听到这样改头换面、感情强烈地复述他的话，他心头顿生否定情绪，这是一种惊醒起来的、几近忧心忡忡的否定；这种否定包含着种种内涵，他回答的是这句最偶然的话：“他是否压根儿就会变，这是成问题的！”

克拉丽瑟站住脚，仿佛她眨眼间在地上扎下根了似的。“他必须尽义务！”她嚷嚷，“恰恰是你曾教导我们说，人们必须尽义务！”

“这是对的，”大师犹犹豫豫地承认并徒劳地现身说法要她继续行走，“可是你究竟要干什么？”

“你看，你来以前，我还什么都不想干，”克拉丽瑟小声说，“可是这种生活，这真是可怕极了，它从生活乐趣的海洋中只获取这一点点性欲乐趣！现在我要干点事。”

“我正是问你这个嘛。”

“人们活在世上得有一个目标。人们得对什么事‘有所裨益’。否则一切就杂乱无章。”克拉丽瑟回答。

“你要干的事，这与莫斯布鲁格尔有关联吗？”迈因加斯特探问。

“这我没有说明。我得看，这会产生什么结果！”克拉丽瑟回答。接着，她又若有所思地添上一句：“我要劫持他，我要制造一起轰动事件！”说这话时她的表情变得充满神秘。“我观察过你，”她突然说，“神秘人物与你来往！你以为我们外出时，你便邀请他们。他们是男孩和年轻男子！你不说他们要干什么！”迈因加斯特不知所措地盯住她。“你在酝酿什么事，”克拉丽瑟继续说，“你在策划什么！可是我——”她轻声低语说，“我也有坚强的性格，我能同时和好几个人保持友谊！我已经获得一个男人的性格和义务！我已经在与瓦尔特打交道的过程中学会了男人情感！”她的手又去抓摸迈因加斯特的胳臂。人们从她的神态上看得出，她对自己的举动懵然无知。手指采取爪子那样的姿势从袖管伸出来。“我是一个有双重性格的人，”她低声耳语，“这一点你必须明白！但是这不是一件容易的事。你说得对，人们不应该害怕暴力！”

迈因加斯特还一直在神情尴尬地注视着她。他从未见过她这个样子。他不明白她说的话前后有什么关系。对于克拉丽瑟来说，这时候最简单的莫过于双重性格人这个概念了，但是迈因加斯特却在思索，她是否已经从他的秘密活动中猜着了什么并在对此进行暗示。还没有许多会被猜中的事；不久前他才开始与他的男人哲学相一致地在他的感觉中觉察到一种变化并将比学生更重要的小伙子们吸引到自己身边。但是也许他因此而换了住处并来到这里，他觉得在这里自己不会受人监视；他还从未想到过这样一种可能性，而这个变得阴森可怕起来的小个子女人看来有能力预料到他发生了什么情况。她的胳臂不知怎么地越来越长地从袖管伸出来，而让这条胳臂连接起来的两个身体之间的距离却没有改变；这条裸露的、瘦削的前臂连同上面的这只抚摸迈因加斯特的手，在瞬间有着一个如此不寻常的形态，以致在这个男人的想象中一切先前还曾有过界线的东西全乱成了一团。

但是克拉丽瑟没说出她方才还曾想说的话，虽然话已经到了她的嘴边。双重意义词语是这方面的信号，分散在语言中，像人们为了指示一条秘密道路而折断的树枝或撒在地上的树叶。“强奸谋杀”[①]和“吸引”，但是也包括“快捷”，以及许多，也许甚至所有别的词语都有两种意思，其中的一个是隐蔽的、带有个性的。但是一门双重语言意味着一种双重生活。普通的语言显然是罪恶生活，隐蔽的语言是光明形态生活。譬如在其罪恶形态中的“快捷”就是寻常而耗人精力的、日常的匆忙，但在喜悦形态中一切快捷跃起并连蹦带跳充满喜悦。但是随后人们也能把喜悦形态说成力量形态或无辜形态并且在另一方面用种种具有平庸生活的某种意气消沉、疲弱不振和犹豫不决特性的名字来称呼罪恶形态。这就是各事物与“我”之间的奇特关系，致使某种人们在做的事情竟在人们根本意想不到的时刻产生其效果；克拉丽瑟越是无法说出自己对这个问题的看法，在内心言语便越生动地舒展开来，它们聚集得快，伸展得更快。但是，一个信念她却是相当长时间以来就已拥有：人们称之为道德心、幻觉、意志的，它的义务、特权、任务就是，找到坚强的形态，找到光明形态。这是这样的形态，那里没有任何东西是偶然的，那里没有动摇的余地，那里幸运和强制同时发生。其他人曾把这称为“本性地生活”，谈到“思维性格”，把本能称作无辜并把智力称作罪恶：克拉丽瑟不能这样进行思维，但是她已经发现，人们可以把一个事件推动起来，有时候光明形态的部分就会自动与之相结合并且就会以这样的方式得到体现。由于首先与瓦尔特的感情丰富的无所事事有关联的原因，但另外也由于总是缺少方法的英勇的求名欲，她最后终于产生这样的想法：每一个人都可以通过某种用强制手段所做的事为自己竖立一座纪念碑，然后就被这座纪念碑拖带着。所以她也完全不清楚，她打算对莫斯布鲁格尔怎么办？她没法回答迈因加斯特的问题。

而且她也不愿意作出回答。瓦尔特虽然曾禁止她说大师又在变形，但是毫无疑问，大师的心智正渐渐转移到秘密酝酿一个行动上，对这个行动她一无所知，它可能和他的心智一样美妙。所以他一定是懂她的意思的，尽管他假装不懂。她说话越少，她便越是向他表明她知道得多。她也可以抓住他，他阻止不了她。他借此而肯定了她的计划，而她则探究他的计划并参与其中。这也是某种双重性，它是如此强烈，以致她根本弄不明白它。通过她的

① 德语中的“强奸谋杀”也有“喜悦谋杀”之意。

胳臂，她的全部力量以其从未有过的强烈程度不尽的潮水般向这位神秘的朋友那边流去并使她处于一种昏厥和精力衰弱的状态，这超过任何爱的情感。她没有别的办法，只能微笑着看着她的手，或者交替着盯住他的脸。迈因加斯特也只是一味地轮流注视她和她的手。

这时突然发生了什么事，这件事起初完全让克拉丽瑟猝不及防，但是随后便使她陷入一种迈那得斯[①]式的极度狂喜之中：迈因加斯特曾试图在他脸上挂出一丝带优越感的微笑，它可以保护他不致向她泄露出自己缺乏自信；但是这种缺乏自信的感觉每分钟都在增长并且总是重新产生自某种看似不可理解的东西。因为在每一个怀着疑虑做出的行为之前都有一个意志薄弱时期，它符合行为后的后悔时刻，虽然在事态的自然过程中它几乎不会出现。种种信念和强烈的想象——完善的行动得到它们的保护和同意——还没有充分形成，在涌来的激情中近似于不稳固、不坚定地摇摆，就像也许以后它们会在后悔的回流激情中颤抖或崩溃。在这种意图状态中迈因加斯特被撞个正着。这使他感到双重为难，由于往日经历的缘故，也由于现在他在瓦尔特和克拉丽瑟这儿享受到的威望的缘故；况且每一种强烈的激动情绪还会在现实意义上改变现实的形态，致使这种激动情绪由此而获得新的高涨：笼罩在迈因加斯特心头的阴森可怕的感觉使他感到克拉丽瑟阴森可怕，恐惧使她具有某种令人恐惧的特性，而客观地回忆起真实情况的种种尝试只是因其软弱无力而增加惊慌失措。于是乎，这微笑没有虚构出从容宁静来，反倒在他脸上显出某种一刻比一刻更僵硬的神态，简直是某种僵硬飘浮的神态，最后似乎僵硬得像踩着高跷那样飘浮出去。这时候，大师的举止行为和一条大狗的举止行为不无二致——这条大狗面对着一头像毛虫、蟾蜍或蛇这样的异常小的动物，却不敢去袭击它：他站在长腿上越来越向上挺直身子，扭歪双唇和脊背并看到自己突然被不舒服的潮流从其源头所在的地方带走，而他却没有能力说一句话或者做一个手势来掩饰他自己的逃跑。

克拉丽瑟不放开他；在迟迟疑疑迈出头几步时，这可能还像一种无恶意的热情，但是后来他硬拉着她，几乎找不到最急需的话去向她解释：他要赶快到自己房间里去工作。在门厅里他才得以完全摆脱她，在这之前他只是受

① Maenades，古希腊神话中的植物神和酒神巴克斯的伴随者，她和另外几位伴随者一起合起来称为巴克斯狂女。

自己的逃跑意愿的驱动，没注意克拉丽瑟的话，小心翼翼得透不过气来，他不得不同时小心从事，为了不致引起瓦尔特和西格蒙德的注意。瓦尔特确实能够看出这个事件的端倪来。他觉察到，克拉丽瑟情绪激动地向迈因加斯特要求什么，这遭到后者的拒绝；一股双重的妒意深深钻进他的胸膛。因为虽然他内心痛楚万分地料到克拉丽瑟在向这位朋友献媚，可是他却几乎更强烈地感到受到了侮辱，因为他自以为看到她遭受鄙弃。要是将这件事进行到底，他会强迫迈因加斯特接受克拉丽瑟，然后他就会被这股同样的内心激动的活力推进绝望之中。他的激动中既带着忧伤又透着刚勇。眼看着克拉丽瑟处在危急关头，而西格蒙德却在问得把插条栽在松软的地上呢，还是把它们四周的泥土拍结实，他简直不能忍受。他忍不住要说什么话，觉得自己处于一架钢琴在十指猛烈触键的瞬间与爆发吼叫之间的这百分之一秒中的状态。他喉咙里冒着烟。势必会以完全不同于往常的方式描绘一切的话语已经到了嘴边。但是出乎意料，他说出来的唯一的一句话竟是与此风马牛不相及："我不能容忍！"他反复说，与其说是冲着西格蒙德，不如说是对着园子里。

可是这时情况却表明，此人表面上只忙着侍弄插条和那一堆泥土，实际上却也注意观看了这些事情并且甚至对此进行了思考。因为西格蒙德站起来，拍打干净膝盖并给他的妹夫出了一个主意。"如果你认为她走得太远了，那你就得使她想到别的主意嘛。"他说，那口气就仿佛这完全是不言而喻的事：在整个这段时间里他以医生的认真态度掂量了由瓦尔特透露给他的隐情。

"这件事我该怎么做呀？！"瓦尔特惊愕地问。

"像一个男子汉那样地去做。"西格蒙德说，"女人的满腹牢骚总是可以从同一个切点出发加以消除的，或者爱怎么说就怎么说吧！"他对瓦尔特很迁就，而生活则充满了这样的关系：一个人羞辱和排挤另一个人，那个人不对此奋起反抗。严格地讲，并且按照西格蒙德的自己的信念，健康的生活恰恰就是这样的。因为假如每一个人都反抗到流尽最后一滴血，那么这个世界很可能在民族大迁移时期就已经毁灭了。可是世界没毁灭，较弱小者总是偷偷走掉并寻找别的能够被他们排挤走的邻居；人与人之间的关系大多都按这个模式还一直延续至今天，一切随着时间的推移而自动变得好起来。西格蒙德在他的瓦尔特被认为是天才的家庭圈子里一直有点儿被当作笨蛋对待，而且也承认这一点，在家庭声望遭到危险时今天也还无论如何都会是个温良恭谦的人。因为自一些年以来，与新生的生活关系相比，这种旧的划分已经变得不重要并且恰恰因此而被放弃，一如传统习俗所要求的那样。西格蒙德作为医生不仅有着一个相当好的诊所——医生不同于官员，他不靠别人的权势而靠个人的才干吃饭，他来到这些人的身边，这些人期望得到他的帮助并温顺地接受这种帮助——而且他拥有一位富有的太太，她在短时间内把自己和三个孩子送给了他，并且即使不是经常、也是按他所需地定期受他和别的女人的欺骗。所以他只要愿意就完全有能力现身说法给瓦尔特出一个可靠的主意。

这时，克拉丽瑟从屋里回到户外来。她不再记得，在情感激越的过程中讲了些什么话。她大概知道，大师曾在她面前落荒而逃；但是这段回忆已经失去了具体的细节，已经闭合上并折叠起来。发生了什么事了！带着自己记忆中的这个唯一的想法，克拉丽瑟觉得自己像一个从雷雨中出来、浑身还带着感性力量的人。在自己面前，在离小石头楼梯——她正走到外面这道楼梯上——底部不多几米远处，她看见一只深黑色火红嘴山鸟，它正在吃一条肥胖的蠕虫。在这头动物中或者在这两种对立的颜色中有一种巨大的能量。人们不能说克拉丽瑟看到这副情景时心里有什么想法；而是她身后有什么东西从四面八方在回答。黑山鸟是使用暴力的瞬间中的一个罪恶形态。蠕虫是一只蝴蝶的罪恶形态。这两个动物是被命运遣送到她的路上来的，作为信号，预示着她必须采取行动。人们看到，山鸟怎样用它那张火红色嘴吃蠕虫的罪恶。它不是那“黑色天才”吗？如同鸽子是那“白色幽灵”？这些信号不形成一个系列？木匠露出狂者，大师的逃跑……这些想法中没有一个带有这样展开的形态出现在她脑海中，它们隐蔽在房屋的墙壁内，虽然被呼唤，却还留住了回答；但是克拉丽瑟走到外面的石头楼梯上并看见那只鸟儿在吃虫时真正感觉到的，却是内心发生的事情与外部发生的事情的一种非言语所能形容的一致。

这种一致以一种奇特的方式感染了瓦尔特。他感受到的这个印象与他称之为“祈求上帝”的东西一拍即合；这一回他颇有自信地想到了这一点。他不能认清克拉丽瑟心里正在想些什么，距离太远了；但是某种“非偶然性”

的东西，他从她的态度上觉察到了，她在这个世界面前站着，这道小楼梯向下通往这个世界，就如同一道游泳池阶梯通到水中。这是某种高雅的东西。这不是寻常生活的态度。他突然领悟到：克拉丽瑟指的就是这种同样的“并非偶然”。她说：“这个男子并非偶然在我的窗下！”他一边望着他的妻子，一边自己觉得，异样涌流的力量的压力正在进入种种现象之中并将它们充满。在这个事实中：他站在这儿，克拉丽瑟在那儿，在他斜对面，他不自觉地沿着园子的纵向轴望去并且不得不转动眼睛，以便看清克拉丽瑟：就在这种简单的关系中，生活的无声精力突然压倒了自然的偶然性。从眼前浮现的大量图像中升起某种几何线条式的东西和不寻常的东西。所以这种情况就会发生，如果克拉丽瑟认为几乎是无形的一致中——就像一个男人站在她的窗下并且是另一个木匠这种情况——具有一种意义；各种事件随后便都有一种彼此靠紧相安无事的特性，这种特性不同于那种普通的特性；这些事件属于一个陌生的整体，这整体则显示出这些事件的别的方面，而由于这个整体使这些方面从其不惹人厌的隐蔽处显露出来，授权克拉丽瑟作出断言，认为是她自己在吸引这个事件：客观地表述这件事，这是困难的，但是瓦尔特终于注意到，这恰恰与某种他十分熟悉的情况，也即与人们画一幅图画时会发生的那种情况最为相近。一幅图画也以一种并非众所周知的方式把不与它的基本形态、风格、调色板一致的每一种颜色和线条排斥在外，而另一方面则从手中吸取它所需要的东西，依据不同于大自然中普通法则的天才法则。在这种时刻，他身上再也没有丝毫那种圆满的健康舒适感，这种舒适感可以检查生活的赘生物是否含有可用的东西，一如他不久前还曾对之赞誉过的那样；更确切地说，这是一个不敢去参加一种游戏的男孩的烦恼。

但是西格蒙德不是一旦捡起了什么又会迅速将它放下的那种人。“克拉丽瑟过于神经质了，”他断言，“她总是想用脑袋撞穿墙壁，现在她又一头扎在什么东西里了。你得好好管一管，即使她会反抗！”

“你们医生对心理活动一窍不通！”瓦尔特叫喊。他寻找第二个攻击点并找到了它。“你谈到过‘信号’，”他继续说，在自己的神经质之外又添上了因可以谈论克拉丽瑟而感到的几分喜悦，“现在你忧心忡忡地检验，什么时候信号是干扰什么时候不是；但是我告诉你：人的真正的状态是一切皆信号的那种状态！简直是一切！你也许能够正视真实，但是真实永远也不会正视你；这种带有神性的不安全感你永远也不会了解的！”

“你们俩都疯了！”西格蒙德干巴巴地说。

“是呀，我们当然是疯了！”瓦尔特嚷嚷，“可是你作为人是没有创造性的：你从未得知过‘表达自己的思想’意味着什么，对于艺术家来说这压根儿就才意味着‘理解’！我赋予各事物的表达方式才展示出正确对待这些事物的意义。我在实行的过程中才理解，我或者另一个人想干什么！这就是我们的活经验，跟你的死经验不同！你自然会说，这自相矛盾，这混淆了原因和效果，你，你有你的医学上的因果关系！”

但是西格蒙德没说这个，而只是断然重申：“如果你对她不过分忍让，这肯定对她自己有好处。神经质的人需要某种严格管教。”

“当我在敞开的窗户旁边弹钢琴的时候，”瓦尔特问，似乎没听到他的内兄的警告，“我在干什么呀？窗下人来人往，其中也许有女孩子，谁愿意，谁就站住，我为年轻的情侣们和孤独的老人们弹奏。都是些聪明人和愚笨人。我也不给他们理性。我弹奏的不是理性。我向他们倾诉我的衷情。我坐在我的房间里不露面并向他们发出信号：几个声音；这是他们的生命，这是我的生命。你确实可以说，这也是疯了！”他突然沉默不语。这种感觉：“啊，我倒是善于给你们大家说些什么！”有中等创造能力、觉得迫切需要倾诉的尘世之人的这种感觉崩溃了。每一回，只要瓦尔特怀着这种柔和、空虚的感觉坐在他的已打开的窗户后面并带着使成千上万个陌生人感到喜悦的艺术家的那种崇高意识将他的音乐释放到外面空中，这种感觉便总是像一把撑开的伞，而只要他一停止弹奏，这种感觉便像一把软塌塌收拢下来的伞。于是，一切轻松愉快的感觉一扫而光，一切已发生的情况几乎等于没有发生；他就只还能够以这样的方式讲话：就好像艺术已经失去与人民的联系，一切全是坏东西。他回想起这种情况，顿时便感到垂头丧气。他对此进行抗拒。克拉丽瑟曾说过：人们必须将音乐演奏“到底”。克拉丽瑟曾说过：有些事情只有亲自参与才会理解！可是克拉丽瑟也说过：所以我们必须亲自去疯人院！瓦尔特的“内心的伞”已经半收拢起来，在阵阵不规则的狂风中飘动着。

西格蒙德说：“神经质的人需要某种引导，这对他们自己有好处。你自己曾说过，你不愿意再容忍这种事情。我作为医生和男人也只能给你提出这同样的劝告：向她显示你是个男人；我知道她会抗拒，但是她最终还是会喜欢你这样做的！”西格蒙德像一台可靠的机器那样不知疲倦地重复这句如今已变为他的“经历”的话。

瓦尔特，在一阵“狂风”中，回答：“这种医学上的对有秩序的性生活的过高估计压根儿就已经过时！每逢我弹奏音乐、画画或思考时，我就对远近各地的人产生影响，却不会损害这一些人，讨好另一些人。相反！我告诉你吧，私人的生活观今天很可能哪儿也不再有什么合理性了！在婚姻中也没了！”

但是更强大的压力在西格蒙德的一边，瓦尔特驾驶帆船顶风向克拉丽瑟那边驶去，在这场谈话期间他一直密切注意着她。他心里感到不痛快，人们居然会说他没有男子汉气概；他怏怏不乐地一转身，在这个断言的驱使下不由自主地向克拉丽瑟走去。半路上他心虚胆怯地张着嘴感觉到，他得一开始就提出这个问题：“你谈论信号，这是什么意思？”

但是克拉丽瑟看见他来。他还站着的时候，她便看见他在自己的位置上摇晃。然后他的双脚从地上拔起并托载着他过来。克拉丽瑟怀着一阵狂喜参与进来。山鸟惊恐地飞起并急匆匆衔走了它的蠕虫。已经为吸引完全敞开了道路。但是克拉丽瑟突然改变主意，这一回她避开了一次相遇，她慢慢地沿着房屋的墙壁向空旷处走去，但没把视线从瓦尔特身上移开，只是比这个犹豫不决的人从远距离影响范围进入相互辩论的范围时行走得更快。

二七

阿加特即刻被施图姆将军引进社交界

自从阿加特和他联合以来，将乌尔里希和图齐家的大熟人圈子连接起来的种种关系便提出了费时间的社交任务，因为尽管已是隆冬季节，较为活跃的冬季社交活动却仍还没有结束，而且人们在乌尔里希的父亲去世后向他致以的哀悼，这笔人情债也得偿还，所以即使他们俩由于要服丧可以名正言顺不参加大型庆祝活动，但他也不能把阿加特藏起来。假如乌尔里希充分利用这服丧期带来的好处的话，那么它本来是完全可以使他在较长时间内避开一切社交活动并从而退出一个他只是由于一个奇特情况而陷于其中的人物圈子的。可是，自从阿加特把自己的生活托付给他以来，乌尔里希的行动便与自己的感觉截然相反，他让自身中的一个部分——它体现了“一位兄长的义务”这个传统观念——去作出许多决断，即便他作为完整的人对这些决断采取暧昧态度，如果说他不是对它们压根儿采取否定态度的话。尤其是这一意图便属于一位兄长的这些义务之一：阿加特的从她丈夫家宅的出逃不应有任何别的结局，而是应该在一位更好的丈夫的家宅找到归宿。“如果这样继续下去的话，”他们一谈起他们的共同生活要求采取某些预防措施，他便惯常这样回答，“那么不久就会有人向你求婚，或者至少向你求爱的。”若是阿加特制订时间长达几个星期以上的活动计划，那么他便会回答：“到那时候情况就会完全改观了。”她若不是发现了她兄长的这种内心矛盾，那么这本来是会更加伤害她的感情的，这种情况也就暂时阻止她在他以为尽量扩大他们涉足的社交圈有好处时进行强烈的反抗。就这样，自阿加特到达以来这兄妹俩就远比乌尔里希独自一人时更频仍地介入到社交活动中去。

在人们长期只认识他一个人并且从未听见他对他的妹妹说起过片言只语之后，他们这样在一起抛头露面引起了不小的轰动。一天，施图姆·封·博尔特韦尔将军带着他的传令兵、他的公文包和他那个面包又来到乌尔里希这儿并满腹狐疑地东闻闻西嗅嗅。他嗅出了一股无法描述的味道。接着，施图姆发现一把椅子的靠背上搭着一只女袜，并不以为然地说：“当然啰，年轻人嘛！”“我妹妹。”乌尔里希解释。“得了吧！你根本没有姊妹！”将军纠正他。“我们满怀忧愁，你却金屋藏娇！”他的话音刚落，阿加特便走进房间，他顿时便慌了神。他看出容貌的相似之处，并从其落落大方的举止上感觉到乌尔里希讲的是真话，却没摆脱掉这样的念头：他面前这个女子是乌尔里希的一位女友，她长得酷似乌尔里希，酷似得让人不可思议、令人迷惑不解。“我不知道，夫人，在那一瞬间我是怎么回事了，”事后他向狄奥蒂玛讲述说，“但是即使他自己突然又以候补士官的身份站在我面前，我也不可能会有别样的心情的！”因为阿加特十分称他的心意，所以施图姆一看见她便感觉到那种已被他学会当作深深激动征兆看待的昏呆。他的柔和的肥胖身躯和敏感的禀性使他爱仓皇撤退出如此棘手的场合；尽管作了种种努力让他留下，乌尔里希还是再也了解不到多少情况，不知道是什么解不开的忧愁把这位有教养的将军引导到他这儿来了。

“不！”这位将军责备自己说，“任何事情都不会如此重要，以致人们可以像我这样来打扰！”

“可是你没有打扰我们呀！”乌尔里希笑道，“难道你会打扰什么的吗！？”

“不，当然不！”施图姆重申，越发不知所措了，“当然，在某种意义上是不会的。但是，尽管如此！得，我还是改天来吧！”

“你倒是说说，你为什么来了，说完你再走也不迟！”乌尔里希要求。

“没什么事！根本没什么事！小事一桩！”施图姆渴望溜之大吉，便一迭连声地说，“我认为，这个‘伟大的事件’现在正在开始！”

“一匹马！一匹马！坐船到法国去！”乌尔里希愉快而兴奋地胡乱叫喊起来。

阿加特莫名其妙地看着他。“我请求原谅，”将军转过身来对她说，“夫人根本不知道我们在说什么。”

“平行行动已经找到了一个高屋建瓴的思想！”乌尔里希补充说。

“不，”将军不以为然地说，“这话我没说。我只是想说：这个为大家所期盼的事件现在眼看就要发生！”

“原来是这么回事！”乌尔里希说，“这早就不是新鲜事了。”

“不，”将军神情严肃地说，“不仅仅是如此。现在有一个极其明显的‘人们不知道是什么’的事件正在酝酿之中。不久将在你表妹那儿举行一次具有决定性意义的聚会。德朗萨尔太太——”

“这是谁？”一听到这个新名字，乌尔里希便打断他。

“谁叫你这么深居简出的！”将军惋惜地责备他并转向阿加特，以便临时进行补救。“德朗萨尔太太就是奖掖诗人费尔毛尔的那位女士。这位诗人你也不认识？”他问，当从乌尔里希的方向没有得到肯定的回答时，他便又旋回他的肥壮的身体。

“认识。抒情诗人。”

“会写写诗。”将军说，满腹狐疑地避开这个他不习惯的词儿。

“甚至是好诗。还写了多种剧本。”

“这我不知道。我的笔记本我也没带在身上。但那是他，是他说：人是善良的。一言以蔽之，德朗萨尔教授太太奖掖的就是‘人是善良的’这个论点；人们说，这是一个欧洲的论点，据说费尔毛尔前途似锦。但是她却曾有过一个丈夫，是全世界都有名的医生，很可能她想把费尔毛尔也变成一个著名的人物；不管怎样，都存在着这样的危险；你的表妹将失去领导地位，德朗萨尔太太的沙龙将担负起领导责任，反正所有著名人士都是她的沙龙的座上客。”

将军擦干额上的汗水；乌尔里希却觉得这个前景一点儿也不坏。

“咳，你说什么呀！”施图姆责备说，“你也是崇敬你的表妹的嘛，你怎么可以这样讲话！夫人您不也觉得，他这是一种对一个鼓舞人心的女人的极不忠诚、极忘恩负义的行为？！”他冲着阿加特说。

“我根本不认识她。”她向他承认。

“哦！”施图姆说，接着他添上了这样一句话，“在最近一段时间里她的热情确实有些减退了！”在这句话中，有骑士风度的意图和无意间流露出来的非骑士风度混合成一句向阿加特作出的朦胧自白。

乌尔里希和她，谁都没有吭声，于是将军便感觉到，他必须解释他的这句话。“你也是知道这是为什么的！”他意味深长地对乌尔里希说。他反对研究性科学，这分散了狄奥蒂玛对平行行动的注意力；他忧心忡忡，因为与阿恩海姆的关系不见改善；但是他不知道，他可以敢冒多大的风险，在阿加特面前谈论这样的事情，而她的表情则终于变得越来越冷酷了。可是乌尔里希却心平气和地回答：“如果我们的狄奥蒂玛不再对阿恩海姆具有原有的影响力，你的油田故事大概就不会有什么进展了吧？”

施图姆做了一个苦苦哀求的手势，仿佛他不得不阻止乌尔里希开一个在女士面前不得体的玩笑，却同时用犀利的警告的目光盯住他。他也找到了力量。以年轻人的敏捷抬起他那笨拙的身体，并把军服拽平整。他心中尚还遗留下许多原先的对阿加特的来历的不信任，所以他不愿意在她面前泄露国防部的秘密。待到乌尔里希陪伴着他走进前厅时，他才抓住乌尔里希的胳臂，面带微笑、嘶哑着嗓门悄声说：“天哪，你可千万别泄露国家机密呀！”

并再三嘱咐他丝毫也别向第三个人——即使是自己的妹妹——透露有关油田的事。“好吧，”乌尔里希说，“可是这是我的孪生妹妹。”“对孪生妹妹也不许说！”将军断然地说，他觉得妹妹就已经十分不可信，所以孪生妹妹也就不再使他仓皇失措：“你得答应我！”“你要我答应你，”乌尔里希说，“这毫无用处，我们是连体双胞胎，你懂吗？”施图姆自然明白，乌尔里希是在以他那种永远也不会明确作出肯定回答的方式戏弄他。“你有时候曾开过比较有意思的玩笑，可你总不该给一位如此妩媚动人的女子，哪怕千真万确是你的妹妹，凭空捏造这样令人倒胃口的故事的吧，说什么她和你是连体！”他申斥他。但是由于他对于他所看到的乌尔里希的隐居生活所抱的疑忌已重新被触动，便就势还提了几个问题，对乌尔里希的所作所为进行考察：新上任的秘书已经到你这儿来过了吗？你去过狄奥蒂玛家里了没有？你履行了你的诺言了没有，你找过莱恩斯多夫了吗？现在你知道，你的表妹和阿恩海姆之间出什么事了吗？由于他对这一切自然都是了解的，所以这位胖乎乎的怀疑者以此来注意观察乌尔里希是否诚实；考察结果令他满意。“那就劳驾，你就准时来参加这次决定命运的会议吧，”他一边请求他，一边好不容易将胳臂伸进袖管并气喘吁吁地扣上大衣的纽扣，“我会事先给你打电话并用我的车来接你，这样方便多了！”

“这个无聊的会议什么时候举行？”乌尔里希并不怎么乐意地问。

“嗯，我想，在十四天以后吧，”将军说，“我们想把另一方带到狄奥蒂玛那儿，但是阿恩海姆应该出席这次会议，可此人出门旅行还没回来。”他用一个指头拍打从大衣口袋里露出来的金缨带。“没有此人‘我们’会不快活的：这一点你是可以理解的。但是我告诉你，”他叹息，“尽管如此，我还是什么也不希望，只希望我们的精神领导仍然由你表妹来承担；要我再熟悉全新的情况，这实在让我感到可怕！”

多亏了这次来访，乌尔里希和他妹妹才得以返回他独自离开了的社交界，其实即便他不愿意，也照样不得不重新恢复他的社交活动，因为他和阿加特一天也藏匿不下去了，他不能指望施图姆会保守住一个如此值得叙述的新发现。当这对“连体双胞胎”登门拜访狄奥蒂玛时，她显示出对这一不寻常的、可疑的命名已经知情，即使还不是感到欣喜。这个神圣的女人，因人们随时可以在她家旦遇见的那些极受尊敬的和奇特的人物而著名，她起初对阿加特这位不速之客很是见怪，因为一个不惹人喜欢的女亲戚可能会远比一个表兄对她自己的地位更有危害作用；她对这位新表妹一无所知，完全就像从前她对乌尔里希一无所知那样，这就其本身而言就已经使这位万事通的女人感到恼火了，这是她当初就不得不向将军承认的。所以她给阿加特起了“成为孤儿的妹妹”这个名称，部分是为了安慰她自己，部分则是为了在更广泛的圈子里作预防性使用；她也大致就是怀着这样的心情接待了这兄妹俩。她对阿加特有能力给人以这种社交上完美无缺的印象感到惊喜，而阿加特则——牢记着她在一所虔诚的寄宿学校所受的良好教育，受到她曾向乌尔里希自责过的、忍受生活的这种戏弄人的让人吃惊的决心的指引——从这一时刻起几乎是不由自主地便想到要获得这位强有力的少妇的宽宏好感，对这位少妇的了不起的虚荣心她感到不可思议、无关紧要。她惊叹狄奥蒂玛时怀着跟在惊叹一座巨大发电厂时一样的天真烂漫心情，这座发电厂的传播光明的不可理解的事务人们是不参与的。在狄奥蒂玛一旦产生了好感之后，但是尤其是因为她不久便能观察到阿加特普遍招人喜欢，她便继续关切阿加特的社交成就，并且也为了她自己的荣誉越来越郑重其事塑造着这一成就。这位“成为孤儿的妹妹”引起大家的关注，这种关注在较亲近的熟人身上开始时表现为对人们从未听说过她感到真诚的惊奇，并且随着熟人圈子的不断扩大而变成那种不明确的对新奇事物的喜悦，是它把王族和报界联系在一起。

于是也就发生了这样的情况：狄奥蒂玛有文艺才干，能在本能驱使下于好几个可能性中选出那个最坏的、确保公开的成就的可能性。她一出手，便让乌尔里希和阿加特经常在上流社会的记忆中获得一席之地，因为他们的这位女保护人突然自己觉得她在起初听说的这件事令人心醉神迷，而且也立刻心醉神迷地把它讲给别人听。这件事就是：她的表兄和她的表妹在几乎是毕生的分离之后在富于浪漫色彩的情况下又被联合起来了，他们从此就自称连体双胞胎，虽然按照命运的盲目意愿迄今为止他们的情况一直与此相反。为什么这首先称狄奥蒂玛、随后也称所有其他人的心意，以及这怎样使兄妹俩共同生活的决心显得既异乎寻常又可以理解，这就难说了：这正是狄奥蒂玛的领导才干；因为无论如何两件事都已做到并证明了，尽管有人施展种种竞争手腕她始终还在行使她那温和的权力。阿恩海姆在最近一次归来时听说了这件事，他就在高雅人士的圈子里做了一个报告，报告在对贵族的大众化的力量的一片崇敬中结束。不知怎么地甚至谣言四起，说什么逃到她兄长这儿来的阿加特曾和一位著名的外国学者有过一段不美满的婚姻生活；而由于人们当时在定调子的人的圈子里按地产占有者方式对离婚不怀有什么好感并安于与人私通，所以某些上了年纪的人便觉得阿加特的决定简直闪耀着那种由意志力和感化性混合成的崇高生活的双重光辉，对这兄妹俩特别怀有好意的莱恩斯多夫伯爵有一回曾用这样的话来分析这种光辉：戏剧舞台上一直都在演出令人万分恐惧的激情；可是维也纳国家剧院倒不如把这种东西作为自己的榜样！

亲耳聆听到这一高论的狄奥蒂玛回答说："有些人追随一种时尚说人是善良的；但是如果人们像我现在这样通过研究了解了性生活的迷惘与混乱，那么人们就会知道，这样的榜样多么稀少！"她想限制还是强调伯爵阁下慷慨地给予的这句赞词呢？她还没有原谅乌尔里希，自从他丝毫未曾向她透露他妹妹即将到来，她便称他这样做是缺乏信任；但是她对这种成功感到骄傲，这里有她的一份功劳，这种情感混杂在她的回答之中。

二八

过分开心

阿加特自然而灵巧地利用了社交界提供给她的有利条件。她的兄长喜欢她在一个极其傲岸自负的圈子里的这种稳重态度。她作为外省中学教员夫人的岁月似乎已经脱离她并且没有留下任何痕迹。而乌尔里希则暂时耸耸肩膀把这个结果用这样一句话加以概括："人们称我们连体双胞胎，这称上层贵族的心意：它总是对动物展览比譬如对艺术更有兴趣。"

他们达成默契，把正在发生的一切事只当作一个插曲看待。本来是有必要在居室布置方面作许多变更或作重新安排的，对此他们在第一天就已经心知肚明；但是他们没有这样做，因为他们害怕重新进行一次不着边际的谈话。乌尔里希把自己的卧室让给了阿加特，自己则睡在放柜子的房间里，和他妹妹隔着洗澡间；事后他还让出了他的大部分柜子。他以圣劳伦斯①的烤架为鉴，拒绝接受别人因此而对自己表示的同情；但是阿加特根本没认真想到她可能已经妨碍了她兄长的单身汉生活这样的念头，因为他向她保证说他很幸福，还因为她对他在这之前可能已经感受到的幸福程度只有一种很不明确的概念。现在她喜欢这所房屋，喜欢它那非平民式的寓居方式，喜欢它除了不多几间有用的、如今已是过分拥挤的房间外还有一些闲置不用的装饰性房间和小贮藏室；它有着某种过去时代的繁缛礼仪的特性，这个过去时代对享乐至上、年少气盛地对待它的当前的时代毫无抵抗能力，但是有时候这些漂亮房间对这强行闯入的杂乱无章也表现出无声的悲戚，就像雕刻得线条活泼强劲的乐器上方那断裂、混乱的弦线。后来阿加特看出，她的兄长完全不是无动于衷、不明不白地选择了这所远离街道的房屋，虽然他试图劝说阿加特相信是这么回事，而从旧的内壁中则生出一种激情的语言，它既不完全哑然无声，也不完全可以听得见。但是无论是她还是乌尔里希都一口咬定自己喜欢杂乱。他们起居饮食不方便，自阿加特闯入以来便从饭店订饭并且做什么事都带着一种有些过头的开心，就像人们野餐时的那种开心，虽然在野外不如在家里吃得酒足饭饱。

在这种情况下也没有用人好好侍候。对那位乌尔里希在迁入这所房屋时只是雇用作短期服务的经验丰富的仆人——因为这是一位老人，他已经想退休，只是在等待一件什么尚还有待解决的事情的处理结果——不能期望太多，乌尔里希尽量不去劳动他；而婢女的角色则必须由他自己充当，因为能安顿一位品行端正的姑娘的这间房间和一切其余的事物一样，也还只是处在计划的阶段；试图解决这方面问题的几次尝试都没有取得好结果。乌尔里希作为骑士侍童在为他的女骑士取得社交上的成功作准备方面取得了大的进步。而且，这期间阿加特也已经开始补充起她的装备来，屋里装满了她采购来的东西。如果说这所房屋结构就是这样，哪儿也不适宜一位女士居住的话，那么，她却是已经养成习惯，把它从整体上当作更衣室使用，这使得乌尔里希不管自己愿意还是不愿意都参与了这些新采购运动。各房间之间的房

① Saint Lawrence(？—258)，罗马基督教殉道者之一，据传在通红的烤架上被折磨致死。

门敞开着，他的体操用具当作挂衣架和挂架，他从写字台前被请来作决断，就像辛辛纳图斯[①]从耕地里被请来作决断。这种打乱他的始终还从容不迫地存在着的工作意愿的做法，他不仅因假定它是一时的现象而加以容忍，而且也让他感到愉快，这对他像一种返老还童术那样完全是新鲜事儿。他妹妹的这种看似无所事事的活力像已经冷却下来的炉子里的一个火花那样在他的孤寂中发出劈劈啪啪的声音。明亮的优雅快活之波、幽暗的人类信任之波占满了他生活于其间的各个房间，并使它们失去了一个房间的性质——迄今为止他只是凭着自己的性子在这个房间里活动。但是尤其使他诧异不已的却是，当前这种无穷尽性具有这样的特点：组成这一特点的无法合计的琐事在其总量上构成一个巨大数目，它完全别具一格；正在丧失自己的时间的这种焦躁心情，这种永远抑制不住的感觉，这种不管他做什么事都一辈子不曾离开过他的感觉，这种被认为是伟大和重要的感觉，令他诧异不已地竟完全消失了，而他则第一次完全下意识地喜爱他的日常生活。

是的，每逢阿加特以女人为此而具有的那种严肃态度让他来欣赏她采购来的各种各样优美物件，他便总是甚至殷勤有加地屏住气息。他装出这一奇特的滑稽现象不可抗拒地迫使他参与的样子：在判断能力相同的情况下，女人天生就比男人感觉敏锐并且恰恰因此也就更容易产生以一种粗暴的方式打扮自己的想法，这种方式比男人的方式更远地偏离井井有条的人性。也许情况也确实是这样。因为他感受到的这些众多、零星、温存可笑的想法：用玻璃珠装饰自己，用烫头发，用愚蠢的花边刺绣，用简直是招惹人的发鬈颜色——这些与年市上游艺靶场上的星像靶相似的美丽装饰，它们会让每一个聪明女人看透，却并不会因此而丧失一丁点儿对她们的吸引力，它们开始用其闪光的疯狂之线把他缠绕。一切东西，哪怕痴傻和趣味低劣，如果人们认真与之打交道并与之平等相处，就都会展现其独特的美好秩序，散发其自尊的醉人芬芳，显示其内心蕴含着的戏耍和讨人喜欢的意愿。乌尔里希忙碌着与装饰他妹妹有关的事务时就遭遇到这样的情况。他忙前奔后，他赞叹、鉴定并被咨询，他协助试穿衣服。他和阿加特一起站在镜子前面。现在，在妇人的形象让人想起一只燎净鸡毛、不给人带来许多麻烦的母鸡的形象的时

---

① Cicinnatus（前 519 —前 430），古罗马政治家、军事家。

候，就难以想象她从前的形象中那久被延搁了的胃口的全部魅力，现在这魅力已经陷入滑稽可笑境地：似乎已经让裁缝缝牢在地上、却由于一个奇迹而在活动的长裙最初包含隐蔽的、轻薄的裙子，它们是彩色丝绸花瓣，它们轻轻一晃动便突然变成白色的、更柔软的织物并形成细柔的泡沫才触及身体；如果说这件衣服在这一点上与波浪相似：它既有某种移动诱人的成分又有某种拒斥目光的成分，那么它也是围绕着被巧妙维护住的神奇事物四周的一个有高度艺术性的系住和系紧带的网，并且尽管有着种种不自然特性仍还是一出巧妙遮盖着的爱情剧，它那令人窒息的黑暗只被微弱的幻想之光所照亮。即使一个女人的秘密对他早已不是什么秘密，甚至恰恰是因为他在他的一生中只是像匆忙经过前厅或前花园那样匆忙体味了这些秘密，所以现在没有通道、没有目的地，它们便产生出完全不一样的效果。在所有这些事物中存在着的紧张急速地往回摆。乌尔里希恐怕难以说清楚，她造成了哪些变化。他有理由认为自己是一个有男性感受能力的男人，并且他觉得这是可以理解的：一个这样的男人会受到引诱，也从另一方面去看一看这如此频繁地被渴求的东西。但是有时候这变得几乎阴森可怕，于是他就面带着笑容奋起反抗之。

“仿佛一夜之间一座女子寄宿学校的围墙在我四周长入高空并把我彻底包围住了！”他表示异议。

“这可怕吗？”阿加特问。

“我不知道。”乌尔里希回答。

随后他便称她是一朵吃肉的花，称自己是一只可怜的昆虫，爬进她的光亮的花萼里了。“你用花萼把我包住，”他说，“于是我就坐在颜色、香味和光亮的中间并等待着——这时我已经违背自己的本性变成你的一部分——夫君的到来，我们会将他们引诱来的！”

每逢他成为他妹妹给男人们留下的那种印象的见证人，他心里确实有一股奇特的滋味，他，正是他恰恰惦记着要给她“找一个主人”。他不嫉妒——他以什么身份去嫉妒呀——他把自己的幸福放回到她的幸福的后面并希望她不久会找到一个相称的男人，这个男人将会把她从这种过渡状态中解救出来，她是因离开了哈高厄尔而陷入了这种状态的：可是尽管如此，当他看到她在一群向她献殷勤的男人的中间，或者在大街上一个男人为她的美貌所吸引，全然不顾这位陪同者，紧盯着她的脸看的时候，他就不知道心里是什么滋味。由于这条男人嫉妒的简单出路禁止他通行，所以在这种时候他也常常觉得，仿佛一个他还从未进入过的世界把他合围住了。他凭经验对男人的疯癫和女人的较为谨慎的逗情卖俏一样颇有了解，而每逢他看到阿加特受到男人追逐、看到她施展这种伎俩，他便在内心感到痛苦；他以为是在经历马或鼠的求婚，马的鼻息声和嘶鸣声，陌生的人们既噘嘴又咧嘴地相互显示着各自的沾沾自喜和讨人喜欢之态，这些都使他感到反感，他冷眼旁观这些事，就像一种深沉的、从身体内部向上蔓延开来的昏迷状态。如果说他尽管如此仍还感到跟他妹妹想法一致——这符合他的情感的一种深切需要——那么，他又有时差一点事后迷惑于这种宽容而体验到一种羞耻，这是一个正经人在一个不正经人借故接近他时所感受到的那种羞耻。当他把这种想法透露给阿加特时，她笑了。“在我们的圈子里也有几个女人在竭力讨好你嘛。”她回答。

发生什么事了？

乌尔里希说：“归根到底，这是对这个世界的一种抗议！”

乌尔里希还说：“你认识瓦尔特：我们早就互不相投；但是即使我气恼他并且同样也知道我在刺激他，一看见他我还是会有一种亲切感，仿佛我与他的看法一致还是不一致，这全都无所谓。你瞧，人们在生活中懂得这么许多东西，却并不赞同它们；所以，人们还不了解某个人，可一开始就赞同这个人，这是一种童话般美丽的失去自制的行为，犹如春水从四面八方流向山谷！”

他感觉到：“现在情况就是这样！”他想：“一旦我获得成功，对阿加特根本不再抱有利己主义和自私自利的想法，并且不再有一丁点丑恶一漠不关心的情感，那时她就会像磁石山①吸引船上的铁钉那样把个性从我体内吸引出来！我将在道义上被化作一种原始原子状态，我就既不是我也不是她！也许这样就是至高无上的幸福境界？！”

但是他只是说：“在一旁看着你，这多开心啊！”

阿加特通红着脸说：“这有什么好‘开心’的呢？”

---

① 民间传说中的山，据说能把具有铁制部件的船只吸引过去而使之撞碎。

“啊，我不知道。你有时候在我面前感到害羞，”乌尔里希说，“但是然后你就想，我不是‘只是你的兄长’嘛。另一回，我把你撞个正着，你正处在对一个陌生男人很有吸引力的状态，你恰恰不害羞，但是你还是突然想到，我不宜看见这个，我应该立刻转过脸去……”

“那么这有什么好开心的呢？”阿加特问。

“也许用眼睛注视另外一个人，而又不知道为什么，这让人感到快活吧，”乌尔里希说，“这就像儿童对自己的玩意儿的喜爱；没有儿童的精神软弱……”

“也许让你感到开心的，”阿加特回答，“只是玩兄长和妹妹的游戏，因为你玩男人和女人的游戏玩腻了？！”

“也是，”乌尔里希说并注视着她，“爱情本来就是一种简单的接近欲望和捉摸本能。人们把它分解为男人和女人这两极，带有在这两极间产生的癫狂的紧张、拘束、痉挛和越轨。今天我们对这种膨胀起来的意识形态厌烦了，它几乎已经像一种享受饮食哲学一样滑稽可笑。我确信，大多数人会乐意看到一种皮肤刺激与全体人类的这种联系可以被撤销，阿加特！一个朴实的性友好气氛的时代迟早会崛起，那时男孩和女孩将会和睦而不解地面对一堆破旧发条，一堆从前的男人和女人造成的破烂！”

“但是如果我现在要告诉你，哈高厄尔和我曾是这个时代的先驱者，你又会因此而生我的气的！”阿加特莞尔一笑回答，这笑容酸涩得像不加糖的优质葡萄酒。

“我不再为任何事生气，”乌尔里希说，他微微一笑。“一个脱下铠甲的武士！很久很久以来破题儿头一遭他感觉到贴在身上的不是铁甲而是大自然的空气，并且看到他自己的身体疲倦、细嫩得简直可以让鸟儿们驮走！”他信誓旦旦地说。

他就这样微笑着，简直是忘情地打量着他的妹妹，看着她坐在一张桌子的边缘并来回晃动那条穿黑色长统丝袜的大腿；除了一件汗衫和一条小裤衩，她身上什么衣服也没穿：但是这简直就是脱离了她自己的使命的、变得生动而零散的印象。“她是我的男友，使人心醉神迷地给我扮演一个女人，”乌尔里希心中暗想，“多么现实而又错综复杂：她确实是一个女人！”

阿加特问：“真的没有爱情吗？”

“有！”乌尔里希说，“但是那是一种例外情况。人们必须这样来区分：首先，这是一种身体上的经历，它属于皮肤刺激这一类；这也可以在没有道德附属物，甚至在没有感情的情况下，作为纯粹的舒适感被唤醒。其次，通常存在着内心激动，它们倒是和那肉体的经历有紧密的联系，但仅仅是如此而已，即它们在所有人身上大同小异；我始终还是宁可把这些带有必然同样性的爱情的主要瞬间归入肉体而机械的范畴而不归入心灵的范畴。但是最后，这也是爱情的真正心灵的经历：可是这跟另外那两部分完全没有必然的联系。人们可以爱上帝，人们可以爱世人，甚至人们也许压根儿就只可以爱上帝或世人。无论如何，人们爱一个人，这不是一种必须。但是如果人们这样去做，那么这肉体的东西便会把整个世界据为己有，致使整个世界仿佛倒翻个个儿——”乌尔里希顿住。

阿加特脸红了。

如果说乌尔里希说这样一席话的意图是虚情假意地把与这些话不可避免地联系在一起的恋爱过程想象说给阿加特听，那么他想必是实现了他的意愿了。

他找一根火柴，只是为了可以使这意外产生的关系因某种干扰而重又被打断。“总之，”他说，“爱情，如果这是爱情的话，爱情是一种例外情况，不能充当日常普通事件的样板。”

阿加特抓住桌冇的两头并将它裹住自己的大腿。“陌生人若看见并听见我们，不会说这是一种反常的情感？”她突然问。

“胡说！”乌尔里希断言，“每一个人从我们身上所感受到的，是他的具有相反本性的自我的双重虚幻形成。我是男人，你是女人；人们说，与每一种个性相对应，人人在自身也都有带虚幻色彩的或受抑制的反个性：总之，他拥有对它的渴望，如果他不是对自己极度不满意的话。于是我的已经显露出来的反作用人已经溜进你的身体，你的也溜进我的；他们在对换了的体内感觉好极了，简单说这是因为他们对他们从前的环境以及从那儿可以眺望到的景色并不怀有太多的敬意！”

阿加特心想：“这些事有一回他曾说得更透彻，为什么他缓和了呢？”

乌尔里希所说的，和他们像两个同伴所过的那种生活很相称。这两个同伴在恰好别人的社交聚会给他们时间的情况下有时会对他们是一个男人和一个女人、但同时是双胞胎感到惊异。如果在两个人之间存在着这样一种认可，那么，他们的与世人的分开的关系就会获得存在于别的隐蔽状况中的看不见的一致的魅力，获得衣服和身体之更换的魅力以及获得两个一致的人对懵然无知的人的那种明快的、隐藏在表面现象的两种假面具后面的欺骗的魅力。但是这种游戏似的并且过分突出的欢乐情绪——就像儿童有时发人来疯——和这严肃态度不相称，这严肃态度从高处落下的阴影有时无意间使兄妹俩的心沉寂下来。一天晚上，他们在睡觉前偶然再一次交谈，乌尔里希看到他妹妹身穿长睡袍，于是他就想开一个玩笑，便对她说："若是在一百年前我现在一定会喊一声：我的天使！可惜，这个词儿已经不流行了！"话音刚落，他便沉默不语，愕然地在心中暗想："这不是我用来描绘她的唯一的一个词儿吧？！不是女友，不是妻子！人们也说过：哦，天仙！很可能这会有点儿既可笑又富有生气，却比压根儿没勇气相信自己好！"

阿加特心想："一个穿睡衣的男人不会看上去像天使的！"但是他看上去有野性、肩膀宽，她突然为自己希望这张有着满头浓密头发的强壮的脸会模糊自己的视线而感到羞愧。她的春情不由自主地荡漾起来；她的血汹涌着流贯身躯并且一边夺走着内心的力量，一边向全身散开。由于她不是一个像她兄长这样偏激的人，所以她感觉到她所感觉到的。如果她温柔多情，她就是温柔多情；不是思维敏锐或道德贤明，虽然她既喜欢又害怕他身上的这种品性。

一而再，日复一日，乌尔里希把一切归纳为这样的想法：从根本上看来，这是对生活的一种抗议！他们臂挽臂地在市内行走，身材相称，年龄相当，观点相配。并排行走着，他们相互看不见多少各自的形象。魁伟的、互相愉悦的形象，他们只是因为高兴才走上街头，每走一步就感觉到他们在周围这个陌生世界中间轻微地一接触。我们是一对！这种一点儿也不异乎寻常的感觉使他们感到幸福，乌尔里希半顺着她、半拧着她说："真滑稽，我们对于当兄长和妹妹竟如此心满意足。对于世人而言这是一种极平凡的关系，而我们则将某种特殊意义置于其中！"

也许他说这话伤害了她了。他补充说："可是我曾一直这样希望。少年时代，我曾下定决心只娶一个小时候就被我收为养女并抚养大的女人。我固然以为，许多男人有这样的想法，它们简直平庸乏味。但是有一回，我作为成年人真正爱上了一个这样的孩子，即使只有两三个小时之久！”他继续给她讲这件事，“事情发生在电车上。一个小女孩向我这边登上车，也许十二岁吧，她的很年轻的父亲或兄长陪着她。她上车，坐下，漫不经心地递钱给售票员打了两张票，俨然一副贵妇人模样；但是没有丝毫儿童的装模作样之态。她也以同样的方式和她的陪伴者讲话或默默听他讲话。她漂亮极了；棕色的皮肤，丰满的嘴唇，浓密的眉毛，一个有点儿翘的鼻子：也许是个黑头发波兰人或南方斯拉夫人。我认为她也穿了一套像某种民族服装的衣服，但这身衣服，它那长上衣、窄腰身、小紧身胸衣拷边和脖颈和手上的摺边，其整个形态就像这小女孩一样完美无缺。也许她是阿尔巴尼亚人？我坐得太远，听不见她讲话的声音。我注意到，她的神情严肃的容貌超过她的年龄并且完全显出一副成年人的模样；尽管如此，这却并不是一个矮小女人的脸庞，而是毫无疑问一个儿童的脸庞。另一方面，这张儿童脸全然不是一个成年人的不成熟的最初阶段。看来有时女人脸在十二岁上就成熟了，即便是心灵上也已让大师的大手笔在第一张草图上塑成，致使一切后来添加上去的笔画只会毁坏原来的价值。人们可能会热烈地爱恋上这样一种现象，爱得极深，其实并没有什么贪欲。我知道，我曾胆怯地四下张望别人，因为我当时觉得，仿佛一切秩序都已经从我这儿退缩回去。后来我尾随那小女孩下车，但她在街上人群中消失了。”他结束他的小故事说。

等了一会儿下文之后，阿加特微笑着问：“这怎么跟这种情况相吻合呢：爱情的时代已经过去，只还留下性欲和友谊？”

“这跟这根本不相吻合！”乌尔里希笑道。

他的妹妹略一沉吟便用极其生硬的口吻说——这听起来像是在故意重复他自己的在他们重逢的晚上所说过的话：“所有的男人都愿意扮演小兄弟和小姊妹。这想必确实意味着某种荒谬。小兄弟和小姊妹在微有醉意时互称父亲和母亲。”

乌尔里希一愣。阿加特不仅说得对，而且有才干的女人也是她们所爱的男人的不讲情面的观察者；她们只是没有理论而已，所以除非受刺激，否则她们一般不利用自己的发现。他觉得自己有点儿受侮辱。“人们当然已经从心理学角度解释过这种现象，”他迟迟疑疑地说，“无非也就是会认为，我们俩在心理上有嫌疑罢了。乱伦倾向，跟不符合社会需要的素质和对生活的抗议态度一样，在童年时代便有据可查。也许甚至不够牢固的单性特性，虽然我——”

“我也不！”阿加特插话并且又笑了起来，即使其实并非有意，“我根本不喜欢女人！”

“也全都是一码事，”乌尔里希说，“充其量精神的内脏。这时你也还可以说，有一种苏丹式的需要：在与世隔绝的情况下完全独自礼拜和接受礼拜；在古老的东方它产生出后宫，而今天人们则有家庭、爱情和狗。我可以说，完全独自占有一个人，不让别人靠近，这种欲望是在人类社会中一种个人孤独的征象，连社会主义者也很少否认这种征象。如果你愿意这样看问题，那么我们无非就是一种市民的放荡不羁的行为。瞧，多美妙！”他顿住并拽她的胳臂。

他们站在旧房屋间的一家小市场边上。某一位才能卓越者的古典主义立像的四周摆放着五颜六色的蔬菜，撑开着市场摊位大粗麻布伞，水果滚动，筐子被拖来拉去，狗被人从陈列出来的美味珍馐前驱走，人们看见粗鲁人的红面孔。喧闹声、刺耳的叫卖声不绝于耳，并且有太阳的气味，这太阳照耀着尘世万物。“人们只要看到并嗅到这人世生活，会不爱的吗？！”乌尔里希内心激动地问。“我们不能爱它，因为我们不同意这些人脑子里的思维活动——”他补充说。

这不是一种那么合阿加特口味的隔绝，她没吭声。但是她一压她兄长的胳臂，两个人把这理解成为，仿佛她用手轻轻捂住他的嘴。

乌尔里希笑着说：“我连我自己也不喜欢！这是总是对人横挑鼻子竖挑眼的结果。但是我也得有能力爱什么呀，这时来了一个连体孪生妹妹，这既不是我也不是她，也可以说既是我也是她，显然是一切线与面的唯一交点！”

他又高兴起来了。通常他的性情也会感染阿加特。但是他们永远也不会再像他们重逢时的头一个夜晚那样谈话了。这种情况空中楼阁般地消失了：当他们不是高居于孤独的土地而是一座城市的热闹喧嚷的街道之上时，人们便不太相信他的这种性情了。原因也许只是在于：乌尔里希不知道，他可以认为这些使他感动的经历具有多大的坚定性；可是阿加特却常常认为，他只还把它们看作一种想象的越轨行为。她不能向他证明这是不一样的：她越来越比他少讲话，她讲不到点子上，她没有这个信心。她只觉得，他避免作决断，他不可以这样做。就这样，他们俩其实都躲在他们那诙谐风趣、轻盈飘摇的幸福之中，而阿加特则由此而变得一天比一天更悲伤，虽然她和她兄长一样笑口常开。

二九

哈高厄尔教授拿起笔

但是，这种情况因阿加特的在这时很少被考虑到的丈夫而有了变化。

一天早晨——它结束了这几天的欢乐——她收到一封沉甸甸公文用纸标准尺寸大小的信，信封用大而圆的黄色火漆印封口，火漆印上用白色字母赫然写着“皇帝及国王的鲁道夫高级中学”字样。还在她手里拿着这封未开启的信的时候，一片空白的脑海里顿时便又浮现出房屋，三层：有保养照管得很好的窗户的无声反光；外面棕色窗框上都有白色温度计，每层一只，便于让人了解天气状况；窗户上方有希腊式三角楣饰和巴罗克式贝壳状墙面，还有从墙上突显出来的脑袋和神话中的哨兵，它们看上去，就仿佛是在细木工车间里制造出来并油漆成石头模样的。一条条街道透着棕色和湿意穿过城市，它们作为公路伸展进来，带有行驶过久而出现的车辙，街道两侧是一家家带有崭新陈列商品的商店，尽管如此看上去却像三十年前的妇人，她们撩起她们的长裙，却下不了从人行道走进大街上污泥里去的决心：阿加特脑海里的外省！阿加特脑海里的幽灵！无法理解的“没有完全消失”，虽然她自以为已经永远摆脱了它！还有更无法理解的：自己居然曾经与这联结在一起过？！她看到那条路从她家宅大门沿着熟识房屋的墙一直延伸至学校，这段路她丈夫哈高厄尔每天走四次，开始时她也曾经常走这条路，从他家里陪他去上班，在她小心翼翼不放过一滴那剂苦汤药的时期。“现在哈高厄尔会不会正在去饭店吃午饭呢？”她暗自思忖，“现在他是不是正在撕往常都是我每天早晨撕下的日历呢？”所有这一切一下子又具有了某种极其值得考虑的性质，仿佛它永远也不会消亡似的；她怀着隐藏在内心的恐惧看到那熟悉的恫吓感觉正在自己心中苏醒，这种感觉由冷淡、丧失的勇气、对丑恶的餍足和一种自己的一丝儿无把握状态组成。她怀着一种渴望打开这封她丈夫写给她的厚厚的信。

当哈高厄尔教授参加过他岳父的葬礼并在首都作简短逗留后又返回他的居住地和工作地的时候，他周围的人完全就跟每次他作完短途旅行那样地对待他；怀着妥善料理了一件事、如今可以脱下旅行鞋换上穿起来倍感舒服的便鞋的这种愉悦意识，他转向他周围的人。他到他的学校去；他受到守门人的恭敬问候；当他遇到他属下的教员时，他觉得自己颇受欢迎；在校长办公室里各种案卷和事务等着他来了结，他不在时没有人敢去碰它们；他急匆匆走过过道时，伴随着他的是他的脚步给学校带来勃勃生机的这种感觉：戈特利布·哈高厄尔是一位名人并且知道自己是名人；他的额头闪耀出激励和欢乐的光芒照亮着这幢受他领导的教学楼，而当他在校外被问及他夫人现在何处，身体可好时，他便总是俨然一个知道自己光荣地结了婚的男人，十分镇静地作出回答。众所周知，一个男人，只要他还有生育能力，便会觉得婚姻生活的短暂停歇，犹如一副轻便的枷锁从他身上之被取下，而且他也根本不怀有什么恶意并且在休养生息之后精神为之一爽地又承担起他的幸福。一开始，哈高厄尔也是这样毫无邪念地对待阿加特的缺席的，而且起初他根本没发觉，他的妻子多久没回家了。

确实是那份挂历才把他的注意力引到这上面来，这一天一天撕下来的日历纸在阿加特的记忆中表现为可怕的生命象征；它挂在餐室里成为一个不该附着到墙上去的斑点——自从哈高厄尔将它从学校拿到家里以来，它便作为一家文具纸张商店的新年礼品而黏着不动了；尽管它索然无味，阿加特却不但容忍而且甚至还照管它。假如哈高厄尔在他妻子启程后自己接管了从这本挂历上撕下日历纸的工作，这倒本来是完全符合他的本性的，因为让这部分墙壁简直是变得十分荒芜，这违背他的习惯。可是，另一方面，他是一个随时都知道在无穷尽的时间海洋里自己处在哪个星期和月份等级上的人；另外，他反正在学校办公室里有一本日历，于是他终于恰恰在自己尽管如此还是想举起手来整理好自己家里的计时系统的时候微笑着在心头泛起一种特殊的想突然中止的感觉，这是一种冲动，一如后来情况表明的那样，是那种可以预示命运的冲动，但是他起先却认为这种冲动只是一种细腻的、骑士般的感情，这种感情使他感到吃惊并自动使他感到满意：他决定在她回来之前不去触动这一页表明阿加特离家日期的日历纸，以示尊敬和纪念。

就这样，随着时间的推移这本挂历渐渐变为一个化脓的伤口，哈高厄尔一看见它便想起，他的妻子已经离家出走多久。节省情感、勤俭持家的他给她写明信片，向阿加特报告有关自己的消息，并渐渐越来越迫切地向她询问她的归期。他没有收到回音。此后不久，当熟人们遗憾地问他是否他的夫人还将长期服丧不归，他也就不再喜气洋洋的了；但是令他感到幸运的是，他总有许多事情要干，因为除了学校日常工作和他所属各协会的任务以外，他每天也还经邮局收到大量邮寄来的邀请、询问、声援、抨击、校样、杂志和重要图书：哈高厄尔其人虽然生活在外省，作为他有能力给一个陌生的过路旅客留下的不美好印象的一个部分，但是他的精神是定居在欧洲的；这在长时间内妨碍他领悟阿加特离家出走的全部含义。然而，有一天他收到了一封乌尔里希寄来的信，乌尔里希在信里干巴巴地通知他必须通知他的情况：阿加特不想再回到他身边并请求他同意离婚。这封信尽管在形式上礼貌周到，但撰写得如此无情和简短，以致哈高厄尔愤怒断定，乌尔里希在写这封信时恰恰只照顾到这么一丁点儿他这个收信人的情感：就好像想去掉一片树叶上的一条小虫。他的第一个内心抗拒动作就是：不认真看待，耍脾气！这条消息像一个愚弄人的幽灵躺卧在一大堆像白昼一样明亮的刻不容缓的工作和光荣涌流而来的表彰中。晚上，哈高厄尔又看到他那空落落的寓所，他这才坐到写字台前，言简意赅地告知乌尔里希：最好还是就当他没作过这样的通知。但是不久乌尔里希又寄来一封信，他在信里拒绝这种观点，在阿加特不知情的情况下重申了阿加特的要求，仅仅是作了较为礼貌和详尽的说明，要求哈高厄尔在采取必要的法律步骤方面尽可能给予方便，说是一个有他这样道德水准的人理当如此行事，而且这样做之所以可取也出于这样的原因：可以避免一场公开争论的恶劣伴随现象。哈高厄尔这才意识到形势的严重并拿出三天的时间，写好了一封回信，一封事后既挑不出任何毛病也没任何令人惋惜之处的回信。

在这三天中的两天里他都有这样一种感觉：仿佛有人朝他心口上捅了一下。"一场噩梦！"他多次感伤地自言自语；每逢他不是很凝神留意时，他便不正视这个现实要求。在这些日子里他心头笼罩着一种酷似失恋的极不舒服的感觉，而且还加上一种类属不明的嫉妒，这种嫉妒分明不是针对那个情人的——他猜想这是阿加特的态度的因由——而是针对某种不可捉摸的东西，他觉得自己受到它的歧视了。这是一种羞臊，就像羞臊一个非常正派的人，这个人打碎或忘记了什么东西：某种东西——它很久很久以来就在头脑中有其牢固的位置，这个位置人们不再觉察，但许多事物依赖于这个位置——它一下子破碎了。脸色苍白、精神恍惚，怀着真正的痛苦——绝不可以因为这种痛苦缺乏美感就低估了它——哈高厄尔到处游逛，避开熟人，畏畏缩缩，怕作不得不作的解释、怕忍受不得不忍受的羞辱。在第三天上他才终于坚定了态度：哈高厄尔对乌尔里希有一种大的、自然的厌恶感，完全就跟乌尔里希对他有这样的厌恶感一样；虽然这种情况还从未怎么明显表现出来，但是现在却昭然若揭了，因为他预感不祥地把阿加特的态度统统归罪于他的这位内兄，阿加特显然是让她这位吉卜赛人般生性好动的兄长搞得神魂颠倒了；他在写字台前坐下，用寥寥数语要求他妻子立刻返回，斩钉截铁地表示，一切其余的事宜他作为她的丈夫将只跟她本人讨论。

乌尔里希来信表示拒绝，措辞同样简短而斩钉截铁。

于是哈高厄尔便决定对阿加特本人施加影响；他制作与乌尔里希信件往来的副本，并附上一封字斟句酌的长信，这一切加在一起，便是阿加特打开这只用正式火漆印封好的大信封时所看到的。

哈高厄尔本人的心情，就仿佛眼看就要发生的这一切都是根本无法想象的。办完公务下班回家后，晚上他坐在这“荒凉的寓所”里，面前摆着一张信纸，一如当时乌尔里希面前摆着另一张信纸那样，他不知道该如何下笔。但是在哈高厄尔的一生中这众所周知的“纽扣方法”已经反复获得过成功，这一回他也用上了这个方法。这个方法的要领就是：人们有计划有步骤地对自己的思想施加影响，而且也在面对令人激动的任务的时候，就像一个人让人在他的衣服上缝上纽扣，因为假如他误以为没有这些纽扣可以更快地把这些衣服从身上脱下来，他也只会对损失时间感到惋惜。譬如英国作家索维——哈高厄尔把此人论述这一方法的文章拿过来，因为即便在忧伤中他依然觉得把它跟他自己的观点进行比较是件重要的事情——这位英国作家指出在成功的思维的过程中有五个这样的纽扣：一、 对一个事件的观察，这些观察直接让人感觉到解释这一事件的一种困难；二、这些困难的进一步界定和确定；三、推测一个可能的解决办法；四、理智地展开这一推测的结果；五、为了接受或拒绝这一推测而作进一步观察并从而获得思维的成功。哈高厄尔曾成功地把一种类似的方法应用到像草地网球这样一项文雅的活动上，当时他在国家文职人员俱乐部里学会打草地网球，感到这项运动有一种显著的精神方面的魅力，但是在纯粹涉及感情的事情上他还从未使用过这种方法；因为他日常的内心经历绝大部分由业务关系组成，在较有个人色彩事件上则由那种“正当的感情”组成，这种感情是一种所有白种人身上在适当情况下可能会有的以及正在流行的感情的混合物，适当增加上某些与地方、职业或身份相当的近在眼前的感情。所以这些纽扣是可以在缺乏练习的情况下应用到他夫人要和他离婚的这种不寻常的要求上的，这种“正当的感情”在遇到使一个人感到悲伤的困难时甚至显示出容易分裂的特性：一方面，它告诉哈高厄尔，说是一个像他这样合乎时代精神的人受到许多方面的约束，有义务不给取消一种信任关系的要求设置任何障碍；但是，另一方面，如果人们不愿意，它也会说许多可以使人摆脱这种义务的话，因为今天已经蔓延开来的在这种事情上的放荡轻浮行为是绝不应该加以纵容的。哈高厄尔知道，在这样一种情况下，一个新派的人必须“松弛精神”，就是说分散自己的注意力，采取一种放松的身体姿势并仔细倾听从内心深处传来的声音。他小心翼翼止住自己的思绪，目不转睛地看着那本孤苦伶仃的挂历并倾听着自己的心声；过一会儿也确实有一个声音在回答他，这声音来自内心一个位于有意识思维之下的深处，回答他的，恰恰正是他心里已经想过的：这声音在说，说到底像阿加特这样的无理要求他没有必要加以容忍！

但是这样一来哈高厄尔教授的精神也就已经猝然被置于索维的纽扣一至纽扣五或一排等值纽扣的前面并清醒而活跃地感受到在解释这个有待他去观察的事件时的种种困难。“难道我，戈特利布·哈高厄尔，”哈高厄尔问自己，“对这起令人难堪的变故负有责任吗？”他审察自己，没发现自己的行为上有任何瑕疵。“她爱上了另一个男人，是这个因由吗？”他继续就一个可能的答案作种种猜测。但是他难以接受这种看法，因为，如果他迫使自己客观地想一想，那么他实在看不太出来，另一个男人会比他向阿加特提供什么更好的东西。不过话说回来，这个问题跟任何别的问题不一样，它很容易让个人虚荣心给搞模糊，所以他极端精细地对待这个问题；这时，他还从未想到过的前景展现在他眼前，而哈高厄尔则突然感到自己按索维的第三点找到了一个可能的答案的痕迹，它越过四和五继续伸展：自他结婚以来，一系列现象第一次引起了他的注意，据他所知只听说女人有这种现象，在这种现象中对异性爱完完全全不是什么深切或感情强烈的爱。令他感到痛心的是，他在自己的记忆中找不到那种充分敞开、耽于梦想的倾心相爱的唯一表示，而从前在单身汉时代他却曾在那些生活作风无可非议的女人身上体验过这种倾心相爱，但是这却也让他占了这个便宜：如今他抱着有充分科学依据的镇静态度把第三者插足破坏他的美满婚姻排除在外。阿加特的态度由此而自动降低到反对这种幸福的一种纯个人行为上；而尤其是因为她是在没有一丁点儿这方面的先兆的情况下动身离去的，在此后的这么短促的时间内不可能会产生一种有根据的意识的改变，所以哈高厄尔便产生这样一个他不再离弃的信念：阿加特的不可思议的态度只能被解释为那些渐渐积聚起来的厌世诱惑中的一种，听说那些不知道自己想干什么的人会有这种厌世情绪。

可是阿加特真的是一个有这种秉性的人吗？这还有待考察，哈高厄尔若有所思地用钢笔杆轻轻地搔自己的胡子。她通常给人以一个如他所称谓的“容易相处的同伴”的印象，然而却甚至在这些他最为关切的问题上表现出一种不说是懒散也应该说是满不在乎的态度。这其实是她身上的某种东西，是它与他、与其他人、与他们的利益不相称；它也不抗争；她一起笑或者该严肃时便神情严肃，但是如果他没记错的话，在所有这些年里她总是给人以一种有些精神涣散的印象。她似乎倾听别人告诉她的话或向她作的解释，但似乎从不相信。仔细一考察这种情况，他便觉得她简直是病态冷漠。有时人们对她产生这样的印象：她根本就不理解她周围的人……突然，他自己也不知道怎么回事，他的笔便刚劲有力地在纸上急速舞动起来。“你以为，这是什么了不起的事，”他这样写道，“你想得太美了，你竟不愿意热爱这种生活，这是我有能力提供给你的生活，这种生活尽管简朴，却是一种纯正、圆满的生活：你似乎总是用火钳去夹它，如同我现在感觉到的那样。你拒不接受一种简朴生活也能提供的丰富的人性和道德，而即使我不得不假定你可能会有某种理由觉得自己有权利这样做，你仍还是让人感到缺乏合乎道德的改善意愿，反倒选择了不自然的、令人难以置信的解决办法！”

他又考虑了一下。他仔细筛选他亲手教育过的学生，想从中找出一个可以给他启示的实例来；但他刚要着手这样做，他便自动想起了他迄今一直怀着一种模模糊糊的不快惦记着的那一份短缺的思考。此时此刻，阿加特对他来说不再是一个完全个人的、一般人无法理解的事件；因为如果他考虑到，她并没有让一种激情迷惑了自己的心智，却有决心放弃多少东西，那么，令他高兴的是，他鬼使神差般地作出了这一基本的、为现代教育学所熟悉的假定：她缺乏超主观思考的能力和与周围世界的可靠的精神上的联系！他迅速写上："很可能你即使在做你现在想做的事情的时候也完全没有清楚地意识到，这是什么事；但是我警告你，趁你还没作出永久性的决定！你也许是与我自己所描述的那种面向生活、熟悉生活的完全相反的那种人，但是恰恰因为如此你就不应该轻率地放弃我给你的支持！"本来哈高厄尔想写点别的什么。因为一个人的才智并非是一种自成一体的、与外界没有关系的能力，才智方面的缺陷引起道德方面的缺陷，因为人们是在说道德上的愚笨嘛，就如同道德的缺陷——这一点当然很少受重视——能够任意转移理解力的方向或迷惑它！哈高厄尔看到在自己的有才智的眼睛前面浮现起一种自成一体的类型的人，依据已有的规章他最容易把这一类型人说成是一种"从整体来看有足够才智的道德愚笨的特殊类型人，而这种道德愚笨则随后只是表现在某些机能缺失现象中"。他只不过就是没有勇气使用这个富于启发的词语罢了，部分是因为他想避免进一步激怒已逃走的夫人，部分也是因为一个门外汉通常会误解这样的术语，如果它们被应用到他的身上的话。但是实事求是地来说依然得坚持这样的看法：这些遭谴责的现象都应该归入不富有充分含义这个大的类别。最后，哈高厄尔终于想到了一个摆脱道德心和骑士精神之间的这种对立的办法，因为他妻子身上的那种值得重视的机能缺失现象按照一种广泛流行的女性能力较差的理论也完全可以被认为是社会低能！他抱着这样的观点用激烈的言语结束他的信。怀着遭鄙弃的情人和教育家的预见的愤怒他把阿加特天生就有的那种与社会敌对的、缺乏团结友爱精神的以及受到败坏的资质描绘成一种"负变体"，它绝不是以有力和创新的姿态去对待生活中的问题，一如"今天的时代"对"这个时代的人"所要求的那样，而是"被一块薄玻璃跟现实分隔开"，陷于高雅的自我孤独之中，经常处于病理学的危险的边缘。"如果你不喜欢我身上的什么东西，你完全可以加以抵制的，”他写道，“但是实际情况是，你的情感对付不了当代的活力并在躲避它的要求！我曾警告你提防你的性格，”他最后写道，“现在我重申：你比别人更迫切需要一个可靠的支柱。为了你自己的利益，我要求你立刻回来，我声明，我作为你的丈夫所承担的责任禁止我对你的愿望让步。”

哈高厄尔在署名前把这封信又通读了一遍，觉得它在把握这种有问题类型人方面很不充分，但不再作任何改动，他只是最后——从小胡子里有力地呼出一口气，表明为对他的妻子进行思考作出了不寻常的、骄人的努力，一边还在考虑，究竟对“新时代”这个问题还得再说些什么——在写着“责任”这个词儿的地方再补上一句有骑士风度的短语点了一下尊敬的已故父亲的尊贵遗嘱。

当阿加特读罢这一切时，奇异的事发生了：这些论述的内容对她并非没有留下印象。她没顾得上坐下，站着逐字逐句又通读了一遍，然后她便慢慢放下这封信，将它递给乌尔里希，后者已经惊诧地看出他妹妹心情很激动。

三〇

乌尔里希和阿加特事后寻找一个理由

在乌尔里希读信的时候，阿加特胆怯地观察着他的脸部表情。他低下头读信，脸部的表情似乎还在犹豫不决，不知道该如何决断，是该讥讽、严肃、忧愁呢，还是该蔑视。这时，一个沉甸甸的分量向下压在她身上；它从四面八方挤涌过来，仿佛在先前存在过一种不自然地使人感到轻快的无忧无虑情绪之后，空气正在凝缩而变得极其沉闷：阿加特在她父亲的遗嘱上所做的手脚第一次让她良心感到不安。但是如果说，她一下子估计出，她实际上犯下了什么过错，这恐怕是不够的；更确切地说，她在与一切事物的关系中都感受到这样一种实实在在的估价，也在对她兄长的关系中，她感觉到一种难以描绘的清醒。她所做过一切事她都觉得不可理解。她曾经说过杀死她丈夫这样的话，她伪造了一份遗嘱，她跟她的兄长搭伴儿过日子，却没问一问这样做是否扰乱他的生活：在一种充满幻想的如痴如醉的状态中她做了这些事。这时尤其让她感到羞愧的是，她这样做时完全缺乏最亲近、最自然的想法，因为每一个别的女人，在甩掉一个她不喜欢的男人时，都会要么寻找一个更好的男人，要么通过别样的、但同样十分自然的行动使自己得到补偿。乌尔里希甚至曾相当频繁地亲自指出这一点，可是她总是听不进去。如今她站在这儿，不知道他会说些什么。她觉得自己的态度很像一个对自己的行动确实并不完全具有刑事责任能力的人的态度，所以她认为哈高厄尔以他自己的方式指责她的所作所为指责得对；而他的这封在乌尔里希手里的信则使她感到震惊，这就犹如一个人，他本来就已经受到控告，如今还收到他从前的老师的一封信，这位老师在信里明白无误地表示自己的鄙视。她当然从来也不曾承认哈高厄尔对自己会有什么影响力；尽管如此，这作用却是这样的，就仿佛他可能会对她说：“我把你看错了！”或者：“可惜我从未把你看错并且总是有这样的感觉：你将不会有好下场！”怀着摆脱掉这个可笑和可悲印象的愿望，她提前打断还一直在专心致志读信并且看样子怎么也读不完的乌尔里希，她不耐烦地说：“其实他描写我描写得完全正确。”她假装满不在乎地说，但带着一种明显挑逗的口吻，它清楚地泄露出想听到与此相反的话的愿望，“即使这话他没说，也依然是符合事实的：要么在没有令人信服的理由嫁给他时，我一定对自己的行为没有刑事责任能力，要么我现在就是这样，我离开他同样没有什么理由。”

这时乌尔里希正在第三次通读信中无意间使他的想象能力成为与哈高厄尔的紧密关系见证人的那些段落，他心不在焉地回答了几句令人不解的话。

“可是你得留点神！”阿加特请求他，“我是合乎时代精神的、经济上或精神上有某种活动能力的女人吗？不。我是热恋中的女人吗？也不是。我是善良的、补偿性的、简化性的伴侣和母亲吗？更不是。我还能是什么呢？我干吗活在这世界上？我们参加的这种社交聚会，这一点我必须马上就告诉你，从根本上来说这社交聚会对我来说完全是无所谓的。我几乎相信，使有教养的人入迷的音乐、文学和艺术方面的东西，这些东西我也完全可以不要。譬如哈高厄尔就不然，光为了引经据典他就需要它们。他至少具有一个陈列馆的令人愉悦、整齐规则的特性：他说得不对吗，他指责我，说我无所事事，说我拒绝‘大量美的和有道德的东西’，说我充其量还能在哈高厄尔教授那儿找到理解和宽容？！”

乌尔里希把信还给她并心平气和地回答：“让我们正视这件事情：一句话，你确实在社会问题上是低能儿！”他微微一笑，但是在他的声调中却可以感觉得到对这封机密信件的感悟在他心头留下的那种恼怒。

但是她的兄长这样回答却让阿加特心里感到不悦。这加深了她的忧伤。她用腼腆中带着嘲笑的口吻问：“既然如此，那么你为什么没对我说什么就坚持要我离婚、让我失去我唯一的保护人呢？”

“啊，也许之所以这样做，”乌尔里希闪烁其词说，“是因为用一种坚定的男人方式你来我往，这是一种简单而又绝妙的做法。我用拳头敲了桌子，他用拳头敲了桌子；当然随后我就不得不加倍使劲敲桌子，我以为。所以我就这样做了。”

迄今为止，阿加特一直——虽然她情绪恶劣自己不能察觉这一点——对此感到十分高兴，甚至是感到不可抑止的高兴：她的兄长私下里做了与他在戏谑调笑做兄妹游戏时期公开表现出的姿态相反的事；因为他伤害哈高厄尔的感情这件事似乎只能有这样的目的：在她身后设置一个障碍，从而排除了任何走回头路的可能性。但是现在，连这种隐蔽的欢乐也荡然消失，剩下的只有空泛的失落感，于是阿加特沉默不语。

“我们绝不可以忽略了，”乌尔里希继续说，“哈高厄尔多么成功地以他自己的方式，如果我可以这样说的话，贴切地误解了你。当心点，他会用自己的办法，不用求助侦探事务所，他只需开始考虑你在人际关系中的弱点，便会发现，你对父亲的遗嘱做了什么手脚。我们怎么来给你辩护呀？”

自从他们再次相聚以来，兄妹之间第一次谈起阿加特对哈高厄尔搞的这一场既不幸又幸运的恶作剧。她猛烈地一耸肩膀，做了一个不明确的抗拒动作。

“哈高厄尔当然是对的。”乌尔里希用温存、有力的口吻请她考虑。

“他不对！”她情绪激动地回答。

“他部分是对的，”乌尔里希调和说，“处在如此危险的境地，我们就必须充分而明确地承认自己的错误。你的所作所为，是可以把我们俩都投进监狱的。”

阿加特惊恐地睁大着眼睛望着他。这个她其实是知道的，但是这还从来没有这样无可置疑地说出来过。

乌尔里希回答时做了一个友好的手势。“这还不是最糟糕的，”他继续说，“可是我们如何让你做的这种事以及你这种行事方式不受指责，以免——”他寻找一个能满足他要求的措辞，却没找到，“唉，我们姑且就说，以免出现有点儿像哈高厄尔所说的那种情况；以免出现向阴暗面，向机能缺失现象方面，向从某种丢失的东西中产生的错误方面倾斜的情况？哈高厄尔代表世人的意见，尽管这意见从他的嘴里说出听起来滑稽可笑。”

“现在用得着烟盒了，”阿加特小声说。

“是呀，现在该用它了，”乌尔里希坚定地说，“我得给你说说早就憋在我心里的话。”

阿加特不愿意让他说话。“我们挽回此事，这岂不更好？！”她问，“也许我可以和他好好谈谈，向他随便怎么道一个歉？”

“现在为时已晚。现在他会把这当作一种工具来使用，迫使你回到他身边去。”乌尔里希说。

阿加特沉默不语。

乌尔里希开始讲述烟盒的故事，一个富有的人在饭店里偷了一只烟盒。他发明了一种理论，认为只有三个原因会使人做出这样一种侵犯产权的行为来：贫困、职业，或者，如果两者都不是的话，那就是一种受损坏的精神素质。“有一次我们谈论这件事的时候，你曾向我表示异议，说是人们也可能会出于信念而这样做。”他补充说。

“我说过，人们会简简单单就这么做的！”阿加特插话。

“是呀，根据原则。”

“不，不根据原则！”

“对呀，事情就是这样！”乌尔里希说，“人们做出这种事情来，至少得有一种信念嘛！我实在不明白！没有任何事情人们是‘简简单单’做的；做什么事不是有其外部的就是有其内部的根据。这恐怕是不容易分开的，但是我们现在不想对此进行哲学探讨；我只是说：如果人们认为某种完全没有道理的事情是对的或者如果一个决定简直好像是从虚无缥缈中产生出来，那么，人们便是怀疑自己有一种病态的或者有缺陷的素质。”

不过这一席话却是说过了头，其糟糕程度远远超出乌尔里希的愿望；这只是在方向上与他的顾虑相一致。

“就这个问题你要告诉我的话，就这些了吗？”阿加特平静地问。

“不，还不止这些，”乌尔里希愤慨地回答，“如果没有原因，那就得找一个！”

两个人当中谁也不怀疑，他们得在哪儿寻找这个原因。但是乌尔里希有别的招儿，过了一小会儿他打破沉默若有所思地说：“就在你走出与别人一致这种境况的这个瞬间，你就永远也不会再知道，什么是善什么是恶。你想行善，那你就得相信世界是善的。我们俩没有这样的信念。我们生活在一个道德不是在瓦解便是在痉挛的时代。但是，为了一个可能就要来临的世界的缘故，人们应该洁身自好！”

“难道你认为，这对这个世界会不会来临有什么影响吗？”阿加特表示异议。

“不，可惜我不这样认为。充其量我这样认为：如果连看到这一点的那些人也不正确行动，那么，这个世界肯定不会来临，衰落就不可阻挡！”

“五百年后世界变样还是不变样，你从中会得到什么呀？！”

乌尔里希迟疑不决：“我尽我的义务，你懂吗？也许像一个士兵。”

很可能这是由于阿加特在这个倒霉的早晨需要得到一种不同于乌尔里希给予的更温柔的安慰吧：她回答说：“说到底只像你的将军？！”

乌尔里希沉默不语。

阿加特不愿就此罢休。“可是你对这是不是你的义务没有把握，”她继续说，“你这样做，因为你就是这么个人，因为这让你感到愉快。别的什么事我也没做过嘛！”

她突然失去自制。不知道什么事情很令人伤心。她一下子噙着眼泪，喉咙哽得说不出话来。为了将这掩饰住并不使其暴露在她兄长的眼前，她用胳臂搂住他的脖子并将自己的脸藏在他的肩头。乌尔里希感觉到，她在哭、她的背在颤抖。一种令人难堪的困窘向他心头袭来：他感到自己毛骨悚然。不管他自以为对他妹妹怀有多少温柔和美好的情感，在这个势必会让他怦然心动的时刻这种情感却没有出现；他的感觉受到扰乱，运作不起来了。他抚摸阿加特，悄声说了几句安慰的话，但是他很不愿意这样做。由于短缺了精神上的共同激动，他便觉得这两个身体的接触就像两个稻草扎的草帚挨在一起。他把阿加特带到一把椅子跟前，自己则在离她几步远的另一把椅子上坐下，从而结束了这个尴尬局面。他刚落下座，便对她所表示的异议作出回答，他说："遗嘱这件事根本不会让你感到高兴的！而且也永远不会让你感到高兴，因为它是某种无秩序的东西！"

"秩序？！"阿加特含着眼泪嚷嚷，"是义务了！"

其实她完全不知所措了，因为乌尔里希表现得如此冷淡。可是她已经又在微笑。她领悟到，她必须独自料理好自己的事。她感觉到，她脸上绽出的这笑容在她那冷冰冰的嘴唇前面很远处飘浮着。而乌尔里希则相反，现在他摆脱了困窘，他甚至觉得在自己身上没出现通常的身体上的激动，这实在是件好事；他感悟到，他们俩之间的这种状态也得变变样子。可是他没时间考虑这个问题，因为他看到，阿加特神情十分颓丧，所以他开始说话。"你不要为我用了这样的词儿伤心嘛，"他请求，"别因这些词儿生我的气！我选择了秩序和义务这样的词儿，这很可能是我的不对；这也让人觉得好像是在布道。但是为什么，"他立刻又话锋一转，"见鬼，为什么布道是可鄙视的呀？它们应该是最可让我们感到高兴的事呀？！"

阿加特根本没有兴趣对此作出回答。

乌尔里希放弃他的这个问题。

"你别以为我想在你面前硬充公正的法官！"他请求，"我并不曾想说我没做过任何坏事。只是不得不偷偷地干，这个我不喜欢。我喜欢道德强盗，不喜欢窃贼。我想把你造就成为一个符合道德准则的强盗，"他开玩笑说，"你可千万别因性格上的弱点而犯错误！"

"在这方面我不要什么脸面！"他的妹妹藏在离她很远的微笑后面说。

"有意思极了，居然会有像我们这样的时代，所有的年轻人居然会都对坏事有好感！"他笑着插嘴说，想把谈话从个人问题上引开，"今天的这种对道德上令人毛骨悚然的东西的偏爱当然是一种弱点。很可能是市民对善厌倦了，是他们走上了邪道。我自己原本也曾以为，人们对一切都得说不；所有今天在二十五岁和四十五岁之间的人都曾这样以为；可是这当然只是一种时尚：我想象得出来，现在风向马上就会起变化，随后就会出现一代青年人，这一代青年人将不是把不道德而是把道德又插在纽扣的扣眼里。最年老的蠢人们一辈子从未感受过道德的令人激动的力量，有机会时只是发表一些道德方面的陈词滥调，他们随后将突然成为一种新的性格的前辈和先驱者！”

乌尔里希站起来，烦躁不安地来回踱步。“我们也许可以这样说，”他建议，“按其本性而言，善几乎已经是陈词滥调，恶却依然是批判！不道德的东西作为一种道德的严厉批判正在获得其极大的权利！它向我们表明，生活也正在以别的方式进行。它在戳穿谎言。为此我们用某种宽容报答它。存在着无可非议地讨人喜欢的遗嘱伪造者的这一事实可以证明，财产的牢不可破性有点儿不对头。也许这不需要什么证明；但是这一下任务也就开始了：因为我们必须设想开脱了罪责的罪犯有可能犯每一种罪行，甚至也可能犯杀婴罪或者别的什么令人憎恶的罪行——”

他用提及遗嘱来打趣他妹妹，试图捕捉住她的一束目光，但他白费了力气。现在她做了一个不由自主的抗拒动作。她不是理论家，她只能觉得她自己的罪行得到开脱，她其实是因他的比喻重新受到了伤害。

乌尔里希笑了。“我们能够这样玩弄概念，”他说，“这看上去像是闹着玩儿，却有着重要意义。这证明，在对我们的行为的评价上有些不对头。这也不是真的：仿佛在一群遗嘱伪造者中间你就会毫不含糊地维护法律规定的不可侵犯性，只是在一群公正的人的中间这才会变模糊、才会颠倒。是呀，倘若哈高厄尔是个流氓，你甚至会非常公正；他行为正派，这简直是一种不幸！人们就这样被推过来撞过去！”

他等待着一个回答，可是这回答没出现；于是他就耸耸肩膀并重复说：“我们给你寻找一个原因。我们已经注意到：正派的人太喜欢——尽管自然只是在幻想中——参与犯罪了。我们可以添上一句：而罪犯们，如果人们听他们自己陈述，几乎无例外地都想被认为是正派的人。所以人们简直可以下定义：罪行就是一切别人任其在小不端行为中流去的东西在罪人先生们内心的联合，这就是说在幻想中以及在成百上千个日常的思想品质上的无耻行径和恶意行为中。人们不妨说：罪行正在酝酿中，只是在为自己寻找一条反抗最小的路，这条路将把它们引到某些人的身边。人们甚至可以说，它们虽然也是没有能力进行道德教训的个人行为，但是本质上它们却是在区分善与恶方面某种一般的通情达理的不和谐态度的集中表现。就是这种东西，是它从青年时代起就已经将批判精神充满于我们的内心，我们的同时代人没有超越过它！”

“可是什么是善和恶呢？”阿加特脱口而出，乌尔里希没有觉察，他正在用他那落落大方的态度折磨着她。

“呦，这我可不知道！”他笑着回答，“我刚刚才说明，并且是第一次说明，我憎恶恶。我对它的了解迄今确实没达到这样的程度。啊，阿加特，你不知道这是怎么一回事，”他若有所思地抱怨，“譬如拿科学来说吧！对于一位数学家来说，我们就直截了当地说吧，减五不比加五坏。一个研究人员不可以厌恶任何事物，面对一个有研究价值的癌症病人时其欢乐而激动的心情可能不亚于看到一位美丽的妇女。一个有知识的人知道，没有任何东西是真的，只有在世界的末日才有完整的真实。科学是非道德的。这种整体的、美妙的对陌生事物的深入探究使我们戒绝对我们的道德心的个人研究，甚至它连可以完全严肃地对待科学的这种满足感也不给予我们。那么艺术呢？它难道不是永远意味着一种与生活图像不一致的图像的塑造吗？我并不是在谈论虚伪的理想主义或者是说在人们身穿严实得连鼻尖都裹住的服装的时候大画特画裸体像，”他又开玩笑说，“但是你不妨想一想一件真正的艺术品：你从来也没有这种感觉吗，好像这件艺术品上的某种东西令人想起你在一块磨刀石上磨一把刀的时候刀上冒起来的那股烧焦的气味？这是一股怪里怪气的、气象的、有雷雨似的气味，无比美妙而阴森可怕！？”

这里是唯一的一段话，阿加特这时主动打断他。“你不是从前自己就曾写过诗吗？”她问他。

“你还知道这个？我什么时候向你承认的？”乌尔里希问，“是呀，不过我们大家都会在某个时候做诗的。我甚至还在当数学家的时候就已经做过诗了，”他承认，“但是我年纪越大，那些诗也就变得越坏；我认为，并非由于没有才能以及由于对这种情感偏离的杂乱和吉卜赛人式的浪漫气质的日益增长的厌恶——”

他的妹妹只是微微地摇了摇头，但是这让乌尔里希觉察到了。“然而，”他毅然地说，“一首诗却应该完全和一桩善举一样不仅仅是一种例外情况！但是，如果我可以这样问的话，振奋的瞬间在下一个瞬间到哪儿去了呢？你喜欢诗，这我知道：但是我想说的是，人们不只是可以在鼻子里有火的气味，直至它渐渐挥发。这种不完善的态度完全就是与不停地作未作完的批判的道德态度相配对的一种态度。”突然回到主要的事情上，他回答他的妹妹说："倘若我在这个哈高厄尔事件上采取如你今天所期盼于我的那种态度，那么我就得持怀疑、懒散和讽刺态度。你或我也许还可能会有的一定很有道德的孩子们就真的会说我们理应生活在一个对于市民来说很安全的时代，这个时代没有什么忧虑或者充其量只有多余的忧虑。我们已经在我们的信念上花了这么多的力气！"

乌尔里希很可能还想说许多话；他其实只是犹豫着没说出他为他妹妹准备好的话来，他若是向她泄露了这个秘密，那恐怕倒就好了。因为她突然站起来，匆匆找了个借口准备外出。"还是这句话：我在道德问题上是低能儿？"她勉强试图用开玩笑的口吻问，"你对此所说这一切，我再跟不上趟了！"

"我们俩在道德问题上是低能儿！"乌尔里希客气地声言。"我们俩！"他的妹妹匆匆离他而去，没说她什么时候回来，对此他颇感不悦。

三一

阿加特想自杀并结识了一个男人

其实她急忙离去，是因为她不愿意再次让她兄长看到她的眼里噙满眼泪，她几乎抑制不住这眼泪。她伤心已极，就像一个已经失去了一切的人。为什么，这她不知道。这种情况是在乌尔里希讲话的时候发生的。为什么，这她也不知道。他本不该说话，本该做点别的什么。做什么，这她不知道。他做得对，他没认真看待她的激动与这封信的这种"愚蠢巧合"，他一如既往地继续这样讲话。但是，阿加特不得不逃跑。

起先她只是觉得需要走一走。她离开寓所径直向前走去。每逢她受到街道和房屋的阻挡而不得不转弯时，她便总是保持原来的方向。她逃跑；那样子，完全就像人和动物逃脱一个不幸。为什么，这个她不考虑。当她疲倦了的时候，她才明白自己有什么打算：不再回去！

她想一直走到天黑。一步一步越走离家越远。她假定，天黑下来她停住的时候，她的决心也就下定了。这是自杀的决心。这其实不是自杀的决心，而是对决心将会在晚上下定的期盼。在这个期盼的后面是她脑海里的一阵绝望的翻腾。她身上连可以用来自杀的物件都没带着。她那只小小毒药盒不知道是在哪个抽屉里还是在哪只箱子里。她的死只是满足了可以不必回去的渴望。她想从生命里走出去。行走的目的就在于此。她行走，一步一步，似乎已经在脱离生命。

她累了，这时她渴望草地和森林，渴望独自在郊外行走。但是到那儿去就得坐车。她上了一辆电车。她受过这方面的教育，知道应该在陌生人面前控制自己的情绪。所以人们从她打票和问询的语声上听不出什么激动情绪来。她挺直身子、安安静静地坐着，她的手指头没有一个在颤动。就在她这样坐着的时候，她浮想联翩。倘若她可以喧闹，也许就会觉得更舒服一些；捆住了手脚，这些思想仍然像一个个大包，她徒劳地尽力从一个洞口把它们挤进去。她因他说过的话而对他生气。她本不愿意因此而生他的气。她不承认自己有这个权利。他从她那儿得到什么好处了？！她占用了他的时间，却没给他任何回报；她妨碍了他的工作和生活习惯。一想到他的生活习惯她便感到痛心。只要她在寓所里，显然就没有别的女人到这寓所里来过。阿加特深信，她的兄长得永远占有着一个女人。他为了她的缘故而约束了自己的行动。由于她不能给予他任何补偿，她就自私和冒坏水。此时此刻，她真巴不得能折回并亲亲热热地请求他原谅。但是她转念又想起，他方才态度多么冷淡。显然他后悔把她接来了。在他还没有烦腻她之前，他一切设想得多好，他什么话没说呀。如今他再也不谈这些事了。伴随这封信而来的那种头脑的极度清醒又在啃噬着阿加特的心。她嫉妒，失去理智地、极端地嫉妒。她原本可以迫使她的兄长接受自己的，如今却感觉到了一个抗拒自己遭拒斥的人的那种既感情强烈又软弱无能的友情。“我可以为他去行窃或者当野鸡！”她心中暗想并认识到这简直可笑，却没有别的办法。乌尔里希的谈话连同其中的那些玩笑话以及那种看似公正的优越感对此起着犹如一种讥诮的作用。她钦佩这种优越感和所有这些精神上的需要，这些需要超出了她的需要的范围。但是她不明白，为什么所有的思想总是要同样地适用于所有的人！她感到有失脸面，便要求得到个人的安慰，不要求泛泛的说教！她不想做个勇敢的人！过了一会儿，她责备自己竟是这样的人，她幻想自己不配有更好的下场，就只配受到乌尔里希的冷落，从而加深了自己内心的痛苦。

这种自我贬低——乌尔里希的态度也好，哈高厄尔的令人难堪的来信也罢，都不曾为此提供足够的因由——是一种突然爆发的感情冲动。阿加特迄今在自她不再是孩子以来的不很久的时间内，作为她在集体生活要求面前的失灵所感受到的一切，都由此而引起：她怀着没有或者甚至违背她的最真诚的爱好生活着的这种感觉度过了这段时间。这是献身和信任的爱好，因为她从未像她兄长那样如此熟悉孤独；但是如果说她迄今一直不可能委身于一个人或专心致志地从事一件事，那么，这仍然还是因为，她自身具有一种更大的献身的可能性，哪怕这种可能性如今将胳臂伸向世界或伸向上帝！人们与自己周围的人不相投，这是一条知名的献身于全人类的路；而一个孤僻的人具有一种热烈的爱，从中同样可能生出一种隐蔽的、真挚的渴求神明：在这个意义上的宗教罪犯，其荒谬程度并不甚于找不到男人的笃信宗教的老太太；而阿加特的对待哈高厄尔的态度则具有完全无意义的一种自私行动的形态，同样也是一种焦灼意志的爆发，犹如那激烈的言行——她用这样的言行谴责自己让兄长唤起了生的希望、却因性格软弱而不得不又失去它。

她没有在缓慢行驶的电车里待多久；当路边的房屋开始变得较低矮和带乡村风味时，她便离开车厢，步行行走余下的路程。庭院敞开着，通过门廊、从低矮的篱笆上，人们可以看到手艺人、牲畜和玩耍的儿童。空气中充满着一种宁静，在这一片宁静中有讲话的语声和器具的敲击声；这些声音伴随着一只蝴蝶的不规则的和轻柔的飘动在清澈的空气中回荡，而阿加特则觉得自己像一个阴影那样乘着这些声音的翅膀向着那渐渐向上伸展的一排葡萄园和森林行走。但是有一回她站住，站在一个有箍桶匠和用锄头敲击箍桶木的悦耳声音的庭院前面。她生平喜欢观看这样一种美好的工作，感到从事这种朴素而有意义的、优越的手工劳作是一种乐趣。这一回，她听有节奏的敲击声、看男人们在四周行走的动作也没有个够。它让她在瞬间忘记了自己的忧愁并使她陷入一种愉悦和漫不经心的与周围世界紧密相联的状态。她对能够做这样一种多种多样地、自然地来自于一种普遍受赞许的需要的事情的人总是感到钦佩。她只是自己不想有所作为，虽然她具有一些才智上的和有用的灵巧。生活没有她也是完善的。突然，她还没弄清楚这是怎么回事，便听见钟声响起，费好大劲才没有又哭起来。郊区的这座小教堂在整个这段时间里一直在敲响它的两座钟，但是阿加特现在才注意到；而与此同时她简直直接被吸引住了：这些无益的声响，这些游离于良好、热情的尘世之外的、在空中热情飘荡的声响，它们与她自己的生活何等相近。

她急匆匆又走起自己的路来；在这不再从她耳中消失的钟声的陪伴下，她迅速从最后几幢房屋之间向外面的那座山丘走去。这座山丘的山坡，下端为葡萄蔓和零星的小径边上的灌木丛所覆盖，而上端则是葱茏的林木。如今她也知道自己想上哪儿去；这是一种美妙的感觉，仿佛她在一步一步地深入大自然之中。她的心喜悦和惊吓得怦怦直跳，有时她停下并证实，钟声还一直在陪伴着她，虽然隐蔽在高空，几乎听不见了。她觉得好像还从未这样在日常生活中听见钟声响起，简直是没有特殊的、喜庆的因由就民主地参与这自然和自信的事务中了。但是这座千百种声音的城市的所有声音中，如今这个声音在最后对她讲话，其中有某种东西，它将她攫住，仿佛它想把她扶起，把她扶上山去；但是随后它却每次又放开她并渐渐变为一个微弱的铿锵作声的响声，这个响声比唧唧叫的、哞哞叫的或者当地的呼呼作响的其他响声没有任何优异之处。就这样，阿加特可能还向山上漫游了一个小时。这时，她突然发现自己站在一片荒芜的灌木丛前面，这正是她记忆中的那片灌木丛。它将林边一座荒废的坟茔围住，几乎是在一百年前一位诗人曾在这里自杀并按其遗愿被安葬在这里。乌尔里希曾说，这位诗人虽然受赞扬，却不是一个好诗人，而表现为渴望埋葬在一个眺望处的这种不管怎么说总有些短视的诗歌则曾受到他尖锐的评判。但是，自从他们在一次散步途中共同辨读出墓碑上被雨水冲刷得模模糊糊的漂亮的毕德迈耶尔风格的字迹以来，阿加特就一直喜欢大墓碑上的铭文；她向那黑黢黢的、由大块的有棱角的环节组成的链条俯下身去——正是这些链条划定了这个死亡四角形对生命的界线。

“我对你们微不足道”，这位厌世的诗人让人在自己的墓碑上刻上了这样一句话。阿加特心中暗想，人们也可以把这句话用在她身上。这个想法——在一座林中高台的边缘，在繁荣茂盛的葡萄园的上方以及在这座陌生的、无法度量的在早晨的阳光下缓慢移动其烟雾尾巴的城市的上方——重新拨动着她的心弦。她猝然跪下并将额头顶在一根作链条支座用的石柱上；这个不平常的姿势以及触碰石头的凉意在她心头引起一种有些僵硬的、无意志的宁静死亡的错觉，而这种宁静死亡则正是她所期望的。她试图凝一凝神。但是她不能马上就聚精会神：鸟叫声传进她耳朵里，有这么许多不同的鸟叫声，她惊讶极了；树枝晃动，由于她没觉察到风，所以她便觉得，仿佛树木自己在摇晃其桠杈似的；在一片突然出现的寂静中可以听得见一阵轻微的短步急走的声音；她静寂地触及的这个石柱是如此光滑，以致她竟产生这样的感觉：在它和她的额头之间有一块冰，这块冰不让她趋近。过了一会儿她才知道，在这种分散她的注意力的东西中恰恰体现着她想清楚想象的那种感觉，那种她多余的基本感觉，如果人们用最简单的话来描述它，那么它就只能用这样的话来表示：没有她，生活也十分完善，所以她在生活中无事可做、无所作为。这种残酷无情的感情其实既不是绝望的也不是受了伤害的，而是一种倾听和观望，一如阿加特一向所了解的那样，只是没有任何推动力罢了，甚至没有可以付出自己全部努力的这种可能性。在这种不可能性之中几乎蕴含着一种安全，一如一种惊愕、一种忘却一切询问的惊愕。她也能离去。去哪儿？总会有一个去处的。阿加特不是这种人：在这种人身上，即便对一切幻觉微不足道的这种令人信服的概念也能够引起一种满足，它与一种好斗的或恶意的节制相同，这是人们对待自己的不理想的命运所采取的那种节制。在这类问题上她是气量大的、毫不迟疑的，不像乌尔里希：他尽量给自己的情感制造种种困难，以便一旦自己的情感经受不住考验他就可以不让自己产生这种情感。她就是愚蠢！是呀，她就是在心中这样想的。她不愿意思考！她执拗地将低垂的额头紧紧贴住铁链，铁链有些往下弯，随后便又绷紧。在最近几个星期里，她开始用某种方式又相信起上帝来了，但并没有想到上帝。某些状态——在这种状态下她总是觉得世界和它给人的表面印象不一样，致使她随后也不再过着没有信仰的生活，而是完全生活在一种辉煌的信念之中——由于乌尔里希而接近于一种内心的变态和完全的转变。她本来是愿意想象一个像一个隐蔽处那样敞开自己的世界的上帝的。但是乌尔里希却说，这是不必要的。只不过，想象的比人们能了解到的还多，这是有害的。对这样的事作出判断，这是他的事情。但是随后他也得引导她，不离开她。他是两种生活之间的门槛，而她所感受到的对这两种生活中的一种生活的种种渴望以及对另一种生活的种种逃避都首先通向他。她以一种像人们热爱生活那样不害羞的方式爱他。早晨醒来一睁开眼睛，她便感到自己内心被他占满。现在他也在从她的忧伤的暗沉沉的镜子里注视着她：这时阿加特才又回想起，她想自杀。她觉得，当她怀着自杀的意图离开家宅时，仿佛是违反了他的意愿从家宅奔向上帝。但是这个意图如今分明已经失去并且又沉陷在它的根源上：她受到了乌尔里希的伤害。她生他的气，这个她还一直感觉得到，但是鸟儿们在歌唱，她又听见这鸟叫声。她像以前那样迷惘了，但是如今是既高兴又迷惘。她想做点什么事，但是这件事应该伤害乌尔里希，不仅仅伤害她。她站立起来的时候，她双膝下跪时那无尽的僵硬便渐渐消退，一股暖流流贯她的全身。

她抬头一看，只见一位男士站在她身旁。她感到难堪，因为她不知道他已经在一旁观看自己多久了。当她那因情绪激动而尚还模糊的目光从他身上掠过时，她发现，他正怀着毫不掩饰的同情在打量她并且显然是想博得她的真挚的信任：这位男士身材瘦长，穿一身深色衣服，一部金黄色短胡子盖住下巴和面颊。在这部胡子的中间人们不难觉察到那噘起的、柔软的嘴唇，它们与已经在金黄色头发中处处搀杂进去的灰白头发形成奇特的对照，让他看上去显得年轻，仿佛让她忽略了头发所显示的年龄。这张脸压根儿就不是轻易可以让人捉摸得透。初步印象让人觉得这是一位中学教员；这张脸上的严酷表情不表明他心肠硬，它反倒更像某种软心肠，由于在日常生活中遇到种种的小小不愉快而硬化了。但是，如果人们从这种软和心肠出发——在它的烘托下这部男人胡子看上去像是移植上去的，为了满足一种胡子拥有者所赞同的秩序——那么就会在这种原本女人气的资质中看到一个模型的几乎是禁欲的细部，这个模型显然是被一种不停地活动着的意志用软和的材料制造出来的。

这模样简直让阿加特摸不透，吸引力和推斥力也在她内心中保持着平衡，而把它们联结在一起的则仅仅是：这个人想帮助她。

“生活既提供加强意志也提供削弱意志的机会；人们永远也不应该逃避困难，而是应该设法战胜它们！”陌生人说，边说边擦拭蒙上一层雾气的眼镜镜片，为了可以看得更清楚些。阿加特惊异地望着他。显然他已经在一旁观察她很久了，因为这些话完全来自于一次内心谈话。说着，他大吃一惊并脱下帽子，补做了这个人们绝不可以忘记的动作；但是他迅速回过神来并重新采取直言不讳的态度。“请您原谅，我想问您一下，我是否可以帮助您？”他说，“我觉得，人们更容易将一种痛苦，甚至往往是一种自我的内心震动向一个陌生人倾诉！”

事实表明，这位陌生人讲起话来并非不费力气；他与这位美丽的妇女交往，似乎履行了一项乐善好施的义务，而现在，就在迈步走去的当儿，他简直是强忍着没说话。因为阿加特已经干脆站立起来并且已经开始在他的陪同下慢慢离开这座坟茔，从树林走到外面山丘的边缘，可是他们却决定不了，现在是否也要选择一条通往低地的道路以及要选择这些下山的路中的哪一条。他们反倒边谈边沿着顶峰走了一大段路，然后他们便折回，后来他们朝着原先的方向又走了一遍；没有哪个人知道对方想往哪儿走，可是却想照顾对方的意愿。“您不愿意告诉我，您为什么哭了？”陌生人用询问病人哪儿疼痛的医生的那种温和的语气问。阿加特摇摇头。“这个我没法用三言两语向您解释清楚，”她说并突然请求他，“可是请您回答我的另一个问题：什么使您确信您不认识我却能帮助我？我倒是以为，人们帮不了哪个人的忙的！”

她的伴送者没有马上作出回答。他多次准备讲话，但是似乎他在强制自己等候。他终于说道：“人们也许只能帮助某一个人——这个人的痛苦人们自己曾亲身经历过。”

他沉默不语。阿加特嘲笑这样的想法：这个人竟然声称曾经历过她的痛苦，倘若他了解这种痛苦，那么它一定会引起他的反感的。她的伴送者似乎没有听见这种嘲笑声或者是认为这是一种神经系统的失礼行为。他略一沉吟并心平气和地说：“我当然并不是认为，人们可以自以为能够向某个人显示，他应该怎样行事。但是您瞧：在一场灾难中的恐惧会传染给别人，可是——脱险也会传染给别人！我是指像在一场大火中那样的纯粹的脱险。大家都没头没脑地奔进火海：这是多么巨大的帮助啊，如果有一个人站在外面招手，一个劲儿招手并令人不解地向他们喊叫，说是有一条出路……”

阿加特听到这个好心人怀有的这些可怕的想象几乎又失声笑了起来；但是恰恰是因为它们并不与他协调，所以它们使他那张柔软如蜡的脸几乎阴森地突显出来。“您讲起话来像一个消防队员！”她回答并故意模仿一位女士的戏谑和肤浅，以掩盖自己的好奇，“但是对于我处于什么样的灾难之中，对此您想必一定有某种想象的吧？！”语气中不由自主地流露出严肃认真的嘲讽，因为认为这个人想帮助她的这一质朴的想象由于在她心头萌生的那种同样质朴的感激之情而使她感到气愤。陌生人惊异地看着她，然后他凝一凝神并用几乎是教训的口吻回敬她：“您大概还太年轻，不知道我们的生活是很简单的。只有当人们想到自己时，我们的生活才不可避免地变得杂乱无章；但是在人们不是想到自己而是考虑人们如何才能帮助别人的这个瞬间，我们的生活是很简单的！”

阿加特默默不语，沉思着。不知是她沉默的缘故还是因为他的话中带有鼓励劝导的味道，陌生人不看着她，继续讲下去：“过高估计个人的作用是一种现代迷信。今天对性格文化，对尽情享受生活和肯定人生谈论得很多。但是它们的信仰者们仅仅是用这样模糊不清的、多义的话语泄露出，他们需要用烟雾来掩盖他们反抗的真正含义！应该肯定什么？乱糟糟全部一起肯定？一位美国思想家曾说，显示始终受到反作用力的约束。不抑制我们的本性中的另一面的增长，我们就根本不能显示它的这一个方面。要尽情享受什么？精神还是欲望？情绪还是性格？自私还是爱？如果说我们的较高级的本性应该尽情享受的话，那么低级的本性就得学会舍弃和服从。”

阿加特考虑为什么为别人操心比为自己操心更简单。她属于那种完全不自私的人，他们经常想到自己，却不为自己操心；这比为自己周围的人操心的那些人的心满意足的无私离普通的、为利益担心的利己主义远得多。所以她的伴送者所说的话从根本上就让她感到陌生，但是这不知怎么地还是触动了她，而零散的话语，这些讲得坚毅有力的话语则令人不安地在她面前移动，仿佛它们的意义可以在空中看到却不可以听到似的。况且他们是在沿着一道田埂行走，这道田埂使阿加特极好地看清了这深而隆起的山谷，而她的伴送者则显然感到这个位置犹如一座布道坛或一座讲台。她站住脚并用她那顶在这期间她一直拿在手里漫不经心挥动着的帽子划出一条线，打断了这位陌生人的话。“您已经对我，”她说，“有了一个印象：我看见这印象透射出光亮，它并不讨人喜欢！”

大个子男士吓了一跳，因为他并不曾想伤害她，而阿加特则摆出一副笑脸望着他。“您似乎把我跟自由人的权利混淆了。而且是跟一个有些神经质的、相当令人感到不舒服的人混淆了！”她断言。

“我只是讲到了个人生活的基本条件，”他道歉，“看到了我遇见您时您所处的那种状态之后，我当然便觉得，也许我能给您出个主意、为您效个劳。生活的基本条件今天受到多方曲解。现代的全部紧张不安连同它那全部不法行为都仅仅来自于一种内在的拖沓的气氛，在这种气氛中没有意志，因为不特别尽力使用意志就没有人会赢得那种使他超出有机体的黑暗混乱的统一性和连续性！”

又出现了两个词儿，统一性和连续性，它们就像对阿加特的渴望和自责的一种纪念。“您给我解释一下，您对这个是怎么理解的，”她请求，“实际上只有当人们已经有了一个目标的时候才会有一种意志吧？！”

“我怎么理解，这无关紧要！”她得到这样的回答，这答话的语调既温和又生硬。“人类的伟大文献难道不是已经以晓畅明白的语言说了我们该做什么不该做什么了吗？”阿加特一愣。“制定基本的生活理想，”她的伴送者解释说，“这需要有一种透彻的鉴别生活和人的能力，并且同时还需要有一种对激情和利己主义的十分英勇的克制力，在几千年的历程中只有极少数几个人物做到了这一点。人类的这些导师都曾在各个时期承认过这同一个事实。”

阿加特不自觉地进行自卫，一如每一个认为自己的青春朝气强似已故智者的骸骨的人所做的那样。“但是几千年前产生的待人处世的准则不可能适合今天的情况！”她叫喊。

“丝毫也不像怀疑论者们所断言的那样，他们脱离了活生生的经验和自我认识！”她的这位萍水相逢的同伴用既痛苦又满意的口吻回答，“深刻的处世之道不是通过辩论促成的——柏拉图就已经这样说了；人类把它理解为他自我的生动解释和实现！您相信我吧，使人类真正获得自由的，以及夺走人类自由的，给人类以真正的幸福的，以及毁灭这种幸福的：这不受进步的制约，这一点每一个过正直生活的人都在心中十分明白，只要他仔细倾听！”

“生动解释”这个词儿中阿加特的意，但是她突然起了一个意想不到的念头：“您也许笃信宗教吧？”她好奇地望着她的陪同者。他不回答。“说到底，您总不会是个神职人员吧？！”她又问了一遍，看到他的胡子就平静下来，因为她突然觉得凭着他其余的形象他也是有能力做出这样一件令人惊异的事的。人们必须原谅她，因为她不会感到更惊讶的，假如这位陌生人在谈话中顺便说了“我们的显赫的君主，神圣的奥古斯都①”：她虽然知道，宗教在政治中扮演着一个重要角色，但是人们是如此习惯于不认真对待服务于公

① Augustus(前 63—前 14)，古罗马帝国开国皇帝。

众的思想，以致认为各宗教派别由笃信宗教的人组成的这一猜测很容易就会显得十分夸张，就像要求一个邮局职员必须是邮票爱好者的那样。

过了一个长时间的、不知怎么地动摇不定的间歇之后，陌生人回答说："我还是不回答您的问题了吧，您离题太远了。"

但是阿加特已经为一种强烈的好奇心所攫住。"现在我想知道，您是谁？"她要求了解这一情况，这无疑是一种女性的特权，实在是无法抗拒的。从这位陌生人身上又看到了方才他用帽子补作致意时的那种同样的、有些可笑的缺乏自信的举止；他似乎觉得胳臂上痒，他再次稍稍脱一下帽子，但是随后什么东西僵硬了，一支思想大军似乎在顽强地抗击另一支思想大军并最终取得胜利，并不是轻而易举地发生了一件轻松愉快的事。"我叫林特讷尔，是弗兰茨-费迪南德高级文科中学的教师，"他回答，略一沉吟后又添上一句，"也是大学讲师。"

"那您就也许认识我的兄长吧？"阿加特高兴地问，并给他说了乌尔里希的名字，"如果我没有记错的话，他不久前曾在教育协会讲过数学和人性或类似的题目。"

"只知道他的名字。是呀，这报告我听过。"林特讷尔承认。阿加特觉得，这个回答中似乎包含着一种拒绝，但是一听到下面这句话，她便把这忘掉了。

"令尊大人是著名的法学家吧？"林特讷尔问。

"是的，不久前他去世了，现在我住在我兄长家里，"阿加特无拘束地说，"您不想到我们家来看看？"

"可惜我没有时间进行社交活动。"林特讷尔语气生硬、疑惑不定地低垂着眼睛回答。

"那您可就不会有什么不同意的了吧，"阿加特不顾他反对，继续说，"如果我到您家里去的话：我需要忠告！"他还一直称呼她小姐。"我已结婚，"她添上一句，"我丈夫叫哈高厄尔。"

"原来您就是，"林特讷尔叫喊，"有功勋的教育工作者哈高厄尔教授的夫人？"开始讲这句话时他怀着极大的喜悦，结尾时则压低了声音。因为哈高厄尔有两重身份：他是教育工作者，而且他是个进步教育工作者；林特讷尔其实是对他怀有敌意的，但是如果人们在一颗方才产生了要到一个男人家宅去的奇思妙想的女人心灵那朦胧迷雾中发现一个如此熟悉的敌人，这多么令人感到神清气爽呀：在他的这个问题的声调中再现出来的，正是这种从第二情感向第一情感的下降。

阿加特觉察到了这一情况。她不知道是否应该告诉林特讷尔，她与她丈夫的关系处于怎样一种状态之中。如果她把这一情况告诉他，那么她和这位新朋友之间可能一切马上就会宣告结束：她很清楚地有这个印象。这会让她感到遗憾的；因为是林特讷尔通过某些途径激起了她的嘲弄癖，所以他也引起她的信任。这个人似乎不想为自己谋取任何好处，这个通过他的表现令人信服地得到证实的印象奇特地迫使她采取真诚态度：它使一切渴望寂静下来，于是真诚便完全自动地浮上来。“我正准备离婚！”她最后承认说。

随后是一片沉默，林特讷尔显出一副萎靡不振的样子。阿加特觉得他太可怜了。林特讷尔终于强作笑容说：“我遇见您时，心头立刻就闪过类似的想法！”

“原来您归根到底也是一个反对离婚的人？！”阿加特喊叫并发泄自己的怒气，“当然，您一定是个这样的人！但是您得知道，您这样确实是有些守旧啦！”

“我起码不能像您那样觉得这是件不言而喻的事，”林特讷尔若有所思地自我辩解说，摘下眼镜，擦拭它，又戴上它并打量阿加特。“我认为，您太缺乏意志力。”他断言。

“意志力？我正好有离婚的意志力呀！”阿加特大声说并且知道，这不是一个明智的回答。

“这不是这样来理解的，”林特讷尔温和地责备她，“我很愿意相信您有正当的理由。但是如今我有不同的想法：人们今天给自己提供的这种自由的风俗习惯在使用过程中总是只会导致一个这样的标志：个人一动不动地锻合在他的自我上并且没有能力从较宽阔的视野出发去生活、去行动。诗人先生们，”他嫉妒地补充说，带着一种戏弄阿加特的朝山进香热情的尝试，这种尝试在他嘴里变得酸溜溜的，“迎合年轻女士们的鉴赏力并且因此而受到她们的高度评价，他们的日子自然比我好过，如果我告诉您，婚姻是对自己行动的负责能力的以及人类对激情的控制能力的一种规章的话！但是在个人宣布自己摆脱人类在正确的自我认识中为反对其自身的不可靠性而建立起来的对外预防性措施之前，他应该考虑到：孤立主义和拒绝服从更高的整体，其危害的程度甚于我们十分惧怕的身体的失望！”

“这听起来就像是给天使长规定的一种军事法规，”阿加特说，“但是我不认为您说得对。我将陪您走一段路。您得给我讲一讲，人们怎么会这样想的。您现在去哪儿？”

“我必须回家。”林特讷尔回答。

“我送您回家，您的妻子会有什么意见吗？我们可以在下面城里乘车。我还有时间！”

“我的儿子就要放学回家，”林特讷尔义正词严地说，“我们总是准时吃饭，所以我必须在家里。顺便说一句，我妻子已在几年前突然去世了。”他纠正了阿加特的不准确的猜测，他看了看表便胆怯而气恼地补充说，“我得赶快回家！”

“那您就改日把这个问题给我说说清楚，这对我至关重要！”阿加特竭力申明，“如果您不愿意到我们家来，那我就去拜访您好啦。”

林特讷尔张着嘴大口喘气，但是他没说出什么话来。最后他终于说：“可是您作为妇人是不能来拜访我的！”

“能拜访！”阿加特明确声言，“您将会看到，有一天我来登门拜访。我现在还不知道哪一天。这肯定不是什么坏事！”说罢，她辞别他，和他分道而行。

“您没有意志力！”她小声说并试图模仿林特讷尔，但是“意志力”这个词儿在嘴里既新鲜又凉爽。骄傲、严厉、信心这样的情感和这联系在一起；心灵的一个骄傲的语调：这个男人曾让她感到愉快。

三二

将军带领乌尔里希和克拉丽瑟参观精神病院

当乌尔里希独自一人在家时，国防部来询问，军事教育司司长大人是否能亲自和他谈话，如果他半小时以后到他府上来的话；三十五分钟以后，封·施图姆将军的马车便急匆匆从小斜坡驶上来。

“麻烦事儿！”将军向他的朋友叫喊，他的朋友立刻注意到，带着精神面包的传令兵这一回没来。将军身穿军服，甚至佩戴上了勋章。“你给我惹了麻烦了！”他重述了一遍。“今天晚上你表妹府上有重要会议。我压根儿还没能够向我的上司报告这件事。现在突然来了这个爆炸新闻：要我们去参观疯人院；最晚在一个小时后我们必须到达那儿！”

“可是这是为什么？”乌尔里希问，他这样问毫不奇怪，“通常都是要约定一个时间的呀？”

“别问这么多啦！”将军恳求他，“你还是马上给你的女友或表妹或别的什么人打电话吧，我们得去接她们！”

乌尔里希给小食品店老板——克拉丽瑟惯常在他那儿买些食品——打电话并等候她来接电话，这时他了解到了将军所诉说的不幸事件。为了满足由乌尔里希转达的克拉丽瑟的意愿，将军曾求助于军医处处长，此人又与他的著名的平民同行、大学医院院长取得联系，莫斯布鲁格尔正在等待这所医院给他作出首席鉴定。由于这两位先生的一个误会，联系过程中也就马上商定了日期和钟点，而施图姆则在最后一刻才无可奈何地了解到了这一情况，而且同时还出了这么一个差错：这位著名的精神病医生以为他自己要去参观，如今正极其愉快地期待着他的光临。

“我觉得恶心！”他说。这是一句旧的习惯用语，表明他想喝一杯烧酒。

喝过烧酒之后，他的紧张情绪便松弛了下来。“一座疯人院与我有什么相干？只是为了你我才不得不去！”他抱怨说，“如果这位傻呆呆的教授问我，我为什么也来，我该对他说些什么呀？”

这时，电话机的另一端响起一阵欢呼声。

“好极了！”将军恼怒地说，“可是另外我还急需和你谈谈今天晚上的事。我还得向部长阁下报告情况。四点钟他就走！”他看了看自己的表，无可奈何地坐在椅子上一动也不动。

“我已经准备好了！”乌尔里希说。

“令妹不一起去？”施图姆惊奇地问。

“我妹妹不在家。”

“真可惜！”将军惋惜道，“令妹是我见过的最值得钦佩的女人！”

“我以为，狄奥蒂玛才是吧？”乌尔里希问。

“也是，”施图姆回答，“她也是最值得钦佩的。但是自从她沉溺于性科学以来，我就觉得自己像一个学童。我乐意景仰她，因为，我的上帝，一如我一直所说的，战争是一门简单而又粗糙的手艺；但是恰恰在性的领域，被人当作门外汉看待，这简直是与军官的荣誉相抵触的！”

然而，这时他们已经登上马车并疾驰而去。

“你的这位女友至少长得好看吧？”施图姆疑惑地打听。

“她与众不同，你会看到的。”乌尔里希回答。

“今天晚上，”将军叹息道，“会有所动作。我估计有事。”

“每一回你到我这儿来，都说这样的话。”乌尔里希笑着抗辩说。

“可能是这样，但是，尽管如此，这却是真的。今天晚上你将亲眼目睹你的表妹与德朗萨尔教授之间的会晤。这方面我已经对你说过的话，你总没有全忘记了吧？这个德朗萨尔——我们，你的表妹和我，这样称呼她——这个德朗萨尔死死缠住你的表妹不放，不达目的不罢休；她对所有的人都纠缠不休，今天这两个人就要倾心交谈。我们只是还等候着阿恩海姆，好让他也作出自己的判断。”

“噢？”这件事乌尔里希也不知道，原来阿恩海姆回来了，他很久没见过他了。

“当然啰。回来待几天，”施图姆说，“于是就不得不过问这件事——”他突然顿住，用一种简直谁也不会相信的迅猛速度从摇摇晃晃的坐垫上向马车夫的高座冲撞过去。“你这个蠢货，”他矜持地在传令兵的耳朵边上吼叫。这传令兵装扮成平民车夫驾驭着部里的马，将军对马车的摇晃一筹莫展，便抓住挨骂的人的后背，“你绕远儿啦！”这位穿平民服装的士兵将后背绷直得像块木板，对将军所作的这些公务外的救护尝试无动于衷，将脑袋丝毫不差地甩过去九十度，致使他既不能看见他的将军也不能看见他的马，骄傲地向一条延伸至无限远的垂直线报告说，这一路段街面在翻修，这条近路无法行驶，但是一会儿又可以上近路了。“你瞧，还是我说得对吧！”施图姆向后一倒大声说，部分是对传令兵，部分是对乌尔里希掩饰自己徒劳发作的急躁情绪：“这家伙不得不绕远儿，可我今天还要向上司汇报情况，他想在四点回家，可自己还得先向部长作汇报！……部长阁下已经宣布今晚要亲自出席图齐家的集会！”他小声补充说，只让乌尔里希听见。

“你说什么？！”乌尔里希显得对这则消息感到惊讶。

“我早就告诉你了，正在酝酿着什么事。”

现在乌尔里希想知道什么事正在酝酿之中。“那你就说说，部长想干什么？！”他要求。

“这个连他自己也不知道，”施图姆悠闲地回答，“部长阁下觉得现在是时候了。总参谋长同样也觉得现在是时候了。如果许多人有这样的感觉，那这就可能是真有其事了。”

“可是干什么事是时候了呀？”乌尔里希继续探问。

“这个我们现在还不需要知道！”将军劝导他，“这绝对是印象！顺便问一句，我们今天一共是几个人？”他这样问也许是因为心不在焉，也许是因为若有所思。

“这个你怎么能问我呢？”乌尔里希惊讶地问。

“现在我是指，”施图姆说，“我们一共几个人去参观疯人院？对不起！真滑稽，产生这样的误解。有些日子里，一个人会忙得晕头转向！我们几个人去？”

“我不知道谁一块儿去，可能三至六个人吧。”

“我是想说明，”将军为难地说，“如果我们超过三个人，就得再雇一辆车。你知道吗，因为我穿着制服呢。”

“是呀，当然。”乌尔里希安慰他。

“我坐车不可以像是挤在一个沙丁鱼罐头里那样。”

“没问题。但是你说，你怎么会有这绝对印象的？”

“可是我们在城外也弄得到一辆车吗？”施图姆思索着，“这地方极其偏僻！”

“我们在途中雇一辆，”乌尔里希断然回答。“现在请你给我解释一下，你们怎么会有这个绝对印象的：现在是采取什么行动的时候了？”

“这根本没有什么好解释的，”施图姆回答，“如果我说什么事绝对是这样不是别样，那么这恰恰就是说明，我无法进行解释！人们至多可以补充说明：这个德朗萨尔夫人是一个和平主义者，大概是因为多蒙她提携的费尔毛尔写诗歌颂人的善良吧。这一点现在许多人都相信。”

乌尔里希不愿意相信他的话。“你不久前才对我说了与此相反的话：现在人们在行动中赞成有所作为，拥护铁腕以及诸如此类的人物！”

“是也说过，”将军承认，“很有影响的各界人士都替这个德朗萨尔说话；对这种事情她简直是体察入微。人们要求爱国行动完成一次合人情的善意的行动。”

“噢？”乌尔里希说。

“是呀，你也是根本就什么事也不再过问！别人在操这份心。譬如我提请你注意：一八六六年那场德意志内战是由于所有的德国人在法兰克福议会上宣布自己是兄弟而发生的。当然我这么说丝毫也不意味着我认为，也许国防部长或总参谋长在操这份心；要是这样说，那就是我在胡说八道。但是无风不起浪：事情就是这样！你明白我的意思了吗？”

这不清楚，但这是正确的，将军随后又添上几句很明智的话。“瞧，你总是要求清楚明白，”他责备他的邻座，“我欣赏你这种作风，但是你也得从历史的角度想一想：直接参与一个事件的人怎么会预先知道这是否会成为一个重大的事件？充其量也是因为，他们自以为这是一个重大事件！如果我可以用似是而非的话来表述我的观点，那么我想断言，写世界历史的时间比发生世界历史的时间早；初时它总是这样一种闲言碎语。所以有进取心的人就面临着一项很艰难的任务。”

“你这话说得对，”乌尔里希称赞，“现在你把一切全讲给我听听！”

将军本人愿意谈这件事，但是就在马蹄开始踩在软和街面上的这些负荷过重的时刻，他突然又被别的忧愁所攫住：“部长派人来叫我时，我已经为他穿扮得像一棵圣诞树，”他嚷嚷并指了指他那身浅蓝军服和挂在军服上的勋章，以强调这句话的分量，“你不认为，我穿着这一身制服出现在疯子们面前，会引发令人难堪的事端吗？譬如有一个疯子侮辱我的制服，我怎么办？我总不能把佩剑拔出来吧，而保持沉默，这对我来说也是极其危险的！”

乌尔里希安慰他的朋友，他许诺说，可以设法让他在制服外面罩上一件医生的白大褂；但是就在施图姆还没来得对这个解决办法表示满意的时候，他们就遇上了穿宽大夏装的克拉丽瑟，她在西格蒙德的陪同下焦灼地在车行道上向他们走来。她告诉乌尔里希，说是瓦尔特和迈因加斯特拒绝同往。在也搞到了第二辆马车之后，将军满意地对克拉丽瑟说：“夫人，您方才顺路走下来时，看上去就像一个天使！”

但是当他在医院门口下车时，施图姆·封·博尔特韦尔却面红耳赤并有些惘然若失的样子。

三三

疯子们欢迎克拉丽瑟

在乌尔里希付租马车车费的当儿，克拉丽瑟用指头搓自己的手套，顺着窗户向上望去，一刻也不安静地站着。施图姆·封·博尔特韦尔不想让乌尔里希付款，这两位先生在你拉我扯，而马车夫则坐在驾驭台上等候着并露出得意的微笑。西格蒙德照例用指尖刷掉衣服上的一小撮灰尘或呆呆地直望着。将军小声对乌尔里希说：“你的女友是一个怪女人。一路上她向我解释什么是意志力。我一句话也没有听懂！”

“她就是这么个人。”乌尔里希说。

“她长得好看，”将军悄声说，“像一个十四岁的跳芭蕾舞的小姑娘。但是为什么她说，我们到这儿来是为了忘情于我们的‘幻觉’？世界太‘缺乏幻觉’，她说。你知道这方面的什么详细情况吗？真让人感到难堪，我简直一句话也没法回答她。”

将军显然之所以迟迟不打发马车走，仅仅是因为他想提出这些问题；但是在乌尔里希作出回答之前，一个以院长名义来欢迎来访者们的院方代表就解除了他作出回答的义务；此人以工作繁忙脱不开身为由替院长向施图姆将军请求原谅，随即就带领来访者们走进一间会客室。克拉丽瑟密切注意楼梯和过道的每一块石块，在摆着褪了色的绿天鹅绒椅子颇像铁路车站一等候车室的小接待室里，她的目光也几乎在整个这段时间里一直在缓慢移动着。在院方代表离他们而去之后，这四个人便坐在这儿；起初，他们没说话，后来乌尔里希为了打破沉默而打趣地问克拉丽瑟：就要与莫斯布鲁格尔面对面站在一起，她是不是现在已经感到有点儿毛骨悚然。

“啊！”克拉丽瑟轻蔑地说，“他只认识作替补的女人，所以必然会发生这种事！”

将军想恢复自己的声誉，因为他事后想起什么来了。“现在意志很时髦，”他说，“在爱国行动中我们也很关心这个问题。”

克拉丽瑟对他笑了笑并伸展胳膊，以舒展筋骨。“如果人们必须这样等候，就会在内心感觉到即将发生的事，就好像用望远镜在观察。”她回答。

施图姆·封·博尔特韦尔思索着，他不愿意又落在后面。“对！”他说，“这也许与现代体育有关联。这个问题我们也在研究！”

后来，枢密顾问带着他的一队助理医师和女实习生风风火火走进来，非常客气，对施图姆尤其和蔼可亲，说是什么有紧急事务缠身，对不得不违反自己的意愿仅仅出席这一欢迎仪式、不能亲自带领客人参观表示道歉。他介绍了弗里腾塔尔博士，说是博士将代替他带领大家参观。弗里腾塔尔博士是个身材高大、细长并且有些柔弱的人，长着一头浓密的头发，在介绍时笑眯眯的就像顺着梯子爬上去就要表演死亡之跳的一名杂技演员。枢密顾问一走，立刻就送来了白大褂。

“为了不致扰乱病人。”弗里腾塔尔博士解释说。

克拉丽瑟在穿自己的白大褂时感到力量奇特地增长了。她像个小医生站在那儿。她觉得自己很男性、浑身雪白。

将军找镜子。很难找到一件适合他的高度与宽度的特殊比例的白大褂；当终于完全把身体裹住了的时候，他看上去就像穿了太长的睡衣的孩子。“您不认为我应该把靴刺脱下？”他问弗里腾塔尔博士。

“军医也穿带靴刺的靴子！”乌尔里希反驳。

施图姆还困惑、茫然地使劲看了一眼自己的后背，医生外罩在那儿的靴刺上方被蹶实成宽厚的褶裥；然后，他们开始参观。弗里腾塔尔博士要大家遇到任何情况都不要惊慌失措。

“到现在为止一切进行得还算可以！”施图姆低声告诉他的朋友，“但是其实我对这根本不感兴趣；我本来完全可以利用这时间和你谈谈今天晚上的事。当心，你曾说过，我应该把一切情况如实告诉你；其实这很简单：全世界都在扩军备战。俄国人有一支崭新的野战炮兵队伍。你注意到了吗？法国人利用他们的两年服役期大大扩建了他们的陆军。意大利人——”

他们又顺着他们来时走过的那道有王公气派的旧式楼梯下去，不知怎么地拐向一边并来到一处有一些小房间和弯弯曲曲的过道的地方，刷成白色的梁木从天花板上突显出来。他们迈步穿行过的大都是后勤业务房屋和行政办公室；但是由于在这座旧楼里普遍缺乏空间，所以它们显得有些古怪和阴沉。阴森森的人，有的穿院服，有的穿便服，待在这些房间里。一扇门上写着“住院处”，另一扇门上写着“男人”。将军言语枯竭。他有一种预感，感到意外事变随时都可能发生并因其非凡的性质而要求大家极其沉着镇定。他不由自主地也想到了这样的问题：如果一种不可遏制的欲望迫使他与世隔绝，之后他就独自一人并在没有专家陪同的情况下在一处人人都平等的地方与一个精神病人发生冲突，他该采取什么样的态度。克拉丽瑟则相反，她总是走在弗里腾塔尔博士前面半步。他曾说过，为了不惊吓病人，他们必须穿白大褂，这就像一件涌流的印象中的救生衣那样把她抬起来。她转悠着自己最喜爱的想法。尼采：“有强者的悲观主义吗？一种对生存的严酷、恐怖、凶恶、疑难的有理智的偏爱？像渴望可尊敬的敌人那样渴望可怕的事物？精神错乱也许并非必然就是一种蜕变的征兆？”她不是按字面意义去想这些问题，但是她却是在总体上回想它们；她的想法将它们压紧成一个极小的包裹并将其压缩在像一个强盗的作案工具那样的最小的空间上。对她来说，这条道路一半是哲学一半是通奸。

弗里腾塔尔博士在一座铁门前站着并从裤兜里掏出一把钥匙。他一打开门，强烈的亮光便向漫游者们袭来，他们从房屋的保护伞下走出来；在这同一个瞬间克拉丽瑟听到一声刺耳的、可怕的喊叫，这样的喊叫声她生平还没听见过。她虽然胆大，但是还是吓了一跳。

“只是一匹马！”弗里腾塔尔博士笑了笑说。

他们确实在一段街面上，它从车道沿着办公楼向后通往杂用建筑大院。它跟有旧轮辙和安适的野草的别的街段没有任何不同，太阳热辣辣地照在这上面。尽管如此，除弗里腾塔尔以外的所有其他人却感到特别惊异，甚至以一种茫然不知所措的方式对此感到气愤：他们在已经挺住了一长段冒险的路程之后竟然站在一条正常的、普普通通的街道上。这种自由的氛围在最初的瞬间具有某种令人感到诧异的东西，即使它令人感到无比舒适；人们不得不首先又使自己适应于它。在一切冲突来得更为突然的克拉丽瑟的内心深处，紧张情绪化解为一阵响亮的哧哧笑声。

弗里腾塔尔博士微笑着在前面穿过这条街并在街道的对面打开一扇嵌在一堵公园墙上的沉甸甸的小铁门。“现在才来真格的了！”他用温和的声音说。

于是他们真的置身在那个已经不可思议地吸引了克拉丽瑟几个星期之久的世界之中，并且不仅怀着那种对无可比拟的和封闭的事物的恐惧，而且是这样，就仿佛她注定了要在那儿经历某种她事先想象不到的东西。但是暂时，已经进来的人看不出这个世界跟一座古旧的大公园有任何不同之处，这座公园顺着一个方向向上伸展并在掩映在巨大树木丛中的顶点显现出小巧、白色、别墅式的房屋。房屋后面那突起的天空使人领略到远处一片旖旎的风光，在一个这样的观景点上，克拉丽瑟看到和护理人员在一起的病人，他们分几组站着和坐着并且看上去像白衣天使。施图姆将军认为现在正是重新和乌尔里希进行谈话的合适时机。“我还是想让你对今晚作好思想准备，”他说，“意大利人、俄国人、法国人以及英国人，你明白吗，他们都在扩军备战，而我们——”

“你们想拥有你们的炮兵部队，这我已经知道了呀。”乌尔里希打断他。

“没错！”将军继续说，“但是如果你永远不让我把话说完，我们马上又到了疯子们的身边，就没法心平气和地讲话啦。我是想说，我们夹在中间，处于一种军事上十分危险的境地。面临着这样的处境，人们在我们这儿——现在我在说这个爱国行动——不要求别的，只要求人的善心！”

“你们反对这样做！这个我已经领悟到了。”

“但是相反！”施图姆明确地声称，“我们并不反对这样做！我们非常认真地对待和平主义。可是我们想使我们的炮兵草案获得通过。如果我们可以与和平主义几乎可以说是密切合作做这件事，那么，我们就可以最有效地免遭帝国主义式的误解，因为否则他们马上就会断言，说是扰乱和平！所以我向你承认，我们确实有点儿与德朗萨尔夫人同谋。但是另一方面，人们必须谨慎从事；因为另一方面，与它持相反立场的党派，民族主义潮流党，现在也参加我们的行动，这个党反对和平主义，却赞成军事锻炼！”

将军没有把话说完，不得不哭丧着脸把余下的话吞下肚去，因为他们几乎已经到达顶峰，弗里腾塔尔博士在等候他的这一班人马。天使们待的地方原来是用栅栏简单围起来的，而向导则满不在乎地穿过这个地方，仅仅把这看作一种前奏。“一个‘和平科’。”医生说。

这个科里只有妇女；她们的头发披散着垂在肩上，而她们的脸则令人厌恶，现出肥胖、畸形、柔软的容貌。这些女人中的一个立刻向这位医生走来，塞给他一封信。“总是这老一套，”弗里腾塔尔说并朗读，“阿道夫，亲爱的！你什么时候来？！你把我忘了？！”这位六十岁左右的老妇神情呆滞地站在旁边，仔细倾听着。“你马上把他运送来？！”她请求。“一言为定！”弗里腾塔尔博士允诺，就在她眼前便把信撕碎，向监护护士笑了笑。克拉丽瑟立刻质问他：“您怎么能这样干？！”她说，“人们必须认真对待病人！”

“您过来！”弗里腾塔尔回答，“不值得在这里浪费时间。如果您愿意，我一会儿让您看一百封这样的信。您已经看到了嘛，我撕信的时候，这位老妇毫不在意。”

克拉丽瑟无言以对，因为弗里腾塔尔说的话是对的，但是这扰乱了她的思绪。她还没来得及理顺自己的思绪，它们就再次受到扰乱，因为就在他们离开这地方的时候，已经在那儿窥伺着的另一位老妇撩起她的罩衫并向从一旁走过的男士们显露粗羊毛袜以上直至腹部的她那丑陋的老妇人大腿。

“这么一头老母猪！”施图姆·封·博尔特韦尔小声说，愤慨和厌恶得一时间忘掉了政治。

但是克拉丽瑟却已经发现，这条大腿就像那张脸。它跟那张脸一样，很可能都显示出同样身体肥胖衰败的征象，然而在克拉丽瑟内心却第一次产生出异样联系和一个世界——这个世界里的情况跟人们用平常观念所理解的不一样——的印痕。此时此刻，她也想起，她没有看到白天使是怎样变成这些女人的，甚至，虽然她从她们当中穿行而过，都不曾区别出，她们之中哪些是病人，哪些是女护理员。她转过身去并朝后看，但是再也没能看见什么，因为道路已经绕着一所房屋拐了一个弯；她像一个扭过头去的孩子那样跌跌撞撞地在她的陪伴者们后面继续行走着。从一系列由此而开始的印象中，如今不再形成各事件的透明涌流的小溪——这条被人们承认为生命的小溪——而是起了一个泡沫状的旋涡，从中只是偶或有平滑的平面突现出来并滞留在记忆之中。

"同样是一个'安静科'，这一回是男人科，"弗里腾塔尔博士说，他将他的随行人员聚集在屋门前；当他们在第一张病床前站住时，他彬彬有礼地压低着声音向参观者们把他的病人介绍为"抑郁痴呆麻痹症"。"一位老年梅毒病人。犯罪行为的和虚无主义的妄想。"西格蒙德悄声对他妹妹解释这个词儿说。克拉丽瑟置身在一个老年男子的对面，此人看样子曾是上流社会的人。他笔挺地坐在床上，约摸年近花甲，脸上皮肤很白净。他那张修饰得整洁的、充满内心生活的脸庞周围长着一头浓密的同样是白色的头发。他的脸庞看上去十分高贵，只有在最坏的长篇小说里人们才会读到对这种脸庞的描写。"不能让人给这个人画像吗？"施图姆·封·博尔特韦尔问。"地地道道的精神美：我想把这幅画送给你的表妹！"他对乌尔里希说。弗里腾塔尔博士报之以忧伤的一笑并说："高贵的表情来自于绷紧的脸部肌肉的放松。"说罢，他还匆匆做了个手势给参观者们看了反射性的瞳孔僵直并带领他们继续参观。因为参观的内容很多，所以时间仓促。这位对在他床前所说的所有的话都忧郁地点了点头的老先生还在小声而悲伤地作着回答，而这时这五个人却已经在弗里腾塔尔挑选出来的隔着几个床位的另一个病人那儿站住。

这一回是一个自己献身于艺术的人，一个神情愉快的胖乎乎的画家，他的床摆放在挨近明亮窗户的地方；他在被子上摆着纸和许多笔，整天都在侍弄这些东西。立刻引起克拉丽瑟注意的，是这种动作中的那种愉快的不安宁。"瓦尔特就应该这样画画！"她心中暗想。发觉她神情关注的弗里腾塔尔迅速窃得胖画家的一页画稿并将它递给克拉丽瑟；画家吃吃一笑，举止像个让人拧了一把的荡妇。但是克拉丽瑟却惊异地在自己面前看到了一幅卓越油画的一张画得完美而准确无误的、完全是有内容的、甚至在审美情趣上是平庸的草图，画着许多按照透视法互相缠绕在一起的人物和一座样子极其精确的大厅，整个画面显得健康而有学究气，仿佛是一幅国家艺术学院的作品似的。"技巧好得出奇！"她情不自禁地叫喊。

但是，弗里腾塔尔却得意地笑了笑。

"嘿嘿！"尽管如此，画家还是对他大声说，"你看，这位先生喜欢！再多拿点给他看！他说好得出奇！拿给他看！我已经知道，你只是笑我，但是他喜欢！"这话他说得无拘无束，并且似乎和医生——如今他把自己的其他的画也递给这位医生——处得不错，虽然这位医生并不赏识他的艺术。

“我们今天没有时间和你闲谈，”弗里腾塔尔回答他；他向克拉丽瑟转过身来，用这样的方式来表达他自己的看法，“他不患有精神分裂症；可惜我们眼下没有别人，这些人往往都是著名的、很新派的艺术家。”

“却有病？”克拉丽瑟表示怀疑。

“为什么不呢？”弗里腾塔尔伤感地回答。

克拉丽瑟咬住嘴唇。

其间，施图姆和乌尔里希已经站在下一个房间的门口，将军说：“看到这幅情景，我确实为我方才骂我的传令兵是傻瓜而感到抱歉；我再也不会干这样的事了！”原来他们正在朝一间有重度白痴的房间里观看。

克拉丽瑟还没看见这情景并且在想：“甚至一门如同学院式艺术这样可尊敬的、得到承认的艺术都在精神病院里有它的遭否认的、被剥夺的、然而还是相像得叫人容易搞错的姐妹？！”比起弗里腾塔尔的“下一回可以给她看表现主义艺术家的作品”这句话来，这几乎给她留下更多的印象。但是她决心也要再提到这个问题。她低下头并且还一直咬着嘴唇。这方面有些不对头。把如此有才干的人关起来，她觉得这显然是错误的举措；医生们会治病，她想，但是大概不会在总体上把握艺术的重要价值。她觉得，必须在这方面采取点什么行动。但是她实在还不清楚该采取什么行动。然而她没有失去信心，因为胖画家立刻就称她“先生”：她觉得这是个好兆头。

弗里腾塔尔好奇地打量她。

当她感觉到他的目光时，她微微一笑抬起头来并向他走去，但是她还没来得及说些什么，一个可怕的印象便将全部考虑抹去。在他们的床上，在这间新的房间里呈现出一派恐惧的景象。身体上的一切都歪斜，不干净，畸形成僵硬。变质的牙齿。摇摇晃晃的脑袋。太大的、太小的以及完全变态的脑袋。松弛耷拉下来的颌骨，唾液从嘴角滴落下来，抑或嘴的野兽般的研磨动作，嘴里既没有食物也没有言语。在这些人和周围世界之间似乎隔着几米厚的铅条，在另一个房间里的轻微的笑声和嗡嗡声之后，一阵沉闷的沉默也引人注意，一片沉默中只有低沉的咕咕声和咕哝声。这样的高度白痴群集的厅堂是人们在疯人院的丑陋中看到的最令人震惊的景象；克拉丽瑟感到自己简直是坠落进一片恐怖的黑暗之中，黑得什么也分辨不清了。

但是向导弗里腾塔尔在黑暗中看得见，他指着一张张床解释说：“这是白痴，这儿这个是克汀病。”

施图姆·封·博尔特韦尔仔细倾听：“克汀病患者和白痴不是一码事吗？”

“不，这在医学上是有些不一样的。”医生教导他。

“有意思，”施图姆说，“这种事日常生活里根本碰不上的！”

克拉丽瑟从一床走到另一床。她死死盯住病人，尽量使劲看去，对这些对她毫不在意的面孔一窍也不通。全部想象都破灭了。弗里腾塔尔博士轻声跟随她并解释：黑蒙性家族痴呆症、结节性硬化症、麻痹性痴呆……

这期间以为已经看够了“傻瓜”并假定乌尔里希亦然如此的将军看了看表并说道：“我们究竟说到哪儿啦？我们必须充分利用这时间！”他有些突然地说道：“请你记住：国防部一方面注意到了和平主义者，另一方面注意到了民族主义者——”

不能像他这样灵活地摆脱对周围环境的约束的乌尔里希不解地望着他。

“可是我不开玩笑！”施图姆说，“我所说的，这是政治！必须采取某种行动。这个问题我们已经谈到过。如果不马上采取某种行动，皇帝的生日一到，我们就丢尽脸面。可是该采取什么行动？这个问题是合乎逻辑的，对不对？如果我现在粗略地总结我已经对你说过的所有的话，那么就是，一部分人要求我们帮助他们去爱所有的人，而另一部分人则要求我们允许他们去虐待别人，好让高贵的血统取得胜利，或者别的诸如此类的理由。两者都有一定的道理。所以，简短说吧，你得想办法把这统一起来，免得让事业受损！”

“我？”乌尔里希在他的朋友这样引爆了他的炸弹之后表示抗拒；若是这地方允许的话，他本来是会大肆嘲笑他一番的。

“当然是你！”将军毅然回答，“我很愿意助你一臂之力，但是你是行动的秘书，是莱恩斯多夫的左膀右臂！”

“我将在这里给你安排一个住所！”乌尔里希斩钉截铁说。

“好哇！”将军说，他从兵法中得知，躲避意外抵抗的最好办法是不显出自己惊慌失措，“如果你在这里给我弄一个位置，我也许就会结识某个创造了世界上最伟大的思想的人。在外面，他们反正不再喜欢高贵的思想。”他又看了看表，“据说这里有这样的人，他们是教皇或宇宙，有人这样说：这样的人我们还一个都没见过，而我则恰恰曾高兴地期盼过这样的人！你的女友认真细致已极。”他抱怨。

弗里腾塔尔博士小心翼翼把克拉丽瑟从这一幅智力发育不全症患者景象中引开。

地狱是没有趣味的，它是可怕的。如果说人们不是使它具有了人的属性——像但丁，他让文学家和社会名流居住在那里并从而将注意力从量刑技术上引开——而是试图为它提供一个原始的概念的话，那么连富于想象力的人也没有超越稚气的痛苦和思想贫乏的世俗特征的扭曲。但是恰恰是这个不可想象的、所以也就是不可避免的无穷尽的惩罚和痛苦的空洞思想，一种对所有相反的努力麻木不仁的向坏的方面变化的条件，有着一个深渊的吸引力。疯人院也是这样。它们是贫民院。它们带有某种地狱的无幻想性的特性。但是许多不了解精神病原因的人，除了害怕可能会失去自己的金钱，最害怕的莫过于有朝一日他们可能会发疯；奇怪的是，有多少人受到这样的想象的折磨：他们以为，他们会突然失去自我。对自己所拥有的东西的过高估计很可能导致对健康人以为笼罩着病人房屋的那种恐惧的过高估计。克拉丽瑟也有点儿受到一种轻度失望情绪的折磨，这种失望情绪来自一种不确定的、与她所受的教育有关的期望。这在弗里腾塔尔博士身上恰恰相反。他习惯于走这条路。像在一座兵营里或每一个别的群众性机构里那样井然有序，迫切的痛苦和申诉的和缓，免遭可避免的状况的恶化，稍稍恢复健康或痊愈：这就是他每日劳作的基本特点。大量观察、了解大量情况，但对内在联系找不到充分的解释，这就是他的精神领域。在巡视病房时，除了治咳嗽、感冒、便秘和外伤的药，开一些镇静剂，这便是他的日常工作。他生活在其中的这个世界的鬼魂般的邪恶只有在一接触普通世界对比被唤醒的时候他才感受到；这样的事不会天天有，但是参观活动却是这样的机会，所以克拉丽瑟所看到的，并非是在没有一种编导感的情况下安排好的并且在他将她从沉思中唤醒之后立刻又带着某种新东西和极具戏剧性的东西继续进行下去。

因为他们刚刚离开这个房间，便有好几个长着丰满肩膀、友好的上士面孔和身穿干净白外套的高个子男人加入他们的行列。这件事一言不发地进行着，好像是一阵鼓声把他们召来似的。“现在参观一个不安静科，”弗里腾塔尔宣布。话音刚落，他们就也已经开始向一阵叫喊声和嘎嘎声走近过去，这声音似乎是从一只巨大的鸟笼里传出来的。当他们站在门口时，他们没看到门上有门把手，但是一位看守用一把凿子打开门，克拉丽瑟当即就要如同她迄今所做的那样第一个走进去，但是弗里腾塔尔博士倏地一把把她拉回来。“在这里应该等一等！”他没有表示歉意便意味深长、神情疲倦地说。开门的看守只把门开出一条窄缝，他的魁梧的身体将这条缝遮住；在他先朝里听了听，然后又看了看之后，便急忙挤进去，第二个看守紧随其后，在门口的另一边占据阵地。克拉丽瑟的心怦怦跳了起来。将军赞许道：“前卫，后卫，侧翼掩护！”受到了这样的掩护，他们走进去，由巨人看护从一个床位带领到另一个床位。都在床上坐着，兴奋地叫喊着，颤动着胳膊和眼睛；这给人以这样的印象：每一个人都在朝着一个只为他而存在的空间叫喊，可是似乎所有的人正在进行激烈交谈，就像陌生的、关在同一只笼子里的鸟儿，它们之中的每一只鸟儿都在讲着另一个岛屿的语言。有些人自由自在地坐着，有些人被绳套系在床沿上，双手只有少许活动空间。“因为有自杀的危险，”医生解释说并列举这些疾病：脑软化、妄想症、痴呆等等，这就是这些陌生的鸟儿们所属的物种。

克拉丽瑟起初觉得自己让这个杂乱无章的印象又给吓住了，并找不到立足点。所以这也就像一个友好的征兆：远远地就有一个人向她招手并大声叫喊着向她说话，这时她还和他隔着许多张床位。他在他的床上迅速来回滑动，仿佛拼命想解放自己，以便向他奔来；他用他的控告和冲天怒气凌驾于合唱之上并越来越强烈地把克拉丽瑟的注意力吸引到自己身上。她越走近他，这个印象便越让她感到不安：他似乎只是在对她讲话，而她却根本听不懂他想对她说什么。当他们终于到达他身边时，看守长小声对医生讲了些什么，克拉丽瑟没听清楚；弗里腾塔尔神情很严肃地作了某种安排。但是随后，他便用戏谑的口吻与病人攀谈。疯子没有马上答腔，但是他突然问：“这位先生是谁？”并做一个手势表示他指克拉丽瑟。弗里腾塔尔指着她的兄长并回答说，这位是斯德哥尔摩的医生。“不，这个！”病人回答，用手指着克拉丽瑟。弗里腾塔尔微微一笑并说，这是一位维也纳女医生。“不，这是一个男人。”病人反驳说并沉默不语了。克拉丽瑟感到自己的心怦怦直跳。这个人也认为她是个男人！

这时，病人慢条斯理地说：“这是皇帝的第七个儿子。”

施图姆·封·博尔特韦尔碰了乌尔里希一下。

“这不对，”弗里腾塔尔回答并继续进行这场游戏，他转身对克拉丽瑟说，“您自己告诉他，他搞错了。”

“这不对，我的朋友。”克拉丽瑟小声对病人说，她激动得几乎说不出话来。

“你就是第七个儿子！”他固执地回答。

“不，不。”克拉丽瑟一迭连声说并激动地对他微笑，像在一个爱情场景里那样用嘴唇微笑，因怯场这嘴唇完全是僵硬的。

“你就是！”病人又这样说并用一种她说不出是什么样的目光望着她。她简直不知道她还能回答什么，她茫然而亲切地望着这位疯子的眼睛，此人以为她是皇子；她一直在微笑着。这时，她内心产生某种奇怪的思想活动：正在形成认为他的观点正确的可能性。在他一再断言的压力下，某种东西在她心头正在消散，她在不知什么东西上失去了对自己的思想的控制；新的关系正在形成，端倪渐显：他不是第一个想知道她是谁并认为她是一位“先生”的人。但是，就在她还沉溺于这种特殊的亲密情感，还盯着他的脸的时候——她既不清楚此人的年龄也不了解还在这张脸上显现出来的院外另一段余生——在这张脸上以及在整个儿这个人身上正在发生某种完全不可理解的情况。看上去，似乎她的目光对于被它盯住的眼睛而言突然太沉重了，因为这双眼睛骨碌碌转动起来了。但是嘴唇也开始强烈地动了起来；一如浓密的雨点，在越来越稠密地合流，在一阵短促的嘎嘎声中搀和进能清楚听见的淫词秽语。克拉丽瑟对这一偏离正道的转变感到十分震惊，仿佛有什么东西正在脱离她自身似的，于是她不由自主地用双臂向着这个遭厄运的人做了一个动作；说时迟那时快，病人也迅速向她跳过来：他掀去被子，刹那间便跪在床头并用手玩弄自己的阴茎，如同被囚禁的猴子手淫那样。“别耍流氓！”医生迅速而严厉地说；与此同时，看守们一把抓住此人和被子并在转眼间把这两样捆成一个一动不动地躺着的包裹。但是克拉丽瑟脸红耳赤了；她觉得头昏脑涨得像在一座电梯里，突然失去了脚踏实地的感觉。她突然觉得，她已经巡视过的所有的病人都在朝她背后喊叫，而其他的她还没有探视过的病人则在向她迎面喊叫。或许是偶然巧合，或许也是激动情绪的感染力使然吧，下一个病人，一个和蔼可亲的老头儿，他们还在附近站着时他就曾对来访者们说过一些善意的玩笑话，在克拉丽瑟急匆匆从他身旁走过时他竟跳过来并破口大骂，骂的尽是污言秽语，一边还令人厌恶地口吐白沫。看守们的像捣碎任何反抗的重杵的拳头也抓住了他。

但是魔术师弗里腾塔尔很会加强自己的演出的效果，跟进来时一样地在陪同人员的保护下，他们在另一头离开这座厅，这时耳朵一下子似乎沉浸在温和的寂静之中。他们置身在一道清洁的、铺地毯的、令人悦目的走廊里，并遇见了穿节日衣服的人和好看的儿童，他们满怀信任且彬彬有礼地问候医生。这是来探视病人的人，他们在这里等待着被放进去看望他们的亲人，而这健康世界的印象则又是一个很令人惊讶的印象：这些态度谦逊、举止有礼并身穿最漂亮衣服的人一眼看上去就像玩具娃娃或摹拟得很好的人造花。但是弗里腾塔尔迅速迈步穿行过去并向他的朋友们宣布，说是现在他要带领他们去参观一群杀人犯和犯类似重罪的疯子。当他们随后不久站在一座新铁门前时，陪伴者们的小心翼翼神态也确实预兆不佳。他们走进一个封闭的院落，一道回廊围绕着这院落，它就像一座现代园林，有许多石头和少量花卉。起初，空荡荡的空气像一个沉默立方体那样凝固在其中；过了一会儿，人们才发现这儿有人，他们默不作声地坐在墙边。在大门附近蹲着白痴少年，拖着鼻涕，不干净且一动也不动，仿佛一个雕塑家在一个怪诞念头的驱使下将他们安在这些门柱上了。在他们近旁，第一个靠墙坐着并离其他人远远的，是一个普普通通的男子，还穿着他那身深色的星期天穿的衣服，只是没有领子；他一定是不久前才被送进来的，他那一脸茫然的神态极其令人感动。克拉丽瑟突然想象，她若离开瓦尔特，将会给他带来多大的痛苦，想着想着她几乎哭起来了。这种事第一次发生在她身上，但是她迅速摆脱掉这种情绪，因为其他人——她被人带领着从这些人身旁走过——只给人留下沉默适应的印象，这是人们在监狱里会有的那种印象；他们胆怯地、有礼貌地打招呼并提出一些小小的请求。其中只有一个人，一个年轻人，只有他缠磨人并申诉了起来；只有上帝才知道，他是从哪个被人遗忘的角落里冒出来的。他要求医生放他出去，还要求知道他为什么在这里。当后者闪烁其词地回答说，这件事不是他，而是只有院长才有权决定，提问的人不依不饶；他的请求像一条越来越迅速放开的链子那样开始反复讲述，催逼的口吻渐渐渗入他的语声中，增强为言语威胁，最后甚至无知兽性发作要动起手来。当他已经达到这一程度时，巨人们把他摁在长凳上，而他则没有得到回答，像一条狗那样夹起尾巴、默不作声了。克拉丽瑟如今已经了解这种情况，只不过这正在渐渐变为她感觉到的普遍的激动情绪。

她也没有时间去做什么别的事，因为庭院的一端是第二座铁门，看守们已经在敲这座门。这是桩新鲜事儿，因为他们迄今为止只是小心翼翼地、却没有事先通知地开门。可是在这座门上他们却用拳头敲了四下并仔细倾听传出来的骚乱声。“一听到这个信号，所有在里面的人都必须靠墙站好，”弗里腾塔尔解释说，“或者坐到沿墙摆放着的长凳上。”果然，当门慢慢地、一点一点地转动时，情况表明，所有先前或沉默或吵吵嚷嚷乱作一团的人都像训练有素的囚犯那样服从命令。尽管如此，看守们在进来时还是如此谨慎从事，以致克拉丽瑟竟突然抓住弗里腾塔尔的袖管并激动地问，莫斯布鲁格尔是否在这儿。弗里腾塔尔默不作声地摇摇头。他没有时间。他急急忙忙叮嘱参观者们，说是他们必须至少和每一个病人保持两步的距离。对这一行动所承担的责任似乎使他感到心情有些沉重。他们是七对三十；在一个脱离现实生活的、用墙围起来的、只有疯人居住的院子里，几乎所有这些疯人都犯过一次谋杀罪。习惯佩带武器的人若没佩带武器便会觉得自己比别人更不安全：所以这也不是把自己的佩剑放在会客室里的将军的过错，他问医生：“您随身带着武器吗？”“注意力和经验！”对这个恭维性的问题感到称心如意的弗里腾塔尔回答，“一切的关键是，在萌芽状态就将任何反抗行为扼杀。”

果然，一旦有人哪怕只是做了一个极微小的动作试图走出行列，看守们就马上向他扑过去并迅速将他摁在他的位置上，其速度之快，简直让人觉得这些突袭就是所发生的唯一的暴力行为似的。克拉丽瑟不同意这些做法。“医生们也许并不理解的是，”她心中暗想，“这些人虽然整天在无人监督的情况被关在一起，可是他们却互不伤害；只有对于我们，对于来自他们不熟悉的世界的我们，他们才具有危险性！”她想与一个人攀谈；她突然觉得，她一定会成功的，她会以适当的方式使他听明白自己的话的。有一个人站在紧靠门口的角落里，这是一个健壮的中等个儿男人，蓄着一部棕色络腮胡子、眼睛露出咄咄逼人的目光；他交叉着胳臂靠在墙上，沉默不语并忿忿地看着来访者们的一举一动。克拉丽瑟向他走近过去，但是弗里腾塔尔博士当即用手拉住她的胳臂，制止住她。“别找这个。”他小声说。他给克拉丽瑟另挑选了一个杀人犯并与他攀谈。这是一个矮小结实的人，有着一颗头发剃得光光的瘦削的囚犯脑壳，医生大概知道他容易接近，因为此人立刻笔直地站在医生面前并边热诚地回答着，边显露出两排牙齿，它们令人忧虑地让人想到了两排墓碑。

“您问他一下，他为什么在这儿。”弗里腾塔尔博士低声告诉克拉丽瑟的兄长，于是西格蒙德就问这个宽肩膀尖脑壳：“你为什么在这里？”

“这你知道得很清楚！”他的回答十分简单。

“我不知道，”西格蒙德回答得相当愚蠢，他不想马上让步，“你就说吧，你为什么在这儿？！”

“这你知道得很清楚！”他加强语气重复了一遍。

“你为什么对我不礼貌？”西格蒙德问。“我确实不知道！”

“真会撒谎！”克拉丽瑟心中暗想，她感到高兴，因为病人干脆回答说：“因为我愿意！我能够做我愿意做的事！”他龇牙咧嘴又说了一遍。

“可是人们不应该毫无道理地采取不礼貌的态度！”不幸的西格蒙德重说了一遍，其实他也不比这个疯子更有主意。

克拉丽瑟对他感到愤怒，他这是在扮演一个愚蠢的角色，这个人在一座动物园里挑逗一头被捉住的动物。

“这跟你没有关系！我做我愿意做的事，你懂吗？！我愿意做的事！”这位精神病人像一个下级军官那样嗷嗷直叫并用他脸上的不知什么部位笑了起来，但既不是用嘴也不是用眼，这两个部位反倒是充满着叫人感到无名恐惧的愤怒。

连乌尔里希也在暗中思忖：“现在我可不想跟这个家伙单独待在一起。”西格蒙德难以坚守自己的岗位，因为疯子已经向他走近过来，而克拉丽瑟则巴不得此人掐住她兄长的咽喉、咬他的脸呢。弗里腾塔尔满意地听任事态发展，因为对一位医生同行他不妨来这么一下，他津津有味地看着后者窘态百露。他以高超的技艺让事态发展到最高潮，在这位同行再也说不出话来的时候才开始发出中止的信号。可是这时克拉丽瑟心头又萌生出要插一手的愿望！随着这连续急促的回答，这个愿望不知怎么地变得越来越强烈，她突然再也按捺不住激动的心情，向病人走过去并说："我从维也纳来！"这就像人们从一支小号诱出的任意一个声音那样毫无意义。她既不知道说这句话要达到什么目的，也不知道怎么会想起这句话来，她也不曾考虑过，这个人是否知道他在哪座城市；如果他知道，那么她的这句话就更没意义了。但是她说这话时感到很有自信。即便在疯人院里，有时确实也还会出现奇迹：当她说这话并热烈而激昂地站在这位杀人犯面前时，他脸上突然一亮；他的碎石机牙齿缩到嘴唇下面，而咄咄逼人的目光中则露出一丝亲善。"噢，金色的维也纳！一座美丽的城市！"他带着前中产阶级人士的那种虚荣心说，这种中产阶级人士很会逢场作戏说些客套话。

"我祝贺您！"弗里腾塔尔博士笑道。

但是对克拉丽瑟而言，这个惊人的事件已经变得很重要。

"现在我们去见莫斯布鲁格尔！"弗里腾塔尔说。

可是这事儿办不成了。他们正小心翼翼又离开这两座院落并在公园顶峰向一座看似偏僻的园亭奔去，这时不知从什么地方有一个看守向他们跑过来，他好像已经找了他们好久了。他走到弗里腾塔尔跟前并轻声低语用较长的时间向他转告一个情况，按有时用问题打断看守讲述的医生的表情来判断，所报告的情况一定重要且令人不愉快。弗里腾塔尔带着一脸的严肃和遗憾走回到等待者们的身边，通知他们，说是他要到一个科里去处理一个意外事件，说不好什么时候能处理完毕，所以他不得不遗憾地中止向导。他这话主要是对在医生白外套里面穿着将军制服的那位德高望重的人说的；但是施图姆·封·博尔特韦尔满怀感激地说，他反正对院里杰出的纪律和秩序已经有了足够的了解，有了这些体验之后多见一个还是少见一个杀人犯也就无所谓了。可是克拉丽瑟却露出一脸失望和惊惶的神色，弗里腾塔尔见此情景便提出补充建议，说是可以以后再来会见莫斯布鲁格尔并参观其他几个项目，日期一定下来，他就打电话通知西格蒙德。"承蒙您关照，"将军代表大家致谢，"只是就我个人而言我确实不知道，我是否会另有公务，不能一同前来参观。"

事情就这样有保留地约定了；弗里腾塔尔当即辞别而去，很快便在顶峰那一边的一条路上消失了，而其他人则在医生留在他们身边的那位看守的陪同下向大门口走去。他们离开道路，走最短的线路顺着生长着山毛榉和梧桐树的斜坡向下走去。将军已经脱去白外套，高高兴兴地将它搭在胳膊上，就像出游时搭着的一件风衣，但是交谈实在是交谈不起来了。乌尔里希没有表示有兴趣还愿意再次为即将来临的晚上聚会作什么思想上的准备，而施图姆自己则已经一门心思想着要回家；他只觉得自己应该对克拉丽瑟——他殷勤有礼地走在她的左边——说几句解闷的话。可是克拉丽瑟心不在焉、沉默不语。“是不是她说到底还在因那个下流货而感到不好意思？”他暗自寻思并且觉得需要用某种方式说明在那种特殊情况下他不可能像骑士那样为她说话；可是话又说回来，这种事人们最好还是慎言为妙。就这样，往回走的时候大家沉默不语、心头蒙着阴影。

施图姆·封·博尔特韦尔登上自己的马车并把关照克拉丽瑟和她的兄长的事托付给了乌尔里希，这时他的愉快心情才回归，而随着这种愉快心情的回归也产生了一个观念，这一个个让人感到憋闷的经历便是从这个观念中感受到某种秩序。他从随身带着的大皮烟盒里拿出一支香烟，坐在靠垫上就把一圈圈蓝色的烟雾吐进阳光灿烂的空中。他悠然自得地说：“这样一种精神病一定很可怕！此时此刻我才注意到，我们在那里面的整个这段时间里我不曾看见一个人抽烟！只要你身体健康，确实就会身在福中不知福！”

三四

一个重大事件正在酝酿。莱恩斯多夫伯爵和因河

随着这不平静的一天之后而来的，是图齐家的一个“著名晚会”。

平行行动色彩纷呈；眼睛闪闪发光，首饰闪闪发光，名字闪闪发光，思想闪闪发光。一个精神病人可能会由此推断出，眼睛、首饰、名字和思想在这样一个社交晚会上说到底是一码事：他这样想并非完全没有道理。除了不多几个认为在这个时候、在旺季快要结束的时候不会再出现什么“事件”的人，所有没有去里维耶拉或上意大利湖滨度假的人都来了。

另外，还来了一大批人们还从未见过的人。长时间的间歇使出席者名单

上出现了缺口；为了填补这些缺口，便匆匆忙忙召来了新人，而这样匆忙召人是不符合狄奥蒂玛审慎从事的习惯的：莱恩斯多夫伯爵本人曾给过他的女友一份名单，他出于政治上的理由要她邀请名单上的人；既然她的沙龙的孤高性原则已经为这些更崇高的理由作出了牺牲，对别的事她也就不像以往那样重视了。只有伯爵阁下独自一人才是这一盛大聚会的因由；狄奥蒂玛认为，只能对人类成双地进行帮助。但是莱恩斯多夫伯爵坚持这样的论断："产业和教育在历史发展过程中没有尽自己的本分；我们必须对它们作最后一次试验！"

莱恩斯多夫伯爵每一回都提到这个问题。"我亲爱的，您还一直没有下定决心！"他惯于这样问，"是时候了。各色各样的人已经带着破坏性的倾向出现：我们必须给教育最后一次机会，使他们保持内心平静。"但是，让人类交配的丰富形式分散了自己的注意力的狄奥蒂玛对别的事情一概记性不好。

最后，莱恩斯多夫伯爵提醒她："您瞧，我亲爱的，我真没想到您会这样？现在我们已经在所有的人那儿发布了行动口号；就我个人而言，我已经让内政部长——我可以把这个秘密透露给您——我已经让他引退；所以这已经波及高层，波及很高层：可是这也确实已经是一桩丑闻，谁也不曾有勇气去结束这桩丑闻！现在我把这个秘密透露给您，"他继续说，"总理已经请求过我，他要我们自己更努力地参加确定居民中有牵连阶层对内政改革的愿望所进行的调查，因为新部长还不可能十分了解情况：难道现在恰恰是您，一向最有毅力的您要将我弃置不顾？我们必须给产业和教育一个最后的机会！您应该这样理解：不是这样便是别样！"

这个有些不完整的结束句他用如此具有恐吓性的口吻说出，以至于可以明白无误地认为，他知道他想干什么；狄奥蒂玛也一口应许要赶紧进行，但是随后她却又忘记了，没去做。

于是，有一天莱恩斯多夫伯爵为他的有名的活动力所攫住并继续向她进言，受到四十匹马力的驱动。

"现在已经采取什么措施了吗？！"他问，狄奥蒂玛不得不作否定的回答。

"您知道因河吗，我亲爱的？"他问。狄奥蒂玛当然知道这条河，这是除多瑙河以外所有河流中最著名的一条河，与祖国的地理和历史有着千丝万缕的联系。她有些怀疑地打量她的这位来访者，虽然她努力露出笑容。

但是莱恩斯多夫伯爵依然神情极其严肃。“撇开因斯布鲁克不谈，”他向她直言不讳说，“这都是些因河河谷里的多么可笑的小城镇啊，可是我们这儿的因河却是一条多么壮观的河流！我自己就从来也没有想到过这一点！”他摇摇头。“因为我今天偶然看到了一张公路地图，”他终于把话挑明了，“我发现，因河来自瑞士。这个我当然是已经知道了的；这个我们大家都知道，但是我们从来也不去想它。这条河发源于马洛亚，是条微不足道的小溪，我亲眼在那儿见过它；就像在我们这儿的卡姆普河和莫拉瓦河。但是瑞士人把它变成什么啦？恩加丁！世界著名的恩加丁！恩加丁-因河河谷，我亲爱的！您可曾想到过：整个恩加丁是从因河这个词儿来的？！今天我算明白了：我们用我们的令人难以忍受的奥地利式的谦逊当然是也不会从属于我们所有的东西中搞出什么名堂来的！”

在这次交谈之后，狄奥蒂玛急忙召集了这个拟议中的社交聚会，部分是由于她认识到，她必须赞同伯爵阁下的看法，部分是因为她担心，她若现在还拒绝，可能就会把她这位高贵的朋友惹急了。

但是她答应他时，莱恩斯多夫说：“我请您，我的尊敬的，请您这一回别忘记也邀请那个，喏，那个您称之为‘德郎萨尔’的人；她的女友，瓦尔登男爵夫人，已经为了这个人的缘故搅得我几个星期不得安宁！”

连这个狄奥蒂玛也答应了，虽然在别的时候她是会把容忍她的女竞争对手视为对祖国玩忽职守的。

三五

一个重大事件正在酝酿。内阁参议梅瑟里彻尔

当一个个房间里充满辉煌的灯火和社交界名流的时候，“人们”不仅发现了伯爵阁下以及在他关照下前来与会的上层贵族，而且也看到了国防部长

先生阁下以及他的随从中的施图姆·封·博尔特韦尔将军的那颗很有思想的、有些过劳的脑袋。人们看到了保尔·阿恩海姆。(简单朴素、没有头衔最有效。这个“人们”曾特意考虑过这一点。人们管这叫反语法，有高度艺术性的朴实无华的措辞，在某种程度上可以说是，人们没从自己身上拔去任何东西，就像国王从手指上脱下戒指，并将它戴在另一个手指上。)然后人们还看到了各部的所有的头面人物。(教育部长已经在上院亲自向伯爵阁下请假，因为在这一天他必须到林茨去出席格子形大祭坛的落成典礼。)然后人们还看到，各外国使领馆派遣了一位“优秀分子”。然后就是“工业界、艺术界和学术界”的著名人士，一个古老的勤奋譬喻蕴含在这种不容更改的三类平民活动的组合中，然后这支熟练的笔将这些女士的名字一一登记在册：拜格、罗莎、基尔施、克蕾默……在阿德利茨伯爵夫人和商务顾问韦克胡伯夫人之间来到的，是知名的梅拉尼·德朗萨尔夫人，世界著名的外科医生的遗孀，“甚至习惯于和蔼可亲地在自己家里给精神安排一个活动场所”。终于，在这一组的最后，也还来了个带着妹妹的某某乌尔里希，因为“人们”曾犹豫不决，不知该不该写上，“对此人的为这项有高度才智的、令人欣喜的爱国事业服务的富有牺牲精神的活动人们有所耳闻”或者干脆“一个前途无量的人”；人们早已听说，对莱恩斯多夫伯爵的这个宠儿许多人都认为，他可能会再次诱使他的恩公去做一件极欠考虑的事，而证明自己及时知情的这种诱惑则是大的。但是知情人的最深刻的满足始终是沉默，尤其是如果他谨慎从事的话；多亏了这个，乌尔里希和阿加特才作为迟到者使其名字紧挨着社交界和精神界那些上层人物的前面获得一个光亮的位置，这些上层人物的名字不再一一在此列举，而是只是被选定进入“所有有声望和地位者”的万人墓。进入其中的有许多人，其中有知名的刑法学家兼枢密官施翁教授，他参加一项政府部门的调查工作在首都作短暂逗留；这一回还有年轻诗人弗里德尔·费尔毛尔，因为虽然众所周知，他的思想促进了这个晚会的召开，但是仍然应该严格区分清楚：这还远远不是已经获得了与华丽礼服和头衔相称的较为强劲的地位。像仅有空衔的银行经理莱奥·菲舍尔及其家人这样的人——他们经过巨大努力并在格达的推动下，没劳神乌尔里希，就是说只是由于一时流行着的漫不经心情绪才得以获准进入狄奥蒂玛的沙龙——压根儿就仅仅是被草草掩埋在一个眼角。只有一位知名的、在这样的社交场合但是尚还位于感觉阈以下的法学家的夫人，带着她那连“人们”也陌生的“博娜黛婀”这个名字，事后又被挖掘出来并被置于华丽礼服之列，因为她的形象引起人们普遍的注意并受到赞赏和欢迎。

这个“人们”，起监督作用的公众的好奇心，自然是一个人；通常有许多这样的人，但是当时在卡卡尼的这个大都会里有一个人鹤立鸡群，这个人就是内阁参议梅瑟里彻尔。这位由他创建的“议会和社会通讯”的出版者、主编和首席记者出生于瓦拉希施—梅瑟里希，他的名字保留住了这个地名的痕迹。上个世纪的六十年代，他作为年轻人进入首都，这是一个为了从事记者职业而放弃了接管父母亲在瓦拉希施-梅瑟里希的小酒馆机会的年轻人，受到了当时气焰很盛的自由主义的吸引。他建立了一家以给各家报刊发送公安性质小地方新闻起家的通讯社，从而很快就为这个时代作出了他自己的那一份贡献。他的通讯社的这一原始形式由于其创建者的勤奋、可靠和认真不仅让报界和警察感到满意，而且不久也被其他高层机构注意到了，被用来传播某些它们不愿意自己为之承担责任的值得想望的消息，最后受到优待并被供给材料，直至它在非官方的、却有官方来源的新闻报导领域取得一种特殊地位。但是作为一个有着充沛的精力和不懈的勤奋的人，梅瑟里彻尔在看到这一成果正在展现的时候却也就已经拓宽了自己的活动范围，增加了宫廷和社交活动新闻报导方面的内容。倘若这种情景不是曾经一直在他脑海中浮现，那么，很可能他永远也不会离开梅瑟里希来到首都。他堪称是一部人事方面的活字典。他对人以及人们所讲述的有关这些人的事情的记忆力是非凡的，这使他得以轻易地就与上流社会的沙龙和监狱保持着同样的极其良好的关系。他对上流社会的了解，胜似它自己对自身的了解；怀着无穷尽的爱，他能够在第二天介绍头天在社交聚会上相遇的人互相认识，像一个老绅士——自几十年以来人们就一直把全部结婚意图和缝制新衣事宜向他透露。就这样，在节日庆典上，这个勤勉、灵活、经常殷勤周到并讨人喜欢的小个子先生终于成了一个全市知名的人物；在他的后来的岁月里，这类活动压根儿就由于他和他的出席才产生其不容争辩的效果。

这一生涯以梅瑟里彻尔被任命为内阁参议而达到了顶峰，因为这个头衔有一个与此有关的特殊情况：卡卡尼是世界上最和平的国家，但是不知什么时候，它怀着不再有战争了的这个深刻而无辜的信念想出了一个主意：将其公务员划分成与军官军衔相称的等级，并且甚至已经授予他们同样的制服和证章。一个内阁参议的级别此后就相当一个皇帝和国王的中校的级别；但是即使这就其本身而言不是很高的级别，在梅瑟里彻尔被赐予这个级别时，它却有其异乎寻常之处，这就是：按照一个坚定不移的传统，一个像一切坚定不移的东西那样在卡卡尼只是作为例外被打破的传统，梅瑟里彻尔本来是应该成为皇室参议的。而皇室参议则并不如人们按这个词儿的含义所判断的那样比政府参议更高，而是更低；皇室参议只相当于大尉军衔。而梅瑟里彻尔本来是应该成为皇室参议的，因为这个头衔除了授给公务员以外只授给自由职业者，譬如授给宫廷理发师和车辆制造者，但是出于同样的理由也授给作家和艺术家；而政府参议当时却是一个真正的公务员头衔。尽管如此，梅瑟里彻尔作为第一个和唯一获得这个头衔的人，其意义超出单纯的头衔的高低程度，甚至也超出别太过于认真看待此地所发生的事的这种日常的要求：这个不正当的头衔以一种微妙和谨慎的方式向不疲倦的编年史作者证实了他对宫廷、国家和社会的亲近的从属关系。

梅瑟里彻尔曾对他那个时代的许多记者起过表率的作用，他是某些权威的作家协会的主席团成员。据传，他定做了一套带一个金衣领的制服，但只是有时在家里穿穿。不过这也许不是真的，因为从他的本质上来说，梅瑟里彻尔一直对梅瑟里希的酒类零售业保持着某些印象；一个好的酒店老板自己是不喝酒的。一个好的酒店老板也知道他的所有的顾客的秘密，但是他并不利用自己所知道的情况；他从不带着自己的观点参加辩论，却讲述并惬意地记住一切事实、轶事或笑话。就这样，被人们在各种庆典上作为美丽的女人和显贵的男人的公认的发言人遇到的梅瑟里彻尔，就他个人来说，从来不曾哪怕只是想到要试图为自己雇一个好裁缝，他了解各种政治上的内幕秘闻而自己则丝毫也不从事政治活动，他知道他这个时代的种种发明和发现而自己却一样也不懂。知道所有这些东西都现实存在着，这对他来说完全足够了。他真诚地热爱他的时代，他的时代也以某种爱报答他，因为他天天报导它，使人感到它的存在。

当他走进来并看见狄奥蒂玛时，她立刻示意他到她身边去。“亲爱的梅瑟里彻尔，”她说，让音调尽量显得悦耳动听，“您总不会认为伯爵阁下在上院所作的讲话是我们的观点的表露或者甚至从字面上去理解它的吧？”

原来是，伯爵阁下联系到部长的下台并受到自己的忧愁的刺激，在上院不仅作了一个备受关注的讲话，指责他的牺牲品，说是他对缺乏建设性的真正的乐于助人精神和严格精神不闻不问，而且也一时兴起不由自主地对一些大家普遍关注的问题发表了看法，其中最精彩的部分不知怎么地居然是对报刊重要性的评价，他差不多对这个“已经晋升为大国地位的公共机构”提出了一个骑士般地思考的、独立和不偏袒的信基督教的人对一个机构所能提出来的种种指责，按他的意见这个机构并不如他所设想的那样。这就是狄奥蒂玛试图用外交手段加以弥补的；她找到越来越漂亮、越来越难以理解的言词来阐述莱恩斯多夫伯爵的真实观点，而梅瑟里彻尔则在一旁若有所思地仔细倾听。但是他突然把手放在她的胳臂上并大大方方地打断她的话说：“夫人，您有什么要着急的，”他概括说，“伯爵阁下是我们的好朋友。他大大地夸张了；作为廷臣他有何不可呢？！”为了马上向她证明他与伯爵阁下有着纯真的关系，他补充说：“我现在去他那儿！”

这就是梅瑟里彻尔！但是他在出发前再次用亲密的口吻问狄奥蒂玛：“费尔毛尔究竟怎么啦，夫人？”

狄奥蒂玛面带微笑耸了耸漂亮的肩膀。“确实没什么大不了的事，亲爱的内阁参议。我们不想授人话柄，让人家说我们将某个怀着良好的愿望接近我们的人拒之门外！”

“‘良好的愿望’是好的！”梅瑟里彻尔边向莱恩斯多夫伯爵走去边这样想；但是他还没有走到此人跟前，甚至他也还没只是把他的这个他自己很想知道其结果的想法想到底，这一家的主人便笑嘻嘻地挡住他的去路。“亲爱的梅瑟里彻尔，官方消息来源又一次失灵啦，”图齐司长笑道，“如今我向半官方新闻报导请教：您能给我讲点儿费尔毛尔的情况吗，他今天在我们这儿？”

“我能讲些什么呀，司长先生？”梅瑟里彻尔抱怨。

“据说他是个天才！”

“我洗耳恭听！”梅瑟里彻尔回答。如果人们想有能力迅速和准确地报导新闻，那么新东西就不可以跟人们已经知道的旧东西太不一样。在这方面天才也不例外，这就是说，真正的和公认的天才，对这样的天才的意义天才所处的时代迅速取得一致意见。不是马上被每一个人认为是一个这样的天才的天才就一样啦！这几乎可以说有某种完全非天才性的东西，可是连这也没什么可取之处，结果就是人们可能会在各方面把他看错。所以对于内阁参议梅瑟里彻尔来说天才是有固定存货的，他对这些固定人选报以满腔的爱和关注，但他不愿意接纳新人。他年龄越大越有经验，他便甚至越明显地养成这样的习惯：他把奋发努力的艺术上的天才，尤其是跟他职业上接近的文学天才，只看作干扰他的报导任务的一种轻率尝试；他怀着他那颗善良的心憎恨这种天才，只要这种天才还不能为“人物”栏目所用。但是当初费尔毛尔还远远没有到这个程度，还得先历练。内阁参议并不随随便便地便同意这样做。

“有人说，他是一位大诗人，”图齐司长不肯定地又说了一遍，而梅瑟里彻尔则用肯定的语气回答：“这话谁说的？！这话是文艺小品栏的评论家们说的！这算得了什么，司长先生？！”他继续说，“专家们说这话。专家算什么？有些人在说与此相反的话。我们有这样的例子，专家们今天这样说明天就那样说。他们的话算数吗？真正享有盛名的东西必须已经为缺乏理解力的人所接受，只有这样这种东西才是可靠的！我不妨告诉你我在想什么：对一个著名人物人们不可以知道他正在干什么，而是只可以知道他正在到达、正在出发！”

他心情沉重地越说越激昂，他的眼睛盯住图齐司长。图齐司长沉默不语。“今天究竟出什么事啦，司长先生？”梅瑟里彻尔问。

图齐面带笑容、心不在焉地耸了耸肩膀。“没什么事。其实没出什么事。少许虚荣心。您读过一本费尔毛尔的书吗？”

“我知道书里写些什么：和平、友谊、善良，等等。”

“您对他评价不高？”图齐问。

“天哪！”梅瑟里彻尔转过身来说，“我是专家吗？”可是这时候德朗萨尔夫人向着这两个人走过来，图齐不得不彬彬有礼地向她迎上去几步；发现围住莱恩斯多夫的圈子里有一个缺口的梅瑟里彻尔当机立断利用了这个时机，他没让自己再次受到耽搁，便在伯爵阁下身旁抛锚停泊。莱恩斯多夫正在和部长以及其他几位大人谈话，但是一俟内阁参议向所有的人表示完敬仰，他便立刻微微转过身来，把他拉到一边。“梅瑟里彻尔，”伯爵阁下急切地说，“您答应我，别生出误解来，报界的先生们永远不知道他们该写些什么。是这样的：自最近那次聚会以来事态不曾有过些微的变化。也许将会有一些变化。这个我们不知道。眼下我们不可以受到干扰。我请您注意，即使您的同事中有人问您，今天的整个晚会只是图齐司长夫人的一桩家务事！”

梅瑟里彻尔的眼皮缓慢而忧虑地证实，他已经明白统帅作出的这一安排。因为在一件事情上受到信任，就有望在另一件事情上也受到信任，所以他的嘴唇湿润了并带着本应在眼睛上闪现的闪光，他问："如果可以知道的话，伯爵阁下，请问费尔毛尔是怎么啦？"

"这有什么不可以知道的呀？"莱恩斯多夫伯爵惊讶地回答，"费尔毛尔根本没什么事！他的受邀请，只是因为瓦尔登男爵夫人不肯罢休。难道还有什么别的因由不成？也许您知道点什么？"

内阁参议梅瑟里彻尔迄今一直不愿意重视费尔毛尔事件，而是认为它只是他天天接触到的众多社交场上的明争暗斗事件之一。但是如今莱恩斯多夫伯爵居然也还这样矢口否认这件事有重要意义，这就再也不容许他依然持这一观点啦；如今他确信，这里正在酝酿着某种重要的事情。"他们会有什么打算呢？"他边继续漫步边思索，并让内政外交方面最意想不到的可能发生的事件在自己脑海里一一过筛子。但是过了一会儿，他毅然决然地暗自思忖："不会有什么事的！"于是他专心致志于新闻报导活动不再使自己分心。因为不管这似乎与他的生活内容多么矛盾：梅瑟里彻尔不相信重大事件，他根本就不喜欢重大事件。如果人们确信人们生活在一个非常重要、非常美好和非常伟大的时代，人们就受不了这样的想象：在这个时代可能还会发生某种特别重要、美好和伟大的事。梅瑟里彻尔不是登山运动员，但是倘若他是的话，那他就一定会说，这跟这个事实一样正确：人们将眺望塔设在中等高度的山上，而从不设在高山山脉的山顶上。由于他缺乏这样的比较，所以也就满足于一种不愉快的感觉和这样的决心：绝不在他的报导中提及费尔毛尔的名字。

三六

一个重大事件正在酝酿。人们遇到熟人

当他们一瞬间单独待在一起时，在他的表妹与梅瑟里彻尔谈话期间一直

站在她身旁的乌尔里希问她："可惜我来得太晚了：第一次会见德朗萨尔夫人进行得怎么样？"

狄奥蒂玛抬起沉甸甸的眼睫毛现出仅有的一个厌世的眼神并又将其垂下。"当然是热烈而愉快的，"她说，"她探望过我。我们将在今天约定点什么事。都是些不关痛痒的事！"

"您瞧！"乌尔里希说。这听起来像是旧日里谈话的口吻；这似乎是要对这些谈话作一了结。

狄奥蒂玛把头扭向一边并疑惑地注视着她的表兄。

"我以前已经给您说过。一切几乎都已经结束并且不曾存在过，"乌尔里希断言。他觉得需要说话；当他下午回到家里时，阿加特在家并且很快又出去了；他们只简短交谈了几句，便乘车到这里来了；阿加特请来了园艺师妻子，在她的帮助下穿好了衣服。"我警告过您的！"乌尔里希说。

"警告什么？"狄奥蒂玛慢条斯理地问。

"啊，我不知道。什么都警告过！"

这是真的，他自己不再知道什么没警告过。警告过她的理念，警告过她的虚荣心，警告过平行行动，警告过爱情，警告过精神，警告过世界年，警告过各种事务，警告过她的沙龙，警告过她的激情；警告过多愁善感以及漫不经心、听其自然，警告过无节制和准确无误性，警告过通奸也警告过结婚；没有什么他不曾警告过她的！"她就是这样的人！"他心中暗想。他觉得她所做的一切都滑稽可笑，可是她却如此美丽，所以这令人感到悲伤。"我警告过您，"乌尔里希又说了一遍，"据说您现在只还对性科学问题有兴趣！？"

狄奥蒂玛旁顾左右而言他。"您认为德朗萨尔夫人的这个宠儿有才华吗？"她问。

"当然有，"乌尔里希回答，"有才华、年轻、不成熟。他的成功和这个女人会把他给毁了的。在我们这儿婴儿就已经在受糟蹋，因为人们对他们说，他们是非常了不起的本能人，发展才智只会使他们失去价值。有时候他有一些奇思妙想，但是不在十分钟里胡言乱语一番他简直就要受不了。"他凑近狄奥蒂玛的耳朵，"您了解这个女人的底细吗？"

狄奥蒂玛以一种几乎觉察不出来的方式摇摇头。

“她虚荣心强得要命，”乌尔里希说，“但是您有新的研究课题，她会在这方面引起您的兴趣的：在漂亮女人从前有一片无花果树树叶的那个地方，她如今有一片月桂树树叶！我憎恨这样的女人！”

狄奥蒂玛没哈哈大笑，她甚至没露一点笑容；她只是注意倾听这位“表兄”讲话。“您觉得他作为男人怎么样？”他问。

“令人悲伤，”狄奥蒂玛悄声低语，“像一头提前发福的羔羊。”

“干吗不呀！男人的美只是一种第二位的性特征，”乌尔里希说，“男人身上第一位的令人激动的东西是对他的成功的希望。费尔毛尔十年后将是一位国际上闻名的大人物；德朗萨尔夫人会利用种种门路为此操劳的，然后她就会嫁给他。如果他保持住荣誉，那么这将是一门美满的婚姻。”

狄奥蒂玛想了一想，严肃地改正说：“婚姻的美满与否取决于一些条件，人们不是没有守纪律的工作就会学会对这些条件作出判断的！”说罢，她便离他而去，就像一艘骄傲的船离开它曾停靠过的码头那样。她得去履行自己的作为家庭主妇的责任；她解开缆绳时没正眼看他一眼，只微微点了点头。但是她并没有恶意；相反，她觉得乌尔里希的声音像一种旧日里的青年音乐。她甚至在内心里说，用爱情科学来阐述他本人，这将会产生什么结果。奇怪的是，她迄今还从未把她的对这些问题的深入研究和他挂起钩来。

乌尔里希抬眼一看；从熙攘人群的一个缺口，顺着一种光的波道——狄奥蒂玛在有些突然地离开自己的位置之前也许就已经用眼睛跟踪过它——他在再下一个房间里看到了保尔·阿恩海姆在和费尔毛尔交谈，德朗萨尔夫人则赞许地站立在一旁。她把这两个人带到一块儿来了。阿恩海姆举着拿雪茄的手，这看上去像一个无意识的抗拒动作，但是他十分和蔼可亲地微笑着；费尔毛尔热烈地讲着话，用两个手指头夹住雪茄并在语句之间带着一头将其口鼻推向母牛乳房的牛犊的那种贪婪吸上一口。乌尔里希能够想象得出来他们在讲什么，但是他不花费这个气力。他孤寂而幸运地站住，他的眼睛搜索着他的妹妹。他发现她和几个他相当陌生的男人在一起，他的涣散的神情中顿时便注入某种冷漠凝固的东西。这时，施图姆·封·博尔特韦尔用指尖轻轻捅了他一下；与此同时，内廷参事施翁教授从另一边走近过来，但在离他不多几步路处让一个首都的同行拦住了。

“我终于找到你了！”将军如释重负地小声说，“部长想知道，什么是

‘定向形象’。”

“为什么定向形象？”

“我不知道为什么。什么是定向形象？”

乌尔里希下定义：“永恒的真实性，它们既不真实也不永恒，而是适用于某一个时代，使这时代有所依傍。这是一个哲学和社会学词语，很少使用。”

“啊哈，这就对了，”将军说，“因为阿恩海姆曾声称：说人是善良的，这种信条只是一种定向形象。费尔毛尔则回答说：什么是定向形象，他不知道，但是人是善良的，这是一个永恒的真理！接着，莱恩斯多夫曾说：‘这完全正确。其实根本就没有恶人，因为没有人会愿意当恶人的；这只是些误入歧途的人。今天的人都神经过敏，因为在今天这样的时代里正在产生这么多的怀疑者，他们不相信任何永久不变的东西。’我心中暗想，今天下午他应该和我们一起去参观的！但是此外他自己也认为，人们必须对那些不愿意认识到这一点的人实施强制。所以部长现在想知道，什么是定向形象：现在我只是赶快回到他那儿，我马上就返回来；你在这儿站着，好让我找到你！我还有点别的事要赶紧和你谈谈，然后带你去见部长！”

乌尔里希还没来得及要求说明情况，从一旁走过的图齐就已经边说着“很久没在我们这儿见到您了”，边用手拉住他的胳臂并继续说：“还记得吗，我曾向您预言过，我们会遭到和平主义的入侵的？！”他边说也边友好地盯着将军的脸，可是施图姆急匆匆，只回答说，虽然他作为军官有另外一种定向形象，但是他并不反对值得尊敬的信念……这句话的其余部分随着他一起消失，因为他每一回都生图齐的气，而这是不利于思想的形成的。

司长兴冲冲地望着将军离去的背影，随后又向这位“表兄”转过身来。“油田一事当然只是一个骗局。”他说。

乌尔里希惊讶地注视着他。

“您根本对这则石油故事还一无所知吗？”图齐问。

“我知道，”乌尔里希回答，“我只是对您知道这件事感到奇怪而已。”为了不显得不礼貌，他添上一句：“您一向很善于隐瞒这件事的！”

“这件事我早就知道了，”图齐颇有些得意地说，“这个费尔毛尔今天在我们这儿，这当然是阿恩海姆通过莱恩斯多夫促成的。您读过他的书吗？”

乌尔里希给予肯定的答复。

“一个铁杆和平主义者！”图齐说，“而德朗萨尔夫人——我的妻子这样称呼她——则用极大的虚荣心呵护他，必要时，为了和平主义，她会赴汤蹈火，在所不辞，虽然她本来对此根本不感兴趣，而是只对艺术家感兴趣。”图齐略一沉吟，然后他向乌尔里希披露：“和平主义当然是主要的事，油矿只是一种牵制行动；所以人们把这个费尔毛尔和他的和平主义推到前台，因为这样一来每个人都会想：‘啊哈，这是牵制行动！’并以为暗地里则事关油矿！干得漂亮极了，但太聪明了，人家没法不有所察觉。因为如果这个阿恩海姆有加利西亚油田和一份与军方财政部门签署的供货协议，那么我们当然就必须保护边界。我们也必须在亚得里亚海边建立海军基地并使意大利感到不安。但是如果我们以这样的方式刺激我们的左邻右舍，和平需求和和平宣传当然就会增长，而如果随后沙皇要宣布一个什么永恒和平思想，他就会发现基础已经在心理上作好了准备。这就是阿恩海姆要干的事！”

“您反对这样做？”

“我们当然不反对，”图齐说，“但是您也许还记得，我已经向您解释过：最危险的莫过于这种不惜一切代价的和平。我们必须防止门外汉们来干涉我们的事务！”

“可是阿恩海姆却是个军火工业家。”乌尔里希笑着回答。

“他当然是的！”图齐有些被激怒地小声说，“可是您千万别把这些事想简单了！他那份协议他有了。至多是左邻右舍们也还会扩充军备。您将会看到：在关键时刻他会摇身一变成为和平主义者！和平主义是一笔持久不变的、牢靠的军火生意，战争则是冒风险！”

“我倒是认为，军方根本没有这样糟糕的想法，”乌尔里希调和说，“它只想通过与阿恩海姆的这笔交易使炮兵装备改进进行得容易一些，仅此而已。说到底，今天在全世界人们只是在为和平而扩充军备嘛；所以军方很可能以为，如果人们也在爱好和平的人士的帮助下来做这件事，这是无可指摘的！”

“那些先生们打算如何将这付诸实施呢？”图齐探问，他没理会这句玩笑话。

“我认为，他们还根本没有到这个地步。暂时他们才只不过是凭感觉表表态而已。”

“当然！”图齐懊恼地确证，仿佛这早就在他意料之中似的。“军方不为任何事打算只为战争打算，并使用一切其他手段求助有关职权部门。但是就在他们这样做之前，这些先生们就宁愿用他们的半瓶醋的知识使整个世界陷入危险之中。我给您再说一遍：在外交上最危险的莫过于不切实际地谈论和平！每当这种需求达到一定的高度并且一发而不可收，便总是还会从中生出一场战争来！这一点我可以向您证明，这是有案可查的！”

这时，内廷参议施翁教授已经摆脱他的那位专业同行并最真诚地利用乌尔里希，让他把自己介绍给这一家的主人。乌尔里希顺从他的意愿，用这样的评语介绍他：不妨说，这位刑法领域里的著名学者对和平主义的批判，跟政治领域里的权威司长颇有相似之处。

“嗳呀！天哪！”图齐笑着抗辩，“您这么说就是完全把我理解错了。”施翁在等待了片刻之后也一本正经地表示不同意，说是他不想看到他的减低刑事责任能力的观点被说成是凶残的和不人道的。“相反！”他作为一个在讲台上演戏的老手用一种代替伸展出来的手臂起着加强语气作用的声音大声说，“恰恰是对人的绥靖促使我们采取某种严厉手段！我可以假定，司长先生对我目前在这件事情上所作的现实努力有所耳闻吗？”现在他直接对图齐说话，对有病的罪犯的减低了的刑事责任能力是否只能在此人的想象中或者只能在此人的意愿中才有其正当理由，对围绕这样一个问题的这场争论图齐虽然没有听说过什么，但越发彬彬有礼地对一切表示同意。对自己产生出来的这种效果感到很满意的施翁，随即就开始称赞今天这个晚会所显示的严肃人生观念给他留下的印象，并说，他有时候听别人谈话，频频听到“男人的严厉”和“道德的健康”这样的话语。“我们的文化让劣等人、道德迟钝的人糟蹋得不成样子，”他自己添上一句并问，“可是今天这个晚会的目标究竟是什么？从三三两两的人群旁边走过时，我不时听到人直截了当地在说卢梭的人性本善的观点？”

图齐——这个问题是专门向他提出的——笑而不答，而这时将军恰恰返回到乌尔里希身边，想溜之大吉的乌尔里希便介绍他与施翁认识并称他是在所有在场的人当中回答这个问题的最合适的人选。施图姆·封·博尔特韦尔一个劲儿抗辩，可是施翁和图齐都不放过他。这时一位老朋友一把拉住乌尔里希说："我的妻子和女儿也在这里。"乌尔里希不禁喜出望外，赶紧迈出头几步，撤出圈外。他这才看清，原来是银行经理莱奥·菲舍尔。

"汉斯·塞普已经参加过国家考试，"他说，"怎么说呢？现在他还只缺一门考试便可当博士！我们都坐在那儿那边的一个角落里，"他指了指那个最远的房间，"这儿我们认识的人太少。况且我们也很久没在我们家里见到您啦！令尊大人，对不对？汉斯·塞普给我们搞到了一份今晚的请柬，我的妻子很想来：这么看来，这个小伙子并非完全是无能之辈。格达和他，他们现在已经半正式地订了婚。这个您大概根本不知道吧？可是格达，您瞧，这丫头，我简直不知道，她是不是爱他，或者说，她是不是已经下定了这个决心。您到我们那边来看看吧——"

"我过一会儿去。"乌尔里希应允。

"好，您来啊！"菲舍尔重说一遍，便沉默不语。然后他轻声低语："这大概是这家的主人吧？您可不可以介绍我和他认识？我们还不曾有过机会。我们既不认识主人也不认识主妇。"

乌尔里希正准备作介绍，菲舍尔却拦住了他。"还有这位大哲学家？他在干什么？"他问，"我的妻子和格达当然完全让他给迷住了。可是油矿是怎么回事？现在听人说，这是一则虚假的谣言：这种说法我不信！否认总是要否认的！您知道，是这么回事：如果我的妻子生一个女仆的气，那就是因为，她撒谎，她不道德，她放肆——可以说纯粹都是心灵上的毛病。但是当我为了得到安宁暗地里答应给那女孩子增加工资时，心灵便突然消失！不再谈论心灵了，一下子一切都井然有序，我的妻子不知道为什么：不是吗？是这样的吧？油田含有太多商业上的可能性，人们实在没法相信这种否认。"

由于乌尔里希缄默不语，而菲舍尔却披上了知情者的外衣急于返回到他妻子身边去，所以他再次开了腔："人们必须承认，这里令人感到愉快。可是我的妻子想知道为什么这里有人在说离奇古怪的话？这个费尔毛尔究竟是什么人？"他立刻又添上一句，"格达说，他是个大诗人；汉斯·塞普说，他根本什么也不是，一个追求名利的人，人们都上了他的当了！"

乌尔里希说，两种说法取其中大致就是真实情况了。

"这才是一句中听的话！"菲舍尔感谢他，"因为真实情况总是在中间，今天大家都把这个给忘了，人们只会走极端！我每一回都对汉斯·塞普说：

观点人人都可以有，但是具有永久性价值的，从长远来说，只是那些可以使人挣得什么的观点，因为这证明，它们也使别人心明眼亮！”莱奥·菲舍尔身上已经有某种不知什么重要的东西发生了细微的变化，但是遗憾的是，乌尔里希没有及时去探究它，只是急急忙忙地将格达的父亲转交给图齐司长一伙便算了事。

这期间，施图姆·封·博尔特韦尔已在那儿被人说服，因为他抓不着乌尔里希，可又迫切渴望说出自己的想法，一吐为快。“人们应该如何解释今天这个晚会吗？”他呼叫起来，重复着内廷参议施翁的这个问题，“我可以说是想按照他自己的教育得良好的意愿断言：最好是根本不去解释它！诸位先生，这不是开玩笑，”他诠释自己的这句话，不无朴素的自豪，“今天下午我陪同一位年轻女士参观我们大学的精神病医院，在谈话中我偶然问她，她究竟想到那儿去干什么，好让人家给她好好讲解；她给我作了一个巧妙的回答，很引人深思。她是这样说的：‘如果人们什么都要解释，那么人类就丝毫也改变不了这个世界！’”

施翁摇摇头不同意这一论断。

“她这话是什么意思，我不知道，”施图姆抗辩，“我不想认同这种看法，但是人们在这上面径直感觉到某种真实！您瞧，譬如我感谢我的这位给伯爵阁下从而给行动当过顾问的朋友，”他礼貌地指指乌尔里希，“他对我作过许多劝导，但是今天这里正在形成的，却是对劝导的某种嫌恶。这样我就回到我开始时曾说过的话上来了！”

“可是您却希望，”图齐说，“我是说，有人在说，国防部的先生们想在今天激发一个爱国决定：募捐公共资金，诸如此类，新装备一支炮兵。这当然只应具有一种示范性的价值，为了用公众的意愿将议会置于某种压力之下。”

“我当然也想这样来理解某些我今天听到的话！”内廷参议施恩附和说。

“这件事要复杂得多，司长先生！”将军说。

“那么阿恩海姆博士呢？”图齐不加掩饰地问，“我可以坦率地说：您有把握吗，阿恩海姆不图别的只图可以说是和大炮问题构成一揽子计划的加利西亚油田？”

“我只能谈我的事和与我有关的事，司长先生，”施图姆再次抗辩，“在这方面一切要复杂得多！”

“这当然要复杂得多！”图齐笑着回答。

“我们当然需要大炮，”将军激动起来，“以您所暗示的那种方式和阿恩海姆合作，这可能有好处。但是我重申，我只能从我的教育司司长的立场出发来讲话，现在我问您：大炮没有思想管什么用！”

“可是为什么这样重视借助费尔毛尔先生的力量呢？”图齐用讥讽的口吻问，“这是鲜活的失败主义！”

“请原谅，我有不同看法，”将军正色道，“这是时代精神！时代精神今天有两股潮流。伯爵阁下——他在那边和部长站在一起，我刚才才从那儿来——就说，人们必须发布一个行动口号，时代发展要求这样做。今天大家对人类的这些伟大思想喜欢的程度也确实远不如，譬如说，一百年前。但是，另一方面，博爱精神自然也有其可取之处，可是伯爵阁下却说，如果某人不希望得到幸福，那么人们或许也得强迫他去获得幸福！伯爵阁下拥护这一股潮流。可是他也不避开另一股！”

“这个我没有完全理解。”施翁教授表示反对。

“这也不是轻易可以理解得了的，”施图姆心甘情愿地承认，“我们也许还是再次从这个事实出发吧：我发现两股时代精神潮流；一股潮流说，人的本性是善良的，如果我们几乎可以说是不去打搅他的话——”

“为什么善良呢？”施翁打断他，“今天谁会有这样天真的想法？我们不再生活在十八世纪的观念世界里？！”

“这种说法我不能同意，”将军感到受辱地为自己辩护，“您只要想想和平主义者们，想想吃素的人，想想反对暴力的人，想想生活方式改革家，想想反知识分子，想想拒服兵役者……匆忙间我根本想不齐全；所有这些可以说是对人类具有这种信任的人加在一起构成一股大的潮流。但是请原谅，”他以在他身上显得十分亲切的那种热心补充说，“如果您愿意，我们也能从相反情况出发。我们也许就从这个事实出发吧：人必须受奴役，因为他绝不会单独和自动地去做好事的：在这一点上我们可能比较容易取得一致意见。群众需要一个强有力的人物，他们需要领袖，对它采取果断态度、不是仅仅讲话的领袖，一句话，他们需要凌驾于自己之上的行动精神；人类社会可以说是只由一小批也接受过必要的预备性教育的志愿者和成百上千万没有更大的虚荣心、只是强制效劳的人组成：情况大致是这样的吧？！由于这种认识渐渐地根据已有的经验也已经在我们的行动中得到贯彻，如今第一股潮流（因为我现在所描述的，已经是时代精神中的第二股潮流）几乎可以说是被这样的忧虑吓住了：伟大的爱情和信仰的观念在人类身上可能会完全丢失。于是，一些人士便行动起来，他们派遣费尔毛尔参加我们的行动，以便在最后一刻拯救尚还可以拯救的东西。这样来理解问题，一切就显得比起初简单得多了，对不对？”施图姆说。

“那么会发生什么事呢？”图齐问。

“我看，没啥事，”施图姆回答，“我们已经在行动内部有过许多股潮流。”

“但是在这两股潮流之间存在着一个难以忍受的矛盾！”施翁教授表示反对，他作为法学家不能容忍这样一种模糊不清的说法。

“严格地讲不存在这样的矛盾，”施图姆驳斥他，“另一股潮流当然也愿意爱人类；只不过是它认为，人们必须为此而先用暴力改造人：这在某种程度上可以说只是一个技术性的区别。”

这时，菲舍尔经理说话：“由于我是后来才参加进来的，所以可惜我不了解全貌；但是如果尽管如此还是可以的话，那么我想说，我觉得对人的尊敬基本上比它的反面更崇高！今天晚上我从一些方面——即便一定是些特殊情况——听到了对持不同意见的以及尤其是不同国家的人的令人难以置信的观点！”他蓄着一部让一个光溜的下巴分开的络腮胡子，斜戴着一副夹鼻眼镜，看上去就像一个坚持人性自由和贸易自由的伟大思想的英国勋爵，他没说，这些受抨击的观点他是从汉斯·塞普，从他未来的女婿那儿听来的，此人正是这“时代精神的第二股潮流”中的弄潮儿。

“粗野的观点？”将军作好答复准备地问。

“极其粗野。”菲舍尔证实。

“也许是谈到了‘锻炼’，是很容易把这互相混淆的。”施图姆说。

“不，不！”菲舍尔叫喊，“完全是无礼的，简直可以说是革命的观点！您也许不了解我们的受到煽动的年轻人，少将先生：我感到奇怪，人们居然容许这样的人来这儿活动。”

“革命的观点？”不爱听这种话的施图姆问，并摆出一副他那张圆脸能摆得出来的那种冷漠的笑脸，“经理先生，我可惜得说，我根本并不完全反对革命性的东西！当然这就是说，只要人们不真的让它干革命！其中往往蕴含着极多的理想主义。至于说到容许不容许，那么，应该涵盖整个祖国的行动根本无权将有志于建设国家的人士拒之门外，不管他们以什么方式表述自己的观点！”

莱奥·菲舍尔沉默不语。施翁教授并不重视一个不属于民事行政部门的显贵的意见。图齐曾梦想：“第一潮流，第二潮流。”这使他回忆起两个相似的词语：“第一阻塞，第二阻塞”，却没想起这些词语的出处，或者说，没想起和乌尔里希的谈话，这些词语是在和乌尔里希的谈话中出现的；只有一丝对他妻子的不可理解的嫉妒在他心头萌生并通过看不见的、他无法解开的中间环节与这位没有危害的将军有关联。当他从这一阵沉默中苏醒过来时，他想向这位军方代表表明，他是不会让人用荒诞无稽的言论把自己引入歧途的。“我把这总结一下，将军先生，”他开了腔，“那么，军人派是想——”

“可是司长先生，没有什么军人派！”施图姆立刻打断他，“我们总是听人说：军人派，军人按其整个性质而言是超党派的嘛！”

“那就是军方吧，”图齐因说话被打断而没好气儿地回答，“您说过，军队光有大炮是不够的，军队也需要有与此相关的精神：您想让您的大炮受什么精神操纵呢？”

“离题太远啦，司长先生！”施图姆竭力申明，“我们的出发点是，我应该向诸位解释今天这个晚会，我说了，其实没什么可以解释的：我所维护的，就是这一点点东西！因为如果时代精神确实有这两股潮流，有我谈到过的这两股潮流，那么，这两股潮流也都不是赞成‘解释’的。今天人们赞成推动力、惨虐力等等。我当然不会随波逐流，但是这是有点名堂的！”

一听这话，菲舍尔经理又冒起火来，觉得这不道德：为了得到大炮，军方也许也愿意和反犹主义和解呢。

“可是经理先生！”施图姆安慰他，“第一，既然大家压根儿都在反对别人，德国人反对捷克人和匈牙利人，捷克人反对匈牙利人和德国人，如此这般地每一个人反对所有的人，那么有一点儿反犹主义确实也就没什么了不起。第二，恰恰是奥地利军官团始终都是国际性的，人们只需看看这些众多的意大利的、法国的、苏格兰的，还有谁知道什么国家的军官，就全明白了；我们也有一位叫封·科恩的步兵将军，此人是奥尔米茨的军团司令！”

“尽管如此，我还是担心，他们对自己的能力估计过高，”图齐打断施图姆的插话，“他们是国际性的和好战的，却想和各种具有民族意识的潮流以及和平主义的思潮做一笔交易：这几乎比一位专业外交家所能做到的还多。用和平主义来推行军事政策，今天欧洲最老练的专家们都在思考着这个问题！”

“可是根本就不是我们在推行政策！”施图姆又一次为自己辩护，用对这么多的误解感到厌倦的抱怨口吻，“伯爵阁下想给产业和教育提供一个统一其精神的最后的机会：这就是这个晚会的根由。当然，如果平民精神根本不能统一起来，那我们就会处于一种境地——”

“唔，处于什么境地？这倒是很值得知道的！”图齐叫喊，仓促煽起这个就要说出口来的词儿。

“当然是处于一种艰难的境地。”施图姆谨慎而谦逊地说。

就在四位先生这样闲谈着的时候，乌尔里希却早已悄然离去，去寻找格达，绕道避开伯爵阁下和国防部长身边那一群人，以防被人招手叫过去。

他从远处就已经看见她靠墙坐在她的呆呆地望着客厅的母亲的身旁，而汉斯·塞普则烦躁、倔强地站在她的另一边。自从与乌尔里希的那次不幸的最后相聚以来，她显得更瘦了，他越是走近她，她便越是失去魅力；但是不知怎么恰恰因此而更具致命的吸引力，她这颗无力的肩膀上的脑袋在房间的衬托下更显突兀。当她看见乌尔里希时，她的脸颊上腾地泛起一片红晕，随后又现出更深沉的苍白；她不由自主地一扭动上身，像一个心口疼痛、却又不知由于什么情况不能伸手去抓摸心口的人。那个场面闪过他的脑海，那时他狂暴地沉醉于他使她的身体激动起来的这种兽类的优势，曾滥用了她的意愿：如今这个身体——他看得见衣服下面的这个身体——正坐在一把椅子上，接到受侮辱的意愿要它现出骄傲神态来的命令，并且颤抖着。格达并不生他的气，这一点他看得出来，但是她要不惜一切代价与他“一刀两断”。他悄悄放慢脚步，以便可以尽可能长久地品尝这种种滋味，而这种肉欲的延缓则似乎是与这两个永远不能完全合拢的人的相互关系相合的。

当乌尔里希已经靠近她并看见那张期待着他的脸在一个劲儿震颤时，某种轻飘飘的东西落到他身上，它像一个幻影或一股暖流；他看见了博娜黛婀，她默默地、但大概不是无目的地从他身旁走了过去，并且很可能曾密切注视过他的行踪，他问候她。世界是美好的，如果人们按其本来面目看待它的话：霎时间，他觉得体现在这两个女人身上的茂盛和贫瘠之间的质朴的对立跟草地和悬崖上的岩石之间的对立一样大，他感到好像自己正在从平行行动中升起，即使带着一丝自知有罪的微笑。当格达看到这一张笑脸垂下来并向着她的伸过去的手垂下去时，她的眼皮颤动了。

这时，狄奥蒂玛看到，阿恩海姆正领着年轻的费尔毛尔向伯爵阁下和国防部长那一伙人那儿走去；她让全体招待员拿着冷饮和点心闯进各个房间，从而作为有经验的策略家中止了各种建立联系的活动。

三七

一个比喻

这样的如以上所描述的谈话有好几十个，所有的谈话都有某种共同之处，而这种共同之处不是轻易可以描绘得出来，但也不是能隐瞒得了的，如果人们不像内阁参议梅瑟里彻尔那样善于只通过罗列现象来刻画一个精彩的社交聚会的话：某某人出席，穿了某某衣服，发表了某某意见；当然，导致这一结果的恰恰就是被许多人认为是最最地道的叙述艺术的东西。弗里德尔·费尔毛尔不是低劣的谄媚者，他从来就不是这样的人，这只不过是他的一些合乎时势的想法，如果他在梅瑟里彻尔面前这样说梅瑟里彻尔："其实他是我们这个时代的荷马！不，完全是认真的，"他添上一句，因为梅瑟里彻尔显出要做一个不乐意的动作的迹象，"这个史诗般不可动摇的'而'——您用它把所有的人和事件彼此靠紧排列成行——在我的心目中有着某种很伟大的内容！"他已经把议会和社会通讯的主管人抓住，因为此人没拜见过阿恩海姆是不愿意离开这幢房屋的。但是，尽管如此，梅瑟里彻尔还是没把他归入有名有姓的客人之列。

不用深入探究白痴和克汀病患者之间的细微差别，就可以提醒人们注意：一个一定程度的白痴不再有“双亲”这个概念，但是他却还完全熟悉“父亲和母亲”这个观念。但是也正是这个质朴的、紧靠着排列的“而”，使梅瑟里彻尔把种种社会现象联结起来。另外，还应该考虑到：具有思维物性的白痴们拥有某种按所有观察者的经验会以神秘的方式合人心意的东西；诗人们也特别合人的心意，甚至以一种同样的方式，只要他们以一种尽可能清楚明了的思想方式见长。如果作为诗人的弗里德尔·费尔毛尔合梅瑟里彻尔的心意，那么，这本来是同样也会合——这就是说，出于同样的感受，模糊地在他脑海里又在一种突然领悟中浮现在他眼前的感受——作为白痴的他的心意的，而且是以一种也对人类有重要意义的方式。因为所涉及的这种共同的东西，是一种不是通过广泛的概念固住、不是通过离析和抽象化得到澄清的精神状态，一种最低级接合的精神状态，它最生动地体现在这个具有约束性的最简单的连接词上，这个困惑地紧靠着排列的“而”上，这个词儿代替痴呆人的更错综复杂的关系；可以断言，这世界尽管有着种种包含在其中的精神，它也仍还处在一种这样的与中等程度低能近似的状态，这是完全不可避免的，如果人们想从整体上来理解世界上正在发生的种种事件的话。

倒并不是仿佛这样一种研究的倡议者或参加者是仅有的聪明人！这根本不取决于个别人，也不取决于他所做的以及也由每一个今晚到狄奥蒂玛这儿来的人带着或多或少的机智所做的事情。因为如果譬如封·施图姆将军在休息时立刻与伯爵阁下交谈，在交谈过程中他友好而固执地、恭敬而直爽地反驳说：“请原谅，阁下，我最强烈地否认这一点；但是在人们对其种族的自豪感中不仅蕴含着一种狂妄，而且也有某种可亲而高贵的成分！”就这样，他完全知道他这话是什么意思，可是他不完全知道他说的是什么话，因为这种普通老百姓的话有一个好处，它们像手套，人们戴着这样的手套试图从一盒火柴中摸出一根来。而莱奥·菲舍尔在发现施图姆焦急地向伯爵阁下趋近过去时并没有离开这位将军，这时他补充说：“人们不可以按种族，而是应该按贡献区分人！”而伯爵阁下的答话也是合乎逻辑的；伯爵阁下不顾刚刚才介绍给他的菲舍尔经理，接着施图姆的话茬儿说：“平民要种族干什么用？！一个侍从官必须有十六个贵族祖先，这一向被平民们指摘为一种非分要求，而他们自己现在在干什么呢？他们想仿效之并且做得有过之无不及。比十六个祖先还多，这简直是假绅士派头了嘛！”因为伯爵阁下生气了，所以他这样讲话是完全合乎逻辑的。人是有理智的，这根本就不是什么有争议的问题，问题仅仅是，人在与别人相处时如何保持理智。

伯爵阁下对他自己造成的“民族”分子闯入平行行动感到恼火。种种政治方面的和社会方面的考虑迫使他这样做了；他自己只承认“全体国民”。他的政界朋友们曾劝他：你仔细倾听他们对种族和血统的纯正说些什么，这无关紧要；谁压根儿会认真看待一个人在说些什么呀！“但是他们谈人简直就好像人是牲畜似的！”莱恩斯多夫伯爵抗辩说，他对人的尊严持有一种天主教的观点，所以虽然他是个大地主，他却认识不到人们也可以把养鸡和养马的理想运用到上帝的孩子们的身上。随后，他的朋友们说：“你不必立刻就作这样深入的探究。也许这甚至比他们谈论人性和这类外国的革命概念还强呢，迄今为止这种事一直层出不穷！”这终于使伯爵阁下明白了。但是伯爵阁下也对这感到恼火：这个费尔毛尔——他曾强使狄奥蒂玛邀请此人——只是把新的混乱带进平行行动并使他失望。瓦尔登男爵夫人把他讲得神乎其神，而他终于扛不住她的催迫。“您这话说得完全正确，”莱恩斯多夫承认，“按现在的方针政策我们很容易被认为是在搞德国化。您这话说得也对，这也许无关紧要，我们尽可以邀请一位诗人，此诗人说，人们必须爱所有的人。可是您看，我不能使图齐夫人遭这份罪啊！”但是瓦尔登男爵夫人不松口，想必是找到了新的显而易见的理由，因为交谈结束时莱恩斯多夫答应她让狄奥蒂玛发出邀请。“我并不乐意这样做，”他说，“但是一个强有力的人物也需要说一句漂亮话，以便让别人理解自己的意思：我赞同您的这个观点。您这话说得也对：最近一切进行得太缓慢，再也看不出有什么满腔的热情！”

可是现在他不满意。伯爵阁下并不认为别人笨，尽管他认为自己比他们聪明。他不明白，为什么这些聪明人聚集在一起会给他留下这样坏的印象。没错，整个生活给他留下这个印象，仿佛除了在个体上的以及在官方预防措施——众所周知，他把信仰和科学也归入此列——中的一种聪明状态之外，还存在着一种在整体上的完全的无刑事责任能力状态。这时，一再出现人们还不认识的观念，情绪激昂起来，很久以后又消失；于是人们时而追随这个人，时而追随那个人，并从一种迷信坠入另一种迷信；他们这一会儿向陛下欢呼，下一会儿在议会发表令人恶心的煽动性讲话：可是还从未搞出过什么名堂来！如果人们可以把这缩小百万倍并几乎可以说是使其达到一个个人的规模，那么，因此就会确切地出现不可揣度、健忘、无知和疯疯癫癫、跳跳蹦蹦的景象，这是莱恩斯多夫伯爵曾想象过的一个疯子的形象，虽然他迄今一直很少有机会去考虑这方面的问题。他闷闷不乐地站在包围住他的那些先生们的中间，心中暗想：恰恰是平行行动本应该揭示真实，却无法说出某一个关于信仰的想法来，关于这个想法他只有某种像一堵高墙的阴影那样的愉快的安全的感觉，而这很可能是一道教堂围墙。“奇怪！”过一会儿他放弃这个念头，对乌尔里希说：“如果人们保持着某种距离来看待这一切，那么这就会让人不知怎么地想起欧椋鸟来，它们在秋天成群地蹲在果树上。”

乌尔里希已经从格达那儿返回。谈话没有按开头预示的那样进行下去；格达没多讲什么，只作了简短的、被某种像是胸中的一个楔子的东西砍得支离破碎的回答。汉斯·塞普反倒讲得多，他以她的守护人自居并当即显示出，他没让周围这批老朽不堪的人给吓住。

“您不认识著名的人种研究者布雷姆斯胡贝尔？”他问乌尔里希。

“他居住在哪儿？”乌尔里希问。

“拉河边上的谢尔丁。”汉斯说。

“他是做什么工作的？”乌尔里希问。

“这无关紧要！”汉斯说，“现在正在出现新人！他是药剂师！”

乌尔里希对格达说：“我听说，您现在已经正式订婚了！”

而格达则回答说：“布雷姆斯胡贝尔要求严厉镇压所有不同种族的人；这肯定不比体谅和蔑视更残忍！”勉强从牙齿缝里挤出这句话来时，她的嘴唇又颤抖了。

乌尔里希只是看了看她并摇了摇头。“这个我不明白！”他边和她握手告别边这样说，而如今他站在莱恩斯多夫身旁，觉得自己内心纯洁得像无限大的宇宙空间里的一颗星星。

“但是如果人们不保持着距离来看这件事，”过一会儿莱恩斯多夫伯爵继续阐述他的想法，“那么人们就会觉得天旋地转，像一只想抓住自己的尾巴末端的狗，”他补充说，“我现在对我的朋友们让步了，对瓦尔登男爵夫人让步了，但是如果人们这样倾听我们正在说着的话，那么这零零星星地给人以一个很有理智的印象，但是恰恰是在我们要寻找的宝贵的精神关系上这给人以极其随意和极不连贯的印象！”

在国防部长和费尔毛尔——阿恩海姆把他带到部长这儿——的周围聚集了一组人，费尔毛尔正在那儿高谈阔论并热爱着所有的人，而在阿恩海姆本人的周围，在他又退回来之后，在一处较远的地方则形成了第二个小组，后来乌尔里希发现汉斯·塞普和格达也在这一组里。人们听着这边的费尔毛尔在大声说："人们不是通过学习，而是通过善良来了解生活的；人们必须相信生活！"德朗萨尔教授夫人笔挺地站在他后面并证实说："歌德也没有当博士！"在她眼里费尔毛尔压根儿就与歌德有许多相似之处。国防部长也很笔挺地站着并一个劲儿地微笑，就像他习惯于在阅兵时长时间地将手搁在帽檐致意那样。

莱恩斯多夫伯爵问："您说说，这个费尔毛尔究竟是什么人？"

"他的父亲在匈牙利有好几家企业，"乌尔里希回答，"据我所知，生产磷什么的，那儿没有一个工人能活过四十岁的：骨坏死职业病。"

"那好吧，可是这男孩呢？"工人的命运没牵动莱恩斯多夫的心。

"要他上大学；法律吧，我想。父亲是一个自力更生、艰苦创业的人，据说孩子不喜欢学习，这使他很伤心。"

"他为什么不喜欢学习？"莱恩斯多夫问，今天他对什么都要刨根问底。

"我的老天爷，"乌尔里希耸耸肩膀说，"很可能是'父与子'吧。父亲穷，儿子就喜欢钱；爸爸有钱，儿子就爱所有的人。伯爵阁下还丝毫没听说过我们这个时代里儿子的这个问题吧？"

"听说过，我听说过一点。但是这个阿恩海姆为什么提携费尔毛尔呢？这跟油田有关系吗？"莱恩斯多夫伯爵问。

"伯爵阁下知道这件事？！"乌尔里希呼叫。

"我当然什么都知道，"莱恩斯多夫耐心地回答，"但是我不明白的是：人们应该相亲相爱而政府则需要一个铁腕人物，这是大家一直就知道的嘛；为什么这一下子成了'非此即彼'了呢？"

乌尔里希回答："伯爵阁下一直希望出现从整体中产生出来的一种意志显示：它想必看上去就是这样的！"

"啊，这不对！"莱恩斯多夫激烈反驳，但是他还没来得及继续说下去，他们的谈话就被施图姆·封·博尔特韦尔打断了，他从阿恩海姆小组那儿来，急匆匆地要向乌尔里希了解什么情况。"对不起，伯爵阁下，我打搅了，”他请求，“你倒是给我说说，”他向乌尔里希转过身去，“真的可以这样断言吗：人只按内心冲动，从来不按理性行事？”

乌尔里希恍惚地看着他。

“那边有这么一个马克思主义者，”施图姆解释说，“此人竟然断言说，一个人的经济基础完全决定了他的意识形态上层建筑。而一位精神分析学家则反驳他；此人声称，意识形态上层建筑完全是人的本能的基础的一个产品。”

“这不这么简单。”乌尔里希说，他想脱身。

“我也一直是这样说的！可是这一点儿也没有管用！”将军立刻回答并盯着他。但是莱恩斯多夫也又讲起话来。“是呀，您看，”他对乌尔里希说，“类似这样的题目我恰好也曾想提供大家讨论。因为就我个人来说不管现在的基础是经济的还是性的——我先前想说的，就是为什么在上层建筑领域的这些人是如此不可靠？！因为，人们谚语式地说：世界疯了。而到头来人们可能会以为这是真的！”

“这是群众的心理学，阁下！”博学的将军又介入进来，“凡是涉及群众的事，我都很在行。群众只受欲念驱使，而且当然是受大多数个人共有的欲念驱使：这是合乎逻辑的！这就是说，这是自然而不合逻辑的：群众是不合逻辑的，它恰恰只是利用合乎逻辑的思想作装饰！它在实际上受什么支配，这是独一无二的诱导性提问！如果您把报纸、电台、电影工业以及也许还有几种别的文化媒介交给我，我保证在几年内——如我的朋友乌尔里希有一次说过的那样——把人变成吃人生番！正因为如此，人类就也需要有一个强有力的领导！伯爵阁下自然比我更清楚地知道这一点！但是据说或许是身居要职的个别人物也不合乎逻辑，这个我不能相信，虽然这位阿恩海姆也这样断言。”

乌尔里希曾给他的这位朋友提供过什么材料参加这场很偶然的论争呀？犹如缠在一根钓竿上的不是一条鱼而是一小把草，悬在将军的问题上的是乱糟糟的一把理论。是否如同人们今天所认为的那样，人只按自己的内心冲动行事，只做、只感觉，甚至只思考下意识的渴望之流或荡漾的春意驱动他去从事时事？是否同样如同人们今天所认为的那样，莫不是他倒还是凭理性和意志行事的？是否如同人们今天所认为的那样，他特别凭一定的内心冲动，譬如凭性的内心冲动行事？抑或同样如人们今天所认为的那样，主要不是按性的内心冲动，而是按经济条件的心理效果行事？人们可以从许多方面来看一个错综复杂如性冲动这样的形体，并在理论性的形象中选这样和那样的事情作轴；产生出部分真理，从它们的互相渗透中真理渐渐增强：可是它真的在增强吗？假如人们把一个部分真理视为唯一有效的东西，这每一次都曾造成恶果。但是另一方面，假如人们没有过高估计这个部分真理，那么人们是几乎不会获得它的。所以真理的历史和情感的历史以多种多样的形态互相发生关联，但是情感的历史依然模糊。是的，按乌尔里希的信念，它根本不是什么历史，而是一片杂乱。譬如令人发笑的是，中世纪对人所作的种种宗教的，所以很可能是狂热的思考对人的理性和意志有很坚定的信念，而今天许多学者——他们的癖好至多就是抽烟太多——却把情感看作一切人性的基础。乌尔里希在脑海里转悠着这样的念头，他当然不想对施图姆的这一席话作出反应，况且施图姆也根本没作这样的期待，只不过是在决定返回去之前先凉快凉快罢了。

“莱恩斯多夫伯爵！”乌尔里希柔声说，“您记得吗，有一回我曾给您出过一个主意，劝您建立一个总书记处，负责处理所有需要有感情和精确性才能解决的问题？”

“我当然记得，”莱恩斯多夫回答，“我曾给红衣主教阁下讲过这件事，他哈哈大笑。但是他说，您来晚了！”

“可是这恰恰就是您先前曾惦念过的，伯爵阁下！”乌尔里希继续说，“您发现，今天的世界不再记得它昨天曾希望得到的东西，它处在没有充足的理由更迭着的情绪之中，它永远激动，它从不取得一个结果，而如果人们以为人类的一个个头脑里正在思考着的在他自己独一无二的头脑里集于一体了，那么他确实就会显而易见地揭示出一系列大家都知道的机能缺失现象，人们把它们算作精神上的低能——”

“对极了！”施图姆·封·博尔特韦尔说，眼看着自己又让对自己下午获得的知识的自豪感给耽搁住了。“这分明就是一种精神病的样子——喏，我又忘记这种精神病叫什么名字，可是这分明就是这种精神病的样子！”

“不，”乌尔里希笑道，“这肯定不是某种精神病的样子；因为一个健康人不同于一个精神病人的地方，恰恰就是健康人有种种精神疾病，而精神病人只有一种精神疾病！”

“很有见地！”施图姆和莱恩斯多夫异口同声地叫喊，即使所说的话略微有所差异，然后他们同样添上一句，“可是这究竟是什么意思呢？”

“这意思就是，”乌尔里希声称，“如果我可以把道德理解为对所有那些包含情感、幻想等等的关系的调节，那么，个人在其中以别人为准，按这种方式看来具有一些坚定性，但是所有的人加在一起在道德上没有超越幻想的状态！”

“嗯，这扯得太远了！”莱恩斯多夫伯爵温和地说。将军也说：“可是听着，每一个人必须自己有自己的道德。人们不能给别人规定他该喜欢一只猫还是一条狗！”

“人们能给别人这样规定吗，伯爵阁下？！”乌尔里希迫切地问。

“能，从前，”莱恩斯多夫伯爵用外交辞令说，显然这动摇了他的认为在各个领域都有“真实”的深信不疑的信念，“从前更好。可是今天呢？”

“那剩下的就是持续不断的宗教战争啦。”乌尔里希说。

“您把这称为一场宗教战争？”莱恩斯多夫好奇地问。

“还能称之为别的什么吗？”

“那好吧，一点儿也不坏。一个描述今日生活的相当好的名称。此外，我一直知道，您骨子里根本就不是一个坏天主教徒！”

“我是一个很坏的天主教徒，”乌尔里希回答，“我不相信上帝曾存在过，我只相信上帝现在才正在来临。但是有一个条件，这就是我们必须比迄今为止更加缩短他的路程！”

伯爵阁下用这样威严的话把这驳回：“这对我来说太难理解了！”

三八

一个重大事件正在酝酿。但是人们没有察觉

而将军却叫喊：“可惜我现在必须立刻回到部长阁下那儿去，但是这一

切你无论如何也还得再给我解释解释，我不放过你！如果诸位允许，待会儿我还来！”

莱恩斯多夫让人觉得似乎他想说什么话，思绪在他脑海里翻腾，但是乌尔里希和他刚刚单独留下一会儿，他们便看到自己已被众人包围住，这些人被这普遍的旋转带领过来并被伯爵阁下吸引人的人格吸引住。乌尔里希方才所说过的事自然没有人再在谈论，除了他以外没有谁还在想它，这时一条胳臂从后面挽住了他的胳臂。只见阿加特站在他的身旁。“你已经找到一个为我辩护的理由了吗？”她亲热中带着恶意地问。

乌尔里希不松开她的胳臂并和她一道转身离开他身边的那些人。

“我们不能回家去吗？”阿加特问。

“不能，”乌尔里希说，“我现在还不能走。”

“大概是即将来临的时代不让你走，你得为这个时代的缘故在这里保持心灵的纯洁吧？”阿加特打趣他。

乌尔里希一压她的胳臂。

“我觉得，我不宜来到这儿，而是应该进监狱！”她咬着他的耳朵说。

他们寻找一个他们可以单独待在一起的场所。聚会现在真正沸腾起来了。渐渐地把参加者们搞得晕头转向。总的说来，还一直可以分为两组：在国防部长周围谈论的是和平和爱情，在阿恩海姆周围谈论的是，德意志的宽容在德意志的力量的阴影里生长得最好。

他友好地倾听着，因为他从不反驳一种诚实的意见并且对新的意见有一种特殊的爱好。他担心的是，油田交易会不会在议会遇到麻烦。他估计，斯拉夫政治家们将不可避免地采取反对态度，并希望摸清德国人的情绪。在政府圈里情况良好，只有外交部里有一股敌意，对此他并不怎么重视。第二天他将去布达佩斯。

在他和其他主要人物的周围，敌对的“观察员”大有人在。他们可以最迅速地从这个特征上被辨认出来：他们对什么都说“是”并且是最讨人喜欢的人，而其他人则往往有不同意见。

图齐试图用这样的话来说服他们之中的一个：“正在说的话，这根本毫无意义。这从来就没有什么意义！”对方相信他的这句话。这是一位国会议员。但是他不改变他已经带来的这个看法：尽管如此，这里正在发生邪祟的事。

而伯爵阁下则在与另一个发问者的谈话中用这样的话来捍卫晚会的意义："我的尊敬的，自一八四八年以来甚至连革命也只还通过多讲话来进行！"

把这样的差别只看作是对生活平素可能有的那种单调乏味的允许偏差，那就错啦；然而这个后果严重的错误却经常有人犯，其频仍的程度几乎跟使用"感情用事"这句话一样，而没有这句话我们的精神机制根本就无法想象。这句不可缺少的话把生活中必须有的东西同生活中可能有的东西分开。"它把，"乌尔里希对阿加特说，"稳重的秩序同一种提供给个人的活动余地分开。它把得到合理安排的东西同被认为是不合理的东西分开。按通常的方式来使用，这句话就是供认：人性在主要的事情上是一种强制，但在次要的事情上却是一种可疑的专断。人们认为，倘若我们在生活中不能随意决定喝酒还是喝水，当无神论者还是假虔诚的信徒，那么这生活便是一座监狱，而人们却丝毫也不是因此而就认为，这种凭感情处理的事真的就听凭人任意处置了；相反地，倒是有经许可的和未经许可的感情用事，虽然界线并不清楚。"

在乌尔里希和阿加特之间的是一种未经许可的感情用事，虽然这两个人一边臂挽臂地徒然寻觅着一个隐蔽场所，一边只谈论着这聚会并以一种放荡不羁的、心照不宣的方式感受着在他们的不和之后又言归于好的喜悦。而人们是该爱他周围的人还是先消灭他们之中的一部分的这种选择则显然是具有双重许可的感情用事，因为要不然的话大家也就不会在狄奥蒂玛的府上并且当着伯爵阁下的面如此热烈地讨论它了，虽然它还为此而把社会分成两个敌对的派别。乌尔里希声称，"感情用事"这个说法给这种感情上的事帮了迄今它曾得到过的最大的倒忙；当他着手向他妹妹解释这个晚会在他心中激起的这个离奇的印象时，他以一种无意间继续进行早晨中断的谈话并很可能可以表明这谈话有理的方式来谈这件事。"我确实不知道，"他说，"我该怎么做才不致使你感到无聊。我可以告诉你我是怎么理解道德的吗？"

"请讲。"阿加特回答。

"道德是一个社会内部的行为调节，但尤其已经是其内部推动力的，即情感和思想的调节。"

“这是不多几个小时内的一大进步！”阿加特笑着回答，“今天早晨你还说，你不知道什么是道德！”

“我当然不知道什么是道德。尽管如此，我照样可以向你作出十几种解释。最陈旧的说法是，上帝已经向我们启示了生活秩序的全部细节——”

“这也许是最美好的解释！”阿加特说。

“但是最合理的解释是，”乌尔里希强调，“道德跟所有别的秩序一样通过强制和暴力而产生！一批取得统治地位的人干脆要别人遵守巩固他们的统治地位的规章和原则。但是这批人同时眷恋那些使他们取得高贵地位的规章和原则。他们同时因此而起着榜样的作用。他们同时通过反作用而发生变化：这种情况自然比较错综复杂，不是三言两语能描述得了的，而由于这并不是在没有精神的情况下发生的，但也不是通过精神，而是通过实践，最终就产生出一张极为巨大的网，它看上去就像上帝的天空那样独立地张在万物的上空。如今一切都针对这个圈子，但是这个圈子不针对任何事物。换句话说：一切都符合道德准则，但是道德本身却不符合道德准则！”

“这种说法颇有吸引力，”阿加特说，“可是你知道吗，我今天找到了一个好人？”

乌尔里希对这个突如其来的问题感到有些惊异，但是当阿加特开始向他叙述与林特讷尔相遇的经过时，他便试图首先将这纳入自己的思维进程。“好人你今天也能在这里找到好几十个，”他说，“但是你应该获悉，为什么同时也有坏人存在，你让我再说几句吧。”

说到这里，他们躲避乱哄哄的人，已经来到前厅的边上，而乌尔里希则必须考虑，他们还能往哪儿躲；他想到了狄奥蒂玛的房间，也想到了拉喜儿的房间，但是这两个房间他都不想再进入，所以阿加特和他就暂且站在挂在穿堂的空荡荡的衣服之间。乌尔里希不知如何将谈话继续进行下去。“我还是从头说起吧，”他做了一个不耐烦的、无可奈何的手势说，“你不愿意知道你是做了好事还是坏事，而令你感到安心的是，你没有坚定的原因正在做着这两件事！”

阿加特点点头。

他抓住了她的两只手。

在他眼前从剪裁得略微露出胸背的连衣裙露出的他妹妹那闪着黯淡光泽

的皮肤，连同他陌生的植物的气味，瞬间失去了世俗的概念。血液的一阵阵搏动从一只手传递到另一只手。一条非世俗来源的深沟似乎正在把她和他禁锢进一个理想国。

他突然缺乏想象力，不知该怎样认定这种状态；连他为此曾经常使用过的那种想象力他也不拥有。“我们不想凭瞬间的灵感，而是想凭延续至最后的状态行事。”“我们就这样被带领到中心，人们不再从那儿回来，不再后撤。”“不是从边缘和他的变化无常的状态，而是从唯一的恒定不变的幸福出发”……这样的话大概会上他的口，而且他本来也会觉得有可能使用这些话的，只要这可以在交谈中用得上；但是就在眼看就要在他和他的妹妹之间直接使用它们的时候，这突然不可能了。这使他感到一筹莫展、激动不安。但是阿加特清楚地理解他的心情。他的外壳第一次完全打碎，她的“严酷的兄长”像一只掉在地上的鸡蛋那样露出了内核，这本来是一定会让她感到高兴的。但是令她感到惊奇的是，这一回她的感情并不完全乐意与他的感情相投相合：在早晨和晚上之间横卧着与林特讷尔的奇特相遇，而虽然这个人仅仅是激起了她的惊讶和她的好奇，然而这样一颗小颗粒也就已经足以不让遁世修行式爱情的无穷尽影像生成。

还在她回答什么之前，乌尔里希就从她的手上感觉到了这一点，而阿加特没回答任何话。

他猜着了：这种意外的拒绝与他刚才不得不听她述说的那个经历有关。感到了羞愧并且对他的未得到回报的感情的反冲感到了迷惘，他摇摇头说：“这真不像话，你对这样一个人的善心抱着这么大的期望！”

“很可能是这么回事。”阿加特承认。

他注视着她。他明白，对他妹妹来说，这个事件比她迄今在他的保护下所经历过的各次求婚都更重要。他甚至有点儿认识这个人；林特讷尔是个有知名度的人；他就是当初在爱国行动第一次会议上作了那个简短的、受到冷落的发言的人，那个发言涉及这个“历史性的”时刻，如此等等，不明智、真诚和无足轻重……乌尔里希不由自主地向四下里看了看；但是他记不得曾在在场的人当中见到过这个人，并且也知道他不再受到邀请。他一定有时在什么地方遇到过他，很可能在学术会议上，并且读过他的一些东西，因为就在他搜索记忆的当儿，从超显微的微量记忆中形成了一个坚韧、可憎的判断：“一头枯燥无味的驴！如果人们想处在生活状态的某个高度上，那么就跟不能认真看待哈高厄尔教授一样，也不能认真看待这样一个人！”

他把这话告诉阿加特。

阿加特没吭声。她甚至握了握他的手。

他有这样的感觉：其中有些情况很荒谬，可是这阻挡不住！

这时有人走进前厅，兄妹俩便依次退出。“要我再把你送进去吗？”乌尔里希问。

阿加特说了“不”并寻找一条出路。

乌尔里希突然想起，他们只要躲进厨房就能避开众人的耳目。

那儿大批酒杯斟满了酒，托盘里装好了糕点。厨娘忙得不可开交，拉喜儿和索利曼等候待命，但没像从前在这种场合所做的那样互相窃窃私语，而是一动不动地分别站在各自的位置上。兄妹俩走进来时，小拉喜儿行了一个屈膝礼，索利曼只愣愣地瞪大了他的黑眼睛；乌尔里希说：“里面太热，我们可以在你们这儿讨一杯饮料喝吗？”他和阿加特在窗台旁边坐下并假意摆上碟子和杯子，以便万一有人发现他们，这看上去就会像是这一家的两个至亲好友在此躲清静。当他们坐定时，他轻轻叹一口气说：“这样一位林特讷尔教授是好还是不能忍受，这只是凭感觉！”

阿加特用指头玩弄一块裹着的糖果。

“这就是说，”乌尔里希继续说，“感觉不真或者假！感觉依然是私事！它依然听任意志移植，听任想象，听任劝服！你和我跟里面的那些人没有什么两样！你知道，里面的这些人想干什么吗？”

“不知道。可是这不是无所谓的吗？”

“这也许不是无所谓的。因为他们形成两派，其中的一派跟另一派一样正确或不正确。”

阿加特说，她觉得相信人的善良比只相信大炮和政治要好一些：哪怕这样子显得可笑。

“你结识的这个人究竟怎么样？”乌尔里希问。

“啊，这根本没法说；他善良！”他的妹妹笑着回答。

“你可以像不把莱恩斯多夫觉得善良的东西当作一回事那样，也不把你觉得善良的东西当作一回事！”乌尔里希恼怒地回答。

两个人的脸上都挂着激动而拘谨的笑容：礼貌而明朗表情的轻微涌流受到更深的逆流的阻碍。拉喜儿在她小便帽下的头发根上感觉到了这一点；但是她感到自己愁绪满怀，所以这种情况也就显得比从前轻缓得多，恰似较美好时代里的一个印象。她的美丽而圆润的面颊不为人注意地凹陷了，她的充满激情的黑眼睛因胆怯而失去了光泽：倘若乌尔里希有兴致将她的美和他妹妹的美加以比较，那么他一定会注意到，拉喜儿昔日的黑色光彩像一小块遭重型车辆辗压过的煤炭那样变得憔悴不堪了。但是他没注意她。她怀孕了，这件事除了索利曼以外谁也不知道，不理解这场灾祸的现实意义的索利曼对此报以富于浪漫色彩的、幼稚的计划。

“几个世纪以来，”乌尔里希继续说，“世人就知道思想真实，并且因此也就合理地在某种程度上知道了思想自由。与此同时，感情却既没受过真实性的严格训练，也没受过行动自由的严格训练。因为每一种道德只为其时代将感情准备到这种程度。况且在这个范围内还顽固、受到控制，而某些原则和基本感情却对它喜爱的行动是必要的；可是它却听任个人感觉、个人的感情游戏、艺术的无把握的努力和学院式的讨论去处置其余的事。所以道德已经使感情适应了道德的需要并与此同时忽略了发展感情，虽然道德本身有赖于感情。道德是感情的秩序和统一。”但是说到这里他顿住。他感觉到拉喜儿的热情的目光滞留在自己激愤的脸上，即使她不能再像从前那样对大人物们的事情表现出满腔热忱。“这也许滑稽可笑，我居然在这儿厨房里谈论道德，”他神情尴尬地说。

阿加特急切地、若有所思地望着他。他俯身趋近他的妹妹并露出一丝诙谐的微笑小声补充说：“但是这只是另一种表达方式，表达了一种针对全世界把自己武装起来的激情状态！”

他并不怀有这种意图，可是早晨的对立面还是重新出现了，在这个对立中他以表面上传授知识者的并不令人愉快的形象出现。他没有别的办法。对他来说道德既不是统治，也不是思想才智，而是生存可能性的无边际的整体。他相信道德有上升能力，相信道德的经历的等级，而且不只是像通常那样相信道德认识有等级，仿佛道德是某种完善的东西，而人类只是由于不够纯洁才无法理解它。他相信道德，却并不相信某一种确定的道德。通常人们把它理解为一种维护生活秩序的警察要求；而由于生活根本不服从这些要求，所以它们给人以一种印象，似乎它们不是完全可以得到满足，并且以这种寒酸的方式也给人以似乎这是一种理想的印象。但是人们不可以把道德提到这个等级上来。道德是幻想。这就是他想让阿加特看到的。而第二点则是：幻想不是专横。如果人们听凭幻想受专横支配，人们将自食其果。在乌尔里希的嘴里颤动着这样的话。他曾打算谈论这个太不受重视的差别：不同的时代按各自的方式发展了理智，却按各自的方式把道德的幻想固定并锁闭了起来。他曾打算谈论这方面的问题，因为结果就是：一条尽管有种种怀疑依然或多或少笔直由历史的种种变迁中产生的理智的和理智形体的线条，与此相反的则是一堆感情、观念、生活可能性的碎片，它们在那儿层层码放着，它们作为永存的次要的事便是这样产生并又被离弃的。因为另一个结果就是：这一达到原则生活的领域，最终就有大量不管怎样形成一种意见的可能性，可是没有一个可以将这些可能性统一起来的可能性。因为一个结果就是：这些意见互相大打出手，它们根本就没有取得一致的可能。因为总而言之，结果就是：人性中的情感像一只没有固定位置的大圆木桶里的水那样来回晃荡。乌尔里希有一个想法，这个想法已经在他脑海里萦绕了整整一个晚上；而且是他的一个旧有的想法，它只是在今晚不断被证实而已；他曾经想向阿加特指出，错误在哪里，如果大家愿意的话，这错误该如何消除；其实他也就是仅仅怀有这样一个痛苦的意图而已：去证明倒不如说是人们也不可以相信他自己的幻想的发现。

阿加特说，轻轻叹了一口气，就像一个受逼迫的女人在投降前迅速再抗拒一次："人们做什么事都必须'根据原则'？！"她注视着他，回敬着他的微笑。

他却回答说："是的；但是只根据**一个**原则！"这句话跟他本来打算要说的话完全不一样。这又来自连体双胞胎和生命像一朵花那样在令人着迷的寂静中生长的千年王国的范畴，而这虽然不是凭空捏造，但这却恰恰指明了思想的界限，指出它们是孤单的、虚假的。阿加特的眼睛像一块开裂的玛瑙。假如他在这一秒钟里只要还略微多说了几句或者把手搁在她身上，那么就会发生某种事，她在这之后很快就再也说不清这是怎么回事，因为它又消失了。因为乌尔里希不想多说什么。他拿起一个水果和一把刀并削了起来。他为不久前还曾把他和他妹妹隔开的距离融合为一种无法测度的亲近感到高兴，但是当他们在此刻被打断时，他也感到高兴。

是将军，他带着一位在临时宿营地偷袭敌人的侦察队司令员的那种狡黠目光向厨房窥视。“对不起，打搅了！”他边走进来边说，“不过和兄长喁喁私语，太太，这不可能是一种大罪过！”说罢，他转身对乌尔里希说：“人家像大海捞针一样找你！”

于是，乌尔里希就对将军说了他曾想对阿加特说的话。但是他先问：“谁是‘人家’？”

“要我带你去见部长！”施图姆对他悻然说。

乌尔里希一挥手表示拒绝。

“哦，事情也已经过去了，”这位好心肠人说，“老先生刚走。但是太太一旦选中了一个比你更好的陪同她聊天消遣的人，我就还得好好问问你，你所说的‘宗教战争’是什么意思，如果你还记得你的话。”

“我们正在谈论这方面的事。”乌尔里希回答。

“真有意思！”将军嚷嚷，“难道太太也研究道德？”

“我的兄长压根儿就只谈道德。”阿加特笑着作纠正。

“这简直成了今天的议事日程啦！”施图姆叹息，“譬如莱恩斯多夫才在几分钟前就说过，道德和吃饭一样重要。这种说法我未敢苟同！”说罢，他喜滋滋向阿加特递给他的甜点弯下身。这本来就是一句玩笑话。阿加特安慰他：“我也未敢苟同。”

“一个军官和一个女人必须有道德，但是他们不喜欢谈论这件事！”将军继续即席演说，“我说得不对吗，太太？”

拉喜儿给他拿过来一把厨房椅子，她使劲用自己的围裙擦拭它；他的话说到她的心坎儿上，她几乎流下眼泪。

施图姆则重新激励乌尔里希：“宗教战争这个说法是怎么回事？”然而乌尔里希还没来得及说什么，他就已经又用这样的话打断他：“因为我觉得，你的表妹也在房间里游荡，在找你，只是多亏了我的军事素养我才先她一着。所以我得充分利用这时间。现在里面正在发生的事，它不再令人感到愉快！人们简直是在出我们的丑。而她，我该怎么说呀？她一味地放松控制！你知道，决定了什么事了吗？”

“谁作了决定了？”

“许多人已经走了。有些人留下来了并且正在十分仔细地倾听事态发展的过程，”将军委婉地说，“没法说谁在作决定。”

“那么也许这样做更好，你还是先说说，你们作了什么决定了。”乌尔里希说。

施图姆·封·博尔特韦尔耸耸肩膀。“那么好吧。可是幸好这也不是一项符合议事规程的决定，”他阐述说，“因为所有负责任的人，谢天谢天，都已经及时撤退。所以不妨说，这只是一个部分人作出的决定，一个建议或一种少数人表示的意见。我的意见将是：我们根本没有正式获悉这件事。可是你得把这话告诉你的秘书，为了记录，别让任何这类话写进记录。对不起，太太，”他转身对阿加特说，“我用这样官方的口吻讲话！”

“可是究竟发生了什么事啦？”她也问。

施图姆做了一个具有广泛深意的手势。“这个费尔毛尔，如果太太记得这个年轻人的话，其实我们邀请这个人，只是由于——啊呀，我该怎么说呢——由于他是一个时代精神的代表人物，还由于我们反正不得不也邀请对立的代表人物：所以人们可以希望不顾一切地并且甚至带着某种精神上的激励来谈论某些如今可惜是至关重要的事情。您的兄长知道这个情况，太太；本来是要介绍部长和莱恩斯多夫以及阿恩海姆认识，以便看一看，莱恩斯多夫是否不反对某些爱国主义观点。绝对地说来，我也完全不是不满意，”他如今又亲密地对乌尔里希说，“总的来说事情还可以。但是这件事正在进行的时候，费尔毛尔却和别人——”说到这里，施图姆不得不为了让阿加特听懂再补上几句，“认为人在一定程度上是一种和平的和慈爱的、必须受到人们善待的生物，持这种观点的代表人物和别的代表人物持相反的观点，人们需要一只强有力的拳头以及其他必不可少的东西才能在他们之后得到安宁——这个费尔毛尔和这些其他的人争吵了起来，而在人们还没来得及制止之前，他们就已经作出了一个共同的决定！”

“一个共同的？”乌尔里希查问。

“是的。我只是把这讲得像一则笑话而已，”施图姆担保说，他自己事后对他这种非故意的诙谐叙述颇感得意，“这是谁也料想不到的。如果我给你讲，这是一个什么样的决定，你一定不会相信！由于我今天下午在一定程度上是出公差拜访了莫斯布鲁格尔，所以所有部里的人反正也就不会以为我自己在幕后策划！”

一听这话，乌尔里希哈哈大笑起来并且时不时地按同样的方式也打断施图姆的进一步的讲述，这只有阿加特完全理解，而他的朋友则一再有些委屈地对他说，他似乎神经过敏。但是所发生的事，与乌尔里希方才给他妹妹勾画的样式太吻合了，他没法不感到高兴。费尔毛尔一伙在最后时刻公开亮相，以便抢救尚还可以抢救的东西。在这种情况下目标通常比意图更模糊。年轻诗人弗里德尔·费尔毛尔——但在熟人圈里叫佩皮，因为他向往老维也纳并竭力让自己看上去像舒伯特，虽然他出生在一座匈牙利小城市里——相信奥地利的使命，此外他还信人类。这是明摆着的事。不请他参与一个像平行行动这样的行动势必一开始就会让他感到不安。一个带奥地利特色的人类行动或者一个带人性特色的奥地利行动没有他如何能顺利发展！这话他当然只是耸了耸肩膀对他的女友德朗萨尔夫人说了，可是这个德朗萨尔作为给她的家乡带来光荣的寡妇和一家去年才被狄奥蒂玛的沙龙超越的精神审美沙龙的女主人，她却把这话告诉了每一个同她接触的有影响力的人。所以出现了一个传闻，说是平行行动处于危险之中，如果不是——这个“如果不是”和那个“危险”，如同可以理解的那样，依然有些不明确，因为人们必须先迫使狄奥蒂玛邀请费尔毛尔，然后也许就能看到什么。但是预告爱国行动有危险，这件事让那些警觉的政治家们注意到了，这些政治家不承认祖国，而是只承认一个小老妪“人民”，它同国家过着强加到头上来的婚姻生活并受到国家虐待；他们很久以来就一直猜疑平行行动只会产生新的压迫。即使他们客气地隐瞒这一情况，他们却并不注重防止这种情况发生的意图——因为绝望的人道主义者在德国人当中一直是有的，但是他们在整体上仍然是压迫者和国家寄生虫——而是注重这个有用的指示：德国人自己承认他们的民族性有危害。所以德朗萨尔教授太太和诗人费尔毛尔对他们所作出的努力有一种参与感，他们没有深入探究这种努力，却欣慰地感受到了。而费尔毛尔，一个公认的重感情的人，则一心想着这个念头：人们必须将某些劝人奉献爱心和热爱和平的话说给国防部长本人听。为什么偏偏是国防部长以及打算让此人扮演什么角色，这又仍然是一桩模糊不清的事，可是这个念头本身却是极妙的创造并具有戏剧性，所以它确实不需要别的支持。对此施图姆·封·博尔特韦尔也有同感，这是一位不忠实的将军，出于对教育的热情他有时背着狄奥蒂玛走进德朗萨尔夫人的沙龙；此外，他促成了军火工业家阿恩海姆是一个危险要素的这个原始观点被思想家阿恩海姆是一切善举的一个重要要素的观点所取代。

所以一切就这样发生了，大体上与参与者们的愿望相符合，而且就连部长与费尔毛尔的对话在今天进行的时候，尽管有德朗萨尔夫人从中撮合，所产生的结果也无非就是几个费尔毛尔精神的奇迹以及它们得到部长阁下的耐心倾听，而且就连这种情况也符合人之常情，是常有的事。但是费尔毛尔自身还有潜力；并且由于他招募来的大军由年轻的和上了年纪的文人，由内廷参事、图书馆员和几个和平之友，简言之，由各种年龄各种身份的人组成，一种对古老的祖国以及它的人类使命的情感把他们联合在一起，这种情感是同样也会为恢复昔日的三驾公共马车或者为振兴维也纳瓷器而竭尽全力的，还由于这些忠实的人在晚会过程中通过种种关系与对手们联结了起来，这些对手们也不是立刻就在手中握着小刀，由于上述种种原因，所以曾出现过许多谈话，各种意见盲目交叉、乱成一团。国防部长已经辞他而去，德朗萨尔夫人的看管则让陌生的情况一度转移了方向，这时候费尔毛尔发现了这一诱惑。施图姆·封·博尔特韦尔只知道是，他和一个年轻人极其热烈地交谈了起来。听他对此人的描述，不能排除此人就是汉斯·塞普的可能性。这无论如何是一个那样的人，这种人利用一只替罪羊，他们把一切他们对付不了的弊端的责任都推在替罪羊的身上；民族的骄傲自大只是其中的一个特例，人们纯粹出于信念选择这样一只替罪羊，它跟某一个人有血缘关系并且压根儿尽可能跟某一个人本人没有相似之处。众所周知，这可以让人感到一种莫大的宽慰，如果人们生气，向某人发泄自己的怒气，即使他对此不应承担责任；但是爱情上的这种情况就鲜为人知了。尽管如此，在这方面情况也一样；爱情必须经常向某个对此不应承担责任的人宣泄，因为爱情除此之外找不到别的机会。所以，费尔毛尔是一个有事业心的年轻人，在争夺利益的斗争中会相当的不客气，但是他的爱情羊是“人”，而他一旦一般地想到人，便对失望的善意感到心满意足。相反，汉斯·塞普基本上是个善良的人儿，他都不忍心蒙骗菲舍尔经理，而他的替罪羊则是“非德国的人”，他把对一切他改变不了的东西的宿怨发泄到这样的人的身上。天晓得，他们起初互相交谈了些什么；他们一定骑着各自的羊互相斗了起来，因为施图姆说：“我确实不明白这是怎么回事：一下子别人也都来了，然后一转眼之间聚集了乱哄哄的一大群人，而最后所有在房间里的人竟把他们团团围住！”

“你知道他们争论了什么？”乌尔里希问。

施图姆耸耸肩膀。“费尔毛尔向另外那位叫喊：‘您想恨，可是您根本不会恨！因为爱是每个人与生俱有的！’或者诸如此类的话。而另外那位则对他嚷嚷：‘您想爱？可是您才不会爱呢，您，您——’这些话我实在说不确切，因为身穿一身制服不得不保持着一定的距离。”

“哦，”乌尔里希说，“这就是最重要的事！”他转过身去，盯着阿加特的眼睛说。

“可是最重要的事是那决定呀！”施图姆提醒说，“他们几乎把对方一口吞下，却居然不管三七二十一作出了一个共同的、完全平庸的决定！”

施图姆因他那圆滚滚的身躯而给人以一团严肃的印象。“部长当场就走了。”他说。

“哦，他们决定了什么事？”兄妹俩问。

“这我说不准确，”施图姆回答，“因为我当然也立刻走了，我走时他们还没谈妥。这种事人们也是根本看不出来的。不知是什么有利于莫斯布鲁格尔和针对军方的东西！”

“莫斯布鲁格尔？噢，那怎么做呀？”乌尔里希笑道。

“‘那怎么做呀？’”将军恶狠狠地重说一遍，“你笑得轻巧，可我就要受不了啦！或者至少一整天没完没了地写报告。谁知道这些人会‘怎么做呀？’也许是这位老教授的过错，他今天到处发表主张绞刑反对宽容的言论。抑或之所以发生这样的事，是因为最近几天报刊又开始报导这个怪物的事了。反正一下子都在议论他了。这必须撤销！”他用平常没有的坚定的口吻说。

这时，阿恩海姆、狄奥蒂玛，甚至图齐和莱恩斯多夫伯爵先后依次走进厨房。阿恩海姆在前厅里听见了讲话声音。他正打算悄悄离去，因为已出现的骚动诱惑他萌生这样的希望：这一回他还可以逃避与狄奥蒂玛交谈，而第二天他又将出门旅行一些日子。但是在好奇心的驱使下，他往厨房里看了一眼，而由于他已被阿加特看见，所以出于礼貌也就不便撤身退回。施图姆急忙上去向他询问事态的进展情况。“我甚至可以用原话把情况向您通报，”阿恩海姆笑道，“有些话实在滑稽，我禁不住就偷偷把那些话记下来了。”

他从皮夹子掏出一张小明信片，一边辨认着他的速记记录，一边慢慢朗读拟定的声明的全文：“根据费尔毛尔先生和——另一个人的名字我没听明白——的提议，平行行动作出决定：为了捍卫自己的观念，人人都应该鞠躬尽瘁、死而后已，但是谁促使人去为别人的观念而死，谁就是杀人凶手！这就是他们的建议，”他补充说，“我没有觉得这还会有什么改动。”

将军嚷嚷：“原话就是这么说的！我听到的也只是这样的话！这些精神领域里的辩论，实在令人恶心！”

阿恩海姆温和地说：“这是今天的青年人对坚强意志和领导权的渴望。”

“可是在场的不单单是年轻人，”施图姆反感地回答，“而且甚至还有秃顶的人站在四周打边鼓！”

“这正好就是对领导权的普遍需求，”阿恩海姆说并友好地点点头，“这在今天是普遍现象。顺便说一句，如果我没记错的话，这个决议是一本同时代人的书里的话。”

“是吗？”施图姆问。

“是的，”阿恩海姆说，“我们当然必须把它当作不曾发生的那样看待。但是如果人们善于利用表露在其中的这种精神上的需求，那么作这个尝试也许是值得的。”

将军显得有些放下心来了，他转身问乌尔里希：“你有什么想法吗，人们可以做些什么？”

“当然有！”乌尔里希回答。

阿恩海姆被狄奥蒂玛分散了自己的注意力。

“请吧！”将军小声说，“你开始讲吧！我宁愿让领导权保留在我们手上！”

“你必须回忆一下，当时究竟发生了什么情况，”乌尔里希不慌不忙说，“一个指责另一个，说是他只要有能力爱他就可以爱，而另一个则回敬这一个，说是同样的道理也完全适用于恨。这压根儿就适用于一切感情。恨今天自身就含有某种平和的成分，而另一方面，为了对一个人有确实是爱的情感，人们就得——我断言，”乌尔里希简单扼要地说，“这两个人还没出现呢！”

“这肯定很有意思，”将军迅速打断他，“因为我绝对不能理解，你怎么能这样断言。可是我明天必须写一份报告，汇报今天的情况，所以我恳请你多多关照！在军队里最重要的是，人们总是能够报告事情有进展；某种乐观主义即使打了败仗的时候也是必不可少的，这是职业的需要。那么我怎么能够把已经发生的事描绘成事情有进展呢？！”

乌尔里希眨巴着眼睛建议：“你就这样写：这是道德幻想的报复！”

“可是这样的话在军队里是不能写的！”施图姆气恼地回答。

“那就删去这句话，”乌尔里希神情严肃地继续说，“你就这样写：所有创造性的时代都是严肃的。没有一种强烈的幸福是不伴随着强烈的道德的。如果道德不可以从某种强劲有力的东西中派生出来，那就不会有道德。没有哪种幸福不建立在一种信念的基础上。没有道德连动物也生存不了。但是人类今天不再知道，哪种道德——”

施图姆也打断这一段表面上四平八稳的口授：“亲爱的朋友，我可以谈论一支部队的风纪，谈论战斗士气或一个女人的德行；但总是谈具体的。在军人写的报告里人们就像不能谈论幻想和上帝那样不能谈论没有一种这样的定规的道德：这个你自己就知道！”

狄奥蒂玛看到阿恩海姆站在她厨房的窗口，在他们整个晚上只是小心翼翼交谈了几句之后，这情景便显得奇特而诡秘。这时，她突然在心头产生一种充满矛盾的渴望，她要继续进行那中断了的与乌尔里希的谈话。她的头脑里充溢着那种令人愉快的绝望情绪，它同时向好几个方向突进，几乎削弱和化解为一种可爱而安静的期盼。群英会的早已在预料中的垮台，她无所谓。阿恩海姆的不忠实，她如她以为的那样也几乎无所谓。当她走进来时，他向她望去；瞬间便出现了这旧有的情感：把他们联结起来的活生生的空间。但是她又回想起，几个星期以来阿恩海姆一直躲避她，而这个念头——“薄情郎”——使她的膝头又有了力量，她神态高傲地向他走过去。阿恩海姆看到了这个过程：发现、踌躇、距离消释；虽然无数联结他们的途径已经冻结，但是人们却有一种预感：它们可能会重新解冻。他已经转身离开其余的人，但是在最后一刹那间他和狄奥蒂玛转变方向，朝待在另一边的乌尔里希、施图姆将军和其余的人走去。

从不平常的人的灵感到联系各民族的庸俗艺术作品，都是乌尔里希称之为道德幻想的东西，或说得简单点，是情感构成一种唯一的、几个世纪之久的没有止境的骚动情绪。人是一种不是没有热情也能过得去的生物。热情是这样一种状态：在这种状态下他的全部情感和思想有着同样的精神。你认为，几乎是相反，热情是一种情感超常强大的状态，这是一种独一无二的情感，是这种——着迷的情感——把别人吸引到自己身边？不，你对此根本什么话也不愿意说吗？无论如何，情况是这样。情况也是这样。但是，一种这样的热情的强度是没有依靠的。情感和思想只有通过相互作用才会在其整体上赢得持续的存在，它们必须以某种方式得到整流并互相吸引。人类力求用各种手段，用麻醉剂、想象、意志移植、信仰、信念去创造一种与这相似的状态。他相信观念，并非因为它们有时是真的，而是因为他必须相信。因为他必须维持好他的感情的秩序。因为他必须用一个错觉来堵塞他的生命墙之间的窟窿，否则情感就会从这个窟窿向四面八方涌流出去。正确的做法是，不沉醉于暂时的虚假状态，至少去寻找真正热情的条件。但是虽然总的说来取决于情感的决断和数目比那些可以用纯粹的理性作出的决断的数目多得不计其数，而且所有扣动人类心弦的事件都产生自幻想，可是只有重理智的问题才证实是有超个人的秩序的，而对于其他事件来说则没有发生任何情况，没有发生理应得到一种共同努力的名声或哪怕只是暗示对其绝望的必要性的认识的任何情况。

乌尔里希大致就是这样讲的，伴随着将军的可以理解的抗议声。

他把晚上的这些事件——尽管它们不无狂热性并且通过猜忌的解释甚至还会带来严重后果——只看作是一种无止境的混乱的例证。此时此刻，他觉得费尔毛尔先生跟人类之爱一样无关紧要，民族主义跟费尔毛尔先生一样无关紧要，而施图姆则徒劳地问他，人们该如何从这个完全是个人的意见中提炼出一个具体的进步的思想来呢。“你就写报告，”乌尔里希回答，“说这是一场千年宗教战争。人类还从来没有像在这个时代对这场战争准备得如此差劲的，因为一个又一个时代留下的‘徒劳感知’垃圾已堆积成山，而世人却没对此采取任何措施。国防部面对下一场集团灾难，心里完全可以感到安适。”

乌尔里希预言这命运，却对此毫无所知。对现实生活中发生的事他也毫不在意，他在为永恒的幸福而斗争。他试图将一切可能妨碍它的事物插进来。所以他也笑并试图用这个假象来迷惑其他人：他嘲笑和夸张。他为阿加特夸张；他继续进行他和她的谈话，不仅是最近这次谈话。其实他在建立抵御她的思想堡垒并且知道，堡垒上的某个地方有一个小闩：一拨开这个小闩，一切就会被情感淹没和埋葬！其实他一直在想着这个门闩。

狄奥蒂玛站在他身旁，微笑着。她对乌尔里希为他妹妹所作的努力有所感觉，心情颇感忧郁，忘记了性科学；什么东西敞开着：这大概是未来吧，但是这无论如何多少也有点儿是她的嘴唇。

阿恩海姆问乌尔里希："您认为人们可以对此采取某种措施？"他提出这个问题的方式表明，他透过夸张看到了严肃，但总也还觉得这种严肃是夸张。

图齐对狄奥蒂玛说："无论如何得设法别让这些事情公之于众。"

乌尔里希回答阿恩海姆："这不是很容易理解的吗？今天我们面对着太多情感的和现实的可能性。但是这个困难岂不是跟理智面对大量事实和一系列理论时要克服的困难一样的吗？我们已经为理智找到了一种不封闭的、却严厉的态度，这种态度我不需要向您描绘。现在我问您，对于情感来说不是也可能会出现某种相似的情形的吗？我们毫无疑问会想到，我们存在的目的是什么，这是世界上全部暴力行动的一个主要源泉。别的时代用其不充足的手段已经作过这种尝试，但是从其精神出发获得经验的这个伟大时代却压根儿还没有——"

悟性快并喜欢打断别人说话的阿恩海姆情意恳切地把手搁在他的肩膀上。"这恐怕是一种正在升高的与上帝的关系！"他压低声音用警告的口吻说。

"这总不是最可怕的事吧？"乌尔里希说，并非完全没含有对这种过于匆忙的恐惧的辛辣讽刺之意，"可是我根本没走得这么远呀！"

阿恩海姆立刻敛一敛神，微微一笑。"好久不在了，如今一见面看到某人没有变样，这真让人感到高兴；这在今天极为罕见！"他说。顺带说及，他高兴是高兴，可是他几乎没有因这种友好的抗拒而觉得自己安全了，真的。乌尔里希原本也可以再回过头来谈这个难堪的表态的；阿恩海姆为此而感激他：他怀着不负责任的超然不屑任何同尘世的接触。"我们必须谈一谈这方面的问题，"他热情地对自己的话作补充，"我不清楚，您如何设想把我们理论上的态度用到实际生活上去。”

乌尔里希知道，这件事确实还不清楚。他既不是指一种“研究者的生活”也不是指一种“学术光辉”的生活，而是指一种“情感寻觅”，恰似那真理探求，只不过关键是探求而不是真理。他望着向阿加特那边走去的阿恩海姆的背影。狄奥蒂玛也站在那儿；图齐和莱恩斯多夫伯爵来回走动着。阿加特和所有的人闲谈并在心中暗想：“为什么他和所有的人说话？！他本该和我一起离开这儿的！他这是在贬低他对我说过的话！”她在这边听到的一些话中她的意，但是尽管如此，它们还是使她感到痛苦。来自乌尔里希的一切现在又使她感到痛苦；在这一天她再次突然觉得需要逃避他。她气馁了，因为他可能会忍受不了她的片面性，而一想到过一会儿他们就只会像两个泛泛议论逝去的这个晚上的人那样回家，她便感难以忍受！

但是乌尔里希继续在心里说：“阿恩海姆将永远不会理解这个！”他补充上：“注重科学的人恰恰在情感方面受局限，注重实际的人尤甚。这是十分必要的，犹如人们用双臂去抱住什么东西时两条腿必须牢牢站稳。”他自己在通常情况下就是这样。一旦他在思考，而且这种思考超出情感化身的范围，他就只会小心翼翼容许情感参与。阿加特把这称为冷酷；但是他知道：人们若想完全成为另外一个样子，那么就必须宛如作一次致命的冒险活动时那样事先放弃生命，因为人们无法想象，这桩冒险活动将怎样继续进行下去！他有这个兴趣，此刻他不再怕它。他久久地望着他的妹妹。一本正经的脸上呈现出的是一副生动的讲话游戏模样。他想请她和他一道离去。但是他还没能来得及离开自己的位置，又向他这儿走过来的施图姆就来找他搭讪。

这位好心的将军喜欢乌尔里希；他已经原谅了他针对国防部说的玩笑话，关于“宗教战争”的说法不知怎么地很称他的心意，因为这种说法有某种如军帽上的橡树叶或皇帝生日时的乌拉欢呼声般的军人过节的喜庆色彩。他把自己的胳臂靠在朋友的胳臂上并把乌尔里希拖曳到别人听不到他们讲话声音的地方。“你看，你说所有的事件都产生自幻想，我觉得这话说得很好，”他开了腔，“这当然是我对这个问题的私人看法，不是我的官方看法。”他敬乌尔里希一根香烟。

“我得回家了。”乌尔里希说。

“你的妹妹正在热烈交谈，你别去打扰她，”施图姆说，“阿恩海姆正在卖力地向她献殷勤。我想对你说的是：现在大家不再怎么喜欢人类的伟大思想，你应该再推动一下。我是说：时代正在获得一种新的精神，这种精神你应该把握住嘛！”

“你怎么会想到这上头去的？！”乌尔里希满腹狐疑地问。

“我就是这么想的，”施图姆没正面回答，急切地继续说，“你也是赞成秩序的，这一点可以从你所说的一切话上看得出来。另外，我觉得有人在问我：人是更善良呢，还是更需要一个强有力的人物？这里面包含着今天对坚定性的某种需要。总而言之，我已经对你说过，如果你重新担当起运动的领导责任，那我就放心了。到头来人们竟不知道，说这么多话究竟会有什么结果！”

乌尔里希哈哈大笑：“你知道，我现在要干什么？我不会再到这儿来啦！”他兴冲冲回答。

“为什么？”施图姆急忙问，“他们说得对，他们说，你从来就不曾是一股实际存在的力量！”

“假如我向那些人透露我现在是怎样想的，那么他们说起话来就更有理啦！”乌尔里希笑着回答并挣脱他的朋友。

施图姆生气了，但是随后他的好心肠占了上风，他边告别边说：“这些事情复杂得要命。有时候我简直以为，最好的做法恐怕是，让一个真正的傻瓜来解开所有这些解不开的疙瘩吧，我指一种贞德式的人物，这样的人也许能帮我们的忙！”

乌尔里希的目光搜索他的妹妹，没找到她。当他向狄奥蒂玛打听她时，莱恩斯多夫和图齐又从房里出来并通知大家，说是人们正在纷纷起身告辞。“我当即就说，”伯爵阁下高高兴兴告诉家庭主妇，“那些人说的话并不是他们的真正的看法。德朗萨尔太太后来想到了一个真正解围的主意，这就是说作了决定，下一回继续进行今天这个聚会。可是费尔毛尔，不管他叫什么吧，将在聚会上朗读不知哪一首他自己写的长诗，这样气氛就会平静一些。我当然不揣冒昧地因事情紧急立刻就以您的名义表示同意！”

然后乌尔里希才得知，阿加特已突然告辞并在没有他陪同的情况下离开了这所府邸；人们向他转告，说是她不想他来扰乱她的决断。

译者后记

一

《没有个性的人》是奥地利小说家罗伯特·穆齐尔(一八八〇——一九四二)的一部未完成的长篇小说。第一卷(包括第一部《一种序言》十九章和第二部《如出一辙》一百零四章)初版于一九三〇年，它奠定了穆齐尔的世界声誉。著名文艺评论家比尔评论说："《没有个性的人》与迄今为止的所有德语长篇小说迥然不同……一千零七十五页中没有一行字言之无物，每一行字对这部无可比拟的作品的整体结构都具有重要意义。书中写了什么？今日的整个世界。"

穆齐尔写作态度极其缜密，一些章节他修改竟达二十多遍，直到自己认为完全满意时方肯罢休。在出版商的再三催促下，又有三十八章终于在一九三三年面世，这就是第二卷第三部(《进入千年王国》)。这两卷三部一百六十一章便是今天呈现在我国读者面前的这个译本。

后来，希特勒占领奥地利，第三部的另外二十章(即第三十九章至第五十八章)的出版便受到阻挠。此后，穆齐尔生活在贫病交加之中。一九三八年，他流亡瑞士，从此渐渐为世人所遗忘。但是穆齐尔生命不息、笔耕不辍，直到逝世前的一天，他仍在润色自己的书稿。一九四二年，这位现代世界文学的经典作家、二十世纪小说革新家在日内瓦与世长辞，他给世人留下了一部未完成的皇皇巨著。

一九五二年，穆齐尔死后十年，著名出版家阿·弗里泽首次整理出版了包括作者遗稿在内的新版《没有个性的人》，全书共两卷，两千一百六十页(其中包括作者生前出版的第一卷的全部及第二卷的三十八章，共一千零七十五页)。于是，穆齐尔这才在世界文坛上引起了人们的广泛注意，在五十年代，兴起了一股不小的穆齐尔热，人们终于认识到：《没有个性的人》堪称一部世纪长篇小说。

七十年代末，新的修订版《没有个性的人》出版；与此同时，还首次出版了穆齐尔作品全集，其中包括两册日记。于是，穆齐尔重新在欧洲文坛成为人们关注的焦点。一九八〇年十一月六日，穆齐尔诞生一百周年，在维也纳、柏林、巴塞罗那、马德里、伦敦、华沙、罗马，人们纷纷举行学术讨论会，纪念这位伟大的小说家。一时间，穆齐尔和他这部小说的独一无二的特性，成为各地接连好几天学术讨论会的中心议题。不久，意大利首先推出穆齐尔两册日记的意大利文译本。欧洲各地的报纸、杂志纷纷重新评论、介绍《没有个性的人》和它的作者。顿时，穆齐尔成为二十世纪世界文坛上的一位中心人物。人们把他和普鲁斯特、乔伊斯进行比较，并声称：穆齐尔的这部伟大小说超越了《追忆逝水年华》、《尤利西斯》，也超越了卡夫卡的《诉讼》和托马斯·曼的《魔山》和《浮士德博士》。

一九八七年，奥地利举办了国际穆齐尔作品翻译研讨会，来自二十多个国家的众多翻译家交流了翻译《没有个性的人》等的经验。这部小说影响之深远，翻译之艰难可见一斑。

二

乌尔里希是这部长篇小说的中心人物。一九一三年八月，故事情节开始的时候，他三十二岁。在这之前他已经进行过三次尝试，企图成为一个出人头地的人。但是当军官、工程师和数学家的三次尝试都未曾取得令他满意的结果。最后他认识到，对他来说，可能性比中庸的、死板的现实性更重要。由于在一个极其技术化的时代再也找不到“整体的秩序”，他便决定“休一年生活假”，以便弄明白这个已经分解为各个部分的现实的“因由和秘密运行体制”。这样，乌尔里希便退而采取一种消极被动的只对外界事物起反射作用的态度。他觉得自己是个没有个性的人，因为他不再把人，而是把物质看作现代现实的中心：“今天……已经产生了一个无人的个性的世界，一个无经历者的经历的世界。”乌尔里希看到自己被迫面对时代的种种问题，面对逻辑和情感、因果性和同属性、科学信仰和文化悲观主义之间的种种矛盾。跟古典主义教育小说里的主人公相反，乌尔里希成为一个集中反映了这一时代哲学-思想史思辨的人物。在乌尔里希的思考中人们往往会看到本世纪著名哲学家如尼采、马赫等人的观点。

故事发生在维也纳，在奥匈帝国。人们成立了一个委员会，筹备一九一八年庆祝奥皇弗兰茨·约瑟夫在位七十周年的活动。在这同一年，德国将庆祝德皇威廉二世在位三十周年。所以，人们称奥地利的这个行动为“平行行动”。然而，一九一八年正好是这两个王国覆灭的年份，所以维也纳的这个平行行动便自然而然地具有讽刺意味。乌尔里希是这个委员会的秘书。他在平行行动的活动圈里接触到敏感的埃尔梅琳达·图齐——他讽刺地称她为狄奥蒂玛——和她的丈夫图齐司长，另外还有行动的精神领袖莱恩斯多夫伯爵、正直的施图姆将军，最后还有德国金融巨头、“大作家”阿恩海姆——对此人，狄奥蒂玛怀着柏拉图式的激情。

此外，小说还塑造了另一组人物：乌尔里希青年时代的朋友瓦尔特、尼采崇拜者克拉丽瑟、预言家迈因加斯特、银行经理菲舍尔及其女儿格达以及格达的男友汉斯·塞普——一位民族主义意识形态的追随者；乌尔里希的胞妹阿加特、阿加特的丈夫哈高厄尔以及她的朋友林特讷尔则构成乌尔里希周围的另一个人物圈。鉴于“反射性”原则，所有这些人物的重要作用仅仅在于：他们都使乌尔里希的某些特定的可能性和资质人格化，向他传达“一面哈哈镜的不可更改的形象”。阿恩海姆是个对乌尔里希起反衬作用的人物，因为他自以为找到了乌尔里希正在寻觅的东西：在理性和心灵之间的组合物中的一种新的道德；瓦尔特早期也曾和乌尔里希一样，感到自己“有特殊才能”，几次尝试当美术教员、音乐评论员等均宣告失败，最后他终于躲进一个舒适的避风港——当上了一名小公务员，但从此也就陷进文化悲观主义的泥潭；神经错乱、杀害妓女的莫斯布鲁格尔可以说是这个紊乱不堪的世界的极端的象征，他的妄想与乌尔里希对“另一种状态”的体验有异曲同工之妙。乌尔里希渐渐看透现代现实的秘密运行体制，便开始思念互不相称事物的自由，思念本真的、如天堂般的体验。尤其是小说的下半部，他反复体验到脱离现实世界的状态，体验到一种空间界限的消失。乌尔里希并不把这“另一种状态”理解为对理性的否定。反映在狄奥蒂玛和阿恩海姆身上的一种常规的经历神秘主义以及它向莫斯布鲁格尔的癫狂的反常转化，这些经验一再迫使乌尔里希对现实进行批判和审察。

在小说的第三部，乌尔里希试图和他胞妹一道去经历这“另一种状态”；在和她的共同生活中他才觉得生活有了意义。这“如出一辙”的世界，这“幽灵似的”世界渐渐被淡忘。这兄妹俩的爱是一次“向可能性边缘之旅”，一次“进入千年王国”之旅，它被穆齐尔当作神话来刻画了。乌尔里希知道，这“另一种状态”是注定要失败的。

三

我们不妨把《没有个性的人》看作一部真正的现代精神小说，是本世纪世界文坛上一部经典小说。

首先，《没有个性的人》如果说不是世界文学史上头一部真正意义的“精神长篇小说”，那么，它至少也是这样的小说之一。有人在描述长篇小说从十九世纪到二十世纪发展的历程时，指出其主要的变化即以情节长篇小说向精神长篇小说的转化，现代小说家想了解和剖析的是人的心灵，它被认为是基本的最高尚的现实，决定着其余的一切。所以，穆齐尔在《没有个性的人》中不是描绘了一个过去的时代的肖像，而是试图把握住第一次世界大战前奥地利社会精神状态中的典型特征并将其突出表现出来。穆齐尔本人就曾明确声言：“……我感兴趣的是精神上的典型特征……”而从乌尔里希身上折射出来的，恰恰正是这种“精神上的典型特征”。正是基于这一点，穆齐尔用全部精力去关注他笔下人物的心灵并进行深入挖掘。这就是穆齐尔在这部长卷中所开辟的道路。

其次，《没有个性的人》又是现代长篇小说文体的一次有意义的试验。小说完全打破了传统的线型或板块组合的叙事结构，运用杂文体，把叙事、议论、抒情熔于一炉。此外，小说中瑰丽丰富的艺术想象力、大量形象生动的比喻也给作品大添光彩，读来令人啧啧称奇。

一九九九年一月，于北大燕北园

Robert Musil
Der Mann ohne Eigenschaften

图书在版编目(CIP)数据

没有个性的人/(奥)罗伯特·穆齐尔著;张荣昌译.
—上海:上海译文出版社,2021.6(2023.7重印)
书名原文:Der Mann ohne Eigenschaften
ISBN 978-7-5327-8768-5

Ⅰ.①没… Ⅱ.①罗… ②张… Ⅲ.①长篇小说—奥
地利—现代 Ⅳ.①I521.45

中国版本图书馆CIP数据核字(2021)第090369号

没有个性的人 Der Mann ohne Eigenschaften	Robert Musil [奥]罗伯特·穆齐尔 著 张荣昌 译	出版统筹 赵武平 责任编辑 张 鑫 装帧设计 董茹嘉

上海译文出版社有限公司出版、发行
网址:www.yiwen.com.cn
201101 上海市闵行区号景路159弄B座
苏州市越洋印刷有限公司印刷

开本 720×1000 1/16 印张 62 插页 5 字数 854,000
2021年8月第1版 2023年7月第3次印刷

ISBN 978-7-5327-8768-5/I·5413
定价:198.00元